长篇历史小说

鸦片战争 上

王晓秦 著

四川文艺出版社

图书在版编目（CIP）数据

鸦片战争/王晓秦著.—2版.—成都：四川文艺出版社，2019.3
ISBN 978-7-5411-5235-1

Ⅰ.①鸦… Ⅱ.①王… Ⅲ.①长篇历史小说—中国—当代 Ⅳ.①I247.5

中国版本图书馆CIP数据核字（2019）第026414号

YAPIANZHANZHENG

鸦片战争

王晓秦 著

责任编辑	奉学勤
封面设计	点滴空间
内文设计	史小燕
责任校对	汪 平
责任印制	唐 茵

出版发行	四川文艺出版社（成都市槐树街2号）
网　　址	www.scwys.com
电　　话	028-86259287（发行部）　028-86259303（编辑部）
传　　真	028-86259306
邮购地址	成都市槐树街2号四川文艺出版社邮购部　610031
排　　版	四川胜翔数码印务设计有限公司
印　　刷	三河市华东印刷有限公司
成品尺寸	169mm×239mm　开　本　16开
印　　张	55.75　字　数　880千
版　　次	2019年3月第二版　印　次　2019年3月第一次印刷
书　　号	ISBN 978-7-5411-5235-1
定　　价	138.00元（全二册）

版权所有·侵权必究。如有质量问题，请与出版社联系更换。028-86259301

鸦片战争（上）

序

史学家陈寅恪先生有"以诗证史"说，小说是广义的诗，亦足证史。王晓秦先生这部新著《鸦片战争》，即是充满诗意的历史小说。他用如椽大笔，绘形写神，泼墨重彩地勾画出一幅鸦片战争全景图：虎门禁烟，英酋远征，突袭舟山，关闸事变，广州内河战火，厦门岛上烽烟，浙江鏖兵，长江大战，斡旋媾和，签字《南京条约》等等。其场景广阔，情节跌宕起伏，可惊可怖之冲突，可歌可泣之故事，纷至沓来，让人不忍释卷。人物从中英两国帝王将相，到鸿商巨贾，烟民海盗，乃至贩夫走卒，个个刻画生动，个性鲜活。在宏大叙事中，作者激情迸射，长歌当哭，把一部民族痛史，演绎得令人回肠荡气。这着实是一部不可多得的文学佳作，读之不亦快哉。

好的历史小说不唯文学性强，有可读性，还必须有史学品质，即可以证史。这就要求作者具有三方面的准备：一要掌握充分的史料；二要目光如炬，有去伪存真的史识；三要独立思索，对历史有自己深湛的见解。王晓秦先生是优秀的学者，研究并讲授英国文学，学风严肃，已有多种学术著作面世。然其对清末灾难频仍的历史情有独钟，二十年前即有"以诗证史"之夙愿，欲揭示大清帝国崩溃之因由，以警后人。于是，倾尽心力广泛汇集相关史料。以其娴熟英文，即在国外得到许多国人罕闻的原始英文资料，且多具当时性和真实性。以是，其作品所涉及的时间、事件、人物、文献、数据、插图都有案可考，极具信史意义。如本书所配图片，大多出自19世纪画家和参战官兵之手，另一部分收集于中国、英国、美国、澳大利亚等国博物馆和画廊。这些图片首次见诸国人，格外珍贵。在摄影尚不发达的时代，它们准确记录了当时的事件，不独可以以图证史，亦可以增加阅读的兴味。本书史料的翔实，于此可窥一斑矣。

　　更值得称道的是王晓秦先生的史见。他不崇权威，不坠时风，坚持独立思索，敢于质疑曾经的历史成见。在前几年出版的历史长篇小说《铁血残阳——李鸿章》中，他就洗刷了李鸿章汉奸卖国贼的恶名，学界虽有争议，毕竟打开了一扇自由思索的窗口。如今这部百万字的新著中，思索的空间更大，识辨的问题更多，是要读者去发现的。小说毕竟不是说教，乃以不说为说，陈述史实，以形象启人，是禅悟的公案耳。读这部小说，你会有传统良史秉笔直书的感觉，这也正是作者的风骨所在。

　　历史尘封在史料里，不是人人愿意翻阅；历史要说的话，不是人人听得懂；历史默默地展示自己，不是人人看得透。这段话是作者的感言，犹如《红楼梦》作者的一叹：都云作者痴，谁解其中味。

甲午战争百二十年纪念日于羊城四方轩遵嘱　班澜谨书

【目 录】

◎ 第一卷 ◎ 山雨欲来风满楼

第一章　两总督邂逅相逢 ………003

第二章　道光皇帝谈禁烟 ………013

第三章　枢臣与疆臣 ………022

第四章　权相回京 ………030

第五章　红顶捎客 ………044

第六章　因义士事件 ………056

第七章　天字码头迎钦差 ………066

第八章　广州名士 ………076

第九章　广州十三行的官商 ………086

第十章　钦差大臣严训行商 ………095

第十一章　令缴烟谕 ………103

第十二章　商步艰难 ………113

第十三章　英国驻澳门商务监督 ………122

第十四章　严而不恶 ………132

第十五章　夷商缴烟 ………138

第十六章　水师提督严惩窃贼 ………145

第十七章　珠江行 ………153

第十八章　虎门——金锁铜关 ………164

第十九章　扬州驿 ………173

第二十章　闲话清福 ………181

第二十一章　旧部归来 ………189

第二十二章　虎门销烟 ………194

第二十三章　观风试 ………203

第二十四章　水至清则无鱼 ………213

◎ 第二卷 ◎　威抚痛剿费思量

第二十五章　明托家族 VS 大清帝国 ………225

第二十六章　林则徐误判敌情 ………234

第二十七章　东方远征军 ………243

第二十八章　劝　捐 ………251

第二十九章　大门口的陌生人 ………258

第三十章　定海的陷落 ………266

第三十一章　绥靖舟山 ………274

第三十二章　浙江换帅 ………284

第三十三章　隐匿不报的关闸之战 ………291

第三十四章　大沽会谈 ………301

第三十五章　红带子伊里布 ………312

第三十六章　过境山东 ………322

第三十七章　疠疫风行舟山岛 ………330

第三十八章　浙江和局 ………338

第三十九章　琦善查案 ………346

第四十章　铁甲船与旋转炮 ………355

第四十一章　十三行筹资还债 ………363

第四十二章　艰难抉择 ………372

第四十三章　互不相让 ………380

第四十四章　激战穿鼻湾 ………389

第四十五章　武力催逼 ………398

第四十六章　虎门炮台临战换旗 ………406

第四十七章　骑虎难下 ………415

第四十八章　中英两军弭兵会盟 ………424

第四十九章　风影传闻 ………433

第五十章　急转弯 ………438

◎ 第三卷 ◎　海疆烟云蔽日月

第五十一章　抄家与出征 ………447

第五十二章　虎门之战 ………455

第五十三章　哀荣与蒙羞 ………463

第五十四章　英中名将 ………473

第五十五章　明打暗谈 ………483

第五十六章　兵临城下之后 ………489

第五十七章　盗亦有道 ………500

第五十八章　联手蒙蔽圣听 ………510

第五十九章　靖逆将军兵行险棋 ………518

第六十章　巨石压卵之势 ………526

第六十一章　广州和约 ………534

第六十二章　三元里 ………542

第六十三章　刑部大狱里的落难人 ………552

第六十四章　炮　痴 ………558

第六十五章　斑斓谎言 564

第六十六章　换将与第二次疠疫 572

第六十七章　罪与罚 577

第六十八章　他乡遇故知 586

第六十九章　梦断中国与生死同盟 593

第七十章　水浸开封城 602

第七十一章　厦门之战 608

第七十二章　天子近臣谨言慎行 617

第七十三章　惊涛骇浪 627

第七十四章　文武阋墙 634

◎ 第四卷 ◎　**大纛临风带血收**

第七十五章　舟山第二战 643

第七十六章　镇海败局 651

第七十七章　宁波未设防 659

第七十八章　扬威将军 668

第七十九章　弃与守的两难抉择 675

第八十章　统军将领羁留名园 683

第八十一章　乍浦副都统与浙江巡抚 690

第八十二章　闲游道观 696

第八十三章　真伪难辨的汉奸 705

第八十四章　五虎杀羊之战 710

第八十五章　十大焦虑 719

第八十六章　道光皇帝心旌动摇 728

第八十七章　张家口军台 737

第八十八章　战云再起 745

第八十九章　血战乍浦 753
第九十章　投石问路 764
第九十一章　艰难转向 772
第九十二章　吴淞口之战 781
第九十三章　强硬公使 788
第九十四章　蛮横武夫乱杀人 794
第九十五章　八旗兵浴血镇江 803
第九十六章　死　营 810
第九十七章　喜相逢 819
第九十八章　长江大疫与全权饬书 826
第九十九章　南京条约 835
第一百章　尾　声 847

◎ **后　记** 858

◎ **主要参考文献** 861

【第一卷】
山雨欲来风满楼

第一章

两总督邂逅相逢

刚下了一场大雪,广袤的直隶平原白皑皑一大片,土墙灰瓦茅屋村舍就像蜷缩的枯叶,一动不动地蛰伏在白雪下面,蜿蜒的乡路和笔直的驿道被大雪封得严严实实,要不是驿道两旁矗立着光秃秃的冲天白杨,人们几乎分不清哪儿是道路哪儿是庄稼地。虽然是冬天,却未到酷寒时节,漫漫荡荡的浮云在浅灰色的天空上吞吞吐吐,移动得十分缓慢。太阳像冰丸子似的若明若暗若隐若现。

辰时过后,驿道上出现了星星点点的行人。两匹健骡踏着碎步冒冷冲寒,鼻孔里喷着温湿的白气,拖着一辆景泰蓝戗银丝圆包顶驿车向北趱行,车顶上插着一面宝蓝色镶红边三角旗,旗面上有七个小字:"钦命湖广总督林"。驿夫摇着鞭子,不时发出"驾——驾——"的吆喝声,铁蘑菇头大轮毂把路上的覆雪压得"扎扎"作响,轮子后面留下两道鲜明的车辙。六个带刀亲兵踢动马刺随行扈卫,马蹄铁掌在驿道上踏出一片"笃笃笃"的闷响。衔尾而行的是一辆驿车,里面坐着随行杂役。景泰蓝包顶驿车是兵部清吏司为二品以上大员出行准备的,坐这种车的人不是朝中重臣就是封疆大吏。

湖广总督林则徐身穿苏绣仙鹤补服,双手捧着铜暖炉,斜倚在车厢里。他五十多岁,一张方圆脸,面色微黑,身体较胖,棕黑色的眸子闪着微光,下巴蓄着棕黑色的胡须。由于连日车马劳顿寝食淆乱,他的眼睑微微发黯,有一种心急上火疲累过度的模样。二十多天前，他接到廷寄，道光皇帝要他进京商议禁烟事宜。他不敢耽搁，把衙门里的事务安排停当后立即出发。依照清吏司的章程，从武昌到北京的驿程是二十七天。林则徐一路催马趱行，只用二十三天就到达肃安县（今河北省徐水县），离北京只剩三天路程。

钱江坐在车厢左侧的矮凳上。他是江苏人，监生出身，二十多岁，他的父亲钱韦行官拜山西按察使①，与林则徐是同年进士，私交极好。三年前钱江参加会试名落孙山，一时没有去处，林则徐将他纳入幕中，做了九品知事。会试是三年一次的抡才大典，明年春天又是一次机会。钱江想再试一把，林则徐也有心成全他，特意带他同行。钱江是佐贰杂官，照理说不应与林则徐同乘一车，但他头脑聪明手脚伶俐，说话办事一不拖泥二不带水，颇得林则徐的赏识。此外，钱江还是一个消息灵通的角色，当年他在国子监读书时，常去嗷嘈市井闲逛，利用父亲的关系夤缘攀附，出入京官私邸，与仕宦之家和三教九流全能搭上话。他大事牢记小事不忘，官场奇闻民间飞语，天文地理草木鱼虫，无所不知。平淡无奇的事情经他一转述，立马变得奇特杂糅吊诡怪谲，既鲜活又生动。二十多天驿程单调乏味，有他在身边佐幕赞画，忙时差委办事，闲时讲述奇闻，这样的伴食幕僚打着灯笼都难找。所以，林则徐叫他同乘一车。

林则徐漫不经心地问道："钱江，你这么聪明的人，上次会试怎么会落榜呢？"钱江一哂："晦气呗。那年的策论考题太离谱，我剑走偏锋押错题了。"林则徐眉毛一翘："怎么个错法？"钱江道："您老还不知道，历科会试的考题都出自四书，举子们谁不把四书倒背如流？考官们都怕题目流俗被人猜中，变着法子出偏题怪题，什么'邦有道则知，邦无道则愚'，'衣敝缊袍，与衣狐貉者立'，这样的考题是断然不会出的。考生们也全往艰、险、奇、涩的犄角旮旯里猜，事先打好腹稿，做上一二十篇。没想到那年的考题流俗得不能再流俗，题目居然是'民可使由之，不可使知之'！"钱江的表情生动，虽是拉扯旧事，却像历历在目。

林则徐微微一笑。这个考题确实流俗，是塾馆里的教书先生们拿来考童子的，充其量放在知县或知府衙门的试题中。国家抡才大典出了一道近于民谚的

---

① 按察使：官名，相当于分管司法的副省长，又称臬台。

考题，的确出人预料。但此话出自《论语·泰伯》，谁敢说它不是堂堂正正的会试考题。

钱江眨着眼接着叙讲："我坐在考棚里反复琢磨。孔圣人的千古名言简约浓缩模糊多义歧解万端，要想在几千举子里脱颖出来，非得俗里求异旧里翻新不可。于是我从断句处着手，将题目断成：'民可使由之？不可，使知之！'头绪一厘清，心境豁然开朗，下笔如神，洋洋洒洒两千言大卷很快做成。"钱江巧舌如簧，林则徐哑然失笑："曲解圣人言，还指望金榜题名？"钱江笑道："我以为那篇答卷肯定能给考官们留下好印象，满心欢喜出了考棚。一问左右两棚的举子，他们的思路与我大同小异，全要旧里翻新。左面那位仁兄将考题断成'民可使，由之，不可使，知之'；右面那位老弟更有新意，将考题断成'民可，使由之，不可，使知之'。"林则徐笑得肚皮发颤："一群举子郢书燕说，合伙糟蹋圣人言。要是我当考官，也只能当作笑料打发到废卷里。"钱江一缩脖子："事后我才明白这叫聪明反被聪明误，金榜题名没指望了。"

林则徐敛了笑容："不过，'民可使，知之'——这个说法有道理，总比让三亿多大清臣民浑浑噩噩无知无识好。钱江呀，这次入京，跃过龙门固然好，但凡事都得有两手准备，万一落榜，有何打算？"一次会试就金榜题名的人可谓凤毛麟角，上了进士榜的十有八九都是三番五次反复折腾才跃过龙门。钱江道："世伯，坊间流传一副对联，出自一个老秀才。那位老先生十九次铩羽而归依然要考，他写的是：'十九届诸生，壮心不已；一千年不死，老脚还来。'晚生的腿脚还轻灵呢。"钱江一边说一边弹了弹脚上的官靴。

钱江一席话勾起林则徐的追忆。他年轻时头悬梁锥刺股，三更灯火五更鸡，历经了六场文战才熬下一个红顶子，对科场竞争之惨烈有切身体会。他把铜手炉往身边一放："好，年轻后生就得有志气！我十四岁考取秀才，二十岁中举，嘉庆十一年赴京会试，不中，嘉庆十四年再试，又败北。但我没有灰心丧气，嘉庆十六年第三次赴京考取二榜进士，点翰林，熬到现在，封圻一方，代天子牧民。要不是当初咬住根本不放松，现在只能当个教书先生。"

钱江仰头看了林则徐一眼，顽皮一笑："自古华山一条道，有人到了一百岁依然要考，我才第二次嘛。""哦，还有考到一百岁的？""有，康熙朝时，广东顺德有个叫黄章的，是个商人，他四十岁考中秀才，六十一岁补廪生，七十二岁把生意交给儿子打理，九十八岁要考举人。老先生精力过人体力充沛，先后娶过三妻二妾，生了十三个儿子十二个女儿，膝下有二十六个孙子三十八个曾孙，连三个玄孙都开始牙牙学语蹒跚迈步了。这么一个五世同堂的人瑞，不在家里含饴弄孙颐养天年，却以期颐之年操笔上阵在科场上博取功名，就是因为那股子无穷无尽的精力没处宣泄。学政大人听说有九十八岁的老寿星要进科场，又惊又奇，亲自接见他。学政大人年过半百，但在黄老先生面前无法摆官架子，怀着一颗尊老敬老崇老爱老之心让座敬茶，剀切规劝：科举是朝廷遴选人才的考试。依照成例，凡有秀才功名者，不论是哪年考取的，都可以参加乡试，但不是什么人都能做官，除非皇上特旨加恩留用，四品以下官员六十岁休致，三品以上官员七十岁还乡。老寿星高龄应试难有胜算，即便考中了，也无缘步入仕途。但是，朝廷为了给后生才俊树立榜样，鼓励天下庶民活到老学到老，明文规定，凡是七十岁以上的耆老前来应试，各省学政衙门可以网开一面，上报礼部，转请皇上恩赐举人功名，不必实考。但老寿星说朝廷虽然限定了做官的年龄，却没有限定考试的年龄，自己虽然老手老脚，也要给耆年老儒们争一口气。他不要虚号宠优，只要实实在在的真功名。老先生说到做到，乡试开考那天，他一头钻进三尺考棚，任凭蚊叮虫咬，熬了三天三夜，居然考中了！最令人称奇的是，老寿星中举后还要再上一层楼，参加第二年的会试，要考进士！举子赴京考试，向来由官府安排车马食宿，费用报销。从广州到北京有四千八百里之遥，乘坐公家马车也得走六十天，要是碰上坏天气，搞不好得走两个半月。年轻人走千里路尚且不易，何况九十九岁的老翁？但老寿星固执得很，不论是家人劝说还是学政大人劝阻，都矢志不移。老寿星一路的吃喝行止全由曾孙照料。九十九的人可以虚称百岁，他入考场时提了一盏灯笼，上面写了四个大字'百岁观场'，意思是，百岁老人做官无指望，考上考不上无所谓，入场考试仅是增加一点儿阅历而已。开科取士有千年历史，百岁寿星入京应试却是开天辟地头一回，把皇上都惊动了。大臣们说，这是上天吉照，老寿星是人瑞，无论如何要取中。于是黄老先生金榜题名，成了进士。"

钱江眉飞色舞，把一则传说渲染得有声有色热热闹闹，就在这时驿车"嘎"的一声停了。驿夫拉住手闸，扭转头扯着嗓子大声问："林大人，前面有仪仗，要不要让道？"林则徐是从一品封疆大吏，走到哪里都是别人给他让道，鲜有他给别人让道的。莫非碰上皇亲国戚了？林则徐将脑袋探出窗外，手搭凉棚一望，果然见一队仪仗和亲兵簇拥着一乘绿呢大官轿，威风凛凛踏雪而来。队列前有五块红底黑字官衔牌，上面赫然写着"文渊阁大学士"、"一等奉义侯"、"钦命直隶总督"、"兵部尚书"、"都察院右督御史"字样，后面是一长串大小青扇明黄伞，兵拳旗枪雁翎刀，原来碰上直隶总督琦善了——道光五年琦善任两江总督时林则徐官拜江苏按察史，琦善是他的上司。林则徐吩咐道："遇上琦相了，让道！"

驿夫把骡车赶到驿道右侧，六个亲兵翻身下马，手牵缰绳伫立在道旁。林则徐扶正栽绒红缨暖帽，猫腰下了驿车。钱江紧跟着钻出车厢，站在林则徐身后。

直隶总督琦善坐在绿呢大官轿里，身体微微发福，穿一身洗得发白的江宁细布仙鹤补服。他长得宽额广颡面目白净，浓眉两道点漆双眸，嘴唇和下巴蓄着浓重的八字一点式胡须，左手的中指戴着一只祖母绿大戒指，胸前的扣眼拴着一条金黄锃亮的表链，不用说，链子的另一头拴着一块西洋打簧表。琦善出身于名门世家，清圣祖努尔哈赤起兵时，他的先祖恩格得理尔率众投附从龙入关，因战功封为奉义侯。琦善是第七代世袭侯爵。有这么深邃的家庭背景，他少年得志官符如火，十六岁以五品候补员外郎步入仕途，二十一岁正式补官，三十四岁当河南巡抚，成为独当一面的封疆大吏，七年前荣升直隶总督。直隶是首善之区，直隶总督向来被官场视为疆吏之首。

琦善的脚下有一只闷罐式紫铜炭火炉，把官轿烤得暖洋洋的。他正在闷头读邸报，听到随行护卫的军官隔着窗子叫道："琦爵阁，前面是湖广总督林则徐大人的驿车，要不要停轿？"那军官叫白含章，三十出头，是个头脑敏捷手脚利索的人。

琦善撩起挡风帘子一看，前面果然停着一辆驿车，车旗上有"钦命湖广总督林"字样。他吩咐一声："停轿。"大轿停稳后，琦善猫腰下轿，官靴在雪地上踩出"咯吱咯吱"的声响。他笑盈盈朝林则徐走去："林部堂，久违了。我正从北京回保定，没想到在荒寒驿道上相遇，幸会幸会。"林则徐领首微笑，拱手致礼："我也没想到在这儿遇到侯相了。"大清不设宰相，设了六个大学士，在头品大员的官衔前加"文华殿"、"武英殿"、"中和殿"①、

---

① 乾隆时改"中和殿大学士"为"体仁阁大学士"。

"保和殿"、"文渊阁"和"东阁"字样，以示位尊。有这六个头衔的人官场视同拜相。半年前朝廷赏琦善文渊阁大学士荣衔，故而林则徐称他"侯相"。

"不敢当不敢当，还是叫我琦爵阁吧。"琦善不愿自称"相"，他与各省督抚互通咨文①时自称"本爵阁部堂"，貌似谦逊，实则透着三分骄矜，气势上压了别人一等。琦善笑眯眯道："林部堂，皇上召你晋京，要你挂钦差大臣衔去广东查禁鸦片，够你忙一阵子的。"林则徐有点儿吃惊："你怎么知道？"军机处的廷寄只说要他晋京商议禁烟事宜，没说要他去广东。琦善笑道："我从京城来，当然知晓京城事。""北京有什么消息？""要禁烟，不是弛禁，是严禁——哦，荒天雪地不是说话的地方。走，到肃安驿去。我给你摆酒接风，咱们边饮边说。"林则徐拱手推辞："琦爵阁，我一出武昌就发出传牌，谕知沿途驿站行馆：则徐进京，仅带随员一人护卫六人厨丁小夫三人，俱系随人行走，沿途州县不得另雇轿夫迎送，所有驿站只备家常便饭。我怎能自坏规矩？"琦善道："你的清明廉洁天下皆知。但在直隶地面上，我是主人翁，你是过境客。要是有人说湖广总督林部堂路过我的地盘，本爵阁部堂连杯酒水都舍不得，人家就要说我吝啬了。再说，我还有要事相告呢。"既然有要事相告，林则徐不再推辞："那就客随主便。"

琦善踱着方步朝林则徐的驿车走去，一眼瞥见钱江："哟，这不是钱江吗？怎么，给林部堂做幕僚了？"钱江赶紧屈膝打千："小侄叩见侯相。"琦善一摆手："别叫我侯相……"钱江稍一愣神立即改口，再次弯膝打千："小侄给侯阁大人请安。"琦善呵呵一笑："也不要叫我'侯阁'。知道的人说'侯阁'是侯爵加文渊阁，不知道的人听着像'猴哥'，以为我是大闹天宫的孙猴子呢。"钱江忍住笑，第三次打千："小侄跪迎爵阁部堂大人。"琦善这才满意："你这个皮头皮脸的皮猴子，见面三跪，礼数够了。"

林则徐诧异道："咦，你认识他？"琦善指着钱江道："认识。他是钱韦行的儿子嘛。当年他在国子监读书，与我儿子和几个京城纨绔裹在一起瞎胡闹，还到我家厨房里偷酒喝，对吧。"他一面说一面照钱江的肩头一拍："起来吧。"

钱江红着脸站起身来："承蒙爵阁部堂大人记得小侄。那时我年少，不懂

---

① 在清朝，上级给下级的公文叫"谕"，下级给上级的公文叫"禀"，同级衙门相互发文叫"咨"。

事,让您见笑了。"琦善道:"跟着林部堂好好历练几年,你会有出息的。"说罢他撩开驿车的挡风门帘:"哟,冰天雪地的,驿站就给配了一只铜手炉,真不像话!走,上我的暖轿。"林则徐不再推辞,跟着他钻进绿呢大官轿,并排坐下。琦善把头探出窗外喊道:"白含章,你骑马去肃安驿,告诉驿丞有贵客莅临,叫他备四菜一汤一壶好酒,烧烫脚水!"那个叫白含章的武官"喳"了一声翻身上马,鞭子一扬踏雪而去。琦善一跺脚,领班轿夫拖起长音:"启——轿——啰——!"八个轿夫倏地一下抬起大轿,在车马仪仗的簇拥下,不急不徐朝肃安驿走去。

琦善一撩官袍下摆,开气棉袍下露出半旧的红色官裤,膝盖上有一块方方正正的补丁,上面绣着一只鹤。林则徐有点儿诧异:"琦爵阁,好生生的裤子怎么打了个补丁,还绣着鹤?"琦善呵呵一笑:"入境随俗嘛。这补丁是有来头的。""哦,怎么讲?"琦善道:"皇上体恤民力维艰提倡节俭。他有一条裤子穿了多年,膝头上磨出一个小洞,舍不得换新的,让太监送到浣衣局,打个补丁继续穿。""有这事?"琦善道:"有!太监们觉得皇上穿补丁裤子不合适,叫浣衣局的婢女在补丁上绣了一条龙,工本费合二两银子。皇上穿补丁裤子,京官们谁敢穿绸披缎?你到京城一看就知道,上至皇亲贵胄下至九品末员,多半都穿布袍和补丁裤子。锦绣补丁——这可是京城一大胜景啊!"琦善的口气带着揶揄:"到北京晋见皇上,还是俭朴为好。"

天下官员都知道,道光皇帝是俭约自苦到极致的人,他年少时家里挂着朱柏庐的治家格言:"一粥一饭当思来之不易,半丝半缕恒念物力维艰"。这种观念深入他的心脾。他继位后颁布的第一道谕旨叫《御制声色货利谕》,提倡重义轻利不蓄私财,为百姓省为国家省为天下省。他下令将宫廷的度支从每年四十万两削减到二十万两,六品以下官员不得穿绸披缎。八年前,他为皇后佟佳氏举办四旬寿诞大宴群臣,臣工们吃惊地发现:堂堂国母的寿宴每人只有一碗打卤面!林则徐这才明白琦善为什么穿半旧的布袍:"这么说,我也得换一套布袍,穿补丁裤子?"琦善笑道:"穿布袍和补丁裤子是随俗,穿锦绣官服拜见皇上是恭敬——你看着办吧。"

一番说笑后,两个人言归正传。林则徐侧过身子问道:"从邸报上看,您在直隶禁烟成效卓著。有何妙计,给我说一说?"两个月前,琦善在天津查获了十三万两走私鸦片，数额之大百年罕见。皇上特旨褒奖，要各省封圻参酌效仿。琦善道："谈不上什么妙计，只是严查密访，命令所有行栈店铺立牌互保，对来自闽粤两省的商船严加稽查，抓了两条大鱼而已。"

  二位总督知道，禁烟是十分困难的事情。自雍正朝以来，朝廷多次颁旨禁烟，每次谕旨初下像罡风厉雨，各级官衙闻风警动，但空气稍转霁和，一切复萌如初，走私的照旧走私，开窑口的照旧开窑口，吸食的照旧吸食，致使大量白银流失海外。雍正朝时一千个铜子兑换一两银子，到了道光朝，得用一千二。如此下去，铜钱兑换白银非得涨到一千三、一千四不可。铜贱银贵达到如此田地，受累的自然是普通百姓。因为依照朝廷的章程，农户缴纳田赋以银计价，农户卖谷换铜钱，用铜钱易银子，再去官府纳税。商人也同样如此。他们售货得钱，纳税却得用银。随着银价的上涨，无力纳税的农户与年俱增，亏本破产的商人不计其数，国家岁入连年萎缩，各省拖欠的库银高达一千多万两！于是，解决鸦片问题成了国家的头等大事。太常寺少卿许乃济上了一道《鸦片烟例禁愈严流弊愈大应亟请变通办理折》，主张将鸦片进口合法化，按药材纳税，以保税源。他建议朝廷准许内地栽种罂粟，自制鸦片，并且说，内地制造鸦片，夷商才能减少贩运，直至无利可图，鸦片输入自然减少，白银外流才会渐渐消失。鸿胪寺卿黄爵滋则上了一道《严塞漏卮以培国本折》，他认为"查拿兴贩，严禁烟馆"的禁令有名无实，就是因为兴贩开馆之人与地方官员和沿海官兵上下联手串通一气。要想拔本塞源肃清流弊，必须重治吸食。他提议给鸦片吸食者一年期限戒烟，过期仍然吸食，视为犯法乱民，以死罪论处。官员吸食，罪加一等，禁止子孙后代参加科举考试。两份奏折针锋相对。道光非常慎重，把它们抄发给各省总督巡抚和将军，要大家各抒己见，妥议章程，迅速俱奏。

  琦善道："许乃济和黄爵滋的折子激起千层浪。我到北京后才知道，二十九位督抚将军回奏皇上，全都同意禁烟，但对设立死刑一事意见分歧，赞同者只有八个，你是其中之一。""如此说来，您是反对者之一？"琦善道："我主张禁烟，但不赞同以死刑殃及烟民。依照嘉庆二十年颁发的《查禁鸦片烟章程》：军民人[①]等吸食者，杖一百枷号一个月；侍卫官员吸食者，革职，

[①] 清朝把人分为"旗人"和"民人"两大类，编入满八旗、蒙八旗和汉八旗的人叫旗人，其余的人叫民人。

杖一百枷号两个月；内廷太监吸食者枷号两个月，发往黑龙江为奴。这样的刑法够严厉了。全国吸食鸦片的人不下千万，以死刑促禁烟意味着兴天下大狱，搞不好就会激起民变！"

林则徐捏着手指问道："皇上怎么说？"琦善道："皇帝痛斥许乃济'冒昧渎请，殊属纰缪'，将他降至六品，责令他休致还乡。"一位大臣因为写了一份不合圣意的奏折被大加惩处，明白人全都看出皇帝的心思。林则徐道："说到禁烟，有上中下三策。上策是拔本塞源，中策是严刑峻法，下策是避重就轻。鸦片的本源在印度，距我大清有万里之遥，是鞭长莫及之地。拔本塞源不易。依则徐之愚见，禁烟可以采用中策。许大人位列九卿，官声也不错，他本应给皇上出上策，起码也要出中策，却出了下策，于国于民以一利而带百害。他丢了官，我也觉得有点儿惋惜。"

琦善用火筷子拨了拨闷罐炉里的炭火，不疾不徐道："鸦片流毒，毒痛四海，既耗中原之地力，又夺天下之农工。有识之士哪个不想肃清？但是，黄爵滋言辞昂奋手段酷烈，用严刑峻法殃及烟民性命，施行起来未必合心应手。"林则徐道："我倒觉得黄爵滋用心良苦。《查禁鸦片烟章程》对吸烟者杖枷，立法不可谓不严，却没能让烟鬼们悔过自新。我以为，唯有立怵心之法，刑加一等，才能叫瘾君子们心生畏惧。"

琦善放下火筷子："瘾君子多得不可胜数，仅我的直隶和你的湖广就不下百万，要是你我二人抡起鬼头刀大砍大杀，能杀得遍地流血尸骨如山。百万瘾君子上有老下有小，连带起来就是千万。十八省的督抚将军一起杀，非得杀得村村白幡镇镇纸钱，全国城乡白汪汪一大片，到处都是敲打棺材板的叮当声和不绝于耳的鬼哭神嚎。你我二人，岂不要落个天下第一酷吏的恶名？所以，我以为黄爵滋的其他建议可以采纳，唯独'食烟者死'不可用。否则，势必杀人如麻啊。"

林则徐道："本朝若无人吸烟，鸦片就不会有销路。则徐以为，给吸烟者一年戒烟期，辅之以断瘾药，以后再犯才杀。这虽是怵心之法，却合于圣人的'辟以止辟①'之义，与苛法不可同日而语。辟以止辟意在杀一儆百，不是滥杀。只要杀掉少数顽劣之徒，嗫嚅烟民哪个不战战兢兢惶然自束？"

---

① 古人把死刑叫"辟"或"大辟"，林则徐的书信中经常使用这个词。

琦善道："林部堂，依照《大清律》，只有十恶不赦之罪才能判死刑。吸食者害己不害人，以死罪待之未免过分。人命关天，承平时期，府县衙门和各省封圻都无杀人之权，只有皇上有勾决权。但凡判人死刑，先由府县衙门初审，呈报各省按察使衙门，按察使认定当杀的，繕写揭帖呈报刑部、大理寺和都察院。三法司定谳后合议俱奏，由皇上秋后勾决。你看各省臬台衙门秋后问斩的死囚文牍，哪一份不是厚积盈尺？皇上日理万机，每年勾决几万人犯，得花好几天工夫，要是把上百万烟民的生死簿全都提交三法司和皇上，只怕他们忙得连轴转也勾不完。"林则徐点头道："言之有理。但是，则徐以为特事必须特办。皇上不妨暂时下放勾决之权，由疆臣代行。"琦善呵呵笑道："这个建议好是好。但是，由封疆大吏掌控天子之权，你不怕有僭越之嫌？"林则徐一摆手："言重了言重了。则徐不敢贪权，各省封疆大吏替皇上勾决只是一时不是一世。一俟烟毒肃清，是要奉还的。"

两人的想法南辕北辙，琦善见话不投机，不再说话。林则徐顿了顿才问："皇上怎么想起让我去广东禁烟？两广总督邓廷桢大人不是很有成效吗？"琦善揉搓着手指上的祖母绿大戒指："还不是看重你的磐磐大才。皇上说，广东禁烟历久不绝，非得派重臣去不可。"林则徐道："我智庸才浅，哪能算得上重臣。""重臣不是我说的，是皇上说的。皇上说，本朝有三重臣一名将。"林则徐只听懂一半，所谓一名将是杨芳，此人在平息西疆张格尔叛乱时立下赫赫战功，封二等果勇侯。至于三重臣，林则徐却是第一次听说："谁是三重臣？"琦善道："皇上说的三重臣有你我二人，还有云贵总督伊里布。你办事果敢锐捷，理政周到；伊里布老成练达，细心绵密，善于守边，处理苗疆事务得心应手。这次禁烟，皇上准备派一名重臣去，云贵两省大乱没有小乱不断，伊部堂须臾不能离开；直隶是首善之区，我也不能去。皇上左思右想，唯有你能担当大任，他对你寄予殷殷厚望呢。"

说话间轿子停下来，琦善隔窗看见肃安驿的广亮门。驿丞带着两个夫役站在雪地里毕恭毕敬地候着。琦善左手提起袍角，右手一展："到了。少穆兄，请！"

二人一先一后下了轿。

第二章

道光皇帝谈禁烟

林则徐到北京后住进了福建会馆。

第二天一早,他到东华门递牌子觐见皇帝,御前太监张尔汉引着他朝养心殿走去。紫禁城里的太监们都晓得道光皇帝唯勤唯俭憎恶奢靡,上至首领太监下至小苏拉太监全都穿着藏蓝色的粗布棉袍,有些袍子打着补丁。这副寒酸相与嵯峨庄严层甍巨构的殿阁楼台一点儿都不谐调。

到了养心殿门口,张尔汉进去通报。林则徐垂手站在门外环视周匝的雪景。大殿前面有一对造工精巧的镀金香炉,旁边立着一个汉白玉日晷,院内积雪被小苏拉太监们用木锹和铁帚扫在一起,堆了两个大雪人。褪色的墙头上压着白雪,飞檐斗拱下垂着冰柱。两个脚踏牛皮暖靴的侍卫目不斜视,钉子似的站在汉白玉石阶上,警卫着皇帝的安全。一群麻雀落在院中啾啾喳喳地鸣叫,在雪地上跳跃戏耍寻找食物,全然无视人间的威武侍卫。

不一会儿,张尔汉挑帘出来,示意林则徐进殿。

养心殿的摆设富丽堂皇,金玉如意,镀金钟表,珐琅盆盂,制作精巧的大瓷瓶,光可鉴人的水磨地砖,金碧辉煌紫翠杂陈,让人眼花缭乱。殿内的御座空着,道光皇帝不在正殿,在东暖阁。林则徐小心翼翼迈过门槛,一眼瞥见道光皇帝爱新觉罗·旻宁。道光光着脑袋,盘腿坐在临窗大炕上。炕几上有一个紫檀木笔架，挂着七八支大小不等的狼毫和羊毫，笔架旁有一方端砚和一个朱砂池，砚台旁堆着各省封疆大吏的奏折，足有一尺高，奏折页子之间插着黄纸标签。东墙挂着一幅匾额，上面是道光御书的四个大字"政贵有恒"。

道光皇帝五十七岁，宽额缩腮峰棱瘦骨，刚剃过的月亮头泛着黢青，脑后拖着一根尺余长的辫子，脑门上有两道犁沟似的抬头纹，唇上和下巴蓄着疏淡的胡须，黯灰色的眸子静如止水，偶尔闪出一丝深不可测的微光。他自小养成布衣麻鞋清淡饮食的习惯，对物质享受兴趣不大。他穿了一件石清色葛布棉袍，脚上套着白麻厚底袜子。这副打扮，若是坐在寻常百姓家，很可能被误认为是普通的八旗老人。

林则徐快行几步，"啪啪"两声打下马蹄袖，双膝一弯，跪在炕沿前的毡垫上："臣湖广总督林则徐，叩见皇上。"道光抬起头，把毛笔朝笔筒里一插："平身。"林则徐站起身来，垂手注视着道光的双眸。道光面带微笑语气平和："林部堂，朕以为你过一两天才到，没想到你走得这么快。"林则徐颔首答道："臣接到廷寄后没敢耽搁，每天多赶了几里路。""朕赏你紫禁城骑马，你怎么走过来了？是不是不习惯骑马？"林则徐小心答道："臣有疝气症，不宜骑马，辜负圣恩了。""要不要朕派太医给你看一看。""是小恙，臣怎敢烦劳圣上牵挂。""嗯，我倒忘了，"道光皇帝指着炕上的蒙古提花毡垫道，"上毡垫，坐下说话。"

在炕上与皇帝对坐谈话是一种特殊的恩赏。林则徐有点儿惶恐："臣何德何能，敢与圣上盘腿对坐？"道光笑道："当年唐太宗主政，十八学士都有座。你代朕经管湖广两省，就不能坐？再说，我在炕上你在炕下，说话也不便当嘛。来，上来！"林则徐道："既然是圣上恩赏，恭敬不如从命。臣恭谢圣恩。"他脱了朝靴，盘腿坐在皇帝的对面，微缩着身子以示谦恭。

道光皇帝直切正题："朕召你进京，是想让你去广州查禁鸦片。雍正七年朝廷颁下第一道禁烟令，屈指算来已经一百多年。然而，烟毒之害涓涓不塞竟成巨流！朕刚登基那年食烟者较少，没想到仅十几年工夫，鸦片就漫延天下泛滥成灾。据巡疆御史奏报，在广东和福建等地，有官绅差役在公廨里公开吸食鸦片。有人写了一首嘲讽诗：一进二三堂，床铺四五张，烟灯六七盏，八九十烟枪。听听，上至士大夫下至贩夫走卒，群而趋之迷而不返，把朕的大清国弄得乌烟瘴气，到了不禁绝就动摇国本的地步。朕继位那年，户部有四千多万两存银，现在只有一千多万。这些年来，白银外流一年胜过一年。以国家有常之白银填域外无常之沟壑，一俟边陲有乱，朝廷就度支不开。朕和几个军机大臣反复议过，他们一致认为你去广州禁烟比较合适。"

邓廷桢是两广总督，林则徐猜不透皇上为什么放着现成的人不用，却要派他去。莫非皇上对邓廷桢有所猜忌或不满？再说，两个总督同驻一城，难免相互掣肘。林则徐小心翼翼道："两广总督邓廷桢大人练达勤政，足以独当一面。"

道光像被马蜂蜇了一下，脸颊上浮起一丝乌云，旋即散去："广东积弊太深，恐怕不是邓廷桢独臂所能承担。据朕所知，广东有十大弊端：一为凶盗充斥，二为营务废弛，三为讳盗作窃，四为纹银出洋，五为滥押无辜，六为乱垦沙滩，七为奸徒放火，八为盗发坟墓，九为习尚侈靡，十为衙役泛滥。邓廷桢就是有三头六臂，也料理不清这么繁杂的事务。"

林则徐揣测着皇帝的心思："粤省一口通商，万国商船常年往来。夷商只要将鸦片趸船泊在大洋，自有奸民趋之若鹜。世家大户、不肖奸民，甚至地方官员的幕友家人，都有染指鸦片的。厚利所在，不仅关津吏胥衙役兵丁查私纵私容隐放行，连权贵勋臣都有深陷其中不能自拔者。臣担心自己心有余而力不足。"

道光道："烟毒已成积重之势，不用大力气不能转迤，不立峻法不能收效，不用严刑不能警示天下。如果听任烟毒泛滥，十数年后，官场尽是噬烟之鬼，营伍尽是萎靡之徒，朝廷只能苦叹野有游民国无劲旅。朕晓得你的苦衷，你担心禁烟会得罪皇亲国戚权贵勋臣。古人云'刑不上大夫，法不治众民'。但是，烟毒渗透肌肤进入骨髓，不用猛药不足以治疗痼疾。朕不得不拂逆古训，搞一个'刑要上大夫，法要治众民'，先替你扫清障碍。"说到这里，道光一击掌："张尔汉！""有。""把那两个烟鬼带来。""喳。"张尔汉弓着后背退出去。道光下炕趿鞋，林则徐也赶紧下炕，跟他出了养心殿。

四个侍卫押着两个人进了养心门。前面那个四十多岁，穿一身藏青色冬袍，后面那个三十出头，穿一身暗棕色棉袍。两个人面色灰暗骨瘦如柴，心绝气丧地耷拉着脑袋。他们走到丹陛前，膝头一弯跪在雪地里。

道光指着他们："认识吗？"林则徐觉得好像在什么地方见过，但两个人低着头，看不清面目。道光的口气突然严厉起来："左面那个是庄亲王奕赉，右面那个是镇国公溥喜。一个亲王一个公爵,都是有头有脸的皇亲国戚。但是,这两个家伙轻薄无形,置国家禁令于不顾,沉迷于鸦片,抽得形销骨立几成废人。上个月,他们二人躲在灵官庙尼姑庵里吸食鸦片,被巡城弁兵当场拿获。他们亮明身份后,弁兵们不敢缉拿,报到宗人府①。宗人府才知晓奕赍吸毒成瘾,俸禄不够花,达到偷卖家中宝物的地步,连先皇御赐的墨宝也拿到琉璃厂换银子!他的福晋跑到宗人府哭天抹泪大诉其苦,张扬得全北京都知道了。烟毒不仅浸染民间,还浸染宗室皇亲。为了警示全国官民,朕特意颁旨,革除奕赍和溥喜的爵位,在刑部大狱关押两年,而后发往盛京圈禁,遇赦不赦!"林则徐这才意识到皇上的禁烟意志如铁石一般不可动摇,所谓"替你扫清障碍"就是先拿皇亲贵胄开刀。道光一摆手:"带下去!"四个侍卫断喝一声:"走!"两个倒霉蛋灰溜溜地站起身来,头也不敢抬,倒着步子退出去。

　　道光转身回到养心殿,一面走一面说:"有朕给你撑腰,你还有什么后顾之忧?"林则徐道:"有皇上撑腰,臣没有后顾之忧。"

　　道光坐在御座上,林则徐垂手站在一旁。张尔汉用大托盘端上两杯奶茶。道光端起杯子啜了一口:"朕本想叫琦善去,但琦善秉性宽和,不一定合适。其他臣工也各有专责。思来想去,还是你去合适。你办事雷厉风行,横逆不动,进止有度。有人主张闭关锁国,朕以为,不到万不得已不宜采用此法。"林则徐道:"臣也以为,禁海封关虽是一策,却不是上策。"各级官吏都知道,皇家度支取自广东粤海关、苏州浒墅关和北京崇文门的关税。粤海关的税收一半上缴内务府供皇家开支,一半由地方留用。要是禁海封关,朝廷的收入会减去不少。皇上道:"本朝不禁茶叶和大黄,允许夷商贩运回国,以活其民命,被养活者不知几万万,可谓恩德深厚。但英国商人不知感恩图报,反而运销鸦片毒害中土。人生在世,生服王法,死服鬼神。夷船远渡重洋,履惊涛御骇浪,全赖上天保佑。唯有痛改前非,才可沾沐天朝恩德。"道光认为中国乃天下第一大国,周边列邦不过是尚未开化的蛮夷,讲起话来有一种睥睨万邦的气概:"据巡疆御史奏报,广东夷商中有查顿、颠地、马地臣、因义士等积年烟枭。这些人你要想办法驱逐出境。但是,英国常年派有兵船在广州洋面巡

---

① 宗人府是管理皇亲国戚的衙门。

游,明目张胆地袒护烟枭。你要有节有制,不要轻开边衅。""臣明白。"

道光从案上翻出几份旧折:"这几份旧折你带回去看一看。四年前,英国派了一个叫律劳卑的夷酋到广州。此人蔑视我朝禁例擅闯虎门,还口出狂言,要我朝按英国章程办事。他自称是英国职官,要与本朝封疆大吏平起平坐,被当时的两广总督卢坤拒绝。律劳卑大为不满,招来英将马他伦挑战本朝天威。马他伦率领'依莫禁'号和'安东罗灭古'号兵船闯入珠江。虎门炮台和横挡炮台发炮拦阻,竟然拦挡不住。"

这件事被载入当年的邸报,各地官员全都略知一二:两条英国兵船冲过虎门,打烂沿江炮台,直抵黄埔码头。卢坤赶紧调派八条水师船和二十多条内河哨船围堵它们,用连锁木筏挡住水道,层层布警断其退路,另调两千多弁兵驻扎在江岸。两条英国兵船与数千广东水陆官兵对峙了十多天。律劳卑孤立无助,穷蹙求退认错乞恩,卢坤才放他出境。当时的广州水师提督李曾阶在家养病,被罢黜,驻守虎门的水师提标中军参将高宜勇被枷号一个月在海口示众,而后流徙新疆。

道光道:"四年前的那件事余波未尽。广东一有大警,就会牵一发而动全身。"说到这里他又啜了一口奶茶:"最近几天,朕在读《明史纪事本末》。前明倭寇袭扰海疆,为鬼为魅为魍为魉祸害百年,实乃前车之鉴。前明嘉靖三十四年,有一股百余人的倭寇在上虞登陆,闯入内地杀人越货,竟然绕过北新关,经安淳县入歙县,逼近芜湖,还在南京城外绕了一圈,然后退到武进,辗转流窜两千里。浙江和江苏两省的防军围追堵截八十余天,才在浒墅关将他们殄灭。但是,被倭寇杀害的内地民人多达四千。说起来,倭寇是小股窜扰,却搞得海疆数省不得安宁。英夷就是当今的倭寇。本朝以战创业以和守业。朕不想搞得边衅四起国无宁日。你此番去广州,烟毒要禁绝,海上鸦片趸船要驱逐,但要避免边衅。"林则徐点头道:"臣明白。"

道光皇帝转脸吩咐道:"张尔汉,你去把《内务府舆图》拿来。"张尔汉"喳"了一声,倒着身子退出去。道光道:"当年圣祖皇帝定鼎中原时不知晓本朝疆域有多大。康熙四十七年,朝廷从理藩院和钦天监抽调了一批官员,雇用了一百多名堪舆高手和十个西洋传教士,历时十年实地测量,绘成《皇舆全览图》,颁行天下。"林则徐道:"那是圣祖康熙皇帝的赫赫功业。直到今天，各地衙门依然以《皇舆全览图》为圭臬。"

张尔汉抱来沉甸甸的《内务府舆图》。道光叫他把舆图摊放在东暖阁的大火炕上，他与林则徐一起进了暖阁："圣祖康熙绘制《皇舆全览图》时新疆和西藏有战事，未能实地勘测。高宗乾隆皇帝继位后，派人去新疆和西藏实地勘测，在《皇舆全览图》的基础上向西展绘。但域外国家不能实测，只能根据传教士的口述编绘，编制出这幅《内务府舆图》。它比《皇舆全览图》增加一倍有余，东至日本和琉球，北至俄罗斯和北海，西至意大利和罗马国，南至印度，把大清四周的大小国家全部囊括其中。但朕查遍全图，却查不到英国。"林则徐从来没见过印制如此精致，版面如此阔大的舆图，不由得眼睛一亮。

道光道："这是西洋传教士带到法国用铜版印制的，横排十三张竖排八张，总共一百〇四张小图，拼粘成完整的舆图。宫里人称它'十三排舆图'，当年共印了一百套。因为不是本朝官员实测，杂糅了传教士的奇谈异说，难免像《山海经》一样离奇古怪。朝廷担心谬种流传，没有颁行天下，分别存放在皇宫、内务府、避暑山庄、盛京和理藩院。"

林则徐从眼镜盒里取出老花镜，浏览图上的山川河流岛屿海洋，从广州看到淡马锡（新加坡），从马六甲看到苏门答腊，从锡兰（斯里兰卡）看到印度，从阿拉伯看到土耳其和意大利。显而易见，距离越远，舆图的绘制越简约，简约到既无山川也无城镇的地步，形成一片片的空白。林则徐对印度看得十分仔细。舆图把印度分为东、西、南、北、中五块，统称"五印度"。鸦片就来自那里。但仅凭这幅舆图无法推断当地的人物山川。过了良久林则徐才抬起头来，自言自语道："有道是，山外有山天外有天啊！"

道光踱着步子："钦天监的传教士说环瀛是个大圆球，叫什么地球，英国在地球的背面。纯属无稽之谈。天圆地方是千年古训。要是环瀛是个大圆球，圆球背面的人还不掉下去？"说到这里道光微微一笑，仿佛在嘲笑传教士们的无知。林则徐头一次听说环瀛是个大圆球，颇觉新奇："哦，地球——这个词倒是满新奇。"道光皇帝接着道："有一个传教士说，英国是岛国，距本朝有七万里之遥。朕也不信。《内务府舆图》南北二万里，东西三万五千里，但没有英国。据朕看，英国不在印度西面就在土耳其东面，只是舆图上没有标注。要是它距我大清七万里，夷商怎能涉海而来？难道他们有孙猴子的本事，一个筋斗云翻过来？"道光把传教士的话当作海外奇谈，在他的想象中，英国应当是一个与日本或吕宋相仿的域外岛国①。他顿了顿，接着道："广州和澳门是华夷混杂的地方。你此番南行，替朕打探清楚英国究竟在何方，离我国有多远，国力几何，兵力几许。"林则徐颔首答道："臣谨遵圣谕。"

道光从厚厚的公牍中抽出一份奏折："朕还有一件机密要交代。你看看这份密折。"林则徐接过密折展读，是巡疆御史周春祺写的。他奏称，两广总督邓廷桢有勾连走私、借权势勒索鸦片商贩的嫌疑。有人在广州城外的海幢寺题写了一首墙头诗：

> 铁船争传节戎临，月钱三万六千金，
> 江湖贼盗收王镇，锦绣妻孥羡蒋钦。
> 自诩得名兼得利，须知能纵始能擒，
> 至今翻覆波澜处，孽海茫茫怨毒深②。

此诗虽未指名道姓，但谁都能够看出所谓"节戎临"者就是邓廷桢。此诗说他每月贪贿三万六千两白银，数额之大令人震惊。林则徐抬眼望着道光："这，可信吗？"

道光不露声色："邓廷桢历次京察大考都是卓异，军机大臣王鼎说他'有干将之才，不露锋芒，怀照物之明，而能包容'，朕才把他从湖北布政史超擢为两广总督。他在广州既督民政也督军政。广东水师和绿营兵糜烂得如同破棉絮，他有没有责任？朕不能仅凭一首打油诗就断定他有罪，却不能不有所警

---

① 鸦片战争结束前，道光命令台湾镇总兵达洪阿提审英国俘虏时查明："究竟该国周围几许？所属国共有若干？其最为强大不受该国统属者，共有若干？又英吉利至回疆各部，有无旱路可通？平素有无往来？俄罗斯是否接壤？有无贸易相通？"（《筹办夷务始末》卷四十七）战争结束后，达洪阿才从俘虏处搞到少许资料，写成《英及各国地图考证》（《筹办夷务始末》卷六十二），呈报朝廷，道光才对英国略知一二。

② 取自中国史学会主编的《中国近代史资料丛刊·鸦片战争》第三卷第435页《粤东海幢寺题壁诗十八首》。这组诗反复抨击广东乱象，指责邓廷桢查私纵私。英军陆军上尉John Elliot Bingham把这首诗的英译稿收入回忆录《英军在华作战记》（*Narrative of the Expedition to China*）中。作者阅读过多种英文史料，都说邓廷桢是鸦片贸易的最大渔利者。但是，中国人普遍相信他禁烟有功。

觉。广州是国门锁钥，要是派贪赃枉法之徒做总督，无异于派贪婪者监守自盗。你到广州后要查明究竟这是风影伪传还是实有其事。"林则徐这才明白皇上为什么不用邓廷桢，而要派他去查禁鸦片。

道光又翻出一份奏折："这份密折是巡疆御史袁玉麟发来的，也与邓廷桢有关。几个月前，邓廷桢保举蒋大彪、伦朝光、王振高和梁恩升等人。说这些员弁常年在外海和内河巡察缉捕，总计查获烟枭土盗二百多人，起获烟土一万零六百余两，抄收银子六万二千六百余两。朕允准晋升他们！但袁玉麟检举揭发了六十四名与鸦片有染的人，其中也有这四个人。袁玉麟说他们有查私纵私暗开窑口之嫌。朕远在北京，看不清邓廷桢和袁玉麟谁是谁非，派巡疆御史周春祺和给事中①黄乐之暗中访查。他们的奏报与袁玉麟相近，说民间盛传蒋大彪等人查私纵私，但广州协副将韩肇庆说这四人有功。究竟是韩肇庆养痈遗患，邓廷桢故意把水搅浑，还是巡疆御史和给事中们核查有误？你到广州后仔细查一下，给朕一个确实的结果。"

巡疆御史和给事中是察民风，听民怨，监视外省吏治的官员，有风闻奏事权。他们的所见所闻与广东官员的奏报相差悬殊。林则徐隐约感到禁烟钦差大臣不好当。广州很可能糜烂透顶，当地的官弁胥吏如同城狐社鼠，亦官亦商亦公亦私亦兵亦盗，上下勾连结成紧密的罗网。他思索片刻道："要是确有其事，应当如何处置？"道光语气坚定："朕授你便宜行事之权。先处置，后奏报！"

林则徐想起琦善关于酷吏的说法："臣有一事要讲。《大清律》是康熙朝颁行的。当时并无鸦片问题，内地奸徒也不曾开设窑口发卖图利。嘉庆朝颁发的《查禁鸦片烟章程》虽然规定对吸食者施以枷刑和杖刑，但依然偏轻。臣主张对吸食者严刑峻法，给予一年教化期，对屡教不改之徒处以极刑。但杀人必须于法有据。臣请皇上重新修订禁烟条规，否则，臣担心执法过刚，留下酷吏的名声。"

道光用手轻轻揉着腰眼："说得好！各省禁烟若无法可依，势必宽严有异，不能彰显圣心之公国法之平。你不妨在京城多待几天，与刑部、大理寺和都察院的堂官郎官们议一议，说一说如何禁烟如何量刑。此番去广州，广东水师的人

---

① 御史和给事中是负责监察的官员，通常为三品官。

力物力财力兵力都由你调遣，一定要把鸦片根除净尽，朕不遥制。但是，一年后如果再有烟土进入内地和北京，朕就要唯你是问了。"最后这句话讲得很轻，却很严厉，林则徐不由得心里一颤。他晓得道光皇帝秉性苛察，律己严，律臣下更严，往往不能体察臣子们办事的难处，稍不如意就大加惩处。根除鸦片如同根除老鼠，老鼠贻害万年，家家户户想尽法子根除净尽，却从未净尽过。但是，道光的话是玉旨纶音，容不得打半点折扣。林则徐觉得一副千钧重担猛然压在自己的肩头，重得令他难以承受。他不敢拍胸脯做坦坦大言，小心答道："臣累受皇恩，深知广东之行乃蹈汤入火之差。为了除奸拯溺，塞大患之源，避免烟土流毒于四海，臣愿置祸福荣辱于度外，竭尽愚悃，查禁鸦片！"

道光点了点头："你还有什么要求？"林则徐思忖片刻道："臣去广州办差，需要懂夷语识夷字的人，请皇上从理藩院选派一名懂英语的笔帖式①随行。"理藩院是管理属邦和蒙古、西藏等边疆地区事务的衙门，有懂朝鲜、缅甸、安南、蒙古、西藏、阿拉伯、俄罗斯和拉丁语的人才。道光说："你找军机大臣王鼎，让他帮你物色一个。"

暖阁里的镀金自鸣钟"当"的一声，道光抬眼一看，已是巳时二刻。他从书架上取下一沓奏折："这些折子是今年广东官员们写的，与那里的民风民俗有关，你先带回去读。朕还有别的事料理，明天下午申时你再递牌子，朕还要和你谈。"

林则徐起身行礼，倒着身子退出了养心殿。

---

① 笔帖式是蒙古语，意为"博士"，是办理文案的文官。宫廷里的翻译也由笔帖式担任。

第三章

枢臣与疆臣

林则徐在北京盘桓了十余天，道光多次召见他，反复商议禁烟事宜。与此同时，京官们也走马灯似的去福建会馆打个花胡哨，谈天说地叙旧情，议论朝政讲禁烟。

这一天，林则徐正与刑部尚书阿勒清阿讨论如何修订禁烟条例。阿勒清阿是满洲正蓝旗人，两个月前由山西巡抚升任京官。他比林则徐小两岁，瘦骨嶙峋暴眼高鼻，脸色微黑胡须浓密。道光让他担任刑部尚书，就是因为他秉性严厉办事果断，主张立怵心之法，对兴贩和吸食鸦片者严惩不贷。阿勒清阿捻着胡须道："少穆兄，我在山西当巡抚时，汾阳县和太谷县查获了大批鸦片。我当即下令对烟贩子们严惩严罚严打严刑，打得他们心惊胆战。以至于烟贩子们说我一出场就是狰狞凶悍之貌，一开口就是焦厉杀伐之声。将来山西人编地方志，恐怕不会给我好嘴脸。"

林则徐呵呵一笑："阿中堂，你有钟馗之貌钟馗之心，天生的打鬼模样。山西人就是想丑化你，也得把你画成黑脸包公。"阿勒清阿笑道："我倒是想当黑脸包公。但包公不好当，搞不好就得罪人，有人会指着鼻子骂我是阿酷吏阿屠夫。"林则徐道："你在山西禁烟，我在湖广禁烟。要是你成了阿酷吏阿屠夫，我不也成了林酷吏林屠夫了？依我看，只要禁烟，就会有人骂娘。咱们不能被唧唧小虫坏了禁烟大事。"阿勒清阿道："少穆兄，全国二十九个将军、总督和巡抚都赞成禁烟，但同意'吸食者杀'的不多，只有八个人，包括你。说白了，谁都不想留下酷吏的名声。但皇上铁定心要把这条写入条例，别人才不再反对。"林则徐交叉十指，放在肚皮上："严刑峻法才能收立竿见影之效。我不是铁石心肠，也是留有余地的。我主张给吸食者一年时间改过自新，屡教不改者才杀，意在以辟止辟。阿中堂，你草拟禁烟条例时，一定要写上这么一条：本朝以德为纲教化民人，但教化必须配以严刑，否则就没有效力。""好，我和刑部的司官们商议一下，力争把这条写入条例。"

林则徐接着道："要禁烟，必须强化保甲制和门牌制。本朝自开国时就明令城乡村镇十家立一牌头，十牌立一甲长，十甲立一保长。每户丁口、年齿、生业必须列于门牌上。十户连保，赏告奸，罚连坐。我提议把'吸食者论死，容隐者连坐'写入条例，让保甲制度充分发挥作用。"

阿勒清阿道："赏告奸，罚连坐，这是秦国商鞅留给后人的治国法宝。商鞅主张有目不以视，以天下为己视；有耳不以听，以天下为己听（君王的眼睛不足以监视民人，要借天下人的眼睛监视；君王的耳朵不足以监听民人，要借天下的人耳朵监听）。但是，琦爵阁等人斥之为苛法，不赞成。""哦，琦爵阁怎么说？"林则徐在肃安县遇见琦善，二人只谈了"吸食者杀"的问题，没有谈及保甲制和连坐法。阿勒清阿道："琦爵阁说，当今法令已经足够严厉，吸食有禁，熬煮有禁，囤贩有禁，海口有禁，密以巡哨，加以连坐，重以流徙，结果却不佳。因为刑法越重，掩饰越工，立法越峻，关津胥吏越容易借机勒索。他担心以商鞅之法治民近于暴政，赏告奸，罚连坐，怵以严刑，只会百弊丛生，使贪官借机讹诈勒索，胥吏借事骚扰巧取，进而讼狱繁兴，把民风引向奸猾。"林则徐摸了摸下巴："琦爵阁是大慈大悲之人，但思虑过头了。自古以来，乱世宜用重典，非常时期宜用怵心之法。唯有怵心，才能教化烟民。哦，我还有一个见识，鸦片是海外夷商贩来的，要是刑律对夷商网开一面，禁烟就禁不到根源上。所以，我建议对贩烟夷商单立一条：一俟人赃俱获，人即正法，货即没官。"

阿勒清阿道："你的建议涉及修改《大清律》。朝廷历来主张内严外宽。《大清律》有'怀柔外邦，不责远人'的条例。藩国人在本朝境内犯法，除了杀人罪，一律押解出境，递交藩国衙门和职官处置。塞外的蒙古王公扎萨克、西藏的噶厦衙门都有自治权。他们的人在内地犯法，量刑从轻。内地民人杀人以命抵命，蒙古人杀人赔一头牛。我以为，这些律条都应当修改，否则无法彰显国法之平。海外夷商走私贩烟得不到严惩，就是因为《大清律》里没有专条。广东官宪只好将他们押解出境。"

林则徐道："阿中堂，严刑峻法必须针对夷商设立专条。否则，就算我人赃俱获，也只能将他们押解出境。这不成了上演《捉放曹》的大戏？如此一来，何年何月才能了断烟毒？根除净尽岂不成了空话？"

"东阁大学士军机大臣王鼎大人到——！"门外传来随从的长声通报。林则徐赶紧起身出迎，阿勒清阿也站起身来跟出去。

王鼎年过七旬，灰发苍辫花白胡须，核桃皮似的老脸挂着十几颗浅棕色的老人斑，半月形的眼袋松松垂下，但步履依然稳健。他是有名的直臣，清操绝俗不受请托，也不请托于人。林则徐曾在他手下当过江苏淮海道，颇得他的赏识。

林则徐抱拳作揖："则徐不知道老前辈光临，失迎了。"王鼎的脸上堆着笑容："前两天你要我荐举一名懂英语的笔帖式。我给你找到了。"他指着身后的中年人道："这位是理藩院的笔帖式袁德辉。四眼先生，过来见林部堂。"袁德辉跨前一步，打千行礼："卑职袁德辉叩见林大人。"声音有点儿含混，带广东口音。

林则徐仔细打量他，此人年约四十，中等身量，长眉细眼，唇上和下巴的胡须刚刚剃过，鼻梁上架着一副眼镜，厚厚的玻璃片像油瓶的底儿，带有一圈圈的螺纹，故而王鼎称他"四眼先生"。他穿了一身石青色八品补服，浆洗得很干净。林则徐将他扶起："请起。走，进去说话。"

王鼎与阿勒清阿寒暄几句后，与林则徐一起进了客厅。袁德辉亦步亦趋跟在后面。一个仆役不待吩咐，泡了龙井茶，用大托盘端上。王鼎、林则徐和阿勒清阿坐在太师椅上。袁德辉官小位卑，斜签着身子坐在杌子上。林则徐对王鼎道："我没办理过夷务。此番南下广州，生怕辜负了皇上的云霓之望。老前辈荐举的人才，想必是料理夷务的能手。"

王鼎指着袁德辉道："少穆啊，四眼先生是有阅历的人。他在南洋待过，懂拉丁语和英语，平常用不上，一俟用上就是宝贝。要说夷情，没人比他更明白。咱们大清朝的官员里就这么一个天主教徒。"

听说袁德辉是天主教徒，林则徐颇感诧异。林则徐在翰林院供过职，知道西华门外有一座天主教堂。那是康熙朝建的。康熙皇帝五十岁时患了疟疾，吃了多种中药没有效用。两个传教士闻讯后毛遂自荐，奉献了金鸡纳霜，康熙吃过后很快痊愈。为了表示感谢，康熙把蚕池口的皇家宅院赐给了传教士，允准他们建一座教堂，并亲笔题写了"天主奉敕建"的金字匾额。蚕池口教堂是大清唯一的天主教堂，主楼高达八丈四尺，比紫禁城的城墙还高。因为是先皇恩赏的，后代皇帝只能任其存在，但严禁官民信奉洋教。眼前居然有一个信奉洋教的笔帖式，还在南洋待过！林则徐问道："请问你是如何懂拉丁语和英语的，怎么入的洋教？"

在"皇亲国戚满街走，五品六品贱如狗"的京城，笔帖式就像不起眼的小蚂蚁，事事处处俯仰随人。官高一级的人都能对他颐指气使，从来不用"请"字。一声"请问"仿佛把他抬举到不应有的高度，袁德辉满脸通红，双手摆得像两张蒲扇："千万别说请，折煞卑职了。"林则徐微微一笑："王阁老叫你四眼先生，这个名字好记。我也叫你四眼先生吧。""四眼"是戏谑之称，"先生"是尊称，一谑一尊恰好居中。

袁德辉连连应诺，他的声音很特别，悠着调子，有点儿像和尚念经："我家祖籍在四川。三十年前家父到广州做生意，私自跨海出境，把我带到马来西亚的槟榔屿。那年我才十岁，家父让我在罗马天主教会办的书院读书，学了拉丁文，入了天主教。后来父亲去马六甲，把我送到当地的英华书院学英语。十二年前，家父去世，我不愿羁留海外，乘船返回广州。朝廷雇有传教士在钦天监效力，他们讲拉丁语，归理藩院管辖。理藩院有懂朝鲜、缅甸、暹罗、越南、日本和俄罗斯语的，独缺懂拉丁语的。理藩院尚书便给广州十三行的总商伍秉鉴老爷发函，请他保荐两名懂拉丁语的人，最好兼懂英语或法语。于是我就到了北京。"

林则徐问道："十三行的总商不是叫伍敦元吗？"袁德辉解释道："伍秉鉴就是伍敦元。伍秉鉴是他的商名，伍敦元是官名。"广州十三行是赫赫有名的官商行。为了与夷商做生意，康熙二十五年朝廷成立了外洋行公所，招募了十三家殷实商户，授予他们外贸专营权。这十三家商户经过粤海关审核，户部备案，朝廷恩准，俗称"十三行"。但是，商家总有因缘转行、告老歇业、破产倒闭、新旧更替的。因此行商的数量多寡不定，多时有二十余家，少时只有五六家，但一直沿用"十三行"的称呼。伍秉鉴代天子经理十三行，坊间说他富比王侯。

林则徐"哦"了一声："你是伍秉鉴保荐的？"袁德辉道："是的。我回国后在广州教华工英语。伍老爷接到理藩院的饬令后，荐举了我。"

阿勒清阿道："四眼先生进天主教堂是理藩院允准的。在北京，只有他可以去教堂做礼拜。哦，也是为了监视传教士嘛。"王鼎见林则徐对袁德辉的身世有疑问，解释道："本朝严锁海疆，凡是出洋经商的，必须在粤海关领取凭照，按期返棹，否则就犯了背祖背德叛宗叛国之罪，依例应当斩立决。但沿海各省从来没有严格执行过。每年冬季夷船回国，总有无业贫民私相推引受雇出洋。本朝海疆万里，到处都是罅隙，走一条船就像走一条泥鳅，致使闭关锁国之策形同具文。三十年前，四眼先生随他爹出走时还是个娃娃，身不由己，回国后反倒因祸得福，因为懂拉丁语和英语，成了奇货可居的稀罕人物。朝廷把他的过往之咎一概抹去，做了笔帖式。"

王鼎的话音刚落，门外又传来一声通报："武英殿大学士太子太傅军机大臣潘世恩大人到——！"林则徐立即起身出迎。阿勒清阿也跟了出去。林则徐刚趋出月亮门就见潘世恩踱着方步走来，身后跟着有几个随员。潘世恩是三朝元老。他二十三岁赴京会试，一举考中状元，可谓少年得志。他是天生的官坯子，通权达变圆融冲合，处变不惊沉稳豁达，遇事决策不新不旧亦新亦旧，左右逢源上下合辙，深得道光的信赖。

林则徐拱手行礼道："则徐不知潘相造访，失迎了。"潘世恩六十八岁，保养得极好，皮肤白净神情潇洒，疏朗的胡须梳得一丝不苟，抬手抬足透着一种圣学渊深历世练达的气韵，讲一口清亮的苏州话："少穆啊，福建会馆的大门口车马如龙门庭热闹，我一眼就看见王阁老和阿中堂的大官轿。"阿勒清阿笑道："少穆兄，你从武昌来北京一趟不容易，一来就惊天动地，不仅六部的堂官郎官们来拜访，连二位军机大臣也来看望你。"

潘世恩一面朝客厅走一面说话："少穆，你是本朝重臣，在湖广湖广重，去广东广东重，就是待在会馆里，会馆也得成了官场重地呀。"林则徐笑道：

"阁相言重了。则徐是疆臣，哪有这种身价？只有您和王阁老才是天下重臣，在北京北京重嘛。"潘世恩诙谐一笑："看看，看看，一见面就相互吹捧，吹得人心如醉轻飘飘的。这倒应了孔夫子的名言：有朋自远方来，不亦重乎！"潘世恩把"不亦乐乎"改了一个字，立即妙趣横生，众人不由得哄然一笑。

大家依官秩高下分别入座。林则徐道："则徐此番出任钦差大臣，仰仗了您和王阁老的保荐。只怕我肩力狭小，挑不起这副重担。"

潘世恩抠住"重"字不放："你是重臣。重臣就得挑重担。要是重臣挑不起重担，还有谁挑得起？"林则徐道："潘相，您是调鼎枢臣，治大国如烹小鲜。晚辈是疆臣，仅代天子牧民一方，孰轻孰重判然分明。您倒调侃起我来了。"潘世恩笑道："看看，看看，又来了。枢臣和疆臣是不一样的。外省是庙小神大，北京是庙大神小。你坐镇湖广，举一例牢不可破，出一令从声如雷。我在军机处干的是调和阴阳弥缝龃龉的事，事事要权衡处处要协调，哪有你那么挥洒自如？"众人又是一阵笑。王鼎道："疆臣坐镇一方，讲求政绩，可以心裁独运颐指气使。枢臣就像中药里的甘草片，没有单独的疗效，但任何药方都得有它，因为它能冲减毒素，疏导中和。枢臣讲求和衷共济，心往一处想，劲往一处使，不能独出心裁，不然就乱套了。"

潘世恩指着一个随行官员道："来，我给你介绍一下。这位是广东南雄州的知州余保纯，我的同乡，嘉庆七年的老进士，当过广东高明县知县和番禺县知县，熟悉广东的物理人情。今年吏部考核府县官员，余大人的考语是卓异。两广总督邓廷桢说他居心朴实办事精勤，老成谨慎练达安静，保举他晋升知府。他是来京述职的。我和王阁老议了议，先让他挂候补知府衔随你办差，等把鸦片事宜处理完再递补知府。"

余保纯朝前迈了一步，作了一个长揖："下官拜见林大人。"林则徐一面还礼一面打量余保纯。此人年约六十，中等身量，中规中矩的老实模样。他也比林则徐早九年跃过龙门，但官运差之甚远，年及花甲才简拔到候补知府的位子上。林则徐对潘世恩道："好。王阁老荐举一位笔帖式，您荐举一位熟悉广东物理人情的余大人。有他们佐幕赞画，我就不会两眼迷蒙了。"

潘世恩对余保纯交代道："广州是南疆第一府，下辖十一个县，华夷混杂风波不断。你与林部堂一起同行，要实力办差。"余保纯颔首点头："是。"

王鼎道:"少穆,你准备何时动身啊?""明天向皇上辞行,后天动身。"

潘世恩依旧亦庄亦谐:"广州与京城风俗迥异。皇上躬行节俭表率天下,京城官场不尚奢侈,广州却是楼房栉比土木华丽的南国大邑。那个地方商贾如织物价腾昂。俗话说:腰缠十万贯,乘鹤下广州。少穆,你此番南下得多带几串大铜钱。哦,有什么需要我们料理的?"林则徐郑重其事:"我去广州,需要几个帮手。"潘世恩一口答应:"京城五品以下官员随你挑。"林则徐道:"我想用两个熟人。""哦,哪两个?""一个是湖北武昌县的县丞[①]彭凤池,一个是废员马辰。我在武昌捉了几个广东烟贩,派彭凤池去广州了解案情。他人在广州,我想就地留用。马辰嘛,去年他的家丁私收贿银,被巡疆御史查住,告到都察院。皇上闻讯大怒,罢了他的官。其实那件事他并不知情。他是我的属官,我了解他。此人血性耐劳忠勇可用,因小疵而弃之不用殊为可惜。我有心保举他重新出山。不知二位阁老允准否?"

王鼎对林则徐道:"你身膺钦差,调用一个县丞是小事一桩,报吏部备案即可。至于马辰嘛——潘阁老,你意如何?"马辰本是湖广督标[②]的游击[③],从三品武官,升降罢黜必须经兵部复核,报皇上允准。潘世恩思忖片刻道:"马辰现在何处?"林则徐道:"在安徽合肥的精诚镖局当领班。"潘世恩搓着胸前朝珠:"一个从三品武官一被罢黜,就像落架的鸡,在镖局里当个不尴不尬的领班,有点儿委屈。但是,马辰是皇上指名罢黜的,起复他不能不顾惜皇上的面子。不过,既然你认为他血性耐劳忠勇可用,不妨让他戴罪效力,等干出实绩来,你再写个折子,保举他官复原职。你看可好?"林则徐点头道:"还是前辈思虑得周全。"

王鼎掏出打簧表瞟了一眼:"未时二刻了,我和潘阁老得回军机处,告辞了,后天给你送行。"阿勒清阿道:"我也该回了。"林则徐赶紧起身为他们送行。

出了大门口,王鼎悄悄拉住林则徐的袖口:"少穆啊,广州与北京隔着

---

① 县丞,八品文官,相当于副县长。
② 清代的绿营兵隶属不同官员,总督直辖的军队叫督标,巡抚直辖的军队叫抚标,提督直辖的军队叫提标,总兵直辖的军队叫镇标,副将直辖的军队叫协标。
③ 游击,官名,从三品武官。

四千八百里。皇上说不遥制，授你便宜行事之权，但你要切记，皇上是事必躬亲的人。你不要独断专行，遇事多请旨，少自作主张。"林则徐为王鼎掀起轿帘："谢前辈指教。"王鼎弯腰钻进大轿后，轿夫们一声长喊："启——轿——了——！"抬起轿子晃悠悠地离去。阿勒清阿乘坐轿子跟在后面，也走了。

待他们走后，潘世恩隔着轿窗朝林则徐招手。林则徐赶紧过去："潘相，还有什么要指教的？"潘世恩道："进来说。"林则徐一听就知道有秘事相告，一掀帘子进了官轿，斜侧着身子坐在潘世恩旁边。潘世恩对林则徐轻声耳语，嗓子眼里只有送气声："你到广州后，给太医院送几箱上好鸦片，要派妥员押送。"林则徐吓了一跳："哦？"潘世恩解释道："给皇太后的。""是孝和睿皇太后？"潘世恩轻轻点头："正是。皇太后久居深宫，百无聊赖。吸食鸦片是她的唯一乐事。皇上以孝道表率天下，全国上下禁烟禁得轰轰烈烈，唯独对皇太后网开一面，而且不许太监和宫女们告诉她。皇太后不问国政，依然喷云吐雾。哦，此事切勿外传。"林则徐点头道："明白。""还有一件事。十三行是朝廷指定的代理商，夷商贩来的商品全由他们代销。鸦片涓涓不塞，伍秉鉴等人就没有责任？""潘相，您有什么线索？""没什么线索，只是怀疑。据说伍秉鉴比皇上还富有，你不妨盯紧他。"林则徐再次点头："是。"

当天晚上，林则徐分别给彭凤池和马辰写了信，要他们去广州等候他。

第四章

权相回京

一月的八达岭格外寒冷，西北风沿着四十里关沟呼啸而行，把山上的老树吹得俯仰摇晃，发出一阵阵"呼呼啦啦"的哨响。由于多日不下雪，气旋把山沟里的浮土吹得纷纷扬扬，白茅荒草枯枝败叶在山道两侧打着旋儿，一会儿傍地翻滚，一会儿东飞西扬，又硬又凉的沙粒子把行人的脸皮打得针扎似的疼。天气虽然寒冷，大道上却商贾不停。南下的是从蒙古和山西来的商队，他们牵着骆驼赶着骡车逶迤而行，驼峰和车上载着牛皮、羊皮和蒙古马具。北驶的车队来自南方，车上满载食盐红糖、葛布贡呢、砖茶瓷器、铁锅铜勺和五金器具。骆驼们昂首挺胸，又大又厚的蹄子踩着浮尘，不紧不慢地雍容而行，身上的驼铃发出"丁零当啷"的声响。

文华殿大学士、领班军机大臣穆彰阿坐在马车上，在人流和车流的挟裹下徐徐而行。他的夫人格日勒氏是蒙古人，家在察哈尔。两个月前她父亲去世了，穆彰阿请假陪夫人奔丧，顺便到察哈尔一带巡视。领班军机大臣出京巡视惊动了沿途府县和蒙古王公，迎迓之周全非比寻常。奔丧期间不宜请戏班子唱戏，但各地官员送的皮革、挽幛、哈拉呢和土特产装了满满两大车。

道光皇帝不喜欢官员们借红白喜事大肆铺张，穆彰阿也不愿取受狼藉坏了名声。他一路上格外小心，连官轿都没乘，只乘私家马车。满文师爷庆祺和汉文师爷张秉忠乘第一辆马车在前面引路，车上载着文房四宝、红心纸张和细软杂物，还有一只樟木箱子，箱子上挂着沉甸甸的铜锁，里面装着三千多两纹银，是沿途官员孝敬的程仪。第二和第三辆车载着官员们赠送的毛皮制品和土产山货。格日勒和女儿乘第四辆车，穆彰阿乘最后一辆。穆彰阿宽额高鼻面孔白皙，唇口上的胡须不多，一对三角眼透着棕黑色的微光，微胖的双手捧着一只蝙蝠纹铜手炉，他身披狐皮袍子，头戴狐皮暖帽，斜倚在车厢里打盹。六个戈什哈骑着高头健马随行护卫，不紧不慢地跟在后面。

酉时二刻，车队来到居庸关北口。前明时期，居庸关是拱卫京师的卫所，有重兵把守，关城修得十分坚固，雉堞敌台垛口参差错落，望洞射口藏兵洞互成犄角，与八达岭上的烽火台连为一体遥相呼应。明朝灭亡后，关内关外成了大清的天下，居庸关的军事地位一落千丈。朝廷只派了五十个旗兵在这里缉匪防盗，由一个佐领管辖。清军入关时动员了满洲八旗的全部人力和物力，十五岁以上六十岁以下的男人带着家眷合族而行，出则为兵入则为民，形成了百年不变的世兵制。定鼎中原后，他们依然保持着世兵传统。驻守居庸关的是默尔齐氏，是一个小部族。朝廷给他们每户划了三十亩地，免征赋税。经过两百年生息繁衍，最初的几十户人家扩展到一百八十户的大村落，人口上千，耕地却没有同步增长，默尔齐氏人均只有五亩多地，碰上水涝大旱，生活日益维艰，连饭都吃不饱。朝廷把旗兵分为守兵、战兵和马兵三等。守兵月银一两，战兵一两五，马兵二两，每个兵丁给三斗半饷米，外加丁粮和马乾。故而，每逢有人因故开缺或死去，各家各户常为补兵缺大争大吵，因为多一个旗兵就多一份饷银，少一个旗兵就少一份丁粮。

旗兵是朝廷倚界的中坚力量，不能眼见着衰落下去。经兵部和户部商议，决定增加一批养育兵。养育兵是候补兵，只给饷银和饷米，不给丁粮和马乾。默尔齐氏增加了二十个养育兵名额。在佐领大人看来，避免争吵的最好办法就是论资排辈，十几岁的养育兵熬上七八年"晋升"为守兵，再由守兵"晋升"为战兵。要想成为领取二两月银的马兵，非得熬到四十岁不可。

旗兵们在居庸关一带亦耕亦防，当差时巡查地面缉拿匪盗，不当差时在家种地。由于长年承平无事，居庸关的旗兵成了战时无用闲时生非的老爷兵，平日当班是虚应差事，一有空就回家料理私活。为了改善生计，他们与家人办煤铺，开栈房，经营铁匠铺或茶水店。在八达岭的关沟里，人们经常看见身穿号衣的旗兵与老百姓混在一起，卖肉卖炭卖茶叶蛋。旗兵们当差如同去公廨上班，日初点卯日落回家，平日饭食由家属们做好，送到哨位上。每逢春秋两操，全体旗兵到校场集合，此时的场面熙熙攘攘如登春台。婆婆媳妇们拖儿带女，坐在树荫下嗑瓜子唠家常，穿针引线缝衣纳鞋底，旗兵们的口号声和女人们的说笑声交织在一起，别有一番情趣。

但是，人越多事情越难办。默尔齐氏多了二十个养育兵，反而惹出一大堆麻烦。年长的旗兵像大爷似的消闲，把苦差累差全都派给养育兵。养育兵资历浅薄，只好忍气吞声，盼星星盼月亮似的盼着"小媳妇熬成婆"。

关沟有四个关口：南口关、居庸关、上关和北门锁钥关。这些关口不是税卡。要是四个关口全都拦路设卡勒索商旅，难免闹得物议沸腾，万一惊动皇上，非得倒大霉不可。但是，五十个旗兵和二十个养育兵守着卡脖子地段怎能不生非分之想？他们不敢明目张胆设卡收费，却能以"搜查匪盗，严防奸宄"为名义刁难过往客商。在山西、蒙古和北京之间走动的商人都是有钱的主，大商人有上百峰骆驼，小商户也有两三辆骡车，转运的货物少则十几石，多则上千石。要他们把货包一一打开，耽误的工夫就让人消受不起。明白晓事的商人自然得花钱免灾。但是，干这种事得把握好分寸，否则有勒索之嫌。

这一天，在居庸关当值的是骁骑校[①]康六爷。他的本名叫默尔齐·康顺。今天应有八人当差，但只来了六个。过了一袋烟工夫，外号叫"黑瞎子"的跟役才晃晃悠悠朝哨位走来。所谓"跟役"就是罪犯家属。依照《大清律》，内地民人一俟犯了重罪，家属要受牵连，发配给驻防各地的旗兵当包衣奴才。默尔齐氏每家都有一个包衣奴才。他们不仅替主子耕田打柴烧水做饭，还替主子当差站哨巡查地面。黑瞎子的主子叫康庄，是领催[②]，在关城开了一座茶馆兼赌场。

康六爷一看黑瞎子就火了，眼睛一瞪："你家主子又干什么去了？"黑瞎子是个十三岁的半大孩子，山东聊城人，穿一身旗兵号衣，袖口上有领催衣花，腰上挎着一把刀。知道底细的人说他是包衣奴才，不知道的以为他是个小

[①] 骁骑校是从八品武官，只有八旗兵中才有这个官名，绿营兵中无此官名。
[②] 领催是级别最低的八旗军官。

军官。此人长得黑瘦，眼睛近视，所以有"黑瞎子"的绰号："俺家主子说老太太病了，叫俺替他。"黑瞎子生在旗人家长在旗人家，与旗人混得精熟，没把康六爷的责问当成大事。

康六爷与康二爷是叔伯兄弟，康二爷是兄长，官衔却比康六爷低。康六爷没办法，干骂一声："康老二又他娘的耍赖皮，吃皇粮不干皇差！你下岗后告诉他，干脆让他给你抬籍入旗，让他给你当包衣奴才！"旗兵们全都咧嘴讪笑。黑瞎子一看，队列里只有一个人是正儿八经的旗兵，其余五人中有三个养育兵，两个包衣奴才。

康六爷喝道："入列！"黑瞎子挺胸收腹站到队列里。康六爷咳嗽一声，吐一口痰，拧着眉毛教训道："在关口当差要有眼力价。什么钱该收，什么钱不该收，收多少，心里要有一杆秤。官商不能收，公差不能收，民间商贾可收，但不能强收，要想法子让他们主动孝敬。流民乞丐不必收，这种人穷得叮当响，没油水，白耽误工夫。附近的村民也不能收，兔子不吃窝边草嘛。明白吗？""明白！"

即使如此克制，当一天差也能收一千多大铜子。但这笔钱不能独吞，得分肥。骁骑校分四成，领催分二成，剩余的分给当值的旗兵。

一个头戴羊皮暖帽的壮年汉子堆着笑脸走到关门前，对康六爷道："军爷，我有两辆驼车和三十峰骆驼要过关，贩了点皮货，请关照。"说罢递上一个桑皮纸包："给弟兄们的茶水钱。"康六爷低头一看，是一包"道光通宝"大铜子，约有四十个。他木着脸一抬手："过！"

一个半老徐娘走过来，一手挎着竹篮一手牵着流清鼻涕的小孩。康六爷没盘查，任她从关门洞下过去。再后面是一个戴红缨暖帽的中年人，比手画脚指挥着四五个伙计赶过一群羊，足有四百只。那人递上一张凭照，康六爷一看，是内务府的采办。他不敢勒索，一抬手，放过去了。

师爷庆祺和张秉忠的骡车走到关门口，黑瞎子一横胳膊："站住！"他见车上有一只挂着铜锁的大木箱，以为碰上有钱的主了。张师爷跳下车，从袖口里摸出一张名刺，上有"文华殿大学士军机大臣穆彰阿"字样。官员出行通常携带兵部清吏司颁发的勘合，很少用名刺。张师爷以为穆彰阿的名刺比勘合管用，没想到黑瞎子不识字。他见名刺上没有红模印鉴，认定他们是可以勒索的商贾，厉声喝道："打开箱子！俺们要检查！"

张师爷知道碰上了刁皮军棍了，嘿嘿一笑："小兄弟，居庸关不是税卡，凭什么查我们的车？"黑瞎子脖子一挺："奉上司的命令，查不法商贩挟带鸦片！"张师爷一脸不屑："真稀罕！鸦片烟土向来是出关往北走，没听说从关外往关里贩运鸦片的。"黑瞎子的圆脸拉成长脸，厉声喝道："少啰唆，打开箱子！"张师爷长脸一拉，嘴一硬："你知道这是谁的车？是军机大臣穆彰阿大人的私家车。"黑瞎子孤陋寡闻，不晓得穆彰阿是何许人，眼珠子一骨碌，斜睨着张师爷："拉大旗做虎皮！什么木大人水大人的，俺不信！就是金木水火土大人一起来，也得查。打开箱子！"

满文师爷庆祺见一个少年旗兵满口不敬，也跳下车来，冷不丁讲了一句满语："加拉希牛鲁额真（叫你们佐领来）！"黑瞎子没听懂，以为庆祺讲的是蒙古话："俺不懂鸟语，打开箱子！"庆祺见他穿着旗兵号衣却不懂满语，明白了八九分，嘿嘿一声冷笑，改说汉话："我看你不是正经旗兵，是个假冒的包衣奴才！"黑瞎子一脸尴尬，支吾一下，回头喊道："康六爷，有两个商人不让查，还假冒什么木大人！"康六爷像螃蟹似的横着膀子走过来："什么人这么嚣张！"张师爷脑筋一转，要戏弄一下这群丘八，一张怒脸一转瞬变成了笑脸，对康六爷行拱手礼："军爷，我家主子在后面的车上，我做不了主。只要他发话，您想怎么查就怎么查。"康六爷没搭理他，游着步子绕到第二辆车前，一揭苫布，见车上堆满了皮张土产，走到第三辆车前，一揭苫布，还是皮张土产。他越发相信这是商人的车。他朝第四辆骡车走去，抓住车门把手猛地一拉："出来，检查！"

一股冷气钻入车厢，里面没人吱声。康六爷扶着门框沿朝里一探头，只见里面坐着两个女人。岁数较大的梳着满洲式两把头，发髻上插着金簪银钗，身穿一品诰命夫人装，八宝水平下摆上绣着江崖海水花纹，脖子上挂着一百单八颗玛瑙串成的朝珠，双手捧着一个铜暖炉，另一个十四五岁的姑娘珠光宝气环佩叮当，一副大家闺秀模样。只有军机大臣、六部尚书和外省总督的夫人才能穿一品诰命夫人装。康六爷立马意识到挡了大人物的驾了，不由得倒吸一口凉气。他扭头朝最后面的车望去，只见六个戈什哈骑着高头大马，雄赳赳气昂昂地跟了上来。他赶紧放软口气，支吾道："卑……卑职不……不知是夫人的车，孟浪了。请……请夫……夫人见谅。"

车里的诰命夫人是穆彰阿的女人格日勒氏。她用不屑的目光瞟了康六爷一眼，没说话。那姑娘却神气十足，眼皮子一翻，气哼哼道："你好眼力价！"说罢猛拉车门，正好夹住康六爷的手指头。康六爷"哎呀"一叫，指甲缝里夹出血来。姑娘假装没听见，银铃般的嗓音往高处一挑："走！"车夫一甩鞭子："驾——！"两匹骡子一使劲，车子倏地一下动起来。

康六爷捏着血糊糊的手指头，眼睁睁看着六辆车子滚滚而去，自言自语道："真他娘的晦气！"回头一看黑瞎子傻愣愣地站在旁边，不由得一股怒气涌上丹田，一掌捆去打了一个脆响："他娘的，你好眼力价！"

太阳偏西时六辆马车和骡车首尾相接出了南口，进了兴盛客栈。客栈老板叫唐成，人称唐掌柜。张师爷把名刺往柜上一放，唐掌柜立即堆出笑脸："嘀哟，是穆相爷光临小店。"他回头高声唤呼："小二，找几个伙计给客官卸车，把马牵到马厩里，喂上好饲料！小三，给客官端水烫脚。"然后他转过脸，笑盈盈道："南房是最好的客房。不巧得很，今儿个有几个赴京会试的举子到这儿游观，订下了。我这就叫他们挪地方，搬到西厢房去。"

张师爷道："穆相爷不愿扰民，也不想张扬。你别说是我们占了他们的房子，就说有客商过境。当然了，我们不会亏待他们，他们的住宿费我们包了。"唐掌柜点头哈腰忙活去了。

吃罢晚饭天黑了。穆彰阿在南屋里伴着油灯读邸报。院子里突然传来一阵喧哗："什么鸟客商这么牛皮？""掌柜的，总得有个先来后到嘛！""你讲不讲信誉？"钱江等四个参加会试的举子趁着闲暇到八达岭游观，天擦黑时才回到客栈。

唐掌柜经历过各种场面，晓得公车举人都是禀赋各异才高八斗的人物，群英会似的来到北京跳龙门，跳不过去是埋没的乡党，跳过去是国家名士，万一得罪了潜在的贵人，难免要遭报应。他满脸歉意道："诸位客官，都是敝人没交代清楚，店伙计们搞混了，才闹出差错。这样吧，诸位的住宿费免了，晚饭也由本店包下，每人送一碗刀削面，另加一碟小菜。"

唐掌柜又是道歉又是赔补，几个举人就势下坡，很快安静下来，把随身杂物搬到西厢房。不一会儿，厨子做好了晚饭。店伙计一声招呼，钱江等四人转回正厅，撩衽坐在一张圆桌旁。钱江问道："有什么酒？"唐掌柜道："牛栏山二锅头，还有本地村酒。二锅头是远处购来的，贵。村酒便宜。"钱江道："既到贵地来，就饮贵地酒。来一坛村酒，外加一盘驴钱肉。"唐掌柜解释道："村酒和驴钱肉是要单算钱的，不在馈赠之内。"钱江敲着筷子："知道知道，你只管端上来。"

林则徐离京后，钱江留下来参回会试，搬进了江苏会馆。他穿着官服，其余三人穿布袍。四个举子全是江苏人，本不相识，在会馆待了十多天，混熟了。大家每天温功课猜考题背时文，日子过得单调乏味。离春闱还有一段时日，大家想散一散心。他们听说钱江在国子监读过书，对北京十分熟悉，请他领大家去长城游玩。钱江与他们合雇了一辆马车，冒着寒气来到南口。

不一会儿店伙计端上一坛村酒，给四人斟上。

钱江道："饮酒得行酒令，不然喝着没滋味。"一个叫吴筱晴的举子拿起筷子："对，我同意。钱兄，你说行什么酒令？"钱江道："咱们就做个文字游戏，即席赋两句诗，诗中要带'英雄'二字，还要点出英雄的名字。说不出来的，罚酒。"吴筱晴道："这个主意好。三国时曹操和刘备青梅煮酒论英雄，咱们来一个书生赌酒论英雄。"

"这有何难，我先来。"说话的叫张官正，焦黄面皮，烟瘾极大，走到哪儿都带一支镶翠玉嘴的烟锅子。他信口吟了一句："夜半醉走景阳冈，打虎英雄逞威风——武松。"

另一个举子叫孙建功："好！兄弟我不才，也凑两句。"他摇头摆脑说道："赢得美人心肯死，霸王毕竟是英雄——项羽。"

吴筱晴拊掌赞道："既有英雄气概又能赢得美人芳心的人不多。西楚霸王乌江自刎时有美人舍生相伴。这个故事好，把一段似水柔情的传说掺和到铿锵人生中，居然成了千古绝唱！"钱江道："英雄配美人便成传奇，小人物配美人，再动听的故事也不能传世。我也吟两句：自古英雄多好色，好色未必是英雄——吴三桂。"

孙建功吊起眼睛："哎，不对。有道是，大辱过于死。吴三桂乃三军上将，却忍辱偷生，先叛明，后叛清，怎能算英雄？只能算双料叛臣。罚酒罚酒！"钱江狡然一笑："我没说他是英雄。我说的是'好色未必是英雄'。"他把"未必"重重地重复一遍。"这也算？""当然算！""好，接着来。"吴筱晴眼珠子一转："我来一个：勉从虎穴暂趋身，说破英雄惊杀人——刘备。"

几个人依次接上：

英雄单骑行千里，刀偃青龙出五关——关羽。

英雄银枪骑白马，当阳谁敢与争锋——赵云。

千年光阴如梦蝶，英雄回首是神仙——周公。

孙建功打住了："周公何以是神仙？"张官正道："周公姬旦辅佐周武王翦灭殷商，东征叛国，平定三监，营建洛邑，制礼作乐，是周朝当之不愧的大英雄。孔夫子尊他为儒学先圣。陕西岐县、河南洛阳、山东曲阜都有周公庙，年年香火不断。周公离世三千年，渐远于人，渐近于神，当然是神仙。"张官正讲得绘声绘色，颇有道理。吴筱晴问道："该谁了。""该钱兄了。"钱江昂首吟道："八千里路云和月，英雄原本是痴人——岳飞。"

吴筱晴不明白："这可怪了，岳飞何以是痴人？"钱江一哂："说起来有点儿复杂，能说一天一夜。我只说三点。靖康元年宋徽宗和宋钦宗被金人俘虏，三十一个皇子中只有赵构一人逃脱，他成了大宋朝唯一的血脉，顺理成章地当了皇上。就国情民心而论，宋朝君臣应当想方设法迎回徽、钦二宗。就内心而言，宋高宗赵构却未必想迎回自己的父兄。要是徽、钦二宗回来了，谁做皇帝就成了悬案，对吧？岳飞偏偏没看透，他时刻牢记靖康耻，屡次进言要迎回徽、钦二宗，这是其一。岳飞的权力是皇上给的，军饷是朝廷发的，他的军队理应姓'宋'，要么姓'赵'，他却称之为'岳家军'。这能不引起宋高宗的猜忌？我的'赵家军'怎么成了你的'岳家军'？岳飞战功赫赫，但不善于交通朝中重臣，也不善于处理人际关系，致使猜忌者众多，这是其二。宋高宗一连下了十二道金牌召他回京，他都以军情急迫，主将不可须臾离开为由，迁延不归。一道金牌颁下，前敌主帅以军情急迫为由不回京，或许事出有因；两道金牌颁下，主帅再以军情急迫为由岿然不动，哪个天子不起疑心？三道金牌依然调不动，宋高宗做何感想？更何况十二道金牌！若是换了诸位仁兄，你们能容忍一个目无君上的悍将？这种人功高盖主，一俟拥兵自重，谁奈何得了他？你说岳飞是不是痴人？"吴筱晴眨了眨眼睛："咦，有道理，至少有七分道理。"

穆彰阿坐在隔壁，与厅堂只隔一扇窗子。他听得真切，不由得心里一动，此人倒是蛮有见识！他站起身从窗缝朝外一窥，只见一个身穿九品补服的人在侃侃而谈。

钱江不知道隔墙有耳，依旧在神聊："当时的宰相是秦桧。他深知主子的所思所想，知道宋高宗疑心重，无法容忍岳飞，只是苦于没有证据证明岳飞有谋反之心。岳飞死后，另一个叫韩世忠的元帅问秦桧：岳飞犯了什么罪？秦桧说：'其事体莫须有也。'什么叫'莫须有'？就是说不清道不明。韩世忠听了不以为然：'莫须有三字何以服天下？'这就有点儿怪了。常言道'欲加之罪，何患无辞'。秦桧是状元出身，满肚皮经典，他要是想置岳飞于死地，编个故事还不是小菜一碟？'莫须有'三字连韩世忠这样的赳赳武夫都骗不了，怎能取信于天下？据我看，秦桧的'莫须有'有弦外之音。他是想告诉韩世忠：我不知道岳飞有什么罪，不是我想杀他，是皇上想杀他。但这种事只可意会不可言传。不过，秦桧万万没有想到他替宋高宗背了黑锅，成了谋杀功臣的千古罪人。民间传说岳飞是秦桧害死的。其实，秦桧哪有那么大的胆量？所以，明朝的文徵明填过一首《满江红·拂拭残碑》：'笑区区，一桧亦何能？'秦桧不过是秉承了皇上的心思办事而已。"

一则九百年前的故事被钱江七扭八歪地一番瞽讲，别有一番意味。几个举子竟然无以辩驳。孙建功道："有道理，痴人都是性情中人，没有满腔痴情，没有成败在我、毁誉由人的执拗，恐怕当不了英雄。"吴筱晴摸着下巴道："这么说来，所有英雄都是痴人。四面楚歌的项羽是痴人，兔死狗烹的韩信是痴人，飞将军李广是痴人，前明的冤鬼袁崇焕是痴人，连《水浒传》里的及时雨宋江也是痴人。真是天下英雄皆痴人哪！"钱江道："天以百凶成就一位英雄。哪个英雄不落难？"

张官正道："曹操是青梅煮酒论英雄，我们是书生赌酒说痴人，越说越气短。这个题目太晦气，换一个。"孙建功道："对，换个花样。我看，换成赋诗好。"吴筱晴道："箕坐饮酒，唱和啸歌，是人间一大雅趣。赋什么诗？"张官正道："头一句要有三个同头字，第二句要有三个同旁字，三句四句要点明前两句的关系。限时赋诗，超时罚酒。"几个人都想露一手，齐声叫好。孙建功道："诗文下酒，吃得风流，我先来：

三字同头左右友，
三字同旁沽清酒，
今日幸会左右友，
聊表寸心沽清酒。"

吴筱晴拊掌赞道："妙！我跟一个：

三草同头茉莉花，
三女同旁姐妹妈，
要是想戴茉莉花，
就得去找姐妹妈。"

张官正道："我接一个：

三字同头哭骂咒，
三字同旁狐狼狗，
山野声声哭骂咒，
只因道多狐狼狗。"

钱江笑嘻嘻道："我跟一个：

三尸同头屎尿屁，
三人同旁你们仨，
没人愿吃屎尿屁，
除了在座你们仨。"

吴筱晴等三人挨了骂,立即跳起来,把钱江翻倒在地上,这个捶屁股那个挠胳肢窝:"你这个猴头,一肚皮坏水。今天非罚你三大杯不可!"钱江在地上缩着身子,笑成一团:"诸位仁兄,我自己来,自己来。"张官正倒了三大杯酒,抓起一支毛笔,在杯子上分别写了"屎"、"尿"、"屁"三字。几个人嘻嘻哈哈连按带灌,捏着钱江的鼻子把三杯酒灌下去。

张师爷陪着唐掌柜提一只大茶壶进了厅堂,与四个举子打了个照面,一拐弯进了穆彰阿的房间。唐掌柜下气柔声说道:"相爷,这是刚烧好的毛尖,请用茶。"穆彰阿看了他一眼,一脸庄肃问道:"那个穿补服的叫什么?"举子们在柜上登记过姓名,唐掌柜道:"叫钱江,其余三人叫孙建功、张官正和吴筱晴,都是江苏来的应试举人。""哦,钱江在哪个衙门办差?"唐掌柜低声道:"是湖广总督林则徐大人的属官,来京参加春闱的。"穆彰阿没吭声,只是皱着眉头。唐掌柜见穆彰阿不高兴,顺势道:"相爷要是嫌吵,我叫他们挪个地方?"穆彰阿一摆手:"不必打扰他们。你去吧。"唐掌柜出去了,屋里只剩下张师爷和穆彰阿。

举子们不知道本朝第一权臣在隔壁,依然山南海北地胡吹神侃。张官正道:"钱兄,你在国子监读过书,认不认识本朝的几位大学士?"钱江连灌了三杯酒,脸色发红:"认识谈不上,但德行人品略知一二。"国子监是国家太学,名义上由各地举孝廉入京读书,实际上,监生们不是权臣子弟就是功臣后代。官场要角的奇闻逸事经常在他们的圈子里流传,只要被绘声绘色地渲染一番,就能描出一幅似像非像的群丑图来。吴筱晴问道:"钱兄,依你看,谁会出任今年的会试主考?"

钱江啜了一口酒,脸上泛起红晕:"跑不出军机处的三位阁老。""哪三位?"钱江道:"一是文华殿大学士穆彰阿,二是武英殿大学士潘世恩,三是东阁大学士王鼎。"

穆彰阿听见举子提起自己的名字,像被针扎了一下,立即屏住气息,贴着窗缝静静地听。

钱江煞有介事:"王阁老出身寒素之家,性情耿直,崇尚气节。年轻时他赴京会试,当时的军机大臣王杰赏识他,但王阁老以依附权贵为耻,尽量避开,反而更受王杰的器重,认为此人的品格和气概非比常人,官场前途不可限量。王阁老以理财见长，当过十年户部尚书，他综核出入，人莫能欺。他管理刑部时总览巨细明察秋毫，在改革河务和盐政方面也有建树。但王阁老只当过一次主考。"

"那么，潘阁老呢？""潘阁老是乾隆五十八年的状元，二十三岁跃过龙门，一举成名。他是三朝元老，当过浙江学政和江西学政，还当过礼、兵、户、吏四部尚书。他精通考务，由他主考的可能性大。"

"那么穆相爷呢？""穆相爷嘛，他主持过三次乡试五次会试，还主持过复试、殿试、朝考和庶吉士散馆考。但论学问，他在潘阁老之下，论人品，在王阁老之下，论崇阶，却在潘、王二人之上。潘阁老讲求恭谨圆融和光同尘，不强人所难；王阁老讲求中规中矩，以社稷为重；穆彰阿虽然是领班军机，第一权相，却讲究悚惕之学，以皇上之是非为是非，以皇上之好恶为好恶，是最没主见的。"

穆彰阿听见钱江给自己一个"最没主见"的评价，颇有几分气恼。他好生奇怪，这年轻人仿佛认识官场上的所有权臣，不仅能叫出名字，还能说出经历，做出评点。莫非此人有什么背景？他屏住气息继续聆听。

孙建功觉得钱江有点儿言过其实。"钱兄，最没主见的人怎能做领班军机大臣？"钱江夹了一片驴钱肉，嚼得"吱吱"作响，待把肉片咽下，才开口道："这你就不懂了。当今官场虽然是满汉对半，实际上是满人坐纛汉人赞襄。每逢有重大事情要裁决，穆相爷不说话，叫潘、王二位阁老先说。潘阁老说'左'，王阁老也说'左'，穆相爷就说'左'。要是潘阁老说'左'，王阁老说'右'，穆相爷就不言语，听凭潘、王二人争论，最后自己衡平取中。要是潘、王互不相让，穆相爷就说：看来事端重大，必须奏请皇上圣裁。皇上要是说'右'，穆相爷就垂首附会：'奴才也以右为上。'"说到这里，钱江做了一个谦恭俯首的姿态，脑门触到桌面，那副滑稽模样引得三位举子"哧哧"发笑。钱江继续神侃："有穆相爷宰辅担纲，官场上自然讲求和衷赞襄一团和气，不求有为但求无过。一言以蔽之，柔糜泄沓，弥缝而已。"

孙建功道："哦，怎么个弥缝法？"钱江微微一笑："我在国子监读书时，有人和着'一剪梅'词牌填了一首《弥缝》诗，把当今官场的风气写得惟妙惟肖，"他用筷子击节，背出一段官场切口：

> 仕途钻刺要精工，京信常通，炭敬常丰。
> 莫谈时事逞英雄，一味圆通，一味谦恭。
> 大臣经济在从容，莫显奇功，莫说精忠。
> 万般人事要朦胧，驳也无庸，议也无庸。
> 八方无事岁年丰，国运方隆，官运方通。
> 大家赞襄要和衷，好也弥缝，歹也弥缝。
> 无灾无难到三公，妻受荣封，子荫郎中。
> 流芳身后更无穷，不谥文忠，也谥文恭。

吴筱晴赞道："这词写得妙味无穷啊。"张官正问道："你看穆相爷会不会出任今年的主考？""有可能。""要是穆相爷当主考，文章应当如何写？"钱江再啜一口酒，喝得满脸通红，发起长篇大论："会试衡文并无固定的取舍标准，全赖阅卷官的眼光。每次赴京会试的举人少则两千八多则三千五，哪个不是才高八斗学富五车的主？但是，大家都得顺着试题发无聊之议论，争无谓之名头。数千举子多味杂陈，千人百调匪齐匪一，只有最堂皇的废话，最符合阅卷大臣心思的屁话才能脱颖出来。而阅卷大臣的心思是最难猜的。据我看，王阁老是个性情耿介的人，要是他任主考，写文章就得单刀直入简明扼要；要是潘阁老任主考，文章就得写得花团锦簇流光溢彩。"

张官正催促道："别绕弯子。我问的是，要是穆相爷任主考，该怎么写？"钱江道："穆相爷是有名的弥缝相爷，文章自然要写得弥缝。"张官正大感不解："天下文章有多种写法，何谓弥缝写法？"钱江喝得满脸红光："弥缝写法就是既不能狂放也不能拘谨，既不能简洁也不能藻饰，既不能高谈也不能浅说，既不能左也不能右，既不能上也不能下。这分寸是极难拿捏的。总而言之，就是衡平取中——中庸是也。"

林则徐属下的小官放肆无度苛评当朝权相，穆彰阿气得脸色一阵红一阵白。张师爷惊得眼珠子发直："相爷，没想到本店住进这么个货色，要不要把那小子拿下？"以堂堂相爷之尊与几个胡扯的举子争闲气显然有失身份。穆彰阿一摆手，止住张师爷，示意他接着听。

钱江依然夸夸其谈："国家抡才大典，本应看重策问，由举子对天下大事发表意见，重文轻字才是正理。但举子回答策问很容易走板。谁要是洋洋洒洒直陈无隐，摆出置天下大事于衽席之上的气派，非把考官们惊呆不可，弄不好还得个谤议朝政的考语。考官们大都不愿在策论上耗时间。穆相爷搞了一个身言书判的衡文准则。""何谓身言书判？""身者形貌端庄，言者言辞辩证，书者楷法遒美，判者文理优长。实际上，穆相爷最看重的是'书'。一画之长短，一点之肥瘦，他无不寻瑕索垢评第妍媸。所以，要是穆相爷当主考，诸位切记两条：一是书法端庄，二是策问取衡，千万不要对工、农、兵、吏、漕运、治河发表鸿篇大论。这就是弥缝写法。"

一个鸡毛小官把当朝一品糟蹋得不成样子。穆彰阿恰好是今年春闱的主考。听到这里他"哼"了一声，对张师爷道："钱江这小子一身都是屎尿屁。林部堂怎么用这么个糟乌猫当知事？就算他写出天字第一号的弥缝文章，我也不会让他跃过龙门！"

第五章

红顶掮客

广州是南方第一大邑，这里商贾云集财货满城，五教传播九流汇聚。从广州起碇出海，东可驶往琉球和日本，南可到达吕宋和苏禄，西可行至印度和阿拉伯。英、美、法、荷、西班牙、葡萄牙等国的商人乘风驭浪跨万里海程贩来五金器具、钟表玻璃、呢绒棉花和洋钉花布，换回红绿茶叶、大黄桂皮和丝绸陶瓷。从伶仃洋到广州的二百里水道上一派洋洋大观：南洋的双桅快帆、西洋的三桅大舶、外省的红船绿舟与本埠的快蟹船扒龙船西瓜船茶船扁船桅樯交错，风帆鳞集，"叮叮咚咚"的船钟声不绝于耳。

黄埔是一座江心大岛，位于广州城东面二十里处。它具有得天独厚的条件，是万国海船汇聚的天下第一码头。异国他乡的商船在这里停泊，与专营外贸的十三行接洽、验货、装卸、交割、纳税，经过数月航行的舵工和水艄们在这里登岸休息，就近游观。

黄埔有万余丁口，地少人稠，田亩不够耕种，家家户户望洋谋生。岛上店铺林立客栈丛集，男人去码头搬运货物干杂活，女人在村旁巷口撑起遮阳伞，摆出杂木方桌和竹椅板凳，堆起各色食摊，高声叫卖牛杂萝卜马蹄糕，凤爪春卷船仔粥。有些外国人不吃猪下水，她们却能把这种东西洗刷得干干净净，熬制成叫不上名字的地方小吃。最令外国人惊奇的是当地人什么都敢吃，青蛙蛇肉穿山甲全能入菜，连蝎子蚂蚱和蜈蚣也能摆到盘子里出售。经受了波涛之苦的各国水艄在这里吹河风饮村酒，十指油腻腻地吃河虾，而后脱去水手衫，袒胸露乳放喉高唱异国小调，常常引来一阵阵的喝彩声。在华夷混杂的气氛中，黄埔食摊的生意格外兴隆，繁忙时节连五岁小囡也得派上用场，帮着大人淘米择菜。这是一个连井水都能卖出善价的风水宝地。只要看一眼岛上的镬耳大屋和翘脊大厝，看一眼富丽堂皇的宗族祠堂和过街石坊，人们就会惊叹黄埔人是广东乃至大清最富有的民人。由于经常与夷人打交道，黄埔岛的家家户户备有璧经堂编印的《红毛通用番话》和成德堂刻印的《鬼话》。《红毛通用番话》每页两栏，左侧是英文，右侧用广东方言注音，收入四百多个常用词。"一"到"十"是买卖人的常用数字，人人都能倒背如流：one（温）、two（都）、three（地理）、four（科）、five（辉）、six（昔士）、seven（心）、eight（噎）、nine（坭）、ten（颠）。《鬼话》把英语常用句分为"入行问答门"、"卖茶问答门"、"肉台问答门"、"租船问答门"等十多个门类，同样用广东方言注音。当地人耳濡目染，连妇孺小孩也能讲几句光怪陆离的"鬼话"。当地的建筑式样也深受异域的影响。岛上的琶洲塔是导航塔，它与内地的灯塔迥然不同，塔基的浮雕是八个托塔力士，所有力士都是凹眼高鼻的夷人模样。每年来广州的外国水艄数以万计，难免有人客死他乡。黄埔人慈悲为怀，在附近的长岛划了一块地皮，专门安葬死难的夷人。那些带有十字架的外国坟冢和墓碑与中式坟冢的格调迥异，成为当地一景。

一个九品小官坐在宝善茶楼的方桌旁，手里抓着一只褡裢，一面品茶一面隔窗望着扶胥码头。此人叫鲍鹏，四十多岁，长着一张讨喜的脸，好像随时准备讲开心话。他面皮白净不留胡须，嘴巴左侧有一颗黑痣，半个小指甲盖儿大，一讲话就微微动弹，像一只跳舞的小黑虫。他十二岁去十三行当伙计，学了一口英语，对验货、关税、采购、易货、汇兑、簿记等事务一门清，成为料理夷货的行家里手。他曾在英国的颠地商行干过多年，积累了一笔家财，八年前独自开业，创办了隆兴牙行①，在中国商人和夷商之间充当翻译和捎客，收取经纪费和翻译费。鲍鹏长袖善舞，生意做得有声有色，除了经纪业务，还为

---

① 清代为买卖双方介绍交易、评定商品质量和价格的中间商叫牙商，他们的商号叫牙行。

外地客商提供仓储和食宿，代客商垫款收账，代办验货运输和报关。

鲍鹏深知天下最大的生意是皇家生意和官场生意，与官场无缘的人只能小打小闹，永远发不了大财。故而，他花二百两银子捐买了一个从九品顶戴。有了这顶官帽，他才能承揽官方生意。

鲍鹏处世圆滑办事玲珑，在商道和官道上都走得通。福建泉州的裕兴号大掌柜钱德理委托他代买一百箱鸦片，鲍鹏去查顿-马地臣商行开了票，正等钱德理一起去海上提货。

钱德理从福善客栈出来，神色不安地瞅着大街上的巡查弁兵。这几天禁烟风声极紧，紧得人们头皮发麻心里发怵。黄埔岛上的保长和甲长们四处张贴布告和劝善公文，要烟民们力祛积习勿生观望之心。广州协的弁兵们经常挨家挨户大搜特搜，把中正里、拱振里、福善里、淳庸里和太平里翻了一个底朝天，连供奉玄武水神的道观和南海神庙也不放过。他们查获出二百多斤的烟膏和鸦片，一百多支烟枪，抓捕了三十多个烟鬼。烟鬼们被拉到扶胥码头旁边，带上铁链，铐上木枷，塞进囚笼，一字排开。弁兵们咋咋呼呼吆吆喝喝，声色俱厉地警告当地民人：大清王法森严，谁要是胆敢贩卖和吸食鸦片，严惩不贷！

钱德理从扶胥码头前走过，看见一条茶船停靠在那儿，夫役们拉动绞索滑轮，从美国商船"珀金斯"号上卸货，把茶箱一只只地吊到一条西瓜船上。两个苦力打着赤脚，不紧不慢地把箱子码放得整齐。一个叫保安太的小军官带着兵丁在一旁监视。保安太是个做梦都想当官的人。最近两个月，他的运气极好，接连破获三起贩私案子，被广州协副将韩肇庆保举为外委[①]。外委的官虽小，毕竟是官，他如愿以偿后立马沐冠而舞颐指气使，横着身子迈八字脚都嫌摆不足官架子。他长得尖嘴猴腮，贼亮的眼睛鹰隼似的扫视着夫役和货箱。

一个皮枯肉瘦的苦力抬起一只木箱，放在另一个苦力的背上，第二个苦力缓慢地挪动着步子。保安太一眼辨识出那只箱子与其他茶箱不一样——茶箱较轻，搬运省力，那只箱子明显偏重，搬运颇费力气。

"嗨，你你你，"保安太一挥手，依次指了指三个兵丁，"查那两个苦力！"三个兵丁像嗅到异味的猎犬，做出凶巴巴的扑咬姿态，吠声如吼："放

[①] 外委：武官名，分外委千总（八品）和外委把总（九品）两级。

下箱子！"一个苦力放下箱子，像受惊的虾米似的直起佝偻的腰，另一个苦力吓白了脸，拖在脑后的小辫像一条脏兮兮的猪尾巴。一个兵丁把铁扦插进箱缝，一使劲，只听"咔咔咔"一阵裂响，箱盖子被撬起来，露出一层黄皮纸。另一兵丁揭开纸片，露出乌黑的鸦片球，鸦片球的防潮纸上印有Creek & Company（小溪商行）字样。两个苦力立马汗出如浆，四条腿瑟瑟发抖。

保安太一脸孬意，眉毛一翘："你们好大胆子！煌煌国法之严，堂堂宪命之威，你们全他娘的当耳旁风了！来人，把这两个要钱不要命的刁民捆了！"两个苦力立即软成稀泥，"扑通"一声跪在船板上。一人的头磕得像捣蒜槌，另一人的头磕得像鸡啄米："军爷饶命，小人是挣钱养家的，不知道里面装着烟土！""冤枉啊，小民不知情呀，大人饶命呀！"告饶之声未落，已是鼻涕眼泪一齐流，屎尿屁一齐下。兵丁们不容分说，立即抖动绳索，把他们五花大绑，连推带搡地押走了。

钱德理看得心惊肉跳，扭身朝宝善茶楼快步走去。他进门时脚一软，差一点儿摔倒。他上了楼，见鲍鹏倚窗坐着，紧张兮兮说道："看见没，捕了两个苦力？"鲍鹏见多不怪："别紧张，钱掌柜。广州禁烟向来是外紧内松曲径通幽，里面的名堂外人是看不懂的。那两个苦力是冤大头，弁兵们捉他们是为了请功邀赏。有我做捐客，你这样的大鱼是捉不住的。我保你平平安安把货送到泉州。"他从褡裢里取出一只桑皮纸大信套，抽出一张夷字合同，上面盖有Jardine & Matheson Company（查顿-马地臣商行）的印章。钱德理不识夷字，但认识阿拉伯数字。鲍鹏指着合同上的100、700和70000道："这是一百箱，每箱七百元，总价七万。对吧？"

"对。是正经金花土吗？""当然是。我经手的合同，不会有假。"鸦片分三种，一种产在孟加拉，是东印度公司制造的，叫公班土，一种产自南印度，是英国自由商制造的，叫白皮土，还有一种是从土耳其贩来的，叫金花土。公班土香味浓郁，是上等鸦片，质优价高，每箱趸售价一千二百元以上，只有富人才吸得起。白皮土质量较差，每箱趸售五百元，是卖给穷人的。金花土介于两者之间，每箱趸售价七百至八百元。

鲍鹏自吹自擂道："我与查顿和马地臣是老交情，所以才拿得到七百元的善价。要是换了别人，你每箱至少得多掏五十。"钱德理小心问道："水师护镖，有把握没有？"钱德理是见过世面的贩私老手，来广州多次，但是，雇请水师护镖却是头一回。鲍鹏十分肯定："有。天网恢恢疏而必漏，什么网都有窟窿眼。"

鸦片生意的利润大得惊人，足以叫人怦然心动。广州协的水师营近墨者黑，弁兵们假公济私成性，形迹如同讹诈分赃的匪兵。他们在珠江水道上查私纵私，翻手覆雨转手为晴，达到行者不讳闻者不惊的地步。朝廷和广东官宪屡次颁布禁令，但每次都是风声大雨点小。办差的胥吏和弁兵们做张做智地紧查慢查，无非是借势敲诈趁机勒索，久而久之，达到蛇鼠同眠兵匪一家的地步。就算有人交了狗屎运，被逮个正着，只要他肯破财免灾，连皮肉之苦都不会受。风头一过，走私的照样走私，吸食的照旧吸食，只有拿不出贿赂银的倒霉蛋才被枷号一个月，发配到新疆或黑龙江。但钱德理发现，这回的势头不一样，查禁之严捕人之多声威之猛手段之辣，大大超过以往。他眨着眼睛道："我听说皇上要派钦差大臣来广州。两广总督邓廷桢有点儿心虚，觉得皇上对他不满意，下了死命令严查。前几天有个烟贩被捕，家属哭天抹泪上下游说，通关节使银子，但大小官吏全都一推三六九，没有一个敢拍胸脯的。广州协的一个小军官收了一百元贿赂银，悄悄放走一个烟贩，邓廷桢闻讯立即将他罢黜，打入大牢。"

鲍鹏压低嗓音道："你不是本地人，看不清水深水浅。你看那边，"他指着码头里的一条双桅水师船，"待会儿我领你去水师码头。水师营守备蒋大彪亲自送你。"

珠江上江风习习波澜不惊，广州协水师营的"广协二号"停在江面上，当值的水兵猎犬似的监视着河道。

今天在"广协二号"带班的是外委王振高，外号"水耗子"。他正与司舵、炮目、帆目和管旗聚在船舱里，围着一口生铁锅吃午饭。锅里的几条鱼被吃得只剩残刺、烂骨和汤汁。王振高酒足饭饱，兴致勃勃地讲故事，像说书的艺人似的声情并茂："前年有一条荷兰船来做买卖，船名叫他娘的'稀烂泥'号还是'西拉尼'号我记不清了，总之是个怪名字。朝廷明令番妇不得登岸进城。那个荷兰商人第一次来广州，不晓得大清的王法，随船带了两个番婆子，据说是他的老婆和女儿。"说到这里他打了一个饱嗝，"两个番婆金羊毛似的鬈发十分招惹人眼，偏偏那个老番婆还穿着蜂腰长裙，袒胸露背乳沟分明，一对白生生的大奶子喷薄欲出，就像要跳出来。小番婆的嘴唇上涂着厚厚的油膏，猪血似的殷红，十个指甲染得火烧火燎的鲜亮，脚上蹬着一双怪模怪样的高底鞋，走起路来屁股左扭右摆，像发情的乳牛。那副妖艳，十足的有伤风化。广州城里最风流的娼妇也比不了。番婆子一上岸就轰动了全城，男女老少围了一层又一层——那场西洋景，咱活了半辈子也没见过。"中国讲究男女大防，朝廷认为外国女人袒胸露背浓妆艳抹有伤风化，《防范外夷规条》明文规定番妇不得入境。

一个疤拉眼问道："那怎么办？"他是管驾，"广协二号"的二当家。王振高嘿嘿一笑："这种明目张胆的违规事例还不捅到大宪那儿去？"广东人把两广总督叫"大宪"或"督宪"。王振高用牙签剔着牙缝："大宪听说有番婆子登岸，立马雷霆大怒，饬令十三行总商伍秉鉴转谕夷商，必须把番婆子送往澳门寓居，重新报领船牌，经委员查明船上没有番婆子后才准入口贸易。要是委员隐匿不报，行商取悦夷人违章贸易，委员严参，行商重处！"疤拉眼问："那天谁当值？"王振高道："是'广协三号'的郭呆子。那天他在海珠炮台附近巡查，吸鸦片吸晕了头，美滋滋睡了一个囫囵觉。夷船从炮台前驶过时，手下人没敢叫醒他。夷商给登船盘查的弁兵几个银圆，那群混账就把船放过去了。""后来呢？""后来郭呆子倒了邪霉，好好的外委一撸到底，流徙新疆，吃了贿的兵丁各杖一百枷号一个月。"疤拉眼附会道："'广协三号'真没眼力价。番婆子登岸是花枝招展的事，官绅民人谁不看在眼里？这种事儿，就是给银子也不能干，不能用性命换银钱嘛。"

一个水兵隔着船舱里喊道："王大人，蒋守备来了！"王振高应了一声，捏着牙签钻出船舱。疤拉眼等人放下筷子，跟在他的屁股后面上了甲板。王振高手搭凉棚一望，果然见一条双桅师船缓缓驶来，主桅上挂着镶红边青底黑字旗，旗面上有斗大的"蒋"字，师船后面跟着一条绿漆红字商船。王振高一看就知道那条船是福建船，因为《大清会典》明文规定：广东民船饰红漆，青色勾字；福建民船饰绿漆，红色勾字；江苏民船饰清漆，白色勾字；浙江民船饰白漆，绿色勾字，等等，船头两披必须烙上省、县、字、号。没有油饰和字号的船,沿海水师可以视为匪船,拘留究讯①。

蒋大彪是水师提标后营守备,是王振高的舅舅。王振高猜出他的来意,命令道:"把残羹剩饭打扫了,迎接蒋大人。"听到吩咐后两个水兵进了船舱,一个端出铁锅,把残汁剩汤泼到江里,另一个拾掇杯盘碗筷,用抹布擦拭桌凳。

一袋烟的工夫,蒋大彪的师船和福建商船与"广协二号"拢在一起。水兵们降下船帆抛出缆绳。船靠稳后,王振高提起袍角跨过船帮,上了蒋大彪的船。

蒋大彪四十多岁,一对蚕豆大的眼睛透着精明,唇上蓄着两撇八字须。他在水师营干了二十多年,常年在珠江上盘查中外商船,是精通查私纵私的老手。王振高练就了一套察言观色的本事,是个不折不扣的溜须拍马之徒,他攀着舅舅的高枝混了个外委,当了"广协二号"的船主。

王振高进了官舱,见蒋大彪在喝茶,侧面的杌子上坐着鲍鹏和一个陌生人。王振高认得鲍鹏,朝他一点头算是致意,然后给蒋大彪行礼:"舅舅,又有公干了吧?"所谓"公干"就是私活。蒋大彪放下茶盅:"有,坐下说。"王振高顺势坐在一把杌子上。蒋大彪指着钱德理道:"这是泉州裕兴行的钱大掌柜。几天前他带了一船武夷茶,寄卖在同孚行。来时由泉州府的太极行护镖,不巧得很,镖船漏水了,要大修。钱大掌柜耽搁不起,托鲍老爷说情,求我帮个忙。从广州到泉州八百里水路上海匪出没无常。咱们就做个顺水人情,给他跑一趟镖。"说到这里,蒋大彪伸出左手,另一只手的食指放在左手的掌心上:"人家可是出了大价的。回来后,你到我这儿取。"王振高心领神会,所谓帮忙就是为走私船护镖,蒋大彪的手势意味着每箱收三十元护镖费。王振高问道:"公班土还是白皮土?"鲍鹏拱手笑道:"既不是公班土也不是白皮土,是金花土。""多少箱?""一百箱。"一百箱金花土起码价值七万,只有大商号才经营得起。一般商户一次只能趸购一二十箱,给巡查师船交点过关费蒙混过关,却雇不起师船护镖。

钱德理站起身来,脸上堆着笑容:"敝号头一次烦劳蒋大人,只要一路顺当,以后难免再添麻烦。"他从裆裤里摸出一只桑皮纸包,递给王振高:"初次见面,不成敬意。请王大人笑纳,给手下弟兄们打一打牙祭。"王振高一掂

---

① 海船颜色的规定见《光绪大清会典事例》,卷六二九。

量，很重。他撕开纸包一数，是六十枚亮光光的西班牙银圆。币面上有一个长满络腮胡子的老头，是西班牙王加罗拉四世的头像。当地人叫它"老头币"。这种钱形制规整，有标准的含银量，不仅西班牙和英美商人使用，连中国、越南、缅甸和暹罗商人也使用。

蒋大彪道："钱掌柜大手笔，以后还要和咱们打交道。你就不要让他多破费了。"王振高一副鼠目德行，笑嘻嘻道："那是那是。舅舅，您的意思是，我直接带船护镖，不用回水师营销号？"一条水师船二十多个兵丁，走一趟泉州至少八九天，碰上坏天气，十一二天才能回来。不按时销号，没个说法是不行的。

蒋大彪道："韩肇庆大人那儿我去打招呼。你不用回营销号。亥时一刻，'广协一号'前来换防。你直接带钱大掌柜出海口，从泉州回来再销号。"王振高有点儿担忧："从海珠炮台到虎门炮台是咱们广州协水师营的辖区，出了虎门炮台就是别人的辖区了。要是他们卡住脖子，麻烦就大了。"

蒋大彪道："你放心，今天在虎门巡哨的是顺德协水师营守备伦朝光大人。我跟他是铁打的兄弟。他不会刁难你。你挂上两广总督的'邓'字旗，没人敢拦你。"蒋大彪隶属于广州协，伦朝光隶属于顺德协。但二人配合默契，广州协的船经过顺德协的辖区，或顺德协的船经过广州协的辖区，双方互不为难。

蒋大彪与王振高拉扯了几句闲话，拱手道："钱大掌柜，我不奉陪了，后会有期。鲍老爷，听说朝廷要向广州派一位禁烟钦差。悠着点儿，该躲的时候就躲一躲。"一丝疑虑在鲍鹏的眸子里一闪即逝："是吗？"他是个聪明人，体会到这句话的分量。

王振高和钱德理回到各自的船上。蒋大彪在甲板上吼了一声："起碇！"水兵们立即拉动索具升起四角桁帆。船钟一响，返棹而去。

王振高托着洋钱喜滋滋回到"广协二号"上，立即集合全体水兵。他最了解这帮家伙，他们最大的想头就是坐守水上要津，从南来北往的中外商贾身上揩油。但勒索商贾得靠全船官兵上下齐心，得来的银子当官的不能独吞，否则水兵们不仅背地里骂娘，弄不好还会揭老底告黑状。王振高嗓音一挑，高声道："弟兄们，咱们得跑一趟公差。裕兴行给了六十元老头洋钱。我王振高明人不做暗事，我五元，管驾、帆目、炮目和管旗每人三元，其余的兄弟每人两元，余下的给大家买点好酒好肉改善伙食。我还是那句老话：兄弟们在一口锅里舀饭吃，得风雨同舟，有福同享有难同当。但诸位切记，要把严嘴巴，谁他娘的走漏了风声，别怪我圆脸变长脸，割了他的舌头，抛尸大海喂王八。"水兵们都是查私纵私的老手，知道走一趟镖的收入比月饷高，哪个不肯效力？他们立即击掌跺脚拍胸脯，七嘴八舌嗷嗷叫，马屁拍得山响："还是王大人体谅咱们当兵的！""王大人，你待咱们严如父慈如母啊！""谁要是舌头根子痒痒，你知会一声，咱就把他拾掇了。"

一番忙活后，"广协二号"与裕兴行的商船一前一后顺流而下，朝珠江口驶去。

虎门是大清的南疆国门，广东水师衙门所在地。它的南面有大屿山、老万山等数百座海岛和海礁。那里是疍户们盘踞和出没的地方。数百年来，疍户向来不听朝廷政令。明太祖朱元璋把疍户列入贱籍，不准上岸居住，不准读书识字，不准与岸上人家通婚，致使他们沦落到社会边缘。前明郑成功的残部不肯归顺大清，也加入了疍户行列，经过数百年滋生繁衍和招降纳叛，沿海疍户达百万之众。他们散居在大清海疆和越南沿海的大小岛屿上，合族而居聚众而行，既捕鱼捞蟹兴贩海货，又走私贩私打劫商贾，成为剽悍的海上游民。随着时光的流转，疍户们形成了黑旗帮、蓝旗帮、红旗帮等六大海帮。各帮有自己的帮主，帮主下面设内三堂和外五堂，各堂下分设元帅、军师、洪棍、老幺等级别。他们不足以颠覆朝廷却足以扰乱海疆。抢劫海船、受雇杀人、贩运鸦片全有他们介入其中。在他们看来，生为尧舜死为枯骨，生为海盗死也为枯骨，没什么差别，活着仅仅是在人世间走一遭。他们忠于帮会憎恨皇帝，厚待本帮兄弟仇视官府役吏，施仁义于渔家疍户，洗掠岸上的农家村庄。他们精通船技善使枪炮，来去有如风飚雷激。他们不仅抢劫大清的商船，连暹罗、马尼拉、越南的朝贡船也不放过，甚至敢于攻击英、美等国的商船，对海疆秩序形成巨大威胁。他们比泥鳅狡猾，比鲨鱼凶残，大打出手之后像水蛇一样溜得无影无踪。广东水师与他们斗智斗勇，打了一百多年仗也未能将他们殄灭。

伶仃洋、老万山和大屿山一带是各国疍船的停泊地和鸦片的集散地，汇聚了大量财富，吸引了成群的疍户和海盗，两条英国兵船常年在那里护商，广东水师常年在那里巡哨，三种武装力量盘根错节，相互警视，相互对抗。

"格拉兑"号是查顿-马地臣商行的趸船,载重五百吨。它的船壳是用七寸厚的柚木打造的,舱板之间用铁胁加固,抗得住七级浪的冲击。它的甲板上有双层建筑和木制露台,一层是夷商与走私贩们交易的地方,二层是英国雇员办公和起居的地方,底层是储存鸦片等走私物的仓库。趸船的侧舷安有可以升降的舷梯,是装卸货物的通道。趸船没有帆,靠其他船舶拖拽行驶。风平浪静时它们就泊在伶仃洋南面,碰上台风,夷商就把它们拖到老万山和大屿山的背风处。

来广州贸易的各国商行多达百家,只有财大气粗的商行才有财力打造趸船,财力较弱的中小夷商只能租用趸船的仓位。大屿山和老万山一带常年泊有二十条趸船,分属不同夷商。趸船上挂着不同商行的商旗,它们是招徕走私贩子的幌子。

夷商们仔细研究过《大清律》和《查禁鸦片烟章程》,发现了其中的法律漏洞,《大清律》没有领海条款①。这意味着中国和所有亚洲国家一样没有领海概念,把海岸线视为疆界。狡猾的夷商充分利用了清政府的无知无识,口头上尊重和服从大清法律,实际上在玩弄法律游戏。多年来,他们把鸦片运到中国的大门口,趸售给沿海的走私贩,再由走私贩们携带入境。广东官宪明知这种把戏,但是,既苦于没有法律依据,又苦于水师弱小,竟然无力驱逐鸦片趸船,只能听任英国商贩把伶仃洋到老万山和大屿山之间的水域当作鸦片集散地。久而久之,全国各地的走私贩们像苍蝇闻见腥臭一样风云景从,千里迢迢到这里。他们或雇用海上镖局,或与海盗联手,或与广东水师合作,致使朝廷的禁令形同具文。不明真相的人以为鸦片走私是夜幕下的勾当,实际上它是光天化日下的公开买卖。广东水师的巡哨战船、英国的护商兵船、海盗们的走私船像狮子、老虎和狗熊一样在附近游弋,既相互提防又相安无事,谁也不敢轻易发动袭击,否则立马就会引爆一场枪炮大战。

---

① "领海"是18世纪晚期荷兰法学家格劳秀斯提出的法权概念。为了避免海上冲突,他提议以岸炮射程为各国控制的"领海"。当时欧洲的岸炮射程平均在三海里以内,故而欧洲国家普遍以三海里水域为领海。1863年《万国公法》译成中文后,清政府才知道国际上有领海法,但没有制定大清的领海法,故而在国际海事争端中常常吃亏。1931年中华民国政府宣布我国领海为三海里。1958年,中华人民共和国政府宣布我国领海为十二海里。1982年《联合国海洋法公约》规定"各国有权确定不超过十二海里的领海"。1992年《中华人民共和国领海及毗连区法》以法律形式确立了我国的领海权和领海范围。

广东沿海的府县没人敢在市面上公开兜售鸦片，但是巷口深处隐藏着数以百计的窖口，它们明面上挂着茶叶铺或海鲜档的招牌，私下里大规模经营鸦片。窖口老板与当地的保长和甲长们勾连在一起，与官府混得熟如一家。在他们的庇护下，广东沿海邪气盈天。谁要是胆敢禀报官府，衙门里的师爷仆役立马就能透露风声。走私贩们很快就会罗织一帮打手，对禀报者施加报复。在这种气氛下，村夫村妇们多一事不如少一事，对窖口烟馆熟视无睹。在这种气候下，贩私者们越发肆无忌惮，把当地折腾得乌烟瘴气。

"广协二号"顺流而下，经过一天航行抵达老万山，在距离"格拉兑"号三里远处下碇。鲍鹏引着裕兴号商船慢悠悠驶向"格拉兑"号。查顿-马地臣商行的大东家威廉·查顿正好在趸船上。此人五十多岁，求学于英国爱丁堡大学医学院，毕业后受雇于英国东印度公司，当了船医。他具有异乎寻常的商业嗅觉，能在蛛丝马迹中窥见别人无法察觉的商机。东印度公司规定，每个船员可以携带一箱商品自行售卖。部分船员缺乏商业意识，放弃了机会，他利用了那些船员的份额携带多箱商品谋利，几年工夫就积累了一笔小财，弃医从商。二十年前，他在广州认识了詹姆斯·马地臣。二人情投意合相见恨晚，合伙创办了查顿-马地臣商行。经过多年打拼和奋斗，查顿-马地臣商行成了拥有十九条快速帆船和两千多雇员的大商行。它的船队满载着鸦片、茶叶、丝绸、棉花和香料在太平洋、印度洋和大西洋穿梭往来，业务遍及英国、印度、中国和菲律宾。此外，查顿-马地臣商行还经营海上保险，发放商业贷款，出租仓库和码头设备。它还办了一份英文报纸《广州报》（Canton Press），专门报道中国和印度等地的商情和新闻。查顿-马地臣商行集贸易、航运、金融和新闻为一体，在广州的全部对外贸易额中占了一成半，故而，查顿有"鸦片之王"的称号。他举手投足呼风唤雨，成为惹人瞩目的贸易大亨。他戴着一顶宽边黑呢礼帽，手持一根装有象牙饰物的手杖，披一件兰开夏粗呢防风大氅，刚刚剃了胡须的下巴和两腮泛着黢青，棕褐色的头发梳理得一丝不苟。他老远就看见裕兴号的商船跟在一条师船后面，猜出是来买货的，亲自走到舷梯口。

他见鲍鹏扶着舷梯撩衭而上，用英汉混杂的语言打招呼："Hello, 鲍老爷, How are you？"鲍鹏抱拳作揖，讲华英混杂的半吊子英语："Fine,

Thank You. 恭喜发财。""Have you got the sheet?（带来单子了吗？）"所谓"sheet"就是购买鸦片的合同。鲍鹏笑盈盈道："Yes，是马地臣老爷亲手办的。"

裕兴号把四百石福建茶叶运到黄埔码头，卖给了查顿-马地臣商行，折合五万六千西班牙银圆，抵买八十箱鸦片，其余二十箱鸦片用银锭支付。抵买清单在广州商馆办妥了，现银随船带来。鲍鹏从褡裢里取出一只信套，拿出英文合同，上面有马地臣的签字和印章。

鲍鹏引着钱德理进了舱房，里面有十几个中国苦力，是"格拉兑"号雇佣的装卸工。鸦片生意是黑色生意，中国走私贩与夷商互不信任。外国鸦片贩子曾经以次充好，把劣等鸦片与高档鸦片混装在箱子里。中国烟贩曾用掺了贱金属的银锭欺蒙外国商人。更有迷信之徒散布流言蜚语，说西班牙银币是用水银熬点成的，堆放数年不动就会生出飞蛾或遭到蛀蚀，银坏羽化。这种无稽之谈被传得神乎其神，以至于不少民人将信将疑，他们用银圆交易时往往先用牙齿咬一咬，或用小锤凿下一片仔细查验。天长日久，市面上的不少银圆带有缺口或牙痕，人们称之为"烂板"。烂板不能按面值计价，只能用戥子戥。中国银锭更是五花八门，既有官铸的也有私铸的，熔炼水准千差万别，蜂窝、麻面、银筋、银霜、铅胎、含铜、成色等大相径庭。如何分辨如何戥，非得有专门的收银师不可。因此，查点实银和开箱验货的程序非常烦琐。

查顿叫人打开装有银锭的箱子，一一过戥。钱德理也打开每箱鸦片，一一查验是否掺假。

鲍鹏一面观看一面与查顿聊天："查顿老爷，现在风声有点儿紧。据说朝廷要派一位钦差大臣到广州禁烟。""是吗？""是的。昨天我在扶胥码头，亲眼看见弁兵们查获了两箱鸦片。据说是小溪商行的。"

查顿的脸色一沉，意识到要出大事。他决定立即前往广州的商馆。

第六章

因义士事件

广州西南面有十三栋毗连的楼房，它们用石条打底，灰砖砌墙，黛瓦盖顶，三合土勾缝。楼房的拱门窗户廊柱和烟囱等与中国房屋迥然不同。它们就是闻名天下的广州商馆，当地人称为"夷馆"。商馆是十三行参照外国样式建造的，包租给夷商。它们的结构符合欧洲人的生活和经营习惯：底层是账房和栈房，二层是起居室和卧房。十三栋商馆分别叫义和行、荷兰行、老英国行、丰泰行、新英国行、瑞（典）行、孖鹰（德国）行、宝顺行、美国行、中和行、法国行、西班牙行和丹麦行。夷人有喝牛奶的习惯，十三行在商馆西侧建了一个小饲养场，圈养了几头奶牛。通往商馆的路口有中国兵丁把守。没有海关衙门签发的红牌，闲杂人等不许入内，夷商也不得随意外出。这一规定既可以保护夷商的安全，又设下了华夷大防，可谓一举两得。

商馆周边的几条街道云集了数百家中国店铺，专门向夷人出售蔬菜肉蛋、布鞋草帽、雨伞纸张、女红针黹、零担小吃、外销绘画等，形同商馆的附庸。对外贸易带活了全省的生意，临近府县的民人拖儿带女来广州谋生。他们捡几块破毡片，编几个竹爿子，租一间旧房子，乡亲帮乡亲邻居帮邻居，做起肉蛋鱼虾、油盐酱醋的小本生意。由于财力不逮，鳞次栉比的中国店铺杂乱无章，熙熙攘攘的路人随意丢弃垃圾，骡马毛驴随地屙屎屙尿，阿猫阿狗在人群中快快活活地钻来钻去，街道上脏兮兮黏糊糊乱糟糟湿漉漉，烂市粥棚似的难看。相形之下，华丽的商馆就像插在牛粪上的鲜花。

这几天，商馆周边呈现出冷森森的狰狞模样。三天前，弁兵们在扶胥码头查获了两箱鸦片，包装纸上有Creek & Company字样。它足以说明鸦片是小溪商行的。小溪商行的东家是英国商人詹姆斯·因义士①。邓廷桢依照《查禁鸦片烟章程》将他驱逐出境，限令七天内离开广州，否则就封港封舱，中止全体在华夷商的贸易。为了警告鸦片贩子，邓廷桢命令在商馆前的小广场搭起一座绞架，把一个叫何老金的惯贩当众绞死。此外，他还把一群吸食鸦片的家伙押到商馆附近戴枷示众。三天过去了，烟鬼们像晒蔫的烂水果，眼神空洞满脸绝望，有气无力浑身凄惶。

广东官宪的严厉前所未有，夷商们全都感到事态严重，既愤怒又惊惶，他们聚在老英国馆里商议如何应对这场危机。

威廉·查顿与詹姆斯·马地臣在厅廊里说话。查顿穿一件黑色燕尾服，白色斜纹裤，喉头下打着一只黑缎面蝴蝶结。他早就准备回国处理商务，竞选英国下院的议员。眼下的禁烟局势如火如荼，他决定提前动身。马地臣比查顿小十几岁，家境富裕，父亲是从男爵，但他不是长子，没有爵位继承权。他在爱丁堡大学毕业后去印度谋生，在印度人伊里撒里创办的商行效力。马地臣兢兢业业勤勤恳恳，不因为自己是英国人而小视印度东家，尽其所能协调东家与英国殖民政府的关系，赢得了伊里撒里的充分信任。伊里撒里没有子嗣，临终前留下一份遗嘱，把自己的部分财产赠给了马地臣。于是，他有了投资创业的第一桶金。二十年前，马地臣与查顿在广州相识，二人都来自苏格兰的阿什伯顿市，都有强烈的赚钱欲望，都是吃苦耐劳的工作狂，都勇于涉险，连魔鬼不敢去的地方他们也想插一脚，仿佛上帝让他们来到世间就是让他们赚钱的。他们二人相见恨晚，一拍即合，合股创办了查顿-马地臣商行。查顿瘦高，马地臣矮胖，查顿善于谈判精于演讲，马地臣善于组织长于协调，查顿思维缜密，有运

---

① 詹姆斯·因义士（James Innes，1787-1841）因为违规被清政府驱逐，其人其事记入英国外交档案。美国学者Jason A. Karsh在《鸦片战争的根源》（*The Root of the Opium War: Mismanagement in the Aftermath of the British East India Company's Loss of its Monopoly in 1834*）中把因义士事件视为鸦片战争的起因之一。

筹帷幄决胜千里的气度，马地臣则是一流的经理人才，事无巨细亲自操办，他不仅精通海运，对金融和保险也有深刻的洞见。这是一对黄金搭档，具有半个天使半个魔鬼的秉性。他们既在中国从事鸦片贸易，又在英国从事慈善事业。

马地臣问道："你准备什么时候动身？"查顿道："后天，广州的生意拜托您来打理了。""竞选下院议员，您有把握吗？"查顿胸有成竹："我会成功。我在阿什伯顿市名声很好，为修路筑桥办学校捐助了大笔资金，选民们会投我的票的。"马地臣指着不远处的一张桌子，话头一转："因义士这家伙是个疯子，不断制造麻烦，害得大家沾包受累。"查顿斜睨着因义士："是的，他是一个喜欢制造麻烦的赌徒，一个梦想把火山变成金矿的狂人！"

詹姆斯·因义士坐在方桌旁，正与颠地和查理·京争论。因义士也是苏格兰人，财大气粗，十四年前他携家带口到广州经商，包租了一整座商馆。那座商馆毗连广州城的护城河。护城河像一条小溪，故而他把自己的商行命名为小溪商行，还给它起了一个中文名字，"义和行"。因义士五十多岁，长了一只酒糟鼻子，头顶的头发脱落了一半，皮鞋上沾满灰尘。他性情暴躁，喜欢辩论，经常对中国的物理人情规章制度品头论足，心血来潮时，扭动身子模仿中国缠足女人的步态，竭尽揶揄和嘲讽之能事。此人以胆大包天闻名于商圈。小溪商行紧临一个棺材铺，中国木匠们干活时的拉锯声劈砍声不绝于耳，搅得因义士难以入寐。他与棺材铺的东家协商不成，一纸诉状告到粤海关衙门。粤海关衙门的主事答应调停此事。十天后，棺材铺依旧响声连天，因义士忍无可忍，再次跑到粤海关衙门，威胁说，如果不处理此事，他就要放火烧掉棺材铺和海关衙门。没人把他的威胁当回事儿。因义士果真动起手来！他弄来一束花炮，一炮打进棺材铺，差点儿引燃一场大火。最令人惊异的是，他竟然向粤海关衙门打了一束花炮，还向主事扔了一块石头，晃着拳头说要揍他。一个夷商因为民间纠纷威胁大清海关的官员，各国夷商为之震惊，以为粤海关非收拾他不可。没想到粤海关衙门大事化小小事化了，那位主事居然亲自登门道歉，棺材铺也随之搬家，再也没有叮叮当当的噪音。各国商人都晓得大清的《查禁鸦片烟章程》，为了避免司法冲突，他们把鸦片存放在趸船上，在公海上竖旗叫卖。只有因义士鲁莽得让人提心吊胆，为了让走私贩子在夷馆看样订货，他多次叫人偷带鸦片样品进入夷馆。他的胡作非为令各国商人忧心忡忡，生怕他把天捅个大窟窿。三天前，他叫人把两箱鸦片偷偷装在美国奥立芬商行的"珀金斯"号上，混在货堆里，被中国弁兵查获。两广总督邓廷桢和粤海关监督豫堃立即联衔签署了驱逐因义士和奥立芬的谕令。奥立芬是美国商人，虔诚的基督徒，出于宗教原因从来不做鸦片买卖，却因为因义士的违规违法无辜受累。查理·京①是奥立芬的侄子，非常恼火，正与因义士说理。

因义士近于无耻，觍颜对查理·京道："京先生，鸦片是造物主赐给人类的神奇礼物。它可以治疗多种疾病，有无与伦比的止痛效果。要是你不小心把一个女人的肚子搞大，这东西还能堕胎。"查理·京愤愤道："因义士先生，你在亵渎上帝！鸦片贸易比奴隶贸易更可恶。你的违规行为不仅让自己卷入旋涡，还殃及我们奥立芬商行和两个无辜的中国苦力。你看一看广场上的绞架，还有栅墙外面的中国囚犯！你的行为激怒了中国官宪，给全体外商带来了麻烦。你应当向大家公开道歉！"

"我将向你的叔叔奥立芬先生道歉，并承诺赔偿你们的损失，具体事宜由我的律师与你叔叔商议。至于两个中国苦力，我写了书面证明，证明他们无辜，并且准备支付十个银圆补偿他们的委屈。但是，我估计中国官宪不懂我的好意，甚至私吞那笔小钱。"因义士财大气粗，他的小溪商行拥有七条商船和七百雇员，生意遍及英国、印度、中国和苏门答腊。查理·京道："不论怎么说，你被中国官府驱逐了。你要是不按期离开广州，中国官宪就会封港封舱，搞得大家都做不成生意。"因义士摆出冥顽不化的姿态，眨着眼睛道："驱逐？我不过是去澳门小住数月。用不了多久，还会回来的。"因义士讲的并非没有道理。三年前，邓廷桢下令将他与查顿、马地臣、颠地等九名鸦片渠魁驱逐出境。九大夷商实力雄厚，掌控了广州贸易额的一半。没过多久，邓廷桢就发觉不对头。粤海关的税收是有定额的，半数上缴内务府，半数用于本省官府的度支。九大夷商离境后，广州的贸易额大幅下降，粤海关完不成内务府的定

---

① 查理·京（Charles.W.King，1809-1845）是在清代史料和日本近代史料都留下名字的美国商人。在清代史料中，他是唯一不经营鸦片的外商。在日本史料中，他是第一个试图与日本通商的美国人。1837年7月，他从澳门出发，乘"马礼逊"号商船抵达日本横须贺的浦贺村，受到日本人的炮击和驱逐。日本史称之为"马礼逊号事件"。查理·京将此事报告给美国政府，请求用武力威慑日本开放门户。

额,广东官府的收入锐减。此外,近百万广州民人的生计与对外贸易息息相关,茶叶大黄生丝土产全部滞销,半城居民的收入化为乌有,商民们怨声载道。居于社会底层的民众因为吃不饱饭被迫违法求生,偷摸盗抢随之而起,社会治安乱成一团。邓廷桢这才意识到驱逐夷商不是一件简单的事情。外贸兴则财政兴,外贸衰则民生衰,合法生意与非法生意盘根交错,牵一发而动全身。无奈之下,他派伍秉鉴料理此事。九大夷商并没有回国,全都寄居在澳门。伍秉鉴派儿子伍绍荣去澳门告诉他们,只要他们承诺做合法生意,就允许回来。九大夷商利益攸关,顺势下坡,做出了不携带鸦片入口的承诺,三个月后,全回来了。

兰斯洛特·颠地年约四十,宽额头细长脸,不留胡须,看上去雍雍有容休休有度。他的叔叔托马斯·颠地在中国开办了颠地商行(Dent & Company),还为商行起了一个中国名字:宝顺行。十三年前,兰斯洛特·颠地应叔叔的邀请来到广州,没过几年,叔叔因病回国,他成了颠地商行的掌门人。颠地商行拥有十一条商船,规模仅次于查顿-马地臣商行。颠地曾与因义士等一起被驱逐。有了那次经历,他对中国官府看得更加透彻。他缓缓说道:"因义士先生,所谓驱逐不过是中国人的官样文章。他们驱逐你,却不驱逐你的商行,因为你的商行每年能给粤海关交纳十几万元关税。我敢打赌,不出三个月,中国人就会请你回来。不过,你把鸦片样品混装在奥立芬商行的船中,太不应当。"因义士道:"我已经向查理·京先生道歉了。"

查理·京突然看见一个人出现在会议厅门口:"义律先生来了。"

众人的目光全转了过去。查理·义律笑容可掬,与商人们一一握手。他是英国政府派到中国的商务监督,常驻澳门,因为因义士事件专程来到广州。他留着亚麻色的偏分头,眼珠子像一对灰蓝色的玻璃球。他三十多岁,与饱经风霜的商人们相比稍显年轻。但他有深厚的家庭背景。他的祖父是权势赫赫的明托伯爵,当过海军大臣和印度总督,他的父亲休·义律(Hugh Elliot)当过驻法国公使和驻德国公使,还当过西印度群岛总督和马德拉斯总督。现任印度总督奥克兰伯爵,南非兵站司令懿律将军,都是他的姻亲。

查顿彬彬有礼地朝他走去,长满汗毛的大手握住义律的手,热情得让人感动:"您的到来让整个商馆蓬荜生辉。"但是,这是一种虚情假意。查顿是白手起家的大亨，从心眼里看不起靠家庭背景升迁的义律，但并不流露。义律奉英国政府的命令，准备与清政府建立欧洲式的外交关系，保护英国商民的在华利益。但是，清政府向来以中央之国自居，只与其他国家建立封贡关系，不肯与区区岛夷平等往来，甚至不承认义律的外交官身份，只承认他是管理夷商的英国职官，致使他无法履行外交官的职责。故而，查顿认为义律是个一事无成的人，要不是有家族势力的庇护，根本当不上驻华商务监督。不过，查顿准备回国竞选议员，很想利用义律在政界的人脉，故而对他十分热情。义律摇着查顿的手道："您的商行在中国卓有成效，我为您的成就感到自豪。应您的要求，我给外交大臣巴麦尊勋爵写了推荐信。您到伦敦后，可以直接拜访他。"他从皮包里抽出一个敞口信套递给查顿。而后，他走到因义士面前，与他握手："因义士先生，很遗憾，中国政府严禁鸦片入口，我也曾经反复告诫诸位入境问俗入国问禁，不要激怒中国人。但您违反了《大清律》和《查禁鸦片烟章程》，也违反了商务监督署的命令。广州官宪驱逐您，只能怪您自己。您太不慎重了。"因义士道："是的，我很遗憾。但我不能离开中国。十三行欠我二十多万元货款！清理完欠款前我不能离开。您是我国政府的代表，应当保护我们的利益。"几年前，同文街发生一场火灾，火势延烧了半条街，十三行的兴泰行、广利行和天宝行损失惨重，濒于破产，无法按期结账，总共欠了二十三家英国商行二百八十多万元巨债，其中就有小溪商行的欠款。为了这笔巨额商欠，十三行与英国侨商各推举三名信誉卓著的商人，组成一个清欠委员会。但是，双方在欠款数额和清欠方式上分歧极大，致使清欠工作进展缓慢。

义律道："我将拜会十三行总商，协助您解决欠款问题。但是我必须提醒您，中国是实行连坐法的国家。""我将按期离开，不会连累其他商人。"因义士明白，如果他不按期离开广州，粤海关衙门就会封港封舱。在中国官宪看来，中止贸易是对付不法夷商的不二法门，百试不爽。

马地臣走上讲台，清了清嗓子："尊敬的同胞们，尊敬的各国侨商们：最近发生了一个不幸事件，广东官宪利用因义士先生的偶然过错，小题大做，居然把商馆前的广场当成刑场，还在我们周围绑缚了一群吸食鸦片的囚犯。我们的生命受到了严重威胁！商务监督查理·义律先生专程处理此事，我们请义律先生发表讲话。"

义律不是善于演说的人。他奉命来华与清政府建立欧洲式的外交关系，深知鸦片是横亘英中两国之间的毒瘤，一旦溃烂就难以收拾。他对鸦片贸易并无好感，曾经写信告诉外交大臣巴麦尊勋爵，在华侨商除了少数洁身自好的基督徒外，都涉足鸦片贸易，他建议停止鸦片贸易。但是，巴麦尊回信说，鸦片贸易给英印殖民政府带来了滚滚财源，英国政府尊重大清法律，禁止英国商人直接携带鸦片进入中国境内，但是他特别申明，义律的管辖权仅限于广州、澳门和伶仃洋，无权干涉公海上的鸦片贸易。巴麦尊的意思不言自明：英国政府允许商人们在公海——即中国的大门口外——销售鸦片。义律明白，公开反对鸦片贸易无异于与政府对抗，与全体在华侨商为敌。因此他对鸦片问题十分慎重，很少在公开场合与侨商们唱对台戏。他走上讲台，讲了几句客套话，很快进入正题："我曾经告诫各位，来中国做生意必须遵守中国的贸易章程，尽管中国的贸易章程里包含了许多荒谬和无理的条款。三年多前，广东官宪因为鸦片贸易驱逐过九名侨商，除了一名美国人外，全是我国商人和英属印度商人。我与你们一样不希望再发生类似的事件。它不仅影响你们的生意，也影响大英国的形象。三年多来，诸位恪守了这一原则，唯独因义士先生不慎犯错，给了广东官宪一个反对我们的借口。他们公然在商馆前设立刑场，用死亡威慑大家。你们看一看那些套上枷锁的囚犯，他们比身陷牢笼的禽兽还可怜。把禽兽囚于笼中，尚且给予少许活动空间。但是，《大清律》是没有人性的法律，比古罗马法还要残酷。他们把囚犯锁得只能苟延残喘生不如死。你们要是被中国差役擒获，将处于禽兽不如的境地。为了诸位的安全，我劝诸位好自为之。至于绞架，我将与十三行总商交涉，要求他们转告广东官宪，商馆不是刑场，必须把绞架从商馆前挪走。否则，由此引起的一切后果由中国官宪承担。"

因义士毫不客气地打断了他的话："义律先生，您不要说空话。我们是大英国的重要纳税人。当我们的生命和财产受到威胁时，有权利要求政府保护我们。但是，我们在广州一直受到中国人的歧视，受到海关胥吏的欺诈和勒索。"

一石激起千层浪，商人们立即嗡嗡嘤嘤地议论起来。颠地站起身来道："义律先生，你所说的'由此引起的一切后果由中国官宪承担'是什么意思，是指军事手段吗？"

义律出言谨慎："不排除军事手段。"查顿举手发言："我也想说几句。"义律点头道："请。"查顿走到台前，他是一个口若悬河的演说家，善于利用各种修辞手段化腐朽为神奇，把三分有理的事情讲得十分有理："诸位同人，二百年前，我们英勇的商业先驱约翰·威德尔率领第一支商船队抵达广州，开创了英华贸易的先河。但是，历代中国皇帝都是自大狂，盲目相信中国是世界的中心，其他国家都是腥膻之族蛮夷之邦。中国从来没有平等地对待我们。他们的《防范外夷规条（1759）》和《民夷交易章程（1809）》是歧视性章程。他们禁止我们常驻广州，禁止我们乘轿，禁止我们携带女眷，禁止我们学习汉语，禁止我们打听内地商品的价格。虽然中国朝廷明令不得勒索外商，但那只是一纸空文。我认为，广州贸易制度是一个以皇权名义勒索外国商人的分赃制度，粤海关是世界上最腐败最黑暗的海关，把持在蠹吏和奸胥手中。他们恣意滥索头绪纷杂，不仅征收船钞和关税，还索要额外的规礼和杂费。我们的商船驶入虎门后，开舱有费，丈量有费，验货有费，贴写有费，巡检有费，算房有费，单房有费，签押有费，承发有费，写单有费，放关有费，押船有费，处处收费事事收钱，林林总总多达三十多种，此外还有说不清道不明的平余、火耗、担规和行用。我们的每条商船缴纳的关税、船钞和陋规高达数万元！我们用血汗钱养肥了中国皇帝和广州的贪官污吏！"

颠地击掌响应："讲得好！粤海关是明火执仗的强盗海关，蠹吏和奸胥们浮收滥罚，既不明定税则，又不开给发票，半数收费进了私人的腰包！"另一个商人拍着桌子大叫："是的，中国的执法者唯利是图，监管者自便身家。我们购买的每一磅茶叶和生丝都包含了中国贪官的索贿成本，饱含了我们在中国遭受的屈辱！"人群中再次响起嗡嗡嘤嘤的附会声。待大家安静下来，查顿接着讲："我还要说一说鸦片。我当过医生，我凭借医生的良知告诉诸位，鸦片是一种多效药品，可以治疗疟疾、痢疾、风湿、腹泻、神经痛、醒酒，还有无与伦比的止痛效用。在我国和欧洲，鸦片与香烟和葡萄酒一样，是一种正当正经的合法商品。饮一口鸦片酊，就能营造一种心旷神怡的梦境，激活你的灵感。但是，中国人聪明过头了，他们居然发现这种东西能够吸食，而且吸得不可救药！我们运到广州的鸦片本是良药，中国人把它变成一种可恶的东西。但是，我们没有错误，错在下贱的中国人！我们不能因为有人堕落成酒鬼和烟鬼就禁酒禁烟。"

会议厅里爆发出热烈的掌声，夷商们又喊又叫："对，讲得好！我们应当给中国皇帝上一课，讲一讲什么叫供给和需求，什么叫自由贸易，为什么走私是高额关税的孪生兄弟！""中国皇帝应当打开国门！""禁烟只会让鸦片沦为走私品，却无法阻挡需求！"

查顿继续抨击清政府的垄断制度："中国是专制垄断国家，它的朝廷垄断政治，垄断言论，垄断真理，垄断贸易。广州的所有生意都必须通过十三行。十三行则利用垄断权强定商品价格，随心所欲地提高交易成本。这是一种落后、陈腐、糟糕的制度，应当坚决废除！我们大英国经过工业革命的哺育，产品物美价廉，具有无可匹比的竞争优势。中国有三亿五千万人口，是一个巨大的市场！我国纺织机的效率比中国纺织机高一百倍。我们的印染花布运到中国，加价三倍仍然比中国的土布便宜一倍以上。但是，中国官宪不允许我们的商品销往内地，只允许在广州就地销售。我们期盼着以和平方式进入中国市场，年复一年地耐心等待。但是，中国皇帝闭目塞听，固守着自己的破篱笆，不愿有一丝一毫的改变。我相信一句至理名言：商品进不去，军队就要进去！"查顿声情并茂滔滔不绝，把握住会场的情绪，因势利导，把一场商人聚会变成了控诉会："尊敬的义律先生是我国政府的驻华代表，广东官宪却认为我国职官不能与中国官宪平等交往，不能平行移文。中国官宪给义律先生的公文写有'谕'字，义律先生发给广州官宪的公文却必须写上'禀'字，以此彰显中英两国的尊卑贵贱。这是大英国的奇耻大辱！我不仅是商人，也是一个有公益心的人，有社会责任感的人。我愿意在有生之年效力于大英国的海外殖民事业。我与诸位一样，曾经梦想用和平方式敲开中国市场的大门。但是，我错了，我们都错了！有文字记录的历史说明，只有用鲜血做润滑剂，我们的商船才能破浪向前。我即将启程回国，特意起草了一份请愿书，准备递交给政府和议会，要求我国政府采取强硬和严厉的对华政策，打开中国市场的大门，必要时不惜诉诸武力！如果诸位同人赞同我的意见，请大家在请愿书上签下你们尊贵的姓名！"查顿用煽情方式把一腔牢骚发泄出来。热烈的掌声再次响起。

颠地转头问义律："义律先生，英中两国会不会爆发战争？"义律小心答道："我曾建议在中国水域增强军事威慑力量。但是，跨一万七千海里与世界第一大国开仗毕竟不是一件简单的事情。"马地臣道："我是商人，不愿打仗。但我认为中国是一个暴力传统深厚的国家，它的每次朝代更迭和变法都是通过暴力完成的。对它来说，不流血的和平演变是一种陌生的东西。"颠地一口断定："英中两国迟早会有一场战争！"

第七章

天字码头迎钦差

两广总督邓廷桢乘绿呢大官轿朝天字码头走去，官轿后面跟着一长串仪仗和亲兵。他隔着轿窗望着街景——为了迎接钦差大臣林则徐，从靖海门到天字码头的沿街百姓全被动员起来，净水洒街黄土垫道，家家户户在门前挂起了红灯笼。

邓廷桢年过花甲，瘦骨凸颧，发辫和胡须白得像山羊毛，红缨官帽后面拖着一支墨绿色的双眼花翎。他忐忑不安地倚在轿窗旁，推敲着皇上派钦差大臣的意图。一年前，太常寺少卿许乃济上了一道《鸦片烟例禁愈严流弊愈大应亟请变通办理折》，主张准许夷商进口鸦片，照章纳税，不禁民间吸食，只禁官员和兵丁吸烟。许乃济担任太常寺少卿前是广东按察使，十分了解鸦片贸易的真实情况。这份奏折虽然出自他的手笔，却代表了全体广东官员的意见。为了声援许乃济，邓廷桢随后上了一道奏折："如蒙谕允弛禁通行，实于国计民生均有裨益。"没想到龙颜大怒，道光痛斥许乃济"冒昧渎请，殊属纰缪"，将他贬官降职，饬令休致。皇上的举措不言而喻，就是指责广东大吏庸碌无为禁烟不利。派林则徐到广州更是意味深长，说明道光不相信广东官员有禁绝鸦片的能力。邓廷桢有一种大风即将起于青萍之末之感，接连签发三道宪令，逮捕了近千瘾君子，甚至不惜在商馆前设置刑场。这是一种非常举动，不合朝廷的

"怀柔远夷"之策——但邓廷桢心里明白，这番动作与其说是给夷商看的不如说是给朝廷看的，意在彰显他有弥补过失、禁绝鸦片的决心。

还有一件事令邓廷桢惴惴不安。有人在海幢寺写了一首墙头诗，说他以禁烟之名行肥私之实。流言就像浓妆艳抹的娼妓，黑暗中的烟花，漫天黄沙中的斑斓彩蝶，最能吸引老百姓的注意力，一俟口口相传不胫而走，后果不堪设想。海幢寺是对夷人开放的游观场所，也是酸言冷语闲言碎话流传的地方。匿名人在华夷混杂游客如织的地方向他泼污水，气得他牙根发痒。他下令严查密访，务必抓获匿名人。但是匿名人像钻入地下的蚯蚓，任你寻他千百度，他深藏不露踪影全无。

天字码头接官亭旁聚集了一大群文武官员。广州将军阿精阿、广东巡抚怡良、粤海关监督豫堃、水师提督关天培、副都统英隆，以及广州协副将韩肇庆、南海知县刘师陆、番禺知县张熙宇等大小官员全都赶来迎迓。接官亭内铺着红色氍毹，外面的旗杆上黄绸旌幡迎风飘扬，仪仗兵们擎着兵拳骨朵金黄棍和五色华盖，可谓场面浩大声威凛凛。本地缙绅们也穿戴齐整，排成一弯三曲的长蛇队，跟在官员队列的后面。当地百姓难得一见如此盛大的官绅荟萃景象，拥拥攘攘在周匝围观。衙役们和弁兵们吆吆喝喝推推搡搡，圈出一大片空场。

副都统英隆是努尔哈赤的弟弟舒尔哈齐的八世孙，皇家血统传到他这一代已经清淡疏远，但爱新觉罗的姓氏依然让他十分荣耀。他三十多岁，长着一副玉面小生的圆脸，擅长琴棋书画，精通遛狗跑马，喜欢哼戏曲斗蛐蛐，经常在官场上虚应场景，不时流露出翘然出众矫矫不群的优越感。林则徐的官船还未到，他闲得无聊，叫人端来一张木棋盘，准备找个对手。恰好关天培进了接官亭，他立即上前招呼："关军门，来，杀一盘！"关天培是江苏山阴人，武秀才出身，积四十年军功累升至广东水师提督。他长了一张国字脸，中等身量，性情敦厚，话语不多。他不喜欢英隆，但不愿得罪他，半推半就："我只会下二五眼棋，你可得手下留情。"

二人在接官亭西侧坐下，楚河汉界拉开阵式。他们下棋的派头大不一样。英隆跷着二郎腿，手里握着一对棕黑油亮的山核桃，转得"咯咯"响，关天培则像闷葫芦一样不吭声。同样是吃子，关天培先把对方的棋子捡出，顺序码在棋盘边上，就像排列齐整的死尸，再把自己的棋子推上去。英隆下棋是手口并用，喝一声"杀！""砰"一声把棋子重重砸向对方的棋子，就势一提，甩出盘外，一副提刀狠剁舍我其谁的架势。两个领军人物在接官亭里捉对厮杀金戈铁马，仿佛面对一片硝烟弥漫的战场。韩肇庆和刘师陆等人在周边观战，嘴里不休闲地助战呐喊。这个为英隆出谋，那个为关天培划策："平炮！""不对，炮五进六！""跳马，跳马！""回车，不是这个车，是那个车！"竟然是看棋的比下棋的叫得欢。关天培的棋术不如英隆，不一会儿就露出败象，摆手道："别吵别吵，把我吵得头晕脑涨。观棋不语才是真君子嘛！"

阿精阿、怡良和豫堃都是旗人，聚在接官亭东侧，坐在藤椅上。广州将军阿精阿皮肤棕黑身子骨细瘦，相貌文静，说话文声文气，要不是穿着头品武官的补服，简直就像一名文官。广东巡抚怡良是满洲正红旗人，从刑部笔帖式做起，一级一级升到巡抚的高位上。他是颇有城府的人，办事幽微讲话含蓄，每逢与人聚会，聆听多于开口，听话之间往往哦哦嗯嗯几声，既不推波助澜，也不添枝加叶，碰到非表态不可的事情，常常加上"大概可能也许是，恐怕仿佛不见得"等含混字眼，以至于有人说听他讲话就像听李商隐的隐晦诗，朦胧得如雾如霰如影如风。粤海关监督豫堃五十多岁，体态肥润，长着一张弥勒佛似的笑脸，但比弥勒佛多一抹刻意修剪的八字须。他当过苏州造办处监督，浒墅关监督和内务府办事大臣，半年前调任粤海关监督。粤海关有"天子南库"之称，下辖广州、澳门、惠州、潮州、雷州、琼州和高州七大海关和七十六个正税口、挂号口和稽查口，每年经手的银子有数百万之多。粤海关监督是个肥得流油的职位，不是皇上的亲信绝对坐不到这个位子上。豫堃走到哪里都有"粤海关部堂"的官衔牌陪伴，出警入跸十分风光。但是，这个官并不好当，因为所有正税口、挂号口和稽查口都由本地胥吏税丁料理，那些人全讲粤语方言。豫堃生在北京长在北京。对他来说，粤语方言嘈嘈切切如同鸟语。他上任半年，依然听不懂当地话，颇有一种身在异国他乡之感。他与阿精阿和怡良在一起，有一档没一档地说闲话。

阿精阿问豫堃："你与林则徐熟吗？""熟。他当江苏巡抚时我在苏州造办处当监督。""林大人什么秉性？""办事果断，不拖泥带水。""他喜欢吃什么？""橘子和葡萄。""关军门与他熟吗？"豫堃道："熟。林大人在江苏时，关军门是吴淞营参将。那时候大运河壅塞，漕粮北运试走海道。林大人让关军门押解一千二百多条粮船出长江口扬帆北上,其间有三百多条船遇到风浪漂到朝鲜,后来全都觅道返回。他把一百多万石漕粮运到天津,斛收无缺,三万水勇和船工安然无恙。皇上一高兴亲自召见他温语嘉奖,提拔他为吴淞镇总兵。林大人与他私交极好,所以他才专程从虎门赶来迎接林大人。"

棋已下到残局,英隆还有一车双炮,关天培只剩一个单车,优劣分明。就在这时,有人扬声报告:"邓廷桢大人到——!"听到通报声,关天培如释重负,说了声"输了",一推棋枰,起身朝亭外走去,其他人跟在后面出了接官亭。

邓廷桢猫腰钻出官桥,手搭凉棚朝江面一望,只见林则徐的官船正朝码头驶来,因为顺风顺水,速度较快。阿精阿道:"邓大人,来得早不如来得巧。我们枯坐了半个时辰,林大人的船不到。你一来,船就到了。"邓廷桢心情抑郁气色不佳,没有心思闲扯,淡淡道:"好,广州城里有模有样的人都来了,真是熠熠复熠熠辉煌复辉煌。鼓乐礼炮备好了吗?"怡良扬手一指:"在那边。"百步以远,当地保甲准备好了笙竹唢呐铜锣大鼓,仪仗队备好了三响礼炮和八百响鞭炮。

几条官船舳舻相接,第一条船的两披绘有朱漆彩画五爪蟠龙,舱壁上的花窗极为考究,船艄的旗杆上挂着一面镶黄边烤蓝绸官旗,旗杆下的木架插着两块飞虎清道牌,上面有"回避"和"肃静"字样。清道牌两侧竖着四块朱漆打底的官衔牌,赫然写着"钦差大臣"、"兵部尚书"、"右都御史"和"便宜行事"字样。六个带刀武弁挺胸收腹,鹰犬似的警卫着林则徐。几个船艄手持长篙朝天字码头划来。附近的民船见有官船队驶来,纷纷让开水道。有些大胆的船户满心好奇,摇橹跟在官船后面看热闹。

官船停稳后,林则徐步出船舱,余保纯、袁德辉等随员跟在后面。林则徐刚一上岸,旗鼓队立即鸣放礼炮,奏起笙笛唢呐金锣大鼓,十几面彩旗游龙摆尾似的来回摇动。邓廷桢、阿精阿、怡良、豫堃、关天培、英隆等人按官秩高下,前呼后拥地迎上去。"少穆,久违了,一路辛苦。"邓廷桢向林则徐拱手行礼。林则徐笑道:"嶰筠兄,八年不见面,你还是老样子。""哦,老了,一脸褶子满头花发。""皇上担心你政务丛集,叫我来分担一份责任,到你的地面上查禁鸦片。则徐在贵地人事两生,还得仰仗您的神威哟。"几句寒暄后,邓廷桢依次介绍广东官员。"这位是广州将军阿精阿","这位是广东巡抚怡良","这位是副都统英隆。"……接下来是"久仰久仰"和"久闻大名"的客套话。豫堃和关天培与林则徐是老相识，免不了多说了几句。

邓廷桢接着介绍道："这位是广州协副将韩肇庆。"一听"韩肇庆"林则徐的眼神一跳：此人年约六十，中等身量，不瘦不胖，山羊胡须黑里透黄，鼻翼右侧有一颗红痣，眸子里透着一种久居官场的老练和世故。韩肇庆与林则徐的目光一碰蓦然一惊，他隐约感到一股寒气，只是说不清寒气从何而来。他低头抱拳行礼："下官参见林大人。"林则徐眼神一收，只说了声"幸会"。接下来，林则徐绕场一周，与前来迎迓的缙绅们打个花胡哨，其间八百响鞭炮"噼噼啪啪"响个不停，崩得满地都是红绿纸屑，空气中弥漫着浓浓的硝黄味。

在迎迓人群的末尾，林则徐看见彭凤池和马辰。彭凤池是湖北汉阳县丞，三十多岁，修眉长眼短胡须，他接到林则徐的信札后没有返回湖北，留在广州等候。马辰被革职后回到安徽老家，在当地的精诚镖局当领班，接到林则徐的信札后，他立即辞职来到广州。马辰五十出头，豹子头山猫眼，一脸络腮胡子，身穿短衣腰系皮带，脚下蹬着一双抓地虎快靴，一看就是利落的行武人。二人见林则徐走过来，打千行礼："在下拜见林大人。"林则徐朝他们点头道："今天迎迓的人多，晚上咱们再说话。"彭凤池和马辰道了一声"遵命"，退到一旁。

迎迓仪式完毕后，林则徐在邓廷桢等人的陪同下进了接官亭。接官亭不大，是供迎迓官员遮风避雨的地方，只能容纳十几个人。余保纯官居四品，进去坐了，袁德辉职位较低，站在亭子外面。

林则徐、邓廷桢、阿精阿相互谦让一番，坐了上座。一个杂役端上茶盏和当令鲜果。林则徐看见黄澄澄的橘子道："好久不吃橘子了，一见就想吃。"他端起托盘依次分发，然后回到座位，一面剥橘子皮一面说："嶰筠兄，皇上差我来查禁鸦片。我初来乍到人地两生，不知如何下手。你是两广的主人翁，恐怕有许多事要烦劳你呢。"邓廷桢道："我忙得七荤八素，有你来分忧，才能歇一歇肩哪。"林则徐道："皇上的意思是，两广政务仍由你和怡大人负责，我专责处理鸦片和夷务，节制广东水师。"邓廷桢顺势大倒苦水："对付国内的贩私奸民不难，只要悬以赏格就会有人提供线索，难就难在对付夷商。夷商的合规商品都在黄埔岛卸货，趸船却泊在老万山和大屿山南面，不在广东水师的辖区内。这就好像一伙贼盗，聚在你家门口咫尺之遥，高声叫卖违禁物，却不进院。你要驱逐，他们就辩称没进你家门儿，你凭什么驱逐？我屡次传令英国领事义律，要他向鸦片趸船晓以恩威示以祸福，尽快回国。但义律托词说，英国国主只授权他管理广州、澳门和伶仃洋的英商。他命令英商不得将鸦片带入他的辖区，但无权管辖公海上的夷商。他还说，外海趸船不全是英商所有，内地的不法奸民唯利是图，每天有快蟹船和扒龙船与鸦片趸船交易。贩私团伙规模巨大有刀有枪有炮，与海匪上下勾连沆瀣一气，他们的走私船比广东水师的战船还快。你要追剿，就是一场枪炮大战。英国有两条护商兵船常年在老万山以南逡巡，你要驱赶，就有挑起边衅之嫌。这些年，两广总督换了一茬又一茬，每任总督都解决不了这个问题。冰冻三尺非一日之寒哪。"说完他把一片橘子送入口中。

林则徐道："说到英国，我倒想向诸位请教，它在什么地方？"在座官员全都一脸懵懂，没有一个说得出来。过了片刻，怡良才轻声道："林大人，听说一百年前英国鲸吞了印度，想必该国毗连印度。至于具体方位嘛——还真说不准。"林则徐道："印度地域广阔，能鲸吞印度的不是愚弱之国。可惜，这个国家面目朦胧，我们对它的软硬虚实一无所知。"豫堃道："海防书局的总撰梁廷枏或许能说出个子丑寅卯来。"阿精阿的眼睛瞪得大大的："就是那个拿着放大镜到处瞎转悠的书痴？"豫堃道："你认识他？"阿精阿道："怎么不认识？他是个怪人，连块破砖头也要考证出个子丑寅卯来。去年他到我的八旗兵防区瞎转悠，捡了块破砖，用放大镜照了半天，还用皮绳丈量城墙与护城河的距离。军事重地岂能任人随便丈量？哨兵扣了他，送到我的衙署。我问他想干什么，他说那破砖是一块宝贝，上面有半个'右'字，说明那段城墙是唐朝天祐年间建的。当时我雇了几个木匠在衙署里打造兵器架，他用放大镜照了照，说木料是广西十万大山上的楠木，上面的年轮说明那棵楠树活了二百〇八岁，用它造木架是暴殄天物，应当用来造兵船或做梁柱。这不是吃饱了撑的吗？我看他活脱脱一副书痴模样，问他是干什么的。他自称是道光七年的副榜贡士①，奉豫关部之命分管海防书局，撰写《粤海关志》，实地踏勘收集史料，我才把他放了。不然的话，非把他关进旗营大牢里不可。"豫堃微微一笑："有人说，酒色财权乃人生四大媚惑，没说全。书也是一大媚惑。梁廷枏这个人腹笥充盈学识丰赡，见了书就足难移眼发直，没了书就抓耳挠腮浑身难受，仿佛得了大病。这种病无药能治，始于书，止于读，仅此而已。但是编写《粤海关志》，非用这种人不可。"邓廷桢道："梁廷枏是广州的一大杂家，天文地理草木鱼虫山川人物军事历史，无不穷其究竟，写过《金石称例》《南汉书》《广东海防汇览》，还写了两出粤剧。他当过澄海县训导，越华书院和越秀书院的山长。你别看他痴，肚子里有墨汁。要说在浩如烟海的史料里发掘钩沉探幽抉微稽考实证，没人比得了他。"豫堃道："这也难怪，一个对千年古董有兴趣的人，自己就像老古董。哦，梁廷枏关注夷言夷事，还会讲英国话。要是他说不出英国在哪儿，广州城就找不出第二人了。不过这人有股子名士派头。"林则徐眼睛一亮："好！我正想访求几个通晓夷言夷事的人。要是方便，请豫大人把梁先生引见给我。"豫堃道："明天上午我就叫他去你的钦差大臣行辕。"

英隆伸懒腰打哈欠："我也见过这个人，既呆且迂，还有恃才傲物的酸气。"邓廷桢捻着白胡梢不紧不慢道："人不能求全，求全则天下无可用之才，文不能求同，求同则天下无可读之书。书痴貌似呆子实则不然。古人云：人无癖不可与之交，以其无深情也；人无痴不可与之交，以其无真气也。书痴是钻得深看得细的人，普通人看不见的他能看见，玲珑人看不见的他也能看见。这种人不能多，多了就会天下大乱，但也不能少，少了就无法探问事物的究竟和本源。"

关天培冷不丁蹦出一句话："英大人，你可别小看梁夫子。你下次买蛐蛐，不妨叫他帮你看一看。他用放大镜一照，不仅能看出是公是母，还能看出马齿几岁，连有几颗虎牙都能看清，保你每赌必胜。"怡良听出关天培在讥讽英隆，掩嘴葫芦笑。英隆却没听出来味儿来："是吗？那我真得请他帮忙看一

---

① 清代科举，每三年举行一次省级考试，叫"乡试"，列入正榜的叫"举人"，另将相当于举人名额的五分之一列入副榜，称"副贡"或"贡士"，经礼部铨选可以进入国子监读书或做官。

看。"大家再也憋不住劲儿，"哄"的一声笑得前仰后合。

邓廷桢掏出怀表看了一眼："时间不早了。少穆啊，我和怡大人商量了一下，安排你暂住越华书院。越华书院在总督衙门和巡抚行衙门之间，咱们往来议事都方便。今天晚上我在总督衙署为你摆宴接风，阿将军、怡中丞和豫关部，哦，还有关军门和英大人等，一块儿作陪。"他看了一眼余保纯。余保纯原是广东南雄州知州，是邓廷桢和怡良的属官，但皇上要他挂候补知府衔帮林则徐办差，他一直坐在末位，静静地听大家说话。邓廷桢道："余大人，你与少穆一起来，也一块儿赴宴。"余保纯这才开口："卑职荣升候补知府，全仗您和怡中丞合力保举，卑职谢了。"他向邓廷桢和怡良深深一揖。

从接风宴归来时，天已经黑了。林则徐返回寓所前，袁德辉已经把卧室收拾停当。他在床旁的小书案上摆了文房四宝，把从北京带来的公牍和书籍放在书架上，还在门旁支了一个木架，放了一只铜脸盆。林则徐吩咐道："四眼先生，你去把彭凤池和马辰请来，就说我有要事。"袁德辉"喳"了一声转身离去。林则徐站在案旁点燃一支大白蜡，慢慢研墨，准备写日记。

彭凤池和马辰在行辕里候了半天，此时才有机会与林则徐说话。二人进了卧室，一起打千行礼："在下叩见林大人。""平身。"林则徐放下笔墨，指着右面的加官椅道，"坐，坐下说话。"他自己却不坐，走了几步，把门和窗户关得严严实实。

彭凤池斜签着身子坐了半个屁股。马辰则双手倨膝，腰身挺得笔直，像一座黑铁塔。马辰是林则徐的心腹爱将，林则徐初任湖广总督时，武昌大牢出了一件案子，两个囚犯打伤狱卒越狱逃跑。林则徐闻讯亲自到现场视察，冷不丁问随行的官佐："虎兕出于柙，龟玉毁于椟中，是谁之过欤？"（老虎和犀牛逃出笼子，龟玉在匣子里被毁坏，过失在谁？）此话出自《论语·季氏》，两千多年前的圣人言古香古色远离凡俗，随行官佐们竟然没有一个听懂的，不由得面面相觑。只有马辰听懂了，他颔首答道："典守者不得辞其咎。"林则徐立即注意到他，并渐渐发现马辰貌似五大三粗，却是一个有涵养的细心人。

林则徐问马辰："你几时到广州的？"马辰道："接到您的信札后，小民第二天就启程了，比您早到三天。"林则徐纠正道："你不是小民，是大人。

我在北京把你的情况说给潘世恩和王鼎二位阁老。他们要你戴罪立功。你暂时以候补守备衔在我麾下效力，遇缺奏补。""谢林大人悉心培植，卑职感激涕零，愿效犬马之劳。"马辰是一个雄壮汉子，一不小心被罢了官，此番有机会官复原职，眼圈里有点湿润。

林则徐端着烛台走到书架前，取下一只匣子，里面有道光交他参酌的几份旧档。他翻捡出巡疆御史袁玉麟和周春祺的密折，递给彭、马二人。上面有一串人名，都是有查私纵私之嫌的官绅胥吏，其中有王振高、蒋大彪、保安太、梁恩升、伦世光等人。密折上写得明白："以上诸人宜暂缓拘拿，先行查复。"林则徐道："你们二位是我的股肱心腹。这里有两件皇差，由你们分头小心查办。"一听是皇差，彭、马二人立即聚精会神竖起耳朵仔细聆听。林则徐把声音压得低低的："巡疆御史们参劾邓廷桢大人，说他欺世盗名一手遮天，有挟官走私之嫌，月收黑钱三万六。皇上饬令我暗查。我办差不听浮言，以事实为依据。我命令你们二人微服暗访。如果事实确凿，我即上奏朝廷将邓廷桢拿下。若是别有用心之人散布流言蜚语，也要还他一个清白。"

邓廷桢官居一品权势赫赫，暗查这样的封疆大吏不是小事。彭凤池和马辰有点儿紧张："卑职明白。"林则徐道："鸦片久禁不绝，原因甚多。如果广东水师和陆营齐心缉查，鸦片不会泛滥到此种田地。据几位御史参奏，广州协、香山协、顺德协中有多人查私纵私，但证据不足。你们到海口和沿江各营汛①转一转，去街巷里打探一下，观民风听民言，查清楚究竟是什么人与夷商内外勾串，做出如此大的局面。""遵命！"

蜡烛火苗荧荧闪动，照得人影在墙上来回晃动。林则徐拿起一把小剪子，剪了烛芯，待烛光稳定后接着道："鸦片耗银于内漏银于外，是病国之本。如果不加遏制，三五年后国家财力将不敷度支。历年禁烟只查贩烟之徒，却没有击中要害，久禁不绝的根源在查烟员弁联手舞弊，每年鸦片交易额高达数千万元，分润毫厘即有百万私利可图。利之所在，查烟员弁必然包庇。我手下只有几个京官，还有你们两个故吏，外加少数跟丁。仅凭这点儿人手什么事都办不

---

① 营汛：清代军队兼有国防军和警察的双重职能。"营"是清军基本单位，"汛"是营的下属单位，通常设在水陆要津，多则上百人，少则十几人，相当于现在的派出所。隶属于汛的兵丁叫汛兵。

成。禁烟必须依靠本地官绅。但本地官绅盘根交错，底细不清，一俟打草惊蛇，就会处处窒碍事事难办路路难行！我们办的是头等皇差，这种差事，事以密成语以泄败。你们要以绝密之心对待，切不可走漏半点儿风声！"彭、马二人的音量低得只有送气声："卑职明白。""好，去吧！"

待二人出门后。林则徐才坐在案旁展纸研墨。他自知性情急躁，遇事容易发火，为了自我克制，写下两个一尺见方的大字"制怒"。写完后，他吹了吹墨渍，贴到墙上。

第八章

广州名士

越华书院是广州城里最大的书院，它的大门是四柱冲天棂星门，门柱上立着蹲姿石狮，门上的霸王杠、额枋和花板有阳雕云龙图案，六角门柱两侧有抱鼓石，进了棂星门是大成门和大成殿。大成门有七架结构的抬梁与穿斗，大成殿的正脊上饰有二龙戏珠的琉璃彩陶。这么轩昂的格局足以说明越华书院是官办书院。现在，它成了钦差大臣的行辕。为了接待林则徐，广州府把越华书院的生员全都转到粤秀书院和羊城书院去了。

林则徐每到一地都要了解天时之寒暖，地理之概貌，山川之扼要，道路之险阻，风俗之厚薄。吃罢早饭，他坐在书案旁戴上老花镜研读起《广东军兵分布图》来。分布图是一幅手卷，一尺二宽一丈二尺长，东起乌龙江西至北仑河口，涵盖了广东全境，所有府、州、县、山川、岛屿、营寨、汛塘、炮台、粮仓、草场、庙宇都清清楚楚地标示出来，还有蓝圈标出的一百一十处码头和泊地，每个码头和泊地的水深有简明的文字说明。广东总共有六万八千驻军，其中水师二万六千，共辖外海水师二十七营内河水师八营炮台百座，各种师船哨船龙艇舢板橹船乌篷船四百余条。但是，这么多军队不能拒鸦片于国门之外，只能说明包庇走私之风已经浸入军队的骨髓。

袁德辉进来通报："有个叫梁廷枏的求见。"一听梁廷枏的名字，林则徐立即抬起头来："请他进来。"不一会儿，一个儒生来到花厅门口，朗声通报："海防局总撰梁廷枏拜见钦差大人。"音调像高亢的竹笛。林则徐坐在案后打量着他，只见他中等身材，稍细的脖子托着一颗冬瓜似的大脑袋，脑袋上有一顶棕黑色八瓣向心嵌玉小帽，穿一件半新半旧的竹布长衫，胸前挂着一根皮绳，绳头拴着一只放大镜。这副打扮真是千里难寻。林则徐道："哦，久仰先生大名，请进。"梁廷枏却不进，站在门槛外面作了一个长揖："昨天下午粤海关豫关部知会敝人，说钦差大人有要事咨询，叫敝人务必于今天上午到钦差行辕拜见。"林则徐突然想起梁廷枏有名士之称。自古以来，只要一个人被看作名士，仕途大多黯淡无光，因为名士往往自负清高，不愿在权贵和高官面前摧眉折腰。要是有事请教他们，还得以礼相待，否则他们会摆出一副虚架子。林则徐意识到这位梁先生不愿屈尊下跪，遂摆出平等待人的姿态，站起身来走到门前以示迎接："我一到广州就听说先生的大名。承蒙豫关部荐举，有些事情想请教，切望梁先生不吝赐教。"梁廷枏这才迈过门槛。林则徐指着一把加官椅："先生请坐。"

梁廷枏撩衽坐下后举目环视东张西望，林则徐有点儿诧异："梁先生在看什么？"梁廷枏道："越华书院是群贤毕至学子咸集的地方。两年前敝人曾在这里当学监。这间房子原本是课堂，敝人曾在这里课徒授业，没想到成了您的花厅。"梁廷枏不卑不亢，颇有一种"腹有诗书气自华"的气度。

林则徐扬眉一笑："鸠占鹊巢是情势所迫。我林某人也是读书人，不会让读书人没有课堂。烟毒禁绝后我就搬出，把学子们请回来。"他从案上提起一把大铜壶，亲自给梁廷枏倒了一杯茶："梁先生，豫关部说您是广州第一硕儒，识夷文晓夷事。"梁廷枏接了茶杯，自信满满："第一硕儒不敢当。但是，若论夷言夷事，敝人也不谦虚——无人可比。"林则徐道："看来，豫关部没有荐错人。本朝闭关锁国，仅留广州一口通商，故而国人对周边番邦知之不多。我想请教先生几个问题。第一个问题是：英国在什么地方？"林则徐把姿态放得极低。梁廷枏跷着二郎腿，双手放在膝头，不卑不亢："英国在欧洲西海极西之地，毗邻荷兰国和法兰西国，是一个四面悬海的岛国，距广州一万七千洋里，合六万华里。"林则徐想起《乾隆内务府舆图》，舆图最西面的国家是意大利和罗马国："请问，英国距罗马国有多远？""与罗马国隔海相望①，在罗马国之西。""英国地广几何人口几多？""英国地广五万七千五百六十里，有人口一千二百万。""哦，它与印度有何关系？"梁廷枏呷了一口茶，徐徐说道："乾隆初年，英国商民和军队侵入东印度，而后侵入南印度和中印度，将它们纳入版图。西印度和北印度地险人稀，有崇山峻岭阻隔，英国物力有所不逮，没有入侵。东、南、中印度地广四十七万二千六百七十三里，人口一亿二千一百四十万有余。"

从北京到广州，林则徐询问过多人英国何在，人人都是一问三不知，唯独这位梁先生，不仅知道英国的方位，连疆域之大小人口之多寡都能说清。林则徐十分惊异："先生如何知道？"梁廷枏微微一笑："广州有个叫伯驾的美国人，在新豆栏街开了一家眼科医局，为民治病声望颇佳。他赠送敝人几本夷书，是介绍英国历史、政治、宗教和风俗的。"林则徐来了兴趣："英国风俗如何？"梁廷枏的嘴角挂出一丝不屑："夷风陋俗，与华夏风俗迥异。我朝男尊女卑，上至皇家下至百姓，嬗递认男不认女，长子有优先继承权。英国的国主既可以是男人也可以是女人。国主若无男嗣由女子继袭。它现在的国主叫维多利亚，是女人。据说，这位女主性情和顺，为人谦和，居心友善，国民咸相敬重。"林则徐微微一笑："女人主政，岂不是牝鸡司晨？"梁廷枏嘲笑道："夷俗窳陋，才有这等不伦不类的事情。"

林则徐接着问："先生晓得英国兵额几多？"梁廷枏侃侃而谈："我大清以农业为本，重陆师轻水师。英国则是海上兴贩之国，重水师轻陆师。英国总计有兵员八万一千二百七十人，其中水师有兵员三万五，另有水手二万一千。据敝人所知，英国有大小兵船二百五十条，其中守国兵船一百有余，另有一百五十条兵船在加拿大、印度、马六甲、新加坡和吕宋洋面巡游护商。大号兵船有火炮一百二十位，中号兵船七十位，小号兵船也有五十位之多。"梁廷枏如叙家常，林则徐不由得刮目相看："听说英国商船也配有火炮，是吗？"

---

① 这里提到的英国方位、人口、面积、兵员、兵船、火炮等数字全都出自《海国四说》，作者仅改用了现代译名。《海国四说》是介绍英国和美国历史、政治和风俗的作品，出版于1844年，是梁廷枏编译的。作者读后认为梁廷枏的英文不够好，错讹较多。由于他不知道地球是圆的，故而说不清英国的地理位置，"英国与罗马国隔海相望"是他的说法。他甚至误认为英国与伦敦是两个国家，并说英国是从加拿大侵入印度的，等等。在鸦片战争期间，梁廷枏曾任林则徐的幕僚，林则徐的地理知识大概来自他。

梁廷枏道："是的。当今天下海盗丛集，不仅本朝海域有海盗，外国海域也有海盗。英国兴贩于四海，故而所有商船都是武装商船，大者配炮十余位，小者配炮五六位。每年信风一起，船队结伴而行，否则很容易遭到海盗袭击。"

林则徐啜了一口茶，缓缓咀嚼着茶叶："依你看，大清与英国，孰强孰弱？"梁廷枏晃着脑袋，随口拈出《战国策》里的一段古话，侃侃道："中国者，聪明睿智之所居也，万物财用之所聚也，圣贤之所教也，仁义之所施也，诗书礼乐之所用也，异敏技艺之所试也，远方之所观赴也，蛮夷之所义行也。英国毕竟是蛮夷之邦，虽然狡猾悍厉，在印度横行无忌，却无法与大清比肩。自古以来，制夷之道在于以尊临卑，恩威并用；倘若夷人驯服，就应以怀柔之心示以羁縻和宽容；倘若他们桀骜不驯恣意妄为，那就要大张挞伐慑以兵威。"梁廷枏的话讲得书卷气十足。

林则徐点头道："听邓督宪和豫关部说，先生是海防书局总撰，编写过《广东海防汇览》，正在编写《粤海关志》，想必先生对本地城防和海防知之甚详。我初来乍到两眼迷蒙。不知先生是否有空闲陪我在城里走一走？""敝人今天就有空闲，愿意陪大人在城里走一走。"

林则徐脸上露出一丝笑意："我给你介绍一个人。"说罢一击掌："四眼先生！"袁德辉正在侧室整理文牍，听见林则徐召唤，答应一声"有！"挑帘进来。林则徐指着他道："这是京师理藩院的笔帖式袁德辉，通晓拉丁语和英语。这位是广州海防书局总撰梁廷枏先生，也是识夷文通夷务的人。"袁德辉和梁廷枏相互作揖，讲了几句客套话。林则徐道："听说镇海楼是广州第一高楼，建在越秀山上，登上它可以俯瞰全城。梁先生，你就陪我登楼远眺，可好？"梁廷枏见林则徐没穿官服，随口问道："大人不更衣吗？"林则徐道："我想随意走走，穿布衣更方便。"

说走就走。林则徐在梁廷枏和袁德辉的陪同下出了越华书院。三个当值的亲兵见林则徐要微服出行，不待吩咐立即挎上腰刀，远远地跟在后面。

袁德辉在广州待过多年，梁廷枏更是广州通。他们一边走一边给林则徐讲述当地的物理人情。广州是岭南第一大邑，城郭重闉商贾星稠，分为南北两城。南城是八旗兵及其眷属的居住区，北城是各级衙门和学宫的聚集地，大小衙门林立，衮衮高官丛聚，学宫书院栉比，莘莘学子荟萃，总督衙门和巡抚衙门周匝汇集了二十多家大小书院：番禺学宫是南海县衙办的官学堂，越华书院、粤秀书院、羊城书院、禺山书院和西湖书院是广州知府衙门办的官学堂，应元书院、学海堂和菊坡精舍是学政衙门为举子赴京会试办的官学堂，此外还有当地名门望族办的陈氏书院、陆氏书院、邱氏书院、万木草堂等等。这里学风炽盛仕子迭出，连街巷名称都透着求取功名的气息：状元坊、探花巷、科甲里、擢甲里、进士里、学源里、书同巷等。这些名称说明某个街坊出过状元、探花和进士等。

穿过众多学宫学堂，几个人不知不觉来到越秀山下，望见了镇海楼——韩肇庆的广州协衙署就设在那里。二十多个戴枷罪犯跪在辕门外，被一条绳索穿成一串。他们都是倒卖烟土私屯鸦片的坏家伙，被弁兵们捉了，当街枷号示众。辕门外站着两个兵丁，一面站哨一面闲聊胡扯打发时光。

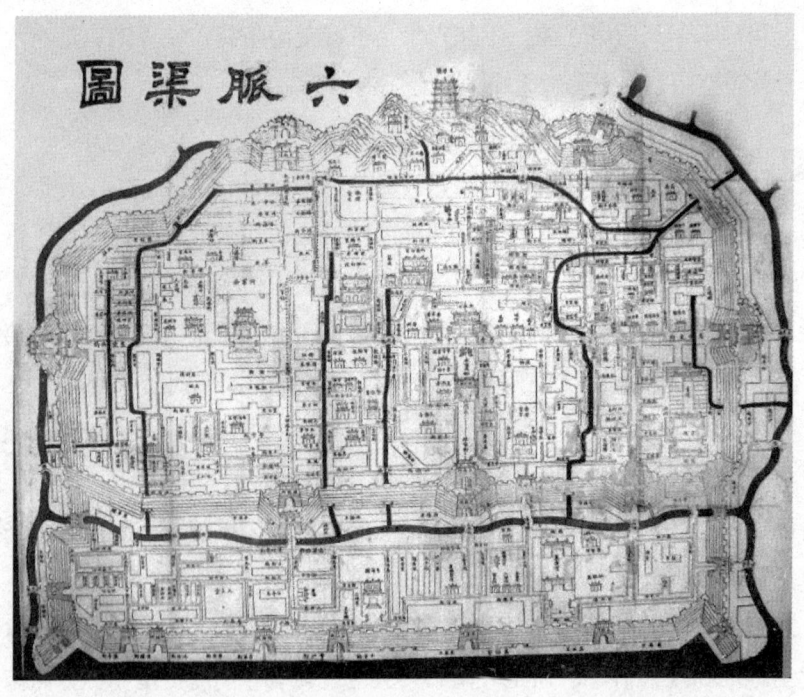

广州城六条水渠的清代地图。城门、城墙、护城河以及官衙、街道、学宫、寺院等清晰可见，中央的最高建筑是镇海楼。

袁德辉上前交涉。门丁不认得他，却认得他的官服和素金顶戴，打千道："恕小人多事。这里是兵营。韩大人有令，凡有来访官绅，要么递上公函，要么呈上名刺，待小人通报后才能进去。请问大人，您是公干还是私访？"袁德辉道："是私访。""那就请大人出示名刺。"袁德辉没带名刺，一本正经道："烦请你禀告韩大人，就说有北京来的人造访，请他亲自出来迎接。"

没头没脑蹦出一个"北京来的人"，还要韩大人亲自迎接，口气之大令人吃惊！门丁有点儿发晕，手足无措地鹄立着。梁廷枏有点儿不耐烦了，突然厉声道："你这大头兵是怎么回事，没听懂袁大人的话吗？告诉你们韩大人，就说有仙鹤来访！"门丁这才看清，一官一绅簇拥着一个年过半百的黑肥绅士。那绅士渊渟岳峙气宇轩昂，不是等闲模样，还有三个带刀亲兵不即不离地跟在后面。他意识到这几个人大有来头，赶忙请他们进门房稍息片刻，狗颠屁股似的跑去通报。

林则徐没进门房，站在门口朝里望，不远处有上百兵丁，分成几群：西面一群盘腿坐在老树下掷色子打雀牌；东面一群围成圈子吆吆喝喝地玩斗鸡；北面有七八个兵丁光着脊梁懒洋洋地晒太阳。两只大公鸡参着翅膀斗志昂扬，厮杀得满地鸡毛。营房里还有成堆的垃圾，有阿猫阿狗东闻西嗅，快快乐乐地东游西走。这哪里像兵营，简直就是一个鸡飞狗跳耍百戏的围场！林则徐看在眼里记在心上，却一声不吭。

此时，韩肇庆正在衙署里冲蒋大彪发火，声音压得很低："你怎么一点儿眼力价都没有？现在是什么时候，整个广东铜鼎沸油似的明查暗查，到处都是卡子，你却派船为鸦片船护镖！"蒋大彪虾着腰解释道："不是打您的旗号，护镖船挂的是两广总督的'邓'字旗。再说，人家是出了大价码的，不是这个时候，谁肯出这么高的价码？"他张开五指一翻手，表示五千元。韩肇庆一肚皮火气，恶狠狠道："在广东洋面上没人查，过了南澳岛，就是福建水师的辖区，不是我们的手面盖得住的！""这……这……"蒋大彪喏嚅着说不出话来。韩肇庆再次放低声音，眼睛里闪着阴鸷的微光："银子是好东西，但不是所有银子都能要。有的银子白花花地炫人眼目，你要是贪得无厌看不清爽，一伸手就是万劫不复的深渊！"说到这里他挑高声音："我告诉你，只要林钦差在广州，你就不能伸手，只能严查，越严越好，就是亲爹亲娘亲兄弟也不能放过！任何人花银子通关节都不行！"蒋大彪低眉信首："在下明白。""你明白个逑！我看你是一肚皮糨糊。你好好想想，用心想，别用肚脐眼想！咱们是吃皇粮办皇差的，办皇差就得先利国家后利自身家。有国家的才有你私家的，没有国家的哪有你私家的！明白吗？"韩肇庆与蒋大彪虽有上下之分，却是一根藤上的蚱蜢，唇齿相依。他们查过私嫖过娼吃过贿分过赃，以缉私为利数巧取豪夺，将罚没之物四六分，报四以求升迁，纵六以图大利，内外勾连上下其手，包庇护送富得流油。

门丁突然进来："启禀韩大人，有个当官的和两个缙绅在辕门外候着，要您亲自去接。"韩肇庆瞪起眼睛："什么人这么大架子？"门丁道："他们说是北京来的仙鹤。"

官服上的补子绣有图案，一品文官的图案是仙鹤。广州城里只有两只仙鹤，一个是两广总督邓廷桢，一个是钦差大臣林则徐。韩肇庆明白了七八分："胖的还是瘦的？""三人中有一个八品官和两个缙绅，一个缙绅是黑胖子，一个缙绅是白瘦子。""黑胖子多大岁数？""五十多岁。"韩肇庆腾地一下站身起来，抓起红缨大帽扣在头上，快步朝辕门走去。蒋大彪捯着碎步跟在后面。

韩肇庆走到操场边上，一眼瞥见林则徐等人站在门口，再看在操场上赌博的弁兵，不由得臊得脸色通红。他冲一个姓丁的千总恶狠狠喝道："他娘的，都给老子起来，列队侍候！"丁千总听到骂声，像提线木偶似的扔下雀牌，叫了一声："列队！"兵丁们一哄而起，穿鞋子的系扣子的找刀枪的忙成一团，过了好一会儿才站成两列横队。几个晒太阳的兵丁来不及穿号衣，光着脊梁站在队列里。

韩肇庆这才提着袍角朝辕门走去，满脸堆笑向林则徐拱手行礼："下官不知钦差大人便服造访，来不及放炮迎接。失礼了，失礼了。"巡疆御史和给事中们密折奏报韩肇庆有纵私之嫌，此时林则徐越发看清广州协是一支营务废弛疲玩泄沓的军队，不由得话音里带着讥讽："韩大人，你的兵带得好哇！"韩肇庆赧颜道："这些兵刚刚巡哨回来，让大人见笑了。"

兵熊熊一个，将熊熊一窝。林则徐真想找个理由把韩肇庆撸掉。但韩肇庆是从二品武官，副将衔，直辖于邓廷桢。要罢他，首先得征求邓廷桢的同意，再奏报朝廷允准，否则无异于打狗不看主人的脸。此外，彭凤池和马辰正在暗查，在查明前贸然动手，只会徒然惹出一堆麻烦。林则徐冷静道："我不是来视察营伍的，是想登高望远看一看广州城。"韩肇庆如蒙大赦，抹了抹额头上的汗珠，低眉颔首一展手："镇海楼地处形胜，登上这座楼广州城一览无余。请！"

一百多营兵已经整好队列。丁千总见韩肇庆陪着林则徐等人走过来，扯起嗓子高声发令："敬礼！"士兵们挺胸凹肚笔管条直，向林则徐和韩肇庆行持枪礼。几个光脊梁弁兵没带刀枪，颇为尴尬。

林则徐从兵胡同里走过，猛然见一个赤身兵丁的胸脯上画了一只老母鸡，目光炯炯逼视着他："谁给你画的？"母鸡兵丁吓得呆若僵偶，一个字也吐不出来。旁边一个赤膊兵丁胆子较大，替他回答："他斗鸡输了钱，是丁千总给他画的。"林则徐冷冷问道："你叫什么名字？""幺鸡。"这个名字又奇怪又可笑。又是那个赤膊兵丁多嘴："他爹姓麻，他娘姓将，喜欢打麻将。他姐叫一条，他哥叫二饼，他弟叫三筒，他叫幺鸡。"营兵们"哧哧哧"地笑起来。梁廷枏猛然插了一句："胡说！《百家姓》里哪有姓将的？"赤膊兵丁道："不是将，是姜，王八羔子砍掉四条腿，下面加一个妓女的女。"营兵们哄堂大笑，笑得前仰后合。

韩肇庆满脸羞红："别他娘的在这儿丢人现眼，还不滚回去穿号衣！"母鸡兵丁一缩脖子一吐舌头，转身溜了。几个光脊梁大兵也一哄而去。梁廷枏再也憋不住，掩嘴发出"哈哈"的笑声。韩肇庆一股怒气发到丁千总身上："那几个没穿号衣没带兵器的，记下名字，每人打二十篾条！你自掌十个嘴巴！"

林则徐缓步在前面走，韩肇庆错开半步微弓着身子跟在后面，陪他上了镇海楼。

嵯峨雄壮的镇海楼是前明永嘉侯朱亮祖在洪武十三年（1380年）建的，楼高八丈五尺，建在二十五丈高的越秀山上，可谓高屋建瓴气势非凡。它的楼脚是用红砂岩大石条堆砌的，上面用青砖垒建，与两侧的城墙连为一体。城墙上垛口密布，沿着山势逶迤伸展，像一长排狼牙虎齿，给人一种雄关矗立铮铮如铁的感觉。由于天灾人祸和战火硝烟，镇海楼几度坏损几度修葺，可谓经历百劫屹立巍然。站在楼顶俯瞰南面，不仅能看到总督衙署和巡抚衙署，还能看到五仙观、宣礼塔、光孝寺、怀圣庙等建筑群，连最南面的五仙门、靖海门、永安门、油栏门、竹栏门也能看见。

韩肇庆递上千里眼，林则徐透过镜筒，在万家炊烟和浩浩荡荡的珠江畔辨识出大西门、百灵街、天字码头、双门底，以及蜷缩在河湾和汊港里的各色民船。镇海楼北面是郊外，那里有碧绿葱茏的万顷稻田和疏密相间的村庄，还有声势相连的四座炮台：拱极炮台、保极炮台、永康炮台和耆定炮台，可谓水陆兵营民生百态，人间烟火市井风情，琐碎浮华流丽大千，尽收眼底。林则徐观赏了片刻，转脸问道："韩大人，武昌黄鹤楼、长沙岳阳楼和南昌滕王阁并称江南三大名楼。据我看，镇海楼的高度和气势远胜过那三座楼，却未入名楼之列。这是为什么？"韩肇庆肚皮里墨汁不多，冷不丁碰上这么个问题立马语塞，眨着眼睛答不出来。

林则徐回头问道："四眼先生，你说呢？"袁德辉自小在南洋长大，对三大名楼等国粹知之有限，悠着语调道："是临水吧？三座名楼虽然不如镇海楼高大，却是临水而建。镇海楼地处形胜，却不临水，只好名落孙山。"林则徐对袁德辉的回答不大满意："一座楼历经四百多年风吹雨打却屹立不倒，是需要一种理由的。梁先生，你说呢？"梁廷枏是天文地理风俗古记无所不知的人，连讲话都带着满腹经纶："三大名楼临水而建：岳阳楼俯临洞庭湖，滕王阁临赣江，黄鹤楼则居于长江之畔，有凭高远眺极目无穷之妙。三座名楼周边都有云霞翠轩烟波画船，雨丝风片朝飞暮卷。达官显贵骚人墨客或际会八方之客，或酬唱应和之曲，放悲声抒情怀，低吟浅唱壮怀激烈，皆可乘兴而来尽兴而去。镇海楼则不然，它是军事重地，文人墨客黎民百姓不能随意登临。三大名楼享誉天下还因为有名诗佳作相伴。岳阳楼有范仲淹的《岳阳楼记》，滕王阁有王勃的《滕王阁序》，黄鹤楼有崔颢的《黄鹤楼》。三大名楼的盛名是三篇绝唱带起来的。要是少了那三篇佳作，它们就没了魂魄。"林则徐点头道："讲得好。"

韩肇庆道："我是一介武夫，只懂得带兵缉盗，肚皮里没有那么多墨汁。"林则徐问道："既然你懂得带兵，那我问你，广州城墙周长几何？"韩肇庆正声答道："周长二十一里。""城墙上有多少垛口？"韩肇庆没数过，立即语塞："这个……大约有两三千吧。"

林则徐冷冷一笑："看来还得问本地硕儒。梁先生，你说呢。"梁廷枏不愧是海防书局总撰，竟然是一口清："广州城围总长三千二百一十五丈五尺，共有两千二百六十一个垛口，十六个旱城门七个水城门，四十六座敌楼十五个藏兵洞。"林则徐道："韩大人哪，你这个中军副将还不如读书人明白。广州协共有多少兵马哨船？"韩肇庆不敢含糊，一挺胸："回大人话，广州协有前、中、后、左、右五营兵马，设兵额两千七百二十名，包括一个水师营。水师营有兵额六百一十二名，共有双桅大师船五条，单桅巡哨船六条，另有十二只舢板。""海珠炮台和东、西两炮台归你管辖吗？""回大人话，海珠炮台和东、西两炮台归驻防八旗兵管辖，下官只管北面的四座炮台。""你与八旗兵如何分防？""八旗兵驻防广州东南半城，下官驻防北半城。"

林则徐再次举起千里眼朝东南望去，在西瓜园、光孝街、石马槽、大北门那边有一大片营房和眷属房。朝廷派驻广东的八旗兵总计五千，其中三千八驻防广州，一千二驻大鹏城。林则徐把千里眼还给韩肇庆："广州协如何操练？""回大人话，下官严格按照兵部拟定的春操与秋操章程练兵。每年春秋两季，各营弁兵集中训练二十一天：逢二练抬枪，逢四练硬弓，逢六练长矛，逢七练火枪瞄准，逢八练抬枪与马步兵协同作战，逢九练大刀，逢十练其他武艺，逢一、三、五休息。"

林则徐手搭凉棚朝东望去。三十丈以远有一个哨兵，斜倚着堞墙打盹小睡，脖子一直窝到胸前，西面五十丈远处有两个哨兵，比手画脚抽旱烟，好像在胡吹神侃讲故事。广州是南疆国门，武备竟然是这么一副稀松模样，负有守城之责的韩肇庆却靦颜说"严守春操与秋操章程"。林则徐忍着脾气悠着腔调："我在湖北听说，广东巡海弁兵假公济私，配合内地奸商辗转售烟，呼朋引类开设烟馆。韩大人，你管辖的水陆弁兵里可有此等败类？"韩肇庆道："大清国法森严，下官的兵没人敢冒险图利。"林则徐不动声色道："我听说，与鸦片有染的官兵见一个杀一个有冤枉的，隔一个杀一个有漏网的。"这话如疾风闪电，韩肇庆一个惊悚："林大人，您的玩笑开得大如天，下官担待不起。这种话是市井传说，没那事。"林则徐就此打住，对袁德辉和梁廷枏说了声"走"。韩肇庆赔着笑脸："要不要下官安排轿子？""不必了！"林则徐头也不回，迈开脚步下了楼梯。

韩肇庆目送林则徐朝辕门走去，只见他双臂微微张开，颇有分量的身躯之下，一双大脚擦地而行却没有声响，龙骧虎步带有一种森严与矜持。韩肇庆猛然有一种不祥之感，仿佛看见一条锦毛大虫在兵营里傲然而行，周身散发着冷飕飕的罡风戾气，它随时可能扭转头颅反咬一口，把自己连血带肉咬得稀碎！

第九章

广州十三行的官商

十三行公所位于商馆北面，与商馆仅一街之隔。它是大清的脸面，天天有夷商出入，故而修建得十分考究，五檩四架的棂星门前有威武石狮，门楣上有黑底泥金楠木匾额，上面有"外洋行公所"五个大字，那是康熙朝两广总督吴兴祚题写的。四个身强体健的行丁像守护寺庙的四大天王，雄赳赳气昂昂立在棂星门两侧。行丁身后摆着一排黄金棍，那是权力的象征，只有官商才能摆显，民间商贾不论多么富有也不能使用。十三行公所对内是行业公会，对外是衙门，负有替朝廷经理海外贸易的职责。

怡和行的伍绍荣和伍元菘兄弟，广利行的卢文蔚，同孚行的潘绍光，中和行的潘文涛，仁和行的潘文海，天宝行的梁承禧，东兴行的谢有仁，同顺行的吴天垣，孚泰行的易元昌，安昌行的容有光，顺泰行的马佐良相继到来公所的西花厅。他们一面品茶闲谈一面等候怡和行的伍秉鉴和兴泰行的严启昌。

十三行总商伍绍荣只有二十八岁，脸蛋微胖，皮肤白净，长眉细眼——那是几代人过好日子才能造就的脸容。他穿着五品补服，红缨官帽上缀着一颗亮晶晶的青金石顶戴，脑后拖着一根水光油滑的麻花辫子。他是伍秉鉴的第五子，本名伍元薇，官名伍崇曜，伍绍荣是他的商名。在大清的"士农工商"的四民序列里，商居末位。行商们虽然有官衔，却经常受到科场官员们的歧视，他们的子孙后代大多不愿经商，想通过科举之门步入仕途。伍绍荣的父亲伍秉鉴当了十多年总商，深感到总商难当，对上要听总督和粤海关监督的饬令，对下要平衡所有行商的利益，对外要监管各国夷商。随着年龄的增长，伍秉鉴感到力不从心，两次请粤海关监督转奏朝廷，想辞去总商之职。但官商不像民间商贾那样来去自由，想退就能退。朝廷一道谕旨颁下："殷实商户不准求退，即使年老有病，亦应责令亲信子侄接办，不准坐拥厚资，置身事外。"伍秉鉴无奈，提议让老四伍元华接任总商，安排老五伍绍荣和老六伍元薇走科举之路，没想到伍元华二十多岁就病逝了。朝廷责令伍秉鉴再从子侄中选人担任总商。在内需外逼之下，伍绍荣和伍元薇兄弟只好割舍科场，步入行商之列。伍绍荣当十三行总商，伍元薇接管怡和行。但伍绍荣毕竟年轻，威望和经验比父亲差之甚远。伍秉鉴虽然退到幕后，所有大事依然由他做主。

十三行有两位总商，另一位是广利行的卢文蔚。此人年近五十，身体微胖，脾气随和。广利行曾经是名列前茅的大商行，财富仅次于怡和行。卢文蔚的父亲卢观恒曾与伍秉鉴共任总商。卢观恒去世后，卢文蔚的哥哥卢文锦接手广利行，没想到一场火灾毁了半壁生意，广利行江河日下，卢文锦焦头烂额却无回天之力，连身体都拖垮了，他实在撑不下去，只好让弟弟卢文蔚接班。卢文蔚连自家生意都打理不好，分不出多少精力管理十三行。他索性甘居下位，大事小事由伍绍荣做主，他只随声附和。

兴泰行的严启昌来到十三行门口却迟迟不肯进去。严启昌面色憔悴神情沮丧，眼睑下垂胡须拉杂，穿一件半旧的补服，红缨官帽上没有顶戴——那是受了处分的标志——像缺了鸡冠的公鸡一样难看。兴泰行欠二十三家夷商一百二十多万元巨额债务，拖累了全体行商。各国债主们天天催迫。今天的议题是商欠。他不愿来却不得不来。

兴泰行何以债务缠身？这事得从头说起。兴泰行原本是金银首饰行，严启昌的父亲孜孜矻矻经营一生，省吃俭用铢积寸累，把一家首饰行办成广州城里的头牌金银店。道光二年，他父亲去世，留下四万多两银子遗产。严启昌和严启祥子承父业，把首饰生意做得有声有色。十年前，十三行出了一件大事：丽泉行、西成行、同泰行和福隆行共欠夷商货款一百四十五万余元，还有税银六十八万元，数额之大令人震惊。当时的两广总督李鸿宾据实奏报朝廷。朝廷严禁行商向夷人借款，因为向夷人借款做生意，难免为夷商利用，形成内外勾结之势。道光闻讯勃然大怒。他认为，欠夷商的债不仅有损天朝威信，还有悖朝廷秉公持正怀柔远夷的国策。他饬命广东官宪与粤海关监督对商欠案一查到底，绝不姑息，商欠必须归还，税银必须缴清，全体行商必须连坐！李鸿宾立即派兵封了四家行商的店铺、栈房、私宅和田产，抄洗一空，全部变卖。丽泉行、西成行、同泰行和福隆行成了一贫如洗的罪人，行东与眷属们悉数被发配新疆，男人充军，女人给披甲士为奴。因为这宗商欠案，两广总督、广东巡抚、粤海关监督、广州知府和南海知县全都受了降职和罚俸的处分。

当时十三行共有十一家行商，四家行商轰然倒闭，只剩下七家，办事效率大大降低，应付不了对外贸易。夷商联名给两广总督和粤海关衙门投递禀帖，恳请增加行商。道光皇帝认为，行商家数不足，容易形成大包大揽寡头垄断的格局，与地方官府形成财势勾连的局面。他饬令两广总督和粤海关衙门选择殷实商贾，补足行商数额。于是李鸿宾选择了六家殷实商户出任行商。依照有关章程，所有行商必须捐买官衔：一等行商必须捐买五品以上顶戴，二等行商捐买七品以上顶戴。兴泰行在金银首饰业里算得上殷实大户，但用四万多两本钱经营对外贸易则显得资本匮乏。严家人不愿当行商，又不敢违抗宪命，严启昌只好分出七成资本，叫弟弟严启祥当行商。此后，兴泰行就交了厄运，陷入八字不照的艰难窘境。在官宪的威逼下，严启祥花了八千两银子捐买了七品官衔，向粤海关衙门申请凭照时被勒索一万两规礼。做生意向来是先买卖后纳税，粤海关衙门却反其道而行之，雁未过先拔毛，逼着严启祥先交一万包税银。生意还没做，兴泰行就从殷实商户变成资本消乏的疲商，挂牌开张之时就是举债经营之日。严家人不得不以赊销方式经营，代销夷商的棉花和布料，销完再结算。为了及早赢利，兴泰行包揽的生意额度超出自家承受力。但屋漏偏逢连天雨，第二年广州发生一场大火，兴泰行的货栈和三十多万元代销货烧成一片灰烬。夷商们眼见兴泰行不能按期结账，逼债不止，兴泰行不得不同意按年息一分八厘（18%年利率）展期结算。

紧接着又出了一件倒霉事。一八三四年七月，英国的首任商务监督律劳卑（William John Napier）来到广州。他下船伊始要求按照欧洲外交方式与中国平等往来。当时的两广总督是卢坤，他拒不承认律劳卑的官方身份，视其为夷商头目,位在"士农工商"四民之尾,谕令律劳卑在呈文上加写"禀"字,以示尊卑。律劳卑不肯受辱,几番商议不成,终于酿成一场武装冲突。律劳卑调来英国兵船"依莫禁"号和"安东罗灭古"号,炮击虎门,强行闯入珠江,酿成了震惊朝野的大衅端。朝廷实行保商制。夷船入口时必须有一家行商担任保商,确保夷商遵守大清的交易章程。律劳卑乘坐"路易莎"号驶入虎门,为该船作保的恰好是兴泰行。卢坤一怒之下逮捕了严启祥,杖一百罚三万。各级衙门借机讹诈层层剥皮,严家人花了十万元才把严启祥保释出来。为了筹款救人,兴泰行不得不将存货贱卖。严启祥出狱时已经病骨支离奄奄一息。

更糟糕的是,此事把全体行商牵连进去。朝廷律法森严,以连坐和棍棒治天下。总商伍绍荣和卢文蔚有失职守,杖八十,其余行商杖七十①。一家行商失察,全体行商遭到暴打,有此前车之鉴,行商们人人自危,生怕稍有差错飞来横祸。

卢坤见严启祥不能理事,饬令严启昌接管兴泰行。严启昌只好硬着头皮当了行商。但是,兴泰行的信用已经崩溃。两年前卢坤病故,邓廷桢接任两广总督,二十三家夷商联名递交禀帖,要求兴泰行等行商归还巨额欠款。邓廷桢闻讯殊感诧异,质问总商伍绍荣和卢文蔚,商欠案究竟是怎么回事。伍绍荣和卢文蔚不得不如实禀报,有商欠的不止兴泰行一家,广利行有三十五万商欠,天宝行有九十二万商欠,连本带利达二百八十五万元之巨!②

眼看行商们就要大难临头!在此关键时刻,伍秉鉴被迫亲自出马。他找邓廷桢和粤海关监督疏通,用了五万元的贿赂款,请求将此事暂时隐瞒下来,不要奏报朝廷。邓廷桢和海关监督心知肚明,这笔商欠款比十年前的商欠款大一倍,只要如实奏报朝廷,不仅行商要倒霉,整个广东官场都将地动山摇,自己也会受到严厉处分。伍秉鉴提出一个缓救办法,由中外商人成立一个清欠委员会,挂账停息,分十六年偿还。这一方案得到邓廷桢和海关监督的首肯。于是

---

① 全体行商挨打受罚一事见《两广总督卢坤等奏报究办于英夷目来粤一事失于查禀之洋(行)商等情片》,载于《明清时期澳门问题档案汇编》,人民出版社,2001年,第270页)。

② 鸦片战争的2100万元赔款中有300万是商欠,其中,严启昌的兴泰行欠1266102元,梁承禧的天宝行欠922432元,卢文蔚的广利行欠354692元。(参阅吴义雄的《兴泰行商欠案与鸦片战争前夕的行商体制》,载于《近代史研究》2007年第1期)

一桩巨额商欠案被捂得严严实实。行商负有查验夷船之责。林则徐到广州后必然要查询行商。要是有人口风不严，商欠案就会败露。在邓廷桢和海关监督授意下，伍绍荣特意召集全体行商会议，要大家钳口不语。伍秉鉴休致在家，本来可以不来，但是，由于事关重大，他不得不亲自到场。

严启昌掏出打簧表看了一眼，离会议还有半刻。他背负一辈子都还不清的阎王债，恨不得像蚯蚓一样钻入地下。他不愿在众目睽睽之下受人白眼，觉得伍秉鉴有同情心，特意等他一块儿进去，并请伍秉鉴替自己说两句体己话。

一群豪奴俊仆簇拥着一乘八抬大轿来到公所门外。伍秉鉴弯腰下轿。他年过七旬，个子矮小清瘦精干，两颊凹陷皮肤松弛，头戴红缨官帽身穿雪雁补服，脑袋后面拖着一根拇指粗的苍灰小辫，像一个手无缚鸡之力的衰年病夫。但是，怡和行家大业大位居行商之首，足以说明这位其貌不扬的老人是心有灵犀长袖善舞的头等巨商，拥有别人无法望其项背的眼光和能力。他担任十三行总商达十三年之久，年年捐资修路办学赈灾助军，累计捐款达百万之巨。为了表彰他的义行，道光皇帝授他三品顶戴，职同按察使，还亲笔题写了"忠义之家"的匾额。按照朝廷的章程，三品以上大员才能乘坐八抬大轿。他是唯一有权乘坐八抬绿呢大官轿的商人，举手投足一颦一笑都惹人瞩目。

严启昌捋了捋补服上的褶子，强堆笑脸迎上去："伍老爷安生。"伍秉鉴一见严启昌就知道他想说什么，摆手止住他的话头，慢悠悠道："虱子多了不咬，债多了不愁。尽人事，听天命。走，一块儿进去。"

行商们见伍秉鉴和严启昌进来了，站起身来一番寒暄，而后才正式开会。十三行虽然是行会，却不是众声喧哗没有权威相互抵牾的民间商会，更不是一盘散沙。它是半个衙门，建立在皇上授权的磐石之上。伍绍荣虽然年轻，但既有雄厚资产又有官衔，说话办事颇有分寸："诸位仁兄，皇上派钦差大臣到广州禁烟，这几天他正在明察暗访。有两件事我不得不知会大家。一是鸦片，二是商欠。"他顿了一下，扫视着所有行主。行主们都晓得，十三行负有协助海关查禁鸦片之责，每逢夷船入口，行商必须派家人、通事和买办[①]登船查验船货，出具保单。粤海关衙门凭保单发给入口部票。一俟发现行商与夷商联手作

[①] 通事：翻译。买办：替外国商船采买食品淡水和生活用品的人，与20世纪的"买办"含义不一样。

弊，惩罚之重令人心怵。两年前，海关衙门查获了梁亚奇和郑永屏走私案，弁兵们在郑永屏家中搜出他与东昌行行主罗福泰的通信，证明罗福泰与鸦片有染。邓廷桢接到禀报后立即下令将罗福泰缉拿收监抄产入官①。一个行商因为染指鸦片遭受灭顶之灾。有此殷鉴，哪个行商胆敢效尤！

行商们称伍秉鉴"伍老爷"，伍绍荣排行第五，称"五爷"，伍元菘排行第六，称"六爷"。同孚行的潘绍光道："五爷，自从朝廷颁发《查禁鸦片烟章程》以来，除了东昌行，在座的行商没有走私鸦片的。我是不做亏心事不怕鬼敲门。"同孚行是仅次于怡和行的大商行，潘绍光也是富可敌国的人物。

伍秉鉴咳嗽了一声，大家的目光全都转向他。他虽然退居幕后，依然是十三行的核心人物。他当总商时讲究"利和同均"，自己赚钱也让别人赚钱。每逢其他行商有难他都会雪中送炭，故而威信极高。随着年岁的增长，他变得越加宽容与厚道。伍秉鉴的声音沙哑滞涩："我辞去总商多年了，本不该再插手行务，只是承蒙诸位仁兄仁弟的信任，才出面充任商欠委员。我也说一说鸦片。这些年来，弁兵们的盘查一年紧于一年。我不说大家也明白，他们之所以热衷于严查，是因为执法可以得利。被查之物一半上缴以求晋升，一半转卖以发利市。所以，请诸位仁兄仁弟切记，十三行周边有成群的豺狗和鹰犬，时时刻刻盯着大家，谁要是想借鸦片谋利，无异于自取其祸。嘉庆二十三年，有一条美国商船私带鸦片入口，我们怡和行恰好是那条船的保商。那条船在虎门缉查口瞒过我们的家人和通事，但在黄埔码头被海关税丁查出。结果，我们伍家被罚十六万元。道光元年，同泰行承保的夷船私带鸦片入口，同泰行没有查出，出具了保结，也被海关税丁查出，粤海关衙门照货值罚款五十倍，全体行商连坐，结果同泰行破产，每家行商被罚五千元。这种殃及身家性命和全体行商的事，请大家千万避开，不要冒颠踬的风险火中取栗。俗话说，君子爱财取之有道，取之有道方可长久。自古以来，天下没有一人是因为做违法生意而富贵的。我们伍家祖孙三代人经商，靠的是守法诚信。做违法生意是拿命换钱，

---

① 东昌行案发生在1837年，载于《粤海关志》（见《中国近代史资料丛刊——鸦片战争》第一卷，第199页）。在潘文海家中搜出鸦片一事发生在1838年，载于《骆秉章奏折》（《筹办夷务始末》卷一，第190页）。一些小说、电影和电视剧说伍家人和行商是靠走私鸦片致富的，这种说法没有史料依据。

生命与金钱孰轻孰重，诸位仁兄仁弟心中自有一杆秤。"

行主们嗡嗡嘤嘤地议论起来。东兴行的谢有仁道："正经生意都做不完，谁敢冒颠踬的风险赚黑心钱？"同顺行的吴天垣道："是呀，贪得一斗米反失半年粮，争得一脚豚反失一只羊——这种蠢事，我们同顺行从来不干。"顺泰行的马佐良道："伍老爷，您放心，我们是不会赚鸦片钱的。"仁和行的潘文海道："鸦片流毒与我们无关。十三行只负责核查夷船上有无违禁物，没有，才出具保单。夷船入口前，在老万山、大屿山和磨刀洋一带寄泊，兴贩鸦片的人乘快蟹船和拖风船在那里与夷商交易，热闹得如同大集市。对口外的鸦片交易，广东水师尚且无奈，我们行商更是鞭长莫及。"

待大家安静下来，伍绍荣才说道："我相信诸位仁兄不涉私，但请大家严格约束家人买办和通事。去年广州协在潘文海老爷家中搜出五两鸦片，是他家的仆人偷偷买了吸食的。潘老爷花了多少冤枉银子才把事情了结。所以，我提醒诸位仁兄，各家行商都雇了不少仆役，万一有宵小之徒贪利忘义，不仅祸害主人还会殃及大家。我与卢老爷是总商，更是难辞其咎。本朝以连坐治国，诸位都是挨过打受过罚的，大家的屁股能经得起几次打？"

大家表示赞同。伍绍荣接着道："下面说第二件事，商欠。"一提商欠，会议厅里死一般沉寂。伍绍荣道："咱们现有的十二家行商中，三家有商欠。道光九年，西成行等四家行商因为商欠案大祸临头，大家记忆犹新。他们发配新疆时男女老少一百多号人牵衣顿足涕泗滂沱，令围观者无不动容。那一天，各位仁兄为罪商们把酒钱行，旧日的同人酒乏力，食无味，形貌惨淡精神萎靡，回想起来往事历历在目。当时的总督、巡抚、海关监督、广州知府、南海知县撤的撤，降的降，罚的罚，罢的罢。朝廷惩罚之重连带之广令人悚然心惊。"行商们全都低头不语，大家都清楚，兴泰行出了商欠案后，上至邓总督和豫关部下至全体行商，都不愿把事情捅到天上，生怕皇上雷霆震怒重手惩处。广州与北京之间的崇山峻岭是一道天然屏障，由于官员与行商上下齐心，才把商欠案捂得滴水不漏。但是，朝廷派钦差大臣禁烟，十三行必然是清查的重点，商欠案能否瞒得住便成了问题。

卢文蔚道："我愧坐在总商的位子上。商欠一事让我们卢家蒙羞。要不是十七年前那场火灾，我们广利行也不至于沦落到欠钱的地步。"十七年前，十三行发生一场大火，烧了十几条街，连夷馆也被烧得一干二净，中外商贾损失惨重高达四千万元！只有伍秉鉴的怡和行和潘绍光的同孚行幸免于难，因为他们两家的货栈离火场较远。大火之后，行商的丰腴肥瘦发生了重大变化。伍秉鉴的怡和行与潘绍光的同孚行蒸蒸日上，卢文蔚的广利行和梁承禧的天宝行每况愈下。广利行曾经与怡和行并驾齐驱，大火后，卢家的生意江河日下，竟然达到积欠三十多万元债务的田地。卢文蔚道："我不想做行商，更不想当总商，但朝廷不允，只好勉为其难。在外人眼中，我们行商生活在酒色财气之中，出手的银圆数以万计，却不知个中滋味和辛劳，更不知晓其中的委屈。官场向来把越洋贸易视为一大利薮，把行商视为可以随意拔毛的肥鸭。除了正常税赋，赈济要我们捐纳，军饷向我们摊派，河工要我们捐输，靖匪我们要分担，逢年过节还得奉送出没完没了的孝敬银子。广利行是不堪重负了。"他说得凄惨，话音里透着绝望。

梁承禧也是商欠大户，语气悲凉道："卢老爷所言极是。说来惭愧，天宝行有今天半由天灾半由人祸。我们梁家也是在火灾中伤了元气的。历任官宪都把十三行视为利薮，税上加税捐上加捐，各种陋规花样百变。火灾后，各国夷商趁我家资本消乏之机大放高利贷，年利一分二厘五，驴打滚地算计。要是风调雨顺周转顺当，本利尚可还清，只要出一点儿纰漏，高利贷就会越背越重。天宝行不堪重负，说不准哪天血流净尽，就会一摊泥似的倒在地上，连累诸位仁兄仁弟。"

两个负债行商不点名不道姓大发牢骚，矛头直指本地官宪和粤海关监督。伍绍荣受过杖刑，对秉权官宪心存畏惧。他赶紧起身关紧厅堂的门窗，转过身道："诸位仁兄虚声点儿，谨防隔墙有耳。"

潘绍光道："三十年前，咱们的父辈当总商时，为了虚荣争着捐纳四品顶戴。要不是朝廷设限，以伍家和卢家的财力，捐个头品顶戴也没有问题。今天则反过来，五爷继任总商时只捐了从五品员外郎，六爷更谦逊，只捐七品。不是捐不起，是因为树高多悲歌。谁捐纳的官衔高谁就成为冤大头，首当其冲地受到勒索和摊派。"严启昌一脸苦相："我是千不该万不该，不该入十三行。现在悔之太晚啊。"兴泰行商欠数额巨大，它之所以还能趑趄经营，是因为全体行商算过一笔账，如果不救兴泰行，大家的损失更大。依照海关章程，一家行商有欠，全体行商连坐累赔，行商数量一俟锐减，必须限期补足。新行商一入行就会被各级衙门扒一层皮，外加他们没有经营越洋生意的经验，亏损倒闭是预料中的事。

伍绍荣道："商欠之事，林大人不问诸位就不要说，以免牵连邓督宪和豫关部。要是林大人听了什么风言风语追查这件事，诸位只能说邓、豫二位大人的意思是暂时放一放，要我们尽快清欠，不给朝廷添麻烦。"说到这里他顿了一下，对伍秉鉴道："爹，关于商欠的事，您再说两句吧。"

伍秉鉴呷了一口茶，润了润嗓子："我老了，说话有点啰唆，但不得不再补充两句。商欠是泼天大案，事发那年，我向邓督宪提出一个缓救办法：兴泰行销售给夷商的茶叶，每担加价一至三两银子，其余行商每担助其一两，棉花、生丝和其他大宗货物的买卖也照此办理，并将所有欠款停息挂账。如此一来，兴泰行可以还债，其他行商可以增利，海关衙门可以增税，夷商可以在十六年内获得全额赔偿，广东所有官员可以免于处分，数年之后，十三行可以恢复信誉。这是唯一的办法，也是邓督宪愿意见到的，只有英国商人的利益受损，十六年清欠期毕竟过长。但夷商越洋贩运利市三倍，是承受得起的。邓大人当时表示，只要此法对夷商的利益无大碍，能救十三行，他不反对。于是，这件大案被捂住了，挂账停息，夷商是吃亏的。但茶叶贸易是十三行的垄断买卖，他们虽有怨气也只好忍气吞声。朝廷至今没有听见一点儿风声。这个案子不仅涉及卢老爷、梁老爷和严老爷的身家性命，也涉及全体行商的福祉，更牵涉邓督宪和豫关部的官场前程。昨天邓督宪和豫关部召我和二位总商去，说万一林大人查问，千万不要露底。今天开会是要知会诸位仁兄仁弟，这件事捂了两年，以前不说，现在更不能说，谁要是说出去，就会奇祸立至！"伍秉鉴的声音很轻，却字字千钧。大家立即体会出"奇祸立至"的含义。

司阍推门进来，虾着腰走到伍绍荣前，递上一封敞口信套："五爷，林大人派人送来谕令，要您和全体行商明天一早去钦差大臣行辕，有要事查问。"伍绍荣抽出谕令读了一遍，对全体行商道："果不其然，林大人要查问我们了。"他抬起头对司阍道："你告诉来人，就说十三行全体行商明天准时参拜林大人。"

司阍退出后，伍绍荣问伍秉鉴："爹，您去吗？"伍秉鉴摇了摇头："我休致多年了，不去了。"

第十章

钦差大臣严训行商

十几乘官轿首尾相接,停在越华书院的大照壁前。书院的匾额被一块红布遮了,上面写着"钦差大臣行辕"六个楷书大字。行商们下了轿排成纵队。总商伍绍荣和卢文蔚打头,潘绍光、吴天垣、严启昌等人跟在后面,依次向司阍递上名刺。伍绍荣的名刺上有两行小字,官名在上,商名在下:

钦命从五品员外郎伍崇曜,道光十年举人,
  外洋行总商伍绍荣,怡和行主人,一等保商。

司阍拿着他们的名刺进去禀报。行商们站在大照壁前,照壁上贴着措辞严厉的告示,下面盖着钦差大臣的红印关防:

为晓谕事:照得本部堂奉命来粤查办海口事件,所有民间词讼,除实系事关海口应行收阅核批外,其与海口事件无干者,一概不应准理,毋得混行报递。至应收之呈,亦应俟到省数日后,择期牌示放告……如敢攀轿抛呈，除不收外，定交地方官责处不贷。特示。①

见字如见其人——行商们从告示中看出林则徐是一个秉性严厉的人，但谁也没说话。

不一会儿，司阍引着他们进了书院正堂。伍绍荣一眼瞥见林则徐和邓廷桢并排坐在条案后面，粤海关监督豫堃坐在右侧。背面的墙上绘有江崖海水官衔图，图上有一只金粉勾勒的展翅仙鹤，是刚绘制完的，颜料还未干透，散发出一股淡淡的油彩味儿。大堂两侧的木架上插着四块官衔牌，条案上摆着惊堂木和厚厚的卷宗。

邓廷桢为人宽和，每次召见行商都赏座赏茶娓娓叙谈。但这里是钦差大臣行辕，大堂两侧没有设座，林则徐显然没有赏座赏茶的意思。伍绍荣的心头油然生出一股疏离感和陌生感。他瞥了林则徐一眼，只见他脸膛微黑体态较胖，半尺长的胡须疏疏朗朗垂在胸前，眼角上挂着几道鱼尾纹，铁锈似的眸子低低压下，依次扫视着行商的脸面，给人一种不言也威的庄肃感。

伍绍荣领着大家行礼："卑职伍崇曜和全体行商参见钦差大人。"伍绍荣、卢文蔚、潘绍光、吴天垣四人是捐了从五品顶戴的一等保商，站在第一排行作揖礼，其余行商是二等保商，站在后排行跪拜礼。

"为什么不跪？"林则徐声音不高，却威严有力。四个一等保商吓了一跳，觌面相视片刻，卢文蔚、潘绍光和吴天垣相继双膝一屈，惶惶然跪在地上，只有伍绍荣依然站着。他颔首垂目蹙着眉头，脸色有点儿难看。卢文蔚一手撑着地面一手轻拉他的袍角，低声道："五爷，跪下。"

林则徐"啪"的一拍惊堂木，厉声质问："为什么不跪？"大堂里的气氛立马肃杀起来。邓廷桢的腮上筋肉不易察觉地动了一下，豫堃也暗自吃惊。依照常礼，五品以上官员参见头品大员不行跪礼，伍、卢、潘、吴四人花高价捐买从五品顶戴，就是为了在官场上挺直腰板不下跪，林则徐却偏偏不给面子。伍绍荣舔了一下嘴唇，定了定神："卑职是代朝廷经理夷务的员外郎。依照本朝章程，拜见钦差大人时应行三作揖礼，六品以下才行跪拜礼……"林则徐斩

---

① 取自林则徐的《信及录》，《己亥正月廿六日悬示辕门的收呈示稿》。

断他的话头，话音里透着居高临下的威严："你是商！你们伍家籍隶商籍，子承父业，难道不对吗？"

伍绍荣脸色涨得通红，脑门子上沁出一丝细汗——大清户籍森严，不论做什么事，都得填写一张表，一个人的生存状态沉浮荣辱上天入地生死存亡，都与户籍息息相关。他强颜答道："本朝把民人分为士农工商。商虽是末业却非小业。普天之下若无商人，恐怕是不行的。朝廷赏了全体行商顶戴，命令卑职以官员身份约束夷人，大人您理应按官礼对待卑职。此外，卑职是有功名的人，名刺上写明'道光十年举人'。恳请钦差大人视卑职为'士'，而非'商'。"为鼓励天下人读书上进，朝廷明文规定有秀才以上功名者为"士"，行跪拜礼后可以与官员站着说话。

伍绍荣与林则徐当堂顶牛，场面相当尴尬。邓廷桢咳嗽了一声，缓缓劝道："伍崇曜，林大人是口含天宪的宣谕天使，你就委屈一下，弯一弯膝盖骨嘛。"伍绍荣毕竟是经过官场历练的人，意识到这是个台阶，要是不肯俯顺情势，得罪了钦差大臣，后果难料。他一咬牙，低下头"啪啪"两声打下马蹄袖，一拜三叩首，额头触地："卑职从五品员外郎伍崇曜叩见钦差大人。"

伍绍荣用"伍崇曜"自报家门，坚持自视为官。林则徐洞察秋毫，但他也是极好面子的人，"平身"二字偏偏不肯出口。行商们像被钉子钉在地上似的，谁也不敢起身。林则徐从条案上拿起行商们的名刺，音调不高却字字有力："报上商名来！"他把"商名"二字说得极重。不言而喻，他坚持把行商们视为商，而非官。

卢文蔚在吏部登记的官名叫卢继光，他胆小，钦差大人要商名，他不敢报官名："在下卢文蔚，广利行主人。"其他行商心领神会，没有一个敢报官名的，全都顺势而为："在下潘绍光，同孚行主人。""在下吴天垣，同顺行主人。"……"在下严启昌，兴泰行主人。"林则徐对照名刺一一扫视他们，仿佛要把他们的面孔牢记在心中。

待行商们依次报过商名后，林则徐才不紧不慢道："有这么一首诗，据说是屈大均在一百多年前写的：'洋船争出是官商，十字门开向两洋，五丝八丝广缎好，银钱堆满十三行。'这首诗让十三行名声远播，人人知道你们富甲天下。广州城外那爿商馆是你们出资盖的？"伍绍荣小心翼翼答道："回钦差大人话，是怡和行、广利行、同孚行和同顺行盖的，租给夷商居住和使用。""商馆内的行丁和工役是你们指派的？""是。自雍正朝以来，商馆内的行丁、工役由各家保商派遣，夷商不得擅自雇用。"

林则徐顿了片刻，再次严厉起来："你们的财富是哪儿来的？顶戴是谁给的？"这是一句刁钻的话，言辞里透着难以琢磨的意味。伍绍荣应声回答："回钦差大人话，行商替朝廷打理外洋生意，经皇上恩准，专责与夷商贸易，行商的财富和顶戴是皇上恩赏的。"

林则徐品味出，伍绍荣虽然年轻却老于世故，他以皇商自诩，拉大旗做虎皮，用皇上做挡箭牌。林则徐眯着眼睛盯住伍绍荣，眸子里闪着森森冷光："依照《民夷交易章程》，凡有夷船来华贸易，启货验货易货销货都由你们十三行经理。你们出具夷船没有挟带鸦片的保结后，粤海关才发放部票，准许夷船入口。屈指算算，自朝廷颁布禁烟令以来，已有二十多年。烟毒非但没有禁绝，反而越演越烈，而所有烟土烟膏俱由夷商舶来。你既然口口声声说替皇上打理外洋生意，本大臣倒要问一问，皇上颁旨禁绝鸦片，而鸦片久禁不绝，你该当何罪，咎可辞乎？"

劈头盖脸甩出"罪""咎"二字，伍绍荣心头一悸。他收摄心神谨慎答道："启禀钦差大人，官有正条商有公约。卑职祖孙三代替朝廷经理外洋生意，从来不敢忤逆朝廷旨意纵容鸦片。鸦片有止疼和镇静作用，嘉庆朝以前按药材进口，报关纳税。没想到有人从台湾和吕宋引入吸食法，数十年间酿成烟患，流弊百端，致使白银外流。卑职与全体行商同样心忧。每年夷船趁信风来粤贸易前，卑职与全体行商都要召集家人、买办和通事会议，剀切奉告大家不得纵容一丝鸦片入口。凡是参与走私贩私的，不论何人，一律先行拘押，再报粤海关查拿，决不姑息。"林则徐眉棱骨一动声调一扬："哼，一推三六九！广东一省大小衙门每月查获的烟土烟膏不下三万两，烟枪烟灯不下两千副！我在湖广总督任上每月查获的烟土烟膏也有万两之多！两湖两广都不种烟，难道烟土烟膏都是不法奸民就地熬制的？"

大堂里的气氛越发凝重，凝重得让人难以承受。静了半响，卢文蔚才打破沉寂，脸上挂着委屈："启禀钦差大人，每逢夷船进口，行商无不饬令家人、买办和佣丁登舟查验，验明夷船确实没有挟带鸦片后才出具保结。夷商凭保结换取粤海关部票。粤海关签发部票前还要派员复查，确认无误后才准夷船进口。在下等人从来不敢辜恩溺职为鸦片放行。各国夷商输入境内的全是合规商品，违禁物都泊在外洋，由海上疍户和走私团伙运入内地。"

林则徐冷笑一声，词情亢厉："鸦片趸船向来聚集在伶仃洋南面的老万山至大屿山一带。本大臣到广州前几天，老万山和大屿山的趸船全都驶往丫州洋。如果没人通风报信，夷商怎能齐刷刷共进共退？走漏消息的人居心何在？此等人难道不是汉奸？"行商们听说林则徐要到广州查禁鸦片，告诉夷商千万别在这个时期挟带鸦片进口，本意是为了避祸自保，没想到林则徐把这事说成是汉奸行为。钦差大臣口气强硬咄咄逼人，一口一个反诘，伍绍荣与卢文蔚偷偷对视一眼，二人全都意识到，要是不知深浅地继续辩解下去，只会激怒林大人。两个人索性跪在地上钳口不语。

林则徐目光炯炯："鸦片流毒天下，吸食者以腐臭为神奇，牟利者视土囊为金穴，你们却说夷船没有挟带，岂非梦呓！据本大臣所知，老万山和大屿山一带的大小趸船不下二十条，每条都是藏垢纳污的海上仓库！夷商明里是人暗里是鬼，入口船舶运载合法货物，暗里却与你们的家人、买办、行丁和工役相互勾结，与窖口和贩私团伙相互勾串。你们明里一张脸暗里一张皮，既领受皇恩垄断外洋贸易，又挖大清的墙脚。难道不是吗？"林则徐越说越重，行商们已是噤若寒蝉，头皮一阵阵发紧。卢文蔚苦着脸道："林大人，卑职有话要说。十三行只能检查进口夷船，不能查验口外夷船。夷商只载合规货物入口，鸦片趸船泊在外洋，行商不能到外洋查验趸船。驱赶外洋趸船，责任在广东水师。十三行即使有心也无力。道光十七年，罗福泰的东昌行因为与鸦片贩子有染，被抄产入官，钟鸣鼎食之家败落得像秋风扫落叶。有此殷鉴，哪家行商不战战兢兢凛凛小心？没有一家行商敢冒天下之大不韪见利忘义。"伍绍荣忍不住又开了口："林大人，您冤枉我们了。卑职等人领受浩荡皇恩，岂敢有不法居心，与天家玩两张皮的把戏。朝廷的防夷章程条规细致，但是在万里海疆上设防如同用牛栏防鼠，防不胜防。烟毒流弊二十多年，吸食者善于捂匿，囤贩者巧于收藏。每年茶叶、大黄、漆器、丝绸等……"林则徐再次掐住他的话头："你纯属巧言应付，混不了事！粤海关章程明文规定，入境夷商不得乘轿，但有人置堂堂大清海关章程于不顾，居然下澳远迎，送肩舆与夷商乘坐，而该夷商却不准行商乘轿进入商馆。你身为总商，难道没有责任？"

这事牵涉到兴泰行。严启昌跪在末尾，吓得胸口"怦怦"直跳，脑门子上沁出一层细汗，胳膊和双腿微微打战。兴泰行资本消乏周转不灵，几年前以一分二厘五的利息借了小溪商行二十万元银子，好几年还不上。因义士深谙海关条规，知道朝廷禁止行商向夷商借款。他把一批英国产的花布运送到扶胥码头，要严启昌亲自接货，限期清算欠款，并声称如果他不清欠，就禀报粤海关衙门，由中国官府催办。严启昌一下子就软了，低三下四请求展期。因义士明知《华夷交易章程》规定夷商不准乘轿，却故意发难，声称只要严启昌派一乘蓝呢官轿送他去商馆，可以展期六个月。只有七品以上官员才能乘用蓝呢官轿，民间百姓只能坐花轿、竹轿或凉轿。让夷商乘蓝呢官轿的后果不堪设想。严启昌反复恳请，因义士才同意改乘肩舆。因义士在肩舆上趾高气扬招招摇摇穿街走巷。广州民人头一次见夷人乘坐肩舆，舆论大哗——有人将此事禀报给粤海关衙门，说夷商藐视大清和海关章程。海关衙门自然要传唤严启昌。不论他如何辩解"轿子"与"肩舆"的差别，还是被罚了一千两银子。林则徐突然翻出陈年旧账，严启昌已是双腿打战浑身发抖。他哆嗦着嘴唇道："卑职知罪，卑职已经交了罚银。"

林则徐指着严启昌声色俱厉："你只知致富于通商，不惜卑躬屈膝，以巴结夷商为利数。夷商乘肩舆入商馆，却将你的官轿挡在栅门之外，扬夷人之眉骨，损中华之志气。此种悖谬廉耻何存！若再出此等事件，本大臣必将严惩不贷！"严启昌的十个手指紧紧抠在地砖缝上，紧张得大汗淋漓："卑职不敢再犯，请钦差大人宽恕。"

林则徐扭转硕壮的身躯，对伍绍荣道："纹银出洋最干禁例。朝廷三令五申，与夷商贸易只准以货易货。我查阅了近几年的海关簿记。十年前，夷商每年总要找回四五百万洋元，而最近几年，夷船来粤并不携带洋钱。此中缘由你做何解释？"伍绍荣背若芒刺："启禀钦差大人，十三行与夷商贸易，中华物产的货值与夷商贩运的货值很难两相吻合，用纹银补足差额是常例。但数额小，不会有四五百万之巨。纹银外流，大都出自沿海不法奸民用纹银私买鸦片。"林则徐再次拍响惊堂木，震得案上笔架打晃："狡辩！你敢说你一身干净？"伍绍荣嗫嚅道："卑职以身家性命担保，确实没有私贩鸦片。"林则徐的口气极硬："你从粤北采办的木材卖给谁了？"伍绍荣一个怔忡，如僵偶似的神情呆滞。林则徐步步紧逼："广东官弁在各县搜出的鸦片箱子，半数是用广西杉木打造的。本大臣查阅了近几年的卷宗，你们怡和行曾与夷商做过多笔木材生意。"怡和行做木材生意时并不知晓夷商要用它打造鸦片箱子。"这……这……"伍绍荣舌头打结，想辩解但不敢，生怕越描越黑。

林则徐从卷宗里翻出一份旧档，抽出一份保结："查顿、马地臣、颠地和因义士等九大夷商是惯卖鸦片的奸猾之徒。三年前，邓督宪曾奉旨驱逐他们，而你等却写下保结。"林则徐把保结晃了晃："这张保结写着：'若查出串卖鸦片，取银给单，情甘坐罪。'有存卷在案。你等若托词不知，试问此保结有何用处？若知晓此事，该当何罪？"大堂里又是一片岑寂。驱逐九大夷商实有其事，但是，把他们请回来是邓廷桢和粤海关监督允准的，没有他们点头，十三行就是有天大的胆子也不敢有丝毫动作。伍绍荣的脸色一阵青一阵白，他抬眼看了看邓廷桢和豫堃，想从他们的表情里揣度出什么，但二人的面目静若止水，什么也揣度不出来。官场上的事情自有一套潜规则，有些事只能说不能做，有些事只能做不能说，有些事既不能做也不能说，说出来就会招来天灾奇祸。请回九大夷商涉及面极广，当着众人的面把事情的前因后果挑明，后果不堪设想。伍绍荣再次变成扎口葫芦，一声不吭。

林则徐继续道："历年中国耗白银于外洋者不下几千万两，闹得全国上下银贵钱贱。朝廷设立十三行，原为杜弊防奸起鉴，而你等手执王命旗，一面藏垢纳污一面撇清自己，着实令人切齿！"说到这里，林则徐一挥手，指着条案左侧官衔牌的"便宜行事"四个大字，眼风扫视着全体行商："晓得'便宜行事'的意思吗？本大臣奉命来广州有先处置后上奏之权！皇上虽然赏了你们顶戴，但是，凡有通夷之汉奸，漏银之行商，说情之幕客，串通之书吏，本大臣决不宽待！"此话讲得杀气腾腾，行商们被震得一凛。

林则徐身子向后一仰："铁窗之下刑场之上，有多少人哭泣哀号，就是因为不能自制，听任贪欲自流。本大臣以断绝鸦片为首要，特命你们转谕夷商，不论鸦片趸船泊在丫州洋还是伶仃洋，在大屿山还是在老万山，必须将趸船上的鸦片悉数缴官，并在汉字夷字双语甘结上签字画押，保证永不敢挟带鸦片入口，如有挟带，一经查出，人即正法，货尽入官。"他把一只桑皮纸大信套递向伍绍荣："你把这份谕令译成夷字，然后率领全体行商齐赴商馆，明白晓谕各国夷商，必须义正词严，不得有粉脂之态讲恳求之词。务必限令夷商三日之内在甘结上签字画押。要是过了期限，本大臣唯你是问！"

伍绍荣起身走到条案前，接下信套。信套上有"各国商人呈缴烟土谕"字样。林则徐眼睛一眯声色俱厉："本大臣有言在先，你等要是连这件事都办不妥当，你们平日串通奸夷私心向外，不问可知。本大臣将恭请王命，将你们中有劣迹者正法一二，抄产入官！到那时，你们不要怪本大臣没有提前晓谕！明白吗？""明白。""去吧！"

十几个行商诺诺起身，倒着身子出了大堂。

在林则徐训斥行商时，邓廷桢一直没吭声。他早就听说林则徐"官风冷厉执法如山"，但究竟冷厉到何种地步却是头一次目睹。林则徐果然厉害，办起事来如霹雳一般火急火燎。行商们虽然是捐官，毕竟是经皇上允准和吏部备案的。林则徐却没按官场规矩给予礼遇，劈头盖脸臭训一顿，训得他们大气都不敢出。行商们离去后，邓廷桢才问："少穆，皇上是不是有旨意，要整饬行商？"林则徐微微一笑："嶰筠兄，皇上疑心行商走私纵私，要我查一查他们是否内外勾连营私舞弊。潘阁老也要我盯紧他们。我还没拿住什么把柄，但人之趋利如同水之就下。我是要敲山镇虎，让他们好自为之。这些人天天与夷商交往，遇事有可乘之隙，随机有可窃之权。我禁烟，他们要是财货之心太重，公义之心不存，与夷商暗通消息，就会坏了禁烟大计。依照我的经验，凡到一地办理急差难差，首先要立威，绷紧脸皮说硬话。否则，佐贰杂官和关津胥吏们就会堆着笑脸敷衍你，三天能办成的事十天也办不完。唯有如此，他们才会诚惶诚恐尽心办差。"邓廷桢这才憬悟，林则徐挫辱行商并没有什么实在证据，而是出于"无商不奸"的成见，打心眼里不信任他们。他"噢——"了一声，莞尔一笑。坐在一旁的豫堃就像看了一场审案大戏："林部堂，你真像《铡美案》里的包龙图，把他们吓得不轻啊！"

行商们被训得一身晦气，出了棂星门才松了一口气。伍绍荣掏出帕子擦了擦额上汗水。这时他才想起，林则徐竟然没有问及商欠案！

第十一章

令缴烟谕

平常时日，在商馆周围巡查的汛兵只有十余人。林则徐饬令伍绍荣传递谕令的当天，汛兵的数量增加一倍。他们截断了所有路口，各国商人及雇员只许进不许出，连商馆前的小码头也被两条内河师船封住。原本只有靖海营驻扎在黄埔岛上，林则徐增派了新塘营。两营弁兵把扶胥码头围得水泄不通，所有外国水艄一律不许登岸游观，只许老老实实待在船上。十三行公所向来由行丁守护，现在由汛兵和行丁共同守护，人们进进出出全得接受盘查，连行商也不例外。林则徐在向夷商与行商同时施加压力。十三行公所和商馆的气氛异常紧张，像吹胀的气球，说不准什么时候就会"砰"的一声爆裂。

伍绍荣和卢文蔚把《各国商人呈缴烟土谕》递交夷商后，焦切地等待着答复。一天过去了，两天过去了，直到第三天，英国、美国、法国、荷兰和英属印度的三十九家商行才派出代表到老英国馆，商议如何答复钦差大人的谕令。伍绍荣和卢文蔚在楼下等待，焦灼不安地来回踱步。

老英国馆的会议厅里挂着维多利亚女王的画像，天花板上吊着一支有十八个烛台的镀金灯架，它是从英国运来的，造型奇异堪称豪华。马地臣站在会议厅中央，拿着钦差大臣的谕令，清了清嗓子，讲一口流畅的苏格兰方言："诸位同人，中国皇帝派来的钦差大臣让行商转给我们一份粗暴、无理、荒谬绝伦的谕令,他要全体在华侨商在三天内把所有鸦片交给广东官府。今天请大家来会议,是要把这份谕令转达给各位。"各国商人洗耳静听。马地臣读起林则徐谕令的英文译稿:

谕各国夷人知道:

照得夷船到广(州)通商,获利甚厚,是以从前来船,每岁不及数十只,近年来至一百数十只之多。不论所带何货,无不全销,愿置何货,无不立办,试问天地间如此利市码头,尚有别处可寻否?我大皇帝一视同仁,准尔贸易,尔才沾得此利,倘一封港,尔各国何利可图?

谕令的第一段就口气强硬,以"封港"相威胁。一个英商怒气冲冲,挥着手臂喊道:"荒唐!世界上的大利市码头岂止广州?我国的伦敦,荷兰的鹿特丹,印度的加尔各答,美国的纽约,哪一个不是大利市的自由码头?连新加坡的贸易额都比广州大!"马地臣微微一笑:"先生,请听我读下去,还有更荒唐的呢":

……况茶叶、大黄,外夷若不得此,即无以为命,乃听尔年年贩运出洋,绝不靳(吝)惜。

夷商们哄然大笑。一个美国商人讥讽道:"钦差大臣真博学!"一个法国商人道:"中国人把外国人叫'蛮夷',他们才是无知无识的蛮人!"一个英属印度商人道:"以物易物公平交易,谈不上什么皇恩。要说感恩,中国皇帝应当感谢我们,没有我们万里贩运,粤海关每年的几百万元税银就成了泡影。"

马地臣挑高嗓音连呼:"请安静——请安静——!"待大家静下来,他才接着读:

尔等感恩即须畏法,利己不可害人。何得将尔国不食之鸦片烟带来内地,骗人财而害人命乎?查尔等以此物蛊惑华民,已历数十年,所得不义之财,不可胜计。此人心所共愤,亦天理所难容。从前天朝例禁尚宽,各口犹可偷漏。今大皇帝闻而震怒，必除之而后已。所有内地民人贩鸦片开烟馆者立即正法，吸食者拟议死罪。尔等来至天朝地方，即应与内地民人同遵法度。本大臣家居闽海，于外夷一切伎俩，早皆深悉其详，是以特蒙大皇帝颁给平定外域屡次立功之钦差大臣关防，前来查办。若追究夷人积年贩卖之罪，即已不可姑容。唯念究系远人，从前尚未知有此严禁，今于明定约法，不忍不教而诛。

听到这里，夷商们的脸皮全都绷得紧紧的，刚才的嬉笑和揶揄消失得无影无踪。马地臣顿了顿，接着读：

谕到，该夷商等速即遵照，将夷船鸦片尽数缴官。由洋（行）商查明何人名下缴出若干箱，编统共若干斤两，造具清册，呈官点验，收明毁化，以绝其害，不得丝毫藏匿。一面出具夷字汉字合同甘结，声明"嗣后来船永不敢挟带鸦片，一经查出，货即没官，人即正法，情甘服罪"字样。

钦差大臣亮出了死刑利剑，人群中爆出一片嗡嗡嘤嘤的议论声："步步紧逼，一段比一段严厉。""我们是英国臣民，不受中国法律制约。""这是威胁！""钦差大臣真敢杀我们吗？""说不准，有可能动真格的。"

马地臣道："诸位听一听，钦差大臣的谕令杀气腾腾，居然用这样堂皇的屁话吓唬我们"：

此次本大臣自京面承圣谕，法在必行，且既带此关防，得以便宜行事，非寻常查办他务可比。若鸦片一日未绝，本大臣一日不回，誓与此事相始终，断无中断之理！……倘该夷不知改悔，唯利是图，非但水陆官兵军威盛壮，即号召民间丁壮，已足制其命而有余。而且暂则封舱，久则封港，更何难绝其交通。我中原万里版舆，百产丰盈，并不藉资夷货。恐尔各国生计，从此休已。……祸福荣辱，唯其自取……毋得观望，后悔无及。①

---

① 引自林则徐的《各国商人呈缴烟土谕》。

马地臣刚念完后，老英国馆里寂然无声。过了良久，一个英国商人才像被针扎了似的跳起来："这是战争威胁！中国人习惯于自夸物华天宝人杰地灵，自吹丰富丰盈丰腴丰赡，还用万里版舆和军威盛壮的屁话来惊吓我们，不把我们吓傻吓呆就死不甘心，却不知道天外有天。我们大英国才是世界上最强大的国家。"

一个印度商人起来发言："诸位，局势相当严峻。谕令中含有战争威胁的字样。但我们是商人，不是军人，战争对我们没有好处。最近的一连串事件表明，中国政府铁下心来要禁烟，我们应当服从中国政府的法令。但是，鸦片趸船停泊在伶仃洋南面，趸船上的鸦片大都属于孟买和孟加拉的商人，我们仅是代理商，没有权力处置不属于自己的商品。我们应当承诺不再购买、运输和销售鸦片，劝说鸦片趸船尽快驶离，以免引起更严重的后果。"他主张不缴鸦片，但承诺不再经营鸦片。

颠地举起手来："我想讲几句！"大家的目光转向他。颠地商行的规模仅次于查顿–马地臣商行，颠地的言行举止也很有影响："我与伍绍荣交谈过。我认为他在虚张声势，我甚至怀疑他是否在执行钦差大臣或海关衙门的命令。所谓'拿一两位行商正法'不过是一种托词，一种诉诸我们同情的眼泪，一种迫使我们缴烟的借口。我们的趸船泊在外洋，不在中国的辖区内，大英国的商人，还有各国商人，不能屈从于威胁。我建议成立一个专门委员会，对当前局势做一次全面评估，而后再答复钦差大臣。"

查理·京反对鸦片贸易，他站起身来发言："颠地先生，我们不能等到灾难降临在头上才开始行动。有些人执意向中国输入鸦片，引起了广东官宪的激烈报复，它会殃及全体在华侨商。我也与伍绍荣谈过话，他的警告不是虚声恫吓，他预感到大难临头，精神萎靡，几乎要垮掉。十三行是垄断商行，它虽然做了不利于我们的事情，毕竟是贸易伙伴，甚至是值得信赖的伙伴。怡和行商誉卓著，在困难时候帮助过不少外国商行渡过难关。《大清律》是野蛮的法律，如果大家拒绝交出鸦片，伍绍荣可能被抄产入官，甚至掉脑袋。这是有先例的。我们不能眼看着贸易伙伴死于非命而无动于衷。"怡和行享有很高的声誉。每年冬天是贸易淡季，广东官宪不允许夷商滞留在广州，夷商携带大量实银回国很不方便，往往把银圆存放在怡和行的银库里。有一个美国商人曾向怡和行借过七万元钱，因货船遭逢海难无法归还，连回国的船资都没有。面对一张贷出有日收回无期的借据，伍秉鉴和伍绍荣姿态高超，不仅当面烧掉了欠条，还给他一笔路费，让他回国。

伍绍荣和卢文蔚在楼下等了大半个时辰，会议依然没有结束，会场不时传来激烈的争辩声。他们二人等得心急，攀梯而上，趴着门缝向里窥视，听见颠地在说话："我并不同情怡和行。伍秉鉴和伍绍荣父子即使算不上可恶，也堪称可恨。他们之所以富可敌国全靠垄断。而他们的垄断权是通过贿赂才得以维持的。大清王朝是个腐败透顶的王朝，上至皇室宗亲下至关津胥吏，全把十三行视为可以随意刮油的肥猪，以各种名目向他们索要财物。我们在采买中国货物时必须缴纳一笔行佣。这是一笔莫明其妙的费用。我本以为它是十三行的办公费，后来才知道它是行商们的特殊基金，专门用于支付各级官府的敲诈、勒索和摊派！几年前，行佣占商品总价的百分之三，现在提高到百分之六！伍秉鉴与伍绍荣父子狼狈为奸，把这笔敲骨吸髓的费用转嫁到我们的头上，最终由欧美各国的消费者承担！伍秉鉴和伍绍荣还与行商们串通一气，三番五次通过齐价合同抬高茶叶价格，致使我们的利益大为减损！我不仅不同情他们，甚至愿意看见他们倒霉。至于上缴鸦片，此事利害攸关，我建议依照少数服从多数的民主原则，用投票来决定是否缴出鸦片。"伍绍荣出身在外贸世家，天天与夷商打交道，英语很好。听了颠地的话气得要命。

夷风夷俗与中国风俗大相径庭。在中国，每逢有重大事情抉择，国家大事由皇上独断，地方大事由官宪裁决，宗族事务由族长决断。来自欧美的侨商则通过投票决定取舍。颠地知道，多数商人经销鸦片，在这种时刻，他们是不会轻易缴出鸦片的。

一阵切磋后，三十九家商行举手表决，以二十五票对十四票通过了颠地的提议。他们草拟了一份致钦差大臣的书面回禀：

……由于事涉多方利益，本商会认为应当成立一个专门委员会对缴烟后果做出全面评估，七天后，即西历3月27日，才能给予回答。多数外商认为不宜再向中国运输鸦片……

这一回禀形同讨价还价，与林则徐的意愿差之千里。当夷商把它交给伍绍荣和卢文蔚时，他们预感到林则徐的惩罚之鞭将狠狠抽在自己的身上，酸楚夹杂着怅惘，无奈混合着绝望。

伍家的大宅院叫万松园，位于珠江南岸的溪峡街，大宅门上有御赐匾额，上面有"忠义之家"四个镏金大字。宅门两侧悬挂着一对红纱灯笼，灯笼外罩上有"大清诰命通议大夫"字样。伍家一门三代人当行商，从业七十多年，除了替朝廷打理对外贸易外，伍秉鉴每年为河工赈灾海防修路捐纳十万上下，是第一个累计捐资超过百万的巨商，故而先皇嘉庆恩赏伍秉鉴三品顶戴。道光皇帝继位后，伍家人继续捐资公益，为了表彰伍家人，道光赐伍绍荣和伍元菘举人功名。经过两代皇帝的恩赏，伍家人可谓一门朱紫翎顶辉煌。伍家人虽然财倾半壁富埒王侯，但在营造家园时格外小心。朝廷的《营造则例》对房屋式样有详细规定，宅门用何种样式，门上镶多少门钉，屋顶铺什么瓦片，房脊用什么吻兽，伍家绝不越矩。万松园宅门不大，没有门钉，不用吻兽，专在曲水流觞、奇石假山、小桥亭榭、墙面砖雕、奇花异草、仙鹤水鹜上动心思，把一座大宅院营造得千姿百态别有洞天。别说总督、巡抚的官邸不能与之相比，就是北京的亲王府邸也相差一大截。外人只要在万松园里转一圈，就会觉得浑身上下都透着寒酸，不能不艳羡伍家的财富。

伍家宅院紧傍珠江，沿江修了一道花墙，花墙外面有一座专用的私家码头，可以停靠楼船、画船和舢板。花墙里面有假山，假山上有一座望江亭。伍秉鉴正在亭子里品茗观景。金乌西坠，斜阳压江，江面上船帆点点沙鸥翔集。操劳了一天的渔家船户们开始生火做饭，两岸民居的烟筒里冒着淡淡的炊烟。

伍秉鉴的继室卢氏大约五十岁，头发虽然掺了杂色，但弯眉秀目唇角含笑，皮肤保养得依旧细润。透过岁月的年轮，人们依稀能够看出她年轻时的俊俏。她穿了一条绲边苏绣宽袖长裙，裙子下摆有精工刺绣的绿叶荷花，米粽子似的三寸金莲套着一双绣花合欢鞋，脑后的头发梳成一支高耸的棒槌橛。她十七岁时被伍秉鉴纳为继室，生了伍绍荣和伍元菘两个儿子，承袭了三品淑人的封赠①。五媳妇吴氏和六媳妇严氏坐在她的身旁，正等着伍绍荣兄弟归来。吴氏是从同顺行的吴天垣家嫁过来的，身条盈盈楚楚，相貌平静婉约，中等偏上的姿色，为了弥补天生的不足，脸蛋上抹了过多的胭脂和润肤油。严氏是从严启昌家嫁过来的，是个小美人，白净的瓜子脸上黛眉含烟，颦着的嘴角含着浅笑，脸颊上有一对若隐若现的酒窝。严启昌在巨额外债的重压下能够苟延残喘，就是因为有亲家的照应。

伍秉鉴见画船进了私家码头："老五老六回来了，准备开饭。"他撑着膝盖站起来，缓移步子下了假山。卢氏和两个儿媳妇亦步亦趋跟在后面。

仆人在竹韵堂摆好杯盘筷子和佐餐调味瓶。但只有伍元菘一人进来，他的脸色阴阴的，就像布满了乌云。伍秉鉴问道："你五哥呢？"伍元菘一屁股坐下："爹，出事了。"伍秉鉴满目嗟呀："什么？""林钦差把五哥和卢老爷抓起来，关进南海县大狱里了！"伍秉鉴、卢氏和两个儿媳妇吓了一跳。

伍秉鉴问道："为什么？"伍元菘满腔委屈："林钦差要夷商三天之内做出承诺，将外洋趸船上的鸦片悉数缴出，并签署永不挟带鸦片的甘结。他说，要是五哥和卢老爷逾期办不成事，就将一二行商抄产入官。五哥和卢老爷与夷商反复交涉，但夷商不肯。林大人说五哥和卢老爷辱没了宪命，有与夷商串通之嫌，把他们送进南海县大狱。他还把全体行商叫去训斥，下达了封锁商馆撤出工役的命令。他还叫您和卢文锦老爷明天一早去越华书院。"

卢文锦是卢文蔚的大哥，担任过总商，四年前休致，把总商之职传给弟弟。伍秉鉴吃了一惊："我休致在家十多年了，卢文锦也休致多年。钦差大人为何要传唤我们？"伍元菘满脸焦灼："爹，大清以连坐治天下，一人有罪全家共担，更何况您和卢文锦老爷都当过总商。林钦差说你是幕后主谋。"伍秉鉴心里"咯噔"一下，喃喃嗟叹道："我想安度晚年，但树欲静而风不止，人不找事事找人哪。"

卢氏是从卢家嫁过来的，卢文锦是她哥，卢文蔚是她弟。她像一只受到惊吓的母鹿，立即如坐针毡："老爷，您得拿个主意，想办法救救我儿子和兄弟。"

---

① 清代朝廷对官员的妻子实行封赠制。一品、二品官的妻子叫夫人，三品至六品官的妻子依次称淑人、恭人、宜人、安人，七品至九品官员的妻子称孺人。封赠命妇只限于正室和嫡妻亡故后的继室，不推及侍妾。

伍秉鉴没了食欲。他虽然辞去总商，实际上眼观四路耳听八方，通过儿子在幕后掌控十三行，形同太上皇。每逢有夷商触犯大清律和华夷交易章程，广东官宪都用封港封舱的办法逼迫他们就范。夷船雇有大量舵工水艄，装载的棉花布匹大黄香料等有虫嗑鼠咬海水浸渍之虞，一俟封港封舱，就等于卡住了夷商的咽喉，耽搁一天增加一份风险，损失一天工值，他们不得不屈服。行商们也同样害怕封港封舱，因为他们的存货同样有虫嗑鼠咬之虞，雇用的买办、通事、佣工、茶工同样得支付劳金，用封港封舱的方法逼迫夷人就范是"杀敌一千自损八百"的笨办法。但是，这种损失向来由行商自行承担，官宪是不予补偿的，所以，伍秉鉴最怕官宪采用这种手段。但他做梦也没想到林则徐会把伍绍荣和卢文蔚关入大狱。他搔了搔头发稀疏的脑袋："我听说老五初次见钦差大人就因为礼仪问题争执起来？"伍元菘道："有这回事。"

卢氏抱怨道："你五哥太任性，不会说话。那天潘家的二小姐到咱家玩，你三姐夸她细皮嫩肉肤如凝脂。老五突然蹦出一句无厘头的话：'什么肤如凝脂，不就是皮肤像猪油嘛。'气得潘二小姐一扭头走了。哎，会说话的人三分讨喜，不会说话的人一张嘴就讨人嫌。"伍秉鉴慢条斯理道："老五年轻，不识世故。他与你四哥一样坚僻自持，迟早要得罪官宪的。"伍秉鉴一生游走于官府与夷商之间，每天有数不清的应酬，解读不完的脸谱，算计不完的利润，估摸不清的宦海风云，不论是喧哗还是嘈杂，是动荡还是突变，都得抑制冲动，心静如水。他劳心熬神几十年，苦辣酸甜全尝遍，五十五岁时决定休致，率领全家退出十三行。他不惜重金贿赂粤海关监督，恳求他转奏皇上，他愿意将全部家产捐给朝廷，只留五十万元养老。但皇上不准，伍秉鉴万般无奈，只好叫四儿子伍元华接手怡和行并担任总商。

伍秉鉴思忖片刻，抬头问伍元菘："记得你四哥吧？""记得。"四哥伍元华二十六岁接替父亲担任总商，没想到演绎出家族史中的一段血泪故事。那年夷商恳请在商馆前修建一座小码头，以便出入。伍元华认为夷商的要求合乎情理，欣然同意。没想到此事惹恼了当时的广东巡抚朱桂，朱桂认为伍元华擅自做主目无上宪，把他臭训一顿。伍元华不服，认为自己是有五品顶戴的朝廷命官，有权批准夷商建一座小码头，与朱桂争辩起来。朱桂勃然大怒，罚他长跪在巡抚衙门前，后经粤海关监督求情，才躲过一劫。两年后，有夷船私带番妇登岸进入商馆，朱桂判定伍元华疏于管理，下令将他关入大牢，处以杖刑课以罚金。伍秉鉴闻讯赶紧用银子上下活动，伍元华虽被放出，却被杖得皮开肉绽，一年后死在病榻上。有了血淋淋的殷鉴，伍秉鉴对手握重权的封疆大吏有一种刻骨铭心的畏惧感。他幽幽道："皇上授予林钦差便宜行事之权，就是授予他定妍媸辨良莠的权力，他要是把汗血宝马说成是劣马，把美女貂蝉说成是丑女无盐，谁敢说不是？十三行的总商，貌似荣崇，实际是白受累的差事，朝廷不仅不给俸饷，还要承担一大堆责任，稍一不周全就会大祸临头。你五哥不知天高地厚，为了行跪拜礼的小事，跟林大人庭争面折，那是自取其辱！"他顿了片刻接着道："历任上宪哪个不劳商于行贿，累商于捐输？恐怕新来的林钦差也不例外。他是想借机勒索，要我们拿出孝敬银子。"伍元菘皱着脸皮道："我打听过，据说他不贪不索，从不讲中苴之言，私德修饰得毫无破绽，里外立于不败之地。他唯一的缺陷是办事操切易怒易躁，据说，他写了'制怒'二字挂在书房里，提醒自己少发火。"

伍秉鉴的声音又缓又轻："民谚说，千里做官只为财，乌纱帽下无穷汉。天下官，十人有九贪！有几个人像前明海瑞那样两袖清风不染俗尘的？"伍元菘吐了一口气："爹，咱家有皇上颁赐'忠义之家'匾额，林钦差总不能杀了五哥和卢文蔚吧？"伍秉鉴年老话多，絮絮叨叨："那块匾额是很风光。外人看了艳羡得眼珠子发亮，以为它是我家的护身符，却不知匾额后面隐藏了多少辛酸与无奈！朝廷以户籍治天下——龙生龙凤生凤，老鼠生儿打地洞，一份户籍锁住几代人的身世。我们伍家在封疆大吏面前抬不起头，就是因为隶属商籍。但眼下就是这么一个世道，即使你富可敌国，在上宪眼中也是贱如草芥。你就是有千条理由万条原因，也不能与上宪较真。上宪是惹不起的，上宪掌控着生意的分配权。铜铁盐茶是厚利生意，上宪让你做，你才能做，不让你做，你就做不成；上宪掌控着道德裁决权，说你是坏人，你就是坏人，不是坏人也是坏人；说你染指鸦片，你就染指鸦片，没染指鸦片也染指了。在大清做买卖，不能不掌握与上宪打交道的心窍，有绵掌化骨的软功夫，才能将他们贪婪的钢牙铁齿变成绕指柔，不然就会伤了自己的皮肉。在大清，富是祸根！因为你富，所以贪官污吏的眼珠子艳羡得发亮，只要机会一到，他们就像附骨之蛆一样吸血吮肉，你要是舍不得，他们随时都会找个理由挫辱你，扒你一层皮，甚至打断你的脊梁骨。所以，在上宪面前,我们只能以退求进以屈求伸,以侏儒姿态求生存之道。"伍秉鉴说不下去了,一股又热又酸的眼泪浮上干涩的眼角。

伍元菘道:"爹,提起四哥我就伤心,说不准什么时候我也会像他那样大倒其霉。我真的就不想当行商,只想退隐到深山老林里做个不求闻达的散人。"

伍秉鉴抚摸着帽架上的顶戴:"散人?天地有罗网,江湖无散人。在大清,想学范蠡遁迹于江湖,不为朝廷出力,是不可能的,想安度一生不遭劫难更是一厢情愿。这顶红缨官帽不是渔夫的草帽,不是农家的蓑衣,想戴就戴想脱就脱。行商是皇上的走狗,任你富甲天下官居三品,在官场上依然是不入流。大清的天是黑黢黢的天,我们只能尽人事听天命,凛凛小心委屈前行。"

卢氏突然想起了什么:"元菘,听说钦差大人很欣赏海防局的梁廷枏先生,聘他当了幕僚。能不能找他帮忙?"伍绍荣和伍元菘兄弟俩原在越华书院读过书,是梁廷枏的学生。梁廷枏奉命编撰《粤海关志》,伍家人提供了不少资料,他与伍家人的私交很好。

伍秉鉴眼睛一亮,对卢氏道:"嗯,明天一早我去钦差大臣行辕。你们不妨找一趟梁夫子,问一问林钦差是什么秉性,请他替我们美言几句。哦,该用银子的时候不要吝惜。"

第十二章

商步艰难

第二天伍秉鉴吃罢早饭即乘画船过江,在天字码头换乘官轿。轿夫们一路小跑急急匆匆赶往钦差大臣行辕。伍秉鉴的身子随着轿子的一颠一簸前后晃动,他双眉紧蹙悬揣不安,瘦条脸上流露出七分忧虑三分惶恐。坊间传说林则徐"生猛",果不其然,林钦差甫一上任就厉害得让人心头打战。他隔着轿窗看见一串贩卖鸦片的人犯,被衙役们用绳索绑了,敲锣呼号游街示众,街道两旁拥挤着看热闹的市井百姓。大官轿绕过街角,他看见一队接一队的弁兵喊着口号挺枪提刀快步趱行,踏起一路浮尘,朝商馆和十三行公所进发。伍秉鉴察觉到广州的空气骤然紧张起来!

大轿停在越华书院门口,八个轿夫气喘吁吁虾腰驼背,累得像快散架似的。四个带刀兵丁威风凛凛,门神似的站在棂星门外。伍秉鉴拄起龟头拐杖猫腰下轿,一抬头,看见卢文锦在门前候着。卢文锦曾与伍秉鉴共同担任十三行总商,因为经营不善和身体欠佳提前休致。他不到六十岁,却满脸皱纹疏发豁齿,下垂的眼袋微微发黑,一看就是体弱多病的模样。他头天晚上接到林则徐的谕令,要他与伍秉鉴一齐听训,他特意换了官服。卢文锦预感到情况不妙,苦涩着脸拉住伍秉鉴的袖口:"伍老爷,你得想办法呀!"伍秉鉴枯枝似的手指勾住卢文锦的衣袖,强作镇静安慰道:"别急,车到山前自有路。见了林大人,多磕头少说话。"其实他的心同样"怦怦"乱跳。

二人递了名刺,司阍引着他们朝大堂走去。

他们一进大堂就瞥见一个面色微黑身体壮硕的高官坐在条案旁,身后的墙面绘着仙鹤展翅江崖海水图。不用说,此人就是林则徐。伍秉鉴没敢正视他,枯着瘦脸打下马蹄袖,双腿一屈跪在地上,身子蜷缩成一只谦卑的大虾:"休致行商伍秉鉴叩见林大人。"他是有三品顶戴的官商,依例不行跪礼,但有儿子的前车之鉴,自动贬了身价,甚至不报官名"伍敦元"。卢文锦的品秩稍低,更不敢造次,他收敛着身子跪在伍秉鉴后面,也报了商名。

林则徐早就听说过伍秉鉴的赫赫大名,没想到这位商场上的顶尖人物其貌不扬,瘦削的脑袋像一颗歪瓜,脑后的小辫只有拇指粗,鸡爪似的双手按在地砖上,棕黑色的眸子如同死鱼眼睛,一点儿表情都没有。林则徐的语气又冷又硬:"给伍老爷看座。""老爷"是人们对绅士的敬称,既可用于官也可用于商,"大人"则只用于官。伍秉鉴明白这一细微差别。林则徐既没说给"卢老爷看座"也没说"平身",卢文锦只得一动也不敢动,虾米似的蜷缩在地上。

有人搬来一把杌子。伍秉鉴撑着膝盖爬起来,斜签着身子坐了半个屁股:"谢钦差大人赏座。"然后屏气息声等着训话。林则徐道:"听说你是本朝第一富翁?"伍秉鉴像一只即将受人压挤的茄子:"不敢。老朽受朝廷之命总理过十三行,沾润朝廷的恩泽,略有薄财而已。""哪年就任总商,哪年休致?""回钦差大人话,嘉庆十八年出任总商,道光六年休致。""嗯,如此说来,你和你儿子先后掌管十三行二十六年。""是。"林则徐顺势加重了语气:"这二十六年间鸦片盛行毒痛中华,白银外流银贵钱贱,达到无以复加的地步。你们伍家人是否有责任?"这番话讲得重如泰山,劈头盖脸压将下来,伍秉鉴不胜其寒地打了一个噤,低着头不敢回答。林则徐道:"本大臣责令你儿子转饬各国夷商,三天内将趸船上的鸦片悉数缴官。你儿子妄辜宪命,本大臣将他打入大牢。依照本朝律例,你们父子有连带责任!"大清律法森严,一人犯科全家受累,一家行商欠账全体行商代赔。林则徐办事合乎法度无可辩驳。伍秉鉴喏嚅道:"老朽知道。"

林则徐偏转过脸:"卢文锦!"卢文锦哆嗦了一下:"在。""你也是当过总商的。你虽然休致在家,也要承担连带责任。"卢文锦缩着身子:"在下明白。"林则徐道："明白就好。本大臣无意杀人，给你们留个机会。商馆长年雇用八百佣工和杂役，都是十三行派去的，本大臣命令你们二人督率全体行商，将佣工和杂役全部撤出，在各国夷商缴出鸦片前，停止为夷商效力。你们二人亲自去商馆转达本大臣的谕令，不得迁延，不得有粉脂之态，要是你们两面三刀疲玩耍奸，本大臣就将你们与伍绍荣和卢文蔚一体治罪！"事情还没办，"罪"字已出口。伍秉鉴与卢文锦对视一眼，低声下气道："明白。"

林则徐突然一声断喝："来人，摘去他们的顶戴，套上枷锁！"这话像重槌擂鼓一样振得伍秉鉴和卢文锦的脑壳"嗡嗡"作响。四个亲兵发出一声杀威喝："噢——！"伍秉鉴目眩神摇陡然变色，卢文锦满心惊悸瑟缩发抖。亲兵们把伍、卢二人的大帽子摘下，拧去顶戴拔去花翎，把两条冷冰冰的锁链套在他们的脖子上。林则徐的眼里闪着阴寒的波光："据本大臣所知，英国烟枭以查顿为渠魁，颠地次之。趸船所贮鸦片多半系他们二人经营，由于有人走漏了风声，本大臣到广州前查顿就脚底抹油潜行回国，但是，颠地依然在商馆里照料生意。此人贪婪成性，贩卖鸦片无数。现在，你们二人立即去商馆传谕，就说本大臣请他进城说话！""遵命。"

所有佣工和杂役奉命撤出了，商馆里只剩下三百多各国商人、雇员和水艄。查理·京和颠地站在二楼的大窗前，望着栅墙外的清军。他们三步一哨五步一岗，把商馆围得水泄不通。查理·京道："颠地先生，您还是见一见伍秉鉴和卢文锦吧。对抗没有好处，这里毕竟是中国人的地盘。"颠地的态度强硬："在我们英美两国，富人广受尊重。我无法理解钦差大臣怎能轻贱如此富有的人！伍秉鉴和卢文锦戴着锁链见我，我认为他们在装腔作势，博取我的同情。但我不想施以同情。"查理·京道："我们被软禁了，要是中国士兵闯进来，我们将更加被动。"颠地斜睨着窗外："他们有刀有枪，想闯进来，谁也拦不住，他们要是真想抓我，就让他们抓好了，但我绝不进城见钦差大臣！他会把我当作人质。"颠地担心被林则徐关入大牢，戴上又沉又重的木枷，那种刑具让人生不如死。查理·京劝不动他，只好悻悻离去，与马地臣等夷商一起去见伍秉鉴和卢文锦，他们二人戴着铁链坐在楼下的客厅里。

大清向来以天朝自居，十三行总商以管理者的姿态俯视夷商，每次传谕官宪谕令，都要求夷商去十三行公所，很少屈尊去商馆。伍绍荣和卢文蔚被关入大牢，两位休致的总商戴着锁链恳求夷商缴烟，动用军队包围商馆，这些都是破天荒的举动。

马地臣意识到事态严重："伍老爷，钦差大臣怎么说？"伍秉鉴沮丧着脸："钦差大人很愤怒，他说你们在敷衍他。马地臣老爷，你们可以看不起行商，但不能小视钦差大臣。钦差大臣说，要是你们不缴鸦片，他明天上午就亲自到十三行公所，惩罚我们。"伍秉鉴指着脖子上的铁链，几乎是在哀求："大清律法森严，以连坐治国，你们要是不服从钦差大臣的命令，我们就可能掉脑袋。"

多年来各国夷商充分利用《大清律》的缺陷玩弄法律游戏，而今这场游戏玩不下去了。马地臣试探问道："缴出多少鸦片，钦差大臣才能满意？"伍秉鉴哆嗦着嘴唇："至少一千箱。"查理·京道："缴一千箱钦差大臣会满意吗？"伍秉鉴小心谨慎，眸子里闪烁着不安："没有把握。但缴出一千箱后，钦差大臣会觉得你们服从了命令，火气会稍息。至于是不是上缴更多鸦片，我们无法代答。"马地臣道："钦差大臣的谕令必须无条件服从吗？"卢文锦点头道："是的。"查理·京问道："你们真有挨打和丧命的可能吗？"伍秉鉴的声调凄凄哀哀："是的。本朝以棍棒教化绅民，上至封疆大吏下至布衣黔首，只要出了差错都可能被打。皇上杖官，官杖民，杖得人人惊悚。"伍秉鉴受过杖刑，他年过七旬，再也经不起杖打，提起杖刑就心生恐惧。查理·京动了恻隐之心："如此说来，事关人命。请二位稍候。由于事涉多国，我们得研究一下才能给予回答。"

伍秉鉴的话音凄凉得像念大悲咒："只要诸位答应上缴，我情愿垫付一千箱鸦片的本金。"一千箱鸦片至少价值二十五万以上，相当于一家中型外国商行的全部本金。这是一个行将丧命的老人发出的绝望乞求！

伍秉鉴去了钦差大臣行辕后，卢氏和家人立即开始活动。万松园堪比《红楼梦》里的大观园，上百号家人仆役婢女轿夫船艄都归卢氏管辖，她是经过风雨见过世面的。她决定立即去找梁廷枏。卢氏深知银子是疏通人情的化瘀散，弥缝人际关系的补情丸。她用钥匙打开一只铁皮箱，取出三张银票，塞到衣襟里，准备打点粤海关监督和两广总督等人。五媳妇吴氏提醒道："要不要给梁夫子带点礼物?"卢氏道:"对,你把临水轩大条案上那台显微镜拿来。梁夫子好名重义,不收银子,但喜欢古董字画和西洋国的奇巧物件。"一个多月前,美国驻澳门代理领事多喇纳送给伍绍荣一架显微镜,能把物象放大二百倍,连灯蛾翅膀上的纹理、蝴蝶腿上的绒毛和蚊子嘴上的吸针都能看得一清二楚,堪称稀罕宝物。六媳妇严氏道:"送这种物件,梁夫子肯定喜欢得合不拢嘴。"

卢氏和两个儿媳妇换了诰命夫人装,带了仆役和婢女,一起登舟过江。半个时辰后她们到了梁廷枏的家门口。梁廷枏住在太平门西街的一座小院里。他听见叩门声,隔着门缝窥了一眼,只见三个女人站在门外,打头的是卢氏,另外两个是吴氏和严氏,身后跟着豪奴俊仆。他立即开门,一面寒暄一面引着卢氏、吴氏和严氏进了堂屋。

梁廷枏的堂屋如同杂货铺,青砖地上摆着唐砖宋瓦鼎当玉石,墙上挂着几幅西洋海景画,书架上摆满了线装书,条案上有几本硬脊烫金字的夷书,什锦架上堆放着莫名其妙的西洋物什:三棱镜八音盒千里眼走字钟,耶稣受难十字架,西洋服饰长筒袜等等,还有一些叫不上名字的东西。许多东西别人视为破烂,他却视为无价之宝。堂屋里面物件之零乱东西之芜杂,堪称珍奇荟萃垃圾毕集,林林总总眼花缭乱,满满当当连个插脚的地方都没有。梁廷枏东腾西挪,腾出两把椅子和一个方凳,请客人坐了,对妻子齐氏吆喝了一声:"快给贵客烧茶。"

卢氏来过这里,见怪不怪:"梁先生,听说您在钦差大人行辕做幕宾,我儿子和弟弟出了麻烦,想请您帮个忙。"梁廷枏是个明白人,知道她们的来意:"淑人,您别着急,伍绍荣是我的学生,卢文蔚与我的交情也不错,只是我刚入幕钦差大臣行辕,与林大人还不熟稔。过几天我找个话缝替他们说几句。"吴氏心里着急:"林大人拘押了我丈夫,是什么罪名?"梁廷枏眨了眨眼:"没什么大罪名,也就是办差不力。林大人饬令夷商三天内缴烟,夷商们抗命不遵。林大人发了大脾气,把伍绍荣和卢文蔚关起来。"卢氏道:"不会说我们伍、卢二家贩卖鸦片吧?那可是个洗刷不清的罪名。"梁廷枏摇头道:"我是修史的人,奉命修撰《粤海关志》。修史的人拜司马迁为师表,不媚权势不捧臭脚,历任封疆大吏、海关监督和行商,如何办理夷务,有什么功劳有什么过失,我都秉笔直书,一点儿都不遗漏。十三行代天子经管南库,哪家行商营私舞弊，哪家行商忠心办差，谁与鸦片有染，谁涉嫌走私，我一一考查过，不藻饰不讳过。你们伍家是天下头号官商，钱多得花不完，每年捐输的银子达十万以上，用不着贩卖鸦片赚昧心钱。我会替你们说几句话的。"

卢氏仿佛抓住了一根救命草："我儿子和弟弟关在什么地方？"梁廷枬道："关在南海县大狱里。不过你放心，伍绍荣的人缘好，南海知县刘师陆与他的私交也不错，不会委屈他。"吴氏问道："要不要给钦差大人送点儿规礼？"梁廷枬摆手道："我听说林大人官声清廉，不是见钱眼开的人。使钱不看时机不看对象，等于撒下龙种收获跳蚤。"

卢氏一门心思琢磨着打通关节，叫儿子和弟弟少受委屈："林大人是什么秉性？"梁廷枬道："据我看，是个冷脸大臣，急火性子，办差如同雷霆闪电，让人猝不及防。不过，林大人虽然严厉却不是恶人。"吴氏插话问道："谁能与林大人说上话？"梁廷枬道："林大人与豫关部熟稔。林大人当江苏巡抚时豫关部在苏州造办处当监督。你们找他，肯定起作用。"十三行归粤海关衙门管辖，伍家人与历任监督都处得和谐，逢年过节送些年敬节敬，外加西洋国的奇巧物件。豫堃调任粤海关监督半年有余，行商们孝敬的规礼比他十年的俸禄还高。卢氏道："我们女流之辈很少在官场上出头露脸，只怕豫大人不认我们。"梁廷枬道："豫大人不认你们，但与伍老爷和二位少东家都熟稔。你们登门造访，报个姓名，他还能驳了你们的面子？"卢氏道："梁先生，要不，请您帮着引见一下？"梁廷枬与广州城里的大小官员三教九流都能搭上话，他眨了眨眼睛："也好，我就领你们去一趟海关衙门。"

严氏道："梁先生，我们给您带来一件礼物，不成敬意。"她从女婢手中接过木匣子，纤纤素手递上："这是一台美国显微镜，能把物象放大二百倍。"梁廷枬听说过显微镜却没见过，立马来了精神。严氏取出显微镜放在桌上，梁廷枬东摸西触，却不知道如何使用。显微镜在万松园的临水轩里摆放了一个多月，卢氏、吴氏和严氏把它拨弄得烂熟于心。严氏调镜头对焦距，不一会儿就调整得恰到好处。她把一根细棉线放在镜头下，请梁廷枬看。梁廷枬眯着眼睛朝孔眼里一看，果然别有洞天——那根细棉线竟然像缆绳一般粗，纤维绒毛和孔隙历历在目。梁廷枬喜欢得合不拢嘴："这物件比放大镜强，用它研究草木鱼虫，真能细致入微了！"

一刻钟后，梁廷枏与卢氏等人来到五仙门。五仙门周匝名园密集处处酒幡。他们老远就看见"钦命粤海关"的大纛在空中飘舞。粤海关是二品衙门，轩昂气派与巡抚衙门同垺。骡车在大照壁前刚停稳卢氏就下了车。她不等梁廷枏跟上，拧着伶仃小脚撩衽登上台阶。司阍见一个身穿三品诰命装的女人要进来，赶紧迎头拦住。卢氏道："我是十三行总商伍绍荣的娘，叫卢氏，有事求见豫关部大老爷。"她把一枚亮晶晶的西班牙老头币塞入司阍手中，一屈膝跪在台阶上，吴氏和严氏也上了台阶跪在她后面。梁廷枏紧走两步上了台阶。司阍不认得卢氏但认得梁廷枏："哎哟，梁老爷来了。"梁廷枏道："这是伍秉鉴伍老爷的淑人，那两位是伍家的宜人和孺人，想见豫关部，烦劳你给通报一下。"

广州城里人人知晓伍秉鉴和伍绍荣的鼎鼎大名，林则徐拘押伍绍荣和卢文蔚的消息早就传遍全城。司阍一听是伍家的淑人、宜人和孺人，立即猜出她们的来意，好言劝道："淑人，您这么金贵的身子，怎能跪在这儿呢。"鉴于男女大防，他不敢动手拉只能劝。卢氏却不起身，大有见不到豫关部就不走的架势。司阍只好对梁廷枏道："淑人、宜人和孺人都是有身份的，跪在这儿不好看。梁老爷，烦劳您扶她们进门房稍息，我这就传话去。"说罢捏着老头币通报去了。

豫堃正在西花厅与僚属们商议公务，听司阍说梁廷枏领着三个命妇求见，立即猜出是伍家眷属登门。他看了一眼卢氏的名刺，说了一声"请她们去客厅"。

豫堃当过苏州造办处监督，深知经管工商不是简单的事情。伍家人世代经商，拥有四座茶山五支船队上百店铺和货栈，输出的茶叶丝绸大黄陶瓷，输入的呢绒棉花钟表黄铜，林林总总不下百种，经手的银子数以千万计。这个行当涉及的学问不是三言两语能说清的。采购运输存储配料需要专门知识，工役的培训和调配需要经管才干，与夷商交往需要精通夷语，防火防盗必须考虑周全，任何环节出现纰漏都可能导致全局溃败。伍家人经商如同庖丁解牛游刃有余，致使怡和行生意兴隆通四海，财源茂盛遍九州。有这等本事的人整个大清也找不出几个，豫堃打心眼里钦佩伍家人。

不一会儿，卢氏、吴氏和严氏在梁廷枏的陪伴下来到客厅。卢氏迈过门槛，一眼看见豫堃的肥润身躯和笑弥勒佛似的脸庞，凭着女人的直觉，觉得他是个好说话的人。她扑通一声跪在地上，话音里带着抽泣："豫关部大老爷，救救我儿子和弟弟吧。"话音未落，头已深深扎下，额头碰得地面"嘭嘭"作响。吴氏和严氏跪在她的身后，眼泪走珠似的往下落。豫堃赶紧起身："淑人哪，这是何必呢，起来说话。"他见卢氏不肯起身，吩咐一个幕僚："给淑人、宜人、孺人和梁夫子设座。"然后亲自扶起卢氏，引她坐到一把圈椅上。

卢氏抽泣道："豫关部大老爷，我儿子和弟弟犯了什么王法，让林大人捉了？"豫堃温语安慰道："淑人哪，别哭嘛。眼下最紧要的是查禁鸦片，敦促夷商缴烟。皇上心急，林大人也心急，要是不把鸦片根除净尽，皇上就把板子打在林大人的屁股上。心急难免办事操切，我不说你也明白，大清朝以官制商，以商制夷，环环相扣一级压一级。你儿子和卢文蔚老爷替官宪约束夷商，虽然没有贩卖鸦片，但鸦片流毒如此严重，也不能说没有责任。"

卢氏辩解道："豫大老爷，我们伍家人替朝廷管理夷务从来没有二心，贩烟漏银的腌臜事都是走私贩和海上疍户干的。我们伍家人是正经官商，从不沾边的……可林大人说要拿一二行商正法……"说到这里，她抑制不住心忧和悲伤，呜呜咽咽地抽泣起来。

豫堃诸事繁多，没工夫听妇道人家没完没了地哭诉，就势给她吃宽心丸："林大人无非要做个姿态。伍、卢二位总商是钦命官商，林大人不请旨能杀他们？我找个机会疏通一下。再说，我还得劳驾二位总商办理夷务呢。"听了这话卢氏才稍微宽心，抬起头来问："真的？"豫堃捻着刻意修剪的八字须："你不相信我吗？""哪能不信。""信就好。待夷商缴了烟，林大人就会让少东家和你弟弟回家。""真的？""当然是真的。本地官宪与夷商打交道，离不了你们伍家和十三行。"

卢氏依然不放心，试探问道："能不能让我们去县大狱里看一看？"豫堃百务缠身，顺水推舟道："行。"他叫过一个师爷："黄先生，淑人和二位总商的眷属想去县大狱里探视伍绍荣老爷和卢文蔚老爷。你亲自领她们去，就说是我让的。你告诉牢头，伍绍荣和卢文蔚是有官衔的人，要好吃好喝好侍承，不得委屈了。""喳。"

卢氏悬揣的心总算安下来。她从内衣里取出一只桑皮纸信套，毕恭毕敬呈上："豫关部大老爷，再过半个月就是贵夫人的五十大寿了。我这儿提前送上寿敬。"卢氏还想多说几句，梁廷枏看出豫堃想长话短说，对卢氏道："淑人,豫关部日理万机,就别搅扰他了。"黄师爷站在门槛旁,展手道:"淑人请。"卢氏只好把半截话咽回肚里,向豫堃蹲了个万福:"多谢豫关部大老爷关照。"

豫堃亲自送卢氏等人出了仪门,返回客厅打开信套一看,里面有一张三千两的银票!

第十三章

英国驻澳门商务监督

英国驻澳门商务监督署与大海只有一箭之遥。查理·义律坐在台阶上拿着水彩笔对景写生,牧师郭士立站一旁看他画画。海面上有一条葡萄牙商船和几条中国渔船,一群海鸟"呀——呀——"地叫着在空中盘旋,不时俯冲而下叼取船上抛弃的残羹剩饭。

查理·义律的夫人克拉拉·义律穿着蜂腰长裙,与几个英国女人在海边漫步,附近有澳门小童和葡萄牙小囡拾海贝捉迷藏,她们像一群无忧无虑的海雀,不时发出叽叽喳喳的童音——英国人的家庭观念与中国人的大相异趣。中国男人千里远行不带妻子,听任她们在家中牵肠挂肚惦记思念,英国人则愿意合家同行,长年在外的英国商人尤其需要天伦之乐。但是《防范外夷规条》规定番妇不得进入中国内地,他们只好把眷属和子女安置在澳门。澳门是一块巴掌大的半岛,方圆不足三平方公里,它是清廷允许夷人寄居的唯一地方,由朝廷任命的澳门同知①与葡萄牙总督共管。

郭士立是德国人,本名叫卡尔·加茨拉夫,三十多岁,个子不高,皮肤微黑,唇上留着一抹棕黑色的小胡子,长着一头棕黑色的头发,眼眶里有一双棕

---

① 同知,清代官名,五品文官。

黑色的眸子，只要穿一身中式服装，在脑后接一条假辫子，人们很难分辨他是中国人还是外国人。郭士立毕业于柏林神学院，在荷兰基督教传教会学习了三年，而后去巴达维亚（雅加达）传教。他在那里认识了一个姓郭的福建侨商，拜了把兄弟。郭士立有强烈的猎奇心，勇于涉险，居然在侨商的帮助下混入中国内地。他给自己起了"郭士立"的中国名字，在福建省同安县打个马虎眼，办了入籍手续，还在郭氏宗祠续了香火。他与一个叫史蒂芬（Edwin Stevens）的传教士乔装打扮成中国人沿着闽江潜行考察，被当地官府发现后押解出境。他有超乎寻常的语言天赋，会讲德语、荷兰语、英语和马来语，最令人惊异的是他能讲一口流利的福建方言，写一手漂亮的毛笔字，他尤其迷恋中国历史和文学，撰写了大量文章和书籍。他在澳门认识了一个叫温斯娣的英国女人，温斯娣在澳门办了一所盲童学校，二人结为夫妻。传教士大多安贫乐道，他和温斯娣却喜欢奢侈的生活，他们租用了一栋三层小楼，雇用了一个仆人，教会给的薪水不敷使用，为了弥补家用，郭士立经常为鸦片商人充当翻译赚取佣金。由于他精通汉语，被英国商务监督署聘为秘书兼翻译。他是一个自我矛盾的人，既是传教士又热衷于俗务，既反对鸦片贸易又为鸦片商人服务，既热爱中国文化又认为非武力不足以打开中国的大门。

郭士立夸赞道："义律先生，您画得真好。"义律用笔尖蘸了一点红颜色，在画纸上点染了几笔："绘画是记录见闻的实用工具，也是一个绅士应当具备的修养，但我的画技不够娴熟，自得其乐而已。哦，我最近读了您写的《中国简史》，受益匪浅。""您过奖了。""听说你对日本历史也有研究。""是的。"义律一面在调色盘上调色一面问："日本人怎么看待中国？"

八年前英国派"阿美士德"号对西太平洋——即中国、日本和朝鲜水域——进行综合考察，一批地理学家、人类学家、海洋学家、气象学家和生物学家参与其中，郭士立应邀担任翻译。那次考察历时两年半，"阿美士德"号中途在厦门、台湾、福州、宁波和上海停靠买水买菜，还在朝鲜和日本的部分港口做短期休整，由于那次航行，郭士立成为最了解中国和日本的人。他在考察途中撰写了大量游记，刊登在美国教会创办的《中国丛报》上。郭士立道："我研究了东亚历史，尤其是中国与朝鲜、日本、越南的封贡关系。中国人以其历史悠久而傲视周边国家，认为周边国家都是贱夷，丝毫不考虑它们的尊严、利益、需求和感受。公元六世纪时，朝鲜分为新罗、高句丽和百济三个小国。日本的圣德太子想占领新罗，因为不知道中国是什么态度，派使臣小野出使中国。圣德太子致隋炀帝信函的第一句话是：'日出处天子致书日落处天子无恙'，惹得隋炀帝很不高兴。圣德太子第二次派使节出使中国时才改书：'东天皇敬白西皇帝'。这些事迹只见于日本史书，中国史书并无记载。日本历来认为它与中国是平等国家，中国却不这样看。明朝皇帝朱元璋曾经三次遣使去日本，命令日本国王来华进贡，致使日本大为不满。通观日本历史，只有一个叫足义利满的国王因为国势不稳，违心地接受过明成祖朱棣册封的日本王封号，别无二例。但中国人却盲目相信日本是中国的属邦，明朝的万历皇帝不知道日本国势强大，稀里糊涂地派使臣去日本，册封丰臣秀吉为日本王。丰臣秀吉勃然大怒，对中国使臣说：'日本国，我欲王则王，何待明房之封！'他不仅将中国使团驱逐出境，还在朝鲜与中国军队大动干戈。对邻国日本，中国人尚且不知其所以然，对万里之外的英美诸国更是一无所知。中国是一个民穷、财匮、兵弱、士大夫无耻的国家，徒有一种虚幻的优越感。他们只知有天下不知有地球，甚至不屑于研究欧美国家人口几多，国力几何，有什么政治诉求和经济诉求。朝廷的文献中经常有'夷性犬羊'等字样，也就是说，他们把外国人与畜生并列，对外国的思想，外国的制度，外国的商品，外国的女人和外国的一举一动，都不屑一顾。"

义律放下画笔："郭士立牧师，假如英中两国开仗，中国百姓会有什么反应？我的意思是，他们会不会像奥斯曼帝国统治下的土耳其人，宁肯听任本国暴君的驱遣，也不愿支持外国的解放者？"郭士立炫耀着自己的知识："这是一个大题目，足以写一篇长篇大论。中国自古以来就施行愚民政策，公开主张'民可使由之，不可使知之'，历代皇帝都认为民愚易治，民智难治，民弱易治，民强难治。所以，他们不愿意教化百姓，想方设法使其愚，唯恐其不愚，对民众的思想也尽量束缚，务使其单纯，甚至不惜大兴文字狱，以言论定罪。对士大夫的精力，更是尽量消耗，务使其疲敝，无暇反叛。中国皇帝迟早会自食其果，因为世界上最难驾驭的，恰恰是无知无识头脑愚钝的蠢民。"

义律点头道："讲得好，我也有同感。"郭士立道："中国是皇权至上的国家，而我们德国和你们英国是法权至上的国家。几十年前，我国的国王腓特烈二世想建一座夏宫，宫址选在一个山坡上，附近有一座磨坊。没想到修到一半，磨坊主去法院告了一状，说夏宫挡了风，不利于风车的转动。法院判腓特烈二世向磨坊主道歉，并给予赔偿，国王陛下服从了法院的裁决。欧洲各国的王权普遍受制于法权，所以，贵国才有《人身权利保护法》（1679），孟德斯鸠才写出了《论法的精神》，法国才有《人权宣言》，美国才有《独立宣言》。这种事不可能发生在中国，中国是上帝关顾不到的国度，官宪视人民为牛马和草芥。我们在珠江上经常看到官船逆水上行时，差役们强迫大批村民拉纤，给付的工钱却很低，只相当于六便士，而且不给回家的路费。在老百姓看来，这是极不划算的，许多人拉到一半就跑了，官员就派兵丁到附近的村庄拉夫。那些人很可怜，缺衣少食贫弱不堪，稍一拖延就会受到官兵们的鞭笞。中国百姓不会因为受到满洲人的统治而感到自豪和荣耀，皇帝用严刑峻法对待人民，只会使自己陷入狭窄的地域，丧失回旋的余地。许多百姓，尤其是沿海蛋民，根本没有融入这个国家，甚至心怀怨恨。"

义律道："你的看法很有道理。"郭士立继续说道："清王朝建国二百年了，仍有许多中国人不认同他们，甚至视满洲人为入侵者，暗中鼓吹'驱逐鞑虏，复兴大明'。清政府给百姓的是高压管制和苛捐杂税，绝少为民众的福祉着想，普通百姓也不关心国家的命运。这个国家风俗败坏，官贪民穷，盗贼四起。每当个人与外界发生冲突时，庇护他们的不是国家而是宗族，所有中国百姓的宗族意识远胜过国家意识。所以我认为，一俟英中两国开仗，多数百姓将坐观成败。哦，义律先生，您认为英中两国会打仗吗？"

义律把画笔和颜料放入画箱中："矛盾相当尖锐，离战争只有一步之遥，战争的导火索肯定是鸦片贸易。我不是鸦片的朋友，但政府不这样看。我就任商务监督后，曾报告外交大臣巴麦尊勋爵，如果不对鸦片贸易加以遏制，英中两国迟早会爆发一场大战[①]。但是，巴麦尊勋爵指示我：在公海上贩卖鸦片符合英国法律，我的权限仅限于禁止我国商人将鸦片直接输入中国，不得干涉公海上的贸

---

① 义律是最先预见鸦片会引起战争的人。他在1836年7月27日致英国外交部的信中写道："（对鸦片商人）长期不给予惩罚会使局势严峻起来……最终引发暴力攻击。中国当局不能不表示愤慨，他们会受到惊吓，怒不可遏，诉诸野蛮的暴力。我们的政府将别无选择，被迫武装介入。"

易——这是一个危险的逻辑。我的同胞们太贪婪,我国政府太短视,中国皇帝太无知,关津胥吏太无耻,中国海疆太混乱。在暴利的诱惑下,形形色色的贪利之徒趋之若鹜,死死咬住鸦片不松口。说心里话,鸦片贸易是比奴隶贸易更可恶的东西,但没有政府授权,我缺乏惩罚鸦片走私者的法律手段,只能徒劳无益地向中国官宪表明我反对鸦片贸易,以至于他们认为我口是心非。"

郭士立叹道:"有吸食者才有贩卖者。中国人吸毒成瘾,无可救药。"义律道:"是的,只有上帝才能让他们克服毒瘾。"郭士立微微一笑:"但是,只有大炮才能让上帝进入中国。中国皇帝和官宪对外国的一切都怀有天然的警惕和敌意,盲信'非我族类,其心必异'。他们矮化、妖魔化我们,尤其是我们的宗教。他们像硬壳软体动物,一见到异类就把贝壳关紧,基督教的真理和所有外国思想都让中国皇帝和官宪们恐慌不安。他们不让臣民们听见上帝的声音,不让他们具有理性和公正的判断。他们认为,我们的宗教有一股邪气,会颠覆他们的社会秩序。"

英国驻澳门商务监督署副监督参孙(A. R. Johnston)和秘书马儒翰匆匆忙忙朝海边走来。参孙是个才具中庸热情有余的年轻人,他父亲当过英国的掌玺大臣,在父亲的荫庇下,他在英国驻澳门商务监督署当了副监督。马儒翰则是在澳门出生和长大的英国人,他父亲马礼逊是英国圣公会派往中国的第一位传教士,在澳门待了半生,编写了世界上第一本《华英字典》,并将《圣经》译成汉语。来中国做生意的所有英美商人都用马礼逊的《华英字典》学习汉语,致使马礼逊享有极高的知名度,但是,几年前他去世了。马儒翰在澳门的中国学堂受教育,学过《三字经》《千家诗》,能讲一口流利的粤语。他很年轻,但身躯肥胖脸盘宽阔,走路像一只摇摆的企鹅。

义律:"参孙先生,您好像有什么急事。"参孙气急败坏,递上一只大信套:"义律先生,广州商馆送来一份急件,中国官宪命令所有外国商行交出趸船上的鸦片,并派兵包围了商馆和扶胥码头,粤海关衙门发出禁令,在交出鸦片前,所有外国人和商船不得离境。"义律仿佛听见一声晴天霹雳,脑袋被震得"嗡嗡"响。因义士事件后他预感到要出大事件,没想到来得这么快!他撕开信套,里面装着钦差大臣签发的《各国商人呈缴烟土谕》的英译本。义律迅速浏览一遍:"不忍不教而诛","嗣后来船永不敢挟带鸦片,一经查出,货即没官，人即正法"，"非但水陆官兵军威盛壮，即号召民间丁壮，已足制其命而有余"，这些强硬的字眼咄咄逼人，与欧美各国委婉的外交辞令迥然不同。义律皱着眉头问道："这份谕令是谁写的？"参孙道："据说出自新来的钦差大臣林则徐。"

义律道："见其文如见其面，看来这个林则徐是个生猛冷厉个性强悍的人物。"参孙道："中国政府好像要不惜动用战争手段根除鸦片。"义律道："我一直奉劝那些贪婪的同胞们稍加克制，不要唯利是图。但他们不听，终于惹出一场大乱！"

参孙道："冰冻三尺非一日之寒，矛盾是积年累月形成的。但我认为，所有鸦片趸船都泊在老万山和大屿山一带，距离中国海岸线足有三海里，那里不是中国的辖区，他们无权没收公海上的鸦片。他们把我国商人扣为人质，强迫他们交出境外鸦片，是越界执法，是我们不能接受的。"

马儒翰的胳膊肘夹着一只皮夹子："广州商馆里现在有大约五十家外国商行的代表和雇员，还有一些滞留在那儿的水艄，大约三百多人，其中七成以上是我国人和英属印度人。扶胥码头里有十几条商船，一千三百多名舵工和水艄，大部分也是我国人和英属印度人。"

义律的牙齿咬得咯咯作响，腮上筋肉微微耸动："这是惊天变局，是战争的前奏！我身为商务监督，负有保护本国商民的责任。我们必须尽快赶到现场，警告滞留在商馆的所有英国臣民立即离去，并替他们申请离境船牌！"

克拉拉·义律和英商的家属们渐渐围拢过来，她们注意到义律和参孙的表情异常，七嘴八舌地打问消息。义律对围过来的英国眷属道："广州出事了，我必须尽快赶往出事地点。郭士立牧师，您留守商务监督署，安抚我国侨民。参孙先生，你立即乘小艇去'拉恩'号兵船，要布雷克舰长通知所有英籍商船不得驶入珠江，以免沦为人质，然后你与我一起乘'路易莎'号去广州。""拉恩"号是一条双桅轻型护卫舰，配有十八位火炮一百二十名官兵。它与"海阿新"号兵船常年在中国海域活动，担负着防止海盗袭击英国商船的任务，同时也是英国安置在中国水域的威慑力量。但是，"海阿新"号临时被派往印度递送邮件，"拉恩"号是义律能够调动的唯一武装力量。参孙刚要离去，义律叫住他，补充道："参孙先生，请你告诉布雷克舰长，我们此行凶多吉少，要是六天内得不到我们的消息，那就意味我们遭遇了不测，他可以采取任何手段营救我们。"

克拉拉为丈夫的安全担忧："查理，千万要冷静，别像你父亲那么冲动。"查理·义律的父亲休·义律是个血气方刚的外交官，具有少见的鲁莽和豪侠气概。他在担任驻德国公使期间受到德国皇帝腓特烈的怠慢，于是怀恨在心，在一个公开场合用火辣辣的外交辞令羞辱了腓特烈，致使各国公使无不目瞪口呆。他担任驻那不勒斯公使期间与一位有旧怨的德国贵族邂逅，一句话不对景翻了脸，竟然交换手套相约决斗，惹得人言沸腾。英国外交部认为休·义律刚烈有余温柔不足，不适合当外交官，把他派往纷争不断暴乱四起的西印度群岛担任总督。义律看了妻子一眼："多年来，我一直在一个无足轻重的位置上虚度年华，在危机突发之际，我不能像一只温存的小猫，而要做一只冲锋陷阵的狮子。克拉拉，你把我的军装和佩剑拿来，我要以军人的姿态出现在中国人面前！"

虎门炮台和珠江两岸的所有营汛接到了钦差大臣的命令，各国船舶许进不许出。"路易莎"号是商务监督署的专用单桅纵帆船，拥有特许通行权，它驶入虎门时清军未加拦阻，但迅速派哨船紧随其后。

"路易莎"号第二天中午抵达黄埔岛，驶入扶胥码头。平常时日，扶胥码头急鼓繁弦似的热闹，进出口货物堆积如山，苦力佣工们忙碌得如同成群的工蚁，号子声吆喝声此起彼伏。今天，这里却笼罩在肃杀的戾气中。码头四周布满了清军，他们封堵了所有栈桥和道口，像猎犬似的监视着夷船的一举一动。十几条外国商船像停摆的钟，一动不动泊在码头里，一千三百多名外国水艄困在船上，不得随意下船。二十多条清军师船和哨船在黄埔岛四周穿梭行驶，船上站着荷枪实弹的兵丁。四条满载硫黄和桐油的火筏堵住了扶胥码头的入口。

韩肇庆指挥两营弁兵包围了扶胥码头，他坐在太师椅里，身后簇拥着一群弁兵。义律下了船，他身穿海军军装头戴三角帽腰悬佩剑足踏皮靴，在参孙和马儒翰的陪伴下走到韩肇庆面前，行了一个优雅的西式军礼："大英国驻中国领事查理·义律向韩大人问好。"

在照光的照耀下，韩肇庆鼻翼右侧的红痣微微发亮，他稍微欠了一下身子算是还礼，口气倨傲："夷目义律，你国商人常年向天朝贩运鸦片，惹急了大皇帝。大皇帝特派钦差大人到广州查禁鸦片。本官奉上宪命令封港封舱，特此奉告。"听完马儒翰的翻译后义律道："听说广州官宪不仅封港封舱，还派兵包围了商馆，将我国商人扣为人质。远职正为解决此事而来。"韩肇庆站起身来游着步子打着官腔："你是英国派来的职官，本官奉劝你仔细约束你国商人和水艄。天朝地大物博无所不有，既不缺你们的棉花布匹，也不缺你们的五金钟表，更不缺鸦片。你们英国人以肉为食，离了茶叶大黄就消化不良，有一命呜呼之虞。我国大皇帝怀柔天下善待远人，才准许你国商人来广州贸易。做正经买卖利乐无穷，何必用鸦片戕害天朝臣民？"义律一本正经道："远职恪尽职守，多次公告本国商人谨遵贵国法律，不得携带鸦片入口。如有违反，被贵国兵丁查获，自行承担后果并接受贵国惩罚。远职夙夜忧虞抱负难平，一心早日铲除此等恶习。"一个是大清副将一个是英国领事，两个人全都冠冕堂皇义正词严，但心里都明白官话背面藏污纳垢——韩肇庆明里执行禁烟令暗里受惠于查私纵私，义律明里要求英国商人遵守大清法律，暗里默认英商利用大清法律的缺陷腾挪躲闪。

韩肇庆绷着脸皮道："说得比唱得好听。你要是严格约束你国商人，大皇帝何必派钦差大臣严打严查？"义律指着英国商船道："韩大人，你要是在我国船上查出一磅鸦片，即可依照贵国法律严加惩办，远职决不姑息。要是没有真凭实据，封港封舱纯属多此一举，派兵包围商馆更是耸人听闻。"

一开场就话不投机。韩肇庆"哼"了一声："夷目义律，你到黄埔来有何干求？"义律道："封港封舱包围商馆，兹事体大。本领事职责所在，必须过问。"韩肇庆抠了抠鼻孔："那你就过问吧。但钦差大人有令，各国夷船和水艄许进不许出。你能来扶胥码头，也能逆水上行，要想退回去，非得有钦差大人的谕令不可。"

义律手搭凉棚环视扶胥码头。码头里总共泊有十七条外国商船，其中十一条挂着英国旗。他迈步朝最近的英船走去。那是一条载重六百吨的商船，船舷上有"RELIANCE"（忠勇）字样，隶属于颠地商行，船上有七十多名水艄。

义律一登上"忠勇"号立即就被水艄们围在中央，诉苦的抱怨的求助的骂人的，乱乱哄哄嘈嘈杂杂。船长马奎斯从人群中挤出来，他是退役的海军军官,四十多岁,参加过苏里南海战和背风群岛登陆战,与义律是老相识。一番寒暄后,他告诉义律,粤海关下令撤走所有中国工役,禁止装卸货物,禁止黄埔居民向夷船出售食物和净水,有两条商船的水柜里已经没有净水了,水艄们只好提取江水烧水做饭,而珠江的水质极差,很可能闹出疾病。

义律道:"钦差大臣行事鲁莽,义愤多于思考,扣押人质的做法既聪明又荒谬,既夸张又混乱。我们不能让他抓住小辫子。你的船上有违禁货物吗?"马奎斯道:"义律先生,本船载运的一百五十箱鸦片都卸在老万山的趸船上,运入中国境内的全是合法商品。"义律指着临近的几条英籍商船问道:"那些商船是否有违禁物?""据我所知,没有一条船携带违禁商品入境,船长们不会自找麻烦。"义律点了点头:"很好。只要你们没有携带违禁商品,事情就不至于糟糕到无可救药的田地!"他对英国政府的政策和自己的职责有清醒的认识:在鸦片问题上英国政府在道德上损人利己,在法律上无懈可击。此时此刻他必须扮演一个辩护律师的角色,竭尽全力为自己的同胞消灾禳祸。他对周边的水艄道:"中国官宪的任何指控必须有人证和物证。只要没有真凭实据,我们就有回旋的余地。不分良莠地扣押所有外国人,包括无辜的雇员和水艄,在法律上是站不住脚的,至少是有缺陷的。"

马奎斯问道:"义律先生,请问我们应该怎么办?"义律第一次经历如此复杂的事变,在甲板上来回踱着步子,过了半晌才抬起头来:"马奎斯船长,'忠勇'号上有多少枪支弹药?"

公海上海盗丛集,各国商船都配有火炮和枪支。依照粤海关章程,夷船入口前必须在虎门挂号口卸去炮位封存枪支,但允许夷船保留短刀和佩剑。马奎斯道:"义律先生,本船的八位火炮和枪支都封存在虎门。为防范万一,我在夹板舱里藏了十二支短枪和少量弹药。如果必要的话,您只要一声令下……"义律摆手止住他:"其他商船藏有枪支吗?""据我所知,'飞梭'号和'气精'号藏有少量枪支,具体数字不详。"

义律抚舷环视着江面,江面上哨船梭织刀枪林立,水陆交严弁兵警动,钲鼓之声相互应答。他的灰蓝色眸子里闪着微光:"中国不是苏里南,也不是牙买加,我们不能凭借几条武装商船就制服对手,武力营救人质的风险极高,搞不好就会血染珠江!"马奎斯从心眼里看不起中国师船,他确信武装商船虽然卸了炮位，也足以撞翻任何拦阻它的清军哨船。他一拍胸脯夸下海口："中国哨船不过是弱不禁风的大玩具，我们的水艄半数是退役水兵，操枪操炮动作娴熟，就是使用短刀配剑，也是格斗的好手，只要您一声令下，我很快就能把扶胥码头里的所有英国商船组织起来，冲破清军水师的防线！"

义律克制住内心的冲动："要冷静，挟坚船快枪之利在中国境内动武不是上策。这就像在拳击场上打七伤拳，即使打败对手也得付出三分代价，以和平手段化解危机才是上策。但是，凡事得做两手准备。我已经命令'拉恩'号的布雷克舰长集合所有尚未入境的武装商船做好战斗准备，如果六天内得不到我们的消息，他可以闯入珠江营救人质。马奎斯船长，请你知会码头里的所有英籍商船，叫他们准备好。万一广东官宪行事鲁莽大开杀戒，你们就冲进商馆救人。但要切记，国家之间无小事，不忍一时之愤鲁莽行事只会败事于绸缪。在欧洲，拘留商船扣押人质意味着宣战。但钦差大臣的谕令措辞不明，我要亲自去十三行公所搞清楚他们是不是有对我国宣战之意。没有我的书面命令，你千万不可轻举妄动！""明白！"

义律巡视完毕后，登上"路易莎"号朝商馆驶去，三小时后，抵达商馆前的小码头。十三栋商馆被清军严丝无缝地四面围住，陆地上有弁兵列队巡逻，江面上有二十多条哨船一字排开，夷商被关在商馆内不得随意走动，旗杆上的各国国旗都被降下来。英国商人隔着窗子看见"路易莎"号就像见了救星，爆发出一阵欢呼声，水艄们把口哨吹得山响。

第十四章

严而不恶

天黑了，钦差大臣行辕里点起了气死风和羊角灯，米黄色的灯光把天井照得半明半暗。

伍秉鉴和卢文锦将义律的抗议信和请领船牌的禀帖呈给林则徐后在签押房里候着，脖子上依然挂着铁链。袁德辉坐在一旁整理文牍。十二年前伍秉鉴荐举袁德辉去北京理藩院，但伍秉鉴年事已高记忆力衰减，竟然认不出他来。袁德辉胆小怕事，知道林则徐秉性严厉，也不主动搭讪。他给伍、卢二人倒了茶水，闷声不响地坐在一旁整理文牍。伍秉鉴和卢文锦以为袁德辉是监视他们的，不敢开口说话，三个人枯叶似的坐在一间房子里形同陌生人。伍秉鉴年高体弱打熬不住，托着腮帮子昏昏欲睡。卢文锦倚着椅背打盹，喉咙里发出轻轻的鼾声。

林则徐和邓廷桢正在花厅里商议对策。义律的禀帖表示，大英国主谕令英国商人遵守大清法律，不得挟带鸦片入境，如有违反，不仅中国官宪不予宽容，英国国主也绝不包庇，而后笔锋一转强硬声明，他已将颠地置于他的保护之下，除非广东官宪明文承诺保证颠地的人身安全，并由他亲自陪同，他不允许颠地去钦差大臣行辕；其次，趸船上的鸦片是英国臣民的财产，停泊在公海上，中国官宪无权收缴；最后，他要求广东官宪三日内发给船牌，允许全体英商离境，否则他就判定在粤英商被拘为人质，一切后果将由广东官宪承担！义律在禀帖中写到：

> 中国官宪集结军队、战船、火船和威胁性物资，事非寻常。本人深感不安。尤其是在广州商馆前的行刑事件，既是创举又没有做任何解释。广东官宪处理事务一向和平公正的信念化为乌有。现特以本国国主名义质询贵总督，是否想同在中国的英国人和英国船开战？[①]

林则徐的谕令秉承了中国宪令的写法，笔挟风雷大义凛然，义律的禀帖合乎欧洲的外交风范，不张扬，不威慑，不恫吓，点到为止，他绵里藏针地示意广东官宪，动用军队包围商馆会被英国视为敌对行动，与战争只隔一层薄纸，稍一使劲儿就会捅穿。

林则徐指着禀帖道："我早就听说英夷狡诈嚣张。果不其然！我到广州后颁发的所有谕令，我国商民无不凛遵，唯有英夷以各种借口着疲玩抗命。我要他们三天内承诺缴烟，他们却说七天后才能答复。我饬令他们订立甘结，承诺永不挟带鸦片，他们以种种借口拖延不办，拒不签名画押。我下令将所有佣工杂役撤出商馆封港封舱，他们才勉强同意缴出一千零三十七箱鸦片，企图蒙混过关。我命令候补知府余保纯、南海知县刘师陆坐镇十三行，敦促伍秉鉴和卢文锦传唤大烟枭颠地，颠地却抗命不遵。现在又来了一个义律，公然跳出来声称要将颠地置于他的保护之下，对缴烟却只字不提，妄求请牌离境。我们岂能答应！"

邓廷桢凑到灯前把禀帖从头到尾又读一遍，老成持重道："义律是想以英商离境来威胁我们。"林则徐道："他进了商馆就像鸟进了笼子，如何能威胁我们？"邓廷桢推测道："义律的意思是，英夷的贸易额占了广州贸易额的七成，英商一离境，粤海关的税收势必大减。"林则徐不屑道："各国夷商来广州贸易，茶叶大黄等正经生意利市三倍！即使没有鸦片，各国商人也无不垂涎。广州这样的大码头天下难找，我不信英国商人舍得离去。义律不过是虚词恫吓而已。我们必须传唤颠地，杀一杀英夷的嚣张之气。"

---

① 摘自查理·义律（Charles Elliot）的《鸦片危机》（*Crisis in the Opium Traffic*，1839，北京国家图书馆缩微胶片）。

邓廷桢捻着花白的胡须缓缓道:"少穆,办理夷务是个细活儿,不能着急,更不能意气用事。颠地不来,派兵进商馆抓他,唾手可得,但后患无穷。《大清律》明文规定,夷人在内地犯法,除杀人罪外,一律交给外国职官处置。对付夷商,不能用对付内地刁民的套路,否则容易激起边衅。"林则徐道:"我在京时曾与潘、王二位阁老和刑部尚书阿勒清阿议论过这事。对外国烟枭,既不能捕又不能关还不能杀,只能驱逐出境,等于不加惩罚。如此一来,烟毒无法禁绝!"邓廷桢道:"皇上既然要三法司修订《禁烟条规》,我们不妨等一等。在新条规颁发前,不要贸然抓捕夷商。至于颠地,我看算了,不必传唤他,就算把他传来也得放回去。颠地仅仅是大烟枭,义律才是渠魁。"

门丁进来禀报:"豫关部来了。"林则徐道:"请。"

不一会儿,豫堃挑帘进了花厅,神情有些焦急:"二位大人,我刚才接到黄埔岛税丁的禀报,两条夷船的淡水用完了,船上的舵工水艄要买水,弁兵不让他们下船,双方争执不下,差一点动起手。其他夷船趁机起哄,有鼓噪联络的迹象。扶胥码头有十七条夷船,一千数百外国水艄,万一发生暴乱,拾掇起来就难了。"

林则徐用木尺轻敲掌心:"不施以高压夷商就不肯就范,难道英夷敢在我大清的地面上动武?"邓廷桢沉着道:"少穆,广州万事难,夷务最难。英夷桀骜不驯,对付他们得有理有节,否则会惹起一连串疏理不清的事端。英夷在老万山一带有护商兵船,它们要是闯关入境,就会重演五年前的事件,皇上怪罪下来,咱们是吃罪不起的。咱们得把握好尺寸,松紧有度。"豫堃也担心事情闹到控制不住的地步:"文武之道有张有弛。少穆兄,咱们不可一味用强,搞得戾气冲天。"

林则徐道:"你们比我熟悉夷情。你们说如何处置为好?"邓廷桢道:"我主张宽严有度,严而不恶。"林则徐咀嚼着邓廷桢的话。"严而不恶——嗯,这话讲得好!"豫堃道:"扶胥码头里的外国水艄是讨生活挣工钱的烂仔,听从夷商支配而已,缴鸦片、签甘结与他们无关,我们对他们不妨稍加宽待。既然不让他们下船随便走动,不妨供给淡水和食物,不必闹得张牙舞爪。贩卖鸦片的是商馆里的夷商,只要控制住他们,就能办成事。"

林则徐把木尺往桌上一拍:"就依你们二位,宽严并用分而治之。对商馆里的夷商要严控，对扶胥码头的水艄要宽待。豫大人，海关税丁可以给各国水艄供应淡水，还可以免费送给他们一百只牛羊，告诉他们少安毋躁，封港封舱只是暂时的，各国商人一俟签署不挟带鸦片的甘结，立即恢复通商。但对商馆里的奸猾夷商要保持高压，压得他们喘不过气来。商馆里没有水井，所有淡水都由佣工杂役从外面挑送，商馆紧傍珠江，江水浑浊不能饮用，肉蛋蔬菜是现吃现买，并无存货。他们不缴鸦片，我就来个严而不恶，不抓不捕不打不骂，但停供淡水和食物。没有吃的没有喝的，他们坚持不了几天！"豫堃拊掌一笑："这是个好主意，可以一试！"他的话音刚落，袁德辉进来禀报："余保纯大人来了，有要事禀报。"林则徐道："进。"

余保纯跨进门槛，依次向林、邓、豫三人施礼："林大人，荷兰领事番吧臣（Van Basel）和美国商人查理·京递了禀帖，说他们从不经营鸦片，请求单独开舱，领取船牌离境。"他将两份禀帖呈报给林则徐。

林则徐戴上老花镜凑到灯前速读一遍，对余保纯道："本朝以连坐治民，夷商入境做生意也得依照《大清律》行事，任何人不能置身于事外，即使没有贩卖鸦片，也应当劝说别人缴烟。要是张三说不曾贩卖，李四也说不曾贩卖，我们如何一一甄别？搞不好就有大鱼漏网。"他对袁德辉道："四眼先生，您展纸研墨，给荷兰领事番吧臣和美国商人查理·京回文。我口授你记录，然后译成夷字。"

袁德辉坐在一张小桌旁，蘸笔濡墨，挪过一盏小油灯。林则徐缓缓踱着步子，念出给美国商人查理·京的第一份批谕：

本大臣到粤访知，该京夷平日不卖鸦片，殊为出众可嘉。但本大臣早颁谕帖，令众夷人缴土，何以该夷不能迅速劝导？……该夷一面之词，恐不足据，一时开舱等事，尚难准行。[①]

袁德辉抖动笔杆记得飞快。林则徐接着口授给荷兰领事的批谕：

---

① 摘自林则徐《批米利坚京夷禀》（《中国近代史资料丛刊·鸦片战争》第二卷，第246页）。

现因各国烟土未缴，照例一概封舱，不能独准该国一船放行，致疏防犯。该夷即无鸦片，亦应开导同馆夷众，迅速缴烟。一俟缴清，即可照常开舱贸易。尔国一船，更无滞留之虑也。①

口授完毕，豫堃道："少穆兄，办理夷务，得用精通夷务的人，起码能讲夷话识夷字。伍秉鉴和卢文锦虽然当过总商，毕竟年老体弱，十三行对内是商，对外是官，有管理夷务之责。我看，还得用头脑敏锐手脚伶俐的人。"他收了伍家的钱，没有指名道姓，却在替伍绍荣和卢文蔚求情。邓廷桢也收到伍家的钱，顺势替伍绍荣和卢文蔚说话："朝廷的章程是以官制商，以商制夷，封疆大吏不与夷商直通书信，文书往来必须由行商转禀。少穆，要是没有大碍，不妨让伍绍荣和卢文蔚出来，戴罪立功。"两广总督和海关监督都替伍绍荣和卢文蔚说情，林则徐不能不给面子："也好，四眼先生，你去签押房传伍秉鉴和卢文锦。"袁德辉"喳"了一声去了签押房。

伍秉鉴和卢文锦正在签押房里打盹，睡眼惺忪，听到传唤就像被冷水激了一下，立即清醒。他们站起身来控背躬身跟着袁德辉进了厅堂。二人瞥见林则徐的铁板脸就像耗子见了猫，"啪啪"两声打下马蹄袖，虾米似的蜷伏在地上："敝人叩见林大人。"

林则徐目光炯炯地扫视着伍秉鉴和卢文锦："本大臣皇命在身，不能听任烟毒在中国泛滥。等袁德辉把本大臣的批谕译完，你们二人拿去转谕义律：不缴鸦片，扶胥码头不开舱，海关衙门不发船牌，夷商不得离开商馆。方才我与邓大人和豫大人议过，要对商馆里的不法夷商进一步施压，不缴鸦片就断水断粮断蔬菜。伍绍荣和卢文蔚办差不利罪当责罚，本大臣看在邓大人和豫大人的面子上，让他们出来戴罪办差。但是，在夷商缴完鸦片前，你们二人也不得回家！要是依然办差不利，罪加一等！"伍秉鉴和卢文锦战战兢兢："遵命。"邓廷桢补充了一句："断水断粮断蔬菜是手段不是目的。林大人要求严而不恶，你们要拿捏好分寸，不能饿死人！""明白。"

余保纯插话道："林大人，有一个夷商要我代问，如果他们缴烟，能否给

---

① 摘自林则徐《荷兰国总管番吧臣禀该国并无鸦片由》批文（《中国近代史资料丛刊·鸦片战争》第二卷，第257页）。

予补偿？"林则徐眉棱骨一挑："补偿？把有毒之物贩至内地，本大臣依法没收，他们居然要补偿，岂不荒唐！"邓廷桢觉得林则徐办事大开大合线条粗犷，差了几分细腻："少穆，对付夷商不妨温存一点儿，给予少许犒赏。每缴一箱鸦片，酌赏茶叶若干斤，你看如何？""夷商手中的鸦片恐怕有万箱之巨，费用从何而来？"邓廷桢瞟了伍秉鉴一眼，伍秉鉴心领神会："怡和行愿意报效，所需费用由敝人垫付。"

邓廷桢指着伍秉鉴和卢文锦脖子上的铁链："少穆，既然怡和行愿意报效，那铁链就摘了吧，省得办差不利索，要是办砸了差事，再戴上也不迟嘛。"林则徐道："有邓大人替你们美言，就暂时摘去锁链，要是三天之内夷酋义律仍不缴烟，就别怪我不客气！你们二人听令！"两位老总商像被驯服的狗，立即竖起耳朵。林则徐一字一顿："本大臣不信趸船上只有一千零三十七箱鸦片。你们转谕义律，从现在起，断水断粮断蔬菜，他做出缴烟的承诺后，本大臣才能放松管束。上缴四分之一，恢复供水供粮供菜，上缴一半，厨工杂役可以回馆侍候，上缴四分之三，开舱贸易，上缴完毕，一切恢复正常。另外，本大臣特别申明，对积极缴纳烟土的夷商酌情给予奖赏！四眼先生，给他们去掉锁链。"袁德辉走到伍秉鉴和卢文锦跟前取下铁链，伍秉鉴和卢文锦的头磕得像鸡啄米："谢林大人宽宥之恩。"

等伍、卢二人离去后，林则徐紧绷的面皮才松弛下来："嶰筠兄，我没办理过夷务，是生手办重事，每一步都凛凛小心。多亏您拾漏补遗，不然就可能严厉过头了！"

第十五章

夷商缴烟

　　义律进入商馆后发现各国商人没有被抓被杀之虞，包围商馆的清军封堵了所有路口，但号令严明，不闯入楼内不损坏器物，不拘捕不打骂不伤害任何人，仅将夷商软禁在楼内。武力营救人质似乎成了多余之举，义律反而惴惴不安起来。他曾给布雷克舰长下过命令，六天内得不到消息可以采用适当方式前来营救；在扶胥码头巡视时他曾授意"忠勇"号船长马奎斯组织各船水艄，一俟清军大开杀戒就武力抵抗，冲破拦阻营救商馆里的同胞。事情显然并没有坏到那种地步，万一布雷克舰长和马奎斯船长因为消息不明采取极端行动，整个局面就会失控，各国商人和水艄就可能在一场意外的冲突中大量伤亡，他无论如何都承担不起这么重大的责任！

　　断水断粮断蔬菜比钝刀割肉还叫人难受。商馆里没有水井，厨房里没有存货，肉蛋菜蔬仅够食用两天，夷商们很快陷入缺水缺食的窘境。商馆与珠江仅有一箭之遥，但清军弁兵横枪挎刀封锁了江岸，就算让他们取水，江水也不宜饮用，因为江面上船舶如梭，到处漂浮着秽物垃圾和死猫死狗。到了第三天，商馆里的所有水缸水柜一清见底，人们像陷入沙漠一样嘴干口涩焦渴难耐，夷商们心旌动摇，一致要求义律拿出应急的办法。

　　义律、参孙和马儒翰在小会议室里商议如何应对这场突发的危机。义律灰蓝色的眼睛饱含着阴郁和不安，他感到肩上的担子沉重无比，几乎要把他压垮。马儒翰舔了舔干涩的嘴唇："钦差大臣是一个冷酷无情意志如铁的人，不缴鸦片，他是不会善罢甘休的。"参孙的嗓子干得冒烟："清军把我们围得铁桶一般，任何消息都无法传递出去，我担心万一布雷克舰长冒险闯入虎门，马奎斯船长率众呼应，就事大难收了。"

义律道："是的。我曾经多次警告我们的同胞，在中国做鸦片生意如同火中取栗，但是，他们被贪欲蒙蔽了双眼。这场危机既意外又在意料之中，只是没想到来得如此猛烈。钦差大臣行事鲁莽，竟然把《大清律》的连坐法应用于世界各国，让无辜的商人和水艄也遭到软禁。商馆和扶胥码头有一千五六百外国人，多数是我国人和英属印度人，这种举动会引起各国政府的抗议和干涉，甚至让禁烟论的同情者们众叛亲离。"参孙道："人在屋檐下不得不低头，眼下我们只好忍受屈辱，劝说那些爱钱如命的商人缴出鸦片，化解这场危机。"

马儒翰道："有些人宁愿舍命也不愿舍财，趸船上的鸦片毕竟数量庞大，价值连城。"

义律思索片刻："我们只好铤而走险，用商务监督署的名义收缴所有鸦片，统一交给钦差大臣。"参孙有点儿犹豫："商务监督署是政府的办事机关，商人们会索要收据和补偿的。""给他们开收据，承诺我国政府将在适当时间以适当方式给予补偿！"这是一个惊人的决定，大大超出参孙的预料，他提醒道："义律先生，我国政府不会用纳税人的钱补偿在华侨商的损失，没有这种先例，何况鸦片贸易在我国也是一个有争议的问题。"义律的脸色阴沉："我只能当机立断，当生命和财产不能两全时，以生命为先。我担心再过两天布雷克舰长和马奎斯船长耐不住性子，把天捅个大窟窿！我们必须想方设法通知他们，防止事态恶化。"马儒翰道："只有承诺缴烟，才能恢复与外界的联系，否则，一张纸条都送不出去。"

义律道："马儒翰先生，你写一份通知，贴在商馆的公告栏上，告诉全体英国臣民，商务监督署承诺在合适的时候以适当的方式由政府给予补偿。明天早晨六点前，他们必须如数呈报拟上缴的鸦片，不肯缴烟的臣民后果自负。"马儒翰道："义律先生，政府要是拒绝补偿，你就骑虎难下了，会受到严厉的处分！"参孙劝道："义律先生，你的决定事关重大，可能把政府拖入一场不期而至的战争，能不能换一种办法？"义律紧蹙眉头："中国钦差大臣用暴力剥夺我国臣民的财产，威胁我国臣民的生命，我不得不向政府提议，通过战争索赔。战争的法则是：谁战败谁赔款！"参孙道："义律先生，请您再仔细考虑一下。战争不是小孩子玩打仗游戏，它比地震、风灾和山崩海啸还可怕，它的后果是灾难性的，伤残死亡，商业中止，还有人力物力和财力的巨大消耗！中国是世界第一大国，与我国相隔一万七千英里，军队的调动，后勤的保障，战费的筹措，国际形势国内舆论等等，都得通盘考虑，稍有差池，就可能引发灾难般的后果。"

义律把佩剑往桌上"砰"的一放："我当然明白这种决定如同赌博！但我身为领事，在危机时刻有机断之权。我将向外交大臣巴麦尊勋爵提议，对中国进行报复性打击！我的决定可能有两种后果：要么以战争惊动世界，要么以举措不当被撤职查办！"

参孙道："如何处理甘结问题？"义律道："钦差大臣的《各国商人呈缴烟土谕》措辞粗糙宽泛。所谓'一经查出，货即没官，人即正法'，不具有法律的明晰性：什么人，在什么时间，什么地点，在什么情况下，用什么方式，携带多少鸦片，有什么人证，有什么物证，等等，都不规定，只是笼统地说'一经查出，人即正法'。万一有人心怀叵意栽赃陷害，甚至不给当事人以辩护的机会，就有人被误杀和冤杀。这一条与我们的法律背道而驰，不可接受。"马儒翰提醒道："我们要是拒签甘结，广东官宪会停止我国商人的贸易。"义律道："我将与十三行总商仔细讨论甘结问题，要求他们做出修改。眼下先办急事，用商务监督署的名义公告全体侨商，把准备上缴的鸦片如实上报，并交出原始发票。"

公告贴出后，所有商馆立即灯火通明人声鼎沸，各国商人彻夜不眠，经过激烈的辩论后终于集体屈从。第二天早晨六点前，全体商人呈报了两万零三十七箱鸦片，其中查顿-马地臣商行七千箱，颠地商行一千七百箱。几家美国商行搭便车，请英国商人代缴一千五百余箱。按照发票计价，货值高达六百万元！

伍绍荣与卢文蔚被关在南海县大狱里。他们是赫赫有名的官商，牢头狱霸不敢欺负，南海知县刘师陆与他们私交甚好，让他们住在雅号里。雅号是县大狱里的上等号间，光线好，清扫得干净，连铺草都是新的，伙食单开，晚饭还加一壶水酒，只是没有人身自由。

伍、卢两家是姻亲，卢文蔚和伍绍荣是舅甥关系，但在十三行做事仍用"某爷"互称。二人百无聊赖，并排坐在草铺上，有一档没一档地闲扯："卢二爷，你的卦打得准不准？""准。"卢文蔚刚用铺草打了一卦，恰好打中九五坎卦，卦辞是：坎不盈，祗既平，无咎。这是有惊无险之卦。伍绍荣心里稍微踏实，疑惑道："你说咱们犯了什么罪？""勉强算是办差不力之罪，未能说服夷商缴烟之罪。""这算罪吗？"卢文蔚无奈道："上宪说你有罪你就有罪，无罪也有罪。上宪说你没罪你就没罪，有罪也没罪。"伍绍荣用手指捻着一根铺草："夷商不遵从林钦差的命令，他就把板子打在我们身上，这能怨我们吗？我爹曾经说过，宁做一条狗，不做行商首。我当时不明白，后来才明白。嘉庆二十三年——那年我才六岁，是听我爹说的——一条英国商船进口贸易，把四箱鸦片藏在夹板舱里蒙混入口。我爹是那条船的保商，那条船在虎门缉查口蒙混过关，在扶胥码头被税丁查住。结果，我爹被罚十六万，杖八十，全体行商连坐。道光元年，同泰行承保的夷船私带鸦片蒙混入口，他们没查出来，出具了保结，被海关税丁查出，罚款五十倍，所有行商连坐，结果同泰行破产。就为那事，皇上一道谕旨颁下，处分了我爹，摘了他的三品顶戴。这种殃及身家性命的事，我们唯恐避之不及，哪敢冒颠蹶的风险赚黑钱？但林钦差却无端怀疑我们查私纵私。说句良心话，我们上夷船查鸦片，明面上是宣谕，实际是恳求，恳求夷商不要挟带违禁之物，否则会殃及我们的身家性命。"伍绍荣讲得悲心丧气："哎——我爹不愿当总商，我也不愿，但商籍就像一块狗皮膏药牢牢粘在我的身上，揭不掉，扯不去，撕不烂，摆不脱。我想通过科举步入仕途，但皇上饬令我家后代必须当行商，没办法，我只好像磨道里的毛驴，不仅劳心劳力还得随时准备承受上宪的斥责和杖打。我是八字不照的苦命人，还当了倒霉的总商。苦啊——苦——！"他拍着胸脯发着牢骚叫着苦，仿佛要把一腔块垒吐出去。

卢文蔚也诉起苦来："我爹卢观恒也一样，他是苦出身，四十岁才发家，创办了广利行，盛极一时，当了总商。他老人家年轻时最崇拜入祀乡贤祠的人，因为祠堂里有牌位的都是品学兼优德行高尚的乡梓名人，每年春秋由地方官主持祭礼。我爹在世时办义学赠义田修路桥赈灾民，累计捐资七八十万，可谓有功于桑梓，他梦寐以求的是死后在乡贤祠有个牌位。他去世后，我们给广东巡抚衙门写了禀帖，请求在新会县乡贤祠为他老人家立一个牌位，还花了不少钱上下疏通。没想到乡民们不干，煽动与我爹有旧怨的人到巡抚衙门告刁状，说我家籍隶商户，我爹不学诗不知礼不是孔孟之徒，不配入祀乡贤祠，闹得沸沸扬扬，最后竟然惊动了朝廷。嘉庆皇帝御笔亲批，不准我爹入祀乡贤祠①。咱们籍隶商户，就这么受人挤对。依我看，林钦差是在给你小鞋穿，他召见行商时，你跟他争礼仪，能争吗？别看咱们捐了五品顶戴，人家说你是商不是士，你还不得乖乖地跪下。"

伍绍荣从草铺拽出一根干草叶，一面揉搓一面说："可咱们毕竟是有官衔的人，披着官商两张皮，代朝廷经理天子南库。"卢文蔚继续唠叨："作为商，兄弟子侄们眼巴巴地盼着你赚大钱分红利，赚钱了皆大欢喜。要是赔钱了，三亲六戚合伙骂你无良无德无才无能，甚至怀疑你私吞银子。作为官，民人杂役对你恭敬有加，但在官场上你依然是不入流的角色。天子南库不是好料理的，一出纰漏所有板子都打在你身上，打得你皮开肉绽，但除了老婆孩子，谁说句心痛话？就说鸦片，咱们明知夷商经营鸦片，但他们油滑得像泥鳅，偏不进口，只在国门口贩卖。你有什么办法？驱赶，没进你家地盘，不驱赶，眼睁睁地看着白银外流。内务府要银子，粤海关要税赋，总督衙门和巡抚衙门要分成，行商们要赚钱，夷商们也要赚钱，还有广州城的几十万丁口，全靠越洋贸易谋求生业。十三行干的是吞刀吐火的生意，搞不好就会自残。当年你爹和我哥哥当总商，外人以为是天大的荣宠，却不知晓多么辛苦多么操劳。那种辛苦和操劳不是身乏，是心累，累得精神紧张睡不着觉，就怕出纰漏被责打。我哥哥一心想辞去总商，辞不掉，只好以病求退，连哄带劝把我推到台面上。你爹花大把银子想卸去总商，要不是你们兄弟二人接手，他还不照样像磨道里的毛驴一样辛辛苦苦地转悠。"

---

① 卢观恒（1746–1812），广东新会人，广利行的创始人，曾任十三行总商。他死后想入新会县乡贤祠，由于种种私怨和偏见，演变成嘉庆朝有名的大案。最后，嘉庆皇帝亲自下令将他的牌位从新会县乡贤祠撤出。此事载于《清实录》嘉庆朝卷三一四和道光朝的《新会县志》卷十三。

伍绍荣叹了一口气:"旧事不提了,提起来就伤心,眼下我担心的是封港封舱。我们怡和行有五千佣工,劳薪耗损人吃马嚼的,封一天就得损失几千两银子。"卢文蔚也揪出一根铺草在手指间揉搓:"我担心的是商欠。我家的商欠有三十多万,要是林钦差知道了,后果不可预料。要不是你们家替我家兜着,我们卢家早就像当年的丽泉行一样流徙新疆了。"

伍绍荣咬牙切齿道:"我接替总商六年了,外表上看是荣华富贵,内心里全是屈辱和怨毒。我真恨,恨不能请三百个道士念七七四十九天毒咒,把这商籍咒掉,恨不能请他们念九九八十一天毒咒,诅咒上宪天诛地灭!"伍绍荣没点名,但卢文蔚知道"上宪"指的是谁,他小心翼翼把食指放在唇口:"嘘——小点儿声,隔墙有耳!"伍绍荣霍然警醒,意识到牢房里不是讲私密话的地方。他忐忑不安地环视四壁,仿佛有小鬼在隔墙偷听。

大门的铁链突然"哗啦啦"一阵碎响,伍、卢二人心头一悸,不由得一起朝甬道尽头定睛细看,是牢头用钥匙开门,敞亮处出现了一个熟悉的身影,是梁廷枏!

梁廷枏胸前挂着一柄放大镜,背着双手昂首挺胸派头十足,比南海县令还神气。这副模样在广州城里独树一帜,不仅本地官弁认得,连贩夫走卒牢头杂役也过目不忘。他一面往里走一面问:"没虐待两位总商吧?"牢头赔着笑脸:"二位爷拔根毫毛比我们的腰都粗,小的岂敢不恭敬?二位爷一进来,知县大人就关照要好生侍候。"梁廷枏道:"你算是明事理的。"

伍绍荣站起身隔着木栅叫道:"梁先生,您怎么来了?"梁廷枏道:"我带来钦差大臣的谕令,放你们出去。"卢文蔚一阵惊喜:"五爷,我那卦算得精准,果然是有惊无险!"

牢头掏出钥匙打开号间,梁廷枏一步踏进去:"崇曜啊,外边的事知道吗?""崇曜"是伍绍荣读书时梁廷枏给他起的学名,后来用作官名。伍绍荣道:"知道一些。"伍、卢二人被拘后,家人探监时把外面的情况告诉过他们。梁廷枏用手指把伍绍荣衣服上粘的草叶摘去,像师长关护学童:"义律同意缴烟了。好家伙,两万多箱!"伍绍荣惊得眼珠子一跳:"两万多箱?那得装多少马车!真的?""那还有假!白纸黑字,盖着夷文印鉴的上缴清单。商馆断水断食整整三天,夷商熬不住了,不得不缴。你爹怕出人命,立即叫杂役给每栋商馆送去两桶清凉井水，三百多夷人像久旱逢甘霖似的簇拥过去，排着长龙依次舀水喝，鲸吸牛饮喝得净尽。"

梁廷枏陪着伍绍荣和卢文蔚往外走，边走边说话："扶胥码头的各国水艄蠢动不止，林钦差、邓督宪和豫关部怕出事，准备将包围夷馆的弁兵撤下调往黄埔岛。邓督宪提议放你们二人出去，把从商馆里撤出的八百佣工杂役编组成队，分昼夜两班，继续包围夷商。这两天，一直是伍老爷和卢老爷在办差，他们年高体弱经不起折腾，邓督宪和豫关部说十三行公所是半个衙门，负有交通夷商查验夷船传谕宪令的责任，没人料理不行。我也借机替你们美言几句。林钦差耳朵根子一软，答应了。"

卢文蔚苦笑道："五爷，你有个好老师，大难当头救了咱们一命。"伍绍荣大梦初醒似的作了一个长揖："多谢老师关照。"

第十六章

水师提督严惩窃贼

虎门位于珠江入海口,入海口两岸山势相连峭壁耸立,巨岩突兀乱石参差,汤汤江水冲过星罗棋布的岩岛礁石不舍昼夜地流淌,发出哗哗的声响。这里是大清的南疆锁钥金城钜防,广东水师提督关天培的衙门就设在附近的虎门寨。虎门寨是一座周长一百八十六丈的砖砌方城,驻有四千人马及其眷属。广

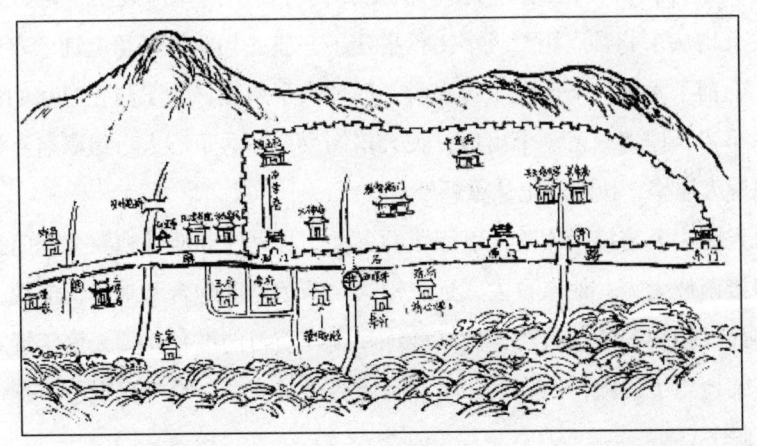

建在山腰上的虎门寨。广东水师的五营人马有三营弁兵及其眷属驻扎在虎门寨。取自邓慕尧的《虎门寨钩沉》,2008年3月3日《东莞日报》。

东水师提督直辖五营弁兵九座炮台四十一个汛地，领有大号海船六条巡哨船八条，还有二十多条扒龙船和快蟹船，担负着捍卫国门、缉捕海盗、查禁鸦片和打击走私的任务。

虎门南面的晏臣湾是一个天然港湾。粤海关在那里设了一个挂号口，各国商船入境前必须在挂号口登记验货。十三行的家人带着行丁、引水、通事和买办登船查验，宣讲《查禁鸦片烟章程》，查验完毕后开出合规证明。粤海关书吏接到证明后派员复查，丈量船长，收取船钞，启去炮位，封存在库房里，然后发给准予进口贸易的部票。由于封港封舱，延阻在虎门外的各国商船不得不散泊在伶仃洋。十三行的家人、引水、通事、买办和挂号口的关丁税吏们无事可做，放长假似的清闲。

夷商同意缴烟后，林则徐命令夷船到龙穴和沙角缴烟，由关天培负责收缴。一箱鸦片趸售价高达六七百元，转手就是翻倍利市，在贪利之徒眼中是价值不菲的黑金，难保有不肖之徒甘冒杀头的风险偷盗偷运。关天培深知广东水师貌似军威严整实际上暗流涌动，乌龟王八水耗子随时都在寻找机会发昧心财，为了防止弁兵们内外勾结联手作弊，他派了二十名军官分管起箱、登记和巡查，每收缴一箱鸦片在箱盖打上船主姓名的棕印，如果包装箱是外国原箱，没有启封的痕迹，加盖"原箱"印记，如果不是原箱，剔选出来单独编号。启箱时当值弁兵必须逐一标写号码，由分管委员逐箱验收画押粘贴姓名，然后用马车送到水师提督衙门的库房里。但是，提督衙门的库房装不下两万多箱鸦片，关天培从东莞县雇用二百多工役搭建了一座篷场。篷场顶上铺了草席和瓦片，地上铺了木板，下面挖了排水沟，四周安了木栅。为了防止弁兵们内外勾结小偷小盗，栅墙只留一个出口，关天培饬令全体兵丁五人一组联名互保，一人偷盗五人连坐，执法违纪从重惩处。

两天前关天培接到钦差大臣行辕的咨文，林则徐和邓廷桢要来虎门视察。为了迎接两位大宪，他亲自去威远、镇远、靖远三座炮台和水师营巡视，要求各级弁兵打扫兵房清点火药，做好操练和实弹演习的准备。关天培年近花甲，马不停蹄地跑了一圈，回到官邸时一脸倦容全身疲惫，晚饭只喝了一碗粥就早早吹灯睡了。

夜深人静时，官邸外面突然传来一阵人喊狗吠声。关天培猛然警醒，用火煤子打火点灯，掏出怀表一看，刚过丑时。关天培竖起耳朵仔细聆听，声音是从库房那边传来的，很可能有人借风高夜黑之时偷盗鸦片。他再也睡不着，穿上衣服蹬上官靴。果不其然，他还没出门一个亲兵就推门禀报："启禀关军门，水师左营的谢千总捉了两个偷盗鸦片的兵丁，在仪门外候着。"关天培腾地一下站起身来："贼娘的，我早就预料有不法之徒乱中取利借势揩油！"几天前他就发现篷场和库房附近有贼头鼠脑的家伙游荡。

提督衙署的亲兵们也被惊醒，全都穿衣蹬靴取刀带枪窜出兵房，排钉似的站成一列，等候着关天培的命令。关天培一招手，亲兵们跟着他朝仪门走去。仪门和辕门之间的空场上火把灼灼，两个窃贼满脸油汗跪在地上，周匝是巡夜的营兵。窃贼和营兵们显然有过一番争斗，两个窃贼满脸油汗嘴角带血，像被猎人捉住的野猪，用绳子一道道捆得结结实实。营兵们举着火把擎枪提刀，像从狩猎场归来的猎手，兴奋劲儿还没过去，在火光的映照下满脸通红。

关天培虽然疲倦，但在营兵面前永远精神抖擞。他的国字脸一拉，棕黑的眼珠里透着炭火似的微光："怎么回事？"

谢千总打千行礼，一副请功邀赏的神态："启禀关军门，这两个家伙偷鸦片，被弟兄们捉了，请关军门发落。"关天培绕着两个窃贼转了一圈，乜着眼睛打量他们，两个窃贼的军装已被撕烂。关天培咬牙切齿厉声问道："哪个营的？"他的声音像黑铁一样冷硬无情，给场院里增添了凛凛森森的煞气。

一个窃贼斗胆抬头觑了关天培一眼，见关天培的眸子闪着铁锈似的寒光，不胜其寒地打了一个噤，哆嗦着嘴唇嗫嚅道："水师右营的。"关天培的心里铿然一动，水师右营是从疍户营拆整化零分出来的，是乌龟王八扎堆的地方。他冲两个窃贼吼道："叫什么名字？""我叫赵三树。""我叫夏胡天。"关天培冷冷一笑："你们也配称'树'叫'天'？我看你们只配叫凿山鼠，瞎胡添！偷了多少鸦片？"

两个人筛糠似的哆嗦着身子，大气都不敢出。谢千总指着地上的布袋："偷了两袋，每袋里面有六个鸦片球。"关天培的语气冰凉："好嘛，十二个鸦片球，能换一百多两银子！贼娘的，你们是要钱不要命啊！谁叫你们干的？""是……是……把总。"一个窃贼结巴道。"哪个把总？""刘……刘……阿三。""刘阿三在哪儿？"两个窃贼觌面相觑，却不敢说。

谢千总道："回关军门，刘阿三跑了，我带了十几个弟兄追，天黑路滑，没追上。"关天培阴着脸："本提督有令，水师各营各汛五人互保，一人违禁五人连坐，还有三个呢？"谢千总道："都跑了，和姓刘的一块儿跑了。"众兵联保之下竟然有人铤而走险！显而易见，这是一次有预谋的行动，有人侦察，有人放哨，有人掩护，有人盗窃。关天培对一个亲兵道："传我的命令，叫右营守备张清龄来！"

不一会儿，张清龄耷拉着脑袋进了提督衙门，他也是睡梦中被人叫醒，刚知晓刘阿三和几个兵丁内外勾结偷盗鸦片，被巡夜的营兵们活捉。关天培的颜面冷若冰霜："张清龄！""有！"张清龄收腹挺胸，笔直得像一块木板。关天培指着两个窃贼："认一认，是你的兵吗？"张清龄瞟了两个窃贼一眼，立正答道："是。"

关天培背着手踱了几步："衙署大库和篷场里的鸦片都是害人毒物。我三令五申要防偷防盗，但在不法之徒眼中，那些腌臜东西都是晃眼的银子，一不留神他们就像阿猫阿狗一样刀刃舔血！你负有管束不严之责。为警戒全军，本提督不得不动用军法，降为千总，笞二十！这两个盗窃鸦片的狗东西仗一百枷号一个月，锁在篷场门口示众！"张清龄朝前跨了一步，一个千扎在关天培的面前："标下约束不力管教无方，理当受处分。但请关军门让标下先开导开导那两个狗东西。"关天培没吭声，算是默许。

张清龄摘下红缨官帽，把辫子往脖子上一盘，迈着虎步走到两个窃贼前，怒声骂道："我操你们八辈儿祖宗！老子的婆婆嘴磨破了，叫你们别监守自盗。你们他娘的全当成穿堂风！老子流血流汗打拼了十多年才挣下一个红顶戴，没想到让你们两个鸡鸣狗盗之徒给糟蹋了，害得老子跟着沾包受罪！老子不打烂你们的狗头不解心头恨！"话音刚落，他苍鹰扑兔似的揪住"凿山鼠"的衣领，抡圆右臂"叭"的一记清脆耳光，紧接着一个虎掌，打断了他的门牙，然后像丢猪下水似的把他往地上一掼，转身揪住"瞎胡添"，狠狠两记扇风大巴掌。张清龄把两个窃贼打得鼻青脸肿，牙槽骨往外渗血，还不解气，又照他们的屁股各踹一脚，蹬出一丈多远！等怒气宣泄完毕他才转回身，单膝一屈，跪在关天培面前："请关军门用刑！"

关天培一努嘴，两个亲兵上前，准备架起他。张清龄一抬头："我自己来！"他站起身径直走到大树下，像听到号令似的趴在地上。两个亲兵拿来笞条，照他的屁股轮番打了二十下。不知是因为张清龄咬紧牙关还是因为亲兵们手下留情，他的屁股一片殷红，却没伤到筋骨。用完刑，张清龄挣扎着站起身来，一瘸一拐地走到队列里，挺胸收腹稳稳站定。

轮到两个盗窃犯了。"凿山鼠"涕泗滂沱大哭大号："饶命啊！关大人，我上有老下有小，有两个孩子要养活啊！"关天培的脸拧得像麻绳："这世道真他娘的邪门！你想顺利办差偏有人跳出来作梗，你想心静偏有人龌龊入目，你想耳安偏有人聒噪，你不想杀人偏有人伸着脖子要你砍！早知今日何必当初！你们放着堂堂正道不走，后悔晚了！""瞎胡添"被打得满嘴鲜血，预感到活罪难熬，他发出一声绝望的嘶叫："杀了我吧！"头深深地向下扎，眼瞅着快要触及地面，却像弹簧似的猛然弹起，发疯似的狂奔，人们还没醒过神来，他已一头撞到石墙上，只听得"咔嚓"一声响，破碎的头颅和着脑浆和鲜血撞成一摊，直射心魄！周匝的弁兵们全都愣住了，眸子里也闪着难以描述的震惊。违纪兵丁最怕"杖一百枷号一个月"的处分，那是仅次于死刑的酷刑，慢火熬油一样折磨人。几十斤重的木枷往脖子上一套，大活人就像被沉重的捕鼠夹子夹住脑袋，连睡眠都无法落枕，时间稍长，铁打的汉子也熬不住，就算熬到开枷的那一天，也被折磨得形同废人，故而，违纪兵丁一旦难逃"杖一百枷号一个月"的处分，要么逃亡要么以死抗争。"瞎胡添"盗窃鸦片，或许是因为贪欲，或许是因为贫穷，或许是因欠了赌债……但不论怎样，他走到人生中最难最窄最背气最不堪忍受的犄角，宁肯把轻薄的生命一下子撞得粉碎也不愿活受罪！

关天培带了四十年兵，深谙为将之道——带兵的人必须严如父慈如母，使霹雳手段怀菩萨心肠，恩威并用。现在就是用威不用恩的时候，因为上万箱鸦片堆在库房和篷场里就像堆了上万箱金子，诱惑比天还大，只要稍存恻隐之心就有不肖之徒以身试法。关天培喝道："'瞎胡添'以死逃刑，死得好！'凿山鼠'，你要是算个男人，也撞死在石墙上！要是没勇气，死罪可免，活罪难逃！""凿山鼠"被眼前的景象惊得魂飞四野，傻子似的不吭声。关天培的腮间筋肉一鼓一收，破喉发令："用刑！"

严刑峻法之下军队浸染着暴戾之气。亲兵们听到命令一拥而上，把"凿山鼠"按倒在地上，扒去裤子，抄起板子轮番抽打，出手又狠又重，噼噼啪啪的抽打声与撕心扯肺的号叫声响彻夜空，周匝的营兵们看得脸色发青听得心头发紧，用刑完毕后，凿山鼠已经气息奄奄了。

水师营参将李贤进了场院，他听说有人偷盗鸦片后赶紧过来。他是江苏人，与关天培是同乡，络腮胡子麻壳脸，穿一双踢死牛快靴，手里攥着一支火把，火光把他的脸照得微微泛红，连细密的麻坑都清晰可见。关天培见他进来，吩咐亲兵道："找张草席收尸。"几个亲兵像拖死狗一样把"瞎胡添"的尸体拖走，另外两个亲兵架着"凿山鼠"的胳膊往篷场拖，其余的人相继散去。

等营兵们走后，关天培才与李贤一起进了二堂。李贤用靴子碾熄火把，关天培用火煤子点燃蜡烛："明天林、邓二位大人要来视察，我是越怕出事越出事。"李贤道："关军门，听说林大人是个冷脸人，是吗？"李贤没见过林则徐，但知道林则徐与关天培是老相识，私交不错。关天培道："林大人脾气火急，约束下属极严，办事要求速成。"李贤做了一个捂盖子的动作，悄声道："今天的事儿要不要捂一捂？"

关天培和李贤对广东水师知根知底。水师弁兵多数来自兵户，少数来自疍户。疍户是以船为家的海上游民，生活状态之恶劣，天灾人祸之无常，远远超过内陆的士农工商。在大清朝的户籍上，疍户与丐户同列贱籍，不仅朝廷的恩泽雨露难以惠及，连穷得叮当响的村夫佃户也看不起他们，不愿与他们通婚。他们生活在大清的边缘，一俟被风灾海难断了生计就会啸聚而起，变成男匪女盗，几十条船结伴潜行，轻则登岸偷鸡摸狗重则抢掠沿海村庄。朝廷屡次派兵围剿，但积年海寇比海鼠还机灵，每逢与大清官兵遭遇，他们行船之速斗志之坚撤离之快，连专事海战的广东水师也望尘莫及。为了解决海患，雍正皇帝曾经颁旨废除疍户的贱籍。但是，海上疍民并不容易招抚，他们自由惯了野性难收，许多人情愿独立自主也不愿依附大清。水师有其特殊性，弁兵们不能全用陆上出身的农民，用庄稼汉当水兵无异于舍其长用其短，每逢风高浪急，他们往往心慌意乱手足无措，更不能在海上作战。疍户出身的水兵则不同，他们是天生的浪里白条水上豪杰，对信风海潮之先后，码头岛礁之远近，了然于心，乘风破浪转舵牵篷如同家常便饭。为了打击和分化海盗，朝廷收编了部分疍户，将他们转入兵户，但是，陆上出身的水兵照样看不起他们，言谈举止透着轻蔑与不屑，称他们是"疍兵"。疍兵们旧习难改，与积年海寇保持着千丝万缕的联系。将领们苦口婆心宣讲王法道义，他们左耳进右耳出，表面上恭敬听命，背地里千方百计地敷衍，在陆地上假装老实，一俟登船入海巡洋查哨，立马自由得像水中鱼海中鳖，收受贿赂查私纵私的事件层出不穷。碰到上司追查，疍兵们的口风极严，一俟败露又极易受人煽动铤而走险，随时都敢抄起刀枪大打出手。一年前，水师中营的三十多个疍兵驾驶"靖海二号"扒龙船巡哨，公然收取贿赂为走私船护镖，被顺德协的哨船撞上。一方要护私，一方要严查，双方谈不拢争吵起来。疍兵们盛怒之下大打出手开枪开炮，居然把顺德协的哨船打沉了！更惊人的是，这帮家伙大摇大摆驾船返回虎门寨，水师营里的疍兵们不仅不拦阻，还助纣为虐，听任叛兵们背起媳妇拉上孩子登舟入海，有几个疍兵不是"靖海二号"的，居然加入叛兵的行列，狐鼠同行，一块儿溜之大吉！李贤闻讯赶紧调了三条哨船追击，但追不上，眼睁睁看着一群混账丘八逃之夭夭。据说那船疍兵逃到越南重新操起海盗营生。

　　李贤道："去年几十个叛兵夺船而逃，要是上报朝廷，咱们都得受处分。今天的事虽然不如上次严重，但几个贼兵跑了，没捉住，往轻里说是治军不严，往重里说……"李贤点到为止，要关天培拿主意。去年的事关天培记忆犹新。他接到禀报后吃了一惊，与李贤反复斟酌决定隐匿不报。他们二人明白，兵户们子承父业，世世代代驻扎一地，除了春秋两操，兵丁们全都住在家里吃在家里。兵户与兵户常年通婚，结成蛛网般的姻亲关系。疍兵们也同样如此。这些家伙手里有刀有枪，惩罚他们必须小心谨慎，要是牵连的兵丁数量过多，极易激起哗变。关天培和李贤意识到疍兵只可利用不可重用，必须分而治之。他们把疍兵化整为零，部分留在船上，部分调往沿海炮台，轻易不让他们登舟入海巡洋查哨。

　　李贤见关天培不言语，又问一声："要不要瞒一瞒？"关天培摸了摸脑袋上的半寸短发："瞒，如何瞒？成千上万箱鸦片堆在篷场里，就像堆了成千上万箱金子。哪个孬人不起心？我守着篷场就像守着火药桶，不知道什么时候会爆炸。"李贤心眼多思虑也多，翻着眼皮看着关天培："水兵们有一句口头禅：'铁打的营盘流水的官'，这话隐含着对咱们的不忠不敬。大清的水陆官兵，八品以下军官出自本地兵户，七品以上军官由朝廷调配。常言道县官不如现管，当兵的对咱们毕恭毕敬，实际上人心隔肚皮，他们只听本族兄弟的。咱们是外来人，兵痞们经常以听不懂外省话为由敷衍咱们，皮里阳秋假装懵懂。疍兵们更是肆无忌惮，要是在这个节骨眼上被钦差大臣捉住把柄，顺势翻捡出去年的旧事……哦，我的意思是，别把那个窃贼枷在篷场门口，把他关到修船厂后面的小黑屋里。林大人不问，咱们不说。林大人问，再说。"关天培道："你不了解林大人，他是主张严刑峻法的。咱们严惩几个盗窃鸦片的兵丁，他不仅不会怪罪反而会表彰。哦，有件事我得提醒一下，今天我去镇远炮台看实弹射击，有几个抬枪兵用草纸代替火绳，正好天气潮湿，他们扣动扳机时居然打不着火。这种事绝不能再发生！""是，我明天一早再查一次。"关天培问道："夷商缴烟进展如何？"李贤道："原以为二十多天能收完，现在看来，至少得三十五天。鸦片趸船又高又大无法靠岸，我们只能用驳船来回倒腾，碰上刮风下雨风高浪急，恐怕还得延期。"

第十七章

珠 江 行

　　夷商同意缴烟后，商馆恢复了供水供粮。林则徐命令行商率领八百佣工杂役替换营兵包围商馆，鸦片缴完前所有行商不得回家，伍秉鉴和卢文锦也不例外。行商们不敢违命，吃住办差全在外洋行公所。公所是处理商务的地方，修得非常考究，飞檐斗拱雕梁画栋，家具陈设豪华铺张，比总督衙门还气派。现在它却乱得像一个大杂院。公所的大伙房平日只给当值的行商和几十个家人通事买办行丁做饭，现在猛然增加了八百张嘴，不得不添加水缸铁锅柴米油盐。厨丁们在天井里支起十几口大铁锅，劈柴挑水剁菜蒸饭，洗涮声叮当声和热烘烘的人流交相杂错，要多乱有多乱。佣工杂役们分成白昼两班，一班在商馆周边巡逻，一班在公所里休息。伍秉鉴和伍绍荣不得不把两庑的三十多间房屋腾出来，铺了稻草打了地铺。值夜的佣工们白天睡觉，打鼾声与炊烟炖菜烧饭的气味混杂在一起，令人一进公所就皱眉头。

　　八百佣工长年在十三栋商馆里效力，与夷商混得相当熟稔，不少人还能讲一点儿阴阳怪气的蹩脚英语。用他们包围商馆和用军队包围商馆全然不同。弁兵们受过训练，站如钉坐如桩走如风，提枪挎刀有模有样；佣工杂役是老百姓，站无站相坐无坐形，走起路来千姿百态。十三行给他们发了短刀和棍棒，但是，短刀和棍棒一到他们手中就像烧火棍，有人扛着有人挎着有人提着有人拎着，淆乱混杂形同乌合之众。伍秉鉴父子晓得怀柔远夷是国家大计，夷商缴完鸦片后依然是贸易伙伴，因此饬令佣工杂役们不得对夷商惊辱责骂，只要他们不出商馆，要吃的给吃的要喝的给喝的，还可以替他们购买零担小吃和生活用品，佣工杂役看守夷人就像监视街坊邻居，全然没有铁硬狰狞的气派。商馆距离珠江入海口有一百六十里之遥，夷商们自知逃不走，缴完鸦片才能恢复自由，与其自怨自怜苦熬苦等不如自寻其乐，他们因陋就简，在小广场上玩起蹴鞠。西洋蹴鞠与中国蹴鞠规则不同玩法各异，夷商们你争我抢大呼小叫鼓掌跺脚吹口哨，佣工杂役们站在栅墙外面瞪大眼睛观看光怪陆离的西洋景，有人看得津津有味，有人看得莫明其妙，有人跟着吆喝叫好。

商馆一戒严，毗连的同文街、高第街和靖远街一派萧条。那几条街的两旁全是成衣店鞋帽店瓷器店杂货店小吃店古董店书画店，所售货物既有自产自制的，也有来自五湖四海的，平常时日，这几条街华夷混杂熙熙攘攘，现在却是门可罗雀，伙计们坐在柜台旁，放长假似的聊大天侃大山吹牛皮斗纸牌摆龙门阵，店主们则是心急如焚，期盼着早日解除禁令恢复通商。

一乘绿呢官轿停在外洋行公所门前，余保纯猫腰下轿问守门的行丁："伍总商在吗？"行丁一哈腰："回大人话，伍老爷和五爷值白班，在商馆周匝巡视呢。"余保纯刚从钦差大臣行辕回来，有要事知会他们。他游着步子朝西面走去，绕过街角，果然见伍绍荣领着一队佣工杂役在栅墙外面巡逻。伍秉鉴坐在一张靠墙的竹椅上，膝头横着一柄龟头手杖，一个仆人站在他身后，手里提着一壶茶。伍秉鉴目光呆滞，好像在晒太阳，又好像在思索什么事情。林则徐饬令他和卢文锦不得回家，他虽然年高体弱却不敢违令，不论刮风下雨阴天晴天都在商馆周边巡视，累了就坐在竹椅上休息一会儿。

栅墙之内，一场蹴鞠比赛刚刚结束。三百多夷商水艄百无聊赖，在一把西洋琵琶（吉他）的伴奏下跳起苏格兰踢踏舞，踢得小广场上"嗒嗒"作响尘土飞扬，口哨声鼓掌声震天价响。跳完舞后，一个美国水艄顺着四丈五的冲天旗杆手足并用攀到顶端，身手灵巧得如同长臂猿。他在旗杆顶上做了一个鬼脸，吹了一声尖厉响亮的口哨，突然一个鹞子翻身，双腿勾住旗杆，"唰"的一下朝地面滑去，就在脑袋即将触地时猛然止住，弹簧似的一跳而起，稳稳当当站在地上。这套动作一气呵成，如同杂技一般令人眼花缭乱。夷商们报以热烈的掌声，巡逻的佣工杂役们也发出一阵喝彩声。

伍绍荣看见余保纯，迎上去道："余大人，有什么事？"余保纯笑呵呵道："伍总商，要是让你掌管刑部大狱，囚徒们非得夸你是活菩萨不可。"伍秉鉴撑着拐杖从椅子上站起来，迈着龟步，慢腾腾问道："余大人有何见教？"余保纯道："林大人接到关军门的咨报，说夷商已经缴了一万多箱鸦片，他要我知会你们，从现在起可以给商馆派回佣工杂役，但包围不能撤。还有，明天林大人要去虎门视察，顺便看一看虎门挂号口和十三行的办事房，要你们一同去。"林则徐去虎门视察，顺便巡视挂号口和十三行办事房，显然是要恢复通商。

林则徐甫一上任就痛斥伍绍荣"私心向外"，把他和卢文蔚关进大狱，还给伍秉鉴和卢文锦套上铁链，伍家父子一听林则徐的名字就心里发怵头皮发麻，像撞了"鬼打墙"。出狱那天，梁廷枬领伍绍荣去行辕见钦差大臣，林则徐冷着脸当堂交代两项任务，第一，编练佣工包围商馆，不得放走一个夷人；第二，要全体英商具结，承诺不携带鸦片。要是办砸了差事，仍然要严惩！二十多天过去了，夷商们老老实实待在商馆里面没人逃走，但是，义律一口咬定"一经查出，货即没官、人即正法"的条款与英国法律格格不入，除非删除，他绝不允许英国商人签署甘结，不论伍秉鉴父子怎么劝说都不起作用。一想起这件事，伍秉鉴和伍绍荣父子就提心吊胆。伍绍荣生怕父亲受委屈，对余保纯道："我爹腿脚不方便，我去吧。"

第二天一早，林则徐、邓廷桢和豫堃，以及大批随员在天字码头登上一条双层大官船，伍绍荣的私家画舫跟在后面。同行的还有两条哨船，一条在前面鸣锣开道，一条在后面护卫。

珠江是一条黄金水道，从天字码头到虎门有一百六十里水程，顺流直下一天可达。林则徐、邓廷桢和豫堃一面说话一面欣赏两岸的风光。广州城周匝五里之内人烟辐辏房屋密集，沿江两岸到处都有茶叶作坊和缫丝作坊。江面上大小船舶连檣而行，渔帆络绎船钟叮咚，各种水鸟沿江觅食，喳喳鸣叫翩起翩落。半个时辰后，船队驶入乡村地段，开阔的田野和疏落的村庄呈现出一派田园风光，在苍青色的天穹下，碧翠的树木和绿油油的庄稼接陌连天，江水挟一川温情裹两岸清风，悠悠洒洒地流淌，两岸的平畴野畈缓缓后移。珠江南岸长满了大可合抱、小如碗口粗细的树木，冠盖如云的大榕树浓浓密密，遒劲的枝干上挂满了丝丝缕缕的须条，高大的散尾葵和大黄椰与低矮的鱼尾葵和米子兰交相杂错。在北岸，半尺高的水稻在微风的吹拂下起伏抖动，远远望去葱葱郁郁势若云屯。每隔七八里就有一个乡村埠头，戴着草帽的艄公衣袂飘飘地站在船头，轻摇橹慢荡桨，把村夫村妇们渡到对岸。

豫堃坐在一张摇椅上，胖墩墩的身子把摇椅压得吱吱响："林大人，我在京城待过多年，官场里办事拖泥带水的事情见得多了，很少看见你这样雷厉风行的。夷商贩运鸦片数十年，历任两广总督和海关监督严查严禁，也没拿出什么切实可行的办法。你派兵包围商馆，断水断食，只用四天工夫，夷酋义律就服服帖帖地缴出两万多箱鸦片，这可不是软功夫，是快刀剖瓜呀！"林则徐道："豫大人，我是迫不得已。食君之禄忠君之事，皇上把千钧重担压在我肩上，我生怕辜负了皇上的信任，不得不辣手办差。"邓廷桢捻着胡须道："辣手，好一个铁肩担道义，辣手著文章。对付奸夷就得用辣手，要是心慈手软，就收不到实效。"林则徐道："过于誉美易增人忌，虚名过实必有灾星，不敢当，不敢当。嶰筠兄，听说你在撰写一本《双砚斋笔记》？"邓廷桢道："那是不足挂齿的闲笔。人在官场上，每天忙得七荤八素焦头烂额，要是不能有张有弛，非得累垮不可。我是用文字调剂身心，记点儿读书心得，对四书五经的文字音韵做点儿考证罢了。"

船过黄埔岛时，三个人用望远镜朝南面瞭去，韩肇庆正率领营兵在扶胥码头监守夷船，一千多弁兵狼蹲虎踞在巴掌大的地面上，营帐接陌旌旗蔽日，刀枪林立号角连声，原本蠢蠢欲动的外国水艄全都老老实实龟缩在船上，没人敢惹是生非。

邓廷桢道："少穆，有件事想和你商议一下。韩肇庆是个能干的人，他快六十岁了，再不提拔机会就不多了。我听说湖南永安镇总兵唐加新年老休致。永安镇是你的辖区。要是没有合适的人选，能不能让他递补？"林则徐心里"咯噔"一动却面如止水。韩肇庆是邓廷桢的心腹，但是，巡疆御史和给事中的密折说他和手下官弁有查私纵私之嫌，甚至怀疑邓廷桢与此有染，彭凤池和马辰正在暗中查访尚未归来。林则徐只带了几个随员到广州查禁烟毒，事事都得依靠本地官员的通力配合，要是一口回绝，邓廷桢难免会有想法，不仅有碍天和，搞不好还会影响禁烟大计。林则徐久历官场，深知没拿到充分的证据前，即使内心蒸腾，也不能流露出丝毫痕迹："嶰筠兄，韩肇庆是你的心腹爱将，我来广州时日不长，不了解他，但是，查禁烟土没有他全力办差，我们就寸步难行。只要他禁烟得力，与你联名保举未尝不可。"说罢莞尔一笑。邓廷桢见林则徐应允了："那我就代他谢了。"林则徐岔开话题："封港封舱二十多天了，广州的民生和海关岁入都受到影响，不仅中外商贾期盼恢复贸易，佣工杂役们也期盼着恢复贸易，连咱们官宪也想早日开港多收税赋。豫大人，缴烟已经过半，再过几天就可以开舱了，不知海关衙门准备得怎样？"豫堃道："海关没有问题，关键要看十三行准备得怎样，这得问伍绍荣。"林则徐也想问一问具结一事办得如何，把头伸出窗外对一个亲兵道："你去叫伍绍荣来。"

亲兵对管旗说了几句话，管旗立即拉动绳索挂出信旗，要随行护卫的哨船去接伍绍荣。

林则徐估计伍绍荣一刻钟后才能过来，换了一个轻松话题："到广州后我天天想的是禁烟，想得头皮麻木。豫大人，你是宗人府的人，最了解皇亲国戚，讲一讲他们的趣闻逸事吧。"宗人府是专管皇亲国戚的衙门，爱新觉罗氏的大小王爷贝勒贝子龙子龙孙都受其管辖。从顺治皇帝算起，皇位传了六代，皇亲国戚繁衍了近千人，奇闻逸事自然不少。

豫堃捻着八字须，弥勒佛似的呵呵一笑："宗人府的差事不好当，那是天下最难管的衙门。龙子龙孙金枝玉叶，外官管不了，也不敢管，只能用亲王管。当今宗人府的宗令是肃亲王敬敏，世袭罔替的铁帽子王。其实嘛，皇亲国戚和市井小民一样也会闹纠纷闹家务，为鸡毛小事扯皮打架。肃王爷是和事佬，干的是和稀泥调解矛盾的差事，实在调和不下去，就各打五十大板，然后再安抚一番，所以，皇亲国戚叫他弥缝亲王，但有些事，他也弥缝不了。"邓廷桢啜了一口茶："哦，肃王爷还有弥缝不了的事？""那当然。别人不说，就说庄亲王奕赍吧，那是北京城里有名的混账王爷。他吸鸦片有年头了，把家里值钱的东西卖了不少，他的福晋找肃王爷哭诉。庄亲王也是世袭罔替的铁帽子王，贼横，肃王爷不敢硬管，只能劝。庄亲王根本不听肃王爷的，要不是被九门提督的巡城弁兵在尼姑庵里捉住，奏报给皇上，谁拿他也没办法。但你别看庄亲王在外面横,在家里却不横,连自家儿女都管教不了。"

豫堃讲亲王们的家务事,不仅林则徐和邓廷桢有好奇心,站在舱门口当值的亲兵们也侧耳聆听。豫堃接着道:"他有个女儿叫芙蓉,长相一般,辣椒性子,说起话来满嘴跑舌头,没遮没拦瞎放炮,十八岁了还没嫁出去。庄亲王府有个叫解五的包衣奴才,专管倾倒厨房泔水清扫厕所粪便。有一天,他挑着粪桶,手里拿着一卷书,哦吟有声:

大人如厕仆自挑,香臭浓淡一把瓢。
肥男瘦女共掩鼻,入夏苍蝇同弯腰。

"这副模样恰好让芙蓉撞见。她满脸不屑地挖苦道:一个臭挑粪的还吟诗,真可笑!你什么时候见过苍蝇弯腰?应当是'入夏白蛆同弯腰。'解五不服气,争辩道:'俺虽是包衣奴才,总不能老当下人,也得识文断字,奔个前程吧?'芙蓉眉毛一挑,嘻嘻一笑:'奔前程?我看你没前程。我给你出个对子,你要是对上,再说前程。'说罢从头上摘下一支芙蓉花掐丝金簪:'香芙蓉。'解五看了一眼粪桶,立即接口:'臭粪桶。'芙蓉接着出句:'一枝香芙蓉。'解五应对道:'两只臭粪桶。'芙蓉再抻长句子:'鬓角斜插一枝香芙蓉。'解五很快对出下半句:'肩上横挑两只臭粪桶。'芙蓉又加几个字:'红颜小姐鬓角斜插一枝香芙蓉。'解五越发从容:'黑脸大汉肩上横挑两只臭粪桶。'

"芙蓉想刁难他:'刚才那几个不算,太简单,我出一个难的,你要是对上,我嫁给你。'她顺口引了李清照的一句词:'兴尽晚回舟,误入藕花深处,争渡,争渡,惊起一滩鸥鹭。'解五抓耳挠腮。芙蓉以为他对不上来,扬扬得意道:'怎么样,不行了吧?对不上了吧?'没想到解五突然来了精气神,居然对上了:'疲惫夜归家,忽见粪蛆跳舞,恐怖,恐怖,赶紧翻墙呕吐。'

"林则徐和邓廷桢捧腹大笑,连站在门口的亲兵也捂嘴葫芦笑。林则徐道:"有趣,有趣。李清照那么优雅的名句让他们给糟蹋了。但一个挑粪工役能如此敏捷,也不简单嘛。"邓廷桢道:"庄亲王的女儿下嫁挑粪工役,那可成了天下奇闻了。"豫堃道:"芙蓉哪肯屈身下嫁,只是给京城增添了一点儿笑料而已。"

故事刚讲完,哨船就把伍绍荣从私家画舫送到双层大官船上。伍绍荣与邓廷桢和豫堃熟稔,对林则徐则惧怕三分,他走到官舱门口听见林则徐说话,犹犹豫豫,硬着头皮进去,觑了一眼,只见林则徐脸膛微黑不言也威,立即腿脚发软,双膝一屈行廷参大礼:"卑职叩见钦差大臣、邓督宪和豫关部。"

邓廷桢笑道:"伍崇曜,你是茶叶大王,不用行这种大礼。"伍绍荣的目光与林则徐的目光一碰即黯:"卑职不敢。"邓廷桢对林则徐道:"少穆,你一上任就烧大火,不仅把夷商烧得战战兢兢,把行商们也烧得战战兢兢。"林则徐淡淡一笑,说了一句顺风话:"平身。"伍绍荣才站起身来,依旧虾着腰,脸上强堆着不由衷的微笑,让人看了很不舒服。这也难怪,他出身于钟鸣鼎食的豪门大户,自小身边就仆役成群,人人对他百依百顺,他很少掩饰内心的爱憎,也无须掩饰。他受了林则徐的挫辱后心有余悸,强行掩饰却掩饰得很糟糕。

林则徐不喜欢他的表情和神态,铁硬着脸问道:"听说夷人在商馆里舞蹈杂耍蹴鞠唱曲,比过大年还快活?"伍绍荣琢磨不透林则徐的意思,怯生生道:"卑职办错了?"林则徐道:"办理夷务得有人唱黑脸有人唱白脸。你这个小白脸唱得好。"伍绍荣头一次听林则徐夸奖,怀疑自己是否听错了。邓廷桢道:"对付夷商,林大人主张严而不恶,既要让他们畏威又要让他们怀德。要是严过头了,就没人敢来天朝做生意,要是宽过头了,就会有人置朝廷的禁令于不顾。总而言之,既要禁烟又不能启衅。苏东坡有句名词:江山如画,一时多少豪杰。要是闹出边衅来,就成了江山不宁,一时多少兵匪了。"

林则徐端起茶杯饮了一口,转入正题:"义律还不肯具结?"伍绍荣道:"是的。他说,不把'人即正法,货即没官'之类的话删掉不能具结。他还说英中两国风俗两歧,法理依据大相径庭。《大清律》包含了太多乖戾和悖理的条款,是为巩固皇权制定的,缺少化解、疏导和调节冲突的法条。这种法律不仅不能怀柔冲突,还会把小事件激发成大毁灭和大破坏,尤其是连坐法,势必殃及大量无辜。在欧美等国,立法的目的在于威慑与教化,死刑与教化的目的完全相左,废除死刑乃大势所趋。英国法律规定只有谋杀等十种罪行才能判死刑,走私鸦片固然有罪,但罪不当诛,而《大清律》设定的死刑法条多达三百多条，种类之多世界罕见。他说他是英国职官，必须恪守英国法律，他不会允许英国商人在甘结上签字①。"

豫堃道："入乡问俗入境问禁，在大清就得按照《大清律》办事。"伍绍荣解释道："义律还说，英国有句格言：My word is my bond，意思是：具结无戏言。他们恪守信条字字珠玑，不像咱们国家的某些无良商贩，视具结为儿戏，过后翻脸不认账。"林则徐把茶杯往桌上一蹾："奸夷贪婪狡猾，外表桀骜夸饰，内里心虚多疑，稍纵即骄，唯严乃肃！既然义律说具结无戏言，那么，他越不肯具结，就越要让他具结！为了简便起见，让他替全体夷商具结。广州是天下第一大码头，三倍利市之下，哪国商人不心动？义律不具结，本大臣就不许英国商人贸易！"邓廷桢道："茶叶大黄生丝等物乃天朝独产，为各国所需，英国商人购买它们不仅自用，还分售南洋各国，他们不仅谋我国之利还谋各国之利，我不信义律看着别国商人把白花花的银子赚走无动于衷。就按林大人所说，他越不肯具结越要让他具结，不具结就不能恢复通商！"

伍家三代人与夷商交往，耳濡目染，对英中两国的法律和制度差异略知一二。伍绍荣接着辩解："义律说，在大清，官宪有权代表民人签署甘结，族长有权代表族人签订人身合同，但在英国则不然。依照他们的法律，事涉别人的生命和财产时，当事人不授权任何人不能代理，官员代商人签署甘结更是于法无据。"林则徐语气坚定："其言大谬。入境问禁入乡问俗是各国公认的大道至理！在大清就得按《大清律》办事！"伍绍荣生怕惹怒林则徐再受责罚，垂下脑袋小心翼翼道："卑职办差不利，请钦差大人宽恕。"

英商贸易额占广州贸易额的七成，要是停止英商贸易，粤海关的税收势必大减。豫堃担心完不成朝廷核定的税额，从摇椅里坐起身来："伍总商，你要想方设法劝说义律具结。早日具结，早日开仓贸易，这是对华夷双方都有裨益

---

① 1764年，意大利法学家切萨雷·贝卡利亚在《论犯罪与刑罚》中提出刑法的功能在于威慑、改造和教育，应当以人道方式对待囚犯，废除死刑。欧美法律界立即响应。18世纪晚期，奥地利和俄罗斯先后废除死刑，而后，美国的宾夕法尼亚州和密歇根州也废除了死刑。1819年以前，英国有223种死刑法条，1823年开始司法改革，大幅度削减，1835年减为27种，1837年减为16种，1839年减为10种，1969年废除死刑。清初颁布的《大清律》有真犯死罪339种，杂犯死罪36种，以后逐年增加，清末扩大至840种。故而，在死刑问题上英中两国始终谈不拢。

的，对他们的裨益更大。"林则徐十分自信："商人重利，利之所在谁不争趋？即使此国不来，彼国也会来，今年来船少，来年势必多。内地商民见夷商获利丰厚无不垂涎欣羡，无奈朝廷有定则，不准本国商人赴外国贸易，才使厚利为夷商独得。我就不信英国商人不为厚利所动。这种事我们不必急，到了开舱贸易那一天，他们比我们还急！"

邓廷桢道："这个话题有点儿严肃了。咱们换个轻松的。坊间盛传英国人嗜茶如命，离了茶叶就活不了，伍总商，这个说法有来历吗？"这个说法究竟出自何处，谁也说不清，但口口相传，传得满天下都是这种见识。伍绍荣怯生生道："有这种说法。我自幼就听说茶水能助消化，夷人以肉食为主，没有茶叶会大便干燥，日久天长要生大病。"

林则徐问道："夷人买什么茶？"伍绍荣道："武夷红茶居多，其次是青茶，再次是绿茶。"林则徐常饮绿茶，诧异道："夷人为什么买绿茶少？"伍绍荣躬着身子道："回钦差大人话，绿茶是不发酵的茶，青茶是微发酵的茶，红茶是发酵的茶。武夷红茶经过杀青、揉捻、渥堆、干燥四道工序，能保存较长时间，用开水冲泡后，叶色黑润滋味醇和，茶汤呈透亮的琥珀色，为夷人所喜欢。绿茶则不同。喝绿茶讲究明前茶，刚采的春茶最珍贵。用茶铫子烹煮后，在阳光下静观，能看见每片叶子徐徐展开郁久而发，袅袅绵香久久不散，令人回味无穷。但绿茶不耐存放，存久了没有味道。英国远在六万里之外，每年借信风往返一次。最好的绿茶运到英国也寡然无味。发酵茶则不然，它既可以制成散装茶，也可以制成紧压茶，既可以压制成茶砖茶饼，也可以压制成小如铜钱的茶币，还可以制成更小的颗粒香。"伍绍荣解答得十分详细，心里却不爽快。在他看来，人世间最痛苦的莫过于笑脸相迎心里惧怕和憎恨的人。

豫堃道："我听说最近两年武夷茶不够销售，你们怡和行准备试销黑茶。是吗？""是，但仅是试销。黑茶有两种，一种产自武夷，数量少，另一种产自湖南安化。"邓廷桢没喝过安化茶，问道："唔，安化茶有什么特点？"伍绍荣不愧是茶叶大王："安化茶长在湖南资江和柘溪一带。那里的两岸茶林密布，一面临水雾气腾腾，一面靠山阳光充沛。安化茶长在红壤中，与竹林为伍，竹林有蓄水功效，还能用竹叶的清香熏陶茶叶。前明万历年间，朝廷把它御定为官茶，将它分为天尖、贡尖和生尖三等。天尖供宫廷，贡尖供官员，生尖供民用。"

林则徐对邓廷桢道："我喝茶向来是开水冲泡，并不细品，解渴而已。前几年，一个朋友送我一筒茶，说是贡茶，仅一两，极难得的仙毫。据说，一棵正宗的仙毫树一年只出二斤茶，这么一说，谁还敢喝？我当宝贝似的收藏了，去年才想起，打开盖子一看，深碧的叶子，白茸茸的细毛，捏了一撮，放入杯中冲泡，却没品出滋味。莫非放少了？我又捏了一撮，泡了半天，才觉得有点儿滋味儿，却极清淡，不像朋友说得那么好。没准是朋友蒙了我，也许是我不识货。总之，人家品茶是享受，我品茶是附庸风雅。"

豫堃道："伍总商，说起贡茶我是半吊子，似懂非懂。究竟哪儿的茶是贡茶？"伍绍荣道："贡茶是皇帝喜欢喝的茶。历代皇帝的口味大相径庭，贡茶的名号也跟着风水轮流转。比方说，唐朝的贡茶院设在江南的顾渚，宋朝的贡茶出自福建的建州，元朝皇上推崇武夷山的四曲溪茶，明朝的洪武皇帝喜欢安徽的祁门红茶，万历皇帝喜欢湖南安化的天尖，当今皇上喜欢杭州的西湖龙井。这些茶都有贡茶之称。"

邓廷桢道："去年你对我说，大红袍乃天下之宝。"伍绍荣道："是的，但茶水无言，其中滋味全凭饮者的感觉。真正的好茶是深山迷雾里的轻灵仙子，灵动而寂寞，无人可识。"伍绍荣把茶叶说得玄妙，刚才的紧张感渐渐舒缓，腰身也略微挺直了。

邓廷桢比较懂茶："光茶叶好不行，还得水好。最好喝的茶水是用竹沥水烧的。"林则徐一脸困惑："唔，何为竹沥水？"邓廷桢道："岭南的深山老林里有很多大竹盘根错节，将地下水汲到竹竿里，使竹竿里饱浸竹液。遇到湿润无风的天气，你只要在大竹上凿个小眼，就会有清水从洞中涓涓渗出。一支大竹一夜工夫可以渗出七八斤水，用这种水烹茶，能烹出极品茶来。"林则徐吊起眉梢："有这么神奇？"邓廷桢有考据癖好："有。沈括的《梦溪笔谈》有记载，说当地人在山中行走时剖竹取水解渴。有个叫王彦祖的官员去雷州上任，用竹水解决了路途中的全部炊饭烹饮问题。""广州的竹竿行不行？"邓廷桢摇头道："不行。"林则徐叹道："看来是广陵音绝了，我没这种福气呀。"

当天傍晚，船队抵达虎门，关天培率领水师官弁到码头迎迓，挂号口的税官书吏，十三行的家人、通事、引水、买办等也一起前来，二百多带刀弁兵挺胸凹肚站成两列，排钉似的齐整，码头周匝围着好几百看热闹的百姓。林则徐、邓廷桢依次走下楼船，三声礼炮后，海螺呜呜长鸣金铎锵锵作响。林则徐和邓廷桢在关天培的陪同下检阅了仪仗队。豫堃虽然官居二品却没有军权，看完检阅后在税官和书吏们的陪同下，与伍绍荣一起去了挂号口。

第十八章

虎门——金锁铜关

靖远炮台是关天培亲自督造的,从勘测到打样,从采石到垒建,历时一年多,虽然还没有竣工,却已呈现出蔚然大观。二百多工匠赤着膀子垒砖砌石,铁锤凿石的"叮当"声、木匠拉锯的"唰唰"声和"嘿哟嘿哟"的号子声交相杂错,呈现出一片忙忙碌碌的景象。这座炮台高两丈,底层用厚三尺、长四尺半的花岗岩大条石垒砌,顶层用三合土夯实,覆盖花岗岩石板。靖远炮台共有五十六个炮洞和四个露天炮位,每个炮洞里有储蓄室和藏兵室,一条两丈多宽的巷道把所有炮洞连为一体,巷道后面是三尺厚的护墙,墙上开有枪眼,枪眼后面架着抬枪。靖远炮台附设一座官厅三间神庙十六间兵房和两个火药库,炮台下面有一座小码头,二百六十丈长的堞墙把靖远炮台与北面的镇远炮台和南面的威远炮台连在一起。三座炮台背山面水,结构严谨,险要壮观。

关天培引着林则徐和邓廷桢登上靖远炮台,一个工匠正在炮台入口处凿石刻字:

虎门九台,金锁铜关,入来不易,出去更难。

每个字二尺见方,字已凿好,还没凿刻落款。林则徐问道:"这几个字颜

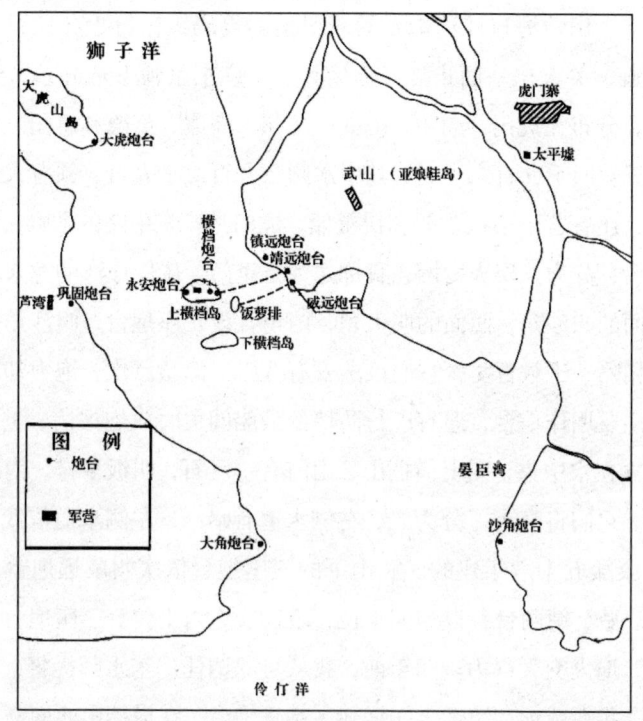

虎门九台示意图。原图出自茅海建的《天朝的崩溃》，作者略做简化。

筋柳骨拙朴劲道，谁写的？"关天培道："我写的。一介武夫，只能写成这个样子，让你们见笑了。"邓廷桢赞道："这几个字遒劲有力，换个文人，就没这么刚健雄强了。"几个人一面说话一面进了官厅。官厅是新建的，墙面和顶棚是粗粝的花岗石，经得起百年风雨的侵蚀和炮火的轰击。官厅西侧有一个二尺宽五尺长的瞭望孔，透过瞭望孔可以看见风腾浪涌的浩漫珠江，听见汤汤江水注入海口的激流声，还能看见江中央的上横档炮台。

　　林则徐和邓廷桢背着手站在木图（沙盘）旁，关天培手执竹竿在木图上指指点点，讲解虎门的三重门防御工事，水师营参将李贤和分守各台的游击、都司和守备①们在一旁奉陪。

---

① 清军以"营"为基本单位，营有大营和小营之分，大营可达两千人以上，小营只有数百人，主管营的军官统称"营将"，分为参将、游击、都司、守备四级，分别为武职三品、从三品、四品和五品。

木图很大，山岭海口江湾炮台兵营汛地船坞码头做得十分精致，像一幅精美的立体图画。关天培一面指点一面解说："广东水师下辖五镇，共有官兵两万六千余人，分布在虎门、潮州、南澳、琼州、高廉、英德和惠州。虎门的驻兵最多，共有五营四千九百二十名，其中水师营九百二十有奇，领有大号海船六条巡哨船八条，还有若干条扒龙船和快蟹船。虎门是广东中路的咽喉，险要天成，共有九座炮台，分为三层火力网，我称之为三重门。从伶仃洋的龙穴岛往北有两座小山，东面的叫沙角，西面的叫大角，两角各设一座炮台，叫沙角炮台和大角炮台，两台相隔一千数百丈，它们虽然安有八千斤海防巨炮，炮力却不足以封堵水面，故而主要用作信台，遇有应行防堵的敌船闯关时放炮报信。进口七里，有一座小岛峙立在水中央，叫上横档山，山前有一巨石，叫饭萝排，南面有一座小岛叫下横档。它们将海水一分为二，右侧水道有暗沙，左侧水道依武山为岸。上横档炮台是康熙五十六年建的。武山下的三座炮台依次叫威远炮台、靖远炮台和镇远炮台，威、镇两台各设炮四十位，靖远安炮六十位。三座炮台与上横档山相隔三百丈，炮火交叉得力。四年前，我从吴淞调任广东水师提督，当时虎门只有六座炮台，我在威远和镇远之间增建了靖远炮台，在横档山西面新建了永安炮台，在芦湾增建了巩固炮台。永安炮台设炮四十位，巩固炮台设炮二十位，意在封锁西水道。威远、靖远、镇远、横档、永安和巩固六台形成第二重门户。从横档向北五里是大虎山，其西是小虎山，再西是狮子洋，那里是进入内陆的必经水道。大虎山炮台安炮三十二位，是为第三重门。"

关天培叫亲兵拿来几只千里眼，分别递给林则徐和邓廷桢，自己也端起一只，引领他们朝瞭望孔走去。三个人用千里眼扫视着江面和江中的上横档山。半清半浊的江水满载着漂浮物朝大海奔流。横档炮台分上下两层，两层之间有石筑的炮巷沟通，炮台上大纛高耸旌旗招展炮位森严，与靖远、威远和镇远三台形成抵角之势，各台之间钲铎相闻旗鼓应答。在对岸的岩石旁和壁缝间，高大的树木姹紫嫣红，金红色猩红色橘红色胭红色粉红色延绵数里，攒攒挤挤密密连连，比肩争头绽蕾怒放，为金锁铜关增添了几分妩媚。林则徐放下千里眼："那是什么花，开得汹涌澎湃？"关天培道："是木棉花。"

李贤插话道："这种花是强盗花，不开则已，一开就是漫山遍野，像一群发情的母狗，猖猖乱吼，或者像一群结伙出行的恶狼，强梁霸道，势压群芳。"作陪的军官们哄堂大笑。林则徐头一次听人把花比作发情的母狗和恶狼，瞥了李贤一眼："哦，这么漂亮的漫山红，要是让多情游子看见，能吟出一首曼妙的诗来。在你眼中，怎么成了母狗和恶狼？"李贤答道："木棉花的确有狼性，树干和枝条上有皮刺，像狼牙棒，只可远观不可近玩。谁要是拢过去采摘，一不小心就能扎出血来。"

邓廷桢道："木棉花原本生长在海南岛，不知谁把它移到内地来。它还有一个名字，叫烽火花。"林则徐点头道："这个名字好。虎门就是大清南疆的烽火台，要是有敌人来犯，虎门首先要点燃烽火警报。"

关天培指着江面的饭萝排道："二位大人请看，上横档岛与靖远炮台间隔最近，我在这里设了两道拦江排链。排链的西北端安根在武山脚下，东南第一道安根在饭萝排的巨石上，第二道安根在上横档岛的山脚下。那两处各凿一个深石槽，把八千斤重的废炮横放在槽底，炮身外面加了四道铁箍，上面扣了四条铁链，由四并为二，由二并为一，中间扭合，两头贯以八条大铁链，用铁锁接扣两边，以便开合。木排是用大木头截齐，合四根为一排，四小排连成一大排，底下夹以横木六道。第一道铁链长三百零九丈，安放大排三十六排。第二道铁链长三百七十二丈，安放大排四十四排。两道排链相隔九十丈，配铁锚棕缆二百四十副，船艇四条，弁兵一百二十名。有事横绝中流，以通出入，无事分披两岸，如关门开门一样开合。"

林则徐用千里眼仔细观看江中排链和两岸的棕缆辘轳："好，有了九座炮台和两道排链，虎门就是龙蛇不能侵、虎豹不能入的金锁铜关！"

关天培接着道："威远炮台是靖远炮台的前沿，可以封锁整个水面，但位置低，视界小，不便观察。靖远则高出许多，可以打击越过威远火网的敌船，前后呼应。靖、威、镇三台与横档炮台都是用石灰与沙石调和糯米与红糖建成的。威远炮台原有二十二个炮洞，我到任后增加了十四个炮洞和两个露天炮位。"

林则徐问道："九座炮台共有多少火炮？""三百零六位。""能否阻挡连樯而来的敌船？"关天培道："这要看有多少敌船。海防大炮炮体沉重移动艰难，只能直击。施放后重新填入火药和炮子耗时一分多钟。故而必须将三百零六位火炮布成阵式，相互搭配，形成参差错落的火网。虎门九台是按照三条敌船同时闯关设计的。假如有三条夷船闯关，进有排链羁绊，退则风水不容，九台大炮连环轰击，再用火船下压，兵船继往开来，敌船即使坚如铁石，也难逃噩运！"林则徐问道："广东水师能否出击洋面，驱赶外海之敌？"一说出击洋面，关天培没了底气："林大人，广东洋面有三千里之广，夷船海盗踪漂不定，水师兵分势单，在海上与敌寇奔逐并无成效，故而，历任水师提督都主张有海防无海战，水师专力防守海口，不在汪洋巨浸与夷船争斗。广东水师号称水师，实际是以岸防炮兵为主，战船为辅。"

林则徐又问："这么大的工程，耗资不菲，银子从哪儿来？"关天培道："我初任广东水师提督时，就想在上横档岛与武山之间的狭窄处安放拦江排链，但苦于没有银子。邓大人也同意了，还给户部写了咨文，但户部说没钱，没批。"邓廷桢笑道："户部是天下最吝啬的衙门，让它出钱，不等三年五载是办不成的。"关天培道："扩建炮台用了五万二千多两银子，由十三行捐助。"

林则徐又问："拦江排链用了多少银子？""八万六千两。""出自何处？""还是十三行。""他们肯吗？"李贤插话道："哪里肯？让他们出钱就像拔鸡毛，一拔就疼。"军官们又是一片哄笑。林则徐看了他一眼："如此说来，你们是拔毛筹款？"李贤向前迈了一步："这种事儿本来应当由户部拨款，但户部是个抠门儿衙门，跟它要钱跟与老虎谋皮差不多。但海防不能松懈，要是英国兵船闯关入境，大家的顶戴花翎就全报销了。没办法，只能就地筹措，但不能向农户摊派，不然就会鸡飞狗跳怨声四起，骂咱们劳民于奔走，累民于科派，谁受得了？我们只好请富户捐输。广东富户有两大支，一支是十三行，一支是高州、廉州和琼州的盐商。关军门犹豫，怕背上敲诈勒索的恶名，我就毛遂自荐当大铆钉，揽下这档子坏名声的糗事。十三行公所在虎门有办事房，行商们每年要来巡视几次，我趁他们巡视时在我的参将衙门摆了一桌酒席，请他们赴宴。他们张口一个'李大人'闭口一个'李将军'地说奉承话，说得我肉皮发麻，吃到半截，我一抹嘴亮出兵家本相，要他们捐资助军。行商们一听要钱，立马容颜惨淡哑口皱眉，脸色也张皇了，呼吸也紧蹙了，话语也结巴了，满脸苦相声声叫难，那副德行要多难看有多难看。"李贤越说越兴奋，唾沫星子乱溅，麻壳脸微微放光："谁不知道十三行富甲天下？这帮阔佬在我面前装穷，像瓷公鸡铁仙鹤玻璃耗子琉璃猫似的，一毛不拔。我是武夫，没这么多讲究，关军门说缺八万六，我想多弄点儿，要九万。我挑了四个长相凶狠的兵丁布置在门口,告诉他们,对付行商要严而不恶,不许打不许骂,只要他们承诺捐资九万两银子助军。那几个家伙心领神会,张牙舞爪横眉怒目,跟四大天王似的守着门口,佩刀拍得'叭叭'响,明白晓谕行商:捐不够十万两银子不许出门,茅房也不许去!"军官们再次哄笑,就像水泊梁山的绿林好汉打劫了生辰纲,兴奋得嗷嗷叫:"八万六成了九万,九万成了十万!""层层加码,一点儿不含糊!""还是李大人有办法!"

邓廷桢笑道:"少穆啊,看来'严而不恶'不是咱们的首创,李贤也会搞'严而不恶'呢。"林则徐敛了笑容:"谁认捐最多?"李贤道:"当然是伍绍荣。他一人就认捐五万。"林则徐吃了一惊,不由得暗叹,伍绍荣手面如此阔大,形同广东的财神爷,难怪邓廷桢和豫堃都替他说话。

李贤意犹未尽:"林大人,你别怜惜那些行商,他们肥马轻裘锦衣玉食,日子过得珠圆玉润,无人可比,北京的王爷们加起来也富不过伍家——他们不为公捐输谁为公捐输?还好,伍绍荣识相,带头捐了,半个时辰后,行商们议出一个分摊章程,签字画押,承诺一个月内筹银十万两。"

林则徐道:"李贤,没想到你有这么一手,把水师营的参将衙门办成打劫富豪的霸王寨!新炮何人承造?"关天培道:"是佛山匠人李陈霍承造。我把一些旧炮废炮折银二千两,另加一万四千八百两银子交给李陈霍,限令他一年内分批铸造六十位新炮,重量分别在六千至八千斤之间,每位炮使用期限三十年,若三十年内炮身炸裂,悉数由该匠赔钱另造。"林则徐点头赞许:"这么浩大的工程合计用了十几万两子,算是精打细算了。哦,关军门,排链实用八万六,行商捐了十万,多余的款项如何处置?""铁锚铁链会有锈蚀,木排棕缆会有坏损,多余的银子留作维修经费了。"林则徐点了点头。关天培道:"二位大人来视察,我安排了一场实弹演练,请。"他一展手,引着林、邓二人去了观礼台。

靖远炮台的五十六个炮洞和四个露天炮位已经准备好了,炮兵和抬枪兵们手持盾牌各就各位,鼓号兵和信兵站到发令台上。关天培在露天炮位附近为林则徐和邓廷桢设了座位,几个亲兵拿来了长方形盾牌,每个盾牌宽二尺长四尺,用牛皮和藤条制成,很轻,但很结实。关天培道:"演练大炮时容易炸膛,这儿离炮位只有十丈远,请二位大人当心,听到开炮的号令后用藤牌护住身子,以免被飞铁打伤。"

一切准备就绪，关天培用手旗发出了"放筏"的命令。信兵升起信旗。大虎山炮台的弁兵们看见信旗后依次放出两只木筏，每只木筏插着一面红旗，一前一后相隔百丈顺流而下。震远、靖远和威远炮台的弁兵们听到鼓号后立即跑步进入战位，从火药库提取炮子，拔去炮口的防雨木塞，装入火药，用撞锤捣实，填入炮子。炮兵们动作娴熟忙而不乱。不一会儿，第一只木筏被滔滔江水冲到震远炮台附近。震远炮台的守将一挥手旗，下令开炮。

林、邓二位透过千里眼朝震远炮台看去，在露天炮位上一个炮兵用火煤子点燃炮捻，迅速转身后撤，其他炮兵用藤牌护住身子。炮捻冒着黑烟，"咝咝"作响，"砰"的一声，炮子射出炮口，拖着火光飞向木筏。震远炮台的四十位火炮依次开炮，"隆隆"的炮声惊天动地，在江心打出一串串浪柱，有两发炮子打中了第一只木筏，把它炸碎，炮弁们发出一阵欢呼声。

不一会儿，第二只木筏漂过来，进入靖远炮台与横档山之间的狭窄水道，在烟霾浪柱之间颠簸起伏。横档山和饭萝排的弁兵们喊着号子摇动辘轳，拉起二百多丈长的铁链棕缆，挡住了木筏的去路。靖远炮台的六十位火炮次第开火，打成一片火网，一颗炮子打中它，筏上的红旗坠落水中，破碎的木片飞起一丈多高。弁兵们再次发出一片欢呼声，林则徐和邓廷桢也禁不住击掌叫好。关天培一脸兴奋，对林、邓二位道："木筏只有三丈长，一丈多宽，比夷船小得多，不容易打中。小号夷船十几丈长，大号夷船二十多丈长，它们要是从这里驶过，至少得挨七八炮！"邓廷桢伸出拇指夸赞道："关军门，虎门九台果然有一种'砥柱奠中流，炮城屯劲旅'的架势，好！"

林、邓二人在虎门巡视了两天，登临了九座炮台，观看了实弹操练，还巡视了虎门挂号口和十三行办事房，查看了夷商缴烟的现场。第三天，林则徐、邓廷桢、豫堃和伍绍荣等一起乘船返回广州。

逆水上行耗时两天，直到第五天下午申时，林、邓等人才在天字码头上岸。

粤海关衙门在五仙门内，林则徐和邓廷桢想去粤海关衙门巡视，他们没进靖海门，绕到五仙门进城。一行人刚转过街角，就见道旁石阶上支着一个算命摊，摊主是靠测字占卜为生的瞎子，他的辫子绾成道士发髻，身披一件阴阳八卦灰布袍，鼻梁上架着一副墨镜，墨镜的一条腿断了，用一根细绳拴着，挂在左耳上，墨镜呈左高右低之态，看上去有点儿滑稽。瞎子左手扶着长幡，幡面上有"六神算命"四个大字，另一只手打竹板，口中念念有词，引来了不少看客：

> 南来北往走西东，看得浮生总是空，
> 天也空，地也空，人生沓沓在其中，
> 日也空，月也空，来来往往有何功，
> 田也空，地也空，换了多少主人翁，
> 金也空，银也空，死后何曾在手中，
> 情也空，爱也空，痴迷一场快如风，
> 妻也空，子也空，黄泉路上不相逢，
> 缘也空，债也空，缘了债偿各西东，
> 《大藏经》中空是色，《般若经》中色是空，
> 朝走西来暮走东，人生恰是采花蜂，
> 采得百花成蜜后，到头辛苦一场空，
> 夜深听得三更鼓，翻身不觉五更中，
> 从头仔细思量看，便是南柯一梦中。

豫堃经常出入海关衙门，认得附近居民的脸，却没见过这个瞎子。朝廷实行户籍管制，民人出行必须有各县衙门开具的路引，否则会被拘押。奇怪的是，此人身穿道士袍，却说起佛家的《大藏经》和《般若经》，似道非道似佛非佛，有点儿可疑。豫堃走到摊位前："你是哪里人？"瞎子停了竹板，话音沙哑："福建武夷人。""有路引吗？""有，没有路引怎敢行千里路？"他从口袋里摸出路引，递给豫堃。豫堃不再盘问，看了一眼幡上的字："我听说过五行算命，八字算命，天干地支算命，没听说过六神算命，什么叫六神？"

瞎子的无神眼珠在眼镜片后面转了转："六神乃青龙、白虎、朱雀、玄武、勾陈、腾蛇是也。青龙、白虎、朱雀、玄武是四方星宿，代表东西南北，勾陈是北极星，位于天庭正中，腾蛇乃腾云驾雾没有固定方位的游神。""算得准吗？""准！客官不妨试一试。"瞎子说得十分肯定。豫堃道："你要是猜中我是干什么的，我就要你算。"瞎子道："您是官，一品之下三品之上。"

豫堃官居二品，竟然被准确猜中，他颇感惊讶，连林则徐和邓廷桢也暗

暗称奇，不由得朝测字摊挪了几步。豫堃道："既然你猜中了，就请你算一算。""请客官在我手心上写一个字。""你能看见？""看不见。"瞎子递上一支笔，没蘸墨，问道："算什么？""算流年运程。""三人一起算？""你如何知道有三人？""我虽然看不见，却听见有三人在我面前。"

豫堃更惊诧，林、邓二人站在一丈开外，身边还有几个随员，瞎子却说听见了三个人。豫堃与林、邓二人对视一笑。邓廷桢又朝前挪了几步："既然你说听见了三个人，那就请你一起算。"瞎子道："请三位客官在我的掌心合写一字。"

豫堃拿起笔，蘸了墨，思索片刻，在瞎子的掌心写了一撇，把笔递邓廷桢。邓廷桢在撇上添了几笔，写成"鸟"字，但没写下面的四点。豫堃以为林则徐要写成"鸟"或"岛"，没想到林则徐添了一个"衣"，写成"裊"。

摊主攥着手掌闭眼对天，思索片刻，缓缓道："算命者不因客官位高权重而忌言，也不因客官位卑身贱而乱语。恕我直言，乙、乞、撇、叉是腾蛇之形，弯、勾、斜、月是勾陈之形。'裊'字，枭神头，白虎脚，勾陈身，腾蛇尾，四凶齐犯，是凶兆！三位大人的仕宦之途恐怕有大蹉跌。"

瞎子双唇一碰即吐出"凶兆"二字，豫堃的脸色陡变，刚才还盛气凌人，突然觉得腿脚发软，差一点儿坐在地上。林则徐和邓廷桢的面色也不好看。林则徐打量着瞎子，觉得他像一个魔法师，举止飘忽轻捷有风，带有一股山野邪气。那邪气是一种诡异的力量，无影无形嚣张扩散，说不准什么时候会突然发作，置人于苦绝之境，任何抵抗和挣扎都徒劳无益。

过了半晌，豫堃才从口袋里摸出一枚老头币，放在瞎子掌中："先生无戏言？"瞎子摸了摸那枚外国钱，讲了一句禅语："诚信则灵，丢了诚信，就丢了灵性。"

瞎子把三位高官算得灰眉土眼一身晦气，伍绍荣在一旁看得清爽，内心里幸灾乐祸，脸面上不着痕迹。

第十九章

扬 州 驿

春闱放榜后，钱江、张官正、孙建功和吴筱晴四个江苏举人没有一个及第的，只好灰溜溜地打道回府。钱江哪里知道，他的考卷曾被第六房阅卷官荐为二甲第五十七名，还在卷上批了"笔力清刚，精彩焕发"的考语。但穆彰阿是本年春闱的主考，他在居庸关偶遇四个江苏举子，隔墙听见钱江苛评考官，说他是写弥缝文章做弥缝事的弥缝相爷，便把钱江的大名牢牢记在心间。阅卷官把钱江的考卷呈报给穆彰阿，无异于把他推入火坑。穆彰阿大笔一挥，在卷尾批了一行字：

韵语典丽炯煌，策对千言滂沛，空言无物，胥吏之才耳！

有了这行考语，钱江的仕途立马黯然无光，注定跃不过龙门。多亏林则徐有言在先，落榜后去广州找他，依然做知事。

全国举人入京会试是三年一次的抡才大典，所有举子不论贫富，一律由各省学政衙门派马车送往北京，沿途住官办的驿站，食宿由朝廷一体开销。考完再由公车送回原籍，故而应试举人也叫"公车举人"。钱江与张官正、孙建功、吴筱晴四人一起乘公车返回原籍，进了江苏地界后，其他三人陆续回家，车到扬州驿时，只剩下钱江一人。他下了马车进了驿站，向柜上吏役出示了勘合。役吏见他穿着九品练雀补服，却乘应试公车而来，猜出他是参加会试的落榜小官："客官，您去广州？""是。""住几天？""明天就走。"

驿站是接待来往官员和公差的地方，也是传递公文邸报的中间环节。扬州驿是位于水陆要冲的大驿站，过客如雨，规模形制如同衙门，由驿亭、辕门、厅房、神殿、戏台、客房、伙房、马棚等构成。依照清吏司的章程，像钱江这样的佐贰杂官只能住大间。役吏拿出号牌和饭牌："西六号有一个广州来的，您和他住一间吧。伙房在后院，早点去，天快黑了，去晚就没饭了。"

钱江拿了号牌提着行李去了西六号。西六号里坐着一个身体微胖的中年人，四十六七岁的模样，长着一张讨喜的脸，穿一套练雀补服，光着月亮头，正在小桌旁吃独食。他见钱江推门进来，吧唧着嘴，开口就是广东腔："哟，小兄弟，新来的？"他的嘴巴左侧有一颗黑痣，说话时微微动弹。钱江点了点头。胖子站起身来，帮助钱江把行李放到对面的木床上："来，一块儿吃。"钱江攥着号牌和饭牌，拱手行礼："谢谢，我还是去大伙房吧。"胖子道："大伙房没什么好吃的。你既不是钦差大臣又不是封疆大吏，大伙房只给你一碗糊涂粥两碗糙米饭，外加一盘炒芹菜。来，一块儿吃。"

钱江低头一看，小桌上有半包细巧点心一只盐水鸭，还有一个小酒坛，酒坛的红框标签上印有"邯沟大曲荣泰烧锅"八个小字。钱江仔细打量着胖子，只见他两道柔眉一双细眼面皮白净，嘴巴上油光锃亮，扣眼上坠着一条精工细做的银链子。钱江一眼辨识出那是西洋打簧表的表链，不由得诧异起来：九品官的年俸只有三十多两，外加三十一斗米，要是没有家室的单身汉，这笔银子足够花销，但是，四十多的人必是拖家带口之人，日子强不过小康之家，驿站供应的免费膳食虽然不是佳肴，也说得过去，这位老兄却是一脸富态相，不肯屈尊饮粗茶吃淡饭，独自上街买酒买肉自酌自饮。

胖子见钱江不动弹，露出一口细牙："请问小兄弟尊姓大名？""姓布，叫布德乙。"钱江心情不好，不想多说话，顺口瞎编了一个名字。胖子嘿嘿一笑："您真会开玩笑，天下哪有叫'不得已'的。"钱江绷着脸皮一本正经："'布匹'的'布'，'品德'的'德'，'甲乙'的'乙'。""布德乙——嗯，这个名字有意思。"钱江反问："请问兄台尊姓大名？""我姓梅,叫梅斑发。梅花的梅,斑纹的斑,发财的发。"钱江咧嘴乐了:"这可真是偶倪人碰上风流客了。我叫'不得已',你叫'没办法'。就凭这名字,又碰巧住在一间客房,也算萍水相逢了。"说罢他撩衽坐在小桌旁。

梅斑发不是别人,正是广州的牙商鲍鹏。广东省的禁烟风声一阵紧过一阵,各营各汛张开大网四处搜捕开设窑口倒卖烟土和吸食鸦片的不法之徒,街衢码头到处都有犯禁的带枷囚徒,侥幸的漏网之徒像缩头乌龟似的躲入犄角旮旯,决然不敢出来。鲍鹏的捐客生意淡如清汤寡如水,他有个亲戚叫招子庸,在山东潍县当知县。鲍鹏思来想去,置办了价值二万元的西洋绒布、哔叽、火石、南洋紫檀木、玻璃镜、五金器具,外加少许八音盒剃须刀之类的精巧玩意儿,雇了两条乌篷船和几个挑夫,准备去内地贩卖。他与蒋大彪、王振高等官弁十分熟稔。蒋大彪给他办了一张广东布政使衙门的勘合,写明他押送的是官货。鲍鹏是红顶商人,沿途驿站不辨真伪,全都把他当作过境官员接待。

鲍鹏给钱江斟了一盅邯沟大曲:"小兄弟,萍水相逢都是他乡之客,来,喝一盅。"他斟酒的姿态非常讲究,抬肘,双指捏盅,斟完后用中指一弹,像戏剧人物的姿态。钱江一笑:"初次见面就喝酒,总得有个理由吧?"

鲍鹏一哂:"理由?贵人登门要喝酒,朋友相聚要喝酒,高兴要喝酒,郁闷要喝酒,红白喜事要喝酒。喝酒有千般理由,其实最不需要理由。"他用油腻腻的手指撕下一只鸭腿,塞到钱江手中:"酒君子肉丈夫,白菜萝卜没称呼——我这儿没有青菜。"钱江道:"其实,白菜青菜也有称呼。""哦,什么称呼?"钱江打趣道:"白菜是娇妻,萝卜是爱妾。酒君子配娇妻,肉丈夫配爱妾,那才叫荤素咸宜呢。"鲍鹏呵呵一笑,眼睛笑成一对月牙,像年画上的胖娃娃:"有意思,我还是头一次听说。你虽然穿着官服,却是公车会试的举人。我没猜错吧?"公车举人的马车上插有"奉旨会试"的小旗,钱江乘车进驿站时鲍鹏正在隔窗观景,一说即中。钱江道:"兄台,你的眼力不错,小弟我是公车举人,不幸落榜了。"鲍鹏讲了几句宽心话:"落榜也罢,上榜也罢,都是一种历练。俗话说,读万卷书不如行万里路,行万里路不如阅人无数。到北京参加会试,既走了万里路又见识了各种人,上榜落榜都不虚此行。布贤弟,你在哪个衙门当差?""布"与"不"同音不同义,有点儿像"不贤弟",钱江听着别扭,但既然自称"布德乙",只能应承下去。他"吱"的一声啜了一口酒:"在湖广总督林则徐大人的衙门当差。芝麻小官，跑腿的营生。"

鲍鹏像被马蜂蛰了一下，顿时谨慎起来，岔开话头："今年春闱有多少人赴京会试？""三千五百多。""取多少名额？""一甲八十六，二甲一百二十八。三年一次的抡才大典，这么窄的独木桥，天下读书人都想过！挤，挤破头，难，难上难！""挤"、"难"二字道尽了困于科场的无奈与艰辛，钱江大发感慨："什么叫不得已？不得已就是做不能不做之事，走不得不走之路，应不得不应之试，但依然倒霉，依然命运不逮，依然马失前蹄，依然红光不照天灵盖。"他顺口背出一首打油诗，仿佛在回味考试的艰涩："闱房磨人不自由，英雄便向彀中求。一名科举三分幸，九日场期万种愁。"

鲍鹏啃了一口鸭掌："哦，要考九天？"钱江道："是啊，整整九天。您没考过？""我哪有你的学问大，你是举人，我只是个粗秀才。"鲍鹏在编瞎话，其实他连秀才的功名也没有。钱江又饮一盅："九天考期，你只能待在考棚里，哪儿也不能去。为了防止作弊，考棚四周布满了兵丁，如临大敌，三千多考生提着考篮排着长龙，等着过堂唱号进考场，考官们点名唱号如同呼唤囚徒，进门槛后，人人都得开怀解襟让当兵的搜一搜，连破帽子臭鞋子烂袜子也得脱下来，让他们翻捡一遍，甚至连裤裆也得让他们摸一摸，碰上哪个坏心术的家伙，找碴儿让你当众脱下裤衩，掰屁股吹风刁难你，读书人的斯文荡然无存。我当时就有一种君子受胯下之辱的感觉。今年春闱我运气不好，分了一个臭号。"

"什么叫臭号？""就是紧挨茅房的考棚。你想呀，三千五百举人，五百监考弁员和兵丁，只有十几个茅坑，那真是你方蹲罢我入场，没完没了的屙屎屙尿。茅房没有顶棚，太阳一晒臭气蒸腾苍蝇乱飞。我在考棚里守了九天九夜茅房，熏得头疼脑涨心气败坏，灵性全无。算了，别提了，一提它我就心里犯堵。"

鲍鹏没有功名却见多识广，他不仅与各国夷商交往，在广州官场和商贾圈子里也旋转自如，知道什么场合说什么话："世间三百六十行，行行有难言之处。你要是仕宦之命，几历挫跌，迟早也会登堂入室。你要是商贾之命，即使穷蹙末路，早晚也会发财，只是时候未到。时候一到，就会时来运转。来，不管君有几多愁，只要有壶二锅头。来一盅。"说罢他给钱江斟上，念了一句酒令："感情深，一口闷；感情浅，舔一舔。"钱江一愣，初次相逢就被人将了一军,浅啜一口不合适,索性来个"感情深"。他也一仰脖子,把酒倒进喉咙,放下酒盅,啧啧地咂了咂嘴巴:"这酒有劲头,什么酒?"鲍鹏道:"清风一吹全城醉,叫清风醉。"他递上一块鸭肉:"来,我这儿没筷子,食客无形,五爪金龙比筷子利索。"钱江接了鸭腿:"梅兄台,请问你在哪个衙门做事?"鲍鹏脱口就是瞎话:"在广州巡抚衙门。""真的?"鲍鹏油滑得像条大泥鳅:"信不信由你。这世道有点儿邪乎,谁看见别人都心存三分猜疑,你看我非我,我看你非你,人装啥人就像啥人,谁装谁谁就像谁。"说罢嘿嘿一笑。钱江也笑了:"梅兄台,你这'谁装谁谁就像谁'的妙语可传天下。全国禁烟,广州府首当其冲,兄台来自广州衙门,必知广州事,给小弟我说一说。"

鲍鹏见天色渐暗,打火点燃一支蜡烛。酒过三巡后,鲍鹏的耳朵根子有点儿发热,话口闸门渐渐打开:"广州的禁烟风口紧,邓督宪原本是主张弛禁的,但皇上向广州派了钦差大臣,他立即观风转向。宪命之下,拘捕抄抓犁廷扫穴,抓得人人噤若寒蝉,谁也不敢说'鸦片'二字。广州城里的大牢人满为患。一间两丈见方的牢房能塞进二十个人,依然关不下,只好囚在院子里。牢头狱卒哪个是省油灯?要是犯人的家属晓事,给点儿碎银子,他们给你找个阴凉地,没人通关节的犯人,统统用铁链一锁木枷一套,赶到太阳地里暴晒,就像晒黄鱼,没几天工夫就能把你晒成人干儿。惨哪,惨哪!"说到这里,他端起酒盅一仰脖儿,干了。

寥寥几句同情话,鲍鹏露出少许鸦片掮客的蛛丝马迹,但钱江喝得肚肠发热,没往别处想,顺着话茬道:"是有点儿惨。一副木枷三寸厚,二尺四见方,少说也有二十斤,要是晚上不给摘去,睡觉时脑袋就不能沾地,那罪就受大了。"鲍鹏道:"摘?嘿,除非家人使了银子,否则,哪个牢头有菩萨心?等枷号期满把你放出来,早他娘的折磨成人干儿了。"说到这里,鲍鹏压低嗓音:"哎,我说句关门话。听说朝廷要修改《大清律》,把吸鸦片的人往死里整。吸鸦片的人不害别人,凭什么要杀?严刑峻法之下,受罪的还不是小鱼小虾小百姓。真正有钱的,上下一活动,早跑了,你能抓住?"鲍鹏明里发牢骚,暗里吹嘘自己有能耐。钱江把鸭肉塞到嘴里,慢慢嚼碎,咽下:"梅兄台,依你看,林大人去广东禁烟,能不能根除净尽?"

"根除净尽？那是官场上的说法，蒙朝廷的。广东有个民谣：全粤民人皆私商，共同蒙骗大皇上；钦差来了我溜走，天涯海角把身藏。咱们不说陆上的贩私团伙，就说海上疍户，广州府下辖十三个县，在册的疍户有两万，按一户五口算，有十万。不在册的疍民至少有六十万。他们是贱民，世世代代风里来浪里去，生老病死在船上，朝廷给过他们什么恩惠？没有，只有追逐和驱赶！他们凭什么对朝廷感恩戴德？疍户貌似散沙，实际上各有帮主。本朝海疆盗匪云集风起浪涌，二百年来没有平息过。疍户看上去像不起眼的小鱼小虾，汇成一股巨流就了不得。帮主是疍户的宗族首领，如同海上蛟龙，有枪有炮有银子，来无影去无踪，道行大得很，他们与沿海协营连着线通着气，傍岸是疍户，离岸是海匪，他们才是真正的鸦片惯犯。邓督宪在明处，只能收拾内地的烟犯，对海上疍户一点儿办法都没有。现在大陆风声紧，大小帮主们早就扬帆起碇，把鸦片运到吕宋、爪哇和马尼拉去了。朝廷以官宪治理地方，一官一种治法，人存政举，人去政息。风声一过，大小帮主绕个弯子就转回来，该贩私的照样贩私。所以呀，根除净尽，鬼才相信！"他端起酒杯，啜了一口。

两人越说越投机。钱江道："梅兄台，这么喝没意思。有句古话，花时同醉破春愁，醉折花枝当酒筹。行个酒令如何？""行什么酒令？""当然行雅令。"钱江以为梅斑发有秀才功名，作对子编打油诗肯定没问题。鲍鹏道："你不能蒙我。"钱江讲一口吴侬软语："蒙你？君子坦荡荡，小人长戚戚，我向来光明磊落。"鲍鹏听歪了："什么？君子坦蛋蛋，小人藏鸡鸡？"钱江笑得差点把酒喷出来："梅兄台啊梅兄台，这是《论语》里的圣人言，让你糟蹋成妓院里的下流话了。"

鲍鹏哈哈大笑，摇着筷子道："行雅令不行，不行。路遇侠客不逞剑，不是才人不斗诗。你是公车举人，我是粗秀才，没有你那两下子，要行酒令只能来接龙。"钱江问道："什么叫接龙？"鲍鹏嘿嘿一笑："就是你说上半句，我对下半句。"钱江似乎明白一点儿："你的意思是，我说'举头望明月'，你对'低头思故乡'，岂不是太简单？"鲍鹏道："不是这个意思。我说上半句，你接的下半句不能与原句一模一样。比如，你说'床前明月光'，我对'心情冷如霜'。"钱江觉得蛮新鲜："好，那我出上半句：'床前明月光'。"

鲍鹏道："小兄弟，我说不斗诗不斗诗，还是被你拉到斗诗的路子上。我对下半句：'李白睡得香'！"钱江笑得肚皮直颤："好，好！歪对，歪对！不过，蛮有意思。我再出一句：'葡萄美酒夜光杯'！"鲍鹏虽然没有钱江的学问大，却是见多识广的机敏人，急转弯的肚肠倚马可待，立即对上："金钱美女一大堆！"有了这个开头，两个人捋拳奋臂叫号喧争起来：

众里寻她千百度，女人不知在何处！
天若有情天亦老，人若有情死得早！
两情若是长久时，该是进入洞房时！
洛阳亲友如相问，请你不要告诉他！
踏破铁鞋无觅处，女人就在灯火阑珊处！
大风起兮云飞扬！……

鲍鹏蒙了："这是谁的诗？怎么没听说过？《千家诗》里没有。"钱江道："这是汉高祖刘邦的诗，共三句。前两句是：大风起兮云飞扬，安得猛士兮归故乡！你接第三句，接不上喝酒，接上我喝！"鲍鹏摸了摸后脑勺："有了：

西楚霸王上房梁！"

钱江哈哈一笑，抿了一口酒。鲍鹏嬉笑道："不行，咱们换一换，我说前半句，你对后半句。"钱江喝得耳朵根子发热："行！"鲍鹏用筷子一敲酒盅："问君能有几多愁！"钱江歪对道："恰似一壶二锅头！"鲍鹏又拿起一支筷子："三个臭皮匠！"

钱江愣住了："你这是蒙人吧？这不是诗，是谚语！"鲍鹏道："谚语也算。""算吗？""算！""算就算，重来！"鲍鹏重念：

三个臭皮匠，味道都一样！
乱世出英雄，清水出芙蓉！
穷则独善其身，富则妻妾成群！
书到用时方恨少，钱到年关不够花！

三更灯火五更鸡，正是男女同床时。
　　想当年金戈铁马，看今朝温香软玉！

　　鲍鹏是走江湖的买卖人，山南海北的饭桶酒槽都经历过，食量大，酒量更大，赌起酒来豪情满怀挥洒自如，两只手左右开弓上下翻转，像舞龙一般花哨，不一会儿就把钱江玩晕了。

　　钱江连喝六七杯酒后晕头涨脑，舌头僵涩："跟……跟你赌酒，有……有意思。"鲍鹏又给他斟了一盅："早二两晚半斤足矣够矣，日三餐夜一梦优哉游哉。还得及时行乐，对吧？""对……对。"钱江打了一个饱嗝，一仰脖儿，干了。鲍鹏问道："兄弟，你准备去哪儿？""换船，走……赣江，去……去广州，投奔……林大人。"

　　酒桌上有三语，先是轻声细语，再是高声粗语，最后是无声无语。喝到这个田地，酒也醉了，饭也醉了，茶也醉了，人也醉了，连灯都醉了。烛芯轻摇轻晃，照得墙上的人影大摇大晃。鲍鹏见钱江迷迷糊糊身子发软，自己也头重脚轻，嘟囔一句："不喝了，吹灯睡觉。"

第二十章

闲话清福

　　钱江离开扬州后，又走了一个月才到达广州。驿船拢近天字码头时突然下起瓢泼大雨，雨水撞击在街道两侧的灰瓦屋顶上，激起缭乱的水花，发出爆豆般的声响。他在临街小铺买了一把油伞，问清道路，冒雨朝越华书院走去。广州的初夏常下雷阵雨。雷公电母的喉咙又粗又大，稀里哗啦声势吓人，但过不了多久就偃旗息鼓草草收兵，就像一个冲动莽撞的小孩儿，来也匆匆去也匆匆。

　　天色渐晚，倾盆大雨成了淅沥小雨。钱江找到越华书院的大门，透过雨栅仰头看，只见门楣上挂着"钦差大臣行辕"的横幅，它被雨水浇得透湿，在阵风的吹拂下微微抖动。他有点儿奇怪——钦差大臣行辕理应警备森严，起码应当在大门口设一岗哨，但棂星门旁没有哨兵。钱江撑着雨伞进了行辕，院子里静无一人，只有细细的小雨声。他绕过泮池，向东趿了一个弯儿，瞥见东厢房前有炉火，窗棂里有灯光，走近一看，宽大的出水檐下架着一只铜炉，炉膛里炭火微红，炉子上悬着一只茶铫子。人们煮茶大都把茶壶坐在火炉上，用铫子悬壶煮茶是一种雅趣，只有很讲究的人才这么做。

　　厢房的门敞着。钱江一脚迈过门槛，只见一个人左手拿着放大镜，右手握着一支笔，在灯下写字，那人听见脚步声，没抬头，蹦出一句莫名其妙的话："稍等，等我把这几个字写完，陪我喝杯茶。"

钱江以为碰到旧相识了，仔细一看却不认识。那人四十多岁，穿一件竹布长衫，脖子上套着一根皮绳，皮绳系着一柄放大镜，脚上穿一双麻鞋，十个脚趾从鞋眼里探出，像十个鬼头鬼脑的小木偶。此人显然是个近视眼，头俯得极低。钱江一面收起油伞一面问："您认识我？"

写字的人是梁廷枏。他发觉声音不对，一抬头，知道认错人了，却没起身，眯着眼睛打量钱江，只见他二十多岁，穿九品官服，靴子和裤脚都湿透了。梁廷枏的公鸡嗓子一挑："咦，您是哪个衙门的？""湖广总督衙门的。""找林大人？""对，找林大人。"梁廷枏收了笔："既然是湖广总督衙门的，就是一家人。来，坐。"

钱江问道："请问林大人在行辕吗？""不在，去虎门了。""什么时候回来？""起码也得七八天。我是留守的，有事儿跟我说。"梁廷枏只讲了一半实话，他不回家另有苦衷，他老婆像一个周身芒刺的扎手蒺藜，嫌他经常弄回家一些破石头烂纸片，既不能吃又不能喝，把家弄得像个杂货铺。二人经常为那些破烂拌嘴。梁廷枏在外面光鲜快活，一回家就难以支绌，郁闷至极，喜欢在书院里消磨时光。

他请钱江坐下："不过，我得告诉你，林大人已经不是湖广总督，改任两江总督了。""哦，什么时候改的？""三天前接到廷寄，皇上要林大人销毁鸦片烟后去南京。钦差大臣毕竟是临时差委嘛。""请问先生台甫？""敝人姓梁名廷枏，当过澄海县训导，在家丁忧，为林大人料理文案。"如此一番自我介绍，无异于告诉钱江他不是师爷，是有九品顶戴的在籍官员，与钱江身份对等，无须给他行礼。钱江拱手作揖："久仰久仰，在下姓钱名江，是林大人麾下的知事。"

钱江左顾右盼，扫视着房中布置，目光游移片刻盯在条案上。条案上有一张宣纸，上面写着一团字：

　　五百两烟泥，赊来手中。价廉货美，喜洋洋兴致无穷。看粤夸黑土，楚重红壤，黔尚青山，滇崇白水。估辨成色，不妨请客闲评。趁火旺炉燃，煮就了血泡蟹眼。正更长夜咏，安排些雪藕冷桃。莫辜负四棱响斗，万字香盘，九节老枪，三镶玉嘴。

这是一篇嘲讽鸦片食客的长短句。不知是因为梁廷枏天性节俭还是秉性紧凑，一笔钟王小楷写得密密麻麻不留气不透风，还有几处勾抹和修改的地方。

"我是以在籍之身思考公卿之事。认得吗？"梁廷枏把自己比作大国公卿，眼神里带着几分矜持。钱江见梁廷枏的第四指关节有一个硬茧，像树枝的节瘤，只有常年写字的人才能硌出这种节瘤。梁廷枏显然是个饱读诗书经常写作的人。钱江也是风流倜傥的读书人，悠悠答道："当然认得。乾隆朝的布衣孙髯翁为昆明大观楼题写了一百八十字的长联。您套用他的格式，但只写了上半阕，没写下半阕。小弟不才，替您拟出下半阕，如何？"梁廷枏不信，因为如此长的对联不可能一气呵成，需要反复琢磨仔细推敲。他把笔递过去，目光里透着怀疑："试试看。"

钱江一点儿不客气，接了笔，思索片刻酝酿情绪，就像气功大师准备发功，不一会儿就觉得五内鼎沸激情飞扬，在灵感的牵引下笔走龙蛇，颜体欧筋里透着三分怀素狂草，清丽流放里带着飘逸畅朗，一口气呵成了下半阕：

数十年家业，忘却心头。瘾发神疲，叹滚滚钱财何用。想名类巴菰，膏珍福寿，种传罂粟，花号芙蓉。横枕开灯，足尽平生乐事。为朝吹暮吸，哪怕它日烈风寒。纵妻怨儿啼，全装作天聋地哑。只剩下几寸迷毛，半身病躯，两行清涕，一身恶习。

梁廷枏生活在史料和掌故中，在舞文弄墨中活得滋味纯醇情趣盎然，唯独缺少知音，眼前突然冒出一个舞弄文字的高手，他不由得兴奋起来，伸出拇指夸道："了得，了得！胸中没有万卷书，续不出这九十个字！当今天下强人辈出君子稀遇，我这个人冰雪冷寂，无人欣赏，没想到遇上高人了。你的下半阕炳炳烺烺沉博绝丽，比我的上半阕好！"他换了一张热脸，转身走到滴水檐下提回茶铫子，倒了一杯茶："常言道：'挥毫万字一饮千盅。'可惜我这儿没酒，只有茶。有两句古诗：'寒夜客来茶当酒，竹炉汤沸火初红。'我就用清茶一杯换你的半阕雄文。"梁廷枏的迎客词里带了两个引语，开口闭口吞吐着书卷气。

茶水刚从火上取下，滚烫，得凉一会儿才能喝。钱江吹了吹浮茶，一眼瞥见桌上有一大摞书，上面印有《华英字典》四个汉字，下面有一串烫金夷文：*A Dictionary of the Chinese Language*。钱江不识夷文："梁兄，这是何国文字？"梁廷枏倚老卖老道："年轻人，以兄弟相称江湖气太重，叫我梁夫子吧。"夫子是对学贯古今的读书人的尊称，此公居然要人称他"夫子"，即使不算孤狂也算自视甚高。钱江笑了笑："也好，也好。梁夫子，这是何国文字？"

梁廷枏道："这是英国文字，是一个叫马礼逊的英国人编撰的字典。"钱江道："朝廷严禁夷人学习汉字，教夷人识汉字乃是背国背宗的罪行。""话虽如此，但终归夷人是要学中国话识中国字的，挡是挡不住的。这本字典很有用处。""如此说来，您识夷文？""粗识一二。""您怎么想起学夷语？"梁廷枏摇头晃脑道："我第一次听英国人讲话，觉得像鸟语一样动听，来了兴趣，想了解一下鸟语之邦是什么样的。"梁廷枏的解释十分离奇，别人学夷语是为了做买卖和谋生计，这位学究是出于好奇心。钱江不由得问道："好学吗？""不好学。人学鸟语，总有难处。"

钱江见《华英字典》下面压着一张印有夷文的纸，上面有Canton Register字样："哦，这是什么？"梁廷枏的眼神里透着一种无所不知的神采："这是英夷在商馆里办的新闻纸，叫《广州报》，天文地理政务商情无所不载。哦，英国的船艄水脚有时挟带外国新闻纸入境，看完后随意丢弃。林大人想了解夷情，准备办一个翻译房，把新闻纸上的消息择要译成汉字。"梁廷枏是个多话人，钱江问一句他答三句。钱江头一次看见外国印刷物，颇觉新奇，拿在手中翻了翻。《广州报》的纸张又白又厚，可以两面印刷，中国邸报则印在黄色的宣纸上，纸张较薄，只能一面印刷，此外，夷字比中国字小，字形比中国字形精致，印刷之亮丽更是让人惊叹。可惜他一个字都不认识："新闻纸上有什么消息？""有几篇神仙打架的文章，既有夸赞义律急公好义的，也有骂他多管闲事自取其辱的。"

钱江一进广东省界就听说过义律其人，他大感不解："我听说义律是专管外国商人和水艄的夷官，夷人居然敢在新闻纸上骂他？"中国商民从来不敢在公开场合骂朝廷命官，即使有怨气也关起门来私下议论。梁廷枏道："夷俗与本朝风俗大不一样，林大人收缴了两万多箱鸦片，给夷商放了一腔血，放得他们痛心疾首。义律是夷目，他下令缴烟，夷商还不骂他？""他们的新闻纸没有刊载骂皇帝骂林大人骂官府的文章？"

梁廷枏面露狡黠，压低声音神秘兮兮道："有，但这种新闻是不能翻译的，译出来岂不是替夷人散布妖言？搞不好，还会——"他一抬手，做了一个夸张的砍头动作，意思是这种话题不宜再说。钱江换了话题："听说林大人派兵围了商馆？""是。林大人有魄力，敢想敢干，不仅围了商馆，还断水断粮，逼得夷商不得不缴烟。这种事办得痛快，我是要把它记入史册的！""你是史官？"梁廷枏向来以史家自诩："算是史官，我受海关衙门之命撰写《粤海关志》。史书和志书大同小异，史书记国家大事，志书记地方大事，都是天地间的大账本。士子们没做官时是算账的人，做官后是管账的人，史官是记账的人。算得明白，管得明白，记得明白，天下事才能讲清楚。"说到这里他一转口风："你既然是湖广总督衙门的，认得彭凤池和马辰吗？""认得。彭凤池是汉阳县丞，林大人让他来广州为一桩案子取证，马辰原本是湖广督标的游击。"

"这两个人是林大人从湖广带来的，一直在各营各县微服私访，昨天才回来，要去虎门见林大人。今天下午，驿站送来一批邸报和廷寄，还有新颁发的《钦定严禁鸦片烟条例》。我为他们安排了一条船，明天一早就走。怡和行的伍元菘和粤海关的书吏明天一早也要去虎门挂号口办事，你不妨搭便船与他们一起去，顺便把邸报和廷寄给林大人捎去。""那太好了。"

梁廷枏突然想起什么："你既然是林大人麾下的知事，为什么不与林大人一起来？"钱江这才把参加春闱的事简述一遍，讲完后，想饮茶，一摸茶杯，依然有点儿烫，放下杯子道："自古以来，君侯争霸，臣子争宠，士人争用，士人要是没人用，就应了'百无一用是书生'的民谚了。我两次参加会试，两次铩羽而归，心里灰溜溜的，只是仗着年轻还想再试一次。哦，林大人也是三次会试才跃过龙门的嘛。"

梁廷枏参加过乡试，考取副贡后，对科场和八股文深恶痛绝，过了而立之年就放弃了，改为著书立说："科举考的是四书五经，四书五经既是精粮也是苦药，七分有用三分有毒，善读可以治愚，反之则让人变痴。我是不想在四书五经里皓首穷经变愚变痴，所以放弃了。"梁廷枏不想就科举的议题铺陈开，指着茶杯道："喝茶，这茶有润喉悦目和提神的功效。"钱江啜了一口，有清苦味！他咂了咂舌头，渐生一种生津止渴消乏提神之感："嗯，这茶与众不同,妙味无穷。"梁廷枏道:"这是几种清热解毒的草药和茶叶煎熬出来的,清肺润喉。好茶如好酒,饮一杯所有烦人恼人的琐事杂事都淡如云烟。民谚说:每天开门七件事,柴米油盐酱醋茶,茶不是必需之物,在七件事中叨陪末座,却是最耐人寻味最有讲究的雅事,堪称人间清福。"

钱江把杯中茶一饮而尽:"哦,什么叫清福?"梁廷枏用食指弹了弹茶杯:"人活一世,无非求一个'福'字。什么叫'福'?不同人有不同的见识,有登仕之福,长寿之福,功名之福,利禄之福,还有口福、艳福、声色福、犬马福,林林总总不下百种。但是,那些福都是招摇之福,须臾而来须臾而去,并不可靠,可靠的是清福,也就是躬自执劳、烧水烹茶、灯下品茗、读书闲谈之福,是夏日听蝉鸣黑夜听雨声之福。这种福无须求人,故谓清福,也是神仙才能享的福。"钱江拊掌一笑:"如此说来,你我二人在享受神仙之福?""正是,眼观潇潇夜雨,耳听沥沥天籁,这不是天宫御宇之清福是什么福?"钱江呵呵笑道:"梁夫子,您的妙语可以传天下呀。"

梁廷枏突然问:"你懂茶吗?""略知一二,不甚精通。""古人把茶叫什么?""叫苦荼。"梁廷枏是在古书和经典里找乐趣的人,纠正道:"叫槚。郭璞为《尔雅·释木》作注时说:'槚,苦荼也'。'苦荼'又称'荼毗'。茶这个字古代没有,唐代才有。大唐德宗贞元二十一年,徐浩书写《不空和尚碑》时依然把茶写作'荼毗'。唐文宗时,郑因撰写《白岩太师碑》和《怀恽碑》,才给'荼'字减去一横,写作'茶'。唐朝以前人们不饮茶,视茶为药,唐朝名医孟诜写过一本《食疗本草》,说茶叶可以'治疗热毒下痢,腰痛难转'。"梁廷枏有考据癖,引经据典毫不费力,说起古字古物古人古事有源有流,其源幽幽其流涓涓,夸夸其谈滔滔不绝。钱江不得不佩服,请教道:"愚弟有个疑问。据说英夷每年在广州购买上百船茶。既然他们嗜茶如命,为什么自己不种植?非要跑到六万里外的中国买?""是呀,我也百思不得其解,只能揣测:茶有助消化的功效,英夷是海上牛马,以腌肉为食,要是没茶,他们可能消化不良,闹肚子,拉痢疾。"钱江哈哈大笑:"有意思,有意思!"

梁廷枏学究气十足,再次引经据典:"笑什么?李时珍的《本草纲目》说:饮茶时加茱萸和葱姜,能破热气,除瘴气,利大小肠,清头目。茶是有药性的上佳饮料,英夷常年在海上行舟,既品茗又防痢,何乐而不为?"说罢莞尔一笑。

钱江读书虽多,却没读医书,说不出多少道理,只有点头的份儿。他换了话题:"梁夫子,您在林大人麾下效力,还算得意吧?"梁廷枏嘿嘿一笑:"官位好,有多少人钻穴打洞必欲得之,得到后才知晓当官并不惬意。我是九品之命,民首官尾,没什么得意的,编过一首夸赞九品官的打油诗,叫《十得歌》。"他摇头晃脑背诵道:

　　一命之荣称得,两个皂吏跟得,
　　三十俸银领得,四乡保甲传得,
　　五下嘴巴打得,六角文书发得,
　　七品堂官靠得,八字衙门开得,
　　九品顶子戴得,十分满意不得。

钱江哈哈大笑:"惟妙惟肖,惟妙惟肖,编得好!"梁廷枏念得津津有味:"其实呢,官尾民首是个不错的位置,有了九品之命,就不是小民,宵小无赖就不敢欺负你。林大人和邓大人官至一品,享尽登仕之福,威风倒是威风,但哪一天不忙得四脚朝天?他们是大福大贵大命大任之人,难得有闲暇,享受不到我们这种清福。清福就是'谈笑有鸿儒,往来无白丁',清茶润喉,浊酒助兴,拂清风,听细雨,赏明月,析时政,其乐融融也。"

门外传来"吱——"的长声,如撕帛裂锦一般,梁廷枏猛然想起滴水檐下的茶炉——他在茶铫子下面安了一道机关,水一开就能发出风吹竹林的哨声。他跳着脚朝门外奔去,沸水已经滚出,把下面的炭火浇灭大半。梁廷枏摇了摇头:"可惜可惜,这么好的茶,糟蹋了。"他举目一望,院子里寂然无声,一个人影都没有,雨停了,却没有巡夜更夫的梆子声。他这时才想此地不再是越华书院,而是钦差大臣行辕,自己不再是书院山长,而是负有留守之责的幕宾。他转脸问钱江:"咦,小兄弟,你是怎么进来的?"钱江诧异道:"我吗?棂星门外没人值守,我直接进来了。"梁廷枏一拍脑门:"坏了!"他一蹦而起,蹚着潦水,三步并两步朝门房跑去。钱江不知出了什么事,捯着碎步跟在后面。

梁廷枏急拉房门,只见地上倒着一只酒壶两只酒盅,一个当值的哨兵和一个下夜的更夫醉得不省人事,软泥似的趴在桌子底下,酩酊大睡鼾声如雷,享受着另一种清福。要是换了钱江查夜,早把那两个家伙一脚踹醒,劈面给个漏风大嘴巴。梁廷枏却俯下身子,轻轻摇动两个醉鬼,口中呢喃如父母呼唤小儿:"喂,醒醒,醒醒。"

钱江这才意识到,林则徐把留守行辕的差事交给了一个十足的书呆子。

第二十一章

旧部归来

第二天吃早饭时，钱江才在大伙房见到彭凤池和马辰，三个人都是湖北来的，相见如故，说了一番高兴话。这时钱江才知晓，林则徐派兵包围商馆已经快五十天了，夷商上缴鸦片超过四分之三，黄埔码头已经开舱贸易。林则徐逼着马地臣、颠地等十六名鸦片贩子签下永不来华贸易的甘结后，派兵押运他们出境。彭、马二人奉命暗查广东员弁营私舞弊的行径，连邓廷桢也在调查之内。他们晓得这是头等皇差，不能走漏一点风声，故而守口如瓶，只听钱江讲述科场奇闻。

吃罢饭，梁廷枏叫人牵来一辆马车，准备送彭凤池、马辰和钱江去天字码头，但车夫病了，临时换了一个小伙子替他。梁廷枏把廷寄和邸报用桑皮纸包裹好，写上"钦差林部堂大人亲启"，交给彭凤池。

新来的车夫大约十六七岁，是个半大孩子，他把马具套在马身上，彭、马、钱三人刚上车，车夫就甩动鞭子一抽，叫了一声"驾——！"那匹马猛然一惊，尥起蹶子，差点儿把彭、马、钱三人掀下车来。梁廷枏发起脾气来，厉声喝道："你算什么车把式，哪有这么下鞭子的！"他一把夺过鞭子，俯身把马肚下的皮带抽紧，动作娴熟得像个老把式。他一蹁腿坐在车辕上，对车夫道："你这个三脚猫的把式不配赶车，回去请老行家教一教你。"他扬鞭一甩，喝了声："驾——！"马听到鞭子的脆响，四条腿一起使劲，脖子下的铃铛"哗哗"作响，枣木轮子在石板道上压出"轧轧"的滚动声。

钱江看呆了，竖起拇指夸赞道："梁夫子，没想到你的御马之术十分了得！"梁廷枏是个随意舒展一任情怀的人，嘿嘿一笑："士大夫不仅要通五经，还得贯六艺，对吧？什么叫六艺？礼、乐、射、御、书、数也。何为'御'？御车之术也。孔夫子当年周游列国就是亲自驾车，但凡孔门弟子都得精通御术，不通御术者，配得上孔门弟子的名号乎？"梁廷枏用"之乎者也"把赶车之术抬举得比天高，惹得钱江、彭凤池和马辰捧腹大笑。

马辰道："梁夫子，你的射艺如何？"梁廷枏看不起赳赳武夫却不明言，斜瞟了他一眼，搬弄出一段古话显示自己的优越："君子无所争，必也射乎！揖让而升，下而饮，其争也君子①。"这是二千多年前的圣人言，没读过四书的人根本不知所云。梁廷枏只管扬扬得意地卖弄，并不在乎有没有知音，也不在乎别人懂不懂，没想到马辰接口道："那是国君之射，诸侯之争，不是寻常百姓的射艺。"梁廷枏的心弦一动，没想到这个虎背熊腰的武夫能够听懂："哦，你读过四书？"马辰道："此话出自《论语·八佾》。对不对，梁夫子？"

钱江呵呵大笑："梁夫子，你小看马辰了。人家是有功名的，地地道道的武举人出身。"入仕分文武两途。武举科场不仅考弓马技勇，还考武经和孔孟，武经试题出自武经七书，孔孟试题出自《论语》和《孟子》，考孔孟不要求阐述解释，只要求默写三百字，但是，不把《论语》和《孟子》背得滚瓜烂熟是过不了关的。

梁廷枏这才知道小看马辰了，连声说："失敬失敬。少年时我也曾想弯弓鸣镝，练一练马射和步射，但天生的近视眼，看不清靶心，只好作罢，不然的话，我也是能弄个守备、游击之类的武官当当。驾——！"梁廷枏出身于有马有车的富裕大户，他的御术确实有模有样，要不是穿竹布长衫，胸前挂一柄放大镜，人们肯定认为他是地地道道的车把式。

钱江道："梁夫子，你如何知道那个车把式不行？"梁廷枏道："马有灵性，是聪明和忠诚的动物，它有时狡猾有时调皮，但你不能乱抽它，否则它要反抗。好驭手的能耐都在鞭梢上，不仅能甩出漂亮的鞭花，打出脆亮的声响，而且

---

① 意思是：君子不与人争，如果争，就比赛射术，相互作揖谦让，然后登堂，射完下堂，相互敬酒。这才是君子之争。

能抽中马的任何部位。但是，好驭手懂马的心性，不抽马，只用鞭子与马说话，马懂你的意思，你的吆喝、口令和眼神它都懂，不论是前行还是倒车，你不用大呼小叫，晃一晃鞭梢它就明白。刚才那家伙一鞭子就把马打惊了，因为他不懂马。好驭手调教马，跟马做朋友，所以，这匹马听我的话。"梁廷枏又喊了一声"驾——！"鞭梢在空中打出一声脆响。那马果然懂他的话，加快了脚步。梁廷枏赶车就像炫技表演，脸上挂着得意的笑容。

恢复通商后，行商们全都忙起来。伍元薇正在天字码头的栈桥上调度茶船。林则徐曾经许诺每交一箱鸦片赏五斤茶叶，伍秉鉴惧怕林则徐，情愿花钱免灾，主动承诺捐赠报效。夷商缴了二万零二百九十一箱鸦片，应赏十万零一千四百五十五斤茶叶。林则徐说茶叶不能以次充好，否则会被夷人小瞧。伍家人不敢违令，选了上好的武夷茶，货值达一万数千元。十万多斤茶叶不是小数，分盛了一千余箱，装了满满三条茶船，几十个役夫正在装货，狭窄的栈桥上壅壅塞塞。

伍元薇见梁廷枏赶着马车来到栈桥旁，转身迎上去行弟子礼："老师来了。"梁廷枏道："元薇啊，这三位是林部堂从湖广带来的属官，要去虎门，搭你的顺风船，可好？"

林则徐甫一上任就把行商们训得鼻子不是鼻子脸不是脸，还把伍绍荣和卢文蔚关进大牢，以至一提"林部堂"或"林钦差"，行商们就不寒而栗，要不是梁廷枏亲自送他们来，伍元薇绝不愿捎带林则徐的下属。他强颜一笑："老师送来的人，当然欢迎。"一个穿七品官服的人居然向梁廷枏施弟子礼，钱江越发看清梁廷枏在广州是很有面子的人。

怡和行的楼船雕梁画栋，华丽得像水上行宫，船披上有"外洋行公所怡和行"字样，船艉挂着一面官衔旗，旗面上绣着"大清七品官商内阁中书[①]伍"。伍家人富比王侯，但懂得树大招风的道理，伍元薇只捐了从七品衔。内阁中书的官衔旗形同护身符和通行船牌，在江面上巡逻的哨船不敢轻易盘查，因为水师弁兵们都晓得，十三行经理的是皇家生意。

---

① 内阁中书是从七品文官。

伍元菘对钱江、彭凤池和马辰不冷不热，寒暄几句后，引着他们上了楼船，安置在客舱里，自己和几个行商进了前舱。

彭凤池和马辰一直在沿海各县暗访，对珠江两岸的景色司空见惯，上船后说了几句闲话后就打起瞌睡来。钱江头一次到广州，隔窗观景津津有味。两岸长满了带须子的榕树和阔叶芭蕉，江面上茶船渔船摆渡船西瓜船穿梭往来，热闹得像水上商街，不时有乌篷船向楼船拢来，船上的女人短裤短衫袒胸露腿，乳沟分明狐媚妖冶，娇嗔嗔地浪笑嗲叫，一看就是招揽生意的水上妓女。

半清半浊的江水擦着楼船两舷汩汩作响，听得久了，响声便似有似无。钱江观赏江景半个时辰后，也渐渐觉得单调乏味。他把头依在木板墙上，眯着眼睛休息片刻，但板墙缝里传来隔壁的说话声，很轻，但很真切。原来客舱与前舱只有一板之隔，墙板上有一条细缝。钱江不由得贴着缝隙竖起耳朵仔细静听。一个声音凄凄惨惨："今年赔定了，我再也没有回天之力。"另一个声音泄泄沓沓："给观音菩萨烧香吧，或许能缓一口气。"

兴泰行的严启昌、天宝行的梁承禧、同顺行的吴天垣与伍家人是儿女亲家，也搭乘这条楼船去虎门，大家忧心忡忡地闲磕牙发牢骚。吴天垣幽幽说道："不贩运鸦片只做正经生意，同样利市三倍。奇怪的是，义律与林钦差针尖对麦芒，为'一旦查出，人即正法'八个字互不相让。义律矫情，林钦差不松口，一纸甘结贵贱签不成，不然的话，也不至于把十六个夷商驱逐了。"伍元菘道："这里面的名堂你没看清，林钦差、邓督宪和豫关部只驱逐马地臣和颠地等十六个贩烟夷商，却不驱逐他们的商行，这出戏与当年驱逐九大夷商是一个调子，就是不想让广州贸易损失太大。粤海关的税收半数归内务府，半数归广东的督抚衙门，官府与夷商，一损俱损，所以我才说，恢复通商后咱们能缓一口气。"

严启昌长年负债经营，一肚皮委屈，嗟叹道："十三行的商人哪，都他娘的是无家可归的人，因为无家可归，才想方设法积财垒巢，但咱们的巢就像四壁大开的漏桶，谁都想削尖脑袋往里钻，弄点儿东西走。小偷小盗咱们还能提防，官府却是明火执仗强摊强派强索强要，碰上什么事都要我们担当。"

梁承禧的商欠高达九十多万，同样是一腔苦水："我本想借今年的生意减些亏损，多进了几千担茶叶，没想到运交华盖，与朝廷的禁烟令撞个满怀，撞得满眼冒金星。封港封舱这么多天，我们天宝行有五百多雇工，裁也不对，不裁也不对，只好养着。这么多张嘴要吃要喝，钟鸣鼎食之家也耗不起，何况我是亏损大户！义律和英商们认死理，挺尸似的僵硬，就是不肯具结，伍老爷和卢老爷轮番劝说，就是劝不动。哎，我这场减亏梦是做不成了。"吴天垣的话音有点儿刻薄："你以为赚的银子是自家的？普天之下莫非王土，率土之滨莫非王臣——自古如此，商民的财富是皇家的，咱们只是保管人，哪天一不小心出了事儿，官宪找个借口就能封家抄产，有多少银子都得给人家抬走！想开了，就不烦了。"严启昌叹了一口气："活到这个田地，我宁愿转世投胎当个缩头乌龟，背负一只硬壳，沉浮于汪洋大海，也不愿当行商！"

　　钱江隔墙偷听，断断续续朦朦胧胧，依稀听出十三行金玉其外败絮其中，富丽堂皇的外表掩饰着深不及底的大窟窿！

第二十二章

虎门销烟

二百工役耗时二十天，在虎门寨附近的临海坡地上挖了两个销烟池，每个池子长宽各十五丈，池上架了木板，池底铺了石板，四周加了栏杆。他们还在销烟池旁搭了一座看台，看台中央供着海神像，神像四周有十几顶牛皮帐篷，帐篷里铺着氍毹挂着麒麟帐，帐篷前竖着一根三丈多高的大纛，纛上有两行小字：奉旨查办海口大臣，节制水师各营总督部堂林。

两万多箱鸦片不是十天八天就能销毁的，钦差大臣、两广总督、广州将军、广东巡抚、海关监督、布政使、按察使、盐运使，以及广州府和南海县的掌印官都被调动起来，按日轮值，致使销烟池畔车辚辚马萧萧华盖林林旌旗飘飘，引来了当地百姓扶老携幼前来观瞻。一队水师弁兵收腹挺胸横跨腰刀，筑起一道人栅栏，把围观的百姓隔在数丈以远。

两个销烟池之间有一座篷场，是供文武员弁就近巡视的。销烟池前有一个涵洞，连接一条水沟，直通大海。十几个工役用脚踏水车把海水引入池中，几十个工役打开箱子，把鸦片球劈成碎片，投入池中搅拌浸泡，撒盐成卤。浸泡半天后，他们将烧透的石灰抛入池中，卤水立即像热汤似的翻滚沸腾。还有一群工役站在跳板上，用铁铲木耙来回翻戳，让鸦片碎块彻底消融在卤水中。每天退潮时，工役们开启涵洞，借潮水之力把污浊的鸦片残液排入大海。整个销烟池烟气弥漫怪气充盈。广东的夏天很热,工役们袒胸露背赤膊上阵;散工后,兵弁们对他们挨个搜查,偷带一丁点儿鸦片都有杀头之虞。

收缴的鸦片数额巨大,价值连城,中外商民谣言四起。有人说,林则徐以执法为名强逼夷商缴出鸦片,为的是巧取豪夺变卖图利,还有人说林则徐假借大义窃取美名,不可能把两万多箱鸦片悉数销毁,充其量故作姿态销毁一部分,留一部分谋私利。为了彰显天朝禁烟的决心,洗涮无中生有的谣言,林则徐特意给道光皇帝发了一道奏折,请求允准夷商到虎门观瞻以正视听。道光颁下谕旨:"准令在粤夷人共见共闻,咸知震詟。"于是,林则徐派余保纯和伍绍荣去澳门,请义律和各国夷商前来观瞻,时间定在今天。此时此刻,林则徐正在中军大帐等候夷商的到来。

今天当值的是副都统英隆。因为夷商还没到,英隆坐在大帐里与林则徐说闲话。林则徐不喜欢他,但是,他有爱新觉罗氏的血统,不宜得罪。林则徐一面轻摇折扇一面听他山南海北地胡侃。英隆的左手握着一对山核桃,转得"咯咯"响,讲一口流利的京腔:"林部堂,您别小看这两个小玩意儿,有大名堂。太医院的吴士襄您知道吧?"林则徐点了点头:"知道。"吴士襄是道光朝最负盛名的太医,不仅给皇上看病,也给亲王和二品以上京官看病。英隆道:"吴士襄说,山核桃的核尖扎在手上有针灸的疗效,可以治百病。肃亲王的偏头疼,豫亲王的膝腿肿,还有礼亲王的后腰疼,就是揉搓山核桃揉搓好的。京城里的人讲究手中有个抓挠物件。有钱人抓挠玛瑙玉石,没钱人把玩大铜钱。经吴士襄提倡,几个王爷附会,山核桃成了把玩之物,揉搓的人与日俱增,从王府蔓延到民间,山核桃的身价与日渐增。京城里有句顺口溜:'贝勒爷,有三宝,扳指核桃笼中鸟'。既然成了把玩之物,就得讲求品相,分出上中下三品来。不用我说,下品是刚从山里采摘的;中品经过多年揉搓,形成一层包浆,呈棕黄色;上品的包浆润泽如玉,呈棕红色。山核桃按形状分为三类:狮子头、官帽和鸡心,价格也是天隔地壤。你瞧,我这对山核桃就是正宗的狮子头,在琉璃厂标价三两银子,你拿去揉搓两个月,保管治好你的疝气症。"林则徐接了,拿到手中仔细端详:"如此说来,掌上乾坤大,指间乐趣多呀。"他捏了捏,在掌中揉了两下,换只手又揉两下,没觉得有多么神奇。英隆好心好意赠送一对山核桃,不要有不礼貌之嫌,林则徐说了声谢,接了,等英隆走后,他把两只山核桃往旮旯里一扔,就像扔掉一对废物。

大清禁烟,英国不禁烟,鸦片不可能根除净尽,林则徐一直想给英国女王发一份公文,申明大清的立场,辅以道德教谕,要求英王女王给予配合,但他百事缠身,静不下心来,现在美国夷商还未到,正好借这段空闲草拟一份致英国女王的公文。他思索一会儿,濡笔蘸墨写起来。

伍绍荣和余保纯专程去澳门通知义律和各国商人到虎门寨观瞻销烟。义律和全体英商一口回绝,只有美国商人同意前来,但提了两个条件,一是见中国官宪时不行跪拜礼,二是要求携带眷属。经过磋商后,林则徐同意夷商行脱帽鞠躬礼,但鉴于《防范外夷规条》规定夷妇不得登岸,林则徐谕令美国眷属在船上观看,不得下船。在水师哨船的监护下,十几个美国商人及其眷属搭乘奥立芬商行的"马礼逊"号来到虎门寨旁的小码头。

余保纯与伍绍荣下船后立即去林则徐处禀报,美国商人和眷属留在甲板上等待,他们端着长短不一的千里眼向岸上眺望。

林则徐坐在大帐里,神情严肃地听余保纯和伍绍荣禀报澳门之行。伍绍荣是十三行总商,邓廷桢主政时,他与夷人交往无人监视,现在多了一个余保纯,如影随形地与他黏在一起。余保纯不懂夷语不懂贸易,但官衔比伍绍荣高,伍绍荣察觉出林则徐不信任自己,派余保纯监视他,故而说话办事极为小心。

林则徐问道:"义律和英国商人为什么不肯来?"伍绍荣谦恭得像一只弯腰虾:"义律说,您以威胁身家性命的方法剥夺了英国臣民的财产,再要他们观看销烟,无异于抢了一个瓷器商人的货物,再让他亲眼观看砸碎瓷器的过程。他说,他不会允许英国商人去观看一场让他们痛心疾首的表演。他还说,假如您言行一致,将鸦片悉数销毁,他很钦佩您的魄力,只怕您约束不了关津胥吏,跑冒滴漏涓涓不塞,杜绝不了鸦片走私。"说罢他偷窥了一眼林则徐。林则徐的赫赫权柄令人生畏,那张脸就像一块生冷的铁板:"义律依然不肯具结吗?"伍绍荣生怕受到责骂,紧张得食指和拇指捏在一起,因为用力过度,指尖微微打战:"卑职愚笨,虽然百般劝说晓以利害,但白费唇舌。义律说,除非将'一经查出,人即正法'等字样删除,否则不能具结。卑职只说服美国商人具结。"林则徐口气坚定:"不用死刑震慑不法夷商,他们敢把大清的海疆捅个大窟窿!'一经查出,货即没官,人即正法'是制夷的根本,不可更改!"

余保纯道:"林大人,义律是个很难对付的人,事事处处忤逆您的意愿。他还说,如若强逼,该国商船只能启碇回国。卑职揣测其意,或许是因为英国商人良莠不齐,而海道遥远,难保有在途夷船挟带鸦片,一经入境查获,不但犯事者罹于重法,义律也不能置身于事外,所以他心存迟疑,并非敢于违逆天朝法律。夷务与内务大不一样,用对付内地刁商劣贾的方法对付夷商,恐怕行不通。据下官揣测,义律不敢具结另有原因,英国与中国相隔六万里,往返一次耗时大半年。本朝禁烟,英国国主尚不知晓,英国夷商在印度和新加坡等地贮存的鸦片较多,源源不断运到老万山。义律自揣人疏职小,如果遵照我国样式具结,后来的夷船要是货被没收人被正法,英国国主恐怕要指责他办差不利。"英中两国的制度法律风俗习惯大不相同,余保纯只是凭心揣测。

与义律打交道虽然不用刀枪,一来一往不亚于战争上的短兵相接,林则徐咄咄逼人辣手出击,却不想搞到无法贸易的田地。他站起身来,用扇骨敲着掌心,踱了几步:"义律还说什么?"伍绍荣道:"义律拒绝接受您恩赏的十万斤茶叶。"伍绍荣的心里酸溜溜的,因为十万斤茶叶出自伍家,却以官宪的名义赏出。林则徐把纸扇"啪"的一声合上:"好,不食嗟来之食!替你们怡和行省下一万多元钱。英夷来粤贸易二百年,往返一次利市三倍!有人说,本大臣对夷商严查严禁,使夷商损失的货值达千万之巨,致令各国夷商裹足不前,殊不思利之所在谁不争趋?本大臣确信,英国商人断然不肯舍弃广州码头,所谓回国,不过是惮于具结强颜说话,未必是真心。"林则徐明白,英夷的贸易额巨大,占广州买卖的七成,要是他们不来,粤海关和广东省的税赋将大受损失,赖越洋贸易为生的广州势必百业萧条。林则徐之所以驱逐十六名烟枭不驱逐他们的商行,就是担心一损俱损,义律似乎也看清这一点,以起碇回国相威胁。林则徐对伍绍荣道:"与英夷打交道很难,我是一忍再忍一让再让,为了全面恢复贸易,你再与义律协商,告诉他,只要他肯具结,从英属印度来的商船可以展期四个月执行禁令,从英国来的商船可以展期十个月执行禁令,但是,夷船入口前必须交出船上挟带的所有鸦片。"

余保纯提醒道:"林大人,美国商人应邀前来观瞻,要不要接见?"美国商人不肯下跪,林则徐差一点取消观瞻,反复思量后退让了一步,为的是化谣言为乌有:"让他们选派几个人前来见我,其余的人,除了番妇,可以登岸观瞻，但不能乱跑乱动，本地村夫村妇也不得围观指辱。"余保纯道了一声"遵命"，与伍绍荣一起转身离去。

虎门挂号口是夷船登记验货的地方，虎门附近的村民村妇常见夷船，却很少近距离看见夷人，听说夷人要到虎门来，他们像观看稀有动物一样朝小码头跑去。"马礼逊"号上有六七个美国女人，浓妆艳抹蜂腰长裙，袒胸露背花枝招展，比涂了花脸的戏子还招惹人眼，她们衣裙飘飘地站在船舷旁遥望销烟池，就像一排临风而立的奇花异草。村夫村妇和一群光屁股小孩蜂拥冲上栈桥看西洋景，要不是弁兵们拦阻，说不准能冲到船上去。村民们一面指手画脚一面议论："嘿哟，那个小夷妞好靓丽哟！""靓丽？金发碧眼凹眼窝，跟鬼似的！""你看她的屁股，跟奶牛屁股差不多大！""皮肤好白哟！"

查理·京和裨治文等人下了船，沿着栈桥朝销烟池走来。一百多赤膊赤脚的工役挥动砍刀劈开鸦片球，抛入池中，另外几十个工役用木耒铁锹搅和鸦片、石灰和卤水。池子里汩汩作响，浓油上涌渣滓下沉，成串的气泡接连不断地发出"叭叭叭"的爆裂声，施放出浓烈的异味，就像有人打碎了上百万颗臭鸡蛋，臭秽熏腾不可向迩，美国商人们不得不掏出手帕捂住鼻子。

余保纯和伍绍荣引着几个美国人进了林则徐的中军大帐。美国人脱帽后向林则徐行三鞠躬礼。林则徐第一次近距离观看夷人，仔细打量他们的容貌和服饰，看得他们有点不自在。

伍绍荣依次介绍了他们姓名，并充当翻译。

林则徐并不赏座，对为首的查理·京道："你就是那个给我上禀帖，自称从不挟带鸦片的夷商？"查理·京手拿黑色圆筒礼帽，神色坦然："正是。"林则徐点头道："夷商有良莠之分。你是遵从《大清律》的良夷，从不贩卖鸦片，其情可嘉其志可勉。你们美国商人率先具结，承诺永不挟带鸦片，本大臣深表赞赏。"查理·京道："鸦片与烟草一样，是有害之物，本人是虔诚的基督徒，不仅自己不做鸦片生意，也劝说同胞们不要从事鸦片贸易。""本大臣赞赏你这种俯首输诚，倾心向化的态度。"查理·京不卑不亢，以美国人的爽快方式直言不讳道："不过，我对阁下的办事方式有所不解。既然阁下认为夷商有良莠之分，为什么把我们与贩卖鸦片的投机商人软禁在一起？"林则徐呵呵一笑，身子向前一俯："问得好！本大臣到广州后依法办事，捕捉了数百名内地人犯，依律处置，对夷商则网开一面，只让颠地和马地臣等十六名烟枭签下永不来华贸易的具结，交夷官义律处置，不是他们罪不当诛，而是《大清律》有宽待夷人的法条。《大清律》是讲究连坐的法律，你虽然没有兴贩鸦片，却也有奉劝各国夷商守法贸易的责任。本大臣恪遵法条，不能网开一面，让你单独开舱贸易，但对你的委屈，本大臣慈悲为怀，可以给予补偿。来人，赏美国良商查理·京一箱上好茶叶，给他直接送到船上！""遵命！"几个亲兵奉命抬茶叶去了。

中外法律差若天壤，一箱茶叶的补偿远比不上奥立芬商行耽搁五十余天的生意。查理·京不喜欢林则徐的解释，也不喜欢他那种以大清为天朝上国的姿态，但恪于礼节，收下了："谢钦差大人阁下。"

林则徐问第二个美国人："你叫什么名字，从事何种职业？"那人用中文回答："我叫裨治文，是澳门新闻纸《中国丛报》的访事。"林则徐目露惊异："哦，你会讲中国话？""是的。"林则徐不由得再次打量他，只见他身材瘦高，留着偏分头，仪态稳重，目光深沉，翻领西服露出白色的高领衬衫，脚上穿一双无腰皮鞋。裨治文毕业于安多弗神学院，是美国基督教会派往中国的第一位传教士，在澳门工作了九年。林则徐听梁廷枏说夷人在澳门办了多种新闻纸，他准备成立一个翻译房，摘要翻译新闻纸上的消息，故而特别关注这位会讲中国话的美国人："《中国丛报》是何人所办？"裨治文道："是美国基督教会所办，旨在传播上帝的福音，报道贵国的物理人情制度风俗。"林则徐对外国宗教十分警觉，平静告诫："大清以孔孟学说为正统国学，有佛、道两种宗教教化民人，并不需要外国宗教。"在清廷的严厉抵制下，基督教很难进入中国，裨治文紧紧抓住机会为教会辩解："我们的基督教会对贵国的禁烟举措深表赞赏。《中国丛报》刊载过多篇支持禁烟的文章，我认为，不论从道德和仁爱的角度还是从商业角度看，都应当把鸦片肃清。《中国丛报》不仅传播上帝的福音，还介绍欧美各国的文明成果和发明，比如：量天尺、热气球、蒸汽机、火轮船、风磨、风琴、风锯、显微镜、自来水，还有意大利国新近发明的伏打电池、避雷针等。"这是一些闻所未闻的东西，林则徐听得怦然心动，但他不肯在夷人面前流露出过多的好奇心，更不肯表现得无知无识。他牢牢控制着话题，义正词严道："大清国乃是黄道乐土，地大物博，人民勤劳，无所不有，并不需要外国的奇巧之物，更不需要鸦片。据说，有些夷商怀疑本大臣假公济私，将没收的鸦片发卖图利。既然你是《中国丛报》的访事，本大臣请你仔细观瞻两万多箱鸦片是否全行销毁，并请你据实撰写文章，载于《中国丛报》上，公告各国夷商，鸦片流毒于天下，大皇帝痛下决心为民除害，法在必行，圣德天威感乎中外。本大臣誓除余孽永杜来源，凡是来中国贸易的各国商人都应当恪守天朝禁例，专做正经买卖，不得甘冒禁令自投法网，而应力戒欺蒙，俯首输诚，倾心向化。"裨治文对"俯首输诚，倾心向化"的说法不能苟同，但没有反驳："本人对钦差大人禁烟的决心深表赞赏。"

林则徐指着案上的纸稿："我有一事想问。中国禁烟，英国若不禁，烟毒不可能根除净尽，我草拟了一份致英国女王的公函，奉劝她配合禁烟，但不知道通过什么途径才能送达？"裨治文道："查理·义律是英国领事，可以通过他将公函转递英国女王。"林则徐与义律闹得势不两立，担心他拒不转递："还有别的途径吗？"裨治文道："您还可以采用间接方式，由我代转。""你如何代转？""您可以将公函的底稿交给我，由我译成英文，刊登在《中国丛报》上。《中国丛报》在澳门、美国、英国、英属印度、南非、澳大利亚和新加坡等国家和地区有八百多订户，包括英国政府和美国政府的多个部门。我们与多家新闻社有业务往来。《中国丛报》可以转载它们的消息和文章，它们也可以转载本报的消息和文章。刊登在《中国丛报》上的公函必然会转载在英国的新闻纸上，英国女王就会知道您的要求。"

林则徐大为兴奋："本大臣能否叫人抄写一份送你，请你代劳译成英文，刊登在《中国丛报》上？本大臣会支付合理的翻译酬金。""本人愿意效劳。"这是一个意外的收获，林则徐十分高兴："本大臣对英国和贵国知之不多，想办一个翻译房，聘请几个人担任通事，了解各国国情和消息，不知你能否荐举几名合格的通事？"裨治文道："本人愿意效劳，愿意推荐几名懂英语的澳门人，并赠送您一本有关美国和世界各国的书籍。"裨治文在澳门羁留了九年没有越过关闸一步，如果能推荐几名皈依基督教、粗通英语的教徒为钦差大臣效力，等于为基督教传入中国找到一条缝隙，更重要的是，他可以通过那些基督徒获取有关广东官宪的消息，为《中国丛报》锦上添花。他有一种天降机遇的幸运感。

林则徐将撰写的底稿递给裨治文，裨治文低头细读：

兵部尚书两广总督部堂邓，钦差大臣兵部尚书两江总督部堂林，兵部侍郎广东巡抚部院怡，照会英吉利国王公文：

大皇帝抚绥中外一视同仁……贵国王累世相传，皆称恭顺……天道无私，不容害人以利己，人情不远，孰非恶杀而好生……

裨治文一眼就看出林则徐对欧洲和美洲的外交惯例一无所知，这种写法将会惹出天大的麻烦。"兵部尚书"和"兵部侍郎"将被译成a director of the Board of War和a vice-director of the Board of War，"大皇帝抚绥中外"将被译成The great emperor's heavenly-like benevolence—there is none whom it does not overshadow。这种把大清皇帝凌驾于万国之上，以中国军事长官名义发给英国女王的公函肯定会激怒英国人。林则徐性本严厉措辞铿锵，以教化口吻训导英国女王如同训导黄口小儿，英国政府将会视之为对英国女王的侮辱和军事挑衅。他提醒道："钦差大人阁下，贵国不能以平等姿态致函英国女王吗？"这是一种委婉的劝说，林则徐没有领会他的意思，明白晓谕："天朝大皇帝抚有万邦怀柔天下，依照本朝惯例，外国国王致大皇帝的公函一律称'表'，大皇帝致各国国王的公函一律称'谕'或'旨'。各国国王的地位相当于本朝的封疆大吏，互换公函时称'照会'。外国职官和商民致本朝职官的公函只能称'禀'或'禀帖'。"裨治文明白这种妄自尊大的观念深入中国人的心脾，绝不是寥寥几句劝说就能改变的："阁下是想把这份公函一丝不苟地译成英文，对吗？""正是，要义正词严，不能有损大清的天威。"

谈话进行了两个小时，裨治文第一次接触中国封疆大吏，获得了推荐通事的机会，林则徐也有意想不到的收获，双方各得其所，交谈惬意。临结束时林则徐关照道："余大人，伍总商，裨治文和查理·京是对本朝友善的良夷，你们二人亲自陪同他们观瞻销烟，并安排伙食，礼送他们返回澳门。"

观瞻完后，裨治文和查理·京返回"马礼逊"号商船，抚舷交谈。裨治文问道："你对钦差大臣的印象如何？""他是一个精彩的人，一个敢于冒大险办大事的人，他销毁的鸦片价值不菲，亘古未有。但是，他也是一个自负的人，不知晓天外有天。"裨治文道："是的，我赞赏他的禁烟措施，不过，他不懂爱邻如己的基督教教义，不懂欧美国家的物理人情和法律制度，不懂如何与其他国家建立平等的关系。他摆出一副居高临下的姿态,要我们'俯首输诚,倾心向化',却不知晓欧洲文明和美国文明比中国文明优越,国力比中国强大。"查理·京道:"他销毁鸦片的勇气令人叹服,但是,他缺乏策略手段粗糙,竟然动用军队把鸦片贩子和无辜者们软禁在一起,涉及多国人员!这种事情要是发生在欧洲或美洲,必然引起一场滔天巨澜,甚至一场战争。我将致信我国政府,强烈要求派兵保护侨商的安全,我国政府不会对公民在海外遭受的磨难等闲视之。"裨治文嗟叹道:"这要归咎于大清国的制度。这个国家自以为是中央之花,把其他国家视为蛮夷,只肯与它们建立封贡关系,一俟出现纠纷和争议,无法通过外交途径化解,只好诉诸蛮力。英国商人损失巨大,他们强烈要求查理·义律向英国政府报告,请求进行军事干预。"查理·京幸灾乐祸道:"是的。我们等着好戏看吧!"裨治文道:"法国政府早就想介入中国事务,它正好借机在中国沿海增加威慑力量。""是的,不难想象,中国海疆将要战舰密布,至于能否化解危机,那就得看中国人的智慧了。"

美国人走后,一个亲兵进来禀报:"林大人,有三个人求见。""谁?""一个叫彭凤池,一个叫钱江,还有一个叫马辰。"林则徐的眼神透露出一丝兴奋:"立刻把他们召进来!"

第二十三章

观 风 试

彭凤池、钱江和马辰鱼贯进了大帐，依次行礼。林则徐道："你们来得正好，要是再晚几天，所有鸦片销毁得一干二净，就看不到这场奇观了。"

彭凤池道："林大人，听说皇上调您出任两江总督，卑职恭贺您。"林则徐摆了摆手，就像要把什么东西从眼前拂去："实有其事，但本部堂不能一走了之。皇上低估了禁烟的难度，以为销毁鸦片之后万事大吉，殊不知广东官弁和沿海营汛查私纵私恶习成性，要是不能辣手根治，很快就会死灰复燃。我接到谕旨后当即奏报皇上，本部堂誓与禁烟相始终，不能半途而废，请皇上另择妥员出任两江总督。"解释完后林则徐问钱江："你又没跃过龙门？"钱江赧颜道："卑职不才，又让您见笑了。""今年的策论是什么题目？""《君子和而不同 小人同而不和》。"这个题目出自《论语·子路》，意思是：君子心和，然而所见各异；小人嗜好相近，然而各争其利。林则徐很少与下属开玩笑，但对钱江经常是另一张面孔，不时讲几句谐趣话。他展眉一笑："你没在断句上独出心裁？比如断成：君子和而不？同小人，同而不和。"彭凤池和马辰笑得像咧嘴葫芦。钱江满脸羞红："卑职上次自作聪明，误了前程，这次不敢再荒唐。"

彭凤池毕恭毕敬递上一只桑皮大纸袋："越秀书院的梁夫子托我们捎来了

廷寄和邸报。"林则徐接过纸袋,用一把小剪子挑去火漆剪开封口,抽出厚厚一沓纸。第一页上印着道光皇帝的上谕:

  朕因鸦片流毒传染日深,已成锢习,若不及早为民除害,伊于胡底?现在廷臣遵旨会议严禁章程,已颁发各直省遵行矣。该官民人等,凛遵王章,迁善改过,自新不难,湔洗旧积,革除前非,共享生前之乐,藉免刑戮之加。……尚该地方官姑息养奸,锄锈不尽,朕亦断不宽恕也,凛之!将此通谕知之,钦此。

  随上谕同时送达的是两份新颁条例。一份是《钦定严禁鸦片烟条例》,一份是《夷人治罪专条》。《钦定严禁鸦片烟条例》洋洋洒洒四千言,共计三十九条。《夷人治罪专条》篇幅较短,只有百余字,皇上批准了林则徐的"货即没官,人即正法"的提议。林则徐一页页地翻看,钱江等三人在一旁静静等着。

  过了半晌,林则徐才抬起头来:"我来广州前与潘阁老、王阁老和刑部尚书阿勒清阿议论过如何修订禁烟条例。我提了三条建议:第一,给吸食者一年戒烟期,过期不改者,杀!第二,强化里甲制,赏告奸,罚连坐,利用民众之眼相互监督;第三,对中外烟贩一视同仁,对内地烟贩论死,对夷人不能网开一面。"

  彭凤池问道:"新条例怎么说?"林则徐把《钦定严禁鸦片烟条例》递给他:"给吸食者一年半戒烟期,过期不改者,杀。这条规定多给了半年戒烟期,比我的主张宽缓,但毕竟把砍头刀悬在吸食者的脑袋上,有震慑作用。但'赏告奸,罚连坐'一条,朝廷没有采纳,却采纳了琦善的建议。"钱江道:"哦,琦爵阁有什么建议?"林则徐道:"琦爵阁不赞成赏告奸罚连坐,他认为,要是鼓励民人相互告奸,奸猾之徒就可能利用法律的漏洞诬陷良民,搞得良莠难分,官弁胥吏就可能趁机渔利,处置不当会激起民变,故而,新法规定,只许官府访查,严禁民人告奸。看来,朝中大臣们的争议颇大。要不是皇上态度坚决,恐怕连吸食者论死也难以写入法条。"

  钱江又问:"如何给外国烟贩定罪?"林则徐把《夷人治罪专条》递给

他："这份专条载明：此后夷人若携带鸦片入口图卖，即照开设窖口之例，斩立决，从犯绞立决。这个专条立得好！可惜迟来一步。要不是法律不追究既往，我真想把颠地和马地臣等十六名烟枭扣住，拿他们祭旗！钱江，我这里诸事繁忙，你车马舟楫一路走来，不要休息了，明天一早回广州去，把这两份条例送到粤惠堂印务所。《钦定严禁鸦片烟条例》刻板印刷五千份，分发全省所有府县营汛，在大小村镇城门街衢码头广为布告！《夷人治罪专条》刻印五百份，分发粤海关的所有缉查口、挂号口和附近营汛，要他们参照执行。""是。"

销毁鸦片的任务即将完成，下一步该收拾贪官污吏和军队里的蠹虫。林则徐轻轻摇着扇子，对彭凤池和马辰道："你们二人一走就是两个月，去了哪些地方？差事办得如何？"彭凤池道："在下去了黄埔、顺德、新会、东莞、香山、大鹏、南澳等十余处水陆营汛和炮台。""有什么收获？"彭凤池和马辰办的是头等机密要差，林则徐关照过，这种事绝不能外泄。他们看了钱江一眼，似乎在问能不能当着钱江的面禀报。林则徐道："钱江与你们一样，是我信赖的人，不妨让他也听一听。"

彭凤池道："巡疆御史袁玉麟和周春祺分别给道光皇帝上的密折圈定六十多名官弁和胥吏，指控他们与鸦片有染。我们二人按照密折的附粘名单一一追踪查实，没想到在珠江南岸的海幢寺又抄下了一首匿名墙头诗，涉及邓大人。"他从桑皮纸袋里抽出匿名诗抄件，递给林则徐：

禹城虽广地欲（却）贫，邓公仗戎东海滨，
终日纵吏勤捕网，不分良莠皆成擒，
名为圣主祛秕政，实行聚敛肥私门，
行看莺（罂）粟禁绝日，天网恢恢早及君。

诗写得马虎，还有错字，但意思明白无误：邓廷桢打着禁烟旗号敛财自肥。林则徐不动声色，只有额角微微一动。钱江是个聪明人，把抄件读了一遍，立马意识到林则徐是在一个逼仄狭窄的空间里辗转腾挪，难度之大绝非常人所能想象！

马辰道:"近两个月,我与彭大人微服私访,仔细打探了沿海营汛的情况,收集了不少证据。巡疆御史袁玉麟大人和周春祺大人揭发的人事不仅属实,而且有过之而无不及。"林则徐用扇骨敲着掌心:"去年黄爵滋大人在《严塞漏卮以培国本折》中说广东查烟员弁联手舞弊,每年数千万元的交易额,分润一厘,即有百万之巨。利之所在,无人认真办差,所谓'查拿兴贩,严禁烟馆'的禁令有其名而无其实,如此看来,并非虚言。"

彭凤池拿出一沓纸,上面用蝇头小楷密密麻麻记了几十名官弁的姓名、职务、家庭住址和涉私事迹:"这是我和马辰共同整理的,请您过目。"林则徐戴上老花镜慢慢展读:

蒋大彪,广州协水师营守备,顺德人,广州协副将韩肇庆姻亲,多次指使手下巡船挂"邓"字旗横行省河,勒索商民,派船护私,收取赃银。

捐职千总王振高,番禺市桥乡人,先与同县徐广私铸犯案,后充任广州协营兵,升外委,缘事斥革,复与徐广等同开快蟹窑口,贩卖鸦片致富,交通水师营兵、府县差役。道光十四年捐纳千总。嗣后经管驾巡船,包庇走私,烟土每百斤收四十元。他与一罗姓人在广州城外开东昌牙行。在该行管事的冯亚临,是前开窑口已被破案之奸徒余党。

伦朝光,顺德协水师营守备,与蒋大彪勾结联手,庇护走私,另与烟贩文四丁等在顺德开景记窑口。

近两年来,蒋大彪、伦朝光、王振高以及外委把总梁恩升等往来外海内河巡查缉捕,先后查获载运纹银出洋贩运鸦片的烟枭土盗二百六十五名,起获纹银六万二千六百余两,烟土六百余箱,受到邓督宪保举,兵部照准,题咨在案。但他们合伙用师船护,是广州协武弁中包揽最甚之人。

保安太,原是新会县弓兵,道光六年和十年两次被控饬拿,捏报病故,换名后充任靖海营营兵,捐买外委,为贩卖鸦片屯宿之所。

鲍亚聪,又名鲍鹏,广东南海县人,捐职从九品,开办牙行,为人说合生意,两月前不知去向……

马辰道:"据在下暗访,广州协直辖于邓大人。韩肇庆所辖水师营有四条船常年悬挂'邓'字旗往来于内河和外洋，名为查私实为护私。沿途各炮台和巡船见到'邓'字旗没人敢拦阻盘查。您到广州前，广州协水师营守备蒋大彪派了一条师船为泉州一家窖口护航，一次收受贿赂五千元。这种事不能说天天有，但月月有。至于邓大人本人是否参与，在下没有证据。不过据在下推断，邓大人不必参与，仅各级官弁的报效就够他享用的。"他点到为止，不再深说。他虽是废员，却是在官场的池子里浸泡过的，知晓官场里暗流涌动政以贿成，各级官员普遍借三大节等事由给上司送节敬寿敬冰敬炭敬。你要是自守清高，不送礼不奉迎，在仕途上就会寸步难行。所谓"月入三万六千金"可能有所夸大，却不是空穴来风。至于属官们送的规礼来自何方，与鸦片有没有关系，旁人是说不清的。最令人惊异的是，名单中有多人是捐纳买官者，他们得了官就上下连手，变本加厉地捞回本钱。

林则徐摘去老花镜，脸上就像挂了一层严霜："是否查出十三行走私鸦片的证据？"马辰道："没有。开窖口的人，多半是东莞、新会和香山等地的奸民，烟土汇总多在虎门、澳门和黄埔，散发多在肇庆和潮州，那些地方是广东水师的辖区，水师弁兵在沿海各地巡船梭织，只要认真缉查，大鬼小鬼难以潜逃。"彭凤池道："广东水师及沿海营汛几乎全都参与了走私，他们呼朋引类，群起效尤，已成痼习。他们搜获烟土后并不全数缴官，反而朋比为奸，匿不举报，假公济私，售卖得钱。还有一些人吸食鸦片，他们名为守卫海疆的健卒，实际上是精力疲惫的病夫，不堪任用。"马辰补充道："弁兵们的收入大部分来自查私分肥，薪俸不及收入的十分之一。沿江炮台也借机盈利，想方设法拦截过往的中外商船，编织各种理由收取陋规，花样之繁杂，借口之多端，达到闻者不惊听者不讳的地步，搞得中外商贾怨声载道。"彭凤池补充道："一个水兵月银只有一两五，外加几斗粮食，放私一条快蟹船就能得几百两银子，一个月下来能收多少黑心钱？一个船主护私，足以带坏一船水兵。当官的大口大口地吃肉，当兵的跟着喝又浓又香的肉汤，全船上下穿一条裤子，口风紧得就像上了锁。"两个人你一句我一句把广东局势描述得又黑又重。

林则徐的目光幽幽："如此看来，广东海防竟然是腐烂透顶布满窟窿眼的筛子！蒋大彪、伦朝光之流官居守备，亦官亦商，亦官亦盗，亦公亦私。巡疆御史们说他们明里缉私暗开窖口，鬼鬼祟祟形迹可疑，但是，广州协副将韩肇庆却说他们查私有功，为他们开脱，左遮右拦，致使巡疆御史们查不到实据。韩肇庆负有镇守一城之责，却养痈遗患，把一池水搅得污浊不清，生出一堆混账王八来！我要是把韩肇庆、蒋大彪之流抓起来，你们敢不敢出庭做证？"

一听出庭做证，彭凤池和马辰对视了一眼，没说话。林则徐看出他们有顾忌，沉默片刻，转过脸对钱江道："说说你的想法。"

钱江不像彭、马二人那样谨慎，直言快语："卑职没有参与查访，不了解情况。广东文武官场就像一只烂透的苹果，要铲掉溃烂之处，就得铲掉百分之九十。这是众人犯法的大案，它像一个巨大的马蜂窝，里面有多少暗道机关，牵连有多广，背后有什么人物支撑，都搞不清楚。林大人，您要是毫厘不爽地把名单上的人捕获归案详加刑讯，表面上抓的是王八乌龟臭鱼烂虾，一用大刑就可能拔出萝卜带出泥，牵扯出一大堆人物来。"钱江官小，却洞若观火，一语道破了办案的风险和担忧。林则徐深知，拿各级官弁开刀等于向整个广东官场宣战，难度之大风险之高，不言而喻，一旦涉及生死存亡，告诬状的砸黑砖的使绊子的就会层出不穷，甚至危及自己的性命。

林则徐的眉头拧成一个乱线团。这起案子涉及韩肇庆等大批官弁，背后可能有邓廷桢的影子。韩肇庆亲自指挥营兵包围商馆和扶胥码头，为逼迫夷商缴烟立了大功，邓廷桢拉上林则徐联衔保举他晋升湖南永安镇总兵，林则徐顺水推舟。邓廷桢还单衔奏报朝廷，保举蒋大彪、王振高等有功人员。抓蒋大彪、王振高、保安太之流不难，难的是如何审，只要一上刑，他们就可能供出背后的人物，顺藤摸瓜层层递进，势必追得更宽更深更远更高。鸦片浸染中华，广东乌烟瘴气，要说邓廷桢没责任，关天培没责任，鬼才相信！但是，邓廷桢位高权重树大根深，关天培掌控沿海兵权，追查他们势必引发一场大地震，甚至龙虎斗！要是不顾深浅大张旗鼓大清大查，稍一不慎就可能四面楚歌八方树敌，达不到目的还会被别人的铁嘴钢牙反咬一口。小题大做还是大题小做？此事颇费思量。

钱江道："林大人，出庭做证，最好用本地人，除非万不得已，别用我们自己人。"钱江说出了彭凤池和马辰想说却不便说的话。马辰点头，彭凤池也随声附会："是这么个道理，要庭审，最好用本地人做证。"林则徐踱着步子，口中喃喃道："用本地人做证，但如何用本地人？"大帐里一片沉寂，过了半响，钱江突然灵机一动："搞一场观风试如何？"林则徐额头上的乱线团立马解开："好主意！销完鸦片后，搞它一场观风试！"

　　十天之后卯时整，越华书院、越秀书院和羊城书院的全体廪生奉命来广东贡院参加观风试。袁德辉在门口拿着花名册高声点名，廪生们一个接一个答"有"，而后鱼贯进入考棚。林则徐拟好了考题，开考前一天晚上才传谕工匠制版，三更印刷，印完后留在行辕，待考生们入场后才让工匠们回家。林则徐在余保纯、彭凤池、钱江、马辰等人的陪同下进了仪门，登上明远楼，抚栏观望广州贡院的景色。

　　广东贡院位于学政衙门东侧，是府试和乡试的场所，一人多高的龙虎墙圈起五十丈宽七十余丈长的宽大地面，明远楼位于贡院中央，是登高眺望监临考场的地方，其后依次是致公堂、戒慎堂和聚奎堂。聚奎堂是考官们办公的地方，致公堂是批阅考卷的地方，戒慎堂是掌卷、受卷、誊录、对读、评定名次的地方。中轴线两侧的五千间考棚按《千字文》编号，剔除了"皇"、"轲"、"荒"、"吊"等应当避讳和不吉利的字，它们像蜂房似的一间挨一间密密麻麻，考棚之间的甬道铺着大石条，巷道和号舍铺着青砖。

　　林则徐拍着扶栏道："彭凤池，你是从这里考出去的吧？"彭凤池答道："是的，十几年前，卑职在这儿参加过府试和乡试。"林则徐道："贡院是明经取士为国选才的学政中心，是百万学子心仪的地方。我是从福建贡院步入仕途的，我以为广东贡院比福建贡院大，没想到比福建贡院小。我参加乡试那年，王建州大人任福建学政，他信佛。开考前，他请僧人在明远楼上设坛打醮立祭旗，祈祷上界和阴间，搞了整整三昼夜。考试期间，他还别出心裁，命令士兵早晚两次摇旗呐喊：'有恩报恩，有仇报仇'，告诫考生们平日行善禁恶，不然在考场上要得报应，喊得考生们头皮发麻心里发怵。"余保纯哧哧地笑起来："广东科考也要士兵呐喊，但不喊'有恩报恩，有仇报仇'，喊'法纪森严，作弊必究'。"

　　三大书院的考生们只占用了六百多间考棚。辰时整，书吏抡起锤子敲响静场钟，兵弁们立即锁了大门。不一会儿，钱江夹着十几份空白考卷上了明远楼。林则徐问道："实到多少人？""三大书院共有六百四十五人，有十二名因病因事未到。"钱江把空白卷子分给大家。大家才看到卷子上印着一道策论题和一道观风问俗题，都是林则徐亲自拟定的，他要求考生们不写姓名。策论题是"小人怀土，君子怀刑"。观风问俗题是：就耳目所及，写出窖口所在地，开窖者的姓名，零星贩户的姓名，对查禁鸦片有何建议。

余保纯道："这道策论题出得好，既考德行也考文采。"林则徐道："我是醉翁之意不在酒，策论是障人耳目，观风问俗才是本意。本次观风试只考一个时辰，收卷后诸位不必多费心思评阅策论，只看观风问俗部分，把有检举揭发文字的试卷抽出，详加审视推究。"林则徐办事谨慎，为了防止泄露消息，他没请广东本地的官员参与阅卷，出题、刻印、评阅全由钦差大臣行辕的随员们办理，连梁廷枏都没叫。

一个时辰后，所有考生按时交卷。余保纯、钱江、彭凤池、袁德辉、马辰等人进了致公堂，审阅所有试卷，他们不看策论，只看检举揭发的内容。酉时一刻，所有试卷梳理完毕。待林则徐从外面进来时，余保纯已把名单汇总出来："林大人，这次考试不经广东僚吏之手，考生们放胆检举，揭发水师纵贿、报获献功、欺蒙大吏者一百零六人。其中八十八人已被广州府所属各县收监，另有十八人的名字头一次出现，其中有广州协副将韩肇庆及其属官，虎门协和顺德协的官兵，还有潜逃外地的嫌疑犯。不过——"余保纯喏嚅了一下。林则徐目光一闪："不过什么？"余保纯道："有一份试卷揭发邓督宪。哦，不，是编造歌谣，恶毒污蔑邓督宪。"林则徐依然不动声色："拿来我看。"

余保纯毕恭毕敬呈上一份试卷，林则徐戴上老花镜默读：

> 两广何不幸，廷桢节钺临，
> 昨闻介沙新得宠，今见陆臣升青云，
> 两广师船皆私有，月入三万六千金。
> 哀哉何老金，竟致罹绞刑，
> 无钱满欲壑，遂以丧其身，
> 潘海官，伍浩官，倍受朘削苦难言，
> 苏张几逢死，寿禄临九泉，
> 邓某若不去，难得享平安，

彼若留穗再一年，广州行将沉九渊。①

诗中提到的何老金、（冯）苏张、（刘）寿禄等人，都是因为贩卖鸦片被判处死刑的人。这首诗说他们被杀是因为交不起贿赂银，言外之意是有钱有势者可以买通关节安然过关。诗中提到的"潘海官"和"伍浩官"是十三行中的潘有仁家族和伍秉鉴家族。潘有仁的家仆瞒着主人鼓捣鸦片，被弁兵们查获，各级衙门像闻到有裂缝的臭鸡蛋，群蝇似的飞来吮汁吸血，借用十户连保五人连坐的法条逼着潘有仁花大价钱消灾禳祸。伍秉鉴家族多次被迫捐资助军，尤其是扩建虎门炮台和设置拦江铁链时，水师官弁讹诈了大笔银子。该考生公然为鸿商巨贾鸣冤叫屈，说他们"倍受腋削"，也就是说，他们的所有捐款都是迫不得已。最令人惊骇的是，该考生居然直言不讳抨击邓廷桢！

广东官场脏污狼藉，呈现出全局溃烂之态，如何收拾非得动一番脑筋不可。林则徐思忖片刻，抬头扫视着在场的阅卷官："诸位都读过这份卷子？"奇文共欣赏，余保纯、彭凤池、袁德辉、钱江和马辰依次点头。林则徐拿过一个大信套，将试卷插进去，一字一顿道："在我手下办差，要切记一个'密'字。请诸位严守口风。谁要是把试卷的内容说出去，我就摘了他的顶戴！"五个人觌面对视，相继承诺绝不透露一个字。

林则徐坐下，把两份检举韩肇庆的试卷读了一遍，一张卷子写得简明，说他指使手下人以缉私之名渔利烟贩，每放行一批鸦片收取一笔贿赂款，并扣下若干箱鸦片作为赃物，送到上司衙门报功请赏，但没有说明具体的时间、地点、人物和涉案金额。另一份试卷写得较为详细，说某年某月某日，韩肇庆命令某人乘某船护私，收取了上千银圆。

林则徐问道："除了韩肇庆，考生们还检举了哪些官弁？"余保纯递上第三摞卷宗："有广州协水师后营守备蒋大彪、捐职都司王振高，外委保安太，还有顺德协守备伦朝光、外委梁恩升等人，其中检举王振高的试卷有五份之多。我已经把它们单独归档，放在这里了。"这些人的名字不仅出现在巡疆御史的密折中，也出现在彭凤池和马辰的密查名录里，还出现在考生的试卷上，可谓劣

---

① 该诗出自英国军官宾汉所著《英军在华作战记》中文选译本，收在《中国近代史资料丛刊·鸦片战争》第五卷第18页，是齐思和先生的译文。

迹斑斑臭名昭著。"还有什么人？""还有几个。有一个隆兴牙行的行东，叫鲍鹏，捐了从九品顶戴。还有两个海关书吏，一个衙门差役，其余的是地痞无赖。试卷上写明了他们的住址、姓名和年龄。"林则徐道："请诸位严加分辨，仔细推究，防止不良之徒匿名诬告。在传令拘捕人犯之前，任何人不得走漏半点风声！""明白。""散班，诸位回去吃晚饭吧。彭凤池，你留下。"

余保纯等人离去后，林则徐对彭凤池道："有件密差派你去办。"彭凤池的短胡须耸动了一下："什么密差？""皇上有旨，要我们将少量鸦片送京查验，其余的一律就地销毁。我留了八箱，你亲自押送到京城交军机处。"彭凤池有点儿疑惑："从广州到北京有四千八百里之遥，沿途营汛盘查极严。"林则徐道："鸦片九害一利，是上好的止痛药。你带上盖有钦差大臣关防的文书，没人敢查你。"这八箱鸦片是林则徐给孝和睿皇太后准备的，但他口风极严，一个字也不吐露。彭凤池领首道："遵命！""你是汉阳县丞，湖北的在册官员，在我这里是临时办差，送完鸦片后，你直接返回湖北。我会给湖北巡抚写一封褒扬信。""是！"

第二十四章

水至清则无鱼

邓廷桢兴冲冲来到钦差大臣行辕，晃着一纸廷寄对林则徐道："少穆，我保举了一批有功官弁加官晋级，朝廷允准了。我想搞一次庆功会，庆祝销烟大功告成，想请你莅临赏光。"林则徐接过廷寄粗读一遍，朝廷批准了几十名官弁加官晋级，其中有韩肇庆、蒋大彪、王振高、伦朝光、保安太、梁恩升六人，他们既是巡疆御史揭发的嫌疑人，也是彭、马二人暗查属实的人，更是观风试卷匿名举报的人。

林则徐斟了一杯茶，双手捧上："嶰筠兄，这个会你想怎么开？"邓廷桢道："要大张旗鼓地开，以收奖功罚过奖勤罚懒之效。"林则徐坐在对面的加官椅上，语气缓和："嶰筠兄，有一件事我不得不说。去年有人在海幢寺写了一首匿名诗，诬蔑你'月收三万六千金'。"林则徐的话音未落，邓廷桢已如闻旱天雷，身子发僵，眸子里透着震惊和恼火，银发银须微微发颤："少穆，你如何知道这件事？"林则徐把声音压得低低的："巡疆御史观风查俗闻言奏事，并不需要什么证据，有人把诬蔑你的匿名诗捅到天顶上，皇上让我借禁烟之机查一查。我查了，想还你清白！"林则徐把"还你清白"四字说得极重，邓廷桢稍稍安心。林则徐从抽屉里取出一份卷宗，抽出两首匿名诗递给邓廷桢。它们出现在海幢寺墙壁上，不仅被巡疆御史探知，也被邓廷桢的属官发现，禀报给他。邓廷桢脸皮愠怒："这是无中生有的诽谤！"他转动脑筋回忆往事，掰着指头道："从去年中秋到现在，先后有三位御史来过广州：周春祺、袁玉麟和黄乐之。少穆，你可知道谁告了我的黑状？"

林则徐明知是周春祺和袁玉麟奏报的，却不便明说："皇上没说。皇上是当今圣主，观人察事烛照明鉴。他说，你是国家大臣，代朝廷治理两省，他不会因为一首匿名诗怀疑你的忠心与清白，但既然有御史参奏，就得查一查，愚弟只好衔命而来，请你体谅我的难处。"邓廷桢警惕道："你如何知晓我是清白的？"林则徐从书架上取下一份卷宗："前几天，我借学政衙门的考棚搞了一场观风试，要越华、越秀和羊城三大书院的全体廪生匿名揭发谁与鸦片有染，有人借机诬陷你，反倒证明了你的清白。"他把一份匿名试卷递给邓廷桢。

邓廷桢蹙着眉头品读那首抨击他的歪诗。

林则徐估计他读完了才说："这份匿名卷居然为贩私受刑者鸣不平！关天培曾要行商捐输银子修筑炮台和排链，水师营参将李贤让他们捐输一笔银子，手段有点儿粗蛮但本意良好。这首匿名诗却替行商鸣不平，胡说什么行商'倍受朘削苦难言！'无非是指责官府巧立名目讹诈行商。"邓廷桢见林则徐如此讲话，松了一口气："天下太大，什么鸟都有啊！自从海幢寺出了诬蔑诗后，我就派人暗查暗访暗追踪，至今没有查出线索，没想到此人藏在三大书院里。少穆，你可知道此卷出自哪个考棚？"林则徐道："因为是匿名考试，卷子上没有姓名，出自哪个考棚无法追查了。"邓廷桢盯着匿名试卷上的字体，仿佛要把它刻在心中，咬牙切齿："此卷出在三大书院的廪生，有这个线索也好，省得我大海捞针！我就是挖地三尺，也要把这个制造谣诼、恶毒咒我的坏蛋查出来！"

林则徐接着道："巡疆御史怀疑广州协与广东水师将弁有查私纵私之嫌，点出了韩肇庆、蒋大彪、王振高、保安太、梁恩升、伦朝光六人的名字，但证据不足，皇上叫我来广州密查。这次观风试，三大书院的诸生匿名揭发了一批人，又有他们的名字，韩肇庆恐怕责有攸归。"

一听韩肇庆的名字，邓廷桢的脸色暗了下来。皇上派钦差大臣到广东禁烟，隐含着对邓廷桢的不信任。林则徐口衔天命，全体广东官弁的仕宦前程生死荣辱都在他的铁笔之下，连邓廷桢也不例外。过了半晌，邓廷桢抬起头来，说话却差了底气："少穆，你准备如何处置？"林则徐语气诚恳："嶰筠兄，我来广东禁烟，没有你鼎力相助，只会一事无成。我想与你商议一下，拿捏出一个分寸来，既要杀一儆百以儆效尤，又不能让广东官场人人自危——水至清则无鱼嘛。"邓廷桢掂量着"水至清则无鱼"的意味，谨慎探问："广东的水的确不清，乌龟王八水蛭泥鳅如鬼如魅如魍如魉。你想把这池污淖清理到何种田地？"

林则徐思虑多日才想出一个办法，征求邓廷桢的意见："惩办一撮，威抚一大片，刑不上高官，三品以上文官二品以上武官，即使参革罢黜也要保全体面。"邓廷桢狐疑道："如何才能刑不上高官？"林则徐明言刑不上高官，是想换取邓廷桢和广东大员的全力支持："在广东禁烟，没有你和广东将军阿精阿、巡抚怡良、粤海关部堂豫堃、水师提督关天培等人的鼎力相助，愚弟我寸步难行。巡疆御史的名单上有几十人，匿名试卷上也有几十人，我建议鞫讯两个名单上共有的人，有罪严行查办，无罪还以清白。韩肇庆是二品武官，你我二人曾联衔保举他出任永安镇总兵，兵部的批文刚刚发下，要说保举不当，我也责有攸归。此人由你来审讯，我只审讯守备以下的官弁。"林则徐把姿态放得极低，只字不提彭凤池和马辰的密查名单，以免让邓廷桢怀疑自己暗中调查他，他想大题小做，给广东高官们留下充分的回旋余地，避免拔出萝卜带出泥。邓廷桢听出了弦外之音，长长吐了一口气："少穆啊，广东烟毒泛滥成灾我是有责任的，但如何治理却是一个天大的难题。重利之下人心贪盛，哪个封疆大吏能做到弊绝风清？广东的海岸线曲曲折折延绵千里，烟贩毒枭巧于收藏，巡海官弁善于讳匿，他们在犄角旮旯里藏几箱鸦片，你就是折腾得天昏地暗也找不到。皇上要禁烟，我也心急，连发宪令严打严查，下边的人却万变不离其宗地敷衍你。逼急了他们就抓几个小鸡小鸭应付你，真正的虎豹豺狼大毒枭一个也抓不到。我有时也想惩办几个徇私舞弊的官弁，但是，广东事务繁杂，总得有人去办，海防总得有人去管，贼盗总得有人去缉拿，你就是把通省文武官员都弹劾了罢黜了惩办了，换一批人来，不出三个月，照样乌烟瘴气！"

林则徐娓娓而谈如对老友："你的苦衷我理解。我只带了几个随员来广州，生怕办砸差事，辜负皇上的重托。这次收缴鸦片，规模之大数量之多前所未有。我不能贪天之功为己有，没有你和豫关部、关军门等人的鼎力相助，我什么事儿都办不成，但是，要是不抓几条大大小小的鱼，皇上那儿恐怕交代不了。"

邓廷桢明白了林则徐的意思："皇上派你专办禁烟，从接到廷寄那天起，我就疑心皇上听到了什么风言风语。福生于微，祸起于疏。你一到广州就万众瞩目，贩私纵私之徒全都收摄心神，躲在旮旯里盯着你的一举一动。广东的问题虽然很多，骤下猛药却可能适得其反。你的主意好：刑不上高官，罢黜的人要保存体面。这样才可以减轻官场震荡。你说要惩办几个人，以收敲山震虎之效，我赞同。但是，韩肇庆晋升永安镇总兵的谕令已经下来，只差宣布。他位列提镇大员，处置他得先奏报皇上允准。"林则徐听出来邓廷桢不想对韩肇庆下重手。打狗不能不看主人的脸，林则徐道："嶰筠兄，韩肇庆是你的得力干将，但我们不能只抓小鱼小虾，总得抓一两条大鱼吧？"邓廷桢与林则徐对视了片刻，林则徐的目光坚定不移，似乎不可再退。邓廷桢叹了口气："国事与家事，国事为重；国情与私情，国情为重。韩肇庆位高权重，要说他亲自驾船护私，没人相信，他的下属护私渔利，送些冰敬寿敬分润，就够他受用了。不过，此人是立过功的，对这个人，最好高高举起轻轻放下，做出摔的姿态却不摔。依我看，定个失察罪，免职回家吧。"他的眸子里闪着探询的微光。"免职"与"革职"仅一字之差，含义却大相径庭。林则徐不愿搞得人人自危鱼死网破，点了点头："愚弟所说的保存体面，就是这个意思。哦，我也有一件事相求，我手下有个叫马辰的，原本是湖北抚标的游击，因为家丁收受贿赂被巡疆御史告发，皇上没有细查，一怒之下罢黜了他。此人忠诚可靠，办事精勤，因为小疵弃之不用就可惜了。我想让他官复原职，在广东水师当个游击，不知你愿不愿意代我出面，写个折奏保举他？"邓廷桢立即悟出这是一种交换，一种暗示，一种让步，一种安抚，其潜台词是：韩肇庆是邓廷桢的股肱，保存韩肇庆的体面就是保存邓廷桢的体面，马辰是林则徐的得力助手，让他官复原职就是给林则徐面子。

邓廷桢点了点头："你想保举的人，我岂能阻拦？"林则徐也点点头："好，那就一言为定！"邓廷桢心领神会："就这么定！"

几天后，广州府县的文官、水陆协营的武官、粤海关的税官等穿戴一新，陆续来到总督衙署开庆功会。韩肇庆骑着一匹豹花骢，刚绕过大照壁，就见蒋大彪和顺德协守备伦朝光站在大石狮旁边，一个比手画脚一个眉开眼笑，不知在说什么。韩肇庆把马缰交给随行亲兵，高声道："你们有什么喜事，也让我听一耳朵。"朝廷的任命书送达广州后，消息不胫而走。伦朝光一见韩肇庆就庆贺道："哟，说曹操，曹操到。听说您只等朝廷派人接替您的副将之职，就去湖南当总兵官了。"伦朝光五十多岁，虽不是韩肇庆的属官却与他熟稔："恭喜恭喜，下官恭喜您晋升总兵，您得赏杯酒喝吧？"蒋大彪巴结道："韩大人，立功受奖升官发财，您老准是头一份儿。"周边几个军官看见韩肇庆也过来打哈哈说恭维话。一个道："韩大人吉庆有余。"另一个说："韩大人好运。"第三个吹捧道："那是当然，韩大人率领水陆各营封锁商馆和黄埔岛，把一千好几百夷商和水艄整治得服服帖帖，肯定有封赏。"在众人的吹捧和恭维下韩肇庆喜笑颜开。

总督衙门里传来"叮叮当当"的金铎声，大家立即脚步杂沓朝院里走去。

大堂的台阶上摆了一溜长桌，邓廷桢、林则徐、阿精阿、怡良、豫堃和关天培坐在台上。一百多名文武官员站成六行，每行前有几个杌子，是为七品以上文官和三品以上武官设的。八旗兵副督统英隆、广州协副将韩肇庆，顺德协、三江协、大鹏营、水师营的副将和参将们依次坐在左侧。候补知府余保纯、南海知县刘师陆、番禺知县张熙宇、香山知县梁星源等文官坐在右侧。但大家很快发现有点儿不对头，邓廷桢通知各协营军官来开庆功会，事先散出风，要晋升和奖赏一批官员，但会场布置得不像庆功会，而像奖惩会。台阶的左侧有一张桌子，上面摆着一溜崭新的顶戴，水晶顶子砗磲顶子素金顶子阴纹镂花顶子等，桌子旁有两只钱柜，柜上有大红绸扎成的彩花，显然是准备授给有功人员的；但台阶右侧摆了五副木枷，为会议平添了几分杀气，显然有人要受到惩罚。

蒋大彪心里犯嘀咕，与几个军官交头接耳："今天不是开庆功会吗？怎么有点儿像赏罚会？""恐怕有人犯案了。""不只一副木枷，五副呢。""看来有人要倒霉。""不知谁犯事了。"

林则徐咳嗽一声，对钱江道："点名。"钱江拿起花名册，站在台阶上高声唱名:"八旗兵汉军副都统英隆!"林则徐立即叫停,纠正道:"点名不带官衔。"钱江的脸色一窘,重新点名:"英隆!"英隆的左手托着两只山核桃,转得"咯咯"响,他见这场面不是喜庆模样,收了核桃,一本正经答道:"有!""韩肇庆!""有!""李贤!""有!""伦朝光!""有!""蒋大彪!""有!"……钱江用了一盏茶的工夫念了一百多人的名字,最后念道:"马辰!""有!"

大家的目光全都转向马辰。他是外省人,没穿官服,广州官员们不认得他,只见他长着一颗豹子头一双老虎眼,脚穿抓地虎快靴,身穿灰市布短衣,与普通百姓没有差别。他站在队列的后面,像一只花斑豹挤到狼群里,有点儿不伦不类。

钱江禀道:"启禀林部堂和邓部堂,点名完毕。应到武官六十二名,实到六十一名;应到文官三十二名,实到三十一名,应到税官七名,实到七名。未到者一个请病假,一个出差在外尚未归来。"

邓廷桢的脸色毫无喜气,绷着脸皮站起身:"现在开始会议!自从林部堂到广州禁烟以来,三个月过去了,诸位官弁率领所部官兵严查严防,收缴鸦片两万零二百八十三箱,悉数销毁,完成了一件大功业。本部堂会同林部堂向朝廷奏保有功人员加官晋级,经吏部与兵部分别审核,均获允准,现在,请巡抚怡良宣布受奖者和晋级者名单。"

官弁们全都竖起耳朵聆听。怡良抖开一张黄绫裱纸,清了清嗓子:"上谕:钦差大臣林则徐,两广总督邓廷桢,粤海关监督豫堃,督率广东官弁和海关弁员禁烟有方,收缴夷商两万余箱鸦片,悉数销毁,拿获内地人犯一千六百余名,收缴烟土烟膏四十六万一千五百余两,烟枪四万两千七百四十一支,烟锅二百一十二口。经朝廷审核,特予奖赏。赏林则徐御笔亲题'福'字一幅,赏邓廷桢御笔亲题'寿'字一幅,赏豫堃御笔亲题'禄'字一幅。"林、邓、豫三人依次起身,打下马蹄袖,行三拜九叩大礼,从怡良手中接下道光皇帝的御赏。

保安太等几个八品九品的鸡毛小军官站在队尾,一面鼓掌一面交头接耳:"加官晋爵实惠,赏银子也实惠!赏一幅字,这算什么恩赏?"边上的人道:"你懂个屁!就认钱!你写个'福'字没人稀罕,只能当擦屁股纸,皇上写的'福'字挂在家里是荣耀，拿到文津街的字画店里寄卖，照样是一大笔银子！"

怡良接着念："水师提督关天培率领弁兵收缴鸦片，冒风涉涛，不辞劳苦，成效显著，著赏穿黄马褂！""八旗兵汉军副都统英隆，督率弁兵查烟销烟，宵旰操劳卓有成效，著加一级，赏双眼花翎一支，翡翠如意一件。"关天培和英隆下了台阶，行礼领赏。

保安太等人又咬耳朵："英副都统凭什么晋级？他在虎门烧了两天鸦片，熏得唉声叹气，没干什么事儿。"边上的人道："人家是宗室，你眼红？你能跟他比？""怎么没赏怡大人？""怡大人负责日常政务，不管禁烟。""噢，原来如此。"

怡良接着念："原广东省南雄州知州候补知府余保纯办差得力，忠诚勤勉，著接任广州知府，晋升为四品。原广州知府朱尔杭阿，著晋京叙职，另有任命。广州协中军副将韩肇庆勤奋趋公，查私有功，著晋升为湖南永安镇总兵。虎门水师营参将李贤督收趸船鸦片，白天临池督促，夜晚宿场巡查，备极辛劳，毫无松懈，加一级。南海知县刘师陆，督率衙役和在籍士绅，编查保甲，报获烟案一百一十起，捕获贩卖煎熬吸食人犯一百二十六名，缴获烟土八千二百两，烟膏一百六十二两，烟枪一千三百一十三支，烟锅二十一口，加一级……"念到最后："原湖北省抚标右营游击马辰署理广东水师威远炮台游击，待朝廷允准后转正。"

受奖文武官员们喜气洋洋。蒋大彪一直竖着耳朵静听，但怡良一直没念他的名字，不由得渐生一种不祥之感。他回头看了一眼王振高，他也有点儿坐立不安。

念完晋升授奖名单后，邓廷桢站起身来，指着右面的钱柜，又指了指左面的木枷："广东省地处海滨，各国夷船络绎不绝，水师官弁违法营私比邻省容易。有人胆大包天，明为巡查实为放私，还欺蒙本部堂，令人言之切齿思之寒心！尤其可恶的是，当本部堂与林部堂查办烟毒之时，广州协水师营守备蒋大彪知情故纵，千总王振高得贿放私，顺德协守备伦朝光内外勾结，靖海营外委保安太与海关书吏等人陆续为暗开窖口者通风报信，外委把总梁恩升等人查私纵私，铁证如山。此等蠹虫贪赃纵烟，贿放鸦片，既无肺腑又无天良，实乃海防之大患，不除掉他们无以清理军风。来人！"十几个亲兵从厢房里突然窜出，每人手中拿着绳索和铁链，发出一声杀威喝。

林则徐"啪"的一拍惊堂木，眉毛一横："把蒋大彪、王振高、伦朝光、保安太、梁恩升五人拿下！"天井里顿时生出一股杀气，在场的文武官员们悚然一惊，目光齐刷刷地转了过去。

蒋大彪急了，高声喊："冤枉啊，邓督宪，我冤枉啊！"不待他喊完，三个弁兵一拥而上，拧麻花似的把他的两只胳膊反拧到背后，将木枷套在脖子上，连拖带拽拉出门外。隔着仪门，人们依然能够听到蒋大彪声嘶力竭的哀号："邓大人邓制台……我冤枉啊……邓老爷，邓总宪……我冤屈呀……！"

王振高则是另一副神情，他哆嗦着身子双手合十："阿弥陀佛，观音菩萨保佑！阿弥陀佛！"林则徐的脸色冷煞："闭住你的臭嘴，你不配求观音菩萨保佑！观音菩萨是不可轻狎不可渎的！求菩萨就得信菩萨，不能怀着一颗卑劣之心侥幸之心，觍着脸向菩萨要肮脏钱，更不能指望菩萨媚富厌贫好愚恶贤。要是那样的话，菩萨就不是菩萨了。"其他三人像被抽去了脊梁骨，软软的憬然相顾，听凭弁兵们拧麻布似的拧走了。

待五人全被押出仪门，邓廷桢才稍稍放缓语气，眸子里冷冰冰的，悠着调子对韩肇庆道："韩大人，你看看，这五人中有三个是你的下属——他们有罪，你是否责有攸归？"刚刚宣布他晋升为永安镇总兵，高兴得他心花怒放，转眼就是冰雪严霜。喜怒哀乐悲恐惊乃是人生七情，韩肇庆一瞬之间全都经历了一遍，大起大落大热大寒大喜大悲大恐大惧让他猝不及防。他的额头上沁出一层油汗，脸色由红而黯，就像刚刚捞出锅的水煮鹅肝。邓廷桢的话语虽然生冷，似乎留着余地："本部堂看重你，与林部堂联衔保举你晋升永安镇总兵，除非你将自己洗涮干净，否则，你无法走马上任！"

林则徐站起身来："我再讲几句。俗话说：要想人不知，除非己莫为！今天拘拿的人犯都是巡疆御史闻风奏报、本大臣奉旨查明的。朝廷一年的岁入只有四千多万两银子，虎门销烟的货值竟达千万之巨！可见鸦片烟毒炽盛到何种田地！沿海营汛本应是国家干城，它要是固若金汤，就不会有跑冒滴漏，但是，有人不知廉耻唯利是图，在海防大堤上经年累月地挖鼠洞，挖得大堤满目疮痍。前些天，朝廷颁发了新版《钦定严禁鸦片烟条例》，法条更严、惩罚更重！要是有人胆敢藐法，本大臣将依照新律严惩不贷！本大臣与邓部堂、阿将军、豫关部和关军门一起奉告诸位：有些事情可以自己开始，却不能自己收场，请诸位好自为之！"

【第二卷】
威抚痛剿费思量

第二十五章

明托家族 VS 大清帝国

　　转眼到了九月。伦敦的秋天来得较晚，草木的叶梢还未发黄。外交大臣巴麦尊勋爵和国防大臣马考雷沿着小道朝官邸走去。由于车碾人踏，小道的路面非常瓷实，像面筋似的向前延展，小道两侧的草叶擦过脚面，给人一种软酥酥的感觉。

　　巴麦尊勋爵的本名叫亨利·约翰·坦普尔，出身于爱尔兰贵族世家，受过良好的教育，除了英语，能讲一口流利的法语和意大利语。在家族的影响下，他很早涉足政治，加入辉格党，二十三岁成为英国议会上院的议员。他年轻时相貌英俊，风度翩翩，受到众多名媛的追求，以至于人们戏称他是"爱神丘彼特"。但是，他鬼使神差地暗恋上了考波勋爵的夫人爱米利·兰姆，一任情怀不能自拔，苦心孤诣地等了二十多年，一直等到五十五岁，等到考波勋爵去世。一个多月前，他才与心上人终成眷属。马考雷只有三十多岁，平民出身，也是辉格党的中坚分子，在印度当过政务院参事。他虽然年轻，却是横看世界纵论古今的风云人物，有置天下大事于地图之上的胸怀。一年前，辉格党在大选中获胜，党首默尔本勋爵组阁时任命巴麦尊勋爵为外交大臣，马考雷为国防大臣。

　　马考雷关切问道："巴麦尊勋爵，婚后的日子过得好吗？"巴麦尊勋爵一耸肩："独身的好处是自由与宁静，婚后的好处是洗耳聆听刀叉声，锅碗瓢盆声，女人的嘤嘤声和孩子的啼哭声。马考雷先生，说实话，我过惯了独身日子，没想到婚姻生活充满了烦恼和分歧。女人碰到不愉快的事情就泪眼顾盼，楚楚可怜地唠叨，家庭琐事更是多如羊毛，反倒让我不适应。我待在办公室里比待在家里愉快。马考雷先生，您至今未婚，真让我羡慕啊。"马考雷道："我是独身主义者，在我看来，婚姻是爱情的坟墓，谈情说爱是挑选墓地，结婚是双双殉情，移情别恋是迁坟，偷情则是盗墓。"巴麦尊勋爵幽幽一笑："如此说来，我是一脚踏进坟墓的人？"马考雷一本正经："是的，我曾劝过您，不要急于与一个孀居的女人结婚。但是，既然您一任情怀地踏进坟墓，也不要急着出来。否则您的夫人会骂我是拆毁坟墓的人。"说罢顽皮一笑。

玩笑过后，马考雷问道："巴麦尊勋爵，您请我来有什么事情？""哦，有一个叫威廉·查顿的商人，您听说过吗？"

"威廉·查顿？听说过，他是大名鼎鼎的鸦片之王，在印度名声赫赫，是名列前茅的大富豪。"查顿-马地臣商行的总部设在印度的孟买，马考雷在印度政务院工作了四年，对这家商行并不陌生。巴麦尊道："几天前，他要求拜会我，说要反映我国侨商在中国受到的屈辱。"查理·义律和大批英商被软禁在广州商馆五十六天，被没收的鸦片总值达六百万元！这一消息传到伦敦后被报界大加渲染，激起了强烈反应。紧接着，《中国丛报》五月号随邮船抵达伦敦，《泰晤士报》转载了林则徐的《致英国国王书》，林则徐把大清皇帝置于万国之上，训导英国女王就像教训小儿。他的信函被报界渲染成不知天高地厚的军事挑衅和对英国的羞辱。

巴麦尊道："义律领事向我详细报告了广州发生的事情和鸦片危机。中国的军事长官林则徐等人公然用军队对付手无寸铁的和平侨商，强迫他们签署甘结，因为甘结上有危及侨商性命的条款，被义律严词拒绝。"马考雷道："是的，事态很严重。我看了《各国商人呈缴烟土谕》的译文，这份谕令反复宣示兵威，夸耀他们的大刀长矛，说什么'水陆官兵军威盛壮，即号召民间丁壮，已足制其命而有余……祸福荣辱，唯其自取……'。这是赤裸裸的军事挑衅。"

巴麦尊勋爵在政界颇得人缘，办事彬彬有礼，但在外交上是有名的强硬人物，一旦英国的利益受到损害，他就会显示出冷硬、决绝的一面，摆出剑拔弩张跃马横刀的姿态，强悍得令人震撼："在致我国女王的公开信中，中国皇帝摆出一副万王之王的姿态，公然要我国向化输诚，真是荒唐至极！"马考雷道："而且是用中国军事长官的名义签发的，这种行为即使不是宣战，也满怀敌意！"

巴麦尊勋爵道："外交使臣代表着国家主权，对他们的不敬就是对大英国的不敬，软禁我国使臣是对我国尊严的伤害。在国际交往中，要么通过使臣建立公道和友谊，要么派遣军队发动战争，别无他途。"

两人并排踏上官邸的台阶，巴麦尊勋爵接着道："不过，有一件事情义律领事做过头了。""哦，哪件事？""义律擅自做主，用商务监督署的名义接收了全体侨商的鸦片，并承诺由政府在适当时候给予补偿。殊不知，动用纳税人的钱补偿侨商的损失必须经过议会批准，这种事情没有先例。"马考雷淡淡一笑："我倒是赞赏义律领事临机处置的勇气，生命的价值毕竟高于金钱。我仔细阅读了他的报告，发现他玩了一场偷天换日的把戏，不知是有心还是无意，他干了一件令人拍案叫绝的事情。他用商务监督署的名义将鸦片交给广东官宪，广东官宪稀里糊涂开了收据签了字。这意味着鸦片不再属于侨商，而属于我国政府！就法律的意义而言，这无异于中国政府没收了英国政府的财产！因此，这场纠纷不再是两国商人之间的纠纷，而是政府之间的纠纷。"巴麦尊勋爵点头称是："您的解释很有道理。中国官宪不经意间干了一件愚不可及的蠢事。我国政府本不宜直接介入商人的纠纷。既然那些鸦片是我国政府的财产，我们就有权索要赔偿。"

巴麦尊勋爵掏出钥匙打开门："侨商们损失惨重。威廉·查顿是实力雄厚、财大气粗的商界巨擘，能量大得惊人，他发动曼彻斯特、伯明翰和利物浦的九十六名商人联名签署了一份请愿书，恳请对中国施加报复。据说，这个威廉·查顿还准备竞选下院议员。由此看来，他不仅是成功的商人，还是蛊惑人心的演说家，一呼百应的组织者。我们不妨当面倾听他的陈述，我把会见安排在今天，请您一块儿来听一听。"马考雷道："我倒是想见一见威廉·查顿。我在印度就听说他不是等闲之辈，是一个精力充沛的开拓者和拜金主义的急先锋，这种人为了财富不惜背井离乡，甘冒海上的滔天巨浪，去万里之外的陌生世界探索和闯荡。有人不喜欢他们，说他们是强盗大亨或黑暗骑士。但是，你不能指望他们像耶稣的门徒那样行事，他们毕竟不是传教士。"

巴麦尊勋爵给马考雷搬来一把雕花皮面椅子，椅子的四条腿雕成狮爪状，展手示意请他坐下。马考雷坐下道："鸦片给我国带来了巨大利益，但迟早要惹下大麻烦。侨商们不仅向中国出售鸦片，还把大量鸦片运到国内，去年一年就运来九百箱，制造了成千上万个瘾君子。教会和不少在野党议员反对鸦片贸易。"巴麦尊勋爵是鸦片贸易的坚定支持者："我认为鸦片贸易对我国利大于弊。吸食鸦片只是一种习惯，就像饮用葡萄酒，保持适度即可。与饮用烈性酒相比，鸦片的害处微乎其微。我们不能因为有人酗酒成瘾就发布禁酒令。"马考雷同样支持鸦片贸易："是的，中国人滥用鸦片，只能怪他们自己。我还有一个见识：国际争端没有是非，没有对错，只有立场。当英中两国发生冲突时，职责所有，我们必须捍卫大英国的利益。"

威廉·查顿按时来到外交部的会客厅。两个月前他接到马地臣的信，获悉广州发生了惊天事件，广东官宪以扣押人质的方法没收了两万多箱鸦片，在华侨商损失惨重，商人们一致同意，按每箱鸦片捐资一英镑的标准筹集经费，委托威廉·查顿在国内商界、政界和新闻界广为活动，争取政府支持，诉诸武力，向中国索要赔偿，全面打开中国市场。

互致问候后，巴麦尊勋爵打量着这位传奇商人。一个印度侍者用大托盘端上中国茶壶和几只中国瓷杯，给他斟满了茶水。巴麦尊在杯中放了一勺糖，用小银勺搅了搅，推到查顿面前："这是你们从中国运来的上等红茶，我用您进口的商品招待您。我早就听说您的大名，您白手起家，在印度和中国奋斗了三十年，造就了一家大型合伙制商行，您还在苏格兰成立了一个慈善基金，救济因重大疾病而丧失生活能力的人。"巴麦尊勋爵也是苏格兰人，对同乡抱有好感。威廉·查顿道："是的，我经商赚的钱今生今世都花不完，与其带入坟墓不如救济苍生。"

巴麦尊问道："听说印度也开始种植茶叶，是吗？""是的。三年前，东印度公司成立了一个茶业研究会，派了一个叫戈登的传教士兼植物学家去中国考察。经中国行商伍秉鉴和伍绍荣引见，戈登得以进入福建茶区，带回了茶种。他正在印度的大吉岭地区试种，但产量很小，无法满足需求，否则我们没有必要多走六千英里海路去中国购买茶叶。"马考雷问道："查顿先生，据您估计，印度茶叶的产量达到中国的水平，需要多少时间？""我不是农艺学家，说不准，假如一切顺利的话，需要十到十五年。"

几句闲话后进入了正题。巴麦尊勋爵道："您想劝说政府报复中国，是吗？""是的。我是商人，不喜欢战争，但是，中国人妄自尊大，自以为是世界上的第一大国，别的国家都是野性未驯的蛮夷。他们多次污辱我国侨商，甚至动用军队软禁我国使臣和商民，强迫我们交出在公海上的财产。中国钦差大臣曾经信誓旦旦地说，只要我国商人缴出鸦片，就既往不咎。但是，侨商们缴出两万多箱鸦片后，他却自食其言，驱逐了十六名侨商，包括我的合伙人马地臣先生和他的侄子。按进货价计算，我国侨商的损失高达六百万元之巨！有人因此破产，有人因为无法承受巨额亏损而自杀，留下的妻子和孩子无人关照。这种暴行超出了我们忍受的极限！巴麦尊勋爵，我可以毫不夸张地说，你们饮用的每一杯茶都渗透着我国侨商蒙受的耻辱！"查顿充分发挥了演说家的才华，讲得声情并茂。

巴麦尊打开笔记本，写下"赔偿烟价"，抬起头来问道："我国侨商没有把鸦片直接运入中国，是吗？""没有。我们严格遵照政府的指示，只在公海上销售鸦片，像因义士那样鲁莽的人，仅有一例。""听说你们对中国的贸易制度怨气冲天。""是的。我们的每条商船进入中国内河时都要交纳数额惊人的船钞和名目繁多的陋规。""如何交纳船钞？"

鸦片之王竭尽能事抨击大清海关的腐败："每条商船进入中国内河，中国税吏都要丈量船的长度，征收一笔费用。依照粤海关的章程，大船征三千五百元，中船征三千元，小船征两千五百元。但是，船钞的征收权把持在奸胥猾吏手中，他们明目张胆地索要贿赂。你要是不给，他们就从船艏的顶端量到艉舵，小船按中船征，中船按大船征，征得你不堪重负。这是一种十分可恶的制度，它促生了一种用金钱买通掌权者的社会生态，那是一种丑恶无比的画面——海关税吏秉性邪恶，一手执法一手收取黑钱——每一笔成功的交易鼓励着下一笔交易，腐败的霉菌把一切引向衰败，像蝼蚁溃堤似的磨碎了商民的心灵和良知。法律的底线一俟失守，市场就充满了单向的利益输送和暗箱操作，充斥着弱肉强食，最终让所有人失去了安全感。丑恶的制度造成了人们的自私、冷漠、旁观、欺诈、雁过拔毛、敲骨吸髓。在这种制度下，任何正派的商人都身不由己，堕落成无良无耻的贿赂者。"

"还有什么陋规？""名目繁多，入口时开舱有费，押船有费，丈量有费，贴写有费，出口时放关有费，领牌有费，押船重收费，贴写重收费，林林总总多达三十多种，头绪纷纭冗杂无度，而且不给票据，我们稍一争辩就会受到训斥和责骂。最可恶的是，这些陋规不是正税，全都进了私人的腰包！关津胥吏和通事买办们都想从我们的身上榨取金钱，广州贸易制度造就了一个前所未见的敲诈系统。他们非法征收的费用是法定税款的四倍，在棉花等重要商品上诈取的费用高于正税十倍。我们强烈要求明定关税，采用欧洲式的贸易制度。"巴麦尊在笔记本上记下了"明定关税，取消陋规，重建贸易制度"。

威廉·查顿接着道："各种巧立名目的税费中饱了中国官员的私囊，其中的行佣臭名昭彰。""什么叫行佣？""中国朝廷指派行商垄断贸易，同时又把行商视为可以随意拔毛的大肥鸭，致使他们经常陷入资金匮乏的窘境。为了应对各种摊派和敲诈，行商们想出一个可恶的办法，向我们征收一笔额外费用，这笔费用就叫行佣。最初，行佣按货值的百分之三征收，但是，百分之三远远不能填满中国官员们贪婪的胃口。行商们被迫把行佣提高到百分之六！"

马考雷有点儿吃惊："哦？中国人把聪明用到这种地方，真是骇人听闻！这意味着中国行商把贿赂款转嫁到你们身上，进而转嫁到我国消费者身上，对吧？""是的，中国官宪的盘剥使行商们每况愈下，多数行商离破产仅差一步之遥。十几家行商中只有伍秉鉴家族的怡和行和潘绍光家族的同孚行资财雄厚，其余的全都负债累累，不得不向我国商人赊销。迄今为止，广州十三行连本带息总共欠了我国二十三家商行三百万巨款。但是，伍秉鉴老奸巨猾，利用垄断权力强迫我国侨商同意挂账停息，分十六年还清商欠。"马考雷嗟呀道："挂账停息十六年？这等于赖账！""是的，是赖账。更有甚者，钦差大臣林则徐打着禁烟旗号，把十六名侨商驱逐出境，致使那笔巨额欠款无法讨回，我请求政府替侨商们索要这笔钱！"巴麦尊也对商欠数额之大感到吃惊："三百万商欠相当于一个小国一年的税赋！你们是国家的重要纳税人，政府有责任保护你们的财产和生命安全。您还有什么要求？"查顿道："我们要求取消船钞、陋规和行佣，废除行商垄断制，用自由贸易代替垄断贸易。"巴麦尊在笔记本上写下了"废除行商，打破垄断，自由贸易"字样。

查顿接着道："我的伙伴马地臣来信说，中国的钦差大臣以停止贸易相威胁，如果我们不签甘结，他就永远关闭贸易大门。"巴麦尊淡淡一笑："自古以来，获取财富有三种方式：第一是战争，第二是权力，第三是生产和贸易。用战争获取财富是古老的、原始的和野蛮的，用权力获得财富是不义的、卑鄙的，用生产和贸易获得财富是合法的、健康的。我们应当把英中贸易置于健康与合法的基础之上，要是清政府拒绝的话，我将向首相提议动用原始和野蛮的手段！查顿先生，我不了解中国，但有一个问题让我困惑。我国的纺织品采用纺织机和蒸汽机做动力，效率比手工纺织高一百二十倍，质量更是无可匹比。我国的纺织品运到阿拉伯和印度，加价三倍，依然有很强的竞争力，为什么在中国没有销路？""阁下，中国采取的是一口通商制，那是一种严厉的贸易保护制度。中国朝廷只允许我国商品在广州一地销售，广大中国民众根本不知道我们的商品物美价廉。为了打开中国市场，我建议政府动用武力，强迫中国皇帝增开贸易口岸。"巴麦尊问道："哪些口岸？"查顿道："除了广州，增开舟山、厦门、福州、宁波和上海等口岸。"

巴麦尊勋爵从柜子里取出一幅中国地图，摊在桌子上。查顿迅速找出那些地点，指给巴麦尊和马考雷。马考雷道："厦门和福州距离很近，有必要吗？"查顿解释道："中国的茶叶主要产在福建，从厦门和福州起运，可以大大降低运输成本。"巴麦尊在笔记本写下"增开通商口岸：舟山、厦门、福州、宁波和上海。"

马考雷接着问："查顿先生，中国的军力如何？在你看来，我需要付出多大代价才能达到目的？"查顿语气坚决："中国文明只相当于我国中世纪的水平，他们的价值观念、军队的装备、物质和文化，比我国落后三百年。他们不知道地球是圆的，不知道牛顿力学，更不懂得亚当·斯密的经济学。他们使用中世纪的铸模法制造枪炮，不懂怎样在炮管制造来复线。他们缺乏空气动力学的知识，他们的战船和商船只有横帆，没有纵帆和三角帆，不懂得如何让不同形状的船帆组合在一起相互借力。可以毫不夸张地说，我国的一条战列舰足以摧毁中国的全部外海水师，就像摧毁一堆大玩具。我认为，派一支精干的中小型舰队，占领一座海岛，封锁中国的珠江、长江和黄河入海口，实施经济制裁，足以逼迫中国皇帝打开国门。"

马考雷问道："哪座海岛最有战略价值，既从军事角度看，也从经济角度看？"查顿从皮包里取出一份地图："我带来一幅海图，是我们商行的史密斯船长绘制的。史密斯船长退役前担任过海军测绘军官。我相信，这份海图比海军部的海图还要详细和精确。"他把海图摊放在桌子上："我以为，长江入海口位于中国海岸的正中央，上海是最有价值的通商码头。舟山群岛离那儿最近，北上可以到达北京，南下可以抵达广州，它还是通往日本和朝鲜的中继站，我们应当在那里建立一个贸易据点兼军事据点。"

马考雷道："查顿先生，派军队到一万七千海里外与东方大国打仗，这个想法很浪漫，但风险也很高。我想了解一下，我军一旦与中国动武，中国百姓会有什么反应，是像土耳其人那样，宁可要本民族的暴君，也要把外国入侵者赶走，还是像非洲和澳大利亚的土著那样，虽然心怀不满，却能接受外来文明？"查顿道："中国是君主专制国，皇权的存在意味着剥夺臣民的权利。皇帝可以随意处置臣民，臣民却无抗辩的权利，更谈不上自由和尊严。中国臣民是麻木的群氓，而不是有独立意愿的个体。中国百姓在公共政治中没有说话的权利，也就没有积极健康的参与意识。如果我们对中国发动战争，中国百姓只会冷眼旁观。甚至有人幸灾乐祸，为他们的皇帝倒霉喝彩。"

巴麦尊勋爵道："顺便问一下，查理·义律是我国派往广州的领事和商务监督，您对他有何评价？"查顿道："义律先生不赞同鸦片贸易。他办事有点黏糊糊的，有时像女人一样心慈手软。""是的。义律先生对鸦片贸易持保留态度，但他忠实地执行了政府的训令。印度殖民政府的财政负担很重，鸦片是平衡赤字的合适商品，义律对这一点心领神会。如果我晋升他为公使，您认为合适吗？"查顿道："恕我直言，在和平时期义律先生还算合格，但是，他不是战时外交官的合适人选，在傲慢的中国人面前，他像得了阳痿症一样硬不起来。对付中国，我们必须派一个强硬的人物，首选是派一头雄狮，次选是派一条花斑豹或猞猁，无论如何不能派一只温存的猫。"

巴麦尊没想到查顿对义律的评价如此之低："海外公使和领事是我国政府千遴万选出来的优秀人才，查理·义律毕竟对我国的海外事业有无限的热情。"查顿见巴麦尊信任义律，不再多言。他从皮包里取出厚厚一沓文件："巴麦尊勋爵，这是我和马地臣先生共同准备的资料，涉及中国的海域、航道、物产、兵备、战略等，谨供阁下参考。"

巴麦尊勋爵郑重地接过纸袋，翻了一下，那不是一两个小时就能读完的。

他装回纸袋，拿起鹅毛笔，在纸袋上写了一行字"Jardine Paper"（查顿卷宗）："您提供了非常有价值的文献，我将仔细阅读它们。我谨代表政府向您和查顿−马地臣商行的全体股东表示诚挚的谢意。"

威廉·查顿离去后，巴麦尊勋爵问道："马考雷先生，您的意见至关重要。您是否同意出兵？"马考雷道："这场战争的起因不是鸦片，是中国人的傲慢和自命不凡，鸦片只是导火索。我同意组建一只规模适当的东方远征军，到中国海疆举行一场军事示威，最好有征无战，或者不战而屈人之兵。"

巴麦尊问道："谁指挥这场不战而屈人之兵的战争？"马考雷道："明托家族如何？"明托家族是有名的贵族世家，现任印度总督奥克兰勋爵，南非兵站司令乔治·懿律少将，驻华商务监督查理·义律都出自这个家族。奥克兰勋爵是查理·义律的姑表兄弟，乔治·懿律少将是查理·义律的叔伯兄弟[①]。

巴麦尊思索片刻："兄弟同心其利断金。明托家族的人能干有为任劳任怨。这是一个黄金搭配，妙不可言。"马考雷道："是的。明托家族人才辈出，他们兄弟三人合作，足以打败大清帝国。"

---

① 明托家族简表：
吉尔伯特·义律爵士（1722−1777）

长子	次子	三女儿
吉尔伯特（1751−1814）	休·义律（1752−1830）	埃利诺（1818−1858）
（第一代明托伯爵）	（外交官）	
次子	五子	长子
乔治·懿律	查理·义律	乔治·埃登
（海军少将、公使兼远征军司令）	（驻华商务监督、公使）	（奥克兰伯爵、印度总督）

第二十六章

林则徐误判敌情

从林则徐禁鸦片之日起,广州就成了多事之地。查理·义律严禁英国商人具结,林则徐寸步不让,不具结就不许英国商船进口贸易。双方针锋相对互不妥协。英商损了利润,中国损了关税。英商急,骂义律是笨蛋,行商也急,怨林则徐胶柱鼓瑟不知变通。林则徐眼见着广州百业萧条,更急,义律期盼着英国政府支援,最急。

焦灼烦躁之时最容易爆发冲突。先是英国水艄在九龙醉酒后聚众斗殴,打死了一个叫林维喜的中国村民。林则徐依照杀人者抵命的法条,宣布夷人在中国犯法必须由中国官宪审判,饬令义律交出凶手。义律宣称英国人犯法必须按照英国法律审判,拒不交人,双方牛抵角似的互不相让。义律将案情报告给英国政府,林则徐将案情奏报给朝廷。道光闻讯勃然大怒,他认为,既然英夷桀骜不驯,索性拉紧自家的藩篱,永远禁止英国人来华贸易,并将滞留在澳门的所有英国商人及其眷属驱逐殆尽!林则徐果断执行。英国商民仓促逃出澳门却无法远行,因为季风不对,他们的船羁旅在海上,急需淡水和食物。林则徐下令沿海官民严阵以待,拒绝他们登岸。几番交涉不成,英国人不得不强行登陆取水。广东水师奉命拦阻,英国护商兵船和武装商船全力掩护。双方大打出手,在官涌、穿鼻、九龙等地接连爆发多次武装冲突。海疆局势一天天恶化,贸易前景一日日黯淡。

朝廷原本任命林则徐为两江总督，鉴于海防吃紧，做了人事调整，让林则徐接任两广总督，调邓廷桢出任闽浙总督，将云贵总督伊里布调往南京接任两江总督。

转眼到了第二年春天，来华贸易的外国商船不及往年的三分之一。十三行的生意一落千丈，行商们悲心丧气心旌彷徨。

这一天，伍绍荣、卢文蔚和全体行商聚在外洋行公所，围坐在大条案两侧，竖起耳朵听钱江传达林则徐的谕令。行商都是捐买了七品以上顶戴的捐官，钱江只是小小的九品知事，但大家知道他机警聪察宪眷优渥，没人敢得罪他。

钱江不疾不徐道："诸位老爷，广东海疆是多事之地，朝廷下令断绝英夷贸易后，英夷迟迟不肯离去，在官涌、九龙和尖沙咀等地连续挑起事端。林督宪最近去那儿巡视，发现官涌和穿鼻有重兵把守，固若金汤，九龙的防御却十分薄弱。他与关军门反复商议，决定在九龙增建两座炮台，一座在南山脚下，一座在尖沙咀。"

听了钱江的话，大家立即意识到林则徐要他们捐资助军！有人紧蹙眉头，有人唉声叹气，有人咳嗽连声。钱江没有林则徐那种权威，只能等大家安静下来才接着讲："广东整修军备抵御外夷需要银子。当今皇上以节俭表率天下，向朝廷和户部要银子比较难，藩司库银吃紧，也抽不出银子来，林督宪要我找各位商议，请大家出一点儿钱。"

伍绍荣一声不吭，卢文蔚也不言语，伍元菘忍不住了，率先发问："请问钱知事，增建两座炮台需要多少银子？"钱江一手伸出三个指头一手伸出两个："需要三万二千元。此外还要添购五十位海防大炮，总计需要五万元。"潘绍光小心问道："就这些？""不，还有。广东接连发生几起海疆冲突，关军门认为英夷船坚炮利舵深舱高，广东水师船小皮薄，在海上争锋难免吃亏。他建议购买一条外国三桅大兵船，供我军训练和仿造。"

潘绍光道："一条外国三桅大兵船，没有十万元是买不下来的。两项合计，至少得十五六万，这可不是小数！"潘绍光是仅次于伍秉鉴的富商，钱江以为他在装穷，哂然一笑："潘老爷，你家的同孚行手面阔大，拿出三五万来，还不是小菜一碟。"碰到这种拔鸭毛的事，潘绍光木偶似的不言声，端起一杯茶慢慢喝。卢文蔚不得不接过话茬："钱知事，自从中断英夷贸易以来，生意少了一大半，积压在各家行商库房里的茶叶有九百万担之多，家家户户的日子都不好过。拿出这么多银子，实在力不从心。"

钱江道："广东钱紧，这是事实。自从禁烟以来，粤海关税收减了七成，库银不敷度支，林督宪不得不倡议广东和广西两省官员撙节，扣减三成养廉银用于海防，连缴六年。但这笔钱只能按月抵扣，不能提前支领，所以他才请诸位老爷想官府之所想，急官府之所急，带头捐资御敌，实力劻勷。"

严启昌被沉重的阎王债压得愁眉不展，一脸苦相："钱知事，在历任官宪眼中，十三行是个大利薮，却不知晓十三行今非昔比，金玉其外败絮其中，说不准哪天大风一刮，吹得椽子瓦片满天飞，倾圮翻倒一大片。眼下这么困难，督宪大人总不能竭泽而渔吧？别说要十万，就是要一万，大家也得咬紧牙关勒紧裤腰带！"严启昌的话一出口，行商们立即七嘴八舌声声叫难，花厅里叽叽喳喳开了锅似的嗡响。钱江见他们不愿出钱，平常温润可人风流倜傥的模样荡然无存，突然变成了一个跋扈小吏，脸色一沉，目光凌厉地盯着严启昌："严老爷，你张口'历任官宪'，闭口'督宪大人'，好像历任大宪都想从你身上拔毛，你想对抗宪命吗？"

严启昌负债累累，本想在伍家人的帮衬下勉强经营了度残生，没想到碰上禁烟和停止英商贸易，旧债未去新债又来，他成了形销骨立的瘦毛驴，只要再加一根稻草，就会压断脊梁骨。他一咬牙，硬挺着身板站起来，话音打战："对抗宪命？我最后悔的就是没对抗宪命！当年丽泉行、西成行、同泰行和福隆行相继倒闭，前督宪大人诱逼我家出任行商，我家的四万两本金被各级衙门搜刮净尽，一开张就是负债经营！加上天灾人祸，走到现在的田地再也支撑不下去，哪有钱捐资助军！钱知事，广东省不光有总督衙门，还有将军衙门、巡抚衙门和海关衙门，今天你要七万，明天他要八万，后天再加十万，什么商人能经得起如此勒捐！"他把"勒捐"二字说得极重，就像是带血吐出来的。这番激烈的抗辩令在场的行商们悚然一惊，生怕他一滑嘴说出三百万巨额商欠来——邓廷桢在任时把商欠案捂得严实，林则徐接任后是否知晓谁也说不清。邓廷桢性情随和，比较好说话；林则徐性情刚烈，绝少通融。行商们不怕邓廷桢却怕林则徐，他要是翻腾起旧账，十三行就地覆天翻了！

钱江担心完不成劝捐任务，脖子一挺硬嘴反驳："我是劝捐，不是勒捐！"严启昌做人办事向来畏畏缩缩低三下四，今天不知吃了什么烈药，居然大动肝火，一拍桌子："既然是劝捐，何必说我对抗宪命？"他摘下红缨官帽往条案上一摔，眼眶里突然涌出两行热泪，嗓子有点儿哽咽："钱知事，你不经商，不晓得商人的苦涩和艰难。我们行商被压榨得像荒凉的沙漠，再也挤不出一滴油水！我是一头瘦驴，所有血汗被官宪榨得一干二净，只剩一把骨头渣子，捐不起一文钱！这是一顶七品官帽，是前任官宪逼我出大价钱买的，我戴不起，不戴了！请你带走，送还督宪大人！"说罢他一拍屁股，决然地转身走了。钱江虽然官小，却是督宪大人的耳目与喉舌，不是可以轻易顶撞的。伍绍荣和伍元菘赶紧连声召唤："严老爷，严老爷！"但严启昌头也不回，跟跄着步子号啕着嗓音出了十三行公所。

钱江好大喜功急于求成，本想把林则徐交办的事情办得干净利落，没想到败落到绝死境地的严启昌硬生生地顶撞，一摔官帽走人了。花厅里的气氛十分尴尬，沉沉寂寂无人言语。过了半晌卢文蔚才咳嗽一声，缓缓道："钱知事，有一笔生息款，不知道你听没听说？""哦，什么生息款？""嘉庆十四年，为了防止夷人渗透，广东大宪扩编前山营——就是澳门北面那座营寨。兵额增加了，兵饷却没有出处，于是派人来，要我们十三行承担前山营的兵饷。那时是我爹卢观恒和伍秉鉴老爷共同担任总商。他们二人合议后决定捐一笔银子，交给几家当铺放贷生息，每年的生息款用于前山营的兵饷，按年核实支销。屈指算来，这笔款子已经放债生息三十年，应当有所盈余，不是小数，少说也有五万元，足以修筑两座炮台。您不妨回去查一查。"

伍绍荣道："林督宪带头捐纳三成养廉银，我们行商也不能不有所表示，我提议，把经营茶叶的三分行佣用于捐资助军，连捐三年，请诸位老爷议一议。"行商们全不吭声，大家都晓得，每年的勒捐多如牛毛，一笔接一笔，这次用生息款和行佣支付了，下一笔摊派就得自掏腰包。捐资助军办到这种田地，再也办不下去。钱江无奈，只得起身告辞。伍绍荣和卢文蔚把他送到门口。钱江一脚踏在门槛上，回转头，口气里透着不满："二位总商，海防一日不可疏虞，林督宪可是等着现银用的。"

伍绍荣想息事宁人："钱知事，做生意是要有周转金的，十三行确实手紧，商人把周转金捐出去就像农民把种子捐出去，只能坐以待毙。这样吧，我们怡和行再勒一勒裤腰带，认捐一条三桅夷船，供广东水师操练之用。"钱江没想到伍绍荣出手如此阔绰："这话当真？""当真。但我也有一事相求。""哦，什么事？""方才严老爷发火，摔了官帽，这事儿请您多包涵，千万不要禀报给林督宪，以免落下藐视上宪的罪名……这个……还是息事宁人的好。"伍、严两家是姻亲，伍绍荣不愿严启昌受到惩罚。"好说，好说。"钱江拱手告辞，扬长而去。

钱江走后，卢文蔚抱怨道："五爷，三分行佣是用来清偿三百万商欠的，你捐出去助军，那笔阎王债什么时候能还清？"伍绍荣一脸难色："眼下朝廷断了英夷贸易，他们不是没上门讨债吗？"卢文蔚道："生意人讲求一个信字，那笔债迟早是要还的。"

一个行丁进来禀报："伍老爷，卢老爷，美国代理领事多喇纳老爷和查理·京老爷求见。"多喇纳是美国商人，与伍绍荣同岁，风度翩翩，是经过大风大浪历练的人。十七世纪初叶，他的先祖从法国移居美国。他十三岁登船御浪，十九岁成为家族商船的船长，不远万里来中国做生意，成为旗昌商行的股东。他体格健壮聪明好学，精通商务热心公务，不久前被美国政府聘为驻中国澳门代理领事。伍家是旗昌行的保商，多喇纳善于沟通，与伍秉鉴父子的私交极好。他与查理·京一起进了花厅，行脱帽敛手礼。伍绍荣和卢文蔚起身行拱手礼，分宾主入座。

多喇纳用半生半熟的中国话道："五爷，我们有一件重要事情，想请求林督宪施恩关照。"伍绍荣道："请讲。""最近我国商船进口，受到贵国海关税丁的反复核查，耽误的时间过长。我们想请林督宪简化手续。"依照大清的海关章程，各国领事致中国官宪的禀帖必须经行商转呈。他从皮包里取出一份汉字禀帖："据可信消息，英国要对贵国用兵，封锁珠江口。依照欧美国家的惯例，但凡两国开仗事涉第三国时，应当事先知会，以免第三国无辜受损。"他将一个敞口禀帖递上。伍绍荣接了禀帖展读：

> 具禀美国代办领事多喇纳，敬禀总督大人台前，各西国之例，凡有一国封一国之港，不许各国之船往所封水港贸易，先行文书通知各国。现有

英国及本国新闻纸来到，内云：英国限于本年五月前后，不许各国之船来粤贸易……因日子无久……恳请早日进（黄）埔开舱。因从前之船多有耽搁……将来所到之船，倘照从前耽搁如此之久，则日子无几，起下货物不能速完，而英国巡船一到，定以时日阻止出口，不能回国，血本大亏。求施恩早带船进口，早日开舱……望总督大人恩准施行。

道光二十年三月二十五日禀①

多喇纳表面上要求简化手续早日开舱，实际上婉转告诉中国人战争迫在眉睫。伍绍荣不由得一愣神，"这事从何谈起？朝廷断绝英夷贸易，他们就封锁海口，不许别国贸易！这岂不是强梁霸道？"禁烟已经让行商损失惨重，要是英国派兵封锁珠江口，切断所有国家贸易，十三行就天塌地陷了！

卢文蔚读了禀帖同样心存困惑，抬眼问道："多喇纳老爷，你如何知晓英国人要封锁海口，对我国用兵？"多喇纳郑重其事道："各国商船到贵国贸易，都会取道新加坡。英国水陆官兵正在新加坡集结，当地的新闻纸多有报道。我向英国领事义律先生求证，他也认可这种说法。这不是传闻。"他见伍、卢二人不信，又加重语气重复一遍："这的确不是传闻。"

伍绍荣道："我会把你们的禀帖呈报给林大人，请你们稍候，明天就能给予回答。哦，我也有一件事相求。我想买一条三桅兵船，旧船也可以，不知谁肯出售？"查理·京道："巧得很，我听说英国商人约瑟夫·道格拉斯有一条大船要出售，叫'甘米利治'号，是武装商船，载重一千零六十吨，三桅九篷，配有十四位火炮，只要增加炮位就可以改装成兵船。约瑟夫·道格拉斯经营亏损，想就地抛售。不过他是英国人，出售武装商船必须得到英国商务监督署的批准。贵国大皇帝断绝英商贸易，不知查理·义律会不会批准。"

"甘米利治"号曾经开进黄埔贸易，伍绍荣上过那条船，对它有印象，那是一条九成新的武装商船。他点头道："约瑟夫·道格拉斯出售'甘米利治'号，只要价格合适我可以买下来。多喇纳老爷，要是义律不批准，我想请你用美国商

---

① 取自林则徐的《信及录》。作者仅用"美国"替代了"米利坚国"，"英国"替代了"英吉利国"，下同。道光二十年三月二十五日是西历1840年4月26日，此禀说明林则徐于这一天获悉英国将对华开战。

行的名义买下，再转手给我。我按公道价格支付一笔中间费。"多喇纳道："此事我帮你咨询一下。"伍绍荣道："我会把你的禀帖尽快转给林督宪。"

钱江返回总督衙署后立即向林则徐禀报："我刚说出劝捐二字，行商们就跟丢魂失魄似的，容颜之惨淡，言语之支吾，神情之张皇，要多难看有多难看。这个说'钱紧'，那个说'周转不开'，总之是不愿掏钱。尤其那个严启昌，居然摔了官帽，说戴不起，不戴了！"钱江一面说一面比画，把行商们的表情渲染得绘声绘色。林则徐道："让他们出银子就像拔毛，你一拔他们就疼，哪能不叫唤？但英夷是赖皮水狗，不断在海疆制造麻烦，广东海防必须增强，增强就得有人出钱。广东广西两省文武官员扣交三成养廉银，连交六年，这也是拔毛，官员们也喊疼，甚至有人骂娘，骂我林某人扒了他们的一层皮。但是国家有难，人人都应当以社稷为重，身家为轻。官员们扣交养廉银过紧日子，行商们也不能袖手旁观，也要过紧日子！"

司阍进来禀报："余知府和伍总商来了，说有要事禀报。"林则徐"嗯"了一声："叫他们进来。"他继续对钱江道："当官不能怕得罪人，怕得罪人不要当官。我到广东禁烟得罪了许多人，有人向朝廷告黑状。但我脚正不怕鞋歪。"

十三行负有将夷人禀帖转交督宪的责任，但伍绍荣惧怕林则徐，他不善掩饰，每次见林则徐他的脸上都挂着不由衷的微笑，一看就是虚情假意。为了避免尴尬，他特意拉上余保纯一起来。二人一前一后进了花厅，将多喇纳的禀帖递上。林则徐戴上老花镜低头默读，余保纯和伍绍荣垂手站在一旁。

林则徐初读一遍觉得匪夷所思，读过第二遍后站起身来，在青砖地上踱起步子，思忖良久才缓缓道："此等谎言不过是义律张大其词，意在恫吓，不足深论！"余保纯是官场老吏，从不违逆上司，顺着林则徐的心思附和道："下官也是这个见识。英国距我大清有六万里之遥，充其量只能调来两千兵丁。我广东一省就有水陆官兵六万八千。没有十万大军，哪个岛夷敢与大清开仗？就算英国是海上牛马之国，十万大军的衣食住行营帐辎重如何解决？枪炮火药如何接济？伤残人员如何撤回？"林则徐道："英国人所恃无非坚船利炮。但除了船与炮，夷兵击刺步伐都不娴熟，腿足裹缠，结束严密，屈伸皆所不便，一俟上岸更无能为力，一仆不能复起，不仅本朝弁兵能以一当十，即便乡井平民也足以制其死地。如此度量，其强并非不可制。就算他们处心积虑侵犯我大清，充其量只能在海疆制造一点小波澜，断然不敢舍舟登岸，进入内地滋事生非。你说呢，钱江？"钱江哂然一笑："卑职也是这种见识。英国乃蕞尔岛夷，与大清开仗，无异于蚍蜉撼大树蚂蚁搬巨石，不自量力！它能吞并印度小邦，但绝不敢以侵凌印度之术窥视大清。"

伍绍荣比林、余、钱三人更了解夷情，对多喇纳的话虽不全信却不敢全不信。他见林则徐如此说话，咽了一口唾沫，一声不吭。林则徐对他没有好感，视有若无，自说自话："美国代办领事多喇纳妄称英夷将在五月前后封港，不许各国来广州贸易，实属荒谬！自从本朝断绝英夷贸易后，美国商人居间转运大获其利！他却听信义律的虚声恫吓。这种禀帖理应驳回。钱江，我嘱稿，你记录。"钱江知道林则徐要口述批谕，撩衽坐在小桌旁，濡笔蘸墨，摆出速记的架势。林则徐一面踱步一面酝酿着字句：

批谕广州府转谕：

  查此次钦奉谕旨，只断英国一国贸易，其（他）各国遵守法度，仍皆许以通商。唯因近日察看情形，难保别国夷船无代运英夷货物，是以须待查验无弊，方能准令开舱。该夷恐延时日，禀恳施恩早准带船进口，尚在情理之中。乃禀内妄称五月前后，英国欲行封港，不许各国之船来粤贸易等语，实属胆大妄言，荒谬已极……且尔美国并非英夷属国，何至一闻该夷不许船来之言，尔即如此着急乎？如果尔等甘听英夷指挥，五月前后不敢贸易，天朝官府正喜得以省事，岂此等谣言所能恫喝耶？……况自英夷贸易既断之后，该美国夷人所受利益已数倍于往年，何至有亏血本？若竟不知好歹，转代英夷张大其词，恐亦自贻后悔而已。原禀掷还！

邓廷桢当总督时，给夷商谕令的第一行是"批谕外洋行转谕"，林则徐谕令的第一行却是"批谕广州府转谕"。这一变化虽然细微，伍绍荣却有一种针扎似的感觉。既然林则徐对他毫不信任，他索性耷拉着眼皮一声不响，打定主意不忤逆、不赞参、不解释、不抗辩，必要时捐资避祸。

林则徐口授批谕如同当面训斥美国代办领事，钱江笔走龙蛇记得飞快。他把最后一个字写完，笔端一挫，奉承道："林大人，您的批谕义正词严，有一种居高临下睥睨八方威抚海疆的风范！"林则徐没吭声，脸膛严峻得像一块铁板。

多喇纳婉转告诉中国人战争迫在眉睫，林则徐视为谣言和恫吓，没有向朝廷发出警报。

第二十七章

东方远征军

道光二十年五月二十九日（1840年6月28日），英国皇家海军的三级战列舰"麦尔威厘"号、五级炮舰[①]"伯朗底"号、双桅护卫舰"卑拉底士"号和火轮船"进取"号舳舻相接抵达澳门洋面。这支分舰队是从南非的开普敦开来的。

原南非兵站司令乔治·懿律少将奉命出任印度-中国兵站司令兼东方远征军总司令，并与查理·义律共同担任对华事务全权公使大臣。东方远征军由海陆两支队伍组成。海军舰船来自印度、南非、澳大利亚和英国本土，共有十六条战舰、四条火轮船一条运兵船，另外租用了二十七条运输船。陆军是从马德拉斯、孟加拉和斯里兰卡调来的，包括英军步兵第十八团、二十六团、四十九团，孟加拉志愿团和马德拉斯工程兵队，水陆官兵总计七千八百余人。

海上刮着三级风，下着蒙蒙小雨，天空阴暗，乌云低低地悬在海面上，一团团一块块相互挤压，海浪像一群不安分的怪兽升升降降起起浮浮。乔治·懿律披着一件蓝黑色的雨篷，雨篷被海风吹得鼓胀起来，乍一看像一只展翅欲飞的大蝙蝠。他手搭凉棚望着散泊在澳门洋面上的英国兵船，"都鲁壹"号三桅炮舰和"罗赫玛尼"号运输船挂着半旗。只有舰上的重要人物死去才会挂半

[①] 请参阅893页的"三桅风帆战舰分级示意图"和图说。

旗，懿律有一种不祥之感。

查理·义律乘"路易莎"号纵帆船驶向"麦尔威厘"号，迎接懿律。两位叔伯兄弟五年多没见面，在舷梯口拉手拥抱激动了一番。义律道："乔治，没想到你这么憔悴，瘦了一圈。"懿律的确憔悴。在海风和烈日的轮番蹂躏下，他的脸膛布满了皱纹，多日未刮的胡须像一丛乱毛。在拿破仑战争期间，乔治·懿律是英姿飒爽的海军少校，现在已经五十六岁，显示出血气亏损老态龙钟的模样。他的声音有点儿沙哑："半年多来我一直在海上漂荡。外交大臣巴麦尊勋爵和国防大臣马考雷先生要我亲自去伦敦商议组建东方远征军事宜。我从开普敦到伦敦，再返回南非，又马不停蹄赶到中国，连续半年饮食欠佳肠胃燥结。这种磨难真是一言难尽。"义律当过海军军官，深知海上生活的艰辛，讲了一句水兵们常说的话："海上生活一靠自助，二靠上帝保佑。"

懿律指着悬挂半旗的兵船问道："谁死了？"义律的目光灰暗，惋惜道："很不幸，'都鲁壹'号的舰长斯宾塞·丘吉尔勋爵和陆军副司令奥格兰德少将去世了，还有不少士兵病倒。""哦，什么原因？"义律道："我们的对手叫林则徐。他是一个强硬人物。他命令中国兵民向沿海的所有水井和水源投放了大量毒药。'都鲁壹'号的水兵上岸汲取淡水，斯宾塞·丘吉尔勋爵饮用后中毒身亡，不少官兵跑肚拉稀腹泻不止。"

懿律有点吃惊："向水井和水源投毒？这是既害人又害己的方法，不知内情的中国人，尤其是孩子，也可能因为误饮毒水而死亡。"义律道："中国人是一个奇怪的民族，他们宁肯与敌人同归于尽。""奥格兰德少将也是中毒身亡的吗？""不，他死于痢疾。他死后我亲自登上'罗赫玛尼'号检查。据我看，痢疾源于军用食品。'罗赫玛尼'号曾在加尔各答补充淡水和食物。加尔各答军需处配发的风干牛肉又硬又紧又难嚼，士兵们吃第一块时尚可忍受，吃第二块时太阳穴就发涨，吃第三块时上下牙床像沉重的磨盘，嘎嘎作响，颌骨简直不堪重负。从登记编号上看，有些牛肉竟然存放了十年之久！"懿律知道，风干牛肉是重要的军用食品，它是用生牛肉、食盐、八角、花椒、桂皮、大黄等香料制作的，经过洗晒、整形、发酵、堆叠，存放在仓库里。每块牛肉都有编号，如果无故缺额短数，军需官会受到严厉处分，所以，他们宁愿把陈放多年的风干牛肉放在仓库里也不肯扔掉。

懿律皱起眉头："加尔各答军需处的风干牛肉是印度人做的，像木乃伊，别说吃，看一眼都令人恶心。军用食品不是小问题，我将派人调查，对不负责任的军需官严加惩处。"他从南非兵站司令调任印度-中国兵站司令兼东方远征军总司令，加尔各答军需处归他管辖，但他甫一上任就直接赶往中国，没来得及去加尔各答视察。他再次眺望"都鲁壹"号和"罗赫玛尼"号，喟叹道："一个是名门贵胄，一个是名将之星，出征未战身先死，令人不胜唏嘘！"他举手向"都鲁壹"号和"罗赫玛尼"号遥致军礼以示哀悼。义律道："战争尚未开始，先损两员战将，这不是好兆头。有些士兵很迷信，说这是上帝在诅咒为鸦片而战的军队。"英军士兵多数来自无知无识的社会底层，容易受到流言蛊惑。懿律久历戎行，深知流言蜚语一俟传开，军心就会动摇，他口气严肃："谁要是胆敢散播流言摇惑军心，按军法论处！丘吉尔勋爵和奥格兰德少将临死前有什么要求？""丘吉尔勋爵是虔诚的基督徒，他希望把他安葬在基督教的墓园里。奥格兰德少将希望把他埋葬在我军占领的第一块中国领土上。""我们要满足他们的要求，给他们举行隆重的葬礼。"

懿律和义律进了司令舱，脱去雨篷，用毛巾擦去头发和脸上的雨滴。司令舱空间狭小，二人面对面坐在一张小桌旁。义律问道："你见到奥克兰勋爵了吗？""没有。我在途中耽搁太久，奥克兰勋爵派人到锡兰通知我直航中国，不必绕道加尔各答。伯麦爵士和布耳利少将在什么地方？"伯麦爵士从是澳大利亚调来的海军准将，被任命为远征军的舰队司令，布耳利少将是锡兰首府科伦坡的驻军司令兼第十八步兵团的团长，被任命为远征军的陆军司令。义律道："他们去舟山了。军队集结时间过长，再等下去只会耗得师老兵疲。你来前，我与伯麦爵士和布耳利少将商议过，决定提前行动。伯麦爵士率领'威里士厘'号战列舰，双桅护卫舰'康威'号，'鳄鱼'号和运兵船'响尾蛇'号驶往舟山，陆军各团搭乘运输船尾随前往。这里只留下炮舰'都鲁壹'号，双桅护卫舰'拉恩'号和'哥仑拜恩'号，还有'进取'号火轮船，外加两个孟加拉步兵连，由亨利·士密中校统一指挥，负责封锁珠江口。"

全权公使兼总司令未到，军事行动已经开始，懿律心里有点儿不自在。东方远征军来自世界各地，按照国防大臣的计划，应当在四月底在新加坡完成集结，但是，不同的分舰队距离中国远近不一，风信无常，澳大利亚分舰队三月底就到达新加坡，来自印度和孟加拉的陆军五月中旬到达中国水域，南非分舰队刚到，从英国本土派来的分舰队还在途中。懿律比预定时间晚到两个月，义律的做法无可指责。

懿律对义律道："查理，你比我了解中国，我比你了解军队，咱们两人分一分工，我负责军事，你负责谈判，你看如何？"义律点头赞同。

懿律从皮包里取出两份文件："这是巴麦尊勋爵写的《致中国宰相书》和第三号训令，是我们的行动纲领。两份文件有不一致的地方，以第三号训令为准。你看一看吧。"一个月前，邮船就把《致中国宰相书》送到澳门，第三号训令则是懿律亲自带来的。义律拜读过《致中国宰相书》，它的前半部指责中国的钦差大臣暴力收烟，软禁和虐待英商，侵犯英商的人身权和财产权，后半部提出赔偿要求。义律抽出第三号训令读了一遍，它涵盖了《致中国宰相书》的全部内容，并将英方的要求具体化为十五条，涉及赔偿军费，赔偿英商损失，清算商欠，明定税则，废除陋规，废除垄断，增开通商口岸，割让一座海岛，两国平等交往，保护英商身家安全和财产安全，等等。巴麦尊特别指示要先打后谈，首先武力占领舟山，再以舟山为质押物，去大沽口与中国人谈判。

义律道："《致中国宰相书》和第三号训令的每一条款都是一把利剑，刺在中国皇帝的心上——尤其是割让海岛，对任何国家都不是一件轻松的事情。"懿律道："巴麦尊勋爵指示，增加口岸和割让海岛可以二选一。如果中国皇帝不肯割让海岛，可以改为增开通商口岸，给予我国商人居留权，并承诺保护他们的人身安全和财产安全。"义律道："巴麦尊勋爵小看中国了，他的要求太高，派来的军队太少，以七千多水陆官兵逼迫一个三亿五千万人口的东方大国屈服，太困难了。哦，我们的底线是什么？""巴麦尊勋爵口头指示，假如大皇帝顺利接受我方的全部条款，我国政府可以考虑控制鸦片的种植和生产。"义律的蓝灰色眼睛闪过一丝忧郁："中国皇帝并不关心他的臣民是否因为吸食鸦片而健康受损，他关心的是白银外流，白银外流才是中国禁烟的根本原因。"懿律道："巴麦尊勋爵还说，只要中国皇帝同意开放口岸，大英国政府可以禁止我国商人从中国带走白银——当然，所有让步必须以中国皇帝接受我方的全部条款为先决条件。①"

义律把两份文件收起："议院的反应激烈吗？"懿律道："在野党反对这场战争。在下院表决时，辉格党仅以271票对262票的微弱多数通了战争提案。反对党领袖哥拉斯顿勋爵把这场战争说成是'鸦片战争'。远征军的部分官兵也对鸦片贸易有异议。巴麦尊勋爵要求我们淡化鸦片问题。说实在话，我对鸦片也有看法，那种东西害处大于益处。但我是军人，以服从命令为天职。为了鼓舞士气，我不得不搬演愚人节的把戏，把乌黑的鸦片说得白一点儿。"

义律嗟叹道："是的，一场正义的军事行动将因为鸦片而受到玷污。巴麦尊勋爵还有什么指示？""他命令我们不得在《致中国宰相书》的信套上加写'禀'字，必须以国书或照会形式递交。"义律皱了一下眉头："不写'禀'字，中国官宪是不会接受的。""为什么？"义律解释道："我在中国工作了多年，至今解决不了这个问题。中国皇帝妄自尊大，至今还生活在四夷来朝的梦幻中。他不许广东官宪与我们平等往来，商务监督署的所有公文只能通过十三行公所转呈两广总督，信套上必须加写'禀'字，不得封口，以示恭顺。现任两广总督林则徐是一块又臭又硬的顽石，一头固执的斗牛。《致中国宰相书》不加写'禀'字，他会拒收的。"

"那么我们该如何递交？"义律道："改在其他地方投递。我已经把《致中国宰相书》抄录三份，准备在厦门、舟山和天津三地投递，由那里的中国官员转呈中国皇帝。伯麦爵士和布耳利少将去了舟山，我另派'伯朗底'号三桅炮舰去厦门专程投递国书。第三份由我们亲自携往大沽口递交。巴麦尊勋爵还有什么训令？""他要求我们全面封锁珠江、长江和黄河出海口。我估计，有了这些手段，本次出兵将有征无战。""我军已经这样做了。伯麦爵士出发前写了一封致广东官宪的公开信，派人登上海滩，插了一块木牌，把公开信粘在木牌上，告诉中国人我军正式封锁珠江口，停止所有贸易。"

林则徐戴上老花镜，展读新安县送来的急件。天气又湿又闷，他不时用手

---

① 英方的谈判底线见Costin撰写的《大英国与中国》（*Great Britain and China 1833-60*）P.75.）或Clargette Blake撰写的《查理·义律——一个派往海外的英国公务员》（*Charles Elliot R.N. A Servant of Britain Overseas* P.46.）。

巾擦一擦额头和脸上的汗珠。新安知县张熙宇禀报，最近，英国兵船陆续抵达香港和澳门水域，总数不下三十条，船上番兵众多，枪炮林立，估计兵额有六七千之众。两天前，有个叫伯麦的夷酋派人上岸，在海滩上插了一块木牌，附粘了一份汉字说帖。张熙宇把说帖禀报给林则徐：

大英国特命水师将帅伯麦为通行晓谕事：

照得粤东大宪林、邓等，因玩视圣谕"相待英人必须秉公谨度"，辄将住省英国领事、商人等诡谲强逼，捏词诓骗，表奏无忌。故此，大英国主钦命官宪，著伊前往中国海境，俾得据实奏明御览，致使太平永承，妥务正经贸易。……且大宪林、邓，捏词假奏，请奉皇帝停止英国贸易之论，以致中外千万良人吃亏甚重。缘此，大英国主将帅现奉国主谕旨，钦遵为此告示：所有粤东船只不准出入粤东省城门口，兼嗣后所指示各口岸，亦将不准出入也，迨俟英国通商，再行无阻……又沿海各邑乡里商船，亦准往来，可赴英国船只停泊之处贸易无防（妨）。特示。①

这份说帖不知出自谁的译笔，文理不通词不达意。林则徐读了两遍也没完全看懂。他挑高嗓音叫道："梁先生，钱江！"梁廷枏和钱江正在隔壁的签押房里议论《粤海关志》的初稿，钱江听见呼唤，答应一声"卑职在！"绕过门槛进了花厅，梁廷枏迈着方步跟在后面。林则徐道："你们二位看看这份说帖，揣度一下夷酋伯麦想干什么。他居然使用'谕'字，给我们下起命令来！"林则徐抖开折扇呼嗒呼嗒地扇风，扇面上有"制怒"二字。

钱江是机要幕僚，经常替林则徐草拟奏稿、咨文和谕令，梁廷枏是精研文字的饱学之士，两人把伯麦的说帖传阅一遍。钱江道："英夷诡谲，凡事虚张。这份说帖就像出自一个醉鬼，词不达意表述不清，卑职以为，夷酋伯麦是想说，他奉英国国主之命到北京告御状，控告您和邓大人对英国商人不够'秉公'，说你们诓骗皇上。他们想恢复通商。后半段的文义混乱，我也读不懂。"梁廷枏是咬文嚼字的行家里手，拿着放大镜讥讽道："什么叫'所有粤

---

① 林则徐：《林则徐集》，第844–845页，中华书局1984年版。

东船只不准出入粤东省城门口'？粤东省城就是广州，但广州城里没有船，所有船都在城外，何来'不准出入省城门口'？文义不通，不通，十分不通！'沿海各邑乡里商船……可赴英国船只停泊之处贸易无防。'这个'防'字错了，应当写女字旁的'妨'，既然要封锁，还说什么'贸易无妨'？把说帖写成这个样子，可笑，可笑，十分可笑！"

钱江道："英逆来船三十余条，就算桅高船大运载盈多，充其量只能运五六千兵丁，这么小的军队不过是乌合之众跳梁小丑，能在海疆制造边衅，却成不了大气候。泱泱大清有八十万水陆大军，以无限之中华与有限之英夷对仗，不独以十抵一，就是以百抵一，也能将其剿灭殆尽。夷船要是泊在汪洋大海，我军可以以逸待劳。它要是胆敢闯入内河，一则潮退水浅，二则伙食馨尽，三则军火不济，他们就会像海鱼登岸自来送死。依卑职愚见，英夷大股兵船来中国，一是武装押送鸦片，二是取道天津向皇上递禀书，恳求恢复通商。"

林则徐道："去天津递交禀书就是告御状！梁先生，这种事以前有过吗？"梁廷枏对历史掌故一门清，肯定道："有。我在《粤海关志》第二十八卷里记过：乾隆二十四年，有个叫詹姆士·弗林特的英国商人，中文名字叫洪任辉，因为不满粤海关浮收税费去北京告御状，由广州启程，到舟山时受到水师拦阻，要他返回。他佯言返回，却绕道北上，最终到了天津大沽口。大沽炮台的员弁登船查验时，洪任辉自称是英国职官，因有冤情，广东官宪不予受理，所以赴京鸣冤告御状。他买通大沽和天津的员弁，将状纸呈送直隶总督方观承，转奏给乾隆皇帝。洪任辉的状纸共有四款。其一，控告粤海关监督李永标纵容家人和属吏敲诈勒索，征收陋规杂费达六十八种之多；其二，控告行商黎光华拖欠货款五万余元不还；其三，控告广州官吏不循章程接见夷人，致使家人和属吏趁机索要高额门包，等于逼人行贿；其四，控诉保商制度弊病多端，延误外国商船正常贸易。乾隆皇帝龙颜大怒，认为洪任辉不听广东和浙江官员劝告，擅赴天津告御状，有辱大清尊严，请人代写状纸是内外勾结的行径。乾隆皇帝命令把洪任辉押回广州，圈禁于前山寨兵营，圈禁期满后驱逐回国。那个代写呈词的人叫刘怀，被斩首示众。但是，乾隆皇帝对当时的职官和行商惩罚更重，粤海关监督李永标被罢黜，黎光华的家产被抄查拍卖，用于清理商欠。"

林则徐没说话。道光派他禁烟时提出两大要求：一是鸦片要根除净尽，二是边衅不可轻开。广东边衅接连不断,林则徐一直轻描淡写,此番英夷带兵北上告御状,意味着边衅越闹越大,大到他控制不住的地步。梁廷枏道:"这事有点闹大了。英夷是食肉之民,离了茶叶大黄就消化不良,有生死之虞。朝廷下令停止英夷贸易,可能有点过头。办理夷务不能太绝,总得给人留下一条活路,不然人家非打上门来拼命不可。"钱江揣测道:"要是英夷赴天津告御状,说该国久受大皇帝怙冒之恩,以恭顺之词恳请恢复通商,皇上未必惩罚到底,可能会优以怀柔。"

林则徐意识到自己办砸了差事,隐隐约约有雷霆闪电即将袭来之感!这种袭击并非来自英夷,而是来自皇上——道光性本苛察,小错大惩轻罪重罚,要是不把事情的原委说清,龙颜大怒之下做臣子的很可能大祸临头!想到这里,林则徐的心情越发沉重。他吩咐道:"英夷驶往天津,投递禀书恳请通商,这种可能性很大。攻掠海疆制造麻烦则是达到目的的手段。现在有几件事要办,其一,我要亲自拟稿,把英夷北驶的消息奏报朝廷。其二,钱江,你代我拟一道饬令,发给关天培,命令他在乌涌至大壕头一带增添二十条大船,载满石头。万一英国兵船闯入内河,立即填塞河道断其归路。其三,你再拟一道咨文,抄写六份,飞咨福建、浙江、江苏、山东、直隶和奉天(辽宁),告诉他们,现在正值南风时,汪洋大海茫无界限,广东水师无法遏止英逆扬帆北趋。"

战争迫在眉睫,林则徐再次做出误判。他没有预见这将是一场改变大清命运的战争,以为海疆出现了类似倭寇之乱的边衅。

第二十八章

劝 捐

粤海关衙门的大照壁前停了二十多乘亮轿,七八辆驮车,十多匹走马健骡,二三百轿夫长随蹲在阴凉地里,东一丛西一丛地扇风擦汗嗑瓜子说闲话,嗡嗡嘤嘤嘈嘈杂杂地议论着时局。盐商许拜庭的轿夫头目说:"英国兵船把海口封了,我家许老爷急得不行,舌头起泡,眼睛上火。"另一个轿夫搭讪道:"能不急吗?一下子扣了十四条盐船,船夫的眷属们抱着孩子围了盐行,哭天抹泪地闹腾。许老爷是菩萨心肠,讲了半天安抚话,每户发两个银圆,才把她们打发走。""听说十三行的伍老爷家花了十多万元,捐了一条兵船,叫什么'甘米利治'号?""有这回事,不光买船,还给船配了十位炮,钱花得像流水似的。""是不是林督宪逼他捐的?""别瞎说。我家老爷捐资助军从来不小气。""那也是白花花的银子呀,放在自家的银库里总比捐给官府强吧?""你这是以小人之心度君子之腹,我家老爷急公好义,哪像你,穷得连双草鞋都舍不得买,一枚铜钱掰成两半花。"人丛里爆出一片讪笑声。

另一丛人聚在石狮旁边瞎侃:"听说潮州来的十几条商船让英国鬼子劫到老万山,只放一条船入口给官府报信:不许英国鬼子做生意,谁也不许做。""不是劫了,是征了。""征了?怎么征?""英国鬼子精明得很,他们出高价征用船工和疍户,替他们采买和运送淡水蔬菜,每人每月给六个银圆！""六个银圆？老天，那可是善价呀！""不出善价谁当汉奸！""林督宪把英国鬼子逼急了，搞不好要打仗！""听说夷酋叫伯麦，是英国的兵马大元帅。"伯麦在新安县海滩插了一块木牌，贴了一张汉字告示，他的名字不胫而走，传得神乎其神邪乎其邪。

两天前，豫堃给广州商人和在籍士绅发了请柬，请他们到粤海关衙门商议捐资助军事宜，全体行商和盐商都在邀请之列。海关差役们在天井里摆了十几张圆桌，每张桌上摆了时令鲜果和凉茶，撑起遮阳华盖。近百位商人和在籍士绅陆续到来，有的白发苍苍，有的风华正茂，有的精神矍铄，有的愁眉苦脸，有的穿着官服，有的穿着便装。但是，不论穿戴丰俭，只要是列入请柬的，都是上得了排场的有钱人。

伍秉鉴和伍绍荣父子与卢文蔚坐在一张圆桌旁。卢文蔚穿一件白纱布汗衫，蹬一双半旧的千层底黑面布鞋，完全没有富贵相，苦着脸对伍秉鉴道："伍老爷，我们卢家撑不住了，拿不出钱捐资助军。我不想来，怕得罪豫大人，硬着头皮来了。"卢文蔚说的是实话，卢家的广利行有三十多万商欠，本想借去年的贸易补回一部分，没想到禁烟禁得如同暴风骤雨，包围商馆扣押人质封港封舱，一直闹到断绝英商贸易，致使广利行旧欠未清新欠又增。卢家人腾挪不开焦头烂额，要不是伍秉鉴借他十万元周转银子，广利行早就垮了。伍绍荣安慰道："豫大人知道你家的难处。你来捧场，他就不会错怪你。"他一面说一面悄悄塞给卢文蔚一张银票，卢文蔚低头一看，是一张百元银票，是让他撑面子的。

盐商许拜庭拄着拐杖进了天井。他年近七旬，骨峭神疏，脸上和手背上长满了一片片的老人斑。广东、江西和湖南三省的食盐全都把持在广东盐商手里，盐场分布在高州、雷州和琼州的三府十县，但盐号的总行在广州。许拜庭是广东四大盐商之首，捐买了四品顶戴，累计捐资六七十万，朝廷诰封他"中仪大夫"。许拜廷盛年时龙马精神十足，先后娶了一妻六妾，生了十一个儿子八个女儿，一个儿子考中进士，六个儿子考中举人，全家共有六人当官，故而许家人在商界和官场左右逢源，有"广州第一家"的美称。与伍家相比，许家除了钱财上稍逊一筹外，其他方面有过之而无不及。伍家虽然比许家富，但没人在朝中做官，少了一张保护伞，气势上差了三分。许拜庭几年前将生意交给儿子打理，依然是商界里的显赫人物。他一进来，人们纷纷起身，一口一个"许老爷"地讲恭维话，许拜庭挪着脚步，慢声细语和大家打招呼。

他绕了个半场子才瞥见伍秉鉴，趋到跟前拱手行礼："伍老爷安生。"伍秉鉴站起身，伸出鸡爪似的小手，与许拜庭瘦骨嶙峋的枯手盘根交错在一起："安生，还算安生，但是，活着活着就老了，走下坡路了。"许拜庭道："彼此彼此。我这辈子，少年如猴活蹦乱跳，中年如牛负重前行，老年如狗替子孙后代看家守护。"他环视左右："咦，你们行商怎么就来了三四家？兴泰行的严启昌怎么没来？"

伍秉鉴拉着他的手慢悠悠坐在花梨木椅上，叹了一口气，引了一句语意朦胧的古诗："哎——零落成泥碾作尘了。"许拜庭没听清："碾作什么尘了？"伍绍荣代父亲解释道："许老爷，他悬梁自尽了。"许拜庭有点儿耳背，伍绍荣又重复一遍。许拜庭愣了愣神："什么时候？""昨天晚上。"

许拜庭早就听说严家人负债累累，撑不住了，没想到严启昌竟然自寻短见，他不由得喟然一叹："曾几何时，严家的兴泰行是广州城里最大的金银铺子，我闺女的陪嫁簪子都是从他家铺子里买的。一个金玉绫罗之家，说不行就不行了。"伍秉鉴贴着许拜庭的耳朵大声说："男怕入错行，女怕嫁错郎。一场大火，加上驴打滚的商欠，压弯了他的脊梁。他熬不住，一咬牙，走了。"许拜庭嗟叹道："以金银行的头牌大户加入十三行，以人财两空告终——这世道，真是百变难测啊！"伍秉鉴道："也好，也好，走了干净，走了干净。眼不见心不烦，心不烦哪！"

许拜庭这才发现伍元菘也没来。伍元菘娶了严家女儿，估计是料理丧事去了："难怪没见你家老六。"伍绍荣道："散会后，我要陪爹去严家看一看，毕竟是亲家。"许拜庭道："应当，应当。咦，东兴行的谢老爷，同顺行的吴老爷，还有其他几位老爷怎么不来？"伍秉鉴枯着寿眉道："生意萧条到这种田地，行商们奄奄泄沓苦苦支撑，恐怕撑得住今年撑不到明年。粤海关衙门的大红请柬送上门，不是掉进万劫不复的深渊，谁敢不来。"

许拜庭年高却不糊涂，晓得行商们多数是空心大佬，名声巨大却没有真金实银，一出事就是昙花一现立即陨落。朝廷的正税银不敷用，军饷、缉私、捕盗、育婴、赈济等项开支经常要商人们捐输，各省封疆大吏在奏折上写明所有捐输都是商人"自愿",实际上都是官府摊派的,捐也得捐,不捐也得捐。盐商的捐输是按盐引摊派的,行商的捐输银是按注册资本金摊派的,只要粤海关衙门给行商和盐商发请柬,除了要钱,没别的事儿。哪个商人要是小气,在国家危难之时一毛不拔,海关监督大人一句话,七十七个稽查口和纳税口立马就会成为卡脖子口,非得把他卡得死去活来不可,多大的生意也得卡黄了。所以,不是身陷囹圄濒临倒闭的人,不敢忤逆不来。行商们多数没来,的确到了山穷水尽的地步。

伍绍荣道:"许老爷,平常年份,西洋国商人大体购买两百七八十万担茶叶。去年禁烟势头大,行商们酌减了三十万订货,只购进两百五十万。谁也没想到因为甘结上的一句话,'货即没官,人即正法',林部堂和义律闹得势不两立。朝廷一怒之下停了英商贸易。我们行商夹在中间,为了少赔钱,只好低三下四,乞求美国商人把茶叶转销给英商,但只售出一百六十万,还有九十万担茶叶活生生砸在手里。这么大的积压还不砸破几个脑袋?今年恐怕又是风不调雨不顺。全体行商只备了一百万担茶叶。武夷山的茶农眼见着绿油油的茶叶漫山遍野,却欲哭无泪,因为我们不能收,不敢收。我万万没想到英夷嚣张暴戾到如此地步,竟然开来大帮兵船,封了珠江口。你不是停了他们的贸易吗?那好,哪国商人都不许贸易,连咱们本国商人也不许。我估计,这么折腾下去,到不了年底,十三行就全垮了——金满箱,银满箱,都是一蓬烟,多大的家业,一下子就成了一堆枯枝败叶。"

许拜庭的枯手抚摸着拐杖,仿佛有所顿悟,又仿佛在自言自语:"商人这碗饭不易吃,有同行却没有同利。财富这玩意儿,来得快去得也快,是吧?人生倏忽,从朱门到柴门只有一步之差呀。"

一个差役拖着长声通报:"钦命二品衔粤海关监督豫关部大人到——!钦命四品衔广州知府余保纯大人到——!"嘈嘈杂杂的人声立即消失,天井里安静下来。

豫堃和余保纯一前一后走进来,与坐在前排的在籍士绅和官商们拱手行礼客套寒暄,然后登上台阶。豫堃清了清嗓子:"本关部受林督宪委托,请大家共议时局。你们都知道,当下是防夷吃紧之时,林部堂率领通省文武官员将三成养廉银报效国家,用于海防。最近一个多月,英国兵船连樯而来,封锁了珠江口，扣押了几十条盐船和商船，致使十三行和盐行损失巨大。林部堂颁下宪令，饬令沿海水师陆营弁兵周密防维，为保护民生民瘼起见，商船和民船一概不得出海，以免遭受逆夷暗算。不过，这也没什么可怕的。夷船夷兵蜂集蚁聚在珠江口，饮水却得依靠沿岸水井和溪流，只要我们控制住水源，就能卡住逆夷的咽喉。广东海岸崎岖漫长，达三千六百里，额设水师陆营兵丁不敷调派，只好借用保甲民壮协防，斩断英夷与内地不法汉奸的勾串之心。林部堂奏请皇上允准各府县根据当地情形团练水勇，壮军威而助兵力。"所谓"团练水勇"就是招募水上民兵，大家一听就知道局势严峻，全都竖起耳朵静听。

豫堃又咳嗽一声："本省疍户和滨海渔民以采集捕捞为生，新安县香山县陆丰县饶平县等多有善于泅水不畏风涛的人，据说，其中的佼佼者能深泅数丈潜伏多时，沉在船底凿漏敌船。更有能在海底昼行夜伏的人，民间称之为水鬼，此等人我如不用，必为夷人所用。林部堂接到禀报，逆夷出高价雇用此等善水之人，为他们争占水源。利之所在不免争趋，唯有反其道而行才能制夷，在我多一水勇，在夷少一奸民。"

一个叫邹之玉在籍士绅高声插话："豫大人，团练水勇固然好，但流弊也多。沿海疍户是朝廷的编外之民，大清的痛疽，数量众多犷悍成性，要是驾驭不得法，反受其累。"邹之玉是三品衔兵部给事中，因为丧父在家丁忧，他没穿官服，但举止投足都透着官气。豫堃道："邹老爷，你的担忧也是林部堂和本关部的担忧。驭人之法，全在管带之员宽猛相济约束有方，所以，在招募之时就得查明亲属，取具保结，编造名册，发给腰牌，平日勤加操练，随时稽查，奖优罚劣，才能去其嚣张不规之心，渐收约束之效。"邹之玉问道："雇多少水勇，给多少薪俸？""雇五千水勇，每丁月银六元。"天井里立即响起哄哄嗡嗡的议论声。月银六元是少见的高价。绿营兵分守兵、战兵和马兵，月银分别只有一两、一两五、二两，外加额定饷米。西洋钱一元相当于八钱大清纹银，六元相当于四两八，这个价码比马兵的俸饷还高出一大截！

在座缙绅都是有身份的人，不能随意呵斥，待人声渐渐稀落，豫堃才接着道："月银六元的确有点儿高，但是，据水师巡兵禀报，沿海疍户之所以肯于当汉奸为英夷效力，就是因为英夷肯出大价，我们给付的月俸要是低了，奸民怎能回心转意？这只是权宜之法。"

余保纯朝前迈了一步，补充道："鸦片是一根带毒的芒刺，扎到肉皮里就会溃烂流脓，但谁也猜不透它能溃烂到什么田地。这种毒物在广东扎根太深，盘根错节复杂纷乱，清理它难免牵一发而动全身。说来惭愧，皇上有旨，天下农夫是第一辛苦人，永不加赋。林部堂和怡良大人反复商议，不能增加农户的负担，只好请在座士绅捐输。支付六元高价是针对英夷出价而定的，国难当前，请大家有钱出钱，有力出力。"

许拜庭把拐杖往地上一蹾，站起来："豫大人，余大人，我是大清的臣民，不用绕弯子，直说吧，要多少银子。"他好像是备足银子来的，话音里透着一股一掷千金的豪气。

豫堃道："许老爷，您老人家是忠君报国的名商，每逢官府筹饷缉私捕盗赈济灾民，您老人家向来慷慨解囊。这次封海，时间不会长，只要卡住水源，把海滩三里之内的所有水井水源都投下毒药，派人看守，英夷折腾不了多久就得退兵，要是不走，要么吸水受毒，要么渴死。我说个大数，团练五千水勇，每人月俸六元，短则三个月，长则五个月，英夷就会不战而退。请诸位量力认捐！"

许拜庭环视在场的缙绅："我们许家的同聚盐号有十四条船被逆夷扣在出海口，这种事儿盐行不能袖手不管。论财力，许家比不了伍家，论忠孝，许家不输任何人。银子都是身外物，常言道，满桌的佳肴你得有好牙，满库的银子你得有命花，垄地里刨食的是好汉，病床上数钱的是傻瓜，对吧？我们许家人不是守财奴，认捐二万！"说罢他挂着拐杖趑着步子登上台阶，从袖口里摸出一张二万元的银票，炫耀似的展开，出示给大家，然后塞进捐款箱里。一个笔帖式扯起嗓子唱响名字和数字："同聚盐行许拜庭老爷认捐二万元！"

豫堃击掌叫好："许老爷公忠体国，本关部将奏报皇上给予优奖！"天井里响起掌声，一开始有点儿零落，很快热烈起来，暴雨击棚似的响亮。

伍家是公认的头号巨富，每次认捐都是他们带头，其他商户跟风，伍家认捐多，就水涨船高，伍家认捐少，其他商户也相应少捐。伍秉鉴原想捐三万，一转念，对伍绍荣耳语道："许老爷要表忠心拔头筹，你报个数，不要让许老爷难堪。"伍绍荣心领神会，站起身来道："朝廷举兵乃是春秋大义，商户应当以资财相助。但是大家有目共睹，自去年以来，十三行损失惨重，今天有七八家行商应到未到，不是不愿报效，实在是亏损太重，心有余而力不足。卑职身为十三行总商，替几家没来的行商，向豫大人聊表歉意。我们伍家的怡和行也认捐两万。"他从袖口里抽出银票，迈步上了台阶，展开一抖，投到捐款箱里。笔帖式扬声报数："怡和行伍绍荣老爷认捐两万元！"

在籍士绅和红顶商人们都是明事理的，依照官衔高下相继认捐。笔帖式依次扬声通报：

"宝利盐号周大林老爷捐一万二！"

"兴隆盐号彭玉海老爷捐一万！"

"裕景海市行李向前老爷捐五千！"……

最后走上台阶的是卢文蔚，他哆嗦着手指，从袖口里取出一张银票，满脸窘态，塞进捐款箱，低头回到座位上。笔帖式报出数字："广利行卢文蔚老爷捐一百！"卢文蔚和伍绍荣是十三行的并列总商，一个捐两万，一个捐一百，虽然意外，但大家隐约感到卢家的确撑不住了。

排在后面的是在籍士绅，他们不如商家财大气粗，但同样要彰显忠君报国的诚意。笔帖式依次高声报出姓名和数字：

"在籍兵部给事中邹之玉老爷捐八百！"

"在籍候选员外郎黄鹤龄老爷捐五百！"

"在籍候选同知麦庆培老爷捐四百！"

"六品军功在籍千总张振朝老爷捐一百！"

"七品军功在籍把总古连魁老爷捐五十！"……

伍绍荣依次看着众人的面孔，过了半晌，才对父亲耳语道："爹，这里面有多少真心实意，多少虚情假意，多少迫不得已，多少逢场作戏，您能看出来吗？"伍秉鉴摇了摇头，轻声道："商人要是不捐，官府就会卡脖子；在籍士绅要是不捐，丁忧期满就别想复出当官。哦，不过，不论出于什么想法，只要捐了，就是为朝廷出了真金实银。"

不出半个时辰，大家捐了十六万多，豫堃和余保纯顺利完成了劝捐任务。

第二十九章

大门口的陌生人

西历7月2日，英国远征军的先遣队绕过牛鼻水道，进入舟山水域。先遣队是由四条兵船、两条火轮船和两条运输船组成的，舰队司令伯麦准将和陆军司令乔治·布耳利少将都在这条船上。伯麦毕业于普利茅斯皇家海军学校，在拿破仑战争期间，参加了墨西哥湾大海战和特拉法加大海战，还参加过英缅战争。十五年前他被派往澳大利亚。澳大利亚是一块新开发的不毛之地，人烟稀少，生存条件十分恶劣。他奉命勘测和考察澳大利亚北部和西部海域，绘制详细的海图。伯麦血性耐劳，办事果断，思维缜密，是个颇有主见的人。英国政府中有人认为澳大利亚北部是人烟罕见的戈壁滩，不宜建立殖民地，伯麦则坚持己见，屡历挫折而不悔，先后在梅尔维尔岛和考伯半岛建立了邓达斯要塞、威灵顿要塞和埃星顿要塞，为英国的拓土殖民事业立下了汗马功劳。六个月前，他接到海军大臣的书面命令，要他出任东方远征军的舰队司令，他立即率领"威里士厘"号、"都鲁壹"号和"鳄鱼"号驶往新加坡集结待命，他本人则亲自赶往加尔各答拜会印度总督奥克兰勋爵，商讨组建舰队事宜。乔治·布耳利是一个六十多岁的老军官，他也接到通知，要他出任东方远征军的陆军司令。布耳利十五岁从军，参加过西印度群岛战役、加拿大战役和印度次大陆的麦苏尔战役，具有丰富的登陆作战经验。四年多前，他率领英军第十八步兵团进驻锡兰（今斯里兰卡），被任命为科伦坡驻军司令。

　　舰队进入舟山水域后降低了航速。舟山水域海水较浅，列岛林立暗礁丛生，水情十分复杂，它距离大浃江（现在的甬江）的出海口很近。大浃江水裹挟着大量泥土和腐殖质流入大海，把一百多里宽的水面染成一片浑黄。在浑浊不清的浅水中行船是非常危险的。伯麦虽然有一幅海图，但它是商用海图，远不能满足军事需要。他命令舰队一面行驶一面测量水流、水速和水深，探明所有暗礁和沙线，绘制出更详细的海图。

　　海面上有不少中国渔船，不期而至的外国舰队引起了渔民的注意。多年的航海经验告诉伯麦，任何国家都不会在情况不明时攻击外国舰队。为了不打草惊蛇，他命令全体官兵不得显示出任何敌意，除非受到清军水师的攻击。他要制造一种假象：先遣队是一支迷途的外国舰队，偶尔经过这里，需要补充淡水和食物。

　　旗舰"威里士厘"号是排水量一千七百八十八吨的三级战列舰，配有七十四位卡仑炮①和五百九十名官兵，俨然是一座海上城堡。"马达加斯加"号火轮船更惹人瞩目，舟山渔民从来没有见过冒黑烟的蒸汽机和旋转的蹼轮，他们远远打量着这支奇异的外国舰队，陌生、怀疑、好奇、惊叹、惶恐，议论纷纷。舟山地处东海之滨，虽然不是开放口岸，但每年都有日本、朝鲜、荷兰、琉球、越南和暹罗的商船从附近驶过，一旦天气骤变风高浪急就会驶入港湾躲避海难，或者要求补充淡水和食物。英军舰队偃旗息鼓示以和平，一些胆大的渔民开始接近他们，兜售新鲜水果和蔬菜，舰上的官兵们面带微笑比手画脚，点头摇头讨价还价。渔民们见他们态度和蔼笑容可掬，放松了警惕。第一天，他们向英军出售葡萄、苹果、豆角和南瓜，第二天运去大量鸡鸭鲜蛋活猪活羊，那是航海者们最喜欢的新鲜食物，英军支付的价格远远高于当地的市场价，渔民们赚得喜笑颜开。在岸上值守的清军和渔民同样放松了警惕，完全没有想到战争近在咫尺。

　　在和平的伪装下，英国军官们仔细观察和分析岛上的军事设施，水兵们在暗礁附近和潜流多变的地方敷设浮标。舟山渔民从来没有见过浮标，满心好奇

---

① 卡仑是英国的地名，以制造枪炮闻名，在那里生产的炮叫卡仑炮（carronades）。

地摇橹围观，却猜不透它们的用途。因为当地渔船吃水很浅，没有搁浅或触礁之虞。一切都是在光天化日之下进行的，明目张胆，井井有条，平静和谐，风行自由。

经过两天勘测后，伯麦和布耳利把衢头码头确定为登陆点。第三天下午，"威里士厘"号、"康威"号、"鳄鱼"号和双桅护卫舰"巡洋"号相继驶入衢头湾，闷声不向地进入战位。二十多条运输船次第驶来，在衢头湾附近下锚，船上载着三千八百名英印官兵。

直到这时，舟山的官员们才感到不对头！定海知县姚怀祥和定海镇总兵张朝发与本地的文武官员们一起登上城头，惴惴不安地注视着衢头湾，定海城位于舟山西侧，距离衢头码头仅三里之遥。

张朝发是六十多岁的老军官，长得牛高马大虎背熊腰，他原本是台湾镇总兵，一年多前，原定海镇总兵葛云飞因为父亲去世回家丁忧，他转任定海镇总兵。姚怀祥五十多岁，一个月前从象山知县转任定海任知县，对本地民情还不十分熟悉。他满心忧郁地说道："张总戎，舟山垂悬海外，八百里海域风波不定，常有日本、琉球和吕宋等国的商船遇风漂来，但是，红毛番的这么多兵船漂到本地却是闻所未闻，我有一种不祥之感。你在台湾见过这么多外国兵船吗？"张朝发狐疑道："姚大令，外国船遇到风暴漂到台湾的情况年年有。我在台湾时，有荷兰兵船被狂风吹到基隆，要求靠岸买水买粮，还有葡萄牙和吕宋兵船因为风暴迷航，漂到台湾，请求补充淡水，购买蔬菜。昨天我派了几个人假扮渔民登船探望，夷兵们很和气，还请他们喝外国红酒。我估计是外国兵船被风吹散，迷航了，想在衢头码头上岸，买水买粮买蔬菜。但是，他们不熟悉水道，不懂汉话，担心撞上礁石或搁浅在沙滩上，只好瞎驴似的在海湾附近打磨旋。没想到今天又来了二十多条夷船。"

姚怀祥道："外国兵船驶入衢头湾，引起百姓们的种种猜议，咱们还是过问一下吧，以免生出枝节来。"张朝发道："也好，但是朝廷有章程，督抚提镇大员不得与夷人直接交往。我是镇臣，只好烦劳你就带几个人去夷船看一看。"

姚怀祥转头对一个中年人道："全福，咱们去一趟吧。"全福应声道：

"好。"全福是定海县典史①,甘肃武威人,浓眉大眼,厚嘴唇厚胸脯,参加过新疆平叛战斗,因为作战有功,晋升为典史。朝廷规定文官不得在家乡任职,他被指派到定海县。张朝发对身旁一个军官道:"罗建功,你陪姚大令走一趟,要仔细观察夷船上有多少人马多少枪炮,问一问他们有什么干求。"罗建功是水师中营游击,靴子后跟一磕,打了一个立正:"遵命!"他的右脸有一条疤痕,是与海匪打斗时落下的刀伤,缝过七针,乍一看像一只小蜈蚣。

姚怀祥、罗建功和全福一行出了城门,朝衢头码头走去。他们在码头换乘水师哨船,驶向"威里士厘"号。

"威里士厘"号深舱巨舵,露出水面的船体又高又大,三支粗大的船桅高高耸立,两侧的炮窗全部打开,露出黑洞洞的炮口。姚怀祥和全福从来没有见过如此庞大的兵船,忐忑不安地仰视着它。罗建功数了数夷船的炮窗,多达七十四个!他的脑门子上全是诧异,定海水师的大号师船充其量只能安装八位千斤小炮,同时发炮会震裂船体的卯榫。外国巨舰上有多层炮舱,安装这么多位巨炮,同时施放船体如何承受得起?

几个英国水兵放下舷梯,把他们彬彬有礼地迎上甲板。一个身穿黑衣的人站在舷梯口,双手抱拳行中国礼,讲一口福建话:"舰队司令伯麦爵士和陆军司令布耳利将军正在恭候阁下。"此人是郭士立,奉义律的命令担任英军先遣队的通事,他根据补服和顶戴辨识出姚怀祥是舟山的主官。两位军官向姚怀祥行西式军礼:"我是远征军舰队司令伯麦。""我是远征军陆军司令布耳利。"姚怀祥行抱拳礼。他仔细打量着伯麦。此人五十多岁,中等身材,宽额头尖下巴,天灵盖上的头发脱落了大半,就像一座秃了一半的小山,两腮胡须刚刚刮过,泛着黢青。他很结实,深灰色的眸子闪着矜持。布耳利长着一双鹰隼似的眼睛,鼻子略带勾状,脸颊布满卷曲的胡须,穿一身红色军装,黑色圆筒军帽上有一颗亮晶晶的帽徽。伯麦和布耳利也仔细打量着中国知县,姚怀祥中等身量,山羊胡须,红缨官帽上有一颗素金顶戴,补服上绣着鹦鹉,他的眼神里隐藏着惊异和困惑,但仪态端庄镇静从容。

姚怀祥道:"本县想打问一下你们来自何国?"伯麦道:"知县老爷,我们

---

① 典史是负责地方治安的九品文官,通常由武官转任,相当于现在的县公安局长。

来自大英国。"姚怀祥的心头一动，大英国就是不断向大清输入鸦片的国家！他迅速稳住情绪："请问，你们来舟山是因为海上迷途还是另有干求？"伯麦道："我们有重要事情相商，请。"他一展手，引着姚怀祥等人进了会议舱。

姚怀祥不卑不亢撩衽坐下，罗建功和全福坐在两侧，几个随从站在他们身后。布耳利拿出几只玻璃杯，斟满酒，推到姚怀祥、罗建功和全福面前，然后与伯麦并排坐在对面。郭士立居间翻译。姚怀祥看了看玻璃酒杯，酒汁呈绿色。伯麦解释道："这是我国的杜松子酒，请品尝。"姚怀祥没端酒杯，冷静问道："请问二位将军，你们是想就地采买食物和淡水吗？"

伯麦道："我们写了一份公函，本想派人送到贵县衙门。既然知县老爷亲自登船问话，我们就当面交给您。"他领首示意，郭士立把一只大信套递给姚怀祥，上面钤着夷文红泥封印。姚怀祥从信套里抽出汉字公函展读：

> 大英国特命水师将帅伯麦爵士，陆路统领总兵布耳利，敬启定海县主老爷知悉：现奉国主之命，率领大有权势水陆军师前来定海，所属各岛居民，若不抗拒，大英国亦不加害其身家。旧年粤东上宪林、邓等，行为无道，凌辱大英国，国主特令正领事义律法办。现今本国船只及兵，一切妥当，不得不行占据。故此，本将帅统领招老爷投降，必须即将定海所属与堡台均降，致免杀戮。如不肯降，使用战法夺之。递书委员，唯候半个时辰。俟咨覆不降，本将帅统领即日开炮轰击岛洲，并率兵丁登岸。特此致定海县主老爷阅鉴。

广东禁烟竟然禁出一场战争来！首当其冲的居然是定海！姚怀祥如遭五雷轰顶，受了惊的脸皮变得煞白，手指尖微微打战。他把公函递给罗建功和全福，罗、全二人读罢唬得不知所措，眼珠子瞪得溜圆，好像要从眼眶里蹦出来。罗建功捏紧拳头，恨不得一拳打出去，但他身在虎穴不能造次，只能强压着愤恨与怒火："原来你们是来占领定海的！"伯麦轻轻摇动酒杯，绿色的酒液在旋转，他的眸子闪着不屑和阴冷的寒光："很抱歉，本司令奉大英国主之命，先礼后兵，势在必为！"伯麦貌似文雅，实则咄咄逼人，就像剽悍的拳师向不入流的拳手提出要求，一点儿讨价还价的余地都不给。会议舱里的空气万分凝重，凝重得让人喘不过气来。

姚怀祥稳住情绪，指着公函上的"唯候半个时辰"道："定海县及周边八百里水域是大清国土，版籍俱在，本官奉大皇帝谕令守土保民，出让县城事涉民瘼和国家版籍，不是半个时辰能定下来的。"

听了郭士立的翻译，伯麦和布耳利不约而同掏出怀表看了看，与郭士立叽里咕噜说起英语。郭士立拿过汉字公函看了看，也讲了几句英语。布耳利转脸解释道："知县老爷，这是一个翻译错误，我们的意思不是半个时辰，是半天。既然您说事关重大，不能马上决定，我们可以稍候，请您明天下午两点以前——也就是贵国的未时二刻，给我们一个明确回答。"他的语速不快却饱含杀机，让人不寒而栗。伯麦和布耳利并不忌讳把开战的时间告诉对手，经过侦察与勘测，他们摸清了清军的兵力、阵地、战船数量和火器配置，深信对手没有任何准备，不堪一击。最重要的是，运载船队刚刚抵达衢头湾，需要半天时间为登陆做准备。

伯麦的眸子闪烁着骄矜和自信："我们大英国凭借船炮之利威行天下，不打无把握之仗。我想请你们参观一下本司令的兵船。如果你们认为能与我军对抗，不妨试一试。要是觉得无力抗衡，那么，识时务者为俊杰，贵军不战而降，定海军民可以免受刀兵之苦，生命财产也能得到保全。"

姚怀祥、罗建功和全福交换了眼神。罗建功头一次登上外国兵船，负有侦察使命，顺水推舟道："我倒想借机欣赏一下你们的兵船。"伯麦微微一笑："好，请！"他站起身来，引着姚怀祥、罗建功和全福出了司令舱。

到了甲板，伯麦对当值哨兵发了一道命令："吹集合号！"一个号兵把铜号吹得山响，四个鼓手把绷着钢丝弦子的军鼓敲得"嗒嗒"作响，六十个水兵像从船缝里钻出来似的，跑步来到甲板，迅速列队成行，肩上挎着乌黑发亮的燧发枪。伯麦发出第二道口令："上刺刀！""咔咔"一阵金属相撞的铿锵声，水兵们动作齐整，枪管上刺刀耸立寒光闪闪。这是一场精心安排的表演，意在示以军威炫以军技，不战而屈人之兵。姚怀祥腮帮子上的肌肉绷出几道斜纹，他意识到这是一支锋牙利齿的强悍军队！

伯麦接着道："姚老爷，请您到驾驶舱看一看。"姚怀祥一行进了驾驶舱。伯麦指着一个轮盘，夸耀似的问道："你们知道这是什么吗？"姚怀祥没见过，摇了摇头，罗建功和全福沉默无语。伯麦道："这叫轮舵。它是一种重要的驾驶设备。贵国的船舵安放在艉部，使用垂直舵杆，舵柄转角小，舵手的视线被甲板的建筑物挡住，看不见前方。我们的轮舵安放在船艏，通过连杆和曲柄与艉舵相连，舵手站在船艏视野开阔，照样能够轻松操纵船舶。"把轮盘安放在船艏掌控艉舵，听起来如同天方夜谭！姚怀祥三人不仅没见过，更没听说过连杆和曲轴，脸上一片懵懂。

"请三位老爷到炮舱里看一看。"伯麦引着他们沿梯而下。炮舱里的卡仑炮排列有序，每个炮位后面整整齐齐码放着球形炮子。一个军官见伯麦陪着中国人下来，双脚一磕发出一道口令："立正——！"全体炮兵皮鞋一跺，把船板跺得山响。伯麦拍了拍炮管，炫耀道："这是我们的舰载滑膛炮，可以发射三十二磅炮子，射程三千五百英尺，炸力一千二百千焦耳，能把你们的炮台和堞墙炸得粉碎！"听了郭士立的翻译，姚怀祥三人似懂非懂，他们对"滑膛"、"英尺"、"千焦耳"一点儿概念都没有，但是，他们注意到英军的炮子比清军的炮子大得多。伯麦发现自己在对牛弹琴，换了一个形象的比喻："我的意思是，这种炮可以打到你们的城楼上，把它炸得粉碎，而你们的刀矛弓矢竹枪丑炮却不堪一击。"

罗建功压抑不住内心的好奇，问了一句："这么大的兵船，这么多炮位，同时开炮不怕震裂船体吗？"伯麦翻起一块木板，露出夹层，指着龙骨道："军官先生，我们的兵船有双层船壳，铸铁龙骨，采用对角线支撑技术[①]，即使所有巨炮同时施放，船体也不会震裂。而贵国兵船既小又丑，最多只能安放半吨重的小炮。说句不中听的话，贵国兵船只不过是水上玩具！"

姚怀祥的脸色阴暗，他被英夷的坚船利炮震住了，他虽然不懂军事，但知道眼前的红毛鬼子是一群不速之客，一俟大动干戈，比豺狼还要凶残十倍。罗建功和全福是行伍出身，虽然不懂这些现代兵器的奥妙，但深知自己的军事实力远不能与之抗衡，刹那间脑子里一片空白。

伯麦领着他们返回甲板，指着远处的海面，那里泊着多条运输船："知县老爷，请您看看我们的舰队，你们的水师无法与我们对抗。今天晚上，还有更多兵船将要到达，我和布耳利将军诚心诚意地期待着你们的明智回答。"

---

① 参阅894页的上图和图说。

姚怀祥的脸色红到耳根，鼓起勇气义正词严："二位将军，大清朝的臣民不曾欺负过你们，我定海县的军民也没有伤害过你们，你们若是海上迷途缺水缺粮，我会把你们当作客人，妥为照料，礼送出境。但是，你们跨海而来，用武力胁迫我们献城，我们只能把你们视为寇仇！我看到你们坚船利炮军威盛壮，知道我们无力对抗，但是，我身为朝廷命官必须恪尽职守，即使粉身碎骨也在所不惜！"姚怀祥心里如同油煎火烧，讲得字字酸楚语语悲切。

伯麦道："知县老爷，大英国水陆官兵无往不胜，只有疯子才敢和我们对抗。我和布耳利将军不忍心加害于你和定海百姓，才好心相劝，劝你放弃虚妄之想。"他的话冷森森的，冷得让人心里发怵。布耳利掏出怀表，提醒道："我们等到明天下午二时，即贵国的未时二刻。届时战火无情，炮火之下连鬼神都无处藏身，请你们三思。"姚怀祥苦笑一声，拱手告辞："二位请留步，明天未时二刻，定海军民会给你们一个答复！"

姚怀祥一行换乘哨船离去。伯麦和布耳利抚舷观看着舟山岛，在落日余晖的照耀下，岛上丘陵起伏风景如画，田地里长着绿油油的水稻和番薯，山坡上长满了茶树和竹子，衙头码头附近有一个熙熙攘攘的犬马闹市，车行驴嘶人烟辐辏。收工回家的男人有的打赤膊有的戴草帽，有的抽旱烟有的搭肩膀，东一丛西一丛地说说笑笑，仿佛在议论海湾里的外国兵船。女人在水池旁的石板上洗涮捶打衣服，无忧无虑的小童扯着风筝蹽脚奔跑，呈现出一派宁静和谐其乐融融的景象。

布耳利预感到中国人不会投降："这个地方太美了，除了植物，很像锡兰的科伦坡，可惜的是和平终结了，明天下午就会炮火丛集一片硝烟。"

第三十章

定海的陷落

天擦黑时,定海城里的全体文武官员聚在西城门的敌楼上。敌楼里挂着两盏米黄色的西瓜灯,光线很暗。军官们点燃了一只松明火把,火把冒着黑烟,发出哗哗吱吱的燃烧声。海风不疾不徐地吹着,气温依然较高。姚怀祥的脸上冒着油汗,目光里透着焦灼,讲述着会见夷酋的经过,由于紧张,他的语序有点儿混乱,张朝发等人在凝神静听。

大门口的陌生人居然是不期而至的英夷!张朝发和文武官员们大为震惊。罗建功目睹了英军船炮精良军威盛壮,姚怀祥讲完后,他补充道:"二十年前,闽浙两省水师联手殄灭了蔡牵和朱贲等海匪,海上只剩下小股蟊贼,舟山水域一向承平。咱们多年没打过仗,这场仗不打则已,一打就是恶仗,我担心兵力不足器械不精。"他的担心是有道理的。定海水师镇共有三个水师营一个陆营,额设兵额两千六百,管辖舟山群岛的八百里水域,半数弁兵分布在沈家门、岑港、岱山和嵊泗列岛,还有三百有名无实的空额,驻守定海县和衢头湾的只有一千二百余人。英夷少说也有四五千。水师镇有四十多条师船和哨船,半数被风浪损毁,在船坞里维修,六条在岱山巡哨,五条在嵊泗护渔,还有几条船在岑港和沈家门巡逻,衢头码头只有两条大号战船和三条哨船。大号战船每条配备八位千斤小炮三十名水兵十五名船工;哨船仅配备一位千斤小炮二十名水兵十名船工,与深

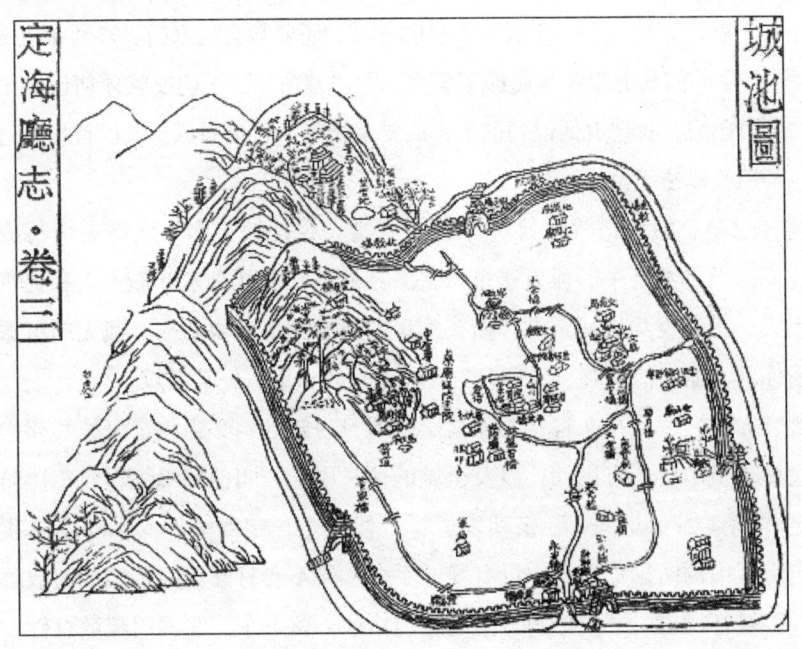

清朝《定海厅志》中的定海县城池图。定海城墙是康熙二十八（1689）年修建的，周长一千二百一十六丈，高一丈，宽一丈五尺，有四座城门三十八个窠铺。

舱巨舵三桅九篷的英国兵船相比，它们就像大象群旁边的一群小毛驴。

在荧荧火光的映衬下，张朝发的脸色十分严肃："舟山不仅是浙江咽喉，也是大清的东海屏障，要是让英国鬼子占了，浙江福建和江苏的所有海口都要受其牵制。养兵千日用在一时，我们不能束手待毙，更不能献城投降！逆夷兵船既高且大，本镇战船皮薄炮少，与逆夷在海上争锋没有胜算。本镇只能扬长避短，利用地形阻击敌人，不让他们登陆。中军游击罗建功！""有！""你立即去衢头码头，通知水兵帆匠不得回家，立即登船严阵以待！""遵命！""右营游击王万年！""有！""你带三百人去衢头码头构筑路障街垒，准备拦阻英夷登陆！""遵命！""左营游击钱炳焕！""有！""你率领三百人分守东岳山！东岳山是舟山的制高点，要是被英夷占了，定海城就会暴露在敌人的枪炮之下。""遵命！""陆营守备龚配道！""有！""你率领陆营弁兵与姚大令一起守卫定海城。""遵命！""典史全福！""有！""你立即派人通知全县的保长甲长们疏散老弱居民，组织民壮协助守城，还要知会沈家门、岑港和岱山的巡检司①，要他们马上组织乡民保卫家乡。""遵命！"张朝发咬牙切齿发出狠话："各位弟兄，我把丑话说到前头：谁要是临阵下软蛋当尿包，畏首畏尾逃离战场，别怪我军法无情！"

他转过脸，放缓语气对姚怀祥道："姚大令，烦劳你尽快将夷情写成禀报，连同夷酋的招降书，派人送过海去，禀请浙江巡抚乌尔恭额大人和提督祝廷彪大人，火速发兵增援定海。衢头湾里的所有兵船都得参战。我无船可派，只好请你借渔船送信过海。"舟山与大陆相隔四十里，一苇可航。

姚怀祥道："我是文官，不懂兵法，但身为知县，必当与定海城共存亡。我会星夜动员本县所有民壮，以及全城的保长甲长，叫他们组织青壮年协防，疏散老弱病残妇女儿童。"张朝发道："姚大令，定海城外的水陆要津我负责，定海城内的防御你负责，没有我的手令，你不要打开城门接纳任何败逃的弁兵！"姚怀祥道："我把西、南两座门堵死，留下东、北两门疏散百姓，没有你的手令，我决不开门！"

定海城的钟鼓楼敲响了警钟。英国鬼子打上门来的消息迅速传开，弁兵们闻风警动，提着"气死风"和牛角灯奔向战位，巡夜更夫敲响梆子击打柝鼓高喊警号，保长甲长们敲着铜锣挨家挨户通知居民躲避兵燹。定海县就像炸了窝的蚁穴，男人收拾行李，女人打理细软，小儿哭哭啼啼，瘟头瘟脑胡跑瞎颠无所适从，全城到处都是人喊声犬吠声和杂沓的脚步声。

凌晨时分，张朝发与罗建功登上"定字一号"战船，指挥衢头湾里的五条清军战船，在敌舰面前，它们像五条又瘦又小的海狗，英国舰队则像一群张牙舞爪狰狞可怖的水上大鳄。

天大亮后，英军的二十一条运输船相继驶入衢头湾，进入预定泊位，船上信旗起降枪炮林立，船钟声鼓号声交相呼应，各舰的炮窗全部打开，黑洞洞炮口瞄着清军战船和衢头码头，摆出一副气势汹汹的临战姿态。衢头湾里的商船和渔船像惊弓之鸟，扬帆摇橹星散离去。张朝发虽然做了开仗准备，却不敢主动出击，因为两军的实力相差太大。

---

① 巡检司是从九品衙门，相当于现在的派出所，只有不便联络的岛屿和少数水陆要津才设巡检司，多数县衙不设巡检司。

伯麦和布耳利信心十足地站在"威里士厘"号上，静静地观看着清军的动向。东岳山是岛上的制高点，位于衢头码头的后面，码头两侧各有一座小炮台，连同东岳山上的大炮台，总计只有二十四位火炮，不如英军一条五级炮舰的舰载炮多。在山丘和绿树环绕之处，手执长矛藤牌短刀弓箭的清军进入战位，如蚁如豆活动频繁。舟山守军显然不愿意拱手让城，准备顽强抵抗。

伯麦与布耳利掏出怀表，校准时间。两点差十分钟，伯麦发出了预备令："各就各位，准备战斗！"

"威里士厘"号的主桅升起了绿色信旗，号兵鼓腮吹响了铜号。"康威"号、"鳄鱼"号和"巡洋"号立即动作起来，炮弁拔去炮口的防水木塞，填入炮子。运输船上的水手用滑轮绞车把几十只舢板次第吊入水中，每条舢板坐着三十名英国步兵。

午后二时整，"威里士厘"号升起红旗，四条英国兵船向清军战船和岸上的炮台一齐开火，炮窗口吐出焦红的火苗和黑烟，衢头湾响起穿云裂石般的炮声，海面上腾起成排的水柱，巨大的冲击波把人们的耳膜震得嗡嗡作响，码头上立即硝烟滚滚，五条清军战船刹那间被打中了十几炮。

张朝发立即下令还击。"定字一号"开火了，但它仅打了一炮就被英军的炮火湮没，随着一声耳膜全毁的巨响，"定字一号"戛然断裂，巨大的炸力把一个水兵掀到空中，倒栽葱似的跌入水里。主桅断了，船帮洞穿，船板横飞，木片四溅。又一发炮子打来，击中了张朝发的左腿，紧接着第三颗炮子打在甲板上，巨大的气浪把他凌空掀起，擦着船舷滚入海中。罗建功大叫："张总戎！"纵身一跃跳入水中，连拖带拽把张朝发托出水面，几个水兵赶紧放下扎杆，把他们救上"定字二号"。

罗建功浑身透湿，连声高呼："张总戎，张大人！"张朝发昏迷不醒，湿漉漉地躺在甲板上，战袍被鲜血染红。

罗建功环顾四周，转瞬之间五条战船被打烂三条，破木烂板在水里沉浮漂荡，落水的兵弁们奋力挣扎，船上的水兵们像受惊的兔子似的战战兢兢。罗建功从来没有见过如此凶狠的炮火，知道不是英军的对手，硬打下去只会全军覆没！他急急吼吼下了撤退令，那道命令像走投无路的号叫，苍凉而凄惶。两个帆匠使出吃奶的力气拉动帆绳，两个水兵迅速摇动轱辘，拔起船碇。"定字二号"侥幸驶出战位，摇摇晃晃逃离了战场。

从沈家门赶来的三条哨船驶到衢头湾外面，遥见海湾里炮火丛集杀声震天。它们不敢前行，恰好见"定字二号"向北逃遁，三条哨船也掉转船头尾随而去，恓恓惶惶如漏网之鱼。

炮击持续了九分钟，当硝烟散尽后，衢头湾里樯倒楫歪，水面上漂着成片的碎木烂板，岸上的炮台全被炸毁。英军的海军陆战队和步兵乘舢板向岸上前进，在距离海岸线不远处跳入水中，呐喊着抢滩登陆。右营游击王万年所部被敌人的舰炮打得晕头转向，溃不成军，撒腿逃跑。左营游击钱炳焕率领藤牌兵和长矛兵据守东岳山，敌军舰炮的威力大大超出他们的想象，当上千英军向东岳山前进时，清军像见了鬼似的不战自溃。

四十多条舢板把第一批英军送上岸后返棹接运第二批，第三批……把炮兵、工程兵和十门推轮野战炮运到岸上。下午五时半，英军占领了东岳山，并在定海城外一里远处建立了一个炮兵阵地。

英军毕竟是在陌生的国度与陌生的民族作战，连一份地形图都没有。入界宜缓是军事常识，布耳利登上了东岳山，用千里眼俯视着定海城。这是一座小城，城墙是用花岗岩和砖头修建的，质量很差，只有部分城墙比较结实，参差错落的雉堞像狼牙犬齿，经过一百多年的风雨侵蚀，墙体破败蒿草丛生，沧桑得像满脸皱纹的垂暮老人。城头上有十余位铁炮，城外有一道护城河，宽约八公尺，城东有一片平展开阔的稻田，稻田里注满了水，限制了步兵的行动。布耳利不急于攻城，他命令军队停止前进，待侦察兵摸清敌情后再行攻击。

整整一天，知县姚怀祥、陆营守备龚配道和典史全福一直在城楼上督率兵民防御。城墙上除了三百多兵丁外，还有近千名壮丁，他们手持长短不一的刀矛铁耙，摇着旗帜敲着鼙鼓，有人把观音菩萨的塑像和恐怖吓人的傩戏面具抬到城上，想要借助神明的威力吓退夷兵。龚配道和全福剿过匪徒镇压过暴民，每次都是短兵相接，大刀对大刀长矛对长矛，能看清敌人的眉毛和眼睛。这次却迥然不同，敌炮的凶悍和射程大大超出预想，清军还没与英夷照面，成群的炮弹就像火龙一样凌空飞来，爆炸声振聋发聩，把清军炸得七死八活，战船炸得樯倾楫歪，炮台炸得砖石飞裂！城上守军眼睁睁看着水师弁兵一败如水，他们尚未与敌人交火，已经心惊胆战气量不足了。

天黑前，三千多英军步兵登上了舟山岛，在定海城南面和西面安营扎寨。他们见识了清军的武器和战斗力，根本不担心遭受袭击，英军的营盘篝火丛丛星罗棋布，偶尔有零星的枪声。

入夜了，姚怀祥把守兵分成两拨，一拨在城墙上巡逻，一拨在城墙下和衣而睡，更夫们提着灯笼打着火把敲着梆子，不绝于耳的是猖猖的犬吠声。

全福巡逻到半夜回到城门楼上，坐在姚怀祥对面，二人心情复杂相对无语。过了良久，姚怀祥才抬起头："能守住吗？"全福反问："你看呢？"

烛光引来成群的蚊子和小虫，它们嗡嗡地绕室飞行，一只蛾子撞到烛火上，撞得烛芯摇摇曳曳，墙上的人影悠悠晃晃。姚怀祥脸上平静心里却在翻江倒海，他挥手驱赶蚊子："我不晓兵事，但上过英船，他们的船又高又大，枪械复杂炮位众多。我们打不赢。张朝发和罗建功跑了，敌人的大炮把他们的信心打碎了。"姚怀祥见全福默不作声，接着道："不是我英雄气短，是战事堪哀。依照《大清律》，守土之官与城池共存亡，谁要是弃城而走，不死于敌必死于法。"全福的嘴角微微一动："张总戎生死不明，要是活着，恐怕罪无可逭。我虽然官小，有维护本城治安的责任，要是定海丢了，也不会有好下场！"姚怀祥点了点头："你想怎么办？"全福很镇静："唯有马革裹尸，以死报国！"

姚怀祥轻声问道："你的妻儿还在老家吧？"全福苦笑一声，语气悲凉："舟山是个好地方，比我的老家强多了。我的老家在甘肃武威，穷山恶水，我来这儿以为交了好运，没想到是死运！"姚怀祥大为动情："定海确实是个好地方，可惜保不住了。"全福叹了口气："几个月前我给妻子写信，叫她带孩子来定海安居。武威和舟山隔着五六千里，女人家出门一次不容易，这么远的路得走四个月。没想到英夷打上门来。保家为民卑职万死不辞，但妻子儿女是后顾之忧。我死后，不知谁能关照她们？"姚怀祥安慰道："高堂妻儿牵肠挂肚是人之常情，我也是上有老下有小的人，但做了朝廷命官就不能临危逃退。"全福的语气坚定起来："这是命，我不疑不顾不惧不悔，与您共同担任守土之责，共进共退共荣共辱！"

姚怀祥低头沉吟道："趁英逆攻城前，你写封信，派人送过海，我附上几句，请巡抚乌尔恭额大人关照你的家眷。""乌大人官高位尊，哪会想到我这种微末小官。"姚怀祥道："乌大人是好人，会关照的。""那就仰仗乌大人的体恤了。"

全福借着烛光，铺开一张书笺，窸窸窣窣写了一封绝命书：

……如逆匪来，卑职唯有挺身向前……谨望阙望省叩头，特将浙字第八十八号定海县典史钤记一颗交与家丁，嘱卑职遭难后，赶辕代缴。微末功名，本由军功舍命而得，今又死于非命，将来查办阵亡，万祈垂念职子……得有依赖，实感鸿恩。再二月间，曾遣人回甘（肃）接眷，计冬初可以到浙（江），到时人地生疏，举目无靠，更求宪台代办，请领赴榇回籍。路费、文书，恳各寅好倾助途资，俾免作他乡孤魂……。①

写罢，他将信放入一只大信套，从口袋里掏出官印。姚怀祥也取来知县大印，叫来两个家丁："你们二人立即出城去岑港，找一条渔船，把我和全福大人的信送交浙江巡抚乌尔恭额大人。"把官印交还给上司意味着知县和典史下定必死的决心。两个家丁觌面相觑，苦口劝说主子不要轻生。全福一摆手："该死的不会活着，该活着的不会死去。去吧，依照姚大人的命令办！"

两个家丁走后，姚怀祥的身子微微打战："逆贼猖狂兵火无情，定海城必破无疑。我们挡不住逆夷，只能尽职尽责地为定海民人做点事。城里的半数居民来不及疏散。你带几个衙役，挨家挨户劝他们务必趁夜离开！"全福抱拳行礼："遵命。"他抄起一把大刀，脚步橐橐下了城楼。

姚怀祥一天两夜没合眼，又乏又累又困，全福刚走，他就倚在椅子上打起呼噜来。

他醒来时已是晨光熹微，他揉了揉双眼，走出敌楼，蓦然发现，昨天城头上还鼙鼓喧天刀矛林立，现在却是偃旗息鼓毫无声息，弁兵们逃得一干二净，连影子都没剩下，只有三四个家丁，倚在城墙上，满脸绝望地看着他。

姚怀祥朝城外望去，一里远处有一个炮兵阵地，十位推轮野战炮的炮口冲着定海城。数千英国兵经过一夜休整，精神焕发斗志昂扬，等待着进攻命令。他又朝城里望去，街道上人流如注，居民们提着大包小包，惶惶然朝北门和东

---

① 全福《殉难遗禀》，载于《中国近代史资料丛刊·鸦片战争》第三册第241页。

门逃遁。

在家丁们的催促下，姚怀祥下了敌楼，裹在难民流中，浑浑噩噩地朝北门走去。北门外有一座寺庙，叫普慈寺，寺旁有一个水池，叫梵宫池，那是一个半月形的水池，在树影的荫庇下，像墨砚一样呈微黑色。姚怀祥站在池旁，收摄心神驻足回望，逃难的人群乱乱哄哄，有人踏进路旁的草丛里，惊起一片飞虫。姚怀祥突然听见"扑棱棱"一阵响，一只飞虫贴着地面俯冲，正好撞在他脚下，只听"噗"一声。他抬脚一看，是一只螳螂，踩瘪了，踩得翅折臂断肚破颅裂，一条条肉丝与尘土混成了泥浆！姚怀祥的心悚然一动，人命如虫！他定了定神，对家丁道："你们到城门口照料难民，尤其是女人和孩子，不要让她们惨遭逆夷的蹂躏！"一个家丁发牢骚道："老爷，都什么时候了，您还想着别人！"姚怀祥的眼圈红红的，一脸怒容："民乃国家之本！叫你去，你就去，少啰唆！"

家丁们老大不情愿地返回城里。姚怀祥把他们支走后，挪着步子走到梵宫池旁。他摘下红缨官帽，无限怜惜地抚摸着素金顶戴，那是他历经了十年寒窗六场文战才挣下来的，凝聚了大半生的心血。他将帽子挂在树杈上，两行泪水沿着脸颊往下淌，喃喃自语道："我愧对皇上，愧对定海百姓！"他最后看了一眼定海城楼，眼一闭牙一咬心一横，纵身跃入梵宫池中，就像飞蛾扑火羚羊跳崖，池水里冒出一串气泡，姚怀祥殁了。①

---

① 在鸦片战争期间，中英双方对各自的伤亡人数有详细统计，全都精确到个位。根据布耳利撰写的战报［该战报收入D.McPherson的《在华二年记》（*Two Years in China*附录Ⅰ，257–262页）］，英军在这场战斗中零伤亡。又据《钦差大臣裕谦奏为遵旨查明定海死难弁兵片》，清军在这场战斗中阵亡13人，残废2人，轻伤11人。

第三十一章

绥靖舟山

英军攻打舟山有条不紊秩序井然，就像一次野战演习，未伤及一兵一卒，但是，对英国人来说，舟山毕竟是一座陌生的岛屿，语言风俗物理人情全不熟悉，英军很快陷入稀粥似的混沌中，连续发生事故。最重大的事故是旗舰"麦尔威厘"号的倾覆。"麦尔威厘"号战列舰是全权公使大臣兼远征军总司令懿律的座舰，排水量一千七百多吨，舰载官兵六百人，配有七十四位卡仑炮。英军攻克定海的当天傍晚，懿律和义律乘坐这条旗舰抵达衢头湾，由于天色朦胧风大水溜，"麦尔威厘"号一头撞在暗礁上，龙骨磕断樯倾楫歪，船舵几乎报废。懿律的胳膊肘挫了一下，幸亏伤势不重。在工程师们的指挥下，水兵们动用火轮船、滑轮、绞车、撬杠、辘轳等各种工具，费了整整一天工夫，才把这个庞然大物拖到岸旁，像搁浅的鲸鱼一样斜倾在沙滩上。

接下来要为陆军副司令奥格兰德举行葬礼。时值盛夏，天气炎热，"罗赫玛尼"号运输船把奥格兰德的遗体送到舟山时，尸体已经开始腐烂，散发出难闻的气味，再也不能搁置。英军在当地民宅里找了一具现成的棺材，在东岳山脚挖了坟坑，安排了一场盛大的葬礼。除了值勤的官兵，陆军各团和海军各舰的代表全都参加了，懿律和义律主持了仪式。奥格兰德的棺材覆盖着英国陆军军旗，随军牧师念诵祷词，军乐队演奏哀乐，"威里士厘"号按照死者的年龄鸣放五十七响礼炮,四千多水陆官兵行脱帽礼。这场规模宏大的葬礼惊动了当地百姓和清军密探,他们在远处窥视,不敢到附近围观。

葬礼一结束,懿律和义律立即召集水陆将领和文职人员开会,地点定在东岳庙。东岳庙是一座道观,位于东岳山的摩崖石后,地处形胜居高临下,站在庙前能将定海城和衢头湾尽收眼底,布耳利的司令部就设在那里。占领舟山后百废待兴,许多问题都得开会议定。

郭士立和马儒翰应邀参加会议,他们是商务监督署的秘书兼通事,是极少数通晓汉语并了解中国国情的人。在一个陌生的国度里,英军言语不通,像瞎子一样,没有他们的参与,英军随时可能犯下严重的错误。郭士立是个不遵守教会规则的人,具有强烈的猎奇心和冒险秉性,喜欢涉足与传教无关的活动,尽管基督教会不许牧师从事军事活动,他还是随军而来。头天晚上,义律与郭士立促膝长谈,请他担任定海县临时政府的知县,他应承下来。

郭士立和马儒翰沿着石板道朝山上走去,边走边看山脚下忙碌的英军,三千多步兵散布在东岳山和晓峰岭之间,几百顶帆布帐篷沿着山沟星罗棋布逶迤排列,衢头码头嘈嘈杂杂,三十多条兵船和运输船散泊在海湾里,一群水兵和工程兵正在修造栈桥和船坞。中国船舶较小,不需要大型栈桥就能装卸货物,也不需要大型船坞保养和维修,英军的船体较大,需要大型栈桥和大型船坞——在栈桥建好前,水兵们不得不到附近的水井汲水,挑到舢板上,再转运到兵船上,既耗时间又费周折,占用了大量的人力,士兵们挑着水桶络绎不绝,就像一条条长长的蜈蚣。

东岳庙外面警卫森严,天气虽然亢热,两个当值的士兵们却军装整束,风纪扣一直系到领口,钉子似的站得笔直。懿律、义律、伯麦爵士和各舰的舰长们已经到了,他们全都是初次进入中国的寺庙,被奇形怪状的泥胎偶像搞得眼花缭乱,却不晓得它们是什么神祇。他们见郭士立和马儒翰进了山门,立即请他们解说和翻译。

东岳庙颇具规模,伏虎殿、灵宫殿、三清殿、金阙寥阳殿和老律堂一应俱全,大小殿堂飞檐斗拱雕饰华丽。两庑原本是道士们的住处,但所有道士都逃走了。马儒翰和郭士立走到金阙寥阳殿前,看见门楣上有宋高宗御笔亲题的"金阙赓扬,蓬莱福地"八个大字,大殿里面有一排神龛,第一个神龛旁边挂着一只大算盘，算盘下有一行字："人有千算，天只一算，阴谋暗算，终归失算。"马儒翰一面观看一面把文字翻译给懿律、义律、伯麦和布耳利听。

懿律问道："马儒翰先生，你认得这些神祇吗？"马儒翰对道教神祇的了解不亚于中国人："偶像崇拜在中国根深蒂固，你们在这里能看见古迦南人、古希腊人、古罗马人和古印度人祭拜的所有神祇。中国人有他们的太阳神阿波罗和猎神狄亚娜，有他们的谷神和医神，风神和雨神，山神和水神，甚至还有灶王神和土地神。中国的神祇遍布天上地下和水中，这座寺庙供奉的是东岳泰山君。东岳泰山君是百鬼之帅，统领五千八百个小鬼，主管人的生死。"郭士立也借机炫耀他的汉学知识："不过，中国人没有爱神，既没有丘比特也没有维纳斯，只有主管婚姻的送子娘娘。"伯麦诧异道："难道中国人不谈恋爱吗？"郭士立道："中国人有婚姻无爱情，他们的婚姻大多由父母包办，经媒妁撮合。中国人结婚时要在新娘的头上蒙一块大红布，进入洞房前新郎甚至没见过新娘，他们的择偶像抽签，抽中什么样的女人全都听天由命。"郭士立的解说似是而非貌合神离，伯麦听得一脸困惑。

马儒翰补充道："道教是一种多神教，它用面目狰狞的神祇和令人生畏的泥塑劝人积德行善。这里展示的是地狱景象和人死之后的转生历程：过奈何桥，登望乡台，喝孟婆汤，到丰都城，接受阎王的审判，经过判决后，广积阴德的善人可以重新投胎做人，恶贯满盈的坏蛋则要发配到十八层地狱，遭受种种酷刑，转世为畜生。罪过越大，惩罚越重。"

金阙寥阳殿的五彩壁画描绘了十八层地狱阴森可怖的景象：舂臼狱、刀锯狱、磔刑狱、血池狱、油锅狱、冰山狱……牛头马面、黑白无常和狰狞小鬼们在阎王的指令下用种种酷刑折磨着劣迹斑斑的人：割舌头、抱火柱、剥皮亭、揎草桩、犁人铧、锯人体、喂毒蛇，观看者仿佛听见哭号惨叫和啾啾的鬼声。义律道："这些壁画能让人想起威廉·布莱克为但丁《神曲》作的插图。"郭士立道："是的。这是中国版的《神曲》，不同的是，《神曲》把地狱分为九层，道教把地狱分为十八层。"懿律道："如此看来，中国人的生死观与中世纪欧洲天主教的生死观有相通之处。"义律道："这些魑魅魍魉面目狰狞，要是我们天天在他们的魔影下面生活，恐怕连觉都睡不着。"

观览一圈后，陆军各团的团长们也到了，大家依次坐在东岳泰山君的泥塑前，开始会议。

懿律和义律坐在中央，伯麦和布耳利坐在两侧。懿律把十个手指插在一起："诸位，舟山之战是远征军的第一次战斗，我向伯麦爵士和布耳利将军以及全体参战官兵致以敬礼，你们只用九分钟炮战就把中国军队赶跑了。"伯麦道："我们高估了清军的抵抗力，没想到他们不堪一击，早知道他们这么脆弱，只用三分之一的兵力就够了。"懿律道："舟山是我们占领的第一座岛屿，我们需要一个殖民地，一个让我国商人和眷属安居乐业的地方。我们准备向中国皇帝索要一座海岛，舟山是首选，它不仅位于中国沿海的正中央，也是连接日本和朝鲜的枢纽。但是，我国尚未对中国宣战，因此，我们不能把舟山搞得烈火烹油危机四伏，而要让它成为一个平静和谐的前哨基地。我们要成立一个临时政府，尽快恢复秩序。我和义律公使商议过，决定聘请汉学家德国牧师郭士立担任定海知县，按照我国的殖民法管理这座岛屿。"

郭士立站起身来，打趣道："承蒙二位公使的信任，本人不胜荣耀，只是没想到，我这个为上帝服务的人，居然要管理民政。"义律道："这是一个重要的职位，只能由精通汉语的人担任。中国人把知县叫作亲民官或父母官。郭士立牧师，从现在起，您就是定海居民的父母了，与他们亲如一家。您长得像中国人，只要拖一条假辫子，穿一身中国官服，戴一顶红缨官帽，没人能认出你是德国人。"军官们不由得呵呵地笑起来。

待笑声停歇后，懿律道："第二件事，巴麦尊勋爵指示我们，先揍中国人一顿然后再谈判。我们已经揍完了，现在必须把我们的意图告诉中国皇帝。由于广东官宪不接受不加'禀'字的公文，我和义律公使决定将《巴麦尊外相致中国宰相书》在厦门、浙江和大沽三地分别投递。我命令胞诅舰长去厦门投递，但没有成功，他昨天从厦门抵达舟山。下面，请胞诅舰长介绍一下投递文书的情况。"

胞诅坐在伯麦爵士的旁边，他是一个体魄强健的人，宽大的脸庞上长满了棕黄的胡须，胳膊上的汗毛又浓又重，要不是穿着军装，乍一看像个卖肉的屠夫。他出身于军人世家，九岁进入普利茅斯皇家海军学校，毕业后被派往加勒比海舰队，参加过马提尼克岛登陆战和瓜德罗普岛登陆战，十三年前被任命为"伯朗底"号的舰长，此后便官运蹉跎，再也没有升迁过。他说话时鼻音很重，瓮声瓮气："我奉两位公使的命令去厦门投递《致中国宰相书》。'伯朗底'号到达厦门后，我在舰上挂了一面白旗，以示和平，并请传教士罗伯冉牧师上岸投书，但是，当地清军头目说厦门不是开放码头，不接受夷书，还说所有夷书必须在广州通过十三行投递。他们还说《致中国宰相书》的信套上没有'禀'字，他们不能接受。第二天，罗伯冉牧士再去交涉，但是，厦门清军蛮横无理，不仅辱骂了他，还向他开枪。为了教训中国人，我下令开炮轰击清军，在舰炮的掩护下，罗伯冉牧师再次上岸，在沙滩上插了一根竹竿，把《致中国宰相书》绑在竹竿上。至于厦门官宪会不会把《致中国宰相书》转呈给中国皇帝，只有天知道。"

胞姐的遭遇在义律的预料之中。义律道："傲慢的东方龙不肯屈尊倾听西方雄狮的声音，在中国人看来，我们的公文不加'禀'字，等于不承认中国皇帝是万王之王。"郭士立道："递送《致中国宰相书》是处理两国关系至关重要的一环，要是武力投递不起作用，不妨换一种方式，叫中国商人或俘虏把第二份副本送到镇海或杭州去。"义律表示赞同："这是个好主意，可以一试。"

布耳利道："我军占领舟山后应当尽快占领县城。但是，二位公使命令军队暂不进城，我军至今仍然在城外扎营，据说这是郭士立牧师和马儒翰先生的意见。我想问一问二位中国通，这是什么道理？"

郭士立和马儒翰主张推行绥靖政策，懿律和义律采纳了他们的建议，下令全体英军驻扎在城外，只派少数士兵守护定海的四座城门，广贴布告，要全体居民们不要惊惶，就地安居，英军将保护他们的人身安全和财产安全。但是，居民们天天在逃亡，三天过去了，城里的人快跑光了，只剩下少数老弱病残和穷极无赖，致使定海县十室九空，沦落成小偷和窃贼的乐园。

陆军参谋长蒙泰中校举手示意："我想说几句。"蒙泰四十多岁，长着一张窄条脸，唇上留着一抹棕色的小胡子，身材瘦削。他是第二十六团的副团长，东方远征军成立后，被任命为陆军参谋长。懿律道："请讲。"蒙泰道："士兵们反应强烈，他们说，我们攻下了一座富裕的城市，却在城外饱受风雨和酷热的蹂躏，听任蚊虫的叮咬，而城里有几千套空房子，官兵们强烈要求进城。此外，我们需要民夫修路架桥，如果听任中国人随意逃亡的话，我们连工役都雇不到。"

马儒翰解释道:"蒙泰中校,我以为军队不宜进城,军队一进城就像野牛闯进瓷器店,一投足一摇尾到处都会稀里哗啦。"蒙泰不以为然:"我们的军队不是野牛,是有严格纪律的。"郭士立支持马儒翰:"我也认为军队暂时不宜进城,不同窝的蚂蚁狭路相逢容易发生打斗,一俟冲突骤起,人们会受到恐惧情绪的支配,干出不理智的事来。与中国人混居在一起,士兵们不会有安全感,他们会把五十公尺内所有中国人视为敌人,用乖戾、残忍的方法保护自己。反之,中国人也会这样想,他们会想方设法杀掉我们!这种恐惧如影随形,小恐惧小疯狂,大恐惧大疯狂,搞不好军队就会变得神经质,暴戾无度。我们首先得安抚人心,让舟山人感到我们是宽容和慈悲的,能与他们和谐相处的。"

蒙泰反驳道:"你的慈悲和宽容是教会的慈悲和宽容,与军人的作风格格不入。在战争期间,即使对中国人心怀慈悲,也是用盐水清洗他们的伤口,他们依然有清晰的疼痛感。战争不是温良恭俭让的宗教,它是一台绞肉机,被征服的人惧于军事威慑才不得不屈从,这种屈从是暂时的,只有经年累月才能形成习惯。舟山人经过短暂的震惊后会随遇而安,我军官兵长年驻扎在海外,懂得如何与当地人和谐相处。"

义律道:"我不想把舟山变成为风声鹤唳的梦魇之乡,在外国作战,攻心为上攻城为下,我们必须用基督教的教义感化舟山人,让他们感受到上帝的福音,他们会发现,我们比中国皇帝宽容和善良。"

义律和商务监督署的人都反对进城,布耳利则站在军官的立场上:"蒙泰中校讲述的不仅是他个人的意见,也是全体陆军军官的意见。我军攻克舟山三天了,却不进城,这是不可思议的!我的士兵把守着定海县的四座城门,眼睁睁看着居民离城出走,定海县沦落成小偷和窃贼的乐园!定海的政府垮了,军队不进城,定海就没有秩序。义律阁下,既然您想把舟山变成模范殖民地,军队就应当进城维持秩序,有秩序才有居民,有居民才有市场,有市场军队才有吃的喝的,否则我就不得不派人四处采购。在一个敌意四起的陌生之地,采购人员随时会遭到袭击!他们遭到袭击后,肯定要施加报复,由此形成恶性循环。"

两种意见针锋相对,懿律不得不表态。他来自南非,是海军将领,而陆军全都来自印度,海陆两军协同作战难免会有龃龉。懿律不想在进城问题上纠缠不休,他与义律嘀咕了几句,决定做些让步:"布耳利将军和军官们认为应当进城，那就先派一个团进城。蒙泰中校，既然你主张进城，就派你们第二十六团进城，其余各团仍然驻扎在城外。"

布耳利道："中国人随时可能反攻，我们必须尽快派人勘测全岛绘制地图，并在东岳山西侧和竹山门一带建立两个炮兵阵地。"马儒翰道："竹山门有一大片坟场，中国人敬天法祖，要是动了他们的祖坟，他们会恨死我们，绥靖政策会大打折扣。"布耳利不喜欢文职人员干涉军务，把马儒翰硬生生地顶了回去："战争就是战争，我不能为了中国人的祖坟而牺牲官兵们的安全和性命。我将命令马德拉斯工程兵①把那片坟场平掉，改建成炮兵阵地。"

义律道："在枪炮面前，舟山人沉默无语，我们窥测不出他们的所思所想。要想得之，必先予之，绥靖中国人的最好办法是给他们安全和教谕。做这种事情，宗教比军队有效。我们要尽快成立一家教会医院，免费为本地百姓治病，宣传上帝的福音。"懿律赞许道："是的，我国二百年的殖民史说明了一个真理，输入剑与火，会遭到反抗和报复，输入《圣经》和宗教，才能与被征服的人民和谐相处，收获财富和服务。在定海建立一个教会医院刻不容缓，我们的传教士要利用治病之机宣传上帝的福音和我国的殖民政策，告诉舟山人，我军将保护顺遂的居民，保护来定海贸易的大陆商民。此外，我们有可能向中国皇帝索要一座海岛，舟山是首选。各舰各团要挑选出精干的博学之士对全岛进行考察，撰写出详细的地形学报告，气象学报告，航海学报告，动物、植物和矿物标本报告。"

义律问道："布耳利将军，陆军有多少随军眷属？"布耳利答道："有一百一十名。"义律道："眷属们大都来自社会底层，因为贫穷才屈身下嫁士官。她们经常衣衫不整面有菜色，要是没有饭吃，就会像雌猫母狗一样无廉无耻，干出偷蒙拐骗的丑事来，给大英国丢人现眼！所以，各团各舰的军官不仅要约束士兵，还要约束眷属。"英国的殖民地遍及五大洲，军队散居各地，为

---

① 马德拉斯工程兵（Madras Engineer Group），又称马德拉斯工兵和地雷兵（Sappers and Miners），成立于1780年，由英国人担任军官。最初它只有两个连，后来扩大到三个团，主要从事战壕、桥梁、道路的修筑和爆破，和埋设地雷等工作。在英国统治印度时期，它是英军的帮手，参加过印度次大陆的所有战争，以及埃及战争、鸦片战争和缅甸战争。1947年印度独立后，该部队保留下来，改称印度工程兵。

了防止他们在异国他乡狎妓冶游，英军规定，服役八年以上的士官可以携带眷属，但问题之复杂远非军规所能涵盖。中、高级军官们待遇优厚，每逢战事骤起，有能力在和平地区租赁房屋安置眷属。士官们则不同，他们的薪水低，没钱把眷属送往和平地区，只能冒险让眷属随军。随军眷属必须签约，保证服从军纪，并从事护理伤病员的工作。由于军队不能携带大量眷属进入战区，不得不抽签决定谁的眷属可以随军，英军规定只有英籍眷属才能随军，但少数士官娶了殖民地的外国女人，每逢战事爆发，她们常常沦为弃妇。

伯麦爵士一直沉默，此时才插话："我听说陆军带了一个印度女人。"蒙泰中校道："确有其事。一个叫比尔的厨师长，把印度未婚妻藏在橱柜里，带到舟山来。"懿律面露愠色："军队不许携带异国女人，这种事情不能姑息！要是听之任之，就会不断发生罗密欧与朱丽叶式的桃色奇闻，情话喁喁，离情万种，把军营变成情场。比尔厨师长是什么军衔？""上士。""降为下士，打三鞭子，关三天禁闭！有运输船返回加尔各答时，把那个印度女人送回去！"蒙泰道："遵命。"

懿律接着道："辛好士爵士率领的英国分舰队还在途中。他们一到，我们就开始下一步行动。我将与义律公使和伯麦爵士去大沽口，递交《致中国宰相书》，并与中国人谈判。'威里士厘'号、'伯朗底'号、'窝拉懿'号、'摩底士底'号和'卑拉底士'号，火轮船'马达加斯加'号要做好准备，随时扬帆北上开赴大沽口。'鳄鱼'号去镇海投递《致中国宰相书》的第二份副本，并封锁大浃江口。'康威'号、'阿尔吉林'号和'风鸢'号开赴长江口执行封锁任务，并测量当地水情绘制海图。'麦尔威厘'号损毁严重，起码需要两个月才能修好。陆军留在舟山，严防清军反攻。我们离去后，本岛民政由郭士立牧师负责，军务由布耳利少将负责。诸位有什么问题？"军官们齐声回答："没有。""散会。"

散会后，郭士立和马儒翰并排下山，朝衢头码头走去。他们刚到山脚就见一个熟悉、矍铄的身影迎面走来，那人穿着短衫短裤，身体敦实。郭士立惊叹道："噢，马地臣先生，什么风把你吹来了？""当然是贸易风。"马地臣是一个永不休闲的商人，他有鹰隼一般锐利的眼睛，猎犬一般敏锐的嗅觉，不论和平还是战争，只要有商机闪烁，他能立即嗅到气味，调动所有的神经和肌肉，付诸行动。进货、仓储、存货、簿记、运输、销售、灭鼠、灭虫，他都事必躬亲。他是为钱而生为钱而长为钱吃苦为钱而喋血奋战的人！舟山的硝烟尚未散去，他就带着两条商船尾随而来，由于在海风和烈日下驾船多日，他的皮肤呈古铜色，眼角上的鱼尾纹像刀刻一般清晰。他伸出毛茸茸的手，握住郭士立的手："我听说您荣任本岛知县了，恭贺您。""谢谢，我能为您做些什么？""我想申请两张进港许可证，还想请你派一位引水员。"马地臣的两条商船停在衢头湾外面，他看见"麦尔威厘"号翻倒在海岸旁，立即明白衢头湾里暗礁林立海线复杂，一不小心就会船毁人亡。

郭士立道："舟山的坛坛罐罐都被打烂了，百废待兴，我没有引水员派给你，也来不及印制进港许可证。哦，您运来了什么货物？""军队最需要的东西，食物。""什么食物？""十五头牛，一百六十只羊，还有两吨小南瓜和茄子。"郭士立面露出喜色："您送来了一场及时雨，军队最需要的就是新鲜食物。您从什么地方弄来的？""大陈岛。""岛民们肯卖给你吗？""当然肯。那些岛屿消息闭塞民风淳朴，岛民们根本不知道英中两国要打仗，我们可以用微笑和银币换来军队用刺刀换不来的东西。""两船都是食物吗？""不，还有一船鸦片。"

郭士立面有难色，一耸肩，做了一个夸张的动作："军队需要蔬菜和牛肉，不需要鸦片。""鸦片是卖给中国人的。"郭士立的眉毛一耸："马地臣先生，您在给我找麻烦。这场战争是由鸦片引起的——中国人对鸦片恨之入骨！"马地臣一本正经："不是所有中国人都憎恨鸦片，有些人离不开它，像迷恋美女一样迷恋它。""马地臣先生，我是牧师，是教会派来的神职人员。"马地臣微微一笑："郭士立先生，您现在不是牧师，是大英国委任的定海知县。""天呀！马地臣先生，你要是运食物，运多少我都给你签发许可证，至于鸦片——我要是签了，上帝会诅咒我，教会将开除我的教籍！"马地臣严肃起来："鸦片在我国是合法商品，舟山是我国的军事占领区，应当采用我国法律。此外，打仗离不开钱，东方远征军在中国作战，不是一朝一夕就有结果的。郭士立牧师，你计算过吗，四十多条兵船和运输船，七千多水陆官兵，每天得消耗多少钱？"郭士立摇了摇头，他没计算过。

马地臣掰着手指道："这么多官兵要吃要喝，就算每人每天消耗五分之一英镑，一天就得花费一千二百多英镑，一年就需要四十五万英镑！这还不算枪炮弹药的费用。据我所知，印度总督奥克兰勋爵仅预支了三十万英镑，这儿与英国有一万七千海里之遥，远不济急，一旦军费周转不开，要是不想明火执仗地抢劫，只能发行临时国债。在中国，谁买你们的国债？只有我们。我们的钱从哪里来——"马地臣就此打住，硬朗的目光逼视着郭士立，仿佛在强迫他按照这一逻辑推导下去。

郭士立犹豫了片刻："好吧，既然我是英国政府的签约仆人，就与你同流合污一次。你的船叫什么名字？""'飞鱼'号和'飞梭'号。"郭士立从口袋里抽出笔记本和铅笔，草草写了几行字，撕下来，递给马地臣：

  兹允准大英国查顿－马地臣商行的"飞鱼"号和"飞梭"号商船进入衙头码头，引水自雇，风险自担。

大英国定海县临时政府知县郭士立

第三十二章

浙江换帅

　　七月流火八月铄金，盛夏的北京天像蒸笼似烤锅，亢热的天气让人慵懒得不愿动弹，树间的知了不停地聒噪，像在进行一场刺耳的歌咏大赛。紫禁城里宫墙壁立，即使偶尔吹来一阵微风，也很难带来多少凉意。军机处位于紫禁城的隆宗门内，窗户全都打开了。穆彰阿、潘世恩和王鼎穿着轻薄白纱汗衫，盘腿坐在炕上，一面摇扇子一面批阅各省送来的奏折。一个侍卫在炕沿旁边放了三桶凉水，每隔一会儿，他们就蘸湿手巾擦一擦额头和脸上的细汗。

　　浙江巡抚乌尔恭额用六百里红旗快递发来了加急奏折，奏报英夷出动战船三十余条夷兵三四千人，突袭舟山占领定海，总兵张朝发身受重伤被人救起，定海知县姚怀祥投水自尽，典史全福不屈战死，定海镇的水陆官兵大部分撤往大陆。随同奏折一起送来的还有夷酋伯麦和布耳利的劝降书以及全福的《殉难遗禀》。

　　大清有两千多驿站七万多驿卒，各省的奏折夹片咨文提本公函邸报全由他们传向四方。按照通政司的章程，普通驿递日行三百里，快递四百里，加急五百里，只有战争、地震、黄河决口等突发性重大事件才能采用六百里快递。驿卒在传送六百里快递时背插红色小旗，沿途所有官绅车马都得避让。这种驿递容易跑伤甚至跑死驿马，故而很少采用。三个军机大臣接到红旗快递后吃了一惊，立即将奏折原件呈报皇上。他们一面等候旨意一面议论如何处理这一突发事件。

穆彰阿摇着大蒲扇："没想到禁烟闹出这么大的动静。"潘世恩打开折扇："据林则徐推测，英夷借南风司令之机扬帆北驱，有两种可能：一是武装护送鸦片，二是到天津告御状，乞恩恢复通商。"林则徐的奏折是用四百里快递发来的，比乌尔恭额的奏折早两天到北京，他显然没有意识到英夷要动用武力占领舟山。王鼎用湿手巾擦去额头上的汗水："英夷突袭舟山。这是一着奇、险、惊、凶的棋。但是，英国毕竟是岛夷之国，距我大清有六七万里之遥。他们动用三四千夷兵，充其量只能攻占本朝一隅，不会形成蛇吞象的奇观。"穆彰阿道："我担心的是，他们会在海疆闹出倭寇似的乱局，剿不动，抚不成，理还乱。"潘世恩轻轻摇动纸扇："这场边衅的规模不会小，搞不好真像穆相所言，剿抚两难哪。"

王鼎隔窗望见首领太监张尔汉朝军机处走来："张公公来了，可能皇上有旨意。"果不其然，张尔汉进了值房，躬着身子道："诸位爷，待会儿皇上要过来。"三位军机大臣立即趿上鞋子穿上朝服戴上朝珠。

不一会儿，道光来到军机处。他没戴帽子，只穿一件汗纱薄衫，背着双手皱着眉头，身后跟着一个提凉茶打扇子的小太监。道光一进值房，三位军机大臣一起打千行礼。道光一摆手："平身。天这么热，你们还穿这么齐整。张尔汉，是不是你叫几位阁老捂得严严实实？"张尔汉有点儿尴尬："奴才不敢，奴才只是告诉三位阁老，皇上要亲临值房议事。"穆彰阿打圆场道："在皇上面前，奴才们应当正衣冠，以示崇敬。"潘世恩从凉水桶里拎出一块手巾，拧了一把，递给道光："皇上，您擦一擦汗。"

道光把乌尔恭额的奏折放在炕桌上，接了手巾，一面擦汗一面道："区区丑夷如此披猖，竟然突袭舟山占我定海。定海镇水陆营兵应变无术，张皇失措，一触即溃。朕不问可知，浙江文武平日只知道养尊处优，所以才临机偾事！"他把手巾还给潘世恩。张尔汉抢先接了，搭在桶架上，拿一把大蒲扇给皇上轻轻扇风。

穆彰阿见道光怒气冲冲，觉得应当给舟山守将一点惩罚："一座县城仅一天工夫就丢了，总兵张朝发居然逃出来，觍颜苟活，是否按斩监候定罪？"道光一屁股坐在炕沿上："你们替朕梳理一下英逆为何攻袭舟山。"潘世恩道："乌尔恭额把夷酋伯麦和布耳利的说帖一起送到北京，夷帖说：'旧年粤东上宪林、邓等，行为无道，凌辱大英国，国主特令领事义律法办。'据此推敲，英逆是来告御状的，想讨个说法，恳请恢复通商，矛头直指林则徐和邓廷桢。"英国外交文书与大清的照会写法不同，大清的照会讲求义正词严，写出居高临下的气势，英国文书则讲求温文尔雅，即使势不两立也要彬彬有礼强话软说。按照大清文牍的言辞推断夷人的说帖，看不出它含有战争的意味。穆彰阿道："林、邓二人办差向来宽严有度十分慎重，但在某些地方做过头也未可知，事态不明朗之前，我们不宜妄加揣测。"

道光站起身，背着手在青砖地上来回踱步，琢磨了片刻："看来英夷果然离了茶叶和大黄就大便干燥消化不良，天长日久有丧命之虞。朕恩施四海，德被天下，即使对远方的蛮夷，也不肯轻易绝人于死命。但是，英夷长年向我大清贩运鸦片，致使白银淙淙外流，屡教不改，不断其贸易无以遏制其贪欲，不打到他们的疼处就不肯悔过自新！朕隐忍多年，直至忍无可忍才断其贸易。据朕看，英夷是狗急跳墙到天津投递禀书告御状。乞恩通商是目的，突袭舟山是助其声威，意在要挟本朝。"

潘世恩道："皇上圣明。直隶总督琦善现在保定，要不要发一份廷寄，叫他驰赴天津？"道光点头道："就这么办，立即要他去天津布防。英国兵船到达后，如果情词恭顺，可以向他们宣示天朝制度，告诉他们，互市贸易向来在广州，天津地近京畿，不准通商。如果英逆桀骜不驯，就立即剿办。至于投递禀书——嗯——不论夷字汉字，可将原禀进呈。"他看了一眼穆彰阿，话锋一转："张朝发愎谏撤守丧师丧城，其罪实属重大，要严加惩处。姚怀祥乃一县之令，他与城池共存亡，舍命赴水杀身成仁，加一级优恤。典史全福不屈赴死，也要优恤。典史虽是微末弁员，但是，大清朝就是靠成千上万个微末弁员鼎力办差，才造就出承平的局面，要是不优恤和不表彰，就会寒了全国微末弁员的心。著全福加两级优恤，他的眷属到浙江后，要妥为安置。你们给乌尔恭额发一份廷寄，要他仔细查寻姚怀祥和全福的妻子儿女，候朕施恩。"他顿了一下，话头一转："你们说说，丢了舟山，浙江文武大员该当何罪？"

穆彰阿道："浙江巡抚乌尔恭额，浙江提督祝廷彪，乃浙江文武官员之首，责任重大，舟山之败，他们二人不在现场，却不能免责。奴才以为，应当交部严加议处，革职留用，另择能员接任。定海镇中军游击罗建功、钱炳焕、王万年和陆营守备龚配道，不思坚守临阵溃逃，他们虽然不是主将，亦属有责，应当派员押送到北京，由兵部和刑部鞫实后定罪。"

道光走到西墙前，墙上挂着一幅黑底描金横匾，上面有"喜报红旌"四个大字。他凝视片刻转过身来，喟叹道："朕盼的是红旌喜报，乌尔恭额却送来了丧报。从驿递邮戳的日期看，乌尔恭额发折是六月十日（西历7月9日），但英夷攻打舟山在七日，占领定海在八日。舟山与大陆一水之隔，半日可达，乌尔恭额当天就应得知战报，他却迟报了两天！这种人只能当太平巡抚，不能当战时巡抚，用在海疆只会误事！"

王鼎觉得仅凭邮戳就下断语有点儿匆忙："据乌尔恭额奏报，定海战报本应出自姚怀祥或张朝发，但姚怀祥投水身亡，张朝发伤重昏迷，他是接到当地巡检的禀报后才写了奏折！""巡检叫什么名字？""据乌尔恭额的奏折说，叫徐桂馥。""那就革去徐桂馥的顶戴，永不叙用！"道光的话语带着火气，他身居九五之尊，理应俯视大局，但经常事无巨细亲自处置。巡检是从九品芝麻官，由各省封疆大吏任免。皇上和三位军机大臣并不知晓徐桂馥是何许人，有多大能耐。只因王鼎多说了一句话，引起道光的猜忌，他就不假思索让一个无名无嗅的芝麻小官丢了前程。王鼎知晓道光有时受情绪支配，只好缄口不语。

皇上金口玉言，说乌尔恭额"只能当太平巡抚"，穆彰阿立马察觉把乌尔恭额"交部严加议处"的处分太轻，顺着皇上的思路上了一个台阶："皇上，将乌尔恭额逮问京师如何？"

道光瞟了他一眼："乌尔恭额身膺封圻，小马拉大车，心有余而力不足。他做下祸事，不能置身事外，让他戴罪留守，等新官上任后再说。"道光踱了几步："查办浙江的文武大员，得找合适人员接替。你们看谁合适？"

三个军机商议过，一致认为江苏布政使①程矞采是合适人选，程矞采是宋朝理学名家程颢和程颐兄弟的后代，与林则徐是同年进士。穆彰阿道："不知江苏布政使程矞采是否合适？"

---

① 布政使，从二品文官，相当于分管行政的常务副省长。

皇上再次坐在炕沿上："江苏是临海之省，临海之省的布政使不宜动。据朕看，四川布政使刘韵珂办事结实沉稳可靠，他当过浙江按察使，熟悉当地物理民情。你们看，让他接替乌尔恭额是否合适？"

这个提名出人预料。刘韵珂是山东汶上县刘楼村人，父亲是佃户，穷得无以养家。他七岁时被父亲送到刘姓地主家里干杂活，刘韵珂天资聪颖手脚勤快，很讨主子的喜欢，刘姓地主便让他陪同自家儿子读书，没想到刘韵珂的学业比少爷好一大截，一试考取秀才，二试考取副榜贡生。刘姓地主慧眼识才，将他收为义子，出钱送他去北京国子监读书。有这种际遇的人可谓凤毛麟角，但是，刘韵珂的好运还在后面。嘉庆年间，刘韵珂拔贡朝考一等，以七品小京官录用，历任刑部主事、员外郎、安徽徽州知府、云南盐法道、浙江按察使、四川布政使等职。总督与巡抚向来由勋臣后代或者进士出身的汉臣担任，刘韵珂既非勋臣后代又非进士出身，甚至连举人的功名都没有，但不知他触了皇上的哪根筋，颇得道光赏识，道光多次夸奖他"诚朴练达办事结实"，屡屡点名提拔他，致使刘韵珂升官升得整个官场目瞪口呆。

穆彰阿附和道："刘韵珂举止稳重办事圆融，皇上烛照明鉴，知其人识其才。奴才以为，刘韵珂的才智不在程矞采之下，也是替代乌尔恭额的合适人选。"道光道："那就让他递补浙江巡抚，你们再替朕物色一个人，接替浙江提督祝廷彪。"穆彰阿道："要论武功嘛，本朝第一名将是湖南提督果勇侯杨芳，他有统辖十万大军之力。可惜他年近七旬，两次请求告老还乡，有'廉颇老矣'之嫌，此外，他没打过海仗，我们只能退而求其次。"

道光从张尔汉手中接过扇子，自己扇风："舟山之战是边衅，用不着动用老神仙。杨芳年事已高，除非大动干戈，让他暂时安生吧。"王鼎提醒道："福建提督余步云如何？"余步云是四川广安人，参加过镇压川楚白莲教起义，因功被擢拔为军官。道光七年，他随同陕甘总督杨遇春远征新疆，平定张格尔叛乱，因战功晋升为贵州提督，绘像紫光阁。道光十三年他率领贵州兵镇压湖南和广东的苗民和瑶民起义，加太子太保衔，赐双眼花翎，两年前转任福建提督，在资历、能力和威望上，他是仅次于杨芳的名将。皇上点了点头："余步云精通陆战，在福建经营两年，也应知晓水战。让他去浙江，朕放心。"

潘世恩提醒道："从北京的廷寄驰驿四川，需时一个多月，刘韵珂晋升封疆大吏，依例要进京请训，而后才能启程入浙，来来往往恐怕得耗时四个月，在这段日子里，浙江省得派得力人员经管。"皇上道："你有什么想法？"潘世恩思维绵密，经常能想到皇上想不到的问题："臣的意思是，刘韵珂到任前，朝廷最好就近选派一位钦差大臣，总理浙江民政和军务。"道光拊掌应和道："这个建议好。你看谁合适？"潘世恩道："臣以为，两江总督伊里布比较合适。"

道光坐在炕沿上，跷起二郎腿："穆中堂，你意如何？"穆彰阿道："伊里布长年任职于云南，通晓夷务，剿抚两手应用自如，半年前由云贵总督转任两江总督，分管江苏安徽江西三省，让他就近兼管浙江防务，比较合适。"王鼎微微一笑："穆相，云南和贵州之夷是苗夷，是不服朝廷管束的山野之民。英夷是来自西洋的海上巨寇。虽然也是夷，但此夷非彼夷也。""夷"不仅指外国人，也指不服管束的化外之民。王鼎说出了二者的差异。但道光皇帝不以为然："不论怎么说，山野之夷和海上之夷都是夷。对付夷人，当抚则抚当剿则剿，剿抚互用是对付他们的不二法门。伊里布老成练达应变裕如，就让他挂钦差大臣衔去浙江料理时局，克期收复舟山。两江总督一职暂由江苏巡抚裕谦署理。"

该议论的都议论了。潘世恩是条理细密的人，他脱鞋上炕，坐在炕桌旁，拿起狼毫蘸上墨汁写了一份备忘录：

一、乌尔恭额、祝廷彪交部严加议处，革职留用。二、将罗建功等四名败军营将押送京师，交兵、刑二部审讯。三、巡检徐桂馥革职，永不叙用。四、琦善去天津大沽布防，英夷若有投递禀帖情事，不论夷字汉字，将原禀进呈。五、四川布政使刘韵珂替换乌尔恭额，福建提督余步云替换祝廷彪。六、发给伊里布钦差大臣关防，总理浙江防务，克期收复舟山。七、廷寄林则徐等沿海七省大吏，严密布防，不事张皇。

前六条是道光的谕旨，第七条是他加上的。写毕，他把备忘录恭恭敬敬递上："皇上请过目。您看有什么不周全的，臣再补上。"

道光读了一遍："很好，就这些。你们军机处即日编发廷寄，缮写七份，用四百里快递送出。"四百里快递？王鼎心里"咯噔"一声，觉得这么大的事情，无论如何应当用五百里加急，但皇上显然不认为战争迫在眉睫，只把英夷袭击舟山视为海疆边衅。

　　道光撩衽起身离去，他的一只脚刚迈过门槛，又停住步子，回头甩出一句话："林则徐和邓廷桢，这两个人哪！朕反复叮嘱他们，一要查禁鸦片，务必根除净尽；二要避免边衅，以免劳师糜饷，结果呢，禁烟终无济事，还闹出这么多波澜来！"

　　三位军机大臣没吭声，只是相互看了一眼。他们隐约意识到林、邓二人要倒霉了。

第三十三章

隐匿不报的关闸之战

"都鲁壹"号、"海阿新"号、"拉恩"号、"哥仑拜恩"号和火轮船"进取"号的舰长们以及孟加拉志愿团的军官们聚在"都鲁壹"号的司令舱里。英军的珠江口分舰队司令亨利·士密个子不高,唇口留着峭拔的小胡须,他咳嗽一声道:"诸位,自从我军封锁珠江口以来,广东清军一直蠢蠢欲动,妄图驱逐侨居在澳门的我国商民。根据我方掌握的情报,广东官宪颁发了悬赏令:凡擒获一名英国人赏银一百元,擒获一名英属印度人赏银五十元。在重利的诱惑之下,中国歹徒贪功邀赏,屡次潜入澳门,侨民们的生命受到严重威胁,纷纷要求我军保护。十几天前,文森特·斯坦顿牧师在海边游泳时突然失踪,最初人们以为他不慎淹死,但是,根据我方雇用的间谍报告,斯坦顿牧师被掠至广州。副商务监督参孙先生拜托葡萄牙总督居间斡旋,请他函告林则徐,斯坦顿牧师是和平人士,与战争无涉,恳请释放,但是,林则徐无视我方要求,拒不放人。另据可靠情报,林则徐正向前山寨调兵遣将,很可能突袭澳门。澳门是葡萄牙人的殖民地,也是我国商人的寄居地,更是我军获取补给和淡水的重要码头,与其让敌人先动手不如由我先发制人。我决定,明天下午对驻守关闸和莲花茎的清军给予报复性打击!"

士密把一张地图摊在小桌上,图上用红笔蓝笔添加了具有军事意义的符号

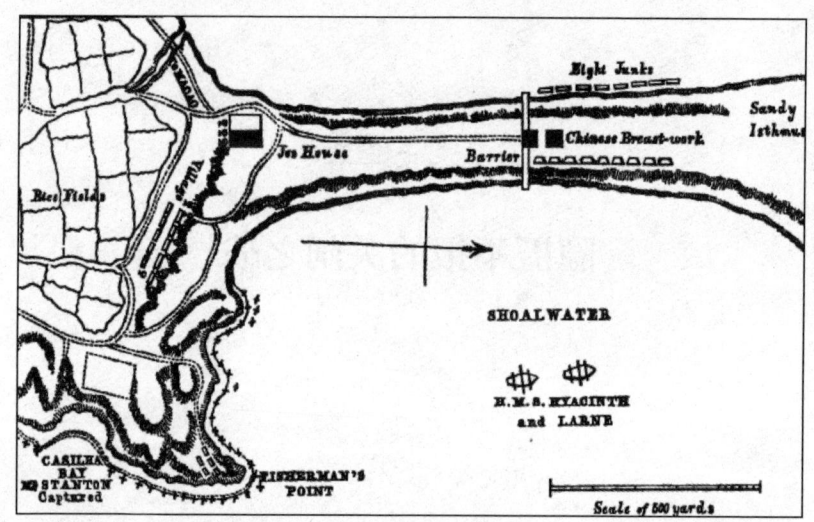

英中两军在关闸对峙示意图（Casilha Bay卡西拉湾，Mr.Stanton captured斯坦顿牧师被捕处，Fisherman's Point渔人角，Rice fields稻田，Village望厦村，Jos House莲峰庙，Shoalwater浅水域，H.M.S.Hyacinth and Larne皇家海军的"海阿新"号和"拉恩"号，Barrier关闸，Chinese breastwork清军工事，Eight Junks八条清军战船，Sandy Isthmus沙质地峡）。取自John Francis Davis的《中国札记》（Sketches of China, Volume 2）。19世纪以来，由于澳门和珠海不断填海扩地，上图与现代地图有很大差异。

和标记："请看这张图：澳门与大陆之间有一条地峡，长约千米，宽约三百米，中国人称之为莲花茎。"这个比喻十分形象，地图上的澳门的确像一朵莲花，被一枝花茎托出陆地，延伸到海上。士密用铅笔指着地图："关闸恰好在地峡正中央，是一个盘查过往行人的汛地，平常驻有一百多清军，现在增加到一千人。他们在莲花茎上构筑了一道沙袋工事和两座沙袋炮台，架设了二十七位火炮。关闸北面是前山寨和西山炮台，驻有大股清军。南面是望厦，望厦是澳门同知①的佐堂衙门（也是香山县的佐堂衙门）所在地，有一座寺庙，寺庙旁是望厦炮台，驻有一汛清军。莲花茎一马平川无险可守，我军要彻底摧毁

---

① 同知，官名，低于知府，高于知县，通常为五品文官。澳门同知的职责是与葡萄牙总督共管澳门，同知衙门设在前山寨，在澳门望厦村设有一个附属衙门。

它，让中国人尝一尝施拉普纳子母弹①和康格利夫火箭②的利害。"

一个军官问道："望厦炮台在关闸南面，那里是葡萄牙总督的辖区，我军攻打莲花茎，望厦炮台的清军很可能出来增援，要不要轰击它？"士密道："为了避免与葡萄牙人发生争端，我军不主动攻击望厦炮台。但是，如果望厦清军主动出击，我军可以后发制人，摧毁望厦炮台。"珠江口分舰队共有四条兵船一条火轮船和三条运输船，外加孟加拉志愿兵，总兵力千余人。由于斯坦顿事件，士密决定开仗："我军人手有限，以封锁珠江口为第一要务，故而，本次战斗是惩罚性和震慑性战斗。我军首先炮击莲花茎，然后将派海军陆战队和孟加拉志愿兵登陆，摧毁那里的全部军事设施，天黑以前撤回。明白吗？"

军官们齐声回答："明白！"

英军封锁珠江口后，一千多清军开赴莲花茎，还派了八条哨船在附近巡弋，对澳门形成威压之势。英军则针锋相对，"海阿新"号和"拉恩"号双桅护卫舰隔着海峡与清军水师对峙，致使巴掌大的地面重兵云集，双方枪对枪炮对炮怒目相向达两月之久，但都很克制，谁也不打第一枪，斯坦顿牧师被绑架后，原本十分紧张的局势变得更加严峻。

吃罢午饭，澳门同知蒋立昂和肇庆协署理副将多隆武来到西山巡视。蒋立昂乘轿，多隆武骑马，身后跟着几十个亲兵。蒋立昂少年时得过天花，留下一张麻壳脸。多隆武年近六旬，粗线条的脸颊上有一条刀疤，是在新疆平息张格尔叛乱时留下的。

自从英夷封锁珠江口后，林则徐意识到，澳门是内外潜通汉奸勾串的地方，前山寨紧临澳门，战略地位仅次于虎门，必须派精兵强将镇守。蒋立昂和多隆武就是林则徐选派到那里的，他们一上任就发现前山寨与关闸的间距太大，有五里之遥，不足以控扼莲花茎，经过踏勘，他们决定在西山修建两座炮台，那儿距离莲花茎不足二里，一俟发生战事，可以用火炮封锁莲花茎。

西山的营兵和工匠们正在休息，几十顶牛皮帐篷鱼鳞片似的散布在树丛间，但由于天气炎热，兵丁和工匠们不愿闷在帐篷里，打着赤膊袒胸露背在树荫下休息。两座炮台修了一半，一座初具模样，另一座正在打地基，工地上堆

---

① 参阅895页的下图。
② 参阅896页的图片。

放着大小钎锤和石块石料石板石条。

寮台上突然响起"呜——呜——呜"的螺号，二长一短，又急又促。那是战斗警号！官兵们像受惊的鹿群，不约而同朝寮台望去。多隆武满腹狐疑，仰头朝寮台吼道："你他娘的吹错号谱了吧！""多大人，海面有大警！"寮台上的哨兵气急败坏，扯着嗓子朝下喊，因为用力过度，嗓音变了调。蒋立昂和多隆武赶紧朝山顶攀爬，他们登上山脊朝海面一望，不由得倒吸一口凉气！四条英国兵船和一条火轮船正借助南风涨潮向莲花茎前进，兵船上炮窗洞开，信旗变换，火轮船拖着一长串舢板，舢板上满载着荷枪实弹的英国兵！

多隆武一眼看出这是战斗队形："大事不好，英夷要攻打莲花茎！传令，炮兵上炮位！营兵立即集合！"

哨兵吹响了集合螺号，寮台上挂起了信旗，西山脚下的营兵们立即整队集合，前山寨的营兵看见信旗后也迅速行动起来，全速向莲花茎移动。

西山炮台尚未完工，仅安放了一位四千斤大炮。二十多个炮兵捯着碎步进入战位，手忙脚乱地揭去苫布，拔去炮口的防雨木塞，打开火药库的石门，搬出炮子，击鼓传花似的传到炮位上。多隆武道："蒋大人，你留守西山炮台，待会儿前山寨的援兵开来，我就率领他们驰援莲花茎。"说罢他朝山下走去。

英国兵船在莲花茎东面四百公尺远处抛锚，一字排开，侧舷的所有炮窗敞开，黑洞洞的炮口火光闪闪，炮子拖着火光和长烟飞向清军阵地。清军开炮还击，但两座沙袋炮台只有二十七位小铁炮，不及英军舰炮的三分之一，射程和炸力更是不可同日而语。八条清军战船泊在莲花茎西面，但地峡高出水面一丈多，挡住了一半视线，清军战船只能隔着地峡向英军盲射，如同挥动鞭子隔山打牛。清军的炮子落在英军兵船附近，没有打中一炮，徒然溅起成片的水花浪柱。

西山炮台的四千斤大炮试放了一炮，只能打到莲花茎北端和海滩，打不着英军军舰，炮兵们只能望洋兴叹。

莲花茎的千余清军匍匐在地上，他们的长矛大刀派不上用场，只有少数枪兵用抬枪还击，抬枪是老式火绳枪，射速射程都很有限，完全打不着英军。清军干着急使不上劲儿。

一串串施拉普纳子母弹在空中爆炸——它是专门针对步兵设计的——迸裂出数以千计的铁丸子，漫天飞舞横冲斜刺，发出"噼噼啪啪"的爆响，如同节日烟火一般。清军睁大眼睛望着天上奇观，没想到铁丸子凌空而降，落到地面再次爆炸，迸裂出数以万计的碎片。沙袋工事对施拉普纳子母弹没有任何防御作用，清军还没明白怎么回事，就被碎裂的弹片打得头破血流臂断腿伤。面对陌生的武器，清军不知道如何防御如何躲避，只能匍匐在地上被动挨打。

英国帆兵训练有素动作娴熟，依照号令拉动绳索，借助风势调整船帆，仅用两分钟就把船体扭转一百八十度，换用另一侧舰炮轰击[①]。炮舱里的士兵则趁船体旋转之机推动火炮复位，重新装填炮弹。与此同时，甲板上的火箭发射架向清军打出一串康格利夫火箭，它们发出尖厉的啸音，拖着长长的火尾，相继落入清军阵地，引燃了土木建筑和牛皮帐篷，在海风的吹刮下，火苗子东一丛西一丛地燃烧蔓延，形成熊熊大火。不到一小时，沙袋炮台全被摧毁，八条战船被打伤三条。

多隆武带兵赶到莲花茎北端时发现援军根本没有用武之地，英军舰炮射程之远炸力之大出乎预想，手持长矛大刀的清军进入地峡只能成为活靶子。此时的炮战已经持续了半个时辰，急促密集无穷无尽无歇无止的炮子在莲花茎爆炸，粉碎，浮扬，散落，清军营盘像一条火龙，燃烧，颠覆，抽搐，扭曲，直到毁灭。这是一场不对等的战斗，为了减小伤亡，多隆武下达了撤退令，清军听到金铎声后，争先恐后地撤出莲花茎，丢弃了全部阵地和火炮。

四点整，在舰炮掩护下，孟加拉志愿团的三百八十名英印官兵乘舢板冲向海滩，在关闸南面登陆，进入了望厦炮台的射程。望厦炮台立即开炮轰击，英军兵船则针锋向对，掉转炮口向南打去，望厦炮台很快就哑火了。

清军连败二里，一直退到西山脚下。那里是一片杂草丛生的树林，平日里树林萧索寂寥，只有野狐出没乌鸦盘旋，关闸的炮战把野兽野鸟惊得嘈鸣四散，但没有走远，因为它们的巢穴在那里，大群溃兵突然闯入，它们不得不逃得更远，躲在草木丛间伸头探脑地窥望。

蒋立昂一直在西山炮台督战，炮兵们打出的零星炮子只能射到海滩，对英舰没有丝毫威胁，徒然浪费炮子而已。蒋立昂见多隆武退到山脚下，开始收拾残兵，从炮台走下来。他没有经历过战阵，但深知朝廷法纪森严：驻守城寨的

[①] 参阅895页的右上图和图说。

文武主官与城寨共存亡，违者以大辟论处。莲花茎在他的辖区内，他成了丢失城寨的主官！他心情灰败志忑不安，提着袍角朝多隆武走去，袍子的下摆被树枝刮了一道三角口子："多大人，有什么补救办法？有没有？"他一点儿主意都没有，话音像被风揉搓的粗布，微微打战混浊不清。

多隆武浑身是汗，额头上有一块发青的瘀血，不知什么时候磕的。他比蒋立昂冷静，安慰道："蒋大人，胜败乃兵家常事，别着急。"他回首眺望莲花茎，英军并不乘胜追击，而是尽其所能破坏地峡上的工事，能烧的烧，能炸的炸，烧得痛快淋漓，炸得所向披靡。"轰——轰——"的爆炸声震耳欲聋，腾起的浓烟染黑了半边天穹。

多隆武解开衣领，喘着粗气，摘下大帽子扇风。蒋立昂的心悬到了嗓子眼："我担心林部堂，他是个冷脸人，要是不赶快收复莲花茎，他可饶不了我们。"多隆武道："英夷船坚炮利，步兵军技娴熟，光天化日之下没法收复。要收复，只能夜袭！"蒋立昂仿佛瞥见一根救命稻草，眼中闪出一丝希冀："那就夜袭，无论如何要夺回来呀，不然咱们就没命了！"

上千溃兵和大批援军乌乌压压聚在西山脚下，散布在草丛树林沟壑和山坡上，持刀的挂枪的背盾牌的什么姿势都有。溃兵群里突然响起一声哀恸。多隆武来了无名火，猛一回头，厉声喝道："谁他娘的号丧！"一个小兵歪着身子站起来，哽咽道："多大人，这仗输得稀里糊涂，还没跟英国鬼子打个照面，咱们就死了好多弟兄，败得好惨！小的见大人没主意，心里难过。"那兵丁只有十四五岁，是个半大孩子。多隆武的脸上浮起一层臊红，刀疤又红又亮，干咳一声："男儿有泪不轻弹，英夷船大炮狠，但也不是铜头铁臂的怪物，今天晚上，老子领大家打夜战，把阵地夺回来！"

蒋立昂把全部希望寄托在夜战上，走到队列前，扬声发布训令："今晚夜袭，多隆武大人亲自带队，我亲自击鼓，给大家助威！"他不经意间讲了一句外行话，引起了一片嘲讽："夜袭击鼓？那叫什么夜袭？""夜袭得像山猫子一样无声无息。""这种官儿还指挥打仗？真他娘的邪气！"蒋立昂的脸色通红，忍住气自嘲道："本官不会打仗，但有生杀予夺之权！谁要是当孬包往回溜，本官就临阵杀人！凡是不畏生死冲锋陷阵的，军官赏十元，士兵赏五元！"

人群里突然冒出一声刁钻的质问："官库里的银子早他娘的花光了，你拿什么赏？"蒋立昂没看清谁在说话，他的太阳穴突突直跳，脖子上的粗筋一鼓一缩："库里没银子，本官就是卖房卖地，也要凑足赏银！""两千号人，您赏得起吗？"又是那个声音在挑衅。堂堂正正的五品官被一个无礼之徒当众责问，蒋立昂的麻壳脸涨得通红，终于憋不住火气："谁说的，站出来！"他想以威势压人，兵丁们不由得悬心惊悸。

一个彪形汉子昂然起身，把大片刀往地上一戳，气鼓鼓道："我说的！"从补服上看，是个外委把总，九品武官，此人长得黝黑粗壮，撸着袖子，两条胳膊上有刺青，左臂一只虎，右臂一条龙，油腻的脸上闪着汗光，那把大片刀比普通刀大一号，插在地上簌簌抖动。

冷不丁窜出一个不知高下不晓尊卑的小军官，像一只张牙舞爪的螃蟹。蒋立昂恨不得一脚踩扁他，从牙缝里挤出一句话："你是什么人？"那家伙的脖子一挺："我叫徐二牛。前几年你在香山当知县时，闹匪患，你跟我们肇庆协借兵除害，我们跟着多隆武大人剿匪。你那时说打了胜仗每人赏二两银子，军官加倍。我正等着那点儿银子娶媳妇，领着弟兄们拼死拼活。结果呢，仗打赢了，匪首捉了，却没给赏钱，连个述毛都没看见。"兵群里一阵骚动，有人咯咯笑，有人乱跺脚，有人高声喝彩，有人讲风凉话："讲得好！""不给赏钱，谁肯卖命？""徐二牛没钱娶媳妇，哪肯卖命！""就是嘛，谁的命是白给的！"

香山县闹匪患时，蒋立昂借兵剿匪吹牛皮说大话，事后食言。他不是不想给，是县库里没银子，肇庆协的弁兵们气得骂娘。蒋立昂一脸尴尬，想发作却被人揪着小辫子。他看出来，徐二牛是个爱当出头鸟的刺儿头，皮里阳秋替大伙出气，好几百兵丁跟着起哄，在这种场合训斥他只能把小事激成大乱。

多隆武轻轻拉了拉他的袖子，小声劝道："蒋大人，我干的是出兵放马的营生，不能用小白脸面糊糊，得用恶虎猛犬。徐二牛这小子上了战场是猛狗，下了战场是疯狗，这种混球，您别跟他一般见识。我来对付他，您多包涵点儿。"他说完朝前迈了一步，扯起嗓子放了一通粗话："徐二牛，你小子别没尊没卑当众放臭屁！蒋大人捻死你就像捻死个臭虫！有种你给我把莲花茎夺回来！你要是死了，我给你白绸裹尸礼送回乡，修个大坟头，立块义士碑，让你光宗耀祖！你要是胜了，我给你请功，赏五两银子，叫你体体面面回家娶个漂亮媳妇！要是过年能生下个大胖小子，我再给你送一份百日贺礼！"多隆武是带兵老将，懂得如何管带浑身是刺的兵痞，又斥骂又许愿，很快把粗犷武夫们调教得服服帖帖，摩拳擦掌跃跃欲试。

戌时整，莲花茎上传来嘹亮的铜号声，英军突然整队集合，朝海岸走去，从容不迫地登上舢板，一路凯歌返回兵船。

多隆武见到一线生机，有点儿兴奋："徐二牛！带上你的人去看看，看英夷是不是全滚蛋了！""遵命！"徐二牛领着三十个兵丁朝莲花茎走去。

一刻钟后，他们在废墟上升起一面龙旗。蒋立昂和多隆武悬起的心终于落地，老天爷救了他们的命！他们二人立即率领五百人马朝莲花茎前进。

夕阳西下，西天上的火烧云像缤纷的血色花瓣，把海面映照得红彤彤的。多隆武拉着蒋立昂登上坍塌的沙袋炮台，莲花茎的工事全被炸毁，二十七位铁炮的炮耳被凿断，成了留之无用弃之可惜的废物。不论怎么说，蒋立昂觉得悬在头顶的杀头刀突然没了，有一种临危获救之感，不由得百感交集。他抚摸着废炮，差一点儿哭出声来。多隆武拉了拉他的衣袖："蒋大人，别忘了，徐二牛等着你的赏银呢。"蒋立昂清醒过来："赏，赏，一定赏！"他回头一看，徐二牛扛着一块木牌朝他们走来："启禀多大人，发现一块木牌，上面有夷文汉字。"徐二牛是个文盲，不知道上面写着什么。

多隆武和蒋立昂接过木牌一看，是英夷的警告。大意是：要是清军胆敢绑架在澳门的英国人，英军将施加更严厉的报复。多隆武气得眼珠子瞪得溜圆，"唰"的一声抽出腰刀，骂了一声："奶奶个熊！"抡圆臂膀，"咔"的一声把木牌劈成两片。

关闸之战爆发时，林则徐正在狮子洋校阅水师。关天培亲自指挥弁兵和新募的水勇演放火炮，爬桅跳船，抛掷火罐，撒放火箭喷筒，演练持续了整整两天。

演练刚结束，他们就接到蒋立昂和多隆武的联衔禀报。蒋、多二人把关闸之战写得绘声绘色：清军遭到英军突袭，两座沙袋炮台被打烂，二十七位新铸大炮成了废铜烂铁，所有兵房帐篷被烧成残灰，一百多人伤亡，但全体官兵奋起抵抗，终于反败为胜，将英夷赶回大海。

林则徐久历官场，立即读出蒋、多二人粉饰战绩，他怒火中烧，一掌拍在条案上："这是欺天大谎！前山寨和莲花茎驻兵两千余人，并非短少，可恨的是，披坚执锐之人，预存弃甲曳兵之想，这等陋习陷溺已深，若不用严刑峻法，刹不住此等恶习，稳不住军心，激发不了胆气！"

关天培与林则徐是老相识，合作契当，他虽是武官却精通官场三昧，他把禀报仔细读了一遍，抬眼道："林部堂，这事不要急着处理，放一放，放冷了再说。""你有何高见？"关天培道："关闸之战，蒋立昂和多隆武难辞其咎，但只能处分不能罢免。罢免七品以上文官五品以上武官必须奏报朝廷，我们一上奏，他们就会倒霉，所属弁员也会受到牵连。但是，您是总督我是提督，恐怕也责有攸归。"道光皇帝多威少恩多张少弛，小眚大罚大功小赏，恨不得让臣工们像磨道上的健驴一样勤勤恳恳不出差错。他既握有生杀予夺的无上权力，又以刻薄寡恩固执吝啬闻名官场，故而各省的督抚提镇都畏他三分。林则徐像被马蜂蜇了一下，他明白这种事只要如实奏报必然会殃及自身！因为他到广东前道光皇帝就交代过，鸦片要根除净尽，边衅不可轻开。关闸之战恰好是一场大边衅！

关天培在官场的旋涡里历练得相当老成，深通大事化小小事化虚之道："皇上的脾气你比我清楚。臣工们只要稍有闪失，不管功劳有多大官爵有多高名望有多盛，他都会毫不留情地给予重罚。现在是多事之秋，也是用人之际。蒋立昂和多隆武是从上百官弁里遴选出来的，熟悉边情，要是把他们撤了，就得换用生手，边衅一俟闹大，生手不一定比他们干得好。"

林则徐的脸色发黯："你的意思是隐匿不报？""这么大的事瞒天瞒地瞒不了人，但奏报有急报和缓报之分。既然英军退回海上，莲花茎失而复得，与其重笔描述委祸于人不如轻描淡写。蒋立昂和多隆武虽然会免灾，整个广东官场也会免祸，我们保全了属官，属官才会感恩戴德，关键时刻效死力。"关天培点到为止，不再深说。

林则徐同样明白官场三昧，打胜仗出政绩可以夸饰，但夸饰过头可能招来忌妒，打败仗出败绩则不然，谁要是毫厘不爽和盘托出，非触大霉头不可！官场上讲究虚实二字，全心全意办实事但无虚饰可能费力不讨好，只务虚不务实又没有成效，务实过头又可能招惹麻烦。关闸之战来得猝不及防，虚夸虚说虚写虚报在所难免，否则过不了皇上的鬼门关，但虚到何种地步却极难把握。广州与北京隔着万水千山，一道道山川河流就是一重重天然屏障，只要他们二人联手捂住，北京什么消息都听不到。他思忖片刻道："滋圃兄，没想到你的官场经文念得比我娴熟，我姑且听从，暂不奏报，但下不为例。蒋立昂和多隆武不能免责，否则文武官弁们就会援为先例，逢敌即溃！蒋立昂罚俸一年，多隆武罚俸两年，降为游击！"

第三十四章

大沽会谈

　　大沽口隶属于天津，距离北京二百六十余里，堪称京津门户。琦善接到廷寄后立即从保定赶到那里。

　　雍正朝时，大沽口驻一个八旗水师营，但是，北直隶湾（渤海）是内海，沿岸渔家安生本分，很少有当海盗的，从南方各省到天津做生意的船舶也不像广东和福建那么多。太平盛世期间水师营无事可做，久不训练船艺荒疏。乾隆皇帝继位后到大沽口视察，当时的水师营统领英俊年过六旬老态龙钟，号令紊乱错误百出，水兵们驾船操演如同喧哗闹市，甚至有半数水兵不会游泳。乾隆皇帝勃然大怒，将水师营悉数裁汰，此后，大沽口失去了往日的热闹。大沽营虽然称"营"，但常设兵丁不足二百，仅比"汛"稍多，他们负责巡哨防盗，检查船舶，协收关税。这么一点兵力驻守两座空荡荡的大炮台，承平时期过于平静，一有战事却不敷调用。

　　英夷在舟山盘桓二十天后才扬帆北上，琦善从容不迫地从保定府调来了一千督标，从正定府调来八百镇标，从河间府调来二百协标，三路援军风驰电掣开到大沽口，迅速构筑起一道防线。他们在白河（海河）口打造木筏，附以重锚，铺设了两条大排链，严防夷船闯入内河。天津道陆建瀛①饬令两岸居民强化保甲立牌互保，对驶入河口的商船和沙船严查证照，摆出一副临战的架势。

在陆建瀛的陪同下，琦善登上了大沽口的北炮台，用千里眼眺望着海面。半个月前，夷酋懿律率领八条英国兵船和运输船驶抵大沽口，派人投递了《巴麦尊外相致中国宰相书》，要求朝廷派秉权大臣去英国兵船商谈有关事宜。琦善将《致中国宰相书》驰驿北京，八天后，朝廷发来廷寄，要他在大沽口与夷酋商谈有关事宜。琦善派白含章乘哨船去英国舰队的停泊处，约期会商。

白河水悠悠汩汩地流淌着，裹挟着巨量泥沙，积年累月的沉积使海床布满了软泥，形成一片接一片的沙洲。为了防止落潮时搁浅，英国舰队散泊在距河口八里远的海面，只派几条舢板测量水情绘制海图。

两座炮台年久失修，外面有模有样，里面却是一团败絮，抬枪火炮锈迹斑斑。为了掩饰破损之相，琦善不肯在炮台里接待夷酋。他命令兵丁在炮台前建了一个小型水门寨，准备在寨子里会见英国使臣。五六百兵丁和民壮正在水门寨里干活，他们用几百根木桩和芦席围起一片三十丈长十五丈宽的地面，在中央搭建了两座高大华丽的帐篷，帐篷是用上百张优质牛皮制成的，一座帐篷是为琦善准备的，另一座是为英国使臣准备的。帐篷里铺着氍毹，帐篷外竖起红旗长幡。此外，他们还在大帐篷对面搭了几顶小帐篷，它们是为两国随员和卫兵准备的。为了让英国公使的座船直接驶到水门寨，兵丁和民壮们还挖了一道壕沟，修了一座栈桥。

琦善放下千里眼问陆建瀛："陆大人，大沽至山海关的五百里海疆都得防范稽查。那些地段的情形如何？"陆建瀛道："下官亲自去葛沽口和北塘口督促当地营县严密防维，凡是能行船的河道都用钎钉暗桩堵塞，只留一个出口供渔家小船行驶。下官还命令沿海各县团练民壮，发放刀枪弓箭，以济兵额不足。"陆建瀛是道光二年的进士，有名的博学之士。他当过上书房行走和南书房行走。所谓"行走"指本职外的兼职，"上书房行走"是本职外兼给皇上讲课，"南书房行走"是给皇子们讲课。有"上书房行走"职衔的臣子是天子近

---

① 道，官名，高于府低于省，又称道台或道员。陆建瀛（1792–1853）是道光二年（1822）的进士，1840年5月任天津道，后来升任云南巡抚、云贵总督、江苏巡抚、两江总督等职，1853年被太平军所杀。

臣。三个月前,道光突然任命他为天津道,放他出京,他没当过地方官,更没带过兵,英军突然兵临大沽口,他有点儿手忙脚乱。

琦善道:"陆大人,本爵阁部堂听说你办过一件风雅趣事。"陆建瀛有点诧异:"您指哪件事?""听说你打过太子爷?"陆建瀛一脸窘色:"岂敢,是坊间误传。当今皇上有七个儿子,都在南书房读书。五阿哥奕誴性情皮顽语杂市井,是最难管教的。有一次我给阿哥们讲《资治通鉴》,五阿哥轻慢师道,一会儿挠痒痒,一会儿搔脚背,一会儿耍玻璃球,一会儿玩弹弓,我忍无可忍,一怒之下把他按在杌子上,用戒尺照他的屁股打了几下。"

琦善呵呵一笑:"本朝是密匣立储君,谁也说不准哪位阿哥继承大统。要是五阿哥当了皇上,你可就犯了殴打皇上的弥天大罪,要倒大霉的。"陆建瀛凄凄一笑:"下官打过也后悔,心里忐忑,没想到皇上和皇后亲自召见下官,齐声夸我打得好,还叫五阿哥当场给我下跪赔礼。"琦善呵呵笑道:"陆大人,你真书生气!在官场上办差讲求一慢二看三通过,在皇上身边办差更得放眼十年二十年。你看人家潘世恩潘阁老,一朝状元三朝元老,办事多稳重!那才是天子近臣的楷模!本爵阁部堂办差向来讲究迟速有别,凡是有把握的事,雷厉风行绝不拖延,没把握的事则要小心翼翼,驰驿北京请皇上定夺。"他指着海面上的英国舰队:"你看那些英国兵船,像一群张牙舞爪浑身带刺的虾兵蟹将,如何捕捉,如何烹饪,用哪颗牙咬他们,我全没把握,还担心被反咬一口,怎么办?只能请皇上裁决。"

陆建瀛道:"英夷投递文书时动了许多心思。依照本朝章程,外国国王致大皇帝的文书必须写上'表'字,外国职官致本朝封疆大吏的公文必须写上'禀'字,以示高下尊卑。英国使臣别出心裁,在信套上写了'照会'①二字,有僭越之嫌。"琦善道:"英夷不肯屈尊,僭用'照会'是要争平等,要不是皇上说不论夷人投递的禀帖是否加了'禀'字都得立即呈报,本爵阁部堂就会将其掷还。我派人把夷书送到北京后皇上并未驳回,这意味着他默认了'照会'二字,并要我设法羁縻英夷,避免扩大事态。"陆建瀛道:"下官有个见识,不知妥当不妥当。""哦,什么见识?""用'禀'字还是用'照会',不是文字游戏,一字

---

① 清代总督致番属国国王的公文叫照会。鸦片战争后,照会成为外交公文的代称,并沿用至今。

之差事关国体。英夷武力叩关强行议事，据下官看，朝廷的姿态有点软。""你有何高见？"陆建瀛做了一个砍脖子的动作："摆一场鸿门宴。借英国使臣登岸之机，捉了他们，以他们为人质，逼迫他们退还舟山！"琦善呵呵一笑："陆大人哪，皇上的旨意是随机应变，上不失国体，下不开边衅。你的建议有点儿书生气，扣押人质既失国体又容易激起边衅。"

大炮台上共有二十位炮，其中六位是假炮，是陆建瀛叫木工造的，涂了黑漆，为的是虚张声势，让英夷产生大沽有备的假象。琦善看了看木炮，没说话，绕过去，走到一位铁炮前，拍了拍炮身，看了看上面的铭文："这位炮是乾隆六年造的，快一百年了。你再看英夷的兵船，那几条船至少载有二百位炮，真要对仗的话，我们非吃亏不可。"陆建瀛道："下官已经知会宣化府赶造二十位五千斤海防大炮。"琦善嗟叹道："远水不解近渴啊！"他再次端起千里眼眺望着海面，八条英国兵船和运输船像上门寻衅的强寇，其中有一条艨艟巨舰，载兵之多载炮之众令人惊骇，还一条火轮船，高耸的烟囱冒着黑烟，两舷飞轮激水旋转，顺水逆流行驶自如。这些怪异剽悍的水上巨怪绝不是等闲之物！

一条小船离开英国舰队，朝河口划来，船上挂着三角龙旗。陆建瀛道："白含章回来了。"

白含章奉命去夷船交涉会谈的时间和地点。《巴麦尊外相致中国宰相书》说，大清曾在广州羁押过英国职官，为了安全起见，英国使臣不宜上岸与清廷职官会谈，请朝廷派秉权大臣赴英国兵船会谈。道光担心本朝使臣被英夷扣押，指示琦善不得赴英国兵船会谈，让英国使臣登陆议事。白含章专门为此事去英舰商议。

白含章上岸后，三步并作两步登上炮台，足音瞪瞪来到琦善跟前。他三十出头，白净脸皮五官端正，头脑机敏办事利索，乍一看就像京戏里的玉面小生，很得琦善的赏识。白含章是六品千总，琦善担心英夷嫌他官小而藐视他，临时让他换了五品顶戴，以守备衔赴夷船交涉。

琦善问道："事情办得如何？"白含章打千行礼："都办妥了。卑职告诉夷酋，本朝没有宰相。你不仅是直隶总督世袭一等侯，还是东阁大学士，职同宰相。囿于天朝体制，本朝官员不能赴夷船议事，请英国使臣登岸议事，本朝优渥远夷，确保使臣的人身安全。经过商议后，他们答应派副使义律登岸与您共同议事，时间定在明天上午。英军统帅懿律要派一支一百人的仪仗队随行护卫，卑职以为，依照本朝的规定，以您堂堂爵阁部堂之尊只能带三十二人的仪仗队，英国使臣带百人仪仗队，岂不是喧宾夺主？卑职不同意，坚持英使的随行仪仗队不得超过二十八人，他们同意了。"琦善满意道："办得好！夷船上的炮械兵力如何？"

"卑职十分留意英夷的船炮和兵力，但不露丝毫艳羡，只是静观。英夷船坚炮利，不是虚传，其大号兵船有三桅九篷两层半炮舱，每层炮舱有三十位炮。据夷官马儒翰说，最大火炮的射程可达二十里，炸力可入地三尺。"陆建瀛不信："吹牛吧？本朝的八千斤巨炮才能打二里，他们有何诀窍，能打二十里？"

白含章道："夷人的话不可全信也不能不信，依卑职的见识，本朝师船如果安放如此多位巨炮，卯榫板钉势必震裂，夷船能载七十多位巨炮，船体必然十分坚固。"

琦善问道："大号夷船上有多少夷兵？""据夷官马儒翰说，英国舰队是由五条军舰两条运输船和一条火轮船组成的。卑职估计大号兵船至少载兵六百，小号兵船也载兵一二三百不等，他们的总兵力起码在两千以上。"琦善与陆建瀛对视了一眼，他们明白，大沽口有炮台无水师，大沽营只有几条巡缉哨船，每条哨船额设水兵二十二人，配备一位千斤小炮，根本无力与夷船争强斗狠。

琦善最想了解火轮船："火轮船是如何驱动的？""马达加斯加"号火轮船逡巡游弋行驶如飞，烟筒冒烟水轮旋转，琦善从来没见过这种船，猜不出它有什么奥秘机关，特意嘱咐白含章要探问明白。白含章道："咱们讲究国之利器不轻易示人。卑职要求登火轮船看一看，本以为会遭到拒绝。没想到夷酋居然应允了，用舢板把我送到火轮船上。"英军要炫耀武力，不战而屈人之兵。白含章的要求与他们的目的恰好契合。白含章接着道："英夷的火轮船两侧安有蹼轮，舱内设有一个火池（锅炉），上面安有风斗（蒸汽机），火乘风起，烟气上熏，水轮就能自动旋转，无风无潮逆风逆水都能行驶，撤去风斗，水轮就停止转动。据夷酋懿律说，这种船主要用于投递文书和拖拽兵船。"白含章不懂机械原理，描述得并不清晰，琦善没有亲自登上夷船近距离观看，听得似懂非懂。

陆建瀛道:"夷人船坚炮利不假,但是,他们要是敢于舍舟登岸,恐怕就像熊罴离巢穴野狼出山林,没多大威风。我军调来的援军都是虎狼之师,足以将他们悉数殄灭!"陆建瀛满腹经纶空口谈兵,有点儿不着边际,白含章却是军旅出身,他仔细观察了英军的船械枪炮,深知两军差距巨大。但他官小位卑,不便反驳。

琦善道:"自从本朝断绝英夷贸易以来,该国臣民无以为生,所以才铤而走险犯上作乱,皇上以为只要英夷痛改前非,本朝既可俯顺夷情,行羁縻之策,和平解决争端。陆大人,明天上午,英国使臣义律要登岸会谈,我要好好款待他们。你派人去天津,叫独一味饭庄的赵老板带上全体厨子和炊具,星夜驰赴大沽口,备下拿手好菜。你再派人到附近村庄收购二十头牛和二百只羊,派人送到英夷兵船上,以示天朝怀柔远夷的气度。"陆建瀛答应一声"遵命",转身下了炮台。

琦善道:"白含章。""在!""本省弁兵要严肃防维内紧外松。直隶没有水师,不能出海迎剿,要是夷船胆敢拢近口岸,我军唯有枪炮齐发,纵火焚烧,杜其上岸。你到各兵营,知会直隶督标、正定镇标与河间协标的守备以上军官,到本爵阁部堂的行辕会议,你也一块儿参加。""遵命!"白含章一拧脚,足音鐙鐙地走了。

第二天,"马达加斯加"号火轮船载着义律等人驶向白河口。由于担心搁浅,火轮船停在河口外二里远处,义律和马儒翰换乘舢板,二十几个水兵喊着号子荡着船桨,把舢板划得像赛艇一样快,不一会儿就划到水门寨前。

琦善站在水门寨门口迎接英国使臣,他穿了一套崭新的八蟒五爪湖绸官服,肩披锦绣端罩,足踏黑缎面白底官靴,大帽子上缀着一颗亮晶晶的红宝石顶戴,后面拖着一根翠生生的三眼花翎。三十二个亲兵擎着两柄绫罗伞盖和一长串皮槊兵拳雁翎刀,五块官衔牌一字排开。为了彰显大清的威仪,琦善调来了一百名全副武装的八旗兵,他们头戴缨枪铁盔,身披牛皮铠甲,腰悬箭壶,背着硬弓挎着军刀,威风凛凛,三步一岗五步一哨,昂首收腹英姿飒爽,钉子一般站成两列。相形之下,英军的小型仪仗队只有一名军官五名鼓号手二十二名士兵。军官头戴圆筒帽身穿海军呢，腰间悬一柄西式战刀，旗手擎着一面米字旗，鼓手和士兵们抖擞精神整装列队昂首挺胸，但效果却差强人意。清军人多势众，相比之下，英军仪仗队不仅显示不出异国雄师的整肃军威，反而显得有点儿单薄。

大沽口难得有夷人造访，弁兵们头一次看见外国人和西洋景，全都睁大眼睛张大嘴巴注视着夷兵。金发赪颜高鼻深目的夷兵们也同样好奇，瞪大眼睛观看黑头发黑眼珠黄皮肤的中国兵丁和他们的奇装异服，最惹人眼的是马儒翰，他又肥又胖，戴黑礼帽穿白衬衫，外套一件黑色燕尾服，走路一摇一摆，像一只硕大的南极企鹅。

义律一眼看出清方摆出一副内紧外松的架势：水门寨距大沽炮台仅一箭之遥，炮台上兵甲林立，垛口上架着二十位大炮，炮口全都朝向水门寨。琦善也看得清爽，洋面上有五条火力强大的英国兵船，所有炮窗洞开，摆出严阵以待的架势。这是一场火药桶上的谈判，一不小心擦枪走火就会引燃一场熊熊战火，后果不可预料。

义律在广州曾遭遇过清军软禁，知道清军不会动武，气定神闲。他在中国工作了多年，梦寐以求的就是与清国大臣平等往来，英军先打舟山后谈判的方略一举成功，公文不加"禀"字，琦善并未驳回，朝廷也予以认可，这隐含着大清的让步。

琦善对义律拱手行礼，讲一口地地道道的京腔："本官乃大清国一等奉义侯文渊阁大学士直隶总督琦善，谨奉大皇帝之命欢迎英国使臣义律阁下。"普普通通的开场白立马难住了马儒翰，他能讲流利的粤语，却不会讲北京话。粤语和北京话都是汉语，发音吐字却判若两样，差异之大不亚于英语和法语。琦善讲得堂堂正正，马儒翰只听懂一半，好在他头脑聪敏，猜出琦善是在自报家门，灵机一动化繁为简，译成"His Highness is the viceroy of Chili province and royal commissioner"。义律遵照西方礼节，向琦善行脱帽礼："本人是大英国全权公使兼驻华商务监督署领事查理·义律。"马儒翰用粤语译完后，琦善同样似懂非懂。一个直隶总督，一个英国公使，外加一个蹩脚的通事，把如此重大的会谈变成一场聋哑会，半个聋子猜哑谜，半个哑巴打手势，场面相当尴尬。

义律原以为要搞一场阅兵式，没想到英中两国的礼制大相径庭。大清仪仗队是由开道锣、清道牌、官衔牌、绫罗伞、皮槊、兵拳、雁翎刀等组成，意在彰显官员的地位，不搞队列表演。英军的仪仗队是由军旗、乐队、士兵和燧发枪组成，检阅时要奏乐升旗唱国歌，做队列表演。由于没有事先议妥，双方没有检阅仪仗队，琦善叫白含章把英军官兵直接带到小帐篷里休息。

琦善喜欢独自办差，不喜欢别人参与。他叫陆建瀛负责监视英军动向，白含章负责招待英军仪仗队。他与义律进了中央大帐，陪同他们的只有马儒翰。

满洲人有脱鞋上炕的习俗，小帐篷里没有桌椅，只有氍毹和蒲团，英军官兵只好盘腿而坐。差役们端上美味佳肴时令鲜果，外加烧牛肉烤羊腿炖乳猪和海鲜鱼翅，英军士兵在海上漂泊了大半年，天天喝雨水吃腌肉啃面包干，嘴里淡出鸟来，见到如此丰饶的中国大餐，口水立马流得汪洋恣肆。但中国厨子不懂外国人如何吃饭，只备了筷子没准备刀叉。英军士兵不会用筷子，向端盘送盏的中国仆役要刀叉，仆役们听不懂，英军抓耳挠腮没有办法，索性用手抓，不一会儿就吃得满手满脸油光锃亮。仆役们看见他们胡吃海塞的模样掩口葫芦笑，英国士兵也觉得自己的吃相十分滑稽，跟着傻笑。

小帐篷里吃得热闹，炮台上的清军和兵船上的英军却紧张得如临大敌，随时准备动刀动枪，牛皮大帐里则是另一种景象，琦善和义律正在艰难地讨价还价。琦善道："贵国乃海上牧民，以懋迁贩运为营生。天朝地大物博无所不有，而贵国贩来之货，并非内地民人所必需，而贵国采办之货，实为贵国所必需。本大臣听说，自从本朝中断贸易以来，贵国国民无以为生，大皇帝抚有万邦，体恤天下民人，上年林则徐未能仰体大皇帝圣意，办事操切，致使贵领事负屈。承蒙浩荡皇恩，本朝将派钦差大臣去广东专程查办，为贵领事申雪冤抑。只要贵国恭顺如常，大皇帝即可恢复贵国贸易。"天朝大国的观念深入琦善的心脾，他的言谈举止流露出一种盲目的优越感。义律与行商们交往多年，深知这种观念根深蒂固，不是能够立即改变的，他以务实为要，听之任之，并不反驳。

马儒翰听北京话相当吃力，双方的会谈很不流畅，琦善不得不借助纸笔，不断重复和解释，马儒翰依然不能全部领会。义律把《致中国宰相书》的条件逐一阐述，琦善按照道光皇帝的旨意逐一回答，会谈时断时续，不断发生大大小小的误会。三个人时而轻声细语，时而谈笑风生，时而沉寂无语，时而高声争执。

陆建瀛一直在大帐外面隔着帷幄偷听,他听不懂义律的话,但能听懂马儒翰的话,误以为马儒翰是主谈:"贵国地大物博,出让一座小岛供我国商人寄居,于贵国乃九牛一毛,对我国却大有裨益。"琦善质问道:"你们国主可曾将领土赠予别国?"义律讲了几句夷语,马儒翰译答道:"纵观历史,所有国家的版籍都会有所变化,时而大,时而小,大都因为战争、继承或归顺。以贵国为例,元代、明代和清代版图变化之大,恐怕不是三言两语能说清的,此乃历史之常态。大英国的疆域不以英伦三岛为界,也不止于一块特定的土地,我们的疆域辽阔无比,遍及四大洋五大洲,我们的国主也会因时因势割让或赠予某块领土。"琦善哂然一笑:"天朝尺土俱有版籍,疆址森然,即使岛屿沙洲亦必划疆分界,各有专属,贵国不能乞求过分之恩。而且,天朝从无赠予国土的先例,本爵阁部堂不便准行。贵国水陆官兵占领舟山是不友好之举,理应及早归还。"一阵夷语之后,马儒翰接着翻译:"我军无意久居舟山,归还不难,但烟价必须赔偿。大英国远征军跨万里征途前来贵国讨要公道,资费不菲。这笔兵费也请贵国支付。"琦善觉得这种要求近于荒诞:"鸦片乃违禁之物,具已销毁,无可赔偿,至于赔偿兵费,更是无稽之谈。贵国耗费兵饷,是自取虚靡,我军增兵防守,也多费饷银,难道也要向贵国索取吗?"马儒翰译答道:"阁下,贵国不赔偿烟价和兵费,我军便不能退还舟山,否则,义律公使大臣无法向本国国主复命。"

听到这里陆建瀛不由得义愤填膺,恨不得闯进去痛斥义律和马儒翰。他曾提议把大沽会谈变成鸿门宴,琦善不予采纳,他不死心,思量片刻觉得再不下手就会错过大好时机。白含章是琦善的亲信,不妨叫他再次提议。他转身去了小帐篷,白含章正与英国官兵虚与委蛇,陆建瀛打了个手势叫他出来:"白大人,我刚才在大帐外面偷听了一会儿,义律是个无赖贼臣!他居然要本朝让出一座海岛,还要本朝支付兵饷和烟价!不借此时机除掉这个家伙,日后必是大患!琦爵阁信任你,你进去劝一劝他,务必痛下决心,把义律和随行的鬼子兵们悉数拿下,以他们为人质,逼迫逆夷归还舟山①!"说到这里,陆建瀛从箭

---

① 陆建瀛建议扣押英国使节,在今天看来不可思议,但实有其事,载于《清史列传》卷四十《琦善传》。

袖里抽出一张纸条，上面写有"鸿门宴"三个小字。白含章一脸难色："陆大人，最好您亲自说与他。""你是琦爵阁宠信的人，你说话比我管用。"白含章接了纸条，犹犹豫豫进了大帐。

陆建瀛立即调来了一百弁兵，要他们藏在围栏外面，只等白含章传话，把鬼子兵悉数拿下。不一会儿，白含章从大帐出来，隔着好几丈远朝陆建瀛打手势，示意琦善不同意。陆建瀛气得直跺脚，像泄了气的皮球一样满心沮丧，一挥手把弁兵撤了。

琦善与义律唇枪舌剑了整整六个小时。琦善打开怀表一看，已是下午酉时："本朝以恩义之心抚御外夷，各国如能恭顺，无不曲加优待，以期盼共乐升平。本爵阁部堂既为天朝计，也为贵国计，让贵领事面见国主时复得了命。但赔偿烟价和兵费，兹事体大，不是本爵阁部堂一人能够擅定的，必须请旨。请贵领事暂行回船，恭候圣命。哦，还有一件事，贵国水陆官兵既然来到天朝水域，就是天朝的客人，大皇帝视天下人为一家，本爵阁部堂拟赠送二十头阉牛、二百只山羊和两千只鸡蛋，以为犒赏。"

犒赏兴师问罪的英国官兵？义律有点儿不相信自己的耳朵。他怀疑是马儒翰翻译错了，因为马儒翰的官话讲得佶屈聱牙，夹杂了大量俗俚粤语，字词晦涩疵类多端，致使误会连连。他问道："马儒翰先生，你没有译错吗？""没有。"义律依然半信半疑："琦爵阁，您的意思是卖给我军阉牛山羊和鸡蛋？"琦善道："不，是犒赏。中国是礼仪之邦，大皇帝诚心诚意化干戈为玉帛，与贵国友好交往。"

马儒翰对义律道："中国风俗与我国风俗南辕北辙。这表示中国人愿意和平解决争端，我们不妨入境随俗，收下为妥。"义律站起身来，鞠了一躬："大英国臣民深爱和平，但凡与别国发生龃龉，以友好协商为上策。本使臣谨代表大英水陆官兵感谢大皇帝陛下和阁下的馈赠。"琦善也站起身来："本朝官绅也深爱和平。本次会谈，有若干事项未能达成一致，本爵阁部堂将尽快把贵领事的乞恩之词上奏朝廷，请恭候恩旨。"说罢一展手，引着义律出了大帐。

等义律和英国官兵乘船离去后，陆建瀛才问："琦爵阁，谈得如何？"连续会谈六小时后琦善口干舌燥一脸倦容："英使义律贪得无厌，狮子大开口，提的要求大约有八条之多！对情理可通者，本爵阁部堂详为指示，以解其愚蒙，制度攸关者,严加辩驳,以杜其希冀。真正达成意向的只有三项,一是惩办林则徐和邓廷桢,二是恢复通商,三是两国职官平等移文,废止'谕'字和'禀'字,改用'照会'。其余事项各执一词,无法谈拢。但是,本次会谈,透露了两件朝廷不知晓的大事件。""哦,什么大事件?"琦善道:"一是英夷曾在厦门和浙江投递《致中国宰相书》,两次都被拒收,以至于贻误了重大军情;二是广州十三行欠英国商人三百万巨款,惹得英夷带兵上门讨债。"陆建瀛吃了一惊:"什么,三百万!夷人的话可信吗?"他的眼珠子差点儿瞪得掉出眼眶。琦善道:"本爵阁部堂不能偏听偏信,但是,既然英夷打上门来讨说法,本朝就不能不详加调查。"他长长地吐了一口气:"陆大人,你当了多年天子近臣,对地方政务知其然不知其所以然,各级官员都有一些事情隐匿不报。"他从箭袖里抽出写有"鸿门宴"三字的纸条,在陆建瀛眼前一晃:"陆大人,春秋大义不杀行人(使者)。我要是把义律扣做人质,既失了道义又激怒英夷,两军一俟大动干戈,局面就难以收拾。你呀,太书生气,太书生气了!"

第三十五章

红带子伊里布

在大浃江上，一条小船在前面开道，船上的差役把铜锣敲得锵锵作响余音袅袅："钦差大臣出行，民船渔船避让——钦差大臣出行，民船渔船避让！"船民们听到锣声如闻警号，赶紧摇橹荡桨让出水道。半里远处，一条雕梁画栋的官船徐徐而行，船舷上插着兵拳旗枪雁翎刀，船舱顶上插着五面宝蓝色镶红边官衔旗，旗面上有"钦差大臣"、"协办大学士"、"两江总督"、"兵部尚书"、"右督御史"字样，官船后面跟着三条哨船，载着随行的幕僚和亲兵。

船工们迈着弓步，闷声不响地用长篙撑船。大浃江水擦着船舷淙淙潺潺，与桨声橹声混合成不疾不徐的乐曲。两岸的田野平坦丰腴，农夫们割了庄稼，留下了星星点点的稻穗，栗子树下有散落的坠果，为田鼠和麻雀提供了免费的盛宴，它们呼朋引类前来觅食，像败家的阔少一样狂吃痛饮，上好的稻穗，肥硕的栗仁，它们只啃一半就丢弃到一旁，又去糟蹋别的秋实。这么丰饶的宴席不能由它们独享，猛禽也来凑热闹，小巧玲珑的菊花雕和游隼在空中不紧不慢地飞翔，锐利的目光扫视着地面，说不准什么时候一个猛子扎下，用锋利的钩爪结果猎物的性命。秋天的原野貌似平静，却蕴藏着无限杀机。

伊里布坐在舱窗旁，手中握着一本《全浙沿海险要图说》，静静地望着岸上的村庄和田畴，不时摇一摇手中折扇。伊里布年近七旬，眼角延伸出几条淡淡的鱼尾纹,下巴蓄着一尺长的杂色胡须,略微干涩的脸上散布着十几颗细小的老人斑。他穿着一件洗得发白的仙鹤补服,腰系一条红带子,红缨官帽后面拖着一支翠生生的双眼花翎。

伊里布的家系源远流长,可以上溯到努尔哈赤的爷爷觉昌安。觉昌安共有兄弟六人,俗称"六祖"。按照大清皇室的定制,努尔哈赤的父亲塔克世一脉称"大宗",其后代称"宗室",腰束黄带子以示尊贵,其他五兄弟的后裔称"觉罗",腰束红带子。伊里布是塔克世第五子巴雅尔的后代,本应列入宗室。但是,他的五世祖拜音图与多尔衮过从甚密,受到顺治皇帝的猜忌,降为觉罗。伊里布和道光皇帝是隔了七代的远亲,皇家的旁系血统传到他的父辈时,他家已是无权无势的普通旗民。但是,伊里布天资聪颖学习刻苦,嘉庆六年(1801)以二甲进士步入官场。爱新觉罗氏的后人中当官的不少,凭自身功力考取进士的却是凤毛麟角。伊里布从七品通判做起,累迁至封疆大吏,是觉罗里的佼佼者。伊里布在签署奏稿和咨文时总要写上"红带子伊里布"六个字,以示自己血统高贵。尽管如此,他却是个秉性谦和的人,并不因为血统高贵而睥睨旁人,也不因为血脉疏远而仰视宗室权贵。英夷突然占领定海,朝廷饬令他挂钦差大臣衔兼管浙江防务,他接到廷寄后立即乘船来到浙江。

幕宾张喜提着一把大铜壶朝前舱走去,他是天津人,五十左右,中等身量,不蓄胡须,戴一顶六合一统瓜皮嵌玉小帽,穿一件轻薄竹布凉衫。他是伊里布的机要幕僚,刚接触时平淡无奇,交谈久了就会察觉他是一个很有见识的人,胸襟和视野远在一般人之上。他挑帘进了前舱,举手投足雍容自然:"伊节相,喝茶吗?"

伊里布从沉思中醒过神来:"哦,喝。坐这儿,有件事我正要请你帮我斟酌一下。"张喜为伊里布斟了茶,也给自己倒了一杯,撩衽坐在杌子上,身子微微前倾以示恭敬。伊里布道:"英夷犯我海疆,闹成这个样子,依你看,最终如何了局?"张喜搓着手指关节,语气平静:"武力促和。"伊里布也做如是猜想,却没把握:"何以见得?"张喜道:"在下以为,本朝官兵以陆战见长,不习海战,英夷以船炮见长,他们像海上鲸鳄南北窜犯,登陆袭扰打了就跑,我军不能像陆战那样穷追不舍,将他们悉数殄灭,只能七省戒严,沿海营县全力防维,动静很大,收效却小。我揣测,皇上圣心仁厚,不肯轻易累民,他继承大统时曾经晓谕天下'永不加赋'。只要不加赋,国家的财力就不足以打一场大仗,这是其一。其二,英夷窜犯本朝是为了通商。皇上意在禁烟,不在禁止贸易。只要英夷承诺不贩运鸦片,皇上就会晓之以理恫之以威,恩准通商。如此一来,战火自然消弭于无形。"

伊里布直起身子,啜了一口茶:"皇上的谕令却是克期规复舟山。"张喜道:"伊节相,在下没有经历过海战,拿不出规复舟山的主意,待会儿到了镇海,您与浙江官员们商议一下,听听他们如何说。"

伊里布的仕宦生涯大半是在云南和贵州度过的。云贵两省是苗夷居住之区,大小土司们拥有世袭特权,经常竖旗杆占山头拉帮结派,像山大王一样桀骜难驯,致使云贵两省成了事端多、叛乱多、绥靖难、治理难的省份。伊里布为政宽和,想方设法化解官府与苗夷之间的矛盾。他当云贵总督期间,云贵两省出现了少有的安定和静谧,道光多次给予他褒奖和优叙。几个月前,朝廷调他出任两江总督。伊里布甫一上任,英夷就占领了舟山。他获悉后反应极快,立即调一千二百安徽兵、八百漕标和六百河标驶赴长江口,部署在宝山和崇明岛一线。他还调了一千江西抚标赶赴苏州,筹建营务处,从江苏藩库和运司抽出四万两银子暂充军费,备足军资火药,饬令辖区内的所有府县整饬驿递,确保文报畅通无阻。他本人则立即从苏州启程赶赴吴淞口,亲临一线就近指挥。伊里布的应变措施得到朝廷的击节赞赏,皇上认为这么精干的封疆大吏必须用在刀刃上,授命他为钦差大臣,兼理浙江事物,克期规复舟山。但如何规复却是一个天大的难题。

船行一个时辰后进入镇海县域,伊里布看见了招宝山和金鸡山。招宝山和金鸡山襟江抱海兀然而起,从远处看就像守卫国门的哼哈二将,雄赳赳气昂昂峙立在大浃江两侧,鹰睨虎视着港湾内的大小渔船。人们只要看一眼断层山壁石砌堡垒铸铁大炮和岗哨旌旗,立马就会明白什么叫铜墙铁壁什么叫铁血雄关,这些穿透纸背的贴切汉字让人闻声见景凛然生畏。

镇海码头聚着一大群迎迓的人。当官船驶向栈桥时,张喜道:"伊节相,镇海官绅和驻防营兵们好像倾城出动了,恭候着您呢。"伊里布身居高位却不喜欢排场——那是一种趋炎附势迎风拍马的公开表演,明知无用却不得不应付的程式。他淡淡道:"繁文缛节积年故习,徒耗人力和时光而已。我改变不了官场规则,只好顺势而为,承受人家的虚礼。"

福建提督余步云、革职留用巡抚乌尔恭额,以及镇海县知县叶堃等大小官员倾巢出动前来迎迓。五百绿营兵挺胸凹肚站成两列,排钉似的齐整。当地保甲组织了上千百姓净水洒街黄土垫道,在镇海城南门至码头的大道两侧设案焚香披红挂绿,打出"恭迎钦差大臣"的条幅和彩旗。当地百姓很少见到伊里布这样重要的人物,村夫村妇和光屁股小孩儿们前呼后拥地来看热闹,竟然把镇海码头挤得水泄不通。

余步云年过花甲,脸膛微黑,嘴唇厚实,胡须疏朗,眼角上堆着断线似的鱼尾纹,红缨大帽上缀着一颗亮晶晶的红珠顶戴,翎管后面拖着一根双眼花翎,袍服外面罩着一件黄马褂。他的亲兵们举着四块官衔牌,分别写着"太子太保"、"一等轻车都尉"、"乾清门侍卫"、"福建提督",这些官衔牌显示着他的赫赫武功。他是四川人,年轻时加入乡勇,参加过平定川、陕、黔白莲教起义,积功升至重庆镇总兵。道光七年(1827),他率军进入新疆,参加了平定张格尔叛乱,连克喀什噶尔与和阗(今日的和田县)两城,擒获敌酋玉努斯,获锐勇巴图鲁勇号①,晋升为贵州提督。为了纪念那次胜利,九名功臣获得紫光阁绘像的殊荣,余步云是其中之一,道光亲笔为他的画像题写了赞词。道光十三年(1833),湖南苗民和广东瑶民先后叛乱,他又两次带兵出征,跨省作战,因为功勋卓著,赏穿黄马褂,戴双眼花翎,加太子太保衔。在大清的头品武官中,他的声望和功劳仅次于果勇侯杨芳。伊里布当云贵总督时,余步云任贵州提督,他对伊里布十分尊重。一年多前,余步云调任福建提督,英夷占领舟山后,朝廷饬令他驰赴浙江,与伊里布共同规复舟山。

伊里布一下船,余步云就趔着脚笑眯眯迎上去拱手行礼,一口四川话讲得抑扬顿挫:"伊节相,我以为咱们天隔地远再难见面了,没想到天地这么小,又碰在一起了。我本应出廓百里迎迓,无奈老毛病又犯了,只好就地候着,还请你见谅啊。"伊里布知道余步云的脚板上长鸡眼,剜了长,长了剜,无穷无尽,走路经常脚痛。他从随员手中接过两个纸包:"余宫保②,我给你带了点儿云南白药和田七。试一试,或许有用。"余步云笑着接下:"伊节相,你这么细心,连我这点儿小毛病都惦记着。还吹箫吗?""每天忙得七荤八素,哪

---

① 巴图鲁是蒙古语,意思是英雄。
② 宫保是对有太子太保和太子少保荣衔者的尊称。

有那种闲情逸致。"伊里布自幼喜欢音乐，能照着工尺谱吹管子，他在云南时曾请余步云等人到家里共度中秋，在海棠树下吹过一曲《阳关三叠》，吹得如怨如诉，余步云记忆犹新。

说了几句闲话后，余步云指着身后一位官员介绍道："这位是乌尔恭额大人。""久仰久仰。"伊里布一面拱手一面打量这位倒霉的前浙江巡抚。由于新任巡抚刘韵珂还未到任，乌尔恭额代行巡抚之职。他五十多岁，穿着二品官服，大帽子上却没有顶戴，那是受了处分的象征。他的精神有点儿萎靡："早就听说您是本朝重臣，胸中有十万雄兵，每逢出现危局，您都当机立断，迅速形成对策，思绪周全办事利落。只是天隔地壤，我无缘目睹您的容颜呀。"伊里布道："乌大人，我也是吃五谷杂粮的，没那么大道行。这次英夷突袭舟山，举朝震惊，皇上要我和余宫保联手规复舟山。我是外来人，不了解浙江的物理人情，更不懂水战，许多事还得请你赞襄啊。"

一番寒暄后，伊里布准备登上招宝山巡视海防，马夫牵来一匹全身乌黑四蹄雪白的川马。余步云道："伊节相，我有脚疾，行走不便，只好骑马上山。我备了肩舆，你坐肩舆吧。"他一招手，四个轿夫抬过一乘轻便肩舆。余步云在云贵山区剿土匪打蛊贼时练就一套骑行绝技，能在崎岖的山道上骑马行走，那匹川马是他从贵州带来的。伊里布对他知根知底："你骑马上山吧，我想体验一下徒步登高的乐趣。"乌尔恭额道："伊节相，招宝山虽然不高，却有三百二十个台阶，您老七十岁了，还是乘肩舆吧。"伊里布摆了摆手："我不老，腿脚还利索，既然来了，就徒步登山。省得弁兵们说钦差大臣吃不得苦，连上山都要人抬着。"

余步云沿着马道骑马上山，伊里布与乌尔恭额等人步行上山，一群官员和亲兵们擎着旌旗节钺前呼后拥。伊里布走得慢，边走边问："乌大人，听说你们捉了一些英俘？""是，捉了二十几个。""怎么捉的？""不是一次捉的。前几天，有一条夷船在崇明岛附近触礁沉没。十几个英国鬼子搭乘舢板在海上漂了两天两夜，漂到慈溪附近，他们没吃的没喝的，不得不登陆觅食，被当地乡勇们捉了。乡勇们把他们捆得米粽子似的，押到宁波府，沿途百姓比看社戏的还多，投果皮的扬沙子的甩大粪的，打得那群鬼子满身污浊臭气熏天。还有一个叫安突德的，是个军官，是舟山义勇捉的，用渔船送到宁波。宁波大狱给他们带了大号木枷，每天给点儿猪狗食烂菜叶，有两个番鬼不堪磨难瘐死狱中。"

伊里布眉头微微一皱："哦，审了吗？""审了。舟山义民还捉了一个叫布定邦的汉奸，是个广东买办，懂夷语。那家伙助夷为虐，为英军效力，本该按汉奸罪处死，但是，咱们浙江没人懂英语，英国鬼子不懂汉话。我审问俘虏时只好临时启用布定邦当通事。"伊里布摇了摇头："布定邦这种人没心没肺背祖背德，心甘情愿为逆夷效力，只可暂用不可长用，最终还得依律处置。""是。我已经向广东巡抚怡良发了咨文，请他尽快物色两名懂英语的通事，迅速派往浙江效力。"

伊里布停住脚步，撑着膝头不疾不徐道："乌大人，与夷人打交道要有胸襟，要有诸葛孔明七擒孟获的心怀，德驭天下。这些夷俘手无寸铁，不能再害人，善待他们才能彰显大清的仁德。"乌尔恭额却是另一种想法："英国鬼子是打上门来的寇仇，不仅占了舟山，还袭扰大陆。下官以为，对待夷俘不必讲什么仁德。"

伊里布既不反驳也不发剑拔弩张的遑遑大论，他扭头朝后面看了看，对一个师爷模样的人道："张先生，依你之见，两国交战应当如何处置俘虏？"张喜紧登两步，攀到伊里布跟前："伊节相，您的意思是，应当优待还是虐待？""是这个意思。"张喜的天津话吐音清扬畅如流水："虐待俘虏是泄仇泄愤泄恨，优待俘虏是德化教化感化。在下的见识是，霸国战勇，王国战智，帝国战德。对待俘虏，优待胜于虐待。"

寥寥几句话把一个有争议的问题讲得清澈透明，乌尔恭额不由得仔细打量这位师爷。此人五十上下，面孔白皙，宽额广颡，长眉细眼，头戴一顶嵌玉小帽，手拿一柄斑竹折扇，身穿灰色竹布凉衫，体貌英挺气质雍容。伊里布介绍道："这是我的西席张喜先生。"各级衙门事务繁杂，官员们不得不聘用幕宾和师爷帮办政务[①]。每逢议事之时，官员坐在东面，幕宾坐在西面，幕宾视官

[①] 据郭松义等撰写的《清朝典制》，道光朝总共有文武官员26732人，其中文官11316人，其余是武官。道光朝共有18省187府1438个州县。以万余文官管理这么多衙门和三亿多人口，根本不可能，非得雇用幕宾胥吏帮忙不可，但幕宾的薪水不在国家预算内，出自官员的养廉银。

员为东家，称"东席"，官员视幕宾为幕友，称"西席"。但是，有"西席"之称的幕宾不是普通人，而是头号股肱，负有出谋划策撰写奏稿草拟饬令之责。伊里布官居一品，给他当西席的绝不是等闲之辈，乌尔恭额立马掂量出张喜的分量，拱手行礼道："久仰久仰。"

伊里布依旧语气平和："我在云南做了二十多年官，治理南疆的强悍苗夷。苗夷是夷，英夷也是夷，虽说此夷非彼夷，但与夷人打交道，以德报怨总比冤冤相报好。嘉庆二十二年，我在云南当通判，有个叫高罗衣的窝尼（哈尼族）人扯旗造反，挂起'窝尼王'的大旗。对这种人朝廷向来不予宽容。我军在顺宁之战将高罗衣擒获，但武弁们贪功，杀了许多窝尼民众邀功请赏。当时的云贵总督柏玉亭要我审讯高罗衣等人，我只判高罗衣死刑，把其余人放了。武弁们结伙到总督衙署控告我，柏玉亭大人怒气冲冲地质问我：'老夫竭力擒捕巨盗，你却放纵归山，让老夫如何向将弁们解说？'我说，'我虽然官小位卑，但身为职官，就得替皇上着想，替百姓着想，不能杀戮无辜，更不能骄下媚上。为官者要执以中庸衡以大道。高罗衣是首犯，依律治罪，但是窝尼部众是无知无识的民众，只求安居乐业。宽待他们是不二之选。经卑职教诲后，他们不会继续与朝廷作对。如有再叛，我甘愿以命殉职。有些武弁纵凶殃民，以杀人求升迁，这种事我不干，就是升我做云贵总督也不干。'我以为柏玉亭大人会降黜我，没想到他升我做了腾越同知。"伊里布东拉西扯，讲的是与规复舟山不相干的话题。

听了这番譬讲，乌尔恭额明白伊里布是个秉性宽厚的人。在下者观风言事是官场规矩，他立即改口："伊节相高瞻远瞩，我这就派人去宁波大狱，叫牢头去掉木枷和镣铐，改善伙食。"

伊里布终于迈上三百二十级台阶，登上招宝山。山上有一座威远炮城，驻有一百二十名弁兵，炮城四周安有四十位海防大炮，弁兵们听说钦差大臣要来视察，一大早就把官厅兵房伙房库房神堂和火药库打扫得纤尘不染，大炮擦拭一新，炮城上旌旗招展，弁兵们佩刀齐整。

在余步云和乌尔恭额的陪同下，伊里布登上瞭望台，峨峨高山泱泱海水尽收眼底。瞭望台建在陡峭的悬崖上，悬崖宛如刀削一般直上直下，崖缝里长满了萋萋青草。大浃江水浑似泥汤汩汩东流，把肥沃的土壤冲入大海，浑黄的江水与湛蓝的海水交汇在一起，形成一圈圈的洄流，延展成酽酽浊浊漫漫荡荡的汪洋。在海风的吹拂下，长长的海涛席卷而来，撞落在硬朗的崖岸上，发出响亮的涛声。要是没有战事，站在招宝山上观海会给人一种思接千载、视通万里的感觉，但眼下伊里布没有这种闲情逸致，他端起千里眼朝远处望去，一条英国兵船在江口逡巡，像一只怪异的恶犬，把上千条中国渔船和商船封堵在大浃江口内。英夷攻占定海后，大批难民乘船逃来，致使大浃江里渔船倍增樯桅林立帆影如梭。为了不让他们流离失所，宁波府和镇海县拨出一大笔银子，在大浃江两岸搭盖篷场，让难民们有栖止之所，查明户口，酌配口粮。为了防止敌船闯入，镇海营的弁兵们用巨石压舱，在入海口处沉下八条大船。

那条英国兵船比清军师船大得多，但由于距离较远，伊里布看不清爽。他放下千里眼问道："舟山还有本朝官员吗？"乌尔恭额道："有，沈家门巡检司还在。舟山虽是海岛，却有二百里之广。夷兵虽众，难以处处环绕，遑论全部占领。巡检徐桂馥仍在坚守，还有少数汛兵化整为零，隐藏在民间。""好！有本朝官员在岛上就能收拢民心，获取逆夷情报。""不过，这个徐桂馥被皇上罢了官，不知什么原因。由于没有官员在岛上坚守，我没撤换他，要他戴罪立功。英夷在岛上的活动都是他禀报的。"

一个守兵登上瞭望台禀报："有人求见乌大人。""谁？""葛云飞。"守兵递上一份名刺，上面写着：

嘉庆廿四年武举人，道光三年武进士，在籍士绅葛云飞。

乌尔恭额道："叫他来，就说我们在这儿候着。"他把名刺递给伊里布和余步云："葛云飞是军中才子，畅晓军务带兵有方，两年前擢拔为定海镇总兵，但是刚上任就因为母亲去世回乡丁忧。朝廷改派原台湾镇总兵张朝发接替他，英夷攻占定海后，张朝发伤重身亡，水师营的三个游击全被罢黜，我无人可用，只好派人去他的老家，请他来军中效力。"

伊里布猛然想起他在船上翻阅的《全浙沿海险要图说》，书的封皮上印着葛云飞的名字："葛云飞就是写《险要图说》的那个人？""正是。葛镇台文武兼资，不仅著有《全浙沿海险要图说》，还撰写了《制械要言》《制药要言》和《水师缉捕管见》，本省水陆军官中，数他的学问大。""哦，我们缺的就是这种人。"

不一会儿，卫兵引着葛云飞来到瞭望台。葛云飞朗声通报："原定海镇总兵，在籍士绅葛云飞拜见浙江巡抚乌大人！"葛云飞是浙江萧山人，一口浙江话讲得柔中带刚。乌尔恭额拱手还礼："我们都盼着你来带兵杀敌呢。"葛云飞见他的官帽上没有顶戴，猜出他被免职："乌大人，朝廷罢黜您了？"乌尔恭额道："定海丢了，我成了罪臣，等新任巡抚刘韵珂到任后，我就得去北京听候处置。不提这事了，来，见一见新来的钦差大臣两江总督伊节相，还有太子太保福建提督余步云。"

伊里布和余步云打量着葛云飞，葛云飞穿一件灰布长衫，身量不高脸庞瘦削，卧蚕眉八字须，一对三角眼炯炯有神。伊里布道："我听说你是投戈讲艺息马论道的本朝儒将，这两天我一直在拜读你的《全浙沿海险要图说》，受益不浅。我以为你是个渊亭岳峙身高马大的人物，没想到是个瘦骨人。"伊里布语气随意，官场上的庄肃气氛立即化解成一团和气。葛云飞道："在下才疏学浅，不当之处请节相大人斧正。"

伊里布道："你是武进士出身，武进士功名是极难拿的，不仅要考刀马弓矢和十八般武艺，开一百八十石硬弓，举三百斤石锁，还要考《孙子》《吴子》《司马法》《尉缭子》《李靖问对》《黄石公三略》和《姜太公六韬》，不是文武双全的人，绝不敢问鼎武进士。凡能考取武进士的就不是等闲之辈。"余步云道："我是行伍出身，仗没少打，但没打过海仗。论海仗，恐怕还得听一听你的高见。"葛云飞道："余宫保，在下头一次见您，但早就听说您是屡立战功的本朝名将，在下在您的麾下效力，可谓三生有幸。"

伊里布微微一笑："见面都说奉承话，说得大家欢天喜地心旷神怡，但皇上派我和余宫保来浙江，不是观海景说开心话的，是要规复舟山的。可惜的是，我是属鸡的，没下过水，余大人属蛇，南征北战打遍天下，却是条旱蛇。规复舟山还得靠浪里白条和海中蛟龙。葛镇台，你丁忧未满就碰上英逆犯境，我们只好请你戴孝出征。"葛云飞颔首道："国家有难匹夫有责。在下深受皇恩，理当生死报效。"

说话间，炮台南面突然人声鼎沸，兵弁们像看见天外奇物似的发出啧啧咂咂的惊叹声。伊里布眉棱骨一翘："怎么回事？"乌尔恭额道："估计是看见英夷的火轮船了。"众人绕过石墙，到炮台南面一看，果然有一条火轮船朝大浃江口驶来。伊里布等人全都端起千里眼眺望着海面。火轮船的航速比帆船快得多，它的两翼有蹼轮转动，高大的烟囱喷出黑烟，在海风的吹拂下时聚时散，就像什么东西着了火，却没有火光。葛云飞听说过火轮船，却是头一次看见，他端着千里眼看得十分仔细。

伊里布问道："葛镇台，你说，火轮船为什么冒烟？是什么东西在拖拽两翼的蹼轮旋转？"葛云飞的脸上浮起一片阴霾："在下也是头一次看见，不懂它的原理。"葛云飞答不上来，别人更答不上来。伊里布的担忧越发浓重："皇上饬令我们克期规复舟山。葛镇台，你有什么建议？"

葛云飞见伊里布、余步云和乌尔恭额全都盯着自己，意识到自己肩上的担子极重，不由得猛生一种风标崖岸暴雨将至之感。他思量半晌才道："镇海与舟山隔着几十里宽的海峡，渡海作战并非易事。海上作战一靠船械二靠兵勇三靠天时。英夷生于海岛素习水战，定海镇的师船大都被他们摧毁，现有师船和哨船仅能巡洋缉私追捕海盗，无法与夷船匹比，不可贸然虚掷在海上。规复舟山，至少需要具备两个条件。其一，添造四十条大号师船，每条船上安放八位火炮。其二，镇海水师额定兵员两千六，而盘踞舟山的夷兵有四五千之众。我军要收复舟山，至少得调集等量水兵，外加五千陆营官兵。在下的想法是，首先增募三千水勇，反复演练近战夜战，抛火球掷火罐，施放火箭喷筒，爬桅跳船短兵格杀，待大船造好后，借夜幕出海，奇袭舟山，用火筏封堵敌人的码头，放火延烧敌船。在这两个条件具备前，我军只能相度机宜，在舟山四周各岛多设疑兵以分夷众，阴派间谍以败其谋，攻其分居之区以孤其势，袭扰其屯聚之处以溃其心。"

伊里布道："打造四十条大号海船，每船配备八位火炮，需要多少银子？"葛云飞道："依照《工部造船则例》，每条大号海船额定工料银三千八百两，共需银十五万二千两，四十条海船共需配千斤炮三百二十位，大约需银十二万多两。下官以为，最重要的是要修改《工部造船则例》，造更大的兵船。"他把"更大的兵船"说得极重，因为英国兵船桅高舱深火炮众多，清军最大的战船也无法与其直接对抗。余步云问道："造船募勇训练水兵需要多少时间？"葛云飞郑重其事："训练水勇需时半年，造出四十条大号战船最快也得八个月。"

伊里布的脸上阴云密布，忧心忡忡道："我怕皇上等不及呀！"

第三十六章

过境山东

琦善剀切规劝英国使臣去广州谈判，英夷居然同意了！他们在大沽口羁留月余后返棹南下。道光闻讯后认为琦善是处理夷务的能手，颁旨罢黜林则徐，命令琦善挂钦差大臣衔驰赴广州，署理两广总督，与英国使臣商谈收复舟山和恢复通商事宜。

琦善乘驿船沿大运河南下，七天后抵达山东省济宁府。山东巡抚托浑布听说琦善过境，专程赶到济宁迎迓。琦善下了驿船，与托浑布联袂朝白马驿走去。

托浑布是蒙古人，两眼的间距稍宽，瞳仁微黑，两道淡眉从中间剔起，眉梢下垂。《麻衣相书》把这种眉毛叫"鹰翅眉"，是贵人腾达之相。果不其然，嘉庆己卯年他考中进士，一级一级地晋升为直隶布政使，一年前琦善保举他出任山东巡抚。托浑布比琦善年长十岁，却视琦善为老上司和大恩主："琦爵阁，济宁府比不了保定府，白马驿有点儿寒碜，我只能将就着招待您。"琦善道："哪里话，托大人，本爵阁部堂也是从微末京官做起的，替皇上走南跑北这么多年，多寒碜的驿站都住过。白马驿紧傍微山湖地处鱼米之乡，是拿得上台面的驿站。直隶的怀莱驿、抚远驿、行唐驿在山区，前不着村后不着店，要水没水要人没人，像塞外戈壁滩一样荒凉，比白马驿差多了。"琦善走到驿站门口，一眼瞥见大门两侧的黑底泥金楹联：

满眼尽穷民，何忍多用一夫，误他举家生活？

两头皆险路，何不缓行几步，积君无限阴德？

再看落款，是东阁大学士军机大臣王鼎题写的。琦善微微一笑："我带了两个随员六个长随十二个轿夫，还有十二个亲兵，走到哪个驿站都得耗费不少钱粮啊。看来，白马驿的驿丞是个聪明人，拿王阁老当挡箭牌。"托浑布笑道："这副楹联不是针对您的。前年穆彰阿大人的师爷从广东办事回京，过境山东时住进这座驿站。那家伙狐假虎威滥用驿夫，无偿调用了四乘抬轿十二匹驿马和四十多名扛夫，不仅透支了驿站费用，还弄得驿户们叫苦连天。驿站是个上官如云、过客如雨的地方，费用有限，超支后无处下账。驿丞又是个鸡毛小官，惹不起那家伙，一肚皮苦水没处倒。几天后王鼎大人南巡过境，这位驿丞借机大诉其苦，王阁老听罢一声不吭，写了这副楹联，叫他挂在门口。"

琦善和托浑布知道驿丞的活儿不好干。济宁位于大运河上，是南北要冲，过境的文武大员一拨接一拨，人人带有一群随从，来个官儿就比驿丞高一截。要是过境高官不知检点，肯定会弄得驿丞十分为难。招待太殷勤，费用不够花；招待不周详，又要挨责骂。这副楹联等于给过境官员立了一条规矩，它出自王鼎的手笔，王鼎是道光皇帝的老师，当朝一品，位极人臣，谁也不敢将它摘去。不过，托浑布预见到，只要王鼎一退位，它就会像多情骚客在粉墙上题写的打油诗一样被涂抹得一干二净。

琦善与托浑布抬脚迈过石阶进了驿站，迎面吹来一阵小风，夹杂着浓烈的炖肉味儿。琦善朝西面瞥了一眼，大伙房的门前支着一口大铁锅，翻花大滚的汤水里炖着一只褪毛猪头。琦善没说话，托浑布却洞见入微："那锅肉是给您的随从炖的，您的伙食另有安排。"琦善微微一笑："猪头肉炖烂了，也很可口嘛。"托浑布道："您是贵客，我哪能用猪头肉招待你，要是用了猪头肉，满官场的人都会风传：山东的托浑布是抠门儿巡抚，堂堂文渊阁大学士奉义侯琦善大人过境，他请人家啃猪头肉！我这张老脸就没处搁了。但皇上倡导节俭，明令接客时以四菜一汤为上限，我也不敢破例。"说话间二人进了大伙房，托浑布一展手："请！"引着琦善入了雅间。

驿丞接到滚单后把接待事宜安排得井井有条，驿卒役夫们把客房打扫得窗明几净纤尘不染，连大门两侧的牛角灯笼也换成新的，伙夫和厨子们担水烧锅杀鱼炖肉，忙得不可开交。

琦善和托浑布分宾主入席，一个役夫端上四道菜：东坡古老肉、微山湖红鳍鲍、菱角藕莲蓬水八仙、龙口粉丝豆花羹，还有一道龟汤。托浑布道："琦爵阁，您是贵胄，满汉全席都吃过的，这四道菜是本地特色，只有龟汤是海鲜，是我叫人专门从登州府送来的。"登州离济宁有五百里之遥，托浑布命令手下人骑马送来一只海龟，以示对老上司的敬重。

琦善摇手道："什么满汉全席？那是老皇历了。乾隆朝时有几次重大的喜庆活动，朝廷搞过大宴席，御膳房的厨子们花里胡哨地做了十几道南北大菜，外加满洲饽饽，自吹自擂称之为满汉全席。其实哪道菜是满汉全席里的，连他们自己也说不清。当今皇上是天下第一节俭人，不喜欢铺张，自他继承大统以来，我去过紫禁城多次，从来没见过满汉全席。前些日子我进宫请训，皇上和军机大臣与我一直谈到中午。皇上留我用膳——那是御膳！你猜吃什么？"托浑布眨了眨眼睛："不知道。"琦善的话音里带着揶揄："炸酱面，素的，用熏豆腐干代替肉丁，外加一碟盐水拍黄瓜和一碟糖醋蒜。"

托浑布呵呵一笑："琦爵阁，您去过多次紫禁城，没弄明白御膳房的炸酱面为什么不放肉？""哦，为什么？""你看皇上的脸颊，缩腮——对不对？""嗯，是。""皇上不到五十岁牙口就坏了，咬不动肉，这是其一。其二，皇上信佛，不杀生，吃素。紫禁城里以皇上之口味为口味，皇上吃素，谁敢吃荤？所以御膳房才用熏豆干代替肉丁。""哦，原来如此。"琦善伸筷子夹起一片鳍鲍肉片，嚼了嚼："你这儿的鱼肉比御膳房的炸酱面好吃多了。"

托浑布道："四菜一汤是朝廷定的，名称一样本色却不同，既可以是清汤寡水老咸菜，也可以是时令水货名贵海珍，还可以是珍珠翡翠白玉汤。"琦善一愣神："什么叫珍珠翡翠白玉汤？""你没听说过？""没有。"托浑布一笑："珍珠翡翠白玉汤是前明皇帝朱元璋的叫法。朱元璋是讨吃鬼出身，当了皇帝不忘民间疾苦。有一次大宴群臣，他搞了一场'忆苦思甜宴'，叫御膳房熬了一大锅珍珠翡翠白玉汤——珍珠就是大米粒儿，翡翠就是白菜叶儿，白玉就是老豆腐片儿，用汤水一搅和，成了国宴名菜。"琦善呵呵一笑："要是珍珠翡翠白玉汤成了国宴名菜，大清朝的臣民还不天天过神仙日子？我常去紫禁城办差，在御膳房吃过多次饭。御厨们给菜肴起的名字花里花哨，能把外人说晕了。比如，油煎豆腐片叫金镶白玉板，盐水拌菠菜叫红嘴绿鹦哥，连玉米面窝窝头也有一个好听的名字，叫镂空黄金塔。"

托浑布笑道："御膳房的东西名不副实，我这里却是实实在在的美食。龙口粉丝配微山湖莲藕，很有滋味。您尝尝。"琦善搛起一筷子藕片，嚼了嚼："嗯，脆，很不错。"托浑布舀了一勺龟汤："琦爵阁，您别看我是蒙古人，却是儒家信徒，连吃饭都讲求中庸。""吃饭如何讲求中庸？"托浑布道："佛家因为追求出世而戒荤腥，少吃了许多美味，道家因为讲求登仙而服用丹药，多吃了许多垃圾，唯有儒家讲求中庸，有荤有素，介于油腻与清淡之间。"琦善一笑："这个比喻好，有趣味。"

两人端起酒杯对饮一口。托浑布道："琦爵阁，英夷北上白河口，要不是您折冲樽俎，恐怕大沽口就成第二个定海了。"琦善道："我苦口婆心劝说英夷卷甲回戈，但并无把握说服他们。我本以为，即使不大动干戈也得真刀真枪地比画两下。没想到他们那么恭顺，居然遵旨返棹。皇上确信抚夷之策初见成效，饬令我署理两广总督，挂钦差大臣衔办理夷务，还要我离任前把大沽口和天津的防兵分别撤去，以节糜费。"托浑布道："英夷虽是海上鲛鳄，毕竟是番邦小国，跨几万里重洋发来区区几千人马，后路势必应援不及，要是真打起来，他们能支持多久？他们占了定海，能分出多少兵力打天津？遑论打北京！"

琦善道："但英夷要价不菲。义律吹嘘他们国家拓土开疆二百年，在五洲四海辖有二十八个领地二亿人口，是天下第一强国。"托浑布不信："牛皮吹得山响，任他吹，反正吹牛皮不上税。""你不信，我也不信。话虽如此，但前明倭寇侵扰海疆，酿成几十年的倭患。前明将领俞大猷和戚继光费了好大力气才殄灭他们。我朝历来重视陆师，不重视水师，要是英夷挟船炮之利，一月一小扰两月一大扰，打了就跑，终归是朝廷的心病。义律返棹时经过山东的登州府，你跟他们打过交道。依你看，英夷水师好不好对付？"

托浑布咂了一下嘴："我没登过夷船，只在岸上用千里眼瞭望过。说实话，英夷战船又高又大铁炮环列，帆篷高张迅驶如梭。要是动起手来，我朝水师肯定不是对手。"托浑布怕有替敌人扬威之嫌，讲得十分谨慎："不过，要是英夷登岸，与我朝在陆地上刀对刀枪对枪地开打，则是两说。"琦善没吭声，他与义律谈判时目睹了英军的枪械军装鼓号仪仗，上岸的英军只有二十八人，但动作之齐整军纪之严明，给他留下了深刻印象，相比之下，大沽口的清军则像散兵游勇一样稀松。

托浑布撅了一片鱼放入口中："英夷告御状，林则徐大人和邓廷桢大人恐怕要倒霉。"琦善惋惜道："林、邓二位是能臣，可惜办事操切，禁烟太锐，求治太急，把英夷惹急了。《致中国宰相书》指责他们虐待英商，要我朝严惩，否则拒不撤兵，也不归还舟山。皇上想息事宁人，只好委屈林则徐和邓廷桢。一年半以前，林则徐去北京向皇上请训，皇上要他祛除鸦片务必根除净尽，但不能挑起边衅。说实话，这是个两难全的差事。不严禁不起作用，禁严了又会惹起边衅。我也为林、邓二人惋惜。哦，英夷经过登州时有什么举动？"

托浑布道："十几天前，八条夷船返棹南行，三条走砣矶岛与长岛之间的水道，五条从登州府前驶过。那天偏巧风高浪急，夷船在砣矶岛泊了一天。因为风大浪高，海礁利刃割断了一条夷船的缆绳，船撞到礁石上，货物被海浪冲上砣矶岛。夷酋不肯舍弃，派人打捞，在砣矶岛蹉跎了整整七天。夷酋义律乘舢板驶至登州府的水城门，请求购买食物和蔬菜。我接到军机处的廷寄，说您在大沽口奉旨抚夷，军机处要沿海各省在英夷南行期间妥为抚驭，只要他们不登岸滋事惊扰民人，不得开枪开炮，也不准夷船傍岸与民人私相交易。我见夷酋义律情词恭顺尚属晓事，叫当地官弁采办了牛羊蔬菜，酌量赏给。英夷想以洋银支付货值，我命令不得收取。泱泱大清，舍出这点货物还要钱，岂不是太小家子气。"

琦善舀了一勺汤："你送他们多少东西？""一百五十头牛二百只羊，还有三千多斤时令蔬菜。""你够慷慨的！"托浑布无奈道："说实话，这是送瘟神，只要他们不在我的辖区里瞎折腾，平平安安地滚蛋，我就阿弥陀佛烧高香了。"

琦善突然问："英夷不通汉话，你不懂夷语，你是怎么和他们交往的？"琦善没有通事，在大沽会谈时全由马儒翰居间翻译，颇觉别扭。托浑布道："说来凑巧。我去登州府前经过潍县，潍县的知县招子庸是广东人，他有一个亲戚，叫鲍鹏，通晓夷语。鲍鹏来山东做生意，我临时请他居间翻译。"琦善一听托浑布手下有懂英语的人，立马来了兴趣："这人好用吗？""好用，四十多岁，捐过从九品顶戴，熟悉官场礼仪和规则，是个精明晓事的人。"

琦善面露喜色："皇上差我去广州办理夷务，我正苦于没有居间翻译的通事，你借我用一用可好？"托浑布笑道："在山东，知晓夷语的人通常派不上用场，但碰上英夷过境这种邪门儿事，没这种人还真不行。我的地面就这么一个知晓夷语的，您要是带走了，夷人再来袭扰，我可就抓瞎了。"琦善调侃道："山东物华天宝人杰地灵，招子庸能给你物色一个通事，李子庸、张子庸就能给你物色第二个第三个。本爵阁部堂办的是急差，跟你要个人，看你小气的。"托浑布道："言重了。琦爵阁，您看中的人，我哪敢不给？明天我就叫鲍鹏去见您。"

窗外突然传来一阵喧哗，一个粗嗓门恶声恶气地骂道："娘希匹，你往哪儿走！那是你去的地方吗？"接着是一声清脆的鞭响。另一声音怒气冲冲："我就是罪孽深重，也用不着你来教训！""嘿，你还嘴硬！你以为你是执掌三军的营将？一团臭狗屎而已！"

琦善和托浑布不由得朝窗外望去，只见几个衙役押着四个囚犯，正在拐角处斗嘴。衙役头目扬鞭指着为首的犯人道："别把你自己当成什么大人物，老子想叫你吃皮肉苦，一句话而已！"说着抢起鞭子就抽。那囚犯五十出头，却反应极快，手铐上的铁链向上一举，恰好拦住鞭梢，鞭梢打了圈儿，死死缠住铁链，囚犯顺势一拽，把衙役头目拽了一个大马趴，摔得满嘴是泥。看热闹的人群爆出一阵喝彩声："好！"

一个夫役端着汤盆进来，琦善问道："什么人在驿站里喧哗？""回大老爷话，是浙江送往北京的钦犯，和押送他们的差役在斗嘴。"

驿站是个大杂院，皇亲国戚封疆大吏，公车举人府县公差，革职官员钦定要犯，甚至刑部调审的疑案死囚，都可以在这里落脚，因此，驿站一般分割成几个小院，西院是驿丞的办事衙门，东面是接待三品以上文武大员的客房，普通官员住东二院，无官衔的公差住东三院，在押囚犯住紧挨马厩和草料房的西三院，那里的房子最差，是竹篾泥墙刷白灰的茅草房。几个钦犯可能走错了路，误入东院，被衙役骂了个狗血淋头。

琦善眉毛一扬："浙江送往北京的钦犯？""是。是定海水师镇的军官，打了败仗，皇上调他们入京，交刑部大堂审讯。"琦善正想了解浙江敌情："你告诉驿丞，就说我要借用他的衙门，询问浙江战事，叫他把那几个钦犯带过去。""喳。"夫役放下汤盆，狗颠屁股似的出去了。

一刻钟之后，琦善坐在白马驿衙门的正堂里，托浑布坐在旁边，四个钦犯一字排开，跪在青砖地上。琦善慢条斯理地问道："你们叫什么名字？"为首的钦犯右脸有一条刀疤，像一只小蜈蚣，他不认得琦善和托浑布，却认得仙鹤补服和锦鸡补服，猜出问话的是总督和巡抚："回大人话，我们四人是定海水师镇的军官，我是前中军游击，叫罗建功。"其他三人依次回答："我是前定海镇左营游击，叫钱炳焕。""我叫王万年，是前定海镇右营游击。"第四个人答道："我是定海县前守备龚配道。""如此说来，诸位是定海镇总兵张朝发麾下的营将。""正是。"

琦善问道："罗建功，你脸上的刀疤是什么时候落下的？""回大人话，是二十多年前围剿海匪蔡牵时落下的。"蔡牵之乱是嘉庆朝最大的海疆叛乱，朝廷动用四省水师耗时五年才将其平定。琦善道："如此说来，你立过功？""是，在下立过功。""定海镇有水师官兵两千六，何以一败涂地？"罗建功道："回大人话，定海镇额设兵员两千六。舟山有八百里水域，大小岛礁近千座，岱山、嵊泗诸岛都得分汛把守。英夷突袭时，定海县实有兵员一千二，张朝发大人接到英夷说帖，要我军献城投降，张大人立即妥为布置率兵迎敌。我等将弁奋力效命，无奈敌人的艨艟巨舰火炮齐发力能及远，声如惊雷力若雷霆，我水师镇战船中炮后立即四分五裂。如此炸力，实属见所未见闻所未闻。我军与海匪作战，向来以短兵搏击决定胜负。此番与英夷交手，刀矛弓箭和铁炮抬枪全都派不上用场，夷炮能打七八里远，我们的船炮只能打一里远，我军还未与敌人照面，就被炸得樯倒楫歪人仰马翻，实在出乎预料。张总兵中炮受伤，腿骨炸断，被……送到镇海，无奈伤势太重，熬了二十多天，还是殁了，殊为可惜。"罗建功辩解完后叹了一口气，差点掉泪："这是奇邪啊！"

琦善问道："为什么叫奇邪？"罗建功是见过场面的人："大人，你知道秦朝的李斯吧？李斯年轻时是看守粮仓的小吏，后来青云直上做了宰相，没想到一个蹉跌被捕下狱，判五刑加腰斩，劓鼻，割舌，刴肢，笞杀，腰斩，慢慢碎尸，三亲六戚一律斩首。大福之后突然遭受飞来横祸，就叫奇邪。"

托浑布插话道："自古以来，世人以成败论英雄，朝廷也以成败定赏罚。张朝发一仗败北，失船失地失国威，罪有应得，你们四人是营将，也负有不可推卸的责任。"

琦善道："要是给你们机会，戴罪上阵，你们能不能打败英夷？"罗建功等四人见证过英夷的坚船利炮，不由得觍面相觑，过了半晌，罗建功才道："回大人话，若以刀枪对刀枪弓箭对弓箭，我军不会败。我军败，败在船小炮陋器不如人。"琦善和托浑布分别在大沽口和登州府见过英夷战舰，虽然没有交手，却认定罗建功所言不虚。

琦善接着问："方才你们与衙役们吵什么？"罗建功道："回大人话，那衙役见我等是落难之人，贪图我们随身携带的银两。我们已经给了不少，他们依然贪得无厌，曲意勒索，恨不得把我们搜刮殆尽。我们不愿，他们就寻机刁难，滥发淫威，让我们挨饿，不给水喝。"琦善心生三分同情："如此说来，小人得志便猖狂。你们起身吧。"四个钦犯站起身来，垂手立在一旁。

琦善转脸叫过驿丞："你去把押送钦犯的衙役头目叫过来。"

不一会儿，衙役头目进了堂屋，见两位高官在上，立即跪在地上："小人给二位大老爷请安。"托浑布知道琦善是个慈心人，不愿唱黑脸，他主动拉下脸来，一拍惊堂木，生冷硬朗地质问道："你叫什么名字？""敝人叫陈二。"托浑布的眼睛一眯，眸子里闪着阴暗的幽光，声调严厉得令人发瘆："陈二？我看你是浑二！你知晓法度吗？"劈头盖脸一声喝问，陈二愣住了。托浑布疾言厉色："《大清律》明文规定，押送犯有公罪的七品以上文官五品以上武官不得用枷锁。你用铁链押送钦犯，是违法！他们虽然打了败仗，却为朝廷出过力。在刑部定谳罪状前，容不得你随意呵斥辱骂，更容不得你肆意虐待！你要是狗胆包天乘人之危肆意勒索，当心我扒了你的皮！"他虽然不是陈二的直接上司，却是威风凛凛的山东巡抚，收拾一个衙役就像拍死一只苍蝇。陈二吓得脸色僵紫，呆偶似的跪在地上，两条腿抖得像筛糠，头也不敢抬。

托浑布发完脾气，琦善才指着几个钦犯对陈二道："他们落难前在疆场上蝼蚁喋血，拼死拼活挣下了功名，有罪也是公罪。罪于公错，罪于天时，在事有罪，于己无私，失于觉察，失于误判！你也不撒泡尿照照自己的猢狲相，就你这副德行也敢勒索他们！你先掌自己十个嘴巴，然后去大伙房烧热水，亲自给他们洗脚！"

第三十七章

疠疫风行舟山岛

舟山成了英军的基地。经过简单修葺后，原定海水师镇的衙门成了英国公使大臣懿律和义律的临时下榻处。他们从大沽口返回立即召集会议，通报会谈的情况。参加会议的有陆军司令布耳利及团以上军官、海军的辛好士爵士和各舰舰长，临时政府的知县郭士立等。

辛好士爵士年过六旬，银发银须，鼻梁骨又高又直，脸上的线条硬挺坚毅，刚刮过的两腮和下巴泛着黢青，深蓝色的海军服上别着一枚汉诺威骑士勋章和一枚巴思勋章，那两枚勋章充分说明他是久经沙场、战功赫赫的人物。他年轻时在西印度群岛舰队效力，参加过加勒比海大海战，而后调转地中海舰队，参加了特拉法加大海战和英美海战。英王威廉四世对他的评价极高，说他是最聪明最勇敢最敏捷最博学的舰长，并亲自提名他为爵士。他率领"伯兰汉"号战列舰和四条运输船从英国启程，在英军占领定海后的第二十二天抵达舟山，他的到来意味着远征军集结的结束。从英国政府发布动员令之日算起，东方远征军的集结总共耗时八个月另二十八天，大家都认为辛好士会被任命为远征军的舰队副司令，但命令迟迟未到。

大家入座后，义律开始介绍大沽会谈的情况："我依照《巴麦尊外相致中国宰相书》向琦善提出了质询和要求，目前看来，仅有三项条款口头上达成一致。其一，惩办广东官宪；其二，恢复通商；其三，两国平等往来，我国职官递交中国官宪的公文不再使用'禀'字，中国官宪致我方的公文不再使用'谕'字，统称'照会'。还有一项要求有可能达成一致，即三百万商欠的清偿问题。中国大臣琦善表示，商欠发生在广州，如果调查属实，朝廷决不姑息，将督促行商如数清算，但是，商人的事情应由商人处理，朝廷不会替商人承担这笔费用。"

布耳利问道："请问公使阁下，哪些事项没有达成一致？""我方要求中国增开通商码头或出让一座海岛，赔偿烟价和兵费、明定税则等事项，都没有达成一致。此外，清政府敦促我国禁绝鸦片，我则明白表示，我国历来尊重中国法律，严禁我国商人向中国内地输入鸦片。"这是一句标准的外交辞令，其潜台词是英国的既定政策不变：鸦片在英国是合法商品，英国政府依然默许商人在公海上贩卖鸦片。

坐在布耳利身旁的辛好士爵士道："据我所知，《致中国宰相书》是谈判的基础，但是，他在第三号训令中做了增补，把对华要求扩大至十五项，不知公使阁下是否向中国人提出了全部要求。"义律道："没有。我以为，与中国人谈判不能急于求成，如果把十五项要求和盘托出，不仅解决不了问题，反而会增加谈判的难度。英中之间的问题很多，不是一朝一夕就能解决的，分次分批提出比一次性提出更合适。与中国人谈判需要时间和耐心。琦善要求我们去广州会谈，我与懿律公使商议后，决定接受他的建议。"

军官们交头接耳地议论起来。布耳利对辛好士爵士耳语道："我觉得两位公使犯了一个策略性的错误。"辛好士点头附会："我也有同感，这会拖延解决问题的时间，或许义律公使久驻广州，丢掉了盎格鲁－撒克逊民族的果断与刚强，学会了中国人的拖沓和阴柔。"

蒙泰听见了布耳利和辛好士的议论，他站起身来直言不讳道："义律公使，恕我直言。我以为，撤离大沽是不恰当的。我们应当派一支部队在大沽登陆，建立一个滩头阵地，在舰炮的支援下，全中国的军队都无法赶走我们。大沽距离北京仅一百多公里，我军驻扎在那里，中国皇帝连觉都睡不安生，为了让我们走开，他什么条件都会答应，我们很快就能完成使命。我担心中国人其心狡诈，玩弄缓兵之计。"

懿律不得不替义律辩解："蒙泰中校，我欣赏您的勇气。但是，你们陆军不了解海军。海军的行动受制于天气、水流和季节。直隶湾的纬度偏北，是一个半封闭的内海。据当地人讲，九月开始刮西北风，用不了多久就会阴风怒号寒风凛冽，海水会结冰。我们的分舰队稍有疏虞，就可能冻结在海上，陷入苦境。我和义律公使再三斟酌，才决定返棹南行，在广州与中国人会谈。"

义律解释道："扣押我国侨民之事发生在广州，没收我国商人财产之事发生在广州，商欠案也发生在广州，但是，广州官宪多有粉饰，没把实情报告给朝廷，朝廷根本不知道商欠案。我们提出赔偿要求后，中国皇帝要派钦差大臣去广州调查取证，我们应当给他们时间。蒙泰中校，外交不是军事，是慢功细活，容不得速战速决。我们占领了舟山，它是一个很有分量的质押物，中国人不接受我们的条件，就无法索回舟山。在大沽会谈期间，中国官宪头一次与我们平起平坐，它标志着我国外交事业上的重大突破，虽然距离我们的目标还很远。战争不是游戏，是痉挛和痛苦，是流血和牺牲，是伤残和死亡，是提心吊胆和忍饥挨饿。我宁肯慢一点儿，也不想拿士兵的性命当赌注。"

蒙泰不服气："但是，延宕会使我们付出更多鲜活的生命。"懿律问道："哦，您是什么意思？"蒙泰语气悲凉："你们离开时军队就有疫病的苗头，现在已经扩散开，速度惊人。天花、疟疾、红热病、痢疾、斑疹伤寒和败血症接踵而来，它们像鬼影一样纠缠着我们。截止到昨天，我军病倒了一千三百多人，死亡一百五十人，野战医院人满为患。"

懿律和义律的脸色顿时阴沉下来。军队远征异国他乡，经常因为水土不服或饮食不良而患痢疾，死人的事情经常发生，但很少出现天花。懿律问道："我军怎么染上天花的？"蒙泰解释道："或许我们不该仓促进城。二十六团进驻定海后，住进民房里。没想到定海在闹天花，这是一种烈性传染病，一传十十传百势不可当。我军半数士兵没有接种过牛痘。我得知情况后，立即派船去加尔各答取牛痘疫苗，但是远不济急。"

郭士立抱怨道："军队攻克定海后，我曾提议不要急于进城。但你们不听，结果闹出一场瘟疫。"蒙泰道："郭士立牧师，您在放马后炮，您反对军队进城不是因为疫情，是出于宗教的考虑。"

布耳利道："幸亏隔离及时，天花仅限于二十六团，没有波及其他团队。

但是，疟疾和痢疾泛滥成灾，舟山成了病魔的道场，兵营里鬼气森然，病号与日俱增。士兵们面黄肌瘦，眼眶塌陷成黑窝窝，惨不忍睹。"

懿律问道："疟疾为什么如此严重？"布耳利道："我估计是水。舟山人在稻田里使用过量的人粪畜尿，瘴气弥漫异味扑鼻。我军官兵无法忍受这种气味，我不得不下令把兵营四周的水田全部抽干。"懿律答道："海军的疫情严重吗？"辛好士道："还好。海军住在船上，只有少数人患有痢疾。陆军暴发疫情后，我采取了果断措施，严禁官兵们上岸游观。"

懿律问郭士立："绥靖政策的效果如何？""教会医院的创办为安抚人心起了重要作用。我们力图恢复秩序招商开市，绥靖政策初显成效。定海县原有居民两万五至三万之间，经过安抚，目前已经有万人左右返回家园。但是，一部分舟山人像土耳其人一样愚顽难驯，他们有强烈的排外意识，表面上顺遂暗地里捣鬼，我军派到乡下采购粮食和蔬菜的士兵多次遭到中国人的伏击。"布耳利补充道："中国义勇身穿便衣，埋伏在山林石丛或村镇路口，我们很难分清他们是兵还是民。炮兵上尉安突德在青林岙附近测绘地图时，遭到孬徒绑架。我派兵包围了青林岙，逮捕了八个嫌疑犯，但嫌疑犯们串通一气，讲的话真假难辨。我们至今没有捉到真正的凶手。"辛好士道："我向浙江官宪发出一份照会，要求他们释放安突德和所有遭到绑架的英印士兵，钦差大臣伊里布回函说，我军归还定海，他们才肯交还男女俘虏。"

义律诧异道："还有女俘？"辛好士道："是的，是'风鸢'号运输船的随军眷属，拿布夫人。'风鸢'号随同'康威'号和'阿尔吉林'号去长江口执行封锁任务，遇到风暴搁浅在海滩上，船员弃船逃生，被中国人俘虏了。"蒙泰补充道："还有一个叫布定邦的通事，是我们在广东雇的，懂英语。他是第一个主动为我军效力的中国人。这种人落入敌人手中，不会有好下场，我们要是不营救，就会给投靠我们的其他中国雇员留下恶劣的印象，他们就不会为我们尽心效力。"懿律道："我们必须营救所有俘虏，包括布定邦，一个都不能少。"义律道："中国皇帝希望以和平方式解决争端，琦善已经咨会沿海各省不得袭击我军。我们不妨借此机会去一趟宁波或者镇海，与浙江官宪交涉，索要俘虏，并要求他们停止一切敌对行动。"

懿律道："我们应当关怀一下病号。哪个团的野战医院离这儿最近？"

"二十六团。"懿律两手支着膝盖站起来："布耳利将军，辛好士爵士，诸位军官们，你们诸事繁忙，不用奉陪了，我和义律公使去二十六团的野战医院看一看。"

二十六团的野战医院设在定海城南门外，懿律、义律在几个士兵的陪同下出了城。他们绕过一片竹林，看见奥格兰德的墓磡，墓磡后面竖起一百五十个十字架，剑柄一样齐刷刷地插在地上。石砌的坟茔方方正正，像一群士兵匍匐在死去的将领身后，他们全都倒在异国他乡的土地上，未战而亡。一队士兵抬着一具棺材朝墓地走去，打头的是一个随军牧师，那具棺材里躺着一个刚病死的士兵。牧师将要为他主持一个简短的安葬仪式，念一段祷词，唱一首安魂曲。

两个多月前，英军以摧枯拉朽之势击溃了清军，颇有一种打遍天下无敌手的豪迈气概。现在他们像中了魔法，豪迈气概荡然无存，士兵们瘦骨嶙峋目光呆滞，就像遭到严霜摧残的草木。疠疫是无形刀和断魂枪，说不准什么时候就会突然发出孬毒的一击，让人们猝不及防。

二十六团的野战医院位于树林和竹林之间。在海风的吹拂下，细密的竹叶像一片片裹尸布，顽强地挂在竹竿上晃来晃去。树叶开始发黄，零零落落地飘到地上，来不及下葬，呈现出秋天的败局。三十多顶帆布帐篷排成两列，依偎在山脚下，四周围了一道马马虎虎的竹篱笆，篱笆前有一片荒弃的农田，田主不知逃向何方，粗硬的杂草滥生滥长，虽然有点枯黄，但很抢地力，遮盖了一半庄稼。农田对面有一排猪圈和熬猪食的大锅，猪早就没了，只留下成堆的猪粪，风一吹，飘来一股难闻的臭味。

篱笆门上插着一面二十六团的团旗，当值的哨兵腰板笔直，风纪扣系得一丝不苟，从头一直绷到脚，就像钉在地上的大头针。但是，五十米外乱象丛生：病号呕吐的秽物，尚未清洗的纱布和带有血渍的手纸，引来了成群的苍蝇，它们嗡嗡嘤嘤乱飞乱舞，好像在享受一场盛宴。

军医加比特上尉听说两位公使前来视察，赶紧钻出帐篷，向他们敬礼，递上口罩："二位公使阁下，很抱歉，疫情很严重。这里是隔离区，请你们戴上口罩。"加比特四十多岁，穿一件白大褂，一副筋疲力尽的模样。

懿律戴上口罩，话音有点儿发闷："军中流行什么时疫？""天花、赤痢、疟疾和黄热病。""有多少病号，多少人死去？""本团共有兵额六百余人，但入院达七百人次，有人两次甚至三次入院，目前已有八十多人死去。"懿律意识到，一百五十座坟茔里多半是第二十六团的官兵。

加比特军医解释道："水土不服，营养不良，腐殖物散发的瘴气，不洁的水源、虱子、跳蚤、蚊子和老鼠，都可能是致病的媒介。这儿的虱子个儿大劲健，跳蚤捷足利齿，蚊子毒性十足。我军攻打舟山时定海居民大部分逃走了，留下无人照料的病号。中国人的医术落后，不懂得如何预防天花和疟疾，居民很穷，没钱治病，我军误入民居，倒了大霉。哦，还有气候。舟山的夏天溽热难耐。我曾向布耳利将军提议，不要为了军容齐整牺牲士兵们的健康，士兵站岗时不必系紧风纪扣，否则会增加患黄热病的机会。但是他不听。"

义律问道："加比特军医，有什么补救办法？""我们的药品在印度起作用，在这儿不起作用，眼下没有特效药。我们人手严重短缺，必须把一部分人转移走，不然死亡率会更高。""转移到什么地方？"加比特道："最好转移到加尔各答，但路途太远，病号可能在途中死亡。我建议转送到马尼拉，那儿是西班牙的殖民地，有条件较好的医院。""需要转走多少人？""至少一千，多多益善。"

懿律没说话，他想进帐篷看一看，被加比特制止："公使阁下，为了您的健康，请不要进去。您一定要看的话，请从纱窗窥视。"两位公使不得不服从劝告，他们走到一顶帐篷外面，隔着纱窗向里窥视。

只能容纳八人的帐篷挤了十人，士兵们躺在脏污不堪的草席上，一个挨一个，连插脚的地方都没有。鲜活的生命在瘟疫的折磨下像活鬼一样触目惊心，病号的身上长着疥疮，脸上有充血斑丘，人人都在死亡的边缘上苦苦挣扎，发烧、恶心、呕吐、寒战、高烧、背痛、腿痛、鼻衄、耳鸣、谵妄、狂躁、昏迷，烦躁不安、眼球充血、剧烈头痛，不一而足。有人遍体溃烂，浑身上下散发着浓浓的异味，隔着口罩都能依稀闻见。帐篷中央吊着一盏乌里乌涂的桐油灯。不难想象，夜幕降临后，只要点燃它，就会招来成群的蚊子和飞蛾。它们的翅膀一不小心就会触及灯焰，像被子弹击中的飞鸟坠落在灯下。懿律和义律看着蜷曲在血污中的伤兵，触及他们可怜哀哀的眼神，听见他们凄凉的呻吟，心头一阵阵发紧。

一个随军眷属在给病号喂水，那病号显然患上了天花，脸上和手臂长满了水泡，有的水泡已经破裂，流着带血丝的浓液。女人一面换药一面用生硬的英语安慰道:"坚持,会好的。"懿律听出她讲的不是纯正英语,带有卷舌音。病号轻轻抬起头来:"达吉,我好像看见了丘吉尔勋爵和……奥格兰德将军的阴影……大军未战,将领先亡……它是一种预言,一种诅咒,一种宿命,像鬼魅一样……纠缠着我军。"女人安慰道:"比尔,别胡思乱想,一切都会过去的。上帝会保佑你的。"另一个病号挣扎着坐起身来,他被疫病折磨得像一具活尸,脑袋像骷髅,风言冷语音调古怪:"这叫丘吉尔-奥格兰德诅咒,上帝在诅咒为鸦片而战的军队。"他的话像谶语一样令人心惊,义律腮上的筋健不由得微微一动。

骷髅的话让女人一悸,她转过头,正好瞥见纱窗外的懿律。懿律看清了,她是一个黑头发棕皮肤的印度人或孟加拉人,她的眉心有一颗红砂痣,眼睛像黑色的水晶,噙着亮晶晶的泪珠。她戴着口罩,但体态柔弱疲惫不堪,一副忍辱负重的模样。懿律顿生狐疑:"那个女人叫什么名字,哪儿来的?"加比特道:"是厨师长比尔的女人,叫达吉。"懿律一股怒气涌上心头:"违反军规私带眷属!我不是说过把她送回加尔各答吗?"加比特解释道:"二十六团只有三十八名随军眷属,病倒一大半,死去两个,却有几百病号,我们人手不够,把她留下了。"懿律语气坚定:"同情心代替不了军规,有运输船返回加尔各答时,必须把她送走!"加比特行了一个军礼:"遵命。"

由于担心传染,懿律和义律草草转了一圈就离开了野战医院。懿律摘了口罩,对义律道:"我戎马半生,从来没见过这么严重的疫情。我军攻占定海时无人伤亡,亨利·士密在澳门关闸打了一仗,仅四人受伤。但是,'麦尔威里'号遭受重创,'风鸢'号船毁人亡,一条运输船在砣矶岛沉没,现在又遭逢如此严重的瘟疫,非战斗减员大大超出预料。查理,我不怕敌人,敌人打不败我们,但是,远征军可能败于疠疫。"义律的心境同样灰败:"乔治,我们在执行一件艰巨的任务,用一支小小的远征军挑战三亿五千万人口的东方大国,它的战略纵深堪比整个欧洲。"

懿律道:"巴麦尊勋爵要我们向中国人索要一座海岛,你看中了舟山。但我觉得舟山不合适。这座岛太大,人口太多,居民极端仇视外国人。保卫它至少需要三千士兵。"义律点头道:"是的,守卫它的确需要大量人力和物力,恐怕我国政府抽不出这么多兵力。"懿律停住脚步:"你比我了解中国,能不能换一个较小的岛,一个五百士兵就能守卫的小岛?"义律用脚尖搓着地上的浮土，思索一会儿："舟山瘴气很重，我军严重水土不服，让中国皇帝割让这么大的岛屿也有难度。我们需要一个比澳门稍大的地方，香港或许更合适。不过，占领舟山是巴麦尊勋爵指示的，要变更的话，必须获得他的批准。"懿律道："我们联名给他写一份报告，说明变更的理由。哦，还有一件事，我们得尽快安排两条船，把重病号送到马尼拉，我还要给奥克兰勋爵写一封信，请他增派医生，最好增派一条医疗船。"

第三十八章

浙江和局

　　天妃宫位于镇海码头的北面，是一座历史悠久规模宏大的寺庙，天妃又名妈祖，是渔民和海商的保护神。海上气象万千风雨难测，渔民和海商出海往往命悬一线，家里人全都提心吊胆。为了消灾禳祸，每年鱼汛到来前，渔公渔婆们都要聚在这里举行盛大的祭海仪式，恳请妈祖保佑亲人平安。当亲人们归来后，人们又到妈祖的神像前还愿，致使天妃宫香火旺盛善款盈多，得以不断扩建，经年累月之后，天妃宫成为镇海县最有规模最有气派的寺庙。

　　伊里布正与义律在天妃宫的偏殿里会谈。宫墙外面警卫森严，一队带刀弁兵咋咋呼呼地驱赶围观的百姓，但是，百姓们爱看热闹，不论怎样斥骂就是赖着不走，致使镇海码头至天妃宫一带熙熙攘攘人头攒动，比赶大集观社戏还热闹。这也难怪，义律乘坐的"皇后"号火轮船靠在镇海码头的栈桥旁，那是一条排水量七百六十吨的明轮船，比清军的大号战船大三倍，高耸的铁烟囱，"突突"作响的蒸汽机，旋转的蹼轮，前突的冲角，复杂的帆篷，五颜六色的旗帜，乌黑发亮的枪炮，蛛网似的帆缆索具等等，每一样东西都是当地百姓没有见过的。

　　英国兵船封堵大浃江口两个半月，几千条渔船和商船密密麻麻地拥挤在大浃江里，即使鱼汛到来，也没人敢出海打鱼，更不敢出海贸易，人们干着急没办法。面对制造精良奇形怪状的外国火轮船，人们的心情极为复杂，惊叹好奇羡慕妒忌无奈憎恨，可谓百感交集，议论声嗡嗡不断："真威风！""别他娘的长夷人的志气，灭自己的威风！""好神奇！比东海龙王的船都大！""你懂个屁，东海龙王住在水晶宫里，不坐船！""奶奶的，狗强盗们跑到咱们家门口耀武扬威！"

"皇后"号火轮船开进大浹江口，大浹江口外面还有三条英国兵船，它们不即不离，炮窗洞开，摆出一副随时应变的架势。清军将领也各司其职，余步云监视海上敌情，葛云飞留在栈桥旁，名义上维持秩序，实际是想仔细观察火轮船的构造。

伊里布端坐在偏殿中央，乌尔恭额陪坐在一侧，张喜坐在一张小桌旁，手握笔杆做记录。张喜不是职官，为了便于办差，伊里布要他暂戴六品顶戴，假冒职官参与会谈。义律头戴黑色礼帽，身穿黑色燕尾服，喉结处打了一个黑缎带蝴蝶结，大翻领里面露出雪白的衬衫，脚上蹬着一双油光锃亮的黑皮鞋，乍一看就像一只黑羽毛白胸脯的雨燕。他的左脚搭在右膝上，神态自然。通事马儒翰也是同样打扮，他的膝头上放着一本纸簿，肥胖的手指握着一支鹅毛笔，时而低头速记，时而开口翻译。伊里布的语速中庸："贵国称兵犯顺，占我城池伤我官兵。你们还到大沽告御状，诉冤乞恩。大皇帝不予计较已属格外施恩，何况允准你国通商，可谓圣恩优渥，不啻天高地厚，你们将如何报答圣恩？"伊里布的头脑被"中央之华，四夷来朝"的观念主导，摆出中央大国俯瞰番邦的姿态。义律拒不承认大清对英国有恩，校正道："贵国与英国乃是平等之国，通商不只对我国有好处，对贵国也有好处。何况我们不是专为通商而来，是为伤国威而来，你们伤我们的船，伤我们的人。贵国官宪所作所为，应当有个了结的办法。""林则徐和邓廷桢办差不利，大皇帝俯顺夷情，将他们二人罢黜，难道还不够吗？""罢黜他们是贵国的事，与我们不相干。"

伊里布接到廷寄，朝廷告诉他谈判由琦善负责。伊里布道："解决两国争端，大皇帝饬令琦善爵阁部堂与你们在广州商办。本大臣不宜多加议论。"义律道："有些事情可以在广州解决，有些事情应当在这里解决。中堂大人，英中双方都愿意罢兵修好。我们有一名军官，叫安突德，一个月前被贵国诱捕，还有多名水兵和一名女眷被贵国俘获，全都关押在宁波。请问中堂大人，既然双方愿意以和平方式了结争端,能否将他们交我带回?"伊里布摇头道:"我方擒获了安突德等二十七名夷官和水艄,包括一名女俘,贵国如能奉还舟山,我国当然不会羁押。"义律道:"我方可以停止封锁大浃江口,让贵国渔民和商户各安其业,以此交换我方俘虏。"伊里布道:"大皇帝有旨,交地退兵应当与释放俘虏等量齐观。贵军不交地,本大臣就无法将俘虏释放与你,无法向大皇帝交差。此事不是本大臣能够擅自做主的。"伊里布熟知道光的秉性,道光皇帝事必躬亲,任何事情不合他的心意都可能招来天怒。

义律道:"中堂大人不能释俘,能否允许我们看望他们,以安其心?"伊里布摇头道:"见也无益,不见为好。""我军在广东雇用了一个叫布定邦的通事,也被贵军俘虏,能否将他释放?"伊里布道:"布定邦是中国人,理应依照《大清律》处置,不能交给贵国。""既不释放,又不允许看望,能否好生优待?"伊里布道:"本大臣仰体大皇帝中外一家之意,对俘虏优加豢养,并无丝毫伤害,对有病之人,亦派医生治疗。贵国军队占领了舟山,也请好生对待舟山商民。"

义律意识到索要俘虏是不可能的:"两国打仗,不应当伤害无辜人员,我方将优待舟山的贵国百姓,让其安居乐业,以求和平解决争端。本公使大臣还有几项要求,请中堂大人给予考虑。""请讲。"

"现在两国意在修好,我方应大皇帝的要求前往广州,与琦爵阁会谈。在达成协议前,我们双方应当中止敌对行动。""如何中止法?""为了防止两军擦枪走火爆发冲突,我们不妨暂时划一条界线,以崎头洋和金塘港为界,互不越界,息兵罢战。""划一条楚河汉界,息兵罢战——这不失为一种权宜办法。待本大臣奏请皇上后,即与你们细加商议。""贵国官宪曾经发布文告,悬以赏金,鼓励舟山百姓袭扰我军,请贵大臣发布一份文告,命令舟山百姓停止袭扰,我军也承诺不伤害贵国商民,两相其便,不知贵大臣意下如何?"伊里布道:"中国有句老话:和为贵。本大臣寄厚望于广州会商,只要贵军在舟山不扰民,本大臣将满足贵公使的要求。"

义律道:"我国兵船来到贵国水域,在大沽,琦爵阁赠以牛酒,在山东登州,托浑布大人赠以鸡鸭牛羊。但当时我没有携带礼品,不能礼尚往来。今天,我特意带来两匹英国布料和两箱英国好酒,请中堂大人收纳。"一个英国军官抱来两匹做工精细的印染花布。义律指着布料道:"这是我国曼彻斯特纺织厂生产的染色花布,物美价廉。"他既在还礼,也在借机展示英国的纺织品,为洞开中国市场做铺垫。英国纺织厂用机器做动力,织出的布料细致均匀,比中国的手纺布好得多,印花工艺更是精湛无比,伊里布不由得暗自称奇,但脸上不露痕迹:"贵国官兵不远万里梯航而来,大皇帝视为远客,琦爵阁和托浑布大人都以牛酒犒赏,本大臣也视贵公使为远客,准备派人渡海,赠送牛酒。"

该讲的都讲了,伊里布起身送义律和马儒翰出天妃宫,乌尔恭额和张喜跟在后面。义律道:"我国与贵国通商二百年,二百年来和睦平安。但愿两国继续和睦相处。"伊里布道:"讲得好。你即将去广州会谈,本部堂预祝会谈顺利,签订一份百年和好条约。"

义律等人走后,一个师爷送来一封火漆密封的廷寄。伊里布撕开信套,取出信笺,是军机处转发的上谕:

> 英夷前在浙江投递字帖,恳请转奏,乌尔恭额接受夷书时,并不将原书呈奏,遽行掷还,以致该夷船驶往各处,纷纷投诉。实属昏聩谬误,致误机宜。乌尔恭额著即行拿问,著伊里布派委员,速行解京,交刑部讯明治罪。①

伊里布一抬头,见乌尔恭额正与张喜说话。伊里布招呼道:"乌大人,有谕旨,你来看一看。"乌尔恭额撩衽进了偏殿,接过上谕一看,顿时脸色煞白腿脚发软,手指微微打战。英夷突袭舟山后他被罢官,但朝廷给他的处分是"革职留任,戴罪图功,以观后效"。这意味着他被降职,依然是官,甚至代行巡抚之职。这份上谕却要将他"交刑部讯明治罪"!一个"罪"字,命运立马截然两样,这意味着他已成为阶下囚!

乌尔恭额觉得一坨鸟粪从天而降,正好砸在头顶上,困惑道:"皇上如何知晓这件事?"张喜分析道:"夷酋义律在大沽与琦爵阁会谈,或许是他对琦

---

① 《上谕》,《筹办夷务始末》卷十五。

爵阁讲了这件事，转奏朝廷的。"这是一个合乎情理的推测。乌尔恭额满脸委屈嗟叹道："真是天威难测，圣心难度呀！"他像泄了气的皮球，说话乱了方寸，舌头绕不过弯来："没想到，没想到，真……没想到。朝廷明文规定，域外各国投递夷书，必须在信套上加写'禀'字，在广州投递，各省封疆大吏不得……不得接受夷禀，违者治……治罪。英夷占据定海后，放了一名陈姓商人，要他将《致中国宰相书》投到……我的巡抚衙门，我要是接了，是违制，只能将夷书掷还。伊节相，要是您是当事人，该……该如何处置？"这是一个无法回答的问题。

伊里布安慰道："乌大人，本朝的仕途是可进可退可荣可辱之途，升降沉浮往往身不由己，途中人途中事往往对错难判。"他拉着乌尔恭额坐下，不疾不徐宽慰道："我比你虚长二十岁，经历过不少波折，但只要心静气和，也不会坏到哪里去。当年我在云南当通判，因为被人诬告罢了官，没了俸禄，穷得没办法，想求巡抚大人拨一点儿盘缠，携带眷属回京。巡抚衙门的司阍见我是革员，没钱通融，不肯通报。我恳求再三，他才让我在西偏房里候着。西偏房里有六七个官员等着接见，司道官员进去，出来了；府县官员进去，出来了；佐贰杂官进去，也出来了。眼见着轮到我，司阍突然说抚台大人累了，要我暂且回去，明天再来，我只好回去。第二天我再去求见，在西偏房屏息枯坐，穷极无聊，为了消磨时光，只好仰头默数房顶上的橡木，再数地上的方砖，如此往返三天都没见到抚台大人。云南离北京有六千里之遥，无奈之下，我只好把妻子和儿女留在当地，孤身一人回京，向亲友借贷，以便让家属回京。北京的亲友们听说我罢了官，见了我就绕道走，没有一人问寒问暖。幸好朝廷有规定，宗室觉罗因公罢官，可以请求觐见，向皇上申诉。有一个人曾在我手下做过事，对我说：您都窘迫成这个样子，不如送点儿钱给宫廷侍卫，看他们能不能帮你通融，要是皇上召见你，说不定有转圜的余地。我想，反正山穷水尽了，不如孤注一掷，或许有一线希望。我狠了狠心，把仅剩的一点儿钱全送给侍卫。算我运气好，皇上正挂念着云南局势，听说我从云南来，立即召见我询问情况，我借机讲述了自己的委屈，皇上听后，命令我官复原职，仍然回云南当差。有几个亲属听说我官复原职，立即向我庆贺。我正准备出京赴任，皇上突然越级提拔我为郡守。消息一传出，向我庆贺的亲属多得不得了，有建言献策的,有送钱送物的,还生怕我不收。那种冷暖阴晴,真是一言难尽!回到云南再见妻子儿女时,真是恍如一梦。第二天我去谒见抚台大人,在衙门口当值的还是那位司阍。他见了我立即换了一副讨巧嘴脸,主动招呼立即通报。我进去后,抚台大人和颜悦色道:你大概不知道,昨天皇上的谕旨到了,晋升你为云南按察使。两年后,我当了云南巡抚,再次进西偏房,房顶的椽木和地上的方砖历历在目,回想起当年在那儿苦等苦挨徒劳无助,官场上的人情薄厚,心里难免唏嘘一番。"伊里布娓娓而谈如对老友,乌尔恭额依旧心情抑郁,提不起精神:"伊中堂,您是红带子觉罗,与皇家血统一脉相承。我籍历镶黄旗富察氏,没有您那么高贵的血统!我担心皇上一怒之下,罪我父母罪我眷属罪我子女呀!"伊里布道:"碰到这种事,千万别着急,越心急越容易胡思乱想,越容易钻牛角尖。唯有静下心来,把一切置之度外,才能坦然应变。乌大人,上谕命令我把你'速行解京',我不敢违旨,只好委屈你。请你回府收拾东西,安排好眷属子女。明天一早,我派船送你去北京。"

乌尔恭额满身晦气地走了。他刚走一会儿,余步云和葛云飞进了天妃宫,听了伊里布的简述,葛云飞如释重负:"如此看来,我们不必武力规复舟山了。"伊里布道:"葛镇台,你怕打仗吗?"葛云飞苦涩一笑:"不,不怕打仗,下官自从戎之日起就立下精忠报国之志,以马革裹尸为荣。但是,伊节相,打仗毕竟不是儿戏。您与夷酋会谈时,我上了夷船,仔细看了。""哦,夷兵让你上去了?""是的。"葛云飞则觉得无法理解:"我是一肚皮的疑问,看不明白。比如,夷船上有火池(蒸汽机),用煤炭把火池烧热,水汽带动弯曲的铁柄,再推动蹼轮旋转,道理何在?我看不懂。再比如,咱们的桅杆上只挂一面四角桁帆,夷船的桅杆却挂多面帆,纵帆横帆三角帆搭配组合,航速比咱们的快,转向比咱们的灵活,我也没看懂。咱们的抬枪搁在墙角就生锈,擦拭完过几天还生锈,人家的燧发枪却乌黑锃亮,一点锈迹都没有。这是什么道理?我也看不懂。俗话说,知己知彼百战不殆,人家把东西展示给你,你却看不明白,这种敌人才是最强大最可怕的敌人!"

余步云也有同感:"我在岸上调度弁兵,没上夷船,但也观察得十分仔细。大浃江口外的大号兵船有七十多位火炮,小号兵船有十七八位。咱们的大号战船只有八位炮,小号战船只配一位炮,镇海水师营的全部船炮不及敌人一条大号兵船的炮位多。英夷的火炮安放在炮舱里，夷兵藏身其中不易被炮火击中，咱们火炮安放在甲板上，炮弁无处藏身，一俟开仗很容易被打中。咱们的战船是按《造船则例》打造的。《造船则例》是康熙朝颁发的，样式和造价一百多年不变，承造商只能依例打造，不能独出心裁另起样式。这些年来物价腾昂，但《造船则例》的铁板定价不能变。承造商无利可图，为了少赔钱，只能偷工减料，打造的战船板薄钉稀，经不起敌炮的轰击。"

两个领军人物把清军的船炮说得一无是处，说得伊里布心境灰暗："如此说来，武力规复舟山竟然是办不到？"葛云飞道："是的。伊节相，舟山与镇海只隔一道海峡，一苇可航，但是，英夷的兵船如同海上大鳄，他们一拦，海峡就成了难以跨越的天堑。军机大臣们没打过仗，不懂战争的残酷和无情，以为打仗像《说岳全传》和《杨家将》一样生动，却不知晓那是说书艺人的勾当。只有带过兵的人才知晓打仗不是儿戏，是血流遍地尸骨如山，一个举措不当就会葬送万马千军。"伊里布嗟叹道："是啊，我在云南剿苗夷，剿一次就是一大片血肉模糊。秦楼笙管野寺梵钟不是毁于战火就是毁于穷极无赖。每打一次仗，我做梦都不安生，仿佛看见成群的老妇少妻追在我屁股后面要丈夫要儿子。我是满心希望和平解决争端的。"

葛云飞问道："伊节相，皇上有何想法？""皇上的想法与我们差不多。与英夷闹得势不两立，本朝也不会安生，除非万不得已，不开衅端。英夷是水上鲸鳄，来去无定，一俟开仗，本朝势必七省戒严，临海郡县俱当有备。以陆上之师强击海上寇仇，无法犁庭扫穴我武唯扬，只会徒然消耗内地之兵民和国家之财富。好在夷酋义律意在通商，也想和平了结争端。皇上派琦爵阁去广州与英夷商办，我们才能借势维持浙江和局。哦，夷酋义律提议以崎头洋和金塘港为临时分界线，两军互不越界互不侵扰，允许渔船和商船谋求生业。我看此议可行。余军门，葛镇台，咱们一块儿研究一下，看看如何划界，议妥后，叫张喜渡海与夷酋签一份临时协议。"

武力规复舟山难于登天，却出乎预料地化解于无形之中，伊里布大大松了一口气。吃罢晚饭，他脱去官袍摘去官帽，换了一身灰布长衫，独自一人到大浃江畔散步。他到浙江一月有余，苦思冥想心计用烂却一筹莫展，与义律会谈后，他有一种解脱感。伊里布走到一片田地里展目四望，在瑟瑟秋风的吹拂下,大涐江水汩汩流淌。夕阳像一片橘子糖,一寸一寸地落下去,暗红的晚霞晕染了半边天,落日熔金一般辉煌。收工的农夫们在归途蹒跚,回巢的乌鸦在空中呀呀盘旋,晚炊的轻烟袅袅升起,拥塞在江中的几千条渔船上,渔公渔婆们点起船灯,灯光像一长串密集的萤火虫,幽幽冥冥闪着磷光,从远处看就像闪烁的星空映照在水中。伊里布踏着越拉越长的身影踽踽而行,他喜欢独自漫步,体验一种风走荷林蛙不鸣的情愫,一种雪落大地了无痕的宁静,一种雨打窗台洗晴空的意韵。直到天完全黑了,他才返回驻地。

仆人端来一盆烧好的洗脚水,他把赤脚踏进盆里,取出竹箫,吹了一曲《夜深沉》。箫声呜呜咽咽悠悠漫漫,像溪水在月光下淙淙流淌。张喜住在临近的耳房里,与伊里布的房间只隔一道墙。他侧耳聆听,在萧萧的缓缓的如怨如诉的乐曲声中,听出了伊里布如释重负的心境,也听出了一种淡淡的远忧。

第三十九章

琦善查案

琦善出京后，车马舟楫星奔夜驰，走了五十四天就抵达广州，比林则徐南下快了两天。琦善是满洲亲贵，比林则徐多了"文渊阁大学士"和"一等奉义侯"的荣衔，欢迎的场面更加隆重。天字码头旌旗招展礼炮隆隆，一队八旗兵身披铠甲背负箭壶腰悬配刀，排钉似的列队迎候。当地百姓乌乌压压围在四周，眼睛里透着对权贵的羡慕和敬畏。船夫把船板放平稳后，虾着腰退到一旁。琦善迈着矜持的步子，在万众瞩目之下平步青云地踩过去，既沉稳又虚荣，白含章和鲍鹏等随员跟在后面。

广州将军阿精阿、巡抚怡良、粤海关监督豫堃、水师提督关天培、副都统英隆等文武大员依照官阶高下排成一列，在接官亭前迎候。钱江站在队列末尾，抱着一只木匣子，里面装着两广总督的大印，木匣子外面包了一块起明发亮的黄绸。

琦善与文武大员们一一行礼寒暄，走到队列的末尾，钱江捧着印盒上前一步。琦善认出他来："哟，钱江，你不是在林部堂麾下效力吗？林部堂怎么不来？"钱江膝头一屈，跪在地上，双手托起印盒，苦着脸道："世伯，林大人被罢黜了，心情不好，他要卑职把总督大印交给您。林大人是个好官，小侄请世伯为他说几句公道话。"钱江猜出琦善负有调查林则徐的职责，借机为林则徐求情。琦善转头问怡良："林部堂现在做什么？"怡良答道："他革职后搬到盐务公所，闭门不出，关起门来写字，写'浩然正气'，写'精忠报国'，写'千秋功罪'，写完了烧，再写，再烧。"琦善叹道："这也难怪，谁罢了官心境都不会好。"他从钱江手中接过印盒："起来吧，有话以后再说。"他转身把印盒交给白含章，而后走到当地缙绅的队列面前虚应场景。

钱江退回队列，不一会儿就站得单调乏味，左顾右盼看热闹。他突然瞥见琦善的随员中有一个白脸胖子，似乎在什么地方见过，一拍脑门，这不是梅斑发吗？对，就是他，在扬州驿见过！再一想觉得不对，梅斑发说过他是广州知府衙门的，怎么成了琦善的属员？如此看来，梅斑发竟然是瞎胡诌！

鲍鹏经托浑布保荐，从山东跟随琦善来到广东。他也看见钱江了，不由得心头一动：这不是在扬州驿见过的布德乙吗？对，就是他！大清的天地说大很大说小很小，天涯海角陌路殊途，说不准在什么时候什么地点就能碰上什么离奇人或稀罕事。鲍鹏曾对布德乙谎称自己在广州知府衙门办差，但转念一想，布德乙那天晚上喝得酩酊大醉，不一定记得他。他打定主意，要是布德乙前来认他，就假装糊涂，打个马虎眼蒙混过去。

迎迓仪式完毕后，文武官员们或乘轿或骑马逶迤离开。钱江紧赶脚步追上琦善的随员，招呼道："梅斑发，梅斑发！"鲍鹏假装没听见，继续朝前走。钱江又追了几步，从后面拍了拍他的肩头："梅兄台！"鲍鹏比泥鳅还油滑，一张胖脸像帘子布似的，说卷起就卷起说放下就放下。他冷不丁一回头，白了钱江一眼："哟，不认识。请问您有何贵干？"

钱江蒙了，莫非看走眼了？但此人分明长着一张胖脸，嘴巴左侧有一颗黑痣，一说话就微微动弹，讲一口粤音极重的官话，韵调声频与梅斑发的一模一样，决不会错！"您不是梅斑发吗？怎么，不认识了？""鲍鹏故作诧异，摆出拒人于千里之外的姿态："对不起，您认错人了。我不姓梅，姓鲍，叫鲍鹏。"钱江一个怔怔。此人分明是梅斑发，但人家不认你，你有什么办法？钱江眼睁睁看着梅斑发在人流中渐行渐远，不由得一肚皮疑团：这家伙半年多前跟我同住一室，开口就能套近乎，媒婆似的巧嘴说得东边出太阳西边出晚霞，端着酒杯就能"感情深一口闷"，怎么转脸就成了陌路人？钱江自言自语地回味道："鲍鹏，鲍鹏？鲍鹏！"他像被电光石火击中似的，猛然想起观风试的检举名单中有鲍鹏的名字！

琦善到了两广总督衙署后立即召集会议，与广东的文武大员们互通情报。林则徐被罢黜后，怡良署理两广总督，他首先介绍广东的敌情："禁烟让英夷赔了一笔天大的银子，连血都吐出来了，他们岂肯善罢甘休？皇上颁旨停止英夷贸易后，粤省海疆万分紧张，大小冲突一直没有消停过。英国兵船封了珠江口，不仅不许我国渔船和商船出入，连美国、法国、荷兰等国的商船也不许出入。现在的黄埔码头一派萧条，像一座死码头。林大人卸任前，征招了五千壮勇，督率他们昼夜巡防。沿海弁兵枕戈待旦，随时准备击杀登陆夷兵。关军门生怕出纰漏，天天巡视夜夜难眠，人瘦了一大圈。"

琦善问道："英夷有何动向？"怡良答道："出了几个小事端。林大人悬赏英夷。澳门义民抓了一个叫斯坦顿的，是个传教士，因为这事儿，英夷前来报复，开炮轰击关闸汛地，我军奋起抵抗，虽然小有损失，却把英夷扫数驱回大海。"琦善的心"咯噔"一下："哦？你们在澳门关闸打了一仗？"关闸之战没有奏报朝廷，关天培担心怡良不小心说漏嘴，立即掩饰："英夷虽然刁蛮顽横，却不敢深入内陆，他们派小股人马骚扰关闸汛地，我军仅有很小的损失，但重创了英夷。"寥寥几句话把关闸之战掩盖过去。

怡良继续介绍情况："七天前，一条英国兵船挂着白旗驶到珠江口。沙角和大角炮台的守兵发炮轰击，迫使它退去。几天后，夷酋懿律和义律通过澳门同知衙门转来照会，我方才知晓，那条船是信船，通知我方英国使臣已经抵达澳门，准备与您约期会谈。"

琦善道："如此说来，夷酋比我快一步到广东。皇上明发上谕，饬令沿海营县不得开枪开炮，除非夷兵主动袭扰。难道沙角和大角防兵不知道？"怡良和在座的官员都不吭声，沙角和大角炮台轰击夷船，是因为怡良和关天培没有及时把皇上的旨意传达到那里。

琦善问道："谁驻防大角炮台和沙角炮台？"关天培道："三江协副将陈连升。琦爵阁，您的意思是惩罚他们？"下车伊始还未照面先惩罚前敌将领，这不合琦善的秉性，他摇了摇头："不。未问明来由就开炮轰打，未免失之孟浪。但是，眼下正值夷兵云集诸事未定之时，我们理应激励士气以壮声威。若因偶尔失误处分前敌守将，只会伤了他们的守御之心。皇上定下羁縻之策，不论剿擒还是威抚，都得以武备为后盾，但必须告诉陈连升，大局未定之前，不得惹是生非贪功误事。传教士斯坦顿在广州吗？"怡良道："在，关在南海县大狱里。""你们没虐待他吧？""义民们在抓捕他时难免相互扭打，他受了点儿伤。送到广州后，林大人不仅不许虐待，还派了一名仆役侍候他。"琦善点了点头："把他放了，送回澳门去。"阿精阿的眉棱骨一动："放了？"琦善道："阿将军，捉放夷俘要随剿抚之策的改变而改变。捉他有当时的情势，放他有现在的情势。"阿精阿道："英夷兵船一直在珠江口游弋，上千英国兵在九洲岛竖旗坚守，谈判没有结果前先放俘虏，是不是有点儿早？"琦善道："阿将军，自从衅端开启以来，沿海七省大警不断调令频仍，耗了多少民力和财力？英夷利炮坚船，如同鲸鳄一般来无影去无踪，本朝水师却无力在汪洋大海上与他们格杀，与其徒耗国帑不如稍作迁就。好在英夷告发林、邓，意在通商，所以，皇上才决定暂时委屈林、邓二位大人，恢复通商。如此迁就是迫不得已。咱们做臣子的得体谅皇上的苦衷。再说，斯坦顿也不是什么了不起的人物，不值得拘押。放他，是要缓和一下对峙的空气。"

怡良问道："琦爵阁，英夷肯就抚吗？"琦善道："我在大沽口与义律会谈时定下了调子。英夷所求颇多，大体有这么几项：一为诉冤，罢黜林、邓，二为恢复通商，三为平等行文，四为清理商欠，五为赔偿烟价，六为索要兵费，七为索要一座海岛供英商寄居，八为增开码头自由贸易。本爵阁部堂赴京请训时与皇上和军机大臣们议论过，一、二、三项可以允准。商欠一项，我们不能仅听英夷的一面之词。大清朝要讲信誉，如果确有其事，当清欠就得清欠，绝不含糊；如果没有，则要向英夷解说清楚。赔偿烟价不可接受，索要海岛不能允准，至于赔偿军费更是无稽之谈。但是，如果给予少量路费，英夷便肯卷甲回戈，稍作迁就也未尝不可，只是数额不可多。有了这些举措，想来英夷也该知足。据我看，夷酋义律不是不晓事的人，懂得适可而止的道理。"

豫堃一直没说话，听到"商欠"二字心里"咯噔"一跳。他和邓廷桢收了十三行的封口费，一直捂着盖着藏着掖着，没想到义律在大沽口告御状时把商欠案捅到天顶上。他立即忐忑不安起来，搜转着肚肠思忖着应对办法。

副都统英隆的手从来不闲着，他握着一对山核桃，但没旋转，他插话道："英夷居然觍颜索要烟价和兵费，还要罢黜林、邓二人？这岂不是说我朝禁烟禁错了？"琦善看了他一眼："英大人，我朝没有禁错，鸦片依然要禁。连夷酋义律也承认朝廷有权禁烟，夷商应当入境问禁。他对我说过，英国政府严禁英国商人把鸦片输入中国。"琦善没有办理过夷务，没有悟透这句冠冕堂皇的外交辞令，他继续传达朝廷的旨意："本爵阁部堂在京请训时，皇上说，恢复通商可以增加税赋，于英夷有利，于本朝也有利。英夷不肯使用'禀'字，无非是要争个光鲜面子，那就给他们面子，改称'照会'。至于大动干戈开边衅，则要万分谨慎。孙子兵法云：国主不可以怒而兴兵，不忍一时之愤大动刀兵，得不偿失，所以朝廷决定采用羁縻之策，只要英夷还我定海卷旗返棹，我朝可以酌量犒以牛酒，以示天朝怀柔远夷的胸襟。"

讲到这里琦善转脸问豫堃："豫关部，据夷酋义律说，十三行欠了英国商人三百万货款，久拖不还，这事你可知晓？"豫堃已经想好如何应对，表情坦然："晓得，有这事，但数额恐怕没有这么大。"琦善道："夷酋懿律和义律要约期会谈，本爵阁部堂也想早日了结此事，但在会谈前，必须查明商欠数额和原因。豫关部，明天一早请你叫十三行的总商与我细说此事。""喳。"

第二天一早，豫堃带着伍绍荣和卢文蔚一起来到总督衙署。豫堃的脸色十分凝重，他做梦也没想到三百万商欠竟然成为英夷打上门来的理由之一。此事已经暴露，很可能成为惊动朝野的泼天大案！十三行归粤海关管辖，豫堃绝对脱不了干系。昨天的会议一结束，他立即造访万松园，与伍秉鉴父子商议对策。

伍绍荣和卢文蔚更是忐忑。历任钦差大臣到广州，他们都得去天字码头迎迓，裹挟在官员和缙绅队列里充数应景，但没有哪个钦差大臣高看过他们，仅仅与他们打了个花胡哨。他们在码头见过琦善，与上百缙绅一起向他行礼，而后散去，打道回府，连个说话的机会都没有。

豫堃与他们议过此事，统一了问答口径。但琦善是什么秉性？为人宽和还是严厉？像雷公电母一样大发脾气，还是像观音菩萨一样温风细雨？会不会索要封口费？索要多少？如此等等全是未知数。

三人在门政的引领下进了西花厅。豫堃是二品大员，琦善依例赏座。伍绍荣和卢文蔚的官秩较低，垂手站在一旁，等候琦善问话。琦善听说过伍秉鉴其人，知道怡和行是大清朝最富有的皇商，没想到面前站着一个年轻人，问伍绍荣道："你今年多大了？何年接管十三行？"伍绍荣一虾腰，恭敬回答："回爵阁大人话，卑职二十九岁，因为父亲年老体弱，七年前接管怡和行。"卢文蔚不待问话，自动回答："卑职虚活四十九年，五年前出任总商。公所事务向来由伍总商拿主意，卑职仅是赞参。"琦善有点诧异，卢文蔚年长，相貌比伍绍荣老成，却自称参赞，外洋行公所的当家人竟然是个年轻人！琦善的话音温和："有件事我想打问一下，请你们据实回话。三个月前，我在天津大沽口与夷酋义律会谈，他提出了几项指控，事涉你们十三行。"伍绍荣抬眼瞥了琦善一眼，旋即低下，他知道琦善要查问此事，虽然有所准备，还是有点儿紧张。

琦善不像林则徐那样严厉，说话不紧不慢："英夷在大沽口投递《致中国宰相书》时说，朝廷限定各国夷商与你们行商做生意，但有多家行商相继倒歇，致使英国商人损失甚重。义律还说，十三行欠英国商人三百万元巨款，他受国主之命，替英国商人催讨。这究竟是怎么回事？"伍绍荣斟酌着字句道："回爵阁大人话，广州贸易数额巨大，盈缺靡常，因为生意亏折挂欠银两的事情中外商人彼此都有。义律所谓的商欠，实有其事，但算法不同，英夷说是三百万，依照我们的算法，只有二百四十多万。俗话说九层之台起于垒土，冰冻三尺非一日之寒。这笔款项不是一朝一夕欠下的，是十多年的积欠。家父曾经亲自处理过此事，与英商达成协议，挂账停息，分期偿付。"豫堃心知肚明，在这件事上他与十三行是一根线上的蚂蚱，十三行被追究，他也不会有好下场。他顺势辩解道："生意上互垫款项的事，华夷双方都有。商欠一事原本不必惊动朝廷，没想到林部堂烧烟后，英夷不肯签署甘结，事情越闹越大，致使皇上颁旨停止英国贸易，十三行积压了九十万担茶叶，无法脱手，只要恢复通商，商欠是可以分期清偿的。"

寥寥几句话，把巨额商欠说成是很快就能清理的款项。琦善没做过生意，品味不出其中的奥妙："伍绍荣，卢文蔚，你们二人说一说，哪些行商有商欠？"卢文蔚苦涩着脸道："启禀爵阁部堂大人，卑职的广利行有商欠，总计三十六万余元。严启昌的兴泰行欠账最多，达一百二十余万，梁承禧的天宝行有八十余万商欠，其余各家没有商欠。义律所谓的三百万，是加了利息的。"

琦善道："十三行是经朝廷备案的官商，一举一动涉及朝廷的脸面。严启昌欠账如此之多，纯属乏商，早该封门抄产予以斥革。为什么不早斥革？"伍绍荣道："严启昌不堪重负，悬梁自尽了，即使抄产入官，也没什么家产了。"

琦善突然问豫堃："什么叫行佣？"豫堃有点紧张："行佣？哦，说起来是没由头的费用。海关衙门有自己的苦衷，行商有行商的苦衷。粤海关的税收一半上缴内务府，一半用于本地官府的度支。当今皇上甫一登基就布告天下永不加赋，但广东的军费、赈济、剿匪、路桥、水灾、旱灾等都需要银子，与年俱增。逢年过节，海关衙门总得给后宫的娘娘、嫔妃、京城的王爷们送点冰敬炭敬年敬之类的零碎银子，这笔钱，海关衙门出不起，只好向十三行摊派。说句不中听的话，十三行亏损倒闭，半数由于经营不善，半数与摊派过度有关。"

琦善明白了，他止住豫堃的话头："据义律说，十三行在货物正价上加征六厘行佣，也就是说，一年三千万的出口货值上额外增加了一百八十万元的费用，难怪英夷怨气冲天，要求自行选择交易商，废除行商垄断。此事林、邓二位大人可知晓？"豫堃竭力把自己撇清："知晓。分期清偿商欠和增加行佣，是邓大人在位时酌定的。林大人接任两广总督后说，既然是邓大人批示过的，他不宜逆着邓大人行事。"

琦善追问道："邓大人、林大人和你隐匿不报，有什么顾虑？"豫堃道："朝廷认为，如果行商欠夷商款项不及时清还，不仅要遭夷人耻笑，还有损天朝尊严，故而明令行商不得与夷商通款。道光十一年，丽泉行、西成行、同泰行和福隆行累积欠付夷商货款一百四十五万多两，欠税银六十八万两，数额之大举国震惊，皇上颁旨严行查办，抄封了四家行商的店铺、栈房、私宅和田产，折价折卖，四行的主人及其家眷发往新疆，男人充军，女人给披甲士为奴。广东的督、抚、府、县四级掌印官和海关监督全都受了处分。有了前车之鉴，即使出了商欠，行商们也不敢轻易透露，地方官宪也不愿把事情演绎成轩然大波，张扬得天下人都知道。"豫堃把商欠的起因、历史、后果和处分全都交代清楚了。这是一个老掉牙的故事，但对琦善来说却是旧事新说。

琦善久任封疆，对官场弊端洞若观火——官员们普遍好大喜功，畏惧惩罚，好事邀功请赏，坏事隐匿不报。商欠案显然是逐渐形成的，由于害怕受到严惩，先由个别行商隐瞒，渐由十三行公所隐瞒，进而扩大至粤海关监督，最后连两广总督也不得不隐瞒包庇。此事不仅涉及十三行和豫堃，还涉及林则徐和邓廷桢，搞不好还会牵扯出更多人物来，一个处置不当就可能把整个官场搅得天翻地覆。琦善深知此事不宜立即表态，他拿起一支毛笔摆弄了片刻："欠账还钱天经地义！你们先回去，想办法凑足三百万。要是因为这笔款子误了抚局，你们是吃罪不起的。"琦善不像林则徐那样拍惊堂木发狠话，但伍绍荣和卢文蔚全都掂量出"吃罪不起"四字如巨石压顶，其重难当！

等琦善查问完后，豫堃才说："琦爵阁，前些天我接到家信，母亲去世了，我已经奏报皇上回家丁忧。海关事务，您看谁署理合适？"琦善甫一上任豫堃就请丧假，他不便拦阻："母逝奔丧合于情理，粤海关事务繁杂，你先耽搁几天做些安排，办完交接后再启程。哦，到时候我也要送一份丧敬。"

等豫堃、伍绍荣和卢文蔚三人离去后，钱江夹着一沓卷宗来到花厅西门口，探头朝里面瞟了一眼，琦善正在伏案写字。钱江隔着门槛叫道："琦爵阁，小侄有要事禀报。"琦善一抬头，见是钱江，慈眉善目道："有什么事？进来说话。"琦善初来乍到，总督署的佐贰杂官全是邓廷桢和林则徐留下的旧员，一个都不熟悉，他只认识钱江，因为钱江与自己的儿子是国子监的同学，向来称他"世伯"。钱江行了礼，走到条案前，轻声道："世伯，您身边有个叫鲍鹏的，是吧？""有这么个人。""他是林大人通缉的在逃案犯！"

琦善吓了一跳，脸色顿时严峻起来："钱江啊，这可不是你和我儿子关起门来戏说百事臧否人物，官衙里面无戏言哪！"钱江道："小侄哪敢戏说。您看，"他把卷宗放在条案上，封皮上写有"道光二十年广东科场观风试检举名录"，里面记录了一百〇六个被检举人的姓名、年龄、籍贯、住址、职业和揭发事由等。钱江道："去年七月，林大人在广东贡院搞了一场观风试，要本地三大书院的廪生们匿名检举走私贩私之徒，鲍鹏的名字恰在其中。"他把卷宗翻到第十七页，指着一段文字给琦善看：

> 鲍鹏，又名鲍亚聪，南海县人，道光二年捐纳从九品顶戴，在油拦门外开办隆兴牙行，有勾串贩卖鸦片之嫌[①]。

钱江解释道："鲍鹏本是居间说合的捎客，自出资本与夷人交易，由行商代其纳税。朝廷明令禁止这种交易，但上有国法下有对策，资本消乏的行商不出钱，不担风险，还分利抽头，所以，这种事明禁暗不禁，只要当事人不言

[①] 鲍鹏实有其人实有其事，他是林则徐通缉的逃犯，也是琦善起用的通事，其经历载于《军机处讯鲍鹏供词》，收在《中国近代史料丛刊·鸦片战争》第三册第252页。

声，别人不告发，谁也查不出来。林大人要传讯鲍鹏，但他消失得无影无踪，林大人签发了海捕文书，要各府县营汛抓捕。"

琦善道："钱江，检举名录里有一百多人，你如何单单记住鲍鹏？"钱江道："海捕文书是小侄亲手抄录的，所以记得这个名字。"接着他把自己与鲍鹏在扬州驿相遇，在天字码头相逢不相认的事情讲了一遍。

琦善不便立即表态："鲍鹏捐买从九品官衔，是否有案可查？"钱江分管机要文档和卷宗，早已查清："有，他确实出资二百两银子捐买过从九品顶戴，署里有档可查。"琦善严锁眉头："鲍鹏是山东巡抚托浑布保荐的，从济宁跟着我一路南下。此人见多识广办事认真，不像孬徒，更不像逃犯，不然，他怎敢回到广东？再说，这份名录上说他'有勾串之嫌'，仅仅是嫌疑，不是定案，判定他是在逃案犯为时尚早。现在鲍鹏和白含章去了澳门，与夷酋约期会谈，我无法对证。不过，你讲的事儿也不是空穴来风，待我查清楚再说。"琦善明白，如果鲍鹏是在逃案犯，他就犯了误用匪人之罪，就算皇上不追究也会贻笑官场。他把话头岔开："哦，钱江，你跟林部堂多久了？""快三年了。""你在他麾下做什么？""掌管机要文书，代拟政令文牍和奏稿。""既然你熟知机要文书，还做老行当，代我草拟政令文牍和奏稿。"钱江不由得满心高兴："是。世伯，林大人有点儿冤枉，您能不能在皇上面前替他美言几句？"琦善翻着眼皮看他："你小子倒是挺念旧主子的。你替我告诉林大人，皇上的谕旨写得明白，对林大人的处置是'备查委任'——也就是说，罢官是暂时的，查明后还得起复，他是国家重臣，朝廷不会把他置于闲废之地。你告诉他，我现在太忙，等有了空闲就去拜访他。还有，鲍鹏在我手下任通事，你在我手下任知事，现在是同僚，事情没查清前不要闹生分。"

官场同僚因为个人义气相互中伤的事情层出不穷，琦善百务缠身，不想节外生枝，要钱江把这桩小事放一放。钱江见没告倒鲍鹏，悻悻离去。

钱江出了衙署走到大照壁前，颇觉纠结。鲍鹏十分可疑，却受到琦善的庇护，这家伙分明是骗子，不告倒他，上害国家下害地方，弄不好还会害了琦爵阁本人。钱江思索片刻，突然想起巡疆御史，御史是监察官，有闻风奏事权。眼下在广东巡察的御史叫高人鉴，钱江在国子监读书时认得他。他灵机一动，决定把这事捅到御史台，非把鲍鹏这家伙扳倒不可！

第四十章

铁甲船与旋转炮

珠江口外的大小岛礁星罗棋布不可胜数,广东水师管不过来,葡萄牙殖民政府无权管,它们成了疍户们的栖息地和海盗们藏垢纳污的天然场所。九洲岛位于澳门东北十余里的海面上,长不足二里,宽不到半里,从地图上看,像一颗弯曲的蚕豆,弯曲处恰好围成一个避风海塘。九洲岛面积虽小却淡水丰沛,还长了大量杉树、榕树、木麻黄、细叶桉、龙眼树和番石榴。英军的珠江口分舰队很快相中了它,孟加拉志愿团的士兵们率先登岛,搭建帐篷巡逻守望。"都鲁壹"号、"海阿新"号、"拉恩"号和"哥仑拜恩"号,以及"进取"号火轮船经常开进海塘躲避风浪,被英军拘押的十几条盐船也停在这里,它们被卸去船舵无法航行,船工们羁留在岛上,只能就地搭建篷寮,煮水烧饭苟且度日。

一千多英军和二百多中国船工囤聚在九洲岛上,每天都得吃喝。疍民们立即嗅到了商机。他们是海上惯偷和江洋大盗,没有户籍,没有祖国,没有忠君体国的信念,沉淀在他们心底的是生存意志。这些天不管地不收的弃民们拖家带口,在中国和越南之间的海面上游弋繁衍,采牡蛎捕鱼虾,贩卖鸦片走私盐米,在风欺雨凌之下,变得坚韧无比野性十足,具有极强的破坏力。对他们来说,绑票索赎聚众残杀如同家常便饭,对于肯出高价购买食物和淡水的武装商船或过往兵舰，他们能笑脸相迎笑脸相送，甚至能运来成船的妓女；对于不肯交纳过境费的外国商船，他们立马能够聚集起上百条小船，四面围堵八方兜击，男女老少齐上阵，其战斗力之强令广东水师都悚然心惊，轻易不敢招惹他们。他们一日之间能在天涯孤岛建起一座简易的村庄，第二天一早能把所有篷寮拆得片板不留扬帆远去。疍民们不仅组织严密而且神通广大，与内陆的三教九流联系密切。他们视大清为天敌，巧于窥视，长于侦察，不仅能刺探沿海营汛的消息，连总督衙署的公文和邸报都能偷出来。他们是沿海生态链上的寄生物，经过数百年的磨砺，具有顽强的生命力。

英军很快发现疍民具有很高的利用价值。他们像欧洲的吉卜赛人一样，困顿时肯于佣工力作，危险时勇于相互提携，闲暇时喜欢吹饮赌博。他们是最好的采购队和运输队，能从陆地弄来大批蔬菜和肉蛋，倒卖给英军。英军在珠江口驻扎了七个月，竟然没有供应不足之虞！英军认可了他们的存在，允许他们在岛上划地而居，于是，巴掌大的九洲岛成了华夷混杂的热闹地方。

舟山发生疫情后，上千病号被转运到马尼拉，英国陆军兵力大减。奥克兰总督不得不派马德拉斯第三十七步兵团增援远征军。这个团没去舟山，留在了珠江口。与他们同时到达的还有美洲兵站派来的六级炮舰"加略普"号和"萨马兰"号。紧接着，"硫磺"号和"司塔林"号测量船也来到中国水域。它们正在太平洋执行测绘任务。

为了给广州会谈壮声威，懿律和义律只留下陆军和少数兵船据守舟山，率领主力舰队南返广东。战列舰"麦尔威厘"号、"威里士厘"号、"伯兰汉"号，六级炮舰"前锋"号和"摩底士底"号，以及火轮船"皇后"号等相继返回珠江口，致使麇集在中国南疆的英军达五千之众。九洲岛太小，承载不了如此众多的人口。懿律和义律不得不另觅一座叫作三角洲的海岛，把部分人员安置在那里。

在与清方会谈前，"复仇神"号铁甲船开到了九洲岛。它的到来是一件轰动性的大事件。"复仇神"号是英国著名机械工程师欧利教授为内河作战设计的平底铁甲船，集最先进的机械工艺、造船工艺和军事工艺于一身，堪称英国军舰史上的杰作。它是第一条使用水密舱技术的兵船，即使被敌炮击穿一两个舱室，整条船依然不会沉没。"复仇神"号全长五十六米，吃水一点八米，排水量六百三十吨，装有两台六十马力的卧式蒸汽机，分别带动两舷的蹼轮，船上安有两根大桅和六个帆篷，故而，它既可以用蒸汽机驱动，也可以借海风行驶。它的前后甲板各有一位大型旋转炮[①]，能够发射三十二磅炮子，船体中部安放了一个康格利夫火箭发射架。由于设计合理，"复仇神"号大大节省了人力。一条同等吨位的三桅炮舰起码得配备一百六十名乘员，"复仇神"号的战时额定乘员是九十二人。在和平时期，六十人就能驾驶它远渡重洋[②]。"复仇神"号是第一条绕过好望角进入印度洋和太平洋的铁甲船，不要说亚洲人，连很多英国人也没有见过铁甲船和旋转炮。当它在莫桑比克和马尔代夫补充淡水和食物时，围观的人群如墙如堵！

今天是检阅"复仇神"号的日子，九洲岛上人头攒动，人人都想目睹一场海上奇观。查理·义律和伯麦爵士准备搭乘"硫磺"号测量船观瞻表演。但懿律没来，他病了。"硫磺"号舰长卑路乍陪同他们进入驾驶舱。卑路乍个子不高，圆脸，体魄结实，他出身于加拿大的名门世家，祖父当过加拿大新斯科舍（Nova Scotia）省的总督，父亲是大法官。卑路乍受过良好教育，兴趣广泛。最近两年，他一直率领"硫磺"号和"司塔林"号在南太平洋从事测绘工作。著名生物学家达尔文在加拉帕戈斯群岛考察期间收集了大量动植物标本，那些标本是卑路乍送往伦敦的。他的舰长室里摆满了珍稀动植物标本，有晒得干瘪轻薄的地龙、毒蝎和斑蝥，有不同植物的根、茎、叶、籽，它们被干干燥燥地存放在不同的小盒子里。他还喜欢写作，把所见所闻写成《海上考察论》，这本书为他赢得了博物学家的美称。义律道："卑路乍舰长，您来得非常及时。我们准备挑选一个海岛，一个供商人寄居和存货的地方。从长远角度看，它应当成为我国在东亚的前哨。我觉得香港比较合适，马地臣和颠地等商人也这样看。但是，我们对它知之不多。你是优秀的测绘专家，我想请你对香港及其周边水域做一次全面勘测。如果可能的话，对岛上的居民、自然环境、农作物和动植物也做一下调查。""岛上有没有清军驻防？""据说有几十个汛兵。"伯麦一挥手，做了一个驱逐的动作："如果他们敢于抵抗，就把他们消灭掉！"义律微微一笑："恐怕用不着消灭。你一上岛，他们就逃之夭夭了。"

① 参阅898页的图片和图说。
② 参阅897页的图片和图说。

伯麦一本正经道："卑路乍舰长，地图和海图是我军的行动指南。中国海疆对我们来说是一片陌生的水域，我们缺少精确的海图，远征军损失了两条船和十几条性命，还有不少人因为沉船沦为俘虏。香港离大陆很近，地图务必要精确。""明白！我将对香港岛做一次全面考察，绘制一份详细的地图。"

"硫磺"号从"司塔林"号跟前驶过。它太小了，像一只海上玩具。伯麦打量着"司塔林"号，对卑路乍道："你真了不起，居然敢驾驶这么小的测量船在太平洋上逡巡。""司塔林"号是一条单桅纵帆船，舰长十九米，排水量一百零七吨，额定乘员三十人，配有四位小型卡仑炮，仅能发射六磅炮子，乍一看像一条河船。要不是停在中国海疆，谁也不相信它竟然敢在大西洋、印度洋和太平洋上长年游弋，经历过无数次滔天巨浪。卑路乍道："伯麦爵士，您别小看它，它可以深入到中型舰船无法驶入的浅水区，最适合搞内河测量。万一与中国人大动干戈，'硫磺'号无法驶入的水域，它都能进去。"

说话间，"复仇神"号的马达发出"突突突"的声响，烟筒里冒出一圈圈的黑烟，旋转的蹼轮激起弧形水花，迅速驶出了海塘。所有英国官兵都在岸上或甲板上观看表演，数百蜑民也聚在海滩上围观。

"复仇神"号的舰长威廉·哈尔中尉出足了风头。他年近四十，非常注意仪容。他的上衣口袋经常放着一把袖珍牛角梳子，随时拿出来疏理胡须，他把两鬓和唇口的浓髯裁剪得像一头海狮。他是个喜欢表演的人，观众越多他越来劲儿。在众目睽睽之下，哈尔的情绪高涨。他手握轮舵，开足马力绕九洲岛航行了一圈，把尾随的风帆战舰远远地抛在后面。九洲岛周边有八座海礁，"复仇神"号闪避自如。风帆战舰完全靠水流和气流驱动，绝没有"复仇神"号那么机动灵巧。

哈尔一手掐怀表一手拿喇叭，连珠炮似的发布命令："横帆五度，纵帆七度五！""前炮仰角十六度，左旋十八度！""后炮仰角十六度，右旋十一度！"帆兵们动作娴熟，炮兵们推动三吨重的巨炮俯仰旋转，瞄向一块海礁。哈尔大吼一声："预备——放！""砰""砰"两声巨响，两颗炮子先后冲出炮膛飞向海礁，海礁上插了一面红旗，红旗立即被炸飞了。围观的人群爆发出一片欢呼声。哈尔不断重复着命令："复位！""填弹！""调整射角！""预备！""放！"

义律和伯麦掏出怀表，一面观看表演一面掐时间。风帆战舰使用侧舷炮作战，一侧火炮施放完毕后船体旋转一百八十度，换用另一侧火炮。为了快速转动船体，需要很多帆兵。"复仇神"号无须旋转船体，只需旋转火炮，大大提高了射击的速度和精度！伯麦赞叹道："看来，我们的风帆战舰和侧舷炮很快就要过时了，海军将进入铁甲舰和旋转炮的时代。"

义律也异常兴奋："'复仇神'号机动灵活无与伦比，战斗力顶得上两条三级战列舰！我们应当派它去虎门，在清军水师面前展示威力，以期收到不战而屈人之兵的效果。有了这样的战舰，中国人只有一种选择——屈服。伯麦爵士，据说哈尔中尉到过中国，是吗？"伯麦道："是的。二十多年前，我国政府派阿美士德伯爵出使北京，与中国皇帝洽谈建立外交关系事宜，但是中国的嘉庆皇帝妄自尊大，称阿美士德伯爵为贡使，要他行三叩九拜大礼才予接见。阿美士德伯爵不肯受辱，严词拒绝，被中国人驱逐出境。哈尔中尉那年十四岁，是见习水手。他对我国使臣受辱一事耿耿于怀，他是主动要求来中国的。""听说哈尔是个机械迷？""是的，不仅是机械迷，而且是不折不扣的机械狂。你把一块打簧表交给他，他能在两分钟内拆解得七零八落，然后在五分钟内组装起来，完好如初。他对蒸汽机、铁工和铆焊工艺了若指掌，他的力学和机械学知识堪比一流的工程师。"

义律道："一个四十岁的老军官，服役二十六七年，通常应当晋升为少校，起码是上尉。他怎么还是中尉？"伯麦道："哈尔虽然有才华，却恃才傲物，藐视同级顶撞上司，只有海军部的威廉·巴克将军欣赏他，不然的话，他早就被革除军籍了。""这么说来，威廉·巴克将军慧眼识才？"伯麦的眼睛闪着俏皮的目光："是的。哈尔中尉将在对华战争中扮演一个急先锋的角色。不过，我敢打赌，他将战功赫赫，但是刚愎自用的老毛病不会改变，战争结束后，他依然是一个不得志的悲苦英雄，功过相抵，屈居在中尉的军阶上。""悲苦英雄，是吗？"伯麦笑道："是的，不信您等着瞧。"

表演完毕后，义律和伯麦换乘舢板，回到"威里士厘"号上，进了乔治·懿律的卧舱。懿律在舟山患了疟疾，而后心脏病复发。在疾病的反复蹂躏下，他的体质急遽下降。他披着蓝色的海军呢大衣，撑着身子坐在床沿上，脸色蜡黄，眼睛失去了光泽，一副劳神苦形的模样："查理，伯麦爵士，我的身体坏极了，无法继续履行全权公使兼远征军总司令的职务。我思虑再三，决定接受医生的劝告，辞去一切职务，乘'窝拉懿'号回国。"义律安慰道："乔治，我军攻克定海，重创关闸清军，这两次战役给了中国人深刻的教训。只要再坚持半个月，我们就能与中国人签署和约，圆满完成外交使命和远征任务。你最好等到大功告成之日再回国。"从舟山返回澳门后，义律发表了一次乐观的演讲，他预言最迟在一八四一年新年到来前，英中两国就会签署一项协议，恢复通商，远征军的将士们将踏上归程。他的演讲经《中国丛报》和《广州报》报道后，侨居澳门的英、美、法、荷等国商人大受鼓舞，纷纷函告欧洲、美洲、印度、马尼拉和爪哇等地的分行和办事机构，为恢复贸易做准备。查顿-马地臣商行的两条快速帆船率先从马尼拉驶至伶仃洋，准备捷足先登。

伯麦爵士道："懿律将军，我也以为您应当坚持下去。您的身体不适，可以在舱中休息，具体事务由义律公使和我办理。"懿律摇了摇头："我不想贪天之功为己有。从南非出发时，我就觉得身体不适，怀疑自己能否坚持到底。我不了解中国。查理，你在中国待了多年，这次远征，大事由你拿主意，签署条约也应当归功于你和全体远征军将士。"他从小桌上拿起一份委托书，递给伯麦："依照军规，司令官因故不能履行职务时，必须把权力移交给指定人选。我决定把印度兵站司令和远征军总司令的权力移交给你。"伯麦接过委托书，粗读一遍，他知道懿律去意坚决，郑重地敬了一个军礼："我将不辜负您的委托。"

懿律对义律道："查理，依照政府的章程，只有外交大臣才有权任命驻外公使。我将推荐伯麦爵士与你共同担任公使，但在政府批准之前，公使之职只能由你一人履行。你负责外交，伯麦爵士负责军事。谈判就要开始了，我好像看见了胜利的曙光，我最遗憾的是舟山疠疫，它夺走了大批官兵的性命，而且至今没有趋缓的迹象。政府将派一个特别法庭调查此事。他们很快就到了。我身为总司令，责有攸归。"义律道："我们的官兵背井离乡踏浪而来，没人想死在异国他乡。但是，疠疫像可怕的诅咒纠缠着我军，但愿上帝保佑，让他们平安回家。"

一个士兵进来禀报："总司令，加比特大军医把一个叫达吉的印度女人送来了。""嗯，叫她进来。"懿律扣紧了大衣上的铜纽扣，他不想在陌生人面前衣冠不整没精打采。

达吉进了司令舱。懿律把十指叉在一起，仔细打量着她。她皮肤黝黑身体瘦弱，神情疲倦面有菜色，就像大病初愈一样。她穿着一件旧军装，没戴帽子，军装上没有肩章和衣花，很肥，但洗得很干净。懿律曾在二十六团的野战医院见过她。那时她头戴围巾和口罩，只露出两只黑黝黝的眼睛，眉心有一颗暗淡的印度红。

懿律问道："你叫达吉？"女人点了点头。"你多大了？"达吉的英语很简短："十七。"但她看上去至少有二十岁，她的眼睛曾经明亮而美丽，但是，她在野战医院里待了五个月，过度的疲劳使她的眼睛失去了光泽。懿律问道："你是厨师长比尔的妻子？"她有点儿胆怯："不，我们没有结婚。"她的英语带有印度人的卷舌音。"是比尔把你藏在船上的？""不，是我自己偷偷上船的，藏在水柜后面。"懿律有点儿吃惊，这是一个被欲火烧得发烫的多情种，一个为了爱情甘冒任何风险的痴情女，一个置狂风暴雨和烈火寒冰于不顾的率性人，一个敢于把爱情的蛊惑拴在飞奔战车上的女人。但现实把她的美梦和奢求打得粉碎。懿律有点儿同情她，不想在她的伤口上撒盐，话音变得柔和："我听军医说，你护理过几百名士兵，挽救了许多人的性命。"达吉没说话，只是僵硬地站着。

义律插话道："达吉女士，你为我们的军队做出了杰出贡献。全体官兵都感谢你。我将给国防大臣写一封信，为你颁发一枚圣·乔治银十字军功章。"达吉不懂圣·乔治银十字军功章有什么价值，脸上露出困惑。懿律道："我将给殖民大臣写一封信，保荐你加入英国籍，这样，你就可以名正言顺地随军了。"听到"随军"一词，一股酸楚的泪水涌上达吉的眼眶："比尔死了。"义律有点儿意外，声音很轻："病死的？""因为我，他受了鞭刑，伤口感染，化脓！是我害了他。"

司令舱里静静的，静得能够听见舱外的海浪声，它像轻轻的絮语，带着自然的本色和野性，讲述着一个军中情侣的故事。鞭刑的命令是懿律下达的，他误认为比尔将这个印度女人悄悄带到中国，没想到冤枉了一个死去的魂灵。他内心有点儿自责，意识到自己扮演了一个摧花辣手的角色。过了好久他才抬起头来："你有什么要求，我会尽量满足。"他想给达吉一点儿补偿，哪怕微不足道。达吉神色迷离若有所思,仿佛在回味不堪回首的往事。她突然蹲下身子,浑身发抖呜咽抽泣:"我恨战争,我不想再见到疾病和死亡。我想回加尔各答,回到父母身旁!"一串泪水滴落在地板上,洇湿了一大片。她像清水一样单纯,既不懂政治也不懂军事,更不懂英国式的荣誉。为了爱情,她独自离家,藏身于运输船上,鬼使神差地来到中国。但是,她的爱情没有结果,却让她经历了终生难忘的恐怖和瘟疫。她亲眼看见钟灵毓秀的土地一片片地破碎,鲜活的生命一个个地死去。她分不清正义与非正义,只看到胜利者与失败者全都不幸,战争制造了废墟、迷惘、困惑和绝望。伤兵和病号们的哀号牵动了她的恻隐之心。她昼夜操劳,护理了几百名病号。对她来说,历历往事成为懊悔不及的故事。病号们感谢她,称她是"印度来的天使",要求给她记功,嘉奖她,但她不要,只想回家。

懿律掏出手帕,擦了擦额角上的细汗:"我会满足你的要求。"他叫来勤务兵,命令道:"领达吉小姐洗个澡,换一套新衣服,给她在'窝拉懿'号安排一个单间,任何人不许骚扰她,违者军法处置!"

一个士兵再次叩门禀报:"二位公使阁下,广东官宪派信使来了。"懿律、义律和伯麦三人出了船舱,手搭凉棚朝北眺望,果然见一条清军哨船驶出伶仃洋,向九洲岛驶来,船上插着一面白旗——那是义律和琦善约定的信使旗。在一条英国炮舰的监视下,哨船不疾不徐朝"威里士厘"号驶来。懿律、义律和伯麦端起千里眼,看见了站在船艏的白含章和鲍鹏。

第四十一章

十三行筹资还债

万松园的大客堂中央挂着一幅横轴，上面有"三餐不易一粟难得"八个大字，字体略显朴拙，它不是出自名家手笔，而是出自伍秉鉴的父亲。这副字挂在别人家里尚可，挂在伍家的豪门大宅里则显得十分突兀。它像道光皇帝的补丁裤子，是矫情还是虚伪？是装穷还是撙节？是提倡节约还是故作姿态？但不论怎么说，它在伍家的大客堂里挂了几十年，常客们司空见惯，把它视为一件有纪念意义的老古董。

广利行的卢文蔚、同孚行的潘绍光、中和行的潘文涛、仁和行的潘文海、东兴行的谢有仁、孚泰行的易元昌、顺泰行的马佐良相继来到伍家，与伍绍荣和伍元菘围坐成一个圈，等着开会。潘绍光轻轻拉了拉伍绍荣的袖口："五爷，听说义律想撇开十三行，自选牙行代理贸易，有这事吗？"伍绍荣道："有。""琦爵阁怎么说？""他不会答应。但是，人家抓住咱们的小辫子，说朝廷指定的行商资本不实，无力承担大宗贸易。"谢有仁嗟呀道："听说义律要求增开厦门、福州、宁波和上海为通商码头，是吗？"伍绍荣道："是。"谢有仁道："增开码头，广州的生意就会分流，十三行吃独食的日子就没了。"伍绍荣无奈道："谢老爷，增不增开码头不是我们做得了主的，连琦爵阁也做不了主，得由朝廷决定。"

同顺行的吴天垣和天宝行的梁承禧一前一后进了大客堂，与大家寒暄几句后入座。伍绍荣见人到齐了，清了清嗓子："今天请诸位老爷来，想说一说商欠案。英夷到大沽口告御状，告倒了林大人和邓大人，也捎带着把我们告了。昨天琦爵阁把豫大人、卢老爷和我叫到总督衙门，专门询问事由。"行商们心头一悚，大客堂的气氛立马阴暗得如同乌云压顶，行商们仿佛听见隐隐的雷声，看见当年西成行等四家行商倒闭的魅影。

潘绍光叹息道："纸终究包不住火。商欠案，邓大人是知晓的，你父亲伍秉鉴老爷与夷商签订挂账停息分年偿还的协议，也是邓大人允准的。这件事我们没有隐瞒，是邓大人怕朝廷惩罚过重，没有奏报。这笔钱无法按期偿还，纯属事出有因，朝廷停了英商贸易，九百万担茶叶积压在手中，我们拿什么还？"

就在大家会议时，伍秉鉴拄着拐杖进了侧室。他像一只轻手轻脚的老猫，无声无息地坐在一把花梨木椅上，隔着窗缝洗耳聆听，行商们都没察觉到隔墙有耳。

伍绍荣道："这事不能完全归咎于邓大人。我们使了银子，求他为十三行保存体面，他才瞒了朝廷。要是细细追究的话，我们有贿赂公行之嫌。但是，义律带兵闯到大沽告御状，把事情捅到天顶上，商欠案成了泼天大案。琦爵阁勒令我们限期还钱，立即拿出三百万！"

潘文涛一肚皮怨气："严启昌一家就欠一百几十万，占了一半，他死了，由我们代偿，我们成了冤大头！"伍绍荣道："潘老爷，《大清律》是统摄天下的大法，士农工商连保连坐。外洋行公所的章程也写得明白，全体行商连保连坐，一户有欠全体代偿。严启昌死了，只能由大家分摊。"

梁承禧一脸苦相："我撑不住了。原本有九十多万商欠，指望着承揽几笔大生意，分年清偿。没想到去年禁烟，我们天宝行积压了七十万担茶叶，这批货要是出不了手，我就得紧步严启昌的后尘，要么上吊，要么等着朝廷抄家清产发配新疆。"谢有仁道："我也积压了四十万担，就算今年恢复贸易，英商也不肯吃亏。去年的头等茶叶今年得压价出售。"马佐良怒气冲天，用手指"笃笃笃"地敲着桌子："我说句大实话，要是没有那么多捐输，十三行不至于走到今天。赈济、修路、助军、剿匪，没完没了的摊派，谁敢抗？谁能抗？宗人府、粤海关和各级衙门的规礼，谁敢不送？冰敬炭敬寿敬丧敬，谁敢不敬？这些银子啊，是压在我们头上的大山，峰连峰谷连谷延绵不断！去年停止英商贸易，那不过是最后一根稻草，压弯了骆驼的腰！我没钱，只有积压在手的陈货。严启昌死了，死得干净，再也不用委屈地活着！"易元昌火上浇油："今日之天下，做官人收名利而人心趋之，经商人受谗谤而人心戒之。从外洋行公所设立算起，迄今一百二十年，先后有六十多家殷实商户受命充任行商，现在仅剩在座的十家。其余的都垮了！朝廷停了英商贸易，义律就来邪的，你不让英国贸易，他就不让所有国家贸易，派兵船封了珠江口。除了伍家财大气粗经得起打熬，哪家熬得起？说实话，要是再不恢复贸易，我们孚泰行非倒闭不可！到那时，用不着朝廷抄家清产，我自个儿找根麻绳儿，把老婆儿孙穿成一串，一了百了！只怕我们家败人亡后，朝廷再也找不到十三户殷实商家充当行商！十三行啊十三行，是不折不扣的杀猪行！只要进了十三行公所的大门口，多肥的猪也得落个尸骨无存！"这是泣血之言，说得大家哑口无声。

伍绍荣不愿听于事无补的废话，神色庄肃地讲起狠话："刚才易老爷说十三行是杀猪行，这个比喻好！但是，发牢骚归发牢骚，还钱归还钱！钱与命孰轻孰重请诸位掂量清楚。大清王法森严，三百万商欠事涉国家体面，搞不好就会引起一场中英大战，战火一烧天塌地陷，诸位的财富都得付之东流！在这种事儿上，我劝诸位老爷仔细思量，千万不要糊涂一时后悔一世。此事已经捅到天顶上，请大家议出一个立即还款的方案，要是拿不出钱来，琦爵阁一怒之下派兵抄家清产，后悔就来不及了！我不得不把丑话说到前面。商欠案是泼天大案！广利行和天宝行的商欠自己清理，卢老爷和梁老爷，你们二位卖茶山卖老宅卖仓房卖货栈，砸锅卖铁卖儿卖女，也得筹齐欠款！否则后果自担！严启昌死了，兴泰行的一百二十多万元商欠和二十多万利息，总计一百五十万，由全体行商代偿，各位老爷分担多少，今天就报个数目，三天内交钱！"伍绍荣的话阴冷生硬，说得大家全都脸色发暗，心头一阵紧过一阵。

卢文蔚再也抑制不住悲恸，他摘下官帽拧下顶戴，往桌上"啪"的一拍，一字一顿道："十三行啊十三行，有多少人为了顶戴和虚荣，掉进这口陷阱！这个总商，我是当不起了，也不配当！我卖祖宅卖茶山卖仓房卖货栈！"梁承禧的眼圈红了，两团泪水在眼眶里打转："我们梁家三代人当行商，累积捐输的银子不下四五十万两！可是，当我家有难时，朝廷怎么就不肯通融一下，拉一把？"他突然捶胸顿足啼号起来，滂沱的哭声像大悲咒，咒得大家心血凝固神经打战。

一个时辰后，行商们议定了筹款数额和缴款时间，但倾众商之力，只认缴六十多万元，无法填充兴泰行的大窟窿。眼见着再也挤不出油水来，伍绍荣才说了几句宽慰话："眼前是一道坎。恢复通商指日可待，只差琦爵阁与英夷签一纸条约。恢复通商后，诸位就有死里逃生的希望，请诸位老爷估量局势，该备货的备货，该加工茶叶的加工茶叶，不要到时候抓瞎。"他虽然这么说，但心里清爽，只有三四家行商挺得过这场大难，多数行商回天乏力，熬不到死灰复燃的时候。

全体行商离去后，伍绍荣才发现父亲坐在侧室："爹，您都听见了？"伍秉鉴患有风湿病，用拳头轻轻捶着膝头，老声老气道："听见了。"伍绍荣坐在他对面："三百万商欠，还差八十七万，要是筹措不来，琦爵阁恐怕会下令抄产清算。"伍秉鉴老成持重不紧不慢："我们要是不出手，十三行就在劫难逃了。那八十七万由我家垫付吧。"伍绍荣像被人从身上割去一块肉："爹，太多了！咱家再富有，也不能把这么大一笔钱不当钱！"伍家捐资虽多，但每年控制在十万左右。伍秉鉴道："人生在世，不能做一个除了钱什么都不要的富豪。爹也知晓，这八十七万是肉包子打狗——有去无回。但是，富本身就是一件让人眼红、遭人忌妒的事情。我们年年捐资，一半是为了慈善一半是为了散财消灾。商欠数额如此巨大，亘古未有。你是总商，皇上要是认真追究起来，下死命令逼迫封疆大吏，封疆大吏就会下死命令逼迫我们，一层压一层，越压越重越压越狠，我们躲不开逃不掉，最终是要成为替罪羊的！"这话极有分量，伍秉鉴在提醒儿子，一种威胁在眼前影影绰绰地晃动，稍一处置不当，就会飞来一场横祸！伍绍荣怔忡片刻："出钱得有个名目吧？"伍秉鉴点头道："是要有个名目，不要用垫款的名义，用捐资助军的名义，换取一个'公忠体国'的好名声。"伍绍荣虽然不情愿，但父亲的一番话让他心旌动摇："儿子明白。"

伍秉鉴继续开导："天下财物天下有，天天都在暗中流变，今天归你，明天归他，后天不知道归谁。英夷封锁珠江口九个月了，十三行的生意也停了九个月。人吃马嚼的，哪家行商也消耗不菲。据我看，除了咱家和潘绍光家，其余八家的油水已经挤干了，再挤就会把他们的骨头挤成酥粉。要是我们不拉扯一把,十三行恐怕只剩下两家。朝廷决不肯让两家商户独控广州生意,很快就会逼着别的商户充任行商。但是,除了盐商,广州城哪里还有殷实商户?就算有,一入十三行就像严启昌一样,被各级衙门像剥玉米皮似的剥得精光,开张之日就是消乏之时。唇亡齿寒的道理,我不说你也明白。卢文蔚支撑不住了,你借他一笔钱,别让他垮了。"伍绍荣十分不情愿:"爹,卢家虽是亲家,却到了山穷水尽的地步,再借,也是泥丸入水有去无回!"伍秉鉴叹了一口气:"别把钱看得太重,两个总商比一个好。要是只剩你一人独撑大厦,你会被压扁的!只要卢家不倒,倒霉的事儿就有人分担,多一个肩膀多一分力量,多一点儿回旋余地。借他三十万是雪中送炭。说不准什么时候,我们也有求于人家。"一次性拿出八十七万垫款和三十万借款,就像抽去一根支撑大厦的柱子,伍绍荣勉强点头道:"儿子明白。"

伍秉鉴抬起眼皮:"听说要议和,能成吗?"伍绍荣道:"据琦爵阁说,能成。恢复通商不仅对英商有好处,对朝廷也有好处——十三行周匝那几条商业街门庭冷落,连鸟都不愿飞过来。再看店主们焦灼疲倦的脸,与其说是做生意不如说是在坚守,在期盼。""澳门那边有什么消息?"澳门是各国夷商的寄居地,英军封锁了珠江口,但十三行与各国商人的资金结算和账目往来仍在进行,怡和行派了两个账房先生常驻澳门,顺便打探军情和商情。伍绍荣道:"英国封锁珠江口后,美国、法国、荷兰和西班牙等国的商人非常不满,纷纷到英国商务监督署,要求义律尽快和谈,早日恢复贸易。义律说,西历新年前——也就是十几天内——就会签订和约,恢复通商。"

伍秉鉴点了点头,拄着龟头拐杖站起来,苍老昏花的眸子里闪着不安:"林则徐还在广州?"伍绍荣道:"在。他罢官那天,我真想敲锣打鼓放八百响鞭炮,好好庆贺一番。"伍秉鉴对林则徐又恨又怕,但摇了摇头:"使不得,万万使不得。我听说皇上要他'备查委任',他有复出的可能。他在官场上人脉丰厚,我们还是敬而远之的好。别人是冒险求利,以性命换金钱,我们家则应当反其道而行之,用金钱换平安。"

林则徐一到广州就怀疑伍家人私心向外贩卖鸦片,把伍绍荣关进大牢,命令年高体弱的伍秉鉴带着锁链去商馆办差,在鸦片缴清前不得回家,致使他们父子战战兢兢提心吊胆,连家都不敢回。经历了这番挫辱,伍家人的自尊心大受损害。但是，在林则徐主政期间，伍家人既不敢怒又不敢言，天天强颜作笑虚与委蛇，心中的积恨却在不断发酵，积累成无法化解的怨毒！林则徐被罢官后，伍秉鉴父子如释重负，但一提起他的名字依然心口疼、脑仁痛。伍绍荣咬了咬嘴唇，阴森森道："人世间最痛苦的就是笑脸相迎心里最憎恨、最厌恶的人。我与他强颜作笑是迫不得已，心里却恨之入骨。君子报仇十年不晚。这仇，迟早是要清算的！"伍秉鉴的眸子里露出一丝不安，嗔怪道："难道你想让一家老小卷入是非的旋涡吗？"

伍绍荣明白父亲最大的愿望是安度晚年，不惜花费重金避祸禳灾。他的声音又深又沉："不，我说的是十年后，也可能更久远，不会牵连您老人家。"伍秉鉴盯着他，伍绍荣那对深不可测的瞳仁闪着一种只可意会不可言传的意念，铁一样坚定：他似乎在告诉父亲，他会一忍二忍三忍，但父亲一过世，他会另有打算！伍秉鉴沉默良久才补充了一句："被恨的人是没有痛苦的，去恨的人却可能伤痕累累。"

第二天，白含章和鲍鹏带着会谈纪要回到广州，立即向琦善禀报。白含章虽然是琦善的心腹，但不懂英语，鲍鹏顺势而上越俎代庖，成了琦善的传声筒，白含章反倒成了陪衬。

鲍鹏道："启禀爵阁大人，我和白大人一起见义律，商讨约期会谈事项。义律交给我们一份书面草约，总计十四条。这是纪要，请您过目。"他把一只大信套恭恭敬敬递上。琦善取出纪要细读：

一、保护英商身家安全，如有英商受到虐待，准许去天津投诉；

二、赔偿烟价和兵费两千万元；

三、行商所欠旧债，由官宪代偿；

四、中国人走私贩烟，不得累及外洋（公海）的英国商船；

五、英国文书封口直接递送大清皇帝，不经官宪代转；

六、给予一岛供英商寄居，效仿澳门竖旗自治；

七、在沿海增开六处通商码头；

八、在北京开设英国公使馆，在通商口岸增设领事馆；

九、英国人在中国犯法，由英国官员审判；

十、允许英国教会在通商口岸设堂传教;

十一、允许英国商人携带眷属入境;

十二、废除行商贸易体制;

十三、协议关税,不得随意加减;十四、取消船钞。①

琦善读罢大为诧异:"大沽会谈时义律提出八条要求,怎么到了广州就变成十四条?"鲍鹏道:"义律说,大沽会谈时他只谈了重要事项,现在补加了一些小事项,请您一并妥议。"

琦善的脸色十分难看,但他不是冲动之人,即使满腔愤恨也不愿大发雷霆,他悠着调子道:"你们二位代朝廷传话,应当知晓朝廷的底线。《致中国宰相书》曲意夸大事态,抨击林、邓扣押夷商财产虐待英商,无非是想让皇上惩办林则徐和邓廷桢,以泄其愤。林、邓二人烧烟并无大错,只是办事操切。英夷要求恢复通商,皇上圣德涵容予以允准。英夷不肯用'禀帖'与朝廷换文,皇上也默认了。朝廷如此施恩,英夷本应感恩知足,他们却贪得无厌,生出更多苛求来,把一桩本来容易处理的事情变得复杂万端。最可恶的是,这十四条竟然不含'罢免林、邓'和'恢复通商'两条,'平行移文'被篡改成英国文书直接递交大皇帝,是可忍孰不可忍!"琦善原以为只要稍做让步就可以签约,没想到义律变本加厉,提出更多要求,如此一来,距离签约竟然还有万里之遥!琦善站起身来蹙着眉头绕室而行,花厅里静得只有厚底官靴擦地的蹬蹬声。白含章见他心烦意躁,想说点儿什么,犹豫一下咽了回去。

鲍鹏是个乖巧人,懂得在什么场合说什么话:"琦爵阁,据卑职看,国家谈判与商人谈判没多大区别,无非讲个'利'字。英国是重商之国,利字当先。商人谈生意,一方出价一方还价,总要有所妥协有所让步才能谈成。义律采用的是商人手段。他漫天要价,咱们就地还价,往低压,使劲压,压得低低

---

① 《英国对琦善提出之十四条要求》,载于《中国近代史资料丛刊·鸦片战争》第三册,第431页。以上不是原文,经过作者压缩。巴麦尊勋爵第三号训令有十五条要求,但中文底稿只有十四条。作者推测这十四条可能是鲍鹏的会谈纪要。但究竟是鲍鹏漏记了,还是义律有所合并,不得而知。《英国对琦善提出之十四条要求》与巴麦尊勋爵第三号训令的原文有不小差异。

的，反复几次才能见分晓。"琦善停下脚步："义律索要两千万，我岂能答应！"鲍鹏道："两千万是他的开价。他说，如果朝廷在其他事项有所让步，可以酌减。""义律想要哪座海岛？""他中意香港。他的意思是用香港换舟山，以小换大。"

　　琦善的怒气稍息："鲍鹏，你在山东登州与义律打过交道，这次在九洲岛又与他打交道。据你看，义律是什么秉性？我的意思是，他是善人还是恶人？是得势不饶人的强梁恶霸还是吃软不吃硬的义士？是见利忘义的小人还是富贵不能淫的君子？"夷风夷俗和是非标准与中国风俗和是非标准大相径庭，琦善是用中国眼光衡量夷人，有点儿不着调。鲍鹏当了二十多年买办，比较了解夷俗："琦爵阁，咱们中国人看人查物用的是二分法，讲究善恶忠奸贤愚勇怯，小葱拌豆腐青白分明。这就好比戏剧脸谱，张飞是黑脸，关公是红脸，曹操是白脸，周瑜是玉面小生，不论京剧还是评剧，都这么勾画。英夷则不然，他们是一勺烩，小葱和豆腐搅和在一起，混而不分。他们认为，人既有神佛的善性，也有魔鬼的恶性，善中有恶，恶中有善，贤中有愚，愚中有贤。就说义律吧，他是忠臣还是奸臣，是豪霸还是义士，是小人还是君子，我说不清。此人善中有恶，恶中有善，既有小人之心，也有君子之腹。"

　　琦善道："据你看，义律是不是一言九鼎之人？我的意思是，他是否有专权，独自一人就能决定军队的进退？"鲍鹏道："义律不懂汉语，事事由马儒翰居间翻译，马儒翰才是义律的主心骨。打个不成体统的比方：皇上的国策出自宰相，宰相的谋略却可能出自幕宾，幕宾的计谋却可能出自老婆。"琦善颔首一笑："这个比方有趣，有三分道理。""据卑职看，马儒翰生在澳门，对中国的民风民俗吏治军情知之甚详，许多事情都是他在拿主意。"鲍鹏明里高抬马儒翰，暗里抬举自己，因为他的身份与马儒翰相仿，也是通事。

　　琦善深深吐了一口气："义律说变就变，大沽口的八条突然变成珠江口的十四条，婪索无度不知餍足。这些要求都与本朝体制相左，根本不可能谈成。"鲍鹏提醒道："琦爵阁，义律漫天要价，咱们也可以大幅砍价，咬住大沽会谈的条件不松口，充其量出少许银子，让他们体面撤兵。其余的一律驳回。"琦善暗自惊异鲍鹏比白含章有头脑，但没有表露："约期会谈是约不成了。你们二人先回去休息，容我想一想。明天一早你们再来见我。"白含章和鲍鹏行礼后转身离去。

他们走到仪门口，琦善突然叫了一声："鲍亚聪！"鲍鹏吓了一跳，立即回头，白含章也停住了脚，不明白是怎么回事。琦善道："白含章，你先回去，我有话与鲍鹏说。"白含章莫名其妙，抬脚登上石阶，出了仪门。

鲍鹏像泥鳅一样圆滑，很快镇静下来，白净面皮堆着笑容："琦爵阁，您知道卑职的商名？"琦善背着双手："岂止知道，还知道你上过林部堂的海捕名单！"鲍鹏满目惊诧嘴巴大张："卑职上过海捕名单？"林则徐到广州前鲍鹏就离开了，他确实不知道此事，否则，就是给他换一颗老虎胆，也不敢回广州。

琦善游着步子："你在广州当了二十多年买办，在华商和夷商之间充当掮客，有这事吧？"鲍鹏思路敏捷老于世故，眼珠子一转旋即停住："卑职的确是买办出身，做过居间说和的营生。买办嘛，就是替中国商人寻找买家，替外国商人寻找卖家，牵线搭桥。鲍亚聪是卑职在总督衙门注册的商名，本地商家无人不晓。至于上了林大人的海捕文书，卑职还是头一次听说。"琦善凝视着他："你没为走私鸦片从中撮合？"鲍鹏撒谎从来不脸红，微微一笑矢口否认："这种既坏良心又违禁例的事，卑职从不染指的。"他镇静得如同寺庙里的罗汉，话讲得滴水不漏。

听了钱江的揭发后，琦善调阅了卷宗。鲍鹏于道光十二年花二百两银子捐买了从九品官衔，在总督衙署注册过商名和官名，上过林则徐的海捕文书。若是在平时，琦善会继续追查，但鲍鹏是托浑布保荐的，从山东一路跟到广州，琦善对他印象不错，因为他头脑清晰办事乖巧，是个得心应手的人。此外，鲍鹏还有一个别人不具备的优点：琦善位高权重，所到之处前呼后拥，人人卑躬屈膝奴颜相向，很少讲实话，连官场同僚也是人心隔肚皮，致使他有一种高悬于雾霭之中的寂寞感。鲍鹏是商人秉性，说话办事很务实，虚套子少。眼下夷务艰巨，正是用人之时，临时换人既误时又误事。琦善道："过去的事儿本爵阁部堂不计较，只要你把差事办好。即使以前有小疵小眚，也可以将功抵罪。"鲍鹏悬起的心落了下来："喳。"

鲍鹏走后，琦善回到卧室，躺在床上辗转反侧，思索多时才坐起身来给义律写复函，告诉他：约期面商必须以大沽会谈的条件为基础，不得额外索求，否则免谈！

第四十二章

艰难抉择

琦善接到关天培的禀报：英国兵船麇集伶仃洋，很可能是为广州会谈壮声威的。琦善意识到英夷贪欲无餍，羁縻之策有可能落空，如果应对不当，边衅在所难免！道光谕令他上不可失国体，下不可开边衅。此时他隐隐察觉到道光的谕令是一对反锁扣，打开一扣必然锁住另一扣，无法两全。为了防止衅端，琦善决定亲自到虎门视察战备情况。

在关天培的陪同下，琦善视察了靖远、威远、镇远、横档山炮台和拦江排链，然后乘船去沙角山。琦善视察时，拦江排链久浸水中锈迹斑斑，其中一段锈蚀得很厉害，守排弁兵转动棕缆辘轳时，排链竟然断了！琦善对排链的效果深表怀疑，关天培大丢颜面，十分懊丧。

三江协副将陈连升听说琦善要来视察，立即到小码头迎候。陈连升已经六十六岁，但不显老，步履依旧矫健，身手依然灵活，棕黑色的胡须不掺杂色，猛一看像五十多岁的人。一个中年军官率领一百二十名藤牌兵在小码头列队迎候。藤牌手们头戴虎纹帽身穿虎纹衣，雄赳赳气昂昂，排钉似的站成两列，颇有一副百战雄师的模样。

关天培和陈连升陪同琦善从队列前走过时，一个军官发出口令："立正——敬礼！"全体藤牌兵"唰"的一声，从皮鞘里抽出明晃晃的钢刀，托在右肩上，所有面孔庄严肃穆，目光炯炯，就像从一个模子里翻制出来的。

琦善检阅过不少督标、抚标和河标，很少见到如此齐整的队伍，他满意地打量着带队军官：那人四十多岁，面色微黑，青腮帮子，粗黑的眉毛下目光炯炯，身穿五品绣熊补服，大帽子上缀着一颗亮闪闪的水晶顶子。琦善问道："你叫什么名字？""回禀爵阁大人，标下姓陈名长鹏！""有功名吗？""有！标下是道光六年的武举人！"

关天培道："琦爵阁，他是陈连升的儿子，从小在兵营里长大，耳濡目染的全是金戈铁马刀枪火炮。他七岁练武，十四岁从军，二十四岁考取武举人，与他爹同在军营中效力，去年晋升为守备。""好！打仗亲兄弟上阵父子兵！有你们父子带兵守卫国门，皇上才能睡安生觉。"陈连升道："谢爵阁部堂大人夸奖。"

琦善走到一个兵丁前，那个兵丁昂首挺胸目不斜视，雕塑似的一动不动。琦善问道："你叫什么名字，是哪里人？"兵丁的嗓门大："回大人话，标下叫李常今，番禺人！""要是英夷动武，你们能打败敌人吗？""能！"李常今的声音十分响亮。琦善略感意外，他在大沽口见过英军坚船利炮，确信清军不是对手。白含章上过英舰，禀报说英军武器精良军威盛壮，舟山的败将罗建功也说英军势不可当，没想到沙角炮台的兵丁信心十足，开口就是"能"字，毫不含糊。琦善问道："说说看，你如何能打败英军。"那兵丁站得笔挺，像背诵操典似的答道："逆夷是海上鲛鳄，我军应扬长避短，不在海上与他们争胜负。但是，逆夷不善陆战，他们浑身裹束腿脚僵直，一旦仆倒不能爬起。他们要是胆敢登陆，我军就将他们坚决殄灭！"

陈连升解释道："琦爵阁，三个多月前，肇庆协和前山营在关闸与英夷打了一仗。英军出动了七八条兵船，狂轰滥炸莲花茎，还派大股夷兵登陆，我军将士奋力反击，仅用半个时辰就把英军扫数赶回大海。"蒋立昂和多隆武为了减轻罪责不惜捏造谎言，不仅夸大了英军的数量，还把英军主动撤离说成是收复失地。林则徐和关天培明知情实不符，但大敌当前，士气可鼓不可泄，他们索性将错就错，借机宣讲英军不善陆战，竟使这种谬论一传十、十传百地扩散开。

但是，琦善不是三言两语就能被蒙蔽的。在大沽会谈期间，他亲眼看见英军士兵腿脚利索动作齐整，绝没有"一仆不能复起"的迹象，但他没说话。检阅完后，他沿着山道朝沙角山顶走去。

陈连升一边走一边介绍防御工事："沙角炮台分为沙角山炮台和临海炮台两部分。沙角山炮台长四十丈，台基、垛口、炮洞全用花岗岩砌成，有九个炮洞，每个炮洞安放一位大铁炮，重量从四千斤到六千斤不等，四千斤炮射程一里，六千斤炮射程一里半。临海炮台是露天炮台，配备了十九位一千至两千斤不等的小炮。"

琦善沿着巷道进了炮洞，看见炮口塞着防水木塞，大炮旁边整整齐齐码放着木箱，木箱里面放着乌黑滚圆的炮子。从炮洞朝外看，两座炮台间有四条纵横交错的巷道和堑壕，每隔二十丈有一个藏兵洞，堑壕的石墙上有射击孔，射击孔后面架着抬枪，那是为阻击敌人登陆设计的。巷道外面的山崖海滩和草丛间散布着梅花坑和铁蒺藜，有些地方插着身着号衣的稻草人。从远处看，两座炮台旗枪林立铁壁森严，仿佛驻有数千人马，实际兵力不足一千二。

琦善问道："沙角山炮台与对岸的大角炮台是什么时候建的？"关天培道："是嘉庆元年建的。由于两台相隔七里半，海防大炮封锁不住水面，只能用作信台。承平时期，沙角炮台安放八位炮，驻兵三十人，大角炮台安放十位炮，驻兵五十人。虎门销烟后，两座炮台成了御敌前沿，为了防止英夷登陆，我把三江协调在这儿，挖堑壕筑工事，增设了炮位。"

琦善出了巷道，朝瞭望台走去。瞭望台是用圆木搭建的木台，三丈高，建在沙角山的最高处。琦善攀梯而上，关天培和陈连升跟在后面。当值守兵递给琦善一架千里眼，琦善举起千里眼扫视海面，沙角和大角间距很宽，是珠江与伶仃洋的分界处。船舶从这里进入珠江就像进入一个牛鼻孔道，越走越窄，故而人们把这片水域叫穿鼻洋。沙角炮台北面是晏臣湾，湾里泊着十三条清军战船，它们是水师营的全部家当。英国舰队封锁海口后，广东水师不敢出洋巡哨，被迫收帆下碇，静静地泊在港湾里。

今天的天气格外好，海面上一碧如洗，七里远的龙穴岛清晰可见，伶仃洋散泊着几十条外国商船，英国的米字旗、美国的星条旗、法国的三色旗和西班牙的红黄双柱旗花里胡哨杂相交错。义律预言恢复通商指日可待，澳门的新闻纸把他的话传到四面八方，各国商人闻风而动，纷纷驾船驶至伶仃洋。成群的黑浮鸥、信天翁、军舰鸟和白尾海雕绕船翱翔，不时敛起翅膀，箭一样俯冲而下，追逐着船上抛出的残羹剩饭。

琦善指着伶仃洋问道："南面怎么有这么多外国商船？"关天培对珠江口的情况了如指掌："各国夷商驻在澳门，他们耳目灵通，皇上允准恢复通商的消息前脚传到广州，后脚就能传到他们耳中。"琦善道："可惜呀，义律贪求过多，否则，恢复通商条约不是难事。"

"我听说十几天前英夷派船投递照会，船上挂着白旗，被你们开炮打跑了，有这事吧？"陈连升脸色微窘："有，是守台弁兵喜事贪功，下官处分过了。"琦善道："现在是关键时刻，英中两军相安无事，全在等待商办的结果。你们千万不要擦枪走火，把小误会闹成大冲突。"关天培听出了弦外之音，担心地问道："会不会谈崩？"琦善道："我是实心求和。英夷有无餍之求，我当有不虞之备。关军门，你在虎门经营多年，万一衅端再起，你能不能守住虎门？"关天培有一种山雨欲来风满楼的危机感，他不敢吹牛皮说硬话："琦爵阁，我说句实心话。八年前，英将马他伦率领两条兵船闯入虎门直抵广州城下。当时虎门有六座炮台，二百多位大炮。我接任后，增建了三座炮台，是按照三条外国兵船闯关筹划的。要是英夷只来三条兵船，我关某人就是豁出性命也要把它们挡在国门之外。但眼下伶仃洋上泊着十几条英国兵船——我是器不如人哪。"关天培讲了软话，却是实话。

琦善道："边衅一开，虎门首当其冲。只要英夷打不进虎门，任凭他们在海上闹翻天，大清也能沉住气。反之，要是虎门有个闪失，后果就不可逆料了，不仅广东人心大震，朝廷也会万分惊愕。"关天培没有说话。

琦善扶着木梯，满心忧虑下了瞭望台，关天培跟在他的后面。陈连升父子把他们二人送到船上。琦善踏上颤悠悠的船板，向陈连升父子拱手道别："陈协台，沙角是虎门九台的第一台，严肃纪律整军备战是当前的紧要之事，英夷若是胆敢进犯，不得示弱。拜托了！"

小船扬帆行驶，滔滔江水经过穿鼻湾流入大海，琦善坐在舱中默默无语，出神地凝视着水花，思忖着如何向道光奏报最新情况。义律的十四条要求大大超出预期，只要把它们奏报给朝廷，道光很可能勃然大怒改抚为剿。但是，广东水师与英夷对仗并无胜算，只要战败，琦善就难辞其咎。

"琦爵阁，您在想什么？"关天培把琦善从沉思中拽了出来。琦善打了一寒战："哦，我在想，林则徐和那个兵丁都说夷兵浑身裹束一仆不能复起，你信吗？"关天培苦笑道："琦爵阁，自古以来，治民之道在于'民可使由之，不可使知之'。治军之道大同小异：兵可使由之，不可使知之。你要是告诉弁兵们夷兵既善水战又善陆战，军心就无法拾掇了。"琦善恍然大悟，为了保持高昂的士气，关天培把敌弱我强的观念灌药似的灌给下属，迷惘了军官，灌醉了兵丁，效果却十分可疑。两军一俟交手，清军会不会突然坍塌一败如洗？琦善盯着关天培的眼睛："关军门，要是会谈破裂，英夷动武，你能守住虎门吗？"这是第二次追问，容不得丝毫含糊。一丝不安在关天培的眸子里一闪即逝："军中无戏言，我只有三分把握。"

高第街盐务公所是广东盐商的会所，一座规模宏大的五进大院。林则徐被撤职后准备进京听候部议，他刚要动身就接到廷寄，朝廷要他"折回广东，以备查问差委"。于是，林则徐不走了，借宿在盐务公所的西院。林则徐执掌两广总督大印时，一天到晚忙得七荤八素，没完没了的喧哗，没完没了的嘈杂，没完没了的事务，现在他无官一身轻，没人来曲意邀宠，没人来吹牛拍马，日子反倒过得闲适自在。

一乘绿呢大官轿来到盐务公所大门前，门政见随行人员举着"钦差大臣"官衔牌，知道是琦善造访，狗颠屁股似的跑下石阶，毕恭毕敬迎迓听命。琦善是来看望林则徐的。他猫腰下轿，跟着门政朝西院走去。

琦善走到西院门口时看见两侧厢房的滴水檐下摆了几十块颂牌，写着"威慑重洋"、"德敷五岭"、"烟销瘴海"、"廉洁威严"、"民沾其惠，夷畏其威"、"勋留东粤，泽遍南天"等颂词[①]。琦善道："看来林公的人缘不错，居然有这么多人为他歌功颂德。"门政低眉颔首恭敬答道："林大人罢官后，本省官员和缙绅们办了一场公饯，这些颂牌是大家送的。"琦善没说话。林则徐虽然被罢官，但任何人都能掂量出他功大于过，说不准什么时候就会重返官场。在官抚民、民畏官的天朝，送这种东西并不奇怪——在别人倒霉的时

[①] 根据道光二十年十月初二的《林则徐日记》，他被罢官后，广州人总共赠送了五十二块颂牌，大部分是商户送的。林则徐把赠送者的姓名和颂牌上的文字详细记录下来。作者发现，没有一块颂牌出自行商，更没有出自伍家的。

候赠送颂牌是最能讨巧的。琦善三十四岁当河南巡抚,屡次调转数次升降,每次离任时都有地方缙绅馈赠颂功牌或万民伞之类的东西。但是,这么多颂牌还是让琦善吃了一惊,林则徐的清明仁恕肯定给广州绅民留下了深刻印象。

林则徐听说琦善来访后立即更衣,他刚出房门就见琦善进了西院。林则徐紧走两步施礼:"废员则徐不知爵阁部堂大人登门造访,失迎失敬了。"

琦善见林则徐的鬓角滋生出丝丝白发,比在肃安驿相见时苍老了许多,拱手还礼道:"少穆兄,一别两年,你怎么满脸沧桑了?"林则徐苦笑一声:"我是伤弓之鸟落挂之人,唯有闭门思过,扫地焚香,忏除宿孽而已。"他展手道了一声"请",引着琦善进了正屋。

二人分主客落座,家仆送上茶盏。琦善道:"这两年你在广东我在直隶,虽然没见面,但我收到你签发的多份咨文,可谓见字如见面。"林则徐道:"你到广州那天,我本应去天字码头迎候。但我是废员,既不能站在官员队列里,又不能与本地士绅同伍,去了反而尴尬。请你体谅我的苦衷。"琦善道:"在那种场合,是不大便当。我早该来看望你,但皇命在身,一直没有闲暇。"

琦善与林则徐虽无深交,也无芥蒂,他吹了吹盏中浮茶:"少穆兄,我去了一趟虎门,水陆营寨的员弁们对你是交口称赞。"林则徐谦虚道:"那是虚夸。我林某人的本事不大,只为加强海防尽了绵薄之力而已。"琦善放下茶盏:"您熟悉广东的物理民情,还熟悉夷情。我初来乍到两眼矇眬,是专程向你请教的。""我林某人办砸了差事,应当向你请教才对。"

琦善安慰道:"少穆兄,我在京请训时,与皇上和军机大臣们议论过《致中国宰相书》。那份夷书对你和邓大人有污蔑之词。英夷要求罢免你和邓大人,恢复通商,赔偿烟价。我和军机大臣们都觉得你和邓大人冤枉。但朝廷有朝廷的苦衷,要是不忍一时之愤大动刀兵,势必七省戒严征调频仍,银子就花海了。朝廷想大事化小。既然要大事化小,就得稍做迁就。撤你和邓大人的差,无非是做个姿态给英夷看。势头一过,朝廷会另有安排的。"林则徐叹了口气:"全国一盘棋,皇上是棋手,我们是棋子,舍小卒保大车,升黜降罚都是皇恩。"琦善听出林则徐有怨气,解释道:"皇上撤你的差是权宜安排,你是有用之才,皇上不会把你置于闲废之地,风头一过,还会起复的。"

林则徐诉苦道:"从禁烟时起,我就宵旰操劳通盘筹划,没有一天消停过。但有那么一帮子人，喜欢说三道四，在皇上耳边吹冷风，说广东省的大小监狱人满为患，关押的烟贩烟客多得数不胜数，还说我苛察罢厉，就差说我虐待小民了。但我心正无邪，顶住流言蜚语，坚决要把烟毒肃清，只是万万没想到禁烟引出一场边衅。"琦善道："少穆兄，你烧烟是不错的，皇上也说你烧得好，廷臣们也说烧得对，只是边衅一起，银子就得花得像大河流水。"林则徐道："一个巴掌拍不响，打仗是两国之事，我不想挑起边衅，但义律要挑起边衅，面对外侮外辱，我们只能强起应战。""少穆兄，当今皇上宁肯把银子用于赈灾恤民修黄河，也不肯用于打仗。你在京请训时，皇上给你的旨意是：鸦片要根除净尽，边衅不可轻开。我在京请训时，皇上给我的旨意是：随机应变，上不失国体，下不开边衅。他最担心的是边衅。"接下来，他把大沽会谈的八条和义律刚提出的十四条细细说给林则徐。

　　林则徐听罢道："依照大沽会谈的条件，还有讨价还价的余地。按照现在十四条的价码，恐怕谈不拢。"琦善一脸庄肃："少穆兄，你替我拿个主意，既能羁縻英夷，又不起边衅。"林则徐依稀窥见了战争的阴影："这是两难全的事。要是我主持粤省军政，只能一口回绝，做好开衅的准备。"琦善道："回绝容易，上嘴唇一碰下嘴唇就回绝了，但回绝后势必边衅再起，皇上会怪罪的。"

　　林则徐站起身来："对兵临国门的英夷折冲樽俎，既禁烟又不起边衅，难！既不动干戈又让其退兵，更难！答应英夷的条件，皇上不干。不答应，英夷不会善罢甘休。琦爵阁，你的差事比我的更难办。"

　　琦善道："少穆兄，依你看，万一咱们与英夷兵戎相见，广东水师行不行？我的意思是，关天培行不行？"林则徐道："英夷是海上鲸鳄，打海仗，关天培不行；打陆仗，关天培行！虎门和珠江两岸炮台林立兵甲麇集，英夷是远来之师，人地两生，我方以逸待劳足以抗拒。英国弁兵浑身裹缠腰腿僵硬，一仆不能复起，登岸之后无他伎俩，不仅陆营弁兵可以斩杀，就是乡间平民也足以置其于死地。英夷异言异服，眼鼻毛发与我们中国人差别极大。要是他们胆敢登岸，我朝军民立即就能辨识。只要军民上下齐心，断无不胜之理。"

　　林则徐深信英夷不敢深入内地作战，琦善的看法却截然相反，他怀疑清军能否在陆上击败英夷："避免动武、力保和局才是上策。"林则徐道："琦爵阁，我与英夷打了两年交道，英夷欺心狡诈贪得无厌。义律貌似温文尔雅实则包藏祸心。你只要稍做让步，他就蹬着鼻子上脸。"林则徐与琦善意见两歧，一个主战一个主和，一个低估英军一个低估清军，竟然是话不投机。

琦善搓了搓手："少穆兄，刚强容易妥协难，玉碎容易瓦全难啊。"林则徐觉得不宜与琦善唱反调："俗话说，不在其位者不谋其政。官场如戏台，皇上如班主，让我登台我就演好一个角色；不让我登台我就静静地当一名看客。你若问我有什么建议，我只有一个想法：即使做成抚局，也得以武备做后盾。"这个道理人人都懂，等于没说。琦善道："我是武力防备实心求和，可是，我担心的是抚局难成啊！"

两个人不再说话，过了良久琦善才问："伍绍荣这个人怎么样，可用吗？"林则徐对伍家人的成见极深："伍家人长袖善舞，富得不可思议。他们亦官亦商，挟官以凌商，挟商以蒙官，两头相欺，在朝局干戈萧墙水火之间游刃有余，其本事不可低估。伍绍荣是傀儡，真正主事的是他爹伍秉鉴。伍秉鉴名义上休致在家，实际上将十三行玩弄于股掌之间。我怀疑他们里通外国，但拿不住把柄。他们手眼通天，每年往内务府送的节敬冰敬以万两计，北京的几个亲王都庇护他们，说他们年年捐输于国有功，我才放他们一马。"琦善到广州后听说伍绍荣的英语最佳，想用他替换鲍鹏，听了林则徐的话，打消了这个念头。

第四十三章

互不相让

军机处接到琦善的五百里加急奏折后立即呈报给道光。琦善说，他派人与义律反复交涉，往返换文十余次，才把二千万元赔款压到六百万，包括三百万商欠，但英夷节外生枝，要求"给予一岛或增辟通商口岸"，二者必居其一。琦善还奏称，如果不做退让，边衅难以避免，抚局难以做成。最后他笔锋一转，写了他对广东水师的评价：

……即水师营务，微特船不敌夷人之坚，炮不敌夷人之利，而兵丁胆气怯弱，每逢夷师船少人稀之顷，喜事贪功，迨（一）见来势强横，则皆望而生惧。……即前督臣邓廷桢、林则徐所奏铁链，一经大船碰撞，亦即断折，未足抵御，盖缘历任督率（帅）皆文臣，笔下虽佳，武备未谙。现在水陆将士中又绝少经历战阵之人，即水师提臣关天培亦情面太软，未足称为饶（骁）将。而奴才才识尤劣，到此未及一月，不但经费无出，且欲制造器械，训练技艺，遴选人才，处处棘手，缓不济急……

道光越读越不对味儿，"啪"的一声把奏折拍在炕几上，怒气冲冲道："林则徐说广东水师军威盛壮足可御敌，琦善却了无信心，同一支水师在两人眼中竟然是判若两样，真是咄咄怪事！"他抬头一看，屋里没人，自己是在隔空喊话自言自语。他提起嗓音："张尔汉！"张尔汉挑帘进了东暖阁："奴才在。""传军机大臣！"张尔汉哈腰问道："皇上，传哪位？""都来。"张尔汉"喳"了一声，撅着屁股出了东暖阁。

外面的天气很冷，东暖阁的大火炕却烧得暖洋洋的。道光把屁股挪到炕沿，想趿鞋下炕，但没下，望着水磨砖地沉思。他依稀觉得琦善有言之未尽之处，却说不清哪个地方没有讲透。

不一会儿，穆彰阿、潘世恩和王鼎鱼贯进了东暖阁，打下马蹄袖行礼。道光抬头道："朕原以为罢了林则徐和邓廷桢，允准通商，平行移文，查明商欠，英夷就该知足。没想到英夷狮子大开口，索要两千万天价！琦善反复打压，才降到六百万。要是仅此六百万，朕也忍了。但是，义律反复嚣张，不仅要赔款，还索求沿海岛屿一处，仿效澳门竖旗自治，或者增开四至六处码头。经琦善反复辩诘，才减为福州和厦门两处。看此光景，英夷贪得无厌难以理喻！你们说说该如何办理。"

三个军机大臣都读过琦善的奏折，开始轮番表态。穆彰阿道："义律贪索无厌，我越让步他越嚣张。如此看来，威抚之策恐怕无效，唯有武力痛击，扬我天朝国威！"潘世恩讲一口吴侬软语："田庄农夫都懂得扎紧篱笆关紧门的道理，否则野狗就会随意闯入，贼盗就会生觊觎之心。大清的万里海疆不能四敞大开，听任夷人到处设立通商码头，否则域外不肖之徒就会混入内地无事生非。臣下以为，鉴于眼下情势，唯有谕令琦善一面说理一面备战，多方羁绊，待其稍形疲惫乘机剿洗。"王鼎沙着嗓子道："朝廷江山广袤，不缺偏隅尺土，但是，本朝要是允给一座海岛，听任英夷仿效澳门寄居自治，他们必然结党成群建台设炮，进而渗透到内地，贻患将来。福州和厦门不可听任夷人通商，那里地势散漫，无险可扼，防守尤难，断难容留夷人。"

道光问道："王阁老，户部有多少储备银？"王鼎是分管户部的军机大臣："户部现有储备银一千零三十万两。"道光喟叹道："朕有三亿五千万臣民，却只有区区一千多万两储备银，人均不足三钱！朕不肯将全国臣民上缴的血汗钱虚于一掷，是担心一俟出现天灾人祸没有财力应付。但是，英夷欺人太甚，该花的银子就得花！"潘世恩道："臣担心，一俟大动干戈，所有储备银都得用罄。"王鼎道："皇上，要是动武，恐怕得启用林则徐这样的人。林则徐性情果断雷厉风行，是主剿的，琦爵阁性情温和，是主抚的。"

道光再次低头盯着水磨砖地面，凝思片刻，伸脚要穿靴子，又缩回去，依旧坐在炕沿上："我朝二百年来声威远震四夷臣服。朕继承大统后，柔恤外夷无微不至，但逆夷自外生成，逞其犬羊之性，妄肆鸱张恣意妄为，实属神人所共愤，天理所难容！若不痛加剿洗，其势断难慑服，即或朕施以宽大，也必先使其畏威，方可冀其怀德。朕决心宣示国威革除后患，不能让英夷小觑了大清。潘阁老，你代朕拟一份谕令，告诉琦善，朝廷决定弃抚改剿，要他厚集兵力大申挞伐，所需军费，无论地丁关税，准予酌量使用，做正项报销，如有不敷，随时奏闻请旨！"

道光趿上靴子下炕，指着炕几道："潘阁老，上毡垫，我说你记。"潘世恩见皇上要发口谕，脱去靴子，坐在炕几旁，蘸笔濡墨。

道光每次发布口谕都有一种居高临下俯瞰九州号令全国的气概，今天也不例外。他双眼虚视前方，脑袋轻摇轻晃，脱口吐出一道天宪：

> 逆夷要求过甚，情形桀骜，既非情理可谕，即当大申挞伐。所请给予一岛寄居，厦门、福州两处通商，及给还烟价银两，均不准行。逆夷再或投递字帖，亦不准收受，并不准遣人再向该夷理谕。
>
> 琦善现署总督，两广陆路水师皆其统辖，均可随时调拨。第念该省陆路兵丁未必尽能得力，朕降旨湖南、贵州两省各备兵丁一千名，四川省备兵两千名，听候调遣。著琦善一面多方羁绊，一面妥为豫（预）备。如该夷桀骜难驯，即乘机攻剿，不得示弱。①

潘世恩的笔杆摇得飞快，笔端在玉板宣纸上磨出清晰的窸窣声。道光见他收了笔，神态庄肃道："此谕由六百里红旗快递发出！"道光向来惜用驿马，很少使用六百里驿递，也不许臣工们轻易使用，这是他发出的第一道红旗谕令。三个军机大臣意识到战争开始了。穆彰阿提醒道："皇上，琦善没打过

---

① 《廷寄》，《筹办夷务始末》卷十八。

仗，要动武，恐怕得另派畅晓兵法的人。"

道光没吭声，看了潘世恩一眼。潘世恩会意道："皇上，杨芳如何？"杨芳是本朝名将，在平息张格尔叛乱时战功彪炳，封二等果勇侯。五年前他以年老体弱为由请求休致颐养天年，皇上允准了，没想到他刚回贵州老家，湖南就出了匪乱，朝廷再次要他出山，他奉旨带兵剿匪，仅用一年就平息了乱局。目前他依然留在湖南提督任上。

穆彰阿担心杨芳年高体弱胜任不了："杨芳年过七旬，有点儿眼花耳聩。叫奕山去广州可好？"奕山是道光的侄子，也参加过平息张格尔叛乱，事平后留在新疆，晋升为伊犁将军，去年奉旨回京，任领侍卫内大臣兼御前大臣，他刚满五十岁，正是年富力强之时。道光道："奕山虽然参加过新疆平叛，但那时他是三等侍卫。朕派他出征，意在历练，他并无独领大军的经验。"潘世恩道："皇上，不妨任命奕山为靖逆将军，杨芳任参赞大臣，共同出征。"道光点头道："这个主意好是好，只是我担心老神仙的体力跟不上。"三十年来杨芳每战必胜，故而道光戏称他为老神仙。潘世恩道："杨芳腿脚不便，不能冲锋陷阵，当个诸葛亮参赞军务还是行的。"道光点了点头："那就让老神仙参赞军务准备出征。不过，还得派一个主管粮台的。"王鼎道："臣以为，隆文可以胜任此职。"隆文是户部尚书，在平息张格尔叛乱时分管粮台，是个办事缜密的人。穆彰阿点头赞同："这是一个三套车的格局。有奕山的尊贵，有杨芳的谋略，还有隆文的思虑周全。"

道光在水磨砖地上踱了几步："选派三军统帅不是小事，朕要亲自与奕山和隆文谈一谈。潘阁老，你再起草一份谕令，饬令钦差大臣伊里布团练乡勇严拿汉奸，相机收复定海。"潘世恩重新蘸了墨汁，道光皇帝背着手，一字一顿地发布第二道谕令：

>……著伊里布遵照前旨确切侦探，遇有可乘之隙，即行剿办……现在镇海一带存兵九千八百余名，自已足敷调遣。……该大臣务须计出万全，一鼓作气，以褫夷魄而伸（申）国威。免之，望之。[①]

[①] 摘自《著钦差大臣伊里布相机收复定海并团练乡勇严拿汉奸等事上谕》，《鸦片战争在舟山史料选编》，第167–168页。

潘世恩笔端一挫，准备下炕。道光摆手止住："哦，还有一件事。刚才王阁老保举林则徐出山，朕允准。你再草拟一份上谕，饬令林则徐挂四品卿衔在广州帮办军务。""喳。"

道光二十年十二月八日是西历1841年1月1日。内地的中国人对这个日子没什么感觉，但澳门的圣保罗大教堂敲响了年钟，当地的葡萄牙人沉浸在新年的气氛中，街头巷尾不时响起"噼噼啪啪"的爆竹声。但是，各国商人焦躁起来。英国全权公使大臣查理·义律曾经言之凿凿，新年到来之前英中两国一定会签署恢复通商的条约，商人们欢欣鼓舞，从世界各地调来了商船，截止到除夕，已有三十六个外国商行的七十九条商船驶入伶仃洋，六千多商人和水艄在澳门上岸，致使弹丸之地房租飞涨物价腾昂。然而，大家的预期全落空了，恢复贸易成了一厢情愿的空想。各国商人大发牢骚，痛斥义律愚蠢轻信，舵工水艄们则使用既肮脏又粗野的字眼咒骂义律，说他是"放屁虫"、"屎壳郎"、"受骗的乌鸦"，"自作聪明的傻瓜"。时间就是金钱，商人们的损失不言而喻，因为商船必须借助信风行驶，误了风期，所有人员都得滞留在澳门，白白耗损人力、物力和财力。

义律承受着巨大压力。他相信琦善，力排众议，从大沽口撤军返回广州，信誓旦旦地告诉各界人士恢复通商指日可待，没想到琦善以各种理由回避面谈，只派鲍鹏和白含章来回传话。义律意识到把巴麦尊的第三号训令和盘托出极大地刺激了琦善，为了尽快签约，他退回到大沽会谈的基础上，但依然毫无进展。对他来说，新年的钟声是一种强烈的刺激，他仿佛听见了商人们的抱怨，军人们的嘲讽和水艄们的谩骂。他终于决定动用武力，逼迫琦善就范。

吃罢早饭，他坐在商务监督署的办公室里，等候伯麦爵士和辛好士爵士。

一个印度仆人送来了邮件，是特别调查法庭从舟山发来的。义律一面喝茶一面阅读特别法庭的报告，报告说，舟山的疫情非常严重，三千多驻岛官兵中有五千五百余人次住院，四百三十二人病亡：

　　　　任何研究过英-印军事史的人……只要给予足够的重视，都能发现一个无须证明的现象：缺乏清晰、明确的军事医学知识，就会屡次犯下严重、致命的错误。在不宜扎营的地方扎营,在错误的地点搭建营房,设置哨位,让士兵置身于污秽的空气中,许多指挥官热衷在不利于健康的时间进行操练,体罚士兵,等等,由此造成的死亡数字令人惊骇,刀剑的杀戮和毁灭性的瘟疫也无法造成如此重大的伤亡。这些原因,以及类似的原因,导致了生命的无谓牺牲和金钱的过度支出,想起来就令人痛心。几千人的生命取决于发布命令的人,他们只要稍微动一动脑筋,多费一点儿力气,完全可以控制住疫情①。

报告没有点名,矛头却直指陆军司令伯耳利。迄今为止,远征军没有一人阵亡,疠疫的屠刀却杀死了四百三十二名官兵,这是一个十分可怕的数字!

马儒翰进了办公室:"义律先生,伯麦爵士和辛好士爵士到了。""请进。"

伯麦和辛好士一前一后进入办公室,神态庄肃。他们是从九洲岛赶来的。几句寒暄后,伯麦抱怨道:"公使阁下,您曾经满怀信心地告诉大家,新年到来前就会签约,官兵们可以高高兴兴踏上回国的旅程。但是,新年到了,官兵们很失望。"辛好士道:"公使阁下,中国钦差大臣琦善欺心狡诈,把我们耍弄了。"义律的蓝灰色眸子闪着一丝难为情的微光:"是的。我们不得不考虑动用军事手段。"

辛好士爵士道:"公使阁下,在大沽会谈期间您和懿律公使应当把第三号训令的十五项要求和盘托出,不必有所隐瞒。中国大皇帝不接受的话,我军可以直接在大沽动武。"这是直言不讳的批评。义律不得不辩解:"《致中国宰相书》的条款有可能实现,第三号训令则是巴麦尊勋爵的一厢情愿。他不了解中国,想把我们的政治信念、商业惯例和贸易制度一股脑地强加给一个东方专制大国,它触及大清帝国的立国之本,将会引发翻天覆地的变化,这种变化大大超出了中国皇帝的容忍度,需要几十年甚至上百年才能实现。我们的兵力有限,承担不起这么繁重的任务。中国皇帝已经做出了让步,不再盛气凌人,同意平行移文,这是一种缓和的趋向。我们应当因势利导,而不是挫败它。"

伯麦爵士的声音低沉有力:"公使阁下,你即使回到大沽会谈的基础上,

---

① 转译自M.D.Mcpherson的《在华二年记》(*Two Years In China A Narrative Of the Chinese Expedition*),P.54–55。M.D.Mcpherson是马德拉斯第三十七步兵团的助理军医。

琦善依然拒不约期会谈。依我看，琦善在耍花招，在拖延时间，在愚弄我们，他让我们从大沽口跑到珠江口，暗自窃笑我们是傻瓜。"辛好士爵士道："从广州到北京，中国的飞马驿递需要十几天时间，一去一回耗时一个月。琦善只要找一个借口，说某个条款需要呈报皇帝允准，我们的数千官兵就得陪着他虚耗时间。公使阁下，我们不能这样无休无止耗下去，必须动用武力，督促琦善尽快签约！"

义律道："我与你们一样，有一种受骗上当的感觉。这不仅是我个人的耻辱，也是大英国的耻辱。现在是动武的时候了。请问二位，做好战斗准备需要多长时间？""一天。"义律道："我看，不妨让士兵们好好过一个年，我想请你们用军事长官的名义给琦善发一份照会，给他最后一次机会，要求他五天之内确定面谈的日期和地点，否则我们就动武。"

伯麦爵士从皮包里取出一份拟好的作战计划："这是我和辛好士爵士共同商定的，一俟动武，我军将分三步给清军以毁灭性打击。第一，我军将占领沙角炮台和大角炮台，消灭晏臣湾里的广东水师。第二，我军将攻占威远、靖远、震远和上横档炮台。第三，我军将攻克珠江沿岸的所有炮台，兵临广州。如果琦善依然拒不签约，就占领广州城。公使阁下，请您过目。"英国政府是文官政府，依照规定，海外驻军的所有军事行动必须得到公使的批准。

义律速读了一遍作战计划，抬起头来道："我办事讲求理性和忍耐，广州乃中外观瞻之所系，打烂广州逼走商民，既不利人又不利己，还会损害第三国的利益，搞得怨声载道。前几天，美国驻澳门代理领事多喇纳先生与我会面，要求我军不要攻打广州。昨天，法国兵舰'达纳德'号开到澳门，罗萨梅尔舰长来到我的办公室，代表法国政府请求我军不要攻打广州。我国商人，还有美国、法国、荷兰和西班牙商人，纷纷要求我优先考虑商业利益，万一动武，不要摧毁黄埔码头上的商业设施。你们看看伶仃洋，那里泊着七八十条各国商船，而且与日俱增。各国商人和水艄是来做生意的，他们的眼珠子瞪得溜圆，生怕打仗。我同意你们的方案，但不想惹起国际争端，所以要补充两点：第一，军事行动要为政治谈判服务，只要琦善同意约期会谈，军事行动随时应当中止。第二，军队攻入内河后，不得破坏黄埔岛和扶胥码头的商业设施，不得破坏沿江两岸的茶叶作坊和仓库。"

伯麦爵士道："公使阁下，您出了一道难题。战火一起，清军会奋力抵抗。谁能担保中国商民不逃跑？谁能担保珠江两岸没有疮痍？谁能保证我们的枪炮不伤及无辜？""请您务必保全黄埔岛和扶胥码头的所有商业设施，要是打烂了，恢复通商就会遥遥无期。""我们只能尽力而为。"

义律把作战计划放在办公桌上："伯麦爵士，您现在是印度兵站司令兼远征军总司令，有件事我想请您考虑一下。"他把特别法庭的调查报告递给伯麦。伯麦摘下帽子低头速读，半秃的脑门油光锃亮。

义律道："舟山大疫让我军付出了惨重代价，特别调查法庭说第二十六团损失最重。该团从加尔各答出发时有九百多人，三个月内减员三分之二强，现在只有二百九十一人能持枪上岗。中国人有为老年父母打造棺材的习俗，我军占领定海时发现民居里有许多棺材，一开始认为没用，士兵们把棺材当作劈柴生火做饭。但死人太多，郭士立牧师不得不下令把所有棺材集中起来统一调配。现在，当地的棺材用完了。我军只好用军毯裹住死者的尸体草草埋葬。"

辛好士爵士道："舟山疠疫让我想起沃什伦会战，那是1809年的事情。我当时是中尉，在'海神'号战列舰效力。我军出动了四万水陆官兵一万五千匹战马，在沃什伦登陆，准备进攻尼德兰。在那场会战中，我军仅阵亡一百○六人，却惨遭疠疫的杀戮。由于指挥官缺乏医学知识，让士兵驻扎在蚊蝇汇聚空气污浊的地方，一万五千多官兵感染了斑疹伤寒和疟疾，四千多人病亡，致使一场策划周密的战役半途而废。舟山疠疫不啻是沃什伦医学灾难的重演，只是规模较小。谁为这场医学灾难负责？"疠疫只在陆军中传播，海军没有一人病亡。

义律道："陆军司令布耳利少将难辞其咎。"伯麦问道："特别法庭要撤换他吗？"义律道："调查报告没有点名，但说他缺乏起码的军事医学常识。我认为，陆军司令应当换人——哦，我只是提议，陆军司令的任免得由奥克兰勋爵决定。"伯麦问道："换谁？""我想征求您的意见，推荐一位能与您合作的人。"

伯麦思索片刻："我提议郭富爵士。"义律知道其人其事，郭富是年过六旬的陆军少将，在拿破仑战争期间晋升为团长，他参加过比利牛斯半岛之战和巴罗萨之战，而后被派往南非，参加了好望角之战，接着去美洲，参加了西印度群岛之战和苏里南之战。他两次负伤，勇冠三军，目前正在印度的麦索尔省担任师长，是不折不扣的百战名将。义律道："好吧。我将把特别法庭的调查报告和您的建议一块儿邮寄给印度总督奥克兰勋爵。"

　　作战计划商议完后，伯麦和辛好士联袂出了商务监督署。辛好士讽刺道："伯麦爵士，查理·义律犹豫软弱顾虑重重，让远征军听命于他，就像让一群雄狮听命于一只温存的猫！"

第四十四章

激战穿鼻湾

伯麦向琦善发出了最后通牒。他指责琦善处处相欺,而非诚心缔结和约,限令他在十二月十四日(西历1月7日)前约期会谈,否则将依照兵法行事!这是一份严厉的挑战书,时间和地点讲得清清楚楚,字里行间透着对清军的藐视。琦善立马意识到大事不妙,他急火攻心,迅速从肇庆协调来五百兵丁增援虎门,从督标、顺德协标和水师提标抽调出一千三百兵丁,分别派往总路口、大濠头、沙尾和猎德,叫他们准备三十条满载石头的大木船,随时准备沉入江底堵塞航道。关天培立即率领虎门九台的全体弁兵进入战备状态。

大角和沙角炮台地处海疆前沿,陈连升不敢有丝毫怠慢。十二月十四日过去了,只要海上没有风暴,英军很可能在第二天发起攻击。十五日黎明,陈连升早早起床,用盐水漱了口,与陈长鹏和三个亲兵出了行辕,沿着山间小道朝瞭望台走去。天色朦胧,草叶上挂着露珠,树林间悬着薄霾,炮台兵房堑壕巷道全都浸在湿润的空气中,模模糊糊漫漶不清。珠江口的冬天不像北方那样白雪皑皑冰封千里,只是阴冷。当值的哨兵穿着薄棉衣挎着腰刀,斜倚在石壁上打盹,当他听到橐橐的脚步声后立即警醒,本能地挺直腰板,双脚立正。

"有敌情吗?"陈连升的声音沉闷,像从井底发出的。哨兵答道:"没有!"哨兵了解上司的习惯,陈连升父子黎明即起,查完哨后才叫号弁吹响操练螺号。但是，今天他们起得格外早，陈连升端起千里眼扫视着海面。太阳即将升起，天际线上有一抹淡红，海面上风平浪静，有轻薄的晨雾，但是，那种雾不会盘桓很久，太阳一出来就会消散。如果没有雾，陈连升能看见伶仃洋上的点点灯光，为了避免碰撞，那里的外国商船全都挂着红灯。现在能见度很低，什么都看不清。陈连升转头回望晏臣湾，晏臣湾距离较近，能看见星星点点的船灯，广东水师的十几条战船静静地泊在那里，像挤在一起安睡的小狗。他放下千里眼，环视着沙角山，山上山下坑道纵横，石壁垛口架着抬枪，枪架旁有身着号衣的稻草人，从远处看有一种防卫森严的气象。沙角山下有成片的兵房，它们依然在睡梦中，静谧无声，只有大伙房的窗口灯光如豆。伙夫们起得较早，开始生火做饭。

　　陈连升对陈长鹏道："这种天气很适合打仗，不出意外的话，今天就会开仗。"陈长鹏道："爹，英夷太小看咱们了，居然把开仗的时间告诉我们。""敢于下战书的敌人都是自信的强敌！""爹，您估计是炮战还是登陆战？""炮战。他们不敢轻易登陆！"

　　陈连升一直苦心孤诣地经营着沙角和大角。弁兵们在山下设了鹿角栅，插满了竹尖桩，遍布了铁蒺藜。他督率弁兵们反复操练，把士气调整得嗷嗷叫。他坚信三江协是大清的虎贲之师，弁兵们训练有素，完全可以阻击英军登陆。

　　太阳出来了，冉冉的，缓缓的，一厘一寸地上升，升出海平面时腾地一跳，红彤彤地浮在海平线上，天空霍然敞亮。号弁鼓腮吹响了螺号，弁兵们像被按动机簧似的冲出兵房，集合声报数声口号声刀枪碰撞的铿锵声响成一片。

　　等各路弁兵集合好后，陈连升一步跨上点将台——所谓点将台就是一块稍加修整的大石头。他清了清嗓子："弟兄们，几天前，夷酋伯麦给琦爵阁和关军门下了战书，这家伙口出狂言，要我大清接受他们的无理条件，否则就在今天动武。沙角山和大角山地处前沿，今天是诸位弟兄为国效力的日子。怎么打，如何打，我已交代给各级军官，不在这儿啰唆。打仗要赏罚分明，现在本协台重申纪律：两军一俟开仗，击伤夷兵一人者，赏十元！击杀夷兵一人者，赏二十！击杀一名夷官者，赏五十！击沉双桅夷船者，赏一千！击沉三桅夷船者，赏两千！反之，迁延观望不听号令者，斩！蛊惑军心临阵溃逃者，斩！自伤自残编造伪证者，斩！制造内讧趁乱抢劫者，斩！好舌利齿妄为是非者，斩！挑拨弁兵令其不和者，斩！听明白了吗？""明白！"弁兵们的回答如同虎啸，震得周匝的树枝树叶发出一阵"飒飒"声。陈连升将旗一挥："今天的早饭由大伙房送到阵地上。各就各位！"

炮兵们跑步进入炮洞，拔去炮栓，将铁丸子装入炮口，动作娴熟得如同穿衣吃饭。抬枪兵、弓箭兵和藤牌兵迅速进入堑壕、巷道或预定战位。

与此同时英军也开始行动了。"复仇神"号铁甲船、"皇后"号火轮船、"硫磺"号和"司塔林"号武装测量船组成第一分遣队，开到沙角山前面，从左翼轰击沙角山炮台。

"加勒普"号、"海阿新"号和"拉恩"号组成第二分遣队，从右翼轰击临海炮台。运输船把一千四百多名步兵运到穿鼻海滩登陆，绕到后面攻击沙角炮台。随队而行的还有几百蛋民，英军高价雇用他们充当向导和随军工役。他们身穿统一的黑布号衣，替英军搬运炮子弹药。

"都鲁壹"号、"萨马兰"号、"摩底士底"号、"哥仑拜恩"号和海军陆战队组成的第三分遣队攻打大角炮台。

"麦尔威厘"号、"威里士厘"号和"伯兰汉"号战列舰吃水较深，不宜在浅水区作战。伯麦率领它们驶至穿鼻水道，专门拦阻清军的增援部队。

在薄雾的掩护下，运输船队神不知鬼不觉地绕了一个大弯，把步兵运送到距沙角山八里远的海滩上，一千四百多英印步兵抢滩登陆，没有遇到任何抵抗。同时登陆的还有一支炮队，他们携带了一位榴弹炮和两位推轮野战炮。榴弹炮能发射二十四磅炮子，足以摧毁清军的坚固工事；推轮野战炮能发射六磅葡萄弹，用于驱散步兵。

八点半钟，所有战舰进入预定战位，在海面上下锚。第一分遣队率先向沙角山开炮。海面上炮声隆隆，黑烟滚滚，浪霾四起。施拉普纳子母弹在空中开花，铁丸子漫天飞舞。康格利夫火箭低空蹿行，一支接一支飞向清军阵地，打在兵房的门楣和房梁上，扎在树木和草丛间，引燃了一串又一串山火。沙角山炮台和临海炮台开炮还击，炮子在敌舰附近打出一个又一个水柱。但是，两座炮台很快陷入被动挨打的境地，被炸得石屑乱飞黑烟四起。

三江协是从内地调来的，陈连升的战斗经验仅限于剿山匪打蟊贼追逐江河水盗，使用刀枪剑戟弓箭抬枪，依靠近战取胜，他根本没有想到敌人会绕行八里从背后抄击。他把全体弁兵配置在沙角山前沿，只派了四十名惠州兵在东侧二里处守望。惠州兵们被隆隆的炮声吸引，卧在山丘上，乌龟似的引颈观战。

登陆的英军步兵像出巢的蚂蚁一样沿着沟壑树林逶迤潜行。林间小道蜿蜒曲折，地面上积有厚厚的枯枝败叶，踩上去吱吱作响。炮兵们压低嗓音，"嘿哟嘿哟"地喊着号子，奋力推动三位火炮，惊得山鸡松鼠四处乱窜。但是，这么大的动静全都被树林草叶吸纳了，没有引起清军的丝毫警觉。

经过一小时跋涉，步兵推进到距沙角山二里远的山包脚下，直到此时，驻守那儿的惠州兵才发现背后有敌军。他们架起抬枪拉开弓箭仓促应战，一面报警一面奋力抵抗。英军在距离山包一百多米远处展开队列，随着军官的口令举枪瞄准，打出一排又一排的枪弹。英军人多势众枪炮灵捷，惠州兵势单力孤武器窳陋，十几个惠州兵倒在血泊中，其余的仓皇溃逃。

英军迅速占领了山包，将清军兵营纳入视野之下。炮队把榴弹炮和野战炮架在山脊上。

陈连升正在沙角山指挥作战，突然听见北面山包上传来"隆隆"的炮声和"噼噼啪啪"的枪响。他手搭凉棚回头一望，惠州兵丢盔弃甲，丧家犬似的末路狂奔，阵地已被英军占领，山包上飘着一面刺目的"米"字旗。

敌人竟然从后路袭来！陈连升大吃一惊，他扬声吼道："陈长鹏！""有！"陈长鹏一头钻出巷道，他与藤牌兵躲在巷道里，安然无恙地躲过了炮击。陈连升的脸膛被火药熏得乌黑，指着山包，露出一嘴白牙："夷兵从后面抄来，惠州兵的阵地丢了。你立即带人把夷寇打回去！""遵命！"陈长鹏抄起一块藤牌，一招手："全体藤牌兵，起立！"

堑壕里响起刀枪碰撞的铿锵声。陈长鹏发出命令："一队沿左堑壕前进，二队沿右巷道前进，三队跟着我从中路进攻！"沙角山的堑壕三横二纵，士兵们操练过多次，闭着眼睛都不会搞错。他们动如脱兔，分三路向北运动。

一百多藤牌兵跃出堑壕发起反击，发出震天的呐喊。英军排成横队开枪射击。藤牌兵们见敌人摆出射击姿态，立即下蹲，用藤牌护住身子——但是他们搞错了，藤牌能挡住抬枪的铅砂，却挡不住英军的枪子。英军的枪弹洞穿了藤牌，冲在前面的藤牌兵发出惨烈的呼号，在地上翻滚蠕动挣扎呻吟。

陈长鹏被眼前的景象震得一凛，燧发枪的射程和穿透力大大超出他的想象,唯有短兵相接贴身肉搏才能扬长避短。他来不及细想,在一瞬间做出抉择。他"唰"的一声抽出腰刀,嗓子眼里冒出金属撕裂的声音:"第二队,给我上!谁要是孬种,我宰了他!"他圆睁怒目身先士卒,领着第二队藤牌兵向前冲去。

又是一阵排枪,几十块藤牌被打烂,几十个兵丁血沃沙场。陈长鹏被两颗枪子击中,一颗钻入右肋,一颗击中下腹。他扑倒在地上,打了一个滚。他缓过神来,用藤牌撑着身子,一使劲,单膝跪起。他刚要喊"冲",又是一阵爆豆般的枪响。他再中一弹,正好打在胸口上,浓浓热血一喷而出,他的身子晃了晃,像伐倒的树桩歪倒在地上。

藤牌兵们遭到无情的杀戮,仅两个回合就死伤过半,他们惊慌失措,抛下尸体和伤兵,沿着堑壕和巷道仓皇逃遁。

英军炮队架好了野战炮,开始从后路轰击沙角山炮台和临海炮台。沙角山三面环海两面受敌,清军像身于汤锅鼎沸之中一样无路可逃,听任敌人的炮火狂轰滥炸,成群的兵丁被炸倒,阵地上尸骸狼藉血肉模糊。半小时后,沙角山炮台与临海炮台被彻底摧毁,兵房和帐篷冒着黑烟,树林和草丛烈火蒸腾,兵丁们横七竖八地倒在地上,炸烂的胳膊大腿像被野兽撕裂的碎肉一样抛撒得到处都是。

英军吹响了铜号,大小军鼓"嗒嗒"作响,分成七列纵队对沙角山发起了总攻。他们频频射击,不给清军丝毫贴身肉搏的机会。清军缩在巷道里,像被赶进屠场的羊群。

陈连升左臂受伤,乌黑的脸上划开一道血口子,是被崩裂的石片划伤的。他撑着膝盖爬上山顶,山顶有一块突起的巨石,它是沙角山的制高点,下面是十多丈深的悬崖。陈连升俯视着阵地,在台基、垛口、炮洞、堑壕和山坡上,到处都是清军的尸体、破碎的藤牌和折断的刀枪。少数清军仍然在负隅顽抗,多数兵丁已经丧失了抵抗意志,龟缩在巷道里,上天无路入地无门,无可奈何地举手投降。战斗已经胜负分明!

陈连升从军四十多年,很少遇到挫衄,但英军与清军的船舰枪炮相差悬殊,战略战术判若两样,致使战场成了血腥的剁肉板,英军是刀俎,清军是鱼肉!在异域强敌的面前,一支百战协标竟然迅速殂谢!

陈连升的眼珠子布满了血丝，痛心地看着手下残兵末路狂奔。一群英军在追赶一个兵丁。那兵丁跑得极快，迅速遁身于一座石库，将门反锁，英军包围了石库，呐喊着要兵丁投降。那兵丁拒不投降。英军不晓得石库是火药库，里面贮藏了七千斤炸药。一个军官朝石库门里打了一枪，"轰"的一声爆出耳鼓全毁的巨响，巨大的气浪把成吨的石块掀上天空，分崩离析，周匝的英军来不及躲闪，坠落的石块把他们砸得头破血流。

这是陈连升目睹的最后一幕。他掏出铜壳怀表，指针对着"10"字。从战斗打响到全军崩溃仅仅一个半小时！陈连升自知回天无力，他抡起臂膀，把怀表狠狠摔在石头上，破碎的表盘螺丝弹簧溅起老高。他踉跄着步子朝瞭望台走去。瞭望台已被炸塌，旁边躺着两具尸体，其中一具的眼睛尚未合上，仿佛遗恨未消，死尸的手抓着三江协的大纛。陈连升认得那是哨兵的遗体，他早晨还在瞭望台上值守，现在已命殒沙场。陈连升眼睛一酸，蹲下身子，伸手把他的眼睛合上，从他手中抽出大纛。黄底红边的龙纹大纛撕裂了一个口子，旗面绣着斗大的"陈"字，粘着兵丁的凝血。

十几个英兵沿着山道冲上山顶。陈连升身处绝境，举步是悬崖，回头是豺狼。他把头抵在被千年海风磨砺得粗糙不平的岩石上，自叹一声："皇上，为臣的无能，唯有一死报国了！"说罢他用大纛裹住身子，走到石崖边，闭上眼睛纵身一跃，像石头一样坠下去。山崖下的尖利竹桩刺破青天似的扎透了他的肉体！

沙角山与亚娘鞋相距九里，中间隔着晏臣湾。关天培在武山上用千里眼眺望着沙角山，由于距离过远，看不真切，但能听见沉闷的炮声，看见沙角山上火光蒸腾黑烟蔽天。

"英军果然如期开仗了！"关天培自语道，他的牙齿咬得咯咯响。他虽然做了打仗的准备，却没有什么好办法，此时此刻他是断然不能退缩的。他厉声命令道："挂信旗，命令水师营增援沙角！"平心而论，他不愿下达这道命令，因为他深知，水师营的十三条战船根本不是英国舰队的对手，要是被歼灭，广东水师就成了没有牙齿的老虎。

号弁吹响了螺号，管旗拉动绳索，升起一面绿旗。水师营参将李贤看见信旗后，率领船队出动了。

但是，三条英国战列舰封堵了晏臣湾。用十三条战船攻击三条战列舰就像驱使十三只小狗攻击三头雄狮，不仅没有胜算，还会自取灭亡！李贤既不敢向前又不能后退，领着舰队在晏臣湾里兜圈子，企图诱使英军的朦胧大舰驶入晏臣湾。晏臣湾水浅，战列舰吃水深，一旦驶入就可能搁浅。战列舰的任务是阻止清军增援，伯麦不肯踏入歧途，他按兵不动，静静地监视着清军水师营的行动。

沙角炮台陷落了，大角炮台也进入收官阶段，那儿有二百多弁兵，由一个千总带领，他们经不起敌舰的狂轰滥炸，弃台逃命。半个小时后，"复仇神"号、"加勒普"号、"硫磺"号和"司塔林"号相继驶入穿鼻水道，进入了晏臣湾。"复仇神"号是平底铁甲船，其余三条是轻型兵船，适合在内河行驶。

李贤不敢轻易应战，指挥船队向上游撤去——他与关天培商议过，十三条战船不能虚掷，只能诱使敌船进入浅水区，在晏臣湾里与敌船打蘑菇战。晏臣湾上游的水底布满了尖桩，弯曲处埋伏着火筏。水师营的战船避入其中，英军的大型战舰一旦进入就可能搁浅。但是，李贤估算错了。"复仇神"号是专门为浅水作战设计的，它率先闯入晏臣湾，紧跟其后的是单桅帆船"司塔林"号。"司塔林"号的排水量只有一百零七吨，与清军的大号战船大小相仿。"加勒普"号和"硫磺"号是双桅兵船，也可以在内河作战。

晏臣湾是英军从来没有涉足的水域，连一张航道图都没有。"加勒普"号和"硫磺"号小心翼翼驶至晏臣湾边缘，却不深入，它们用滑轮吊车放下四条舢板，每条舢板载着二十多名水兵和一位小炮，四条舢板跟在"复仇神"号和"司塔林"号后面，追入晏臣湾。

"复仇神"号像一只铁甲怪物，狰狞可怖凶悍无比，迅速朝水师营迫近。李贤本以为它会搁浅，没想到它在浅水处行驶自如。水师营陷入绝境，反击是找死，坐等是待毙，与其任人宰割不如奋力反击。李贤露出了军人本色，心一横牙一咬，下达了作战命令。"虎字二号"率先掉转船头，船主是张清龄，他因为凿山鼠和瞎胡添偷盗鸦片受了降职处分。此时他一马当先，横过船体，准备用侧舷炮轰击英舰。其余师船跟随而动，旗手变换旗帜，帆匠拉动帆索，次第掉转船头，军鼓金铎响成一片。十三条战船分两队迂回包抄，准备殊死一拼。

面对清军的回马枪，哈尔毫无惧色，他紧握轮舵全速迎击。他坚信"复仇神"号是一条打不沉击不垮炸不烂戳不穿的黑金刚，整个大清水师都奈何不了它。在距离清军船队五百米处,哈尔下达了命令:"准备火箭!"炮兵把一支十八磅康格利夫火箭推到发射架上。哈尔大吼一声:"点火——放!"火箭"嗖"的一声腾空而起,拖着长长的火尾飞向"虎字二号",恰好击中火药舱,火药舱里有三千斤火药,"轰"的一声巨响,一个火球猛然蹿起,直冲云霄,腾起的蘑菇云又黑又浓。"虎字二号"顷刻断成两截。巨大的气浪把樯桅索具官兵枪炮高高掀起,重重抛下。张清龄还没反应过来就被巨大的气浪掀到半空,一个倒栽葱跌入水中。"虎字二号"像在烈火黑烟中挣扎的小龙,粉碎,浮扬,散落。当浓烟散去后,水面上浮着一大片烂板残片和支离破碎的尸体。"虎字二号"是清军最大的战船,被敌人一箭摧毁,清军惊呆了!

清军战船相继发炮,一颗炮子打在"复仇神"号的侧舷上,只炸出一个微不足道的小坑,另一颗炮子打到甲板上,一崩两瓣,却没爆炸。连续两炮不能伤其筋骨,李贤惊呆了。他觉得自己是在同一个金身不坏的妖魔打仗,他赶紧转动帆篷向后撤退。

"复仇神"号像一条虐杀的怪兽,穷追不舍。

晏臣湾就在武山脚下,上千清军躲在山石后面观战。他们头一次看见铁甲船和旋转炮,做梦也没想到"复仇神"号蛮力巨大,竟然能够拖拽四条舢板逆水而行,而且迅驶如飞,最令人惊骇的是旋转炮,铁甲船上的两位旋转炮灵捷凶狠威力超群,仅在半个小时内就打沉了五条清军战船,李贤的座舰"虎字一号"也被炸翻在水中。武山上的清军干着急没办法,因为他们的火炮抬枪和弓箭短刀全都派不上用场。

其余战船掉头向北仓皇溃逃。"复仇神"号"突突"作响鼓轮追击,不停地开枪开炮。清军战船全靠风帆驱动,航速较慢,无法逃脱它的魔掌。哈尔尽情享受着杀戮的快感,追打清军的战船就像追打玩具。又有几条战船被相继击中,两条战船搁浅在岸旁,船上的水兵奋力逃上岸。"司塔林"号和英军舢板冲上前去,放火烧毁了搁浅的战船。

"复仇神"号在晏臣湾里横冲直撞如入无人之境,逆水上行连追七里,越追航道越窄。在太平墟附近,哈尔发现水道两侧有尖桩,水草历历可见。他不得不小心谨慎,停止了追击。

水师营几乎全军覆没,只有两条战船侥幸逃离了虎口,跟跟跄跄朝虎门寨驶去。

在武山上，关天培和清军将弁目睹了整个过程，眼睁睁地看着水师营桅樯灰飞烟灭①。他们看清了，两军船炮的差距如天如地，根本无法同台较量。他们悲愤无语。

---

① 根据琦善的《阵亡受伤及因伤亡故水陆将弁兵丁简明清单》(《筹办夷务始末》二十三卷)，在穿鼻之战中，清军陆师阵亡军官6人、兵丁200人，受伤军官19人、兵丁255人；水师阵亡军官3人、兵丁81人，受伤军官16人、兵丁175人，失踪3人。根据英军A.B.Stransham少校编制的伤亡清单（载于D.McPherson的英文版《在华二年记》附录Ⅱ，266-267页），英军无人阵亡，海军受伤8人，陆军受伤30人。

第四十五章

武力催逼

　　战斗结束了,义律和马儒翰乘"路易莎"号来到沙角山旁的小码头。英军攻打沙角和大角时,他们一直在船上观战。

　　清军的伤兵和尸骸偃卧在山道、炮台和堑壕里。马德拉斯步兵开始打扫战场,疍民们开始挖坑埋尸。义律抬眼四望,沙角山炮台和滨海炮台被炸成瓦砾,山顶上插着花里胡哨的英国旗、陆军旗和海军旗。小码头附近的树荫下,二三十个英军伤兵坐在地上,他们的头部、眼睛、胳膊、大腿等处包着绷带,绷带上有洇出的血渍。他们是与死神擦肩而过的人,惊魂未定却暗自庆幸。两个士兵的伤势十分严重,一个炸断了腿,一个炸碎了胳膊。断腿和碎臂与肢体血肉相连,必须马上切除,否则会溃烂化脓殃及性命。大军医加比特与两名助手为他们做手术,由于沙角山的所有兵房都被炸塌,手术是在露天进行的。医生们在背风墙根底下围了一圈布帘。助手把一个伤兵抬到战地手术床上,用止血绷带扎住断臂,给他服用一小杯鸦片酊。待鸦片酊发挥效力后,加比特用一把医用锯条把胳膊上的破碎骨头锯掉,"吱吱吱"的拉锯声钻心入耳,伤兵疼得号啕大叫,要不是被皮带紧紧绑在手术床上,他恨不得翻身打滚。加比特手法娴熟,仅用四十多秒就把胳膊锯掉,助理军医迅速包扎伤口。加比特因为过度紧张和劳累而汗流浃背,大口大口地喘着粗气。这是一场血淋淋的手术,惊心动魄！不仅伤兵浑身是血，医生的身上也沾满了血渍。剧痛过后，伤兵的啼号声渐弱渐息，就像经历了一场酷刑。

几百名清军俘虏集中在码头右面的空地上，周边是荷枪实弹的马德拉斯士兵。俘虏们三人一组坐在地上，呈品字形，辫子拴在一起，打成死结。他们灰眉土眼无精打采，粗布军装沾满了泥尘。俘虏的旁边有数百伤兵，战争损毁了他们的躯体，有的炸断了腿，有的炸坏了胳膊，有的打断了脚掌，那些破碎的肢体斑斑血迹惨不忍睹，触目惊心。清军的三个军医获准救助伤兵，他们用棉花球蘸上烈酒擦拭伤口，用纱布当引流条。伤兵们疼得大汗淋漓，像虫子一样在地上扭动呻吟，偶尔发出撕裂肺腑的惨叫。

卑路乍把一百多水师俘虏押送到沙角码头，打头的人络腮胡子麻壳脸，是水师营参将李贤。他光着脑袋，浑身湿透，像一只落汤鸡。他的战船被"复仇神"号击碎，他跌落到水中，被英军俘虏。

卑路乍对一个通事讲了几句英语，那通事是澳门人，狐假虎威吹胡子瞪眼，用粤语方言喝道："你们坐下，三人一组，不许乱动！"几个马德拉斯步兵走过来，又蹬又踹又斥又骂，让他们三人一组，把辫子扎成死结。李贤原本是声严色厉叱咤兵营的人物，现在是虎落平阳任犬欺，他逆来顺受，老老实实地坐在地上。

义律正与马儒翰说话。卑路乍兴高采烈地朝他们走去："公使阁下，你看看我的战利品。"他递上一顶红缨官帽，上面有亮晶晶的红珠顶戴和一支孔雀羽毛。义律道："顶戴是中国人的官衔，相当于我军的肩章和领花，这是一个中国上校的顶戴。谁的？"卑路乍指着李贤："他的。"李贤不懂英语，不知他们在说什么，低着头，神情沮丧地坐在地上。义律拿起孔雀羽毛看了看，递给马儒翰。马儒翰解释道："中国人把孔雀毛叫作花翎，分单眼花翎、双眼花翎和三眼花翎。这是一支单眼花翎，相当于我们的巴斯军功章。"卑路乍道："如此说来，我俘虏了一个大官。""是的，很可能是广东水师的舰队司令。"卑路乍笑开了花："我要把顶戴花翎当作纪念品带回国去！"

哈尔也走过来，他歪戴着海军帽，身披一面清军船旗，像一只凯旋的斗鸡。他右手提着一支抬枪，左手托着一颗炮子，那颗炮子像一只乌黑的铁香瓜："敌人的炮子打到我的甲板上，没炸。我拔去引信倒出火药看了看。他们的火药与我们的一样，都是用硝、硫和木炭制成，效力却差之千里。我们的火药有严格的配方和制造流程。硝、硫、碳按74.84%、11.84%和11.32%配比，药料用鼓轮机粉碎搅拌，压制成均匀的颗粒，再用加热机烘干，用磨光机把药粒磨光，除去气孔，降低吸湿性。清军火药是按照8∶1∶1的比例调制的，含硝量高，工艺毫不讲求，既容易吸潮又不易贮存。他们的火药只配做烟花和鞭炮，炸不死人，除非打在你身上。"哈尔不愧是军工专家，张口闭口全是数字，精确到小数点后两位。

伯麦爵士夸赞道："哈尔中尉，你今天大出风头，单船追入晏臣湾，广东水师差一点儿让你全打光了！我要给你记大功，报请海军部，授予你巴斯勋章！"卑路乍道："今天'复仇神'号占尽了风光，横扫千军如卷席。其余各舰成了收拾残局的辅助舰。"

哈尔举起抬枪："你们看，清军竟然用这种老家伙和我军打仗，真可笑！"那支抬枪是一种老式火绳枪，枪机由蛇形杆和扳机构成，蛇形杆的末端夹有一根火绳，火绳像鞭炮捻子。扣动扳机时蛇形杆撞击药引，点燃火绳，延迟两三秒后才能引爆炸药，将弹丸射出。碰上阴天下雨或火绳受潮，根本打不着火，形同废物。

义律问道："我军的伤亡情况怎样？"伯麦道："初步统计，没人阵亡，但有三十多人受伤。不是伤于战斗，而是伤于事故。一个清兵逃进一座石库，我军包围了石库，朝里面打了一枪，没想到那是一座火药库，引爆了成吨的炸药，致使三十多人受伤，有两人可能终生残疾。""真遗憾。清军伤亡如何？""初步估算伤亡六百人以上，还有四百多俘虏。"

四百多俘虏乌乌压压地坐了一大片。辛好士爵士道："没想抓了这么多俘虏，公使阁下，如何处置他们反倒成了难题。"俘虏的处置是一个十分麻烦的问题。义律道："清军在浙江俘虏了我军二十七名官兵，包括一名女眷，至今尚未释放。我与伊里布约定，双方都要善待俘虏，饥给饭食，伤给医疗。我要派军医给他们疗伤，派传教士给俘虏们宣讲上帝的福音和大英国的殖民政策，让他们在甘结上签字画押，宣誓永不再战，然后放掉。"

辛好士道："公使阁下，您有传教士的慈悲心肠，只是便宜了这群俘虏。我以为，释放前应当把他们的辫子剪掉，以示羞辱。"义律摇了摇头："不要羞辱他们，对于放下武器的敌人要施以慈悲，以便为和谈留下余地。善待他们利大于弊。"

伯麦道："公使阁下，我提议一鼓作气攻下虎门，打烂广州。然后再与中国官宪计较。"义律不同意："战争的最高境界是不费一刀一兵尽得风流。我以为，这一仗足以让中国官宪清醒。我们不妨给他们三天时间考虑，要是他们不肯屈服，我军再攻虎门不迟。现在，我们应当挑选一个俘虏，给关天培捎信，要他放弃抵抗。"

俘虏们表情麻木目光呆滞，由于辫子拴在一起，无法走动。有三个人在给伤兵包扎伤口，他们的衣花与普通兵丁不一样，有黄条格。义律问道："那三人是什么人？"伯麦道："是清军的军医，我们允许他们救死扶伤。"义律看了片刻，发现其中一人有点奇特，右手留着长长的指甲，长得离奇。义律对马儒翰道："你把那个人叫过来。"

不一会儿，马儒翰把那人带到义律跟前。那人四十多岁左右，留着山羊胡子，脸色灰白慵倦，因为吸烟牙齿微黄。他穿着一套粗布军装，胸前的补子上有一个大大的"兵"字。他诚惶诚恐控背弓腰，战战兢兢给义律打千行礼。义律第一次看见中国人向他行跪礼，以居高临下的姿态俯视着他，尤其是他的长指甲："你叫什么名字。"听了马儒翰的翻译，那人答道："回大人话，在下叫何以魁。"何以魁的声音在打战。义律问道："你是军医？""是，我是剃头匠兼军医。"义律愣了一下，先是不解，而后哧哧地笑起来，周边的军官们也笑起来，笑得前仰后合。何以魁莫名其妙地呆站着。

卑路乍知识渊博："如此看来，中国的医术仅相当于我国中世纪的水平。十五世纪以前，我国的行业分工比较粗简，理发师与外科医师属于同一个行会。理发师不仅理发，还兼营拔牙、锯骨和切除坏死的皮肉。那时没有鸦片酊，锯骨和切除坏死皮肉是一件血淋淋的事情，无人愿干。直到十七世纪，外科医师行会才与理发师行会分开。"

义律敛了笑容："你如何当上军医？"何以魁的腰弯得像一张弓，谦卑得像一只小虾："回大人话，在下的医术是祖传的。"义律拿过他的药匣子，朝里面看了看，里面有调好的药膏，黑乎乎的："你用什么给他们敷伤？""回大人话，金疮膏、田七和云南白药。"义律对中国草药一窍不通，没有追问：

"你是军官还是士兵？""是兵。""你留这么长的指甲做什么？"何以魁的无名指和小指的指甲长得惊人，他小心答道："是给人挖耳屎的，方便。"

伯麦道："医学是一门高级、复杂、深邃的学问，在我国，没上过医学院的人不准行医。我们的军医属于军官序列，没想到中国的军医竟然属于士兵序列！"马儒翰解释道："中国没有医学院，他们把医学视为普通的、简单的工作。"

义律问何以魁："想救你的同胞吗？"何以魁眨了眨眼睛，提着胆气，怯生生回答："医士以救死扶伤为本业，想救。"他把自己抬到"士"的地位，但英国人不理睬这种微妙的差别。

义律与伯麦等人用英语交换了意见。伯麦道："何医生，我是英国远征军总司令伯麦。我给你一个机会，让你把你的同胞救走。"何以魁将信将疑："在下何德何能，能救全体同胞？"伯麦道："你给关天培捎一封信，并带回他的回信即可。"何以魁恍然大悟："在下愿意效劳。"

卑路乍的好奇心极强。他拿来一个画夹子，取出一张纸，放在一块石板上："何医生，我很欣赏你的手，你的手指甲独一无二，世界罕见，我要把它画下来，收入我的回忆录里。请你把手放在纸上。"何以魁惶惑不安，蹲在地上，把手放在纸上，手指微微颤动。卑路乍笑道："别怕，我虽然是你的敌人，却心地善良，不会把你的手剁下来。"他一面安慰一面用铅笔描出何以魁的手形，再用笔尖细细地勾画出指甲。

整整一天，关天培和千余弁兵一直在武山上观战，晏臣湾就在武山脚下。英军的铁甲船单船突进，似鬼似妖似魔似怪，横冲直撞如入无人之境，接连打沉九条战船，烧掉两条搁浅的战船，而后扬长而去。关天培眼睁睁地看着水师营樯橹灰飞烟灭，不由得痛心疾首，一点儿办法都没有。弁兵们则像虾兵蟹将目睹了齐天大圣，一个个惶悚战栗，惊恐之心霍然而生。

当天傍晚，何以魁捎来了伯麦的照会。关天培与各台将领议了半个时辰，也没有定下如何答复。

天擦黑时，关天培回到官邸。家仆孙长庆在门口候着，他是关天培从老家带来的长随，即当伙夫又当杂役。关天培说了一声"水"，孙长庆立即从水缸里舀起一瓢水，递给他。天很凉，关天培"咕咕咕"一口饮尽。孙长庆才说话："老爷，夫人来了。"关天培一个怔忡："她来干什么？"关夫人叫赵梅娘，听见丈夫的话音走出房间。她体态微胖，穿一条南通细布绣花长裙，额头上有一抹淡淡的老年纹，端庄的脸庞有点儿憔悴，透过岁月的年轮，人们依然看得出她年轻时的风韵和秀美。她出身于武官世家，祖父当过副将，父亲当过参将。在这种家庭长大的她像京戏里的穆桂英，读得诗书，使得棍棒，上得厅堂，下得厨房，有一股辣椒性子。她十六岁出嫁，与关天培是结发四十年的老夫妻。

关天培有点儿生气："你来干什么？武山是军事重地，闲杂人等不得进入。"赵梅娘虽然年过半百，嗓门依然像银钟一样清脆响亮："天培，打了一天炮，一家老小怕你有个三长两短，我不放心，来看看。"虎门寨与武山相隔六里，隔一条小河，虎门驻军的眷属多数住在虎门寨。晏臣湾的隆隆炮声惊天动地，牵扯着眷属们的神经，她们心焦如焚，纷纷跑到太平墟和三江口，站在岸上遥望战场。她们亲眼看见沙角山硝烟蒸腾，英军的铁甲船冲进晏臣湾，像杀人机器似的势不可当，打沉了十一条清军战船。少数败兵侥幸凫水上岸，被她们簇拥着逃回虎门寨。败兵们把两军的大战渲染得可惊可怖，引起了普遍的恐慌。一万多眷属惶惶不安，有人恸号，有人痛哭。武山是军事禁区，她们不敢去，于是成群结伙拥向关天培家，捶胸顿足哭天抹泪，央求赵梅娘去武山探问家人的生死。关天培明令眷属不得过河，但赵梅娘是一品诰命夫人，兵丁们不敢强行拦阻，他们晓得，关天培管得住三军管不住夫人。

孙长庆端上晚饭，一盘笋片炖豆腐，一盘炒鸡蛋，一碟盐水豆，两碗米饭，他点上麻油灯，回伙房去了。

赵梅娘一面吃饭一面讲述眷属们的心情。关天培听罢道："逆夷不待琦爵阁回文突袭我军，我军败了。夷酋伯麦放回一个叫何以魁的，捎来一封禀帖。据何以魁说，陈连升父子战死沙场，李贤被俘，水师死伤了好几百弟兄。"赵梅娘的脸色阴阴的，她知道，陈连升通晓兵法堪称骁将，三江协是赫赫有名的虎贲之旅，没想到被英夷风卷残云似的殄灭了。

舟山之败有托词，因为定海驻军毫无准备，穿鼻之败则不同，关天培准备了很久，投入了巨大的人力、物力和财力。关天培不愿渲染战争的残忍，话语不多。赵梅娘也很镇静："夷禀怎么说？""要我军各炮台降下军旗，换上白旗，三天内给予回话，否则就要攻打虎门。"虎门九台全靠旗鼓锣号联络，降下军旗意味着各台不能互通消息。赵梅娘放下碗筷，盯着丈夫："你换旗吗？""不换。""能抗住吗？"关天培在弁兵面前从不讲泄气话，但在夫人的追问下，不得不讲实话："抗不住。"

房间里很静，只有麻油灯在吱吱作响，晚风钻进门缝和窗缝，吹得灯光摇摇闪闪，关天培的影子在墙壁上虚虚晃晃。过了许久他才说："你出嫁前我就说过，从戎者生活在刀刃上，九死一生。"赵梅娘的眼眶湿润了："全家三代十几口子，都盼着你安生，没别的指望吗？""除非接受他们的条件。""不能谈吗？"关天培把筷子放在桌上："没人生来爱打仗，没人愿意在炮火下呼吸。我已经派人去广州，把战况禀报给琦爵阁，请他通盘考虑，以免虎门九台全线崩溃。要是英夷把国门打烂了，和谈的本钱就没了！"他亲眼见证了穿鼻大战，心知肚明两军差距悬殊，抵抗意味着玉碎，战败意味着耻辱，唯一的出路是和谈。

一阵沉寂后，关天培道："琦爵阁与义律互换十余份照会，一方要价高，一方还价低。义律大动干戈，无非是武力催逼，并非必战不可，只要琦爵阁再退让一步，或许能把死棋走成活棋。"赵梅娘的眼中闪出一线希望："琦爵阁能退让吗？""难，他得听命于皇上。我无权决定战和，但能预见结局。要是谈不成，我只能杀身成仁。我死后，拜托你，把我的遗体送回老家。"关天培语调悲凉声音沉重，沉重得像灌了铅。他预感到一个天大的厄运在等待着他。

赵梅娘在丈夫沉静的面孔中窥见他心底的忧虑和挣扎，她差一点儿哭出声来，掏出手帕轻拭泪水："几十年了，你领兵参加过多次剿匪，我也经历过多次生离死别。每次打仗，弁兵们的眷属都在痛苦、惊惧和提心吊胆中凄凄不安。我嫁入你家门时就晓得关家人世世代代以忠良传世。眼下我只能求祖先的在天之灵保佑了。"她放下手帕，"我想去武庙，给祖先烧一炷香。"关天培点了点头："我也去。"他点燃一支蜡烛，插到灯笼的底座上，与赵梅娘一起朝武庙走去。

朝廷以文经武纬治理天下，在各地普建文庙和武庙，文庙供奉孔子，武庙供奉关羽。关羽是关天培的祖先，功略盖天地，神武冠三军。康熙皇帝钦封他为武圣，经康熙、雍正、乾隆、嘉庆和道光五代皇帝的追封，成了拥有二十四字谥号的神明："仁勇威显护国保民精诚绥靖翊赞宣德忠义神武关圣大帝"。关天培出任广东水师提督后，把武山的关帝庙修葺一新，亲自撰写了一副黑底泥金楹联，挂在武庙两侧的立柱上：

兄玄德，弟翼德，德兄德弟；
师卧龙，友子龙，龙师龙友。

关羽的镀金泥塑安放在莲花座上，丹凤眼卧蚕眉，手执青龙偃月刀，威武雄壮。关天培夫妇跪在神像前，一脸正色燃香祷告，恳请祖先保佑大清，保佑虎门无恙。他们的心像燃烧的香火一样灼烫。香烟袅袅上升，仿佛把他们的心愿送上天庭。待香火燃烧殆尽后他们才站起身来，心事重重地返回官邸。

关天培坐在条案旁，望着麻油灯苦苦思索。关夫人睡不着，坐在床沿望着丈夫。过了许多，关天培才提笔给伯麦回函。他心思淆乱犹豫彷徨，写了撕，撕了写，直到三更才写成：

……本提督现已差官赶紧赴省，呈催琦爵相迅速奉复……两国和好二百年，公事一经说明，则彼此和好如旧矣。本提督安心和好，并无歹心……可否再为商议……缓商办理，未有不成之事。①

这是一封委曲求全、延缓战争步伐的照会，饱浸了辛酸与无奈，纠结与屈辱，忍耐与期盼。他把照会放进一只大信套，压在镇尺下。

---

① 引自佐佐木正哉的《鸦片战争の研究（资料篇）》，第54-55页。日本学者左左木正哉从英国国家档案馆中抄写了全部中文公函，整理出版。

第四十六章

虎门炮台临战换旗

虎门的军旗没有降下，更没有换白旗。威远、靖远、镇远、上横档岛、永安、巩固和大虎山炮台旌旗飘飘，钲鼓金铎络绎不绝，大小火炮的炮口高扬，仍然是严阵以待的模样。但是，这是表面的光鲜，里面却像破棉败絮一样不可拾掇。穿鼻之战打掉了军威，打散了士气，广东水师人心动荡军心飘摇。关天培命令弁兵们登台戍守，但是，兵丁们畏敌如虎，围住提督行辕吵吵闹闹不肯就位，连一部分军官也随声附和，呈现出哗变之势！为了稳住军心，关天培不得不将家中衣物和值钱的东西送入当铺，换回银圆赏给兵丁，他们勉强入台戍守。关天培从外面反锁住炮台的大门，依然有人在天黑后越墙而逃。关天培明白，军心已经破碎到无可挽救的地步。

虎门寨的景象同样令人气馁。义律把俘虏和伤兵放了回去，立即收到攻心之效。俘虏们带回了英军不可战胜的神话和惊天噩耗：三百多兄弟殒命，四百多人受伤，大批弁兵下落不明。虎门寨像遭到雷击闪电的摧残，几百户人家在门前挂起白幡，合家老少披麻戴孝，寨里寨外白汪汪一大片，到处是老弱妇幼们的啼哭声和敲打棺材板的叮当声。

虎门距离广州只有一天水程，关天培和弁兵们翘首期盼着琦善，梦想着他在关键时刻突然到来，扼住战争的咽喉。一天过去了，两天过去了，三天过去了，琦善没有来。时间越来越紧，紧得让人悬心难耐，战争的阴云越压越低，压得人们精神惶惑。弁兵们的脸色在变，心境在变，意志在变。

战争机器重新启动了，第四天上午，英军兵船开始编队，准备攻打虎门。

潮水的涨落受制于月亮的引力，每天的潮汐相差四十八分钟。义律和伯麦耐心等待涨潮。中午过后，东风渐起潮水来临，伯麦发布了进攻令。辛好士爵士指挥一梯队，"伯兰汉"号位居中央，"复仇神"号和"皇后"号位于两翼，"硫磺"号、"加勒普"号、"海阿新"号和"拉恩"号紧随其后。其他战舰组成二梯队，与一梯队拉开距离。它们形成两个明显的阵列，浩浩荡荡驶离伶仃洋，向虎门挺进。

英国兵船逆水上行，速度不快。虎门的清军却紧张到了极点。关天培在武山上用千里眼扫视着穿鼻水道，他的后背被汗水洇得透湿。多隆武、马辰和李贤在他身边。多隆武在关闸吃了败仗，降为游击，调到虎门戍守。李贤沦为俘虏，被英军释放，依照军法应该受到严厉处分，但是关天培没有处分他，因为他目睹了晏臣湾之战。水师营器不如人，即使他亲自率军迎战，同样在劫难逃，更何况李贤的打法是与关天培反复商定的。将佐中只有马辰没与英军交过手，马辰是威远炮台的守将，威远炮台紧临晏臣湾。他目睹了水师营的覆灭，知道清军不是英军的对手。

李贤劝道："关军门，虎门七台经不住敌人的狂轰滥炸。好汉不吃眼前亏，换旗吧。"这个曾经豪情满怀的威武汉子被打得灵魂出壳，所有勇气都塞进棺材里，他彻底服输了。关天培犹豫不决，瞥了多隆武一眼，多隆武明白关天培要他发表意见："关军门，我军将无战心兵无斗志，一俟接仗……"他欲言又止，目光里流露出胆怯。关天培转脸看马辰，马辰的态度十分勉强："关军门，标下以服从命令为天职。"

明智的将领审时度势进退有据，不计生死硬打硬拼的战斗只发生在极端情境，成为《杨家将》等小说里的动人故事。关天培和三个将佐都是带兵老将，全都意识到清军距离崩溃只有一步之遥，英军一俟开炮，弁兵们就会弃台逃生，虎门将就不战自乱。关天培的脸涨得通红，国法军规不允许他后退半步，换旗意味着屈服和投降，这道命令一出口就罪不可逭！关天培再次回首眺望珠江，望眼欲穿地期盼着琦善的到来，但江面上没有官船，关天培无法独自承担换旗的责任，他心旌摇晃左右为难。

一个女人的身影倏的一闪，他转过头定睛一看，是赵梅娘！她提着裙角，沿着石板道向山上攀行。两个哨兵在拦阻她，但不敢硬拽，只好一前一后苦口相劝。长随孙长庆闷头跟在后面。关天培怒火中烧，隔着老远吼道："梅娘，你来干什么？这不是女人待的地方！"

赵梅娘捯着碎步朝山顶攀登，仰脸冲他喊："天培，你不能把虎门寨的五千将士拿去喂狗！他们的家人盼着安生哪！"关天培喝道："胡说！你要是不回去，我派兵把你绑走！"她不吭声，拧着劲儿朝山顶登，尖着嗓子发出女人特有的诉求："天培，你要是把虎门的将士毁了，皇上会杀你，虎门寨的一万多眷属会诅咒你，骂你没德行没天良！"关天培怒不可遏："你女人家头发长见识短！我要是丢了虎门，皇上不仅杀我，还会株连三代，连你和儿孙们都得流徙三千里！"赵梅娘像被电光石火击中似的，不胜其寒地打了一个噤。女人的良知和男人的良知迥然有异。她气喘吁吁地走到关天培跟前，咽了一口吐沫："我求你换旗！一换旗，虎门就有救了！"关天培的脸色青紫："你要我投降吗？""不，是缓兵之计，缓兵之计呀！"她的话音刚落，一颗炮子拖着黑烟呼啸而来，打在威远炮台的石壁上，"砰"的一响，天崩地裂似的炸开，震得武山瑟瑟颤抖。附近的兵丁们像兔子听见狮吼，脸色唰的一下黯下来，有人开始溜号。

待爆炸余音消散后，李贤才斗胆劝道："关军门，夫人说得对，不是投降，是缓兵之计！换旗吧，否则虎门就完了！"虎门苦撑到了极致，不当机立断很快就会崩溃！

一支火箭从敌船上腾空而起，像一条火龙，拖着火亮的尾巴在低空蹿行，一眨眼工夫，锋利的箭头扎到一棵老树上。老树颤颤巍巍地燃烧起来，烧得"噼啪"作响。赵梅娘急了，像一只雌鹰发出临危自救的绝叫："天培，你给伯麦的信为什么不发！"关天培以吼叫对吼叫："来不及了！敌人打上来了！"赵梅娘叫道："来得及，我去！"

此话有点儿匪夷所思！冒着枪林弹雨给敌人送信，随时可能被炮火打成齑粉！关天培不信她有这个胆量："你敢吗？""敢！"赵梅娘的声音尖锐刺耳——那是另一种良知，支撑她的是一万多眷属的悲情，与精忠报国的正统法理格格不入！但是，一个"敢"字刹那间撼动了关天培的抵抗意志。他弯下腰，从靴叶子里抽出信套，在她眼前一晃："你真的敢？"赵梅娘的辣椒秉性被激活了，她满脸通红，扬手夺下信套："敢！老孙，跟我走！"她头也不回，捯着碎步朝山下快行疾走，像一只雌鹰展翅俯冲临危救雏。孙长庆像一条忠实的老狗紧跟在后。李贤突然想起什么，手忙脚乱地从旗箱里翻出一块白绸，追下去："关夫人，信旗，别忘了挂上！"

小码头就在武山脚下。关天培两腿发软，心口怦怦狂跳，鼻孔里发出"咻咻"的出气声，眼睁睁看着她跳上一条小船。孙长庆解开船绳，摇动船橹，朝敌人的舰队划去。关天培咬牙发出了命令："换旗！"管旗闻声即动，急急匆匆扯动旗绳，降下了提督大纛，升起一面白旗，在海风的吹拂下，白旗"呼啦啦"地响。虎门各台看见令旗，相继降下龙旗，换上清一色的白旗，所有金铎鼙鼓不再敲击，千军齐喑！

各台弁兵们敛气收声，悬心盯着迎敌而上的小船和关夫人。穿鼻水道风摇波涌水旋浪腾，谁都说不清那条小船将被打沉还是被撞碎。

英军舰队逆流而上，行速缓慢，小船顺流而下，像一只小小的箭镞。赵梅娘忘却了个人的安危，像灯蛾扑火一样义无反顾。她站在船舱心急如焚，一手高举信套一手摇着白旗，声嘶力竭地呼叫："照会——照会——！"但是，她的声音细若游丝，淹没在滔滔激水的轰响中，没人听得见。小船在风浪中一起一伏，她的身子也一起一伏。

义律和伯麦在"皇后"号上看见了这场奇观：一只小船一个摇桨老翁一个手无寸铁的老太太，迎头拦住荷枪实弹破浪前进的庞大舰队！但虎门七台全都换了白旗，这是屈服的信号！

"皇后"号升起了"暂停前进"的信旗。

一个不可思议的女人做出一个不可思议的举动，全权公使和司令发布了一道不可思议的命令！若不是亲眼看见，谁都以为是天方夜谭！英国官兵们吃惊，不解，惶惑，但命令必须服从，各舰相继抛锚降帆，停在距离武山六百米的水道上。

一番周折后，小船划到"皇后"号火轮船的旁边。水手们放下舷梯。孙长庆生怕女主人出事，叮咛道："夫人，千万别说你是关军门的内人。"赵梅娘应了一声"知道了",把白绸往船上一丢,提着裙角沿着舷梯上了敌船。英国水兵好奇地打量着这位胆大无比的中国老太,她也警惕地扫视着周边的夷兵和设备。冒烟的铁壳烟筒,复杂的缆绳索具,奇形怪状的枪炮。但她没敢细看,这里毕竟是敌船,不是可以随意观览的地方。

一群夷兵簇拥着马儒翰迎上去,她一声不响,递上了关天培的照会。马儒翰问道:"你是什么人?""我是关军门派来的信使。"事关重大,马儒翰不敢马虎,领她进了司令舱。司令舱很小,一张桌子和两张固定在舱壁上的长椅占了大半空间。义律和伯麦并排坐在长椅上,打量这位胆大包天的老太太,却没有请她坐。赵梅娘站在夷酋面前,此时她才有点儿心虚。

马儒翰把照会逐字逐句译成英语。义律听罢,对垂手而立的赵梅娘道:"本公使大臣愿意用政治手段解决争端,只要贵国实心求和,可以延期等待,但有条件:关提督必须停止一切军事活动,除了降旗外,不得使用金铎鏧鼓,不得修筑掩体,不得扩建炮台增加炮位。"伯麦补充道:"我军攻打虎门易如反掌,但我们不过度依靠武力。本司令提出几项条件供关提督考虑:第一,广州必须尽快开埠贸易;第二,关提督必须停止扩建炮台,不得另行武备;第三,琦善必须就赔款和增开口岸和让渡海岛事项做出明确的答复。否则,本司令立即下令攻打虎门,绝不宽贷!"

当马儒翰把义律和伯麦的话译成汉语后,赵梅娘才意识到她无职无权,代表不了琦善和关天培,更代表不了国家,她什么都不能应承,也不敢应承。她紧张得额头沁出细汗来,紧绷着脸皮不说话。义律见她缄口不语,无奈地耸了耸肩,嗔怪道:"老夫人,请你回去告诉关提督,派人传话要派明白晓事的人,一个有办事权力的人,不要派一个女人。我方将派一名军官与你一起走,与关提督面谈停战事宜。"

赵梅娘不知晓应当如何告辞,犹豫了一下,屈膝蹲了一个万福,转身出了司令舱,沿着舷梯回到小船上。她冲动终于后怕——此时此刻,她才发觉自己的内衣被汗水浸透了,两条腿像面条一样软。她一屁股坐在船板上:"老天,我在刀口上滚了一回,吓死了!"

辛好士爵士一直在"伯兰汉"号上等待命令,他烦躁不安地踱着步子,皮鞋在甲板上踩出钟摆似的"笃笃"声。当"皇后"号升起"全军回撤"的信旗后，他气得恨意咄咄，当着全体水兵的面大发牢骚："公使阁下真他娘的是女人心肠！他居然让一个老太太拦阻在征途上！这不是打仗，是玩打仗游戏！"水兵们应声起哄，肆无忌惮地发泄不满，有人吹口哨，有人吼叫，有人跺脚，跺得甲板"砰砰"乱响。

下午酉时二刻，一条楼船和两条随行护卫的师船沿江而下，琦善终于姗姗来迟，鲍鹏和白含章等人也同船赶到。他们老远就看见武山、镇远、靖远、威远、上横档岛等炮台全都挂了白旗，穿鼻水道有英军兵船在活动。琦善嗅到了浓烈的失败气味，若不是虎门危在旦夕，关天培绝不可能悬挂白旗！

琦善上岸后，与关天培等人商议了整整一夜。

第二天一早，白含章和鲍鹏奉命去沙角交涉。他们乘师船驶过晏臣湾时看见湾里一派狼藉，断桅烂板被江水冲到岸旁，水面上漂着几具尸体——他们沉入水底，经过几天浸泡才浮上来，散发出腐败的气味。数百只军舰鸟、短尾信天翁和白尾海雕在空中盘旋，为争抢浮尸腐肉"呀呀"怪叫。它们相互威胁大打出手，像一阵又一阵白色的旋风。再往前行驶，白含章和鲍鹏看见沙角山顶有英军哨兵，旗杆上飘着米字旗，对岸的大角炮台被夷为平地，英军弃而不守，成群的流民乞丐像嗅到异味的苍蝇一样纷至沓来，东一伙西一丛，在废墟上搜寻可以利用的破烂。鲍鹏没打过仗，头一次见到这么惨烈的景象，不由得像秋风寒蝉一样胆战心惊。白含章是行伍出身，他默不作声，满腔悲凉。

会面安排在一顶临时搭起的帐篷里。帐篷外是炸毁的炮台，倾圮的巷道和石库，它们被硝烟战火熏得乌里乌涂，旁边的树林和草木被烧成了炭灰。白含章和鲍鹏委屈地坐在一起，表情呆滞得像两根枯木。义律和伯麦坐在对面，举手投足显示出胜利者的骄矜和得意。马儒翰居间翻译，他身躯肥胖，稍一动弹就把木凳压得"吱吱"作响。

义律以不容置疑的口吻指责清方："贵国钦差大臣琦善阁下到广州三十八天了，对本公使大臣提出的条件久议不决，我国水陆官兵忍无可忍，只好武力敦促。经贵国水师提督关天培请求，本公使大臣同意休战三天，但是，你们迟迟不到。你方是不是故意怠慢本公使大臣？"白含章道："义律阁下，一切都是误会。贵公使大臣提出的所有条件，琦爵阁都仔细斟酌过，但事关重大，不是他一人能够做主的，得奏请皇上施恩允准。广州与北京距离遥远，即使我方用六百里红旗快递，一去一回也得二十八天，而贵国官兵不待回文即大动干戈，实在有伤天和。"

义律道："如此说来，大皇帝没有授予琦善阁下签约之权，是吗？"伯麦厉声道："要是琦善阁下没有签约之权，所谓谈判就是虚耗时间。我方将攻占虎门和广州，然后再等待贵国皇帝的旨意。"如此一番威胁，气氛顿时严峻起来。鲍鹏的脑筋转得快："不。钦差大臣代行天子之权，与贵国的全权公使一样，是有签约权的。"鲍鹏虽然聪明，却不熟悉官场章程，他没意识到这种解释会惹出什么麻烦。

义律道："既然有签约权，本公使大臣将重述我方要求：贵国应当把香港让予我国，并开放厦门、福州、宁波和上海四个口岸，贸易通商。贵国赔偿兵费三百万，归还商欠三百万，合计六百万，这笔赔偿费是不容讨价还价的，否则，我国水陆官兵明天就攻打虎门，直逼广州！"

白含章的脸色煞白："琦爵阁委派我们转告阁下，他同意给予香港一处让贵国商人寄居，但要求贵国商人依照黄埔贸易章程交缴税费。"这是一个重大的妥协和让步。马儒翰把白含章的话译成英语："Imperial Commissioner Keshen agrees to cede Hong Kong Island to the British Crown. All just charges and duties to the empire on the commerce carried on there to be paid as if the trade were conducted at Wangpoa."

义律灰蓝色的眸子闪过一丝喜悦——让渡一座海岛是英中双方谈判的最大难点，穿鼻之战把琦善打清醒了，他没有什么讨价还价的本钱，被迫屈服——但是，义律根本没有想到，马儒翰把"给予香港一处寄居"译成"cede Hong Kong Island to the British Crown"，这一译法并不准确。偏巧鲍鹏只会讲二混子英语，能够应付生意上的事情，却不足以承担国事翻译的重任，他甚至不晓得"cede to"的准确含意。由于他没有提出异议，当事双方稀里糊涂把一桩南辕北辙的棘手大事办得出乎预料的顺利。

白含章道："琦爵阁说，一次增开四处码头，大皇帝很难允准，如果只开放两处，琦爵阁才便于奏明大皇帝，请公使阁下体谅琦爵阁的难处。"巴麦尊要求义律在索要一座海岛和增开码头之间二选一。既然清方同意让渡香港，在增开码头事项上自然可以再退一步。义律道："本公使大臣同意将贸易码头减为两个，定为福州和厦门。"

白含章道："贵国先占舟山，又占沙角和大角，琦爵阁请求贵国将它们交还我国，他才好向大皇帝解释。"义律道："贵国有句古话，识时务者为俊杰。琦爵阁明白晓事，在关键时刻做出了明智的选择。贵国既然同意我方提出的条件，我方当然可以归还舟山、沙角和大角。"鲍鹏得寸进尺："琦爵阁说，贵国若先行归还舟山，他才便于给予让贵国商人在香港寄居，不然的话，他不好向大皇帝解释。"义律摇头否决："我方不能将上述三地先行交还贵国，接收香港与交还上述三地必须同时办理。"他把最后一句话说得铁定。

伯麦道："既然琦善阁下同意给予香港一处于我国商人寄居，和谈的最后障碍就消除了。两国的敌对状态很快就会结束。"义律点头道："请二位回去转告琦善阁下，为了表示我方的诚意，我将派船通知我军撤出舟山。但我要求，我军撤离舟山南下时，贵国水陆官兵不得拦阻和攻击，所过之处应当供给淡水和食物，我军将照价付款。此外，贵军应当把拘押在宁波的全体战俘一体释放。"白含章道："我会把您的要求禀报给琦爵阁。"

伯麦补充道："英中两国交往无多，双方的诚信还有待验证。此事有劳二位转告琦善阁下，请他咨会沿海驻军不得拦阻我军南撤，并把同样格式的咨文副本交给我方，以备验证。我也将给伊里布阁下和我军驻舟山的军事长官写一封信，一式两份，一份由你方通过内陆驿递，送交伊里布阁下，另一份由我方派船送往舟山。两份信函验证契合，方才有效。"这是敌对双方验证互信的好方法。白含章道："承蒙阁下美意，本官回去后就把您的意思禀报给琦爵相。"

义律道："依照我们欧洲国家的惯例，条约的底稿由胜利者起草，签约的时间和地点由你方确定。我将尽快草拟一份条约，暂定名《穿鼻草约》，译成汉字，一式两份，一份由琦善阁下呈报贵国大皇帝，一份由我呈报我国政府，具有同等效力。我提议琦善阁下尽早签约，以便结束敌对状态。"说到这里，义律指着帐篷外面的洋面："你们看一看，伶仃洋上泊着那么多商船！各国商人眼巴巴地期盼着恢复通商，把贵国的茶叶和丝绸销往世界各地，而通商的钥匙掌握在琦善阁下手中。只要他签约，英中两国就会和好如初。贵国有一句老话：忍一时风平浪静，退一步海阔天空。"

鲍鹏道："我们来前，琦爵阁特意交代，条约文字宜粗不宜细，宜简不宜繁。"义律道："我赞同琦善阁下的意见，条约文字宜粗不宜细，宜简不宜繁。"

这次会商畅如流水，义律、马儒翰、白含章和鲍鹏都有一种战争一爆即止的感觉，谁都没有发现其中的纰漏。

第四十七章

骑虎难下

《穿鼻条约》进入了文字准备阶段。马儒翰起草了英汉两种文本的底稿，英文底稿由义律审定，汉字底稿由白含章和鲍鹏带给琦善确认。与此同时，义律把撤军令书写两份，一份由白、鲍二人捎给琦善，一份派"哥仑拜恩"号送往定海。琦善也写了致福建和浙江两省督抚大员的咨文，要求他们在英军南下时不得拦阻，并将咨文缮写一份，由白、鲍二人转交义律。经过协商，双方把签约日期定在道光二十一年正月初五（1841年1月27日），地点定在狮子洋莲花岗，采用弭兵会盟的形式，届时英中双方将举行盛大仪式和队列表演。

两国即将签约的消息不胫而走，两军官兵和中外商民全都大大松了一口气。

卑路乍完成了绘制香港地图和海图的任务，喜洋洋呈报给伯麦，就像呈报一件称心如意的杰作。伯麦仔细看了一遍，夸赞道："你不愧是测绘高手，名不虚传。"他拿出一支红色铅笔，在香港和大陆之间勾了一个圈："我将用女王的名字命名这个海湾，叫它维多利亚湾。为了表彰你和'硫磺'号的功绩，我将把香港西北面的水域叫卑路乍湾，把香港与青洲岛之间的海峡叫硫磺海峡。"

卑路乍道："伯麦爵士，谢谢您的鼓励。听说战争即将结束，是吗？"伯麦道："是的，我确信战争结束了。"卑路乍喜形于色："好极了！我与'硫磺'号和'司塔林'号的全体官兵在太平洋上连续工作了两年，官兵们思乡心切。"依照海军章程，连续工作两年的海军官兵可以回家休假——海军的生活空间十分促狭，多人共住一间船舱，没有私密生活，一切都在众目睽睽之下，家庭的温馨像梦幻一样遥远而诱人。伯麦道："签署完《穿鼻条约》后，不仅你们可以回家，'麦尔威厘'号、'萨马兰'号、'马达加斯加'号和'皇后'号也该轮休了。它们也在海上连续效力两年了。""伯麦爵士，我将把最近两年绘制的海图送到马尼拉，然后去加拿大看望妻子和家人。"伯麦顽皮一笑："是该看一看妻子了。军人常年离家是有风险的，万一女人忍受不了孤独，再有色狼乘虚而入，就可能红杏出墙。我要是不放你走，罪过就大了。哦，过几天我将率领海军陆战队在香港登岛，升起我们神圣的国旗。届时希望你出席升旗仪式。"

卑路乍诧异道："您的意思是在签约前占领香港，是吗？""是的。依照义律公使和琦善的约定，接受香港与归还舟山、沙角和大角应当在正式签约前同时进行。我已经命令明天上午全军撤出穿鼻水道，把沙角和大角还给清方，并举行一场隆重的交接仪式。我将派'哥仑拜恩'号去舟山，通知布耳利将军和胞诅舰长，把定海移交给中国军队。我还将安排运输船，让孟加拉志愿团先行返回加尔各答。"卑路乍道："您不担心中国人玩弄骗术？"伯麦抬头看了他一眼："卑路乍舰长，你多虑了。清军三战三败伤亡惨重，他们怎敢开欺天骗地的国际玩笑？"说到这里，伯麦拍了拍卑路乍的肩膀："该放松一下了，晚上我请你喝朗姆酒。"

琦善在虎门就近指导谈判，待白、鲍二人把所有事项和签约日程议妥后，他才返回广州。他一到总督衙署就接到了道光的谕旨，不由得大吃一惊：

> 逆夷要求过甚，情形桀骜，即非情理可谕，即当大申挞伐……逆夷或再递字帖，亦不准收受，并不准遣人再向该夷理谕……朕志已定，断无游移！

一个月前，琦善将义律的十四项要求奏报朝廷。道光的谕旨是对十四项要求的回应，它在路上走了十几天。这一时间差恰好置琦善于进退两难的境地——奉旨必然违约，守约必定违旨；违约意味着战争，违旨意味着惩罚！

琦善看得一清二楚：穿鼻之战败得奇惨，敌强我弱相差悬殊，继续对抗全无胜算！但是，道光的变化十分突然，令他措手不及。如果他单独将实情上奏，皇上必然迁怒于他，为了摆脱难局，唯一的办法是与广东的全体文武大员会衔上奏，恳请皇上曲意含容，做出让步，化解危机。琦善决定第二天在将军衙署召开紧急会议，请广州将军阿精阿、巡抚怡良、水师提督关天培、副都统英隆和刚被任命为军务帮办的林则徐出席，共同商议有关事宜。

广州城里丁口绵密仕宦星稠，只有旗人的驻地比较开阔。三千六百名八旗兵和一万七千多眷属占据了广州城的六分之一，当地百姓称他们的驻地为旗营。旗营是一片独立天地，汉人不经允许是不能随意进入的。

琦善最先到达将军衙署，阿精阿陪他观赏衙署里饲养的梅花鹿。鹿肉是美味佳肴，鹿血鹿茸有大补功效。宗人府在北京南苑和承德养了几百头鹿，专供皇室宗亲们享用。这种风气上行下效，阿精阿也在衙署后院养了几十头鹿，不仅自己享用，也作为礼物馈赠给本省的文武大员。

琦善一面观赏梅花鹿一面与阿精阿说话："八旗兵能不能分兵增援虎门？"阿精阿虽是武将，说话办事却文声文气："八旗兵的职责是保卫广州城，防止汉臣和绿营兵作乱，总督和抚巡不得调用，但这是对汉臣而言，您不在此列。您既是满洲亲贵又是钦差大臣，还是堂堂正正的殿阁大学士，您说一句话，广州的地面都得晃一晃，我哪能不遵命。"朝廷共有二十三万八旗兵，十三万驻扎在北京和承德，称为京师八旗，十万派往全国各地，称为驻防八旗，他们的主要职责是防止汉臣作乱。

琦善道："在这种时刻，咱们得高举满汉一家的旗帜，不能闹生分，更不能窝里斗。"阿精阿哂然一笑："琦爵阁，瞧您说的。自从先帝入关以来，满汉在一个屋檐下过了二百年日子，用一把马勺在一口锅里舀食吃，跟姑表亲差不多，要不是朝廷严禁满汉通婚，说不定半数旗人娶了汉族大妞当媳妇。英夷在大清水域耀武扬威，满汉就得合成一股劲儿共御外侮外辱。"琦善一听"共御外侮外辱"就知道阿精阿主战，与自己的思路不搭调，但他还是讲了一句顺风话："你这么讲我心里也踏实。待会儿林则徐和关天培都要来会议，共议夷务。"阿精阿咧嘴一笑："关军门也来？""他是守卫国门的主将，当然要来。"阿精阿道："关军门难得进我这座小庙，我得好好款待他。吉尔塔！"

一个亲兵应声答道:"有!""今天广东的军政大员一齐来这儿会议,你告诉大伙房杀一头鹿,做一顿佳肴,把窖里那坛八年陈酿拿出来。""喳!"亲兵转身离去。

广东的军政大员都主战,但关天培最了解敌情,主张化干戈为玉帛。琦善想让他实话实说,劝大家会衔上奏,请皇上收回成命。

不一会儿,怡良、关天培和英隆先后到了,三个人拉手叙旧行礼寒暄,只等林则徐一到就会议。

过了好一会儿,钱江才来到将军衙署禀报:"琦爵阁,林大人说他病了,请假不来。"琦善从虎门一回来就登门拜访过林则徐,想让他在今天的会议上表态,劝大家会衔奏请皇上多让一步。林则徐原本说来的,事到临头却称病不来①。请病假是官场上通行的把戏,什么时候生病,生什么病,什么时候痊愈,很有讲究,在关键时刻"生病"既可以规避风险逢凶化吉,也可以推卸责任后发制人。最噎人的是,只要没有真凭实据,谁也说不出什么来。琦善颇感不悦,微蹙眉头道:"有病就算了,你叫他好生休息,现在开会。"但他心里明白,林则徐没病,至少没有大病,他是主剿的,不愿附会琦善的建议。

五个人去了花厅,依照官秩高下入座。琦善坐在中央,讲了一通开场白:"诸位是本省的头面人物,各有专责,政务繁繁日事劳劳。今天我不得不烦劳大家共议夷务。英夷占领舟山后,本朝海疆风高浪急,皇上为国家计为民生计,忍小愤而顾大局,定下羁縻之策,同意与英夷平行换文,恢复通商,派本爵阁部堂到广州抚夷。我在大沽与义律会商时,他提出八条要求,朝廷允准一半。我到广州后,他突然桀骜不驯不肯就抚,变本加厉提出十四条要求。本爵阁部堂耐心开导逐条反驳,互换照会达十九封之多,才遏制住他的贪欲之心。十几天前,英夷不待朝廷回文突袭沙角和大角,杀伤我军将士数百人,击毁我军战船十余条,种种逆行令人发指,经关军门好言劝说,夷酋义律和伯麦才同意暂时息兵。这些天,我派白含章和鲍鹏往来传话反复磋商,义律才同意将要求减至四条,拟定一份草约,我现在给大家说一说,请大家议一议。"琦善取出《穿鼻草约》的底稿,把大意说给大家:"其一,将香港一处给予英商

---

① 根据林则徐写于道光二十年十二月二十八日和二十九日(1841年1月20日和21日)的日记,琦善召开讨论夷务的会议前曾拜访过他,他以有病为由没有出席第二天的会议。

寄居，效仿黄埔方式缴纳税款；其二，赔款六百万元，含三百万商欠，其中一百万立即支付，其余部分分五年付清；其三，两国交往平等换文；其四，十天内恢复广州贸易。此外还有一个单列事项，义律把舟山岛交还我朝，并从沙角和大角撤军，以换取在香港寄居。请大家议一议，这些条件能否接受。"

琦善通报过大沽会谈的情形，今天是他第二次通报会谈情形。这些内容与大沽会谈的内容相差甚远，会场立即冷下来。过了半响阿精阿才说话："香港虽然是弹丸之地，要是允准英夷寄居，恐怕会成为藏垢纳污之所。万一英夷得寸进尺，修筑炮台派兵驻守竖旗自治，香港就成了第二个澳门，此条不能接受。就算我们同意，皇上也不会答应。至于其他款项，您酌情办理吧。"英隆道："给予香港一处寄居固然比割让强，但当年葡萄牙人占据澳门，也是先寄居后蚕食，最后竖旗自治。殷鉴在前，不能不防。"怡良是个太平官，不求圆满但求无祸，从来不在官场上蹈险："六百万！钱从哪儿出？"琦善道："由十三行出，分五年支付。十三行近年疲乏至极，力有不逮。我最初主张以十年为期，陆续偿还，但义律不干，几番讨价还价，义律才同意分五年支付。"怡良说了一句同情话："三百万商欠已经让行商捉襟见肘，再让他们承担三百万赔款，无异于逼上绝死之地！没当行商的人羡慕行商，当了行商的人都想退出。十三行真是名副其实的冤大头！"

琦善把话题引向核心："但是，我昨天接到谕旨，皇上忍无可忍，决定对英夷痛加剿洗。"阿精阿道："哦，谕旨怎么说？"琦善取出谕旨交大家传阅。

估计大家传阅完毕，琦善才接着讲："北京与广州天隔地限，廷寄用六百里红旗快递也得走十三四天，一来一回将近一个月。本爵阁部堂与义律约期在先，谕旨抵达广州在后。不按谕旨办理是违旨！不按期签署条约是违约！两种后果都很严重。本爵阁部堂夹在中间，进亦难，退亦难，所以，我请诸位畅所欲言，说一说如何料理眼下的难局。"

看了皇上的谕旨，会议的风向立即大变。怡良道："琦爵阁，皇上谕令不准收受逆夷字帖，也不准再遣人向逆夷理谕，烟价一毫不给，土地一寸不许，等于关了抚夷的大门。逆着朝廷的旨意办理恐怕不大妥当。皇上要大申挞伐，圣意难违啊。"琦善苦着脸道："难就难在这儿。逆夷不待回文，突袭沙角和大角，意在敲山镇虎厉声恫吓，逼我让步。皇上远在北京，没有目睹战斗之惨烈，才谕令本爵阁部堂大申挞伐。我要是不按期与义律见面，虎门就危在旦夕，要是虎门被打烂，广州恐怕就唇亡齿寒了。"

英隆的官衔虽低，却是爱新觉罗氏的人，说话全无忌讳："琦爵阁，虎门九台是本朝第一天堑。沙角和大角丢了，但虎门还有大炮五百雄兵八千。威远、靖远、镇远和上横档岛地处形胜易守难攻，总不至于像破筛子似的一捅就漏吧？再说，关军门是何许人？是关云长的后代！关云长是康熙皇帝钦定的武圣，不论八旗兵还是绿营兵，都得顶礼膜拜！有关军门镇守虎门，我思量英夷闯不进来！"英隆的话漫无边际，居然扯到一千八百年前的关云长。琦善性情温和，没反驳他，一心一意把风头往和谈的方向引："能否守住虎门，关军门最知情，请关军门说一说。"

关天培打了败仗，不敢说硬话："我不说大家也知道，广东水师船小皮薄炮弱，无力与英夷对仗。夷船既有帆篷又有蹼轮，顺风逆风皆能行驶，而我军的战船只能顺风作战不能逆风作战，能驰骋江面不能穷援港汊，一俟风急水溜，能下不能复上，势散力单极易受挫。虎门炮台固然地处形胜，历任总督和巡抚动员行商多次捐输，虎门六台才得以扩建成九台，但是，英夷船坚炮利器械优良，火箭力能及远，火炮俯仰旋转运作灵捷，而虎门各台的火炮却只能直击，与英夷开仗，实无把握。"

英隆没见过旋转炮，觉得有点儿不可思议，硬邦邦问道："关军门，一门巨炮重七八千斤，小炮也有千斤之重，能旋转？没有力拔山兮气盖世的本领，谁能让大炮旋转？我不信！"关天培道："英大人，要不是亲眼所见，我也不信，但英夷的船载火炮确实能俯仰旋转，其中的机关我还没看透。夷船在晏臣湾击沉我军十一条战船，靠的就是铁甲船和旋转炮。"英隆像听了一则天外神话，眼睛瞪得更大："关军门，你说英夷的兵船是铁打的？"关天培点头道："是铁打的，至少有一条是铁打的，弁兵们称之为铁甲妖船。"英隆眨了眨眼睛，发出一连串问诘："铁甲妖船？关军门，你不是开玩笑吧？铁比水重，要是铁船能浮在水上，母猪也能飞上天！"关天培认真道："军中无戏言，英夷确实有铁甲妖船！"

海疆打得如火如荼，关天培身临其境，对敌强我弱有切身体验，讲的都是实话。八旗兵待在广州城里养尊处优，阿精阿和英隆从未莅临前线，更没见过铁甲船和旋转炮，对关天培的讲述将信将疑。

阿精阿舔了舔嘴唇："琦爵相，我是带兵的，喜欢直来直去，您有什么想法就直说吧。"琦善放低了姿态："皇上要挞伐英夷，我担心的是，一俟兵戎相见，咱们挞伐不了英夷反而被英夷挞伐，到那时，大伙就罪咎难辞了。我琦某人不才，愿与在座诸公和光同尘，共进共退共荣共辱，恳请诸公与我会衔上奏，请求皇上俯顺夷情，了结这次兵祸。"

琦善的想法与皇上的谕旨背道而驰，在座诸位都晓得道光皇帝天性凉薄，他认定的事，不撞南墙不死心。谁要是逆旨而动，他随时都会重手惩罚，罚得倾家荡产名声扫地。花厅里岑寂无声。过了许久怡良才慢悠悠道："琦爵阁，皇上的话句句是圣言，一句顶一万句，做臣子的应当唯上是听，以皇上之是非为是非，以皇上之旨意为旨意。皇上高瞻远瞩，改抚为剿有其道理，改剿为抚也有其道理，我们要是与皇上拧着劲儿，恐怕不大妥当。"怡良摆出一副难得糊涂的架势，但这种糊涂不是真糊涂，而是在官场上修炼出来的"玄妙糊涂"。

阿精阿附会道："琦爵阁，胜败乃兵家常事，咱们不能因为在穿鼻吃了败仗就气馁，就挺不起胸抬不起头。虎门的兵力不够，我的八旗兵可以听从调遣。英夷强在海上，绝不会强在陆上。他们要是胆敢闯入内地，三亿五千万大清子民一人一口吐沫也把他们淹死了！"这是毫无用处的豪言壮语，却激得英隆来了劲儿。他从口袋里拿出两只油光光的山胡桃，捏在掌心发出"嘎嘎"的旋转声，突然意识到不妥，收起来，话音里带着市井俏皮："琦爵阁，我是爱新觉罗氏的人，与大清的兴亡成败相始终，只要剿夷，您下一道命令，我立马率领八旗兵开赴虎门。至于劝皇上改弦更张，还是您自个上奏吧。当然了，皇上要是听您的，我陪您一块儿去抚夷。不过，说实话，我怕皇上不怕英夷。英夷打到城下，我可以战死沙场，英夷不会株连我家。要是违旨，皇上诛杀我事小，一家老少跟着倒邪霉事大。"英隆直白得近于无赖，却很真实——自古以来皇帝就被奉为真命天子，神一样威严，神一样强悍，神一样全能。他的权威是不可置疑的，他的谕令是不可违逆的。

琦善叹了口气："平心而论，皇上要剿，占着法和理，是为国家着想；我们办具体事的人，也是为国家着想，却得顺应情与势，因势利导。没人愿意在大敌压境时签订城下盟约。但是，强敌当前，做臣子的不能不思量什么叫明智。以局部之小损换取全局之稳定，还是毫不妥协，把国家拖入一场没有胜算的战争？剿是一种策略，抚也是一种策略，二者相辅相成。抚固然有退让的意思，却是坚守的支撑点，临危依托的屏障。明知打不过却像亡命徒一样铤而走险，只会遭受更大的损失，于国于民于皇上都无好处。"

琦善把心中的忧虑与打仗的危险涓涓滴滴讲述出来，阿精阿、怡良和英隆却缄口不语，场面相当尴尬。琦善见劝不动他们，只好打表看时间："既然诸位不愿意会衔上奏，我也不难为大家。今天的会议就到此吧。"

阿精阿站起身来："琦爵阁，我安排了一顿鹿宴，鹿肉鹿心鹿肝鹿尾鹿血鹿茸鹿脑鹿舌俱全。我去大伙房亲自给你和关军门烧一盆鹿血汤，那可是滋阴壮阳的好东西。"说罢他抬脚迈出门槛。怡良和英隆也跟着去了，只剩下琦善和关天培。

琦善呆坐了片刻，才忧心忡忡道："关军门，英夷咄咄逼人到此种田地，他们却执迷不悟！你我二人会衔奏请皇上抚夷，如何？"依照朝廷的规定，提督没有单独奏事权，事涉军务时可以与总督或巡抚会衔奏事。关天培犹豫片刻，婉言推卸道："琦爵阁，我打了败仗，刚上折子请求处分，在这种关头与您会衔上奏，请求签署城下盟约，无异于在不当之时讲不当之话。"

文武大员们惧怕皇上远胜于惧怕英夷，琦善苦口婆心却没人附和，他陡生一种寂寞感与孤独感。他盯着关天培的眼睛，追问道："虎门能守住吗？"关天培不敢吹牛皮："平心而论，抚胜于剿，和胜于战。但皇上要剿，我关某人只能鞠躬尽瘁死而后已。"他的话里透着一种浸入骨髓的绝望。

琦善喟叹道："慷慨赴死易，从容负重难！关军门，我与你一样，想拒强敌于国门之外，却有心无力。但是，有个道理不能不坚持：做臣子的应当为皇上着想，为黎民百姓着想。勤力疆场是公忠体国，暂时退让未尝不是公忠体国。剿与抚，战与和，我思忖再三，还是抚为上，和为先！"关天培劝道："琦爵阁，皇上不准再接受夷书，不准再代逆夷恳请施恩，命令我们厚集兵力大申挞伐，违旨的后果，您得思量。"琦善的眼睛微微湿润："内有皇上谕旨，外有逆夷强师。和有罪，战必败，败了罪过更大。我命至玄关，是祸是福只能走一步看一步。关军门，你别看我出身于世代勋臣之家，有殿阁大学士之尊，我的想法与皇上的想法隔着一道沟壑，想起来就心中悲苦。"关天培没说话，低头出了会议厅，朝大伙房走去。

琦善心情抑郁绕室彷徨。单衔上奏与会衔上奏的分量大不一样，但是，广州的文武大员们居然没有一人肯于与他共进共退的，自己竟然是天涯孤臣！他没有心思赴宴，索性打道回府，坐在轿子里反复思量如何把敌情和《穿鼻草约》的内容奏报给皇上。回到总督衙署后，他立即坐在条案旁，拟了一道奏折，恳请皇上网开一面批准草约。他生怕因言致祸，在结尾处特别申明自己的苦心：

> ……奴才再四思维，一身之所系犹小，而国计民生同关休戚者甚重甚远。盖奴才获咎于打仗未能取胜，与获咎于办理之未合宸谟[①]，同一待罪，余生何所顾惜。然奴才获咎于办理之未合宸谟，而广东之疆地民生犹得仰赖圣主鸿（洪）福，藉保乂安……伏望皇上轸念群黎，恩施逾格，姑为急则治标之计，则暂示羁縻于目前，即当备剿于将来也。[②]

这段话字字悲凉句句哀痛，却是切合实际的真话。

[①] 帝王的住所叫"宸"，谋略叫"谟"。宸谟即皇帝的谋略。轸，悲痛；群黎，百姓。轸念群黎：以慈悲之心为百姓着想。

[②] 引自《琦善奏义律缴还炮台船只并沥陈不堪作战情形折》，《筹办夷务始末》卷二十二。

第四十八章

中英两军弭兵会盟

莲花岗位于狮子洋畔,在虎门以北六十里,它的主峰高约三十丈,从西面看是绵延二里的赤岩峭壁,分成数段,就像被某位天神用巨斧凌空劈下,劈得整整齐齐,在落日余晖的映照下,赤红色的峭壁就像一片丹霞,与蜿蜒流淌的珠江相互衬托,蔚为壮观。莲花岗与珠江之间有阡陌纵横的千顷农田,农田的东北面是乌涌炮台。乌涌炮台是康熙三年(1644)建的,呈椭圆形,它居高临下控扼着珠江,是虎门与广州之间的军事要津。为了举行弭兵会盟仪式,清军在莲花岗炮城前面搭起一长排麒麟帐,两座大帐篷是供琦善和义律使用的,小帐篷是为两国随员准备的。帐篷里面摆了香蕉鸭梨葡萄橘子等窖藏水果,帐篷外面竖起三丈高的黄龙大纛。为了款待英国人,琦善依照大沽会谈的规格,从广州聘了几十个厨子,烹饪了鱼翅燕窝等珍稀佳肴,还有双皮奶和煲仔饭等地方名吃。在大沽会谈时,他不知道英国人使用刀叉,这一回他叫人准备了全套西式餐具。

为了弭兵会盟,英国人提前一天出发。查理·义律乘"复仇神"号铁甲船驶入穿鼻水道,"马达加斯加"号火轮船、"加勒普"号和"拉恩"号双桅护卫舰尾随其后。全体英军官兵换了崭新的军装,所有枪刺擦得锃光闪亮。当舰队驶过虎门时,关天培率领数千清军整整齐齐排列成行,站在威远、靖远、震远、上横档岛和大虎山炮台的堞墙上,手持刀矛行注目礼,各台依次鸣放三响礼炮。英军舰队也鸣炮回礼，军乐队轮换演奏《上帝保卫女王》和《圣帕特里克的祭日》，这两首乐曲是义律精心挑选的，第一首是国歌，意在彰显英国的文治武功，第二首是圣乐，意在宣扬坚忍和宽容的宗教精神。

辛好士爵士是警惕性极高的职业军人，他站在"马达加斯加"号的船艏，借驶入珠江的机会仔细观察虎门各台的构造和布防情况。他发现，虎门要塞与地中海的直布罗陀要塞颇为相仿，山高水绕易守难攻，所有炮台都用粗粝坚硬的花岗岩建造，少数炮位设在露天，多数炮位设在炮洞里，经得起重炮的连续轰击。如果由一支欧洲军队驻守，攻克这座要塞非得付出沉重代价不可。但是，中国的铸炮技术和火药技术比英国落后二百多年，致使虎门要塞徒有坚硬的外壳，缺乏伤人的钢牙利齿。

日落前，四条英国兵船和火轮船抵达狮子洋。辛好士注意到清军在山岩和树丛间布置了上百面旌旗和千余弁兵，摆出一副内紧外松的架势。为了防止突生变故，他命令水兵们备好帆索打开炮窗严阵以待，但一切都很平静。

第二天早晨，"复仇神"号喷烟吐雾，"突突突"地开到栈桥旁。在码头当值的清军听说过铁甲船，却是第一次近距离目睹实物，他们惊讶得眼睛瞪得溜圆，就像看见天外飞来的不明怪物。这条双桅六篷的火轮船确实是铁打的，船艏和船艉各有一门巨型旋转炮，中间的烟筒冒着黑烟，两舷的蹼轮"哗哗"转动，前进后退不受水流和风向的影响。哈尔中尉为了震慑清军，命令"复仇神"号的炮兵推动火炮旋转一圈，将炮口直接对准岸上的清军。弁兵们又惊又惧，不由得交头接耳地议论起来。

两个英国水兵放下舷梯，一个身高将近两米、体壮如牛的旗手擎着"米"字旗率先下船，突兀奇高的身材吸引了所有人的注意力。随他而下的是一支二十八人的军乐队，他们拿着奇形怪状的鼓号风笛，编组成队，奏响了军乐，乐曲节奏鲜明。义律身穿深蓝色的海军军装，头戴三角帽腰悬短剑，灰蓝色的眸子闪着微芒，嘴角上挂着矜持的微笑，踩着鼓点走下舷梯。紧随其后的是肥胖的马儒翰和一群领顶灿烂肩章辉煌的英国军官。

琦善站在紫色的绫罗华盖下面，身穿仙鹤补服，头戴红珠顶戴，肩披锦绣端罩，脖子上挂着一百单八颗琥珀朝珠，看上去冠冕堂皇威风八面，内心却像在文火上慢烤，烤得腑脏俱焚。在坚船利炮的逼迫下，琦善不得不凭借"将在外君命有所不受"的古训依约会盟。他本想请阿精阿、怡良、英隆和林则徐等人一起来，但是，那些大员油精水滑各有所想，不是推脱有事就是托言有病，谁也不肯来，连关天培也以虎门不可须臾离开为由婉辞。琦善发现自己竟然是在唱独角戏！为了壮声威，他只好叫广州知府余保纯，以及总督衙署和知府衙署的全体属官到场，连十三行的行商们也被叫来充数。

义律一下船，琦善僵涩着脸皮强颜做笑地迎上去，拱手行礼："大清朝钦差大臣署理两广总督爵阁部堂琦善问候大英国秉权公使大臣义律阁下。"义律举手行西式军礼："大英国特命全权公使大臣兼商务监督查理·义律问候大清朝钦差大臣琦善阁下。"

依照事先的安排，两人对参加盟会的全体中英官兵发表讲话。琦善宣讲中外一家，和光同尘，天佑中英，万古长青，化干戈为玉帛。义律宣讲英中和睦，互惠通商，化仇恨于无形，肇和平于永远，开创友邦新纪元。而后，琦善引领义律进了大帐篷，依照预定程式，双方将先吃早饭，然后举行列队表演，举行签字仪式。

早餐通常较为简单，但今天的早餐出乎预料的丰盛，各种菜肴不下十几道。餐毕，琦善请义律到另一座帐篷，那里摆了两张大桌，是举行签字仪式的地方。

义律发觉差了一项程式。在大沽会谈时，他曾带领一支二十八人的小型仪仗队上岸，准备举行队列表演，彰显大英国的威仪。但是，英中两国对"仪仗队"的理解大不一样。在中方看来，仪仗队是由绫罗伞盖官衔牌、旗枪兵拳雁翎刀组成的，它们的出场就是队列表演；英方则认为甩正步、奏军乐、升国旗才是列队表演。为了弭兵会盟，义律亲自挑选了一批身强体健英姿飒爽的士兵练习了整整三天，海陆两军的军乐队合练了多次。义律不肯像大沽会谈那样按照清方的程式办理，坚持采用英国程式："琦爵阁，依照事先约定，我们应当相互检阅对方的仪仗队。我想请您观看我军的队列表演，请阁下赏光。"经过解释，琦善才明白两国的仪式有差异，他欣然同意按照英国方式检阅仪仗队，跟着义律出了帐篷。

英军仪仗队由一百人组成，包括一支军乐队，他们与大清的仪仗队迥然不同。站在队前的是身材奇高的健壮旗手，然后是六个鼓手，大军鼓挂在胸前，小军鼓悬在腰上，鼓面绷着亮锃锃的钢丝弦子。二十几个乐手握着大小铜号黑管风笛,那些乐器与中国的笙管唢呐判然不同,一个军官戴着雪白的手套,指挥棒向空中一扬,大小军鼓"嗒嗒"作响,鼓乐声音雄壮嘹亮,另一个军官手持军刀发出各种口令,六十个士兵目不斜视,举枪托枪动作齐整,齐步正步跺脚步,左转右转前后转,单行双列交叉变换,走出的步伐和队形万花筒一般花哨,堪称一场别开生面的队列表演,具有极强的观赏性!清军将领曾经告诉兵丁们英军腿脚僵直一仆不能复起,此时他们才看清英国军人绝不是束身束腿的虾兵蟹将。

哈尔等二十多名海陆军官站在义律的身后,余保纯等二十多位文武官员站在琦善的身后。马儒翰指着清方官员的队列对哈尔等人道:"那位体瘦如柴的老人就是大名鼎鼎的伍秉鉴。"一听伍秉鉴的名字,英国军官们如雷贯耳,不由得齐刷刷地朝他望去。到过万松园的各国商人被伍家的豪富震得目瞪口呆,有关他的传说不胫而走远播欧美,人们普遍认为伍秉鉴比英国女王还富有。

伍秉鉴身材瘦小其貌不扬,但是,华丽的丝绸朝服、孔雀补子、红缨官帽和亮晶晶的蓝宝石顶戴,大大抬高了他的身价。他神情呆板老态龙钟,枯木似的站在队列里。马儒翰道:"在欧美诸国,富有的商人普遍受人尊重,甚至是青年人的梦中楷模。但在中国的'士农工商'序列里,商人的地位低下,他们不得不花大笔金钱捐纳顶戴,以求列入'士'的序列,否则,他们连乘轿的资格都没有。"哈尔问道:"听说虎门炮台是伍秉鉴捐资修建的,是吗?""是的。珠江两岸的不少炮台是他和十三行捐资修建的。哦,刚才那顿丰盛的早餐,甚至弭兵会盟的全部花销,恐怕也出自他的腰包。"哈尔惊叹道:"真是不可思议,一个如此富有的人居然是听任官宪们随意拔毛的大肥鸭!""你的比喻非常形象,是这样的。你看,他好像是在威压之下被迫出来虚应场景的。"

琦善一直盯着英军的旗手,那人身高奇伟,穿一套加宽加长的厚呢军装,鹤立鸡群一样惹人瞩目。琦善终于耐不住好奇心:"义律阁下,贵军旗手体壮如牛,衣服里面是否垫了东西?""琦善阁下,他生来就体魄健壮,并无粉饰。我军经常选用身材高大的士兵充当旗手,以壮军威。"琦善摇了摇头:"天下哪有如此健壮之人?"义律见他不信,微微一笑:"琦善阁下,您若不信,不妨到跟前仔细观看。"

琦善竟然站起身来朝旗手走去。义律陪同上前,对旗手道:"格林中士,您宽胸阔背非常健壮，钦差大臣不相信天下有如此厚壮之人。请您解开衣扣，让他看一看里面是不是衬了东西。"旗手有点儿诧异，但服从命令，解开扣子，脱去上衣，递给琦善。琦善仿佛要破解魔术师的伎俩，里里外外仔细看了一遍，看了肩章看领花，看了袖口看衬里，但什么也没看出来。他要求旗手脱去衬衣和背心，旗手遵命而行，露出又宽又厚的胸脯和矫健的肌肉，胸脯上长满了棕黑色的毛。

周匝的两国官兵注视着这一离奇的场面，琦善却浑身不觉。义律觉得有点儿滑稽，提出了同样要求："琦善大人，外交场合礼尚往来，我也想看一看贵军士兵的军装和体魄。"琦善这才察觉自己的做法有点儿出格，但既然自己翻看了英国士兵的衣装，只能满足义律的要求。他叫过一个清军旗手："你把衣服脱下来，请义律阁下看一看。①"

清军旗手面色尴尬，但不敢违令，脱去了薄棉军装和白布背心，递给义律。义律也翻来覆去仔细观瞻，那是一件手工纺织机织成的粗布上衣，胸襟前有一块补子，上面印着"兵"字，后背印着所属营汛的番号。清军旗手只剩一条灯笼裤，站在英军旗手旁边。两个人同样赤条，一白一黄一高一低一壮一瘦一大一小。一月的天气较凉，清军旗手不由得打了一个寒战，英军旗手也身子发冷，突然打了一个喷嚏。围观的人群里有人"咯咯"一笑，笑声有点儿古怪，引发了更多笑声，最后竟然演变成为哄堂大笑，致使阅兵式如同嗷嘈的杂耍戏场一样热闹。

琦善叫了一声："赏！"一个亲兵用大托盘送上二百枚银圆。义律大惑不解，马儒翰解释道："按照中国习俗，观看表演时，只要满意，就应当给赏钱，不接受是不礼貌的。"义律只好收下。他叫人拿来五支崭新的燧发枪："这是我国制造的步枪，本公使大臣赠给贵国，以示纪念。"琦善谢过，叫人拿来五套弓箭："这是本朝工匠制作的上等弓箭，用料考究工艺精湛。请公使阁下收下，以兹纪念。"这是事先拟定的程序，双方照办如仪。

---

① 琦善脱去英兵衣服，义律脱去清兵衣服，这段奇闻被马德拉斯第三十七团军医Mcpherson记在英文版《在华二年记》第83页上。这场阅兵式，中英双方都有记载。梁廷枏的《夷氛闻记》（卷二）记录较简："义律欲示其军伍之整肃，饮已，领兵队，携枪炮，列阵山坡操演，请琦善出阅，欣然临阵毕，给赏而去。"

该举行签字仪式了。琦善和义律重新进入中央大帐。琦善坐在左面,余保纯、白含章和鲍鹏站在他的身后。义律坐在右面,几名英国军官站在他的后面,马儒翰居中翻译。

义律道:"欧洲有句古老的格言,世界上没有永远的敌人。英中两国通商和好二百年,以后还要通商和好。"琦善附会道:"阁下所言极是,中英两国还要和好一千年。"义律道:"从大沽会谈到今天,你我二人多次互换照会,终于达成协议。我方备下了《穿鼻条约》的英汉两种文本,具有同等法律效率。你我二人签字后,英中两国将正式结束敌对状态,成为和好邦国。"他把条约的英汉文本递给琦善。

琦善郑重其事接了条约,中文本共有四页,前两页是正文,写得言简意赅,第三、第四两页是两国秉权大臣的签字页。琦善不懂英文,直接阅读汉字本,其中第一条写道:

    将香港岛及其码头割让给英国主宰,所有贸易和税费依照黄埔旧例办理。

琦善的脸"唰"的一下腾起一片阴云,他皱着眉头往下读,第二条是赔款六百万,第三条是平等交往,第四条是恢复通商。后三条没有歧义,第一条却大出意料。他抬眼瞟了义律一眼,义律正用鹅毛笔在英文本上签字,伸出食指蘸上印泥准备打手印,仿佛大功即将告成。

琦善压住心头火气,回头叫道:"鲍鹏、白含章,过来看一看!第一条是怎么回事!"鲍鹏和白含章见琦善的脸色不好看,吓了一跳,赶紧绕到条案前,拿起汉字本一看,立即傻眼。琦善声色俱厉:"我要你们传递的汉字底稿明明写的是'给予香港一处寄居',如何成了'将香港岛及其码头割让给英国主宰'?"

这是天大的纰漏!白含章慌了,灰白着脸辩解道:"琦爵阁,三尺之上有神明,卑职绝不敢颠顶糊弄。卑职传话时确实说的是'给予香港一处寄居'。卑职不通晓夷语,至于如何变成这种文字,得让鲍鹏解解。"

鲍鹏凭着小聪明和耳濡目染学会了英语,但是,他既没上过英语学堂也没去过英国,只会讲有关吃喝拉撒家长里短买物购货的应景话①,对字字珠玑一字千金的外交用语则是知其然不知其所以然。他从捐纳顶戴的牙商摇身一变,成为朝廷的传话使者,既是由于机缘,也是由于他具有非比寻常的混世能力。他擅长借力使力顺水推舟,巧妙借助马儒翰的翻译,把滥竽充数的把戏玩弄得惟妙惟肖,浑水摸鱼达到炉火纯青的地步,但是,把国家大事办到这种田地等于闯了大祸!他抓耳挠腮,脑门子立即沁出一层冷汗,他脑筋一转,把责任推给别人:"琦爵阁,白大人向义律传话时,向来由马儒翰居间翻译,卑职只是见证和监听。依卑职看,是马儒翰在捣鬼。"

马儒翰就在旁边,译文出了歧义他当仁不让,挺着肥胖的身躯与鲍鹏争执起来:"鲍老爷,贵国呈送的底稿写得清明:'给予香港一处寄居'。何为'给予'?'给予'就是cede to。何为'寄居'?'寄居'就是reside。何为'一处'?'一处'就是'一地',指香港全岛。上下融通,译为The cession of the island and harbour of Hong Kong to the British Crown,有何不对?"鲍鹏圆滑得像一条大泥鳅,关键时刻寸步不让:"马老爷,'给予'与'寄居'不可分割领会,'寄居'是'暂住','一处'是指香港一隅,不是全岛。"

马儒翰与鲍鹏鸡鸣鸭叫似的比手画脚,争得面红耳赤。义律知道出了大问题,直接问琦善:"琦善阁下,你对文字有异议吗?"琦善指着汉字文本皱着眉头:"义律阁下,我让白含章和鲍鹏传递的汉字照会写得明白,本爵阁部堂代你向大皇帝乞恩,给予贵国商人香港一处寄居。而这份条约却译成'将香港岛及其码头割让给英国主宰',一句之差南辕北辙。不知这事如何解释?"

义律的脸涨得像一盘鲜牛肉,差一点儿拍案而起。他到中国多年,一直在外交与军事的旋涡里骤紧骤弛骤起骤落,眼见着大功告成,却一不小心翻车翻到阴沟里!哪个凡胎肉体受得了如此翻云覆雨的巨变!他恨得差一点儿咬碎银牙,食指关节"笃笃笃"敲着桌子:"琦善阁下,这种玩笑是开不得的!"琦善也急了,从卷宗里翻出照会底稿:"本爵阁部堂岂敢开这种弥天玩笑!这是阁下去年年底发来的汉字照会,上面写得明白:'唯求给予外洋一所,俾得英

---

① Keith Stewart Mackenzie中尉在《对华第二战》(第9页)写道,清方的翻译"是一个有名的无赖,讲一口英语和葡萄牙语的混杂语,十分难懂"。这个"无赖"就是鲍鹏,他的英文很差,无法胜任重大外事活动的翻译工作。

人竖旗自治，如西洋人（葡萄牙）在澳门竖旗自治无异。'"义律也从卷宗里翻出同一份照会的英文底稿，上面也写得清楚： "To stipulate for the cession of a suitable site in the outer Waters, where the British Flag may fly as the Portuguese does at Macao.①"一个是钦差大臣，一个是全权公使，两人手持同一照会的两种文字底稿，一个以汉字为依据却不懂英文，一个以英文为证明却不识汉字，一个强调"寄居"，一个咬定"给予"，两人义愤填膺怒目相视，恨不得掐住对方的咽喉狠咬一口！义律厉声质问："竖旗自治之地与割让之地有何差异？"琦善意识到"给予……寄居"的表述不够严谨，耐着性子解释道："澳门乃大清领土，以每年一千两银价租给葡萄牙人寄居，并非割让之地！所谓竖旗自治，是允准葡萄牙人像中国宗族一样处理内部事务，重大事项仍由葡萄牙总督与本朝的澳门同知会商办理。"

义律意识到自己粗心疏忽，引用了不当事例，但是，英文底稿上的cession别无他意。在这种场合谁认错谁就得承担责任。他咬紧牙关不松口："本公使大臣一心一意用政治手段解决争端，曲意含容一让再让，从十五条让到十二条，从十二条让到八条，次第降到七条、六条、五条，直至四条，已经让到无可退让之地。穿鼻之战后，白含章和鲍鹏传话与我，说只要我军归还舟山、沙角和大角，你就将香港让予我国！我欣然同意，并叫他们二人转告阁下，归还舟山、沙角和大角必须同时进行。本公使大臣言必由衷，言必有诺，当即将沙角和大角归还你方，并派'哥仑拜恩'号驶赴定海，通知我军撤离。没想到你竟然无廉无耻无信无义！你想置本公使大臣于何地？"义律悔恨交加，气得脸都拧歪了。他退兵在先，条约却被拒签，这是外交和军事上的双重挫折和失误，英国政府势必给他严重的处分，他的外交生涯和政治前途都将毁于一旦！

琦善也感到局势严重到无法承受的田地，满肚皮的火气一泄而出："本爵阁部堂实心谋和善定事宜。你同意退还舟山，本爵阁部堂才敢冒违旨的罪名替阁下恳请大皇帝施恩，但大皇帝决不会割让尺寸国土！今天，本爵阁部堂要是签字画押，明天脑袋就会搬家！"

---

① 中文源自佐佐木正哉的《鸦片战争の研究（资料篇）》第46页。英文源自 *Elliot to Keshan*, 29 December, 1840, （F.O.17/4）, *Inclosure No.15 of Elliot's No.1 of 5*, January1841。

义律此时才明白，鲍鹏所谓的钦差大臣拥有议和与签字之全权，纯属胡扯，琦善仅仅是道光皇帝的传话使者，牵线木偶而已！他的灰蓝色眼睛闪着幽暗的微光，腮间筋肉一鼓一收："琦善阁下，战争是一种杀人盈城盈野的事情，交战双方不论胜败都得付出高昂的代价！你要是拒不签字，本公使大臣只能以兵戎相见！"琦善深知两军实力悬殊，不敢意气用事，更不敢发义正词严的堂皇大论，只能忍气吞声："本爵阁部堂为千百万黎民百姓着想，诚心诚意以和平方式了结争端。这一纰漏事关重大，确实出乎预料，请公使大臣阁下海涵。"

义律冷冷一笑："请不要玩弄欺人的把戏。贵国的军事装备是世界上最弱最差最不中用的，贵国所谓的强大是自欺欺人，一俟动武，我军将把贵国沿海城市全都打烂！请阁下仔细掂量，不要误判时局！"

余保纯不得不站出来讲几句缓和僵局的话："义律阁下，您能否再宽限几天，容我方仔细考虑。有些事，毕竟得等大皇帝允准。"义律滚烫的头脑也稍稍冷静："你们一而再再而三地要求宽限，本公使大臣等了一天又一天。我可以再宽容几天，以示我方的诚意。但请阁下切记，任何缓兵之计都将徒劳无益，只会遭到更大的打击！两国一俟大动刀兵，和约的条件不能如未战之前宽容减除，赔款数额将会更高。本公使大臣谨信办事，晓示在先！"

签约仪式戛然而止，弭兵会盟不欢而散。

义律和马儒翰离去后，琦善心绪烦乱，定了半天神才对余保纯、白含章和鲍鹏道："今天的差错事关重大，只有你们三人在场。本爵阁部堂晓谕在先，不经允准，任何人不得说出去，请诸位凛遵！"此话讲得又狠又重，余保纯等三人明白其中利害，全都诺诺答应。

钱江突然急急惶惶进了大帐。琦善问道："什么事这么猴急？"钱江气急败坏："琦爵阁，大事不好！大鹏协副将赖恩爵派人送来加急禀报。昨天中午，夷酋伯麦率领两条兵船在香港登陆，赶走了岛上的汛兵，升起了米字旗！"琦善的脸上没有丝毫表情，只说了一声："知道了。"他意识到自己身不由己地踏上一条逼仄的绝路，进退维谷，凶险万状！

第四十九章

风影传闻

天色刚黑，马路上车稀人少，飕飕冷风不停地吹，两侧的大榕树和芭蕉树俯仰摇曳，发出"哗哗"的声响。钱江提着灯笼，肘腋下夹着卷宗，快步朝盐务公所走去。门政认出他是林则徐的常客，放他进去了。

林则徐戴着老花镜在烛光下写日记，听见门外的脚步声，开口问道："是钱江吧，进来。"钱江推门进入，吹了灯烛，把灯笼放在地上，打千行礼。林则徐摘了老花镜："这么晚，有什么事？"钱江神秘兮兮道："林大人，出大事了！""哦，什么大事？""琦爵阁私割香港给英夷！"林则徐像听到一声旱地惊雷："什么？你没搞错？"琦善曾经给广东的文武大员们通报过情况，英夷将交还舟山、沙角和大角，换取在香港一处寄居，但"寄居"与"割让"差之甚远。

"卑职怎能搞错呢？"钱江是总督衙署的知事，所有廷寄、奏章、咨文、回文、禀帖、饬令等都由他存档和保管，耳目之灵捷消息之准确不亚于总督本人。钱江从箭袖里取出一只桑皮纸大信套："大鹏协副将赖恩爵发给琦爵阁一份禀报，说英军几天前在香港登陆，四处张贴文告：琦爵阁已经将香港许给英夷，要驻守香港的汛兵全部撤出。他的禀文附了夷酋伯麦的照会，我抄了一份，您看。"林则徐满腹狐疑，接了抄件细读：

大英军师统帅水师总兵官伯麦为照会事：

照得本国公使大臣义（律），与钦差大臣爵阁部堂琦（善），说定诸事，将香港等处全岛地方让给英国主掌，已有文据在案。是该岛现已归属大英国主治下地方，应请贵官将该岛各处所有贵国官兵撤回，四向洋面，不准兵役艄行阻止为难往来商渔人民……本统帅存心诚信，先应明白指示，望免争端为美。为此照会。须至照会者，道光二十一年正月初八。①

琦善与义律在莲花岗会谈，纯系违旨之举，阿精阿、怡良、英隆和林则徐都不肯去。琦善回来后也没有与他们互通消息。会谈时琦善讲了什么话，办了什么事，签了什么约，外人一概不知晓。随同办差的余保纯、白含章和鲍鹏归来后全都守口如瓶，一个字也不吐露。

钱江道："据说，英军进驻香港后升起了米字旗，称天朝百姓为英国臣民，要他们遵奉英国法律。这么大的事儿至少得咨会阿精阿和怡良，晓谕沿海的提镇大员。我叫书吏缮写了八份，准备递送，但琦爵阁要我暂不寄发。"

林则徐越发觉得蹊跷："香港在大鹏协的辖区内，赖恩爵怎能把香港拱手让出？"钱江道："香港是弹丸之地，只有五千乡民，赖恩爵只在岛上派驻了一百多汛兵。英夷登陆的官兵有千人之众，他们的兵船开进九龙湾，赖恩爵只有几条哨船，不敢硬抗，眼睁睁看着英夷占了香港。"

林则徐没说话，叉着手指沉思。钱江接着道："依卑职看，有鲍鹏这家伙参与其中，不会有好结果。"他曾把其人其事说给林则徐，林则徐的确签发过海捕文书，但琦善重用鲍鹏，琦善两次到盐务公所看望林则徐，都没有提及鲍鹏，林则徐不愿惹是生非，索性钳口不语。他摘下老花镜，掏出手帕擦了擦镜片："鲍鹏这个人我不宜多舌。眼下巡疆御史高人鉴在广州，他有闻风奏事权，你不妨说给他听。"钱江道："我禀报过了，高大人说他会把这事奏报朝廷。"林则徐"嗯"了一声，不再细问。

钱江又从卷宗里取出一份抄件："卑职估计朝廷要换帅，琦爵阁干不长了。"林则徐抬头看了他一眼："哦？"钱江道："您看，这是今天驿站送来

---

① 取自《中国近代史资料丛刊·鸦片战争》第四册，上海人民出版社，第238-239页。

的两份廷寄。皇上获悉沙角和晏臣湾败绩后十分愤怒，给琦爵阁和关军门'交部严加论处'的处分，还任命了三个大臣。"林则徐重新戴上老花镜，凑到烛光下细读：

> 本日据琦善奏，英夷夺占炮台难于拒守一折。又另片奏，吁恳施恩。览奏十分愤懑。……现已降旨，授奕山为靖逆将军，隆文、杨芳为参赞大臣，赴粤协同剿办。又添派湖北、四川、贵州三省兵丁各一千名，迅赴广东接应。……俟奕山等到后，和衷共济，克复海隅，以伸天讨而建殊勋。[①]

奕山是领侍卫内大臣，隆文是户部尚书，杨芳是本朝名将，朝廷一次向广东派遣三位大员，显然有替换琦善的意思，只是没有明说。林则徐幽幽道："香港虽然是弹丸之地，一俟被夷人占据，犯法之徒难免以该岛为藏污纳垢之所，邻近各县也将因此而不靖，大清律法将有所不行。要是夷情反复以非礼相向，本朝就防不胜防，追悔莫及了。当臣子的必须为皇上着想，不经主子同意，岂能私割！夷情无厌逆志殊张，琦爵阁一意孤行一味迁就。此事不能听之任之！走，找怡大人去！"林则徐是急性人，虽有赞襄军务之责，却没有奏事权，要想对朝廷讲话，只能写成夹片，由总督或巡抚代转。钱江道："我去叫轿夫。"林则徐一摆手："这么晚了，轿夫都歇了，咱们走着去。"他从门后拿起一盏灯笼，插上蜡烛，打火点着，与钱江一前一后出了盐务公所。

店铺都在打烊，行人在赶脚回家。广州府谕令酉时二刻全城宵禁，除了更夫和巡夜兵丁外，普通民人不得在街上行走。一个更夫迎面走来，一手敲梆子一手打柝鼓，拖着长声喊着警号："闲杂人等，赶快回家！防火防盗，插门上锁！"

林则徐和钱江头戴红缨大帽身穿补服，两只灯笼上分别有"总督衙署"和"盐务公所"字样，更夫和巡夜兵丁不敢当街盘查。一刻钟后，二人来到巡抚衙门，门政认得林则徐，引着他直接去了怡良的官邸。钱江与怡良地位相差悬殊，又无私谊，不便继续掺和："林大人，我不进去了。"林则徐点头道："你先回吧。"

[①] 《廷寄》，《筹办夷务始末》卷二十。

怡良刚把双脚插到水盆里烫脚，准备睡觉，窗外传来门政的声音："怡大人，林大人来了！"林则徐傍晚登门必有要事，怡良赶紧用布巾擦脚，趿上鞋子开门迎客。林则徐带进一股冷风，怡良打了一个寒噤："少穆兄，宵禁之时进我的宅门，是天塌了还是地陷了？"林则徐脸色铁青："出大事了！琦爵阁私许香港给英夷！"怡良将信将疑："哦？怎么可能？"

林则徐不待让座，一屁股坐在木椅上，把伯麦的照会抄件递给怡良。怡良把抄件凑到油灯前，但油灯不够亮，他又点燃一支大白蜡烛，细读一遍，抬头道："莲花岗会商前，琦爵阁要我、阿精阿、英隆和关军门去将军衙署会议，说是要给予英夷香港一处寄居，要我们联衔上奏，劝说皇上改剿为抚。大家都不赞同，劝他不要违旨。恐怕琦爵阁不会这么糊涂吧？"

林则徐是个一身硬骨铮铮作响的人："香港乃中国之岛屿，民人乃中国之民人，琦善不请旨擅自将香港许给逆夷，纯属僭位越权。怡大人，这事得上奏天听啊！"怡良脸皮上平静如水，肚皮里面却雪亮。他明白，此事由他上奏，皇上很可能龙颜大怒，琦善的仕宦前程就会变得朦胧不清。但是，琦善是世代簪缨，皇上将他"交部严加论处"并不意味着罢黜他。总督的地位在巡抚之上，巡抚控告总督虽有先例，毕竟不多，万一告不倒还可能遗患无穷。怡良是静水深流的秉性："少穆兄，你与琦爵阁有过节？"林则徐一摆手："哪里话，我和他既无深交也无私怨。我主剿，他主抚，策略不同而已。若是仅有策略的差异，也就罢了，但他私割土地和民人，这么大的动静无异于把天捅个大窟窿。"林则徐指着抄件道："伯麦宣称英夷占领香港'有文据在案'。这说明琦善的确私下应允了逆夷的无理要求！"

怡良道："琦爵阁在将军衙署召开夷务会议时，说过给予英夷香港一处寄居，换取舟山、沙角和大角，但我、阿精阿、关天培和英隆都不赞同。"林则徐的怒火渐起："他是私自拍板定案的！琦爵阁到广州后，屡次盛言逆夷炮械凶猛，诋毁水师无用，甚至说我和关军门修造的炮台徒有其表，只能抵挡海匪，经不住夷炮的轰打。如此言论，纯属长夷人之威风，灭国人之志气！"

怡良道："古人云：慈不领兵，或许琦爵阁有点儿心慈手软。皇上颁旨改抚为剿，得用懂兵法的人。"林则徐继续抒发起对琦善的不满："兵贵严明，不是素有威名的臣子，难当督率千军万马的主帅。琦爵阁心存畏缩但求苟安，先是调停大沽之局,而后迁就广东夷务,长叛国者之骄志,生汉奸之逆谋。他处理夷务,讲烟价,议通商,谈寄居,说开埠,心存怯懦委屈周旋,已为英人所轻睨,致使异类肆其枭心,横行无忌。用兵之道,有诱之以利的,有饵之以情的,却从未有示以调停予以酬答的。琦爵阁气馁于平时,岂能决胜于一日!我对他大失所望。泱泱大清不能听任浮海而来的跳梁小丑兴风作浪,要是不痛加剿洗,英夷就会像前明的倭寇一样为害海疆数十年!"

怡良站起身来背手踱步子,脑筋却在转悠:巡抚与总督应当遇事协商和衷共济。琦善有殿阁大学士之尊,在官场上树大根深,要是上疏控告琦善,言语出格,等于在官场上树敌。倘若皇上罢了琦善的官,那倒好说,要是皇上另有考虑,事情就会复杂万端,形成督抚阋墙窝里斗狠的局面,这是为官者的大忌。因此,除非琦善犯有不可饶恕的重罪,他不能轻易捅这个马蜂窝。

林则徐见他犹豫,继续劝道:"总督和巡抚既有和衷共济之责,也有相互监督之责。做臣子的应当有敬畏之心,敬天敬地敬皇上。私割香港是天大的事,这种事要是听闻不奏,巡疆御史必然闻风上奏,皇上一俟怪罪下来,你也很难把自己撇清。"话讲到这种田地,怡良稍微动了心机:"少穆兄,你讲得有道理。你给我三天时间,三天之内,琦爵阁要是把莲花岗的实情咨会与我和阿精阿,我就另作考虑。要是他闷声不响,其中就可能有隐情,我就依你,上折参他。"

该说的都说了,林则徐起身告辞,怡良一直把他送到衙署的大门外。

外面漫天黢黑,只有大门上挂的一盏孤灯发出荧荧微光,从远处看,像一只萤火虫,天空则是水墨淋漓一般黑,黑得无涯无际。

街上有巡夜更夫击打梆子的声音:"平安无事喽——平安无事喽!"

第五十章

急 转 弯

皇上饬令琦善"大申挞伐"的同时也给浙江发来一道谕令:广州停止和谈,浙江择时进剿,尽快收复舟山!今天,伊里布又收到第二份谕令,皇上再次催促他"不得猥琐观望,坐失机宜"!与谕旨同时发来的还有一份裕谦奏折的抄件。裕谦是江苏巡抚,皇上派伊里布挂钦差大臣衔主持浙江防务,要裕谦署理两江总督。裕谦是坚定的主战人物,接连上了两道奏折,请求皇上命令浙江清军"潜师暗渡据险出击"。他在奏折中说,沿海各省都可以议守,唯独浙江必须议战,而且必须速战。因为舟山谷米充裕牲畜繁多,必然会成为英夷的饮食之源,夷兵住得越久越容易反客为主,转劳为逸,形成尾大不掉之势,唯有尽快收复,才能使英夷容身无地,水米无资。这番见识是不错的,但是,裕谦对敌情的判断全凭想象,他说英夷"不识地利,又艰于登陟,笨于行走,不敢离城离船","该夷大炮不能登山施攻,夷刀不能远刺,夷人腰硬腿直,一击即倒","夷人既畏天寒,又虞水浅,是以不敢蠢动"。①故而,浙江清军必能"以小船制其大船,以近攻之鸟枪制其致远之大炮,以火攻克其水战,以

---

① 以上言论出自《署两江总督裕谦奏陈攻守之策事宜折》,《鸦片战争在舟山史料选编》,第161–164页。

斧凿克其舟楫"①。这么一番不着边际的议论，皇上居然信了，还把它抄发给伊里布，要他和浙军的将领们参酌，制定出收复舟山的万全之策。

伊里布把余步云和葛云飞叫到钦差大臣行辕商议收复舟山事宜。不久前，皇上颁旨要余步云改任浙江提督，他由客军将领变成了主持浙江防务的军事统帅，深感肩上的担子沉重难负。

伊里布趁余步云和葛云飞传阅裕谦奏折的抄件时，背着双手在青砖地上踱步。

余步云读罢抄件，"啪"的一声拍在桌上，一脸不屑道："裕大人的折子合仄押韵朗朗上口，却是夸夸其谈大而无当的废话！英夷不是一劈就碎的泥人木偶，是本朝从未遇过的海上强敌！"

葛云飞问道："伊节相，裕谦是何等品性的人？"伊里布停住脚步："裕谦是蒙古镶黄旗人，嘉庆朝的进士，在蒙古人里算得上是出类拔萃的读书人。他四十多岁升任江苏巡抚。我从云贵总督转调两江总督，与他相处时间不长，但此人年轻气盛性情激越，办事操切不留余地。"

余步云听说过裕谦其人，补充道："裕谦的祖父是乾隆朝的名将班第，因为作战有功封一等诚勇公。阿睦尔撒纳在新疆叛乱时，他祖父受命平叛，死在沙场上。裕谦是将门之后，凭着诗书步入科场，却喜欢谈兵讲武。从这份抄件看，这个裕大人是白脸书生瞎发议论，狗拿耗子多管闲事。他应当管好江苏防务，却把手伸到浙江来，还胡说什么小船制大船，鸟枪制大炮，火攻克水战，斧凿克舟楫，亏他想得出来！英夷的艨艟巨舰能用斧子凿沉？真是痴人说梦！"

葛云飞深知收复舟山之难，顺着余步云的话茬道："余宫保说得对。裕大人没打过仗，他坐而论道说得天花乱坠，却不知晓我们的战船和夷船相比如同老虎身边的小猫。他们只要把两条兵船在海上通道一横，你就是有天大的本事，也渡不过去！"镇海水师的现有战船数量少，载重轻，率领它们收复舟山就像率领一群蝌蚪攻击水蛇。

余步云放出一通粗话："不生孩子不知道屄疼。凡是主张动武的都是迂腐秀才，不知晓打仗之难动武之险，因为他们不操刀不冲锋不流血不丧命。凡是

---

① 引自《署两江总督裕谦奏陈战守机宜折》，《鸦片战争在舟山史料选编》，第168页。

不愿轻易动武的都是打过仗流过血的，经历过大惊大险，见证过尸横遍野，懂得什么叫触目惊心，什么叫敌强我弱，什么叫艰难竭蹶。按照裕谦的馊主意贸然出击，非得丧兵损威不可！"伊里布悠着调子道："可皇上不这么想，谕旨说我们这儿有官兵九千六百之众，而盘踞在定海的英夷只有三千，以近万劲旅强击三千逆夷不是难事。"

就在他们一筹莫展时，张喜进来了。他递上一只桑皮纸大信套："伊节相，琦爵阁发来的六百里快递。"伊里布接过信套，用小剪子挑开密封火漆，取出咨文。琦善告诉伊里布，义律同意缴还定海和舟山全岛，随同咨文一起送到的还有义律和伯麦给伊里布的联衔照会，以及给舟山英军的撤军令的汉字译本。照会写道：

大英亲奉全权公使大臣义（律），军师统帅水师总兵官伯（麦），为照会事：

照得本公使大臣统帅自浙来粤，经本公使大臣与琦爵相酌商诸事。欲为善定事宜，使两国彼此和好永久。现已结议约，将定海县城及舟山全岛即行缴还。贵大臣爵阁部堂，代为天朝接受。并将现据该地之英国水陆军师，统行撤退，令其即速自浙赶紧旋回。……须至照会者。右照会钦差大臣协办大学士两江总督部堂伊（里布）。①

伊里布的干涩脸皮绽出一丝微笑："真是山穷水复疑无路，柳暗花明又一村！琦爵阁办成一件大好事，义律同意缴还定海和舟山了！"他把咨文和照会递给余步云："余宫保，你看看。哦，葛镇台和张先生，你们也看一看，一块儿议一议。"

几个人把咨文、照会和撤军令传阅了一遍，压在大家心头的沉重石头豁然释除。伊里布的语调轻松了许多："义律和琦爵阁真有意思，居然想出这么一个奇特办法，所有照会和撤军令一式两份，由中英双方分别持有，从海上和陆地分头递送，两相契合方才有效。看来，咱们得派人渡海，与盘踞在定海的英军统领相互验照，不动刀兵收复舟山。"

---

① 《义律、伯麦照会》，《鸦片战争在舟山史料选编》，第534页。

张喜自告奋勇:"在下不才,愿意冒险去一趟。"伊里布道:"好,你办事我放心,叫外委陈志刚陪你一同去,吃罢午饭我就派船送你们渡海,与夷酋妥议交接日期和方式。"张喜道:"恐怕英夷会要求以俘虏换定海。"伊里布道:"只要他们撤军,所有俘虏可以释回。但是,你要恪守一条原则,必须一手交俘虏一手接定海!否则,万一逆夷玩弄起诈术来,我们就没有回旋余地了。"张喜道:"在下明白。"

道光的牙病又犯了,太医吴士襄看过后发现是牙龈肿胀,牙齿被蛀。他开了药方:双黄连、大青叶、板蓝根、蒲公英、紫花地丁、黄芩和黄檗。他告诉皇上,待牙龈消肿后必须把左侧第五颗上牙拔掉。道光读过《黄帝内经》和《本草纲目》,对调理阴阳扶正祛邪和药力药效稍有研究,他要求加少量金银花和枸杞,温火慢熬。吴士襄全都点头照办。

道光还得忍受两天痛苦,他疼得眼冒金星,太阳穴哔哔直跳,很想休息,但是,他是事无巨细亲裁亲定的皇帝,六部三院和各省封圻的奏折、夹片和条陈雪片似的络绎不绝,他只好歪在大迎枕上,叫潘世恩和王鼎轮流读给他听。

潘世恩道:"江苏巡抚署理两江总督裕谦又上了一道折子,是一篇两千言的大折。他弹劾琦善议抚误战,要求立即出兵收复舟山。"皇上日理万机,要求臣工们写奏折时言简意赅长事短说,三五百字最好。如果事情繁杂,非得详述不可,可以把细节写成夹片,附在奏折里,两千言的长篇奏折是比较少见的。道光用食指关节压住太阳穴:"你择要说吧。"

潘世恩道:"裕谦派密探深入定海,对夷情的了解比伊里布详细。他说,定海现在夷船二十余只,城内夷兵千余人,岛上三十六岙均无防卫,仅岑港和沈家门有夷兵巡逻瞭望。我军若潜师暗渡,可以藏身于三十六岙。夷船大都聚泊在衢头湾,本地渔船和卖菜小船出入其旁,夷兵习以为常并不查防,我军若趁海上有雾之时,用小船暗藏火罐火箭火球火筒,潜泊湾内,趁风纵火,夷船来不及开行,可以一炬烧尽。他还说,除少数人外,舟山乡民都是大清赤子,只要我军出其不意渡海攻城,三十六岙乡民势必一呼百应。"

道光用胳膊肘撑起身子,看了王鼎一眼,示意他阐述意见。王鼎领首道:"伊里布坐守镇海,与舟山隔海相望,裕谦坐守吴淞口,与舟山相隔三百里。

两人的见识却大相径庭。伊里布以兵马未集船炮不够为由，托词缓攻，裕谦则主张居间出奇潜师暗渡，立即进攻。伊里布说夷船紧傍县城之外，我军陆师一俟渡海进攻，夷兵势必蚁附登舟，开炮轰击，我军纵能克城，亦难守御。裕谦则说，我军登岸后，不但驻扎在岑港和沈家门的夷兵将被剿洗，定海城和衢头湾的夷兵也会立制其命。这两个人，一个畏首畏尾，一个斗志昂扬……"他的话音未落，穆彰阿带着奏事匣子进了东暖阁，打千行礼道："皇上，广东巡抚怡良发来的六百里快递。"道光一手托腮，一手压住太阳穴："你读给朕听。"穆彰阿打开匣子，取出怡良的奏折，不疾不徐读道：

……嗣据大鹏署协副将赖恩爵禀称，英夷投递该副将照会文一角，系收受香港地方，令内地撤回营汛等情。照抄具禀到臣，接阅之下，不胜骇异。……乃英夷义律等，妄肆鸱张……指称钦差大臣琦善与之说定让给，实为骇人听闻。

道光像被闪电击中似的，腾地一下坐直身子。穆彰阿吓了一跳："皇上，您……？"道光把屁股挪到炕沿："接着读！"穆彰阿领首继续读：

该大臣到粤如何办理，虽未经知会到臣，然以事理度之，亦万无让给土地人民，听其主掌，如该逆夷所称已有文据之理。……臣忽闻海疆要地，外夷竟思主掌，并敢以天朝百姓，称为英国子民，臣实不胜愤恨……今英人窥伺多端，实有措手莫及之势。不敢缄默，谨以上闻。①

道光的手掌重重地拍打着炕沿："琦善好大胆子，居然不请旨就把香港私许给英夷！我泱泱大清万里江山，在在具有版籍，一丁一口都是中华赤子，岂能随意许人！琦善先挫威于沙角山，又丧师于晏臣湾，朕念其旧勋，令他戴罪立功。但他置朕的谆谆告诫于不顾，反复代逆夷乞恩，迷不知返。前督臣林则徐说广东民众志切同仇人心敌忾，水陆官兵军威盛壮。琦善却极尽危言，说广

---

① 《英人强占香港并出伪示折》，《筹办夷务始末》卷二十三。

东地利无要可扼，军械无利可恃，兵心不稳民心不固，甚至编造出欺世谎言，说什么英夷有铁甲船和旋转炮！铁船怎能浮在水上？什么人能让数千斤大炮俯仰旋转？琦善是用无稽之谈吓唬朕，朕不惧也！"

王鼎道："臣想说几句话。眼下的情况全都源于大沽办理之不善。当时琦善以浙江洋面被夷人占据、京畿堪虞为由，掩饰其武备废弛之咎，而后，他以牛酒犒劳敌师，派人与逆夷谈判，以大辱国体之事欺蒙天听之词，惹得中外窃笑。林则徐和邓廷桢主政广东期间，剿堵海面逆夷连连获胜，屡烧夷船，逆夷望风不敢窥伺，从未有从外省调兵之事，更无丧威挫锐之败绩。琦善既委曲求全，又挫军损威，还违例擅权私许香港，更是罪无可逭！自古以来边患不同，示国威者皆忠义之臣，不顾国体者皆奸佞之辈，思虑久远者皆智勇之士，苟图眼前者皆庸懦之流！"王鼎的话像在烈火干柴上浇了一瓢油，道光恨得青筋暴跳："如此辜恩误国之人，实属丧尽天良，无能不堪之至！著琦善革职锁拿，押解来京严行讯问，所有家产抄查入官！"

潘世恩的心头微微一颤。皇上的惩罚有点儿出格，依照《大清律》，文武官员犯有公罪，不必戴锁戴枷，抄产入官更是绝了琦善家人的活路。他婉转道："琦善所为大出情理之外，但他毕竟是世袭勋臣，将其家产抄查入官，恐怕一般官员不敢办理。"道光怒火冲天，刻薄本性毕露，疾言厉色道："世袭勋臣有什么了不起！叫吏部尚书奕经和刑部尚书阿勒清阿亲自办理。还有伊里布，此人缩手缩脚迁延观望畏葸不前。逆夷编造缴还定海的流言，是真是伪尚不清楚，他就见风使舵，唯琦善是听，却将朕的旨意抛在脑后！他这个钦差大臣不能当了。著伊里布仍回两江总督本任，饬令裕谦接任钦差大臣之职，驰赴浙江！"

道光皇帝一怒之下撤了两个钦差大臣，疾如飙风快如闪电。潘世恩想劝阻，但欲言又止，他了解道光的秉性，在他盛怒的时候谏阻不仅无益还会受到斥骂，此时此刻他只能填漏补缺，他小心翼翼提醒道："皇上，两广是战略要地，不能没有总督。"

道光趿鞋下炕，在青砖地上绕了一圈，蹦出一句话："祁㙔如何？"祁㙔是刑部尚书，当过广东巡抚，熟悉广东的物理民情，主张对英夷用强。一个月前，皇上派他去湖南和江西提调粮草调剂军需。穆彰阿赞同道："皇上圣明，让祁中堂接替琦善比较妥善。"

道光问道："靖逆将军奕山和参赞大臣隆文什么时候出发？"穆彰阿道："回皇上话，他们准备三天后出发。"外派靖逆将军与外派督抚不同。总督衙门和巡抚衙门是现成的，属吏和属官也是现成的，新任总督和巡抚只要带几个随从就可以走马上任，靖逆将军是临时差委，必须从六部三院和京城各营中遴选司官将佐，没有十几天无法成行。道光道："让祁贡先行一步。告诉奕山，他到广州后要严查琦善为何私许香港，他与义律会谈时有无其他官员在场，有无私相馈赠。"

穆彰阿应声道："喳。还有一件事，据巡疆御史高人鉴奏称，琦善启用了一个叫鲍鹏的人当通事，此人捐纳过从九品顶戴，懂夷语，是前督臣林则徐通缉的在逃案犯。"道光越听越光火："嘿，天下之大无奇不有！林则徐视为人犯，琦善用作股肱！你们发一道廷寄，把那个叫鲍鹏的一齐押解到京！""喳。"

皇上又问："参赞大臣杨芳从湖南起程，理应先于奕山到达广州。他现在到哪儿了？"潘世恩道："据臣推算，他应当抵达丰城了，不日即可进入广东地界。"道光道："发六百里红旗快递传谕杨芳，他到广州后，不必等候奕山和隆文，立即会同怡良、阿精阿和关天培和衷商办，全力剿洗逆夷。倘若稍涉疏虞，唯杨芳是问！""遵旨！"

长篇历史小说

鸦片战争 下

王晓秦 著

四川文艺出版社

图书在版编目（CIP）数据

鸦片战争 / 王晓秦著. — 2版. — 成都：四川文艺出版社, 2019.3
ISBN 978-7-5411-5235-1

Ⅰ. ①鸦… Ⅱ. ①王… Ⅲ. ①长篇历史小说—中国—当代 Ⅳ. ①I247.5

中国版本图书馆CIP数据核字（2019）第026414号

YAPIANZHANZHENG
鸦片战争
王晓秦 著

责任编辑	奉学勤
封面设计	点滴空间
内文设计	史小燕
责任校对	汪 平
责任印制	唐 茵

出版发行	四川文艺出版社（成都市槐树街2号）
网　址	www.scwys.com
电　话	028-86259287（发行部）　028-86259303（编辑部）
传　真	028-86259306

邮购地址	成都市槐树街2号四川文艺出版社邮购部　610031
排　版	四川胜翔数码印务设计有限公司
印　刷	三河市华东印刷有限公司
成品尺寸	169mm×239mm　开　本　16开
印　张	55.75　字　数　880千
版　次	2019年3月第二版　印　次　2019年3月第一次印刷
书　号	ISBN 978-7-5411-5235-1
定　价	138.00元（全二册）

版权所有·侵权必究。如有质量问题，请与出版社联系更换。028-86259301

鸦片战争(下)

【目录】

◎ 第一卷 ◎ 山雨欲来风满楼

第一章　两总督邂逅相逢 003

第二章　道光皇帝谈禁烟 013

第三章　枢臣与疆臣 022

第四章　权相回京 030

第五章　红顶捐客 044

第六章　因义士事件 056

第七章　天字码头迎钦差 066

第八章　广州名士 076

第九章　广州十三行的官商 086

第十章　钦差大臣严训行商 095

第十一章　令缴烟谕 103

第十二章　商步艰难 113

第十三章　英国驻澳门商务监督 122

第十四章　严而不恶 132

第十五章　夷商缴烟 138

第十六章　水师提督严惩窃贼 145

第十七章　珠江行 ………153

第十八章　虎门——金锁铜关 ………164

第十九章　扬州驿 ………173

第二十章　闲话清福 ………181

第二十一章　旧部归来 ………189

第二十二章　虎门销烟 ………194

第二十三章　观风试 ………203

第二十四章　水至清则无鱼 ………213

◎ 第二卷 ◎　威抚痛剿费思量

第二十五章　明托家族VS大清帝国 ………225

第二十六章　林则徐误判敌情 ………234

第二十七章　东方远征军 ………243

第二十八章　劝　捐 ………251

第二十九章　大门口的陌生人 ………258

第三十章　定海的陷落 ………266

第三十一章　绥靖舟山 ………274

第三十二章　浙江换帅 ………284

第三十三章　隐匿不报的关闸之战 ………291

第三十四章　大沽会谈 ………301

第三十五章　红带子伊里布 ………312

第三十六章　过境山东 ………322

第三十七章　疠疫风行舟山岛 ………330

第三十八章　浙江和局 ………338

第三十九章　琦善查案 ………346

第四十章　铁甲船与旋转炮 ………355

第四十一章　十三行筹资还债 ………363

第四十二章　艰难抉择 ………372

第四十三章　互不相让 ………380

第四十四章　激战穿鼻湾 ………389

第四十五章　武力催逼 ………398

第四十六章　虎门炮台临战换旗 ………406

第四十七章　骑虎难下 ………415

第四十八章　中英两军弭兵会盟 ………424

第四十九章　风影传闻 ………433

第五十章　急转弯 ………438

◎ 第三卷 ◎　海疆烟云蔽日月

第五十一章　抄家与出征 ………447

第五十二章　虎门之战 ………455

第五十三章　哀荣与蒙羞 ………463

第五十四章　英中名将 ………473

第五十五章　明打暗谈 ………483

第五十六章　兵临城下之后 ………489

第五十七章　盗亦有道 ………500

第五十八章　联手蒙蔽圣听 ………510

第五十九章　靖逆将军兵行险棋 ………518

第六十章　巨石压卵之势 ………526

第六十一章　广州和约 ………534

第六十二章　三元里 ………542

第六十三章　刑部大狱里的落难人 ………552

第六十四章　炮　痴 ………558

第六十五章　斑斓谎言 564

第六十六章　换将与第二次疗疫 572

第六十七章　罪与罚 577

第六十八章　他乡遇故知 586

第六十九章　梦断中国与生死同盟 593

第七十章　水浸开封城 602

第七十一章　厦门之战 608

第七十二章　天子近臣谨言慎行 617

第七十三章　惊涛骇浪 627

第七十四章　文武阋墙 634

◎ **第四卷** ◎　**大纛临风带血收**

第七十五章　舟山第二战 643

第七十六章　镇海败局 651

第七十七章　宁波未设防 659

第七十八章　扬威将军 668

第七十九章　弃与守的两难抉择 675

第八十章　统军将领羁留名园 683

第八十一章　乍浦副都统与浙江巡抚 690

第八十二章　闲游道观 696

第八十三章　真伪难辨的汉奸 705

第八十四章　五虎杀羊之战 710

第八十五章　十大焦虑 719

第八十六章　道光皇帝心旌动摇 728

第八十七章　张家口军台 737

第八十八章　战云再起 745

第八十九章　血战乍浦 753
第九十章　投石问路 764
第九十一章　艰难转向 772
第九十二章　吴淞口之战 781
第九十三章　强硬公使 788
第九十四章　蛮横武夫乱杀人 794
第九十五章　八旗兵浴血镇江 803
第九十六章　死　营 810
第九十七章　喜相逢 819
第九十八章　长江大疫与全权饬书 826
第九十九章　南京条约 835
第一百章　尾　声 847

◎ 后　记 858

◎ 主要参考文献 861

【第三卷】
海疆烟云蔽日月

第五十一章

抄家与出征

刑部尚书阿勒清阿接到皇上的谕令后立即签了火票,发给直隶按察使和奉天将军,要他们抄查琦善在保定、天津和山海关外的所有家产、田庄和当铺。他与吏部尚书奕经带了八十多个弁兵来到定阜大街,把奉义侯府围得水泄不通,惹得临近居民们驻足围观。奉义侯府是颇有来历的豪门大院。前明时期,徐增寿追随燕王朱棣造反,被建文帝斩首,朱棣当了皇帝后追封徐增寿为定国公,赏了他的家人一座大宅院,叫定国公府。琦善的祖先恩格德尔从龙入关南征北战,因战功卓著被封为奉义侯,皇上定都北京后把定国公府赏给了恩格德尔,改称奉义侯府。

琦善经常往来于保定、天津和北京之间。他有一妻二妾,正室葛毕氏住在保定,二妾住在天津,三妾佟佳氏住在奉义侯府。佟佳氏是二十七八岁的熟女,未生育,虽然过了豆蔻年华,依然保持着杨柳腰身桃花脸蛋,细皮嫩肉风姿绰约,走起路来摇曳婀娜,配上柳绿桃红的衣装,乍一看就像刚出阁的大姑娘。她是知书达理讲究女德的人,举手投足透着大家闺秀的风范。琦善走到哪里都带有大群亲兵和轿夫,只要到了北京就在奉义侯府落脚,侯府里常年为亲兵和轿夫们留出二十多间房子,琦善不在北京时,奉义侯府非常清静,只有佟佳氏,外加一个管家两个女仆和三个杂役。

弁兵们突然围了侯府，管家靳圻吓了一跳，急急惶惶去后院通报。佟佳氏正在对镜梳妆，她用黛笔细描柳叶眉梢，在薄唇上轻施桃红胭脂，一头乌丝梳理得一丝不苟，鬓角像刀裁一样齐整，打上少许蛤蚧油光可鉴。她正要把一支金簪插在发髻上，靳圻突然闯进来："三姨太，大事不好，咱家被官兵围了！""什么？"佟佳氏的手一抖，簪尖扎破了手指。她把簪子朝梳妆台上一丢，捏着指尖止血："清明世界朗朗乾坤，什么人这么大胆子！"管家的声音在打战："是刑部的。"佟佳氏悚然一惊，情不自禁地站起身来，踩着花盆底绣花鞋往外走，旗袍上的汉玉坠子碰得叮叮作响。靳圻缩着肩膀跟在后面。

佟佳氏穿过垂花门进了前院，果然见一队官兵凶神恶煞似的闯进来，刑部尚书阿勒清阿耸着又黑又硬的胡子站在庭院当中。佟佳氏认得他，琦善与京城里的勋臣贵胄经常往来，阿勒清阿是琦善家的常客。

佟佳氏立即满脸堆笑，对阿勒清阿蹲了个万福，怯声问道："阿中堂，这是怎么回事？"阿勒清阿指着身边的人道："如夫人，这位是吏部尚书奕经老爷，你先给他请安。"这时佟佳氏才注意阿勒清阿旁边有一个五十岁左右的大官，身穿仙鹤补服，腰系黄带子，显然是皇室宗亲。佟佳氏赶紧侧过身子："奴婢给奕中堂请安。"

奕经是成亲王永瑆的孙子，道光的侄子，籍隶满洲正红旗。他不是长门嫡孙，无缘继袭王爵，只好自己奔前程，他从乾清门侍卫做起，一直做到头品大员。他中等身量，方脸庞，嘴稍大，下巴脸颊和脑门剃得干干净净，衣服不打褶子，官靴不粘污泥，脑后的辫子梳理得一丝不苟，一看就是极爱干净的人。他打量着佟佳氏，不由得暗自叹道：这女人还真有点姿色，丰容靓饰，肤如凝脂，手如柔荑，高领梅花夹衣外面穿了一个昭君套，水红绫纱裙下伸出一双半大不大的秀脚，白净的瓜子脸上黛眉含烟红唇如玉，颦着的嘴角似笑不笑，两颊的酒窝若隐若现。奕经嘴上不说，心里却暗羡，琦善真他娘的有艳福！他打了个手势，怜惜道："起来吧，起来说话。"奕经干什么都有点儿夸张，装扮，语速，走路的步态，甚至甩手臂的幅度，都有点儿夸张。

佟佳氏直起身子玉立在天井中。阿勒清阿道："如夫人，琦爵阁是我的老朋友，没有旨意，我是不敢带兵擅闯侯府的。但是，琦爵阁在广州办砸了差事，犯了国法，皇上派我和奕中堂抄查家产，我们带来的弁兵都是吃皇粮办皇差的,是粗手粗脚的人。你就将就一下,别妨碍公务。等我们清查完贴上封条,你代琦爵阁在清单上签字画押,你看可好?"佟佳氏这才知道琦善犯案了,但不知犯了什么案。她立即花容尽失,身子骨发软,但她毕竟是见过世面的人,怔忡片刻后吩咐道:"靳圻先生,给奕中堂和阿中堂上茶。"靳圻答应一声,屁颠屁颠地转身去了。

这时,佟佳氏才"扑通"一声跪在地上,哭泣得如同梨花带雨:"嫁鸡随鸡嫁狗随狗。既然我家老爷办砸了皇差,奴婢只好跟着沾包,但请奕中堂和阿中堂手下留情,为我家老爷说几句好话。"阿勒清阿低头看着她:"如夫人,你是知书达理的人,这种场合什么话都不要说,带着仆人到西厢房安生坐着,别扰了公务,当说话的时候我们自然会替琦爵阁说话。可好?"阿勒清阿讲得十分客气,带着征求意见的口气,给足了面子。佟佳氏噙着泪水,轻移莲步去了西厢房。

奕经微微一笑:"没想到琦善金屋藏娇,养了这么一个美人,只是不知道他享受了如花似玉的上半截,败花残柳的下半截谁去受用。"阿勒清阿没回答,一提嗓音,对弁兵们发布命令:"各位听着,琦府被封后,里面的东西都是皇产,抄查时要轻拿轻放,谁要是毛手毛脚扯了字画摔了玉器砸了茶壶碰了杯盏,一律照价赔偿!听明白没有?"弁兵们的回答像炸雷一样响亮:"明白!"

不一会儿,管家靳圻端来一壶茶和两只茶盏,缩头乌龟似的送到院子里,却没处放:"二位中堂大人,请用茶。"奕经眼皮也不抬:"放到正堂里。"靳圻低头把茶壶送进去。阿勒清阿一展手:"请!"引着奕经登上台阶,进了正堂。

正堂里摆放着上好的花梨木仿明家具,倚东墙是一排什锦文物架,架上摆满了鼎铛玉石金石朱砾,西墙挂着一幅徐渭的《水墨牡丹图》。奕经头一次来奉义侯府,立马被那幅画吸引住。他站在画前仔细端详,只见画面上色彩淡雅草木扶疏小虫精细,画的左侧题有一首小诗:

五十八岁贫贱身,何曾妄念洛阳春,
不然岂少胭脂在,富贵花将是写神。

右下角的印鉴有"青藤道人"四个小字。徐渭是晚明的著名画家，"青藤道人"是他的号。奕经酷爱书法字画，喜欢玩璋弄玉，有收藏癖："哟，没想到在这儿碰上徐渭的真迹了！"他摘了画幅，捧在手中仔细品味，赞赏的表情流露着贪欲。阿勒清阿看得清爽，知道奕经想据为己有，顺水推舟道："奕中堂，你要是喜欢，登记造册时我就不记了。"奕经沾沾自喜呵呵一笑："那敢情好。"他卷了画轴，扯了一张宣纸包住，背着手欣赏起文物架上的古董玉器，准备再挑几件可心的小物件，在别人的灾难中发一笔小财。

靖逆将军受命出征，首先得组建行营。奕山在六部三院、京城武营、御前侍卫里调用了三十多名文武官员，接下来羽檄飞驰，从湖南、湖北、广西、江西、贵州、云南和四川七省抽派的一万多弁兵，命令他们直接开赴广东。嘈嘈嚷嚷折腾半个多月后，奕山才整装待发。靖逆将军挂印出征是一件国家大事，皇上亲自在午门举行出征大典。紫禁城的城楼上龙旗飘飘鼓乐大奏，在礼部的主持下，授印、宣誓、跪辞、山呼万岁。国家大典具有象征意义，每招每式都有板有眼，与社稷之命运和国运之兴衰有关。

出征大典与私情无关，动私情的是出征将士们的眷属，她们不能去午门观瞻，全都聚在齐化门外。出征大典还未结束，齐化门外已是熙熙攘攘人来人往，男男女女老老少少汇聚成了人流，逶迤延绵一里多。当出征官弁们出了齐化门，拉衣襟的牵袖口的流眼泪的话离别的，千种离情万种别愁，真有一种"爷娘妻子走相送，尘埃不见咸阳桥"的味道。

齐化门外的护城河与京杭大运河一脉相连，若是在别的季节，奕山可以乘船出行。但是，北京的二月依然天寒地冻，护城河与大运河结着一层薄冰。奕山只好乘车，同行的还有户部尚书隆文。两位头品大员离京出征，随行护卫的弁兵和跟班杂役多达一百八十多人，调用的骡马大车七十多乘，其中半数载着镶铜边的大木箱，里面装着上百万两户部纹银，外面挂着沉甸甸的铁将军，那是道光皇帝特批的兵费。

奕山是康熙皇帝第十四子胤禵的四世孙，他与奕经一样，不是长门嫡孙，必须靠自己打拼前程。他也曾在紫禁城里当过乾清门侍卫。道光七年，他随军远征新疆喀什噶尔，因功晋升为伊犁领队大臣，率领两千弁兵在巴尔楚克屯垦戍边寓兵于农。他手下的弁兵来自湖南，大都是精于稼穑的好把式，把湖南农民的精耕细作精神发挥得淋漓尽致，开垦出十六万亩良田，他因为屯田有功晋升为伊犁将军。在宗室皇亲里，他是打过仗种过田吃过苦耐过劳的人。今天，他穿一套头品武官的麒麟补服，国字脸上不留胡须，由于皮肤保养得好，虽然年过五十岁，乍一看像四十来岁的人。隆文年近七旬，四方脸八字眉，嘴大，猛一看他那张脸像麻将牌里的"四"字，牌友们给他起了一个外号，叫"四万口"。他是满洲正红旗人，伊尔根觉罗氏，进士出身，当过驻藏大臣、兵部尚书和户部尚书。奕山和隆文与送行的京官、僚属和家人们依依话别，足足拖了小半个时辰，直到巳时整，奕山才猫腰钻进一辆景泰蓝圆包顶驿车里。驿夫喊了声："大将军爷，坐稳了您哪！驾！"红花鞭梢在空中打出一声脆响，两匹健马一使劲，马缰绳腾地一下绷得笔直，两只铁蘑菇头大轮毂"轧轧"滚动。隆文的驿车紧随其后。随行的亲兵们扬鞭催马，大道上立即辚辚萧萧怒马如龙车行如风，踏起黄龙般的滚滚浮尘。

奕山的车厢里面装满了东西，右壁挂着镶红边牛皮甲，七星宝剑和一张弯弓，左壁挂着一支素铁莲花口燧发枪，枪柄上拴着一只牛角镶玳瑁火药袋。这支枪是西洋国赠送的礼品，用料考究做工精良，比英军的燧发枪还好。但是，身为领侍卫内大臣的奕山从来没想过仿造一批燧发枪装备军队，仅把它当作私人的防身利器。

行走不到一里，奕山听见有人在后面扬声高呼："静轩兄，等一等！静轩兄，等一等！"静轩是奕山的字，只有交情极好的宗室才这样叫他。奕山把脑袋伸出车窗，见奕经骑着一匹豹花骢尾追而来，后面跟着两个骑快马的戈什哈。奕山和奕经是同宗兄弟，年龄仅差半岁，幼年时一起捞过蝌蚪捉过青蛙，少年时一起在宗人府学堂里念书习武，成年后一起在乾清宫当侍卫，两人都去过新疆参加平叛，熟稔得无话不说。奕山扬声叫道："润峰兄，你还想着我？我以为你不来送行呢！"润峰是奕经的字。

奕经拍马向前："大将军上战场，哪能不送一程？但衙门里事多，迟来一步。""什么事把你忙得团团转呀？""琦善的正堂夫人葛毕氏从保定府来了，一大早就在我的府邸门口长跪不起，涕泗滂沱哭天抢地，哭得如怨如诉如涧如河，惹来一大群人围观，不安慰几句说不过去。哦，十里长亭相送，我送你到八里桥。"

兄弟二人一个乘车一个骑马,隔窗说话很不方便。奕山叫了一声"停车"。驿夫一拉铜手闸:"吁——",驿车停了。奕经蹁腿下马,把缰绳递给随行的戈什哈,抬脚上了驿车,猫腰钻进车厢。车夫的鞭梢一响,驿车又"轧轧"向前。

车厢里有铜脚炉,暖洋洋的。奕经笑道:"嘿,你老兄真会享受!"他坐在奕山身旁,摘下手套,在铜脚炉上烤火:"二月春风似剪刀,你看我这手冻的,都僵了。"兄弟二人并排一坐,有点儿像又不大像。两人都是方脸盘,但奕山的脸像"国"字,脸颊右侧有一颗黑痣,像国字里的"那一点";奕经的脸盘像"囲"字,倒八字眉,嘴大,声音厚重。

奕山问道:"查抄琦府是京城里的头号新闻,琦府里什么宝贝?""二百年的侯爷府,从外面看朴素无华,里面却别有洞天。粗估一下,不算房子,琦善的在京私产至少价值三万两银子。他的私产大都在保定和天津,得等奉天将军和直隶按察使把抄查结果禀上来才知晓。说起来挺可怜的,几代人流血流汗尽心尽忠挣下来的家业,一夜之间抄得精光,钟鸣鼎食之家立马一贫如洗。仆人丫头靠主子豢养,断了工钱后树倒猢狲散,走得精光。"

奕山道:"琦善是个精明人,怎么糊涂了,不请旨就私割香港?""是呀,我也奇怪。皇上三令五申不得再与逆夷理谕,他中了邪似的不遵旨。"

奕山问道:"刑部和吏部打算怎么处置乌尔恭额?"乌尔恭额因为丢了舟山被罢官,在伊里布手下留营效力,谁也没想到,一个月前皇上突然改变主意,一道严旨颁下,将他逮送北京,由刑部和吏部共同审理。奕经道:"乌尔恭额虽然是罪臣,毕竟是封疆大吏,如何定罪,得等皇上发话。"

奕山道:"据我看,轻不了。琦善被锁拿抄家,乌尔恭额被关进刑部大狱,伊里布被撤差。皇上是要杀鸡给猴看,意思明摆着,要是我们剿不了逆夷误了军务,下场与他们一样!"奕山的话阴森森的。他是领侍卫内大臣,负责皇上的警跸关防,最了解道光的秉性。道光对臣子的要求极高,高到凡人难以做到,只要出了纰漏或办砸差事,立马就会严惩不贷,惩罚之重让人刻骨铭心。奕经道:"别说不吉利话,有杨芳当参赞大臣,你怕什么?"奕山顿了顿:"可惜杨芳老了,听说他连马都骑不动,出行乘肩舆。要不是皇上偏爱我，本来应当让他当靖逆将军，我当参赞大臣。"奕山深知自己的本事不如杨芳，杨芳十五岁从戎，平定过苗民叛乱、川楚白莲教叛乱和湖南天理教叛乱，屡立战功，三十一岁晋升为宁陕镇总兵，成为最年轻的汉族提镇大员。奠定他一世英名的是平息张格尔叛乱。二十年前，张格尔在新疆喀什噶尔裂土立国，成为本朝最大的边患。朝廷屡次发兵进剿将其击溃，但张格尔每次都逃至境外死灰复燃。五年前，道光皇帝饬令杨芳再次出征，他苦战两年，终于生擒张格尔，平息了新疆叛乱。那时奕山四十多岁，杨芳六十多岁，皇上要奕山在杨芳的麾下效力，帮办军务，为的是让他在战场上历练。奕山目睹了杨芳在艰难百绝之境运筹帷幄妙计百出，对他佩服得五体投地。

奕经嘿嘿一笑："杨芳固然是名将，但是，你统率三军不一定比他差。外人以为咱们爱新觉罗氏的人自小过着肥马轻裘的日子，个个都是吃喝玩乐的五陵少年，却不知晓所有宗室男儿都经过严酷历练。"大清是爱新觉罗氏的天下，本族子弟保家卫国责无旁贷，为了江山永固，开国皇帝定下了铁打的规矩：宗室觉罗的子弟必须严加管束，男儿八岁入宗学堂或觉罗学堂，读四书念五经，学刀马弓矢，烈日暴寒不得偷闲。奕山和奕经都是经过历练和打熬的，但两人的性情不同，奕山比较踏实，奕经略显浮躁。

奕山有自知之明："咱们兄弟二人位极人臣，一半靠自己求上进，一半沾了皇亲国戚的光。杨芳不一样，他是贵州的农家小子，从卒伍干起，攘戈磨盾履临疆场，严冬列阵中夜鏖兵，一刀一枪拼出来的侯爵，没有真本事是不行的。哦，你看那些银车，整整三百万，一半实银一半银票！这仅是给广东的兵费，不算给其他省的。皇上从来没这么慷慨过，我怕辜负了皇上的重托啊。"

"静轩兄，你别把逆夷看得有多了不起，也就是区区几千越洋蟊贼。只要不跟他们在海上斗，他们敢窜到内地来？咱们大清有二十三万八旗兵和五十多万绿营兵，随时随地都能招募勇丁，我就不信斗不过英夷！你当过伊犁将军，好歹指挥过上万兵马，还治不了那群小蟊贼？"

奕山不像奕经那么轻敌："要是在戈壁滩上追击回教逆匪，我还能说出个三六九来，也敢比试比试，但我没打过海仗。别的皇差是优差，打仗是苦差，说起来容易做起来难。宗室里带过兵的不少，打过仗的不多，打过大仗恶仗的更是凤毛麟角，也就是你我二人。别看你今天是吏部尚书，保不准明天皇上就派你领兵出征。"奕经莞尔一笑:"我的本事比不上你。要是皇上派我出征,我只配当参赞。静轩兄,你准备花多少天赶到广州?""皇上命令我风雨兼程,恨不得让我插上翅膀飞过去。但我有几十车实银拖着拽着,想快也快不了多少。"说到这里他朝窗外瞥了一眼:"哟,八里桥到了!"

奕经掏出一个精工细制的玳瑁扳指:"兄弟我送你一件小礼物。喜欢,就留用,不喜欢,赏给立功的将士。"那枚扳指是奕经在琦善家里搜罗来的。奕山接了,套在拇指上:"你送的礼物,哪能赏给别人,我自己留用了。"奕经猫腰下车拱手道别:"静轩兄,我等你的捷报。一路保重!"

第五十二章

虎门之战

停泊在伶仃洋上的各国商船越来越多，羁留在澳门的商人和水舾也越来越多，他们盼星星盼月亮似的盼着开港贸易，盼来的却是一次又一次失望。军队越来越烦躁，士兵们本以为战争即将结束，没想到弭兵会盟竟是一场没有结果的国际玩笑。澳门的马路摊档旁，香港的临时兵营里，伶仃洋的商船上，人们牢骚满腹怪话连天。

在商务监督署里，义律正与远征军的将领们开会，商议攻打虎门和广州事宜。

辛好士爵士打开皮包，翻出一封信函，神情严肃："今天上午，我军的巡逻船在虎门附近拦截了一条清军哨船，查获了一封公函，是琦善发给关天培的，要他在三江口用石头、木桩和沉船堵塞武山南面的水道。这说明中国人一直在备战！"副监督参孙拿出一纸间谍发来的密信："根据可靠消息，中国皇帝将派一个叫奕山的兵马大元帅到广州来，还派了两个副司令官，一个叫杨芳，一个叫隆文。广东巡抚怡良在内地发布了赏格：擒获义律、伯麦和马儒翰者，每人赏银五万元，献出首级者，赏三万；缉获英国军官者，赏一万，献出首级者赏五千；缉获我军士兵者，赏五百，献出首级者赏三百，缉获印度士兵者，赏一百，献出首级者赏五十！"马儒翰讪笑道："没想到我的身价如此高昂，居然与公使阁下和总司令等同。不过，据我所知，清朝官宪经常失信于民，就算把我们擒获了，广东官宪也会赖账的！他们付不起这么高的奖金。"

伯麦道："悬赏我们的头颅是战争行为，这意味着中方已经放弃了和谈。我曾经两次照会关天培，要他笃实为心，不得稍做武备。但是，关天培明面上挂白旗虚称和好，暗地里调兵遣将加强武备。我军不能继续姑息！广州之战箭在弦上，万事俱备，只等公使阁下的批准。"

孟加拉志愿团的五百官兵提前返回加尔各答，义律担心兵力不足："舟山驻军什么时候抵达珠江口！"辛好士爵士道："即使没有舟山驻军，我们的现有兵力也足以攻克虎门，不仅能攻克虎门，还能攻克狮子洋的莲花炮城和乌涌炮台，直抵广州。"他借弭兵会盟之机仔细观察清军的防御体系，信心十足。

义律犹豫道："虎门是一只纸糊的老虎，一捅即破，难点是广州。广州是亚洲的第一大码头，城区和郊区有近百万人口，牵一发而动全身。攻打它固然能给清政府以震慑，也会引起复杂的国际纠纷。美国代理领事多喇纳和法国驻澳门领事沙拉耶多次找我，说美国政府和法国政府密切关注广州势态。如果我军攻打广州，中国商民势必星散逃命，各国商人就会失去贸易对手。颠地和马地臣等侨商也担心，万一清军殊死抵抗，我军势必以暴制暴，把珠江两岸的所有商馆码头仓库作坊打成废墟。各国领事和商民全都恳请温柔攻城，保全广州。伯麦爵士，辛好士爵士，破坏容易重建难，一旦把广州打烂，恢复通商就不是一朝一夕的事情。伶仃洋上聚集了近百条各国商船，它们随时都在敲打我的神经：通商，通商，通商！我们不得不构想出一个两全其美的方案。"

伯麦道："您的意思是，广州是一件精美实用的瓷器，既要砸它，又不能砸烂它。"义律道："是的。我们的目的不是攻城略地，是逼迫中国人按照我们的意愿签署条约。发动广州战役，上策是做出巨石压卵的姿态，围而不打，逼迫中国人签订城下盟约。中策是打破城池，给敌人以震慑，但不驻防。下策是军事占领，这是最糟糕的选择。在异国作战最忌讳打巷战，那是一种可怕的贴身肉搏。万一清军利用房屋街巷强起抵抗，刀矛弓矢就有了用武之地。此外，打破城池后，局面必然失控，商贾流离，人民失所，官员逃逸，我们将失去谈判的对手，商人也将失去贸易伙伴。"

伯麦道："我也认为不宜占领广州，占领广州就得承担起管理城市的职责，我们没有管理人才，不具备管理条件。数千官兵与中国人同居一城，等于让他们置身于黑暗的丛林里，风险不言而喻。"

马儒翰道："攻心为上，攻城为下，这是一个举世公认的战争法则。打广州是为了通商，不是为了摧毁它，商民一逃走，通商就会变得遥遥无期。我认为，进攻广州之前必须稳定人心，要想稳定人心，首先要稳住十三行；要想稳住十三行，首先要稳住伍秉鉴和伍绍荣父子。他们不走，行商就不会走；行商不走，各行各业的商民才可能留下来，佣工杂役才不会逃亡，广州贸易才不会受到大的损害。"伯麦翕动着鼻翼："如何才能稳住伍秉鉴父子和十三行？"义律道："美国代理领事多喇纳和旗昌行的查理·京与伍家人的私交很好。我想请他们转告伍家人，我军将保护黄埔码头上的全部商业设施，保护所有行商的家园和仓库作坊，必要时可以派兵保护他们的人身安全。"伯麦翘起眉梢："要是伍家人和十三行不合作呢？"义律道："一场战争足以叫百万富翁一贫如洗。我国商人焦灼，他们更焦灼。利益所在，他们会仔细掂量的。"

马儒翰提醒道："我建议印刷一批汉字告示，写明'保护商民'、'和平贸易'、'大英国军队不害民人'等字样，雇用疍民渗入内地，广为张贴。我军攻入珠江后，所有兵船都要悬挂安抚民心的汉字标语。"伯麦称赞道："你提了一条很中用的建议。"

广州战役打响了。

珠江的江心有一小岛，叫下横档岛，它像一根砥柱似的把江水一分为二，它距离东岸一千五百米，距离西岸一千三百米，与上横档岛间隔八百米。伯麦发现，关天培是按照中国火炮的射程估算下横档岛的战术价值的，没在岛上派驻一兵一卒。英军野战炮的射程大大超过中国火炮，完全可以在下横档岛建立一个前沿炮兵阵地，轰击虎门各炮台。在开仗的头一天傍晚，伯麦果断命令"复仇神"号把一支炮兵分队和一百五十名马德拉斯步兵送到下横档岛上，卸下一位榴弹炮和两位推轮野战炮。

英军强占下横档岛时，虎门各炮台螺号呜咽警钟齐鸣，威远炮台和上横档岛炮台相继开炮轰击登岛英军。但是，清军的火炮不能转动只能直击，而且射程较短，只能打到下横档岛的边缘，打不着英军。英军虽然只有三位炮，却可以调整射角，射程远，炸力大，每一炮都有效力。

入夜后，虎门各炮台全都熄灯瞎火，两军摸黑互射。夜空中火光闪闪，钲鼓声螺号声络绎不绝。空气中弥漫着浓烈的硝石味和硫黄味，弁兵们紧张得一夜无眠。

关天培不敢有丝毫松懈，在威远、靖远和镇远三台之间不停巡视，直到夤夜时分炮声稀落，他才回到提督行辕，想找一口水喝。

家仆孙长庆听到炮响后，一直在行辕门口候着，不时爬上山腰，隔着石壁观望夜战。白天里，虎门两岸的山峰险峻秀丽，入夜后像耸立在黢黑之中的憧憧鬼影，形态各异的山石树木像神话里的鬼怪精灵，散发出一股阴森之气。滚滚奔流的江水在幽壑墨谷之间蜿蜒斗折，滔滔的激水声与隆隆的爆炸声搅和在一起，震得人耳膜嗡嗡作响。

开仗期间严禁灯火，官邸里没点灯，孙长庆凭着脚步声知道主子回来了："老爷，要紧吗？"关天培只说了一个字："水。"

孙长庆摸黑从水缸里舀起一瓢水，关天培"咕咕咕"一饮而尽。孙长庆又问一遍："老爷，要紧吗？"关天培道："明天必有一场恶战。我死后，拜托你把我的尸骨送回老家。"他的语调又悲又重，悲重得像灌了铅。他心知肚明，英军是强大的虎狼之师，清军是胆寒心战的疲弱之旅，和谈全无指望，缓兵之计用到了尽头，虎门崩溃在即！他疲倦极了，想回屋里小寐片刻，一只脚踏上台阶，犹豫一下，没进，一转身，沿着石板道返回靖远炮台。

饭萝排与威远炮台之间，横档山炮台与靖远炮台之间，各有一道拦江铁链。它们是关天培的杰作。但在英军看来，它们是神马浮云似的废物，出自不了解欧洲军事工程的头脑。第二天一早，"复仇神"号把一支小分队送到饭萝排上。几十个守排清军被铁甲船吓得魂飞天外，没开一枪就束手就擒。英军轻松地拆除了拦江排链。

正午时分，英国舰队利用南风涨潮攻入虎门。

辛好士爵士指挥第一分舰队攻打武山。武山由北向南延绵五里，花岗岩山体像刀削斧凿一般壁立东岸，山腰山顶树木交错黛赭纷杂，山基山脚草木丛生江水滔滔。在海风的吹刮下，树涛和水涛齐声喧虺，如龙吟，似虎啸。威远、靖远和震远三台共有一百四十个炮位，像一百四十个青面獠牙的张口怪兽，随时准备把闯关的敌船一口咬碎。但是,辛好士知道清军炮子的爆炸力如同礼花弹,根本打不烂英军兵船的船板。他无所顾忌。"伯兰汉"号驶向威远炮台右侧,在五百五十米远处下锚,"麦尔威厘"号驶向左侧,在三百七十米远处下锚。这两个位置是经过仔细测算的,与炮台恰好形成三十五度夹角。清军火炮安在炮洞里,只能直击,发挥不了作用。两条战列舰轮番轰击,威远、靖远和镇远三台被炸得石倒墙裂火星四溅,"隆隆"的炮声让人心惊肉跳。最令人惊骇的是施拉普纳子母弹,它们是比清军炮子强百倍的杀人利器,"砰砰砰"凌空炸响,成千上万颗铁丸子似的小炸弹劈头盖脸从天而降,落地后再次爆炸。清军躲无处躲藏无处藏,刀枪剑戟斧钺锤叉全都派不上用场,活生生地挨打挨炸。

"皇后"号火轮船拖着四条舢板驶入虎门水道,每条舢板安放了一台火箭发射架,它们向炮台旁边的建筑群打出一支又一支康格利夫火箭——那个建筑群是虎门稽查口和十三行的办事房,有二百多间厅堂和库房,各国商船入境前都在那儿注册登记。它们是大清国的脸面,镂耳大屋雕梁画栋,精工细作宽敞豁亮,厅堂之间有抄手游廊。它们被火箭击中后相继燃烧起来,火势在江风的吹刮下四处蔓延,殃及附近的村舍,很快形成一里多长的滚滚浓烟和冲腾的烈焰。

第二分舰队由"威里士厘"号、"都鲁壹"号、"加勒普"号、"萨马兰"号、"先锋"号、"鳄鱼"号和"摩底士底"号组成的,共有七条兵船,它们专门袭击上横档岛。上横档岛是方圆一里的江心小岛,岛上的横档炮台和永安炮台共有七十六位炮,平常只用二百弁兵戍守。但是,关天培不了解欧洲战法,以为英军将以短兵相接和贴身肉搏的方式强攻上横档岛,在弹丸之地派驻了一千八百多弁兵。从远处看,岛上人影幢幢密密麻麻,像矗立在江心的蚂蚁山。

七条英国兵舰载有二百八十多位火炮,从三面围住上横档岛轮番轰击。上横档岛上黑烟翻滚裂石飞溅炮声隆隆。子母弹在空中爆炸后铺天盖地一泻而下,火箭发出尖厉的啸音,窜天猴似的狂飞乱舞。岛上的兵房、神堂、库房、帐篷相继着火,清军被打得晕头转向,没头没脑地四处乱躲,却躲不胜躲。炮击持续了整整一个时辰,数百弁兵被炸得脱皮露骨折臂断筋,横七竖八躺在地上呻吟蠕动,阵地上弥漫着浓烈的血腥味。

驻守上横档岛的主将是督标中军副将达邦阿和游击多隆武,达邦阿分守横档炮台，多隆武分守巩固炮台。战斗刚打响时他们还能据险力守，指挥弁兵开炮还击，但很快发现不是英军的对手。清军炮少，炮子的炸力小，连英军的船板都打不透。表面上看是两军对垒，实际上是"人为刀俎我为鱼肉"。

上横档岛的火药库被敌炮击中，引爆了八千斤炸药，发出山崩地裂似的巨响，强大的气浪撼得上横档岛摇摇晃晃，附近的兵丁们被炸得血肉横飞，破碎的头颅，断裂的胳膊，血淋淋的大腿溅落得到处都是，与泥土粘在一起，呈现出触目惊心的惨状。紧接着，岛上的神庙被摧毁，关帝的泥胎塑像跌落在地上，摔得粉碎。弁兵们越打越迷乱惶惑，越战越胆怯动摇。

一只断手重重地打在达邦阿的脸颊上，就像有人狠狠掴了他一记耳光。他一摸脸，有血迹，立即胆虚心寒，逃命的念头在脑际里火光一闪，坚守的意志迅速崩溃。上横档岛四面环水，是不折不扣的绝死之地。英军兵船三面轰打，只有北面是唯一的逃路。达邦阿喝了一声："张江李海！""有！""快去小码头！"

两个亲兵立即明白达邦阿要逃跑。大危大险之前人人都想活命，他们也想趁机溜号。两个人撒腿朝小码头跑去，迅速打开木栅。达邦阿紧跟在他们后面。小码头里泊着四条八桨快蟹船，还有几十名水兵在守船。达邦阿把所有廉耻置于脑后，朝水兵们一招手："快，上船！"水兵们连滚带爬上了快蟹船。

达邦阿抬头一望，多隆武和二百多陆营弁兵在巩固炮台上盯着他们，一丝愧赧划闪而过，旋即被逃命的欲望压灭。为了防止多隆武拦阻，达邦阿喝道："张江李海，锁上木栅！"两个亲兵手脚麻利，拉紧木栅，用铁将军锁住，扭头跳上舢板。达邦阿抽出腰刀使劲一挥，砍断了缆绳："起！"水兵们喊着号子荡起船桨，四条快蟹船像水潞一样一耸一冲地驶离了上横档岛，比赛龙船划得还快。

多隆武一下子火了，指着快蟹船破口大骂："达邦阿，我操你姥姥！"他一个箭步跳到垛口，抄起一杆台枪，扣动扳机，没打中！几个兵丁接踵而至，端起抬枪朝逃跑的快蟹船射击，一个水兵被击中，身子一歪掉到水中。

一个兵丁揪下灰布缠头狠狠摜在地上："贼娘的，当官的溜了！老子不卖命了！"另一个炮兵吼道："操他祖宗的，达邦阿这家伙就会作威作福！老子要打他的黑炮！"说动手就动手，他一招呼，几个炮兵立即过来帮忙，推动一位千斤小炮，点燃炮捻，"砰"的一响，炮子朝快蟹船飞去，但只在江中打出一个水柱。达邦阿惶然一惊，但他命大，仅仅溅湿了衣裳。

全岛官兵眼睁睁看见达邦阿和几十个水兵溜之大吉，军心立即大乱，守兵们丧失了斗志，索性躲在炮洞和坑道里听天由命。经过狂轰滥炸后，英军的近千海军陆战队从三面抢滩登陆。

登陆战就像渔夫收大网，渔网罩住了所有的鱼，每根网线都挂着锋利的渔钩。鱼儿越是惊惧就越挣扎，越挣扎就死得越惨。渔猎者们因为战果丰盛而兴奋无比，落网的清军却惊魂不定惶恐万状，不得不放下武器举手投降。

多隆武卧倒在地上，脸庞被炮火熏得乌黑，战袍上粘满了泥土，双手皮破血流。他闭着眼睛抱着脑袋听天由命。当他发现自己成为俘虏时，痛苦得神茫心悸嘴角扭曲。他绝望地坐起身来，狠狠扇了自己一个嘴巴，恨不得把牙床打碎。

威远、靖远和镇远三台的清军看得真真切切，上横档岛就像一座屠宰场，岛上的清军集体投降了。

半小时后，辛好士爵士亲率三百多海军陆战队在武山南面登陆，对威远、靖远和震远炮台发起冲锋。山坡上和巷道里枪声大作，爆豆一般"噼啪"作响。清军阵脚大乱，威远炮台的守军像惶乱的绵羊，被一群斗志昂扬的猎狗追得胆虚心寒望风披靡。马辰坐镇威远炮台，他弹压不住，随着败兵向虎门寨溃逃。

兵败如山倒。关天培站在靖远炮台的巷道口，"唰"的一下抽出钢刀，厉声吼道："谁敢临阵溃逃，杀无赦！"他抡起大刀，企图挡住溃退的激流，甚至恶狠狠地朝一个逃兵砍去。不知是那兵丁逃得快，还是关天培的刀锋下留有一丝恻隐，刀尖划破了他的胳膊，那个兵丁"呀"的一声惨叫，捂着创痛落荒急走，鲜血从指缝间流出，点点滴滴落在巷道里。溃兵们像决堤的洪水一样奔涌而过，任何力量都无法遏阻。关天培绝望了，他能用衣物换钱留住兵丁，却留不住他们的抵抗之心，转眼之间，靖远炮台只剩下关天培和七八个亲兵。

英军沿着巷道冲上来，亲兵们如同困兽，挺枪持刀簇拥在关天培身旁，眸子里闪着七分惶恐和三分顽抗的微芒，既像是护卫主帅，又像是雏鹰在寻求老鹰的庇护。十几个英兵冲过去，围成半圆形，黑洞洞的枪口瞄向他们，刺刀寒光闪闪。一个英国军官发出怪吼："Put down arms! Show up your hands!"（放下武器，举起手来！）

关天培把辫子往脖子上一绕，左手紧握藤牌右手紧攥大刀，腮间肌肉绷得铁板一样紧，眉毛压得极低，牙关咬得极死，泥塑一般纹丝不动。英国军官又喝一声："Put down arms！"关天培听不懂，也不想听懂。他挺起藤牌，迈着沉重的步伐朝英军走去。英军以为他要投降，但很快意识到他要拼命！一阵霹雳般的爆响，藤牌被击碎，关天培被打得摇摇晃晃站立不稳，"扑通"一声跪在地上，满身都是血窟窿。他把大刀插入石缝，想撑起身子，但刀片吃不住劲儿，"啪"的一声断了[①]。

[①] 根据伯麦写给印度总督奥克兰勋爵的战报（载于D.McPherson的《在华二年记》附录Ⅷ，P.277），在虎门之战中，英军无人阵亡，受伤5人。他估计，在上横档岛之战中清军伤亡250人左右，被俘1300人左右，在武山之战中清军伤亡250人左右。作者没有查到清朝官方的统计数字。

第五十三章

哀荣与蒙羞

　　虎门之战像一场血肉淋漓的大屠杀。虎门寨和太平墟的一万多眷属隔江眺望着武山上的浓烟，心情随着枪炮声的疏密上下翻腾。未时以后，成群的败兵翻过武山拥向江边，如蝻如蝗争抢渡船，抢不到船的兵丁们丢盔弃甲，把藤牌当作救生筏凫水过江。他们一上岸就被眷属们团团围住，乱哄哄地打听亲人的下落。赵梅娘从溃兵的口中得知关天培为国捐躯了！

　　夜幕降临后，虎门两岸的山崖和峭壁上翳天老树在燃烧，木棉树在燃烧，连野草都在燃烧，浓烟烈火绵延了五六里，腾起的黑烟遮天蔽月。在海风的吹拂下，方圆几十里都能闻到燃烧的焦煳味儿。

　　武山的残火殷殷微微地烧了整整一夜。虎门寨和太平墟的夜晚是悲痛的夜晚，父母妻儿们的哭泣声通宵达旦。赵梅娘伤心欲碎彻夜无眠，天一亮，她就叫上老仆人孙长庆，准备过江寻找丈夫的遗骸。她头戴白巾腰系白布，一身孝装从虎门寨的街巷走过。寨子里许多人家挂着白幡，披麻戴孝的眷属们站在门口，脸上带着泪痕，默默地注视着虎门寨的第一夫人。沙角和大角之战，晏臣湾之战，武山之战和上横档岛之战，一仗接一仗，每场战斗都是噩耗，重创了他们的心！

　　李贤、马辰和几个老军官闻讯赶到江边，苦言相劝："关夫人，千万别去。""英国鬼子占了武山,你去不是寻死吗!"赵梅娘铁定心要寻找遗骸:"落叶要归根。我家老爷交代过,死后要把遗骨送回老家。他清清白白地生,清清白白地死。要是找不到遗骸,谁能说清他是失踪还是战死疆场!"她一语点中了要害——朝廷规定,战死者找不到遗骸,按失踪论处①,将领得不到恤典,兵丁得不到优抚。"阵亡"与"失踪"一词之差,死者的名声,眷属和子孙们的待遇,差之甚远。

马辰见她不听劝告,婉转道:"关夫人,这样吧,让孙长庆过江,要是英夷肯于归还关军门的遗骸,你再过江也不迟。"赵梅娘打定主意亲自过江:"不,敌人不会要我一个老太婆的性命,就是死,我也要与我家老爷死在一起。"

武山与虎门寨只隔一条十五丈宽的小河,人们用肉眼就能看见武山顶上的米字旗和英军哨兵。马辰见劝阻无效,只得让她上船。为了安全起见,他叫人在船头插了一面白旗。孙长庆摇橹与赵梅娘一起过江。

主仆二人上岸后走到武山脚下,孙长庆怕出事:"夫人,您别上山,我去。您要是伤心,就在这儿哭一场。"赵梅娘咬着嘴唇,憋了半天才颤巍巍道:"不,我不想在豺狼的笑声中哭泣!"孙长庆不再吭声,打着白旗朝靖远炮台走去,赵梅娘跟在后面,孙长庆熟悉这里的每一条小径,知道关天培牺牲的地方。

马德拉斯工兵队开进了武山,运来了钢钎和炸药,准备炸毁所有炮台。辛好士爵士正与工兵队长说话,他拍打着花岗岩石壁:"看,它是一件多么了不起的杰作,坚固无比,易守难攻!虎门相当于地中海的直布罗陀,占领了它就卡住了中国的咽喉。这座要塞要是由西班牙军队或法国军队驻守,我们不知要死多少人!"工兵队长喟叹道:"中国人既无滑轮又无吊车,更没有蒸汽机和起重机,仅凭人力和粗简的工具,居然修筑起这么浩大坚固的工程,真的令人叹为观止!可惜我们必须摧毁它。""摧毁它需要多少时间?""至少十天。"

英军哨兵把赵梅娘和孙长庆领到辛好士爵士跟前。辛好士见孙长庆打着

---

① 根据清朝的规定,副将以上高级军官战死有恤典,父母可以得到赡养,有功名的成年儿子可以做官,未成年的儿子可以入国子监读书,失踪者则没有这些待遇。故而,将领战死后家属都要寻找遗骸。在鸦片战争期间,狼山镇总兵谢朝恩死后没有恤典,因为没有找到他的遗骸。

白旗，后面跟着一个披麻戴孝的老媪，想起一个月前他准备攻打虎门时，一条小船拦住了舰队，那个老媪就是小船上的送信人。他叫来一个澳门通事。辛好士问道："你们是信使吗？"孙长庆弓下身子："不，在下是关军门的家人。""她是谁？""也是关军门的家人。""你所谓的关军门是关天培吗？""是。关军门牺牲在靖远炮台，在下想把他的遗体运回去。"

英军并不知晓关天培死于战场，击毙大清朝的海军司令是一件了不起的战功，足以让辛好士爵士彪炳英国战史！听完通事的翻译和解说后，他兴奋得满脸通红，周边的官兵发出一阵热烈的欢呼声，过了许久才静息下来。

一个老太太和一个老仆人两次不顾安危跑到敌军阵地，这种事情在英国闻所未闻，大大超出了常人的想象。辛好士爵士猜出老太太是关天培的妻子，但没有点破，竖起拇指道："老夫人，你很勇敢，少见的勇敢。"他要确认关天培是否真的死了："昨天傍晚，我军在靖远炮台后面掩埋了二十多具尸体，你们不妨去看一看。"他引着赵梅娘和孙长庆朝埋尸坑走去。

十几个工兵用锹镐清除了封土。赵梅娘和孙长庆很快辨认出关天培的遗骸：他双目闭合面色灰白，身上有好几个弹洞，血迹与泥土混合在一起……孙长庆扑通一声跪在地上，拂去关天培脸上和身上的泥土，泪水横流抚尸痛哭。赵梅娘不忍细看，缓缓屈身跪在地上，却没有放声。她果真不愿在敌人面前流泪。在微风的吹拂下，她的孝衣轻轻撩动，像凋萎但尚未落英的白莲。

待他们把悲情宣泄殆尽，辛好士爵士才问："这座炮台是关将军设计的吗？"孙长庆依旧跪在遗体旁，哽咽道："回大人话，是。""关将军多大年纪？""回大人话，六十整。"兔死狐悲物伤其类，辛好士爵士郑重其事道："军人以战死疆场为荣。关将军死得其所，虽败犹荣！我向勇敢的敌手致敬，允许你们把他的遗体带回去。"他要展示英国人的绅士精神——尊重恪尽职守的敌人。他双脚一磕，向遗体行了一个庄重的军礼："传令，全体官兵列队，鸣放六十响礼炮，为中国海军司令关天培将军送行！"

两个马德拉斯工兵把关天培的遗体小心翼翼地抬起，放在担架上，蒙上一块白布，缓步送往山下。赵梅娘和孙长庆跟在后面，一列英印士兵沿着山道排成一行，像一条弯曲的长蛇，行持枪注目礼。"伯兰汉"号战列舰连放六十响礼炮，"砰砰"的炮声在虎门的山水之间回荡，惊起一片飞鸿①。

琦善进退维谷，前有英国的虎狼之师，后有铁心剿夷的道光皇帝，但他看得非常清爽，清军不堪一击。他明知事不可为，却不得不强为，支应一天算一天。莲花岗会盟后，他以等候皇帝的旨意为借口，一面拖延一面抓紧时间备战。他带领官佐员弁们登山岗查水口四处巡视，生怕偏僻港汊有遗漏，沙袋炮台有浮松，椿木等件有损失，在所有应当设置拦江筏和沉石堵塞的地方增派了兵丁和义勇。以前他是实心求和，现在他是故意泡蘑菇，把缓兵之计运用到了极致。

如此拖了二十多天，终于等来了援军。贵州总兵段永福、湖南镇筸镇总兵祥福、江西总兵长春率领的四千援兵陆续抵达广州。琦善立即派段永福驰援太平墟，祥福开赴乌涌，长春开赴大黄滘。珠江两岸渐呈重兵云集之象。

他等来了援军，也等来了战争。

坏消息接踵而至。先是虎门七台全部失守，八千守兵溃不成军，关天培为国捐躯。接着是乌涌之战。乌涌位于虎门和广州之间，镇筸镇总兵祥福率领九百湖南兵和六百粤兵在那里拼死抵抗，但只守了一个时辰就全线崩溃，祥福战死。伍秉鉴和伍绍荣父子捐赠的"甘米利治"号武装商船是一条千吨级的三桅大船，经过改装后配备了三十四位火炮，那些火炮是伍家人托美国旗昌行从英国人手中套购的，没想到水兵和炮兵还没训练出来，"甘米利治"号就被英军炸成了碎片，还有三十条内河哨船被打沉，清军的伤亡十分惨重！

虎门和乌涌相继失守的消息传到广州，士农工商心惊神悸，流言蜚语满天飞舞。数千域外寇仇被渲染成强横霸道杀人如麻的妖魔，有金刚不坏之身，降龙伏虎之术，通七十二变之奥，坚船利炮所向披靡，万余清军以肉身御大炮，立成齑粉。人们纷纷出城远遁逃避兵燹，广州的大小城门人流如注，骑驴的推车的挑担的背篓的千姿百态，牵衣的顿足的扶老的携幼的熙熙攘攘，呼儿唤女哭爹喊娘的声音不绝于耳，汤浇蚁穴似的慌乱与杂闹。

琦善写完虎门之战和乌涌之战的奏折，叫钱江誊写留底，加盖印鉴后用

---

① 关天培之死在我国的影视节目里被演绎得五花八门。辛好士爵士归还关天培遗体，下令鸣放礼炮的事迹，载于D.Mcpherson的《在华二年记》（英文版）P.99。

466.

六百里红旗快递发往北京。

钱江刚去签稿房，余保纯来了，他带来了乌涌乡绅们的联名禀帖，状告湖南援兵军纪废弛，进驻乌涌后争抢民房扰民累商，弄得当地绅民怨声载道。

乌涌之战是镇簞镇总兵祥福率兵打的。祥福战死后，湖南的散兵溃勇们群龙无首，掠扰四乡。琦善对余保纯道："现在军情紧急，我没有工夫处置这群湖南丘八，只能命令贵州总兵段永福就地收编湖南溃兵，退守广州。"

余保纯头一次经历战争，心乱如麻："琦爵相，乌涌距离广州仅六十里，途中只有琶洲炮台、琵洲炮台、猎德炮台和二沙尾炮台。那些炮台由汛兵把守，规模小兵力少，逆夷兵船势如破竹，一冲可过，您得尽快拿主意啊！不然，逆夷就兵临城下了！"琦善也急得眼冒金星："我也是满心焦惶啊！虎门地险水险山势险，有重兵把守，是一道金城钜防，关天培没守住。乌涌炮台设炮四十二位，驻兵一千五，祥福也没有守住。相形之下，其他炮台形同摆设。我担心各台守兵风声鹤唳不战自溃哪！"

钱江把琦善的奏折誊写完后放入大信套，加盖了印鉴，用火漆封口，准备送往驿站。他刚出办事房，就见白含章和鲍鹏回来了。琦善要他们去澳门投递照会，再议和谈事项。但英军获悉清军在暗中备战后先发制人，发动了广州战役。他们二人没见到义律，只好返回。

钱江痛恨鲍鹏，没理他，只与白含章打招呼，刚说了两句话就听见有人高喊："大事不好，八旗兵围了衙署！"钱江一怔，果然听见大门外面脚步杂沓兵器铿锵，在门口当值的师爷神色张皇地朝里跑。钱江吓了一跳，提着袍角朝大门外走去，白含章和鲍鹏紧跟在他身后。钱江一脚跨出门槛，果然见一队八旗兵朝总督衙署奔来，领头的是副都统英隆，他骑着一匹栗色战马。

钱江火急火燎地问道："哎哟，英大人，这是怎么回事？"英隆翻身下马："钱知事，我是奉命行事。没有皇上的旨意，我不会带兵包围总督衙署。"英隆一眼认出鲍鹏："你叫鲍鹏吧？"鲍鹏不知出了什么事，满目惊诧点头哈腰："卑职是鲍鹏。"

英隆斜睨着他就像斜睨一个卸了妆的戏子："你小子真有两下子，浑水摸鱼混得有模有样，觍颜当了大清的谈判使者！"鲍鹏一脸懵懂："卑职不明白您的意思。"英隆的口气又刁又横："你是前任总督林大人通缉的逃犯！林大人发下海捕文书,各级衙门放出捕快,上穷碧落下黄泉,犄角旮旯全翻遍。他娘的,没想到灯下黑,你就在鼻子眼儿底下!"他一招手,厉声喝道:"拿下!"四个旗兵一拥而上,不由分说把鲍鹏按倒在地,用绳子捆了。

白含章的脸色煞白:"英大人,鲍鹏是琦爵阁的人,奉命与我共同办理夷务。你怎能不请宪命就捕了他?"英隆下巴一扬:"阿将军和怡大人马上就到,他们会跟你解释。"说话间阿精阿骑马而来,怡良的大轿跟在后面。

阿精阿翻身下马,把缰绳甩给随行的旗兵,怡良也下了轿。两个人并肩走到总督衙署的石阶前。怡良对白含章和钱江道:"白守备,钱知事,我和阿将军是奉旨而来,你们不要阻挡,否则以忤逆罪论处!"

一看这架势,钱江和白含章知道出了大事,他们不敢拦阻,闪到一旁。阿精阿、怡良和英隆在八旗兵的簇拥下进了仪门,总督衙署的佐贰杂官和胥吏师爷们乱哄哄出了办事房,探头探脑地打问出了什么事。

琦善听了门政的禀报,把红缨大帽扣在头上,满腹狐疑地出了花厅,正好见阿精阿等人疾步而来:"阿将军,怡大人,英大人,你们这是什么意思?"阿精阿一脸正色,拱手道:"我和怡大人是来传旨的。"怡良不阴不阳道:"琦爵阁,有上谕。您燃香接旨吧。"

琦善的脸色苍白,顿了顿,一展手:"请进。"阿精阿、怡良和英隆进了西花厅。琦善把一块蒲团放在地上,慢腾腾设案燃香,然后撩衽跪下:"奴才琦善,恭候圣旨。"

阿精阿取出黄绫圣旨,展开宣读:

> ……据怡良奏报,英逆盘踞香港,称系琦善说定让给,已有文据……览奏殊堪痛恨。朕君临天下,尺土一民,莫非国家所有。琦善擅予香港,擅准通商,胆敢乞朕恩施格外,危言要挟,不知是何肺腑!如此辜恩误国,实属丧尽天良!琦善著即革职锁拿,派副都统英隆……押解来京严讯,所有家产查抄入官![①]

---

① 摘自《上谕》,《筹办夷务始末》卷二十三。

琦善像听见一声旱天雷,撑着身子的胳膊微微打战,额头上浸出豆大的汗珠。他没想到自己从荣耀登场到悲情谢幕只有几个月的工夫,更没想到是怡良在背后捅了一刀。这家伙平日闷闷不露痕迹,一俟出现难局,就阴施刀斧暗放冷箭!他瞥了怡良一眼,旋即低下头,后悔没有看透怡良其人。

怡良的脸色有点儿难看,圣旨里有"据怡良奏报"字样,等于明白告诉琦善,他沦为阶下囚是自己使了绊子。但是,抓捕琦善的谕旨出自皇上,必须原原本本念给琦善听,无法跳读。怡良掩饰着尴尬,转身喝道:"把鲍鹏押上来!"

两个旗兵连推带搡把鲍鹏拽进花厅,按倒在地上。鲍鹏本想叫琦善救他,见琦善也跪在地上,立即傻了眼。在他眼中,琦善是个了不起的大人物,出警入卫八面威风,脚一跺地动山摇,手一挥从者如云,没想到竟然丧魂落魄到自身难保的田地,萎靡得不成样子!

英隆油腔滑调道:"鲍鹏,你小子本事够大的,连皇上都知道你的大名,亲自下旨抓你。"鲍鹏惊得张大嘴巴。他无论如何想不清爽,他与皇上隔着十万八千里,皇上怎么知道他这个区区小人物?阿精阿抖开另一份廷寄朗声宣读:

> 琦善现在带往广东之鲍鹏,著怡良密委员弁锁拿,同琦善一并解京审办。倘走漏风声,至令远飏,恐该署督不能当此重咎。至琦善钦差大臣关防,著怡良摘取妥贮,俟有便员来京,饬令带京呈缴。①

鲍鹏本以为红运当头,摇身一变青云直上,成了殿阁大学士的股肱和朝廷的传信使者,没想优雅转身变成了华丽撞墙,一头撞到朝廷的大狱里。他稀泥似的瘫软在地上。

"宣旨完毕,还不谢恩!"阿精阿的声音冷冰冰的。琦善这才想起应当说一句感恩话,他的头深深扎向地面:"奴才叩谢天恩。"

鲍鹏没经历过这种场面,不知该说什么。英隆一脚踹翻了他:"还不谢恩!"鲍鹏才明白要谢恩。他强打精神,模仿琦善把头扎向地面,重复一句:"奴才叩谢天恩。"英隆补了一句:"你小子分明是林大人通缉的逃犯,却鼻

---

① 摘自《廷寄二》,《筹办夷务始末》卷二十三。

孔里面插大葱——装象。你他娘的脸皮够大够厚，却忘了留着鼻孔出气，烂了人面桃花！带走！"两个旗兵一拧胳膊，把他拎麻袋似的拎了出去。

钱江没敢进去，一直在门外看热闹。他见鲍鹏突然交了狗屎运，幸灾乐祸道："梅斑发呀梅斑发，你今天果然没办法了！"鲍鹏抬眼看了钱江一眼，依然装蒜——两个人曾在扬州驿萍水相逢，转眼在一个衙门办事的人，愣是假装互不相识，傲气着，嘚瑟着，搬演了一场"谁装谁谁就像谁"的活剧。

阿精阿这时才朝前迈一步，将琦善扶起："琦爵阁，人在官场上，荣辱进退由不得自己。你得想开呀！"琦善撑着膝盖站起来，摘下红缨大帽："雷霆雨露都是君恩。我是罪臣，当不起爵阁的称呼了。我是一片忠心为朝廷着想，为朝廷解难，没想到一转眼成了阶下囚！"琦善的眼睛挂着湿乎乎的水雾，指着左面的客座道："坐，请坐。"他猛然想起自己不再是主人，尴尬地换了方向，指右面的座位："哦，坐这边。白含章，给阿将军、怡大人和英大人上茶。"

白含章愣在一旁，听到吩咐才答应一声，出了花厅去茶房。阿精阿、怡良和英隆次第入座，琦善垂手站在一旁。阿精阿道："琦爵阁，你也坐吧。不论你的前程是好是赖，咱们都同城为官一场嘛。"琦善斜签着身子，坐在给佐贰杂官预备的杌子上。

怡良道："皇上要我和怡大人严密抄查总督衙署，这是很伤面子的事儿，您还是自己移交吧。"琦善站起身，走到什锦架前，取下两广总督和钦差大臣关防，放在怡良跟前，叹了口气："钦差大臣是临时奉旨办差，我的两广总督官衔前有'署理'二字。我本以为干上三五个月就回直隶本任，没想到来到广州后步步涉险处处艰难。我没带什么东西，也没在广州置办私产，眷属和家产在保定、天津和北京，恐怕已经查抄殆尽了。我来时只带了两箱衣服和一箱书。哦，钱柜里有两千多两银子，是各地官员们送的规礼和程仪。怡大人，你造册登记吧。"

怡良道："还有什么要移交的？""只有一堆公牍，几十份奏折底稿和府县官员的禀帖。哦，有一件事我得说一说。我是主抚的，皇上早先定的调子也是抚，所以我才与夷酋义律议出一个《穿鼻草约》，但我没有便宜行事之权，只能代逆夷转奏，没想到激怒了皇上。有句话我一直憋在肚子里，现在不得不说，本朝向来以天朝自居，视域外番国为化外蛮夷，但域外之邦是强大还是贫弱,是死水一潭还是生机百变,谁也说不出个子丑寅卯来。英夷兵船开到大沽口,船坚炮利历历在目,我认定他们是不可小觑的强敌。我到广州后如实奏报皇上:广东水师不足恃,无力御强敌于国门之外,珠江两岸的炮台不足以控扼水道,民心不坚,军心不固,句句是实情。但皇上不信,反而斥责我张敌人之胆,灭自己之志。皇帝位居九五之尊,各省封疆大吏们顺其心顺其意,尽讲入耳之言顺耳之话,一俟有逆耳实话上达天听,反而引起震怒,如此一来,谁还敢讲实话?要是无人讲实话,岂不置皇上于云山雾罩的虚幻缥缈之中!"这番话讲得破皮入骨,他没点名,隐指在座的诸位不肯会衔奏报实情。

怡良把话岔开:"夷务上有什么要交代的?"琦善意犹未尽,自行辩解道:"义律逼我在《穿鼻草约》上签字,我一直在拖延,没签,更没有私割香港。"怡良道:"莲花岗会谈我们都没去,签没签只有你知道,你自己跟皇上解释去吧。"英隆道:"要是没签,那倒是好,但得有人证物证。这条约不能签,谁签了谁就是千人唾万人骂的卖国贼。"

琦善苦苦一笑:"青史留名的都是强起抵抗的耿介臣子,在危难之际办理和议的臣子没有一个是光彩的。但面对强敌,我不得不委曲求全。阿将军,怡大人,我走后,你们恐怕也难逃议和的宿命!"

怡良再次岔开话头:"琦爵阁,皇上的谕旨是锁拿你,"他把"锁拿"二字说得极重,"我只好公事公办。你收拾一下东西,过两天我给你送行。"琦善的话讲得软软的:"谢怡大人关照。"琦善熟悉《大清律》,犯有公罪的官员不戴枷锁不乘囚车,步行去刑部报到。但皇权大于法权,既可以法外施恩,也可以法外加刑。

白含章提着大茶壶回到花厅,给大家倒茶。怡良啜了一口才说:"白含章,你是琦爵阁从直隶带来的,朝廷要我把琦爵阁的随员一并解赴,你也准备一下,一块儿同行,顺便照顾琦爵阁的起居。"琦善道:"我是罪臣,无须别人照顾,自己照顾自己。"

该讲的都讲了,该移交的都移交了,阿精阿、怡良和英隆起身告辞。琦善把他们送出仪门,待他们走远,才冲着怡良的背影"呸"了一口:"狼心狗肺!"

白含章安慰道:"琦爵阁,您用心良苦,一心做成抚局。到北京后,卑职甘愿冒死证明您没有私许香港!"一个知恩感恩的下属在他落难之际讲了一句抚慰话，就像在烤焦的心田上浇了一杯凉水，两滴混浊的泪水涌上琦善的眼眶："白含章，你的好心我领了。皇上急于见成效，在痛剿和急抚之间来回游移。我一心想为皇上做点儿事，让国家免于涂炭，没想到我像飞蛾扑灯，被烛火烧残了翅膀。哎，大清的官场不是好官场，大难临头之时那么多人在皇上和强敌之间左右腾挪上下躲闪，明哲保身但求远祸。他们很累，很费心机，把本应和谈解决的危机拖成一场华夷大战——这场仗，我们输定了！"

第五十四章

英中名将

陆军少将郭富爵士搭乘"巡洋"号兵船从印度的班加罗尔来到珠江口。他是奉命接替布耳利的陆军司令之职的。他已经六十二岁，依然精神矍铄，灰白色的虬发络鬓就像给脸庞镶了一道灰白色的边儿，在倒八字眉宇和高鼻梁的衬托下，眼窝既凹且深，铅灰色的眸子貌似平淡无奇，一旦盯住某个目标立马目光炯炯机警闪烁。他是久经沙场的老将，对战争的理解犀利而透彻，能把奔袭战、阵地战、运动战、游击战、攻坚战、歼灭战等，演绎得出神入化。他给部队下达战斗命令的时候常常以"当心"二字作为结束语，以至于官兵们背地里叫他"老当心"。他一到中国就急于了解情况，恰好从舟山撤回的英军抵达香港，他立即请布耳利和参谋长蒙泰到"巡洋"号上会晤，并共同巡视珠江口。

查理·义律陪着布耳利少将和蒙泰中校一起登上"巡洋"号，由于舟山疫情十分严重，布耳利受到了追究，免去了陆军司令之职，他的心情沮丧，头发被海风吹得像凌乱的羽毛，眼神里弥漫着长途航行的疲劳和倦怠。蒙泰患了一场痢疾，脸上带着大病初愈的苍白。

"巡洋"号是排水量三百八十二吨的双桅护卫舰，空间狭小，司令舱只有八平方米，头顶距天花板仅三十厘米，里面堆放着郭富的背包、皮箱等私人用品，木板墙上挂着手枪、千里眼和测绘仪等工具。义律、布耳利和蒙泰进去后，立即把空间挤得满满的。

布耳利不得不自行辩解："奥克兰勋爵免去了我的司令之职，我服从命令。但我对特别调查法庭的指控持保留意见。我不是医生，对舟山疫情只能承担有限的责任。"郭富安慰道："布耳利将军，您在占领舟山的战役中立下了汗马功劳。奥克兰勋爵对您的工作评价很高，他要您依然担任第十八步兵团的团长。""郭富爵士，我将服从您的调动和指挥。"

郭富在印度就听说英军在舟山受到瘟疫的困扰，关切问道："疫情很严重吗？"布耳利道："我军饱受水土不服之苦，每天与蚊子、苍蝇、臭虫和老鼠为伍，天花、烂裆、赤痢、夜盲、打摆子、生疥疮，非战斗减员非常严重。士兵们骨瘦如柴，像干尸一样惨不忍睹。"

蒙泰补充道："布耳利将军曾写信给奥克兰总督，要求增派一条医疗船和几名医生，但至今没有结果。截至我军撤离舟山之日，疫情依然没有控制住，五百官兵死于疫病，埋葬在舟山岛。"郭富不喜欢粗枝大叶，要求数字精确到个位："是五百整吗？""是五百整，我们二十六团在过去二十年的大小战斗中总共才牺牲十人，这次疫情就夺走二百〇一人的性命。"蒙泰兼任第二十六团的副团长，提起这个团就有点儿动情，眼眶有点儿湿润。

布耳利接着道："舟山是我军的伤心之地，陆军官兵上上下下呕吐便血打摆子，损失之惨重远胜过一场大战。官兵们在痛苦和沮丧、焦虑和烦躁、苦闷和思乡中煎熬。有一个士兵经不住疾病的折磨，开枪自杀了。"蒙泰道："当我军最后一批士兵登船离开舟山时就像离开地狱一样，激动得泪水涟涟。许多士兵跪在甲板上放声大哭。舟山大疫是一场不见血的战争，一场没有胜算的宿命，死神在冥冥中挥动断魂枪，肆意屠宰我们的官兵，我们徒有刀枪却无力反抗。"

郭富道："病因查清了吗？"布耳利的医学知识有限，说不清原因："军医们说是一种周期性的土风病，士兵们说是丘吉尔-奥格兰德咒语在起作用。"郭富在印度就听说斯宾塞·丘吉尔勋爵和奥格兰德少将未战先亡，明白"丘吉尔-奥格兰德咒语"的意思。他接着问："当地居民也得同样的疾病吗？""他们患天花和疟疾，但对其他疾病好像有天生的抵抗力。"郭富喟叹道："死亡率如此之高，足以成为经典案例载入军事史册。这是一场医学灾难，不是人力所能控制的。看来，最危险的敌人不是中国人，是瘟疫。陆军现在有多少官兵？"布耳利道："陆军原有四千人，孟加拉志愿团的五百官兵和几百病号提前撤走，只剩下三个英国团和一个马德拉斯步兵团，外加一个炮队和三个工兵连，都不满员，总计两千三百九十四人。各团严重缺员。"

郭富大感失望："两千三百九十四人，而且疾病缠身！这么小的军队进入广州就像在大水池里撒进一勺盐，稀释得无影无踪。我来前就觉得远征军兵力不足，要求奥克兰勋爵至少增派一个英国团和一个印度团，但印度的局势并不轻松，两万大军卷入阿富汗战争。两面作战是军事大忌，奥克兰勋爵告诉我，印度和阿富汗重于中国。阿富汗之战是拓土之战和殖民之战，动关大局，中国之战是报复之战和通商之战，孰轻孰重不言而喻。只要中国皇帝接受《巴麦尊外相致中国宰相书》的条件，即可停战。他认为，除非万不得已，不宜再向中国增兵。"英国政府高度重视阿富汗战争，投入的兵力和物力远高于投入中国的。

说话间"巡洋"号驶入虎门，郭富和蒙泰隔着舷窗看到了战后残景。一座又一座炮台被战火摧毁，石壁上的弹孔像蜂窝一样稠密，珠江两岸的悬崖峭壁黑乎乎的，树木野草被烧得精光，寸绿无存。马德拉斯工兵正在石壁上打炮眼，准备摧毁所有炮台，不时有单调的爆炸声。显而易见，这些地方曾经发生过疯狂的战斗，英中两军像豺狼一样大撕大咬。

郭富指着炮台问道："这里有过一场激战，中国人抵抗了多久？"义律目睹了整个战斗："两小时。我军用两小时攻克上横档岛，两小时攻克威远、靖远和震远炮台。第二天用两小时攻克了乌涌炮台。我们的舰队已经占领了黄埔岛和扶胥码头，对广州形成威胁，广东官宪慌了，派知府余保纯和十三行总商伍秉鉴来见我，他们打着白旗，乘花舫顺流而下，与我的坐舰在黄埔相逢。他们说琦善已被朝廷罢黜，广州城里的其余官员没有谈判的权力。中国皇帝另派皇上的侄子奕山和两位参赞大臣来广州，余保纯和伍秉鉴恳请我军息兵罢战，等奕山到后再洽谈有关事宜。我告诉他们，大英国出兵意在通商、索赔、增开口岸和修订税则，无意攻城略地屠杀民众，我决定暂时停战，给中国人一个重新估量局势的机会。"

郭富道："我在印度就听说过伍秉鉴是世界级的富豪，是吗？""是的。他对英中贸易的影响举足轻重，是一个有利用价值的人物。"

蒙泰插话道："公使阁下，您为什么对广州如此仁慈？"义律解释道：

"是出于商业利益和国际政治的考虑。我不是好战分子，我有两大顾虑，一怕黄埔码头的商业设施遭到破坏，影响贸易；二怕清军垮得太快。要是把中国官宪吓跑了，我们就失去了谈判对手。我军兵临城下做出巨石压卵之势，中国人会重新估量自己的力量。"

蒙泰不以为然，他是个爱提反面意见的人："在战争期间对敌人施以慈悲是危险的，我们很可能为此付出高额代价。中国人不乏勇敢精神，他们失败是因为武器太差。打烂广州，中国皇帝才会清醒地估算自己的力量。"义律进一步解释："我不能只从军事角度考虑问题。广州是亚洲的第一国际大港，牵一发而动全身，伶仃洋上聚集了近百条各国商船，要打仗的话，必须先让它们离开，最好是满载离开。"两个多月前，义律乐观地预言，新年之后广州贸易就会恢复。消息一出驷马难追，为了赶上季风，各国商船扬帆起碇来到中国海疆，却发现珠江口战云密布，义律承受着巨大的压力。蒙泰继续追问："公使阁下，要是中国皇帝依然不肯屈服呢？"义律盯着这位咄咄逼人的参谋长："那就另择战场，重新制定军事方案。我已经给奥克兰勋爵写了报告，提议不打广州①。"

郭富初来乍到，不了解中国，不愿乱发议论，谨慎问道："义律公使，广州有多少人口？""估计有五十多万，算上郊区人口，差不多一百万。"郭富思忖了片刻："这么大的城市世所罕见。打烂广州容易，要是不能立即担负起管理的责任，就会产生灾难性的后果。官衙和公共建筑会遭到抢劫，犯罪会激增，城市会陷入暴力和混乱。人们将把所有灾难归咎于我们，义律公使，我赞同您的意见，广州之战，上策是摆出进攻的姿态，逼迫中国人签订城下盟约，下策才是打破城池和军事占领。"

就在郭富抵达中国的第三天，参赞大臣杨芳也赶到了广州。

接到滚单后，广州的文武大员和地方绅士一起到天字码头迎迓。英军兵船距离广州城只有十几里，但是，由于余保纯和伍秉鉴与义律达成了停战协议，

---

① 义律反对打广州，他在致奥克兰勋爵的信中说，"可以毫不夸张地说，同广州政府和人民维持和平的商业关系，比同皇帝缔结一项和约，对于我们是更加重要的。"（《中华帝国对外关系史》中译本第一卷，第716页。）奥克兰勋爵批复："宽恕广州是明智之举。"

广州没有遭受攻击的危险，迎迓仪式一点儿都毫不含糊。阿精阿、怡良、英隆、林则徐，以及余保纯等府县官员纷纷前来，接官亭旁汇聚了上千百姓，人人都把御敌的希望寄托在名声赫赫的杨芳身上。

全体行商也来迎迓，排在官员队列的末尾。钱江官小，恰好站在官员和官商之间，挨着伍绍荣。伍绍荣悄声问道："钱知事，据说杨侯武功精深学术驳杂，阴阳八卦奇门遁甲无所不通，武功达到飞花摘叶不滞于物的地步。他有传说的那么神异吗？"钱江呵呵一笑："杨侯是不可低估的人物。琦爵阁和杨侯都是侯爵。但琦爵阁的爵位是世袭的，杨侯的爵位是一刀一枪从战场上挣下来的。自从康熙朝以来，一共有五个汉人封公封侯，一是康熙朝的张勇，因为平息吴三桂叛乱封靖逆侯，二是雍正朝的岳钟祺，因为平定川康藏民叛乱封威信公，三是乾隆朝的孙士毅，因为征讨缅甸、安南和西藏叛乱封谋勇公，第四和第五是本朝的杨遇春和杨芳，合称'二杨'，因为平息新疆的张格尔叛乱，杨遇春封忠武侯，杨芳封果勇侯。杨遇春封侯不久就去世了，杨芳命大寿长，成为本朝的头号名将。杨侯南征北战履险如夷，匠心独运机变百出，年轻时英华灼灼，老年后口碑丰盈。"另一个官员补充道："杨侯有太子少傅的荣衔。朝廷设太子太傅和太子少傅，名分上是皇子们的文师傅和武师傅。军机大臣潘世恩和王鼎是太子太傅，杨侯是太子少傅。只要杨侯进京，所有龙子龙孙都得执弟子礼。"第三个官员插话道："杨宫傅熟读兵书望尘知兵，粮草医药堪舆占候无所不通，观敌情如观掌纹，一丝一缕纤毫毕现。他是嘉庆和道光两朝知遇的名将，功绩可与汉朝的霍去病和唐朝的郭子仪相埒，连皇上都叫他老神仙！"经钱江等人这么一譬讲，周匝的士绅们无不对杨芳刮目相看，人人都期盼着他在关键时刻施展谋略和神通。

三声炮响后，杨芳下了官船，一个营前点兵一呼万诺的人物立马众望所归。杨芳年逾七十，铁骨身沧桑貌，瘦骨骼瘦脊梁，像一根又枯又硬的老竹竿，橘皮似的老脸缀着十多颗老人斑，记载着他的沧桑阅历。他身穿头品武官补服，外罩一件黄马褂，红缨官帽后面拖着一支绿油油的三眼花翎，手执一根龟头拐杖，但并不拄行，只把它当作倚老卖老的道具。

杨芳的战马从未踏入广东，阿精阿和怡良与他不熟，堆着笑脸迎上去。阿精阿道："杨宫傅，一路劳顿，身体可好？"杨芳耳背，抬起左手拢住左耳，做侧耳聆听状:"什么?请大点声!"他的嘴里损兵折将,缺了三颗门齿,像一个黑洞。阿精阿见他耳朵不大好,大声重复道:"杨宫傅,您身体可好?"杨芳道:"七十老翁,好不到哪里去。"他是贵州人,十五岁从军,在车尘马迹和战火硝烟中转战了半个中国,家乡话夹杂着南腔北调。

怡良挑高嗓音奉承道:"杨宫傅,您老瘦似梅花硬如铁。广州军民听说您勋劳懋著,劳瘁于奔走,搏杀于战场,平教匪于三楚,歼小丑于中州,合城军民如大旱盼云霓一样盼着您哪!"杨芳的老脸笑眯眯,嘴巴一开一阖:"噢呀,哦是老朽之身,打开衣襟是满身伤疤,早就该休致还乡了,但皇上不让吃安生饭,一道圣旨把哦老汉打发过来。办实事还得靠诸位,靠诸位。"他长年在陕甘任职,陕甘人把"我"念成"哦"。他刻意模仿,模仿到后来成了口头语。他念"哦"字,就像嚼碎了咽入喉中,再从喉头一喷而出,带着狠狠的重音。

他一眼瞥见队列里的林则徐,捏着拐杖趔过去:"少穆啊少穆,你怎么这么倒霉呢?你干了一件利国利民的大好事,却被罢官,军机处的大佬们是怎么想的?让人愤愤不平啊!"杨芳资历老功劳大,但爱生事,走到哪儿都动静大,讲起话来口无遮拦,除了皇上谁都敢讥评。他屡次因为信口开河言出其位招惹是非,惹得皇上大发雷霆,致使他在官场上大起大落,罢官的次数无人可比。他曾被罚到新疆赎罪,但刚走到半道贵州就发生了苗夷叛乱,皇上想起他,命令他去贵州平叛,他不负众望凯旋,事平后又犯老毛病,骂权臣骂贵胄,再被罚,再出征,再打胜仗,如此反复多次。道光皇帝认定他是功可参天的名将,心直口快没有邪心,不得不曲意涵容,特意颁旨,任何人不得以口孽为理由弹劾他,这等于给了他一道护身铁牌。他下船伊始就公开苛评朝中大佬,换了别人绝没这个胆量,但他是异数。随着年事渐高,朝中的大臣们也不再计较他的直言快语。林则徐当湖广总督时杨芳当湖南提督。林则徐权重,杨芳位尊,林则徐赞赏杨芳勇冠三军,杨芳赞赏林则徐务实干练,他们一直互谦互让称兄道弟,平起平坐关系融洽。

杨芳老声老气对林则徐道:"哦本想赴京请训时替你美言两句,没曾想刚走到江西就接到廷寄,要哦来广州打仗。哦是一头老牛,早该歇歇蹄子,当个糊涂神仙。但是军机处的大佬们也不问一问'廉颇老矣,尚能饭否',给皇上瞎出主意,硬扭着哦老汉的牛角来打仗。"林则徐笑道:"诚村兄,你又犯口孽了。军机大臣是不能随便议论的。"杨芳脖子一挺："噢呀，他们办了错事，还不许哦老汉说两句？难道天公还钳笨口，不许哦老汉牢骚一两声？"杨芳风趣幽默庄谐齐出，阿精阿、怡良和周匝的官员们哄然大笑，全都感到杨芳与众不同个性逼人，而眼下需要的正是敢于当擎天柱的人物。

怡良奉承道："杨宫傅，您是本朝第一骁将，人人都知道您老汉是老虎胆狮子口，满腹韬略。我估计靖逆将军奕山一个月后才能到广州。他来前，广东的军务就请您做主，我和阿精阿，还有林大人，都听您的。"杨芳刚一下船，怡良就把他推到首席。杨芳大包大揽惯了，毫不谦逊一口应承下来："哦老汉只管军务，不管民政。军务哦做主，民政你们说了算。"林则徐笑道："你们看看，老汉和老汉就是不一样。有的老汉是老手老脚老糊涂，杨宫傅是老而通透的老狐老精老神仙，大慧大勇大智谋，熬到了滴水成珠的境界！"杨芳眯缝着笑眼："过奖过奖。老神仙不敢当。论打仗嘛，哦老汉还是能说出个子丑寅卯来。"杨芳貌似谦逊，实际上信心满盈，因为他从来没打过败仗。

与文官见过面后轮到与武官见面。杨芳一眼瞥见贵州省的安义镇总兵段永福："噢呀，这不是大口段吗！"段永福年过六旬，口阔鼻隆，每逢喜事就哈哈大笑，嘴巴咧得像一张瓢，弁兵们送他一个生猛有趣的绰号"大口段"。段永福挺胸收腹，一副标准的军人姿态，行抱拳礼，讲一口嘎嘣脆的四川话："老军门，我已经成老段了，头发都花白了。"十几天前，他率领一千贵州兵抵达广州，被琦善派往太平墟，但他刚到那里，英夷就攻占了虎门，他不得不领兵退回广州。

杨芳指着段永福对阿精阿、怡良和林则徐道："大口段是哦的老部下，也是本朝有名有姓的人物。当年在新疆平叛，哦当固原提督，他当西固营都司。西固营是骑兵营，追剿张格尔就是他那个营打先锋，一直追到喀尔铁盖山。他亲自与张格尔对仗，两个人在马上对打，刀打飞了，又在地上滚，他手下的两个马兵，一个叫杨发，一个叫田大武，助他一臂之力，合伙儿捉了张格尔。皇上乐得合不拢嘴，赏了九个功臣紫光阁绘像，杨遇春排第一，赏侯爵，哦排第二，也赏侯爵。浙江提督余步云排第五，大口段排第七，赏利勇巴图鲁勇号，越级擢拔为参将，兵丁杨发和田大武排第八和第九，双双擢拔为守备。本朝开国以来，以兵丁之身跻列紫光阁绘像的，就两个人，都是他的兵！"新疆平叛奠定了杨芳的一世英名,一提那场战争他就话多。段永福笑道:"那得归功于您老汉提调有方。不然的话,张格尔就逃到天涯外面去了。"

一番寒暄后,怡良引着杨芳与前来迎迓的官绅们见面,把大家的姓名一一报给他听。杨芳年高耳聩,记忆力衰减,记不住众人的姓名和官衔,提线木偶似的跟在怡良后面虚应场景,见一个人点一下头,道一声"久仰",实际上一个也不认识。

杨芳应酬完后,四个随行兵丁抬来一乘肩舆。杨芳年事高脚力弱,不再骑马,一屁股坐进肩舆里。随行仪仗立即簇拥过来,擎起两块飞虎清道牌和五块红底黑字官衔牌,上面写着"太子少傅"、"二等果勇侯"、"参赞大臣"、"湖南提督"、"乾清门一等侍卫"。周匝的官员和百姓全都看出,这个老翁不是等闲人物。司礼官"嗵"的一声敲响开道锣,吊起嗓子长吼一声:"起——轿——啰——!"四个兵丁抬起肩舆,甩开大步朝前走。迎迓的官轿一乘接一乘跟在后面,浩浩荡荡朝广州城走去。

到了靖海门,阿精阿和怡良直接引着杨芳上了城门楼。杨芳顺着堞墙一看,城墙上三步一哨五步一岗警备森严,刀矛弓箭石雷滚木一应俱全,抬枪火铳连环弩搭配得当,每隔三四个垛口就有一位千斤铁炮。城墙外面有一道六丈多宽的护城河,与城上的枪炮里应外合,足以延阻敌人的攻城步伐。

杨芳端起千里眼环视四周,只见广州城三面环山一面临水,东有保釐炮台和东得胜炮台,西有西得胜炮台和西大炮台,东南有大黄滘炮台,正对靖海门的江面上有一座小巧玲珑的炮台,叫海珠炮台。广州城分为内、外两城,内城的城墙又高又厚,由八旗兵分段防守,外城的城墙稍矮,由广州协分段防守。城里城外的民居高楼鳞次栉比,街头巷尾布满了街垒和路障,屋顶上架设了弓弩和火枪。为了躲避战火,不少居民正携家带口朝城外走。江面上呈现出繁忙的战备模样,上千工役和乡勇在打造竹排和火筏。竹排和火筏上安有木桶,桶内装有棉絮,棉絮沥以毒药浸以桐油盖以稻草。英船一旦迫近,守兵们就会点燃桐油,顺水迎烧敌船。

看过城防后,阿精阿和怡良带着杨芳进了城门楼,把《广东军兵分布图》摊在条案上。阿精阿道:"杨宫傅,广州城势如危卵,您车马劳顿却不能休闲。"杨芳没打过海战,但对内河水战并不陌生,他曾指挥大军转战湘江、嘉陵江、大渡河和塔里木河，在那些河流的两岸布兵列阵。怡良指着地图，把战争过程简述一遍：英军闯入珠江攻陷虎门，关天培战死；英军炮击乌涌，祥福殉国；而后英军占领黄埔岛，夺下琶洲炮台、琵洲炮台和猎德炮台，离广州城只有十六里，其势猖獗难挡。万般无奈之下，怡良派余保纯和伍秉鉴去恳求夷酋义律息兵罢战，义律居然同意了，由此换来一段暂时的和平。

杨芳问道："此事奏报皇上了吗？"阿精阿道："琦善把虎门和乌涌败绩奏报给皇上，但琶洲、琵洲和猎德三台失守的事还没来得及报。"阿精阿和怡良深知道光秉性刻薄，他的御臣之术就是叫臣工们畏威怀德，臣工们一有小错就会受到重罚，罚得各级官吏凛凛小心，不求有功但求无过，一旦出现败绩，大家都会想方设法加以掩饰。琶洲、琵洲和猎德三台失守两天了，怡良和阿精阿却相互推诿，谁也不肯奏报。阿精阿的眼神里带着乞求："杨宫傅，说句心里话，皇上靠臣工治天下，但臣工办差难免有不合圣意的地方，皇上的板子打得又重又狠，臣工们被打怕了，出了错就心惊肉跳。您来前，广州防务以琦善为首，我们为辅，琦善被锁拿后，我们二人只要一奏报，就成了罪臣。这事儿，您出面奏报比较稳妥。您初来乍到，皇上不会责罚您。"

杨芳把龟头拐杖往地上一戳："噢呀，二位老弟，哦刚到广州你们就出了一道大难题。皇上日理万机，烦心的事情不会少。他喜欢看红旌喜报，不喜欢听坏消息。你们何必拿坏消息折磨他？哦老汉打过多次大仗，军情一日三变，要是把所有坏消息一一上奏，皇上还睡不睡觉，吃不吃饭？所以嘛，有些事既要报结果又要报过程，有些事只报结果不报过程。"阿精阿和怡良没想到这个出兵放马奔驰沙场的老神仙比他们还精通官场三昧。他的每句话都无可挑剔，句句为皇上着想，但言外之意却余音绕梁：该隐瞒时且隐瞒！他们二人如同醍醐灌顶似的恍然大悟。怡良的脸色一红："英夷不是在川楚犯上作乱的白莲教匪，也不是在新疆裂土称王的张格尔，是有法力有道行的异域强敌。你别看广州城头上兵甲林立，但我和阿将军都拿不出退敌之计。"

杨芳道："哦老汉是奉命来打仗的，英夷是何等神仙，有多大法力，现在哦还一无所知。据哦看，只要在广州四处筑垒，坚壁清野，厚积米粮，英夷攻无可图，野无可掠，气势自短。阿将军，八旗兵是本朝精锐，守不住广州吗？"阿精阿神情萎缩："实言相告，没有把握。"从他们的言谈话语中，杨芳预感到英夷不是可以轻易剿擒的草寇："哦老汉打了一生仗，仗仗难打仗仗打，路路不通路路通，办法总会有的。明天上午，请二位陪哦到珠江两岸的大小炮台转一转，然后商议御敌之策。"

第五十五章

明打暗谈

广州贸易中止了两年，商人往来却藕断丝连涓涓不塞。十三行与各国商人都借道澳门从事小额贸易，有订货，有结算，有账目往来。澳门成了消息的交汇点。

十三行在澳门的望厦村设有办事房。望厦村有一座普济禅院，是信众们燃香礼佛的地方。禅院的佛堂有四角飞凤的屋架，光怪陆离的菩萨，横的匾额，纵的楹联，笔画繁复的汉字，袅袅不断的香火和口念佛号的和尚。善男信女来这里许愿还愿，小商小贩在附近叫卖汤饼小吃，滞留在澳门的外国商人和水艄到这里观风俗看热闹。广东官宪为了打探夷情，向这里派遣间谍，英夷想了解内地的军情和商情，向这里派了密探，小偷窃贼们发现这里有可乘之机，常来光顾游走。于是，望厦村成了三教九流汇聚、万国商贾盘桓的风水宝地，说是"村"，热闹程度不亚于一座县，只差一道围绕它的城墙。

广州的仗打得如火如荼，这里却是另一番景象。普济禅院的三大殿里香火弥漫，参拜菩萨的居民和游观的水艄熙熙攘攘，但后院十分清静。禅院的方丈屏蔽了所有游人和香客，只有伍绍荣和美国代理领事多喇纳在一间禅房里密谈。伍绍荣戴一顶嵌玉六合一统小帽，穿一身苏绸长衫，外罩一件巴图鲁坎肩，手指上套着一只嵌玉戒指。他来澳门处理账目，顺便打探夷情。多喇纳穿一件黑色西装，戴一顶黑色圆筒礼帽，穿一双黑色低口牛皮鞋，平展的脸上带着微笑。他受义律的委托，在英中两国之间斡旋。他会讲汉话，无须别人居间翻译，他从皮包里取出一份公告副本，递给伍绍荣："义律老爷要我转告您，他希望尽快恢复通商，以免双方的仇恨越结越深。这是他签署的《致广州市民布告》的副本，明天将在英军占领区内广为张贴。"

朝廷不承认各国领事的外交官身份，领事们只能以"夷目"身份通过十三行投递文书，而且必须在信套上加写"禀"字，敞口递交，否则广东官宪会拒收。多喇纳递交的是一份敞口禀帖。伍绍荣接了信套，抽出布告一看：

广州市民，你们的城市受到了宽恕，因为仁慈的大英国主要求英国职官把关怀善良、和平的人民放在心上。但是，倘若天朝大吏不识时务，强行抵抗，我军将以暴易暴，城市必将遭到沉重打击。倘若本地商人不能与英国和外国商人自由贸易，广州的所有贸易都必须停止……①

伍绍荣几乎不相信自己的眼睛，英国军队水陆并进兵临城下，攻取广州易如反掌，义律却提出停战做生意！他生怕看错了，又读一遍，才抬起头，目光里带着困惑："多喇纳老爷，现在正在打仗，珠江上到处都是英国兵船。"

多喇纳解释道："伍老爷，义律的公告虽然措辞严厉，却对你方有利。义律要我转告您，英军暂不攻城，但有两个条件：一是贵国军队不得主动开枪开炮，二是立即恢复贸易，而且不能只允准别国商人贸易，也要允准英国商人贸易。贵国与英国的战争惊动了世界，法国派'达纳德'号兵船到贵国水域护商，我国政府也将派兵船护商。我们不愿打仗，天天为和平祈祷。伍老爷，你们伍家人德高望重，影响遍及官民。我们期盼着您把义律的禀帖转呈广东官宪，以和平手段处理这场危机。"

伍绍荣一脸无奈："十三行与各国商人是贸易伙伴，痛痒相关，一损俱损一荣俱荣。但英军打入省河，广州商民人心惶惶，大小商户都把茶叶生丝等货

---

① 节译自查理·义律的《致广州市民布告》，载于1841年《中国丛报》3月号（合订本第180页）。蒙泰在日记中对"你们的城市受到了宽恕"的措辞大为不满，痛斥义律泄露了军事机密，公开告诉敌人英军不打广州。

物运往外地，九个旱城门和两个水城门天天人潮如涌，雇工伙计们大量逃亡。就算我们想通商，恐怕也找不到雇工。""问题就在这里。义律要我转告您，英国意在通商，英军只攻打贵国的兵营和炮台，不打商民，也不摧毁贸易货栈和作坊。义律命令英军全面保护黄埔岛和扶胥码头。他还要我转告您，请全体行商少安毋躁，不要逃走。他已经把您家和全体行商的宅院货栈仓房茶坊标注在地图上，严禁炮击和毁损，必要的话，他将派兵保护你们。"

伍绍荣的心"咯噔"一下，自己竟然成了英军的保护对象！一种说不清道不明的苦涩涌上心头。他喟叹一声："义律老爷想得真周到！他的好意我领了，但我家不能由英军保护。要是我家的宅院和货栈由英军看护，广州民众会指着鼻子骂我们是汉奸！"多喇纳表示理解："现在是战争时期，战争有战争的行事标准。贵国有句老话：识时务者为俊杰，请您三思。"

伍绍荣道："多喇纳老爷，实话相告，我也期盼着早日通商。琦爵阁与义律老爷差不多快谈成了，只为一座小岛互不相让。一方说'寄居'，一方说'给予'，再次大动干戈。香港虽然不大，但琦爵阁无权给予，皇上也有顾忌。"多喇纳道："我们美国人有一句谚语：鸡蛋与石头打仗，失败的永远是鸡蛋。贵国军队打不过英军。伍老爷，请您劝一劝广东官宪千万不要意气用事。"伍绍荣道："琦爵阁就是因为主张让步遭到罢黜的。有此殷鉴，哪个官宪敢擅自答应义律老爷的要求？"

多喇纳问道："琦爵阁被罢黜，谁在广州主事？""新来的参赞大臣杨芳，他职位相当于贵国的副总司令，他不管民政，只管军务。"多喇纳道："哦？原来如此。义律知道琦爵阁被罢黜，必须等大皇帝另派重臣重新谈判。北京与广州相隔遥远，公函往来起码要一个月。伶仃洋上泊着上百条各国商船，他提出一个权宜办法，请您转禀参赞大臣杨芳。""哦，什么权宜办法？""签一个临时协议，搁置争议，只谈两条：第一，开埠通商，第二，息兵罢战。但是，广东官宪必须撤销杀敌赏格，停止备战，否则英军将不再延候，全面封锁广州，并攻打沿海各省的城市。"

伍绍荣一面用食指轻敲茶杯盖一面琢磨义律的建议："义律的意思是只要通商，就不攻打广州？""是这个意思。"伍绍荣点了点头："我可以把他的意思转禀给杨参赞。"多喇纳补充道："义律请您转告广东官宪，他愿意停战若干天，让他们重新估量局势，以免生灵涂炭。"

十三行的家宅作坊货栈仓房排列在珠江两岸，根本无法挪移，战火一燃势必化为乌有。伍绍荣最害怕打仗，他送走多喇纳后立即乘私家马车星奔夜驰回广州去了。

一连几天，杨芳在炮台营汛渡口港岔马不停蹄地巡视，抓紧时机熟悉地形地貌，收编虎门和乌涌的溃兵游勇，派出游哨刺探敌情，调配援军分守水陆要津，敦促乡民搬运粮食坚壁清野，督促工匠打造火船和火筏。

这天上午，杨芳去保鳌炮台和东得胜兵营巡视，下午去大黄滘炮台和凤凰岗巡查。他捏着手杖走平川入沟壑上山冈下江河，与弁兵们在同一口行军锅里吃饭，喝同一口井里的凉水。七十老翁每到一处都与弁兵们谈打仗鼓士气，有时还说几句笑话，一点儿架子都没有。他颠颠簸簸劳乏一天，直到酉时三刻才回到贡院。贡院是他的行辕，明远楼是他的下榻处，批阅考卷的致公堂是他的签押房，考官们议事的聚奎堂是他的花厅，录取和评定名次的戒慎堂是他的办公大堂。他一下肩舆，看门的兵丁就禀报说，一个姓伍的行商有密事相告，在致公堂候了一个时辰。杨芳一听姓伍的行商，不顾劳累拄着手杖去了致公堂。

伍绍荣见杨芳进来，立即站起身弯腰一揖："卑职伍绍荣拜见杨宫傅。"

杨芳的寿眉往上一翘："噢呀，你是大名鼎鼎的伍怡和？不像，哦听说伍怡和的年纪与哦相仿。"伍绍荣有点儿吃惊，杨芳才是大名鼎鼎的人物，没想到他说伍怡和大名鼎鼎，解释道："您老人家说的伍怡和是我爹。伍家人何德何能，敢让您老人家有所耳闻？"杨芳抬手放在左耳旁："哦耳聩，请大声点儿。"伍绍荣提高嗓音重复一遍。杨芳才放下手："噢呀，大清朝的头号富翁，连哦老汉都听说你家的大宅院比皇上的避暑山庄还大。是吗？"伍绍荣道："都是虚传。当今皇上以撙节表率天下，怡和行怎敢僭越规矩盖豪宅巨院。伍家受惠于朝廷的雨露恩泽，只不过替皇上经管一笔生意钱财而已。"伍绍荣最怕露富，但豪富之名还是传到千里之外，想遮掩也遮掩不住。

杨芳道："道光六年，哦去新疆平叛，就听说过你们怡和行。那一年，十三行捐资助军二十多万两，怡和行占了四成。道光十三年，哦领兵与张格尔在新疆打仗，你们伍家的怡和行又捐资助军十万。哦到广州听说，你们伍家人捐资助军累积达百万之巨！不愧是本朝的头号皇商。说不准哪一天，哦要亲自登门造访看望你爹呢。他安生吗？""托皇上的福，安生。"

杨芳一把拉住伍绍荣的手："来，坐。"伍绍荣不敢，推托道："卑职何德何能，敢与您老人家平起平坐？"杨芳道："凡是为国出谋划策的，为国杀敌的，为国捐资的，都是大清赤子，都能平起平坐。"杨芳在战场上出生入死，经常与兵丁们在一个战壕里摸爬滚打，并不讲究尊卑高下。

"那就恭敬不如从命了。"伍绍荣撩衽坐下。杨芳道："听林则徐大人说，为了抵御英夷，广东的全体文武官员捐纳三分之一养廉银，按月抵扣。哦既然到了广东，就得与广东官员共甘苦。哦没有你家有钱，但在国家熏蒸之时，捐资出力在所不辞。哦老汉准备捐两万四千两爵俸，按月抵扣，用于激赏弁兵杀敌。"

伍绍荣开始讲正事："杨宫傅，我有密事禀报。"杨芳抬手拢住左耳："不着急，慢慢说。"伍绍荣把美国领事多喇纳转递禀帖的事情详述一遍，并把义律的公告副本呈给杨芳。

副本上的第一句话"你们的城市受到了宽恕"是一种外交语言，杨芳没有品味出它的全部含义，思绪依然围绕战争转悠。他曾用千里眼遥望深舱巨舵的英军兵船，每条船形同一座水上堡垒，清军的师船绝不是对手。虎门九台和珠江两岸的半数炮台失守后，清军惊魂不定，水师完全崩溃，将逆夷赶出省河绝不是一件容易的事。伍绍荣道："多喇纳说，义律想与您面谈。"

杨芳接到探报，英军占领黄埔岛后立即派兵包围了扶胥码头，不仅没烧没抢，还修整被战火损毁的设施，守护所有货栈与库房。他思索片刻："英夷要求通商如此迫切，实在出人预料。夷兵远道而来，深入内地，必有其短。只是哦老汉初来乍到，还没看清他们短在何处。皇上命令沿海各省大申挞伐，严禁与夷人换文，但这不是打仗的正道。打仗就得打打谈谈，谈谈打打，没有只打不谈的。你这条线索好，不能废掉。你与义律熟悉吗？""熟悉，他是主管商务的夷官，经常与我们十三行交往。""你能见到他？""能。"

杨芳点头道："与夷人打仗，得知晓他们有什么诉求。哦老汉不能对夷酋的诉求置之不理，但恪于皇上的成命，不宜面谈，只宜书信往来。"杨芳亲临前线就近观察过敌人的铁甲船和旋转炮，认真听取了败兵败将们的叙述。他没有战胜英夷的把握，但他老谋深算，既准备打仗，还得为谈判留下余地。他走到条案旁，拿起笔，从容写了一封言简意赅的回信：

> 照得本爵督使奉君命督兵，贵公使大臣领兵船来，公有战，我有守，各尽其职，未便面谈。如有所言，无妨以书与我。①

杨芳的回复既不强硬也不绵软，还为谈判留出了余地。他把信放入信套，用火漆封了，在信套上写了"照会"二字，对伍绍荣道："你回澳门去，直接把信交给义律。不过此事务必保密，以免有人密奏朝廷，说哦老汉与夷人暗中往来。""卑职明白。"

杨芳道："你把十三行的事务交给别人打理，你留在澳门打探夷情，随时向哦禀报。"伍绍荣敏锐地感觉到杨芳的谋略与皇上的旨意大相异趣，他深知逆着皇上的心思办事的人大都没有好下场，想拉一个人分担责任，小心翼翼道："与夷人交往，向来是卑职与余保纯大人共同经理。"杨芳没办理过夷务，听了伍绍荣的解释，点头道："也好，那就遵循前例，仍由你们共同打理。但是，哦得事先挑明：有些事既可说又可做，有些事只可说不可做，有些事只可做不可说，有些事既不可说也不可做。暗中交通英夷就是只可做不可说的。"

伍绍荣原本对杨芳有一种高山仰止的感觉，此时才觉得他平易近人："人家都说您是威风凛凛勇往直前的大将军，没想到您连退路都思虑得这么周全。"杨芳的豁牙嘴一开一合："勇往直前？噢呀，只晓得勇往直前的是匹夫！提调数万兵马必须瞻前顾后，否则，一不小心就会葬送全军！哦打仗向来做两手准备，胜固可喜，败也得有退路。义律不提赔款不提割地，只要求立即通商，可见他求商心切。虎门、乌涌和沿江大小炮台全都沦陷，以通商换取广州的安全是权宜之计。你亦官亦商，便于与夷人打交道。现在广州人心惶惶，必须稳住。你不乱，全体行商就不乱；行商不乱，民人就不乱，广州也不会乱。至于你家的大宅院，哦会派兵守护的。""卑职明白。"

---

① 转引自佐佐木正哉的《杨芳的屈服与通商恢复》，李少军译，《国外中国近代史研究》第十五辑。

第五十六章

兵临城下之后

英军攻克二沙尾炮台后,距离广州城只有十余里,就在这时,义律下达了停止进攻的命令,他要给广东官宪一个重新估量局势的机会。他的命令引起了军官们的普遍不满。辛好士爵士大发牢骚,勉强服从了命令。

休战七天后,义律收到了杨芳的回信:"公有战,我有守。"此时他才认识到英军距离胜利还有一段距离。尽管清军在虎门和乌涌连遭重创,琶洲炮台、琵洲炮台、猎德炮台和二沙尾炮台相继失守,新来的参赞大臣却没与英军交过手,没有掂量出英军的战斗力。义律下令重新开仗。

广州附近大河小溪像蛛网一样纵横交错四通八达,义律要探索出通往广州的第二条水道,他亲自搭乘"复仇神"号深入河南水道(即广州市海珠区南面的水道,英文地图上称之为义律水道,中文地图没有名称),那是外国人从来没有涉足过的水域。"复仇神"号与三条舢板组成的小分队趑趄行驶,一边测量一边作战,清军汛兵望风披靡仓皇逃遁。"复仇神"号在三天内总计摧毁了三个汛地六座炮台九条哨船,砸烂或炸毁了一百一十五位火炮,整个过程就像一次武装郊游。①

外国人常年在广州做生意,但粤海关严禁他们测量水道绘制水图,黄埔岛以西,英军连一幅完整的航道图都没有。在珠江的主航道上,伯麦担心大中型兵船搁浅,命令所有战列舰和五级炮舰停留在乌涌炮台南面,只派三条六级炮舰两条双桅护卫舰两条火轮船和一支海军陆战队参战,总兵力不足两千。这支分舰队越过二沙尾,向东大炮台、红炮台、西炮台、西安炮台、西固炮台、大黄滘炮台、凤凰冈炮台次第发起攻击。

清军的临江炮台前面都有木栅,钉有木桩,四周围以竹筏。英军舰炮把木栅、木桩和竹筏炸得支离破碎,一颗颗施拉普纳子母弹射入高空,满天星似的爆裂四散,江面上炮声隆隆黑烟滚滚。各台守兵强起抵抗,但是,他们的枪炮窳陋,根本不是英军的对手,守兵们像惊弓之鸟一样弃台溃散。

尽管义律严禁英军袭击两岸的茶坊、仓库和商业设施,依然有几百间民房被战火烧毁。江面上的疍户船民闻炮惊悚,像成群的蜉蝣水蛭胡窜乱逃。

海珠炮台是最后沦陷的。它是一座漂亮的水上建筑,距离广州城墙仅半里之遥,它采用了荷兰人的设计方案,小巧玲珑样式可爱,带有欧洲艺术风范,与其说它是炮台不如说是风景名胜,初到广州的外国人都对这座美轮美奂的水上堡垒赞不绝口。但战争容不得温情,炮台守军仅坚守了十分钟就弃台逃走。海珠炮台的旗杆被打断,瞭望塔倾圮,木梯篷顶四分五裂,变成一堆烂砖碎板尘土泥块。

战斗进入到最后一天,英军分舰队横行无忌,摧毁了珠江两岸的所有炮台和防御工事。凤凰岗是清军在珠江南岸的最大营寨,由一千多江西兵分守。英军的海军陆战队发起了攻击,战斗仅持续一个时辰,江西兵就死伤惨重被迫撤离。

一小时后,三百多海军陆战队在商馆前的小码头强行登陆,清军稍做抵抗后乱哄哄遁入城中。英军占领了十三座商馆,升起了英国旗,在楼顶和窗口架起了燧发枪。十三行街、靖远街、高第街、文津街全在英军的俯瞰之下。最东面的商馆与广州城墙只隔一道护城河,夜深人静时,用纸皮喇叭筒隔空喊话都

---

① 根据T.Herbert撰写的战报和签署的伤亡统计表(载于英文版《在华二年记》附录Ⅷ,P.287–291),英军在这次内河之战中无人阵亡,7人受伤,估计清军伤亡400人左右。作者未查到清军的官方统计数字。

能听得一清二楚。

广州城像被剥去了御寒的冬衣，在惶恐中瑟瑟发抖。

义律搭乘"复仇神"号来到商馆前的小码头，他曾与各国夷商一起软禁在这里达五十七天之久，时隔两年，他在隆隆的炮声中故地重游，不由得百感交集。在哈尔中尉和卑路乍等人陪同下，他下了船，朝老英国馆走去。他沿着梯子上楼，找到了曾经住过的房间，推开窗子朝北看：十三行公所与商馆仅一街之隔，公所里面没有人，街道上也没有人，所有中国人都逃逸一空。他登上楼顶平台，眺望珠江南岸。伍秉鉴父子的万松园就在江对面，他们的私家码头泊着一条楼船和五条茶船，由于义律命令保护行商，战火没有殃及它们。义律回过头来道："哈尔中尉，我们去对岸拜访一下中国的头号富翁，也可能是世界的头号富翁。""遵命！"

卑路乍道："公使阁下，我也想去看一看，为我的游记增添一点儿素材。"卑路乍有写游记的习惯，走到哪里写到哪里，随时记录海外奇闻。义律道："好，你不妨写一写中国的头号富翁，写一写他的家。他比我们尊贵的女王陛下还富有。我见过不少富翁，有些人金斋玉脍肥马轻裘，浑身上下珠光宝气。伍秉鉴却是另一种人，他这个人，一半生活在巨额财富中，一半生活在忧心忡忡和恐惧中。有一次我与他闲谈，他告诉我，他每天醒来都会想到腐败的中国官吏把他压榨得寸金全无，甚至没有饭吃，过一会儿才想起，哦，我的钱永生永世都花不完！"

卑路乍跟着义律下楼，一起登上"复仇神"号。哈尔下令开船，司炉拉动铜手闸，蒸汽机"突突"作响，朝对岸驶去。

万松园和怡和行的部分仓库在珠江南岸，一字排开，长达一里，它们在隆隆的炮声中瑟瑟颤动，由于英军的特殊策略，保持了一隅的平安。伍秉鉴曾经想逃走，但是，多喇纳传话说英军保护行商，不会轰炸珠江两岸的宅院和仓库，杨芳也要求全体行商就地留下，甚至派了二十多个兵丁替他看家护院。伍秉鉴相信多喇纳，因为多喇纳与伍家的私谊远远超出一般的贸易伙伴。多喇纳是旗昌商行的大股东，伍家人是旗昌行的保商，旗昌商行是伍家人在美国的商务代理，替伍家人购买了美国铁路公司和航运公司的股票。此外，广州贫富悬殊盗贼丛生，伍秉鉴只要逃走，乞丐流民窃贼小偷就会乘虚而入，像篦头发似的把万松园洗劫一空。伍秉鉴年高体弱却不糊涂，他明白伍家人是英中双方都认可的地下传话人。他决定不走，家眷也不走。仆人和佣工们原本摇惑不定，见主人不走，也留了下来。伍元菘把他们组织起来，拿起刀枪棍棒巡护宅院和仓库。果不其然，江面上烈火烹油似的爆响连天，万松园却安然无恙，像一座安全岛。

珠江之战打了六天五夜，伍家的男女佣工们天天隔墙观战，眼见着清军摆出鳄鱼的架势，却像壁虎一样弱小，一触即溃，珠江两岸的大小炮台像骨牌似的一个接一个地沦陷。英军占领了北岸的商馆后，枪炮声才渐渐稀落。

伍秉鉴枯坐在账房里，神情木讷苍老颓废。桌上摆着二十四串珠子的老算盘，古董一样陈旧，算盘珠子因为经久的摩挲，有手泽的浸润，带着包浆的幽光和岁月的风尘。他偶尔用手指拨弄两下，谁也不知道他在想什么。

私家码头的管船突然闯进来，气急败坏："伍老爷，大事不好，英军来了，说要见你！"伍秉鉴的眼角抽了一下，脑门上的皱纹僵住了："英军？见我？谁？"他坐着没动。

一个买办进来，向伍秉鉴打千行礼："伍老爷，义律老爷在外面，要与您说话。"伍秉鉴不经意地拨弄着算盘珠子，过了良久才慢悠悠抬起头，姿态矜持声音冷峻："你是谁？"买办以为英军打到伍秉鉴的家门口，他应当颤抖，痛苦，恐惧，没想到他像泥胎菩萨一样冷静。他被这个富甲天下的巨商镇住了，嗫嚅道："鄙人姓黄，在澳门当买办，受雇于义律。"伍秉鉴瞥了他一眼，目光里透着轻蔑，好像在说原来你是汉奸！黄买办手足无措站在他面前。对视片刻，伍秉鉴才拄着龟头拐杖站身起来，慢悠悠踱到门口。

门口离私家码头有二十丈远，隔一道门，门是敞开的——那里本来有清军值守，但他们逃之夭夭。透过门洞，伍秉鉴看见英军士兵和铁甲船的一角，听见蒸汽机的"突突"声，那声音很怪。眷属们神色张皇地围过来，默默地注视着伍秉鉴，仿佛在恳求他拿出应急的方法。伍秉鉴的声音又细又小，像要断掉的细线："潘氏，把茶炉上烧好的水拿来。"

潘氏犹豫一下，取来了大铜壶。伍秉鉴慢手慢脚亲自沏了一壶茶，对潘氏道："你跟那位汉——，"他想说汉奸，但"奸"字跑到舌尖突然消失了，

"哦，跟那位黄先生，给义律老爷送一壶茶，就说我不便见他。"潘氏是伍绍荣的媳妇，见过义律。但是，铁甲船载来的不是客人，而是荷枪实弹的英国兵！她有点儿胆虚："爹，我去不方便吧？"伍秉鉴抬了抬手："去吧。义律老爷是懂规矩的，不会拘押你。"潘氏定了定神，提着茶壶拧着脚，怯生生去了。伍秉鉴忐忑不安地望着她的背影。

不一会儿，义律跟着潘氏进了门，卑路乍和哈尔跟在后面，腰悬短枪和佩剑。卑路乍和哈尔从来没见过如此富丽的东方园林，奇花异草瘦水残石组成的桃源盛景让他们艳羡得眼珠子发亮。他们跟着义律走到堂屋前，堂屋的门侧有黑底泥金楹联，上面写着"珠联璧合，凤翥鸾翔"，房梁上有精美的木雕，刻着栩栩如生的麒麟、石鼓、石榴、如意和莲蓬。他们虽然不能透彻领会它们的含意，却对精致的雕工赞不绝口。

义律不请自来，伍秉鉴不得不挪动步子迎上去。义律在莲花岗会盟仪式上见过伍秉鉴，那时他的精神较好，没想到时隔一个多月，竟然变得鸠形鹄面垂垂老迈，仿佛在地狱里走了一圈，被扒去一层皮。

义律抱拳行中国礼："伍老爷安生。"伍秉鉴木讷道："安生？又打枪又打炮，如何安生？"义律道："打枪打炮是迫不得已。但不会殃及你。"伍秉鉴道："托您的福，请。"他引着义律进了内厅，分宾主入座。卑路乍和哈尔没进去，站在门外观赏园林的景致。卑路乍观察得十分细致，他发现中国豪宅的窗子与英国豪宅的窗子迥然不同，英国窗子注重采光，打开时要通风透气，闭合时要隔音隔息。中国人对隔音隔息的要求似乎很低，但对装饰性要求很高，窗棂像画框，从里向外看，能看到漂亮的景致，要是窗外的景致不够漂亮，就竖起太湖石，栽种芭蕉、绿竹和奇花异草，营造出一个人为的美景。

伍秉鉴把拐杖斜放在椅子旁，话音微微打战："怡和行和十三行的所有库房、货栈和作坊都在珠江两岸和黄埔岛，贵军打进省河，要是把它们都炸了，老朽就破产了。"义律安慰道："我郑重承诺，你的怡和行不会破产，我国商人需要贸易对手。我已下令对你们实行特殊保护。"伍秉鉴道："义律老爷，与你们英国人打交道真不容易，有些事情说着说着就说不下去了，听着听着就改调了，议着议着就等不及了，谈着谈着就动武了。"义律呵呵一笑："与你们中国人打交道也不容易，有些事情说着说着就变了，等着等着就没下文了，看着看着就改主意了，想着想着就不敢信了。"两个人的谈话绵里藏针，听着有点儿艰涩。

伍秉鉴道："义律老爷，我记得开仗前你曾多次抱怨，说广州贸易制度是不公平不公道不公义不公正的制度。既然你主张公平公道公义公正，那么，贵国兵船闯入内河，公平公道公义公正何在？""贵国有句名言，矫枉必须过正，闯入内河开枪开炮是过正之举，为的是实现公平公道公义公正。"伍秉鉴叹道："恐怕国家之间只有立场没有公义。""讲得好！国家与国家打仗，我们只能站在各自的立场上说话！"

一阵沉默后义律道："据我所知，您捐巨款买下了'甘米利治'号武装商船，对吧？""是的。""是我批准把它出售给你的。""承蒙你的好意。"义律把左腿搭在右腿上："不过，驾驶三桅九篷大帆船需要完整的空气动力学和航海学知识。我赌定你们的水师驾驭不了它。"伍秉鉴没说话，他不懂什么叫空气动力学，但知道广东水师的确驾驭不了那条千吨大船。"甘米利治"号停靠在乌涌炮台附近，从来没有驶出过外洋，初次交战就被焚烧殆尽，伍秉鉴的捐助没有发挥任何效力，他用手指抚弄着拐杖，不说话。义律接着道："向敌对国家出售武器必须经过政府特批，我是大英国政府的领事官，我只批准把船卖给你们，但禁止出售船上的火炮，没想到你们还是配备了三十四位英国炮。"伍秉鉴道："那些炮是老朽托美国商人代购的。""耗资不菲吧？"伍秉鉴点了点头："连船带炮，外加经纪人的中间费，花了二十万元。"

义律挑衅似的问道："把巨额资财捐输给贪婪腐败的官府，您不心疼吗？"伍秉鉴沉默片刻："国家有难，匹夫有责。"义律呵呵一笑："不对！国家有难，有权得利者有责，那些饱受权力压轧不能分润毫厘的草民绝不会自作多情，只会袖手旁观，甚至助我军一臂之力。"伍秉鉴苦苦一笑："我们怡和行在大清朝的杂烩汤里分润了少许权力和利益。""难怪伍老爷这么慷慨。不过，很抱歉，我军把'甘米利治'号炸成了一堆碎木板！"

伍秉鉴想转换话题："义律老爷，听说您要废除十三行公所和行商制度，用你们国家的自由贸易章程替代广州贸易章程，是吗？""是的。十三行公所是中国式的垄断贸易机构，它用权力控制市场，充满了单向的利益输送。你们的贸易制度是一种黑箱贸易，一种没有道德底线的贸易，它使所有来华的商人失去了公平感和安全感。这种贸易制度假借大义窃取美名,把国际贸易变成济私助焰的工具,只会滋生出无穷无尽的贪腐、敷衍、献媚和弄权。从历史上看,占有财富有多种方法。其一,古代人的生产方式和工具落后,用战争抢掠财物。其二,掌权者用权力占有财富,你们国家是皇权和官权至上的国家,即属这一类。其三,现代社会则通过贸易赚取财富。我国正在废止垄断,推行自由贸易制。我们与贵国的战争是不图占领,不图劫掠,仅要求开关贸易的战争,与贵国历史上的所有战争迥然有异。废止垄断制势在必行,只是迟早的问题。"

义律说得不疾不徐自有其理,伍秉鉴则认为是奇谈怪论:"义律老爷,您是想整垮十三行吗?""我主张破除垄断,用欧美各国通行的贸易章程代替贵国的华夷交易章程。不过,新体制并不排除十三行,您老人家德高望重,在未来的体制中仍将发挥重要的作用。"他想用外交辞令化解伍秉鉴的对立情绪。

伍秉鉴见话不投机,转问正题:"义律老爷,我是风烛残年的人,休致在家,既不打理商务也不打理政务,您不会无事而来吧?"义律道:"伍老爷,我确实有一事相求。""哦,什么事?""一桩小事,请您转告杨芳将军,我要与他面晤,商议停战通商事宜。"

伍秉鉴枯瘦的手指抚摸着拐杖上的龟首,抬眼看着义律:"本朝明文规定,封疆大吏不得与夷人直接交往,恐怕老朽办不成这件事。"义律的身子微微一俯:"我可以屈尊,与广州知府余保纯会晤。请您现在就过江,通知杨芳将军和广州官宪,明天上午九时,即贵国的巳时整,我在十三行的老英国馆里等候他们,届时请您一起出席,商议停战通商事宜。"

义律把一只敞口信套放在桌子上,信套上有"照会"二字。伍秉鉴摇了摇头:"不加'禀'字,老朽不敢转呈。"义律讥诮道:"我军兵临城下,难道还要我低三下四地屈身下跪吗?""不能等一等吗?""现在是打仗,容不得从容。请您更衣,我们现在就送您过江。"

伍秉鉴隔窗望着院子里的英国军官,自知没有讨价还价的余地。他慢腾腾站起身来:"老朽只能尽力而为。""多谢。顺告,为了您的身家安全,我将派兵保护万松园和怡和行的所有茶坊和仓库。"伍秉鉴心头一悸,是保护还是软禁?是没收还是强占?他无法细想,对潘氏道:"更衣。"潘氏转身去了内室,取来官服。伍秉鉴慢腾腾地更衣,树皮似的老脸带着彷徨,布满血丝的眼睛透着悲伤，肚肠却在旋转，他打定主意，在此关键的时刻要与大清站在一起，否则就会成为遗臭万年的汉奸！

卑路乍与哈尔的足迹踏遍半个世界，从来没见过如此华丽的商人宅院，卑路乍叹道："这位名声赫赫的东方富翁其貌不扬，脑袋像一只缩水鸭梨，身子像风干的木乃伊，敲一敲能发出空洞的声音，却坐拥如此豪宅。"哈尔道："我国的鸿商巨贾都是天地间的羁旅者，足迹遍及四大洋五大洲，中国富豪却是坐地虎，从来没有迈出过国门。垄断贸易制度一俟废除，他就会成枯萎的竹竿，一撅就折。"哈尔掏出怀表看了看，时间已经过了半个多小时："卑路乍舰长，义律公使办事磨磨叽叽，广州城唾手可得，他却顾虑重重，把商业利益看得比天大，生怕打碎中国人的坛坛罐罐。"卑路乍道："我也有同感，他把一桩一个月就能解决的问题拖了三个半月，跟他打仗，就像一群狮子听命于一只小猫。"

义律终于谈完了，与伍秉鉴并肩出了堂屋。伍秉鉴拄着拐杖，抬头望了望天穹：天相极丑，东一片西一片的浮云像破棉烂絮似的纠缠在一起，太阳像淡黄色的圆盘，在浮云间缓缓挪移，有亮度没温度。

第二天下午，杨芳、怡良、阿精阿、林则徐聚在贡院的明远楼里听伍秉鉴和余保纯的禀报。他们讲述了与义律会晤的经过和英方的要求：立即通商，否则就攻打广州！怡良诧异道："立即通商？英军占领了黄埔和扶胥码头，控制了沿江的所有仓库和作坊，还不抢走？拿什么通商？"伍秉鉴道："义律承诺，只要我方同意开埠通商，他将命令英军撤出黄埔和扶胥码头，把所有仓库和作坊归还我方。"杨芳几乎不相信自己的耳朵："归还？这不等于让毒蛇把吞到肚皮里的东西吐出来吗？"余保纯道："我们的敌人很奇怪，义律说他不图占城，不图劫掠，只图开关贸易。我问义律，广州通商后，战争是不是结束了，他说没有结束，他将保全广州，将择地另战。"

打入家门的陌生之敌采用了陌生战法，提出了"保全广州择地另战"的奇怪要求，杨芳等人不由得觍面相觑。林则徐诧异道："择地另战？他想在什么地方开仗？"余保纯道："他没说。"阿精阿也觉得不可思议："在广州开关贸易，另选别处打仗——这是哪家的战法？"怡良更觉得难以理解："一边做生意一边打仗，这种事闻所未闻。英夷心逆而险，行僻而坚，言伪而诈，恐怕咱们得当心其鬼蜮伎俩。"

杨芳的眼珠子布满血丝，嗓子有点儿沙哑："孙悟空的本事再大，识不破妖魔鬼怪的利器和战法，也是徒然。这几天，哦老汉一直在城门楼上观战，琢磨着破敌的战法。咱们的兵船与夷船相比，是大山和小丘的差别，尤其是人家的铁甲船，横冲直撞所向披靡，船上的巨炮旋转自如，指哪儿打哪儿。咱们的火箭使用弓弩弹射，人家的火箭使用发射架，咱们的炮子是实心铁球，他们的开花炮子一打就是满天星，打烂一座炮台就像撕烂一张纸片，其中的机关不是三天五天就能琢磨透的。哦愧对大家的期盼，想不出什么退敌之计。"杨芳到广州后，当地官民视他为中流砥柱，指盼着他有通灵宝玉，想出一个四两拨千斤的魔法，高兴得大家欢天喜地，但是，大清的第一骁将对英夷的兵器和战法一概陌生，把英夷视为从天而降的煞星。杨芳的话讲得大家心里森凉，森凉得浸骨入髓！

怡良是在官场里浸泡得酥透的人，唯上视听："皇上不准再向逆夷理谕，命令咱们大申挞伐。咱们恐怕不能违旨。"情况如此急迫，他依然习惯性地使用"恐怕也许大概"之类的模糊词。杨芳瞪起眼珠子："皇上要大申挞伐，哦也想大申挞伐！但咱们得扪心问一问能不能大申挞伐！英夷的铁船利炮比哪吒的风火轮金刚圈还凌厉，咱们却没有二郎神的三叉戟，更没有孙猴子的金箍棒。哦老汉是刀林剑树里滚过来的人，不怕死！但凡领兵打仗，只要是敌弱哦强，吼一声'七尺男儿生能舍己，千秋雄鬼死不还家'，就能把将士们鼓噪得嗷嗷叫。反之，要是弱兵对强敌，肉身御大铳，哦就是高悬赏格，杀一个敌人赏十个金元宝，弁兵们也不肯在必输的战争中卖身卖命。有人盲信小说，说什么用三国周郎的火船之策，有人误信稗史，建议用岳飞的湖草之策，将盈尺草叶投向珠江，困缚夷船的水轮，那些都是痴人说梦，不值一噱。城里的八旗兵和溃兵们目睹了珠江之战，已是风声鹤唳一片凄惶，人人预感到城破在即。老兵油子们私下里议论城破后如何逃生，从哪条路溜得快。要是英逆攻城，哦军连一个时辰都坚守不住。"

怡良又冒出一句书生气十足的话："得道多助失道寡助。英夷穷凶极恶，恐怕有悖天理！"杨芳讥诮道："得道多助失道寡助，那是自欺欺人的屁话！

打仗不是道学先生的说教,战场上只讲武力不讲天理,从来都是强者多助弱者寡助。"

阿精阿毕竟是带兵的人,赞同杨芳的意见:"皇上远在十万八千里之外,恐怕不能事事都按旨意办理。"杨芳老声老气:"哦说句大实话,在座诸公是有守土之责的,广州城大兵单,要是丢了,诸位的脑袋能不能待在肩膀上就成了问题。"怡良心旌彷徨全无主意:"杨宫傅,您说怎么办?"

杨芳道:"眼下只能顺势而为,保住广州城和城里的数十万军民的性命。"这是明目张胆的违旨,花厅里死一般沉寂。过了许久,怡良才侧脸问林则徐:"林大人,你说呢?"林则徐奉旨协办军务以来,天天在城上城下来回奔波,调配石雷滚木火球火弹弓矢沙袋,忙得七荤八素,累得晕头涨脑。他曾与杨芳一起在城上观战,商议退敌之计,目睹了英夷的船炮之利与横行无忌,终于摈弃了昔日的陋见,赞同杨芳的意见:"国破山河,城深草木,眼下以务实为第一要务。"

阿精阿压低嗓音,对着杨芳的耳朵说道:"杨宫傅,这事要是让皇上知道了,咱们恐怕会重蹈琦善的覆辙呀!"杨芳道:"想咬别人得有锋牙利齿,自己的牙齿不锋利,咬不动硬骨头还硬咬,只会自伤门牙!皇上如在天飞龙高高在上,凌空蹈虚不接地气,体会不到前敌将领之难。我们的对手不是张格尔,而是从未见到过的域外强敌。眼下的急务是保全广州,要是城池不保,诸位的脑袋就得搬家。更何况义律降了价码,他一不要赔款,二不要割地,三不要商欠,只要求以停战换通商,并且承诺英军退出珠江,只在商馆和上横档岛保留少量驻军。人家给了台阶下,咱们不下岂不是傻瓜?"

怡良道:"要是皇上怪罪下来呢?"杨芳道:"暂时瞒一瞒吧,救急如救火。"怡良依然忧心忡忡:"这么大的事,恐怕瞒天瞒地瞒不了皇上。我们不奏报,不等于别人不奏报。"他指的是巡疆御史。巡疆御史的职责是监视地方官,来无定时居无定所,想住多久就住多久,想去哪里就去哪里。封疆大吏隐匿不报,巡疆御史报了,两头一拧麻花,无异于犯下欺君大罪!

杨芳幽幽问道:"谁在广东巡疆?"怡良道:"骆秉章。"杨芳用龟头拐杖戳了戳地砖:"噢呀,骆秉章呀!哦亲自找他交膝密谈。以通商换广州无虞是权宜之计,只瞒一时不瞒一世,出了事,哦担着!但哦有言在先,请在座诸公和光共尘,不要单衔上奏,一切等靖逆将军奕山来了再说。"

一个多月前,琦善曾经要求大家和光共尘,人人装聋作哑,现在杨芳要求大家和光共尘,大家全都点头,因为人人感受到了战争的灼热气焰。

杨芳对伍秉鉴道:"伍老爷,义律亲自拜访你,可见你们伍家人在逆夷心中的分量。当此关键时刻,还请你出面与义律洽谈,告诉他,我方接受他的条件,同意开舱贸易。"伍秉鉴道:"我是风烛残年之人,不是义律闯进我家要我传话,本不该出面的。但是,我们伍家与大清同命同运,大清兴伍家兴,大清衰伍家衰。当此关键时刻,老朽义不容辞。"

杨芳对余保纯道:"你陪同伍老爷一起去见义律。""遵命。"

两天后,杨芳和怡良会衔签署出了一份公告:

> 查各国通商,原出圣主柔远之至意……本大臣、部堂……特示谕所有商人军民知悉,现准各国商人一体进(黄)埔通商,尔等商民与之交通来往,不得妨碍滋事……特示钦遵毋违。①

---

① 该公告的英文本载于1841年《中国丛报》合订本第十卷第182页,译文出自佐佐木正哉的《杨芳的屈服与通商恢复》,李少军译。

第五十七章

盗亦有道

接到杨芳和怡良的会衔照会后，义律立即在澳门的多种新闻纸上发布公告：英中双方议定广州立即开埠贸易，各国商船去黄埔装卸货物，广东当局不得要求外国商人具结，在两国争议解决前，粤海关依照旧例征收船钞和关税，鸦片等走私物品一经查获即行没收，禁止扣押人质和人身刑罚，为了保护英国商人的安全，英军将在商馆附近保留若干条兵船。出乎预料的是，伯麦爵士也签发了一份通令，他警告各国商人：敌对行动随时可能爆发，谁去黄埔贸易，风险自担[①]！明白晓事的侨商们立即看出全权公使义律和远征军总司令伯麦意见两歧，只是不知道分歧有多深。

停止两年的英中贸易恢复了，伍绍荣忙得四脚朝天。他在澳门与各国商人议定了新的贸易条件：其一，鉴于朝廷要求行商限期清理商欠，今年开埠只收现银，不做易货交易；其二，因为打仗，十三行采办的茶叶不多，武夷山的茶农大幅减产，茶叶供不应求，涨价六成。十三行是朝廷指定的唯一对外贸易商，伍绍荣宣布的价格和收款方式具不可动摇的垄断性。各国商人远航万里，虽然心怀不满却不愿空手而归，只得随行就市，在愤怒和吵嚷中接受了十三行

[①] 义律的公告和伯麦的通令载于1841年《中国丛报》（合订本卷十，第181–182页）。

的贸易条件。与此同时，全体行商立即去黄埔和扶胥码头与英军办理交接，清点茶坊仓库，修理装卸设备，招募佣工，计算损失。经过两天的忙碌后，伍绍荣和卢文蔚率领全体行商与海关税吏们一起去虎门挂号口。

十几条官船和楼船舳舻相接朝虎门驶去。伍绍荣、伍元菘和卢文蔚同乘一条楼船。卢文蔚坐在船舱里心绪茫然："我们广利行在扶胥码头的仓库里有价值五十万元的茶叶，要是毁于战火或被英军抢走，我连死的心都有。没想到英军竟然归还了。我好像是在做梦，一边是蝼蚁喋血，一边是通海生意。这世道变得面目全非了。"伍绍荣道："我也是三分暗喜七分暗悲。喜的是，积压在库房里的茶叶盘活了，悲的是，不得不在炮口下做生意。"伍元菘道："五哥，这叫盗亦有道。""哦？""你看广州城厢，到处都是汉奸们的揭帖（标语），什么'英中和睦'、'保护商民'，什么'英军只对朝廷宣战，不打民众'，连他们的兵船都挂这种揭帖。英国兵船沿江向广州进发时，成千上万的百姓竟然沿江观望坐观成败。"卢文蔚道："河南水道被装满石头的沉船堵了，英夷的铁甲妖船闯不过去，当地村民竟然帮助敌人清除障碍物！"伍元菘半信半疑："有这事儿？""有。我家厨娘孙二梅的家在那边。她弟弟说，铁甲船从河南水道驶过时，老百姓在远处看稀罕，有人见夷人不开枪不开炮，大着胆子到近处看，越聚越多。沉船挡住了夷船的去路。村里的一个老人说，人家是过路的客人，碰到难处了，大家帮一帮吧，于是村民们七手八脚下水帮忙，忙得不亦乐乎[①]。"

伍绍荣喟叹道："民可使由之，不可使知之！自古以来，历代朝廷都以愚民为治国之大计，唯恐百姓知道得太多，唯恐百姓不愚昧，因为愚民好治，却不知晓愚不可及的百姓是最难驾驭的人。当他们浑浑噩噩无知无识，愚昧到敌我不分、良莠不明的地步时，就会出现可悲可叹的局面，令人感慨万分肝肠寸断！"伍元菘阴阳怪气道："岂止愚弄老百姓，对读书人和士大夫也要尽量愚

[①] 此事载于英文版《"复仇神"号在中国》第144-145页。当该船在河南水道作战时，满载石头的沉船堵住了航道，当地农民自发地帮助英军清除障碍物！这种事还发生在别处，当英军从吴淞口向上海挺进时，沿途村民没见过英国人，更没见过野战炮，非常好奇，先是围观，继而不请自来，成群结队无偿替英军拉拽炮车。英军十分惊异，中国竟有如此无知的村民！（见 *Chinese War*, by John Ouchterlony. P.300-301）。

其心智。科举考什么，考八股！那玩意儿没用处，却能经年累月地消耗人们的心智，令读书人顺遂，愚蠢，无知无识。封疆大吏们盲信英夷浑身裹束，膝盖不能打弯。咱们跟夷人做买卖，谁见过他们的膝盖不能打弯，一仆不能复起？"卢文蔚也大讲风凉话："封疆大吏都说夷人'性同犬羊'，视夷人为愚人，连皇上的圣旨也这么说。这一仗打明白了，敌人比我们聪明，视敌人为愚人的人才是真正的愚人！"伍元菘冷嘲热讽道："民众被愚化到这种田地，就会变得促狭，往好里说叫拙朴纯真皎然无杂，往坏里说叫白眼向天无形无赖。与强敌相遇，愚人只会成事不足败事有余。"

大家牢骚满腹东拉西扯。当楼船驶过乌涌时，他们看见乌涌炮台被炸成了碎石瓦砾，周匝的市廛化成了灰烬，树木和田亩大受创损，不由得陡生一种山川萧瑟血影成灰的凄凉感和酸楚感。最让人惊讶的是，两条英国兵船停在附近，周匝有几十条乌篷船络绎往来，寡廉鲜耻的船民们送去柴米油盐鸡鸭肉蛋，就像在市廛里做买卖。伍元菘指着乌篷船道："你们看看，从去年三月到现在，英夷封锁珠江口快一年了。好几千夷兵狼蹲虎踞在伶仃洋以外，要吃的有吃，要喝的有喝的，全不发愁，有疍户给他们效力。疍户是化外之民，朝廷管不了。没想到英夷打进内河，有船民为他们效力。船民是化内之民，却心甘情愿当汉奸！"

卢文蔚又讲风凉话："朝廷治民，给过船民什么好处？一大堆苛捐杂税！兵丁胥吏给过他们什么好处？雁过拔毛，虎咬狼嚼！英夷给他们什么好处？白花花的银圆高价收买他们的东西！""白鹤潭停着三条英国兵船，你要是到那边看，能吓你一跳，几百条乌篷船围着它们转悠，争先恐后地卖给他们淡水和蔬菜，整条江上的船民全是汉奸！"①卢文蔚道："大清的道与英夷的道的确不同，只是我还没悟透两种道有什么差异。"伍元菘道："大清的道是树敌之道，人家的道是借力之道。""怎么讲？""你看过《水浒》吧？《水浒》讲的就是借力之道：吴用借林冲杀了王伦，施恩借武松夺回快活林，宋江借卢俊义平了曾头市，宋天子借梁山好汉打了方腊。英夷则借疍户之力。大清朝不是

---

① 《杨芳又奏筹办防剿及军民情形折》说：当英国兵船散泊在珠江时，上千条中国民船为他们效力："省河谋生小艇，千百为群……而汉奸小艇千余只，远近巡逻五六里。"（《筹办夷务始末》卷二十七）

不喜欢疍户吗？他们喜欢，高价雇佣高薪酬谢，借力使力借劲使劲，把英军的力量扩展了一倍。"

伍元薇道："一个月前，祥福率领湖南兵开进乌涌，当地民人本应提壶担浆迎王师，没想到那些霸蛮兵强占民房强买强卖，闹得鸡飞狗跳民怨沸腾。祥福和湖南兵战死战伤，老百姓幸灾乐祸，骂他们死得活该！这倒好，英军打进内河，船民们摇橹荡桨迎逆旅！"卢文蔚道："国家失政军队虐民，百姓就会离心离德。国家视百姓为刍狗，危难之际百姓就不肯援之以手。"伍元薇道："英夷打进内河花大气力邀买人心，想方设法把国人的抵抗意志软化成一堆烂稀泥，还把夺到手的战利品完璧归赵。这样的敌人才是真正的强敌！"伍绍荣幽幽道："他们好像比我们更懂老子的《道德经》：无为而无不为，不抢而无不抢，不掠而无不掠。这法子，阴毒，阴毒，阴毒！"他一连说了三个"阴毒"，一个比一个语气重。

顺流航行大半天，船队抵达虎门。虎门地处形胜，逶迤的青山和茂密的丛林被炮子炸得千疮百洞，露出了赤裸的岩石，就像大自然被炸残的身躯。上横档岛驻有二百夷兵，岛上的炮台被炸得残破不堪，石壁上弹洞累累，所有铁炮被凿去炮耳，成了废物。对岸的镇远、靖远和威远三台被炸得支离破碎，完全丧失了军事价值。

粤海关的第一挂号口位于虎门，所有夷船入境前都在这里登记，税吏们在这里丈量船体收取船钞，行商们派人在这里登船验货，开出没有违禁商品的承保书。夷船在这里启去炮位，封存在挂号口的库房里。第一挂号口是大清的脸面，虽然是八品佐堂衙门却建筑恢宏，三进大院九曲回廊，高屋厝脊画栋雕梁，规制和模样不亚于知府衙门。十三行的验货房和办事房紧挨着挂号口，而今，它们被战火烧得面目全非，只剩下断壁残垣。

粤海关的笔帖式济尔哈图下了船，后面跟着四五十个税吏书吏和公差杂役，伍绍荣、伍元薇和卢文蔚撩起袍角纵身跳上了岸，后面跟着经理买办和家人通事。大家望着烧成灰烬的房屋，有一种时光流逝物是人非之感，脸色像遭到严霜摧残的白菜一样难看。税吏和公差们嘟嘟囔囔骂骂咧咧，从废墟里抬出两根二丈多长的旗杆，削去烧焦的炭灰，捆接在一起，钉上大钉，抬到石础上固定捣实，升起水红边宝蓝色海关旗，旗面上有"大清粤海关虎门挂号口"字样。夫役们开始清理场地，搭起十几顶帐篷，在帐篷前插上"船房"、"稿房"、"承发房"、"单房"、"票房"、"签押房"等木牌。

未时二刻，第一条英籍商船驶入虎门。一个夷商走下舷梯，直接朝伍绍荣走去，他用汉语招呼道："伍老爷，久违了。"

伍绍荣一愣，觉得那人的声音和模样很熟：那个夷商留着连鬓胡，额头上有两道车沟纹，戴一顶白色礼帽，穿一套白色短衫和短裤，仙鹤长腿裹着一双长筒白袜，袜口用松紧带束紧，手里提着一只大皮夹，居然是因义士！这家伙是有名的无赖夷商，勇猛胆大敢于涉险，只要有利可图，即使刀口舔血也临危不乱心态怡然。两年多前，他因为私运鸦片入口被邓廷桢驱逐出境。行商们以为再也见不到他，没想到他率先回来，第一个来到虎门挂号口！

伍绍荣有点儿尴尬，舌头打结："哦，因义士老爷，久违了……您不是在甘结上画过押，承诺……永远不来中国吗？"因义士哂然一笑："那份甘结是在邓总督的虎威之下被迫签署的。依照我国法律，臣民在失去自由、生命受到威胁时签署的甘结，没有法律效力。用武力逼迫别人放弃的，别人也会用武力夺回来。"这是挑衅式的开场白，伍绍荣恨不得一脚把他踹到伶仃洋里去。

因义士放缓了口气："伍老爷，你我二人都是商人，商人还是多谈生意少谈战争的好。依照贵国的海关章程，我的小溪商行得重新挂号登记，十三行得重新为本商行指派保商。您精通贸易，法力通天，我想请您赏光，屈尊担任本行的保商。"伍绍荣不阴不阳："我倒是想做贵行的保商，但粤海关衙门三令五申，各国商船不得挟带违禁之物，要是出了纰漏，对贵行和我们怡和行都没有好处。"因义士一耸肩膀："您放心，义律公使签署了公告，禁止我们携带鸦片入境。我们小溪行的鸦片船只在公海上航行，不会开进内河。把鸦片输入贵国的不是我们，是贵国的走私贩。"伍绍荣不愿和他纠缠："这两年战火纷飞，怡和行裁了不少伙计，忙不开，今年只给美国旗昌行当保商，您请别的行商吧。"

一个瘦高的英国水艄突然跑过来，气急败坏，叽叽咕咕讲了几句英语。伍绍荣听得真切，原来是济尔哈图依照海关章程，要求夷船启去炮位，但英国船长不干，双方争执起来。因义士听罢对伍绍荣道："伍老爷，我有一件事要料理，抱歉。"他一转身，朝英军兵营走去。

一个买办对伍绍荣道:"五爷,送上门的生意不做,是不是有点儿——?"伍绍荣的脸色飞红,朝因义士的背影啐了一口:"他是大鸦片贩子,屡次违规!我不想为一笔腌臢生意糟蹋自己的清白,毁掉全家人的性命!"

不一会儿,因义士从兵营出来,身后跟着一个英国军官和七八个士兵。济尔哈图陡然色变,书吏和税吏们面面相觑。那个军官瞪着眼睛拍着腰间短枪,吼了一通鸟语,因义士译成汉语:"军官先生说,现在是交战时期。为了各国商人的安全,炮位不能启去。"济尔哈图脸色煞白,后背沁出一层冷汗,两腿微微打战,不得不弯腰弓背,下气柔声道:"哦,明白,明白,不启,不启。"

海关税吏向来把丈量夷船视为利薮,玩弄雁过拔毛的游戏,外国船东要是不给贿赂,他们量船时能把三丈说成三丈五。今天的情势迥然不同,炮台的废墟上有英国兵,码头里有英国船,挂号口有巡逻队。在敌人的虎视狼窥之下,一不对景就会触大霉头。济尔哈图忍气憋声吩咐手下人:"现在是夷人当道。诸位有点儿眼力价,要是把红毛鬼子惹翻了,没好果子吃!"

澳门的商务监督署会议厅里气氛严肃。义律在主持军政联席会议。他草拟了一份择地另战的方案,请海陆两军的将领们提出修改意见,以便呈报给印度总督奥克兰勋爵。伯麦爵士、辛好士爵士、郭富爵士、布耳利少将、副商务监督参孙、秘书马礼逊等人参加了会议。

义律把一份中国地图摊在桌子上,简述了他的全部计划:"鉴于攻打广州会引起国际纠纷,奥克兰勋爵批准了宽恕广州的方案,并要求我们尽快拿出易地另战的新方案。我以为,我军应当转攻厦门和宁波。这两个地方是我国要求开放的口岸,人口众多商业繁华,一个在福建,一个在浙江,占领它们同样能给清政府以沉重打击,迫使中国皇帝接受我方的条件。但是,广州依然是我军控扼的重点。我拟在珠江口和香港保留一支慑性力量,在上横档岛驻兵二百,在香港驻兵五百,配以四至五条兵船。我拟任命副商务监督参孙担任香港临时政府行政长官,布耳利少将担任香港驻军司令。你们上任后要立即宣布香港为自由港,招商引资,免交关税,测量土地,统计人口,依照我国的法律拍卖商用土地和居住用地。我们舍弃了舟山,不能再舍弃香港。'麦尔威厘'号战列舰,'硫磺'号测量船等数条兵船服役期限已满,我将安排它们返回英国。在替换它们的兵船到来前,我军将借机休整,在五月下旬或六月初,发动厦门战役和宁波战役。鉴于我军兵额不足,难以有效控扼珠江口、厦门和宁波三地,我将提请奥克兰总督增派一个英国步兵团和一个印度团。"

伯麦道:"我军本来可以轻而易举攻占广州,既然奥克兰勋爵批准了宽恕广州的方案,我服从命令。我担心的是,即使我军攻克厦门和宁波,中国皇帝依然不肯屈从。这个国家幅员广阔,占领厦门和宁波就像蚊子在大象身上叮两口,起不到伤筋动骨的作用。"

义律道:"如果中国皇帝依然不屈服,战争将向纵深发展。我提议发动一场更大的战役,攻入长江,占领吴淞口和上海,而后沿江西进,推进到扬州和镇江。那里是大运河和长江的交汇点,卡住它就卡住了中国的经济命脉。"伯麦爵士绷着脸问道:"要是皇帝依然不屈服呢?""那就继续西进,攻占南京。南京是中国的六朝古都,占领它将会动摇中国皇帝的统治根基。"

辛好士爵士插话道:"我以为,陈兵大沽威逼北京,更有震慑作用。"义律道:"对华战争是谋求商业利益的战争,不以颠覆清政府为目标,陈兵大沽威逼北京只会把中国皇帝吓跑。北京一乱,中国就会土崩瓦解,我们将失去谈判的对手。"

辛好士觉得义律有点儿危言耸听:"攻逼北京,中国会崩溃吗?"马儒翰摇晃着肥胖的身躯道:"义律公使说得对。中国是由几百万满洲人统治三亿多汉人的国家,自从满洲人入主中国以来,汉人的暴力反抗从来没有停止过。这个国家民穷兵弱财匮,官僚腐败,士大夫无耻,满洲皇帝的统治基础非常薄弱。我军一俟攻打北京,中国将轴心一烂,迅速垮台,甚至可能引发一场复杂和动荡的革命,局势将向何处演变完全不可预料。"

海军将领与义律有明显分歧,陆军司令郭富不得不表态:"义律公使从政治角度阐述他的意见,我想从军事角度谈一谈我的看法。陈兵大沽威逼北京是一个很迷人的方案,但能否成功受制于季节和气候,大沽与北京相距一百五十多公里,我军必须在合适的季节抵达那里,并及时结束战争。据我所知,天津至北京的大运河很狭窄,只能供中国沙船行驶,我们的轻型兵船无法通行,遑论大型战列舰。攻逼北京将主要依靠陆军,陆军一俟离了舰队的支援,辎重给养后勤保障都有困难。如果中国皇帝不屈服,拖到冬季,北直隶湾和白河就会结冰，陆军的行动将大受限制。此外，根据我得到的情报，大沽与北京之间有连片的沼泽地，是蚊蝇丛生的地方。军队在沼泽地作战没有不沾染疟疾的，舟山大疫重创了我军，陆军官兵至今心有余悸，我们不能重蹈覆辙。长江位于中国的柔软腹部，冬季不结冰，沿长江作战，陆军随时能够得到海军的支援，辎重给养都有保障。发动长江战役比陈兵大沽威逼北京简便易行。"布耳利附会道："我赞成郭富爵士的意见，以我们的现有兵力攻击北京，难度太大。"伯麦道："既然两位陆军将领认为不宜攻打北京，我尊重你们的意见。"

辛好士讥诮道："我军可以易地另战，但不能像广州内河之战这么打。广州内河之战不痛不痒，像女人打架，温柔有余严酷不足。"这话显然是说给义律听的。义律的眉毛一耸："辛好士爵士，你有何高见？"辛好士道："恕我直言，有几件事我一直耿耿于怀。第一，我认为，你的《致广州市民布告》公开声明宽恕广州，暴露了我军不打广州的军事秘密，这是严重的失职！第二，你把商业利益看得比天还高，在不恰当的时机让军事行动屈从于商业利益，在战斗正酣时屡次叫停，最令人遗憾的是，我军控制了黄埔和珠江两岸的大部分仓库和作坊，你竟然下令还给中国人！那些茶叶是战利品，是我军将士浴血奋战夺取的。依照我国的军法，应当就地拍卖，所得款项用作军费或上缴政府。第三，巴麦尊勋爵在第三号训令中明确要求废除广州的垄断贸易制度，代之以我国的自由贸易制度。你却听任中国行商继续垄断，肆意抬高茶叶售价，大发战争利市，允许他们征收荒谬透顶的船钞、行佣和高额关税。"辛好士让积郁心中的块垒一泻而出，如同开枪开炮一般激烈。

义律的脸色极不自然，青红互现："这场战争源于英中两国价值观念的冲突，源于中国人对我国侨商生命和财产的侵害与漠视。但我不是战争狂。辛好士爵士，依照我国的《人身权利保护法》（1679），私有财产神圣不可侵犯，它不仅适用于我国，也适用于我国的所有殖民地和军事占领区。如果那些茶叶和丝绸属于清政府，理应作为战利品就地拍卖，但是，它们是私有财产，不是敌国公产，应当归还。征服中国不在于摧毁城市和杀伤人口，而在于把我们的价值观和制度灌输给他们，改变中国的颜色。"义律把自己的理念发挥到了极致。

伯麦不以为然："义律公使，战争与和平是两种形态，你把它们混淆在一起。法律在战争时期缄默无语，要是用和平时期的法律衡量军人的行为，我们都是杀人犯。"郭富插话道:"现在虽然是战争时期,但敌国平民的财产也应当给予保全。"郭富点到为止,不再细说。伯麦立即意识到郭富是赞同归还战利品的,黄埔和珠江两岸的仓库和作坊全由陆军看守,要是郭富不赞同,义律的命令根本无法贯彻和执行。

两种意见针锋相对,争议下去不会有结果,会议有点儿冷场。过了半天,伯麦爵士才说:"归还茶叶是否妥当,我们不妨请奥克兰勋爵裁决。义律公使,我想说的是,我们是胜利者,没有必要给中国人纳税。中国人拿了税款,只会制造更多枪炮与我们为敌!"辛好士爵士火上添油:"义律公使,你与杨芳议定的休战协议,是把恢复通商建立在脆弱的基础上,等于给中国人一个喘息的机会。一俟局势有变,他们就会霍然翻脸,把我国商人当作人质。这是非常危险的!"

义律辩解道:"请你们理解我的难处。广州乃中外观瞻之所系,伶仃洋泊着近百条各国商船,而且与日俱增,它们时刻在催促我尽快通商。我原以为琦善有签约权,没想到他仅仅是皇帝的传声筒。现在,广州的任何官员都没有签约权,我们不能空耗时间,恢复通商只是一种权宜安排,先让各国商人把货物运走,否则他们会碍手碍脚。至于废除广州贸易章程,采用我们的自由贸易制度,不是三五天就能解决的,需要旷日持久的谈判。我已经照会杨芳,在实现全面的公道和正义之前,我军将择地另战,如果广州贸易遇到妨碍,我将视之为违反临时停战协议,立即恢复敌对状态。"

伯麦恨恨道:"我们便宜了广州,攻打厦门和宁波不能像对付广州这样温柔,必须有实质性的手段。"义律问道:"什么是你所谓的实质性手段?""向中国人索要巨额赎城费!"

"咚咚咚"三声响,有人在敲门。一个工作人员进来,递上一只信套:"义律先生,出事了。我们收到'波米吉'号运输船的报告,该船满载军需品从英国开出,十几天前抵达定海衢头湾。他们不晓得我军已经撤离舟山,当地的清军禁止他们上岸。'波米吉'号的淡水已经用罄,斯台德船长不得不带领三名水艄在双岙登陆,到附近的村庄购买淡水和食物,但遭到村民的诱捕和伏击。三名水艄被打伤,侥幸逃回船上,斯台德船长不幸落入村民手中,中国的钦差大臣裕谦下令把他捆在柱子上，用乱箭活活射死①。"

会议室里的气氛顿时凝结如冰。这是战争爆发以来第一次杀俘事件，而且采用了古老而残忍的方式！义律道："国家与国家打仗，战俘问题向来敏感。我一直主张优待俘虏，伊里布也承诺优待我方俘虏，甚至林则徐也对我方俘虏给予特殊待遇，伤给医疗，饥给饭食。马儒翰，你是中国通，你给大家解释一下，杀俘意味着什么？"

马儒翰道："欧美各国优待俘虏是基于人道，中国人优待俘虏是基于怀柔，随着战与和、剿与抚的变化而变化。当他们采取羁縻之策时就善待俘虏，善待的标准往往大大高于我国，当他们决定抵抗时就杀害俘虏，以彰显战斗的决心。我以为，裕谦虐杀我方俘虏，意味着中国人将继续战斗。"

伯麦一掌拍在桌上，口气铁硬："我对杀俘者深恶痛绝。义律公使，我们不能以女人之心对待凶恶的敌人，更不能对杀俘事件等闲视之！我将命令'哥仑拜恩'号驶往出事地点，把诱捕斯台德船长的村庄全部炸毁！我不能把那些村民视为和平居民，只能视为民兵！此外，既然清方在宁波附近杀害了我方俘虏，我提议把宁波作为打击的重点，向它索要巨额赎城费，要是它不能如数缴纳，就彻底摧毁它！义律公使，我们不能继续打不痛不痒的战争，必须让中国人有怵心之痛。如果你心存仁慈，不肯把摧毁宁波写入择地另战的方案，我拒绝在新方案上签字！"

郭富道："伯麦爵士，修订对华作战方案，扩大战争规模，增加兵额追加战费，不是小事情。现在是休战期，我建议你亲自去加尔各答向奥克兰勋爵汇报。"伯麦道："是的，我也这样想。我将把舰队交给辛好士爵士指挥，亲自回印度与奥克兰勋爵面谈。"

---

① 此事英中双方都有记载，但有细微差异，英文史料说斯台德是被当作箭靶射死的，《裕谦奏东渡定海日期并擒获英人正法折》（《筹办夷务始末》卷二十五）说：中国村民擒获白夷"畏林示得"（即斯台德），"凌迟处死，枭首示众"。此事引起了英方的强烈报复。英军把宁波定为打击重点和摧毁的目标，与此事有直接关系。

第五十八章

联手蒙蔽圣听

北京城春光明媚微风和煦，紫禁城的太监和宫娥们脱去夹袍换了单衣。两只燕子在养心殿的大庑顶下筑了一个巢，刚孵出的小燕"叽叽喳喳"叫个不停。一个小苏拉太监怕鸟雀吵得皇上心烦，找了一个竹竿想把它捅下来，恰好被道光看见，他立即制止："那是一窝小性命，捅了它岂不伤天害理？"小太监吓了一跳，赶紧放下竹竿，控背虾腰退缩到一旁。紫禁城宫墙壁立，庄严肃穆有余，活力生气不足，连道光都觉得气氛严肃得令人难受，好容易有几只燕子飞来搭窝，要不是被他止住，非得叫太监捅掉不可。道光转头对张尔汉道："有句唐诗：旧时王谢堂前燕，飞入平常百姓家。所有鸟儿都跟人疏离，只有燕子不怕人，喜欢与人为邻，把窝造在屋檐下。这种鸟是要保护的。"张尔汉附会道："皇上圣明。麻雀跟人也近，但不会在屋檐下居留，它们见人就飞。"道光道："是这样。朕小时候捉过麻雀，想放在笼子里养，但麻雀不服养，只要进了笼子，宁肯饿死也不吃食。"

道光刚批阅完几份奏折，想闲散一会儿，但没过一会儿就见穆彰阿一手提着袍角一手托着奏事匣子进了垂花门："皇上，这是刚收到的折子。"道光的思绪又回到国是国非上："谁的？""一份是巡疆御史骆秉章的，一份是果勇侯杨芳和广东巡抚怡良的。"道光先从匣子里取出骆秉章的密折，站在石阶上阅读：

> 臣风闻湖南兵到粤，沿途骚扰，所过市镇，居民多受其累。当逆夷进攻乌涌，其时湖南兵皆在乌涌驻扎，闻炮即逃，自相践踏，落涧死者数百名。其余逃到猎德，竟因抢夺财物，至有伤毙乡民之事。粤民既苦于寇，复苦于兵，水深火热之下，何堪设想！①

道光不由得怒火中烧："这些丘八乌龟只会坏朕的大事！英夷攻入广东省河，到处散发揭帖，用'保护工商'、'不害民众'之类的谎言邀买人心。这些兵痞却穷凶极恶鱼肉百姓，等于逼着民众当汉奸！管带湖南兵的人该杀！"穆彰阿提醒道："皇上，管带湖南兵的是镇篁镇总兵祥福，他已经战死沙场。前几天，军机处刚发下廷寄，要按提督例优恤。"

道光怔忡片刻："前几天朕接到杨芳的奏折，他说湖南兵在乌涌奋勇抗敌，战死沙场者达四百余名，杀敌五百以上。骆秉章却说湖南兵闻炮即逃，自相践踏，落涧死者数百名。一场战事两样表述。谁在捏谎？谁在说实话？"道光盯着穆彰阿的脸，愤懑的目光里满是困惑。穆彰阿舔了舔嘴唇，似乎想给道光吃宽心药："据奴才推想，骆秉章看重军纪，杨芳看重战绩，所以才会一场战事两样表述。"

道光叹了口气："这个祥福呀，临死给朕出了一道大难题！惩处他，他为国捐躯了；褒奖他，他的兵却鱼肉百姓，闹得民怨沸腾！杨芳和怡良的奏折说什么？"穆彰阿把折子递给道光："杨芳和怡良说，美国、法国、荷兰等国已经恢复贸易，久滞口外的货物得以销售，引起英商好一片歆羡。夷酋义律多次请托美国领事多喇纳转递禀帖恳请通商，并说只要朝廷允准通商，他们就不再滋扰。杨芳和怡良还说，印度虽然是英国属邦，但距离英国路程遥远，从不滋事生非。各国货船均已进口贸易，从不滋事生非的印度却无辜受累，似乎不应令其向隅，而应根据该夷的顺逆变通处置。"

道光越听越不对味儿，脸上渐渐阴云密布："属邦与宗主国一脉相承，让印度商人贸易等于让英夷贸易！朕三番五次下旨，断不准英夷贸易，也不准与之理谕。要是贸易了事，何必征调七省大军？何必动用数百万国帑？何必逮问

---

① 《骆秉章又奏湖南兵到粤闻有骚扰情事片》，《筹办夷务始末》卷二十八。

琦善？又何必调换伊里布和裕谦？据朕看，杨芳和怡良是想重蹈琦善之故辙！逆夷情状诡谲反复无常，屡屡伤我提镇大员和沿海弁兵，若不大加剿洗和惩创，如何安慰忠魂？如何扬我国威？杨芳和怡良不顾国家大体，置朕的谕令于脑后，汲汲以通商为词，只求迁就了事，殊不可解。朕失望至极！兹将二人照溺职例革职查办，严加议处！"

穆彰阿在道光身边办事多年，知道他性情急躁，一激动就拿臣子撒气，经常惩处过头，婉转劝道："皇上，现在正值剿办吃紧之时，骤然处分前敌大员，是不是有点儿操切？奴才的意思是，杨芳与众不同，经常举措出格，褫花翎、摘顶戴、罢官贬职、革职遣戍，不下八九次，受的处分为本朝之冠。但他毕竟勋劳卓著，是本朝的头号虎狼之才。为一篇不合圣意的奏折处分他，对他不过是毛毛细雨。"

穆彰阿说得在情在理，给道光发热的头脑浇了一点儿凉水，道光稍稍冷静，敛住了火气："这个杨芳呀，有时立下天大的功劳，让你高兴得睡不着觉，有时能把你气得半死，让你郁闷得吃不下饭。朕姑且念他的旧年勋劳，挂记一笔以观后效。英夷长于海战弱于陆战。他们既然攻入内陆深入堂奥，就不应当再放虎归林，听任他们轻易退回海上，否则他们会没完没了地骚扰我朝海疆。"

广州与北京的间距是一道阻隔消息的天然屏障。道光和穆彰阿做梦也想不到，杨芳驾驭奏折的功力不亚于科场上的三鼎甲。他在官场上大起大伏屡遭挫跌，挫跌得头脑清明，悟透了皇上的心思，晓得哪些事能报，哪些事不宜报，报到何种田地才恰到好处。他写奏折就像布迷魂阵，半遮半掩避重就轻左右躲闪上下腾挪，手法娴熟得无人可比。他根本没有如实奏报广东敌情，对沿江炮台悉数失守和英军攻占商馆等事丝毫不提，对与义律谈判之事只字不讲，把已经恢复的贸易说成是尚待请旨的提议。他还托言兵力不足，必须等云贵陕甘湘赣川的七省援军全部到达，才能对英军大加剿洗。道光更不会想到杨芳威望鼎盛，竟然能劝说广东官场集体缄口。如此一来，他把广东局势笼罩在雾霭之中，不仅皇上看不清，军机处的阁老们也被罩得两眼迷蒙。

靖逆将军奕山与参赞大臣隆文车马舟楫星奔夜驰一路趱行，走了五十六天抵达佛山镇。佛山与广州只有六十里，顺流而下大约半天水程。与他们同时到达的还有新任两广总督祁𡎺。祁𡎺是刑部尚书，当过广东巡抚。皇上派他去湖南和江西两省提调粮草调剂军需。他刚到江西，皇上就罢了琦善，颁旨叫他接任两广总督。

奕山、隆文和祁𡎺刚落脚，两千四川援兵也开到佛山。佛山县黄鼎驿的驿丞既要为过境的川军提供米粮，又要接待京师大员和新来的两广总督，忙得脚不沾地，役夫驿卒马夫伙夫们陀螺似的旋转起来。

英军控制着珠江水道，天字码头附近有兵船巡逻，杨芳、阿精阿、怡良和林则徐等人显然不能在天字码头迎迓京师来的大员。他们接到滚单后乘船逆行，去黄鼎驿拜会奕山等人，致使一座小小的驿站聚集了一群位高权重的文武高官。

听说杨芳和广东大吏们来了，奕山、隆文和祁𡎺出了驿站，在驿站门口的台阶上等候他们。杨芳下了船，挂着拐杖游着步子朝他们走去："噢呀，奕大将军，哦老汉来晚了。让你们反客为主，出门迎哦们了。"

十几年前奕山在新疆帮办军务，曾在杨芳麾下效力，与他相当熟稔。他走下台阶，模仿着杨芳的口气："噢呀，杨宫傅，我怎敢烦劳您老人家出城六十里相迎呢。"他逢场作戏，"啪啪"两声打下马蹄袖，做出行弟子大礼的姿态，杨芳赶紧止住："这可使不得，万万使不得。你是天潢贵胄，堂堂正正的靖逆将军，哦给你当参赞，做配角。行这种礼，哦可消受不起。"奕山道："您老人家是太子少傅，京城里的龙子龙孙见了您都得执弟子礼。我这个远房皇侄更不能欠了礼数。"杨芳道："此一时也彼一时也。现在你是大将军，千万不能尊卑倒置。"奕山收了架势，改行平行礼："近来身体可好？"杨芳缺了门牙的老嘴一张一合撒气漏风："七十岁的老汉，好不到哪里去，从外面看像模像样，拉开衣襟，满身都是鱼鳞疤。"

接下来，杨芳与隆文和祁𡎺相互寒暄。隆文是嘉庆朝的老进士，比杨芳小几岁，当年杨芳西征新疆时，隆文总理粮台，与杨芳和奕山搭过伙计，但他不像杨芳那样经得起折腾，由于一路颠簸车马劳顿，不免面带疲劳之色。祁𡎺六十多岁，长着一张峭壁似的瘦脸，两道眉毛像两撇枯草，眼角上的鱼尾纹清晰可见，尺余长的杂色胡子垂在胸前。杨芳道："祁中堂，你摇身一变又回广东，两广总督这碗饭可不大好吃噢。"祁𡎺谦虚道："我才德不足，承平时期当个巡抚尚属勉强，烽火连天之时当总督，恐怕是瘦牛拉大车，力不从心哪。"

一番寒暄后，大家进了驿站的小客堂，围坐在一张硬杂木八仙桌旁。六位大员和林则徐等高官锦绣补服红缨官帽起花顶子孔雀花翎交相杂错，把一间普普通通的小厅堂装点得熠熠复熠熠辉煌复辉煌。

奕山一到佛山就听说广州战事不利，杨芳等人不得不俯顺夷情恢复贸易。奕山等人颇觉蹊跷，皇上要大申挞伐，杨芳、怡良、阿精阿和林则徐怎敢忤逆皇上？但是，战局究竟如何还得听杨芳等人当面讲述。

杨芳把广州战局详述一遍，说得奕山、隆文和祁贡心惊肉跳。待他讲完后，奕山才问："杨宫傅，你果真下令开舱贸易了？"杨芳沙着嗓子道："开舱贸易是羁縻之策。要是针尖对麦芒，硬碰硬地蛮干，广州城恐怕早就易手了。"隆文诧异道："这事没请旨？"杨芳方寸不乱："说请旨就请了，说没请旨就没请。眼下的局面是敌强我弱，唯有通商，英夷才肯息兵罢战。本省官兵慑于逆夷枪炮灵捷，不敢应战，皇上拟从外省调拨一万七千援军，刚到一半。哦老汉想不出更好的办法，只能与怡良大人会衔上奏，说逆夷情词意切恳请通商。至于能否允准，要等皇上的圣裁。"

祁贡问道："阿将军，你也没有奏报？"阿精阿眉头紧蹙，拿杨芳当挡箭牌："杨宫傅畅晓军务有谋有略，我的本事没法和他老人家比，我是唯其马首是瞻。"

奕山听出来，杨芳和广东大吏们合伙隐匿军情。他与隆文、祁贡不约而同地交换了眼神，小客堂里死一般沉寂。奕山明白，在座诸公都是熟知宦情的文武大员，地位权势相差无几，尤其是杨芳，他虽然是参赞大臣，但太子少傅和侯爵的头衔无人可比。他是本朝头号名将，经常面临险局危局难局变局，进退杀伐容不得丝毫迟疑，必须在瞬间做出决断，对他来说，先斩后奏如同家常便饭，换了别人绝没这个胆量。此外，他对生死胜败降黜荣辱看得十分通透，有一种可常可变可圆可方可生可死可进可退的战场谋略和官场智慧，如果自己下车伊始指手画脚横挑鼻子竖挑眼，势必与杨芳和广东大吏们闹得势不两立。过了半响，奕山才试探问道："杨宫傅，这么大的事，总得补奏吧？"杨芳出了一口长气："噢呀，皇上在千里之外，不了解下情，屡次颁旨要大申挞伐剿擒逆夷。要是能剿擒，哦老汉早就动手了，何必等诸位前来分功。"奕山有自知之明，杨芳对付不了敌人他也不一定对付得了："难道英夷是有三头六臂的怪物？"

杨芳对朝廷虚与委蛇，对战争却相当务实。他把龟头拐杖往地上一戳："奕大将军哟，隆大人和祁大人是文官，看不透战争的玄机。你是出兵放马领兵打仗的人，哦亲自领你去省河转一转，看一看，逆夷船体之大航速之快火力之猛炮术之精，闻所未闻见所未见。哦苦思苦想一个月，也没想出切实可行的退敌之策，只好等你来大显神通。"杨芳知道，奕山是靠皇家血脉当上靖逆将军的，只会"醉里挑灯看剑，梦回吹角连营"，要他真枪真刀地打仗则差一大截。

奕山道："杨宫傅，皇上让我当靖逆将军，不是抚远将军。皇上从七省调一万七千兵马入粤，加上本省的六万多水陆官兵，浩浩荡荡八九万人马，超过了西征张格尔，要是我们拿不出退敌之策，岂不是辜负了圣意？"杨芳道："奕大将军，你要是以为本地营兵可以依靠，那就错了。你知道广东沿海有多少疍民？六十万，全是汉奸！"奕山有点儿不相信自己的耳朵："什么，六十万，全是汉奸？"

杨芳道："囤聚在珠江口的夷兵有七八千，这么多人马天天要吃要喝，却不愁吃不愁喝，谁把吃的喝的卖给他们，疍民！他们是本朝的弃民，社会的垃圾，海盗的根源，依附在大清体魄上的虱子和臭虫！珠江上有四万船民，如风如影居无定所，皇上的恩泽雨露从来没有惠及他们，他们对本朝也从无感恩戴德之心。船民和疍民一脉相承内勾外连。英军施以小恩小惠，他们就趋之若鹜，为英军打探消息，代办食物。哦曾派哨船兜击拦阻，他们一见我军就依附在英国兵船的庇护之下，皇上饬令剿灭他们，但他们数量太大，拖儿带女，像苍蝇一样剿不尽杀不绝，动用军队剿杀船民和疍民，等于打一场大规模的内战。"

将领具有狮子般的雄心，兵丁才有虎狼般的勇气；统帅胸中有吞吐天地的气魄，弁兵才有所向披靡的力量，但是，曾经叱咤风云的杨芳讲的全是泄气话。奕山等人意识到广东局势比预想的严峻得多。

怡良补充道："在咱们大清，忠君体国的教化只浸润到士大夫和读书人，升斗小民没有那么高的操守，他们是小头小脑鼠目寸光的鼯鹩鼹鼠，只关心鼻子底下的鸡毛蒜皮。他们对改朝换代习以为常，谁当皇帝给谁纳粮。广东开埠二百年，他们对盘桓在珠江上的夷商水艄司空见惯。逆夷出高价雇人，疍户船民见钱眼开，心甘情愿受其雇用。广东水师溃败，恐怕就是因为卑劣无良的水兵水勇率先溃退。"阿精阿道:"广东商人因为通商而致富,民人因为通商而生理,水师官兵因为包庇鸦片而发财。一说打仗,他们唯恐逆夷不胜,一说禁烟,他们唯恐法纪不弛,以至于大小衙门汉奸潜行,打探军情转卖谋利,一纸情报可以售卖二十个银圆。我思来想去,恐怕患不在外而在内[①]!"

"患不在外而在内"的断语让奕山悚然一惊。这话要是出自别人,可以姑妄听之,出自封疆大吏之口则令人三思,它意味着民间的反叛力量大于逆夷!奕山的心境一凉如冰:"难道粤兵粤民都是浇漓狡猾趋夷趋利的无耻之徒?"杨芳道:"粤兵不可用,粤民不可信。若要打,只能依靠外省客军。"阿精阿道:"英军在沙角和大角之战、虎门之战、乌涌之战、珠江水道之战势如破竹,广东弁兵风声鹤唳。败军不可复用乃是兵家常识。打仗就像斗鸡或斗牛,斗输的鸡或牛一遇旧敌闻风即逃,绝不敢再战。"

奕山没想到下车伊始听到的全是丧气话:"林大人,你有何见教?"林则徐坐在末位,听见问话才幽幽说道:"下官以为,英逆已经深入堂奥,眼下只能亡羊补牢。"

奕山问道:"如何补?"林则徐道:"英逆占据省河,控扼住猎德和大黄滘两大要隘,如骨鲠在喉。开舱贸易后,行商们天天与夷商打交道,可密饬他们与义律说项,好言诱劝英军退出两大隘口,我们则雇用夫役密运巨石,敌船一俟退出,连夜填塞河道,添派重兵,此为其一;御水上之敌必须有战船。广东水师的战船全被焚毁,只有水师中营的三条巡船泊在镇口。广州府和盐运司各有一个船厂,必须叫两个船厂星夜赶造新船,此为其二;沙角、大角、虎门、猎德、大黄滘等要隘失守后,我军损失的火炮不下八百位,御夷必须有炮,佛山是机工巧匠辈出之地,应当增拨银两,饬令佛山地方官广募工匠铸造新炮,此为其三。尽快增募水勇,在佛山打造百余条火船,将柴草、松香、桐油、生漆置于其上,各船首尾用大铁钉钉牢,连成一气,静候气象,一俟风向有利,与炮船一起放下,黉夜出击,随攻随毁,谅必有效,此为其四。"林则徐从箭袖里抽出一只信套,上有《防御粤省六条》字样:"方才讲的是四条。

[①] 《奕山等又奏察看粤省并筹防情形片》(《夷务》卷二十七)说:"防民甚于防寇","患不在外而在内"。由此可见,鸦片战争期间,清朝的官民关系和官兵关系相当恶劣。这是一场民心向背的战争,清政府没有得到人民的支持。

在下共写了六条，恕不一一罗列，请大将军细读。"

黄鼎驿的驿丞在小客堂门口探了一下脑袋："林大人，有廷寄。"林则徐起身朝门口走去。

奕山展读林则徐的书面建议时，小客堂里响起一片议论声，说造船的说铸炮的说募勇的说练兵的，七嘴八舌嗡嗡嘤嘤："用火船攻敌或许有用。""一百条船横连一气，堵住整个江面，说起来容易做来难。""铸炮造船的银子从哪里筹措？""奕大将军不是带来三百万嘛。"……杨芳凑到隆文耳边，手卷喇叭轻声道："隆中堂，林大人一片诚心，可惜是文人谈兵，中听不中用。猎德水面宽二百丈深两丈半，大黄滘水面宽一百零七丈深三丈，得用多少土石才能填塞？一万民夫两个月也塞不住。"

等大家安静下来，祁㙒才清了清嗓子："皇上要我就任两广总督，是误把小才当大才。我不通晓兵事，当此次危难之机，有望在座诸公鼎力相助。我担心的是，不请旨就开舱贸易，皇上迟早是要知道的，现在生米已经下锅，请在座诸公想个法子，既要上达天听，又要保全大家的面子，否则……"祁㙒没往下说，留下半截话让大家思量。

杨芳道："有些事可以瞒父母不宜瞒妻子，有些事可以瞒妻子不能瞒友朋，有些事可以瞒友朋不宜瞒同僚，这个道理也适用于广东。广东的局面不是三五年形成的，如何向朝廷奏报，请奕大将军、隆中堂和祁督宪仔细思量。"杨芳的话言简意赅，明里说的是父子互防，夫妻互防，友朋互防和官场互防，实际上专指君臣大防。奕山明白，只要把广东局势如实奏报，杨芳、怡良和阿精阿都得倒霉。他对隆文和祁㙒道："我看，这事得慢慢来，可好？"隆文和祁㙒点头赞同，一致默认暂时不捅破隔阻朝廷视听的窗户纸。

怡良道："历任总督或钦差大臣南下，我们都在天字码头迎迓，从靖海门入城。现在英夷兵临城下，汉奸遍布城乡，我们要是敲锣打鼓鸣放礼炮，英夷就会侦悉。我和杨宫傅、阿将军议了议，只好委屈三位大人，从坭城门悄悄进城。"祁㙒知晓广州的九个旱城门和两个水城门各有用途，苦笑一声："坭城门是走流民乞丐和囚犯的城门，让英夷一搅和，我们三人竟然不能风风光光地进广州城！"

林则徐读罢廷寄回到小客堂。杨芳问道："少穆兄，有什么事？"林则徐小声道："朝廷要我去浙江效力。"

第五十九章

靖逆将军兵行险棋

　　广州和黄埔恢复了往昔的繁忙，江面上帆篷林立茶船梭织，中外商贾通事买办在茶坊、仓库、纳税口、挂号口进进出出，扶胥码头的雇工们汗流浃背手提肩扛，把一箱箱茶叶装到各国商船上。但繁忙的背景与往昔大不一样，靖海营虽然重新开进黄埔岛，在江面上巡逻的却是英国兵船；以前，通往商馆的路口由中国汛兵值守，现在，商馆由二百多英国海军陆战队驻防。以前，商馆前的小码头泊着清军哨船，现在，两条英国兵船像鳄鱼一样闷声不响地停在那儿。白天里，英国兵船的侧舷炮窗全部洞开，黑洞洞的炮口瞄着清军营盘，天黑后，各船击钟传号防范极严。中外商人在重兵对峙之下忙忙碌碌，若不是身临其境，谁也不相信天下竟然有这种奇观！

　　四十天过去了，广州的气氛越来越紧张。云贵陕甘湘赣川的七省援军源源不断开来，湖南和江西运来了三百多位火炮，清军在城郊的村镇、矮墙、树林、港汊和堤塘抢修了二十多个沙袋炮台，只要掀去伪装，立马就能开枪开炮。珠江两岸像堆满了火药的库房，只要有星星之火，立马就会引起惊天震地的大爆炸。

　　行商们抓紧时间销售茶叶和丝绸，码头里的佣工们连夜加班，各国船长装完货后立即请牌离境，生怕夜长梦多。到了五月初，伶仃洋的商船几乎走光了,扶胥码头里只剩下两条外国商船。人们越发忐忑不安,因为只要江面上有各国商船,英中两军就会投鼠忌器。现在,贸易即将告一段落,蛰伏的战争鬼魅随时都会一蹿而出。

不论怎么说,行商们大大松了一口气,他们不仅销出了积年陈茶,还增销了二十几万担新茶,亏损倒闭的压力得以缓解。粤海关也暗喜,它征收了一百七十多万元关税和船钞,空空如也的关库里堆了半仓银子。义律也大大松了一口气,各国领事和商人不再纠缠他。据副监督参孙统计,英国商人抢运了五万吨①货物,将给英国政府增加一大笔税款!

广州城三面环山一面临水,外省来的一万七千援军驻扎在东、北、西三面的山丘和沟壑里,几十里地面上鼓号呼应旗帜连营。但是,五月的广州炎热多雨水量丰沛,这儿的雨与别处的黄梅雨不一样,一下就是密集粗壮的瓢泼大雨,无遮无拦从天而降,大雨过后立马就是骄阳似火,把山冈沟壑照得水汽氤氲。按照当地人的说法,现在是瘴气升起的季节,花脚蚊、黑斑蚊、花斑蚊开始繁衍滋生,水稻田、沼泽地和缓流沟渠里到处都有它们的幼虫,外省来的客军水土不服,饱受蚊蚋的骚扰。疟疾、黄热病、登革热、霍乱等疾病接连暴发,如火如荼势不可当②,军队近于瘫痪。

在段永福的陪同下,杨芳到城外的东得胜兵营和四方炮台巡察。东得胜兵营位于广州城外的东北高地,四方炮台位于广州城的正北面,它是四座方形炮台的统称,分别叫永康炮台、耆定炮台、拱极炮台和保极炮台。这些炮台环以堑壕,互为犄角,相互策应。

段永福是杨芳的老部下,镇簟镇总兵祥福战死后,湖南兵群龙无首,杨芳命令段永福兼管贵州、湖南和湖北三省援军,分守广州的东面和北面。

疫情非常严重。外省客军远道而来,广东的库房里没有足够的帐篷和油布油衣,十人用的帐篷挤住了十五人,兵丁们睡觉时连翻身的空隙都没有。即便

---

① 今天看来,五万吨是个很小的数字,只要一艘较大的集装箱船就能运走。但是,在19世纪40年代,风帆商船的平均排水量只有四百多吨,需要一百多条货船才能运走。

② 《奕山等又奏粤省洋务大定拟酌裁各省官兵片》(《筹办夷务始末》卷三十)奏报:"各省官兵,依山下营,霪雨湿蒸,半染疟痢霍乱等疾,纷纷呈报,闻多亡故。"清代官方有关疫病的报告,作者仅见此一份,而且没有统计数字。

如此，仍然解决不了宿营问题，半数兵丁不得不挤入附近的寺庙、民居和牛棚，不少人用木料和稻草搭起简易的遮雨篷，但抵御不了雨水的侵袭，只要一下雨，遮雨篷外面大下里面小下，外面不下里面还滴答。在雨水的浸淫下，兵丁们的衣服被褥总是湿乎乎的，许多人因为蚊叮虫咬，皮肤溃烂、眼膜充血、跑肚拉稀、高烧不退、肌肉和关节剧烈酸痛。饱受疾病折磨的兵丁们形骸枯槁，脸上胳膊和大腿上全是猩红色的斑疹，重病号们上吐下泻，口干舌燥，手指干瘪得像洗衣妇人，腹部凹陷得像小船，垂死者眼眶下陷，神志淡漠，像散架的瘦鸟一样耷拉着脑袋。

杨芳拄着手杖打着赤脚，穿着马齿草防滑鞋在泥泞的山道上边走边问："大口段，你手下有多少病号？"段永福道："一千多，安义镇标病倒了六百多人，死了二十多个。湖南督标病了三百多，死了七个，照这个势头下去，还得死人。""有什么办法没有？""我叫大伙房把干姜、附子和青蒿草熬成汤，早晚每人喝一碗，每个帐篷里撒上樟脑和香葱，驱赶蚊虫。除此之外，想不出什么好办法。"雨季是痢疾和疟疾的高发期，段永福提前准备了多种草药，没想到广东的瘴气如此厉害，他有点儿手足无措。杨芳道："从广州城里请几个名医，看看他们有什么好办法没有。""请过，他们说从来没见过这么厉害的疫情。"

杨芳和段永福曾在新疆战场上出生入死，是老上司和老下属，能够交心交底。段永福问道："杨宫傅，听说皇上多次催促奕大将军水陆并进，痛歼丑夷，要是夷船闻风远遁空劳兵力，唯奕将军是问。是吗？"杨芳叹了一口气："是。朝廷原先的羁縻之策是不错的，不知皇上受了谁的鼓动，意气用事怒而兴兵。军机处的大佬们不懂打仗，以为七省援军悉数到达就能把英夷赶走，却不知晓战争的胜负不完全取决于兵力的多寡。驱猫斗虎，十只猫也斗不过一只虎。哦军器不如人，那种差距不是三五年就能追上的。""为什么不据实奏报？""琦爵阁看出敌强我弱，据实奏报，主张羁縻忍让，结果是谤议纷纷，抄家锁拿。皇上说，谁要是再敢言抚，琦善的下场就是他的下场。有此殷鉴，谁还敢言抚？"

段永福问道："杨宫傅，听说你与奕大将军争吵起来？""是的。昨天督抚大员们开会，哦老汉与奕大将军争执不下。奕大将军说皇上催逼得紧，他不敢违旨，打得过要打，打不过也要打，外省援军必须乘锐而用，否则就会拖得师老兵疲。哦劝他不可浪战取败，他不肯听。"段永福觉得荒唐："打仗不是赌气，打得过才能打，否则只会损兵折威，他要怎么打？""奕大将军主张参照三国赤壁大战的战法，火攻夷船，在子夜时分突袭。他命令水勇们驾驭火船火筏顺流而下，驶至夷船附近点燃桐油等易燃品，跳入水中潜游上岸，火船火筏撞上夷船后，能把夷船全部烧毁。哦说百战无同局，赤壁大战时曹操的战船是用铁链串在一起的，一俟着火难以解脱。英军则不然，他们的五条兵船两条火轮船和十几条舢板散布在二十多里长的江面上，间距极大，模仿赤壁之战无异于照猫画虎。"

段永福道："最凶狠的狼也不会不自量力攻击狮子，只有蠢人才会舍命求胜。阿精阿和怡良怎么说？"杨芳把他们二人贬得一钱不值："阿精阿没有主意骑墙观风，怡良徒有形骸没有主见。眼下这个难局，皇上和将军督抚们既不同心也不同调。皇上想得美，将军督抚们觉得难；皇上满心期待，将军督抚们万般无奈；皇上独断乾纲，随时准备惩罚拥兵不战的将军督抚，将军督抚们怕皇上胜过怕英夷，夹在虎狼与熊罴之间，进是粉身碎骨，退是抄家问斩。这是一个没法子破解的难局。"说到这里他万般无奈地摇了摇头。

大部分夷船载货而去，黄埔岛渐渐冷清下来，扶胥码头只剩下两条外国商船，一百多个苦力打着赤膊光着脊梁，把最后一批茶叶和生丝运到船上，十几个税吏在查舱验货。

下午三点，"复仇神"号逆流而上，朝黄埔岛驶来，"加勒普"号正在琶洲塔和琶洲塔之间巡逻，执行护商任务。哈尔中尉站在船艏，拿着铁皮喇叭冲它喊话："'加勒普'号舰长请回答，扶胥码头里还有多少商船？""加勒普"号的舰长端起铁皮喇叭回话："还有两条，一条是我国的，一条是西班牙的！""要开仗了！义律公使要我通知你，所有商船必须立即驶离扶胥码头，置于你的保护之下！""加勒普"号的舰长问道："什么时候开仗？""今天夜晚！""商船还没申请船牌！""来不及了，让它们强行驶出！"

头天晚上，义律接到谍报，各省援军全部到达广州，数千工匠在珠江上游打造了几百条火船火筏，在上面堆满了棉絮松香和桐油火药，只等西风一起就火攻英军，他甚至获悉清军夜袭的准确时间：子时——即深夜十一点。

"复仇神"号继续西行，通知珠江上所有护商的英国兵船。一小时后它驶至商馆前的小码头。几天前，商馆前的旗杆上飘着英、美、法、西、荷、比六国国旗，现在只剩下美国的星条旗和英国的米字旗，其他国家的旗帜全都降下来，这意味着法、西、荷、比四国的商人已经离去。小码头旁停着"摩底士底"号护卫舰和颠地商行的"曙光"号武装商船。英军租用了"曙光"号，准备在紧急时刻撤离侨商和商馆里的海军陆战队。

　　"复仇神"号停稳后，哈尔健步跳到岸上，大步流星朝老英国馆走去，颠地等人隔窗看见他，赶紧到门口迎候。哈尔的口气急而不乱："颠地先生，夷馆里还有多少我国侨商和外国人？""还有三家英国商行的二十多个经理和雇员，五个美国人。"哈尔道："据可靠情报，清军将在今夜攻击我军和商馆，请你通知全体英商和雇员立即停办商务，马上离开。"

　　颠地半信半疑——自从恢复贸易以来，真真假假的讹言流语风影伪传，"狼来了"的喊声不绝于耳，弄得人们六神无主心境难安，但狼始终没有来。一个军官跑过来："军队也要撤吗？"商馆里驻扎着二百名海军陆战队，只要他们在，商人就有安全感。哈尔道："都撤，六点以前降下国旗，统统撤到'曙光'号上！"

　　商馆与广州城的西墙仅隔一条护城河，英国人的一举一动都在清军的监视之下。六点整，海军陆战队降下商馆前的米字旗，排队登上了"曙光"号，商馆里空空荡荡，只剩下一面美国旗挂在旗杆上。

　　太阳斜倚在天际线上，照得瑟瑟江水一片彤红，水面上鸬鹚展翅沙鸥翔集，渔公收网渔婆收帆，呈现出一派和平景象，但是，英军和清军全知道，疾风暴雨就要来了！

　　太阳终于下山了，紫红的云彩渐渐暗淡，像飘在空中的棉絮，一片一片连在一起，把大部分星空遮住。在白鹤潭以西的水道上，几十条哨船和六百多条火船火筏整装待发，船筏上堆满了松香和桐油，每三条火筏为一组，用铁链捆住，猎猎西风把它们的桅杆索具吹得摇摇晃晃，有些柴草没有扎紧，被江风吹得高飞远逸。一千四百多福建水勇聚在岸上，只等一声号令就登舟东驶。三千弁兵潜伏在两岸的山冈田野和村庄树林里，数百名炮兵进入二十多个沙袋炮台中。

　　杨芳主张维持和局，反对攻打逆夷，成了碍手碍脚的人物，奕山不得不要一个小花招，让他去巡视城外的东得胜兵营和四方炮台。杨芳巡视了整整一天，回到行辕时天已擦黑，他是上了岁数的人，吃罢晚饭就和衣睡了。

半夜里，一阵炮响将他惊醒，他立即爬出被窝打火点灯，一看怀表，是子时二刻。他披上战袍跤上快靴，抓起龟头拐杖，迅速来到明远楼前。十几个亲兵听见炮声，像安了机簧似的跑到院子里，挺枪提刀前来侍候。杨芳一挥手："走，去靖海门！"他一屁股坐进肩舆，四个亲兵抬起他一溜小跑，朝城南赶去。

几百条火船火筏黑灯瞎火顺流而下，"摩底士底"号的哨兵最先发现敌人袭来，立即开了一枪，舰上的水兵闻声警动，帆兵们跑上甲板拽起锚链扬起风帆，炮兵们打开炮窗拔去炮塞填入炮弹。一条清军哨船冲在最前面，开炮打断了"摩底士底"的前桅，打伤了一个夷兵，哨船的船头撞到"摩底士底"号上，七八个水勇奋不顾身，用带铁钩的长竿勾住英船，顺势把几枚火蛋抛到敌船上。船上的水兵立即开枪，水勇们应声坠入江中，几个英国兵忙手忙脚拽过喷水枪，没等火蛋延烧就把它们喷灭了。"摩底士底"号迅速摆脱了清军哨船的纠缠。

当两船的间距拉到十几丈时，"摩底士底"号的侧舷炮打了几炮，哨船立即圮裂，破碎的船板樯桅索具桁木漫天飞舞，左舷的水勇们被炸得血肉横飞，右舷的水勇们一阵惊呼，纵身跳入水中逃生，汩汩江水迅速将他们淹没。

战斗一打响，冲在前面的福建水勇立即点燃火船火筏，而后跳入水中，摸黑朝江岸游去，后面的水勇听到炮响心惊胆战，竟然不点火筏就跳水逃生，致使大批火筏成了无人操纵的漂浮物，它们随波而下，没有发挥一点儿作用。

英军事先获悉了清军的进攻时间和方式，所有兵船都有准备，士兵们听到枪响后动如脱兔，迅速进入战位，向飘来的火船火筏开炮，浪霾水柱与硫黄桐油碰在一起，立马水火交合。当他们发现火船火筏上没有人时，很快改变了方式，各舰放下舢板，水兵们就用带钩长竿勾住它们，拖向一旁。

当杨芳乘肩舆到达靖海门时，战斗已经持续了一刻钟，江面上炮如惊雷枪如爆豆。他本以为是英军突袭清军，抚着堞墙朝江面一望才发现不对：是清军袭击英军！他圆睁老眼注视着江面，夜空之下，几百条火船火筏借助风力顺流而下。照理说，这么多条火筏同时出击应当像火龙出行，呈现大火烧天的浩瀚景象，但是，战场上的事情永远出乎预料，浩浩荡荡的火船火筏竟然只有十余只着火，东一条，西一条，闪着隐约的红光，像明明灭灭的余烬，绝大部分仅是顺流而下的漂浮物！杨芳明白了，驾驶火船火筏的水勇听见枪炮声心惊气短，不待火筏迫近敌船就跳水逃生，耗费巨资打造的火船火筏全成了废物！

英国兵船和火轮船散泊在珠江上，间距达二里以上，舰钟警号齐鸣，江面上火光闪闪影影绰绰。两岸的沙袋炮台相继开火与英舰互射，一道道亮闪闪的弧线像流星一样在空中划来飞去，发出刺耳的尖啸声和爆炸声。江面如滚水沸油，哗哗啦啦响声不断。

天黑地暗，杨芳看不清战斗细节，却能嗅到浓烈的硫黄味。

有几条火筏被西风和水流冲到岸上，引燃了岸旁的草棚和茅屋，发出红殷殷紫微微的火光，滚滚残烟在江面和两岸飘荡，烧焦的烂木板窝在江湾水汊里，随着水波一起一伏。成群的百姓聚在江畔又叫又喊，像在刀锋上行走的蚂蚁，谁也说不清他们是在冒险观战还是在奋力救火。

杨芳又惊又恨又气又急，沿着堞墙朝西走，走到五仙门时恰好撞见阿精阿。他在指挥旗兵守城。杨芳用手掌重重拍打着堞墙，寿眉下的老眼像燃烧的玻璃珠子："阿将军，奕山夜袭英夷，你知道吗？"阿精阿一个怔忡："知道。"杨芳的一股怨气喷涌而出："噢呀，阿将军，这大的动静，怎么不知会哦老汉？"阿精阿假装懵懂："杨宫傅，奕大将军没知会您？"杨芳一听就知道他在撒谎，龟头拐杖往城砖上一戳，哑着嗓子吼道："你为什么不劝阻？"他不吼则已，一吼就是惊天动地，周匝的兵丁全被怒不可遏的老人震住了。阿精阿知道杨芳识破了真相，赧颜道："杨宫傅，您老人家得体谅奕大将军。他怎敢违抗皇命！"

杨芳的手指在空中使劲摇晃："皇上的旨意？将在外君命有所不受，你难道不懂！你以为哦是三岁小儿，竟然和奕大将军合伙欺瞒哦老汉！"阿精阿劝道："杨宫傅，别发火！咱们是用一支马勺在一口锅里吃饭的人，有什么话好好说。"

杨芳一屁股坐在台阶上，他预见到这是一场必败的赌博，一字一顿地吼道："为帅者岂可打没有胜算的仗！奕山的战法纯属瞎闹！那些烂木板子破竹筏子能烧掉敌人的艨艟大舰？！奕山糊涂，你也跟着糊涂！这场仗，事已败而局难收！"阿精阿也看出火攻夷船的锦囊妙计像梦幻一样破灭了，满脸颓败一声不吭，像犯了大错的孩子。

晨光熹微时，战斗结束了。几百条火筏火船随波而去，英国兵船只有"摩底士底"号稍微受损，其他兵船和火轮船安然无恙，依然在江面上耀武扬威。

杨芳端起千里眼朝西面望去，商馆的旗杆上挂起清军的龙纹大纛，栅墙、护栏、门窗被砸得稀烂。他一问才知道，战斗打响后，两千川兵举着火把冲进商馆，把豪华家具金银器皿、吊顶灯饰和华丽帷幔洗劫一空！杨芳问阿精阿："阿将军，什么时候攻占的商馆？""子时二刻。""里面有夷商吗？""有，被兵丁们捉了，用木枷铐住。""是英国人还是别国人？""还没查清。"

杨芳这时才发现阿精阿是个糊涂将军。杨芳生怕兵丁们秉性促狭贪功喜事，恶作剧有余办正事不足，要是误伤夷人，势必惹出一大堆麻烦。眼下必须立即亡羊补牢，杨芳叫来一个军官，老声老气道："你立即去商馆，传哦的命令：不论何国商人，不得戴枷，不得捆绑，不得打骂！谁要是虐待夷商，哦拿他的脑袋是问！"

第六十章

巨石压卵之势

郭富爵士和代理舰队司令辛好士爵士坚信清方不会恪守临时通商协议，时刻做好打仗准备。当他们获悉清军突袭英军的消息后，立即率领全体官兵杀入珠江，只留下"都鲁壹"号炮舰和几百个病号留守香港。

两条火轮船十五条兵船三十多条舢板编组成的编队逆流而上，浩浩荡荡向广州进发，后面跟着十几条运输船，就像一群狰狞可怖的鳄鱼。江面上浓烟滚滚舰舸争流，枪炮林立信旗飘飘。两岸百姓从来没见过如此凶神恶煞的浩大场面，惊得目瞪口呆！

英军第一次攻入珠江时比较克制，兵船两舷挂着"保护商民"等汉字揭帖，沿江百姓颇受迷惑，观战者多于逃亡者。英军本以为黄埔岛库房里的茶叶生丝等货物是战利品，不仅没有焚毁还派兵保护，没想到义律下令全部归还给行商，英国官兵怨气盈天。现在，各国商船全都驶离了珠江，辛好士爵士无所顾忌。十三行把茶叶价格抬高了六成，更是激发他的怨恨。他放弃了恻隐之心，不再给行商以特殊保护。他命令英军轰击北岸的仓库，冲天大火烧了一天一夜，怡和行的损失尤其惨重。英军还打沉了几百条哨船和商船，老百姓惶惶乱乱四处逃亡①。

郭富和辛好士决定兵分两路，一路重新占领商馆，从南面威逼广州，另一路绕到广州西侧的缯步。一天前，"硫磺号"测量船发现缯步是一个绝好的登陆点，从那里可以绕到广州北面。清军没想到英军迂回缯步，只在那里布置了少数汛兵，英军登陆时，汛兵们只打了几枪就仓皇逃退。

登陆持续了整整一夜，英军把四位榴弹炮六位推轮野战炮三位迫击炮和一位能发射二十四磅炮子的攻城巨炮拖到岸上，还卸下了一百五十多支康格利夫火箭。

缯步与广州城相距十几里，隔着一片开阔的水稻田和几个村庄。英军没有地图，但打过几仗后，对清军的布阵方式有了大致印象。清军以刀矛弓箭为主要武器，必须以短兵相接的方式作战，他们不会把游动哨位布置在两公里以远。

天亮后，郭富率兵向东推进，直抵城北的拱极炮台、保极炮台、永康炮台和耆定炮台。炮队把十几位推轮榴弹炮、野战炮和火箭发射架布列成阵，四座炮台都是小炮台，总共只有四十二位铁炮，射程和炸力与英军的野战炮不可同日而语。经过半小时互射后，四座炮台相继沦陷。

段永福率兵驻防城北，他的弁兵半数是病号，但他依然组织了两千多人马强起反击，企图与英军贴身肉搏。英军根本不给清军打贴身近战的机会，不待他们逼近就连续开枪，几百个兵丁血染沙场，阵地上到处都是断刀残旗和破碎的尸骸。

英军仅付出轻微代价就控制了城北面的白云山。他们居高临下俯视广州，连城里的寺庙街衢院落牌坊都能看见。

东得胜兵营与拱极炮台隔着一大片水稻田，那里有四千清军。下午二时，

---

① 1841年6月号《中国丛报》（合订本第349页）报道："中国人的损失巨大。十余座炮台被拆除和摧毁，几百条船舶被击沉或烧掉，上千位火炮被砸烂。但是，这仅仅是他们的一部分损失。许多家庭逃离广州，他们的动产损失高达数百万元，上千间房屋及里面的商品和货物被烧成灰烬。官商和民间商人的损失最大……经此一劫，地方当局和钦差大臣们再也无力重新备战。" Keith Stewart Mackenzie 在《对华第二战》（英文版第92页）写道："浩官（伍秉鉴）的损失达75万之巨，他的几座仓库被彻底烧毁。"

英军向东得胜兵营发起总攻，杨芳亲自出城指挥①，兵营里铁炮抬枪响成一片，金铎战鼓锵锵齐鸣。但是，英军枪炮灵捷又急又密，百步以远就能毙人于死命，他们排成枪阵步步为营，清军的刀矛弓箭无法与之匹敌，致使这场战斗成为赤裸裸的杀戮，近千清军被射倒在地上，死伤累累。一个时辰后，东得胜兵营完全溃败，杨芳不得不退入城中。

杨芳命令退入城中的贵州兵和湖北兵暂住贡院。贡院是靖逆将军和参赞大臣们的行辕，里面有八千多间考棚，但是考棚狭小，兵丁们无法躺直身子，只能蜷腿而卧。一些兵痞脾气暴躁，一点都不肯委屈自己，为了舒适，他们凿通了隔断墙，把几千间考棚拆解得七零八落，要不是为了防雨，他们连顶棚都能卸下来。

天黑了，广州城的堞墙上布满了清军，九个旱城门和两个水城门的城楼上火光灼灼，全副武装的兵丁们不敢丝毫松懈。城内的街衢巷口噪音不断，巡夜更夫的吆喝声、居民烦躁的咒骂声和看家狗猖猖的乱叫声交织在一起，不时还有零星的枪声，搞得人们一惊一乍。奕山、祁𡺸、杨芳、隆文、阿精阿和怡良聚在贡院的明远楼里商议戢兵议和之事。天气很热，明远楼的窗子四敞大开，六巨头目睹了珠江和城北战斗的整个过程，清军死伤累累，炮台、沟渠、稻田、兵营里尸骸遍地，两千多将士血染沙场，英军的损失却微乎其微。大家全都意识到清军的斗志已经瓦解，城破在即。

奕山枯坐在藤椅上，面如槁木心如死灰。从受命担任靖逆将军时起，他就有不堪重负的强烈感觉。承平时期，这个头衔能给他以权力和荣耀，但在战时只能给他一种大难临头的恐惧。他到广州后，皇上三天一小催五天一大催，饬令他迅速出击。面对武装到牙齿的强敌，奕山千头万绪心乱如麻，白天里东奔西走气败神焦，黑夜里意念混杂心思重叠，躺在床上翻来覆去，痛苦呻吟难以入寐。他明知谕旨无法施行，却不顾杨芳的劝阻，以弱旅攻击强师，他根本没想到英军会在缯步登陆，从北面抄击广州，更没想到四方炮台和东得胜兵营败得如同秋风扫落叶。他梦想着出现奇迹，但连一个可供回味的精彩战例都没看见。

奕山名义上是统帅，实际上徒有其名，杨芳才是众望所归的人物，他笃定

---

① 郭富在1841年6月3日致奥克兰勋爵报告记载："下午三点左右，一位清朝高官来到兵营，我认为他就是杨（芳）将军，他准备发动一轮新的进攻。"

清军不堪力战,力主维持和局。隆文嘴上不说,心里却认为杨芳比奕山高明。祁贡自称是"承平总督",只负责协调民力和后勤。阿精阿虽然是武将,却是内战内行外战外行,治安捕贼有一套,与英夷打仗一点主意都没有。怡良是个老滑头,事事模棱两可。奕山原本就信心不足,经此一战,越发觉得自己才拙力小,担当不起靖逆将军的重任。

天气虽热,场面却冷。杨芳坐在圈椅上生闷气,他亲自出城指挥东得胜兵营奋力反击,却一败涂地。他的战袍上全是浮土,抓地虎快靴的侧面刮开一道口子,露出里面的蓝色衬里,靴面上荡满了泥尘,就像两只经过暴晒的大牙瓜皮。奕山败得抬不起头,闷葫芦似的一声不吭,隆文耗神煎心,祁贡焦躁愁苦,怡良愁眉不展,阿精阿熬油伤神。六个人苦瓜似的枯坐过了良久,祁贡才恓恓惶惶蹦出一句话:"杨宫傅,英夷虎视狼窥南北夹击,有补救的法子没有?"

杨芳人老话多,缺齿老嘴开始啰唆:"仗打成这个样子,没什么补救的法子。事非经过不知难,军机处的大佬们身居庙堂,只想着把丑夷赶出国门,却是躺在被窝里做大梦。他们的豪情期许与战场的实情格格不入。哦老汉看清了,琦善是个明白人,他看清我军打不过英夷,规劝皇上金帛议和,但皇上不以为然。哦老汉原本也是主战的,与英夷交过手后才知道打不过。哦与怡良会衔上奏,请求改剿为抚。但皇上不听,还给哦老汉和怡大人一个处分。兵法云:主不可以怒而兴师,将不可以愠而攻战。这一仗,败就败在主因怒而兴师,将因愠而攻战,置敌强我弱于不顾。尤其是火烧夷船,那种打法简直是匪夷所思。奕大将军,你怕哦老汉多嘴多舌拦着不让打,竟然不知会哦,连段永福等客军将领也不告诉,还把哦支应到城北去巡视,结果是兵行险棋剑走偏锋,败得如同落花流水!"杨芳的直言不讳与官场风气格格不入,除了皇上,什么金枝玉叶皇天贵胄也拿他没办法。奕山被杨芳数落得脸色一阵红一阵白。

怡良替奕山解围道:"杨宫傅,奕大将军也是一片苦心,您就别火上浇油了。"杨芳倚老卖老,刀子嘴不饶人:"哦带了一辈子兵,胜利挫衄全经历过。带兵打仗最怕赌,小赌不过瘾就大赌,大赌却可能输得精光。广州看上去众兵云集固若金汤,实际是个大瓷瓶,一砸就碎。哦们是没有本钱赌的。现在老百姓人心惶惧,还编了顺口溜骂哦们:七省援军丧家狗,一城文武可怜虫。"杨芳一张臭嘴骂倒大家,骂得人人抬不起头。

隆文道:"奕大将军,我昨天听说,你命令佛山的差役们购买一批旧民船用作火船,要他们按质论价,差役们打着王命旗盘剥搜刮伪造银票!船主们拿着银票去佛山同知衙门换银子,结果是假的!"奕山气得脸色通红,怒声骂道:"我操他姥姥!等我把眼前的急务办完,非把这群狼心狗肺的家伙逮了剐了剖了不可,看一看他们的肺腑是黑的还是红的!"

贡院里突然人喊马嘶沸反盈天,奕山、杨芳等六人全都站起身来,隔着窗子朝楼下看。一大群南海义勇持刀带枪闯入贡院,正与湖北兵丁撸胳膊挽袖子大吵大骂,粤语方言夹杂着湖北土话。贵州兵们围在一旁,叉手叉脚看热闹。有人唯恐天下不乱,乱喊乱叫:"打呀,杀呀!""剁了他们!""不见血不是真英雄呀!"

靖逆将军和参赞大臣的行辕被好几千兵勇折腾得开锅似的热闹。杨芳一脸怒气,提着手杖下了楼。十几个亲兵们怕出事,立即提刀跟过去。湖北兵丁和南海义勇见杨芳走过来,立即让出一条人胡同。

杨芳问道:"大敌当前,你们居然趁乱打群架,还打到大将军行辕来!怎么回事?"杨芳是个干巴瘦的老头,但名声赫赫,几句话就把大家镇住,谁也不敢再闹。一个小军官在他跟前打千行礼:"启禀杨爵帅,我是南海县新编义勇二营的,叫李标。湖北兵开到广州后天天惹是生非,与本地妓女厮混,染了梅毒大疮。不知谁说吃婴儿肉能治病,就攫取远近小儿回营烹食。刚才几个湖北兵在校场口外偷抢本城小儿,被民女追骂,恰好被我营的巡逻勇丁发现,情急之下鸣锣围堵。湖北兵不仅不放还小儿,还大打出手,打死打伤我营多名勇丁,请杨爵帅做主,严惩凶徒!"

杨芳见证多次兵丁内讧和聚众哗变,每次都是因为小事处置不当而激成大乱,此事若不认真处置,眨眼之间就会闹得不可拾掇。他喝了一声:"叫段永福来!"兵丁们立即乱哄哄地喊叫:"段大人,段大人,杨爵帅有请!"段永福打了败仗一身晦气,撤回城里还没休息,就碰上南海义勇打上门来讨说法。他从人群里挤过来,向杨芳行礼。杨芳一脸愠色:"你这个总兵当得好!来广州一个多月就有人告状,说你的兵丁杂离散处布满内城,三五成群溜门撬锁,专捡富人家的房子居住。各营的长官搞不清兵丁住在什么地方,遇有急事敲铜锣摇小旗沿街招呼,有人居然除了领饷,藏匿不出!今天又闹出这么大的乱子，几成哗变！为了平息众怒，哦老汉不能坐视不管，来人！"一个军官一闪出列。

杨芳瞅了他一眼："摘了大口段的顶戴！"段永福一肚皮不服气，张着大嘴喊冤："杨宫傅，我冤枉！那是湖北兵干的，我才接管湖北兵半个月。"杨芳绷着脸皮晃着手杖："你接管一天也责无旁贷，现在哦忙得马踩车，没工夫听你申辩，冤枉不冤枉以后再说！摘了他的顶戴！"那个军官走到段永福跟前："段大人，请您摘下顶戴。"在众目睽睽之下，段永福摘下大帽子拧下顶戴，交出去。

杨芳这才对周围的南海义勇道："有人狎妓冶游私烹小儿，此事骇人听闻！哦老汉要严查，一查到底，决不宽沽！谁家丢了小儿，一俟查清，给予赔偿！哦将派人与南海知县刘师陆共同调查此等恶行，请各位兄弟相信哦，以大局为重，回营备战！"堂堂侯爵放下身段，与义勇们称兄道弟，又是处分又是承诺，很快把大家的火气平息掉一半。

等南海义勇乱哄哄退出贡院后，杨芳才对段永福道："你呀你呀，把手下的兵痞们管严了，别给哦老汉添乱！给，拿回去，三天后再戴上！"杨芳转手把顶戴塞到他手里："没有顶戴就等于没有令旗，不能发号施令。哦还等着你立功呢！"段永福这才明白杨芳是逢场作戏："谢老军门。"

劝走了南海义勇，杨芳重新回到明远楼。

杨芳在楼下处理营兵私斗，其他高官就像没了主心骨，变得心中迷茫，举措空虚，言辞无序，无法继续会议。待他回来，祁贡才问道："杨宫傅，英夷占了城北的四座炮台和白云山，居高临下，势危至极，您说该怎么办？"杨芳道："眼下只有一个办法，求和！""您是说挂白旗？"杨芳道："哦老汉倒想挂龙旗大纛，但没有挂的本钱。"怡良怯生生道："朝廷一俟知晓我军战败……"他只讲了半截话。杨芳瞥了他一眼："《大清律》说失城寨者斩！要是英军攻入广州，在座诸公要么舍生取义自我了断，要么拼死抵抗血战到底，否则只能自取其辱身败名裂，八旗兵佐领以上官弁，汉人守备以上军官，全得追究查办，发配流徙三千里。"几句话讲得大家悚然心惊。

祁贡婉转赞道："只有上不去的天，没有过不去的山。只要英逆不打破广州城垣，这局棋就不是死棋。"隆文叹道："事情到了这个田地，恐怕大家只能会衔上奏,剀切规劝皇上接受逆夷的诉求。"

怡良无奈道:"我这个巡抚当的不是时候,眼下的难局只能叫人睹物伤怀。"阿精阿垂头丧气:"我这个将军也当得不是时候,眼下这个局面,人以记其功,我以铭其耻。"祁贡摇了摇头:"如此说来,我这个总督也当得不是时候,眼下这个局面,人以壮其志,我以痛其心。"几个封疆大吏相继发了一通无用的感慨。杨芳是大包大揽惯的人,居然把游移不定的奕山撇到一旁,讲了一句喧宾夺主的话:"隆中堂,您起草一份授权书,叫余保纯和伍秉鉴出城找义律,谈成固然好,谈不成也要拖时间。"隆文也觉得奕山徒有其名,他铺开宣纸,拿起一支狼毫,写下几行字:

钦命靖逆将军奕、参赞大臣杨、参赞大臣隆、镇粤将军阿、两广总督祁、广东巡抚怡、札余保纯、伍秉鉴知悉,即日出城与英国公使义律议和,所有一切安善章程,妥为办理,毋得推诿。

六个人都得画押签字。隆文把笔递给奕山,奕山的脸色铁青,思索片刻:"我不签!"杨芳抬眼盯着他:"不签如何议和?"奕山"嘭"的一掌拍在桌子上,厉声喝道:"杨宫傅,你是把我往绝路上逼!我是靖逆将军,不是抚远将军!就是鱼死网破,也要打!"

杨芳的寿眉一翘:"唔?打仗必须军威盛壮,有必胜的信心!兵丁不是木偶,是有血有肉的大活人,你要是让他们打必死必败之仗,只会适得其反!要是兵丁们不肯出战,你就是下死命令也是枉然!搞不好就会临阵哗变!"奕山被杨芳讥讽得满脸通红,拍桌子打板凳大喊大叫:"杨宫傅,你不要一口一个'哦老汉'地教训别人!我是钦命的靖逆将军,这里是我当家!"杨芳的缺齿豁嘴发出飕飕的冷气,吹得奕山脊骨森凉:"这个家你当得起吗?要是当不起,就会败了全军毁了全城!"

贡院里突然灯光闪烁人声鼎沸,奕山等人不约而同再次从窗口朝下看,楼下黑压压一大片,上千居民打着灯笼擎着火把拥进贡院,稀里哗啦跪在楼前,发出期期艾艾的恳求声:"大将军,停战吧!""杨宫傅,战火无情啊,求你积德行善啊!""祁督宪,给小民留条活路吧!"贡院警备森严,不是弁兵们故意纵容,黎民百姓根本闯不进来!奕山刚要发火,一个兵丁突然冲着楼上大喊:"大将军要打自己打!我们不愿送死!"此言一出立即应者如云,人群中爆发出连片的起哄声和怪叫声,既有本地口音也有外省口音:"大将军本领大,让他打去!""打个屁!还不是拿我们当炮灰!"[①]"让当官的上战场送死,别拿我们的命不当命!"

数千兵民抽筋痉挛似的乱叫乱喊难以控遏,显露出哗变之势!方才吵吵嚷嚷私相打斗的湖北兵和海南义勇转眼之间拧成一股绳,异口同声要求议和!

奕山陡然变色,杨芳一声不响,隆文与阿精阿觌面相觑,怡良拍胸顿足痛哭流涕,祁贡背过身去面壁吞声。大家全都意识到仗打到这个田地再也打不下去了,谁要是逼着兵丁们上战场送死,局面就会不可收拾!奕山终于明白自己像一只脆弱的鸡蛋,前有铜墙后有铁壁,朝哪面撞都得粉身碎骨。他终于气馁,热喷喷的泪水夺眶而出:"杨宫傅,你逼着我走上绝路!"杨芳放缓了口气:"不是哦逼你,是英夷把哦们大家逼上了绝路。哦老汉和你,还有大家,是一条线上的蚂蚱,有难同担,有罪同受!"他把毛笔递给奕山。奕山一咬牙,在授权书上签下了大名。

[①] 军队不肯出战,几近哗变,此事载于《中国近代史资料丛刊·鸦片战争》第三卷,第434页。

第六十一章

广州和约

英军步兵登陆时每人携带两天干粮和四十颗枪弹,攻打广州城北的四座炮台和东得胜兵营用光了所有弹药,必须等待补给才能进一步行动。但是天公不作美,广州地处亚热带,每年五月,青藏高原的西北风与南海的东南风在这里汇聚,暴阴暴阳暴雨暴晒轮番上场。英军攻打四座炮台和东得胜兵营时骄阳似火酷热难耐,傍晚却是雷鸣闪电大雨倾盆。郭富的司令部设在拱极炮台,二百多英军挤进倾圮的兵房里,还有二百多英军无处藏身,只好依偎在大树下和石墙旁,听任滂沱大雨狂浇狂淋。一些士兵滑脚摔倒,满身都是泥泞。

在缯步登陆的水陆官兵不足三千,他们孤军深入,表面上枪炮灵捷气贯山河,实际上事事可忧处处可虑。他们对当地的人文地理一概不知,食品和帐篷都没有跟上。整整一夜,无遮无拦的暴雨横冲直撞,如决堤之水流荡漫延,淹没了所有的乡道和农田,四野之内积水盈尺,英军的补给立即成了大难题,最糟糕的是,燧发枪[①]淋湿后不能打火射击,势如破竹的英军被老天爷弄得一筹莫展,只能就地据守。

从缯步到拱极炮台有六七公里之遥,这段路是一条纤细的生命线,一旦被

---

① 参阅894页的图片和图说。

清军掐断后果不堪设想。英军没有马车，所有辎重和补给全靠随军夫役挑运。英军出价虽高，肯于冒战火赚取佣金的船民和疍户不足二百，远不能满足需要。郭富和辛好士不得不分出一半兵力维护补给线。暴雨之后，补给线泥泞不堪，士兵和挑夫们五步一小滑十步一大跤，行进速度十分缓慢。

第二天早晨，雨停了，铅灰色的岚气在丘陵和农田之间浮动，连片的稻田像绿色的褥子，被细密的针脚缝在地上，露不出一丁点儿赭色的泥土，躲过了暴雨的各种小虫纷纷出来，在树丛和草丛间活动。英军官兵被雨水淋得透湿，也脱下军装拧干水分。

郭富有一种不祥之感，对勤务兵道："叫大军医加比特！"

加比特上尉听到召唤立即赶到，向郭富行军礼。郭富道："这儿的气候一日三变，不是骄阳似火就是暴雨倾盆。我军仓促出征没有带够雨具，我担心会发生瘟疫！"加比特道："我军可能就在疫区中。"郭富心头一悸："什么？！"加比特道："我在永康炮台发现了几个清军病号，他们奄奄一息，被遗弃在那里。我判断清军在流行赤痢、霍乱和疟疾。将军，要当心，疠疫猛于虎！"

一个士兵听到"疠疫"二字不由得嘟囔了一声："丘吉尔－奥格兰德诅咒！"此言一出，空气中陡然增添了几分诡异的气氛，士兵们毛骨悚然，仿佛看见了死神的阴影在空气中雨水中树林里和草丛间徘徊！郭富的唇角肌肉猛然一动："传令各团各连，不得擅自行动，不得进入中国民居！"但是，这是一道迟发的命令，为了避雨，维护补给线的英军头天晚上就进了附近的民居。

辛好士爵士浑身湿漉漉的，皮靴上粘满了泥巴，一步一滑走到郭富跟前。他率领近千海军陆战队参加了登陆战："郭富爵士，我们至少需要一百五十顶帐篷，不然士兵们会病倒的。"郭富忧心忡忡："是的，刚才加比特军医说这里是疫区。"辛好士倒吸一口凉气："准确吗？""加比特报告说，他发现了被遗弃的清军病号，有烈性传染病。"辛好士抬眼望着广州城墙和镇海楼，它们距离拱极炮台只有二百步之遥，肉眼能够看清对方的一举一动。他看见两个清军兵丁正在镇海楼上升起一面白旗，那是求和的信旗。他们与英军一样，被暴雨浇得透湿。

辛好士道："我们的枪炮弹药快用光了，幸亏清军要求停战，不然的话，我们的麻烦不会小。"郭富道："辛好士爵士，必须尽快运送帐篷。""我已经派人去缮步，命令'复仇神'号抢运一百五十顶帐篷。但是，现在江面迷蒙，恐怕得耽搁一两天。我不担心水上运输，担心陆上运输。帆布帐篷又重又厚，一辆马车只能装两顶帐篷，况且我们没有马车。"

广州城里突然火光一闪，传来一声惊天巨响，震得拱极炮台微微颤动，一股黑烟腾空而起！只有上万公斤火药爆炸才能发出如此震耳欲聋的巨响。郭富和辛好士吃惊地朝城里望去。清军没有打炮，英军也没有发射火箭。根据声音和浓烟判断，是清军的火药库爆炸了。它很可能蔓延成弥天大火，烧掉半座城市。但是，广州城有如鬼呵神护！乌云密布的天穹突然惊雷滚滚，瓢泼大雨从天而降，致使火势无法蔓延！

广州的暴雨来得快去得也快，一小时后雨停了，参谋长蒙泰带着辎重队赶到拱极炮台。辎重队在附近的村里弄了两辆马车，车上载着几顶军用帐篷，车架上悬挂着锅碗灶具。马车后面跟着长长的运输队，二百多中国夫役挑着枪炮弹药和食物。两辆马车衰老破旧，马很瘦，在泥泞的道路上艰难行走，上坡下坡摇晃喘气，好像随时都会因体力不支而瘫倒在地上。蒙泰浑身透湿，一步一滑登上炮台："报告二位司令，义律公使要我送来一份紧急公函！"郭富撕开信套展读：

陆军少将郭富爵士阁下，舰长辛好士爵士阁下：
先生们：
　　我荣幸地通知你们，我与中国政府的官员会商，就本省的疑难问题达成如下协议：
　　一、钦差大臣及其部属，含本省和外省军队，六天内撤至广州六十英里以远。
　　二、一星期内向英国国主支付六百万元，其中一百万在明天日落前付清。
　　三、在全部款项付清前，英国军队就地扎营，双方不得再行备战。全部款项付清后，英国军队和兵船立即退出虎门。上横档岛驻军也应撤离。在两国政府就疑难问题达成协议前，中国政府不得在该岛重新驻兵。
　　四、误烧西班牙商船"比尔巴诺"号，砸抢商馆，由此造成的全部损失，在一星期内赔偿付清。

为实施上述安排，我要求你们在中午前停止敌对行动。

女王陛下的全权公使大臣查理·义律[①]

郭富读完把公函递给辛好士。辛好士越看脸色越难看："我们深入敌后，周围有一百万中国人和四万多敌军，查理·义律居然要我们就地扎营，这是在虎口里扎营！我抗议！我要给国防大臣和海军大臣写信，控告查理·义律无知无能！他根本不配当对华公使大臣！"郭富的脸色阴沉："是的。我军远离舰队支援，不仅要承受暴雨骄阳的轮番侵扰，还要随时提防敌人的突袭。敌人诈术翻新花样百出，在这一时间这一地点这一恶劣的天气下，我军的处境十分险恶，稍有疏虞就可能遭逢灭顶之灾！"他转身进了一顶帐篷，盘腿坐在一只马扎上，给义律写了一封抗议信：

你把我们置于凶险之中。我的士兵正在遭受可怕的袭击，我与后方的联络不断受到威胁，护航舰队遭到攻击。士兵们因为必须保持警惕而高度紧张。不论你如何相信中国人，我不信，也没有任何理由稍感轻松！[②]

贡院外面围着上万百姓，粗布蓝衣的市井小民们抹着泪花跪在地上，里长甲长们纷纷投递禀书，恳请奕大将军和广东官宪保全阖城民命。数百兵丁像一堵墙似的封住门口，不让小民闯入行辕。余保纯和伍秉鉴带着与义律拟定的条约草稿回来了，费了好大劲儿才穿过人群进入贡院，向奕山等六大官宪禀报谈判过程。

六大官宪把和约草稿传阅了一遍。奕山问道："四项条件一个字都不能改吗？"余保纯道："是的，义律挟胜利之威，得势不饶人。""六百万赔款，一点儿也不能少？""义律说得很绝，一元也不减，一天也不宽限，否则就要

[①] 取自Robert S. Rait 撰写的《陆军元帅郭富子爵的戎马生涯》（*The Life and Campaigns of Hugh, First Viscount Gough, Field-Marshal*）Volume 1，P.190–191。（该协议及附带说明还刊载在1841年6月号的《中国丛报》上，合订本第346页）。

[②] 同上，Volume 1，P.193。

攻城。"伍秉鉴补充道:"是按印度鲁比计价,六百万元折合四百二十万两户部纹银。"

花厅里岑寂无声,如何筹措六百万是个难题。奕山到广州时带来三百万两兵费,一半从户部划拨,一半从湖南、江西、广西等省的藩库里调拨,三百万兵费实到二百万,用去六十万,还有一百万在途中。祁贡阴着脸对伍秉鉴道:"前总督琦善与你们商议过赔款事宜,六百万赔款不由朝廷出,由十三行出,对吧?"

伍秉鉴的眉棱骨微微一动:"是这样,但那笔款是按分年归还议定的,十三行一下子拿不出这么多钱。"

杨芳道:"不论怎么说,眼下必须拿出六百万真金实银来,否则广州就完了。你们能拿出多少?"伍秉鉴腿脚不灵但头脑清明,说话办事井井有条。琦善和义律商议《穿鼻条约》时,他就与所有行商议定了垫付银的份额。他小心翼翼道:"战火把十三行蹂躏得不成样子,各家行商损失巨大,眼下最多只能承担三分之一,其余款项请大将军和祁督宪从官库里借支,记在十三行的账上,分年偿付。"他恭恭敬敬呈上单据,上面写着全体行商的分摊数额:

提取行佣三十八万元。

伍秉鉴的怡和行认捐八十二万元。

潘绍光的同孚行认捐二十六万元。

吴天垣的同顺行、马佐良的顺泰行、易元昌的孚泰行、谢有仁的东兴行,各认捐十二万元,其中七万元为实银,五万元为欠条。

卢文蔚的广利行、梁承禧的天宝行、潘文涛的中和行、潘文海的仁和行,各认捐一万五千元。

合计二百万元整。①

六位大员把清单传阅一遍,大家全都意识到,除了伍秉鉴的怡和行和潘绍光的同孚行,其他行商的油水已被榨取一空!

---

① 这组数字载于1841年6月号的《中国丛报》合订本第349页。

怡良有点心虚："急事可以缓办，大事可以小说，但有一件事不能不议清楚。十三行出二百万，还有四百万从哪里出？"奕山道："海关不是入账一百六十多万关税和船钞吗？"祁贡道："大将军，粤海关是天子南库，税银只要进了海关衙门，就属于内务府，封疆大吏无权动用。"奕山道："事到如今，筹款万分火急，先用上再说，事后再想法子补。海关的库银不够，动用藩库和运司的银子，要是再不够，从我的军费里借支。"怡良依然忐忑："这是与皇上打哑谜玩八卦，后果得思量清楚。"

奕山道："我是命中八尺难求一丈。事情办到这种田地，再难过的关口也得想法子过！现在，大家唯有和衷共济风雨同舟，此事先以垫付商欠的名义奏报朝廷，不知诸位意下如何？"他的眼风扫视着在座诸公。杨芳、隆文一声不吭，祁贡、阿精阿和怡良觌面相视，明远楼里岑寂无声，每个人都在打着小算盘，掂量着利益与得失。过了许久，怡良才忐忑道："这条约签了可是死罪呀！"杨芳不喜欢怡良那种不阴不阳不清不白的做派，讲了一句风凉话："噢呀，签了是死，不签也是死，只是早死晚死而已！哦同意大将军的提议，以垫付商欠的名义奏报朝廷。"大家这才相继点头。

"以垫付商欠的名义奏报朝廷"意味着把行商拉进一场联袂舞弊中！伍秉鉴坐在杌子上，静静地看着眼前的活剧。"公忠体国"、"社稷为先"的铮铮大言在封疆大吏们的心中正在冰消瓦解，转化成自我保全的小策略和小阴谋。奕山不得不对伍秉鉴讲几句体贴话："我听说你们怡和行在沙面的仓库烧光了，损失高达七十五万元，比四川弁兵们打砸商馆和误烧西班牙商船的损失总和还大。英国人赔不赔？"七十五万元足以买下一支庞大的船队，怡和行损失之重不言而喻。伍秉鉴痛心疾首："大将军，城下条约向来是胜利者提条件，失败者签字画押。我们只能自吞苦水，哪敢向英夷讨要。"

祁贡问道："误烧西班牙商船'比尔巴诺'号和商馆的损失费，他们要多少钱？"余保纯道："经义律核算，误烧的西班牙商船折价四万一千二百四十三元，砸抢商馆损失折价六十二万八千三百七十二元，这笔钱不记入六百万元赎城费之内[①]。"又是一笔六十七万元的巨额赔款！

---

① 该数字载于1841年6月号的《中国丛报》合订本第350页。砸抢商馆和误烧西班牙商船的赔偿费分别为628372元和41243元，即，广州缴给英军的费用总额是6669615元。

隆文义愤填膺："哪个营攻打的商馆？"隆文道："是川军。"怡良气得大骂："好啊，凶刀打劫焚琴煮鹤。这群丘八形同无赖，抢砸夷馆以求自肥。他们砸得痛快，却要我们出银子替他们赔偿！"奕山同样恼怒："把那些砸抢商馆的川兵抓起来，好好收拾他们！"杨芳冷冷一笑："收拾？抢了商馆发了大财的兵痞们早就溜号了！你就是逮住三五个，他们也把钱花得精光！"

余保纯接着说："义律还说，这份协议仅适用于广东一省，他将择地另战，直到朝廷满足他们的全部要求为止。"择地另战意味着战争并未结束，只是不打广州。

奕山问道："他还说什么？"余保纯道："他要我们代雇八百夫役，拖运炮子和辎重，协助城北的英军撤军。"阿精阿诧异道："什么，要我们给他们雇八百夫役？"余保纯道："义律说佣金由他们出，而且价钱公道。"奕山喟然叹道："英夷的想法真他娘的离奇古怪！"杨芳抚弄着手杖："噢呀，高明啊高明！逆夷口口声声说打文明仗，还出公道价钱雇用夫役，貌似不抢不掠不烧不杀，实际上是阴抢阴掠阴烧阴杀！他们勒索了哦们的银子，不仅军费有了出处，还有了争民心的资本！"祁贡道："英国人既要打仗又要做生意，还要索取巨额赎城费，不是身临其境，很难相信天下有这种事。我这个总督无能，只好以屈求伸以退为进。只要他们肯撤军，给他们雇！"

奕山转过脸对伍秉鉴道："与义律和谈，你们伍家人是经办人之一。这种事瞒天瞒地瞒不了你们，但事到如今必须讲求一个'密'字，否则谁都过不了鬼门关！"奕山明白此事必须瞒着朝廷，一旦事情败露，道光的惩罚会像冲出地壳的火山熔岩，刹那间把他毁灭。他起身走到伍秉鉴跟前，恭恭敬敬鞠了一躬："伍老爷，拜托了。"

伍秉鉴的身子微微一颤，拄着拐杖站起来："大将军，老朽经受不起这种大礼。"但他心有灵犀，奕山等六大官宪要联手给朝廷演一场哑剧，容不得任何知情人心存异想。伍家人参与了和谈，是这场哑剧的知底人。奕山的鞠躬意味要伍秉鉴在一份没有契约的攻守同盟上签下无影之字！官场的阴暗不亚于黑道上的剪径强盗，谁要是胆敢捅破这层窗户纸，绝了退路的仕宦同人就敢鱼死网破联手把他黑了！人在旋涡中身不由己，伍秉鉴是知轻重的人，领首道："大将军的苦衷老朽明白。自古以来攻伐战乱是上演不断的剧目，颠沛流离是商民们吞食不尽的苦果。只要能保住广州，大将军委曲求全，老朽自当守口如瓶。但老朽有一个请求，请大将军和诸位大宪给予考虑。""哦，什么请求？""广州兵连祸结，贸易停顿两年，十三行在劫难逃山穷水尽。老朽恳请大将军和各位大宪转奏皇上，放全体行商一马，不要抄产入官流徙新疆。行商们太难太苦，给他们留一条活路吧。"伍秉鉴苍老的眼眶微微湿润，声音轻轻打战。奕山不得不同情十三行的遭遇："伍老爷，你们伍家人是国家的忠义之士，就是天塌下来，本将军也会保全你们怡和行。"这是对伍秉鉴"守口如瓶"的对等承诺。

余保纯把广州和约的底稿放在桌上，打开墨盒。奕山不再犹豫，拿起一支狼毫，率先签下名字。杨芳、隆文、祁㙺、阿精阿和怡良依次签字。大家心照不宣，这份和约不仅意味着对英夷的屈服，也是意味着联手遮天！

第六十二章

三 元 里

余保纯和伍秉鉴把六大官宪签了字的和约送到义律处,也送去了第一笔赎城费。

第二天,广州的所有城门和街衢要冲张贴了总督和巡抚的会衔告示:

> 现在兵息民安,恐尔官兵乡勇水勇等人未能周知,合再明白晓谕:……尔等各在营卡安静驻守,勿得妄生事端捉拿汉奸。如遇各国夷商上岸……亦不得妄行拘拿。倘敢故违军令,妄拿邀功……查出即按军法治罪。①

读了告示,市井小民不由得百感交集,说不出是苦是辣是酸是甜。他们亲眼看见清军一败涂地,怒其无能怨其不争,但是,战争总算结束了,人们用不着背井离乡逃避兵燹了。

清军开始撤离广州。六千多弁兵整队集合,准备从小北门出城。英军要求清军必须从那里出城,以便清点人数。败军之将无力讨价还价,只能忍辱服从。

---

① 《近代史资料丛刊·鸦片战争》第三册,第539页。

湖北客军与南海义勇的积怨与日俱增，几乎扩大成全体广东弁兵与外省援军的冲突，再不处置就可能爆发大规模的内讧。六大官宪果断决定先让外省客军撤离广州。

杨芳头戴缨枪大帽，身穿黄马褂，握着拐杖站在肩舆旁，与奕山争议出城的顺序。依照英军的要求，靖逆将军奕山应当在仪仗队的簇拥下领队出城。奕山道："天朝大将即使败了也不能像个瘪包蔫蛋。我亲自带队出城，向英夷宣示我不是败在没有勇气，而是败在器不如人。"杨芳劝道："大将军，你不能先出城。英夷就在白云山上，与小北门仅一箭之遥，要是他们突然打冷枪，后果不堪设想。哦老了，没几年活头了，哦先出城，你让别人穿你的黄马褂，用你的仪仗，假冒出城，你换普通军装混在队列里，以免遭到暗算。"奕山道："杨宫傅，这不行，我不能让你替我冒险。"杨芳执拗道："三军不可一日无帅，这个险哦去冒。"说罢他一屁股坐到肩舆里。奕山见劝不动他，只好嘱咐道："杨宫傅，当心哪。"杨芳道："哦要是有个三长两短，拜托你把哦的老骨头送回老家，好让哦的子孙后代得到恤典。"

小北门的两扇城门"吱吱呀呀"开了一道缝。打头的兵丁将白旗探出去，过了片刻，脑袋和身子才跟出去。他手搭凉棚看着英军阵地，确信英军不会开枪，才朝后面招手。仪仗兵出来了，最前面是回避肃静牌，接下来是两面飞虎旗和八面青龙旗，而后是杨芳的官衔牌。杨芳拄着手杖端坐在肩舆上，昂然注视着百步之外的英军。英军编成战斗队列，枪上膛刀出鞘，随时准备开枪射击——他们同样担心清军玩弄诈术，借出城之机发动突袭。最先出城的仪仗兵们像从老虎嘴边走过，脚发软，心狂跳，生怕敌军突然大发邪威开枪开炮，只有杨芳安之若素，将生死置之度外。

败军之将摆出如此堂皇的撤离场面，英军看得目瞪口呆。当他们确信清军不会鼓捣什么鬼把戏后才放松警惕，发出一阵又一阵的起哄声和尖厉的口哨声，嘲笑清军徒有其表。

半数清军出城了，奕山见前面的队伍安然无恙，才在亲兵的簇拥下，夹在队列里步行出城。

天公不作美。清军出城六十里后碰上了电闪雷鸣，乌云密布的天空像巨大的瓢，泼水似的往下倒，六千多清军淋得像落汤鸡，在泥滑的道路上趑趄前行。他们紧赶慢赶来到了金山寺。

金山寺旁有个大镇子，奕山和杨芳传令就近避雨。弁兵们一哄而散，在风欺雨浸中四处寻找民居店铺马厩和牛棚，惹得镇上的看家狗狂吠狂叫。不一会儿，寺庙、祠堂、戏台和房屋的出水檐下挤满了大兵，他们又累又饿又困又乏。

奕山和杨芳一起朝金山寺走去。寺里的方丈见他们身穿油衣，油衣下罩着黄马褂，有亲兵前呼后拥，知道来头不小。他不敢拦阻，只告诉他们带刀进入佛堂是佛家大忌。奕山和杨芳遵守佛家戒律，解下佩刀，在方丈的陪同下进了大雄宝殿，捐了香火钱，点燃熏香，毕恭毕敬跪在释迦牟尼的彩绘泥像前，双手合十，祈求佛祖保佑大军平安。

依照广州和约，清军应当撤到六十英里以远，一英里合三华里半，也就是说撤到二百华里以外。奕山和杨芳一商议，决定假装糊涂，驻在金山寺不走了。

三天过去了，留守广州的祁贡和怡良每天递解一百万元赎城费，安排五六千弁兵撤离广州，南海义勇没了打架的对手，居民的情绪渐渐安定下来，逃难的人群开始减少。

老天爷像神奇的魔术师，翻手造雨覆手生晴。第四天又是骄阳和暴雨轮番上场，隆隆的雷声如同霹雳炮响，震得人心惊动，接下来是倾盆大雨，仿佛能浇灭火焰山。

祁贡在战乱期间就任两广总督，广州四周硝烟连着战火，战火连着硝烟，火烧眉毛的急事难事糟心事一桩接一桩。他从早到晚陀螺似的连轴转，忙得七荤八素晕头涨脑，原本丰腴的体态瘦了一大圈。这天晚上，他忙到夤夜，眼睛熬得通红，疲劳到极点才和衣而睡。

天刚亮，钱江就脚步匆匆来到祁贡的卧房门口，浑身上下湿淋淋的。他敲了敲房门，没人应，又敲，还没人应。他推门而入，见祁贡依然在沉睡，不得不轻轻推醒他："祁部堂，出事了！"祁贡立即警醒："哦，什么事？""夷酋郭富派人送来一份照会，说三元里乡民在围攻英夷！"他把照会在祁贡的眼前一晃，祁贡像被闪电击中似的，腾地一下坐起身来："什么？谁带的头？""不知道。""因为什么？""不知道。"祁贡接了信套，抽出信纸，上面写着曲里拐弯的英文，他一个字母也不认识。

他趿上鞋子走到窗前朝户外望去，外面的雨幕如雾如霰，空气又湿又重。可以想象，连夜的滂沱大雨淹没了所有田地和道路，广州四周成了泽国。这种天气不宜打仗，因为道路不通火药潮湿，打不响枪。但是，英军在城北活动多天，难免与当地村民发生冲突，广东地区贫富悬殊盗贼横行，民风彪悍动荡不宁，村社和宗族之间私斗不断，不少村镇有武装自卫的传统，一俟遇到外人入侵，只要有个陈胜吴广似的人物振臂一呼，男女老少立马就能抄起刀矛啸聚而起，像不怕死的大黄蜂一样猛打猛冲！

眼下必须弄清照会的意思，但衙署里没有通事，祁贡突然想起梁廷枏。从林则徐当总督时起，梁廷枏就在总督衙门当幕僚："钱知事，你去叫梁夫子，让他立即来翻译夷文照会。"钱江答应一声走了。

不一会儿，梁廷枏夹着一本厚厚的《华英字典》，胸前的皮绳拴着一只放大镜，踱着方步来到衙署。他的英语是自学的，半吊子，可以用于考据，不能用于听说，阅读英文书籍必须不断翻查字典。郭富的照会只有寥寥几行字，他费了半天工夫才译出大意，告诉祁贡："夷酋郭富说，英军遭到上万义民的包围和攻击，他质问我方是否背信弃义，是否要撕毁和约。他要求我们派人劝阻义民，否则将认定我方为违约，他们不仅要消灭义民，还要攻打广州城。"

六大官宪与义律签署的《广州和约》明文规定："如非钦差将军等自行失信，则斯省定无扰害之情。"六大官宪煞费苦心一意做成和局，已经支付了四百万赎城费，三元里义民自发攻击英军，广东官宪毫不知情，如果不立即制止，不仅所有赎城费将付之东流，整个和局也将毁坏殆尽！祁贡的眼角和嘴角挂着焦虑和不安，对钱江道："关库、蕃库、运库和行商们的家底都掏空了，才凑出巨额赔款。堂堂正正的八旗兵、绿营兵和七省援军尚且打不过英夷，乡民义勇不过是乌合之众，怎能打过？这种事不能听之任之！你马上叫广州知府余保纯去三元里查明缘由，看一看是否有人故意捣乱，要剀切规劝乡民们安守本分，不得妄生滋事！"钱江答应一声"遵命"，转身去找余保纯。

不一会儿，余保纯乘轿赶到。祁贡担心民众愚盲，闹出无法拾掇的局面："余大人，你赶快去一趟三元里，看一下是怎么回事。乡民们不知深浅，搞不好就会捅破天！"余保纯一脸苦相："祁大人，卑职不懂夷语，没有通事无法交涉。""伍秉鉴父子呢？""伍老爷在万松园，伍绍荣押送赎城款去商馆了,一时半时无法回来。"祁贡急火攻心,对梁廷枏道:"梁先生,你既通晓夷语又熟悉夷务,权且屈尊当一回通事。"梁廷枏晓得自己的英语是半吊子,不惜自贬身价,推辞道:"我才不足以治世,智不足以应急,当不了通事。"祁贡急得火烧眉毛:"哎呀,我的梁夫子!都什么时候了你还拿名士派头。快去,快去!"他不等梁廷枏同意,对钱江道:"给梁先生备轿!"

一眨眼的工夫,一抬竹轿停在跟前,余保纯连拉带拽把梁廷枏塞进竹轿,自己猫腰钻进一乘蓝呢官轿,喝一声"起!"轿夫们應地一下抬起轿子,滑着脚步朝城外走去,几十个衙役头戴草帽身披油衣手提水火棍跟在后面,打头的差役举着一面白旗。不时有人滑倒,摔得像泥猴子。

两乘轿子走得又急又快,抵达拱极炮台时雨恰好停了。余保纯和梁廷枏登上山冈向东南一望,田野山林和乡道上全是影影绰绰的乡民义勇,三星旗七星旗青龙旗白虎旗日月旗满天星旗连成一片,长矛短刀镰刀钉耙交相混杂,铜鼓声铿锵起伏,螺号声呜呜作响,远处的山冈和沟壑里还有无数老翁老妪村姑小童壮着胆子看热闹。浑身泥泞的义勇们密密麻麻排列成行逡巡游动,与四座炮台遥遥对峙。炮台上的英军荷枪实弹,依托堞墙做好了防御准备。

英军的补给线与城北的几个村庄相互交叉,英军的巡逻队多次进村,接连发生撞坏篱笆、踩坏庄稼、牵走牲畜的事情,这类行径就像捅了马蜂窝。一些村民被激怒了,少数人带头袭击零散英军,规模迅速扩大,由百余人扩大到千余人。郭富派出军队予以弹压,打死打伤多名村民,激起了更大规模的反抗。在一些宗族首领的号召下,抗英义民竟然迅速扩大到万余人,与英军对峙了整整一天!

由于大雨滂沱,马德拉斯第三十七团C连的六十六名官兵迷路了,天黑时还没有归来。郭富和辛好士立即派出两支海军陆战队搜寻。海军陆战队装备的是雷爆枪①,这种枪有防水帽,能在雨天使用。他们很快发现C连被数千义民包围在牛栏岗(现在的白云机场一带)。这个连的燧发枪被雨水淋湿后无法开火,带队军官命令士兵们围成一个圆圈,枪口和刺刀朝外,与数千义民对峙了两小时。海军陆战队赶到牛栏岗后连续射击,驱散了义民,救出了C连。

---

① 参阅900页的上图和图说。

郭富和辛好士一直在等候清方的回话，他们见余保纯下了官轿，一拧一滑地迎上去，身后跟着几个军官和挎枪士兵。郭富与余保纯打过交道，举手行了一个西式军礼："余大人，昨天我军遭到贵国义勇的攻击，一名军官和几个士兵遭到杀害。我向你方提出严正抗议！"郭富的语速较快，梁廷枏的英语不好，不知道 volunteer（义勇）是什么意思，急得抓耳挠腮，眨着眼睛问郭富："What is volunteer？"郭富一肚皮恼火，但眼下只有这么一个生瓜蛋通事，他指着远处的乡勇道："They are volunteers."

梁廷枏一副恍然大悟的模样："噢，明白了。"他转脸把郭富的话译给余保纯："夷酋说，昨天一群英国兵迷路了，被他身后的义勇杀了，死了一个当官的几个当兵的。夷酋还说，他很生气。"梁廷枏的翻译若即若离，余保纯莫明其妙似懂非懂，硬着头皮拱手作揖道："这么大的动静确实出乎预料。郭富将军，事情总有起因，待本官查明后一定妥善办理。"梁廷枏在书房里能纵论古今神游四海，却被英语弄得一筹莫展，一肚皮学问派不上用场，他抓耳挠腮译不成句，只能结结巴巴吐出几个单词："So big move……嗯……so quiet, out of expect, gener……好像……have cause……"这种不伦不类的翻译连神仙都听不懂。郭富干着急，英国兵掩口葫芦笑。

辛好士掏出怀表："现在是八点钟，即贵国的辰时二刻，我要求你们在一小时内劝退义勇，否则我方将中止广州和约，下令开炮！你们缴纳的赎城费也将全部没收！"梁廷枏连猜带蒙，依然无法将辛好士的意思表述清楚。在如此严重的关头办理如此重大的交涉，双方就像打哑谜。郭富和辛好士只好耐着性子，蹲在地上用小木棍画示意图，口中叽叽咕咕讲着鸟语，余保纯和梁廷枏也撩衽蹲下，梁廷枏的嘴里蹦着单词，余保纯一会儿拍脑门儿一会儿摸胸口一会儿摇头一会儿摆手。双方比手画脚连说带画，过了半天郭富才明白，余保纯的意思是，广州官宪一定恪守停战协议，乡勇的活动是自发的，不是官宪安排的，他将劝说乡勇退去，请英军千万不要开枪开炮。

民谚曰："十里不同俗，百里不同风"。广州城北的民风民俗与珠江两岸的民风民俗大相径庭。渔家疍户居无定所不在四民之列，与巫娼盗贼流民乞丐同属下九流，皮里阳秋极难管教。城北的村民却是以种田为生的农户，受保甲制度的约束，以血缘为纽带以宗族为依托，对官员有敬畏之心。余保纯在英夷面前硬不起来，在乡民面前却有足够的权威。他与梁廷枏等人踏着泥浆下了炮台，深一脚浅一脚朝乡民走去。乡民义勇们与英夷斗了一天一夜，死伤多人，复仇之心难泯，久久不肯退去。他们手持钉耙铁钎同仇敌忾，社旗高张人声鼎沸。余保纯往他们面前一站，眼风一扫，众人立即鸦雀无声。各乡耆老们滑着脚来到余保纯跟前打千行礼。

余保纯认出为首的是三元里的何玉成。此人四十多岁，有举人功名，是怀清社学的山长。他一身短打扮，手握一柄双刃刀，一点儿不像读书人，反倒像是个山大王。这种人要不是被逼得走投无路，决不肯豁出性命挺身而出扯旗打仗。他身后还有几个乡绅，余保纯不认识他们，但猜出他们是有头有脸有声望的当地士绅。何玉成等人见了余保纯，七嘴八舌地呼唤："没想到府台大人莅临。""请大老爷为民做主。"……

余保纯环视四周，乡民义勇们怒形于色愤发如云，大有不把英夷赶尽杀绝誓不罢休的气概。他皱着眉头问道："何老爷，你们因何事闹出这么大的动静？"何玉成慷慨激昂："余大人，英夷乃大清之寇仇！他们窜扰四乡，强买强卖，登堂入室，调戏妇女，侵扰坟茔，窥视神器，是可忍孰不可忍！这种不伦不类的异国丑类形同禽兽，唯有斩尽杀绝才能对得起列祖列宗。当此海疆不靖之时，本地民人募义而起，上为国家杀贼立功，下为自家免遭荼毒。三元里九十余乡村民自相团练，假天时，借地利，济人和，协助官兵共剿丑夷。"何玉成不愧是读书人，连申诉都咬文嚼字，带着浓浓的书卷气。第二位乡绅道："逆夷掘冢淫掠激起民愤。前天，何老爷向南海、番禺、增城诸乡发出传柬，各乡士绅立即响应，撰写长红、示谕、檄文和字帖，号召乡民义勇保家保民保村社。昨天恰逢大雨，一队逆夷窜入三元里，他们的枪械火药被打湿，无法打火射击，被我们围住，激战一天。"第三位乡绅道："本地乡勇击溃了夷兵，阵斩夷酋伯麦和先锋官毕霞。请府台大人依照官府的悬赏给予褒奖。"说罢一招手，两个义勇各提一只木匣，匣子里放着血肉模糊的人头，谁也无法辨认他们的真实身份。

在怡良公布的赏格中，伯麦的标价是五万元，军官的标价是五百元。乡民们开口就说阵斩伯麦和军官毕霞，余保纯的心里"咯噔"一下。且不说毕霞是何许人，仅伯麦的头颅就得支付一笔巨款，相当于广州城全体官兵一个月的俸银！在战乱之时，兵民们纠合求赏的事情层出不穷，若不验明正身，仅凭报功者口头宣述，很容易被人冒领，轻则被人讪笑，重则被人效仿。余保纯不能立即兑付，冷着脸道："何老爷，你派人把两颗头颅送到南海县衙门，写明杀敌者的姓名、时间、地点、过程、证人等，待仵作（验尸员）验明正身后，当赏即赏。若是虚报，该罚就罚！"乡绅们见余保纯不仅没有兑付赏银的意思，还有"该罚就罚"的话，气性顿时短了一半。

余保纯转身登上一块半人高的大石头，挑高嗓音："诸位缙绅，你们是朝廷和官府依界的中坚，村社的领袖，义勇的首领。本官请你们为朝廷和官府着想。为了防止战火延烧生灵涂炭，四天前靖逆将军和两广总督与夷酋义律签署了戢兵罢战的协议。在此之前，各乡义勇奋勇杀敌是保家保国，本官要依照赏格给予优奖。但签署协议后，奕大将军和祁督宪会衔发出告示，告诫全省官兵和乡勇义民，勿得妄生事端捉拿汉奸，如遇各国夷商上岸，亦不得妄行拘拿。如果有人胆敢违抗宪令，妄拿邀功，即按军法治罪！这份告示你们读了吗？"

余保纯劈头盖脸吹过一阵冷风，吹得大家不胜其寒。远处的村民义勇听不清楚，依旧站着不动，近处的缙绅却被说得心灰意冷。何玉成道："余大人，您的意思是，义勇们要是继续围攻逆夷斩杀敌人，不仅无功反而有罪？"余保纯道："何老爷，一件事可以论功，也可以议罪，要依时间和地点而变化。奕大将军和祁督宪的告示签发四天了，大概贵乡及临近乡村受到逆夷惊扰，未能及时张贴。不知者不为罪，本官不为难诸位，就以现在为界，在此之前斩杀英夷的，有功，在此之后斩杀英夷的，有罪！"

缙绅们乱哄哄议论起来，什么难听话都有："官府怎么出尔反尔？""论功和议罪像变戏法，说变就变。""他娘的，官府要食言，斩杀夷酋也是白费力气！""赏银是领不成了！""还他娘的想领赏银，搞不好得挨一顿板子！"

余保纯看得清楚，在所有乡绅里，何玉成的功名最高，只有先劝退他才能劝退别人："何老爷，凡事要以大局为重。您功名高，人望厚，影响大，请您配合官府带个好头，劝说你村的乡民义勇率先还乡。"何玉成一肚皮不服气："余大人，本人是一介书生，没什么大本事，但逆夷犯我海疆，侵入内地，保家保国匹夫有负，我才传柬四乡，痛击丑夷！"余保纯道："本官同你和乡亲们一样，也想把逆夷赶走，永靖天朝。但战火无情，广东官宪已……"他

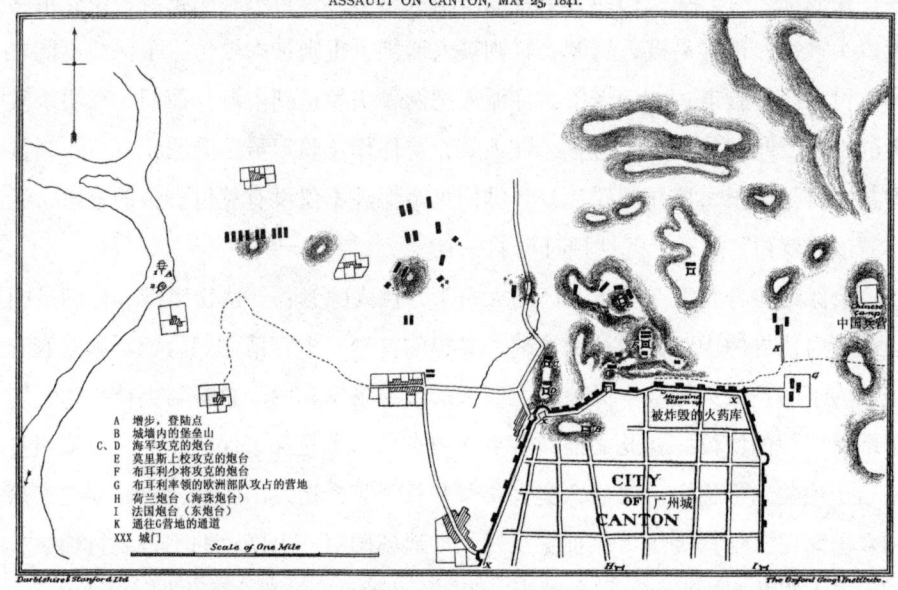

广州城北作战示意图。英国牛津地理研究所绘制,作者译,取自Robert S. Rait撰写的《陆军元帅郭富子爵的戎马生涯》Volume 1。根据蒙泰编制的伤亡清单,英军在这场军事行动中总共阵亡15人受伤127人。作者未查到清朝的官方统计数字。此外,三元里之战的伤亡情况中英双方记录差之甚远。林福祥在《平海心筹·三元里打仗日记》记载:"乡民杀得夷兵二百余名,而水勇乡民战死者共二十名。"郭富1841年6月6日在写给Elphinstone勋爵的报告(载于《在华二年记》附录Ⅺ., P.297.)附言中说:"很难准确估算敌人的伤亡情况,但广州知府(余保纯)告诉我,5月25日(即英军攻打四座炮台和东得胜兵营之日)清军阵亡500人,受伤1500人。30日(即三元里事件爆发之日)中国人多次攻击我的侧翼和补给线,伤亡肯定比上述数字大一倍。"另据蒙泰编制的伤亡清单,在5月30日的三元里战斗中,英军阵亡5人受伤22人(该清单载于D.McPherson的《在华二年记》附录Ⅺ,P.316)。

差点儿把"交了赎城费"说出来,话到舌尖又吞了回去——这种事只能包得严严实实,万一不小心外泄,后果不堪设想。余保纯打了个磕巴,接着道:"何老爷,朝廷最忌讳以武犯禁。请你带个好头!"这话讲得又重又狠,何玉成一怔,自己竟然做了一件"以武犯禁"的事!何玉成不怕逆夷却怕官府,索性不再言语。

余保纯劝不退逆夷,平息民怨却很有一套,他软硬兼施威抚并用,给何玉成等缙绅一记闷棍后又讲了几句安抚话:"明天本官请各乡缙绅到城隍庙会议,评功摆好,议出一个让大家心平气和的办法来,当赏则赏,绝不食言!"

何玉成率先转身,劝说本村乡民回撤。他一走,其他乡村的缙绅像被抽了气的皮球,领着各村的义民义勇一队接一队地离去。人们怨气冲天,骂骂咧咧,既骂英国鬼子又骂余保纯等官员。

眼见乡民们渐渐散去,梁廷枏诧异道:"余大人,你说怪不怪,水师打不过英夷,陆营也打不过,八旗兵更打不过,他们见着英夷就跑。乡民义勇的胆子怎么这么大?"余保纯苦笑道:"无知者无畏呀!乡里豪强和愚氓,要他们保国不一定行,要他们保家,比谁都厉害!这是一股既可怕又强悍的势力,用之得当可以助国威,用之不当则败事有余!"

第六十三章

刑部大狱里的落难人

琦善一行水陆舟楫地走了两个月才到北京齐化门。英隆骑马在前，琦善的囚车在后，鲍鹏和白含章被摘了顶戴，跟在囚车后面步行。白含章是行伍出身，经历过行军打仗和长途跋涉，熬得了这份儿苦。鲍鹏是买办，出门在外不是乘船就是坐车，从来没走过这么远的路，他打了一脚水泡，一瘸一拐地跟着走，像个跛脚鸭。英隆的家在北京，几年前被皇上派到广州当副都统，这次借押解琦善的机会回来，很快就能见到老父老母，心情极好。他之所以得到这份差事，是因为老父老母听说广州大战在即，担心儿子有个三长两短，通过睿亲王说动皇上，让英隆押送琦善到京，实际是想让他避开战火。

在旅途中，英隆比较照顾琦善，既没刁难他也没给他戴镣铐，给他一对山核桃让他在手中把玩，还在囚车上支了一块布帘子遮阳挡雨。但皇上的谕旨是"锁拿琦善"，因此在离京城十几里处，英隆给他戴了镣铐。

世事变幻如浮云苍狗，琦善在官场上久经淬炼，经历过曲折坎坷和世态炎凉。他在囚车里枯坐了两个月，心中的惊悸早已平息，达到淡定如水的境地。进了齐化门后，他隔着囚车的木栅四下张望。九个月前他进京请训时的街景与现在一模一样，木器店杂货店裁缝铺成药铺一家挨一家，但生活节奏比广州慢，太阳升起老高时店伙计们才慢悠悠地打开店门，沿街叫卖的小贩们挑着货担走走停停，浑浊悠扬的叫卖声拉得老长，与行人的咳嗽声和哼曲声混杂在一起，听起来京味十足。有些四合院的门口坐着簪花女人，一面拉家常一面纳鞋底，身边有总角小童扑打嬉闹。行人见押送囚徒的英隆是二品武官，不由得驻足观望，交头接耳猜测什么人交了华盖运。但是，琦善两个多月没剃头，胡子长得老长，脸皮被夏日炎阳晒得油黑，身上的官服没有补子，经过风吹日晒褪了不少颜色，没人猜出囚车里的人竟然是前文渊阁大学士世袭一等侯琦善。

囚车停在刑部大狱门口。北京人把刑部大狱叫天牢，天牢的木门又厚又重，门上刻着狰狞的狴犴，高墙上插着尖利的玻璃碴儿。里面关押的不是钦定要犯就是各省送来的疑案重犯。英隆翻身下马，进去办理入监手续。

不一会儿，司监跟在英隆后面出了大门。他走到囚车前用钥匙打开囚笼："琦爷，您认识我吗？"

琦善吃了一惊，仔细打量司监，只见他三十多岁，穿八品补服，高鼻梁宽额眉："你不是张仙岛吗？"张仙岛笑眯眯道："在下正是。"张仙岛的父亲本是山东小吏，三十年前，因为犯罪被罚给旗人当包衣奴才，发配到琦善的老家辽阳。那时张仙岛才五岁。他长得乖巧可人，琦善挺喜欢他，让他陪自己的儿子识字念书。张仙岛很争气，凭着勤奋聪敏考取了举人功名，经琦善举荐，做了小京官。他扶着琦善下了囚车："琦爷，您是主子，就是当了钦犯依旧是我的主子。"琦善不由得感激涕零："我这个钦犯在天牢里碰上你，是托了菩萨的福了。"

英隆拱手道别："琦爵阁，一路上照顾不周，请多包涵。有句老话：荣辱纷纷在眼前，不如安分且随缘。人各有命，以后的事谁也说不准。我托观音菩萨保佑你。"琦善拱手还礼："英大人，多谢一路照应。"

英隆离去后，张仙岛对琦善道："听说您要来，我叫人收拾了一间单号，打扫得干干净净。刑部怎么审我做不了主，但您在我这儿保准不会吃亏。"说罢领着琦善进了天牢。

囚犯们正在放风，三十多人游着步子在天井里缓慢移步。刑部大狱是天字第一号大牢，进这座大牢的大部分是犯案官员，不像游民窃贼那样猥琐卑劣。

一个囚徒盯着琦善："您是原钦差大臣琦爵阁部堂大人吧？"琦善仔细打量那人，只见他身穿囚衣，中等身材，头发有寸余长，胡须又粗又硬，左脸颊上有一道伤疤,像一只小蜈蚣。琦善想不起在哪儿见过他:"请问你是——?"那囚徒抱拳行礼:"在下是原定海镇中军游击罗建功。"

琦善想起来了,去年他南下广州途经山东,在济宁府白马驿遇见定海镇的几个旧军官,他们因为打了败仗被押送京师,受到差役的打骂和勒索,恰好被他撞见。他把差役痛骂一顿,还询问过定海之战的情形。罗建功是战败的虎贲,囚禁在天牢里像困在笼中的鹰犬,瘦骨伶仃。他眼珠迷蒙,流露着怨妇似的哀伤,一点儿精神都没有。琦善问道:"差役们后来虐待你们了?""您骂过后,他们不敢放肆。多亏您唬住他们,不然,我非得被他们折磨得半死不可。""刑部审过了?""审过了。""结果怎样?""没什么好结果,发配到新疆做苦役,连家人也不能幸免。"

张仙岛道:"主子,定海镇的几个军官都关在这儿,刑部已经谳定罪状,发文到各府县,把他们的眷属押送进京,一并发配到新疆。我估计,再过几天他们的眷属就到齐了。"罗建功道:"琦大人,我们冤枉啊。英夷凶神恶煞,不是身临其境的人不知晓真情。弟兄们哪个不愿意为朝廷效力?但血肉之躯经不起夷炮轰击。不论我们怎么辩解,审案的司官们就是不明白弁兵们是不能用竹枪御大铳、刀矛打舰炮的。我打了败仗理当受罚,但朝廷的章程过于严厉,祸及眷属和子孙。我从军三十多年,打海匪,靖海难,立过三次功,负过三次伤。我三次写禀帖,请求刑部将功抵罪,宽恕我的眷属和子女,免去他们远戍新疆的苦役,但都被驳回。哦,还有张朝发大人,冤,冤,太冤了!定海城破后知县姚怀祥大人投水自尽,受到优恤,张朝发大人中炮受伤,被弁兵们救起,昏迷二十多天才死去。因为多活了二十几天,就被判了斩监候。他临死前伤口溃烂化脓生蛆,惨不忍睹,他的夫人不服气,千里赴京敲闻登鼓告撞天屈,但徒劳无益,反而被当作罪臣眷属与我们一道解赴新疆……大清啊大清,我们一生为你奔为你忙为你受尽苦和累,为你死为你狂为你咣咣撞大墙,没想到一个闪失被你踩在脚下,永世不得翻身哪!"说到这里,一股酸酸的泪水涌上他的眼眶,再也说不下去,蹲下身子呜呜咽咽地抽泣起来,像一个受了天大委屈的孩子。

张仙岛是包衣奴才出身,同情落难人,劝解道:"俗话说,时来天地同发力,运去英雄不自由。进了天牢的都是天涯落难人。罗建功啊,您往开里想吧!"

正说话间，几个差役从号间里抬出一个担架，上面有一具尸体，被白布盖了。囚徒们纷纷起身让道，还有几个囚徒向尸体鞠躬行礼，罗建功和定海镇的几个旧军官见了，跪在地上口中呢喃："乌大人走好，乌大人走好。"

琦善颇感诧异："这是谁？"张仙岛道："是原浙江巡抚乌尔恭额。"琦善心中一惊："乌尔恭额死了？"张仙岛叹了一口气："乌尔恭额因为浙江败局交部议处，摘去顶戴随营效力。但是，英夷曾在镇海投递字帖，据说是什么《致中国宰相书》。朝廷规定各省封疆大吏不得接受夷书，夷人的禀帖只能交广州十三行转递。乌尔恭额依照成例将夷书掷回，未奏报朝廷。谁也没想到英夷突然大闹海疆。皇上认为乌大人掷回夷书是贻误军机，饬令将他押送京师三堂会审。军机大臣会同刑部堂官遵旨议罪，判他去新疆充当苦役。皇上认为判得太轻，不足以惩儆，发回刑部重审。前几天，刑部改判绞监候①。乌大人想不开，悬梁自尽了。"

琦善不由得百感交集，他意识到乌尔恭额之死与自己有关，他在大沽会谈时听义律说过，英方释放了一个中国商人，将《致中国宰相书》的副本投递给乌尔恭额，他把这事原原本本奏报给皇上，没想到皇上据此给乌尔恭额定下了贻误军机的罪名。乌尔恭额与罗建功一样，毕生效力于大清，突如其来的战争让他手足无措，一个踉跄进了天牢，成为被大清王朝作践和严惩的罪人。悬梁自尽说明他有悔有怨有恨有愁，绝望到极点，心冷如冰地走了。琦善蓦然有一种前程可怖深不及底的预感，仿佛在冰洞里窥见了自己的倒影，不由得喃喃自语："未雨之鸟戚于飘摇，将萎之华惨于槁木啊！"

刑部大狱分隔成三个大监号，甲监收三品以上罪官，乙监收四品以下革员，丙监收重大或疑难案件的平民。张仙岛引着琦善进了甲监，那里条件最好。琦善沿着甬道往里走，突然听见有人在唱京剧《四郎探母》："我好比笼中鸟，有翅难展，我好比虎离山，受了孤单，我好比浅水龙，困了沙滩……"唱罢念了一段独白："莫道我英雄气短，实在是世事堪哀。"接着发出一阵狂放的怪吼："谁敢杀我！谁敢杀我！谁敢杀我！"抑扬顿挫连叫三遍，一声高过一声。琦善愣了愣神儿："刑部大狱里居然有人引吭唱戏？"张仙岛无奈一

---

① 参阅《乌尔恭额改为绞监候　罗建功等发往新疆充当苦差》的上谕，《筹办夷务始末》卷十七。

笑:"主子,是前庄亲王奕赍在唱。"

琦善认得奕赍,此人是太宗皇太极第五子硕塞的后代,荫袭了庄亲王的爵位,但浮薄无行胡作非为,经常携妻带妾赴庙唱戏,出入妓院恣意寻欢,是京城里有名的荒唐王爷。他与镇国公溥喜跑到东直门外的灵官庙吸食鸦片,被九门提督衙门的弁兵当场查获。道光一怒之下削了他的爵位,打入天牢。主持灵官庙的尼僧叫广真,人称广姑子,事发后,广姑子也被判罪发遣。道光还不解恨,命令通政司把这件事登在邸报上,晓谕天下以儆效尤。有人据此编了单弦曲牌《灵官庙》,在京津戏楼里广为传唱,把一桩皇亲国戚的丑事张扬得无人不晓。庄亲王的爵位世袭罔替,不能废掉,道光下令把王爵传给奕赍的弟弟奕仁。奕仁凭空捡了一个王爵,就像天上掉下一个大元宝,高兴得连汗毛都飞起来。

琦善隔着木栅朝监号里瞟了一眼,只见昔日的庄亲王骨瘦如柴,一件对襟盘扣囚服套在骨头架子上,因为不合身显得晃里晃荡。两年多的牢狱生涯把他折磨得脸色苍灰两颊深陷,头发全白干枯如草,眼珠子里放射着疯人的光芒。他长年不洗澡,浑身散发着难闻的汗酸味,令人一闻就想呕吐。张仙岛解释道:"主子,天牢里关进这么个疯子,谁也不能让他闭嘴,只好听任他发神经,天昏地暗地自寻其乐。"琦善见号间里还躺着一个人,很胖,但看不清面孔,问道:"那人是谁?"张仙岛道:"是原镇国公溥喜。他入狱后百无聊赖,吃了睡,睡了吃,谁也不搭理。"由于久不活动,溥喜像一口待宰的肥猪。

张仙岛陪着琦善进去后,鲍鹏和白含章被拦在后面。鲍鹏看见铁锁高墙不由得打了一个寒噤。一个满脸横肉的牢头冲他一龇牙:"你懂规矩吗?"鲍鹏被问得一愣:"什么规矩?"牢头戴一顶黑红高帽,皮笑肉不笑地捻着三个指头:"你是有过一官半职的人,应当懂道理。大清朝一千五百多个州县大狱,哪个不收点儿什么。刑部大狱也不例外,但凡外省押解进京的人犯,总得孝敬点儿黄货白货。"所谓"黄货白货"就是金子和银子,这是明目张胆的勒索。此时鲍鹏才意识到刑部大狱虽然位于天子脚下,其黑暗不亚于偏远的州县土牢。入狱的犯官,四品以上文官三品以上武官,牢头狱卒不敢轻易得罪,万一他们出狱后反手一拍,很可能拍碎他们的脑袋。但品秩较低的佐贰杂官另当别论,这种人能耐有限道行有限,一个跟斗云翻到高位的极少。他们一入狱,牢头狱卒们立马就像一群食腐饿鹰,借机扒一层皮剔一层肉。鲍鹏的押解文书上写的是"文八品",白含章的押解文书上写的是"武六品",二人一进大狱,就像落架的鸡一样被一群泼皮无赖死死盯住。

鲍鹏苦笑着脸皮:"你们怎么不拦琦大人?"牢头"嘿"了一声,满口刁气:"你也配和人家比?人家是司监的主子,咱不敢拦。你们可没这个福分!"白含章一脸不服气:"嘿,承平世界朗朗乾坤,你敢勒索!本官还没定罪呢!"牢头斜睨着他:"本官?没定罪?没定罪能让你进刑部大狱?告诉你吧,县官不如现管,凡是进了这个门的,任你是天上的星星,落魄到天牢里也得魂销骨铄,化成一团软泥!来人,给他套上大号木枷!"两个狱卒发出一声杀威喝,从墙角里提过一副四十多斤重的超大号木枷。这种重枷只要套上半天,就能把人折磨得生不如死。鲍鹏吓了一跳,他毕竟是有钱人,赶紧从行囊里翻出一块五两重的纹银:"这位爷,白守备是外省人,不晓得规矩。您老高抬贵手,高抬贵手,入门银子我替他交了。"他转过头,哭丧着脸劝白含章:"白兄啊,人在世间难免有个七灾八难的。你就将就将就,低一低头吧。"白含章像被恶狗咬了一口的酸梨,毫无办法,只能忍受。

对牢头来说,五两银子是一笔大钱,相当于三个月的薪俸。他抓起银锭掂了掂:"这还差不多。"他"啪"的一声打了一个响指,带着敲诈成功的快意,对一个狱卒道:"把二位囚爷的行李送到西五号,弄桶热水给他们洗个澡,换上囚服!"

第六十四章

炮 痴

琦善到北京的第二天,林则徐到了浙江省的镇海县,巡抚刘韵珂立即去驿站看望他。

林则徐与刘韵珂是老相识,对他知根知底。刘韵珂相貌端庄雍容有度,一口山东话讲得抑扬顿挫:"少穆兄,你在虎门点燃一把禁烟大火,烧得海疆红彤彤的,天下臣民为之一振。两江总督裕谦大人对我说,你立了一件不世之功,却因功受罚,他上疏朝廷为你鸣不平。闽浙总督颜伯焘大人对你敬佩有加,拉上我会衔奏保。可惜的是,朝廷碍于时局没有让你官复原职。裕谦大人不甘心,再次拉我会衔上疏,要你来浙江助一臂之力,朝廷总算允准了。你是经世大才,来浙江的小庙暂时委屈一下。"

林则徐问道:"多谢诸位仁兄鼎力相助。裕谦大人近来可好?""前些日子他回南京了,临行前要我负责浙江防务,但我只懂民政不懂军务,杭州还有许多事情要料理。我是天天盼着你来襄助的。"林则徐道:"余步云大人精通军务,他不是改任浙江提督了吗?"刘韵珂淡淡一笑:"裕大人有个性,余大人有脾气,一文一武鼓号不合,得磨合些日子。"官场上文武不和是常见现象,林则徐初来乍到不宜深问,岔开话题道:"要说海防,我也是半路出家现学现卖。"刘韵珂道:"你经理过江苏和广东防务,与英夷打过仗。我一直在内地任职，要说剿山匪打蟊贼镇压白莲教，我略知一二，要说海上御敌，我是擀面杖吹火，一窍不通。浙江与广东虽然隔着福建，却是脉络相通唇齿相依，我不敢稍有疏虞。你一定能帮上我的大忙。""我林某人不才，但承蒙仁兄抬爱，自当竭尽全力。"

刘韵珂道："少穆兄，现在是战时，诸事繁忙，最紧要的是造炮造船。待会儿我领你去镇海炮局看一看，那儿有一位炮痴。""炮痴？什么炮痴？"刘韵珂狡然一笑："一会儿你就知道了。"

刘韵珂与林则徐一块儿出了驿站，去梓荫山麓的镇海炮局。

镇海县是个六里见方的小城，却有浙江省最大的军工场，铸炮局火药局木料局炮车局一应俱全，几十个作坊雇了上千工匠，数里之远就能看见铸铁炉腾起的黑烟，进了工场就能听见"唰唰"的锯木声和"叮当"的打铁声。铸炮局下设大炉坊、小炉坊、堆料坊、磨铤坊、穿连坊等十三个作坊，雇了三百多个工匠。刘韵珂和林则徐一进大门就看见铸铁炉火光冲天，院子里炭火旺盛火星飞舞，工匠们在酷暑之下大汗淋淋，抱木炭的运矿石的制铁模的拉风箱的，没有一个闲杂人员。林则徐边走边看，工匠们的手掌和脚板都很硬朗，粗壮的胳膊上血管贲张，里面流动的好像不是血，而是熔化了的铁水。十几个铁匠站在齐腰高的铁垛子旁，挥动臂膀抢动铁锤，砸得铁星四溅火花盛开。林则徐见一个工匠用小锤轻敲示意落锤的位置，另一个工匠用大锤使劲砸下，旁观者担心大锤砸到使小锤工匠的手，但每次都有惊无险，二人竟然合作得天衣无缝。

一个工头满脸油灰，比手画脚大呼小叫，把工匠们支应得团团转。刘韵珂指着工头道："那人就是我跟你说的炮痴，嘉兴县的县丞龚振麟。他醉心于机械火炮冶铁制器，什么东西到他手里立马就能花样翻新巧变百出。他是个鲁班式的人物，不愿当县丞，自动请缨来造炮。咱们大清朝就这么一个活宝贝，他这个人一进炮局就如痴如醉，听见炉火声就像听见天籁，看见铁砧上的火星就像看见天女散花，听见扳机和弹簧的咔咔声就像听见黄钟大吕。"刘韵珂把龚振麟抬举到鲁班的高度，林则徐不由得刮目相看，只见他光着月亮头，辫子盘在头上，胡须上挂着汗珠，腰上围着一张皮裙，手里握着一根铁钎，额头眉骨像峻峭的巉岩，活脱脱一副工头模样，只有脚上的厚底官靴说明他是官。

刘韵珂叫了一声"龚大炮！"炉火声风箱声铁砧声碎石声响成一片，龚振麟没听见，依然和工匠们比手画脚地说话。刘韵珂对林则徐一笑："你看那家伙，哪像当官的。"刘韵珂走到龚振麟身后，拽了拽他的衣袖。龚振麟一回头，见是刘韵珂，吓了一跳，赶紧打千行礼。刘韵珂笑呵呵道："龚大炮，我给你领来一个大人物，过来见见。"龚振麟看见十几步远处站着一个人，头戴蓝顶子身穿四品补服，却不认识。刘韵珂道："你猜猜他是谁？"龚振麟赧颜一笑："卑职哪能猜得出来。"他依照官场礼节，前行两步一揖到地行大礼。刘韵珂道："他就是虎门销烟的林则徐林部堂！"龚振麟揉了揉眼睛，半信半疑："刘中丞，您不是开玩笑吧？林部堂是两广总督，头品官红顶子，哪能穿四品补服戴蓝顶子？"

龚振麟是不问俗务的呆官，一门心思琢磨造枪造炮，满肚皮都是机械经济，他听说过林则徐在虎门销烟，却不知晓林则徐被罢官了，更不知道他要来浙江。刘韵珂对林则徐笑道："我说他是炮痴，不假吧？堂堂两广总督林部堂左迁浙江，这么惊天动地的消息他居然一点儿不知道！"他转脸对龚振麟道："这位就是大名鼎鼎的林则徐林大人，不是假的，是真的。林大人受了点儿委屈，来镇海襄办军务。"龚振麟这才信以为真。他在皮裙上搓了搓手上的泥灰："卑职不知道二位大人造访，有失远迎。这边请，当心脚下。"他小心翼翼绕过地上的铁条炉渣和碎矿石，引着刘、林二人进了侧厅。

侧厅里乱七八糟，地面上纸屑遍地，朱漆方桌上摆着草图和书籍，还有一支被拆卸得七零八落的英国燧发枪。那是当地义勇缴获的，送到这里供炮局研究仿制。另一张小桌上有几幅草图，绘着奇形怪状的机械图案。靠西窗的大条案上摆着两条木制船模，其中一条粗具模样，另一条还未做完，船模旁有一个被大卸八块的挂钟，铜钉弹簧螺钉螺母码成一排。靠东墙是一张竹床，床上的被子没叠，枕头旁放着一把英国短铳。茶几上摆着瓷盆瓷碗和筷子汤匙，床底下堆着两双没洗的臭袜子，袜子旁是一位英国铜炮，上面有铸模夷字。林则徐觉得龚振麟是个邋遢人，此人把炮局的侧厅当成私宅，既办公又住宿还当饭厅。林则徐是讲求秩序的人，要是自己的属官如此邋遢，非得大加训斥不可。但镇海炮局是刘韵珂的地盘，自己是获咎冷官，刘韵珂能容忍，自己不宜多舌。

刘韵珂道："龚大炮，你这个房子乱得没有下脚的地方，你该把老婆接来，让她好好打理你的生活。"龚振麟咧嘴一笑："我老婆不能来，她要是来了，我就成出气筒了！"刘韵珂哈哈大笑，对林则徐道："咱们大清朝讲究男尊女卑，龚大炮的家与众不同，是女尊男卑！"

龚振麟搬过两把椅子，请刘韵珂和林则徐坐了，然后把被子往里挪了挪，腾出屁股大的一块地方，将就着坐在床沿上。刘韵珂语气和蔼："龚大炮，你精通泰西算法巧于设计，把你的想法跟林大人说一说。"龚振麟仿佛有了展示才华的机会，眼珠子立即一亮。他从方桌上拿起一幅草图，不绕弯子直切主题："林大人，我一直在琢磨，英国的炮能打远，咱们的炮咋就打不远？去年有一条英国兵船搁浅在崇明岛，当地勇丁俘虏了二十多个夷兵，打捞上两门炮和两个炮架，还缴获了几条枪。"他指着床下的铜炮道："那时候，是钦差大臣伊里布主持浙江军务，我跟他要了一位炮和一架炮车仔细研究。"那位铜炮在他的竹床下面，重约六七百斤，他蹲下身子想拽，却拽不动，一抬头："请二位大人帮一把手。"

林则徐当了半辈子官，从来没见到属官叫上司帮忙干力气活的，龚振麟这个呆官竟然没有尊卑之分，招呼封疆大吏如同招呼伙计。刘韵珂果然蹲下身子帮助拽炮，巡抚屈身干力气活，林则徐没有不出手的道理，他也俯下身子。三个人六只手把那位炮从床底下拽出来，斜依在墙上。龚振麟把手伸进炮口："你看，这不是滑膛炮，是线膛炮，炮管里面打磨得光滑如镜，里面还有几条螺旋线。据俘虏说，这几条线叫来福线。你们再看这条焊接线，这说明什么？说明它是分两截浇铸的，焊在一起的。咱们的炮是一次浇铸，用水和泥制成泥模，然后浇铸铁水层层榫合。泥模必须烘干烘透才行，否则外表虽然干了，里面却湿润，一遇金属熔液潮气自生，铸成的炮筒有蜂窝，施放时炮筒容易炸裂。烘干泥模需要一月之久，碰上雨雪阴寒，耗时更长。使用泥模还有一大缺点，一具泥模只能铸一门炮，随成随弃，无法再用。我冥思苦想试验多次，以铁为模，先将铁模的每瓣内侧刷两层浆液，头层浆液用细稻壳灰和细沙泥调制，第二层浆液用上等细窑煤调水制成，然后两瓣相合，用铁箍箍紧，烘热，节节相续，最后浇铸金属熔液，冷却成型后，立即按模瓣顺序剥去铁模，像剥笋壳一样渐次露出炮身，再剔除炮芯内的泥坯胎，膛内自然光滑。"不懂铸铁术的人根本不知所云，龚振麟却比手画脚如数家珍，兴奋得眼睛发亮，仿佛那些枯燥的铸造工艺是优美动听的故事。

刘韵珂对林则徐道:"龚大炮发明的铁模铸炮法简便易行,一工收百工之利,旋铸旋出不延时日,无瑕无疵自然光滑,周期短,成本低,不出蜂窝,事半功倍!"刘韵琦对龚振麟大吹大擂,龚振麟也跟着水涨船高,兴奋得如同小孩儿:"我还有个想法。咱们的岸炮以陆地为基,是固定的,英夷在海上,船舶浮动摇摆,火炮也跟着摆动,却比咱们的岸炮打得准。为什么?就是因为他们的炮有炮架,能俯仰旋转,调整射角,我们的炮没炮架,就是有炮架,也重滞难移,仅能直击。一位小炮重六百斤,大炮重五千斤,巨炮重八千斤,要是不能俯仰旋转,效用差之千里。"

一位千斤铁炮,不是两个人就能拖拽转动的,调整五千斤海防巨炮,更非区区三五个炮兵力所能及。林则徐也考虑过这个问题,却想不出办法:"你有什么办法?"龚振麟道:"我想用磨盘法和杠杆法,但只适用于两千斤以下的炮。"龚振麟站起身来,从方桌上拿起一幅草图:"这是我画的四轮枢机磨盘炮车。它可绕轴旋转,炮口能高能低,虽重至两千斤,以两人之力即可推拉,但要推拉三千斤以上大炮,还不行。"

刘韵珂道:"你把这批炮造出后,不妨把铁模铸炮法写成《图说》。我要奏请朝廷刻版印刷,分发内地工场效仿。"

林则徐问道:"龚大人,你说英国的燧发枪力能及远,射程可达百丈,咱们的抬枪只能打二十丈,这是怎么回事?"

龚振麟从桌上拿起一把英国短铳,那柄短铳十分漂亮,锁具上有錾叶花纹。他拿起改锥和螺丝刀,又拧又拽又推又拉,手法娴熟得如同变戏法,枪械发出清脆而圆润的声响,转眼工夫,枪机枪栓枪管枪锁被卸得七零八落。林则徐看得目瞪口呆。龚振麟道:"咱们的火枪和抬枪也用燧石击火,但用火绳引爆枪管里的火药。"他从抽屉里取出一根火绳:"咱们的火绳与鞭炮捻子没什么两样,只是稍粗。抬枪从打火到引爆有一段延时,大约两三秒,要是碰上梅雨天,火绳发潮,延时长达四五秒。英夷的燧发枪直接击打火药管的铜帽,延时之短可以忽略不计。延时越长,准确性越差,目标一动就打偏了。咱们的抬枪得两人操作,熟练的抬枪兵每分钟能击发一次,英国的燧发枪一人操作,每分钟能击发三次,这是速度之差。"

林则徐随口问道:"什么叫秒?"国人把时间分为"时"、"刻"、

"分"，却没有分得更精细。龚振麟眨了眨眼睛："您不知道什么叫秒？""头一次听说。"龚振麟从枕头下翻出一只老怀表，递给林则徐："这只表有三根针，粗针叫时针，中针叫分针，细针叫秒针。一秒就是一分的六十分之一。"

林则徐的怀表只有时针和分针，他头一次见到三针怀表，拿在手中仔细端详："这表花了多少银子？"怀表是昂贵的物什，最便宜的也要十几两银子，不是区区小官买得起的。龚振麟嘿嘿一笑："一文钱没花，睿王爷送的。"林则徐又惊又疑，一个八品小官，居然有京城王爷送怀表！龚振麟道："两年前，睿王爷来浙江视察，他的表不走字，想送苏州造办处修理。乌尔恭额大人说我手下有个县丞，比苏州造办处修得好。睿王爷就差人把表送来。我没见过三针表，就鼓捣起来，花了一天工夫才琢磨明白，原来泰西人把分钟细分成六十份，每份叫一秒！我修好后，交乌大人转送睿王爷，没想到睿王爷把三亲六姑的座钟怀表全往我这儿送。我修了十多只，睿王爷大概过意不去，派人送我一只走不准字的三针表。但在我手里，它走得精准。"龚振麟像捡了金元宝似的扬扬得意。

林则徐道："你认得睿王爷？"龚振麟嘿嘿笑道："不认得。我这种道行的人，要是攀上他的高枝，还不提拔我当苏州造办处监督？"刘韵珂呵呵一笑："幸亏睿王爷没提拔你，要是提拔了，咱们的镇海炮局就缺了顶梁柱。"

龚振麟把枪管递给林则徐："林大人，你再看这枪管，这里面学问大了。咱们的枪管是浇铸的，一次成型，管壁粗糙。英夷的枪管是滑膛的，枪管内壁打磨得光滑如镜，里面还有螺纹线。我猜想，这种枪管，一是用深孔钻将棒料钻成管状，二是用专门的枪管精锻机械，三是用无缝无隙的专门钢管，用特制的打磨机打出滑膛，否则造不出这种枪。"刘韵珂问道："能不能仿制？""难，难，难！"龚振麟一连说了三个难字："你看，别说枪管，就是枪机上的弹簧，咱们也造不出来。"他拿起一根弹簧："英夷工匠比咱们高明。咱们的冶炼炉炼不出韧性这么好的钢条。我叫两个工匠反复淬火锤打，试验无数次，依然打造不出来。"

林则徐叹道："听君一席话，胜读十年书啊。看来，咱们大清人才济济，边防有健将，制炮有专家！"

第六十五章

斑斓谎言

穆彰阿拿着奕山的奏折,喜滋滋对潘世恩道:"潘阁老,靖逆将军不愧是皇家血脉,不出手则已,一出手就不同凡响!你看,他在珠江上重演了一出活生生的赤壁大战!水勇们乘火船驾火筏夜袭逆夷,用长钩钩住夷船,抛掷火弹火球火箭喷筒,把夷船烧得烈焰冲天,呼号之声远闻数里。这一仗烧毁逆夷大兵船九只大舢板十一只火轮船一只,击毙逆夷九百余名,汉奸一千五百余名,捞获大小敌炮五十位[①]!逆夷全部退出虎门,粤省夷务大定啊!"

潘世恩戴上老花镜,笑眯眯接过奏折展读。奕山与广东大员们的会衔奏折洋洋洒洒三千言,把一场战斗分拆成几个段落,小事大写,奇事巧叙,写得绘声绘色,比《三国演义》里的赤壁大战还迷人,读起来赏心悦目:

……据守垛兵丁探报,城外夷人向城内招手,似有所言,当即差熊瑞升垛看视,见有夷目数人以手指天指心。熊瑞不解何语,即唤通事询

---

① 以上数字出自《奕山等奏查明义勇擒斩英兵及捞获沉失炮位折》(《筹办夷务始末》卷三十一)。只要把这些数字与英军的统计数字稍加对比即可看出,奕山等人在捏谎。英军总共派出十五条兵船和两条火轮船参加珠江之战,要是九条兵船和一条火轮船被击沉,战局就改写了。

之。据云，要禀请大将军，有苦情上诉。总兵段永福喝以我朝大将军岂肯见尔，奉命而来，惟知有战。该夷目即免冠作礼，屏其左右，尽将兵杖投地，向城作礼。段永福向奴才等禀请询问，即差通事下城，问以抗拒中华，屡肆猖獗，有何冤抑。据称，英夷不准贸易，资本折耗，负欠无偿……是以求大将军转恳大皇帝开恩，追完商欠，俯准通商，立即退出虎门，交还各炮台，不敢滋事等语。……①

潘世恩笑道："虽然未能全歼逆夷，却逼退了他们，也算了却了皇上的剿夷心愿。有此佳音，皇上也能稍舒积郁在胸中的愤懑了。"穆彰阿拿起另一份奏折道："奕山说，多亏有观音菩萨保佑，否则广州将被大火烧成灰烬。他的奏折是这样写的，我给你们读一读：

粤（越）秀山……旧有观音殿……贼攻靖海门……烟雾中望见白衣神像立于城上，遂不敢轰击。火药局在观音山下，贮药三万斤，汉奸潜抛火药，火焰冲天，倘药力发作，全城灰烬。居民望见白衣女装，在屋上展袖拂火，登时扑灭……恭请御书匾额，供奉山巅，以彰神祝。"②

----

① 引自《奕山等奏英船攻击省城并请权宜准其贸易折》（《筹办夷务始末》卷二十九）。英国人神通广大，居然把奕山的多份奏折弄到手，全文译出，刊登在Canton Press（《广州信报》）和《中国丛报》上（1841年7月号，合订本P.403）。《中国丛报》的编者按说奕山撒谎："奕山的奏折，虽然有许多谬误，还是写了一些皇上不喜欢听的真实情况。据说，许多无辜者——士兵等人，以及广州的本地人——被外省军队指责为汉奸，在城内的兵营里发生了内战。奕山的报告多有遮掩和粉饰。广州的本地人知道后群情激愤。（奕山）后来写的第二份奏折充满了谎言与欺骗，被广为传抄……"（合订本第422页）。下面是《中国丛报》的原文：Yihshan's memorial, with all its errors, contains some unwelcome truths for the imperial ear. It is said that many innocent men—soldiers and others, natives of Canton—were denounced as traitors by the troops from the other provinces: hence the *civil war* in their own camp within the walls of the city. Yihshan has given a false coloring to this part of his report; and at it the people of Canton are highly indignant. A second report, and of a later date, is in circulation. It is full of falsehood and deceit, but gives some important information touching the course of policy to be pursued towards foreigners. There can be no doubt that the provincial government and imperial commissioners will proceed to active measures of defense as soon as it may be done with impunity.

② 《奕山等又奏神祇显应请额供奉折》（《筹办夷务始末》卷三十）道光接到奏报后信以为真，果然御书"慈佑靖海"四字匾额。

潘世恩道："广州城屡经战火岿然不动，果真是观音菩萨在暗中保佑啊！"这话有点儿言不由衷。潘世恩是儒家信徒，"子不语乱力怪神"，这话本应是他的行事圭臬。但皇上信佛，满洲人信佛，天子近臣不敬佛不拜观音就无法与皇上和满洲权贵们和谐共事——人在朝中身不由己，人在官场话不由己，人在道场信不由己。经过几十年历练，讲官话办官事行佛礼的意念渐渐深入潘世恩的心脾，形成牢不可破的习惯，他随口就能讲出自己不大虔信的话来。

穆彰阿道："奕山请求皇上为越秀山观音殿题字，那得看皇上的心情。心情好，他会欣然动笔，心情不好，就难说了。"潘世恩道："听了这种消息，皇上会有好心情的。"

王鼎读罢夹在奏折里的《有功人员名录》，抬起头来道："奕山和祁𡎚写了一份夹片，请旨褒奖有功文武员弁和捐资的商人五百五十六人。广州的大小官员差不多都名列其中了。"潘世恩啜了一口茶："有了这份红旌喜报，中膳能加一碗红烧肉。"军机大臣中午不回家，由大伙房供应膳食。皇上生性节俭，厨子怕挨骂，每天精打细算抠抠搜搜，中午只烧两道素菜，碰到喜庆事才加一道荤菜。穆彰阿也端起茶杯："等奕山班师回朝，咱们请两个编词唱曲的，唱一唱奕大将军血战珠江夜袭逆夷。"潘世恩放下茶杯："不用烦劳咱们，奕大将军自家就有戏班子。那些优伶们听说主子打了胜仗凯旋，肯定会巴结着填词编曲呢。"

三位军机大臣做梦都不会想到，这几份奏折是奕山等六大官宪合伙编造的，三分实写七分虚构，小胜大叙大败简写，达到神龙见首不见尾的地步。他们只字不提《广州和约》，把六百万赎城费说成是商欠，对砸抢商馆而被迫支付的六十多万赔偿金不着笔墨，隐瞒了海南义勇和外省客军的内讧事件，只说清军和当地义勇奋力杀敌，对英逆恩威并施剿抚并用，英夷遭受重创后不得不退出省河。奕山等人还说，为了羁縻起见，广东大员决定用蕃司、运司和番禺县的库银，暂替行商垫付二百八十万两商欠，这笔款项将由行商分四年清偿。义律曾经照会祁𡎚："所有议定戢兵之事，只关粤东一省，至于他省，仍须交战不息。迨至安待皇帝允准，将两国衅端尽解。"但是，奕山和祁𡎚把这一重要的诉求用"粤省夷务大定"六字轻轻带过。这六个关键字是经过广东六大官宪反复推敲的，它既奏报了广东战事已经结束，又把"别省或有战事"的意思隐藏其间，行文之巧妙，弹性之充足，可谓随物附形随形附彩，要多奥妙有多奥妙！三位军机大臣虽然掌控枢机高瞻远视，却没有品出其中三昧，因为在他们看来，大清朝一口通商，夷务向来由广东处理，所谓"粤省夷务大定"就是天朝夷务大定。他们根本没有想到其中竟然隐含着"别省夷务未定"的意思。

但此事终归有遗憾之处，潘世恩道："说来说去，还有一个问题绕不开：通商。皇上屡次传旨，不得与逆夷通商，要是通商了事，何必调用七省大军，花费数百万兵费？"穆彰阿道："夷人以牛羊肉为食，没有茶叶大黄就无法消化，大便不通就有生死之虞，所以他们才屡屡侵犯我朝海疆强买强卖。给别人以活路自己才能安生嘛。"王鼎道："穆大人，你的意思是就此收手？""我看不妨乘胜收手。"王鼎有点儿不甘心："这是弥缝手法。"穆彰阿道："天下事不可能事事遂愿，弥缝也是一法嘛。潘阁老，你说呢？"潘世恩点头道："有时候退一步海阔天空，能把棘手的事情化解于无形之中。"

一个军机章京走进来，手里拿着印有红框的桑皮纸信套："启禀各位大人，刑部司官禀报，原殿阁大学士署理两广总督琦善被槛送到京，请问如何审理。"三个军机大臣对视了一眼。琦善代逆夷恳请通商，私割香港，惹得皇上大发雷霆。但琦善在赴京途中写了一封私信，托人用四百里驿递送给三位阁臣。他承认主抚，却不承认私割香港，他请求军机大臣们代他向皇上乞恩，从轻议罪。三位阁臣也觉得私割香港的罪名证据不足，但如何替他辩解却是个难题。

穆彰阿道："二位阁老，你们看怎么处置？"王鼎道："这个罪名是钦定的，如何处置只能出自圣裁。"潘世恩也觉得琦善的案子既微妙又棘手，要说琦善无罪，等于说皇上有错。皇上位居万人之上一言九鼎，岂能有错？他思忖片刻道："穆大人，还是暂时关在刑部大狱吧，但要好生安排，不要屈待他。"

军机章京走后，穆彰阿才把奕山和广东大吏们的奏折、夹片和《有功人员名录》放在奏事匣子里送入养心殿。

酉时二刻，大自鸣钟"叮咚"一响，军机处散班了。潘世恩和王鼎按时回家，只剩穆彰阿一人值夜班。他坐在炕几旁，披阅各省奏报的匪乱、赈济、库银解京等事宜。大太监张尔汉来了，朝门里看了一眼，猫腰进去，曲项勾背道："穆中堂，皇上传您。"穆彰阿放下笔，下炕跐靴子，跟在张尔汉后面朝养心殿走去。

道光皇帝光着脑袋，盘腿坐在炕几旁写字，见穆彰阿进了东暖阁，一摆手："免礼。"说罢伸出双腿要下炕。张尔汉赶紧俯下身子给他穿鞋。穆彰阿道："皇上，天快黑了，您还在勤政？"道光这才注意到天色："哦，是快黑了。点灯！"张尔汉点了两盏八宝莲花灯，道光对张尔汉道："穆中堂今晚当值，你叫御膳房多烧一道菜，外加一碗米酒。朕要和穆中堂一块儿用膳。""喳！"张尔汉虾着腰退出东暖阁。

道光用指甲搔了搔头皮："朕有点儿纳闷儿。朕三令五申不得与逆夷通商，琦善在广州时替逆夷传话恳请通商；杨芳到广州后也代逆夷恳请通商；奕山到广州后依然代逆夷恳请通商，说英夷仅要求偿还商欠，唯有准其通商，才能了结战事。朕派他是靖逆的，不是抚远的，打了胜仗固然可喜，却又回到通商的老路上。你说这事蹊跷不蹊跷？"穆彰阿颔首道："是有点儿蹊跷。奕山离京前反对通商，信誓旦旦要把逆夷悉数殄灭。隆文离京前也说闭关锁国利于疆圉，到了广州却变调了。"道光用拳头轻轻捶着膝头，眼神里含着苦闷和迷茫："朕想不明白，通商怎么成了挥之不去的阴影！早知今日，何必当初？"

穆彰阿道："奴才的见识是，既然琦善、杨芳、奕山和祁贡都有恢复通商之议，朝廷就不能不认真考虑。今天下午，奴才与潘、王二位阁老议过此事，英夷手段蛮横，先取舟山再攻沙角和虎门，还兵临广州，但每次都取而奉还，如此看来，逆夷所求无非是通商，像现在这样大动干戈反复折腾不一定划算。这次逆夷降低了条件，不提割让海岛，不提增开通商口岸，只索要六百万商欠，潘、王二阁老也认为，朝廷可以借机收手，这笔钱数额虽大，但不由朝廷出，由十三行分年代还。"

道光道："要是逆夷的索求仅止于此，朕也有心退让一步，但逆夷还占着香港。奕山对收复香港只字未提。"穆彰阿道："想必奕大将军有难言之隐。香港与大陆隔岸相望，收复香港需要外海水师，广东水师被摧毁后，重建需要时日。水上作战恐怕不是一朝一夕的事情。香港乃弹丸之地，据祁贡和怡良奏报，逆夷在岛上修了环岛裙带路和寮房，诱使内地商家前去贸易。他们二人颁下宪令，严禁商家去香港贸易，日久天长，英夷销货不便，未必久踞。只要他们不再猖獗，不妨让他们暂时寄居。"

道光的目光里透着困惑："你们三个军机大臣都主张就此歇手？"穆彰阿

颔首道:"佛说,天下事由多缺陷,幻躯难得免无常。朝廷的事与民间的事大同小异,有时也会吃亏,退让三分不一定有害。对于太费力的事,模糊办理也是一法。"

道光站起身来,在水磨砖上踱起步子:"广东夷情成了朕的心病。朕是独挑天下大梁,你是赞襄,不挑大梁不知其中滋味。两年多来,朕先后派往广东两个钦差大臣一个靖逆将军两个参赞大臣,换了三任总督,却不能将逆夷悉数殄灭。奕山打了胜仗,是小胜,朕并不满意。朕把他们的会衔奏折读了两遍,眼瞅着有粉饰有虚夸,却不能不委屈迁就。你就是换一拨人,也不一定比他们干得好,说不准还会左右勾连上下联手,瞒天瞒地瞒朝廷,瞒得你两眼昏蒙!"道光深感到国家太大,自己力不从心,不得不独自吞下一枚坚涩的苦果。穆彰阿道:"皇上,民谚说,水大漫不过船,手大遮不住天。奕山和广东大吏们胆子再大,也不敢欺蒙朝廷。英夷性同犬羊,不值得与之计较。本朝已经宣示兵威,给予惩创,不妨得饶人处且饶人,否则,这仗不知要打到何年何月。"

道光是守财皇帝,偏于惩罚吝于恩赏:"奕山要求褒奖五百五十六名有功人员。朕着实神劳心疲,不想跟他拧麻花。在朕看来,在战场上死去的人才是佼佼者,剩下的都是无能之辈,但是,请功邀赏的都是活下来的人。"穆彰阿觉得皇上的话有点好笑,但不敢反驳:"皇上,一场胜仗打下来,总得有所恩赏。就算剩下的人都是无能之辈,没有功劳也有苦劳。"

道光指着炕几上的《有功人员名录》道:"奕山在捐资助军名录里把行商伍绍荣和伍元蕊放在首位。十几年前,朕派兵平息张格尔叛乱。伍家人捐资二十万,朕亲笔为他家的大宅院题写了'忠义之家'的匾额。伍家人依然秉承忠义家风,他们才是真正应该褒扬的。"穆彰阿读过《有功人员名录》,奕山奏报说:

> 举人伍崇曜(伍绍荣),捐塞河道银一万余两,捐修炮台银三万两,又另捐铸一万二千斤大铜炮十尊,缴银三万余两,共计捐银七万余两。拟请赏戴花翎,以郎中即用。

>内阁中书伍元薇,捐修炮台战船银七万两。拟请赏戴花翎,以员外郎即用。①

道光对这种褒扬最满意。伍家人捐资巨万,奕山建议将伍绍荣晋升为五品郎中,伍元薇晋升为从五品员外郎,赏戴花翎。郎中和员外郎都是没有实权的虚职,两根花翎是仅值几个大铜子的孔雀羽毛,这相当于给立功将士颁发"巴图鲁"勇号。对朝廷来说,用荣誉换取臣民的忠心,用虚衔换取商人的巨款,是最划算不过的事情。道光的眉头稍微舒展:"十三行累年积欠达数百万之巨,要不是兵祸连天,本应照旧例予以严惩,考虑到行商的确疲乏,暂时免议其罪。伍家人不愧是本朝的忠义之士,每当国家有难都慷慨解囊,可惜这种人太少了。就照奕山所请,伍绍荣以郎中即用,伍元薇以员外郎即用,赏戴花翎。其他出力文武员弁,也应酌加恩赏,但不能大赏只能小赏。你叫内务府把上个月苏州造办处送来的如意扳指荷包赏给他们就行了。""喳!"

道光背着双手踱了几步:"哦,仗打完了,不能只奖励不惩罚。邓廷桢履任两广总督多年,懈惰因循,办理军务不加整顿,拦江排链空费钱粮全无实用,思之殊堪痛恨。林则徐办理广东事件深负委任,挑起边衅责有攸归。此二人不惩办不足以彰显国法之平。著将他们二人从重发往伊犁,效力赎罪。另外,两江总督伊里布也不能免责。"穆彰阿的心头微微一动,抬头看着道光:"伊——"他想问:"伊里布有何罪?"但刚吐出"伊"字,就被道光冷厉的目光挡住,余音断在舌尖上。道光切齿道:"朕三令五申要他渡海作战全歼丑夷。他却拥兵不动,坐视逆夷滑脚南逃驰援广州,致使广州局势复杂万端。据接替他的裕谦密折揭发,伊里布豢养了一个叫张喜的人,此人行为不规,收受夷人礼物,著把他和伊里布一并押送京师审讯。"

封疆大吏的加密奏折必须直报皇上,军机大臣不得拆阅。穆彰阿知道裕谦有密折发给皇上,却不知晓他写了什么。听皇上一说,才知道裕谦又告了伊里布一状。

道光重新坐在炕沿上:"既然粤省夷务大定,沿海七省即可酌撤兵员,以

---

① 取自《靖逆将军奕(山)会办广东军务折档》,《中国近代史丛刊·鸦片战争》第四册,第264页。

节靡费。明天你与潘阁老和王阁老议一议，拿出一个撤兵章程来。"穆彰阿又"喳"了一声。

义律明白告诉奕山等广东大吏，英军将"择地另战"，奕山等六大官宪却用"粤省夷务大定"的六字哑谜把朝廷蒙了，致使皇帝和军机处做出了一个严重的错误决定！

第六十六章

换将与第二次疠疫

在国防大臣马考雷的陪同下，亨利·璞鼎查爵士走进了外交部办公楼。璞鼎查是爱尔兰人，五十多岁，宽额广颡，棕色的头发像一团柔软的羊毛，唇上留有两撇微翘的胡须。他穿着黑色礼服，步伐坚定姿态稳重，一看就是军旅出身的人。璞鼎查十二岁离开故乡前往印度，在陆军效力。英国政府对贝拉切斯坦和信德（现在的巴基斯坦南部，在十九世纪初叶，它们是两个独立的穆斯林小国，后来被英属印度吞并）虎视眈眈，为了将这两个土邦纳入英属印度，英印当局派他和另一个人化装成马贩子，对该地区进行全面考察。璞鼎查历时两年，行程两千五百英里，绘制了一份详细的地图，撰写了一本《贝拉切斯坦和信德游记》（*Travels in Beloochistan and Sinde*，1816）。这本书写得翔实生动，展示了他不同凡响的观察力，精湛的计算力和严谨的分析力，成为英国驻南亚次大陆官员的必读书。璞鼎查也因此一举成名。他为英国的殖民扩张耗费了三十多年精力，立下了汗马功劳，晋升为少将，受封为从男爵[①]。几个月前，他因病回国休养，本想康复后返回印度，没想到巴麦尊勋爵看中了他，要他到

[①] 从男爵（baronet）是英王詹姆斯一世在1611年创立的爵位，一直沿用到现在。从男爵低于男爵（baron）高于骑士，骑士和从男爵都尊称为"爵士"（Sir），但骑士的爵位不可世袭，从男爵可以世袭。璞鼎查、郭富和第二任舰队司令巴加都是从男爵。

外交部效力。英印当局的推荐函说他遇事冷静办事果断，执行命令如同一架精确的时钟，毫厘不爽。

巴麦尊勋爵端起一把精致的瓷壶，斟满两只考究的瓷杯："璞鼎查爵士，这是查顿-马地臣商行从中国运来的上好茶叶，有个好听的名字，叫'大红袍'。看，只要浸泡一分钟，茶水就呈深红色，像中国人的红袍子。"璞鼎查端起杯子啜了一口："味道很好，谢谢。"

巴麦尊勋爵坐在一把狮爪雕花软皮椅上："一年半前，我写了一份《致中国宰相书》，设定了对华战争的最低目标。我命令查理·义律占领舟山，以该岛为质押物，要求中国皇帝赔偿兵费和烟价，增开四到六个通商码头或者割让一座海岛，英中两国平等交往，清方致我方的公文不得加写高傲的'谕'字，我国致清方的公文不得使用屈辱性的'禀'字。而后，我又给他发去第三号训令，命令他向清政府提出十五项要求。但是，他却把我的训令视为具文，擅自搞了一份《穿鼻条约》，仅提出了四项要求，索要区区六百万元赔款，这笔钱不足以抵偿兵费和烟价。即使这么低的赔款，他还容忍中国人分五年偿付，这等于用我国商人缴纳的关税、船钞和行佣分期支付赔款。他办事完全不考虑国家利益和政府训令，天马行空随心所欲。最让人不可理解的是，他寄来的《穿鼻条约》竟然没有中国钦差大臣的签字，根本没有法律效力。更奇怪的是，他居然在中国钦差大臣签字前就放弃了舟山，占领了一个叫作香港的无名小岛，那是一块遍布荒石的不毛之地，面积只有区区三十二平方英里。他竟然大言不惭地发布公告，说香港已经纳入我国版籍！这完全有悖常识。中国领土的任何部分，只有经过中国皇帝的批准，其割让才具有法律效力。香港仅仅是军事占领。我不得不认为查理·义律没有担任全权公使的能力。"

马考雷道："查理·义律是个自以为是的人。两年半前，中国钦差大臣林则徐强迫我国商人交出鸦片，他不经请示就做出承诺，用政府的名义补偿商人的损失，结果遭到议会的否决。他主张对中国用兵，却对中国人心怀同情，生怕打痛他们。几天前，我收到几位远征军将领的联名信，将领们抱怨说，义律从不考虑他们的意见，盲目相信中国钦差大臣琦善，而琦善是个毫无诚信的卑鄙家伙，他把义律从大沽骗到广州，让整个英国为之丢脸！军官们还说，义律久居中国，沾染了中国人的阴柔习气，与中国官吏交往时刚强不足谦卑有余，有失全权公使的尊严，让军队听命于他就像让一群雄狮听命于一只软弱的猫。"马考雷有演说家的才华，讲起话来滔滔不绝，声动于情，情动于心。

巴麦尊道："第三号训令的第一条是保护我国商人的人身安全和财产安全，这是我最看重的条件，但是，《穿鼻条约》对此只字未提，却纠缠于别的事项。"

外交大臣和国防大臣对义律轮番贬斥，仿佛他是一个低能儿。璞鼎查颇感吃惊："哦，这么严重？"巴麦尊道："是的，非常严重。他屡屡出错，把本应一年就解决的问题拖了两年半之久。他缺乏担任全权公使的眼光和才华，我与马考雷先生再三商议，并报请默尔本首相，决定把您从军队中调出，担任对华全权公使兼商务监督。"璞鼎查拿出笔记本："巴麦尊勋爵，感谢您和马考雷先生对我的信任。请你们指示，我到中国后应当如何行动。"

巴麦尊爵勋从抽屉里拿出两份文件："这是我一年多年前撰写的《致中国宰相书》和第三号训令的副本。两份文件有不一致的地方，以第三号训令为准，请您回去仔细研读。目前我国的对华政策没有改变，我要求您不折不扣地执行这两份文件。"马考雷道："中国皇帝说我们性同犬羊，视我们为朝贡互市之人，你去中国要打掉他的谬见！中国像一个紧闭的蚌壳，针插不入水泼不进。你的任务是撬开它，不惜撬烂它的硬壳，撬疼它的神经，撬破它的肉体，把我们的价值观和制度灌输给它。还有一个重要的人事调整，伯麦爵士另有任用，我们将派巴加爵士接替他的职务。巴加爵士在印度的孟买，你到孟买后与他一起去中国。"

巴麦尊勋爵道："你们到中国后先做这几件事：第一，重新占领舟山，以舟山为质押物，强迫中国皇帝接受我们的全部条件，在他屈服前不能退出。第二，谈判地点不能定在广州，而应改在舟山或者天津。广州距离北京太远，我们不能让中国人以距离为理由拖延时间。第三，你是国家的公使，不能屈尊与广州知府等低级官员交涉，更不能像义律那样通过行商转递所谓的'禀帖'。你只与中国皇帝界以全权的大臣交涉。第四，赔款数额最低不能少于三百万英镑，即一千二百万元。最后，全世界只有中国禁烟，鸦片在我国和其他国家都是合法商品。你应当劝说中国人修改法律，让鸦片贸易合法化。这对我国是有利的。不过，鸦片问题不一定写入条约，以免引起教会和反对党的非议。"

璞鼎查问道:"如果中国政府坚持禁烟呢?""那就维持现状,依然默许公海上的鸦片贸易。清政府的禁烟令只仅于国内,不能扩大到公海,但你绝不能做禁烟的承诺。"璞鼎查把巴麦尊勋爵的训示一一记在笔记本上:"我会坚定、严格地执行您的训令。"

马考雷道:"璞鼎查爵士,您还有什么要求?"璞鼎查道:"我对中国知之不多,需要一些有关中国的资料。"巴麦尊从抽屉里取出一个档案袋和一本书:"我为你准备好了。档案袋里是外交部有关中国问题的资料汇编。这本书是郭士立牧师撰写的《中国简史》。郭士立是德国人,也是一个中国通,目前在我国驻澳门的商务监督署效力。"

英军在广州北面的四座炮台驻扎了七天,附近的沼泽和稻田不断散发出可怕的瘴气,四周全是心怀敌意的中国人。骄阳与暴雨,热气与冷流,成群的蚊蚋,轮番折磨着英军。有人染上了痢疾和间歇性热病。军医发出警告,疟疾和热病一旦扩散,军队就会瘫痪,死亡率高达百分之十到二十!情况十分紧急,当广东官宪交出最后一百万赎城费后,郭富和辛好士果断下达了撤退令。

在撤退过程中,数千官兵拥挤在狭小的船舱里,大大增加了传染的机会,当他们到达香港时,疫情已如火如荼势不可当。

三分之二的官兵相继病倒,马德拉斯第三十七团的疫情最严重,六百多官兵中仅有一百人能勉强值勤。接着,坏疽病不期而至,伤兵们的伤口红肿,无法愈合,感受到胀裂式的剧痛,几天后伤口变成紫黑色,出现暗红的水泡,流出恶臭液体。有人不小心划破了皮肤,立即感染破伤风,头昏脑涨浑身乏力,咀嚼无力面唇青紫。当病情发作时,病号的躯干四肢和弯肘处因为肌肉痉挛而扭曲成难看的弓形,呼吸骤停。被疫病折磨得半死的士兵们不断呻吟,不时发出撕心扯肉的惨叫。如此可怕的景象令野战医院形同地狱,最勇敢的士兵也开始厌战思乡。

疫情从军队扩散到民间。澳门的居民紧张起来,病人从数十人扩大到数百人,进而扩大到数千人。圣保罗大教堂开始接纳死魂灵,神父们天天为死去的葡萄牙人做临终大弥撒,一声接一声地敲响丧钟。普济禅院里香烟缭绕,和尚们敲着木鱼,为死去的中国人设醮念经超度亡灵。

疠疫殃及辛好士爵士，这位身体健康充满活力的代理舰队司令突然遭到死神的重击，从发病到死亡仅仅历时六天！维多利亚湾里的所有兵船降下了半旗。大鸦片商贩詹姆斯·因义士也病倒了，他在病榻上苟延了七八天后，走完了罪恶的一生。查理·义律也病倒了，他躺在家中昏昏沉沉时而发烧时而发冷，没有人知道他能否熬过这场生死大劫。

英军瘫痪了。义律原计划五月中旬或下旬攻打厦门，疫情打乱了英军的计划。

清军的情况同样糟糕，广东天气炎热空气湿蒸，酷暑骄阳与雷鸣暴雨交织，弁兵们经不起上霪下湿的折磨，病得东倒西歪。参赞大臣杨芳和隆文日夜操劳心血枯耗，相继病倒。杨芳命大，幸运地活下来，隆文经不起折腾，一命呜呼，成为死于疫情的最高官员①。

---

① 杨芳和隆文患病的情况见《奕山等又奏奕山隆文分驻石门金山杨芳因病咨请暂为调理片》等奏折。奕山说隆文死于"虚火上炎，肝气郁结，脾胃失调"，英方史料说隆文死于疫情。

第六十七章

罪 与 罚

经过调查、取证和审讯后，终于要给琦善定罪了。

审判琦善的阵容空前盛大，除了都察院、大理寺和刑部的主官外，睿亲王、肃亲王、庄亲王、惠亲王、定郡王、大学士、军机大臣、六部尚书都参加了，可谓济济一堂气象庄严。只有王鼎未到，他因为黄河决口去河南了。

主持会议的是睿亲王仁寿。他三十多岁，风华正茂，对刑名律例颇有研究，道光要他分管司法。诸王大臣们绷着脸面围坐在一张大条案旁，条案上堆着厚厚的卷宗，足有一尺厚，不仅有审问琦善的记录，还有审讯鲍鹏和白含章的记录，此外还有广东巡抚怡良的证词，山东巡抚托浑布对鲍鹏来历的说明，两广总督祁㯺的调查结果。这些东西大家都翻阅过，有的被翻阅过多次。

睿亲王道："粤省夷务大定，举国额手称庆，边衅总算结束了。现在是论功过、定是非的时候，该惩处的要惩处，该褒奖的要褒奖。琦善过了两堂，鲍鹏和白含章审了三次。刑部给他们拟了罪名，请诸位议一议，看合适不合适。阿中堂，你给大家说一说。"

刑部尚书阿勒清阿道："我与刑部的司官们合议后提出如下建议，请诸位大人定谳。大沽会谈是皇上允准的，不能作为议罪的依据。但皇上下令停止英夷贸易，不准增开通商口岸，不准付给烟价，不准与逆夷交涉，唯以武力讨伐，琦善却抗旨不遵。他不仅接受夷人的禀帖，还张皇欺饰弛备损威，他违旨擅权，与夷酋义律在莲花岗会面，私议草约。依照《大清律》中'守备不设，失陷城寨者，斩监候'的科条，刑部拟定绞监候。另有琦善随员鲍鹏，本系前督臣林则徐通缉的逃犯，拟发配新疆，遇赦不赦。山东维县知县招子庸荐举鲍鹏，滥保匪人，贻误国家大事，给予免职处分。另有随行武弁直隶守备白含章，无罪释放，返回直隶本任。此议请诸位王公大臣定案。"

维县知县招子庸和守备白含章官位较低，鲍鹏更是无足轻重的小人物。对他们的处置没有异议，但如何给琦善定罪却意见分歧。

穆彰阿道："我看绞监候有点儿重了。他与义律互换文书达二十封之多，每一条都据理力争，反复辩驳多次修改，在寄居香港事宜上尤其互不相让。两广总督祁贡经过调查取证，说琦善仅同意给予英夷香港一隅寄居，既非全岛，更非割让。义律占领香港后发布文告，说天朝钦差大臣同意割让香港，恐怕只是一面之词。"

奕经主张严判，但不明说，囧字脸上的倒八字眉一耸一动："这要看如何领会圣意。琦善的罪名是钦定的。"奕经是吏部尚书，奕山出任靖逆将军后，他接替了步军统领之职，成为级别最高的武官。奕经既有皇家血统，又兼文武二任，说话很有分量。睿亲王道："是这么个理。九曲黄河归大海，万流虽细必朝宗。谁是宗？皇上是宗，臣工是流。琦善的案子是钦定的。本王也以为应当按照皇上的旨意办理。"睿亲王天潢贵胄位尊且崇，但能力有限，对皇帝向来讴歌谀颂，即使皇上有过分之举或超格之言，他也经常应声附和。

庄亲王奕仁坐在睿亲王的旁边，他是奕赍的弟弟，与睿亲王年纪相仿。奕赍犯案前，奕仁是乾清宫的二等侍卫，他做梦也没想到哥哥因为吸食鸦片丢掉王爵。庄亲王是世袭罔替的铁帽子王，奕赍的王爵从天而降落到奕仁的头上。但是，奕赍的颠踬充分说明爱新觉罗氏家法森严，即使贵为亲王也不能胡作非为，故而，奕仁继承王爵后十分谨慎，把"饱谙世事慵开口，阅尽人情只点头"当作座右铭。他略有同情之心，不愿落井下石，慢悠悠道："琦善罪无可逭，理应治罪。但是《大清律》里有八议之说。一议亲二议故三议贤四议能五议功六议贵七议勤八议宾。'亲'指皇室宗亲，'故'指皇上故友，'能'指有整军旅、莅政事之才干的人，'功'指功臣，'贵'指有爵位者，'勤'指勤政者,'宾'为前朝皇帝的子孙。琦善沾上'能'、'贵'、'勤'三字。我以为,不妨减罪一等刀下留人,将斩监候改为流徙,发往边陲效力。"

阿勒清阿是铁面尚书,力主严惩:"庄亲王,这得有个比较。乌尔恭额是前浙江巡抚,舟山之败责有攸归。刑部判他绞监候不仅是因为舟山败绩,还因为他接到《致中国宰相书》后将夷书掷回,没有奏报。封疆大吏不得接受夷人的禀帖是朝廷的章程,掷回夷书没有错,错在他隐匿不报,致使朝廷两眼迷蒙,贻误了军情。相比之下,琦善的罪过大多了。他不仅丢了虎门损了国威,还公然抗旨与夷人会晤,要是他的刑罚比乌尔恭额轻,如何彰显国法之平?"

在睿亲王看来,在皇上手下办事,必须做到两点:一是称颂皇上的谋略和眼光,二是向皇上表明自己尽心尽力,他接过话茬道:"庄亲王,你和穆大人主张轻判,但在本朝,凡是皇上立罪在先的,都依照皇上的旨意办理。皇上说你有罪就有罪,没罪也有罪,说你没罪就没罪,有罪也没罪,对吧?私割香港证据不足,是个问题,但也得由皇上拍定,皇上说私割了就私割了,没私割也私割了;皇上说没私割就没私割,私割了也没私割。对吧?"睿亲王像在说一则合辙押韵的绕口令,却真实得无可挑剔。因为皇威难测,道光向来把臣工的命运拿捏在股掌之间,谁也说不准何人在何时何地因为何事突然高飙或沉沦。

听了睿亲王的话,大家你一言我一语地议论起来,既有赞成重判的,也有主张从轻的。议了半天,统一不了尺度。睿亲王道:"潘阁老,您说一说如何定谳。"潘世恩捻着胡须道:"眼下有两种意见,有主张斩监候的,有主张流徙的。我看,不妨把两种意见都奏报给皇上,以圣裁为准。"潘世恩办事向来恪守中庸,调和两歧,睿亲王觉得稳妥:"那就依潘阁老之议,把两种意见一块儿上奏,由皇上裁决。琦善的案子就议到此,下面说一说伊里布的案子。"

一听"伊里布的案子",庄亲王和各部尚书们全都吃了一惊,不由得惶惶然左右顾盼。两个月前,皇上给伊里布的处分是拔去双眼花翎褫去黄马褂。对封疆大吏来说,这种处分就像下毛毛雨,仅仅湿一湿衣裳。没过多久,道光突然命令裕谦接任两江总督,让伊里布来京听宣。大家以为皇上对他另有任用。伊里布到京后,拜会了在京的高官和故友,王公大臣们也与他把酒应酬。谁也没想到皇上翻脸像翻书页,突然把伊里布视为罪臣,要在座的诸王大臣给他议罪。除了睿亲王、穆彰阿、潘世恩和阿勒清阿事先知情外,所有王公大臣们都感到意外。

潘世恩解释道:"皇上昨天才颁旨要睿亲王和刑部尚书阿勒清阿拘捕伊里布,此事有点儿突然,还未知会大家。"

奕经与伊里布私交不错,几天前还曾设家宴招待过他,没想到一转眼伊里布成了阶下囚!他心里有点儿不自在:"伊节相是什么罪名?"睿亲王道:"逆夷占据定海后,皇上多次催促伊里布择机进剿,他却置若罔闻,一心期盼琦善与逆夷会谈,以抚了事。"阿勒清阿道:"罢战言和始于琦善,去备媚敌乃是致败之由。伊里布有忍辱负重之心,却无安危定倾之略。他借口羁縻坐失良机,致使逆夷平安撤出舟山,集中兵力攻打虎门和广州。新任两江总督裕谦揭发伊里布私受逆夷礼物,接济夷人牛羊,厚待逆夷俘虏。其家人张喜本是贱役,伊里布私自给予顶戴,假冒天朝职官与夷人交涉,据说张喜还有收受逆夷礼物之嫌。"

大堂里响起了嗡嗡嘤嘤的议论声,久久没有定论。

盛夏的北京又闷又热,道光搬到万春园的四宜书屋办公。万春园在京北十五里处,四宜书屋两面临水,有降温作用。他刚搬进去,穆彰阿就送来一份红旗快递,奕山奏报了一个天大的好消息:广东洋面突发飓风,海涛山立大雨倾盆,泊在香港湾里的英国兵船和划艇遭到重创,被风浪击毁十条之多,其余四十余条夷船桅舵俱损,淹死汉奸夷匪不计其数,达到浮尸满海的田地。此外,英夷在香港修筑的帐篷房寮被吹卷无存,所筑码头也坍为平地。在这次飓风中,清军也略有损失,有两条外海师船被撞碎,九名官兵遇难,但与逆夷的损失相比微不足道。道光读罢十分兴奋,用朱笔在奕山的奏折上批了一行小字:

览。此未见未闻之天祝,朕寅感愧悚之余,欣幸何似![①]

他对穆彰阿道:"朕引颈东南悬心期盼达数月之久,今天才盼来大快人心的好消息!"穆彰阿道:"皇上至诚感神,故而才有海灵助顺。英夷虽能苟延

---

① 《奕山等奏飓风打碎英人房寮码头并漂没船只折》,《筹办夷务始末》卷三十。

残喘，势必震慑于天威而心寒胆裂。"

道光道："多行不义必自毙。英夷恶贯满盈遭此天诛，足见有神明在冥冥之中暗佑我大清。"穆彰阿道："奕山曾上折子说，英逆围攻广州期间，越秀山上有观音菩萨显灵，助军守城，故而，广州城在强敌环攻之下免于大难。他恭请皇上为越秀山观音殿御赐匾额，以保海疆永靖之福。"道光百事缠身，把这事忘了。但他虔信佛教，经穆彰阿提醒，突然来了兴致："有此喜讯，朕非常高兴，就应奕山所请题几个字。穆大人，你替朕想几个字。"穆彰阿故作思考状："'慈佑靖海'四字如何？"道光心中一亮："好，就这几个字！张尔汉，铺纸。"

张尔汉立即取来一张玉版宣，铺在御案上，用镇尺压住四角。道光拿起一支大抓笔，蘸笔濡墨，写了"慈佑靖海"四个水墨淋漓的大字，欣赏片刻，晾在条案上："穆大人！""奴才在。""陪朕去庄严法界上香，敬谢神明。""喳。""张尔汉，你去取三炷大藏香。""喳。"张尔汉倒着身子退出四宜书屋。

庄严法界是皇上礼佛的地方，与四宜书屋隔着一片湖。湖面上鸳鸯戏水白鹅交颈，人工放养的鲤鱼在水中悠游喋呷，岸旁有成片的垂杨柳。柳树的枝杈里藏着数不尽的知了，"吱吱吱"叫个不停。几只喜鹊飞来，知了们预感到危险，突然静下来，只有低低的嗡响，烘托着一种人类无法理解的气氛。六七个小苏拉太监仰着脖子举着竹竿粘知了，他们都是十二三岁的孩子，童趣未泯。粘知了的活计对他们来说近似游戏，他们叽叽咕咕又叫又喊："哎，粘住一个！""一个算什么，我粘了三个！""三个？我昨天上午粘了十六个！""吹牛！"

不知谁突然喊了一声："皇上来了！"小苏拉太监们像老鼠听见猫头鹰的叫声，唰的一下扭头回望，果然见皇上从假山后面绕出，背着双手游着步子走过来，张尔汉抱着一捆大藏香与穆彰阿跟在后面。他们赶紧把粘竿丢在地上，跪在石板道旁边，屏住呼吸，头也不敢抬。道光对他们熟视无睹，沿着石板道直接朝庄严法界走去。

庄严法界里面供奉着佛祖释迦牟尼，文殊、普贤和观音三大菩萨，以及十八罗汉的金身塑像。道光绕过大雄宝殿，直接去了观音殿。观音的塑像上方有一块匾额，写着"慈佑万方"镏金大字，两侧的楹联写着：

> 观天观地观苦观乐观天下，是为观音
> 大慈大悲大恩大德大世界，乃称大士

那是高宗皇帝乾隆的御笔。道光抚摸着莲花座，凝视着观音菩萨庄严肃穆的宝相，点燃了三炷大藏香，虔诚地跪在蒲团上，双手合掌，口唇微动念念有词，为大清的承平祈祷。穆彰阿跪后面一拜三叩首。祈祷完毕，道光站起身来："穆大人，朕想去同乐院看望一下老佛爷。"穆彰阿见皇上要去后宫，行礼告辞："奴才就回去办差了。"

同乐院是孝和睿皇太后钮祜禄氏的住处。道光的生母是孝淑睿皇后，但她福薄命浅，仅当了两年皇后就撒手人寰。孝和睿皇太后是嘉庆皇帝在潜邸时的侧福晋，孝淑睿皇后去世后，她晋升为皇后。她虽不是道光的生母，却母仪天下二十三年。道光不仅以搏节表率天下，还以孝道表率天下，他仅比孝和睿皇太后小六岁，但恭敬有加，每隔两天就请安一次。道光严禁鸦片，不仅在民间禁，在宫闱也禁，禁得人人噤若寒蝉，唯独对孝和睿皇太后网开一面。他命令太医院以用药材的名义存留了几箱鸦片，仅供皇太后一人享用。

深宫里的日子很乏味，但琐琐碎碎的时光总得一点点地打发，涓涓而来的日子总得一天天地度过。嫔妃们百无聊赖，除了生养孩子，最大的乐趣就是玩骨牌，三条五饼清一色，白板红中南北风，个个都是玩骨牌的高手。她们经常围桌斗牌说闲话。要是连骨牌也没有，那就会闲得发霉。此时此刻，皇贵妃博尔济吉特氏正与成贵妃钮祜禄氏、常妃赫舍里氏、恒妃蔡佳氏陪着皇太后玩骨牌，豫妃尚佳氏、怡嫔济济格氏、贵人纳氏和李氏在一旁观看，一群嫔妃融融熙熙笑语喧闹，众星拱月似的陪着皇太后。皇太后的嘴上涂着桃红色的唇膏，脸上有浅浅的皱纹，虽然施了宫粉，依然无法全部抹平。她富态得像年画里的老寿星，但是耳朵有点儿背，为了让她老人家听清，嫔妃们说话声音较高，叽叽喳喳如莺如雀如鸽如鹃。

道光隔着窗子听见了豫妃的声音："成贵妃呀，你的打法不对。牌桌上有六不吃：开牌不吃，亮底不吃，有险不吃，临荒不吃，破式不吃，两可不吃。

刚才的牌分明是两可牌，你却吃了，那还不输？"成贵妃的声音像伶俐细巧的鹌鹑："我是想让老佛爷高兴，故意吃的。"皇太后面前堆着七八个银角子，都是嫔妃们故意输的。

在门口当值的婢女见皇上来了，朝里面"嘘"了一声："皇上来了。"嫔妃们立即停了手中骨牌。皇妃们与民间女人不一样。民间主妇与丈夫既有恩爱之心也有使性子发脾气的时候，嫔妃们绝不敢忤逆皇上，更不敢使性子，连撒娇都得察言观色。后宫礼法森严规矩繁多，嫔妃们与皇上既有鱼水之亲又形同路人，有些嫔妃终其一生只能得到几次宠幸，要是没能生儿育女，只好像凋零的牡丹一样默默无闻终老宫阙。道光秉性森严，嫔妃们对他敬畏多于亲昵。只有皇贵妃博尔济吉特氏除外。她比道光小二十九岁，刚入宫时被封为静妃。孝全成皇后去世后，道光将博尔济吉特氏擢拔为皇贵妃，总摄六宫事务，却没封她当皇后。因为道光心目中的皇后是讲求女德中规中矩的人，连吃饭睡觉屙屎撒尿都应有母仪天下的仪态。博尔济吉特氏活泼爱动巧言快语，不是句句嘉言事事懿行的人，她能让百事缠身的道光敞心一笑，却没有与道光同龄的感受，没有心灵的呼应与契合。但她生了三个儿子，在母以子贵的嫔妃中，理所当然地居于首位。

皇贵妃博尔济吉特氏率领嫔妃们起身，向道光蹲了万福，只有皇太后依然坐在凤椅上。道光毕恭毕敬向她行了大礼："皇儿给老佛爷请安。"

皇太后笑道："皇上，你一来就扰了她们的兴了。"

道光打手势让嫔妃们坐下："都坐，都坐。你们在玩什么？"博尔济吉特氏道："皇上，大家在斗骨牌，陪老佛爷寻快活。""谁的牌技好？""当然是老佛爷。"皇太后展颜一笑，身子摆动像一只肥胖的老母鸡："那是嫔妃们在捧我，让我舒心快活。我也不想扫大家的兴。你看这些银角子，都是她们孝敬的，其实我不缺银子，碰上爽心事，还得加倍赏还她们呢。"

博尔济吉特氏道："皇上，骨牌是天地人间的一大游戏，输赢不过是过眼云烟，大家玩骨牌，只求快活嘛。""如何快活法？"博尔济吉特氏道："老佛爷斗牌是自得其乐，同情大家；成贵妃是故弄玄虚，迷惑大家；豫妃是喋喋不休，恼煞大家；常妇是唉声叹气，急坏大家；恒妃是搔耳抓腮，闷煞大家；李贵人是轻声曼妙，扰乱大家；纳贵人是举牌不定，笑坏大家。"道光咧嘴一笑："那么，你是如何快活？"成贵妃钮祜禄氏插嘴道："皇贵妃是庄敬自强，威震大家。"嫔妃们全都抿嘴笑，笑声如金铃银铃似的叮叮脆响。道光摸起一只骨牌："要是我与你们斗牌，是什么快活？"道光勤政寡娱，牌技是不入流的，他从来没与嫔妃们玩过骨牌。博尔济吉特氏的眼睛睁得大大的："皇上，您玩骨牌？您要是玩骨牌，那可是拍案惊奇，晕倒大家！我和嫔妃们的体己银子还不全进您的腰包？"嫔妃们笑翻了天，皇太后更是笑得拍胸扭腰。

道光的脸上挂着难得的笑容："广东夷务大定，朕允准英夷和各国恢复通商，内务府的进项会有所增加。今天你们孝敬老佛爷的银子，朕包了。张尔汉！""奴才在。""你去内务府告诉庄亲王，本月给皇贵妃多加四两体己银子，给每个嫔妃多加二两。"道光是有名的抠门儿皇帝，俭约自苦达到极致，只有三大节才给嫔妃们增加少许体己银，却不知晓外面的人如何花钱。不要说广东的行商和盐商们一掷千金，就是下级官员送给封疆大吏们的寿敬冰敬也以百千计，连不入流的胥吏也不会为区区二三两银子屈身折腰，嫔妃们却像过大年似的快活，立即道出一片谢恩声。

一阵说笑后，道光恢复了森严秉性："哦，郭佳氏怎么没来？"温热的气氛被泼了一瓢冷水，嫔妃们觌面相视，谁也不吭声。郭佳氏被封为佳贵妃，两天前，她在卧室里吸食鸦片被皇上撞见，道光勃然大怒，把她圈禁起来。皇太后道："皇贵妃，你领着大家去喜宴堂吃晚饭吧，我和皇上说几句悄悄话。"

博尔济吉特氏和嫔妃们走了，皇太后才说："皇上，郭佳氏吸鸦片不怨她，怨我。你颁布了禁烟条例，没告诉我。举国禁烟，唯独对我网开一面，你的孝心我领了。郭佳氏是个苦命人，三年多了，你也没宠幸过她。她至今没生孩子，担心熬成白头嫔妃也不会有儿子，心里苦闷得很。外头买不到鸦片，后宫只有我这儿有。她向我要，我就赏了她一包，没想到让你撞见。你就看在我的面儿上，放她一马，成不？"

"老佛爷，国有国法家有家规。儿子颁布禁烟法昭示天下，唯独没告诉您，所以，不知者无罪。但郭佳氏不同，她明知国有禁烟之法，宫有禁烟之规，却偷偷吸食。宫里人多口杂，要是传出去，外人怎么说？皇家无私事，律法要是不惩家人，如何规范天下？"皇太后道："惩罚是应该的，但可以轻些嘛。降为嫔或贵人，行不？"

道光早就想到皇太后要替郭佳氏说情："宫里的事儿就像一台戏,没有个唱黑脸的就镇不住。但是,有人唱黑脸就得有人唱红脸。儿子就演唱黑脸的,老佛爷您演唱红脸的。儿子严惩郭佳氏以立威,她肯定会找您说情。您说情以示慈心,儿子再放宽一尺,郭佳氏还不念您的大恩大德?儿子就依您,降她为贵人。"

皇太后对鸦片的害处并不了解,要不是郭佳氏受到惩罚,她根本不知道举国禁烟:"要说呢,鸦片也不是什么坏东西,能消愁解闷,让人有一种腾云驾雾的快活感。我没想到全国这么多官绅民人吸食鸦片,耗了国帑殃及国本。我老了,但我也曾母仪天下二十多年,懂得皇太后与皇后应当为官绅百姓做遵纪守法的表率。你既然颁旨禁烟,我就不吸了,省得外人说闲话。"

道光辞别了皇太后,回到四宜书屋,军机处恰好送来了一份"密"字快递,是闽浙总督颜伯焘发来的。依照章程,封疆大吏的"密"字奏折必须直接呈送皇上,军机大臣不得拆阅。

道光用小剪子挑去密封火漆,抽出密折一看,吓了一跳。闽浙总督颜伯焘发来一份《探闻广州败战纳款真实情形折》,揭发奕山和杨芳等人打了败仗,以六百万巨资倾财贿和。颜伯焘说广东大吏大胆昧良,联手撒谎欺蒙天听,故而,战争可能并未结束,福建和沿海各省暂时不宜撤兵!原来,纸是包不住火的。广东按察使王庭兰给福建布政使曾望颜写了一封私信,说奕山等人纳款贿和。曾望颜与颜伯焘私交很好,悄悄说给他听,并提供了英夷的伪文、伪示和三元里乡民的誓词等八件证据[①]。这是一桩弥天大案,涉及广东的六位高官和一群僚属!

道光的轻松和喜悦立即烟消云散。他又惊又疑,如坠十里雾中一样看不清爽是怎么回事。杨芳屡立战功爵高禄厚,怎能糊弄朝廷?奕山和隆文是从宗室觉罗里遴选出来的顶尖人物,怎能做出有损爱新觉罗氏的事情?颜伯焘三代簪缨统辖两省,怎敢以身家性命为赌注编造谎言邀功取宠?祁𡩋、阿精阿和怡良是封疆大吏,命运与国脉休戚相关,怎敢拿自己的前程开玩笑?谁在捏谎?谁在说真话?莫非颜伯焘与广东大吏有私怨?道光百思不得其解。但他没有像锁拿琦善、撤查伊里布那么冲动,他思索良久,决定派江南道御史骆秉章去广东调查,颜伯焘的密折留中不发。

[①] 载于《鸦片战争档案史料》第三册第552–556页,或《颜伯焘奏探闻广东情形折》(《筹办夷务始末》卷三十)。

第六十八章

他乡遇故知

西津渡位于镇江的北面，是长江和大运河的交汇点，也是转运漕粮的重要渡口。渡口附近有一大片圆锥形的粮仓，连绵半里，有弁兵守护。天晴日朗之时，西津渡人声嘈杂尘土飞扬，马车骡车穿行如梭，佣工苦力们"嘿哟嘿哟"地喊着号子，把成袋的大米运到漕船上。一队队漕船首尾相接穿过长江，沿着大运河向北行驶，把粮食源源不断地运到北方。

今天下雨，西津渡有点儿冷清，佣工苦力们全歇工了。雨不大，细瘦细瘦的雨丝无着无落地飘着舞着，把浩浩长江和狭窄的运河遮掩在如雾如霰的朦胧中。

广州战事结束了，对外贸易恢复了，朝廷颁布了裁撤兵丁的命令。林则徐本以为能够免于远戍，没想到在镇海仅仅待了一个月，皇上就免去他的四品卿衔，依然要他去新疆赎罪。林则徐心情灰败，雇了一条民船沿江西行。从镇海到镇江有六百多里水程，他磨磨蹭蹭走走停停，竟然走了二十多天。在西津渡他碰上了好友魏源。两个人在岸上买了一壶水酒几碟小菜，盘腿坐在舱中叙旧对饮。

魏源四十七八岁，穿一件洗得发白的旧官服，手里托着一柄水烟袋，不紧不慢地吸着。他十六岁考中秀才，二十八岁在湖南乡试中考中解员。一省的科场魁首在会试和殿试中通常不会差，人人都认为他考中进士如同探囊取物，没想到他的运气戛然而止,在会试科场上八字不照三考三北,考得灰头土脸一身晦气,耗尽了家里的所有积蓄。魏源在北京国子监读书时认识了林则徐。那时林则徐在北京翰林院供职,二人先后加入了宣南诗社,与志同道合的文人墨客诗酒酬唱,成了无话不说的朋友。魏源在科场上蹉跎不前,不得不为稻粱谋,在友人的推荐下,他当了江苏巡抚陶澍的幕宾。漕运和盐业是江苏省最赚钱的生意,把持在少数官商手中,弊端丛生怨声载道。陶澍锐意改革,把漕运改为海运,把纲盐制改为票盐制。魏源虽然饱读诗书却不是书呆子,在商务上心有灵犀一触即通。他借当幕僚之机投资于盐业,赚了很大一笔钱,在扬州买了几十亩地,建了一座大宅院,命名为絜园。园子里竹林石桥、庭院书斋、卧室花房无所不有。他叫仆人在园中叠石栽花筑池养鱼。此外,他还办了一个刻书坊,俨然成为集盐商和书商为一体的富翁。赚了大钱后,他捐纳了一个内阁中书的从七品官衔,成为名副其实的官商。

  英夷在海疆闹得天翻地覆,沿海各省的督抚衙门里诸事繁多亟须人手,署理两江总督裕谦将魏源纳入幕中,饬令他协助采购和运输。他去过宁波和舟山,熟悉浙江省的防务。但是,裕谦性情刚锐傲视下属,魏源在他手下很不顺心[①],皇上颁旨要沿海七省撤兵后,他借机辞幕回家,没想到在西津渡碰上了林则徐。

  林则徐穿一身灰布长衫,没戴帽子,手里拿着一柄旧折扇,扇面上有"制怒"二字。要是他依然当总督,魏源绝不敢与他平起平坐,现在林则徐成了发配新疆的罪臣,魏源才像故友一样与他盘腿对坐称兄道弟。

  林则徐啜了一口酒,喟叹道:"我被罢官后真想回家乡,但家乡是回不去的家乡,新疆是难以想象的异乡,我竟然成了无家可归的悬空人。"林则徐通读过二十三史,了解帝王的心术,历代帝王都把臣工当作掌中器物,一旦不合用,就用流徙磨砺他们的肉体,用屈辱折磨他们的精神,用羁旅消耗他们的财力——流徙越远,磨难越多,消耗越大。流徙新疆不是绝路,是对臣工的精神和气节的折磨,待到适当时机皇上有可能重新启用他们,目的是让他们既畏威,又怀德。但是,人生苦短,有多少岁月经得起帝王的利用和折腾?

---

  ① 魏源在《自定海归扬州舟中》写道:"到此便筹归,应知与愿违……猰㺄云翻覆,骄兵气指挥……"此诗没点名,但道出了他对裕谦的不满。

魏源知道林则徐有为天下忧为皇上忧为黎民百姓忧的心肠，一边饮酒一边说话："人生在世总得成就一番事业。《史记》中的东方朔曰：天子用人，用之则为虎，不用则为鼠。咱们生为大清人，只能货与帝王家，修身齐家治国平天下，否则就会虚度一生，一事无成。"林则徐道："是这么个道理。但我没想到禁烟会禁出一场华夷大战，竟致引火烧身。我在浙江襄办军务，宵旰操劳披沥奔驰，把心都操碎了，想干出一点儿实绩，得到皇上的宽宥。可是仅干了一个月，朝廷依然遣戍我去新疆。我像被人狠狠抽了一鞭子，失望至极，伤心至极！这两年，我是苦辣酸甜全尝遍，苦的是过程，辣的是结果，酸的是惆怅，甜的是禁烟。然而，时过境迁，所有往事都成了波光云影。人生在世，缘去缘来不由己，花开花落两由之。"林则徐感到一种黄花落地寂无声的悲凉。

魏源隔窗看着北固山，山上有一座亭子，叫北固亭，在烟雨之中漫漶不清。他蓦然想起辛弃疾："少穆兄，你看对面那座亭子，宋朝的辛弃疾曾在那儿留下一首怀古词：'四十三年，望中犹记，烽火扬州路。可堪回首，佛狸祠下，一片神鸦社鼓。凭谁问，廉颇老矣，尚能饭否？'你有点儿像他。辛弃疾强兵富国亲力亲为，功可参天，但他刚拙自信，不为朝廷所容。你做人磊落办事执着，行止无愧天地，褒贬自有春秋。"林则徐叹息道："恢复通商后天下承平，百姓们很快就会好了伤疤忘了疼，在神鸦的叫声和社鼓声中烧香祈福，浑浑噩噩地过日子。没人记得效力沙场的廉颇了。"

魏源道："少穆兄，依你看，大清与英夷孰强孰弱？要是打下去我们有没有胜算？"林则徐摇了摇头："兵法云：知己知彼百战不殆。我们却只知自己不知英夷。本朝开国以来泽被八方宣威四海四邻来朝，但跨海而来的泰西诸夷不肯俯首称臣。他们与本朝贸易二百年，本朝却从来没有考察过他们的国家在什么地方，疆域有多广，人口有几多，兵力有多强，风俗是何样，有什么长技。我也同样如此，生于中华长于中华，孤陋寡闻，听信传言，误以为英夷乃食肉之民，离了茶叶大黄就消化不良，有生死之虞，以断其贸易为制夷的手段！我误以为英夷腿脚裹束膝盖不能打弯，只会水战不敢陆战，低估了他们的力量，更没想到他们敢于跨万里海疆与本朝开仗！我身任封疆大吏，责有攸归，罪有攸归啊！"

魏源道："少穆兄，你有何罪？老百姓说虎门一把火烧红了半边天。"林则徐不胜酒力，面露潮红："那是谬传。风无语，水无知，外人不知晓，唯独酒有灵。我确实有罪。我不知道山外有山，海外有海，天外有天，犯了夜郎自大之罪，两眼迷蒙之罪，自以为是之罪！皇上委我以重任，我辜负了他，一想起烟毒未能禁绝，反而惹来一场兵祸，我就痛心疾首追悔莫及！虎门烧烟，毁尽前程抹尽名啊！"说到伤心处，林则徐的眼眶湿润了，他的手掌"砰砰"拍着船板，震得酒壶酒杯轻轻打晃。这是大败之后的清醒，清醒得让人心碎。魏源安慰道："虎门烧烟不仅没有毁名，而且扬名，裕谦大人和刘韵珂大人都说您禁烟有功，功可参天。再说，亡羊补牢犹未晚也嘛。"林则徐的话沉甸甸的："亡羊补牢可以济远，却不能救近，眼前病，心头事，只怕是重如愁绪担当不起！我是生不逢时啊。"魏源道："少穆兄，你要是逢时，那还叫林则徐吗？"

　　林则徐有一种眼下无奈救赎尚远的感觉，端起酒杯，又啜一口，才幽幽问道："你去过舟山？""去过。"林则徐道："我也去过。我军收复舟山后，裕谦大人和刘韵珂大人急于亡羊补牢，派定海水师镇总兵葛云飞、寿春镇总兵王锡朋和处州镇总兵郑国鸿，率领五千多官兵渡海上岛。三总兵防夷心切，日夜操劳大兴土木，在衢头、竹山和晓峰岭一带修了一道土城，安置了近百位大炮，用工繁多耗资巨大，但本朝积弱百年，不是一道土城五千多官兵就能救急的。我离开浙江前，裕谦大人才从南京返回镇海，他问我有何建议。我说，舟山是先朝弃地，四面环水孤悬海外，重兵良将守此孤岛，投入繁巨，并非上策，中英两军力量悬殊，万一英夷来犯，舟山的土城挡不住英夷的坚船利炮和火箭快枪。从兵法上看，固守孤岛是下策，唯有集中兵力退守镇海①，利用民众的力量，以守为战，设阱以待虎，拉网以待鱼，才是弱师求胜之道。"林则徐目睹了广州之战，不再坚僻自恃盲目自信，思考问题比较贴近现实。魏源问道："他采纳您的建议了？"林则徐摇了摇头："不经沧海不知勺水乏力——裕大人没与英夷打过仗，不可能采信我的苦口良言。就算他同意弃守舟山，朝廷也不会答应，民心也急于求成。但是，戍守舟山的数千将士却可能饮血沙场，化作无人收取的森森白骨！"林则徐仿佛预见到了什么，只是看不清爽。

---

　　① 林则徐主张放弃舟山，他对裕谦"屡言定海孤悬，先朝弃地，重兵良将，守此绝岛非策，请移三镇于内地，用固门户"（《定海直隶厅志》卷二十八，载于《鸦片战争》第四册，第382页）。

魏源目睹过夷船夷炮，对船炮机械水轮浮标等充满了好奇心，他相信能跨几万里波涛与中国开仗的国家必是强国，能够制造精致器物的民族必是了不起的民族："面对海上强敌，我也以为自守是上策。守外洋不如守海口，守海口不如守内河，调客兵不如练义勇，调水师不如练水勇。去年舟山义勇俘虏了几个英夷，我参与了审问，我问他们英国在何处。有一个叫安突德的俘虏说，英国在大西洋。他在纸上画了一个大圆球，把英国标在圆球上。我国历来认为天圆地方，他却说天不是圆的，地不是方的，天是无涯无际的浩渺空间，地是环绕太阳不断旋转的大球，叫地球。"

林则徐的眼睛一亮："我在广州时，有一个叫裨治文的美国传教士送我一本《四洲志》和一架地球仪，我雇了几个通事，要他们择要译成汉字，读过后我才知晓，夷人的天地观与我们的天地观差若霄壤。夷人把世界分为亚非欧美四大洲，中国只是四大洲中的一个国家。与夷人打交道必须知晓夷情，夷商在澳门办了几种新闻纸，我要通事们摘要翻译新闻纸上的内容，日积月累，竟然装订成厚厚六大册。英夷的新闻纸不仅报道夷情，还辟有专页介绍西洋器物，都是我们见所未见闻所未闻的东西。比如，量天尺、温度计、热气球、蒸汽机、火轮船、风磨、风琴、水锯、水琴、显微镜、自来水，还有伏打电池、静电仪、避雷针等等。总而言之，西洋之器物，竭尽耳目心思之巧智，借用风力水力和火力，夺造化，通神明，让人耳目一新。正是凭借这些神奇的器物和坚船利炮，区区七八千夷兵才能以一当十，敢于跨万里海疆直捣我中华。"

魏源叹道："器物看似与打仗无关，实则关系极大。工欲善其事必先利其器，大清朝要想长盛不衰，就得打造最有功效的器物。既然夷人有长技，就应当不耻下问，以夷人为师。"林则徐抚掌一笑："大哉斯言，讲得好！你与我想到一起了。国家的强盛衰弱自有因果的铁律，今天的痛苦和耻辱源自于过去的恶因，要想将来收获善果，今天必须种下善因。这就像播种，有一粒一粒的种子，才有满仓满仓的收获。大清要想立于不败之地，必须放眼向洋看环瀛，师夷人之长技！"他站起身来，从后舱的箱子里翻捡出六大册稿本和一个地球仪："我本想得闲时把这些东西整理出来，编印成书，以开国人之耳目。但是，我被遣戍新疆，那里是万死投荒之地，不知能不能活着回来。我真想为大清为皇上再做些事情，但不行了。你家有刻书坊，我拜托你把它们整理出来，刊刻于世，以广国人之见闻。文字传播虽慢，但点点滴滴，终归能够滴水穿石的。"

魏源头一次看见地球仪，满心好奇地拨动球体，转了一圈，又转一圈："英国在何处？"林则徐指着一块指甲大小的地方道："在这里。""这么小？"林则徐点了点头："貌似小，实则不小。您看，亚非欧美四大洲，全有它的属邦。"魏源虽然不能完全明白其中的奥妙，脑筋却转得极快："士子百姓有猎奇之心，但本朝从来没有出版过一本介绍外国人文地理的书籍，这种东西一俟整理出来刊刻出版，不仅能广国人之见识，还有利润可图，我还能发一笔小财呢！"林则徐笑道："你是心智机敏之人，科场上虽不如意，商道上另有坦途。此事由你做最合适。"

魏源把六大册译稿和地球仪当宝贝似的收起来："少穆兄，皇上让你什么时候到新疆？"林则徐苦苦一笑："没限定时间。我是急性人，一生之间总是颠沛赶场，年轻时赶科场，急急匆匆地考秀才，急急匆匆地考举人，急急匆匆地考进士。当官后赶官场，急急匆匆地走马上任，急急匆匆地查案件办差。只有这次去新疆受罚，我才磨磨蹭蹭。"

魏源喝得有点多了，脸上挂着一副不问今夕是何年的表情，醉醺醺道："少穆兄，人生不必太急匆，可以慢一点儿，从容一点儿。你看外面的霏霏细雨和淙淙流水，它们不急，当流则流当止即止；再看江里的鱼儿，它们也不急。它们吃饱了无事可急，游来游去而已。还有江畔的垂柳，天晴不急，天阴不急，桃花开了不急，荷花开了也不急，它们自有柳絮飞扬的时候。既然皇上没限定时间，你不妨跟我渡江去扬州。扬州是一座历史名城，值得游观。"这是一种调侃，也是一种安慰。林则徐把杯中酒一饮而尽："我是走星照命的人，去过的地方不少，却有旅无游。这次恐怕依然没有空闲去扬州。"

魏源道："那就留一首诗或一幅字给愚弟，如何？"林则徐点了点头："好。"魏源挪去酒杯，把一张宣纸铺在小桌上，林则徐一边研墨一边思索，而后悬腕下笔：

力微任重久神疲，再竭衰庸定不支。
苟利国家生死以，岂因祸福避趋之。

魏源赞叹道:"皇上错怪了您,他要是知道您有这么坚守的情怀⋯⋯"话音未落,窗外传来船夫的声音:"林老爷,有驿站的差役找你,送加急文报的。"林则徐抬头朝窗外望去,舱外的蒙蒙细雨停了,一个驿卒身披油衣站在岸上,手里牵着马缰绳,背上背着竹篓,竹篓上插着一面黄色小旗,那是四百里快递的标志。林则徐满目嗟呀,起身出了船舱,魏源也移步出来。

驿卒手卷喇叭扬声问:"您是林则徐林大老爷吗?"林则徐答道:"正是。"驿卒擦了擦脸上的雨滴:"江苏巡抚衙门转发给您一份加急文报,要您亲自签收!"林则徐踏着船板上岸,从驿卒手中接了一个信套,上面盖有"军机处字寄"的红模印章,还有通政司的戳记。林则徐在签收单上签字画押。驿卒翻身上马,"驾"了一声,扬长而去。

林则徐忐忑不安地回到舱中,用剪刀剪开信套,展纸拜读:

⋯⋯本年入伏以来,黄河水势突涨。六月十六日,豫省开封府城西⋯⋯张湾堤防溃塌,滔滔洪水一泻千里。豫省之开、归、陈,皖省之凤、颖、泗六府二十三州县被淹。革员林则徐曾任河南布政使、东河总督,治水有方。饬谕署理江苏巡抚程矞采,若该员尚在该省或在该省不远,即飞饬沿途地方谕之,著林则徐免其遣戍,即发往东河效力赎罪,无稍迟疑。

林则徐心里的酸涩苦辣滚成一团,对魏源道:"黄河决口了,朝廷要我去开封效力!"

第六十九章

梦断中国与生死同盟

疠疫久久不散，英军像被死神掐住了命门，瘫痪得不能动弹，遑论扬帆北上攻打厦门。英军把疠疫从广州带到了香港和澳门，迅速扩散到民间。香港和澳门全都笼罩在不祥的气氛中，田野和教堂墓地里天天有新增的坟茔。

七月下旬是台风盛行的季节。今年的台风格外猛烈，热带气旋的风眼恰好从珠江口经过，螺旋状的气旋在香港盘桓，大量潮湿空气像吸斗一样猛然上升，形成高耸入云的积雨云墙，所到之处摧枯拉朽，房屋树木篷寮船舶全都遭到巨大的破坏。英军野战医院的帐篷被吹刮得影踪全无，数千病号像蝼蚁一样匍匐在地上苟延残喘。维多利亚湾里的商船樯倾楫歪，一些满载货物的商船来不及躲避，被台风恶狠狠地掀翻在水中。"路易莎"号和五条商船被风暴撕成碎片，英军雇用的四条运输船被海浪抛到岸上，"硫磺"号，"青春女神"、"阿尔吉林"号轻型兵船和二十条商船严重受损。为了防止倾覆，许多船舶不得不砍断船桅。二十天之内，台风两次突袭香港，每次肆虐七八个小时，破坏力大得惊人，给英军造成的损失大大超出舟山之战、关闸之战、虎门之战和广州内河之战的总和！

西历八月上旬，新任对华全权使大臣璞鼎查爵士和新任舰队司令威廉·巴加爵士乘坐"西索提斯"号火轮船抵达澳门。英国的技术革新日新月异，这条火轮船创造了一项航海史的新纪录，它从英国到澳门只用了六十七天，扣除在孟买停留的十天，英国人从伦敦到澳门和中国人从北京到广州的时间竟然并驾齐驱了！同时到来的还有英军第五十五步兵团和马德拉斯第三十六团的两个步兵连。"西索提斯"号还带来了数千封家信和国防大臣的命令，远征军的大部官兵晋升了军衔。人人欢天喜地，只有义律神情沮丧，他在中国的事业黯然殂谢，只能收拾行装准备回国。

这天清晨，卸任的义律与夫人克拉拉前往马礼逊教堂做礼拜。三十年前，英国圣公会派罗伯特·马礼逊来华传教，那时的英国几乎没有人会讲汉语。马礼逊单枪匹马来到中国，耗时十三年，不仅学会了汉语，还编写了世界上第一部《华英字典》，创办了第一家学习汉语的英华书院，成立了第一家教会医院。他在东印度公司的资助下，在澳门买下一块不大的地皮，修建了第一座基督教堂。他去世后，人们把那座教堂叫作马礼逊教堂。与天主教的圣保罗大教堂相比，马礼逊教堂又小又简陋。它没有唱经楼，没有旋转梯，没有管风琴，只有拱形门窗和十张长椅，像一间小教室，最多可供四五十人做礼拜。教堂后面的墓园里埋葬着死在中国的教徒。马礼逊教堂是基督教会播撒在中国土地上的第一粒种子，谁也说不清它将渐渐枯萎还是慢慢繁衍。

澳门有五十多家英国侨商，这些浪迹天涯的游子们需要一个聚会的场所，一个安抚和关怀心灵的地方，礼拜天是大家见面的日子，教堂里坐满了侨商及其家人。

主持礼拜的是文森特·斯坦顿牧师。去年他在澳门湾游泳时被中国人捉了，关押在广州大狱里。为了迫使林则徐放人，亨利·士密舰长不惜发动一场关闸大战。琦善到广州后把他放了，不仅设宴安抚他，还用轿子把他礼送回澳门。斯坦顿牧师只有二十二岁，毕业于剑桥大学神学院，一年半前到澳门。他的脸颊瘦削皮肤白皙，鼻梁上架着一副金丝眼镜，穿一件镶白边黑色牧师袍，胸前垂着一个镀金十字架。他站在布道台后面讲经，布道台上有一本羊皮面的《圣经》。他布道的题目叫《基督为救苍生施无限慈爱》。教堂很小，座无虚席，迟来的信众只好站在后面。

马儒翰陪同义律夫妇一起来到教堂，他们来得稍晚，坐在最后一排。马儒翰是马礼逊的儿子，父母都葬在教堂墓园里，他对这里一往情深，礼拜天经常来。马地臣一家来得较早,坐在第一排,颠地一家坐在第三排。颠地很少来,他对宗教并不热心,偶尔才陪同家人过来。

斯坦顿神父开始布道了,他告诉信众应当如何感受基督的爱。他说爱不是嫉妒,不是自夸,不是张狂,而是恒久的忍耐。爱不求私利,只求真理,有爱心的人凡事包容,凡事相信,凡事盼望,凡事容忍。爱是永不止息的德行。每当信众想到耶稣基督时,就会感受到他的恩德。他宣讲完后,是长时间的忏悔和默祷,教堂里静悄悄的,没有干扰,没有杂音,信众们虔诚地低着头。

默祷完毕后,斯坦顿牧师接着宣讲:"我们受主耶稣的差遣,不远万里来到中国,澳门是我们进入中国的第一个台阶。苍茫大海迢迢水路,我们一踏上这块土地就感受到发自内心的激动。我与在座的商人、水艄、教师、艺术家和军人一样,是来完成基督的一个关于麦子的比喻,落入泥土,生根开花,抽穗灌浆,把上帝的福音传到中国。但是,中国人严锁了大门,我们用最谦卑最温柔的声音向中国官吏呼吁,但他们有耳不听,有眼不视,执拗地把上帝的福音关在门外。伟大的英国不得不派出优秀的军人来到中国,用剑与火传播基督教文明。一些勇士不幸牺牲在战场上,埋葬在异国他乡,遗憾的是,他们的死受到了鸦片的玷污。"

斯坦顿牧师的最后一句话让信众们吃了一惊,人们困惑地注视着他。教会反对鸦片贸易,这是不争的事实,但是,除了少数虔诚的信徒外,在华英商全都经营鸦片。在鸦片商人及其眷属中公开谴责鸦片贸易无异于公开树敌,所有牧师在布道时都会小心翼翼避开这个问题。斯坦顿牧师居然借礼拜之机抨击鸦片贸易!人们仿佛听到一种不谐和音,以刺耳的诉求强迫他们接受一种理念。教堂里的气氛变了,人群里响起叽叽咕咕的议论声。

斯坦顿犹豫了一下,像背诵教义一样坚定地讲下去:"鸦片是一种毒物,染上毒瘾的人会自甘堕落,甚至丧失天良。伟大的英国发动了一场伟大的远征,这种毒物却让一场圣洁的战争变成了鸦片战争,让胜利的旗帜黯然失色。丘吉尔-奥格兰德诅咒是神明的训示和告诫,它神秘莫测无影无形,却无所不在,每到关键时刻就浮出来,用瘟疫校正人们的欲望。它不厌其烦地告诫大家,贪婪和堕落是撒旦和美杜沙的合奏,能够激活人们心中的恶魔,诱惑和引导人们追求邪恶,受毒的人看不见神示,追逐着邪念,地狱之火却越烧越烈。"

马地臣突然站起身来："我抗议！"

人们的目光齐刷刷转向他。这位老资历的商人财大气粗，在侨商中有巨大的影响力。他脸色通红，像一头愤怒的狮子："斯坦顿牧师，你是神职人员，你的布道超出了宗教范围！既然你说到鸦片，我也想说一说。上帝是公道的，他不会创造一种无用的东西。鸦片是用罂粟制造的，罂粟是一种有益的植物。鸦片是高效的镇静剂和止痛剂，能够治疗多种疾病。但是，中国的瘾君子们滥用了它。我们并没有错误，只是利用它提供的商机。中国皇帝并不关心臣民们的健康，他关心的是白银外流和贸易逆差。白银外流是中国皇帝闭关锁国的后果，不是宗教问题，不是道德问题，而是经济问题和法律问题。在我国和欧美，鸦片贸易是合法贸易，只有中国例外。我是奉公守法的商人，我尊重中国的法律，只在公海上出售鸦片，难道错了吗？难道违反了大英国的法律吗？今天，你假借神圣的讲坛发表了不合时宜的言论，我非常愤慨！我不得不宣布，从今以后，只要你主持礼拜仪式，我和我的家人拒不参加！也不再会向你的教会捐款！"说罢他离开座位，昂着高傲的头颅，从狭窄的过道穿过。他的家人站起身来紧随其后。

颠地也站起来："斯坦顿牧师，当你遭到中国人的绑架时，澳门的全体侨商为你担心，我国的勇士们不惜发动一场战争拯救你的性命，你却替中国人说话！我也抗议。"他也领着全家人退出了教堂。

马地臣看见了坐在末排的义律夫妇，放缓了步子："义律先生，您的离职让我倍感遗憾。我听说您饱受非议，尤其受到军官们的非议。但是，在我看来，您是优秀的商务监督。您在战争与贸易之间保持了微妙的平衡，全体英商才有幸在战争期间运走了五万吨茶叶和生丝！我们获得了利润，大英国获得了税赋。您回国前，我将为您举办一场送别宴。"颠地也在义律夫妇面前停下来："义律先生，两年多前，当我被林则徐软禁在商馆里时，您及时赶来，保护了我的生命和安全，我们全家人为您的离去感到遗憾。听说军队和巴麦尊勋爵对您十分不满，我却对您的商业意识和敬业精神表示由衷的钦佩。我将与马地臣先生一起为你安排一场告别宴。"

听了两位鸿商巨贾的赞许，义律有一种难以明言的酸楚感和悖谬感。他深知鸦片是插在中国身上的毒刺，严重损害了英中两国的关系，但巴麦尊勋爵支持鸦片贸易，指示商务监督署不得干涉公海上的买卖。义律虽然痛恨鸦片，但不能违背政府的训令，客观上成为鸦片贸易的实际保护人。对两位鸦片巨商的真诚邀请，他不便当面回绝，只能点头应允。

两位巨商中途退场，教堂里有点混乱，助理牧师灵机一动弹起了风琴，唱诗班唱起了圣歌《求你的国度降临》：

你的慈爱高及诸天，你的公义存在永远。
神啊，万神之中，没有可与你匹比的，
你的作为也无可企及。
神啊，兴起，使仇敌四散，唯有义人必得欢喜，
神啊，兴起，使仇敌四散，求你的国度降临在这里。

其余信众双手合十，低声诵唱，直到仪式结束后，人们才念了一声"阿门"，渐渐散去。

礼拜草草收场。义律站起身来："马儒翰先生，我想到墓园里看一看，向那些不幸埋葬在这里的老熟人老朋友们告别，包括你的父亲。他呕心沥血编撰了一本《华英字典》，所有来中国的英国人都用他的字典学习汉语，都是他的学生。我到中国时你父亲还健在，他赠送我一本《华英字典》，让我受益匪浅。"义律的夫人捧着一束鲜花，花的叶片光滑温润，呈掌状散开，每颗翠绿的花萼托着一盏紫红的花朵，如铃如爵煞是好看，但马儒翰不知它叫什么名字。

马儒翰道："我的父亲和母亲都葬在教堂墓园里。他们梦寐以求的就是把基督教的福音传到中国。我父亲说，假如他有一千条生命，也要一条不剩地全部奉献给中国。但是，他的梦想越不过澳门关闸，中国人把基督教的大义活生生挡在门外。我是他的儿子，生在澳门，却身不由己地卷入一场英华大战。我真心地希望这场战争早日结束。"

义律夫妇与马儒翰一起走入教堂墓园，静静地走到马礼逊夫妇的墓前。两座坟茔并排而卧，周边长着盈盈绿草，阳光透过树木，在墓碑上投下了斑驳的杂影。马儒翰弯下双膝，轻轻地亲吻父母的墓碑。义律夫妇则对马礼逊夫妇的墓碑行三鞠躬礼，而后向其他坟茔走去。

墓园里有几十座坟茔：有第一任英国驻华商务监督律劳卑男爵的，有"都鲁壹"号舰长斯宾塞·丘吉尔勋爵的，有代理舰队司令辛好士爵士等英国军官的，有鸦片商人詹姆斯·因义士的。除了英国人的墓碑，还有美国人的、德国人的、丹麦人的。他们中有外交官、商人、军人、传教士、游客、女眷、水鲛。大清帝国对所有的域外文明和文化心存疑虑和敌意，有一种发自内心的抵抗力，既固执又顽强。于是，所有异邦人只好在关闸的外面寻找灵魂的安息之处。

义律走到辛好士爵士的坟茔旁，他的坟茔与斯宾塞·丘吉尔勋爵的坟茔挨在一起。辛好士爵士在攻打广州后感染时疫，撤回香港不久死去。义律知道辛好士爵士对他十分不满，甚至给海军大臣和国防大臣写信弹劾他。但是，这位海军将领毕竟殂谢于中国的海疆，对死人说长道短有不仁不义不伦不善之嫌，义律宁愿听任一切恩怨化作青烟。他向辛好士爵士的墓碑鞠了一躬，喃喃道："我在中国的公事结束了。别了，冤家。"而后伫立不动，若有所思。义律的夫人把花束分成十多枝，分别放在每座墓碑的前面。

马儒翰见义律不肯离去，轻声问道："义律先生，您在想什么？"义律身板笔直，嘴角微微下垂，表情有点儿复杂，淡淡的话语里带着怨气："我不是公使了。对我来说，中国像一场梦。我在她的大门口盘桓了整整七年，始终无法沟通。中国是世界第一大国。第一位驻华全权公使是个风光无限的职位，足以让人志存高远。我却愧对了这一职位。我痛苦地觉得我在中国的事业是一场大失败。外交官应当用和平手段化解危机，军事家才用战争手段解决难题。我对中国有取悦，有同情，有自傲，有棒喝，有容忍，十分微妙。我对她既恋又恨，恋她，是因为久住生情，恨她，是因为她顽冥不化。抛开个人恩怨，辛好士爵士是个出色的军人，牺牲在中国，死得堂堂正正，我却是一个糟糕的外交官，因为我没有能力用和平手段化解对立和冲突，只好诉诸武力。我本想当和平公使，却阴阳差错做了战时公使。人们都说人过留名雁过留声，我却连一个脚印都留不下。"马儒翰道："我们都是人间的过客，不是人人都能留名的。"

义律道："我羡慕你父亲，他是到中国拓荒的第一个基督教传教士，聪敏过人，把福音传到了中国的大门口，培养了第一批中国信众，编写了第一本《华英字典》，成立了第一家教会医院，创办了第一家汉语学校，他离世后，肯定有绕梁佳话袅袅相传。我在中国的七年是呕心沥血的七年，只要再给我半年时间，我就能与中国皇帝签署一项和约，改变英中两国的现状，在我国星光灿烂的外交史上留下一个可供后人追忆的故事。但是，我命运不逮，任期不够长，天地不够宽，在我展翅飞翔的时候被雨水打湿了翅膀，不得不落在地上。当人们提起我在中国的所作所为时会怎么说？中国人会说，查理·义律是挑起战争的罪魁祸首，是一个可恶的侵略者。英国人会说，查理·义律是个笨蛋，外交上一事无成，军事上也一事无成。我真想在中国干下去，让人们把一座山、一座岛或者一条河命名为义律山、义律岛或义律河。但我命不如人，只能像一只静悄悄的猫，来无声去无痕。"义律建功立业的梦想黯然消失，陡生一种孤雁黄沙无着无落的凄凉感。

马儒翰淡静地说："中国没有将山川河流冠以人名的习俗。唐宗宋祖和康熙皇帝各有勋业，但没有伟大到拥有一座山一条河或一座岛的地步。义律先生，恕我直言，世上的事有时很奇怪，有些人因为缺点而晋升，有些人因为优点而失宠。您的气质不像军人，也不像外交家，像传教士。你有一颗宽容的心。"

义律叹了一口气，仰头望着天空："中国人啊，你们将碰到一个强硬的对手，一个心如铁石的斗士。璞鼎查爵士决不会像我这么宽厚和仁慈，他会把你们的屎都打出来！"

璞鼎查抵达香港后，立即就派军务秘书马恭少校乘"复仇神"号前往广州，通过余保纯转告广东官宪，他已接替义律的全权公使兼商务监督之职，他将只与拥有全权的清朝官宪谈判，以缔约方式结束战争，谈判的基础依然是《巴麦尊外相致中国宰相书》，在英方的要求未得到全面满足前，他将挥师北上征战不息，他要求广东官宪将他的意图奏报朝廷。他在照会中还说，他将恪守义律与奕山达成的广州停战协议，如果广东官宪违约，他将施以严厉的报复。

一个火辣燎烫的难题摆在奕山等人面前。隆文病故，杨芳因病开缺返回湖南，广东只剩下四大官宪。奕山不得不与祁𡎺、怡良和阿精阿共同商议如何处理璞鼎查的照会。

祁𡎺心事重重，思索了半天才开口："《广州和约》我们瞒了朝廷，义律声称择地另战，我们也瞒了朝廷。英夷撤到香港后，两个半月没有动静。以至于我们怀疑所谓'择地另战'是虚张声势，现在看来，英夷果真要北上寻衅，另起战端。"

奕山同样满心焦灼："昨天我接到大鹏协和新安县的禀报，香港湾里的四十多条兵船和运输船已经开走大半，这不是好兆头。"怡良百般无奈地搓着手："英军扬帆北驱很可能是择地另战，他们想在什么地方开仗？"阿精阿道："我看首当其冲是天津大沽。不过，厦门、福州、宁波、舟山、上海也未可知，这些地方都是逆夷点名要求开放的通商口岸。"奕山道："事情急迫，得尽快奏报朝廷，咨会沿海各省督抚大员。要是隐匿不报，战火一起，我们就罪无可逭了。"他心里焦急，其余三人也明白，他们与朝廷打哑谜玩八卦，联手编造了一个弥天大谎，把《广州和约》的真相捂得严严实实。他们奏报"粤省夷务大定"，恰好英军先受疠疫折磨，后受台风摧残，被迫就地休整，海疆承平无事达两个半月之久，致使皇上深信战争结束了，并给沿海七省下达了撤军令。但是，这不是实情！编谎者一旦开始编故事，就得想方设法编得圆通可信，要是出了破绽，被皇上识破，等于犯下欺君之罪，依律当斩！现在，奕山等人必须想方设法把谎说圆。

尽管天气炎热，奕山还是把门窗关得严严实实。四个人都是洞悉内情撰写奏折的熟门高手，何事实写何事虚述，何事重笔何事轻描，何事深论何事浅说，驾驭得如同炒小菜烹小鲜。他们闭门私议了半个多时辰，拟出了一份奏稿：

……兹据广州府知府余保纯……传谕马恭：该国所重在贸易，现在将军督抚等，业已代尔等奏明，早经奉大皇帝恩旨，准照旧通商。粤东文武官员一体保护尔等货物，当安心遵守，何得别有干求，再行北往？且贸易处所，向在粤东黄埔，其他处港口并无洋（行）商通事，亦无海关经理……该副领事马恭听闻之下点头称善，唯口称头目璞鼎查驶出之后，正值连日南风，如能路途赶上，定当遵谕传之等语……风闻璞鼎查之来，因义律连年构兵，办理不善，是以前来更换。今璞鼎查不待回谕，即出洋北驶，奴才等臆揣，必系义律嫁祸之计，不先告璞鼎查早经通商，诡使北上恳求码头，倘开炮启衅，广东必绝通商，杜绝通商，必致兵端不息……[①]

---

① 摘自《奕山等奏英领事璞鼎查出洋北驶及团练义勇折》，《筹办夷务始末》卷三十一。马恭少校是璞鼎查的军务秘书，可能因为翻译有误，奏折给他"升官"为副领事。

这份奏折再次无中生有地编造出一个拙劣的故事：义律因为"连年构兵"而被罢黜，英国国主派了一个叫璞鼎查的人来接替他，奏折隐瞒了璞鼎查的真实身份，只说他是领事（商务监督），只字不提他是全权公使，不提他的使命是按照《致中国宰相书》的要求与朝廷缔结条约，也不提他只与清方秉权大臣谈判，对择地另战一事则完全避开，反而煞有介事地编造了一个莫须有的情节：义律为了嫁祸于人，没有把恢复通商的实情告诉璞鼎查，于是，不明真相的璞鼎查私自率军北驶，继续索要通商码头。为了推卸责任，奕山等人还奏报说他们要求马恭追赶传谕，但因海风不利，马恭很可能追赶不上。为了达到索要通商码头的目的，璞鼎查很可能开炮启衅，致使战火再起。

当四大官宪在奏折上依次署上尊姓大名时，他们的心全都灰硬如铁。他们虽然没有歃血为盟，但为了避祸禳灾，联袂抛弃了良心，在编造谎言的险道上越走越远，致使整个国家遭受沉重的打击也在所不惜！

第七十章

水浸开封城

　　林则徐当过河南布政使和河道总督，对开封和黄河非常熟稔。又稠又浊的黄河水给他留下了深刻的印象。这条流淌了万年的大河像一头暴烈无比的野兽，从五千里外的昆仑山千折百绕一路东行，将数百条小溪小涧汇于一身，渐渐变成一个肌腱突兀血脉贲张脾气暴烈的水母，既滋养了数千万人口，又经常大发脾气蹂躏一方。每年夏秋两汛，滔滔激水如同闪电雷鸣似的一泻而下，每次流经中下游地区都让两岸的老百姓悬心不宁。根据史籍记载，它曾经数百次泛滥，摧毁过亿万人的家园，葬送过无数人的性命。林则徐不仅熟悉黄河，也熟悉开封。开封古城距离黄河约十五六里，城外的沙地又高又阔，一直蔓延到城头。大风一起，漫天黄沙就像滚滚烟尘似的不断飘落到人们的头发里和衣褶里。粗犷的风土滋育不了细腻的人情，当地百姓在水患和粗粝沙石的打磨下变得性情粗犷情欲粗简，他们胼手胝足才能挣足口粮，只有在风调雨顺的丰收季节才能喘一口气。河南的沙地最适种枣树和花生。每年夏天，漫天的枣花如雾如霭，秋天一到，家家户户在一坡一坡的沙地上晒大枣剥花生，那种景象令人难忘。

　　开封有过炫目的辉煌。战国时的魏国首都大梁，唐代的汴州，北宋的东京，金朝的汴京和明朝的开封府，都曾在这里留下踪迹。但是，五代古都的辉煌和气派被肆虐的黄河水冲荡得残缺不全，包公、豫剧、铁塔和大相国寺，这些传诵了千年的名字像蒙尘的玉石，被人们漫不经心地丢在犄角旮旯里。随着时光的流逝，当地百姓渐渐变得乖顺隐忍，激情不足而仍有活力，衣衫寒素但知足常乐。

林则徐乘驿船朝开封驶去，离开封越近，水患越触目惊心。黄河以南的二百里土地成了茫茫巨浸，溢出河道的黄泥汤冲荡翻滚，像力大无穷的水怪，把漂浮的树木和死畜按下去，拉起来，再按下去，又拉起来，令行舟者无不悚然心惊。成千上万的村民村妇逃到高地和山冈上，用椽子树枝油布搭起杂七杂八的窝棚，花花绿绿挤挤挨挨，烂市粥棚似的难看。高地和山岗地狭人稠，到处都是肮脏、污秽的垃圾粪便，还有男女老少无奈的呼号声、呻吟声和哭泣声。一片片高坡和山冈被大水分隔，像一座座孤岛，每座孤岛旁都泊着几条小船，船家运来了烤饼和稀粥，价格高得离谱。平日一枚大铜钱一碗的稀粥要价十个铜子，二个铜子的烧饼要价二十。漫漫水灾成了少数人发财的机会。

未时二刻，驿船驶到开封城下。开封城东高西低，北、西、南三面全都泡在水中，城墙泡得酥软，部分地段已经坍塌，未坍塌的城墙上全是难民，他们忍饥挨饿瑟瑟露宿，匍匐扶伤哭声盈天，流离之状惨不忍睹。

林则徐知道开封城东面的地势较高，叫驿船直接朝东面驶去。

河南巡抚衙门、按察使衙门、满汉兵营、宋朝故宫和半城民宅遭到大水的漫灌，地基酥朽，大批房屋倾圮在水中。但布政使衙门、粮道衙门、开封府衙门、铁塔寺和贡院位于城东北，那里地势较高，没有水患。十多万难民蜂拥而至，寺庙和九千间考棚成了栖身之地。铁塔寺周边人满为患，天天有人求签问卜。

驿船从水城门进入开封，林则徐下了船，朝布政使衙门走去。十年前，他在河南当布政使时住在布政使衙门的后院。曾经九州终为客，梦魂牵绕总是情——他对衙署里的一厅一室一草一木都很熟悉。

布政使衙署在大门前耸立着高高低低的旗杆，旗杆上挂着宝蓝色镶黄边官旗，上面有"钦差大臣行辕"、"河道总督行辕"、"河南巡抚部院"、"抚标中军参将行辕"、"河营守备行辕"、"东坝总局"、"西坝总局"、"赈厂"等字样。显而易见，许多衙门和官局迁到了布政使衙门的大院里，在天井里支起几十顶帐篷。这座衙署成了不折不扣的大杂院。

林则徐在途中就听说朝廷派军机大臣王鼎到开封治水。他向守门的兵丁递上了勘合："请转呈钦差大臣王鼎王阁老，就说林则徐奉命前来报到。"门丁惊讶地注视着他："您就是大名鼎鼎的林大人？开封的官绅兵民早就听说您要来，像大旱盼急雨似的盼着您呢！"说罢打千行礼，然后起身道："我这就给您通报去。"但马上有点儿犹豫，指着一顶帐篷道："王大人督率吏卒民夫堵塞决口，劳累了一天，正在小寐呢。"钦差大臣行辕的帐篷与大门口只有二十几步，林则徐抬眼一看，帐篷前有一乘肩舆，一个老人歪在里面小睡，身上盖着被单，那人正是王鼎。林则徐不由得鼻子一酸："那就别打扰他，让他多睡会儿，我在这儿候着。"

兵丁道："我给您通报牛鉴大人吧？"林则徐道："也好，也好。"牛鉴是河南巡抚，字镜堂，林则徐任江苏巡抚时，牛鉴任江苏按察使，算是老搭档。牛鉴的帐篷与王鼎的帐篷紧挨着，他听说林则徐来了立即出来迎接："哎哟，少穆兄，几年不见，你苍老了。"牛鉴原本身体微胖，黄河决口后他食无味寝难安，瘦了一大圈，头发胡须许久未剃，两个眼睑灰暗下垂，抬头纹和鱼尾纹全都蹿到脸上兴风作浪，但声音依旧洪亮。林则徐拱手行礼道："镜堂兄，你瘦多了。"牛鉴道："大水漫灌，我宵旰操劳心忧气燥，是瘦了。"

牛鉴讲话声高气重，王鼎半睡半醒间依稀听到"少穆"二字，猛然醒来，微微抬起身子，声音苍老："是少穆来了？"牛鉴对林则徐莞尔一笑："看看，我一高兴，把王阁老吵醒了。"他转身道："王阁老，是少穆来了。"王鼎已经七十五岁，撑着身子坐起来，寿眼枯眉满脸皱纹。林则徐深深做了一个长揖："晚辈林则徐参见阁相大人。"

王鼎下了肩舆，林则徐这才看清他的靴子上沾满了黄泥点子。王鼎有风湿病，膝关节的支撑力不足，但没到挂手杖的地步："路上顺利吗？"林则徐道："一路过来全是汤汤大水。溃水漫及归德、陈州、亳州，一直冲到洪泽湖。安徽巡抚衙门调了三千官兵和四万民夫在高堰筑坝围堵，要是高堰大堤不保，溃水能一直冲到扬州[①]，黄河以南长江以北的四十多个郡县都将化为漫漫泽国，千百万生灵将成为鱼鳖之食。"

---

① 历史上黄河屡次改道，1494年至1855年，黄河经淮河入黄海，1855年以后改为入渤海，故而，在道光朝时期，人们在安徽省防堵黄河水患。

王鼎四十多岁时当过河道总督，熟悉水情："有句古话：搅动黄河天下反。国家命运系于江河，黄河不宁天下不平啊。"林则徐道："是的，黄河以善淤、善决、善徙著称。"王鼎道："从本朝开国算起，二百年间决溢三十四次，其中以乾隆二十六年为最。当时黄河中游大雨霖潦河水暴涨，从三门峡到花园口先后有十五处决口，黄流狂溢之处黎民号泣，万顷良田化作滚汤之沸，人民与鱼鳖同游。武陟、荥泽、阳武、中牟、祥符、兰考等四十个州县被大水淹浸。我在开封当河道总督时，当地还在流传着乾隆朝时的民谣：乾隆二十六，黄河涨上天，冲走太阳渡，捎带万锦滩。这次决口，规模不次于那次。皇上获悉河堤溃决后，钦差我管理河务。你当过河道总督，还写过一篇《畿辅水利议》，有治水经验，所以，我出京前向皇上请旨，要你来襄助我。"

　　牛鉴道："少穆兄，你被罢官后，王阁老一直在保你，说你是磐磐大才，闲废不用就可惜了。"林则徐颔首道："少穆心知，大恩不言谢了。"

　　王鼎倚老卖老道："少穆啊，人在官场免不了挫跌。你要从容淡定经得起大起大伏。否则，得意时就会趾高气扬，失意时就会心境灰败。"林则徐道："晚辈领会前辈的教诲。"王鼎接着道："新疆是万死投荒之地，你去那里荷戈戍边是浪费人才。只要你协助我尽心尽力把口子堵上，我就奏请皇上，按将功赎罪论，让你复出。"王鼎是道光皇帝的老师，三朝元老，他的话是极有分量的。

　　林则徐道："我从来没有见过这么大的水。这次决口因何而起？"牛鉴道："七分天灾三分人祸。朝廷在宁夏碛口和陕州万锦滩设了两个水情观测哨。冬季十天一报，春汛两天一报，夏、秋两汛一天一报，水情一俟超过警戒线，用六百里红旗快递报警。六月初八到十一日，宁夏府碛口观测哨禀报水势涨至八尺一寸，陕州万锦滩观测哨禀报七天内河水涨了两丈一尺六寸，武陟的沁河观测哨禀报三天之内水势上涨了四尺三寸。夏汛从来没有如此之盛，前涨未消后涨踵至，上游水势异常险情迭出，沿河厅县相继报警。"王鼎道："何必站在外面，进去说话。"林则徐和牛鉴跟着王鼎进了帐篷，帐篷里十分简陋，只有几把椅子、两张小桌和几箱文牍。

　　三人坐在椅子上，王鼎继续讲道："河道总督文冲去年才上任，对河务一知半解。今年入伏后天气亢热，下南厅的河官认为天气亢热必有暴雨，张家湾一带的大堤单薄，万一河水泛滥，很可能酿成巨灾，请求文冲增拨两千七百两银子修堤。文冲上任前听说河官们经常用各种名义索要银子，贪赃枉法之事层出不穷。他不信，亲自去张家湾。他见黄河大溜位居中流，距离堤坝有十里之遥，觉得水势不可能涨到河堤，认为是河官们讹诈银子，拒不给款，结果误了工期。"

林则徐对文冲的糊涂有点儿吃惊："哦？黄河有枯水期和盛涨期，在枯水期河窄滩宽，河水能瘦成半里多宽的细流，在盛涨期，能把三十里河道和滩涂涨满。要是遇上伏秋大汛，上游的大小支流水量充沛，洪水能把滩面冲成许多串沟，分溜成河，冲刷大堤，形成决口之患哪。"王鼎点头道："你不愧当过河道总督，讲的是内行话。"

牛鉴道："今年夏天，陕西、山西与河南连降大雨，开封知府步际桐见文冲懵懂，只好自掏腰包，给河营守备王进孝三十两银子，叫他增派河丁尽心巡防，一有情况立即禀报，没想到王进孝回家聚赌，把银子赌输了。他坐失机宜，却使河南、安徽六府二十多县化为泽国，受灾百姓们恨得咬牙切齿，扬言要扒他的皮吃他的肉。王进孝自知罪责难逃，饮药自杀了。"

王鼎喟叹道："有些人是既想当官又想发财，还以为天可欺瞒，却不知晓官不易做天不可欺！王进孝获戾于天，获戾于百姓，更获戾于皇上。他不自裁也必死于法！"牛鉴道："文冲想拨银修堤坝为时已晚。六月十六日午刻，滔滔河水势如滚雪一喷数丈声如惊雷，把张家湾大堤撕开一道二十丈宽的大口子。开封距离堤坝仅十五里，大水一夜就冲到城下，官民们猝不及防。四郊居民淹死者十有四五，在河堤附近居住的村夫村妇来不及携带衣粮，只得登屋号啕攀树哀鸣，可因为连续多日不得饮食，活活饿死在屋顶上或树上，惨不堪言啊！眼下是开封城外荡如薮，民愁官愁户户愁。"王鼎道："多亏牛大人临危不乱，号召全城官绅和在册生员有钱出钱有力出力，组织全城居民防堵，才有现在这个局面。"

林则徐问道："现在决口有多宽？"牛鉴道："这么多天了，决口已被大溜刷宽至三百丈，七成河水溢出河道，只有三成河水在河道里流。"林则徐倒吸一口凉气："镜堂兄，现在是盛涨期，秋汛过后，上游水势才能减少，封堵这么大的口子，非得等盛涨期过去，河水退缩到十五里以内，而且河工浩大啊！"

王鼎道："水患为各种自然灾害之首，本朝向来视治水为第一要务。国家年均税赋四千多万两，每年雷打不动下拨五百万两银子用于治河，遇有大汛还要追加急款，可谓擎举国之财税。这次决口，皇上在常项银外特批了四百七十万两急款。四百七十万貌似巨资实则不够，仅河南与安徽六府二十三县就有两千万人口，人均只有两钱！为了筹措这笔巨钱，户部把库底都搜罗干净了。幸亏边衅停了，否则朝廷腾挪不出这么多银子来。我与牛大人反复商议，只能一半用于赈济一半用于治河。"

牛鉴道："昨天一队官船运来二百担锅饼，刚到城东的李庄就被饥民们蜂拥围堵，押送锅饼的兵丁们叱之不退，饥民们宁可引颈受刀也不肯舍船放行。不是饿急眼，哪会出现如此乱象！你只要去各县保甲发放赈济款，耳朵眼里全是饿死人和没米下锅的穷话。贪官污吏城狐社鼠们一把眼泪一把鼻涕地哭穷，却层层克扣从中渔利，闹得浩荡皇恩滋润不到底层的小民。"王鼎道："少穆，你是经济大才，现在有两件急务，一是赈济，一是预算。管赈济就是管钱财，必须用廉官。一官之廉，十吏效之，百民随之；一官之腐，百吏从之，千民附之。管赈济非得要一个铁面包公不可，不然就会被城狐社鼠们借机渔利。预算是极为繁巨、极为劳累、极为仔细的差事，必须亲自踏勘河道，绘制出修筑埽坝的工程图来。你挑一项。"

林则徐颔首道："则徐当河道总督时曾经踏勘过河南和山东两省的河道，算是老马识途，请王阁相给晚辈派几名谙习河工的文武员弁，一百名兵丁和夫役，五条大船，则徐愿在河上奔波踏勘。现在时交白露，则徐保证在寒露到来前踏勘完毕，做出切实可行的预算来。"王鼎的寿眉寿眼笑成一团："好！没当过河道总督的人是不敢轻易拍胸脯的。看来你确实是老马识途，一来就能派上用场！"

第七十一章

厦门之战

疫情延续了八十多天依然无法祛除，台风给英军的重创超过一场战役，攻打厦门的计划一推再推。但是，信风不等人，夏天一过，将是北风司令的季节，风帆战舰逆风北驱是兵家大忌，要是不抓紧时间，整个作战方案都得推迟到明年。璞鼎查、郭富和巴加商议过后，决定把"先锋"号、"硫磺"号等五条兵船和千余病号留在香港，保持对广州的军事压力，主力部队悉数北上，迅速攻克厦门和宁波。义律回国了，但是他与伯麦、郭富制定的作战方案依然有效。璞鼎查决定继续执行这一方案，先打厦门，再占宁波，他只在原方案上增加了重新占领舟山的内容，那是巴麦尊勋爵特别要求的。参加这次军事行动的共有三条火轮船十条兵船十五条运输船和六条补给船。运输船运载两千五百多步兵和炮兵，补给船运载煤炭和辎重。

舰队分批驶离了香港的维多利亚湾。

厦门是火山岩喷发形成的岛屿，与大陆仅隔一道海峡。海峡很狭窄，初到厦门的人往往误以为它是一条江。海风和海浪像既柔软又坚韧的锉刀，用万年的耐心把火山岩锉成一圈圈一层层的海蚀形态，它们光秃秃赤裸裸，像沉睡不醒的石鲸石鳄石龟石虎，千姿百态。厦门原本是人烟稀少的荒岛，大陆人称之为"下门"，意思是"等而下之"的地方，直到明朝初叶才有少数渔民迁居到

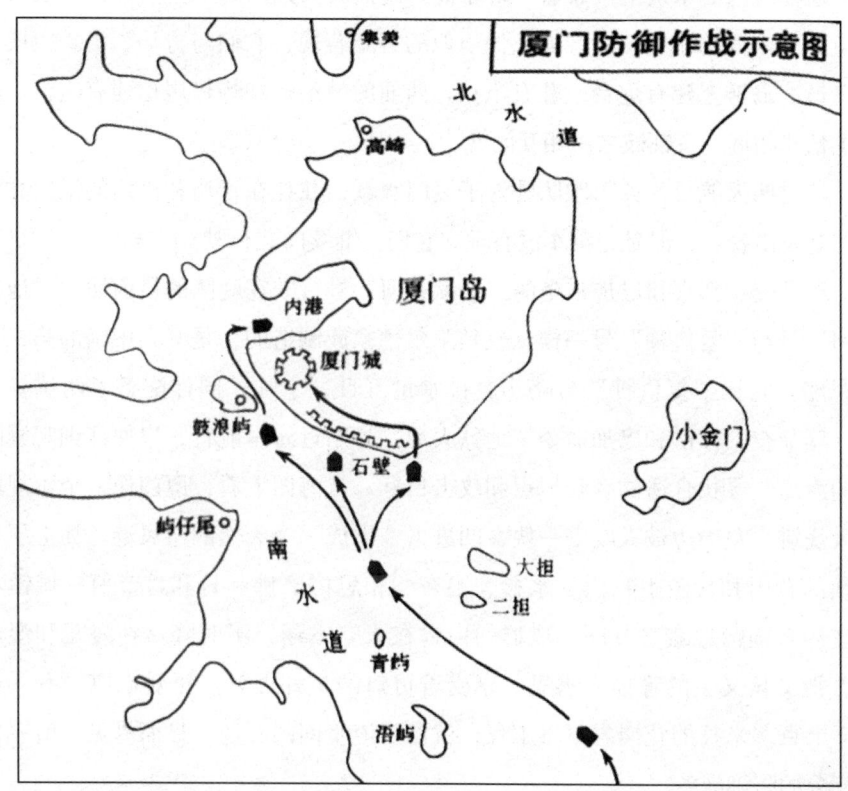

厦门之战示意图。据《厦门志》记载,道光十二年(1832)厦门有人口144893人。在战争爆发前,厦门驻有5680名水陆官兵,当地官府还组织了9274名义勇。取自茅海建的《天朝的崩溃》第334页。

岛上。二百年前,郑成功率兵渡海开拓台湾,他发现下门是连接大陆和台湾的枢纽,于是在岛上屯兵驻守,改称厦门,它才渐渐呈现出人烟辐辏的模样。康熙初年,朝廷为了防止郑氏后人反攻大陆,饬令沿海居民内迁三十里,厦门再次沦为废岛。郑氏后人归顺朝廷后,大陆人重新上岛,经过一百多年的开发,岛上居民扩展到十五万之多,厦门成为商舶麇集的海疆重地,这里渔业发达,一年四季海货不断,只要进入当地的十三铺码头,人们立即就能闻到浓浓的咸腥味。

通往厦门的水道上散布着一群小岛，南面的大担岛和二担岛像浮在水上的乌龟，东南面的小金门岛像海上仙境似的若隐若现，它们与青屿、浯屿组成一个岛链。岛链上建有炮台，驻有汛兵。西面的鼓浪屿和屿仔尾也建有炮台。炮台上信旗招展，有钲鼓之声相互问答。

经过四天航行，英军舰队驶入了厦门水域，驻扎在青屿和浯屿的汛兵立即用信炮发出警告，但是，英军没有理睬它们，继续向北行驶。

璞鼎查、郭富和巴加乘坐的"地狱火河"号行驶在舰队的最前面。"地狱火河"号与"复仇神"号一样，也是莱尔德家族制造的，是开到中国的第二条铁甲船。它比"复仇神"号略小，排水量五百一十吨，同样配备了两位旋转炮。璞鼎查、郭富和巴加命令"地狱火河"号贴近海岸航行，以便仔细观察陌生的海岛，寻找合适的登陆地点和攻击目标。从海图上看，厦门像一个不规则的大烧饼，左半边被人咬去一块，凹进去，形成一个天然的避风港。岛上层叠起伏的石山和丘陵上长满了水杉、银杏、相思树、佛肚竹和竹节蓼，城镇和村庄影影幢幢地藏身其间。成群的白鹭在天空飞翔，不时降落在海滩和湿地上，把又长又尖的喙插入水里，享受着可口的鱼虾大餐。正对水道，有一道一千七百多米长的花岗岩军事工程，就像一道坚固的石壁，显而易见，清军做了充分的防御准备。

英国舰队进入厦门水域的消息像风一样传遍全岛。当地兵民不约而同登上山坡眺望海面，铁甲妖船引起了他们的好奇与骚动。

闽浙总督颜伯焘在金门镇总兵江继芸的陪同下登上了虎头山。虎头山与鼓浪屿的龙头山隔海相望，如"龙虎把关"一样控扼着厦门水道。

颜伯焘五十岁，身体微胖，刚剃过的脑壳像青皮葫芦一样干净，额头上的皱纹繁密，从太阳穴弯到脸上，从脸上弯到嘴角。那些皱纹见证了他的阅历。他出身于簪缨世家，爷爷颜希琛当过湘、黔、滇三省巡抚，父亲颜检当过豫、黔、浙、闽四省巡抚和直隶总督。他年少时，有一个算命先生说他有贵人相。果不其然，他的仕途一路顺风，二十二岁进士及第，四十五岁官拜云南巡抚，成为严家第三个当上封疆大吏的人物。那一年，一位幕宾为他家的大宅门书写了一副楹联："一门三世四督抚，五部十省八花翎"，可见严氏家族的隆盛和煊赫。

海疆爆发战争后，道光皇帝要颜伯焘出任闽浙总督，他一上任立即去福建沿海巡察，敏锐地意识到厦门非比寻常，是福建海防的重中之重。他把民政交给福建巡抚打理，自己全心全意地投入厦门的海防中。

厦门到处都是花岗岩，这种石料质地坚硬，最适合建造炮台。颜伯焘动员了大量人力物力和财力，在厦门南面修建了一道高一丈一，厚八尺五，长三里半的石壁，整个石壁用大石条打底，糖水调灰砌缝，每隔五丈五尺设一个炮洞，炮洞上加盖石板，石板上覆盖泥土，泥土上种植猪笼草和蔷薇，石壁内部安放了一百五十二位大炮。他还在鼓浪屿和屿仔尾添建了两座炮台，安放了七十六位大炮，使它们与石壁呈抵角之势，一旦有逆夷来犯，形成交叉火网。他深信这道防御工事是一道铜墙铁壁，连孙悟空的金箍棒也砸不烂。厦门是福建水师提督衙门所在地，驻有五个水师营，颜伯焘又调来两千陆师官兵，使厦门的总兵力达到五千八百余人，他还团练了九千二百多义勇，把当地十五岁以上四十二岁以下的男丁全都编入勇营。

厦门距离广州大约九百里水路，一苇可航。广东大吏经常把夷情咨报给沿海各省，但颜伯焘并不偏听偏信，经常单独派人去广州和澳门刺探敌情。他从福建布政使曾望颜那儿获悉广东大吏用巨资贿和，并将此事奏报给道光，没想到道光不仅没有回文，还下令沿海各省撤军，这意味着道光非常相信奕山。但颜伯焘确信战争没有结束，他冒着违旨的风险，以种种理由拖延不办，他要用时间来证明自己的判断是正确的。现在，英军果然来了！

金门镇总兵江继芸站在颜伯焘身旁，他常年戍守海疆，黝黑的脸膛被海风反复吹刮，像硬皮鼓面一样粗粝。他身强体壮敦实厚重，走起路来像石锤砸地一样橐橐有声。他生在海疆，在水师干了大半辈子，见过各种夷船和过境兵船，却头一次看见铁甲船和旋转炮，不由得目瞪口呆。"地狱火河"鼓轮行驶进退自如，航速远非清军的战船可比。它一面游弋一面用各种仪器测量航道，在浅水处和有暗礁的水面抛下红白两色的浮标。清军的战船都是吃水浅的平底船，从来不用浮标，甚至不知道它们是干什么用的。

颜伯焘和江继芸不明白夷船想干什么。江继芸道："颜督宪，要不要派人问一问，他们想要干什么？"颜伯焘点头道："好，派一个懂夷语的人去夷船打问一下他们有什么干求。"

不一会儿，一条哨船搭载一名懂夷语的商人朝英国舰队驶去。数千将士和上万百姓悬揣不安地注视着海面。

江继芸估算着自己的战斗力。福建水师共有大小战船五十余条，但有一半跟随水师提督窦振彪在外海巡哨，厦门湾内现有二十六条战船，其中一半在船坞里大修。江继芸对颜伯焘道："我们的战船皮薄炮小，无力与逆夷在海上对抗，得让它们避入鼓浪屿的水师营码头，我们只能用岸炮与敌人战斗。"颜伯焘没打过海仗，心里忐忑嘴巴坚强："石壁炮台坚如磐石，各营各汛都有准备。就算逆夷有十八般武艺，我军将士以逸待劳，足以与他们抗衡。"

一个时辰后，哨船返回来，把英军的照会送到颜伯焘手中：

……大英国与大清国的分歧仍在，签署本照会之公使大臣和水陆提督，依照大英国主之训令特告，除非上年在天津提出的要求全部得到满足，安全得到全面保障，他们有责任采取敌对行动，武力强迫（中国）满足其要求。但是，签署本照会之公使大臣和水陆提督慈悲为怀，不愿让贵军官兵生灵涂炭，特敦促贵水师提督将厦门城及全部炮台交与英军暂时据守，贵军官兵可以携带武器和行李离去，人民可以免于兵燹。待所有问题得到解决，大英国的要求得到满足后，再归还中国人掌控。

如蒙同意，请在所有炮台悬挂白旗。

    公使大臣 璞鼎查 水师提督 巴加 陆师提督 郭富[①]

大战必不可免。颜伯焘语气坚定："宵小逆夷居然张大其词要我军献城！蚍蜉撼树荒谬至极！升旗，命令全体官兵和义勇严阵以待，痛击丑夷！"

管旗在虎头山上升起了红旗，号弁吹响了螺号，金铎鼙鼓响声连天。对面的鼓浪屿和屿子尾炮台立即用鼓号响应，炮兵们跑步进入石壁和炮台，拔去炮塞填入炮子，弓兵藤牌兵火枪兵们跑步进入战位，静候鏖战。义勇们也行动起来，他们用沙袋封堵城门，向城楼上运送雷石滚木，只有水师营的战船小心翼翼退缩到鼓浪屿的码头里。

---

① 译自卑路乍的《"硫磺"号环游世界记》Vol.II, P.235。

舰队与岸炮作战必须抢占上风。巴加看了看怀表，又看了看天象和水流。今天的大潮应当在下午一点到来，他有足够的时间排兵布阵。英军的布阵有条不紊，就像准备一场实弹演习。

一点整，厦门既没回话，也没有悬挂白旗，潮汐却按时到来。南风渐起，海潮上涨，巴加和郭富决定分两路作战。他们命令胞诅率领"伯朗底"号、"都鲁壹"号和"摩底士底"号，外加一支海军陆战队，攻击鼓浪屿。巴加亲自率领"威里士厘"号、"伯兰汉"号战列舰和五条轻型护卫舰轰击厦门石壁。

厦门水道响起了霹雳般的爆炸声！一排排炮子凌空而起，红黄绿黑四色驳杂，不一会儿，蔚蓝的天空就被战火熏得漫天黑黄！

一年多前，胞诅曾到厦门投递过《致中国宰相书》，他了解这一带的水情，可谓轻车熟路。鼓浪屿是一个椭圆形的小岛，与厦门仅隔一条五百多米宽的水道，因为经常有白鹭在空中盘旋，当地人称之为鹭江。鼓浪屿的兵力较弱，胞诅指挥三条兵船轰击了一小时，就把岛上的炮台全部摧毁。四百多海军陆战队乘舢板抢滩登陆，清军迅速瓦解，整个战斗仅用两小时就结束了。英军上岛后把在船坞里的清军战船全部烧毁，腾起的黑烟遮云蔽日。

但是，攻打厦门却耗费了较大气力。"威里士厘"号、"伯兰汉"号等七条兵船在距离石壁四五百公尺处下锚，一字排开，用侧舷炮轮番轰击。英军敢于与清军近距离对射，是因为清军的炮子炸力极小，除非打到身上，不能给英兵以实质性伤害。七条兵船共有二百七十余位火炮，比清军的岸炮多一倍，它们把石壁炸得泥土飞扬浓烟滚滚。

江继芸指挥清军奋力应战。花岗岩石壁非常结实，抗得住敌炮的连续轰击，清军藏身于炮洞就像披了一层厚厚的盔甲。他们训练有素高呼口令，填炮子，点炮捻，忙而不乱，一颗颗又黑又重的炮子飞出炮洞，拖着黑烟和啸音射向英舰。英军在水上，却占据了上风，打顺风炮。清军在岸上逆风还击，炮口冒出的黑烟积在炮洞里久久不散，炮兵的脸庞被熏得乌黑，像从地里冒出的黑脸钟馗，偶尔有英舰的炮子打入炮洞，把里面的清军炸得血肉狼藉。但江继芸坚守不退，集中炮力轰击英夷巨舰。"威里士厘"号和"伯兰汉"号分别被打中十几炮，但是，它们的船板又坚又厚，打不烂，炸不翻，轰不破，击不穿。

石壁上飞沙走石火热燎辣，滚滚黑烟蒸腾而起。英军的舰炮虽然火力强大，但在石壁面前却无能为力，除了偶然打入炮洞的几颗炮子外，不能有效杀伤清军，更不能摧毁它。但是，石壁的炮洞夹角小，大铁炮又沉又重，无法旋转只能直击，为了防止炸膛，每打三四炮必须等炮身冷却才能装药填弹。英军的战舰炮火密集，打出一排侧舷炮后，船体旋转一百八十度，换用另一侧舷炮连续轰击，炮身在舰船转体时轮番冷却，打炮的间隔短，速度快。胜利的天平渐渐向英方倾斜。江继芸和炮兵们发现他们是在同刀枪不入的水上巨怪作战，先是惊讶，进而是沮丧，最终是绝望。

英军发射了三万多颗炮子，依然不能打烂石壁。但清军的大炮渐渐哑火，只能零星还击。

下午三点，"复仇神"号、"地狱火河"号、"西索提斯"号火轮船拖拽着舢板，把步兵分批送到石壁东面。英军抢滩登陆，清军的刀矛弓箭挡不住英军的步枪。英军迅速将他们驱散，迂回到石壁的后面。

江继芸集合了全体弓兵和藤牌兵奋力抵抗，连炮兵都拿起刀枪准备肉搏，但是，英军不给清军打贴身近战的机会，用排枪轮番射击，成片的清军应声倒地，他们的脑袋、胸膛、大腿和胳膊被击中，发出一阵阵凄厉的惨叫。一番搏杀后，清军丧失了抵抗力。

江继芸没想到英军的炮火如此强大和猛烈，更没想到清军挡不住敌军，他向海滩望去，头戴圆帽身穿大红军装的英军编组成队，在军鼓和军号的伴奏下向石壁挺进，周围的炮弁和亲兵们全都惶惶不安，巷道里有一百多伤兵，被敌炮炸断腿脚或打伤胳膊，躺在地上呻吟。江继芸意识到败局已定，再不撤退，所有弁兵都将被包成饺子剁成馅，身为主将，他必须在战无可胜之时保全弁兵的性命。他一咬牙，下达了撤退令："各营汛听令，准备撤退！伤员是咱们的亲弟兄，一个不许落下！"

军法森严，谁下撤退令谁就得承担罪责。江继芸给弁兵们留下了活命的机会，弁兵们大大松了一口气，像战败的蚂蚁，抬着伤兵，背着枪械，负重趑趄，渐行渐远。

江继芸身边只剩七八个亲兵："你们也撤！"一个亲兵恳求道："江大人，一齐撤吧！"江继芸一挥手："别管我，快撤！"几个亲兵走了，他们五步一回头十步一回首，像离家的马驹一样回望着主人。江继芸手持短刀和藤牌，目送全体弁兵安然离去，他决定以自杀的方式承担战败的责任。

一队夷兵跃过堞墙，看见了江继芸的顶戴和绣狮补服，辨识出他是清军的大官，迅速包抄过来。江继芸青筋暴跳眼底生烟，一步一步朝向后退，终于无路可退。他与夷兵们只隔三丈远，相互对峙，连鼻子眼睛都看得一清二楚。冲在前面的夷兵好像只有十六七岁，脸上长着密集的粉刺疙瘩，鼻梁和脸上布满了汗珠，像一头急于立功的狼崽。江继芸宁死不当俘虏，纵身跳下石壁，踉跄着步子朝海滩跑去。当他跑到一片礁石时，狼崽朝他开了一枪，打碎了他的藤牌，江继芸丢掉藤牌，继续朝前跑。

前面是大海，后面是夷兵，他走投无路。英国兵们想抓活的，高喊："Hold Up! Hands Up!"（站住，举起手来！）江继芸听不懂，也不想听懂，一步一步地朝海水走去。英军收起了枪，不相信他会寻死。海水渐渐没过江继芸的膝盖和腰，他停下脚步，回头看了石壁一眼，那是全体厦门兵民耗费大量心血和巨额兵费营造的，现在已经落入敌手。江继芸自知责无旁贷，他举起刀，猛地朝颈项上的大血管使劲一拉，一股鲜血喷射而出。他的喉头发出一声绝叫，撕裂长空，身子像伐倒的树桩一样栽在水里，从颈项里喷出的血液很快消融在海潮里，把周围的海水染出一片惨红。

颜伯焘有抗夷的决心，却没有抗夷的实力。他从来没见过如此凶险的战场，没听过如此震耳的炮响，眼睁睁看着清军像绵羊一样遭到宰割，不由得心口狂跳，惴惴然惶惶然凛凛然，脑门子上全都是冷汗。石壁失守后，他才明白越洋而来的岛夷之国敢于派数千军队攻击泱泱中华，是因为他们具有不可比拟的军事优势！他环顾左右，周匝的将佐胥吏和亲兵们同样没有见过如此惨烈的场面，被震耳欲聋的炮声惊得六神无主！颜伯焘事先制定了一套应急方案，他预感到厦门城无法坚守，下达了撤军令。官佐胥吏们迅速转移文档，二百多弁兵迅速将银库里的存银抢运走，数千清军依次开进十三铺码头，伤兵们被优先安排登船。

清军一撤，居民们立即慌乱起来，他们都想逃生，围着大小渔船吵吵嚷嚷，受惊的妇女和儿童像没头苍蝇似的大呼小叫，呼号声叫骂声与枪炮声糅杂在一起，更有穷极无赖鼠窃狗盗之徒趁火打劫乱中取利，抢包袱抢行囊，抢女人身上的金银首饰。

夕阳西下，厦门岛上浓烟滚滚，海面上残阳如血。落日余晖把一腔块垒喷吐在海湾里，给战场披了一层滚烫的金红。石壁上的龙纹大纛消失了，取而代之的是蓝底红条的"米"字旗。

英军不熟悉地形地貌，攻占石壁后停止前进，没有连续追击，清军得以有序撤离。贪夜时分，颜伯焘最后一个登上哨船。水兵们升起篷帆荡起木桨，一摇一晃地朝大陆划去。颜伯焘回首眺望着厦门，心寒如冰，他这时才明白为什么琦善主张抚夷，为什么奕山等广东大吏联手舞弊。一种深不见底的绝望像蛇一样紧紧勒住他的咽喉，勒得他喘不过气来。他知道战败的后果，如何向朝廷奏报是一个天大的难题！①

---

① 厦门之战结束后，郭富和巴加分别撰写了陆军战报和海军战报，编制了陆军伤亡清单和海军伤亡清单（载于《在华二年记》附录 XIII，P.338–347）。根据他们的统计，英国陆军无人阵亡，9人受伤，海军1死7伤。根据钦差户部左侍郎端华的《查明厦门失守情形及兵勇数目折》（《筹办夷务始末》卷四十一），厦门共有水陆官兵5680人，战后回营5356人。由此推算，清军阵亡和失踪合计324人，受伤人数不详。

第七十二章

天子近臣谨言慎行

道光刚要去御膳房吃晚饭，军机章京送来了一份六百里红旗快递：颜伯焘奏报英夷突袭厦门，金门镇总兵江继芸战死，厦门失守：

……该夷等船三十四只，起篷进驶，情形殊恶。臣不敢拘泥，随将伪文拆阅……伪文内称如不议定照上年天津所讨各件办理，即应交战……拆阅之下，不胜愤恨……当即……率同在事文武，督领弁兵开炮，并排列水勇分堵隘口……开放万斤及数千斤以下大炮数百门，传令对岸之屿仔尾，中路之鼓浪屿，三面兜击，打沈（沉）该逆火轮船一只兵船五只。该逆一面回炮一面蜂拥而进，并放下小三（舢）板，分路上岸。……我军连环开炮，受伤兵丁血肉狼藉，其同队兵丁犹各装药下子，及见将弁内有伤亡，环视痛哭，仍复竭力回炮，而将领等奋不顾身，其受伤未死者，亦各眦裂发指……见有三（舢）板夷兵上岸，尽力堵御……斩杀无算。……无如该逆船只过多，其大船约有千余人，中者五六百人，小者亦二三百人，炮越杀越多，人越杀越众……①

---

① 摘自《颜伯焘奏厦门失守情形折》，《筹办夷务始末》卷三十一。

颜伯焘是熟谙疆臣，撰写的奏折轻重有别曲径通幽。他吃了败仗，虽然没有像奕山那样隐瞒真情，却大加粉饰，把厦门之战写得虽败犹荣。所谓"打沈（沉）该逆火轮船一只兵船五只"纯属子虚乌有，所谓"斩杀无算"是刻意夸张，所谓"大船约有千余人，中者五六百人，小者亦二三百人"则是过分渲染。但是，颜伯焘不如琦善观察得仔细，琦善把两国船炮和枪械的差异仔细奏报给朝廷，但不为皇上采信。颜伯焘则将失败归咎于敌众我寡，对军事技术的巨大差异只字未提，但是，他毕竟把一个重要消息奏报给朝廷：夷酋要求"照上年天津所讨各件办理"，即要求朝廷按照大沽会谈的要求缔结条约！

道光读罢食欲全无。三个月前，奕山与广东大吏会衔奏报说，只要允准逆夷通商，夷务大局可定。道光反复思量，才决定息兵罢战允准通商，没想到宵小逆夷又开启边衅再次纠缠。道光看了一眼大自鸣钟，表针指向酉时三刻。这个时候军机大臣们已经散班回家了。道光站起身来："张尔汉，陪朕出宫转一转。"张尔汉一看皇上的脸色就知道有坏消息："要更衣吗？""不，就这样走。"道光不喜欢穿龙袍，因为龙袍绣满了各种图纹，又厚又重，除了参加仪式，他平时穿藏青色的便服，踏千层底布鞋，戴六合一统帽，看上去与普通旗人没有什么两样。

道光把几份奏折放入一只奏事匣子，让张尔汉端上，自己背着双手出了养心门，一副心事重重的样子。张尔汉不敢问去什么地方，抱着匣子亦步亦趋。他过着伴君如伴虎的日子，一个眉轩举色的失神，一个不经意的哈欠，都可能惹得道光不高兴，所以他随时都凛凛小心。

道光的心情极为复杂。颜伯焘曾经用密折揭发奕山与广东大吏联手欺蒙朝廷，道光留中不发，因为他不相信奕山和杨芳等六大官宪会联手造假。奕山是皇侄，要是他不可信，天下就没有可信之人，要是把杨芳也开革了，天朝就找不出带兵打仗的将才。两年多来，督抚提镇大员换了一茬又一茬，伤亡弁兵数以千计，却没有成效。道光突然想起，奕山等人的会衔奏折上有"粤省夷务大定"字样，偏巧自己忽视了"粤省"二字，几个军机大臣囿于习惯，也没有体会出"粤省"的意思，懵里懵懂给沿海七省下了撤军令，真要追究起来，是奕山等人欺蒙了朝廷还是朝廷误读了奏折？想到这里，道光不禁哑然一笑，那艰涩的一笑中有自嘲，有无奈，有心酸，有懊丧。

张尔汉发现皇帝如痴如呆低头苦想，不经意间露齿一笑，不由得问道："皇上，您笑什么？"道光这才想起张尔汉跟在身后，他停住脚步喟叹一声："我笑天下可笑之人哪。"这么一句没由头的话把张尔汉说得晕头晕脑："皇上不是笑奴才的靴子吧？"道光这才发现张尔汉的靴子破了，大脚趾从鞋面的前端拱出来。道光道："朕不笑话你的靴子，是笑天下可笑之人，却不得不容天下难容之事！"这句话更是高深莫测，张尔汉既没听懂也不敢问，索性闷头跟着走。

主仆二人一直走到东华门，张尔汉才察觉皇上要出紫禁城，他赶紧给守门的侍卫们打了一个手势。侍卫们明白皇上要微服出行，立即不即不离地跟在后面。

在斜阳的映照下，紫禁城的倒影拉得老长，护城河里水波荡漾波光粼粼，人工放养的白鹤鸳鸯和红嘴鸭子悠然自得地游来游去，岸旁垂柳在晚风的吹拂下婆娑摇晃。道光随手揪下一片柳叶，停住脚步托在掌中端详。它的大叶脉分成十几支雪花状的小叶脉，小叶脉又分化成无数更小的叶径，小到肉眼无法分辨。他对张尔汉道："一片叶子就像千里山脉或万里沙原，也像朕的紫禁城，有门楼有宫殿有城垣有雉堞，还有永远看不清爽的犄角旮旯和密室暗道。朕继承大统二十一年，越发看不清这枯叶似的皇城里究竟有多少密室暗道，犄角旮旯里藏着什么污垢尘埃。"张尔汉顺着话茬应承道："您看不清，奴才就更看不清了。"道光见他不懂，把叶片一揉，揉碎了："朕的意思是，你别看朕富有四海，抚有万邦，领有亿兆子民，却越发看不透封疆大吏们的肺腑。那些奴才狗官们天天看朕的脸色说顺风话，糊弄朕的耳根子。根据疆臣们的历次奏报推算，英夷来我大清海疆的兵船不会超过五十条。林则徐奏报击沉了四条，邓廷桢奏报击沉三条，琦善奏报击了四条，杨芳奏报击沉了五条，奕山奏报击沉了九条。这回颜伯焘说厦门防军击沉了五条兵船和一条火轮船。如此算来，夷船被打沉一半，他们哪有兵力攻打厦门？疆臣们究竟在说真话还是假话，朕竟然是分辨不清！"

道光突然把君臣猜忌和盘托出，讲得尖刻无比，张尔汉吓了一跳，不知如何应承。因为乾清门前立有铁碑：太监不许干政，违者大辟！他对这条规矩熟谙于心，他虽然经常在养心殿和军机处之间行走传话，却从不插嘴议论政事。

道光仰头望着西面的落日和晚霞，似乎在自言自语："朕是不折不扣的孤家寡人，孤寡到无人诉说心里话的田地。朕恨不得立即把那些狗官们撤了罢了黜了拘了，但这么大的江山得靠人治理，就算把那些狗奴才们全都发配到新疆，还得启用另一拨人，那些人照样上上下下地敷衍你。海疆衅端动关大局，任你心焦如焚辗转反侧夜不能寐，那些狗官们却不急不火慢条斯理。你想加强海防，他们就狮子大开口，要银子要军械要添兵要募勇。你想知道真相，他们就大加粉饰，粉饰得你两眼迷蒙什么也看不清，可恶至极！"

道光发泄了一通无名火，绕过护城河向东趸，张尔汉才明白皇上要去潘世恩家。北京分南北两城，北城是首善之区，只有满洲旗人才能入住，汉人全都住在南城。但大清的高官满汉各半，皇上需要就近顾问六部三院的尚书。汉臣们要是全都住在南城，遇有急事就会耽误工夫，故而，内务府在东华门外的东总布胡同和西总布胡同盖了几十座四合院，全是灰砖黛瓦的官产房，分配给汉官们暂住。汉官们离京或休致，房产必须交还。潘世恩就住在西总布胡同，离东华门只有几百步远。

张尔汉走到潘世恩家的黑漆门前轻叩门环，司阍把门打开一条缝，探出头来，一眼认出总管太监："张公公，有事？"张尔汉道："皇上来了，叫潘阁老接驾。"司阍这才看见张尔汉身后站着一个穿青衣戴小帽的老人，几个身穿黄马褂的带刀侍卫不即不离地跟在五十步以远。道光多次光顾潘世恩家，司阍认得皇上，赶紧双膝打弯泥首叩头。道光一摆手："平身，去通报吧。"道光位居九五之尊，进入臣子之家如履平地，即使不待通报径直进去，潘世恩也不敢说半个"不"字。但他恪守主客之礼。

潘世恩正要吃晚饭，听说皇上来了，赶紧戴上大帽子挂上朝珠朝门口走去。他绕过影壁，果然见道光站在门口，张尔汉捧着一只奏事匣子跟在后面。潘世恩打下马蹄袖，屈膝一跪行大礼："臣下不知皇上驾到，有失远迎。"道光一摆手："朕是微服来的，不必行大礼。"

潘世恩站起身来，引着道光进了正堂。他见天色渐暗，吩咐一声："掌灯。"一个女佣小心翼翼端来一个铜烛台，烛台上插着两支酒盅粗的大红蜡烛，她用火煤子点燃，屋里立刻亮堂起来。另一个女佣端着食盆从侧道走过，道光闻到一股淡淡的酒曲香："哦，你还没吃晚饭？""臣下正准备吃，没想到皇上莅临。""朕也没吃。要是不劳扰，一块儿吃如何？"潘世恩道："皇上，您在臣家用膳，是臣下的荣耀，哪能说是劳扰。"他回脸吩咐女佣："告诉老夫人，皇上要与我一起用膳，有机宜训示，叫她和家人到后屋吃饭。"女佣答应一声，转身走了。

潘世恩引着道光进了侧屋，女佣在四方饭桌上摆了三碟小菜一个食盆。道光撩衽坐在桌旁，潘世恩斜签着身子坐在对面，掀开食盆给道光盛了一碗："皇上，您尝尝臣下亲手酿造的家乡酒羹，醪糟肉糜豆腐。"道光抬眼望着他："你亲自下厨？"潘世恩的吴侬软语讲得温文尔雅："民以食为天，吃饭乃第一要务。臣下小时候贪嘴，常看娘做饭，学过几手，有时得闲就鼓捣两下，也算一种调剂吧。"

道光见酒羹呈微红色，舀一勺放入口中，立刻齿颊生香，赞叹道："你的酒羹比御膳房做得好，如何做的？"道光的肚皮里全是国家大事，但有时候会换一些轻松的话题，说一说家长里短，听一听日常生活，讲一讲琐碎小事。他尤其喜欢听烹饪、洗涮、缝纫、酿酒之类的小故事。潘世恩娓娓细说："臣下少年时喜欢吃醪糟，跟我娘学过做米酒。她老人家在锅里放上江米，加入少许红枣、番茄和枸杞，蒸熟后在中间挖个洞，塞几颗酒曲子，然后用布包裹好，放在草筐里，外面捂上一层棉被。我那时好奇，听见缸里有咕咕噜噜的声音，细若柔丝，就一脸馋相，把手伸进被子里摸，居然是热的！我趁娘不在时把锅盖揭开，原来是发酵的米酒在冒泡，咕咕噜噜的声音是酒泡的破裂声。这东西真厉害，一揭盖子满屋酒香，我娘的鼻子灵，嗅见气味立即进来，拧住我耳朵饱饱地教训一顿，我才知道做酒时不能中途揭盖，否则香甜的醪糟就会变得酸溜溜的，不好吃。那时候，我做过一个大头梦，长大了要开一个醪糟酒坊，雇一个英俊的小伙计，把酒坊里的器皿擦得纤尘不染。"

道光笑道："你的大梦要是成真了，朕就少了一个能臣。"他又舀一勺放入嘴中。潘世恩道："这道酒羹是臣下闲时琢磨的，臣下年岁渐长，牙口不好，咬不动肉，就把肉糜和豆腐放在醪糟里蒸，试了几次，味道还好。"道光指着自己嘴巴："我的牙口也不好。这也难怪，一吃饭所有牙齿都得冲锋陷阵死磨硬咬，劳苦胜过三军将士，到如今损兵折将，只剩一半了。"

道光想让君臣差异消融在热气腾腾的美味中，故意放下身段换了称谓，用"我"替代"朕"："孔子曰：食不厌细脍不厌精。只要不浪费，就应把食物做细做精,只是我缺口福,人未老牙先老,吃不了大肉,只能吃肉糜。明天我叫御膳房的厨子跟你学一学。"皇上改称"我",潘世恩却恪守君臣之道,因为他深知,臣工与皇上没有私谊,横亘着一道不可逾越的深沟,恭敬道:"臣下一定把手把地教会他。"不一会儿,道光把一碗酒羹喝得精光,潘世恩要再盛一碗,道光拿起汤勺:"我自己来。"他亲自舀了一碗:"我这个皇帝当得累,有时候好羡慕普通百姓!我小时候也贪吃贪玩,喜欢放风筝,放我娘亲手糊的百脚蜈蚣,用染色绢糊的,一丈多长。放风筝的线用的是胡琴的中弦,又轻又结实。我和弟妹们在城郊野地里牵线疯跑,多快活!当了皇帝后,儿时的游戏全成了不可重现的追忆,人人都说皇帝好,却不知晓皇帝累,人人都说龙袍华贵无比,却不知晓它的重量让人吃不消。"

潘世恩一听道光发牢骚就知道他又碰上烦心事了:"皇上,出什么事了?"道光一转头:"张尔汉。""奴才在。""把奏事匣子拿来。"张尔汉递上匣子,道光取出颜伯焘的奏折:"厦门出事了,你看一看。"

潘世恩接过奏折,戴上老花镜,凑到烛台下细读,越读脸色越凝重。颜伯焘是他保荐的,他生怕道光追问保举不当之责,小心翼翼地不吭声。道光放下汤勺:"厦门遭袭,恐怕只是衅端,逆夷又要北上,武力要挟本朝重开谈判!奕山和广东大吏们奏报粤省夷务大定,朕以为河清海宴天下太平了,该过几年安生日子了,才向沿海七省颁发了撤军令,没想到逆夷再次启衅,兵连祸结没完没了!"道光恨得咬牙切齿,腮间筋肉微微耸动。

潘世恩有点儿吃惊:"皇上,您的意思是奕山没有奏报实情?"道光再次打开奏事匣子,取出颜伯焘的密折和夹片。潘世恩接了密折,折子的封皮写着《探闻广州败战纳款真实情形折》字样,里面夹着三元里乡民的誓词和几件逆夷伪示,它们是一个多月前寄到北京的,因为是密折,军机大臣没拆阅,直接呈报给皇上,但皇上留中不发。潘世恩一直不知道颜伯焘在密折里说了什么,他凑到烛台前细读了一遍。

《探闻广州败战纳款真实情形折》和几件夹片很长,道光估计潘世恩得读一会儿,他站起身来,环视客厅四壁的字画。皇上每年都来潘世恩家两三次,潘世恩的堂屋布置得比较简单,除了几件楠木家具比较考究外,其他东西一概从简,堂屋的正中央挂着一个红底"寿"字,是潘世恩六十大寿时道光的御赏，西面墙上挂着梅兰菊竹四条屏，是郑板桥的写意画。东墙上挂着宫廷画师许伯杰的《九曲黄河图》，图的两侧是广西巡抚梁章钜撰写的对联：

佛地本无边，看排闼层层，紫塞千峰平槛立，
清泉不能浊，笑出山滚滚，黄河九曲抱城来。

潘世恩读罢密折才知道，奕山与广东大吏联手遮天，用六百万元赎城费换取英夷退兵！福建与广东互为唇喉呼吸相通，颜伯焘担心广东祸水流向福建，不敢松懈，派人去广州和澳门打探敌情。他认定这是一场惊天骗局。

道光估摸着潘世恩读完了，才重新坐下："潘阁老，你替朕拿个主意。"潘世恩这时才憬悟，奕山等广东大吏用"粤省夷务大定"六字与朝廷玩了一场文字游戏：粤省夷务大定不等于全国夷务大定，但是皇上和自己都没看明白，所以才下令沿海各省撤军。这么荒唐的事情要是张扬出去，势必成为天下的第一笑话！此外，奕山是皇侄，当过领侍卫内大臣，要是追究起来，势必引发一场官场大地震。潘世恩道："依臣下看，这事以稳妥处置为好。"

道光眉毛一挑："如何才稳妥？"潘世恩是恪守臣子之道的聪明人，只承顺，不逆言，即使洞见入微，也用拾陋补缺的方式成全皇上的想法。他斟酌着字句道："依照常理，朝廷了解下情，既要听奕山和广东大吏的，也要听巡疆御史的，两相参照才能避免偏听偏信。"道光道："朕派巡察御史骆秉章去广东暗查，他没有查出眉目来，却告了十三行总商伍秉鉴父子一状。"他又从奏事匣子里翻捡出骆秉章的密折递给潘世恩：

总之，广东英夷恃洋（行）商为护符，非将伍洋商（即伍秉鉴父子）严加治罪，籍抄其家产，则夷情断难慑服。逆夷恃该商为护符，官欲绝其饮食，而该商为之源源接济，民欲绝其鸦片，则该商为其陆续运送，并有劣幕陈某为其爪牙。得将军消息，无不辗转以相告，此逆夷之所以胆愈壮而骄愈恣也。[1]

---

[1]《骆文忠公自订年谱》，《中国近代史资料丛刊·鸦片战争》第四册，第619页。

潘世恩越发惊诧。伍秉鉴父子是本朝有名的官商，几十年来捐资助军无数。道光破例赏给伍秉鉴三品顶戴，还亲笔为伍家宅院题写过"忠义之家"的匾额。奕山在奏报有功人员名录里把伍绍荣和伍元菘列在捐资助军者之首。奕山说他们有功，骆秉章说他们有罪，是非曲直究竟如何，竟然是看不清楚。潘世恩道："伍家人代朝廷经理越洋贸易，虽然是官商，毕竟是商人，他们怎能影响战局？此外，自从开仗以来，伍家捐资无数，说他们运送鸦片为逆夷传递消息，恐怕不可信。伍家人富甲天下树大招风，难免引起外人的嫉妒，骆秉章闻风奏事，恐怕有些夸大。"

道光叹了一口气："坐在皇帝的位子上，看见的不一定是真的，听见的不一定是真的，读到的也不一定是真的。"这几句话意味深长，潘世恩琢磨了片刻："颜伯焘是闽浙总督，跨省弹劾广东大吏，恐怕有点儿蹊跷。他手中有证据，朝廷不能不信，也不能全信。骆秉章的密折与奕山的奏折说法两歧，孰是孰非难以定夺。惩办奕山和广东大吏，官场势必震动，惩办伍家人，商界势必震动。眼下战火又起，临阵换人不一定稳妥。依臣下愚见，朝廷不妨再派专人去广州明察暗访，而后再做裁决。""谁去合适？""梁章钜如何？"

道光抬眼望了一眼东墙上的对联："让楹联大师去？"梁章钜官拜广西巡抚，对楹联颇有兴趣，忙里偷闲编了一本《楹联丛话》，收入天下十八省的六百余则楹联，分为故事、应制、庙祀、廨宇、胜迹、格言、佳话、挽词、集句、集字、杂缀、谐语等十二卷，刊印出来。道光读过《楹联丛话》，对这种文字游戏也有兴趣，故而称梁章钜为"楹联大师"。

潘世恩道："此事不宜打草惊蛇。梁章钜是广西巡抚，广西与广东很近，派他去广东办事顺理成章。"道光点了点头："那就给梁章钜发一份廷寄，叫他去广州密查。颜伯焘丢了厦门，如何惩罚？"

潘世恩道："臣下以为，处罚疆臣不宜过重。""朕处罚得重吗？""臣下的意思是，处罚过重，疆臣就会畏惧，畏惧过头就会粉饰，粉饰过头朝廷就无法了解真情。"道光琢磨着潘世恩的意思："你指哪件事？"潘世恩道："臣下指的是前几任疆臣。"道光皇帝站起身来，背手游着步子道："广东夷情纷纷杂杂断断续续，搞得沿海诸省大警连连。难道朕处罚错了？"潘世恩道："处罚得对，只是稍微重了些。尤其对琦善，罚之偏重。"

怡良密折奏报琦善私割香港，惹怒了皇上，道光没调查就降旨"革职抄家锁拿严讯"，要睿亲王、庄亲王等人与刑部、都察院、大理寺和六部尚书会审。琦善事事认罪，唯独不承认私割香港，并辩称朝廷以风闻定罪与事实不符。但琦善的案子是钦定的，先定罪，再抄家，后审判，法理顺序颠倒。阿勒清阿总计抄了十二万两银子，其中五万两用作皇上小女儿的陪嫁，五万两划入宗人府银库，两万两被内务府用于放贷，等于将琦善的家财变成皇上的私财。办理这个案子时，亲王和大臣们充分考虑了皇上的脸面，给琦善拟了一个"守备不设失陷城寨"的罪名，判斩监候，但由皇上最终裁决。

　　道光也知道对琦善处罚过重："有时候朕对琦善恨得咬牙切齿，但人无完人金无足赤，朕有心重重地惩处他，思来想去，还是高高举起轻轻放下，不宜狠摔。国乱思良将，家贫念贤妻。琦善这个人，打仗不行，承平时期还是可用的。"潘世恩道："琦善被锁拿后，昔日侯府一落千丈，他的一妻二妾和子孙后代居无定所浪迹街头，令人不胜唏嘘，但没人敢在这个节骨眼上施以援手，人情薄凉让人心寒，唯有刑部大狱的典狱官张仙岛思念旧情。他原是琦善家的包衣奴才，悄悄给主子的妻妾们送一点散碎银子。"

　　经潘世恩这么一说，道光才知道琦善的眷属浪迹街头，不由得动了恻隐之心："嗯，琦善这个人嘛，朕还是要用的。你安排一下，不要让他的眷属流离失所。"潘世恩抬头道："将琦善发往军台效力如何？"新疆阿尔泰都统的辖区和蒙古边地设有军台，兼行驿站和巡检衙门的职责。所谓"发往军台效力"，就是发配到新疆或蒙古，当一个微不足道的边陲胥吏，皇上要是想启用，可以随时召回，若弃之不用，也不至于置人于死地。"那就让琦善去察哈尔军台效力。"察哈尔离北京最近，只有很快就启用的废臣才发配到那里。潘世恩领首道："臣下遵旨。臣下的意思是，国以人兴，功无幸成，封疆大吏都是经过千遴万选反复考量才擢拔起来的人才，即使有过失，也是人才之过失，处置他们，重、轻、快、慢，都得思量。颜伯焘一家三代累受皇恩，忠诚是没有疑问的，朝廷应当留有情面，否则，群臣会引为前车之辙，一旦办砸差事，轻则粉饰，重则隐匿，朝廷就无从知悉各地真情，容易对局势做出误判。时间长了，有些人会变得圆滑警敏，跟朝廷玩'信不信由你'的把戏。皇上，听不到实情很可怕，听到伪情更可怕。"潘世恩明于识，练于事，忠于君，寥寥几句话讲得入情入理。

道光沉吟了片刻："依你看，如何处罚颜伯焘？"潘世恩身子微弓，目露探询的微光："临阵易帅千军哗然。给他降三级留用的处分，限期收复厦门，可好？"

道光想了半天，没吭声。潘世恩看出皇上有妥协的意思："臣下还有一个小见识，不知当说不当说。""朕到你家就是想听一听你的建议。""臣下以为，用功臣不如用罪臣。"此话颇有卓见，道光不由得重复了一遍："用功臣不如用罪臣——您是说对颜伯焘要留情？""臣下有这种想法，不知对不对。"道光道："照你这么说，伊里布也得高高举起，轻轻放下？""是。人有刚柔，才有长短。用违其才，君子亦恐误事；用得其当，小人亦能济事。"道光一言九鼎："就这么办理。"

潘世恩问道："逆夷再次要求按照大沽会谈的条件办理，如何处置？"这是道光最头痛的事情，他不服输："广州和厦门虽不得意，英夷毕竟也有重大损失。要是泱泱天朝因为两次挫折就认输服软，朕的颜面何在？"

第七十三章

惊涛骇浪

英军干净利索地吞下厦门,却消化不掉,不得不立即吐出。英军总共只有七千多人,既要分兵留守香港,又要北上攻打舟山和宁波。对他们来说,厦门太大,人口太多,戍守艰难,管理更难。秋天就要到了,璞鼎查、郭富和巴加必须抓紧时间乘风北驶。他们仅在厦门逗留了四天就决定弃守,命令亨利·士密中校率领三条兵船、五百步兵和一支小型炮兵队戍守鼓浪屿,封锁厦门水道,主力继续扬帆北上直扑浙江。临行前,英军摧毁了石壁,烧掉了厦门城里的所有官衙、军用码头和船坞。他们还特意照会福建官宪,索要六百万元赎城费,作为英军归还鼓浪屿和厦门的条件①。

郭富坐在"马利翁"号运输船的单间里。单间很小,只有六平方米。木板墙上挂着手枪水壶,床旁放着一只草筐,筐里有几件瓷器,是他在一家瓷器店里买的,其中有一把茶壶,烧制成草篮状,上面趴着一只肥胖的瓷蝈蝈,恰好是壶盖的提钮。小木桌上放着一双绣花鞋,是为缠足女人制作的。中国女人的缠足陋俗名传世界,欧洲人没见过实物,想象不出缠足的样子,他特意买了一双,想让妻子见识一下什么叫三寸金莲。

---

① 索要600万元赎城费见英文版《绿茶之国,马德拉斯炮兵上校C.L.巴克的信函与冒险经历》第98页,但清代文献中没有相应的记载。

船开行了，郭富隔窗望着厦门，岛上黑烟滚滚。战争造成了大混乱，英军弃之不管，中国官府不敢管，失控的厦门成为地痞无赖和流民乞丐活跃的地方，他们哄抢店铺私闯民宅，趁火打劫骚扰无辜，致使美丽的厦门沦落成半个地狱！郭富不由得对这座海滨大城满怀同情。

船队渐行渐远，厦门终于从视线中消失了。郭富坐在舷窗旁给妻子写信：

我周边的景象令人心碎，每一栋房子都被撬开，遭到洗劫，大部分是中国盗贼干的，他们有两万之众，聚在城里，我们一离开他们就要抢劫。我召集当地的绅商开了几次会，敦促他们帮助我（选派四个人，布置在城门口，识别谁是房主谁是抢劫者，但他们拒绝了），因为我派出巡逻队保护财产时，他们难免会拦阻房主带走属于自己的东西。每撬开一栋房子，中国人（指英军雇用的汉奸）、士兵和随军工役就砸毁一切。那些宝贵的财物被肆无忌惮地砸得稀烂，令人伤心。我对战争厌恶透了。我加大了惩罚士兵、随军工役和中国人（汉奸）的力度，有些人被惩罚了三四次……头两天士兵们尚能遵守纪律，但是，当他们发现我们即将放弃这个地方时，当他们发现我们走后大群恶棍将把所有房屋洗劫一空时，就再难控制他们。①

蒙泰进来了："郭富爵士，开饭了。"他端来两只行军饭盒，里面有几片面包，还有炒豆角、小南瓜和几片风干牛肉。郭富道："谢谢，来，坐下，一块儿吃。""马利翁"号搭载了三百多名官兵和大批辎重，舱位紧张，人均占地三平方米，没有食堂。官兵们只能在自己的铺位上吃饭。蒙泰把饭盒放在小桌上，一眼瞥见那双漂亮的绣花鞋，它的做工极为精巧，蓝色的缎面上用绿丝线绣出如意花纹，每一道花纹里绣着一朵莲花，莲花瓣由粉向白渐渐过渡，精美绝伦，鞋的前端还绣着两只小鸟，好像是一对鸳鸯。蒙泰道："给夫人的礼物？""是的，我想让她见识一下中国人的三寸金莲是什么样的。"蒙泰拿起鞋子仔细端详："哦，我很难理解，为什么有人会为一些莫名其妙的东西消耗

---

① 郭富1841年9月4日致妻子的信，转引自《陆军元帅郭富子爵的戎马生涯》第216-217页。

大量时间。比如这双鞋，绣这么多花鸟非得耗工半年不可，穿在脚上走路很快就又脏又臭，十分可惜。"

郭富微微一笑："你不懂女人，女人是为美而生的，她们把时间乃至生命都消耗在对美的追求上。为了美，她们发明了一些莫名其妙的东西，甚至宁肯活受罪。我们欧洲女人以三撅一挺为美，以为三撅一挺能够展示女人的曲线，于是发明了高跟鞋。女人穿一双五厘米厚的高跟鞋绝不会舒服，她们把全身的重量压挤在脚尖上，后腿肌肉绷紧，时间长了腿脚会因为疲劳而变形，但是，她们愿意忍受。中国女人以小脚为美，她们不惜用缠足的方式把脚弄残。印度女人为了悬挂黄金装饰品不惜在耳朵和鼻翼钻孔打眼。"蒙泰道："不过，为一双鞋耗费半年时间，真不值当。"郭富道："女人的时间是用来耗费的，不耗费于生儿育女，就耗费于烹饪女红。"

蒙泰把绣花鞋放到纸盒里，搁在床上："要是不小心打翻了饭盒油污了鞋，您的夫人会抱怨我的。"郭富从箱子里拿出一瓶杜松子酒，酒液呈暗黄色："在陆上我们忙得不可开交。开船了我们可以休息几天，来，喝一点儿。"军旅生活一切从简，蒙泰用一只空饭盒盛酒，郭富则对着瓶口小饮。

郭富放下酒瓶："蒙泰中校，你发现没有，我军的纪律越来越差，报复心越来越强，对中国人越来越狠。""是的。我军攻占舟山时纪律严明，想把它变成一个模范殖民地，从来没有发生过强买强卖抢劫商铺的事情。第一次广州内河之战堪称温柔之战，士兵们尽量避免伤害中国平民和商人，各舰悬挂了安抚人心的汉字标语，刻意保全黄埔岛和扶胥码头，虽然误击误烧民居的事情不可避免，但数量较少。第二次攻入广东内河，士兵们对背信弃义的中国人十分愤慨，轰击了两岸的所有仓库和作坊，摧毁了大量商业设施，致使大批中国商民流离失所。在与三元里义勇和村民的冲突中，我军开枪开炮毫不手软，简直就是一场大屠杀。"郭富道："在攻打厦门前，我担心军队入城后会有少数人贼胆包天恃强抢劫，事先发布命令，上帝和人间的法律严禁打劫私有财物，巧取豪夺私有财物的行径在英国叫抢劫罪，在中国同样是臭名昭彰的恶行。我特别声明，对抢劫民财者要处以死刑，对不请假擅自离营者要严加惩罚，但部分士兵依然我行我素。"

蒙泰惨淡一笑："郭富爵士，我们不能过多地责怪他们，他们一无所有疾病缠身，身体疲劳精神紧张。他们每天都在血与火中生存：饮水可能被下毒，外出可能被伏击，万一被俘可能受到虐待和肢解。战争把人变成了冷血杀手，他们无法温和，只能像兵蚁一样有进无退嗜血嗜杀。在战争期间，法律缄默无语。你一定要处罚他们的话，我请求温柔处罚。""如何温柔？""罚他们清扫厕所搬运辎重擦洗甲板，或者延长巡逻时间。"郭富一本正经："那不是处罚，是他们的本职工作。"

蒙泰道："我知道你有一个著名的主张，私有财产不能成为战利品。但是，奥克兰勋爵、璞鼎查公使和巴加爵士不这样看。""你如何看？""恕我直言，我也不赞同。您的主张适于和平时期，不适于战争。假如我们必须区分公产和私产，士兵们就会缩手缩脚无所适从。"郭富道："军队要是不加管束就会成为野兽。我担心攻打宁波时士兵们会更残忍。"他预感到宁波要遭受一场大破坏，二十多名英军战俘曾经被关押在宁波，被清军释放后，他们夸张地渲染了受到的虐待，裕谦两次杀俘也发生在那里。这些事件激起了英军的强烈反应。此外，义律和伯麦拟定的作战方案明文规定要打一场震慑性的战争，目标就是宁波，宁波要么支付高额赎城费，要么被彻底摧毁！现在军队正向宁波进发，士兵们信誓旦旦，要以血还血以牙还牙。

郭富是虔诚的基督徒："我已经六十多岁了，打了一生仗，越来越认为征服一个民族或一个国家不能靠枪炮，武力只是辅助手段，最终要靠宗教，靠伟大的圣帕特里克[①]精神。"蒙泰道："郭富爵士，我也是基督徒，也有一颗慈悲的心，但军人的职业不允许我滥施慈悲，尤其在战争期间。"郭富没有反驳："但愿驻守宁波的清军识时务，乖乖地交出一笔赎城费，以免厄运降临在他们的头上。"

天有不测风云。初秋是东南风与西北风交汇的季节，闽浙海面风向无常，水流和气流变化万端。英军出发的第三天信风就开始转向，帆兵们不得不采用

[①] 圣帕特里克是英国人。公元432年，受罗马教皇派遣前往爱尔兰传教。当地的原住民认为他是欧洲派来的征服者，企图用石头砸死他。他临危不惧，以真诚之心解说教义，终于使爱尔兰人皈依了罗马教会。公元493年3月17日，圣帕特里克逝世。爱尔兰人把这天定为圣帕特里克的祭日（St.Patrick's Day），并视他为爱尔兰的保护神。圣帕特里克主张坚忍慈悲化敌为友，是爱尔兰的守护神。

调戗技术，做之字形航行。这是非常累人的航行方法，水手帆兵轮流上阵，使足气力拉动帆索，不断调转帆篷，原计划五天的航程被大大延长了。

到了第七天，海面上突然狂风大作暴雨倾盆，九级狂浪迎头而来，把船艏高高撩起，突然一甩，猛然下落，摔入水中时炸开一片浪花。在甲板上操作帆索的帆兵们像可怜的瓢虫，随时都可能被狂风巨浪卷入海里，船舱里的步兵和随军工役们站不稳，坐不住，全都趴在舱板上。挂在墙板上的行李背包掉落下来，厨房里的锅碗瓢盆满地乱滚，撞得当当乱响。此时人们才感到，人工造物太脆弱了，经不起大自然的蹂躏，即使像"威里士厘"号和"伯兰汉"号那样的艨艟大舰也不行，它们像微不足道的花生壳，无可奈何地听任暴风雨的撕扯和噬咬。

当"复仇神"号驶到牛鼻水道时，狂风巨涛达到了极致。哈尔发现这里岛礁丛集暗礁林立，一不小心就可能触礁沉没。为了安全起见，他果断地发出了命令："拉动帆索，降下帆篷！"两个帆兵闻令而动，企图降下主桅的桁帆，但风太大，拽不动。帆目吼了一声，又上来两个帆兵，四个人使足气力猛拽，依然拽不动，原来桁帆顶端的绳索被狂风吹乱，缠成死结。桁帆被狂风吹得鼓鼓的，像胀起的气球，只要风力再大一点儿，"复仇神"号就可能樯倾楫歪，翻倒在海中，全体乘员都将葬身大海。哈尔吼了一声："斯坦利，你立即爬上桅杆砍断绳索！"这是一个令人恐惧的命令，在风高浪急之时爬上桅顶，稍一不慎就可能被狂浪吞噬得无影无踪，但是，不降下帆篷，"复仇神"号有倾覆之虞。那个叫斯坦利的帆目有点儿犹豫。哈尔的命令不可置疑："上去！"斯坦利无法退缩。他抽出匕首，用牙齿咬住，用保险索系住身子，手脚并用朝桅顶攀去。船体在大起大伏，他在剧烈的摇晃中攀上桅顶，衣服被风吹得鼓胀起来。他一只手拉紧帆索，另一只手抓住匕首，使劲切割绳索。绳索突然断开，狂风把整面桁帆卷入空中，把他死死裹住，保险索突然失灵，斯坦利发出一声绝命的呼号，像被弹弓射出似的从桅顶飞起，飞出一百多米才坠落在海中，人们还没反应过来，他已被海浪吞噬得无影无踪！

帆兵们惊魂未定，没人敢攀上桅顶。哈尔急了，抄起一把十五磅重的锋利大斧，使足力气朝主桅劈去。一斧，两斧，三斧，一连劈了五斧，主桅的底部被劈出一道深沟，它再也抗不住风力，"哗啦啦"连帆带篷坍塌下来，从左舷掉入海中，差一点把哈尔一起裹走。

哈尔用罄了气力，身子软得像面团，站立不住。风越来越猛，他跪在甲板上急急吼叫："砍断副桅！"一个帆兵接过斧子，踏着海浪的节奏，一步一晃挪到副桅旁，抡圆臂膀使劲劈砍。半分钟后，副桅断了，连桅带帆随风而去。"复仇神"号终于摆脱了帆篷的羁绊，像花生壳似的随浪颠簸，但不再有倾覆之虞。

几小时后，大海像发完脾气的魔女，展示出妩媚、蔚蓝的一面，但舰队被风吹散了，无影无踪，只有"复仇神"号孤零零地飘零在海上。谁也不知道其他船舶位于何方。

"复仇神"号没有桅杆，船上的煤炭仅够两天使用，煤炭烧完后，它将失去动力，成为浮在水上的废铜烂铁。远征军租了三条运输船运送煤炭，它们在加尔各答和中国之间不停行驶，但是远不济急，"复仇神"号必须尽快找到燃料或桅杆。哈尔用六分仪测算自己的位置，"复仇神"号距离浙江的石铺码头仅有十五海里之遥。他决定冒险闯到那里寻找木料，那是煤炭的代用品。

象山县石铺码头驻有二百汛兵，码头外侧的铜瓦门有一座炮台，安有八位火炮。不期而至的铁甲船让汛兵们大吃一惊，他们立即进入战位开炮应战。"复仇神"号的两位旋转炮威力巨大，仅打了几炮就把炮台摧毁，它还发射了一串康格利夫火箭，把清军的营栅和帐篷全部点燃，石铺码头火焰冲天黑烟滚滚。清军从来没见过如此厉害的武器，像狐群一样惊溃四散。

"复仇神"号像一条突然闯入鱼池的狰狞大鳄。码头里有几百条渔船和商船，它们既躲不开又逃不掉，渔公渔婆们慌不择路，跳到岸上星散逃命。

哈尔目光锐利，很快发现三条载满木料的沙船，他兴奋得像找到猎物的花斑豹，手把轮舵，把船开过去。水手们跳到沙船上，抓紧时间用滑轮吊钩强行卸载！沙船上的工役和船艄们逃到二里以外，眼睁睁看着自己的财物被洗劫一空，只能痛哭流涕自哀自怨，谁也不敢返回。四小时后，"复仇神"号扬长而去，他们抢了七十吨木料，还抢了两根适合做船桅的木杆，外加一吨新鲜蔬菜和肉蛋。

哈尔是第一个指挥官兵抢劫民财的英国军官。要是查理·义律主政，他可能受到处分，但是，现在是璞鼎查和巴加主持军务，他们都主张毫不手软地打击中国！

  "复仇神"号很先进，即使没有主桅和副桅，依然有蒸汽机做动力。其他兵舰和运输船则没这么幸运，为了躲避厄运，大部分船只砍掉了桅杆，它们像瘸腿的海狼，在恣肆的汪洋上颠簸挣扎踽踽而行，吹散，聚拢，再吹散，再聚拢，直到第十八天，它们才陆续到达歧头——那是事先约定的集合点。郭富的司令船"马利翁"号是最后到达的，但是，一条运输船和一条补给船失踪了①。

---

  ① 载有274人的"纳布达"（Nerbudda）号运输船和载有57人的"安妮"（Anne）号补给船失踪了。根据英方记载，它们被狂风吹至台湾附近失事，一部分人死于海难，一部分人被台湾清军捕杀，只有9人活到战后，清方依照《南京条约》的有关条款将他们释放。

第七十四章

文武阋墙

厦门失守的消息传到了镇海，接着，石铺、盛岙、双岙等地的汛兵纷纷禀报有英军在附近水域活动滋扰。余步云立即紧张起来。他预感到舟山和镇海将有大战，每隔一会儿就在招宝山上用千里眼扫视海面，不敢有丝毫懈怠。

外委把总陈志刚汗涔涔地登上招宝山的三百二十个台阶，气喘吁吁禀报："余宫保，裕大人要您和镇海营的全体军官去关帝庙参加神前大誓，他要用夷人的头颅祭旗。"余步云左眼的筋肉微微一颤："他要杀俘？""是。他要凌迟处死夷俘。"几天前，盛岙乡的义勇捕获了两名英国人，余步云主张以俘虏为人质，好生养活，随时询问敌情，以作别用，裕谦则认为善待俘虏意味着抚顺夷情，对寇仇示弱，斩杀夷俘有益于整固军心坚定斗志。他说，大敌当前不能首鼠两端，必须让全体文武官员和兵丁抛弃幻想，战斗到底。他特意在镇海县的关帝庙安排了一场誓师大会，要用英俘的头颅祭旗，并下令镇海县的所有文武官员和保长甲长们必须参加。

余步云怒冲冲道："杀俘算他娘的什么英雄！自古以来就有'冯唐易老，李广难封'之说。李广有飞将军之称，功可参天却不能封侯，为什么？就是因为他杀俘！杀俘不祥，只会给军队带来灾难和戾气！你杀他们的俘虏，他们就杀你的俘虏，冤冤相报，倒霉的还是当兵的！"陈志刚的脸上露出尴尬："余宫保，还是去吧。"余步云硬邦邦一口回绝："不去！"最近两个月，他与钦差大臣裕谦的矛盾达到了冰炭不相容的地步，弄得手下将弁左右为难。陈志刚苦着脸道："余宫保，卑职以为，哪怕只派两三个人应付一下，别让裕大人脸上挂不住。"余步云拧着脚踱了几步，想了片刻："也好，你再叫一个外委把总去。大敌当前，其他军官一律坚守战位，不得擅离职守。至于我，你告诉裕谦，就说本提督有脚疾，不便下山，特此告假。""遵命！"陈志刚转身刚要离去，余步云突然叫住他："裕谦在会上放什么屁，你回来仔细说给我听。""遵命。"

  裕谦是蒙古人，出身于将门世家，他的曾祖班第在乾隆朝时率兵出征准噶尔，立过大功，后来因为回部叛乱被困伊犁，兵败殉国，乾隆皇帝追封班第为一等诚勇公。裕谦的爷爷巴禄和父亲庆麟都担任过二品以上武官，可谓四代簪缨。裕谦二十二岁进士及第，步入文官序列，但是，他具有强烈的尚武精神，文官其貌武将其心，喜欢谈兵论武。去年英夷攻占舟山时他任江苏巡抚，却关注着浙江的敌情。他接连写了三道奏折，请求皇上命令浙江官兵潜师暗渡收复舟山，其理由是英夷"大炮不能登山施攻，夷刀不能远刺，夷人腰硬腿直，一击即倒"，夷人"不识地利，又艰于登陟，笨于行走，不敢离城离船"等。这么一番不着边际的议论居然被皇上和军机大臣们采信了，抄发给伊里布和余步云，要他们参酌，制定出收复舟山的万全方案，弄得伊里布和余步云左右为难。那时余步云就认为裕谦是狗拿耗子多管闲事，只会纸上布阵夸夸其谈。后来，裕谦对琦善和伊里布的抚夷之论十分不满，另写了两道折子，一道指责琦善犯有"张皇欺饰"、"弛备损威"、"违制擅权"、"将就苟且"、"失体招衅"五大罪状，另一道指控伊里布滥用幕宾张喜，收受逆夷礼物，酒肉养赡夷俘，在能够聚歼舟山英军的条件下让敌人滑脚而逃。裕谦的言论与一团和气的官场风气格格不入，却与道光的宣威海疆的思路丝丝入扣。琦善和伊里布的垮台与裕谦的指控有直接关系。余步云与伊里布私交极好，他深知清军不是英军的对手，主张避免与英夷正面交锋。他嘴上不说，心里却为伊里布鸣不平。

  没想到不是冤家不聚头，皇上罢了伊里布后，要裕谦接任两江总督，挂钦差大臣衔兼管浙江防务。裕谦下车伊始发号施令，颇有一副"天下英雄舍我其谁"的气概。余步云身经百战，知道武事艰难，主张以逸待劳以守为攻。水师总兵葛云飞久历戎行畅晓军务，认为渡海作战不切实际，等于派猎狗下海与鲛鳄作战，不仅咬不死敌人还会被敌人吃掉。裕谦没打过海战，却熟读武经七书。他对逆夷极为轻视，心里装的全是滚烫的决心、昂扬的誓言、凯旋的捷报、将士们杀敌的矫健身影、打碎敌人牙齿的痛快淋漓。他甫一上任，就与余步云话不投机见识不同，攻防谋略全不搭调，几番交谈后，余步云认为裕谦不晓军务，只会纸上谈兵，裕谦则认为余步云畏夷惧敌，是不学无术的粗鄙武夫。

裕谦是个言辞激越、办事不留余地的人，居然上了一道折子贬斥余步云，连带着把葛云飞也说成胆小鬼："提臣余步云虽久历戎行，而系陆路出身，于海疆夷性未能谙熟，听信葛云飞张皇（惶）摇惑之词。虽经奴才委屈开导，终不免中怀疑惧。"这么狠毒的刁言恶语直达天听，就像在背后捅了余步云一刀，把葛云飞也捎带上。但是，天下没有不透风的墙，奏折上的话七扭八拐传回浙江，余步云气得七窍生烟。他毕竟是战功赫赫的人物，有绘像紫光阁的殊荣，不是三言两语就能扳倒的。但是，他与裕谦的矛盾却达到势不两立的地步。

狼山镇总兵谢朝恩、徐州镇总兵王志元、江宁协副将丰伸泰、镇海知县叶堃、镇海炮局委员龚振麟等文武官员和一百多缙绅聚在镇海县关帝庙前。寺庙的石阶上放着一张小桌，桌上有三百两纹银，庙前搭了一座刑台，刑台上面跪着一个白夷，是英国船"哩哪"号的副船主，叫温哩。几天前，"哩哪"号因为缺少食物和淡水，派了五个水艄乘舢板驶向盛岙，就地采购。盛岙的乡民将他们诱入村中，设计擒获，一名黑夷在打斗中受伤，温哩被活捉，另外三人侥幸逃回舢板。乡民们将温哩和受伤的黑夷押往清军大营，黑夷伤势过重，在途中死亡。温哩被五花大绑，跪在刑台上，两个彪形大汉袒胸露乳，手持明晃晃的鬼头刀，威风凛凛站在刑台两侧，四周挤满了围观的百姓。

裕谦身穿八蟒五爪的仙鹤补服，危襟正坐在大殿前，一字横眉一身铮劲，一睨一睥透着一种威不可辱的气度。裕谦到浙江后立即干了三件事，第一，不许夷骨污染中华土地，将舟山的英军墓园全部铲平，骨骸抛入大海。第二，追查汉奸，英军在定海驻扎了七个多月，没有当地乡民售卖粮米根本待不下去，裕谦命令，凡是为英军书写过伪示、指引过道路、探听过消息、售卖过牲畜者，一律按汉奸罪论处，军前正法，首级传示沿海各厅县。第三，追究战败的责任，定海水师战败后，总兵张朝发伤重身亡，罗建功等人被拘拿到京，其他人以为自己人微言轻可以免责，没想到裕谦一上任就拘押了定海水师镇的全体军官，饬令他们相互揭发。一番甄别后，裕谦将他们全数斥革，不少人被判杖一百流徙三千里，两个在外执行公务的军官也未能免责，受到杖八十、斥革回家的处分。这三件事应了"立威三把火"的古训，烧得裕谦威名大起，浙江官兵提起他的名字就觳觫而心里发紧，接到参加神前大誓的通告后，没有一个敢迟到的。

所有人员到齐了，只差余步云和镇海营的军官。裕谦耐着性子坐在太师椅上，食指和中指并在一起，"笃笃笃"地敲着椅子扶手。亲兵们知道，每当他心烦气躁时，两个手指就会不停地动弹，不是敲击椅背就是轻敲茶托，要么就是敲击桌面，此时必须格外小心，一个举措不当就可能惹得他大发雷霆。

陈志刚和另一个军官进了关帝庙，很难为情地走到裕谦跟前，闪过他的脸色，毕恭毕敬打千行礼："启禀钦差大人，提标中营外委把总陈志刚等二人奉命前来会议。"裕谦要求所有军官必须到会，余步云只派两人来应付，裕谦的眸子一闪，仿佛要迸出火星来："余宫保为什么不来？""他说有脚疾，不便行走，特此告假。""其他军官为什么不来？""启禀钦差大人，余宫保说招宝山防务紧要，军官们不得擅离职守。"这是公开抗命，若不是余步云有太子太保之尊，裕谦立马就会黑下脸来。

一股怒气从丹田上涌，直冲天灵盖，裕谦"啪"的一声拍响桌子，用狠狠的口齿断然喝道："余宫保不来，本部堂也要用夷人的头颅祭旗誓师！入列！""喳！"陈志刚脚后跟"咔"地一磕，迈着正步进入军官队列。

裕谦撩衽而起，昂然站在石阶上。四个亲兵威风凛凛一字横站，像四大金刚似的烘托着他的冷厉和威严。官员和缙绅们立即鸦雀无声，连刑台上的英国俘虏也抬起头来，注视着裕谦。裕谦咳了一声，发音吐字像铁块相撞似的铿锵作响："诸位官弁，诸位在籍士绅和父老乡亲们，英夷是我大清不共戴天的寇仇，自从朝廷禁烟以来，不法夷商不仅不加收敛，反而变本加厉在沿海大肆侵扰。本朝开国二百年来声威远震四夷臣服，但有不耻之逆臣，张皇其事迁就逆夷，在天津大沽以牛酒犒劳夷师，在广州挫军损威，委曲求全，既为逆夷所藐视，也为西洋各国所耻笑。因而，山东和浙江才相继效尤，馈送络绎，竟使侵犯本朝之逆夷所至如宾客一样，以大辱国体之事欺蒙天听，夸张外夷挟制中国，是可忍孰不可忍！"裕谦没点名，但人人听出他在斥责琦善和伊里布。"一个多月前，本大臣接到靖逆将军奕山和两广总督祁贡的咨文，说逆夷扬帆起碇卷众北趋，到浙江洋面骚扰。闽浙总督颜伯焘大人也咨会本大臣，说英夷突袭厦门，凌辱官员毒虐军民，烧杀劫掠无恶不作。这几天，浙江洋面接连报警，象山、乍浦、海宁、盛岙、双岙和大涘江口相继有逆夷兵船逡巡游弋，甚至公然登岸采买淡水蔬菜和肉蛋牲畜。本大臣劝谕各色人等不得接济逆夷！如有不法渔商和小民，为小利而接济逆夷，以死罪论斩，籍没财产，坐连眷属，即使潜逃，本大臣也要颁下海捕文书，设法缉拿，枭示海滨。本大臣曾高悬赏格，擒拿一名白夷赏银二百，擒获一名黑夷赏一百。三天前，有夷匪二十余人，座驾舢板在盛岙潜行，登岸刺探我方军情，盛岙军民图赏戒备奋力剿击，捕捉了两名逆夷，其中一名伤重身亡，其余夷匪逃回大船。本大臣依照前定赏格，奖励盛岙军民三百两纹银。参将文斌！""有！""盛岙乡秀才何大力！""有！"一个军官和一个乡绅相继出列。裕谦拿起红纸包："这是赏银，请你们二人代领，查明确实出力之兵丁和义勇，秉公分赏，以便鼓舞士气激励乡民。"裕谦将两包纹银分别递给他们。

颁完赏银后，裕谦接着鼓舞士气道："逆夷不过是浮海而来的跳梁小丑，不是本朝的对手。据本大臣看，英逆犯顺犯了兵家八大忌，第一，千里运粮食不宿饱，粮食一匮后继为难；第二，万里调兵远涉重洋，前师一败后师莫援；第三，国富民穷不怜兵丁，驱关于万里之外与我中华开仗，岂有敌忾之气？第四，夷炮虽猛不利仰攻，仰炮上攻难得打准；第五，船身笨重吃水过深，一遇水浅沙胶转动万难；第六，敌船坚厚惧怕火攻；第七，腰硬腿直结束紧密，一仆不能复起，不利于陆战；第八，夷兵生于外洋不服中国水土，一染时疫死亡相继。有此八忌，断难取胜，我军只要同仇敌忾，没有不胜之理。"裕谦是个快意情仇的人，喜怒哀乐露于言表。他突然口锋一转，一股怒气破喉而出："去年，前钦差大臣伊里布拿获夷囚二十余名，本应即行正法，但他不但不加诛戮，还用酒肉赡养，其中有夷妇一口，竟然派二名中国老妇服侍，天下居然有此等善待寇仇之怪事，本省士民无不愤恨不平。盛岙乡民义勇诱捕夷匪后，有人说应当将他们好生喂养，以备别用！"陈志刚立即听出弦外之音，裕谦没点名，却在影射余步云。裕谦斜睨着陈志刚，仿佛故意要他给余步云传话："本大臣决不能容忍善待寇仇之怪事。为此，本大臣躬率文武官员刑牲醴酒，誓于关帝神像前。自今日起，本省文武将佐和在籍士绅，凡有接受逆夷书信者，明正典刑，幽遭神殛。本大臣特颁此令：与逆夷接仗，张皇摇惑，望影惊风，蛇窜跳退者，杀无赦！向逆夷售卖米粮，接济淡水，漏泄军情者，杀无赦！替逆夷传递消息，谣言惑众，扰乱军心者，杀无赦！调动之际结舌不应，低眉俯首面有难色者，杀无赦！托伤诈病以避征伐，捏谎假死以求活命者，杀无赦！主掌钱粮克扣俸给，使士卒结怨者，杀无赦！"裕谦一连公布了十二条"杀无赦"，重锤似的把每个字砸入人们的心底。他要堵死士卒的退缩之心，让他们牢记，与其死于军法不如死于阵前。在场的将佐官弁和士绅百姓们凝神谛听，全都感到一种前所未有的重压。

　　裕谦声声如铁："好男儿活在世间，应当轰轰烈烈拼杀一场。当兵吃粮就得有股子精神，国家需要之时冻死迎风站，饿死不低头，刀架在脖子上不眨眼，艰苦卓绝不认输。本大臣颁此严令，并非逞匹夫之勇孤注一掷，盖因镇海地处前沿，稍有疏虞即出罅隙，溃国防之大堤于微小之陋习。故而，本大臣容不得鸡胆鸭心之徒，需要狼心虎胆之兵。今天，本大臣特此申明，凡伸国威者皆忠义之臣忠义之民，而不顾国体者皆奸佞之臣奸佞之民。为警戒奸佞之人，特用夷匪之血祭我大纛，誓与逆夷血战到底！"他抓起一支令箭往地上一掷："擂鼓鸣号！"

　　四个号兵鼓起腮帮子把螺号吹得"呜呜"山响，两个鼓手把红漆大鼓敲得滚雷一般震耳，两个刽子手发出唬人的杀威喝，把夷俘的衣服剥光，他们喝下大碗烈酒，举起明晃晃的尖刀。众人的目光全都集中在刑台上，温哩不懂中国话，但从周匝的气氛悟出自己将要受中国式酷刑，面色惶恐得变了形。裕谦再次发令："凌迟处死！"明晃晃的利刃朝夷匪身体割去，刑台上响起凄厉的绝死哀号，像杀猪！

【第四卷】
大纛临风带血收

第七十五章

舟山第二战

　　遭到巨风狂浪袭击的英军终于在歧头完成集结。璞鼎查、郭富和巴加原计划先打宁波后打舟山，但是，风向和潮汐不利于攻打宁波，他们决定顺势而为，先打舟山后打宁波。

　　舟山水域像一座海上迷宫，大小岛屿畸零错落，水道盘曲，礁石参差。天气不好时风帆战舰是很难驾驭的，一不小心就可能撞上暗礁，轻则伤筋动骨，重则船毁人亡。"复仇神"号和"地狱火河"号发挥了重要作用。两条铁甲船绕过盘屿岛、小五奎岛和大五奎岛，小心翼翼驶入衢头湾。英军船坚炮利武器精良，璞鼎查、巴加和郭富有恃无恐，全然不把清军放在眼里。他们身披油衣头戴雨帽，站在"复仇神"号的侧舷，亲临前沿侦察舟山的防御体系，陆军参谋长蒙泰与他们在一起。全权公使和两位司令第一次来舟山，蒙泰却是故地重游，他在岛上驻了七个多月，熟悉岛上的所有山冈沟壑和城镇乡村。

　　天上飘着阴阴的小雨，海面上浪涌波伏，几百条渔船和商船挤挤挨挨地泊在衢头湾里。两条铁甲船冷不丁闯进来，就像两条狰狞怪异的大鳄。渔公渔婆们从来没有见过铁甲船，从船篷里探出头来，望着高耸的烟囱，哗哗转动的水轮，神惊魂悸目瞪口呆，想逃，来不及，想避，躲不开，只好木鸡似的待在原地。岸上的清军也从垛口后面探出头来，他们也是头一次看见铁甲船，想开

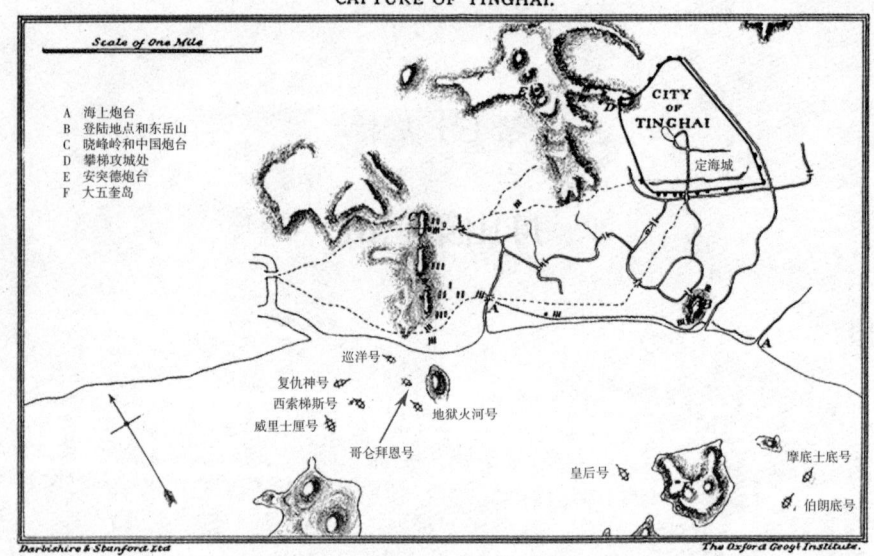

第二次舟山之战示意图。根据英军参谋长蒙泰填写的伤亡清单,在这次战斗中,英军阵亡2人受伤27人。作者未查到清朝官方的统计数字。据MacPherson在《在华二年记》(P. 217)中估算,清军伤亡约1500人。英国牛津地理研究所绘,取自Robert S. Rait的《陆军元帅郭富子爵的戎马生涯》。

炮,不敢,怕误伤了海湾里的本国商船和渔船。

"复仇神"号和"地狱火河"号高扬炮口逶迤而行,船上的水兵荷枪实弹,就像在做一场炫技式军事表演。

蒙泰发现岛上的变化大得惊人:清军收复舟山后不惜工本大兴土木,在青垒山和竹山之间修建了一道三千多米长的土城,设置了二百六十七个垛口,安放了九十五位大炮。他们还在晓峰岭、青垒山、无样山和锁山上增建了瞭望台。东岳山是岛上的制高点,山顶有一座道观,英军的陆军司令部曾经设在那里,现在它成了一座巍峨的炮城,锯齿形的垛口架着黑洞洞的大炮和抬枪。土城和瞭望台上有当值的清军,他们披着蓑衣戴着斗笠,提着刀枪和盾牌。三巨头和蒙泰仔细计数炮台的数量、垛口的间距和清军的配置。他们知道,任何细节观察不到,都可能增加士兵的伤亡,甚至改变战争的结果。

蒙泰对三巨头道："我军撤离舟山仅七个月，这里的变化竟然如此之大。中国人付出了蚂蚁搬山似的辛劳。"郭富一眼看出它的缺陷："这套防御工事比厦门的石壁差之甚远。石壁是用花岗岩建造的，所有炮洞覆以坚实、厚重的石板，经得起重炮轰击，与我国的一流军事工程相比也毫不逊色。舟山的土城却是潦草之作。中国人就近取土堆积夯打，炮位暴露在外面，表面上看声势联络首尾呼应，实际上经不起我军舰炮的轰击。"璞鼎查道："中国将领像井底之蛙一样眼界狭窄，对欧洲的现代军事技术一无所知，错误地把我们放在等量齐观的水平上。这种防御工程仅适用于冷兵器时代，三百年前或许能发挥点儿作用，今天则是愚不可及的蠢物！"

蒙泰道："前年七月我军兵临舟山，中国人毫无准备，我军只用九分钟就打垮了清军，我军无一人伤亡。今天，中国人做了充分准备，工程虽然落后，却张扬着一种顽强的抵抗意志。我以为，清军不可怕，可怕的是瘟疫。舟山是我军的伤心之地，官兵们对疠疫记忆犹新，听说要打回来，有些人谈虎色变心里发怵。"郭富没经历过舟山大疫，但见证过香港和澳门的疫情，对蒙泰道："那是一次血的教训。部队登陆后不得轻易进入民居，不得使用中国人的家具和锅碗瓢盆，饮水前要先做检测，各团军医一俟发现疫情要立即报告，病号必须严格隔离！""是。"

经过侦察，三巨头很快发现了清军的软肋。大五奎岛与舟山只有一水之隔，相距约五百米。但舟山的将领与关天培一样，按照中国火炮的射程估算英国火炮的射程，忽略了该岛的战术价值。三巨头决定首先占领大五奎岛，在岛上建立一个炮兵阵地，压制土城和东岳山炮城的火力，而后采用舰炮正面轰击、陆军侧翼包抄的老战术。竹山门有一座半月形炮台，八个炮位，但不知什么原因，没有安放火炮，他们决定组建两支纵队，第一纵队一千五百人，携带六位野战炮，在竹山门登陆，迂回到土城背面攻击清军；第二纵队由一个步兵团和海军陆战队组成，大约一千人，携带两位野战炮在东港浦登陆，该纵队以东岳山为主攻目标，拿下山顶上的炮城后，从南面合围定海县城。

三巨头在衢头湾肆无忌惮地逡巡侦察，定海镇总兵葛云飞全都看在眼里。七个月前，他与处州镇总兵郑国鸿和寿春镇总兵王锡朋率兵渡海，从英军手中接管了舟山。为了防止英军杀回马枪，三镇官兵五千多人在衢头湾修筑了一道大型防御工事——土城。道光给沿海各省下达撤军令后，裕谦命令郑国鸿和王锡朋率领所部官兵返回大陆，但是人在地上斗，风在天上斗，浪在海上斗。初秋以来，舟山洋面风信靡常，不是倾盆暴雨就是连绵梅雨，郑国鸿和王锡朋竟然不能按期返回大陆。葛云飞接到英军在舟山附近活动的禀报后，确信敌军将攻打定海，三总兵经过商议后，决定就地留守，葛云飞坐镇东岳山的震远炮城统筹全局，郑国鸿率领处州镇标分守竹山门，王锡朋率领寿春镇标分守晓峰岭，定海水师镇标分守土城，与此同时立即派人渡海向裕谦求援。

裕谦获悉英国舰船在浙江洋面活动后，认为英军将首先攻击镇海。他马上派人买了十条旧船，满载巨石，凿沉于大浃江口，在距离江口十里处安排了几十条火筏，万一英舰驶入江口立即火攻。他还动员了千余义勇在镇海城的堞墙上堆积了大量沙袋、石雷和滚木。经过一番努力，镇海兵民严阵以待，形成蔚然大观的金城钜防。

这一天，裕谦亲自到大浃江口巡视。千余清军和义勇在河道两侧填塞石块，设置木桩，层层扞钉，在滩涂和江堤上挖掘暗沟，散布铁蒺藜。就在这时发生了一件不痛快的事，一条铁甲船悬挂白旗驶至大浃江口，企图递送照会。余步云主张与英夷接洽，裕谦坚决反对。余步云说，打仗向来是文武并用，且打且谈是兵家常识，接受夷书是了解夷情的一种手段。裕谦断然否定，他说皇上三令五申沿海大员不得接受夷书，要是余步云胆敢与英夷接洽，他就上折子参他。文武大员撕破脸皮大打口水仗，不欢而散。

江宁协副将丰伸泰五十多岁，中等身量，长眉长眼，胸前垂着一绺棕黄色的山羊胡子，他目睹了裕谦与余步云的争执。余步云离去后，他对裕谦道："裕督宪，余步云未免过于张狂，他不就是一个紫光阁绘像的功臣嘛，有什么了不起，居然想派人与夷船接洽，往轻里说是与你过不去，往重里说是与皇上过不去。"裕谦恨恨道："他那个功臣是明日黄花，自从逆夷侵入海疆以来，他一直瞻顾徘徊，与琦善和伊里布一条心。昨天他见我时以保全民命为托词，企图避战求和。我军在石铺码头，盛岙和双岙多次击溃英夷，这些胜仗充分说明，只要本朝兵民合力防堵，完全能够战胜逆夷！"

几天前，石铺的汛兵禀报说，有逆夷火轮船闯过金瓦门突袭石铺码头，当地营兵奋力抵抗将逆夷扫数击退,盛岙和双岙的汛兵禀报说英国兵船袭击沿岸村镇,烧毁了大片房屋,当地军民合力抵抗,毙伤夷兵多人,将其赶回大海。但裕谦根本不知道这两份禀报都是掺水战报——贪功邀赏谎报军情的恶习浸入到官场的骨髓里,层层浮夸达到无可救药的地步——石铺码头的禀帖只字不提英军打烂金瓦门炮台,抢走木料,曲意夸大自己的战果。盛岙和双岙的禀报把敌人的主动撤离说成是"奋勇击退"。故而,他并不知晓实情。实际情况是,璞鼎查获悉"哩哪"号运输船的大副被凌迟处死后,立即下令对诱捕英俘的中国村庄施加报复。"复仇神"号奉命驶向盛岙,用舰炮和火箭把整个村庄夷为平地。十几个村民被炸死炸伤,几十户房屋被焚毁。战争殃及了平民和无辜,越来越疯狂,越来越残忍!但是,裕谦的脑际里全是敌人抱头鼠窜的幻想和痛快淋漓的假象。丰伸泰道:"我听说英夷的空心飞弹(施拉普纳子母弹)十分了得,在空中炸裂,像满天星似的坠落,触及地面再次爆炸,杀伤力极强。"裕谦以不值一噱的口气道:"那是逆夷散布的流言,吓唬三岁小儿的。夷炮的炮身较薄,装药太多有炸裂之虞,所以才将铁弹挖空,填以火药,我大清本有此法,不足为奇。"

巡视完毕后,裕谦与丰伸泰朝钦差大臣行辕走去。行辕设在广惠书院。刚到行辕门口,裕谦的机要幕宾余升走过来,手里拿着一封信:"裕督宪,葛云飞派人渡海送来了急信。"余升身小骨瘦,穿了一件宽大的布袍,有点儿像傀儡戏中的木偶。裕谦接过急信拆阅,不由得吃了一惊。葛云飞禀报说:二十九只夷船聚在舟山附近,载敌万余,舟山危在旦夕,寿春镇标和处州镇标不能渡海回撤,请求增援。

裕谦虽然熟读《孙子兵法》和《六韬》,却没真刀真枪地打过仗。石铺、盛岙和双岙遭到袭击后,他闻警即动,立即派三百援兵增援石铺,二百援兵开赴盛岙和双岙,但是,他始终弄不清英军的主攻方向,是石铺,还是盛岙和双岙?是镇海,还是舟山?敌人是想声东击西,还是想围点打援?裕谦紧锁眉头:"浙江共有一万五千兵马和三千外省客军,舟山一地就有五千六,几近全省三分之一,难道还少吗?余升!""有。""我要口述一份谕令!"余升答应一声,坐在一张小桌旁铺纸研墨。裕谦背着双手游着步子酝酿着词句,痛斥葛云飞临危张皇:

小题何须大做，抑故意张大其词，为他日论功乎？寄语葛总兵，但当死守，弗复望援，一有疏虞，唯该镇是问①！

待余升誊写完毕，裕谦吩咐道："你立即安排人假扮渔民，借助夜色渡海送往舟山。"余升应声道："喳！"

接连刮了五天风下了五天雨，大雨小雨轮番登场，下得人们心里发霉。在这种天气，清军的火绳枪无法开火，英军的燧发枪发挥不了效力，两军都在耐心等待战机。英军只派装备了雷爆枪的小股部队登陆袭扰，火力侦察清军的薄弱环节，寻找突破口。盛岙和大榭是与舟山相隔数里的小岛，当地居民和汛兵能够听见舟山的枪炮声，望见英军的兵船和运输船，此外，每天有少数难民乘渔船逃出定海，把真真假假虚虚实实的消息带回大陆：英军登陆了，英军溃退了，清军打胜了，清军战败了，等等，所有消息都飘忽不定。第六天，舟山的枪炮声响了一天，十分密集，仗显然越打越大。

次日早晨，裕谦与丰伸泰、余升等人在广惠书院的大伙房里吃饭，守卫城门兵丁突然进来禀报："裕大人，定海县巡检徐桂馥在南门外叩关，说有紧急军情禀报。"一听舟山来人了，裕谦像被热水烫了一下："来人说什么？""定海丢了。葛云飞、郑国鸿和王锡朋三总兵战死。"

裕谦顿时食欲全无，一股冷汗顺着脊梁骨一浸而下。他蓦地一下站起身来："来人在哪儿？""在镇海码头。"裕谦放下饭碗，阴着脸出了行辕，丰伸泰和余升等人跟在后面，急匆匆朝镇海码头走去。

巡检徐桂馥是从九品官，草芥似的小官当得一波三折。两年前英夷攻陷定海，张朝发伤重身亡，姚怀祥投水自尽，罗建功等人获罪，他是唯一坚守不退的小官，却被道光皇帝莫名其妙地免了职。伊里布到任后得知他不仅就地坚守，还做了大量侦察工作，替他洗刷了不白之冤，依旧叫他署理巡检。徐桂馥见裕谦走过来，一个千扎下："定海县巡检徐桂馥叩见钦差大人。"裕谦焦急问道："舟山战况如何。"徐桂馥抑制不住悲愤，泪水竟然哗哗地淌下来：

---

① 此令载于葛云飞的家人葛以简、葛以敦撰写的《清故葛云飞将军年谱》，见《鸦片战争在舟山》第107页，中国文史出版社2005年。

"全完了！葛总戎、郑总戎和王总戎为国捐躯，数千将士全牺牲了！"

全军覆没！这消息太出乎裕谦的预料。舟山防御耗资巨万，他曾亲自渡海视察督造。他确信定海土城建成后固若金汤，形胜在握，只要军心齐整民心坚固。逆夷胆敢驶近或登陆，不难大加剿洗，此时他才意识到英夷不是可以轻易对付的跳梁小丑，而是悍厉无比的域外强敌！裕谦的脸色凝重："徐桂馥，你仔细说一说过程。"

徐桂馥尽其所知讲述了舟山之战。寿春镇总兵王锡朋和处州镇总兵郑国鸿接到撤军令后本想率军返回大陆，但英国兵船横亘在水道上，他们无法回撤，于是决定协同葛云飞共御舟山。英军率先占领大五奎岛，架炮轰击清军阵地。但舟山一连下了几天雨，清军在雨水和泥泞中与英军苦战多日，寝食难安筋疲力尽。昨天上午，英军的十三条大小兵船和三条火轮船相继驶入衢头湾，葛云飞督率弁兵开炮轰击，但英军舰炮十分猛烈，开花炮子杀伤力极大，致使清军躲不胜躲防不胜防。在舰炮的掩护下，英军兵分两路，一路攻入竹山门，一路攻入东港浦。清军冒死拼杀，前队阵亡后队继进，杀退敌军多次，无奈敌兵越杀越多。清军把抬枪打到红透滚烫的地步，无法继续装药射击。竹山门和晓峰岭一带尸横遍野血流成河。王锡朋的一条腿被夷炮炸断，因为流血过多战死疆场。郑国鸿在竹山门打到只剩一兵一卒，他不幸中炮牺牲。葛云飞身受枪伤十余处，左脸被敌人的炮弹皮削去，在震远炮城阵亡。

裕谦倒吸一口凉气："五千六百雄兵竟然挡不住逆夷？""逆夷有一万多人哪！他们的枪炮火弹喷筒火箭威力极大，咱们见都没见过。""一万多"是徐桂馥的推测，他并不知晓英军总计只有五千。裕谦问道："三总兵的遗体在何处？""在渔船上。昨天夜晚，舟山义民徐宝等四人潜入阵地，冒死找到了葛总戎、王总戎和郑总戎的遗体，用渔船运出。"

几条渔船停在码头里，搭载了几十个难民。葛云飞、王锡朋和郑国鸿的遗体被难民抬下船，放在担架上，蒙着白被单。人们见裕谦等人走过来，让出一条人胡同。裕谦一直走到担架旁。徐桂馥俯下身子揭开被单，只见葛云飞的脸血肉模糊，左眼半睁，五官错位，身上有多处弹伤，战袍上的血迹与泥土凝结在一起，若不是战袍上缀有二品绣狮补子，裕谦简直认不出来。王锡朋的一条腿被炸断，面孔被炮火熏得黝黑，残缺的身子像一段烧焦的木桩，惨不忍睹。

郑国鸿被敌炮击中腰部，身上全是火烧的疤痕，眼睛深陷进去，鼻子和嘴巴扯向一边。

裕谦是个心硬如铁的人，此时不由得鼻子一酸，差一点失声痛哭。他原以为葛云飞胆小软弱，但他不愧是大清的总兵官，率领数千将士血战到底，以身殉国，死得壮烈！此时此刻，裕谦只能诚心诚意向殉难者致哀。他朝前迈了一步，向三总兵的遗体深深鞠了三躬。

第七十六章

镇海败局

　　滚滚江水裹挟着腐土烂泥不舍昼夜地流入东海，大浃江入海口外的百里海面像泥汤似的浑浊。天气虽然晴朗，渔船和商船却不敢出海，它们拥挤在一里多宽的河道上，一万多舟山难民蹲在船上或聚在岸旁，愁眉苦脸地等着赈济。镇海县的差役们在沿江两岸支起十个粥棚，每天早晚两次发放稀粥。现在是发粥的时候，每个粥棚前都排了几百人的长队。

　　余步云的提督行辕设在东岳宫，他坐在右偏殿里，拿着裕谦的奏折抄件生闷气。裕谦告了他的黑状后，他对裕谦有了提防之心。舟山失守后，他担心裕谦在背后再次下绊子，买通了钦差大臣行辕的胥吏，弄到了裕谦的奏折抄件。他发现，裕谦不仅对舟山之战大加粉饰，还把战败之责推到自己身上：

　　　　……又闻该逆因此次侵犯定海，我兵连日击沉其火轮船一只，大兵船三只，舢板船多只，又在陆路剿杀逆夷一千数百名，为年余未有之恶战……（假）设浙江提标等营官兵尽能如寿春、处州两标官兵之奋不顾身，前队阵亡，后队继进……只需再相持一二时，不独不难致其死命，且可使该逆知所儆畏，不敢再事鸱张。乃提标等营官兵性本柔懦，技艺又不如寿春等标之纯熟，一临大敌即仓皇失措，事败垂成，逆焰复炽，将奴才

年余以来心血，尽付东流……①

寿春镇标和处州镇标是裕谦调来的外省客军，"浙江提标"是余步云的直辖营兵。如此描述显然是要嫁祸余步云，贬低他治军无方。至于"击沉火轮船一只，大兵船三只"和"剿杀逆夷一千数百名"则是莫须有的夸饰。朝廷规定，提督的奏折必须经总督或巡抚披阅转奏，故而，只要裕谦在浙江，胜负成败全由他一支铁笔对皇上，余步云竟然是有口难辩！

最令余步云生气的是，裕谦没有真枪真刀地打过仗，却坐纛指挥夸夸其谈，讲得全是狷狂耿介气吞山河的大话和废话。余步云经历过寒冬列阵中夜鏖兵，是在枪林弹箭里摸爬滚打过来的人，深知打仗是刀口舔血的营生，容不得丝毫侥幸。他与裕谦本来可以成为患难与共、玉汝于成的文武大员，却闹到无法共事的田地。裕谦命令狼山镇总兵谢朝恩分守金鸡山，江宁协副将丰伸泰分守镇海县城，浙江提标分守东岳宫和招宝山。谢朝恩和丰伸泰是裕谦调来的客军将领，这种安排的意图十分明显，就是要架空余步云，让他的将令不出招宝山和东岳宫，裕谦甚至私下里告诉外省将领，余步云是浙江提督，只能指挥浙江营兵，无权指挥外省客军。有了这么一道密令，军官们都明白裕谦与余步云势不两立。一个是权势熏天的钦差大臣两江总督，一个是战功赫赫的太子太保浙江提督。虽然武官受文官辖制，余步云居于下风，但稍有头脑的人就能看出，余步云不是唾面自干的人物，谁要是不知深浅贸然介入一场没有是非的龙虎斗，说偏话拉偏手打偏架，说不准什么时候就会招来杀身之祸！

金鸡山和招宝山的瞭望台上突然响起螺号声，烽火台上的哨兵听到号声立即点燃蘸了油脂的松枝，松枝"噼啪"作响，棕黑色的狼烟腾空而起。这是战争的烟号，方圆十余里全能看到！金鸡山、招宝山、东岳宫和镇海县的弁兵们立即拿起刀枪朝战位跑去。大浃江的江面倏地一下动荡起来，渔公渔婆们像听

---

① 取自《钦差大臣裕谦奏报现探英情及募勇筹战等情片》，《鸦片战争在舟山史料选编》第292—293页。

又及，英军的情报工作大大优于清军，定海和镇海之战结束后，马儒翰把朝廷与裕谦、刘韵珂、余步云之间的奏折、谕令、廷寄等摘要汇总，刊载在《香港公报》（*Hong Kong Gazette*）和《中国丛报》1842年1月号上。

见鬼嚎神啸似的惶然心惊，桨声橹声呼声喊声连天价地响，大小渔船和商船乱乱哄哄嘈嘈杂杂磕磕碰碰拥拥揉揉地在江上涌动。从舟山逃来的难民见证过战争，谁也不愿在炮火下死于非命，领粥的队伍立即大乱，混吃混喝的游民乞丐像疯子一样抢食米粥，挤塌了两个粥棚，踢倒了四五口大锅，差役们抄起棍子又打又骂，依然弹压不住。鳏寡老弱们争不过游痞无赖，只好哭天喊地呼儿唤女，万般无奈地退缩到一旁。

余步云听到警号后立即抓起配刀，趿着脚出了偏殿，登上东岳宫旁的瞭望台，手搭眼罩望着海面。天晴日朗，海上的能见度极高，十条英国兵船和火轮船连樯而来，后面跟着一串运输船，运输船上满载着红衣士兵。驻守东岳宫的清军已经进入战位，军官们把口令喊得山响，兵丁们如蚁如蜂井然不乱。炮兵们搬运炮子，枪兵们把火药和弹丸装入枪膛，弓兵们准备弓矢箭弩，藤牌兵和长矛兵列队待命。

裕谦听到警号后登上了镇海县的北城门，手搭凉棚遥望海面。英军曾多次派火轮船和武装测量船在大浃江口侦察，那些形态怪异的夷船让他大开眼界。今天，他头一次看见英军的大型战列舰，"威里士厘"号和"伯兰汉"号都是排水量一千七百多吨的庞然大物，每条船有三层甲板七十四位侧舷炮，配备了五六百夷兵，俨然是大型海上炮台，相比之下，清军的战船像豌豆荚一样微不足道。

英国兵船在距离招宝山和镇海城一里远处下锚，侧舷炮窗里探出黑洞洞的炮口，甲板上船钟叮咚号鼓声嘹亮，风帆起落旗帜变换，一看就是训练有素的海上劲旅。

巴加和郭富攻克舟山后，只休整了几天就锋镝一转，借助风向和海潮扑向镇海，只留下两条兵船和四百多步兵戍守定海县城和衢头码头。

英军兵分三路："复仇神"号、"巡洋"号和武装测量船"本廷克"号为第一分舰队，轰击小浃江口的守军，掩护左路步兵和炮兵在笠山和小浃江南岸登陆，从东、南两面攻击金鸡山。"地狱火河"号、"皇后"号和"巡洋"号组成第二分舰队，封堵大浃江口，从正面轰击金鸡山和东岳宫，掩护中路步兵和炮兵在大浃江南岸登陆。"威里士厘"号、"伯兰汉"号、"伯朗底"号和"摩底士底"号组成第三分舰队，绕到北面轰击招宝山和镇海县城，掩护海军陆战队和工兵在招宝山麓登陆。

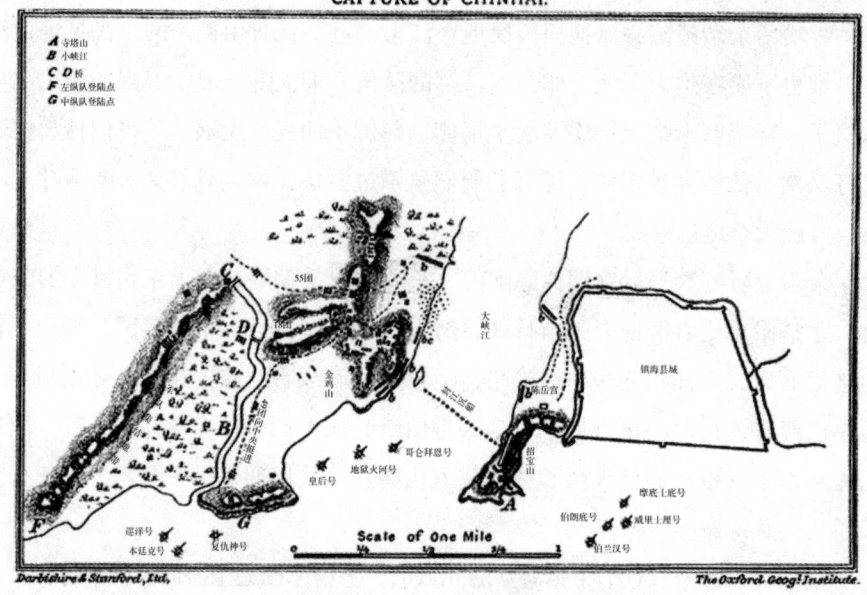

镇海之战示意图。英国牛津地理研究所绘制，作者译，取自雷特Robert S. Rait的《陆军元帅郭富子爵的戎马生涯》。

海面上响起滚雷似的炮声，一串串炮子拖着黑烟和尖厉的啸音飞向镇海城。堞墙上立即石裂砖崩血肉横飞。北城门楼被接连打中几十炮，横梁木椽碎砖烂瓦腾空而起，劈头盖脸地落下，一根椽子正好砸在裕谦的脚下。他打了一个趔趄，将椽子踢开，吼了一声："开炮！"北城墙上有二十多位火炮，炮弁们迅速点燃火捻，一颗颗炮子相继射向敌舰，但清军火炮的射程短，所有炮子都落在英舰的前面，溅起一大片毫无用处的浪柱。

英舰打出一排侧舷炮后，帆兵们立即拉动帆索，使船身旋转一百八十度，用另一侧舷炮接着轰击。一排施拉普纳子母弹射出炮口，在空中爆炸，落地开花。镇海守军听说过英军的开花弹十分了得，却从来没有领教过，更不知道如何躲闪，立即被炸得头破血流。

裕谦盲信英军腿脚僵直不善于陆战，并把错误的信念灌输给当地兵民，以至于大敌临门之时，镇海居民不仅没有疏散，还派出大批义勇登城助战。但血肉之躯挡不住英夷的开花弹，守城兵民死伤惨重。

英舰开始发射火箭，一串串火箭凌空而起，拖着贼亮的火尾巴飞入镇海城中。民居店铺栅墙柴堆相继着火，引燃了周匝的树木，火借风势越烧越旺，不到半个时辰，镇海城俨然成了一座大火炉。兵民们在烟熏火燎和乒乒乓乓的炮声中咳嗽、嘶叫、呐喊、抓狂、奔跑。

裕谦这时才看清战争凶险万状深邃无底，远不是在书斋里阅读《孙子兵法》那样轻松愉快赏心悦目，但他毕竟是定北将军班第的后代，不是临危退缩的胆小鬼。他操起木槌，把鼙鼓擂得山响，激励弁兵开炮抗敌。

在裕谦击鼓抗敌时，"复仇神"号把五百多步兵和四位野战炮送到笠山脚下，另有千余步兵和炮兵在小浃江口抢滩登陆。一队英兵沿着小浃江向东挺进，直插金鸡山背后。另一队英兵直接攻击笠山。狼山镇总兵谢朝恩坐镇金鸡山，驻守笠山的清军开枪开炮，但立即遭到"复仇神"号的回击和压制，它的旋转炮又准又狠，很快就把清军击溃了。

金鸡山的所有大炮都朝向江面和海面，当他们发现英军从背面和侧面抄击过来时，来不及挪动又大又重的火炮，只好用抬枪和弩弓阻击。这些老式武器与燧发枪和野战炮无法相比，狼山镇标很快乱了阵脚，溃不成军。英军以微小代价攻占了金鸡山。近千清军像被猎狗驱赶的绵羊一样压挤到大浃江畔的狭长地带，英军居高临下开枪开炮，清军一败涂地末路狂奔，会凫水的跳入江中向对岸逃生，不会凫水的躲无处躲藏无处藏，只好趴在地上举手投降。

东岳宫与金鸡山仅一江之隔，余步云眼睁睁地看着英军把狼山镇标打得鱼溃鸟散，数百清军像野鸡野鸭野猪野狗似的疯跑，他仿佛听见了待宰禽兽发出的落魄惨叫，一点办法都没有。

敌人的炮子和火箭凌空乱舞，一直打到东岳宫。东岳宫的大殿和厢房是土木建筑，经不起火箭和敌炮的摧残，中央大殿率先着火，火势迅速延烧，浓浓的黑烟直冲云霄。余步云感到无法坚守，硬打下去只会全军覆没，必须尽快撤离战场，保存有生力量。但他没有实权，必须请示裕谦。他回首眺望着镇海县城，犹豫片刻，决定亲自劝说："陈志刚，牵马！"陈志刚和两个亲兵从炮洞里牵出四匹战马。

余步云踩着铜脚镫子翻身上马，一抖缰绳，沿着巷道朝镇海城奔去，陈志刚和两个亲兵骑马跟在后面。守卫城门楼的官兵认得余步云，立即放他们进去。余步云勒住缰绳问道:"裕大人在哪儿?"门丁答道:"在北门城楼上。"余步云在大街上拍马疾驰,很快赶到北城门下,沿着马道骑马上城。

裕谦正在指挥兵勇们作战,余步云一眼看出他的指挥有误:四百多手持刀矛弓箭的弁兵和四百多义勇委身于堞墙后面,城墙上只有二十多位大炮,大部分人派不上用场,徒然遭受敌炮的轰击。

即使在危难的战场上,裕谦依然不能与余步云同心协力。余步云骑马登城是因为有脚疾,裕谦则认为是对他的不恭不敬。他冷眼注视着余步云。余步云翻身下马,一瘸一拐朝他趑去。裕谦用狠狠的口齿断然问道:"余宫保,你不守东岳宫,到这儿有何公干?"劈头盖脸就是一句硬邦邦的质询,仿佛向他刺出一剑。余步云脸上的筋肉微微一动,想温和却温和不下来:"裕大人,这么多弁兵簇拥在城墙上,恐怕不妥当。"裕谦又冷又硬地顶回去:"怎么?大敌当前,难道让大家蜷缩在藏兵洞里?"余步云道:"我的意思是,逆夷火力威猛,弁兵们聚得太密,只会徒然增加伤亡。"

裕谦岔开话头:"招宝山和东岳宫守得住吗?"招宝山、东岳宫与镇海县呈三足鼎立之势,唇齿相依。余步云道:"伤亡惨重,军队不能立于危墙之下,否则,不仅消灭不了敌人还会被危墙压死。"裕谦猜出余步云想撤退:"余宫保,你我分列文武大员,身膺海疆重寄,大敌当前不战而退,如何向皇上交代?"余步云提高了嗓音:"胜败不在一城一寨之得失,当守则守,当弃则弃,把战场拓宽才有回旋的余地!"裕谦断然否决:"自古以为,中国人宁失千军不失寸土!"余步云反唇相讥:"要是千军不在,拿什么保卫寸土!"

两人的见识截然相反,剑拔弩张不可调和。余步云忍着气,再次劝道:"裕大人,我身为提督,自当马革裹尸,为朝廷效忠,但不能把数千弁兵的性命往老虎嘴里送!"裕谦铁定心肠要血战到底:"本大臣以保家卫国为己任,成则越甲三千,败则田横五百,绝不后退!"余步云针锋相对:"胜仗是打出来的,不是空口喊出来的。"裕谦一声冷笑:"人可以无能,但不能无耻!我要是下了撤军令,不知有多少人会把一腔酸水喷到我的名字上!"余步云气得无话可说,一拱手:"告辞了,多保重!"他转身趑到战马前,踏上马鞍,发泄似的狠狠抽响鞭子:"驾——!"那马一惊,撒开蹄子朝城下狂奔而去。

英军枪炮迅猛灵捷,轰打清军如同鞭笞小儿。清军器不如人,轰打英军如同隔山打牛。裕谦也看出败局已定，但他已将生死置之度外，一旦兵败城陷，绝不觍颜苟活。他抡动鼓槌，把鼙鼓擂得山响，越擂越使劲，"咚咚咚咚咚——卡！"他用力过猛，鼓槌折成两截。

又是一阵排炮，"轰"的一声，北城门楼再次被敌炮击中，砖石瓦片木梁椽子凌空而起，空中弥漫着粉尘和黑烟。待尘埃落定，裕谦发现身边的亲兵死伤近半，自己从头到脚罩在尘埃中，就像是从地底下钻出来的土行孙。

裕谦要血战到底，却控制不住弁兵。两军对仗，只要有一队人马张皇失措，立即就会全军哗然溃势难挡。义勇是临时招募的民兵，他们最先溃败，外省客军相继效尤，不少人慌不择路从城上跳下，摔得半死。这是千里防堤溃于蚁穴的可怕场面，任何人都弹压不住。裕谦终于绝望，他心如死灰，摇晃着身子沿着马道下了城墙。余升怕他摔倒，托着他的胳膊："裕大人，撤吗？"裕谦所答非所问："镇海城破在即，行辕里的印鉴和文报不能落入敌手，赶紧把它们烧掉！"

广惠书院就在城墙脚下。裕谦和余升进了行辕，把所有文报和卷宗堆在天井里，点火焚烧。江宁协副将丰伸泰恰好赶到。他负责守卫镇海城的西面和南面。英军没从那边进攻，他下令打开城门，放老百姓逃命。丰伸泰道："裕大人，快撤，再不撤就来不及了！"裕谦绝口不说"撤"字："丰伸泰，本大臣有守城之责，城在人在，城毁人亡！"裕谦把装有两江总督和钦差大臣印鉴的匣子分别交给丰伸泰和余升："你和余升带着我的关防信印先走！"丰伸泰道："这不妥，我派兵保护你。"裕谦坚定地摇了摇头："本督宪与镇海共存亡！你们快走，这是命令！"丰伸泰知道裕谦固执如山，谁也劝不动，"喳"了一声，转身离去。余升跟在后面，一步一回首地走了。

裕谦定了定神，广惠书院大火熊熊，所有兵民都在逃生，四周枪声如爆豆炮声如雷鸣，此时他才意识到，自己在战前讲的那些堂皇大话像谵语一样无用可笑，强大无比的清军竟然是不堪一击的泥塑金刚！他独自一人朝泮池走去，池畔旁有一块灰白色的石头，上面刻有"流芳"二字。裕谦伸手摸了摸那两个字，猛然想起曾祖父班第，他在乾隆二十一年八月殉难，现在是道光二十一年八月，这不是佳兆！裕谦摘下大帽子，撩衽跪下，朝北京方向叩头，喃喃自语："皇上，奴才兵败，无颜苟活，杀身成仁了！"他站起身来，咬紧牙关纵身一跃，跳入泮池中。

余升没走远,一回头,恰好看见裕谦投水,惊呼一声:"裕大人!"反身疾跑。余升穿了一件牛皮甲,这套行头在陆上可以护身,在水中却是累赘。他赶紧脱去皮甲,甩掉两只靴子,纵身一跃,朝裕谦游去,一番挣扎后,把裕谦托出水面。这时,丰伸泰也折回来,帮他把裕谦拖到岸上,一摸鼻息,还有气。两个人找了一扇门板,把裕谦放在上面,命令弁兵们抬起来朝西门奔去。

余步云率兵死守东岳宫和招宝山,在英舰的狂轰滥炸之下,浙江营兵伤亡惨重。半个时辰后余步云才获悉裕谦投水自尽,他恶狠狠骂了一句:"浑蛋!你他娘的一死百了,不退不撤不走不降,却把全军置于绝境!"

裕谦死了,余步云成了全军的最高长官:"陈志刚!""有!""你打一面白旗找英军统领,问他们有何干求。告诉他们,本军门愿意善议戢兵罢战事宜。""遵命!""管旗!""有!""升旗撤军!""遵命!"不一会儿,东岳宫前的旗杆上升起一面绿旗。

仍在坚守的弁兵们大大松了一口气,乱哄哄地撤离战场,刀矛军旗抛了一地。

清军溃败时,法国战舰"达纳德"号悄悄驶至大浃江口,这个老奸巨猾的西方国家密切监视着英华大战,猎狗似的寻觅着谋利的时机。

第七十七章

宁波未设防

宁波与大浃江口相距四十里,是浙江省的第二大郡,也是浙江提督衙门的驻节地。天黑前,第一批溃兵逃回宁波,一阵喧哗和叫嚷后,守城兵丁开了城门,清军战败的消息不胫而走,宁波像地震似的动荡起来。

余步云和镇海营的溃兵是最后撤回的,亥时二刻才进城。城里的大街小巷灯笼游移人影幢幢,到处都是溃兵的嘶喊声和猖狂的狗叫声。居民们彷徨不安犹豫不定,不知道该逃走还是该留下,当地缙绅和百姓乌乌压压地聚在提督衙门和知府衙门的大门口,打听官军是弃还是守。

余步云在大照壁前翻身下马,置众人的询问于不顾,径直进了衙门。亲兵们立刻在门外筑起一道人墙,防止绅民百姓擅自闯入。绅民们却久久不散,围着亲兵们不停地打听:"英夷攻占镇海,是真的吗?""钦差大臣投水自尽,是真的吗?""逆夷会不会攻打宁波?""余大人不会置百姓于不顾吧?"声声询问密如雨点。余步云命令亲兵们以安定民心为第一要务,他们全都缄口不语,或以"无可奉告"来应付。

官邸里灯火通明。余家的小女儿春梅即将出嫁,女婿是宁波知府邓廷彩的三儿子邓兰波。院里摆着亲家送来的礼品篮,闺房的窗上贴着剪花喜字,伙房的水缸里浸着刚宰杀的猪,缸盖上放着一柄杀猪刀,那刀弯曲得像兰花叶子,长长一撇。去了毛的猪头歪在一旁，两只眼睛眯成一条窄缝，嘴巴张得很大，一副嬉皮笑脸的模样。余家老小十几口人是去年从福建迁居宁波的，他们被街上的人喊马嘶声弄得惊魂不定，提着灯笼在院子里候着。

余步云一手提头盔一手按剑，拧着脚进了后院，他的战袍挂了一个三角口子，皮靴上的马刺只剩一只，脑门上全是油汗，脸色疲惫憔悴，肃杀得令人生畏。他戎马一生胜多败少，家里人从没见他这么狼狈，有一种不祥之感，围过来问长问短："阿爹，出事了？""阿爹，镇海败了？""英夷要打宁波，是吗？"如夫人林氏从水缸里舀了水，端过一只铜脸盆："老爷，洗洗脸，我给你烧洗脚水。"小女儿春梅拿过一面镜子，小心翼翼递上："爹，您像是从灶膛里钻出来的灶王爷。"

余步云在战场上是铮铮铁汉，回到家里是温柔丈夫。他解去牛皮甲，用布巾擦了脸，接过镜子照了照，十几年前的英雄气概已经荡然无存，镜子里呈现出一副后背微驼面目憔悴的败象，他猛然蹦出一句话："此头颅，何人断？"春梅陡然变色，一把夺过镜子："爹，孩儿要出嫁，您却讲这种不吉利的话。"但她没抓稳，镜子掉在地上，"啪"的一声碎了。如夫人林氏信佛，赶紧双手合十呢喃念道："阿弥陀佛，岁岁（碎碎）平安。"余步云惨淡一笑："你们想听吉利话，听到的偏偏是恶谶！"春梅一惊，像受了天大的委屈，呜呜咽咽地哭起来。

一个仆人进来禀报："老爷，邓老爷来了。"宁波知府邓廷彩是来了解战况的，余步云说了声："请。"

邓廷彩是四川崇州人，五十多岁，留着八字一点式胡须，脸上透着焦灼。他一脚踏进门槛，语气急促，讲一口地道的四川话："余宫保，街上人喊狗叫乱哄哄的，都说镇海败了，是吗？"一个时辰前，江宁协的弁兵们簇拥着自尽未遂的裕谦退到宁波，官兵们又叫又吼，惊动了全城。邓廷彩听说镇海兵败，但想再确认一下。余步云点了点头："打了一天，镇海县、招宝山和金鸡山全丢了。"春梅在一旁听了，不由得再次抽泣起来。余步云道："梅儿，我和邓大人谈公务，你和家人先出去。"春梅扭着腰身出了屋，但没离开，趴着门缝边上悄悄听。

余步云恨恨道："裕谦这个人哪，峻急勇猛浮躁冲动，莽夫逞能不自量力。他不知彼，不知己，不知兵，却主战，这样的人只会误军误国误皇上，让兵丁白白送死，让百姓白白遭殃。"邓廷彩道："余宫保，那个蒙古人投水自尽，但没死。"余步云诧异道："没死？"邓廷彩道："丰伸泰用门板把他抬回宁波，我摸了他的脉，还活着，但昏迷不醒。"

《大清律》有"守备不设，失陷城寨者，斩监候"的科条。舟山和镇海丢了，裕谦要是活着，难逃斩监候的厄运，他要是死了，反而会成为以身殉国的英雄，受到封妻荫子的褒奖。但是现在他不死不活，却管不了事，万一英军攻打宁波，失陷城寨的责任就得由余步云承担，邓廷彩身为宁波知府，同样在责难逃。邓廷彩最担心英军攻打宁波。

春梅在门外，依稀听见他们在谈论如何守城。余步云在镇海与逆夷当面对仗，败得灰头土脸斗志全丧："自从英夷犯顺以来，所攻之处无不摧破。去年舟山和虎门失陷，是因为失防。今年，厦门、舟山和镇海准备充足，调用了精锐之师，花费了大量财力和物力，防守极严，但英夷依然势如破竹，他们的炮火器械精巧猛烈，为我国所不能及。"邓廷彩道："宁波城里流传一则谣言：当无帆之舟（火轮船）驶入大浃江时，天下就会易手，一个西方白女人将要取代北方来的满洲皇帝。这则流言传得有鼻子有眼，绘声绘色。"余步云有点诧异，这么荒诞不经的传言能够流传，是因为民智不开，还是因为有人蛊惑？是因为人心幽微，还是因为上苍给了预兆？他捻着胡须若有所思："自古以来有多少王朝更迭？鲜卑人、蒙古人、满洲人、汉人都当过皇帝。老百姓逆来顺受，谁当皇帝给谁纳粮。仗打到这个地步，恐怕是民心生变，兵心生变了。""宁波能不能守住？""难。我派陈志刚去找夷酋，探询他们有何干求。""哦，这可是违旨呵！万一皇上知道了，后果不堪设想！"余步云道："自古以来，所有战争都是边打边谈，没有只打不谈的。皇上要是责怪下来，我只能说：将在外君命有所不受。"

余步云和邓廷彩的话音时高时低，时而愤怒时而叹息，时而激烈时而舒缓。过了好久，春梅才听见邓廷彩问："孩子们的婚事怎么办？""兵荒马乱的，只能改期。"女人出嫁是终身大事，却被意外的兵燹搅黄了，春梅想哭，但不敢，捂着嘴蹲下身子抽泣。

余步云听见抽泣声，一拉门，见春梅在抹泪，林氏和全家老小静静地站在天井里，不由得一愣神。

林氏预感到要天崩地裂，她用手帕擦着眼泪对余步云道："老爷，你千万要保重，一家老小都指望着你呢。"余步云扶起女儿，环视着家人。五十年前，这位堂堂正正的太子太保才十几岁，是呼啸于村道镇口的孩子王，争强斗勇打群架，连性命都能泼出去。从当兵之日起，他就把殒命沙场视为野草枯死在冬天。凭着这股子冲劲，他在战场上所向披靡。现在，他是一只老掉牙的金钱豹，没了争强斗狠的精气神，变得儿女情长英雄气短："你们放心，我不会死，就是死，也得有可死之道。胜败乃兵家常事，大清朝天宽地阔，进可攻，退可守，回旋的余地很大。你们现在回屋去，马上收拾随身衣物，准备干粮，明天一早我派人送你们离开宁波。"林氏问道："去哪儿？"余步云抚摸着女儿的肩膀，声音缓慢凄凉："我和邓大人议过了，女儿虽然还没过门，余、邓两家也是儿女亲家。我和邓大人职责在身，留守宁波，你们与邓大人的家眷一起走，去四川崇州。敌情如火，切勿游移！"不是穷途末路余步云不会讲这种话，全家人不由得潸然泪下。

裕谦曾经铁言铮铮地要守住大浃江口，宁波居民信以为真，误以为金鸡山和招宝山是牢不可破的天堑，此时他们才大梦初醒，所谓天堑不过是一道破篱笆，一捅即穿。宁波城轰然大乱，人们纷纷收拾细软，天一亮，车马舟楫就被有钱人雇用一空，六座城门的门洞大开，车如龙，船如梭，人如蚁，马如蜂，居民们扶老携幼离城出走，到处都能听到男人的咒骂声和女人的哭泣声。

余步云准备收拾残兵固守城垣，派出一队游哨出城十里，侦察敌军的动向，另外派亲兵四处传令，命令退入宁波的各路将领到提督衙门开会，包括从江苏和安徽来的客军将领。

但是，客军将领不听他的命令。丰伸泰带着三百多江宁协的溃兵来到东渡门，准备出城。两个兵丁用担架抬着裕谦，他遇救后一直昏迷不醒。把守城门的兵丁接到命令，要城里的所有将领去提督衙门会议，他们拉紧木栅，不让出城。

丰伸泰厉声喝道："打开木栅，我们要出城！"当值的兵目见他头戴缨枪大帽，身穿二品补服，军旗上有斗大的"丰"字，衣花上有"江宁协"字样，知道他是丰伸泰："启禀丰大人，余宫保有令，所有退入城中的将弁都得去提督署会议，共议守城事宜。"

丰伸泰跳下马："我们江宁协归两江总督裕谦大人管辖，不归余宫保管辖。"兵目眨了眨眼："裕大人殉节了，余宫保是本城最高长官。小人传余宫保的命令，请大人别让小人为难。"丰伸泰眉毛一挑，口气又粗又横："谁说裕大人殉节了？裕大人活得好好的！"他一招手，两个兵丁抬过担架，担架上盖着寿字花纹锦面被子，一张死灰似的脸露在被子外面。兵目过来一看，裕谦似乎睡着了又似乎死去。他不敢掀开被子仔细看，抬头扫视着四周的弁兵。裕谦的亲兵们举着官衔牌，上面有"钦差大臣"、"两江总督"、"兵部尚书"、"右督御史"等字样。丰伸泰等得不耐烦了，厉声喝道："我们奉裕大人之命去杭州，你敢拦阻吗？"堂堂二品武官横眉怒目，还有三百多整装待发的江宁弁兵，一个小小兵目就是有天大的胆子也不敢拦阻，他后退一步："打开木栅，送裕大人出城！"几个守兵"哗啦"一声拉开木栅，兵目喝了一声："跪！"守兵们像牵线木偶似的，齐刷刷单膝跪地，向裕谦行礼。丰伸泰翻身上马，一招手："走！"三百多江宁兵簇拥着担架，脚步杂沓地出了城门。

丰伸泰抬着裕谦逃离危城的消息很快传开，处州镇和衢州镇的败兵们群起效尤，余步云居然拿他们一点儿办法都没有，因为裕谦有令，他无权管辖外省客军！

客军的逃离打乱了他的部署。余步云仔细询问守门兵目裕谦究竟是死是活，兵目说，裕谦可能死了，即使活着，也活不了多久。余步云的肚肠立即转动起来，依照有关章程，当总督和巡抚不在位时，提督可以单独上奏折。余步云想起裕谦攻击他的毒言恶语，难免义愤填膺，给朝廷写了一份奏折，报告宁波的守御情况：

……从前在城兵额不足四千，除分防各汛调派军营外，仅只七百余名……势难再令守陴。自裕谦……由镇海退入宁波，是日戌时，即率江宁将弁丰伸泰等兵丁数百名，星夜退走余姚、绍兴。所有衢、处二镇官兵，藉以护送为名，概不入郡守城。以致全郡惊惶，逃避拥挤，自相践踏，哭声遍野……浙江全省处处吃紧，现在无兵可调。奴才唯有竭尽心力，督率文武，多方设守……①

---

① 《余步云奏宁郡空虚设法捍御折》，《筹办夷务始末》卷三十四。

这份奏折无须经过裕谦审阅，饱含着余步云对裕谦的深重积怨："率"者一变，真相扭曲——不是丰伸泰"率"兵夺门而走，而是裕谦"率"丰伸泰等兵丁星夜逃离。如此一来，杀身成仁的裕谦成了率兵逃跑的罪魁！余步云奏报外省客军拒不守城借故逃离，不仅推卸了自己的责任，更使裕谦罪上加罪！但是，余步云毕竟不是玩弄文字的高手，他借机宣泄私恨，把一腔酸水喷到裕谦的身上，却没有考虑会有什么严重后果。

他刚派人把奏折送往驿站，邓廷彩就神色张皇地进了提督衙署："余宫保，大事不好！据探哨禀报，英军沿着大浃江朝宁波杀来！"余步云脸色陡变，他以为英军会在镇海休整两天，没想到他们乘胜追击，马不停蹄杀向宁波！余步云背着双手踱着步子："英军离宁波有多远？"邓廷彩道："据探哨禀报，还有十里。"宁波的城墙上原本安有一百零二位火炮，为了防御海口，裕谦把八十二位火炮调往镇海，致使宁波成了防御中的薄弱环节。外省客军闻风丧胆滑脚溜号，留下的浙江营兵只有千余人，风声鹤唳心惊胆战。军心灰败到如此田地，让他们婴城固守就像派老鼠防猫。余步云一咬牙，下达了弃城的命令："传令各营各汛，整队集合，开赴上虞！"

余步云率军撤走，邓廷彩更不敢独守空城，他的肚肠一转二曲三回旋，近死不如远死！他急急惶惶赶回知府衙门，仓仓促促召集了几十个衙役和一百多弓兵，尾随着余步云逃离了宁波。

外省客军和本省败兵不战而退的消息立即传遍全城。正午时分，全城的缙绅和保长们不约而同来到宁波商会商议对策。商会位于灵桥门内的庆余阁，它是全城商人捐资修建的商人公所。总商陆心兰坐在中央，此人五十余岁，穿一件棕色万字纹府绸长袍，戴一顶嵌玉小帽，手捧一根二尺长的玉嘴水烟袋，他是盛德堂大药房的东家，也是本城名列前茅的大财东。宁波商会由成衣行、海鲜行、船运行、医药行、米粮行、铁工行、木工行等二十多个行帮组成，每个行帮各有行主。行主们乱乱哄哄地说话。一个姓张的行主道："陆老爷，小民小户拎包就能逃跑，在座诸位是有恒产的，前脚逃走，游痞无赖后脚就会破门而入，把店铺洗劫一空。"另一个李姓行主道："陆老爷，咱们商家年年缴纳税赋捐资助军，他娘的夷人还没打到城门口，当兵吃粮的跑得比兔子还快。咱们得想办法自保呀。"第三个赵姓行主道："陆老爷，前两天我去雪窦寺求签问卜。寺里的大和尚说当无帆之船从大浃江开到三江口时，就要改朝换代，城头变换大王旗，西方的白女人要取代东方的满洲皇帝。这是天命。小小商民谁当皇上给谁纳税。眼下这个乱局，保全性命和家园要紧。""陆老爷啊，官府弃民命于不管，我们必须想法子自救，否则就会全城遭殃啊！""郡城要是没人管，就会贼盗丛生。""陆老爷，您老德高望重，就挑头担起拯救全城的重任吧。"

陆心兰深深吸了一口烟，把水烟袋往桌上一蹾："各位缙绅和保长信任我，要我临危主事，我也只好挑这个头。现在城里乱哄哄的，咱们商会没兵没马，只有一个水火会（民间消防队）和一个更夫会（守夜保安队），养着六七十号会丁和更夫。梁仁！"梁仁是水火会的领班，兼管更夫，他应声答道："在！"陆心兰道："眼下只能把会丁和更夫当义勇使用，维持全城秩序。你立即集合全体会丁分守六座城门，另叫更夫们马上巡街，严防游痞无赖趁火打劫，碰到溜门撬锁盗抢店铺的小偷无赖，立即敲锣报警喊人捉拿！""我这就去办理！"陆心兰接着道："水火会和更夫会人手少，不足以维护全城秩序。我陆某人拜托各位保长，每保抽丁二十人组队巡逻，看护好每条街坊，严防流氓游痞借机滋事哄抢店铺。"保长们全都应声答应。

陆心兰接着道："还有一件事，英夷很快就要兵临城下，我们无力抵抗，请各位行主与我一道去灵桥门，开门迎候。在这个当口，姿态得谦卑一点儿。"一位刘姓行主道："会不会有人说三道四，骂咱们是汉奸？"陆心兰道："那是屁话。眼下要紧的是保境安民，不然的话，全城都得遭殃。"

一番安排后，行主们和保长们依命行事去了。

"复仇神"号和"地狱火河"号铁甲船在前面探路，木壳火轮船"西索提斯"号、"皇后"号和三条轻型护卫舰跟在后面，沿着蜿蜒的大浃江斗折蛇行缓缓推进。舰队没有航道图，不得不一边行驶一边测量水道，速度极慢。七百多英国步兵背着行囊沿着两岸徒步前进。初秋时节，大浃江两岸是连片的绿野，浓浓淡淡漫漫荡荡向天边延展，要是没有战争，这里是滋润澄澈和宁静富饶的地方。

从镇海到宁波有四十里水路，英军早晨出发，途中没有遇到任何抵抗，就像是一次野营拉练，下午二时，舰队抵达三江口。

三江口是大浃江、余姚江和奉化江的汇合点，距离灵桥门只有一里之遥。

它虽然在城外，却是商贾云集民殷物富的地方，两岸的店铺仓房石坊栈桥鳞次栉比，此时却乱乱哄哄。当地商民和船户们惊惶万状，拖儿带女离家出走。河岸、村道和田埂上到处都是人流，许多人牵衣顿足依依不舍，不时回望着自己的店铺和家园，想离去，舍不得，想回去，又不敢。

英军在三江口停下来。难民们头一次看见奇形怪状的铁甲船和外国兵船，头一次看见金发蓝眼的外国士兵，既惊骇又好奇，少数胆大的难民在远处停下脚步，犹豫观望。

郭富和巴加在"复仇神"号上，手搭眼罩观望着灰色的宁波堞墙，城墙上没有旌旗和钲鼓，犬牙似的垛口没有守兵，没有抬枪，灵桥门的城楼上有五六位铁炮，但炮口被移开，朝向城里，拱形的城门大敞，门口站着一百多缙绅，抬着食担醴酒擎着彩旗，上面写着"顺民"字样，显而易见，清军已经弃城而走，宁波是一座不设防的城市。

距离灵桥门不远处有一座浮桥，架在十六条木船上，不拆掉它，兵船无法通过。"复仇神"号的舳炮瞄准了浮桥。巴加问道："郭富爵士，炸了它还是拆了它？"炸桥意味着用战争手段占领宁波，一分钟即可解决问题，拆除它意味着使用和平手段，但要耗费较长时间。

郭富瘦削的脸庞露出一丝惋惜之情："宁波是一件多么精美的艺术品！这么漂亮的城市在欧洲也不多见，既然敌军逃走了，我们应当以和平方式占领它。"

巴加道："郭富爵士，璞鼎查公使的命令非常明确，他要求我军洗劫宁波，彻底摧垮中国人的抵抗意志。"郭富看了他一眼，婉言拒绝："我和璞鼎查公使都在为大英国的海外事业效力，但观念有差异。我国二百年的殖民史证明了一个真理：输入剑与火，只会收获反抗与报复，输入《圣经》与宗教，宽容与和解，我们才能与占领区的人民和谐相处。"巴加不以为然："璞鼎查公使会不高兴的。"郭富无动于衷："我是圣帕特里克的信徒，圣帕特里克精神的核心是坚忍与慈悲，它不仅开启了我们爱尔兰人的心灵，也将开启中国人的心灵，我们应当对和平居民施以慈悲。"巴加道："你想宽恕宁波，是吗？""是的。以和平方式占领它，我们才有安全感，否则就会暴力四起，人们在杀戮和冤冤相报中不得安宁，胜利将十分遥远。"巴加道："我对你的处置方式持保留意见，但看在上帝的分儿上，暂时宽恕那些可悲可怜的中国百姓吧。不过，您得向璞鼎查公使做出合理的解释。"郭富点头道:"我会向他解释的。"

郭富下达了拆桥的命令,一队士兵带着钳斧锤锯上了浮桥,七条兵船和火轮船艏艉相接,静静地停在三江口。

攻打宁波成了一场武装游行,英军官兵奉命就地休息,他们大大松了一口气,左看右望,欣赏起周边的平川沃野和山冈湖塘。初秋时节,湖塘里有败荷,河岸旁有衰柳,田畴里有庄稼,天际线上有如蚁如豆的难民。

陆心兰等商民站在灵桥门下,小心翼翼地注视着英军的一举一动。当他们看到英军开始拆桥时,决定主动示好,派出几个水火会的会丁去帮忙。郭富叫来了郭士立,要他去灵桥门了解中国人的意图,郭士立是英军的首席顾问兼翻译,他的意见对郭富和巴加有重大影响。

不一会儿,郭士立回到"复仇神"号,他报告说一批中国商民恳请英军保护宁波和当地居民。郭富点头道:"郭士立牧师,我军攻打虎门、厦门、舟山和镇海时,清军一直在抵抗,这是清军第一次弃守。这就意味着他们承认无能为力了。我期待着中国皇帝按照《致中国宰相书》的要求签署一份和约。郭士立牧师,请你转告中国商民,我军不伤害和平居民,请他们就地安居,军队入城后,我将召集他们开一次会。"

一个小时后,浮桥拆除完毕,七条火轮船和兵船缓缓驶至灵桥门下。郭富喝了一声:"军乐队!""有!"一个少尉应声而出。郭富道:"音乐有安抚人心的作用,奏乐,摆队入城!"鼓手们敲响了军鼓,乐手们奏响了军乐,一支先遣队整队集合,踏着鼓点喊着号子甩着正步,耀武扬威地进了宁波城。

不一会儿,灵桥门的城楼上升起一面"米"字旗,半城百姓看见了它,它幽幽漫漫地飘着,时卷时舒,像一根刺扎在宁波百姓的心头。军乐队登上城楼,轮番演奏《上帝保卫女王》和《圣帕特里克的祭日》,宣扬英国的文治武功和悲天怜人的宗教精神。宁波居民听不懂,猜不出英军是在庆祝胜利,还是在自娱自乐。

缙绅和保长们静静地接受了变故,他们站在城门楼下面排列成行,等待着英军将领给他们开会。陆心兰抑制不住心中的屈辱与悲怆,两股酸酸的泪水沿着脸颊悄无声息地流淌,他意识到,他在率领宁波商民们打开城门,在大清与英夷之间的逼仄空间里腾挪求活,苟安于当前,未来却凶险万状!

第七十八章

扬威将军

裕谦誓言铮铮地要把逆夷杀得片帆不返，皇上和枢臣们兴奋了好一阵子，没想到一转眼风云突变，浙江战局一败如水，舟山、镇海和宁波全丢了！

道光和军机大臣们先后收到浙江巡抚刘韵珂和提督余步云的奏报，竟然是一场战争两样说法，惹得道光皇帝一肚子火气，他怒气冲冲对穆彰阿和潘世恩道："你们给朕理一理头绪，究竟谁在说真话，谁在捏谎。"

穆彰阿苦着脸道："根据余步云奏报，他分守招宝山和东岳宫，开炮击沉击伤敌船多只，英夷登陆后，他督率弁兵奋力攻剿，杀敌无算。但江宁客军溃败在先，致使招宝山和东岳宫守军方寸大乱，兵败之责在裕谦。刘韵珂的奏折说，裕谦兵败后自杀未遂，江宁协副将丰伸泰和幕宾余升把他抬到宁波，又转送到杭州。裕谦在辗转途中死去。刘韵珂没有亲临战场，引用的是丰伸泰和余升的禀报，说余步云溃败在先，致使镇海守军方寸大乱，故而，兵败之责在余步云。另据余升说，余步云曾向裕谦建议与英夷互通照会，但裕谦不同意。"

潘世恩道："余步云说他率兵据守宁波，寡不敌众，退至上虞，他的坐骑被敌炮击中，不幸坠马压伤右腿。但刘韵珂转引溃兵的禀报说，余步云与宁波知府邓廷彩未战先退，致使宁波陷入敌手。"

道光一拍御案："舟山、镇海和宁波相继失守。裕谦诿过于余步云，余步云归咎于裕谦,一文一武相互攻讦,胜则争功败则诿过,成何体统!"潘世恩柔声软语道:"裕谦不幸蒙难深为悯惜。臣下以为,对战败知耻杀身成仁的疆臣不宜苛责,以优恤为好。"道光道:"朕三令五申不得接受夷书,余步云胆大妄为,居然要与英夷互通文书,此等首鼠两端之人着实可恶!"他恨不得立即罢黜余步云,但转念一想,裕谦死了,刘韵珂是文官,葛云飞、郑国鸿、王锡朋等总兵官全都牺牲,镇守金鸡山的狼山镇总兵谢朝恩下落不明,要是把余步云罢了,浙江竟然没有一个领军人物。他气咻咻道:"这种事不能稀里糊涂地了了之,要查,而且要查得清清爽爽,绝不能姑息败军之将!著浙江巡抚刘韵珂亲自详查,据实奏报,不得稍有含混。在战败之责未查明前,著余步云革职留用戴罪立功。宁波知府邓廷彩有守土之责,不论出于何种缘由,弃城出走都是不可饶恕的罪行!著刘韵珂将邓廷彩拘拿解京,交吏部和刑部严加鞫讯。江宁协副将丰伸泰暂时不宜离开营伍,但要把裕谦的幕宾余升送往北京,由兵部和刑部分头问讯。"

穆彰阿提醒道:"皇上,裕谦殉国后,必须尽快派得力官员替补两江总督职。"道光游着步子道:"依你看,谁接替他合适?"穆彰阿道:"两江总督管辖江苏、安徽、江西三省,江苏濒临大海,是海防重地,恐怕得派既知晓兵事又精于民政的良臣担任。奴才以为,河南巡抚牛鉴精明干练,不知合适不合适?"潘世恩也以为牛鉴可用:"黄河决口后,大股水溜汹涌而下,淹没了六府二十三个州县,殃及两千万人口,八百万人无家可归,河南肆市尽闭物价腾昂民不聊生。牛鉴临危不乱全力以赴,督率官弁绅民宵旰操劳倾力出工,受到绅民们的交口称赞①。王阁老亲临开封,他说牛鉴是优异之才,克己奉公怜恤民苦,他背患疮疾,在防堵大工中亲临现场指挥,终日胼胝于风雪水口,紧张时八日不返住所,困倦时和衣卧在帐中,赢得爱民如子的口碑。"

道光有点儿犹豫:"海疆之患是疥癣之痛,黄河之患是腑心之痛,黄河大

---

① 牛鉴是《南京条约》的签字人之一,故成为"千古罪人"。但从有关史料看,牛鉴是一位深受河南人民爱戴的官员。开封人民听说他调任两江总督后"男妇数千百人,围绕巡抚衙门恳留,竟夜不散,俱倚卧抚部院署前。十一日,巡抚牛鉴起程赴两江总督任,难民男妇簇拥至无路,俱泣涕哭留……至西门登城至北城,一路四五里,绅士商民及助工士夫,处处置酒泣送,城上几无隙地"。牛鉴离去多日后,依然有"灾民难妇数百人赴西门内关庙,求保牛大人早日平英,仍回河南巡抚任所"(《汴梁水灾记略》河南大学出版社,第75页)。

工也得用重臣哪。"潘世恩道："王阁老和林则徐都当过河道总督,有他们在河工上,可以把牛鉴抽调出来。据王阁老奏报,现在秋汛已过,黄河水从伏汛时的三十里宽收缩到二十里,再过几天,大股水溜将全部约束在河道中流,危局就会过去。王阁老和林则徐等人正在督率民工修堤固坝,晋升牛鉴为两江总督,也是对他的褒奖。"道光道："遴选一个能臣不容易,非得千锤百炼不可,就让牛鉴接任两江总督,迅速驰驿前往,无须来京请训。浙江局势糜烂,刘韵珂担心逆夷攻打杭州,请求简派文武兼资的元戎去浙江,你们看谁去合适?"

裕谦性格张扬,爱憎露于言表,自以为胸中有十万雄兵。刘韵珂正好相反,他在奏折里坦言不懂打仗,请求朝廷另派元戎,言外之意是余步云不是英夷的对手。潘世恩颔首道："刘韵珂曾经保举过林则徐。"道光目露怀疑之光："裕谦、刘韵珂和颜伯焘都曾经保举过林则徐,说他是海防能员,朕才免去他遣戍新疆之劳,去浙江帮办军务。黄河决口后,王鼎说林则徐是治水之才,要他襄办河工,朕又调他去河南。一个罪臣被臣工们抬举得这么高,合适吗?"穆彰阿见龙颜不悦,舌头一转改讲顺风话:"林则徐有治水专责,不宜再去浙江。奴才以为,奕经带过兵,派他去浙江,不知是否稳妥?"

奕经和奕山同为"奕"字辈,都是道光的侄子。奕经曾经跟随长龄出征新疆,镇压过玉素甫父子叛乱,还当过黑龙江将军和盛京将军。他圣眷优渥,本兼职官衔有协办大学士、吏部尚书、正黄旗满洲都统、正红旗宗室族长和崇文门税务监督。奕山去广东后,他接任了步军统领之职,是集尊缺、要缺和肥缺于一身的顶尖人物。道光思索片刻,点头道:"就派他去,用什么名号?"穆彰阿看着皇上的脸色:"用扬威将军名号可好?"

康熙朝以前,出兵作战的统帅有"靖逆将军"、"抚远将军"、"扬威将军"、"定北将军"之类的名号,将军信印由造办处篆刻,班师回朝后交回。雍正朝以后,朝廷不再设立新名号,将军出征启用旧印。康熙五十六年(1717),富宁安征讨策旺阿喇布时用过"靖逆将军"的名号,"扬威将军"的名号历史更久,清初入关后,豫亲王多铎征剿蒙古各部时用过这一名号,长龄出兵征讨张格尔叛乱和玉素甫叛乱也用过这一名号。道光思忖片刻道:"就用扬威将军名号。"

道光突然想起一个人:"让琦善去浙江参赞军务如何?"怡良奏报琦善私

割香港,道光偏听偏信,一怒之下罢了他的官,抄了他的家,刑部、都察院和大理寺三堂会审时,琦善始终不承认私割香港,鲍鹏和白含章也说琦善没有私割香港,连新任两广总督祁㙤也奏报说,所谓"私割香港"全系误会。道光情知有误,还是以丧师挫锐之罪将琦善打发到军台效力,但琦善为朝廷效力三十余年,功大于过,道光有心重新起用他。

罢黜琦善的御旨脱口而出如从天降,结束时也是戛然而至。穆彰阿和潘世恩对视了一眼,二人有点儿惶惑,打仗应当派林则徐或裕谦等主剿之臣,招抚才宜启用琦善或伊里布等主抚之臣,此时启用琦善,莫非皇上要改剿为抚?但皇上没有明说。穆彰阿道:"恕奴才多嘴,皇上若派奕经出任扬威将军,最好另择他人参赞军务。"道光的眉骨微微一动:"哦,为什么?"穆彰阿解释道:"奕经两次带人查抄琦善在北京和保定的家,还是主审官员之一,虽说是奉旨从公,到底损了私情。"潘世恩顺着穆彰阿的话道:"要是抚夷,琦善是合适人选,要是靖逆,琦善恐怕稍逊一筹。臣下以为,不妨让奕经自己荐举一两位搭档。"道光点头道:"有道理,就这么办。张尔汉!""在。"张尔汉垂手站在暖阁门口,听见皇上召唤,一脚迈进来。道光道:"你去传奕经,要他即刻到养心殿来。""喳。"张尔汉捯着步子出去。

奕经从紫禁城回来后气色不好,皇上命令他挂扬威将军印去浙江领兵打仗,三天内拿出征剿方案。事情来得十分突然,奕经嘴上不说,心里却暗自叫苦。开仗以来,所有疆臣和钦差大臣都乏善可陈,林则徐和邓廷桢首先被罢官,琦善和伊里布遭到流徙,关天培死于战场,奕山一筹莫展,颜伯焘丢了厦门,裕谦丢了舟山和镇海,自杀谢罪,杨芳和余步云是本朝名将,也没有丝毫建树,刘韵珂更是叫苦连天。奕经平时调门高,力主靖逆剿夷,反对羁縻招抚,只要听说前敌将领打了败仗就痛斥他们昏聩无能。这次轮到他带兵出征,他才觉得带兵打仗这种事情说起来容易做起来难。但是,煌煌圣命不可违,自己年方五十体健如牛,无论如何没有推诿的道理。

夫人赫舍里氏听说奕经要领兵打仗,呜呜咽咽哭得像个泪人,怎么劝都劝不住,奕经被她哭烦了:"算了,别哭了!宗室觉罗不能光养尊处优,只要不缺胳膊不缺腿儿,哪个不得上战场经风历雨?大丈夫来到人世,要么建功立业要么马革裹尸。"赫舍里氏道："说得轻巧，你要是有个三长两短，我们一家子都得喝西北风。""朝廷什么时候让宗室喝西北风了？最不济也给一把活命钱。"

门政虾着腰进屋传话："户部侍郎文蔚大人来了，在门房候着。""请。"奕经背着双手对赫舍里氏说："你去厨房烧几个菜，我有事和文大人谈。"奕经与文蔚是无话不说的挚友，皇上要奕经出兵放马，他提名文蔚当参赞大臣，他一出宫就派人请文蔚到家里来，说有要事相告。

文蔚是满洲镶蓝旗人，嘉庆朝的进士，字露轩，四十多岁，棕黑色的眸子神采奕奕，连鬓胡子乌黑油亮。他跟在门政后面踱着方步上了台阶，他与奕经是儿女亲家，熟不拘礼，隔空冲着堂屋叫道："奕中堂，是不是有人送来鱼翅海龟，请我帮忙尝鲜呀？"

奕经迈出门槛："鱼翅海龟没有，只有烧鸭子和酱驴肉。来，先喝茶。"他把文蔚让进屋，斟了一杯茉莉花茶："有件事儿，很重要，先跟你通一通气。"文蔚接了茶杯，一屁股坐在雕花楠木加官椅上："哦，什么事？"

奕经郑重其事："英逆进犯福建和浙江，连克厦门、舟山、镇海和宁波，裕谦战败自杀，闽浙两省糜烂得不成样子。今天下午皇上传我进宫，要我挂扬威将军印去浙江讨逆。""好事，您是皇上倚界的重臣，正好宣威海疆建功立业！""你别奉承我。这样的好事你也有份儿。"文蔚的脸上露出一丝疑惑："我也有份儿？"

奕经道："我提名你当参赞大臣。""什么！"文蔚像被开水烫了一下，手一哆嗦，杯中茶洒了一裤子。他用袖子擦了擦裤子上的水渍，苦着脸道："奕中堂，你不是开玩笑吧？""哎呀，我的露轩兄，我怎能拿这种事情开玩笑！""皇上允准了？""允准了。"文蔚有点儿坐不住了："天呀！您跟长龄大人出征过新疆，还当过黑龙江将军，我是科场出来的，哪懂什么出兵放马，你这不是把我往火坑里推嘛！"文蔚天天读邸报，了解海疆战况。英夷开衅以来，粤、闽、浙三省的钦差大臣和督抚大员走马灯似的换了一遍，每位钦差出京前都意气风发信心十足，每任封疆大吏都信誓旦旦，但没过多久不是颠颠挫衄就是身败名裂，没有一个建功立业的。文蔚猛然瞥见一只蚊子在眼前飞，"啪"的一声双掌一击，摊开手掌一看，是一只吸饱了血的蚊子，被拍得尸骨破碎血肉模糊。文蔚用指尖一弹，把碎尸弹到地上，掏出手帕擦了擦手，半开玩笑半嗔怪:"历史上没有几个领军人物名垂千古,血染疆场的将士却多如细沙,你是想让我名垂千古呢还是想拉我去死?"

奕经的囧字脸神色凝重:"咱们说正经事。皇上要我挂印出征,就算是赴火坑我也义不容辞。露轩兄,咱们两家是儿女亲家,你又是心思巧变的精明人,这个时候得帮我一把。我不要你冲锋陷阵,只要你管营务处,办理钱粮采购,要是你能像诸葛亮那样坐在小车上摇一摇羽毛扇,出一出主意,更是求之不得。"文蔚仿佛碰上了鬼打墙的差事,一百个不愿意,摇头道:"行营打仗我是一窍不通。"奕经道:"你是管钱财的户部侍郎,帮我料理钱粮还不是轻车熟路?"奕经像哄孩子似哄劝,文蔚总算静下心来:"既然皇上允准了,我也只能从命,勉力而行。"

奕经端起茶盏啜了一口:"露轩兄,你实话实说,户部有多少银子?"文蔚叹息道:"恐怕只有六十万现银。""这么少,真的?""当然是真的!朝廷一年的税赋也就四千几百万。远的不说,就说这几个月。靖逆将军奕山去广东剿逆,带走三百万。闽浙总督颜伯焘先要一百万,又要追加一百五十万,户部紧着算,给了一百二十万。浙江和江苏两省追加了四百六十万。天津与北京咫尺之遥,朝廷派僧格林沁布防大沽,僧格林沁开口要二百万,户部的算盘打得紧,只给一百六十万,还得分两期支付。这还不算山东和奉天的海防度支。最耗钱的是黄河决口,大水淹了六府二十三州县,八百万灾民要赈济,堵口子修堤坝要巨资,王鼎报了四百八十万,他是个实报实销的人,从来不揩油,朝廷实给四百七十万,分三期支付!咱们要是把银子带走了,下个月京官和旗营就开不出薪水来。"

奕经抬起手掌轻轻拍了拍椅子扶手,若有所思道:"难怪我跟皇上要银子,他一声不吭。"文蔚苦笑道:"不当家不知道柴米贵,皇上有他的苦衷。我不懂兵法但懂经济,只要算一算经济账,这仗就打不下去。"

奕经道:"我也看出来,皇上对战局的估算越来越现实,只是不死心。今天下午我对皇上说,浙江弁兵连遭败绩士气泄沓,不可再用,应当征调吃苦耐劳忠勇憨厚的内地弁兵。皇上要军机处发廷寄给苏皖赣豫鄂川陕甘八省,再抽调一万二千兵员开赴浙江,还要我尽快物色幕僚,你帮我在京城各部和京营里物色几个能干的人。但咱们先说好,皇亲贵胄一个不要。那些人大都视军营为利薮，沽名钓誉捞钱搂财一个比一个行，一到关键时刻就跑肚拉稀。要是让他们充斥将军行辕，我碍于情面委屈瞻循，只会自添麻烦。明天我去健锐营、火器营和善扑营，从他们那里借调几个军官和一个亲兵营，咱们十天内出京。"

赫舍里氏和一个女佣用大托盘端上晚饭，半只烧鸭一盘冷切驴肉一条糖醋大鲤鱼，外加两碟小炒和一壶烧锅酒。奕经对她道："我和亲家谈公事，你不用作陪了。"赫舍里氏知趣，布完菜去了隔壁，与家人一起用饭。

赫舍里氏退出后，文蔚饮了一口烧锅酒，小声问道："奕中堂，去浙江剿逆，你有没有把握？"奕经压低嗓音："有没有把握？我本以为皇上会下一道'克期进发，大兵兜击，剿擒逆首'的煌煌圣旨，没想到皇上不再沉浸在天朝大军无往不胜的梦境中，没了踌躇满志的想头，他越来越讲求实际。从虎门之战算起，一连串的挫衄说明气焰嚣张的英夷不是好对付的，肃清他们不是一朝一夕能完成的。""听说皇上要启用琦善？"奕经啜了一口酒："我没同意。他是主抚的，皇上要我当扬威将军，不是当抚远将军，带上他只会碍手碍脚。不过，说实话，琦善的案子有点儿重，怡良上了一道密折，说他私许香港，皇上没派人调查，一怒之下先定了罪名。在下者望风言事，谁敢忤逆皇上的谕旨办案？"

文蔚把一块又厚又白的糖醋鱼片填入口中，用舌头剔出一根刺，慢慢咽下鱼肉，饮一口酒，挠一挠头皮："奕中堂，打仗是要花大笔银子的，户部没钱，如何打？"奕经搛起一片冷切驴肉，放入口中慢慢咀嚼，咽下肚，才晃着筷子道："皇上让咱们先向沿途各省和府县借，然后由户部补还。"文蔚诧异道："借？钱可不是好借的！要是咱们走到哪儿都借钱花，你就成了借钱将军，我就成了借钱参赞了。"说到这里，他打了一个鱼香饱满的嗝。

第七十九章

弃与守的两难抉择

宁波的堞墙像被锉平的鳄鱼牙齿，灰黢黢的城楼上飘着蓝底红叉米字旗。所有城门由英印士兵把守。他们身穿大红军装，手持乌黑发亮的燧发枪，猎狗似的注视着过往行人，仔细盘查每一个形迹可疑的人。郭士立从澳门雇用了十几个粗知英语的汉奸，给每座城门配备了通事。寡廉鲜耻的汉奸们头戴黑帽身穿黑衣，叽叽咕咕地讲着澳门英语和粤音汉话，动不动就对过往行人横加训斥，比英印士兵还凶狠。

城头换了大王旗，老百姓还得过日子，一番动荡后，宁波恢复了平静。一部分难民经不起风吹雨淋，漂泊几天后回来了。居民们很乖顺，家家户户的宅门上写了夷文和汉字："Obedient Resident——顺民"，是澳门汉奸写的。这些字不是白写的，得经过查问，交纳十个大铜子。汉奸们说改朝换代了，要想平安无事就得当英国顺民，信奉英国神符，那些曲里拐弯的夷文相当于门神秦叔宝和尉迟恭，有了它们，英国兵才不上门打扰。

这一天，灵桥门外的小码头戒备森严。在军务秘书马恭少校和政务秘书马儒翰的陪伴下，璞鼎查从舟山来宁波视察，蒙泰率领一队士兵去迎接。璞鼎查一下船就问："蒙泰中校，听说郭富爵士开仓济贫，有这回事吗？""有，但不是赈济，是低价出售。我军进入宁波后，市场动荡粮价暴涨。为了平抑物价安抚民心，郭富爵士下令把官仓里的粮食低价出售给宁波百姓。"璞鼎查下令摧毁宁波，郭富不仅不执行，还开仓售粮邀买民心，惹得璞鼎查很不高兴。但是，郭富的资历、军功和威望高高在上，璞鼎查不便公开指责，只好揶揄道："郭富爵士很天真，居然想把绿林好汉罗宾汉的精神移植到中国，只怕他干了一件蠢事！"

璞鼎查说得不错。郭富精于军务疏于民政，对中国的物理民情更是雾里看花虚虚朦朦，致使平抑粮价成了一个大笑话。售粮那天，官仓门口万头攒动人山人海，比赶大集还热闹。但是，他做梦也没想到低价售粮的获益者不是普通百姓，而是当地的粮商和富裕大户，他们雇人排队，包买了大部分粮食。低价售粮的第二天，粮价不仅没降，反而涨了一大截，宁波百姓不仅不感恩戴德，反而嘲笑英军自作多情，连一部分英军官兵也认为郭富干了一件徒劳无益的蠢事。

璞鼎查问道："治安情况如何？"蒙泰道："很糟糕。采购队在乡下经常遭到中国人的袭击。昨天夜里，一个值班哨兵被中国刺客暗杀了。"

这一天是中国的阴历十号，每月逢十是赶集的日子，宁波城里非常热闹。璞鼎查一进灵桥门，就看见街道两旁的店铺挂着各式招牌，上面写着"赖家汤圆"、"吴记抄手"、"江家熏肉"、"李记米粉"、"宋记海鲜"等字样，街道中央人来人往，有敲竹筒卖烤白薯的，打竹板卖荷叶蛋的，磨铁叉卖叉烧肉的，敲铜锣卖麦芽糖的，推独轮车卖冬粉鱼丸的，肩背竹架卖咸光饼的，挑担子兜售宁波年糕的，提笼子吆喝烧鸡的，挎箱子摇铃卖酱菜的，此外，还有吹糖人的耍把式的卖字画的看热闹的，叫卖声响器声此起彼伏，方言土语声声悠扬。人流中难免有乞丐小偷阿猫阿狗混杂其间，时不时惹出一点儿小纠纷。这是一种原汁原味的生活形态，天然、庸俗、喧哗、热闹，不会因为外国人的军事占领而有所改变。璞鼎查环视着中国风情，居民们也好奇地打量着警卫森严的外国官员，但是，最惹人眼的不是璞鼎查，而是体重二百四十磅的马儒翰，他像一座移动的肉丘，走起路来一摇一摆，活脱脱一副企鹅模样。

穿过集市后，璞鼎查瞥见两个五花大绑的中国人，被捆在石桥的栏杆上。蒙泰解释道："公使阁下，他们就是昨天夜晚袭击我军哨兵的刺客。他们割了哨兵的耳朵邀功请赏，把尸体扔进粪坑里。巡逻队闻警赶到，打死一个活捉两个，还有几个趁黑逃跑了。"

璞鼎查停住脚步打量着刺客，他们的衣服被撕烂。不难想象，他们被捕时有过一番挣扎和搏斗，其中一个人半裸，只剩下遮羞的裤衩，裤衩下面露出半截松软无力的活儿。他们的胸前挂着木牌，上面有血红的英文和汉字："murderer——谋杀犯"。两个英国兵在一旁持枪看护。天气阴冷，太阳像一只鸡蛋黄，有气无力地挂在天上，温凉的光线透过树枝，在谋杀者的身上照下斑斑树影。谋杀犯们冷得嘴唇发紫浑身发僵。一个人的目光可怜哀哀，另一个人的眼睛半睁半闭，因为伤口疼痛而轻轻呻吟，声音虽然微弱，却直击路人的心魄。宁波居民物伤其类，不愿久留，看一眼就匆匆离去。

璞鼎查嘲讽道："我听说郭富爵士主张宽容，他不认为这样对待俘虏有虐俘之嫌吗？"蒙泰道："郭富爵士对谋杀活动深恶痛绝，他认为谋杀者不是战俘，是罪犯，必须严惩。"璞鼎查道："蒙泰中校，你怎么看待中国人的谋杀活动？""公使阁下，我也认为谋杀者不能按战俘处置。"璞鼎查点了点头，但觉得不够尽兴："据我看，郭富爵士还是心慈手软，对待刺客，应当用中国刑罚，给他们戴上重枷，关进木笼，像枷老鼠那样枷住他们的脑袋和手脚，让他们死不了，活受罪！"

说话间一行人来到提督衙门，这座衙门原本是余步云的驻节地，现在成了郭富的司令部。英军对舟山大疫记忆犹新，不肯进入民居，全体官兵分别驻扎在提督衙门和知府衙门。

郭富、巴加、郭士立和十几个军官正在西花厅等候璞鼎查。花厅中央有一只紫铜炭盆，郭士立拿着一双铁筷子，一面翻动燃烧的木炭，一面讲述中国炭盆与英国壁炉的差别。巴加是一个清心寡欲的人，除了军事，对所有事情都不感兴趣，但他有清洁癖，对卫生要求极严，不喜欢下属吸烟，只要他在场，谁也不敢喷云吐雾，此时他却不得不忍受木炭冒出的烟气。

璞鼎查一行进了花厅，一番寒暄后开始会议。他坐在一张加官椅上，从皮包里抽出一份公函，神色庄重道："现在我宣布一项重要任命。经印度总督奥克兰勋爵提议，国防大臣核准，批准远征军陆军司令郭富爵士晋升为陆军中将，远征军舰队司令巴加爵士晋升为海军中将！"花厅里响起热烈的掌声。璞鼎查从马恭少校手中接过一只小箱子，取出陆军中将和海军中将的肩章和领花，给他们二人换上。

"我再报告第二个好消息,大批雷爆枪已经运抵中国,老式燧发枪即将寿终正寝。这意味着我军不再受制于风雨,晴天雨天都能战斗。"军官们再次热烈鼓掌。

巴加道:"公使阁下,攻克宁波后,我们期盼着中国皇帝心旌动摇,接受我方的条件。您认为有这种可能吗?"璞鼎查道:"微乎其微。我军再次攻占舟山后立即恢复了教会医院。有个叫陈在镐的宁波商人来看病,我获悉后,要他给浙江巡抚刘韵珂和余步云捎去一封照会,只要朝廷同意派全权大臣与我会谈,我军可以随时停战。陈在镐怕被当作汉奸处死,不敢去,我命令把他的家眷扣为人质,他才勉强答应。但是,刘韵珂把照会退回来了,连信套都没有撕开。这意味着中国人不肯屈服。另据可靠情报,中国皇帝任命了一个叫奕经的人担任兵马大元帅,到浙江主持战局。我认为战争远没有结束。"

郭富有点儿沮丧:"我们一直在隔空喊话,向中国皇帝表示和谈的意愿。但是,中国皇帝有耳不愿听,中国官宪有耳不敢听。"巴加也觉得难以理解:"是的,中国皇帝的思路不可理喻,明知打不过却还要打。"马儒翰纠正道:"恐怕中国皇帝不这么看,他认为能打败我们,因为他听到的全是谎言和假话!""是吗?"马儒翰负责情报的收集和翻译:"是的。每次战役结束,我军都会缴获大量文报。从文报上看,中国官吏欺上瞒下陋习难改,他们没有把真实情况奏报给朝廷,即使一败涂地也多加粉饰,胡说什么打沉夷船数条,杀伤我军兵员千百,渲染得有声有色。就以厦门之战为例,那座岛城是我军主动弃守的,我军离开前还照会过福建官宪,告诉他们只要支付六百万元赎城费,我军就把厦门和鼓浪屿还给他们。但是,闽浙总督颜伯焘根本没有把我方的照会奏报给皇帝。我军弃守二十天后,他派兵试探性地登上了厦门岛,驻守鼓浪屿的我军官兵数量有限,不足以打一场阻击战,他们隔岸静观,没有采取任何行动。颜伯焘立即夸大其词,觍颜奏报朝廷收复了厦门。我军第二次攻占舟山势如破竹,仅阵亡两人,但浙江官宪却奏报朝廷,焚毁我军'火轮船一只,大兵船三只,舢板船多只,剿杀逆夷一千数百名',夸大了几百倍!"

巴加道:"中国官宪的想象力让人惊讶不已!而中国皇帝居然信而不疑!"蒙泰补充道:"根据我的统计,开仗以来,我军在战场上总共阵亡二十七人,受伤二百四十一人,没有一条兵船被打沉,中国官宪竟然无中生有，欺骗他们的皇帝！"

马儒翰移动着肥硕的身躯，火上浇油道："从历史上看，中国是一个暴力治民的国家，它的文化品格是帝王至尊，唯上是听，只有顺应皇权献媚皇权的人才能晋升。皇帝唯我独尊，无视臣民的尊严和性命，因此，一旦出了差错，大臣们就用好听的谎言哄骗他，以求自保，以至于皇帝生活在虚荣与虚幻之中。这种文明缺乏纠错机制，助长了一种极端思维：非此即彼，非胜即败，非友即敌，不成功便成仁，没有中间状态。他们聪明时太聪明，愚昧时太愚昧，糊涂时太糊涂，虚伪时太虚伪。中国皇帝眼界促狭，生怕外来思想和风俗对他的帝国造成冲击，他禁锢了自己，也禁锢了臣民。"

郭富颇为失望："如此说来，这场仗还要打下去！很遗憾，我军总共只有七千多水陆官兵，分守香港、鼓浪屿、舟山、镇海和宁波五个地方，处处兵单力薄不敷调用，而中国皇帝死不认输。"璞鼎查恨得咬牙切齿："我们不得不千煮万炖把局面炖烂，否则中国皇帝是不会屈服的。我军将不得不执行第三阶段的作战方案：攻入长江，切断大运河！"会议的气氛严峻起来，大家都明白，现有兵力不足以完成第三阶段的战略目标，必须调派大量援军，而调派援军需要耗费很长时间。

郭富沉思了片刻："发动长江战役意味着战争将持续到明年。跨海调兵必须等到明年信风再起，我军将不得不在中国熬过冬天。宁波虽然距离大浃江口只有二十公里，我却有深入敌腹之感。我手下只有七百五十名步兵，把这么小的军队部署在房屋曲折街道狭窄的城区，周边是十万沉默无语心怀叵测的中国居民，城外有数万中国士兵和义勇，这是不可想象的。"蒙泰附会道："我军与中国人同居一城是非常危险的。"巴加道："你们想放弃宁波？"郭富道："是的，弃守宁波，把兵力集中到镇海。"

花厅里沉寂无声，过了许久，璞鼎查才慢悠悠阐述道："占领容易弃守难。我军一俟弃守，中国官宪就会大张旗鼓地鼓吹'光复宁波'，用美味可口的迷魂药继续麻醉他们的皇帝，皇帝将继续沉浸在宣威海疆的迷梦中，给和谈增加难度。"

郭富道："中国人对我军一直有一种神秘感，不知道我们为什么战无不胜，因为我们与他们保持着距离。如果我们与他们同居一城，这种神秘感会渐渐消失,他们会发现我们的软肋,用暗杀和游击战对付我们,后果将是非常可怕的。驻守宁波意味着在敌人的肚皮里过冬,我不认为这是明智的选择。"蒙泰也主张弃守宁波:"中国人的武器落后,但并不傻,他们时刻在寻找我军的短处。月黑杀人夜,风高放火天,夜晚是敌人酝酿阴谋和策划暗杀的时间,每逢夜阑人静,巡逻队和值勤士兵会万分紧张,焦虑、恐惧、愤怒、不安、脆弱、绝望,各种负面情绪会一一放大,铺天盖地。士兵们极易神经过敏,一有风吹草动就鸣枪示警。因为唯有杀死潜伏在四周的中国人他们才有安全感。中国人也同样如此,如此一来,仇杀与报复将相互因果,引发更多的血腥。我们不能让士兵当血润泥土魂寄他乡的烈士,应当让他们平安回国,以少死人为荣,多死人为耻。我认为,占领宁波是蛇吞象,咽下去不易,吐出来才比较妥当。"

璞鼎查道:"从军事角度看,留守宁波是有风险的,甚至要付出较高的代价。但从政治角度看,宁波必须坚守!"巴加道:"我也这样看。"三巨头中有两位主张坚守宁波。郭富提醒道:"留守宁波不是一件简单的事情,必须有一个临时政府,担负起管理城市的责任,还需要一支警察队伍来维持治安。我们的军队太小,不懂汉语,无力承担警察的职责。此外,豢养临时政府和警察需要大笔金钱。"

璞鼎查点头道:"是这样。宁波需要一个临时政府和一队维持秩序的警察。郭士立牧师,你担任过定海县的知县,有管理中国百姓的经验,我看,由你担任宁波知府最合适,你意如何?"郭士立对神职并不虔诚,喜欢插手俗务,欣然接受了这一建议:"感谢公使阁下对我的信任,我愿意试一试。以中国人治理中国人才能收到良好效果,要想留守宁波,应当建立一支警察队伍,它不仅可以代替我军完成巡逻、治安等任务,还有助于稳定民心。只是这支队伍必须支付较高的薪水,否则没人愿意冒着汉奸的骂名替我们效力。"

璞鼎查道:"我授权你组建一支由中国人组成的警察队,也可以叫中国勇营,暂定为三百人。我听说有一个叫陆心兰的,是本地商会的会长,有组织能力,肯于委曲求全。他愿意效忠我们吗?"郭士立道:"谈不上效忠。他是一个懂得妥协和顺势而为的人,一个有利用价值的人。""那就利用他。"

马儒翰道:"中国有保甲制,十户连保。成立临时政府后,我们不妨利用中国的保长和甲长们代我军采购,下达指标,限时完成,要是他们拒不配合,就把他们的家属扣做人质！"巴加道："这是个好主意。让保长甲长们采购比我们自己采购安全。"

　　璞鼎查换了一个话题："郭富爵士，我与您有一点儿小小的分歧。"郭富一耸肩："哦，什么分歧？"璞鼎查道："依照原定作战方案，我军应当向宁波索要巨额赎城费，或者彻底毁灭它，但您慈悲为怀，不忍心洗劫一座不设防的城市，错失了一次良机。我听说您还下令开仓放粮，以至于中国人认为我们是心肠软弱的人。"郭富脸色微红："公使阁下，依您之见，应当如何办理？"璞鼎查道："恕我直言，对敌人的宽容与慈悲意味我方要付出较高的代价，在查理·义律担任公使期间，对华战争是一场温柔的游戏，他甚至把战利品还给中国人！"郭富坦然答道："我不欣赏义律公使的软弱和多变，但我支持他把战利品还给中国人。""为什么？""我认为保护私有财产和人身安全是一个文明国家得以立足的重要基础。有了这一基础，我国才成为世界上最先进、最强大的国家，在五大洲建立起广泛的殖民地。巴麦尊勋爵在第三号训令中特别强调要把保护私有财产和人身安全写入与中国人签署的条约中。我认为，保护私有财产和人身安全不仅适用于我国，也适用于所有殖民地和军事占领区。我是圣帕特里克的信徒，《圣经》说：要想别人怎样对待你，你就怎样对待别人。我虽然是军人，却主张输出上帝的法律，剑与火仅是辅助手段。"

　　两个人的矛盾尖锐起来，璞鼎查皱起眉头："郭富爵士，与极端国家打交道只能采用极端方式。恕我直言，中国不是上帝的国度，我们的宗教观念和价值观念不适合中国，要想让宽容和仁慈的宗教进入中国，首先要用剑与火。所以，我以为，宽容与仁慈的游戏应当适可而止。我们应当抱定铁石心肠，让一座城市化成灰烬！唯有如此，才能给中国皇帝以震撼，逼迫他坐在谈判桌前，早日结束这场战争。"璞鼎查以刻薄刁狠冷酷无情著称于英国官场，他把矛盾直接摊到桌面上。巴加附会道："要想少杀戮，就得下狠手，以流血制止流血。"

　　两巨头主张铁血政策，郭富则坚持己见："杀戮平民，加大人民的痛苦，以残忍的方式迫使中国皇帝低头，是一种政治策略。这种策略用于法国可能有效，因为每当法国人民喊疼时，法国政府都会基于人道的考虑，对敌人做出妥协和让步，但对中国不起作用。中国皇帝对百姓的痛苦漠不关心，他不会因为一座城市的毁灭和人民的痛苦而屈服。我们有二百年的殖民历史，既有成功的经验，也有失败的教训，凡是与殖民地人民和谐相处的，成功居多，凡是铁血镇压的，失败居多。所以，我不同意摧毁宁波。"璞鼎查让了一步："既然你不愿意摧毁宁波，那么就应当向宁波索取高额赎城费。"

郭富沉思了片刻："我赞同索取赎城费，建议效仿欧洲的方式，在宁波附近的水陆要津设置税卡，征收什一税，派中国警察征税，由中国商人支付税款，直到征满一百万为止。"璞鼎查道："太少了，至少要征二百万！"郭富道："绑票勒索得看对象，要是索价过高，对方付不起，不仅一无所得，还会白费气力。"

争执下去不会有结果，巴加扭转了话题："璞鼎查爵士，听说你准备去香港，是吗？""是的。我不仅是全权公使，还兼任商务监督，一面打仗一面在黄埔贸易是查理·义律的创举。我得去广州巡视贸易情况。郭富爵士和巴加爵士，现在距离发动长江战役大约有半年时间，我们不能坐等，应当派出侦察船和测量船到乍浦、杭州湾、金山和长江口测量水道绘制海图，为明年的长江战役做准备。"巴加道："是的，我将做出相应安排。"郭富道："兵不厌诈。为了减轻宁波的压力，我们得散布一些真真假假的消息，说我军准备攻打杭州和北京。"

第八十章

统军将领羁留名园

　　细碎的雪花从极冷的天穹飘下，像无数细细微微的六角飞盘，地上的积雪约有半寸厚。这种雪在北京不算什么，在苏州却不常见。马路上行人很少，偶尔有总角小童在街上嬉闹，像叽叽喳喳的麻雀，突然飞来又突然飞走。新任江苏巡抚梁章钜乘绿呢官轿朝沧浪亭走去。轿夫们的靴子在雪地上踩得"吱吱"作响。梁章钜六十七岁，面目清瘦，身子清瘦，手指更瘦。要不是穿一套棉夹袍，瘦得就像一根老竹节。有人填过一首《十六字令》形容他的模样："瘦，浑身没有二两肉，赛寒竹，去叶剩骨头。"

　　他原本是广西巡抚，几个月前，道光要他调查广东官吏舞弊案。他到广州后才知道奕山等广东大吏与英夷签了一纸停战协议，对外贸易恢复后，战火越烧越远，不仅当地官员高兴，商人高兴，百姓高兴，各国夷商也高兴，广州竟然呈现出内外和睦、上下安详、鼓乐升平的气象。最令人惊异的是，官员士绅全都自觉自愿地维护这场规模空前的弥天大谎。奕山和祁贡联衔保举了五百五十四名有功人员，囊括了当地的所有文武员弁和在籍士绅，他们优叙的优叙，升官的升官，补缺的补缺，最不济的也得了几两赏银。如此大规模的晋升和褒奖等于编织了一张枯荣与共利害攸关的大网。假作真时真亦假——当一百个人中有九十九人得益于谎言时，谁要是斗胆揭穿它，一张嘴无论如何斗不过九十九副铁嘴钢牙。梁章钜是知深浅、晓进退的人，深知官场之道曲径通幽，达到极致就会呈现出一种神妙的现象：蒙蔽皇上易，拂逆百官难！在人人唱《太平调》跳《喜洋洋》演《合家欢》之际，他要是唱一曲焚琴煮鹤，跳一个金鸡独立，演一出暴雨摧城，就不能不思量后果。他索性俯顺人心借水推舟，对广州贿和之事一涂两抹三遮掩，给朝廷写了一份轻描淡写的奏折，让弥天大谎消弭在若有若无之中！

调查完毕后，皇上没让他回广西，叫他接任江苏巡抚，苏州是江苏巡抚的驻节地，他刚到苏州履新不久就碰上扬威将军奕经南下。奕经是位极人臣的皇侄，有协办大学士、步军统领、吏部尚书等一大串官衔，梁章钜不敢怠慢，他听说奕经喜欢游山玩水附庸风雅，便安排他们一行住进沧浪亭。沧浪亭是苏州名园，门脸不大，里面却别有洞天，整座园子临水而建，园内的假山由形状奇异的太湖石堆积而成，假山的缝隙里长着龙爪古树，亭台之间建有水池，池水结了一层如镜薄冰，薄冰下面隐约可以看见红鳍鲤鱼喋呷游动。这座园子绮瑟明楼黛瓦合窗，曲水流觞风光旖旎，是名副其实的江南名园。

奕经一行有一百多号人，外加一个亲兵营。梁章钜以为他们在苏州住几天就起程南下，招待得十分殷勤。他派了一个叫范小林的知事负责饮食起居，聘了十几位本地名厨，烹制的菜肴花样百出，什么鲈鱼乾脍、鲩鱼含肚、雪花鸡球、翡翠蟹斗、八宝船鸭、蝴蝶海参等等，把当地的金齑玉脍轮番做了一遍。他还安排了一场越剧一场昆曲和一场苏州评弹，招待得无所不周。

道光皇帝倡导搏节，把紫禁城弄得像一座灰不溜秋的土宫，苏州天高皇帝远，是纸醉金迷之乡温馨氤氲之地。奕经在北京不敢铺张扬厉，来到这里颇有换了人间的感觉，竟然住下不走了！

英夷盘踞在五百里外的宁波和镇海，扬威将军却泡在苏州，过着优哉游哉的日子。大群京官过境，本地官员们免不了嘘寒问暖，隔三过五打个花胡哨，不论情愿不情愿，都得消耗不少时间和精力。如果仅是奕经一人，苏州官员尚能忍受。但是，奕经的随员都不是省油的灯，他们本是郎中、员外郎、主事之类的五六品官员，在北京算不上什么人物，出了京城立马高人一等，除了提镇大员外，地方官员晋见他们时要排队等候。亲兵营的武弁是从火器营和善扑营抽调的满洲旗兵。他们在天子脚下比较规矩，一出京城就像出了笼的鸟和开了锁的猴。沧浪亭天天开流水席，他们白吃白喝还不知足，时不时聚众开赌大声喧哗，一不高兴就摔盘打盏训厨骂人，把一座苏州名园糟蹋得像乱七八糟的大赌场。

奕经一行的开销由江苏省蕃库报销，屈指算算，一个多月过去了，竟然花了一万多两银子！梁章钜嘴上不说心里叫苦，后悔当初招待得过于殷勤。他若降格以待，就有逐客之嫌，甚至有失官场和气。分管接待的范小林每天忙里忙外，但是，京营里的满洲旗兵不但不感谢，还百般挑剔，弄得他一肚皮火气。为了宣泄胸中块垒，他趁着夜色在沧浪亭门外的大照壁上写下一行字：

　　下雪天　留客天　天留我不留

这行字写得七扭八歪，集厌恶、怪异、赌气和驱逐为一体，捅破了一层虚情假意的窗户纸，第二天就传遍苏州城。市井小民立即跟着起哄，绘声绘色曲意夸张，把一个小小的文字游戏渲染成老少皆知的官场笑话。

梁章钜在沧浪亭门前猫腰下轿，立即看见照壁上的那行字，不由得哑然一笑，对随行的亲兵道："这种文字有碍观瞻，拿笔改一下。"亲兵答应一声，进去拿笔，不一会儿递给梁章钜一支毛笔，梁章钜笑呵呵地走到大照壁前，添了几笔。

梁章钜恪守下官本分，叫守门兵丁进去通报。北方的隆冬干冷，苏州的冬天却是湿冷。梁章钜站在石阶下面袖着双手，踱着步子驱寒。他见石阶右面有一口朱漆木柜，柜上有一个条形端口，可以投放信件，柜上贴着一纸黑字正楷的大将军令：

　　扬威将军奉上谕，凡文武员弁居民商贾中有奇才异能或一才一艺者，
　　均准军前投效，营门前特设木柜，欲投效者纳名其中，三日内召见。

奕经出任扬威将军后，颁令招募博通史鉴、精熟韬略、洞知阴阳占候、熟谙舆图情形的人才，不分文武，不分是否有功名，只要有才，都可以投名，考试录用。大将军令很有吸引力，贴在那儿一个多月，投名者多达四百余人，经

过考试和拣选后，录用了一百多。

奕经正在园子里挑选人才，听说梁章钜来了，立即出来迎接："哟，梁大人，今儿个怎么有空儿光临寒舍呀？"梁章钜打趣道："沧浪亭可不是寒舍，是本地八大名园之一，要是沧浪亭是寒舍，我的巡抚衙门只能算茅屋了。"奕经的囧字脸微微一红："你是鼓弄辞藻的老夫子，用词精准，见我是赳赳武夫，就拿我开涮？"梁章钜哂然一笑，吹捧道："岂敢岂敢，你是京城里有名的书法家，就算挂了大将军印，也是本朝的岳武穆，文武兼资嘛。"他一边说笑一边与奕经进了园子："你又物色了什么人才？"奕经道："前两天有人在木柜里投名，属官们遴选了两个，请我亲自过目。一个自称有破敌奇术，一个说有百步穿杨的硬功夫。"

梁章钜道："什么破敌奇术？我倒想见识一下。"奕经摆了摆手："那种狗屁奇术有损阴德，用不得，只能当故事听。要是用了，非得天下大乱不可。""哦，还有能弄乱天下的奇术？"奕经道："那小子脑壳进水了，想出一个歪点子，歪得邪乎，叫作疫病破敌术。他说，只要把染了天花的猪肉卖给英军，不出三天，英军就会病得东倒西歪，我军就能不战而胜。他也不想一想，疫病是不长眼睛的，一俟传播开，不管你是中国人还是英国鬼子，都得倒邪霉。浙江那个地方，英国鬼子充其量有一万人，中国人可有二千六百多万，这是伤敌一人伤我百人的邪术。就算英国鬼子病死一大片，老百姓也会骂我缺德。我这个扬威将军就成了造孽将军了。"

"还有一个百步穿杨的人呢？""哦，是个山野村夫，身高七尺虎背熊腰臂力过人。他带来了两张弓，小弓一百二十石，比八旗兵用的大弓还多二十石，大弓一百五十石，大得惊人，弓的一端像尖矛，立在地上有一人高，三股牛筋拧成的弦子像食指这么粗，没有二百石力气拉不开，就算能拉开，又如何能射准？我从来没见过这么硬的弓。我叫人在五十步外的柳梢上挂了一枚铜钱，微风一吹摇摇摆摆。那个大力士把白翎箭杆搭在弓弦上，马步蹲裆舒展猿臂，只听'嗖'的一声，正中铜钱。此人是个好射手，我收了，给他一个外委把总的官衔，叫他训练弓兵。"

梁章钜没说话，他在广州听奕山和祁贡讲过英夷的快枪快炮和火箭，亲眼见过虎门炮台和乌涌炮台的残骸。那么坚固的花岗岩炮台竟然被英夷的舰炮炸得稀烂。本国弓箭与英夷的火箭相比简直就是小巫见大巫。他见奕经喜洋洋的神情，不想泼冷水，一面说话一面朝明道堂走。明道堂是沧浪亭里的最大厅堂，厅堂外面有几株大可合抱、巨干撑天的枫杨树，里面陈设富丽。现在它是奕经的办公房。

奕经和梁章钜分主客坐下，梁章钜谈起正题："奕大将军，浙江巡抚刘韵珂期待着您克期南下呢。"奕经哂然一笑："梁大人，我何尝不想克期南下？但打仗是要兵要银子的，没有兵打不了仗，没有银子也打不了仗。我出京前向皇上请训，要内地八省增派一万两千兵丁赶赴浙江，眼下只有安徽、江西、河南、湖北和湖南五省官兵到了，四川、贵州和陕甘路途遥远，他们的援军风驰电掣也得走三个月。至于银子，黄河在开封决口，朝廷拨了四百七十万两，分期发放。我请旨要银子，户部的堂官郎官们跟我哭穷，说库银只够给京官和驻京八旗兵发薪饷。我要户部先拨一百六十万，他们只给了四万，其余的都是不能当期兑付的银票。户部说山西和陕西两省的六十万两税银解送京城后率先调拨给我。我出京后，皇上听说英夷要打大沽和天津，派僧格林沁王爷去那儿布防，僧格林沁开口就要一百五十万，户部凑不齐，把山西和陕西的六十万先划给他。我出京两个月了，四万两银子花得精光。别人不知内情，以为我兵多将广，银子多得没处花，实际上我是个穷将军。前天南阳营的八百多人马开到苏州城外，没有饷银，跟我要，我哪有钱给他们开饷？俗话说兵马未到粮草先行，粮草得用银子买，不能从老百姓手里抢，不然老百姓就要骂娘。别的不说，就说间谍一项，我向镇海、定海和宁波三地派出二十多个间谍，哪个间谍不用钱？我像吝啬鬼似的，每个间谍给十两银子，明知不够用却没法子。我一路南下，像讨吃鬼似的四处借钱，向漕运总督借二万，向镇江知府衙门借四千。你说这仗怎么打。你来得正好，我正想跟你借一把银子呢。"

梁章钜一听借银子就头皮发麻，苦着脸道："您的一把银子和老百姓的一把银子不是一回事。您要是借银子自己花，我立马送来，但大将军行辕下有一百多号幕僚将佐胥吏跟丁，外加一个亲兵营。这把银子就不是小数。不过，您既然开口了，我也不能太小气，省得您得胜回京后说梁章钜那个瘦老头是个抠门巡抚，当初我跟他借一把银子，他抠抠搜搜不肯给。嗯，借多少？"奕经伸出五个指头一晃："五万如何？"梁章钜呵呵一笑："大将军不愧狮威狮心狮口，开口就要五万！户部是掌管钱财的天下第一衙门，才给四万，江苏藩库哪里出得起五万？您是穷将军，我是穷巡抚。"他伸出一个指头，也晃了一下："我权且借一万。"奕经假笑着放下指头："江苏是鱼米稻饭之乡，金盆银桶富甲天下，你要是穷巡抚，天下就没有富巡抚了。"

梁章钜言归正题："大将军，刘韵珂等急了，两次来函询问您什么时候起程南下，他好安排人手接待。"奕经敛了笑容："苏州人真了不得，居然在沧浪亭对面的大照壁上写揭帖，说什么'天留我不留'，好像我赖在这儿混吃混喝。不过，你是本省的主人翁，我给你透个底儿，但不能外传。"他用手掌把嘴巴捂成闷葫芦，压低嗓音道："我这是摆姿态，给朝廷看的。户部不给银子，我就不动窝。"梁章钜似懂非懂，眼神里透着困惑："您不怕皇上猜忌？"奕经比梁章钜了解皇上的心思："皇上在剿抚之间犹豫不定。疆臣们打了几场败仗，皇上不死心，还要打，却没把握，只能走一步看一步。我出京前跟皇上说，英夷堪比明朝万历年间的倭寇，恐怕不是三年五载就能肃清的，得文火慢煮。"梁章钜这才明白，皇上和枢臣们已经失去了战胜英夷的信心，不再做宣威海疆剿擒逆夷的大梦。否则，奕经绝不敢在苏州耽搁不走。

奕经道："我把皇上的心思跟你说了，但我有个问题，不知当问不当问？""但凡我知道的？""你当然知道。"梁章钜搔了搔老头皮："你有问，我岂能不答？"奕经再次压低嗓音："你去广州查办奕山的案子，有什么结果？"梁章钜做了几十年官，心知肚明，大清是爱新觉罗氏的天下，奕山和奕经都是皇侄，不能轻易得罪。他要是把调查结果写得太黑，奕山肯定要倒大霉，但是，万一皇恩浩荡，赦免了奕山，自己反受其累，所以他采用弥缝手法，大事化小，小事化了。梁章钜悠着调子，讲了几句官场通行的弥缝话："大臣经济在从容，官场襄赞要和衷——这是本朝的官箴。处理这种事只能粗枝大叶，不能一一细纠。天下事和为贵，对吧？"奕经心领神会："哦，是应该这么办。"

梁章钜搓了搓手："今天我来，也有一事相求。""哦，什么事？"奕经喜欢别人求他，尤其喜欢地方官求他。梁章钜道："您虽然外放扬威将军，仍然兼着吏部尚书，您大笔一挥，官员们的升降罢黜进退赏罚就能定个八九不离十。我今年六十有七，为皇上效犬马之劳差不多四十个年头了。我想求您跟皇上美言几句,让我告老还乡安度残年。"奕经诧异道:"哦?一省封疆,出警入卫八面威风,是个千人羡万人慕的职位,您老不愿当?"梁章钜道:"我是老手老脚百病缠身的老油灯,消耗得差不多了。最近两年,头晕耳鸣是家常便饭,记忆力衰减一天胜似一天,我担心有个闪失,把皇上的事耽搁了。"梁章钜灰发苍辫眼皮松弛,手上的骨节和丘筋像老松枝似的虬曲突兀,体态面容和眼神全都带着老人的印记。但他是个明白人:江苏是临海省份,肯定要受到英军的攻击,吴淞口是江苏的门户,但与虎门无法相比,像四敞大开的临海滩涂。虎门、广州、厦门、定海、镇海和宁波都挡不住英夷,吴淞口更挡不住。梁章钜清楚,要是丢了吴淞口,别说出警入卫八面威风,连安度晚年都会成为可望不可即的残梦。眼下江苏无战事,此时不急流勇退还待何时!

奕经道:"好说,你要是真想回家颐养天年,我就写个折子,说您老身体不佳,但我这个折子不能白写,你得先借我五万两银子。"奕经把公事私事搅和在一起,梁章钜会心一笑,顺水推舟:"五万实在太多,要不是备战,江苏蕃库出借五万银子不难,但眼下海防吃紧,库银都用来造船造炮经办团练了,少一点儿吧,三万如何?"奕经知道借钱难,松了松口:"好,三万就三万。"梁章钜自嘲道:"大将军,别人是花银子买官,我是借银子辞官。你的折子一拜发,我立马派人送来三万。""一言为定?""一言为定。"

奕经话锋一转:"哦,还有一件事。有人在园子外的大照壁上埋汰我,写了一句'天留我不留'的屁话,有碍观瞻。"梁章钜"哧"的一笑:"不对吧?你看走眼了,是挽留的意思。"奕经不信:"怎么可能?""不信你去看。"

该说的话都说了,奕经起身送客。他把梁章钜送到沧浪亭的大门口,朝大照壁瞄了一眼,不知哪位文字高手鬼精灵似的把上面的文字断成:

下雪天,留客天,天留我不?留!

第八十一章

乍浦副都统与浙江巡抚

乍浦副都统长喜在白家渡码头下船后换乘战马，径直朝望江门走去，马蹄铁掌在石板道上踏得"咚咚"作响，他身后跟着一个叫隆福的佐领和两个旗兵。长喜是满洲武官，额头上的皱纹刻着他的阅历，嘴巴周边的线条带着严肃和忧愁。他小时候出过天花，落下一脸麻子，不然的话，应当是个很英俊的人。在浙江省，长喜是个惊世骇俗的人物。三年前他晋升为乍浦副都统时，发现当地的关帝庙年久失修，决定大修，经过核算，需要二百五十两银子的工料钱，但朝廷没有专款，于是，他劝说嘉兴知府、平湖知县、海盐知县以及属下军官和当地缙绅们捐资修庙。他带头认捐了十二两，嘉兴知府承诺捐十两，两个知县也承诺各捐五两。长喜命令石匠把捐款人的姓名和数额刻在石碑上，没想到石碑刻好后，知府大人一两没捐，平湖知县如数捐了，海宁知县只捐二两。要是换了别人，很可能不了了之，长喜则大动肝火，他认为不论何人，只要承诺就得兑现，否则就是沽名钓誉！他命令石匠在"嘉兴知府某某捐银十两"下面补刻"未给"二字，海盐知县名下原有"认捐五两"字样，他命令补刻"实捐二两"。这番举动惊动了地方官绅，连朝廷也晓得长喜是个眼里不容沙子的人物。

杭州是浙江的省城，城周三十里，居民十万家，湖山烟柳画桥翠幕，风光旖旎秀丽可餐，是不折不扣的巨美大城。要是不打仗，它是灯火家家市、笙歌处处楼的风水宝地，但是，英夷占了舟山、镇海和宁波后，杭州如临大敌，局势异常紧张。水师哨船冒着寒气在钱塘江上巡逻，工役们在江畔打入带刺的木桩，乡勇们挎着腰刀扛着扎枪在水陆要津设卡盘查，店铺廛肆的墙上贴着"严防奸宄"、"捍卫乡梓"、"神佑大清"的揭帖。三十里长的城墙上铁炮林立刀枪闪亮，口令声盘诘声不绝于耳，金铎声钲鼓声此起彼伏，呈现出一派临战模样。

望江门前有六个兵丁在盘查过往行人。长喜一行缨枪铁盔骑马而行，通常没人敢盘查他们，因为他们身穿旗兵军装，一眼就能辨识出，没想到守城门的兵目摆出一副公事公办的架势："旗爷，巡抚大人有令，凡是出入省垣的，官兵出示勘合，民人出示路引。"

长喜没带勘合，不由得稍露窘态："哦？我是乍浦副都统长喜，有要事来省城拜会刘中丞。"要是换了别人，早就放行了。偏巧这个兵目因为遭受过旗人的欺负，皮里阳秋语气刁滑，存心为难他："照理说呢，您这身行头足以说明您是有身份的人，但咱是小兵，要是碰上奸宄之类的，乔装打扮蒙混进城，那就折了咱的阳寿了，对不？"

一个堂堂正正的满洲副都统，被一个沙粒儿大的兵目挡在门口，没上没下没贵没贱把他比附成"奸宄"，惹得长喜老大不高兴。但他不想坏了规矩，翻身下马，从腰间摸出一枚二寸见方的狮钮铜印："认识这个吗？"兵目故意找碴儿，下巴一挑："不认识。"长喜把铜印扣在手掌上，用劲一压，掌心上有"乍浦副都统关防"的满汉双文残红："这回认识了吧？乍浦大营签发的勘合都盖这枚关防。""小人不识字，上峰命令只认勘合和路引，不认人！"

平地里蹦出一个拦路臭虫，固执得像一根不开窍的擀面杖。长喜耐着性子问道："你的上峰叫什么？"兵目把拇指一跷："浙江抚标前锋右营外委把总李镙子！"长喜差点儿笑出声来。外委把总是个比蚂蚁稍大的小官，眼前的这个兵目却牛皮哄哄！随行的满洲官兵被激怒了，隆福眼珠子瞪得溜圆，勒住马缰喝道："他娘的，你真是有眼不识泰山！俺们爷的顶戴是假的？俺们镶红旗的号衣是假的？"没想到兵目是个天王老子都不怕的愣头青，一挺脖子："你怎么骂人！""骂的就是你！"两个随行的满洲旗兵跟着吼叫："怎么，挡横吗？""嘿，天下怪事真他娘的多，防英夷防奸宄防到咱们八旗兵头上了。""没想到半路蹦出个屎壳郎！""给他圣旨他也不认识！"

隆福霍地一下抽出腰刀，刀锋寒光凛凛："他娘的，再不让道，老子劈了你！"他本想吓唬这个不知深浅的兵目，没想到兵目一闪身，"唰"的一下也抽出腰刀："谁敢闯城门，老子拼了他！"六个守门兵丁立马拉紧栅门抄起刀枪，一字排开，把两丈多宽的城门洞死死封住。在城楼上当值的绿营兵见下面乱哄哄地吵起来，立即抄起刀枪下城助威，过往行人马上围过来看热闹。满洲人向来高人一等，汉人嫉妒得眼睛发红，有人唯恐天下不乱，借机起哄破喉叫嚣："哎呀，好呀！绿营兵和八旗兵打起来了！""别动嘴皮子，动刀动枪才是真英雄呀！""英雄和狗熊是打出来的，不是喊出来的！"

十几个绿营兵持刀挺枪把长喜等四人围在中间，摆出争强斗狠的架势。长喜明白，满汉矛盾由来已久，一不小心碰错了某根筋就可能激起一场无谓的械斗，大敌当前，满汉应当同仇敌忾，要是以势压人争闲气打闲架，赢了胜之不武，输了贻笑大方。他喝道："隆福，收起刀，别跟他们斗气。"话音刚落，他猛然听见有人招呼："哟，这不是长大人吗？"长喜一回头，只见龚振麟骑着一头大叫驴，好像要进城。聚在门口的行人见龚振麟身穿官服头戴官帽，自动让出一条人胡同。龚振麟在驴上拱手行礼："长大人，什么风把你吹来了？"

镇海沦陷后，龚振麟和镇海炮局的五百多工匠撤到杭州，刘韵珂要他们在杭州炮局继续造炮。龚振麟有"龚大炮"的美名，浙江沿海的所有炮台都有他监造的火炮。他给绿营兵和八旗兵都上过课，讲解过操炮要领和保养方法。他讲课言辞幽默生动活泼，把深奥难懂的火器原理和应用方法讲解得晶莹剔透。

长喜与龚振麟很熟稔："哎呀，我当是谁呢，原来是龚大炮！这些门丁不认识我，给他们看关防又不信，要不是我约束手下人，就闹出人命来了！"

杭州炮局在望江门外，龚振麟天天从门洞里穿行，门丁们都认得他，从来不盘查他。龚振麟翻身下驴，从人胡同里走过来，对兵目喝道："你好大的胆子，连乍浦副都统都敢拦！"兵目一脸不服气："他没有勘合，小人不敢放行。""他不是给你看关防了吗？关防比勘合还管用！""小的不认字，怕他拿个铜砣子蒙混进城。"龚振麟哈哈大笑："人家说我是炮痴，没想到还有门痴！长喜大人是货真价实的满洲副都统，统领千军万马的大人物。在浙江地面，除了杭州将军和浙江巡抚，没人比他的官大。这么个大人物竟然让你们这些喽啰拦在城门外出丑！成何体统？我替他担保！要是上峰追查下来，就说是我龚大炮领他进城的。"

守门兵丁眼看着局面越闹越大，围观的人越来越多，再闹下去难以拾掇，于是顺势下坡。兵目一挥手："放人！"门丁们哗啦一声拉开栅门。

龚振麟对长喜道："大人不计小人过，走，我陪你去巡抚衙门。"

朝廷规定文官乘轿武官骑马，八品县丞出行应当乘轿，龚振麟却独出心裁，骑驴。长喜打量着龚振麟，只见他的官服下摆有一个洞，是炼铁炉溅出的火星子烧的，黑帮白底的官靴上沾满了泥灰铁屑："龚大炮，你好歹是个县丞，半个父母官，不乘轿却骑驴，一点儿官样都没有。"龚振麟嘿嘿一笑："我这叫附庸风雅，名人雅士都骑驴。""名人雅士都骑驴？"

龚振麟官小，但不论在大官面前还是在工匠面前都很随意，他在毛驴上一颠一簸一摇一晃道："知道杜甫吗？"长喜道："你太小看我了，我虽是带兵的，不至于连杜甫都不知道。杜甫就是写《兵车行》的那位老兄嘛。""他骑驴。""你怎么知道？""有诗为证。他写过两句诗：'骑驴三十载，旅食京华春。'说明他骑驴，而且骑了三十年驴。听说过李白吗？"长喜拉着缰绳："不就是诗仙李太白吗，当然知道。""他也骑驴。""你怎么知道？""有诗为证。宋人邵宝画过一幅《李白骑驴图》，在图上题了一首诗：'仙人骑驴如骑鲸，睥睨尘海思东瀛；醉来天地小于斗，鞭策雷霆鬼神走。'李白骑驴雷霆隆隆，惊天地动鬼神，气派胜过东海龙王。"龚振麟像唱苏州弹词似的东拉西扯，满口都是吐沫星子。

龚振麟一边走一边说故事解闷，长喜当然高兴："还有这个古记？""有。知道苏东坡吗？""当然知道，就是写'大江东去'的那位老兄嘛。""他也骑驴。""你怎么知道？""有诗为证。苏东坡写过两句诗：'往日崎岖还记否，路长人困蹇驴嘶'。陆游也骑驴。"长喜呵呵一笑："有诗为证吗？""当然有。陆游有一句诗：细雨骑驴入剑门。对吧？"龚振麟山南海北地胡侃，把长喜侃得眉开眼笑。隆福一直跟在后面听："龚大炮，跟你一道走就像听评书，既长见识又解闷。"长喜道："龚大炮，直隶的河间府是毛驴之乡，等你造出好炮灭了英夷，我叫人去那儿给你买一头顶呱呱的大叫驴。"隆福道:"龚大炮,听说你在研制一种炮车,能让大炮上下俯仰左右旋转,真的?""有这回事儿,但没搞透亮。我搞的那种炮车,可以让千斤小炮旋转,太重的炮则转不动,我还得再琢磨琢磨。"长喜道:"这事得抓紧。要是英夷把乍浦大营占了,你才琢磨透,就用不上了。"

说话间到了巡抚衙门的大照壁前,龚振麟在驴上一拱手:"不奉陪了,你自个儿见刘中丞吧。"他一拽缰绳,"驾——!"骑着毛驴朝西拐去。

巡抚是二品文官,满洲副都统是二品武官,名分上平起平坐。刘韵珂听说长喜来访,知道他是来要援兵要银子的,把他迎入西花厅。

长喜入座后,讲了几句客套话,直入正题:"刘中丞,我给您发了两份咨文,请求增派两千援兵二十位大炮和两万两银子,但您一直没回话,我只好专程上门讨要。"乍浦是杭州的门户,康熙二十三年(1684)朝廷在那里设了一个副都统衙门,派驻了一千零六名满洲八旗兵。据间谍禀报,英军准备攻打杭州,打杭州必然先打乍浦,长喜担心兵力不足,心急火燎地催促增兵,刘韵珂却没回话。

刘韵珂不紧不慢道:"长大人,你急我也急。乍浦和杭州唇齿相依,乍浦要是玉碎,杭州也不会瓦全。皇上从苏皖鄂赣豫川陕甘八省抽调了一万两千人马。苏皖鄂赣豫五省距离近,援兵到了,川陕甘三省距离远,还得等些时日,就是到了,我也没有权力调用,得等扬威将军奕经调派。"

长喜道:"刘中丞,最近夷船经常在乍浦洋面活动,测水道绘海图,我估计他们要打乍浦。我手下只有一千八旗兵和八百绿营兵,要是吃了败仗,兄弟们就全成英烈了。军情不等人,你好歹得给增派一些兵力,追加两万兵费。"刘韵珂大倒苦水:"银子好说,我先给你一万,下个月再给一万,你看可好?长大人,我是文臣,不懂军务,两个月前朝廷发来廷寄,说要派扬威将军主持浙江防务。但他羁留在苏州迟迟不肯南行。我接连给他发了三次咨文,催他起程。但奕大将军既不回信也不南下,拖着耗着,我看不清他的葫芦里装着什么药。"扬威将军待在苏州隔岸观火达两月之久,刘韵珂急火攻心寝食难安,几次梦见英夷突袭杭州,惊得夜半心悸。他对奕经越来越不满意,竟然流露于言表。

长喜不愿得罪皇亲国戚,岔开话题道:"听说安徽的五百援兵到了,你先把他们调配给我,怎样?"刘韵珂道:"别提他们了,一提他们我就一肚皮气。安徽兵沿途扰民，所过之处鸡飞狗跳。他们前脚到杭州，后脚我就收到吉安县和临安县的禀报，说安徽兵过境时租住民房不给钱，在集市上强买强卖，还有混账兵痞调戏当地的新婚媳妇，差一点儿闹出人命来。这种兵，你敢要吗？"

长喜一拍大腿："好！我最喜欢管带招风惹事的家伙！你就把这群丘八混账调配到乍浦来。我非把他们修理得服服帖帖不可！"刘韵珂道："长大人，咱们浙江是个小省，额设兵员一万五，各府各县临时招募了三万多义勇，黄岩、温州、台州、乍浦，还有沿海郡县，都得分兵把守，我调不出多少人马增援乍浦。乍浦有你的八旗兵，还有平湖县的八百义勇，应当够了。"长喜道："不打仗够，一打仗就不够。""过几天陕甘的回民营就到了，回民营吃苦耐劳能征善战，他们一到，我就让他们直接开赴乍浦。"

长喜总算满意了："哦，听说夷酋璞鼎查给你送过一封夷书？"刘韵珂眨了眨眼睛："谁说的？""天下没有不透风的墙嘛。"刘韵珂道："不瞒你说，确有其事，但皇上明令沿海各省的封疆大吏不得接受夷书。我退回去了。"长喜搔了搔脑壳："广州已经恢复通商，英夷为什么还要打？打仗既伤人命又伤财富，天下没有为打仗而打仗的，我们总得问问逆夷有何干求，要银子还是要疆土？要民人还是要美女？总不能打没由头的仗吧？"

刘韵珂道："我问过投递夷书的人。他说逆夷想要增开通商码头，要赔款，要见本朝有全权的钦差大臣。我既不是钦差大臣，也没有全权，如何谈？更何况皇上三令五申不得接受逆夷的片纸只字。"长喜道："我虽然是武夫，却看出这里头有个关节不通透。咱们与逆夷打仗如同强鸡与悍鸭争强斗狠，鸡说鸡话鸭说鸭话，谁也不明白对方想干什么。皇上不准收受夷书，等于不许询问逆夷有什么干求。这不是打盲仗打瞎仗吗？"刘韵珂叹了一口气："你这个譬喻好！但朝廷就这么个章程，轮到你，你敢忤逆吗？"

第八十二章

闲游道观

　　道光二十二年大年初一（1842年2月10日），奕经及其属官、幕僚、胥吏、杂役和亲兵营终于来到杭州地界。四十多条官船和驿船在京杭大运河上舳舻相接逶迤而行，足足拖了二里长。打头的小船载着一个锣鼓架，两个差役轻摇船桨，一个吏目扯着嗓子扬声呼喊："扬威将军出行，沿途民船避让——！"每喊一声用木槌敲一下铜锣，"嘡嘡"的锣声余音袅袅，大小民船一见这排场，拥拥攘攘地让出水道。

　　扬威将军启碇南下的滚单两天前就送到浙江巡抚衙门。刘韵珂腾出一座书院给奕经做行辕，安排了礼炮醴酒车马仪仗，派出近百夫役在接官亭前搭起席棚扎好彩带。吃罢午饭，刘韵珂、余步云率领本地的文武官员和缙绅们出城迎迓，外省客军的将领们也陆续赶来，接官亭附近车水马龙热闹非凡。

　　杭州与宁波相距三百里，备战气氛十分浓厚，家家出丁户户出勇，大有全民皆兵的气派。城厢街口到处都是街垒木栅和巡逻的乡勇，致使杭州的治安空前良好，偷鸡盗狗之事几乎绝迹。但是，只要英国鬼子没有打到城下，老百姓们照样得过大年。商贾民人打铜锣敲年鼓摆旱船踩高跷耍百戏，二踢脚麻雷子钻天猴地老鼠"噼噼啪啪"爆响连天，崩得空气中弥漫着浓浓的硝磺味，地面上到处都是鞭炮爆炸后的残留纸屑。

扬威将军早不来晚不来，偏偏在过大年的日子来。杭州的官员和缙绅们不得不冒着寒气出城五里迎迓，大家嘴上不说，心里却在抱怨。尤其是刘韵珂，他对奕经一点儿好印象都没有。奕经是专管升迁罢黜的吏部尚书，虽非一言九鼎，讲话却很有分量。一年半前乌尔恭额罢官，朝廷调刘韵珂出任浙江巡抚，依照常理，刘韵珂赴京请训时应当拜访奕经，送一些规礼，说几句感恩的话。但是，他到京城后只拜访了穆彰阿、潘世恩和王鼎。有人暗示说，他的升迁与奕经的保荐有关，但王鼎说没那回事，是皇上亲自点名要他出任浙江巡抚的，吏部仅是办手续而已。刘韵珂明知官场之道曲径通幽，却没有拜访奕经，也没有送规礼，还讲了一句书生气极重的话："拜官于公庭，谢恩于私室，有损名声！"这话三转两转传到了奕经的耳朵里，奕经立即对他心存芥蒂。浙江官兵交了狗屎运，打一仗败一仗，死了一个钦差五个总兵，命丧黄泉的兵丁乡勇数以千计，刘韵珂受了降五级留用的处分，据京师的朋友来信说，这个处分就是奕经提议的。有了这一传说，刘韵珂越发对奕经没有好感。皇上要浙江宣威海疆殄灭丑夷，京官们不知其难，刘韵珂却深知这是一场虚无缥缈的弥天大梦，他左右为难，出击没有胜算，逃跑死路一条，前进是粉身碎骨，后退是万丈深渊。他期盼着奕经，不是因为奕经有能耐，而是因为他到浙江后，刘韵珂就成了次要角色，朝廷要是追究战败的责任，首当其冲的是奕经。没想到奕经在苏州长驻不走，把刘韵珂放在文火上慢烤，烤得他心焦气躁。英军攻打杭州的消息不绝于耳，"狼来了"的禀报真假难辨，折磨得他神经过敏，吃饭不香，睡觉难眠，夜夜出盗汗，仅过了两个月，他就瘦了一圈，变得易怒易躁。他听说江苏巡抚梁章钜以年老体弱为由告老还乡，艳羡得眼珠子发亮，也给皇上写了一道奏折，说自己患有风痹症，"舌麻日甚，右腰塌陷一穴，且右耳闭塞，诸事健忘"，请求开缺回籍，其潜台词是趁杭州遭受灭顶之灾前全身而退。但是，以病求退的路子居然走不通！道光批准梁章钜休致却不批准刘韵珂，因为刘韵珂正是年富力强之时，道光温语挽留嘉语相慰，刘韵珂只好咽下酸水，苦苦地支撑危局。

余步云站在刘韵珂的旁边，脸色阴沉，像呆罗汉似的一声不响。浙江战事一败涂地，裕谦活着的时候把战败的责任归咎于余步云，裕谦死后，余步云以其人之道还治其人之身，反手抹黑裕谦。但是，裕谦一门四代勋臣，深得皇上的宠信，余步云不仅没有达到目的，反而招来了皇上的猜忌。朝廷派巡疆御史到浙江查访，余步云感到一把阴森森的鬼头刀悬在头顶上，随时可能把他的脑袋劈下来。他比任何人都明白，清军船小皮薄武器窳陋，无力与英军对抗，但不敢说，只要说了，朝廷就会以畏敌之罪将他撤职查办，连同几场败仗一起清算。他不得不带着几千疲兵弱旅与英军兜圈子捉迷藏，暗杀偷袭打游击。这种战术没有大效用，却能把敌人搞得魂不守舍一日三惊。但是，朝廷命令他克期收复舟山、镇海和宁波，他的小打小闹与皇上的期望差之甚远，他深深感到往昔的辉煌黯然退去，只要朝廷选出一个得力人物，他将像乌尔恭额一样被锁拿北京。为了自保，他不得不低调行事。

　　船队不疾不急慢行慢驶。奕经和文蔚坐在一条雕梁画栋的大官船上，船桅上挂着宝蓝色镶黄边官旗，旗面上有"扬威将军"四个大字，船舷插着"协办大学士"等六块耀眼的官衔牌，六个威风凛凛的旗兵横挎腰刀站在船舷旁，雄赳赳气昂昂地扫视着岸上的村庄和田畴。这么大的排场引得两岸的老叟小童肥男瘦女们驻足观望。杭州附近的景象与苏州相近，田畴野畈呈现出一派承平闲美的景象，要不是有巡逻的义勇，这里仿佛与战争隔着十万八千里。

　　隔窗赏景只能快意一时，时间长了就乏味。为了打发闲散时光，奕经、文蔚和几个幕僚一面品茶一面讲故事。奕经眉飞色舞地讲着一则京城传闻："前庄亲王奕赍是个有名的荒唐王爷，因为吸食鸦片被皇上革除王爵。这小子不仅是鸦片鬼，还是色鬼。几年前，他府上雇了一个丫鬟。那丫鬟不小心打碎了一只青瓷茶盏，怕罚工钱，便用色相勾引主子。奕赍这小子一时性起，脱衣上炕，一番云雨情后原谅了她。第二天午睡，他刚醒，那丫鬟红着脸说：主子，我又打碎一个茶盏。于是，奕赍再次把她按倒在炕上扒去衣裤。第三天丫鬟又摔碎一个茶盏，准备向主子认错。奕赍先开口了："姑奶奶，我求你了，三天摔一个行不？"幕僚们不由得哈哈大笑。

　　文蔚来了情绪："我也讲一个，讲一个镇国公溥喜的故事。溥喜和奕赍是一对糟乌猫，奕赍是荒唐王爷，溥喜是荒唐公爵。他有个儿子，想娶媳妇想得心急，对他说：爹，西隔壁那家的大姐长得挺漂亮，我喜欢她，能不能请人上门提亲？溥喜悄悄跟他说：不行，她是你的同父异母妹妹。儿子说：东隔壁那家的二小姐也挺漂亮，向她家提亲行不行？溥喜说：也不行，她是你另一个同父异母的妹妹，千万别对你妈说。但儿子忍不住了，哭着对妈讲实话，他妈安慰道：其实你喜欢谁就娶谁，你根本不是你爹的亲骨肉！"幕僚们又是一阵哄笑，笑得前仰后合。

落架的凤凰不如鸡，奕赉和溥喜成了阶下囚后，王公大臣们全把他们当作笑料，泼污水，喷吐沫，越泼越多，越喷越脏。奕经喝了一口茶，一抹嘴，讲起第三个故事："奕赉的妹妹抱着一个婴儿去看病，郎中看了看婴儿，又看了看她的脸蛋，觉得她秀色可餐，摸了摸她的奶子说，奶水不足，婴儿营养不佳！他妹妹脸一红，怒声骂道：你他妈的也不开口先问一问就摸，我是孩子的小姨！"幕僚们笑翻了天。笑声刚止，文蔚又续了一个："每年过大年，京城里都要摆灯会。那年初月十五日，溥喜带着妻妾逛灯会猜灯谜，其中一个灯谜是，十个男人偷看五个女人洗澡，打一成语。溥喜说：这个简单，五光十色！没想到他的女人不同意，红着脸道，不对，应当是双管齐下！"这一回不仅舱里的幕僚们笑弯了腰，连在舱外当值的旗兵们也"咯咯"乱笑。

说笑之间船队驶过一座丘陵，一里远处有一爿黄墙寺庙在松柏之间半隐半现，庙前的旗杆上飘着一幅蓝边白底黑字长幡，上面有依稀可辨的八个大字：上沐天风下接地气。奕经头一次到杭州，托着茶杯问道："那是什么地方？"文蔚在浙江当过地方官，熟悉这里的名胜："是一座道观，叫长春观，很有名气，香火旺盛，本地百姓经常到那里求签问卜的。"奕经对《易经》《周公解梦》《推背图》和生辰八字之类的相术深信不疑："是吗？既然路过名刹，不妨访道求仙，看一看剿逆有没有胜算。"文蔚道："你有兴趣？"奕经道："世间万事，一半人力一半天意。打仗就像庄稼，种庄稼得深耕施肥勤浇水，但不论你流多少汗出多少力，也得有天意配合，再勤劳的庄稼汉也抗不住大涝大旱。天意说你胜算在握，但你不备战不练兵，躺在炕上做大梦，也打不了胜仗。这就是所谓的人算不如天算。走，咱们去求一签。"

长春观距离杭州城大约十里，文蔚掏出怀表，时针指向申时："我估计刘韵珂和余步云已经出城迎候了。"奕经是天潢贵胄，从来不把地方大员放在眼里："让他们多等会儿，停船！"

船夫用长篙把船撑到岸边，奕经和文蔚踏着颤悠悠的船板上了岸，六个旗兵不即不离地跟在后面。岸上有一个村庄，绕村有一条乡道，直通道观。道口有一道栅墙，几个乡勇们背着大刀提着标枪盘查过往行人。他们见两个领顶辉煌的高官在一群旗兵的护卫下囊囊而来,不敢盘问,拉开木栅就放行了。

奕经"哼"了一声,对文蔚道:"你看,这不是装模作样的摆设吗?要是夷寇海匪穿着本朝官服仗剑而行,大摇大摆进了杭州地面,还不是想去哪儿就去哪儿!刘韵珂和余步云的这套花拳绣腿,只能防匪防盗防家贼,对付不了英夷。"文蔚笑道:"大将军,您这架势,麒麟补服琥珀朝珠,尚方宝剑龙骧虎步,谁见了不肃然起敬?乡勇不过是乡间草芥,哪个人吃了豹子胆敢把您拦下?"他对一个随行旗兵道:"你先行一步,知会长春观的道长,就说有大人物造访,叫他出来迎迓!"

"喳!"那个旗兵"啪"的一声拍响刀鞘,转身要走,被奕经叫住:"等等!道观是清静之地,容不得冷硬兵器。咱们是抽签问卜的,带刀进去会冲好运的。"旗兵赶紧解下配刀,递给同伴。奕经嘱咐道:"进了道观要讲究礼貌,别五大三粗地瞎咋呼!"旗兵"喳"一声,朝道观小跑而去。

奕经和文蔚踱着方步朝前走,走到一株参天老树下,见一群小囡在跳皮筋,一面跳一面叽叽喳喳唱童谣:

镇海营,练兵队,打鬼子,往后退,跺脚屎,臭妹妹……

英夷攻打镇海时,浙江守军一触即溃,余步云得以苟活,名声却臭了。文蔚道:"没想到余步云的名声这么坏,连三尺小囡也唱童谣讥讽他。"奕经没吭声,他绕过一道弯,沿着石板小道拾级而上。

长春观深藏在枝繁叶茂的树林里,树林与四周的景色融为一体,分外和谐,阵阵微风吹动林木发出沙沙的声响,像天籁,给人一种幽静感。奕经一行走到山门前,只见石刻横匾上有"道观观道"四个凿凿大字,刻得周正敦实,再往前走,有一块石壁,上面有人挥笔写下一首《点绛唇》,字写得无拘无束,但很清晰:

来往烟波,此生自号西湖长。轻风小桨,荡出芦花港。得意高歌,夜静声偏朗。无人赏,自家拍掌,唱彻千山响。

这是一首音调超绝的好词，不知是谁填的。文蔚赞道："这首词有神仙气，在孤独之中寻找快活。"奕经来了兴致："出仙求道本是天下一大快活事，如果不快活，谁愿意出家求仙？"他解下佩剑交给随行旗兵，叫他们在外面候着，自己与文蔚迈着方步朝山门走去。

长春观的道长陆凤麒听说扬威将军要来拜神烧香抽签问卜，带着几个徒弟匆匆出门迎迓。奕经走到石阶前，恰逢陆凤麒出了山门，只见这位道长鹤发童颜面目清癯，一尺多长的胡须一白如雪，不含一点儿杂色，身上披了一件半旧的八卦道袍，脚下蹬着一双麻鞋，身板笔直，就像从深山老林里钻出来的仙翁。奕经大为惊异："请问道长仙寿几何？"

"贫道九十六岁了。"九十六岁的老人都是曲背弓腰的棘皮老叟，陆道长却是清爽矍铄，连说话声都清越高拔。奕山吃了一惊，却不知所谓"九十六"是虚算。长春观为了营造仙风道骨敬老崇神的氛围，编造了一种"长寿"噱头。普通道士一俟登上道长的尊位，就加倍计算年龄，陆凤麒五十岁做道长，从该年起一年计两岁，号称"九十六"，实则七十三。奕经道："陆道长，您真是一位老神仙！长春观在您的主持下名声远扬，我听说贵观的签子是有灵性的。"陆凤麒颔首道："有没有灵性不由贫道夸口，善男信女才是口碑。"

他引着奕经进了道观。从外面看，长春观不大，里面却别有洞天，不仅有老君堂、三清殿、魁星殿、送子娘娘殿和三师殿，还有碑亭、后堂、库房、厢房、斋堂等，里面住着三四十个道士。陆道长引着奕经游观了主要殿堂，然后问："恕贫道多嘴，大将军求签问卜，是问家事还是问前程？"奕经道："既不问家事也不问前程，问战事。"陆道长"哦"了一声："道是虚无之乐，造化之根，神明之本，天地之元，但世间总免不了纷争凶吉。大将军若问家事，请去三清殿，若问战事，应当去三师殿。"

三师殿供奉张天师。张天师本名张道陵，是"正一道"龙虎宗的创始祖。据说他得到太上老君真传，获正一盟威符箓，玉皇大帝封他为天师，赏了一对斩邪雌雄剑、阳平治都功印、平顶冠、八卦衣、方裙朱履等，后经儿子张衡和孙子张鲁发扬光大，成了气候，教徒多达百万，影响遍及九州。元世祖忽必烈入主中原后，授张天师"正一真人"的尊号，颁赐金印，使正一道发展到了极盛，张天师的地位相当于当朝一品。清廷入主中原后崇佛抑道，乾隆皇帝将

"正一真人"的品秩降为五品，但张天师源远流长，香火依然旺盛。

奕经进了三师殿，只见张天师的泥胎塑像庞眉文额，朱顶绿睛，隆准方颐，目有三角，伏犀贯顶，垂手过膝，手持斩邪雌雄剑，塑像前的牌位上有"祖天师"三个字，两侧的金身塑像稍小，牌位上分别有"嗣师"和"系师"字样，是张衡和张鲁的塑像。奕经从腰间皮囊里摸出一颗二两小银锭，请了一炷清香，走到神龛前，插在香炉上，毕恭毕敬跪在蒲团上，文蔚跪在奕经后面，两个人双手合十拜了三拜，口中呢喃发愿，恳请张天师护佑清军扬威海疆，将逆夷扫数肃清。

奕经和文蔚发愿完毕后，陆凤麒拿起小锤，轻敲祭台旁的铜钟，悠悠钟声绕梁而行，仿佛把奕经的心愿送达天庭。此时，陆凤麒才捧出签筒，摇得"哗哗"作响："请施主大人掣签。"奕经虔诚到了极致，将三个手指插入签筒，屏住呼吸，一支支地摸，仿佛在经历一个庄重无比的时刻，把战争的胜负全都赌在一根竹签上。他终于捏住一个带刻槽的签子，拉出，凝视，上面有一行小字：

不遇虎头人一唤，全家谁保汝平安？

奕经问道："请问道长，这话如何解释？"陆凤麒领首道："几杵钟声敲不破，半山云影去无踪。签上的文字如同道观里的钟声，是天语，天心可以窥测，可以揣摩，却无法详解。与英夷决战，兵凶战危，将军当以平安为上。"

奕经似懂非懂，将竹签放回签筒，站起身来。陆凤麒道："大将军，杭州的西湖龙井是天下名茶，大将军若不嫌弃，不妨在后堂稍坐。"奕经对文蔚道："既来之则安之，咱们就领受一下道长的盛情。"

陆凤麒道："听说大将军是京师里首屈一指的书家，今日幸游敝观，不知能否留下一幅墨宝，以便让敝观蓬荜生辉。"长春观的碑亭里有十几块碑，大都出自本地仕宦名流，名头最大的是前浙江巡抚乌尔恭额题写的，还不曾有皇侄留下题字。奕经喜欢附庸风雅，写得一手好字，但从来没人捧他是"京师首屈一指的书家"。陆凤麒的吹捧恰好搔到他的痒处，他来了兴致："既然道长有请，本将军就献丑了，留一篇'到此一游'的文字供人笑看。"道长立即安排纸墨。奕经琢磨了片刻，来了文思，提笔写下两行字：

小留片刻，便会放松意念，
　　清闲一会，即成造化神仙。

　　这两行字写得丰均厚润精气十足，而且对仗工整用词新奇。文蔚赞赏道："大将军遣字成军，吐文成阵，文辞文意炉火纯青，真是神来之笔！"陆道长吹捧道："早就听说大将军文采书法了得，果然是大笔如椽文采粲然哪！"

　　奕经喜滋滋道："露轩兄，你是有进士功名的人，文采在我之上。人过留名雁过留声，你也留几个字。"文蔚的手也有点儿发痒："我的字比大将军差了些斤两，不能同榜相列，但恭敬不如从命，我就献丑了。"他拿起毛笔，思忖片刻，写出一笔铁线金钩瘦金书：

　　畅通上下，
　　雅集南北。

　　二个人闲游道观神说天下，饮茶品茗，题词赋诗写对联，不亦乐乎，把随行的船队和亲兵们忘得一干二净。就在这时，一个亲兵进了后堂："启禀大将军，川藏来的八百藏兵到了。大金川（今四川省汶川县）土司阿木穰和嘉绒土司哈克里求见。"

　　奕经这才想起朝廷从川陕甘黔等八省征调一万两千援兵驰赴浙江，其中有两千川军，四川省匪乱不断，绿营兵不敷调用，四川总督调了八百藏兵援浙："他们在哪儿？"亲兵道："他们沿大运河徒步行走，与船队会合，两位土司听说您和参赞大臣在这儿，递上四川总督签署的公函，要求晋见。"

　　奕经和文蔚辞别了陆道长，并肩出了长春观，走在半道上，奕经仍在回味刚才的题词，似乎意犹未尽："露轩兄，你刚才写的'畅通上下，雅集南北'，我怎么觉得不对味儿。""怎么不对味儿？""'上下畅通'是说吃的东西从口入，从肛门排出，'雅集南北'是说南来北往的过客都到茅厕里拉屎拉尿。"文蔚不由得呵呵大笑，差一点笑出眼泪来："奕中堂，你故意曲解我的题词。依我看，你的题词也是异曲同工。""如何异曲同工？""'小留片刻，便会放松意念'就是在茅厕里蹲一会儿，'清闲一会儿，即成造化神仙'

是说屎尿排泄干净，浑身上下像神仙一样舒泰，对吧？"

奕经哈哈大笑，求仙起课的虔诚劲头荡然无存："如此说来，屎尿屁是天地正气，茅厕是清静世界。不过，话说回来，别看那个陆道长戒律精严有模有样，说不准他曾经是在翻翻浊世里混吃混喝的浪荡公子，现在靠圆梦起课禳灾驱魔蒙蔽我们。给他题几个字，没贬低他。"

第八十三章

真伪难辨的汉奸

奕经和文蔚出了长春观，一刻钟后回到船队停泊处。

大金川和嘉绒的藏兵披星戴月风尘仆仆赶到浙江，正好遇上奕经的船队。他们把刀枪垛成三脚架，行囊放在地上，就地休息。藏兵们身高马大皮肤黑红，头戴虎皮帽，足踏牛皮靴，腰缠五色带，屁股后面挂着藏刀和水囊。他们的发型、装束、语言、举止、步态、武器与八旗兵和绿营兵的迥然不同。旗兵们满心好奇，围着他们比手画脚说闲话，因为言语不通，双方连猜带蒙，不时发出莫明其妙的笑声。

一个佐领见奕经和文蔚回来了，拖着长音发出口令："起立——！"听到号令后，亲兵营和藏兵们全都整队集合。佐领带着阿木穰和哈克里去见奕经。两位土司拍了拍身上的浮土，并排朝奕经走去，用生硬的汉话禀报："大清川藏嘉绒六品土司哈克里，大金川八角碉屯六品土司阿木穰叩见扬威将军。"

土司是朝廷给番民首领的世袭官衔，一个土司通常管辖一两万番民，比各省知县的权力小，但朝廷给的品秩和礼遇比较高。文蔚一眼瞥见哈克里和阿木穰的虎皮帽子，他拽了拽奕经的袖口："不遇虎头人一唤，全家谁保汝平安——两位土司不就是虎头人吗？"奕经像被电光石火击中似的，顿时有一种红光照耀天灵盖的感觉，脸上绽出菊花般的笑容。他上前一步，亲自将两位土司扶起:"哎呀,二位土司不远万里率军参战,为我大清海疆效力,本将军不胜欣喜,快起身。"

奕经先逛道观后接见二位土司,刘韵珂等浙江官员已经等得不耐烦了。他们吃罢午饭就来到接官亭,等到太阳偏西也没奕经的影子。大小官员们天天有一堆疲难繁杂的事务要处理,逢年过节也不得轻闲。接官亭离杭州城大约五里,附近没有饭铺,大年初一天气较凉,人们又冷又饿,把附近的零担小吃买得一干二净,就着冷风干啃干嚼。亲兵马夫随员轿夫们更是百无聊赖,为了打发时光,聚在太阳地里抽旱烟搓脚板斗纸牌闲扯淡,什么姿态都有。

刘韵珂派了一个亲兵骑马去打探奕经的船队到了什么地方,是不是中途出了事故。半个时辰后亲兵回来禀报,奕经一行在十里外的长春观品茗题词流连忘返,把迎迓的浙江官员们忘得一干二净。

刘韵珂是孔门弟子,视道家学说为胡扯淡,在他看来,访道求签烧香礼佛就是在自己拿不定主意的时候找一个做主的乌有之灵。他听了禀报一肚皮火气,当着众人的面大发牢骚:"扬威将军不思谋略思鬼神,打起仗来想不败都不成!既然他相信神仙大法,干脆让长春观的道士们设道场呼风唤雨,念一条吓退英夷的急急如律令,何必要朝廷调兵遣将!"余步云吃了一惊,他不明白刘韵珂为什么要当众挖苦权势熏天的奕经,这话要是传出去,对刘韵珂一点儿好处都没有。余步云好心劝道:"刘大人,这话还是不说的好。"刘韵珂的一腔牢骚喷薄而出:"人间事多是二选一,打官司,胜与不胜;考功名,成与不成;祈吉雨,下与不下;求生子,生与不生。偏偏有人看不透,非得去道观佛寺求签问卜。那种事本来就有一半如愿的可能,但有人就是执迷不悟,白白捐纳香火钱,养活了一群百无一用的道士与和尚。我不等了。"余步云再次劝道:"刘大人,扬威将军毕竟是天潢贵胄,咱们等了这么久,再等一等又何妨?"刘韵珂口气坚决:"我不是梁章钜,没钱让他们在杭州瞎折腾。"这时余步云才隐约猜出刘韵珂的心思:他被战争的魔影折磨得不堪重负,天天活得提心吊胆,心境败坏到反常的地步,刘韵珂是想让权势赫赫的扬威将军参倒他!但是,得罪奕经必须有说得出口的理由,偏巧奕经及其随员在苏州盘桓不走,法纪声名罔所顾忌,名声臭不可闻。刘韵珂公开说奕经的坏话,既求罢官,又求一个不畏权贵的好名声。

就在这时，一个姓李的师爷前来禀报："刘大人，宁波来了一个叫陆心兰的，说有要事见您。"陆心兰率领宁波商民开门媚夷名声远播，成了清军通缉名录上的汉奸，但也是可以策反和利用的人物。今天他居然不请自来！刘韵珂有点意外："他在哪儿？""在巡抚衙门的客厅里。"刘韵珂掏出怀表一看，已是酉时二刻，他决定借机离开："余大人，等扬威将军的船队到时，你代我向他聊表歉意，就说我刘某人公务缠身，先走一步了。"官场迎迓虽属虚应场景，也是结交上司增进情感邀宠袪嫌的场合。余步云连吃败仗，受了降级留用的处分，奕经南下，肯定要调查宁波失守的原因，所以，他格外小心，生怕一不小心栽进是非的旋涡里，摔得鼻青脸肿。他与裕谦闹得势不两立，无论如何不想得罪扬威将军。他对刘韵珂道："刘大人，一个前来投诚的汉奸，用不着你亲自接见，派一个属官见他即可。"但刘韵珂去意坚决，他出了接官亭，猫腰钻进绿呢大轿，坐稳身子一跺脚："起！"八个轿夫抬起大官轿一摇一晃扬长而去。

八品九品的微末弁员是奉命捧场的，轮不到他们巴结奕经这样的大人物。他们在寒风中袖手等了两个多时辰，早就等得不耐烦了，刘韵珂走了，他们更不愿傻头傻脑地凑数应景虚耗时间，不知谁吼了一声"走"，竟然"哄"地一下星散而去，迎迓的队伍顿时少了一大半。

陆心兰忐忑不安坐在客厅里等候刘韵珂。他率领宁波商民做了英国鬼子的顺民，上了清军间谍的谋杀名录。郭士立当上伪知府后，组建了一个三百人的勇营，英国人称之为"波力斯"（Police）。原水火会的头目梁仁被任命为勇营守备，此人相信西方的白女人将取代大清皇帝，死心塌地为逆夷效力。余步云仓促逃离，把全套提督仪仗丢弃在提督衙门里，梁仁像一只突然荣耀起来的大公鸡一样趾高气扬，居然启用余步云的仪仗。他巡查时骑马挎刀，手下的勇丁穿黑衣戴黑帽，举着兵拳旗枪雁翎刀和两块惹人瞩目的官衔牌，上面有"大英国巡捕营守备"和"宁波水火会首领"字样。余步云在战场上打不过英军，在战场下却不闲着，他命令一部分清军化整为零假扮平民，潜伏在小江桥、滨江庙、盐仓门、二道头、五里碑等十几个地段，伺机伏击出城采购的小股英军，甚至潜入宁波城中，暗杀英军和汉奸，一俟得手就把尸身沉入水底以灭其迹，致使宁波成了暗杀窖，杀得英国鬼子和汉奸们心惊胆战。

几天前，几个刺客在风高月黑之夜奇袭梁宅，把他一家大小五口斩尽杀绝，临走时留下一封致全体汉奸的警告信，警告他们投诚自首，陆心兰的大名赫然列在警告信的首位，血淋淋的暗杀活动让陆心兰提心吊胆。他本想在乱世里避祸禳灾，保住家财，保住平安，没想到一步之差踏上一条危机四伏血气充盈的恐怖之路！

刘韵珂进了巡抚衙门，直接去客厅，他刚迈进门槛，陆心兰就匍匐在地上，额骨触地："宁波商会总商陆心兰叩见巡抚大人。"刘韵珂一屁股坐在加官椅上。他口渴，端起案上的紫砂茶壶，嘴对嘴将里面的凉茶一饮而尽，"咕咕"咽下后才命令道："抬起头来。"陆心兰直起腰身，不敢正视刘韵珂。李师爷见茶壶里的水喝完了，转身去水房打开水。

刘韵珂仔细打量陆心兰，只见他五十余岁，身体微瘦，穿一件万字纹府绸长袍，外套一件烟色巴图鲁马褂，戴一顶嵌玉小帽，腰里别着一根二尺长的玉石嘴水烟袋，脚穿千层底黑面贡呢布鞋，十足的商人模样："陆心兰，你是来投诚的？""陆某是来效忠的。"刘韵珂把茶杯往桌上一蹾："来效忠的？浙江乃声名文物之邦，士庶咸知礼义廉耻，英夷占领宁波后，你不仅不助军守城，还率领全城绅商迎候逆夷，有这事吧？"陆心兰微微一凛，辩白道："大人误会了。英夷犯顺以来，在下及宁波绅商解囊助饷，累计不下四万两，其中本人捐资即达两千余两。英夷兵临城下，官军不战而走，将全城百姓的家财性命抛给虎狼逆旅，商民们惊惶万状，贼盗伺机而起。仓促之下，在下假做姿态俯顺夷情，实在是万不得已。在下的本意是要保护民命和民财，但心里是忠于大清的。"

刘韵珂采用恫吓、诱引、劝说、威逼等手段要宁波城里的汉奸们归顺大清，可谓费尽心机，今天终于有首领人物前来投诚。他思索片刻，认定陆心兰是可以利用的人，放缓了语气："平身。"他指了指旁边的杌子。陆心兰撑着膝盖站起来，斜签着身子坐了半个屁股。在刘韵珂的询问下，他仔细讲述了宁波城里的情势。不少市井小民盲信谣诼，以为大清即将寿终正寝，委曲求全地屈从于逆夷。夷酋郭富宣布，只要当地商民缴纳一百万元赎城费英军就退出宁波，商民们才恍然大悟，所谓"西方白女人将取代满洲皇帝"的说法全是捕风捉影的臆测，英军是敲诈勒索的过境寇仇，既没有久居之意，也没有取代满洲皇帝的想法。郭士立被任命为伪宁波知府后，陆心兰奉命召集全城商人商议集资百万赎买宁波等事宜，但是，商人们财力不逮，想法不一，顾虑重重，致使集资赎城无法施行。不久，英逆改变方式，在水陆要津设立税卡，对过往商品征收什一税。每个税卡派驻十几个"波力斯"。宁波商民才渐渐明白，羊毛出在羊身上，这些税费最终得由全体市民承担。什一税是西方税种，大清从来没有征过这种税，商民们义愤填膺骂声不绝，但在枪炮之下，没人敢公开对抗。

　　李师爷从开水房提来大铜壶，给刘韵珂换了茶叶续了水。待茶水稍凉，刘韵珂又饮了一口："谁负责设卡征税？""是在下。""征了多少？""征了二十七万两，合四十万外国银圆。""存在何处？""存在宁波商会的银库里。""你准备交给逆夷吗？""不，准备交给本朝官府，但苦于没有合适的途径。光天化日之下把二十七万两实银运出宁波非常危险。"

　　刘韵珂绕过这个话题："宁波驻有多少夷兵？""城里驻有七百多夷兵，城外三江口泊有两条夷船，总计千余人。此外，还有火轮船经常往来于宁波、镇海和舟山。"

　　陆心兰讲述的情况与间谍的禀报相差无几，甚至更详细。刘韵珂道："如此看来，你确实是来效忠的。本朝官军收复宁波是迟早的事，你既然误入歧途，就应当尽快悬崖勒马，不要越走越远。""在下愿意为朝廷收复宁波尽绵薄之力。""你愿意效忠朝廷，本官对你的过失可以网开一面，不予追究。你如能定期将逆夷的动向禀报给官军，助官军收复宁波，本官还会酌加奖赏。"

　　一番询问后刘韵珂起身送客，陆心兰一鞠三躬诚惶诚恐地告辞了。待他出了仪门，李师爷才对刘韵珂道："刘大人，您对汉奸未免太客气了。"刘韵珂"哼"了一声，冷森森道："本官读万卷书行万里路阅人无数，从他的言谈举止即可看出，此人是个见风使舵、阿世自保的不忠不义之徒。他来效忠，无非是想脚踏两只船，只怕他哪条船也踏不住，掉进污水坑里洗刷不清！"

第八十四章

五虎杀羊之战

奕经出京南行，走到任何地方都有人笑脸相迎笑脸相送，好吃好喝好侍承，唯独刘韵珂的脸蛋像个冷屁股。他不仅提前离开接官亭，还叫下属在接风宴上只安排四菜一汤，宴会未完，他就借故打个花胡哨溜了。他把大将军行辕安排在兴文书院。兴文书院只有二十多间房子，一百多幕僚挤在里面就像挤进车马大店，遑论办公。刘韵珂还以房屋难觅为由，把奕经的亲兵营安排在春里坊，春里坊与兴文书院隔着两条街，亲兵营起不到就近护卫的作用。刘韵珂的品秩比奕经低，却不是他的属官，只听命于皇上。奕经虽然位尊，但不是万乘之君，不能想撤谁就撤谁。此外，一万两千外省客军的吃喝住行和采购运输全都有赖于地方官的协助，刘韵珂是一省的主人翁，要是闹起生分来，对谁都没有好处。奕经忍气吞声住了三天就离开杭州，把大将军行辕迁到上虞县。他暗暗打定主意，非得找个机会给刘韵珂一双小鞋穿不可！

刘韵珂不拍马屁不等于别人不拍。上虞县的知县刘广湄听说奕经喜欢附庸风雅和游观古迹，有阅尽天下名胜美景的欲望，主动投其所好，腾出曹娥庙给他当行辕。曹娥庙是浙江名刹，经历了八个王朝一千七百年光阴依然风光无限。曹娥本是汉朝的一个普通女子，因为舍身救父被传为美谈，为了表彰她的孝行，当时的上虞县令于元嘉元年（151）为她建庙刻碑。接着，汉朝名臣蔡邕为她题写了"黄绢幼妇，外孙齑臼"的八个大字，书圣王羲之为她写了一篇墓志铭。而后，皇帝下令将她的事迹载入《后汉书》。一部堂堂正正的官史，两个名传千古的书家，把一个民间凡女褒扬到不同凡响的地步。到了宋朝，宋徽宗先追封她为灵孝夫人，再追封为昭顺夫人；宋理宗追封她为纯懿夫人。元朝皇帝妥懽帖睦尔封她为慧感夫人。两代王朝三个皇帝四次追封，一座普通的民间小庙随之扩建成无与伦比的江南大寺，庙里的照壁、御碑亭、山门、土谷祠、东岳殿、阎王殿、戏台、正殿、曹府和君祠等一应俱全，足以安排下奕经的全套人马。

曹娥庙距离宁波仅一百四十多里，为了防备英夷突袭，奕经不仅把亲兵营布置在附近，还把一千河南兵和二百山西抬枪兵安排在方圆三里之内，致使扬威将军行辕的周边三步一哨五步一岗警备森严。

奕经抵达浙江后，一万两千外省援军全部到位，二百万两兵费全部下发。奕经再也没有理由迁延观望，终于决定发动一场大反攻。

这一天，各路将领奉命来曹娥庙开会。寺庙门口停着十几抬官轿上百匹战马，二百多随行护卫的兵丁们聚在庙前的大树下，叽叽咕咕闲磕牙瞎扯淡。一个绿营兵发牢骚："嘿，真邪乎！里三层外三层戒备森严，我们大老远跑来开会，被巡逻的哨兵盘问得底朝天，好像我们是英夷派来的奸宄。"一个左眼皮有疤痕的兵丁道："听口音，你是贵州人吧？""是。""跟段总兵来的？""是跟他来的。"段永福曾经跟随杨芳去新疆平叛，奕经在新疆参加过剿灭玉素甫父子叛乱的战争，那时他就认识段永福。他奉旨出征，立即想起段永福，指名道姓要他来浙江参战。疤痕眼道："英夷雇了好几百汉奸，兵马未到奸细先行。他们无孔不入，不论是巡抚衙门还是大将军行辕，不论是杭州府衙还是上虞县衙，只要官宪们议论过的事儿，他们都能打听出来。""哟，你怎么知道？"疤痕眼是扬威将军的亲兵，有一种无所不知的派头，他的话音高亢，在嗡嗡的人声中载沉载浮："抓了好几个奸细，大刑一侍候，什么都招了。"另一个河南兵插话道："老兄，听说藏兵和乡勇们闹纷争，死了人，是吗？"疤痕眼道："是，那是几天前的事儿。""怎么回事儿？""藏兵奉命驻扎在曹娥江畔，阿木穰土司派了一小队藏兵沿江巡逻，进了八角村。当地乡勇见藏兵奇装异服言语侏离，腰牌上的字迹疑似夷文，以为他们就是英夷，纠集了几百号人把藏兵的巡逻队四面包围，一顿暴打，打死三人，抓了七人，押往大将军行辕请功邀赏。阿木穰闻讯后合营鼓噪，差点儿闹出兵变来。""这不是大水冲了龙王庙，自家人不认自家人吗？""奕大将军费了不少唇舌，补偿了阿木穰土司和藏兵满满一箱银子，才把事情摆平。"

曹娥庙的正殿里正在会议，西墙上挂着一幅五尺见方的《浙江堪舆图》，上面用红线和绿线勾勒出大大小小的圆圈和线路。奕经和文蔚坐在中央，慈溪知县王武增、余姚知县林朝聘等文官坐在左侧，余步云、段永福和金华协副将朱贵等武官坐在右侧。

奕经站在堪舆图旁，语气庄严："朝廷命令我来浙江统兵惩创英夷，本将军不惜肝脑涂地为朝廷效力，诸位将领也应当勉力杀敌，扬国威，膺懋赏，寒贼胆，杜后患！本将军与参赞大臣文蔚大人反复斟酌，四易文稿，制定了一个兵分三路的策略，同时攻打宁波、镇海和舟山，浙江反击战的大幕就此拉开。昨天，本将军与文蔚大人一起沐浴焚香，依照《易经》打了一卦：得到的卦辞是：壬年壬月壬日壬时五虎杀羊。文参赞是精研《易经》的行家里手，这句卦辞的含义由文蔚大人给大家譬讲。"奕经的话音厚重，这种声音应当出自一个稳重而有城府的人，与他那张囧字脸很不搭配。

文蔚对《易经》、吉利数字和神签灵性深信不疑，他站起身来道："壬年壬月壬日壬时就是道光二十二年正月二十九日四更（1842年3月10日凌晨3至5点），民间的叫法是虎年虎月虎日虎时。所谓五虎，就是与虎有缘的五位领队文武官员。贵州安义镇总兵段永福是乾隆四十七年生人，恰逢虎年，是为一虎；河南朱仙镇抚标游击刘天宝是乾隆五十九年生人，属虎，是为二虎；慈溪知县王武增籍贯山西省汾阳县白虎岭虎尾村，是为三虎；大金川土司阿木穰，嘉绒土司哈克里率领的藏兵以虎皮为冠，军威如虎，是为四虎和五虎。所谓'羊'，即指性同犬羊的英夷。天命昭然，有此五虎在，我军胜券在握！"这是一通牵强附会的皇皇大论，但是，《易经》是钦定的四书五经之一，讲述的是观天窥运的大道至理，不仅科场出身的士子们奉为圭臬，武官们同样深信不疑，遇到难以抉择的事情经常打卦问卜。

奕经清了清嗓子："这是一场五虎杀羊之战！为了反攻，皇上亲自从苏皖赣豫鄂川陕甘八省提调一万两千客军，我又请旨从外省调入二万义勇，连同本省的一万五千绿营兵和三万六千多乡勇，总数超过八万，不亚于当年征讨张格尔的兵额。嘉庆和道光两朝很少集结如此雄厚之力于一役。我已经派出十七队间谍一百多人潜入宁波，十一队间谍六十余人潜入镇海，他们将里应外合，举火为号，策应你们攻城。现在，本将军宣布命令：安义镇总兵段永福！""有！"段永福腰板一挺，站起身来。奕经抽出一支令箭："你全面负责攻打宁波事宜。""遵命！"

"金华协副将朱贵！""有！""你全面负责攻打镇海！""遵命！"

"水师都司郑鼎臣！""有！""你全面负责攻打舟山！""遵命！"郑鼎臣是郑国鸿的儿子，原任批验所大使，是分管税收的九品文官，郑国鸿在舟山阵亡后，郑鼎臣主动请缨为父报仇，在崇明、川沙和舟山招募了五千水勇，督造和租用了一百二十条海船，充分显示出办事的才干。偏巧八省援军全是旱鸭子，没有一个将领懂海战。奕经不拘一格，破例授予郑鼎臣四品武官顶戴，命令他担任海战先锋。

奕经把手中的小竹竿点在舆图上："根据谍报，宁波的英国步兵只有七百余人，三江口有二条兵船，船上有三百多水兵，总兵力千人左右。段永福，你亲自率领九百贵州兵七百四川壮勇，绕行奉化县，攻打宁波城永封门。""遵命！"

"河南抚标游击黄泰！""有！""你率领六百河南兵和二百壮勇组成第二路，经余姚进驻大隐山，绕行鄞县，与先期潜入宁波的间谍联络，内外配合，从南面攻打长春门！""遵命！""大金川吐司阿木穰！""有！""你率领三百藏兵和一百名四川壮勇，走龙头场、雁门岭和蟹浦，从西面攻打望京门。宁波东面有英夷的兵船，兵船如同水上堡垒，不易克服。本将军不逼垂死之敌，留出东门敞开不攻，逼迫敌人从那里逃遁，沿大浃江退入大海。""遵命！"

"余步云！""有！"余步云站起身来。奕经道："本次作战虽然用客军担任主攻，但是，浙江军队必须与外省客军同仇敌忾共建肤功。"他指着舆图道："梅墟位于镇海和宁波之间，你率领两千浙江兵进驻梅墟，做预备队，段永福一俟得手，你立即分兵一千助攻宁波，朱贵一俟得手，你立即分兵一千助攻镇海。如果英夷从城中逃出，你负有截杀逃敌之责！""遵命！"余步云接了令箭，坐下来。他知道，奕经大大低估了英军的战斗力，但是，他已经心灰意冷，不愿多嘴多舌，以必死之心做不死之事，尽力而为而已。

"余姚知县林朝聘！""有！"一个文官站起身来。奕经问道："你们的火船夫役准备得怎样？"林朝聘语气庄严："回大将军话，本县调集的二百一十二条民船和两千二百夫役全部到位。各船编竹如屏，配齐了皮牌，每面皮牌蒙牛皮两层，可以抵御敌炮，只等号令一响，连樯出发。"

"慈溪知县王武增！""有！""你准备得如何？"王武增道："回禀大将军，本县雇勇二千零六十人，民船二百二十三条，船上载满了桐油硝磺，只等大将军命令一下，即可五船一排，齐头并进，将宁波城外的夷船付之一炬。"奕经道："等段永福、黄泰和阿木穰得手后，英逆势必从东门逃窜，你和林朝聘分别率领余姚和慈溪两县义勇和船户奋力兜击，火烧夷船。四百多条火船足以把两条夷船烧成灰烬，你们要尽量把逃逸之敌歼灭在大浃江上。还有，打仗要打聪明仗，别打呆仗，遇到难处要用心想，别用脚后跟想。""明白。"

余步云微蹙眉头不言不语，他比谁都明白，奕经的部署是一厢情愿。招宝山和金鸡山坚石巨垒炮台延绵，挡不住英军的舰炮快枪和开花弹，蒙了双层牛皮的皮牌如何经得起敌炮的轰击？林朝聘文人带兵，用弓矢抬枪皮牌编竹对抗英夷的铁舰钢枪，无异于螳螂舞刀揎臂当车；王武增的二百多条民船就像二百多颗鸡蛋，撞到铁甲船上只会粉身碎骨。但是，余步云是个过了气的人物，一连串的败衄让他的光环消退殆尽，虚名风流云散，他像一只被榨干了汁水的柿子，再也无能为力。他自知随时可能被朝廷锁拿问罪，在临战之际吹冷风呵寒气说泄气话，无异于以身试法。故而，他打定主意明哲保身缄口不语，不论受多大委屈，也要忍辱吞声。

"朱仙镇抚标游击刘天宝！""有！"五虎之一刘天宝应声起身。奕经道："根据谍报，英夷在镇海部署了六百守兵，在大浃江口部署了三条兵船。你率领五百河南壮勇和八百陕甘精兵，外加哈克里土司的三百藏兵开赴长溪岭，与城内间谍联络，力争一鼓作气克复镇海。藏兵是虎贲之师，但不识汉字不懂汉语，你给他们多配备几个向导。""遵命！"

"郑鼎臣，记名总兵郑宗凯，即升参将池建功！""有！"三个军官站起身来。奕经问道："郑鼎臣，你募集的水勇到齐了吗？""齐了！我已经命令他们由乍浦起航，分批开赴岱山岛和大榭岛，就近潜伏。""你准备什么时候动手？""跨海袭击英夷必须等候风向和潮汐，在下说不准什么时候动手，一俟风向和海潮有利，我就向盘踞定海的逆夷发起攻击！"奕经点了点头："攻打定海的日期由你相机而定，本将军全权委托于你。"他转脸对郑宗凯和池建功道："你们二位的职衔在郑鼎臣之上，却是陆营出身，不识水战。此番率领水勇出洋作战，你们不要计较官职和资历的高下，暂时听命于郑鼎臣！大功告成后，与郑鼎臣共膺懋赏！""遵命！"

奕经开始讲军纪："本次战役事关重大，但凡有立功的，本将军不论是客军还是浙军，一律重赏，此前的败绩一笔勾销，但凡有畏葸不前遇敌即溃的，决不宽待。现在，本将军宣布处罚条例：闻鼓不进，闻金不止，旗举不起，旗按不伏者，斩！调用之际，结舌不应，低眉俯首，面有难色者，斩！出越行伍，瞻前顾后，言语喧哗，不遵禁令者，斩！托伤诈病，以避征伐，捏伤假死，寻机逃避者，斩！主掌钱粮，给赏之时，阿私所亲，使士卒结怨者，斩！各路将领，听明白了？""明白！"

看着奕经胸有成竹的模样，余步云的脸色荒凉得像寸草不生的盐碱地。他带了一生兵，深知弱兵不能与强敌硬拼，三路出击五虎杀羊的部署乍一看思路绵密，实际上全然不着边际。因为奕经脑子里装的全是步兵和马兵的速度，师船和哨船的运力，刀矛和弓箭的效力，对英军的雷爆枪开花弹铁甲船一无所知。他甚至没有见过英国人长得什么模样。这次反击战是驱鼠攻猫群羊斗虎之战，只会让数千弁兵粉身碎骨。英军占领宁波后，余步云并非毫无作为，他采取了敌进我退敌驻我扰的游击战法，让弁兵们化装成村夫商贩，袭击和暗杀零散的英军采购人员，五个月来，总计谋杀了四十多名英军，抓获了十多名夷俘。但是，这种蘑菇战法只能伤及逆夷的皮肉，不为朝廷所接受。

英军进驻宁波就像蛇入鼠穴——蛇神经紧张，鼠提心吊胆，双方全都活得不轻松。郭士立组建了一支三百人的巡捕营，由他们负责日常治安，在水陆要津设卡征税，还担当刺探敌情的任务。但是，这些"波力斯"们鱼目混珠，是一支十分可疑的队伍。

几天前郭富因事去舟山，要蒙泰留守宁波。这天下午，伪宁波知府郭士立找上门来，告诉他清军将在夜晚攻打宁波，蒙泰将信将疑："郭士立牧师，你不是讲狼来了的故事吧？"郭士立道："这两天，安分守己的商户们突然骚动起来，几千人出城离去，这是一个危险的警号！"蒙泰半信半疑："你有把握吗？"郭士立不敢把话说死："有九成把握。"郭士立雇用的中国间谍鱼龙混杂，既有流氓无赖，也有挣钱养家的普通百姓，还有混入其中的清军密探，提供的情报真假难辨。他们屡次禀报清军将在某月某日攻打宁波，英军每次都闻风而动戒备森严，但每次都是空穴来风。

尽管蒙泰疑虑重重，还是下了加强警戒的命令，他要求各连在天黑后增设哨兵，军官查夜由两次增加到三次。但是，大部分军官被"狼来了"的故事折磨得麻木不堪，只有分守西城墙的军官信以为真，把巡夜哨兵从十二人增加到十七人。

日落后宁波开始宵禁，闲杂人等不得在街上行走，要不是有巡夜更夫击打梆子，整座城池安静得像一个熟睡的老人。英军刚入驻宁波时很不习惯梆子声，想取缔。但是，当地居民不同意，更夫制在中国城镇有几百年的历史，居民们从出生之日起就在梆子声中睡眠，没有它，人们就没有安全感，惶惶然无法入睡。英军只好入境随俗，接受了更夫制和梆子声。

半夜十二点，城东传来一声炮响，像闷雷。蒙泰霍然惊醒，他坐起身来，抓起手枪侧耳聆听。远处传来猎猎的狗叫，由远及近，连成一片。他冲出门外，只见满天星斗，不一会儿，狗叫声渐渐稀落，由近及远。蒙泰对夜半炮声习以为常，从一夜三惊变得处之淡然。"该死的！"他咒骂一声，返回房里继续睡觉。

凌晨四点，一个黑影朝望京门城楼走去。英军哨兵立即警觉起来，拉动枪栓叫道："Who？Stop！"（谁，站住）黑影用生硬的英语答道："波力斯（Police）！"哨兵以为是更夫，更夫受郭士立管辖，学了几十句常用英语，但英军严禁更夫登城，只许他们在城下巡逻。哨兵再次喝道："Stop！"黑影置之不理，继续朝上走。哨兵发出第三次警告："Hold Up！"黑影没有停步。哨兵果断开枪！黑影应声倒在城墙上，城外立即响起一片枪声和呐喊声。

城外的清军闻声警动，立即开始攻城！

一百多清兵冲到城墙脚下，用锤子把拇指粗的大铁钉夯入砖缝，踩着钉子向上攀登。幸亏英军在西城墙上增加了哨兵，他们不断射击，延阻了清军的进攻，赢得了时间。

但南城墙没有增派哨兵，十个哨兵守不住四里长的城墙，等蒙泰率领一个步兵连赶来增援时,城墙已经失守,大队清军从水城门攻入城中。英军哨兵被迫退到城下,依托石坊和短墙开枪射击。清军则用火枪和弓箭还击,街衢路口的枪声像爆豆一样又密又急。

三个月前,英军全部更换了雷爆枪。这种枪不仅能在雨天使用,更换子弹的速度也大大提高。故而,一个英军步兵连足以抵抗数百清军。两军黑灯瞎火盲打盲战。英军在城中驻扎了五个月,对街巷寺庙石坊桥梁非常熟稔,反客为主。清军全是外省客军,对城里的街巷两眼迷蒙,他们像在迷宫里作战,徒然死伤了上百个弟兄,进攻势头受到遏制,经过半小时激战,英军击退了清军,夺回了水城门。

阿木穰率领三百藏兵和一百四川壮勇从西门攻入宁波,沿着街衢摸黑进行,直接冲向知府衙门,那里是英军的兵营。蒙泰迅速把两位推轮野火炮和三十多个士兵调到菜市口。菜市口与知府衙门只隔一条马路,炮兵们向炮膛填入两颗葡萄弹[①],士兵们排成两列,举起雷爆枪。

藏兵对英军的武器一无所知,舞动藏刀奋勇向前。街道只有三丈宽,两侧是壁立的房屋,藏兵们像在峡谷中密集冲锋,当两军间距只有五十多步时,蒙泰急吼一声"开炮!""砰砰"的两声爆响,两颗葡萄弹冲出炮膛,迸裂出几百颗铁丸子。冲在前面的藏兵全被炸倒,三十多个英国兵开枪齐射,二三十个藏兵相继中弹,发出凄厉的惨叫。

马路上黑黢黢的,藏兵们什么都看不清。他们被打蒙了,急急惶惶向后退,但后面的藏兵不知前面出了什么事,依然向前冲,二三百人挤在狭窄的马路上,进不得也退不得。英军迅速填入炮子,再射两颗葡萄弹。藏兵们像绝死的藏獒一样,发出撕心扯肺的怪叫,凄怆而瘆人。英军再打一阵排枪。经过两番炮击和两轮齐射后,无知无畏的藏兵和川勇们全被射杀在地上。

半小时后,东方现出鱼肚白。借助微弱的晨光,蒙泰发现菜市口成了屠宰场!三十多米长的马路上躺着三百多具血肉模糊的尸体,许多尸体摞在一起,竟有半人高!死者的装束、发型和武器与清军的迥然不同。有些人还活着,在痛苦地呻吟扭动。

---

① 参阅899页的上图和图说。

北路清军受阻于英军兵船，南路清军饮恨于城墙脚下，阿木穣的藏兵全军覆没，清军的进攻彻底瓦解了。

天大亮后，英军打开城门冲到城外，在"西索提斯"号火轮船和"摩底士底"护卫舰的配合下，沿江追击。余姚县和慈溪县准备的几百条火船拥塞在河道里，船上的竹屏和双层皮牌像玩具一样，被炸得粉身碎骨，几千壮勇初次上阵就被打得晕头转向，他们节节败退，就像被凶狠猎手追杀的兔子。

在同一时间，朱贵对镇海县发起了攻击，但连城门都没有攻破就被英军击溃。

由于潮汐和风向不对，郑鼎臣没有采取任何行动。

五虎杀羊之战像受潮的烟花，刚一点燃就"哧"的一声灭了，只留下一股刺鼻的硝烟味儿。[①]

在两军摸黑盲战时，陆心兰一直躲在盛德堂大药房的地下银库里。他为清军提供了情报，安排内线打开了城门，但亲眼看见清军溃不成军。天亮后，他目睹了菜市口尸积如山血流成河的惨状，不由得毛骨悚然。他盼望着清军夜袭成功，没想到他们被英军打得丢盔弃甲。

他本是大清的顺民，阴差阳错当了大英的顺民，此时此刻突然发现自己走到了人生的三岔口。英军回来后，肯定要追查谁策反了巡捕营，谁为清军打开了城门，他无法置身事外。

他决定立即逃走。他带了一个背包和两张银票，在一个伙计的陪伴下来到灵桥门，守门的"波力斯"认得他，放他出去了。他知道自己大节有亏，犯下了明珠暗投的大错，即使有心赎罪，官府也不会信任他，甚至把失败归咎于他，成为有口难辩的替罪羊，他不得不像丧家之犬似的抛家舍业。

三江口的拐弯处有一条乌篷船，那是他事先安排好的。他满心酸楚地上了船，心口怦怦乱跳。船夫解开绳索，轻轻荡起船桨，朝奉化江划去。陆心兰依依不舍地回望着灵桥门和宁波城。战争毁了他的家业和名声，他不得不隐名埋姓，藏匿在谁也找不到的地方。

[①] 作者未查到清朝官方的伤亡数字。据1842年英文版《国家情报汇编》（*Bulletins of State Intelligence*，P.578）记载，在宁波之战中，英军无人阵亡，5人受伤，俘虏清军39人，估计清军伤亡在500–600之间。

第八十五章

十大焦虑

奕经发动反击战后，局势不仅没有好转，反而严重恶化。一连七八天，刘韵珂听到的全是坏消息：攻入宁波的藏兵被悉数消灭，段永福的主力被挡在高墙之外；英军出城追击，追得清军狼奔豕突。金华协副将朱贵率兵攻打镇海，但天黑路歧走错了方向，没有按时赶到城下，致使第一路攻城清军陷入孤军作战的苦境，被迫撤离。英军挥师北上，驻守梅墟的余步云不战而退，英军一路尾追，一直追到慈溪，向大宝山兵营发起攻击，清军苦战受挫，副将朱贵饮弹身亡。参赞大臣文蔚驻扎在长溪岭大营，整座营盘被英军踹翻。奕经和文蔚精心策划的五虎杀羊之战在几天之内就土崩瓦解了，羊没有杀到，自己反而痛挨一刀！奕经纸上用兵，在虚幻的天地里指挥千军万马，昏庸得自以为所向披靡，结果却一败涂地。

坏消息一个接一个传到杭州，搞得全城军民悚然不宁，居民开始成群结队逃离危城。在城楼上值夜的哨兵们高度紧张，稍有风吹草动就敲钟示警，敲得全城兵民一惧一骇一乍一惊。

一连三个晚上，夜半警钟搅得刘韵珂无法入眠，他心急火燎面目灰青，眼睛熬得又红又肿，就像在面团上扎了两个窟窿。吃罢早饭他刚到花厅，李师爷就送来两只大信套，刘韵珂剪开第一只，取出吏部发来的公文。公文说，奕经

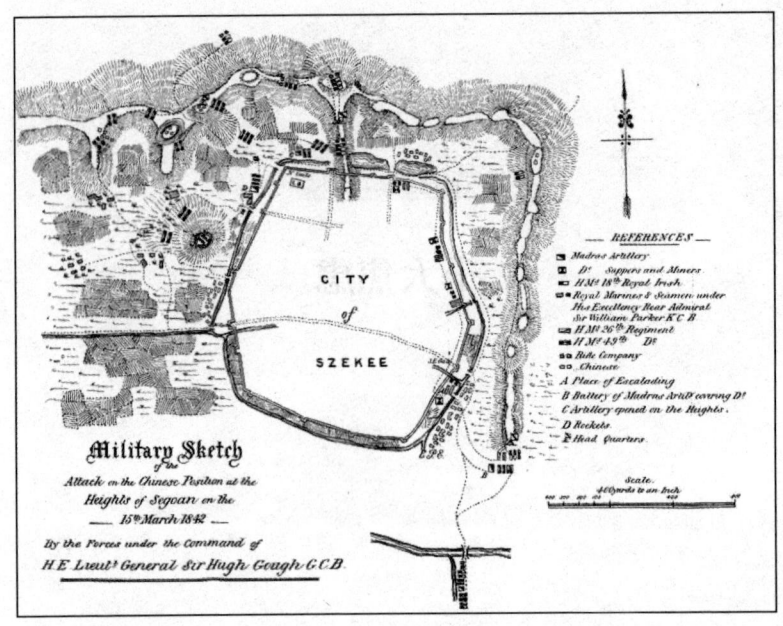

慈溪之战示意图。取自H. M. Vibar撰写的《马德拉斯工程兵和先锋队的军史》(*The Military History of the Madras Engineers and Pioneers, from 1743 up to the Present Time*, 1883, Volume 2. P. 162)。1842年3月15日,英军攻占慈溪,旋即退出。清代的慈溪不是现在的慈溪县,而是宁波市江北区的慈城镇。根据英国政府1842年的《国家情报汇编》(合订本,P.590-593)记载,在慈溪之战中,英军阵亡3人受伤22人,清军伤亡1000人左右。据《奕经等又奏查明宁波等处接仗阵亡各员请分别赐恤折》(《筹办夷务始末》四十六卷),清军在宁波、镇海和慈溪的三次战斗中,总计阵亡560余人,但未报告受伤人数。

从杭州炮局调用了三十二位新炮,这批炮质量低劣,验炮时自爆两位,炸伤一个军官两个炮兵,吏部决定给刘韵珂降一级留用的处分,三十二位铁炮总价一万二千二百两银子,由刘韵珂和监造官照价赔偿。刘韵珂勃然大怒,一股怒气上冲脑际,骂了一声:"贼娘的!"他冲李师爷吼道:"你立即去炮局,叫龚振麟马上来见我!"李师爷见他脸色不对,巴不得赶紧离开,"喳"了一声扭身出了花厅。

刘韵珂原本性情温和,由于战局不顺,精神压力过大,脾气变得飘忽不定,说不准什么时候就发一通邪火,弄得属官和胥吏们战战兢兢。他剪开第二只信套,是漕运总督发来的咨文,咨文说,扬威将军以为浙江是富得流油的天下粮仓，到处可以筹措军粮，故而在大军出动前，叫各路兵马只带两天干粮。外省客兵不了解实情，依命行进。安徽兵走到绍兴吃完了粮食，当地县衙没有及时供应，兵痞们大发邪威，抢了粮仓。河南兵开到四明山断了粮，他们饥不择食，拦下几条漕船硬抢。漕丁们不给，双方大动干戈，漕丁人少，被河南兵丁暴打一顿，他们一状告到漕运总督衙门。外省客军统统归奕经管辖，漕运总督不敢得罪奕经，要求刘韵珂严惩肇事者。刘韵珂的脸色像黑铁似的阴沉下来，他把信套朝条案上"啪"的一拍，端起昨夜的剩茶，仰起脖子漱漱了漱口，"噗"的一口喷到青砖地上，恶狠狠骂了一句："遭天杀的！简直是土匪！"

扬威将军出京后，手下的幕僚和亲兵吃喝玩乐勒索无度声名狼藉。他们到达杭州后，刘韵珂板起一副冷面孔，惹得大将军行辕的幕僚和亲兵们骂声不断，奕经心性促狭，以火炮炸膛为由参了刘韵珂一本，授意吏部给刘韵珂一个处分。

半个时辰后，龚振麟进了花厅，还没行礼，刘韵珂就阴着脸把吏部的大信套甩给他："读一读，看看你闯了什么祸！"劈头盖脸就是冷森森的训斥，龚振麟见他一脸愠色，没敢言声，闷头读公文。刘韵珂不待他读完，怒声道："龚大炮，吏部的公函写得明白，一万二千二百两赔付款由监造官与本官分摊。你认赔一个数目，剩余的我垫！"龚振麟一脸苦相："我的年俸只有九十六两，上有父母下有妻小，没什么余额，您就是把我的家抄了也搜刮不出一百两银子。再说，这事怨我吗？我造的炮都是响当当的硬家伙，绝不会造二等货。扬威将军一到杭州就要从炮局里调出三十二位新炮，当时炮局里只有十二位新炮，卑职只好把库房里的旧炮翻检出来。那两位瞎炮不是我监造的，是前任委员监造的。再说，要赔付也不能全赔，只能赔两位坏炮。依我看，这是扬威将军存心找碴儿，给咱们浙江官员小鞋穿。"

他还没说完，守护钱塘门的兵目进来，打千禀报道："启禀刘大人，扬威将军率兵渡过钱塘江，要进城。""他带了多少人马？""有七八百人，既有京营的八旗兵，也有河南和山西的溃兵。"

各省派来的义勇都是临时招募的无业游民，混杂了不少惹是生非的无赖，他们一俟刀枪在手，经常以武犯禁。浙江反击战失败后，各路溃兵纷纷拥向杭州，要吃的要住的，骚扰百姓的事端接连不断。刘韵珂一怒之下，命令杭州城的所有城门拉起吊桥，没有他的命令，任何人不得放外省客军入城。听了禀报，刘韵珂的脸色唰的一下暗下来，嘴角浮出一丝冷笑："外省的散兵溃勇臭名昭彰，祸害猛于虎，不让他们进！""遵命！"兵目双脚一磕，准备退出去。

"且慢！"余步云突然进来，他是昨天退入杭州的，在门外听见刘韵珂的命令，担心他闯祸："刘大人，这不妥吧？"刘韵珂指着信套，一股恶气脱口而出："奕经向朝廷告我的刁状，难道妥当？你看看！"余步云匆匆浏览了吏部的公文，好言劝道："奕大将军毕竟是皇室宗亲，不宜得罪的。"刘韵珂咬牙切齿："皇室宗亲打了败仗照样有罪！"余步云与刘韵珂搭伙计一年多，不愿让一桩争闲气的小事引发一场官场巨澜："这种冤家宜解不宜结呀。"刘韵珂思忖片刻，稍稍松了松口："也好，放他一马，但只许他一人进城，八旗兵和散兵溃勇不得进来！"这是一道奇怪的命令，奇怪得难以理解。余步云觉得刘韵珂变了，变得焦躁，乖悖，过敏，无理。

奕经从曹娥庙一路溃逃，走了两天一夜，又累又乏又干又渴，他本以为能顺利进城，没想到守门的兵目说巡抚大人有令，外省客军不得进城，拒不开门。奕经只好下马，叫兵目去通报，自己坐在一棵老槐树下，耐着性子等。奕经走到哪里都是华盖如云，大小官员们围在周边说恭维话，偏偏在浙江碰上刘韵珂这么一个地头蛇，奕经的肚皮里憋足了火气。

奕经手下的八旗兵们优越感极强，也没想到浙江巡抚胆大包天，竟敢把扬威将军挡在城外！一个佐领指着城楼上的守兵骂道："嘿，你们瞎眼了，不认得泰山！"另一个八旗兵手卷话筒冲城楼上喊："嗨，小子，待会儿老子进了城，把你裤裆里的玩意儿劁了！""奶奶个熊的，有种的下来比试比试，别他娘的躲在城楼上装大蒜！""看你那猴相，也配挡横！"

城楼上的浙江守兵原本不想惹是生非，一忍再忍，终于忍无可忍，与八旗兵们打起口水仗："娘希匹的，打了败仗，还觍颜逞威风！""你们八旗兵有什么了不起！滚回北京发邪威去！""被英夷打得屁滚尿流，跑到杭州耍什么威风！"

八旗兵和浙江兵隔空对骂，越骂越起劲，城上城下恶语百出，骂得花样翻新千奇百怪，吹口哨的助邪威的敲军鼓的打金铎的做鬼脸的摇大旗的，比演社戏还热闹。要不是隔着一道护城河，非得动刀动枪不可。

半个时辰后兵目才回到城门楼上。他举起一只纸皮喇叭朝下喊:"巡抚大人有令,为了严防英夷尾追入城,散兵溃勇不得进城,只准大将军一人进来!"这道命令饱含着戏弄、羞辱和嘲讽,像芒刺一样扎在奕经的脊背上。奕经恨不得暴打刘韵珂一顿,但是,"五虎杀羊之战"一败涂地,向皇上奏报战况不能不有所粉饰,偏巧刘韵珂参与了军队的调度和辎重的配给,还负责杭州的防御,要是与他闹得势不两立,大唱对台戏,后果难以预料。

刘韵珂这家伙怎么这么不厚道?奕经的脑筋转了半天,突然想起,肯定是吏部的公文寄到了杭州!他授意吏部处分刘韵珂,要他赔炮,但刘韵珂不是一个唾面自干的善主儿。奕经暗踢他一脚,他反手回击一拳。面对这么一个悟透官场利害的角色,奕经要是胆敢撕破脸皮,刘韵珂必然以牙还牙,把浙江败绩本本色色地奏报给朝廷,奕经无论如何吃罪不起。想到这里,他发现自己竟然没有发怒的本钱!俗话说:强龙不压地头蛇,他不得不忍气吞声,站起身来,拍了拍屁股上的尘土,叫亲兵牵过战马,抬脚踏上马镫子:"他娘的,刘韵珂是个神经病!老子不进城,走,去海宁县!"

堂堂扬威将军被浙江巡抚戏弄得一身晦气,旗兵们簇拥着他骂骂咧咧,脚步杂沓地朝海宁县疾奔而去。

龚振麟离去后,只有刘韵珂和余步云留在西花厅里。官场上讲求一团和气,打仗更得有共进共退共荣共辱的胸怀,刘韵珂却悖情悖理反其道而行之,硬生生把奕经挡在城外,余步云替他悬心,过了许久,才开口道:"刘大人,你把奕大将军里里外外都得罪透了。"刘韵珂的眸子闪着诡谲的微光,嘿嘿一声冷笑:"我就是要得罪他!"余步云嗔怪道:"何必呢。"

刘韵珂在青砖地上踱着步子,情绪激动,激动得手指微微打战:"余宫保,自从开仗以来,我曾对属官们反复宣讲英夷远航万里凫水而来,乃是疲兵,深入内陆人地两生,乃是弊旅,中国地大物博人口丛集,乃是强国,只要万众一心同仇敌忾,殄灭他们像踩死一群蚂蚁。但是,我亲自参与了舟山土城的踏勘和设计,那道土城是我能想出的最好的防御工事,裕谦是抵抗意志最坚决的疆臣,葛云飞、郑国鸿和王锡朋是最善战的强将。但是,英军炮利枪捷气贯长虹,击溃他们就像鬼吹灯,占领舟山和镇海就像踢倒海滩上的沙堡。既然本朝的精华不足以抵挡逆夷,还有谁能临危不倒?宁波失守后我渐渐看清,我们无力打败逆夷。但职责所在，我只能苦心经营杭州的防御，在街口巷尾堆积沙袋设置路障，白天悬旗夜晚挂灯，把风光旖旎的省城变成面目狰狞的大兵营。但我心知肚明，这种架势防盗有余，防逆夷毫无用处，英夷一旦攻到城下，杭州立马就会重蹈宁波和厦门的覆辙，我只能一死了之！"兵败和死亡的阴影把刘韵珂纠缠得神昏智昧方寸全乱，他悲观到极点，经常味觉失灵嘴巴发苦浑身无力，头脑像被灌了铅，被一只无形的魔手攥住，生锈似的转不动。余步云终于窥见他的心底，他日日夜夜活在刀尖上，活得提心吊胆度日如年，巨大的精神压力把他的心智压得七扭八歪，以至于言语乖张举措反常。

　　浙江战局败得无法拾掇，奕经难逃其责，刘韵珂与余步云也难辞其咎。刘韵珂定了定神，梳理着思绪："自古以来，驭夷之法不外乎战、守、抚三端。事到如今，屡战屡败，抚既不可，守又极难。余宫保，今天咱们二人就讲一讲关门话，不外传，可好？"余步云点了点头。刘韵珂道："五个月前，我军丢了舟山、镇海和宁波，你曾派陈志刚找英夷讲和，但没找到，此事走漏了风声，皇上颁下密旨，要我奏报是否实有其事。"余步云像被凉水激了一下："哦，你如何奏报？"刘韵珂像一个皱巴巴的苦涩人，眉毛拧成一团乱麻："我与你一文一武同省为官，要是想嫁祸于人，早把你黑了。"余步云叹了口气："大恩不言谢，您体谅我的难处。"

　　刘韵珂接着道："皇上高高在上，如在天飞龙，凤姿流云龙翅闪电，却是凌空蹈虚不接地气，他体会不到前敌将领的难处。他不许与夷人互通文书，这道旨意有悖常理。早先我是主战的，认为琦善和伊里布软弱无能，经过这么多磨难，我看清了，这场仗没有胜算，抚是唯一的出路。"

　　余步云像被人掏空了似的，失去了平时从容："我戎马一生，没见过这么灵捷的枪炮。一百个夷兵编列成阵，三千勇丁不能近身。仗打到这个田地，我是头顶悬刀，自身难保。进攻，斗不过英夷；后退，朝廷法纪森严。事到如今，我是死定的人，只是以必死之心行不死之事。"

　　刘韵珂突然觉得腰痛，用右掌轻轻拍腰："你说的是实心话，也是我的第一焦虑。"余步云道："小仗争智谋，大仗争民心，英夷不仅是海上强寇，还与我们争民心。"刘韵珂道："他们每攻占一处都发布安民告示，要老百姓照旧安居乐业，恢复市场，他们派兵维持秩序，甚至公告，如有夷兵扰累民众，民众可以禀报伪职官严加查办。去年英夷占领宁波，袭击余姚和慈溪，居然效仿水泊梁山的英雄好汉，开官仓发赈济粮，以小恩小惠邀结民心，可谓盗亦有道。可咱们的军队呢，本省军队尚可约束，外省客军却形同强盗。方才我接到漕运总督的咨文，他说河南兵在绍兴抢米铺吃白食，闹得商贾罢市绝粮。安徽兵在上虞县抢了粮台打伤库丁。此外，还有湖南兵痞在长溪岭调戏民女，被当地村民围住，大打群架，差一点儿闹出人命来。如此扰累不胜枚举，搞得人心向背，老百姓宁愿与英夷鸡兔同笼相安无事，也不愿朝廷派大兵进剿，这是我的第二焦虑。"

余步云又道："我军两遭挫衄，锐气全无，连那些未曾参战的官兵也闻败气馁。"刘韵珂叹了一口气："你讲的正是我的第三焦虑。我曾经奏请朝廷再调陕甘劲旅，但陕甘距离遥远，缓不济急，这是第四焦虑。当年我偏听误信，以为英夷不善于陆战，现在看来，他们在陆地作战与在海上作战同样势不可当，这是第五焦虑。水战乃英夷之所长，我军即使在陆上偶然幸胜，英军也能迅速登舟远遁，我们没有可战的水师，只能望洋兴叹，这是第六焦虑。"

余步云道："说句掏心窝子的话，前直隶总督琦善一心主抚，做出适度妥协，以求全局稳定，不能不说是深思远虑，伊节相也有同样的想法。他们二人被罢黜后，谁还敢提'抚'字？"

刘韵珂道："我还有几大焦虑。大兵屡败，敌骄我馁，不仅攻剿难，防守也难。英夷只要派几条兵船突入钱塘江，杭州势必全城鼎沸，不战自溃，这是第七焦虑。京师每年需要四百万石漕粮，浙江供应三分之一，但是，今年本省的漕粮收入不及往年的一半，皆因战乱搞得人心惶惶，这是第八焦虑。去岁冬寒，杭州、湖州和绍兴等府县流民遍地，饿急眼的流民潜相煽惑，结伙抢掠，藐法逞凶，本省官府既要抗夷又要抗灾，难以两头兼顾，要是星星之火酿成燎原之势，拾掇起来就难了，这是第九焦虑。还有第十焦虑，自从开衅以来，户部给本省划拨的款项不下六百万，本省还动用了蕃库的一百二十八万，绅民捐输超过三十万，如此消耗，何时是头？"刘韵珂掏出手帕，擦了擦额头上细汗。

余步云悲心丧气道："刘大人，你的十大焦虑符合实际。皇上和枢臣们以为只有主剿的人才是忠君义士。依我看，琦善和伊里布老成谋国，同样是忠君义士。他们看清了敌强我弱的态势，奏报了实情，但皇上不信，枢臣们也不信，还对他们严加惩处，致使主剿之声如滔滔激水，谁要是说一个'抚'字，立马就会千人踩万人骂。这场仗打了将近两年，要是仅咱们浙江一省战败，那是我们无能，但是，广东和福建都败了，那就不是我们无能，是逆夷太强大。我至今没有搞清楚英夷的炮是如何造的，船是如何造的，枪是如何造的，开花弹又是如何造的。我们在一场只知己、不知彼的战争中越打越惨，到头来是官兵遭殃，百姓遭殃，国家遭殃。"

刘韵珂道："咱大清不能缺少林则徐和裕谦那样的人，没有那种人，国家就没有脊梁骨；但也不能缺琦善和伊里布那样的人，没有他们，国家就会因为过于刚硬而折断。外方与内圆互为表里，阳刚与阴柔相互补充，国家才不至于大起大落大摇大晃。我曾经认为伊节相办事软弱缺少骨气，现在看清了，伊节相老成持重镇静深沉，烛照明鉴洞悉时局，深知小不忍则乱大局的道理。我为他悲伤，也为自己误解他而悲伤，更为皇上悲伤！我真想为皇上为天下黎民百姓痛哭一场！"刘韵珂将深藏腹中的一腔苦水倒出来，说得大动情怀，竟然呜呜咽咽地哭起来。

余步云沉默了半响才安慰道："刘大人，你不能给皇上写一道奏折，说一说实情吗？"刘韵珂用手帕擦去泪水："皇上不许言抚，谁敢言抚，拿身家性命做赌注？"余步云眨了眨眼睛："真相往往是带刺的。说实话，再打下去，我们只能死于一事无成。现在是兵事已败，天尚糊涂，但皇上比天还糊涂！他不愿听坏消息，疆臣们就投其所好，专拣好听的说，致使战争之路越走越窄，谁也找不到峰回路转的拐角。"刘韵珂叹道："在咱们大清，真话不全说，易！假话全不说，难！但是，在一个无人讲真话的国度里，时局一旦败坏到无可救药的地步，最终的倒霉者是谁？"

余步云看不到一丝一毫的胜利曙光："这些年来，本朝所有阶层都是人心隔肚皮。皇上不信官吏，官吏不信胥吏，胥吏不信百姓，于是，百姓蒙胥吏，胥吏蒙官吏，官吏蒙皇上，搞得整个大清谣诼弥漫浑浑噩噩！刘大人，就把你的十大焦虑奏报给皇上，不成吗？"刘韵珂犹豫道："容我慢慢考虑吧。"

余步云起身告辞了。

刘韵珂心情灰败，独自坐在案前思忖良久，才把十大焦虑[①]一一写下来。他还单独写了一份夹片，保举伊里布重新出山。

他写完后犹豫了许久，发还是不发？要是惹怒了皇上，自己会有何等下场？直到天快黑尽他才铁定心肠，发！他在信套上写下"五百里加急"字样，派人送往驿站。

[①] 十大焦虑载于《刘韵珂奏大兵在慈溪失利事势深可危虑折》，《筹办夷务始末》卷四十四。

第八十六章

道光皇帝心旌动摇

春天的圆明园水榭楼台交相错杂，杨柳依依流水潺潺，太湖石堆成的假山嶙峋剔透，浮萍下面红鱼点点，人工饲养的花颈鸭和鸳鸯游来游去戏水其间。道光穿一身藏青色便袍，沿着石板道缓步行走，张尔汉提着蒲团小心翼翼地跟在后面。道光的后背微驼，两肩稍向前倾，身子骨像长年负重的瘦马一样失去了弹性，再过几个月就是他的六十大寿，内务府准备大搞庆典，他却一点儿兴致都没有，受挫的战局让他心境灰败，睡眠不足，两眼失神。

奕经奏称，在浙江反击战中他未能收复宁波和镇海，但重创了逆夷，烧毁六条夷船，包括一条火轮船，击毙四百多夷匪[①]，不过，英夷兵强势壮，清军丢了慈溪和长溪岭大营，副将朱贵战死。他把失败归咎于浙江军队，说余步云迁延观望贻误战机，致使宁波之役功亏一篑，他还说余步云弃奉化于不守，导致八省客军相继溃散。

刘韵珂也上了一道奏折，他的说法正好相反。他把失败归咎于外省客军，说他们不战自溃持械奔窜，屡屡惊扰百姓，扬威将军招募的外省壮勇纪律极

[①] 见《奕经等奏剿袭宁波镇海未能及时克复折》，《筹办夷务始末》卷四十四。奕经在奏折中编谎。英军在大浃江（甬江）上有两条兵船和两条火轮船，在镇海附近有两条兵船。按照奕经的说法，英国舰队被全部歼灭了。

坏，不少人是混吃混喝的犷悍之徒，他们结党成群恃众横强，巡缉索贿勒逼商旅，窝留娼妓凌谑小民，有的甚至背叛朝廷，为英夷所用。刘韵珂还说，溃兵们像斗败的公鸡，碰到英军就心惊胆丧斗志全无，故而，外省壮勇不可用！他请求朝廷让溃散的壮勇们返回原籍，收缴他们的兵器，镇压不肖之徒。

　　道光把两人的奏折一对照，立马看出他们在同一个战场却不能和衷共济。但是，北京与浙江隔着万水千山，道光看得虚虚朦朦，无法判定谁是谁非。他心里憋火，反复推敲如何拾掇浙江战局，竟然是一夜未眠。

　　潘世恩捧着奏事匣子过了如意桥，远远瞥见道光一边低头走路一边沉思。他辅佐道光二十年，对他的一蹙一瞥一愠一笑都心领神会，道光每逢大事难决时喜欢独自在水边徜徉，信马由缰地胡思乱想，想到某个节点会出神发呆，这个时候去打扰他就像唤醒一个沉湎在迷梦中的人，只会惹他不愉快。潘世恩停住脚步，在垂杨柳下面静静地候着。

　　道光呆想了半天才弯下身子，捡起一只扁平的石片，像老顽童似的使劲一挥，石片在水面上连跳三四下，溅出一串水花，惊得水鸭们振翅乱飞。他拍了拍手上的尘土，慢慢转过身子，才瞥见潘世恩。三位军机大臣有两个在外地，王鼎在河南治水，穆彰阿去天津巡视，只有潘世恩在北京。他见潘世恩捧着奏事匣子，知道他有重要事情奏报，朝他一点头。潘世恩才走过来。道光问道："什么时候来的？"潘世恩颔首道："臣下刚到一会儿，见主子凝神思索，没敢搅扰。"

　　水鸭们恋家似的飞了回来，次第落入水中。道光看着水鸭喃喃道："紫禁城楼宇嵯峨宫墙壁立气象庄严，常年驻在里面的人也会庄严肃穆思绪沉重。圆明园这边风景独好，朕想过几天消停的日子，但国家大事没完没了。朕昨晚没睡好，到这儿走一走，散一散心。"潘世恩道："皇上，您日理万机，要注意劳逸结合。"

　　道光苦涩一笑："朕倒是想安逸，但安逸不成。天下事就是这么怪，你越想心静，下面的人越聒噪，你越想眼净，龌龊的人越往你眼睛里窜。在外人看来，朕富有四海权大如天，有执掌天下牛耳之福，却不知道这只牛耳太重太大，拿捏它的人非得有铜筋铁肋不可，否则就会累得吐血。我有时想，老天爷为什么让我挑天下第一重担，千头等繁重的营生？为什么我没出生在平凡人家，像闲鸭野鹤一样自由自在？"道光偶尔自称"我"，以便降低身份与臣工们平等说话。潘世恩道："皇上，您得悠着点儿，过于操劳的事让臣下分担即可。"道光摇了摇头："我没那种福气呀，人一旦做了皇帝，就像上了套的牛马，操劳一生。潘阁老，天下最大的烦累就是调鼎之烦累，你不在其位不知其烦不觉其累。我太烦累了，每天料理的事情一桩接一桩，披阅的奏折一份接一份，我留中不发的折子装了满满一大箱，那些折子不是秀色可餐的六宫粉黛，不是列队受阅的虎贲将士，不是金斋玉脍的可口菜肴，甚至不是烧火取暖的劈柴，而是一种负担，一种责任，一道难题，它们重重地压在我的心上，压得我连觉都睡不好！京师的六部九卿在朕的鼻子底下，办事还算小心，外省的将军督抚则是天高皇帝远，整天价地敷衍你，你就是心里有气，恨得咬牙，也拿他们没办法！天下事毕竟不是朕一手能够料理清的，离不开那些封疆大吏。朕给他们的待遇不能说不优厚，他们却出工不出力，办公不办事，累了就泡蘑菇，缺钱就跟朕要！你要是调不齐银子，他们就变着法子敷衍你。"说到这里，道光的眼眶有点儿湿润，放缓了语速："朕哪，是驾辕的老牛，流血流汗出死力，累得龇齿狼牙，可谁能理解？民间戏子编排出一些莫须有的屠头哗众取宠，说皇帝吃的是山珍海味，住的是宫殿楼阁，有三宫六院七十二嫔妃环绕左右，生活在温香软玉之中，以至于小民心中的皇帝都是骄奢淫逸之徒，却不知道朕是天下第一辛苦人第一牛马！"潘世恩见道光越说越激动，温语劝道："皇上，你不必与民间戏子和优伶们计较。"

道光发泄一阵怨气后，情绪才渐转平和，指着奏事匣子问道："哪个省的？"潘世恩道："是湖南、浙江、河南和奉天的，共有四份折子和两份夹片。"道光指着垂杨柳下的石桌石凳："坐，坐下说。"张尔汉赶紧把蒲团放在石凳上，道光先坐了，潘世恩才斜签着身子撩衽坐下。

潘世恩从匣子里捡出一份奏折，是湖广总督裕泰发来的。裕泰奏报崇阳县秀才钟人杰聚众造反，攻占了崇阳和通城两县。他破狱纵囚开仓济贫，杀了崇阳知县师长治，准备进攻蒲圻。裕泰与湖北提督刘允孝率领全省官兵奋力围剿，但兵力不敷用，他请旨从陕甘调兵会剿。

钟人杰造反，起因是崇阳县浮收粮米凌辱农民。崇阳知县师长治派衙役抓捕抗粮农户，引起了官民对抗，钟人杰一怒之下率领粮农围了粮仓，痛打衙役，师长治受到上司的谴责，故意隐匿不报。钟人杰撰写了减收赋税的章程，刻石立碑，立在县衙的大堂前，此事才张扬出去。事情闹到这种田地，师长治才禀报给湖广总督。裕泰闻讯大惊，立即发下海捕文书通缉钟人杰及其同伙，钟人杰索性竖起"勤王大元帅"的大旗，聚众万余，攻入通城县，而后卷众南驱，攻打平江县。

道光看罢折子，长长吐了一口气："外忧未平内患又起。钟人杰聚众造反一年有余，裕泰弹压不力，才使其做大做强，对这种刁民必须全力剿平！"潘世恩道："朝廷原本命令固原提督阿彦泰率领两千陕甘兵驰赴浙江，阿彦泰已经起程，不日即可进入湖北地面。臣下以为，攘外必先安内，不妨叫阿彦泰暂留湖北，待剿平钟人杰之后再开赴浙江！"道光点头道："海疆英夷是疥癣之疾，湖北叛民是心腹之患。就依你的建议，命令阿彦泰与刘允孝会剿钟人杰！"潘世恩道："裕泰在夹片上说，崇阳知县师长治勤劳勤力，因办事粗率被暴民杀害，能否依例优恤？"道光的眸子里闪出一丝不满的幽光："优恤？师长治乃一县之父母官，代朝廷牧民一方，却不懂亲民爱民，不懂约束衙役，纵容税吏浮收粮米鱼肉百姓，才激起民变，要是全国的知县知州都像师长治这样，天下就会大乱。这种人死有余辜，用不着优恤！"道光日理万机生性武断办事粗犷，刻薄秉性毕露，一语定音。

潘世恩递上第二份奏折："这是浙江巡抚刘韵珂的折子，他认为海疆局事有十大焦虑，战抚两难，请圣上裁决。"道光曾多次颁旨，各省将军督抚不得言抚，不得接受夷书，自此之后，官场上"剿"声沸腾，任何抚议都成为风险极高的浮言，轻则受到谤议，重则遭到罢黜。但潘世恩发现，刘韵珂的折子写得很有回旋余地，他把深可焦虑的十大事项及其成败利钝一一罗列，却不用"抚"字。道光接过折子浏览一遍，觉得意味无穷，回过头来再读一遍，然后才站起身来背着双手踱步，仿佛在捉摸刘韵珂的用意。过了半响才说："本朝的文武官员内战内行外战外行，事事处处都要朕替他们拿主意！浙江战局一塌糊涂。刘韵珂却把最大的难题摆给朕，要朕代他定夺。"说完他又坐下："据你看，刘韵珂的'十大焦虑'如何？"潘世恩没有直接回答："刘韵珂还写了一份夹片，保举伊里布。"他从奏事匣子里取出夹片，恭敬递上。上面说伊里布：

……公忠体国，并无急功近名之心，臣生平所见者，只此一人。……况该革员为逆夷所感戴，即其家人张喜，亦为逆夷所倾服。……可否仰乞天恩，将伊里布发至浙江军营效力赎罪之处，出自圣裁。①

　　道光把折子和夹片放在石桌上："刘韵珂是不言抚而意在抚啊。张喜现在什么地方？"

　　潘世恩道："去年朝廷下令将伊里布和张喜押解赴京，刑部审讯后，将张喜无罪释放。至于刘韵珂，臣下以为，他是在试探朝廷。臣下还注意到，自从海疆开衅以来，林则徐主战，但未来得及战就被罢黜。最初，主抚的只有琦善，伊里布原本主剿，他到浙江后改弦更张。果勇侯杨芳主剿，他到广州后也改变了主意，主张通商。靖逆将军奕山在北京时意气风发，到广州后也主张通商。朝廷谕令奕山和祁贡克期收复香港，他们坐拥重兵，每月消耗大量军饷，但逡巡不前，香港至今仍在英夷的掌控中，他们虽不言抚，却不战。已革总督颜伯焘原本主战，英夷攻克厦门后只留少量兵力据守鼓浪屿，他却收复不了。广东巡抚怡良接替颜伯焘后，虽不言抚，却不言战。与逆夷交战的疆臣和将领中，坚持主剿的只有裕谦，他却不幸殉国了。刘韵珂以前主剿，两次保举林则徐，现在又保举伊里布，他的确是不言抚而意在抚。扬威将军奕经在京时主战，到了浙江后态度暧昧，迁延观望，不说抚，却三番五次推说军饷不够兵额不足，要援军，要银子。臣下以为，沿海的督抚将军可能有不便言或不敢言的事。"

　　道光若有所思："哦？朕广开言路，要臣工们知无不言，言无不尽，他们有何不便言不敢言的？"道光是贵人多忘事，潘世恩提醒道："琦善被撤职抄家后，圣上曾颁过旨，谁要是再敢言抚，或接受逆夷只言片语，决不宽待！所以，督抚将军们才绕着弯子说话。"道光苦笑一声，抚着膝盖道："依你之见呢？"潘世恩小心翼翼道："臣下见识敝陋，若说错了，请皇上鉴谅。""你的话，朕向来是要三思的。"潘世恩道："英夷在海疆滋事有年，夷船倏南倏北来去自如，本朝海疆不啻万里，防不胜防，即使偶有小胜也仅能歼其毛皮，无法擒其渠魁，如此兵连祸结，耗费靡多。臣下以为，我们不妨退一步，稍事

---

　　① 摘自《刘韵珂又奏请将伊里布发到浙江军营效力赎罪片》，《筹办夷务始末》卷四十四。

羁縻，既然英夷欣赏伊里布，不妨让他复出，派往浙江军营效力，当剿则剿，当抚则抚。但在抚之前，我朝应集中兵力于一役，即使不能宣威海疆痛歼丑夷，也应让逆夷知道，天朝不是可以随意侵袭的。""你的意思是先剿后羁縻？"道光用"羁縻"二字替代了"抚"字。潘世恩道："是，这事儿总得有个了结。"

道光思索片刻："户部有多少实银？"潘世恩道："臣下查阅了户部账目，一年来海疆各省奏调军需银总计一千二百三十六万五千两，河督用银七百一十万七千余两，江苏、安徽、湖北赈灾银一百五十九万八千多两，总计二千一百零七万余两。奴才饬令承办司官力求撙节，不得有丝毫浮滥，并行文各省，不得以为朝廷家大业大，漫无节制援案请款。"

道光嫌潘世恩啰唆："朕问的是现在户部有多少实银。"潘世恩道："实银只有八十二万两。另有本月各省报送京师的在途地丁银、盐课银、封贮银和关税银，总计一百六十万。裕泰在湖北平叛，请旨追加十万。"道光道："相比动辄百万千万的军费和治河费，十万是小数，但积沙成塔也不得了，老百姓没有米山面山盖不起房，国家没有金山银山打不起仗。朕下决心与英逆开仗，就是因为当时户部有一千三百万两实银，没想到银子花得像大江流水，朕不得不另想办法开源节流，让户部拟一个开大捐的章程。"

所谓"开大捐"就是卖官鬻爵，它是朝廷急需巨额资金时采取的应急办法，仅限于战争。顺治六年（1649）朝廷首次开大捐，康熙十三年（1674）对三藩用兵，因为军费奇缺，第二次开大捐。眼下外有逆夷内有叛乱，又逢黄河决口，朝廷的银根紧得掰扯不开，恨不得一枚铜子分成两半花，道光才有了开大捐的想法。潘世恩从奏事匣子里取出一份章程底稿："臣下与户部和吏部的司官们一起议过，拟了一个章程，不一定妥当，请过目。"道光接过章程底稿：

民人捐银二百两以上，给予九品顶戴；

三百两以上，给予八品顶戴；

四百两以上，给予盐知事职衔；

……

四千两以上，给予同知职衔；

六千两以上，给予运同职衔；

八千两以上，给予知府职衔；

一万二千两以上，给予道员职衔；

二万两以上，给予盐提使职衔……

看了这份卖官鬻爵的价码，道光心里酸酸的。官职乃国家名器，不能胡乱授予，但眼下局面艰难，想不出更好的法子。他放下底稿道："民谚说，关内侯，烂羊头。要是官职和爵位像羊头一样不值钱，国运就会转衰。朕也知道，开大捐势必让一群不相干的人披金挂紫招摇过市，弊大于利，但局势到了这个田地，银子花得精光，只好姑且用之。不过，要多给虚衔少授实职，以免滥竽充数者过多。"潘世恩点头称是。

道光指着奏事匣子问道："还有谁的奏折？"潘世恩道："还有王阁老发来的折子。开封水患退去后，黄河新堤已经修葺，但还有一段河堤要加厚加高，他请旨增拨三十万两银子。王阁老还说，开封署理知府邹鸣鹤精通水力，革员林则徐血诚尽力，二人是难得的人才，他请旨晋升邹鸣鹤为道员，免林则徐远戍伊犁。"

道光脸色有点儿难看，顿了顿才说："这个王鼎呀，屡次三番替林则徐说话。林则徐禁烟没错，但惹起一场华夷大战，一打就是两年，打得金瓯破碎民不聊生，银子花得像流水，时至今日，烟毒没有禁绝，反而变本加厉日甚一日！朕也知道林则徐血诚办差，但朝廷有章程，凡是犯有公罪和失职失察的革员，都要去边陲效力赎罪，轻则发往张家口，重则发往新疆或宁古塔，这个规矩是圣祖康熙皇帝在世时定的，不能破，要是破了，颟顸糊弄推诿塞责的人就会越来越多。朕不能因人而异，要是今天你说情明天他说情，人人说情委屈袒护，朕怎样衡平取中？不当皇帝不知个中滋味！前两广总督邓廷桢已经发配到新疆。黄河溃坝，河道总督文冲责有攸归，也发配到新疆。林则徐不能例外！至于署理开封知府邹鸣鹤，就依照王鼎所请，给予晋升。哦，朕正在考虑如何处置余步云。海疆开衅以来，原定海镇总兵张朝发、广东水师提督关天培、湖南署理提督祥福、金门镇总兵江继芸、定海镇总兵葛云飞、寿春镇总兵王锡朋、处州镇总兵郑国鸿、狼山镇总兵谢朝恩，皆死于战位，同样是提镇大员，唯有余步云还活着。一个带兵的提督，平时训练无方，临阵贪生畏敌，节节退避大懈军心，实堪痛恨！自从英夷侵扰海疆以来，他没打过一场胜仗，却活得滋润，你说蹊跷不蹊跷，该不该定罪？"

潘世恩预感到余步云要触大霉头，搞不好就会人头落地，但没说话，余步云毕竟是立过大功的人。

道光冷脸问道："还有谁的折子？""还有奕经的，他奏报活捉了七名夷兵，请旨如何处置。"处置俘虏取决于剿抚之策的变化，杀俘虏意味着剿，优待俘虏意味着抚。裕谦曾经痛斥伊里布优待俘虏，主张对俘虏凌迟处死，道光支持了裕谦，奕经又把处置俘虏的事情奏报朝廷，也是想试探皇上的思路。

道光还没拿定主意，一个侍卫走过来，将一块牌子递给总管太监张尔汉，说了几句话。张尔汉转身朝石桌走来，虾着腰道："皇上，盛京将军耆英在宫门外候着，他递牌子求见。"道光道："来得好，领他去清夏堂，我待会儿在那儿接见他。"他转过头对潘世恩道："你陪朕一块儿去。"

耆英是爱新觉罗氏的人，他的先祖穆尔哈齐是清太祖努尔哈赤的弟弟。爱新觉罗氏的人，只要人品端正不懒不惰，就有做官的机会。耆英以宗人府主事步入官场，当过礼、工、户、吏四部尚书，因为袒护一位属官受到降职处分，外放热河都统。道光在全国禁烟，派耆英去盛京禁烟，耆英一上任就将禁烟不力玩忽职守的奉天知州鲍觐堂、复州城守尉协领博庆、宁海县知县袁振瀛、护理金城守尉佐领王安广等官员撤职查办，督促旗民十家连保相互稽查，一家有犯九家连坐，缴获了大批烟土和烟枪，可谓雷厉风行。英船开赴大沽后，他亲自校阅骑射火器，督率奉天水师营驾驶战船沿海巡逻，在军事和物质上做了充分准备，可谓有守有为。道光屡次催促奕山收复香港，奕山以种种理由搪塞，至今一事无成，道光叫耆英来京，是想让他接替奕山。

潘世恩陪着道光朝清夏堂走去，一面走一面提建议："臣下以为，奕经在浙江开局不利，恐怕难以独当剿逆重任，眼下浙江局势重于广州，调耆英去广州不如调他去浙江。"道光的眸里微光一闪："嗯，有道理。"

两天后，通政司编印的邸报登出几条消息：

  耆英著驰驿前往浙江，署理杭州将军，加钦差大臣衔，著伊里布改发浙江军营效力。

邸报还印了朝廷发给奕经和刘韵珂的廷寄：

逆夷凶焰甚炽，必四路分窜掳掠，尤当设法羁縻，毋令蹂躏地方。

邸报的最后一条消息是皇帝的御批，对捕获的英俘：

不得释放，不得虐杀。

讲述十大焦虑的刘韵珂没有受到处分，在军台赎罪的伊里布复出了，邸报上出现了"羁縻"和"不得虐杀"俘虏字样。大小官员们全都明白，杀俘意味开仗，释俘意味着怀柔，在内穷外蹙之下，朝廷的驭夷之策有了变化，尤其是"羁縻"二字，它是道光不堪重负发出的呻吟，国家疲惫劳乏到了极点，再也无力负重搏杀，但皇上还没有彻底认输。

第八十七章

张家口军台

张家口位于太平山和赐儿山之间，虬曲的长城沿着山脊蜿蜒起伏，就像给大山加了一道硬壳似的装饰物。这里风大水涸，只有耐旱的野草和带刺的酸枣才能艰难地活下来，即使在盛夏时节，它们也遮不住满山的荒凉。太平山和赐儿山冬天赤裸满目疮痍，只有春天和夏天才有雨水光顾，它们顺着沟壑或急或缓地流淌，经年累月，以滴水穿石般的耐心冲击出一片面积可观的平原。几千年来，北方的游牧民与南方的农耕民经常发生冲突，张家口向来是烽火连天硝烟不断的战场，附近的地名全都带有鲜明的战争印记：柴沟堡、永安堡、永封堡、深井堡、安家堡、万全堡、来远堡等等。那些"堡"很能让人想到碉楼戍卒和金戈铁马，连天烽火和刀光剑影。张家口的北面榛榛莽莽人少烟稀，风吹草低野狼出没，只有南面的冲积平原才有少许人家。

满洲人入主中原后，关内关外成了一统天下，长城不再具有防御功能，戍卒撤了，朝廷在这里设了察哈尔都统衙门，管辖蒙古的八旗四牧。为了与蒙古人和俄罗斯人做生意，当地人在长城扒了一道口子，修了一座城门，使昔日的战场变成商道通途。因为口子附近住着一户张姓人家，过往客商便称它张家口，经过二百年的时光流转，张家口渐渐拓展成一座塞上小城。

察哈尔是流放罪臣的地方之一，但流放地与流放地也有不一样的地方，永不叙用的流放到宁古塔，暂不叙用的流放到新疆，随时准备起用的流放到这里，因为它离北京最近。

琦善发配到了这座塞上小城，住在银锭胡同的一座小院里。银锭胡同名字好听，却不能与京师的轩敞四合院相比，它的两侧是清一色的土坯房。琦善的小院只有五间平房，是租赁的。琦善坐在炕上一面读邸报一面抽水烟，水烟袋里发出咕噜咕噜的闷响。他原本不抽烟，抄家罢官后才学会，为的是消愁解闷。

佟佳氏在厨房里干活。抄家之后，家境一落千丈，她不得不像普通民妇一样从半里远的井里汲水，她的面容多了一分憔悴，但天生丽质难自弃，依然保留着大户人家的白净。她是读女书修女德的人，上得厅堂下得厨房，把相夫教子勤俭持家视为天职。她在腰上系了一条蓝布围裙，在灶台旁做盐水豆，她做的盐水豆很有味道，先把黄豆洗了，煮软，再撒上大盐粒、胡椒粉和辣椒粉，掺和少许八角、丁香和干笋丝，用簸箕颠过，均匀地摊在筛子上，放在太阳底下晾晒，晒得豆皮发皱时存放在陶罐里。一个女仆蹲在地上"呼嗒呼嗒"地拉风箱烧水。

察哈尔都统是英隆，他奉旨押送琦善到京后上下活动，想谋求西安将军或承德都统的职位，没想到朝廷派他来察哈尔当都统。他与琦善是老相识，觉得朝廷很快会起用他，没给他派重活苦活累活脏活，只让他到周边牧群清点马匹和羊群，每隔几天还登门看望他，送一点儿羊肉砖茶马奶酒之类的东西，故而，琦善的流放日子过得如同赋闲。他久任高官，有读邸报的习惯，英隆每次读完邸报，都派人送他一阅。

有人在房门外面呼唤："琦相在吗？"琦善听出是伊里布的声音，伊布里也流放到这里，经常来串门，琦善不紧不慢趿上鞋子下炕。

伊里布拄着一根手杖，站在歪脖枣树下说趣话："都说侯门深似海，现在的奉义侯府却是三尺柴门五间土屋。"他见佟佳氏端着簸箕倚门而立，问道："如夫人，做盐水豆呢？"佟佳氏与他熟不拘礼："什么如夫人，跟侍候人的老妈子没什么两样。"琦善被抄家后，她靠变卖细软和首饰维持生计，值钱的东西被卖得精光，如今的她布衣荆钗，少了深居侯府时的雍容气度，却保持着淑女的端庄，即使坐在厨房里烧火洗菜煮豆烹茶，依然风韵犹存。

伊里布笑眯眯道:"有多少神仙眷侣因为夫君倒霉而劳燕分飞,你却陪着他到塞上来受罪。"佟佳氏抬起弯月眉:"你们男人倒霉的时候就'且把浮名换了浅斟低唱',我们女人只能且把浮名换了长相厮守。我是嫁鸡随鸡嫁狗随狗,不会因为老爷倒霉就远走高飞。这不,每天唱洗衣歌跳锅边舞,苦中求乐呢。"伊里布道:"好,俗话说,家庭不在贫富,贵在和睦温馨。患难夫妻才是好夫妻,琦相没白疼你。"

琦善走出房门:"伊节相,我是从官场上连根拔起的萝卜,不是当年的爵阁部堂奉义侯,是寒酸的升斗小民。这不,每天开门七件事,柴米油盐酱醋茶。不过,你的高堂相府也好不到哪儿去,也是柴门荆扉干打垒,还少一棵歪脖枣树呢。"伊里布住在银锭胡同六号,琦善住七号,两家只隔一条两丈宽的巷道。两个人一边说话一边进屋,脱鞋上炕,佟佳氏端上刚烧的砖茶,兑上奶子。

伊里布问道:"发还了吗?"琦善抬眼道:"发还?普天之下莫非王土。臣民的财产归根到底是皇上的。承蒙皇上厚恩,保定府的宅子发还了,一家老小总算免于流落街头,但田亩当铺和十二万两银子全充公了,讨不回来,也不敢讨。"伊里布道:"听说宗人府拨了一笔款子,把北京的奉义侯府修葺一新,赏给庆郡王奕劻了。"琦善没吭声,他家七代人在奉义侯府住了一百四十年,提起被没收的老宅心里就酸溜溜的。

伊里布获咎,但没被抄家,他到张家口后,家里派来两个仆人送来八百两银子,日子过得宽松。他喝了一口奶茶:"缺银子不?缺就说话。"琦善道:"上月初,英隆借给我三十两,还没用完呢。"他把水烟袋往炕桌上一放,自嘲道:"我现在虽然穷困,但无官无职一身轻松,瓦盆边饮浊酒,草滩上看星星,栽花看瓜,草衣木食,找几个牧羊人说几句羊倌话,比肥马轻裘的日子安逸。"

伊里布见炕桌上放着一沓邸报,问道:"有什么消息?"他与琦善约定,邸报轮着看,琦善先看,他后看,然后再还给英隆,他是来看邸报的。琦善用不屑的口气道:"扬威将军奕经派郑鼎臣在舟山的大嵩港、螺头门和衢头湾奇袭逆夷,杀得逆夷胆战心惊,奕经向朝廷报喜。"

伊里布戴上老花镜缓缓展读,邸报上有奕经和文蔚的会衔奏折摘要:

……四月十四日,郑鼎臣率水勇在定海……焚烧大夷船四只,烧沉焚

坏大小舢板船数十只,击烧沉溺三百余人。……①

接下来是朝廷颁布的奖赏:

……郑鼎臣著先赏给四品顶戴,并赏戴花翎,奕经著赏双眼花翎,文蔚著赏还头品顶戴……其在事出力文武员弁及兵丁乡勇民人等……查明保奏。

伊里布的脸上风平浪静:"琦相,你信吗?"琦善道:"就凭咱们那些花生壳大的师船和长矛大刀抬枪铁铳,在汪洋大海上打沉英夷的三桅大兵船和铁甲轮船,分明是捏谎!"琦善和伊里布目睹过英夷的坚船利炮,与英夷打过交道,而且都是撰写奏折的行家里手,一眼就看出奕经和文蔚在夸功邀赏。伊里布叹了口气:"从虎门拒敌算起,咱们与英夷打了多少仗?广州打了几仗,厦门打了一仗,舟山打了两仗,镇海、宁波打了两仗,慈溪打了一仗,这回的浙江的大反攻又是一仗。各省封圻和前敌将领全都夸口杀敌多少烧船多少,英夷总共来了四五十条兵船七八千人马,要是这里烧五条那里烧六条,这里杀几百那里斩一千,即使没把他们殄灭,也把他们打残了。"

琦善重新往水烟袋里装烟叶,用火煤子点燃,深吸一口,喷出一个烟圈:"在咱们大清,做人难,做官更难,既不违心又不违命最难。皇上喜欢听顺风话,下面的人就顺其所好报喜不报忧,结果呢,那些夸夸其谈说大话的人受到褒奖,打了败仗矫饰遮掩的人得到晋升!你我二人明白,本朝是打不败英夷的,主张稍做让步,以局部之小损换全局之稳定,却一个跟头栽倒。唉,谋国之言被当成驴肝肺!罢官抄家,差一点儿丢了性命!言官御史们为了讨好皇上,骂我是千古罪人!他们昧于海疆大势,以为本朝军队所向披靡天下无敌,却不知道火轮船旋转炮燧发枪开花弹的厉害!想起这些,我就心伤啊!"琦善差一点儿掉下泪

---

① 以上战果和奖赏分别载于《扬威将军奕经等奏报定海兵勇连次夺获并焚烧英船情形折》和《著奖叙定海连次焚烧大小英船之各将弁事上谕》(《鸦片战争在舟山史料选编》第348页和第351页)。但英军的记载正好相反。W.D.Bernade的《"复仇神"号在中国》(第303-305页)和John Elliot Bingham的《英军在华作战记》(第313-314页)描述了这场战斗,英军当时只有"复仇神"号和"皋华丽"号两舰在舟山,英军没有损失一人一船,反而将数百条火船火筏全部摧毁。

来。伊里布道："别提这些事了，一提我也是满心的不顺畅。"

琦善若有所思："古人说，楚王好细腰，宫娥多饿死。我觉得，天下官员都在奉迎皇上欺瞒皇上，讲顺耳话，吹顺耳风，瞒得他满目荫翳，吹得他看不清时局。"

伊里布年过七旬，已经没有机关算尽斗智斗勇的精力，只想安度晚年，他啰啰唆唆地谈着人生经验："琦相啊，人这辈子有点儿像纹枰对局，年轻时布局，中年时搏杀，晚年时收官。我这局棋收官没收好，收到察哈尔来了。不过话说回来，这也不算什么，跳出三界外，不在五行中，反倒清静。在官场上每天都得绷紧心弦，琢磨着怎样避祸自保，怎样见风使舵，怎样左右逢源。当年我去云南上任，经过四川新都，逛了一趟宝光寺的五百罗汉堂。堂前有一副楹联，上联是：挑起一担，周身白汗阿谁识；下联是：放下两头，遍体清凉只自知。我当时不懂下联的意思，什么叫两头？担的是啥？现在明白了，前头叫官位，后头叫名利。官位压身大汗淋漓，放下名利遍体清凉。我现在无官位无担待无权力无是非，从上下尊卑远近亲疏的人际关系中解脱出来，过往的事情都看得风轻云淡了。"伊里布看淡名利，琦善却正值盛年不甘心就此沉沦，一心想着复出，他没接话茬，闷坐着。

院墙外面传来喜鹊的喳喳声，琦善的心铿然一动："破颜看鹊喜，拭泪听猿啼。是灵鹊报喜吧？"伊里布老眼一眯："你信灵鹊报喜？"琦善把水烟袋放在炕几上："《大易》上有句话：鹊笑鸠舞，来遗我酒；大喜在后，授吾龟纽。喜鹊叫总比乌鸦叫吉利。"伊里布道："信言不美，美言不信。信，你就得为几声无谓的鸟叫牵肠挂肚悬心揣测，不信，你就能悠闲自得睡踏实觉。我真想躲在陋室里效仿古人：如今但欲关门睡，一任梅花作雪飞。"

他的话音刚落，院墙外就传来长声通报："察哈尔都统英隆大人到——红带子伊里布出迎——！"佟佳氏听到呼唤声出了厨房，脑袋探出柴门外："伊相不在对门，在这边，和我家主子一起说话呢！"

来人果然是英隆，他骑着一匹栗色蒙古马，身后跟着两个亲兵。英隆翻身下马，把马缰绳递给一个亲兵，托着一卷黄绫子进了柴门："伊里布接旨。"佟佳氏赶紧拿来一个蒲团放在地上。

在这种场合，无关人得避开。琦善趿鞋下炕，与佟佳氏一起进了里屋，隔着门缝侧耳聆听。伊里布把手杖倚墙放了，撩衽跪下："罪臣伊里布接旨。"

英隆扯着嗓子宣读：

著伊里布即日晋京，以七品衔改发浙江军营效力，与署理杭州将军耆英同行，不得迁延。钦此。

一道黄绫圣旨寥寥两行字就能扭转臣工的命运，伊里布大恸感情，双腿不由自主地微微打战，想起身却站不起来，英隆赶紧俯身搀扶。琦善从里屋出来，把手杖递给他，伊里布撑着手杖才站稳。

琦善一展手："英大人请坐。"英隆一抬屁股坐在炕沿上："二位大人也坐。"伊里布和琦善并排坐在一张条凳上，规矩得像私塾里的学童。英隆向伊里布道贺："伊节相，恭喜呀！你一来我就说，凡是发配到察哈尔的，都是皇上的股肱之臣，只不过因为小错惹怒了天颜，用不了多久，从哪个位子下来的，还回哪儿去。对不？"他偏转过脸："琦爵阁，你一来我就跟你说，别看六号宅院比七号小，少一棵歪脖子枣树，却是吉利宅子。六六大顺嘛。"他掐着指头道："你看，布彦泰在这儿住过，伯爵贵明在这儿住过，镇国将军奕蘧也在这儿住过，没有一个超过两年的。我劝你住六号，你不信，这回信了吧？你看人家伊节相，才来七个月，皇上就想起他老人家。所以，伊节相一走，你就搬到六号去。一年半载的，皇上准想起你，一道圣旨调你回京。"他一面说一面从口袋里取出一对山核桃，"唰唰唰"地转起来。

琦善道："我刚来时去六号看过，院里的茅房没有篷顶，天寒地冻时节，一蹲茅坑，大风吹屁股，冷气入肛门，不舒服，所以我才选七号。"英隆打趣道："琦爵阁，就是流放军台，您的屁股也是相爷屁股。"琦善假装愠怒："你小子见我落难了，就拿我开心，是不？"英隆笑道："岂敢岂敢。"

伊里布幽幽道："世事变幻莫测，恍兮惚兮窈兮冥兮，竟然像做梦一样！我老了，心有余而力不足。要是皇上差我打理民政，我还能料理个三年两载，但是料理夷务是难差繁差险差死差，搞不好还得回察哈尔。"伊里布深知夷务难办，在"差"字前加了"难、繁、险、死"四字，一字比一字重，琦善的腮上筋肉抽动了一下，他对这四个字深有同感。

英隆在官场上一路顺风，没办过险差死差，饶舌道："瞧您说的！二位到我这座小庙里就像诸葛武侯在隆中躬耕垄亩，为的是有一天刘备三顾茅庐。你们二位是国家重臣，论阅历论学养论才干论见识，我没法比。我是庸臣庸才，靠着祖宗的荫庇坐到察哈尔都统的板凳上，这个职位不高不低不尴不尬，名分上是头品武官，替皇上管着关外的八旗四牧，其实只管旗务不理民政，更不沾手地方钱粮，权力还不如张家口同知大。塞上有叛乱，我有事干，塞上没叛乱，我就闲待着玩一玩山核桃。说白了，我是皇上的马倌，皇上给我一个齐天大圣的名号，干的是弼马温的营生，在无佛之地妄自称尊。察哈尔这个地方池子小，二位相爷不是池中物。你们复出后，哪个不在我之上？到时候还请你们多关照呢，但话说回来，重臣有几个不经历磨难的，对吧？"

琦善道："什么重臣，重臣能发配到军台？"英隆一哂："官场上的人说，道光朝有三重臣一名将，三重臣是你们二位，外加林则徐，一名将是果勇侯杨芳。"琦善觉得自己奇冤难辩，有一种血色尚新余痛犹在的感觉，一摆手打住："那是老皇历了，三重臣全都闲废了，一名将也是金刚倒地一摊泥。依我看，道光朝没有重臣，只有人来人往纷纷攘攘，你方唱罢我登场，至于成败荣辱名利祸福是非曲直，都是一塌糊涂。"

伊里布慢悠悠道："英大人，官场上的炎凉我都经历过，看够了，也受够了。人生难得一塌糊涂，贬到这块地皮上，我没那么多欲望，没那么多抱负，没那么多躁动，没那么多奔劳，也用不着曲意迎奉，坐看云起时，心安意自闲，我真的不想走。张家口虽然是偏僻的贫苦焦寒之地，却山随平野阔，水流入大荒，有一种苍凉的美。我真想在这儿数数羊，铡铡草，当一个执鞭子的牧人，空闲的时候拿出竹箫，吹一曲《胡笳十八拍》。"

"伊节相，哪能这么说呢？月有盈缺人有无常，名臣重臣哪有不大起大落的？别人不说，就说前明的名臣海瑞，受了多少磨难，得了多少处分？差一点儿连脑袋都让万历皇帝砍了。林则徐是重臣，受过五次处分，办黄河工程一次，误用人一次，长江决口一次，家丁惹祸一次，广东禁烟又一次。这叫不办事不出纰漏一办事就出纰漏，办小事出小纰漏办大事出大纰漏。孟子曰：天欲成全之，必先苦其心智，罚其体肤，而后才能成大事焉。像我这种不苦不劳不罚的人，没出息。"伊里布觉得英隆有点儿荒腔走板，抬眼问道："你说的'罚'是哪个

'罚'？""当然是惩罚的'罚'！"琦善"噗"的一声把奶茶喷了："英大人哟，孟子的原话是：'故天将降大任于斯人也，必先苦其心志，劳其筋骨，饿其体肤，空乏其身。''乏'是劳乏的'乏'，不是惩罚的'罚'。"

英隆脸不红心不跳，不愠不恼地把话头轻巧岔开："你们二位是有学问的人，我读书不求甚解，读邸报也是粗枝大叶。伊节相，今晚我在都统衙门给你把酒饯行，请琦爵阁赏光陪坐。待会儿您收拾一下细软杂物，明天一早我派几辆驼车和四个旗兵送你进京。"

英隆告辞后，琦善道："伊节相啊，我有句实心话想说。""哦？""你回北京见到皇上，一定要告诉他，英逆是本朝从未遇到过的强敌，本朝不可一味争强斗狠，不能把国家和亿万民命赌在一场没有胜算的战争上，稍做让步才能持盈保泰。"伊里布没说话，他晓得，道光自负固执，不合他想法的任何建议都会受到怀疑。在继承大统前，道光经常到县府村镇游走观察，五十岁后很少出京，连每年的热河秋狩也取消了，他的眼界越来越狭窄，心胸越来越收缩。他抬起寿眉："你不怕言官御史们骂你是卖国贼？"琦善叹了一口气："我何尝不想肃清海疆，把逆夷赶得远远的？但是，天下事哪能尽遂我朝所愿。广州议和，我是满心的屈辱和无奈。你总不能让逆夷把坛坛罐罐全打碎了才认输吧？在强敌压境之时，本朝不能急于求成急于见功，只能磨砺以须，忍其小而图其大，卧薪尝胆，报仇雪耻待将来。但是，这个道理呀，说起来容易做起来难哪。"

伊里布忧心忡忡："我们都是皇上手里的牵线木偶，皇上拉线拽线，你能拂逆得了吗？当今官场非同昔比。贤，谁理你？愚，谁理你？阴，也是错，晴，还是错。说你错你就错，不错也错，说你对你就对，不对也对，天下事已经一塌糊涂了！"

琦善停了半晌才补充道："还有一件事，与英夷打交道，一定要有咱们自己的通事，不能全听英夷的通事居间翻译。我给皇上的奏折写得明白，给予香港一处寄居，设关征税；义律却发布文告，说我同意割让香港。我百思不得其解，现在才想明白，是翻译有误，我用错了人，鲍鹏的英语是二把刀。"伊里布问道："谁的英语好？""十三行总商伍秉鉴和伍绍荣父子，唯有他们精通英语熟悉夷务，办这种大事，非得有他们参与不可。"

第八十八章

战云再起

"皋华丽"号静静地停在大浃江口，它四个月前到中国，替换了旗舰"威里士厘"号。"威里士厘"值勤两年有余，依照常例回国轮休。"皋华丽"号与"威里士厘"号一样，也是三级战列舰，排水量一千七百八十吨，配装了七十四位卡仑炮和五百七十名官兵。

郭富、蒙泰和郭士立等人搭乘火轮船来到"皋华丽"号，巴加正在会议舱里等候他们。郭士立是个不可或缺的人物，他不仅是英军的首席翻译，还是伪宁波知府，英军缴获的所有文报都交他审查处理，汉奸们提供的所有情报也由他甄别，郭富和巴加根据他的意见做出抉择。

今天的核心人物不是郭富和巴加，而是璞鼎查的军务秘书马恭少校。璞鼎查在香港处理商务，派马恭到镇海传达英国政府和印度总督的最新训令。

军官们入座后，马恭直切正题："在去年年底的大选中，保守党战胜了辉格党，罗伯特·皮尔成为首相，内阁成员和海外殖民地的重要官员大换班，阿伯丁勋爵替换了巴麦尊勋爵的外交大臣，艾伦巴罗勋爵接替了奥克兰勋爵的印度总督。"远征军的将领们都知道，两年多前英国政府决定发动对华战争，把议案交付议会讨论时，辉格党与保守党针锋相对，议会仅以二百七十一票对二百六十二票通过了战争议案。保守党执政后，显然会调整对华政策。郭富问道:"政府有什么重要指示?"马恭道:"阿富汗出了大事故。新任外交大臣阿伯丁勋爵和新任印度总督艾伦巴罗勋爵要我们尽快结束对华战争。"

巴加吃了一惊:"阿富汗出了什么事故?"

马恭少校神态严肃:"奥克兰勋爵担任印度总督时派两万大军入侵阿富汗。去年冬天,驻扎在喀布尔的军队陷入困境,经过多次谈判,阿富汗人同意我军及其眷属和平撤离。但是,阿富汗人背信弃义,当我军进入干达玛克山谷时,三万阿富汗军队伏击了我军,经过七天七夜激战,四千多英印官兵和一万两千多眷属及非战斗人员全军覆没,他们投降后被屠杀殆尽,连妇女和儿童也未能幸免。璞鼎查的弟弟也葬身在干达玛克山谷,只有一个叫威廉·布莱登的军医带伤逃回,把喀布尔大屠杀的消息报告给印度总督。"

这是一场惊人的惨败,司令舱里一片沉寂。巴加几乎不相信自己的耳朵:"阿富汗人竟然打败了我军?"郭富比较了解阿富汗的局势:"阿富汗地形险峻气候恶劣,那种环境磨砺出来的人如狼如狐机诈百变,勇武剽悍冷酷无情。我国政府低估了阿富汗人的抵抗力,他们有俄罗斯的支持。"

马恭接着道:"艾伦巴罗勋爵认为,阿富汗的失败有可能鼓舞印度的大小土邦,他们随时可能串通一气发动叛乱。"

郭富道:"我曾经反对发动阿富汗战争。我国是海洋国家,以海战见长,陆军远离舰队作战会把软肋暴露给敌人。阿富汗之战说明,只要抑长用短,多么强大的军队都无用武之地,就像希腊神话中的安泰,一旦离开土地就会被敌人掐死在空中。阿富汗是山国,陆军单独行动容易遭到敌人的封锁,寒冬时节运输尤其困难,一俟弹尽粮绝就会陷入苦境。我们陆军在中国沿海作战始终与海军联袂行动,活动范围从来没有超出舰炮的射程,后勤保障和弹药补充也从来没有间断过。"郭富经验丰富头脑清醒,深知陆军的短处。宁波距离大浃江口只有二十公里,但他反对占领宁波,反对与中国人同居一城。果不其然,驻守宁波期间,英军共有四十二名士兵遭到暗杀,十六名士兵遭到绑架或失踪[①],死亡人数不亚于正面战场的阵亡人数。清军夜袭宁波和镇海后,英军哨兵非常警觉,稍有风吹草动就神经过敏开枪示警,发生了多起误射平民的事

---

① 这些数字载于John Elliot Bingham撰写的《英军在华作战记》(英文版)第316页。

件，致使英军与宁波居民的对立情绪越来越严重。

马恭道："阿伯丁勋爵和艾伦巴罗勋爵说，对华战争旷日持久，消耗了一百二十万英镑战费，大大超出了预算，他们要求我们尽早结束对华战争，必要的话，可以降低谈判条件。"巴加问道："如何降低谈判条件？"马恭道："阿伯丁勋爵认为，清方拒绝签署《穿鼻条约》是因为我方提出了领土要求，假如我方放弃香港，签约就比较容易。他说，香港和舟山是军事占领，保有它们要花费大量金钱。"

巴加直言不讳道："阿伯丁勋爵目光短浅，只看到眼前。"郭富问道："璞鼎查爵士如何说？""璞鼎查爵士认为我国应当在中国水域保留一座海岛，哪怕很小。马地臣和颠地等商人也强烈要求保留香港。顺便说一下，郭富爵士，您两次给印度总督写信，主张私有财产不能成为战利品。艾伦巴罗勋爵赞赏您的意见，他指示要把保护私有财产写入与中国人签署的条约中。"

郭士立仔细研究过《大清律》，插话道："马恭少校，中国没有人身财产保护法，臣民的私有财产不受法律保护，皇帝和官府找个理由就可以剥夺他们的财产，连琦善那样的缨簪贵胄都不能幸免。"郭富道："保护私有财产是我们大英国的立国基础，没有这一条，我国就会倒退回中世纪去，变成王权至上的集权国家。中国法律没有保护私有财产的条款，那就更有必要把它写入条约。"

马恭接着讲："璞鼎查公使决定立即发动长江战役，切断大运河，斩断中国的经济命脉。我国政府已经从国内调派了一个步兵团，他们正在途中。印度总督艾伦巴罗勋爵增派了六个马德拉斯步兵团和一个炮兵团，十条战舰三十条运输船，它们已经踏上征途，将在一个月内分批抵达香港，届时，远征军的总兵力将达到两万。"

巴加道："我与郭富爵士商议过，在援军抵达前，我们将充分利用现有兵力，出其不意攻打乍浦，而后挥师北上进入长江。鉴于现有兵力不足，我们将把驻守宁波和镇海的军队撤出，将驻守厦门和舟山的步兵撤出一半，只留少量兵力驻守招宝山、鼓浪屿和衙头湾。"

马恭从皮包里掏出一纸命令："郭富爵士，璞鼎查爵士尊重您和艾伦巴罗勋爵的指示，承认私有财产不宜作为战利品。这是他签发的命令，要求我军撤离宁波和镇海前，摧毁当地的所有官产和公共建筑。"他把命令递给了郭富：

……我们要搬走、运走或摧毁所有公共财产（包括属于皇帝及其官员的所有财富），以及林林总总名目繁多的公共建筑、官产房、粮仓、木材场、战船和其他船舶。我要求把摧毁公共建筑的事情做到极致，推倒围墙，凡是不值钱、搬不走、太沉重、太累赘的家具等物品，一律烧掉。①

郭富不以为然："马恭少校，请你转告璞鼎查爵士，这个命令只能打折扣。我军只摧毁官衙、兵营和军事设施，不包括寺庙、城墙等公共建筑，我不想让士兵们变成无恶不作的强盗。"郭富坚持他的军事道德观，马恭的军衔较低，不敢与他争执："我只是传达公使大臣的指示。"巴加也不愿与郭富唱对台戏，一声不吭。

郭富道："此外，我要申明，我军必须有序撤离，不能一走了之，否则中国人会借机大做文章，编造'宁波大捷'或'镇海大捷'之类的谎言，上欺皇帝下瞒百姓。这将大大增加谈判的难度。因此，在撤退前，我要分别召集宁波和镇海两城的全体保长甲长和绅士们开会，堂堂皇皇地举行交接城门钥匙的仪式，奏国歌，降国旗，摆队出城。我将亲自主持镇海县的交接仪式。郭士立牧士，我要求您和蒙泰中校共同主持宁波城的交接仪式。交接仪式要庄重盛大，不给中国人以编造谎言的借口。"郭士立道："我将尽心安排，但是，中国将领肯定会借机编造收复宁波的谎言。一个月前，清军的兵马大元帅奕经突袭宁波大败而归，丢下几百具尸体和三十九名俘虏，我军无一人战死，仅有五人负伤。但是，根据我收集的情报，奕经奏称清军重创我军，击毙一位著名的巴姓头目，宁波城内所有外国官兵挂孝致哀，我军运往定海掩埋的尸体装了整整五船。"巴加呵呵一笑："看来，那位著名的巴姓头目是我。可惜，我当时在舟山，中国兵马大元帅编造谎言的本事让人叹为观止！"

郭士立道："是的。粉饰太平欺上瞒下的编谎文化像毒素一样渗透到中国各级官员的心脾，封疆大吏们从来不把败绩如实奏报给皇上，小胜详写，大败简述，即使溃不成军，也要编造出莫须有的动听故事，什么'重创逆夷'、'杀敌千百'、'烧毁夷船若干'，一败如水的战斗常常被写得壮烈无比动人

---

① 转引自George Pottinger的《首任香港总督亨利·璞鼎查爵士传》（英文版）第79页。

心弦。那些虚构的故事像浪漫传奇一样刊登在朝廷的邸报上。中国皇帝的身边聚集着一群献媚讨巧的大臣，他们习惯于讲恭维话和顺耳话，致使皇帝骄傲自负故步自封，变得闭塞、偏执、专断、愚昧和暴戾。他一直不允许沿海各省的督抚将军们接受我方照会。"

郭富道："现在的大清帝国就像我国的约翰王时代。约翰王愚昧专断自以为是，让整个国家成为谎言充斥的国度，滋养出一群无耻的应声虫，让巧取者奸诈圆滑，让贤明者无语忧愁，让芸芸众生浑浑浃浃。"

马恭道："我们改变不了中国，让他们自欺欺人去吧。璞鼎查爵士要我转告二位司令，他将跟随增援部队北上，请二位司令充分利用汉人对满洲统治者的不满，组织和动员一切有利用价值的中国人从事向导、间谍、运输和采购工作，但要仔细甄别，严防奸细混入其中。两万大军在华作战，没有一批为我们效力的中国人，我军将步履维艰。"

巴加道："请你转告璞鼎查爵士，我将派船把陆军从宁波、镇海和舟山接出来，五月十三日以前在黄牛礁水域汇合，首先攻打乍浦，然后去长江口与他会师。"

乍浦是一座小城，隶属于平湖县，因为日本商人常来做生意，朝廷把它视为海疆重地。康熙二十三年（1684）朝廷在乍浦设立了副都统衙门，派驻了一千零六名八旗兵，旗兵们在乍浦城的东北面圈出一块方圆八里的地面，修建了三千二百间兵房民房库房磨坊和庙宇，围以城墙，成为自成一体的满城。满城的房子与当地的民房大不一样，当地民房独门独户形态各异，是私产，满城的房子则整齐划一，是官产。为了便于集合和操练，旗人的家与家之间没有院墙。满洲旗人携家带口从长城以北来到乍浦，朝廷严禁满汉通婚，经过一百五十多年的繁衍，依然保持着关外的装束、语言和风俗。他们久住生恋，视乍浦为故乡，城北的山坡上有连片的坟茔，埋葬了几代旗人，上万座坟头鱼鳞似的连绵不断。

一连几天，英军的火轮船在乍浦洋面不断游弋，侦察活动十分频繁。乍浦人预感到将有一场恶战，大批民人收拾细软，赶着驴车挑着担子逃离这块是非之地。但是旗人没有走，他们是大清的中坚，家园在此，祖坟在此，宗庙在

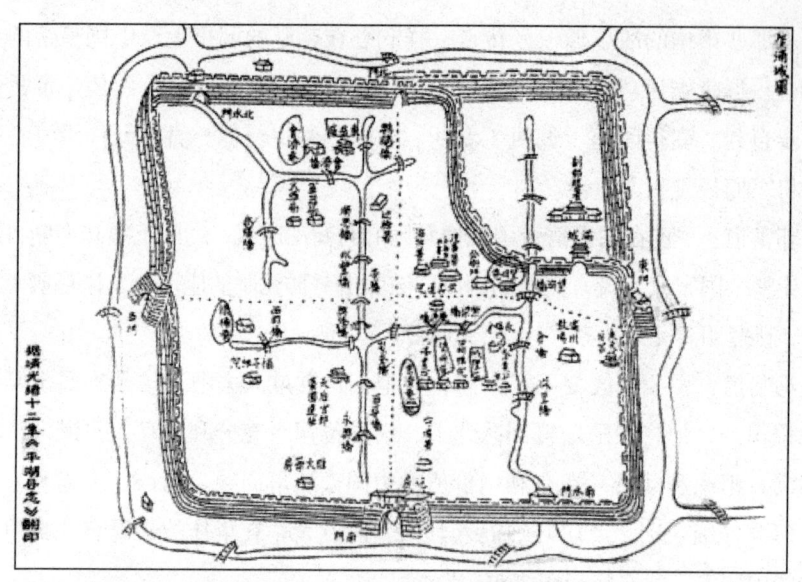

乍浦城地图。载于道光十二年（1832）的《平湖县志》。乍浦是海疆要地，江浙咽喉，清朝与日本的贸易码头。雍正六年（1728）清政府在乍浦城的东北部建造营房3200间，供旗兵及其眷属居住，称为满城（又称旗下营）。

此，父母在此，妻儿在此，对他们来说，家就是国，国就是家，难分难割难舍难离。满城里的六千多旗人眷属不分男女老少全都行动起来，铁匠们打造刀枪箭镞，木匠们制作弓矢，妇女们为守城将士洗衣造饭烧热水，小孩儿帮助大人搬运沙袋堆砌街垒。满洲男儿生来就是当兵的坯子，必须学会刀马弓矢掌握抬枪火炮。他们以驰骋沙场为己任，以马革裹尸为荣耀。对他们来说，保家卫国不是大而无当的虚幻概念，而是看得见的实在，他们像一群临战的兵蚁，同仇敌忾同心同志，没有一个溜号的，连年高体弱的退伍老兵也操起刀枪。

海疆风云大起后，朝廷陆续向乍浦增派了八百四十名荆州旗兵，一千五百名陕甘兵，一千五百名山东壮勇，加上平湖县和本地义勇，乍浦防军已近七千，分别驻守在乍浦和城外的葫芦城、天妃宫、牛尖角、陈山嘴、唐家湾、檀树泉等六座炮台。

但是，大敌当前，八旗兵与外省客军突然打起群架，副都统长喜气得要命，他双手偃膝坐在木图（沙盘）前，麻子脸闪着愠怒。镶红旗佐领隆福，甘肃提标前营守备马之荣，山东永昌营的千总李廷贵神色紧张地站在对面。

镶红旗左营与甘肃提标前营比邻而居，两座营盘只隔一道栅栏，因为一丁点儿小事打架，几百人卷进去，打伤了六个旗兵四个甘肃兵和两个山东壮勇，有人禀报给长喜，长喜怒气冲冲质问道："怎么回事，为什么打架？"

隆福的瓦刀脸拉得老长，下巴上的浓黑胡须一耸一动："我叫大伙房杀了一口猪，给旗兵们解馋，伊勒哈根把猪尾巴扔到甘肃提标前营的营盘里，就为这事打起来了。"伊勒哈根是抬枪兵，愣头青，这小子一出娘胎骨关节就没对准榫卯，心血一来潮就上房揭瓦打洞刨坟，他因为盗墓激怒了当地民人，长喜罚他去大伙房挑水烧火，没想到这小子从野外捡回一颗人头，带头发带胡须的，他剔肉拔须刮骨，放在铁锅里热腾腾地煮出一锅肉汤，假称猪肉，分给旗兵们吃——不是肚肠打结的人绝对干不出这种恶心事。一提伊勒哈根，长喜就气不打一处来，他"啪"的一掌拍在案上："甘肃提标前营是回民营，你们明知人家不吃猪肉，还把猪尾巴丢过去，恶心人家，这不是无事生非吗！伊勒哈根那小子一肚皮坏水，挖空心思干没屁眼儿的缺德事。前几天他把一串臭猪肠挂在回民营的木栅上，惹出一场麻烦，我还没罚他，今天他又招惹是非。你把那小子绑起来笞一百，罚他跪在营寨门口，叫他牢牢记住不许戏弄客军！要是再出这种事，我拿你是问。"隆福两脚一磕："喳！"

长喜接着问："李廷贵，镶红旗与回民营打架，你们永昌营凑什么热闹？"李廷贵道："长喜大人，能不能实话实说？""当然要实话实说！"李廷贵直来直去道："俺们是外省来的勇营，武器俸饷和旗兵没法比，勇丁们不服气，看见回民营和旗兵打架，有几个勇丁跑去看热闹，替回民营喊了几嗓子。就是这样。"在大清，满洲人高人一等，八旗兵装备精良俸饷充裕，惹得汉人和回人心生醋意愤愤不平。永昌营是临时招募的山东勇营，只有军官是从绿营兵抽调的。他们纪律差，装备也差，没有火枪和抬炮，只有刀矛弓矢，永昌营的营盘距离回民营的营盘不远，回民营与八旗兵打架，永昌营里有好事之徒唯恐天下不乱，替回民营呐喊助威，把少数人的冲突演变成一场三军大战。

长喜道："圣祖康熙皇帝在世时就说过：满蒙汉回藏，五族一家亲！乍浦不仅是满人的乍浦，也是汉人和回人的乍浦，是大清的乍浦！陕甘回民营跋山涉水千里迢迢增援海疆，是来捍卫大清的一统天下的！现在是大火烧屁股的时候，你们他娘的为一条猪尾巴闹生分打群架，成何体统！隆福，我告诉你，你必须严格约束部属，要是再出事，我先拿你开刀！"隆福牛吼一声："喳！"

长喜的两只眼珠子鼓得溜圆："八旗兵是大清的中流砥柱，俸饷厚待遇高，你要做出表率，别他娘的平时吃香的喝辣的，上了战场就拉稀，让人家陕甘营和山东勇营戳脊梁骨！你也别摆高人一等的花架子！我不问满人汉人还是回人，只问胜负！要是打了胜仗，你们敲锣打鼓吹牛皮喝喜酒放鞭炮都行！要是打了败仗，别说皇上饶不了你，我先扒了你的皮！"隆福被骂得头也抬不起来。

长喜对马之荣和李廷贵稍微客气："你们是外省来的，也得有当兵的模样，不能松松垮垮。新任钦差大臣耆英大人到浙江了，过两天就来乍浦视察，你们把营盘打扫干净，别弄得像猪棚狗窝似的。""遵命！"

长喜站起身来走到木图前，用一根小棍指着上面的炮台堡垒："去年英国兵船来过这儿，与天妃宫炮台和葫芦城炮台对射，幸亏他们没登陆，否则后果不堪设想。这回他们来了十几条兵船和火轮船，看样子是要登陆，你们三位各有职守，必须与营寨共存亡，要是丢了营寨，别怪我长喜方脸变长脸六亲不认，拿你们的人头向皇上请罪！"说到这里，他厉声一喝："马之荣！""有！""牛尖角是你的防区，它与檀树泉濒临大海，英夷在那儿登陆的可能性最大，你们回民营是陕甘劲旅，要给我杀出威风来！""遵命！""李廷贵！""有！""灯光山左侧是你的防区，拿出你们山东大汉的看家本领，要是丢了，你别想带着脑袋回老家！""明白！""隆福！""有！""灯光山右翼和天妃宫是你的防区，你给我像钉子一样牢牢钉在那儿，英夷要登陆，你不许后退半步，尺地寸草不能放弃！""喳！""滚！"

隆福、李廷贵和马之荣被训得一身晦气，一磕脚后跟，转身离去。

第八十九章

血战乍浦

长喜准备去沿海的六座炮台巡视，刚出城门就看见二十多辆马车骡车首尾相接停在门口，像一条长长的蜈蚣，押车的兵目正与门丁交涉。打头的四辆马车各拉一位铜炮，其余的车载着沉重的木箱，箱盖上有"杭州炮局"字样，里面放着枪炮子药。杭州与乍浦相距二百里，用船运送既省时又省力，但英国兵船一直在杭州湾游弋，浙江炮局不敢走水道，改用马车从陆上运送。

长喜一眼瞥见龚振麟。龚振麟头戴红缨官帽，骑着一头大叫驴，腰悬一柄英国短铳——那是清军缴获的战利品，送到浙江炮局当样品的，龚振麟爱不释手，随时带在身旁。毛驴的屁股后面驮着一只百宝箱，里面装着钳子改锥螺丝锯条卡尺剪刀。长喜见他那副官不官民不民的模样，觉得好笑，叫了一声："哎呀，这不是龚大炮吗，什么风把你吹来了？"

龚振麟"吁——"了一声，蹁腿下驴，拱手行礼："长大人，下官给你送枪炮子药来了。"长喜走到一辆骡车前，揭去苫布，露出一位崭新的铜炮，炮身上有铭文："一千一百斤，道光二十二年三月浙江炮局龚"。长喜眉开眼笑道："嘿，新造的，把你的大名也铸上了！"龚振麟拍着炮身，三分得意七分抱怨："人过留名雁过留声，我龚某人铸的炮，是要负责任的。前些日子，扬威将军说杭州炮局造的炮炸膛，要我赔付，那些炮不是我造的，是库存的。冤柱啊！我一家老小喝西北风也赔付不起。所以，从现在起，凡是我龚某人监造的炮，都要铸铭文！"

奕经以铁炮炸膛为由授意吏部处分刘韵珂，刘韵珂用高墙深池把奕经挡在杭州城外。两个顶尖人物以眼还眼以牙还牙，闹得全省兵民无人不知。长喜既不愿得罪奕经也不愿得罪刘韵珂，绕开话题笑呵呵道："好炮！可惜小了点儿。"龚振麟道："别小看这几位炮，我一共铸了六位，刘大人留下两位，给你送来四位。""刘大人这么大度？我以为他把好炮留给自己用呢。""哪能呀？乍浦是杭州的门户，要是门户不存，杭州也保不住。"长喜问道："这炮有什么与众不同的地方？"龚振麟拔去炮口上的木塞，指着炮膛："你伸手进去摸一摸。"

长喜把手伸进去摸了摸，感觉的确不一样。他抽回手，眯着眼睛朝炮膛里看："里面有什么名堂？"龚振麟眉飞色舞地炫耀自己的杰作："光滑如镜，对吧？英夷的炮全是滑膛炮，炮管内壁经过反复打磨，磨工越细，炮子出膛的阻力越小。我叫三个工匠轮番打磨，粗沙细沙打磨了六遍，花了整整一天工夫，用镜子往里一照，光可鉴人，拉到炮场一试，比没打磨过的炮多打三十丈远！千斤炮相当于一千六的射程！"龚振麟一谈炮就兴奋，吐沫星子乱溅。他拍着炮架道："这是仿照英夷炮架造的，我做了一点儿改进，在炮架下面安了四个辘轳，炮管下加一个楔子。辘轳用于调整射角，楔子让炮身上下移动，调整仰角。"长喜伸出大拇指："好！这四位炮正好派上用场。""别着急，我还有二十杆好枪呢。"龚振麟引着长喜绕到第五辆马车前，揭开苫布，打开箱盖，取出一杆沉甸甸的抬枪，乌黑的枪管闪着紫灰色的微光："这种枪我也做了改进，枪膛也经过打磨，引火不用火绳，改用燧石。用燧石点火延时短，一扣扳机，枪子立即出膛。"长喜笑得满脸皱纹挤在一起："你这是雪里送炭呀！咱大清要是多几个你这样的宝贝，枪炮就不比英夷差！这几天，英夷兵船云集乍浦洋面，动作频繁超过以往，是打仗的架势。你把炮直接拉到葫芦城炮台，我去沿海巡视，晚上回来请你喝酒。"

龚振麟命令跟丁和车夫，把铜炮和抬枪运往葫芦城炮台。当天下午，他给驻守炮台的旗兵讲解如何使用新式铜炮，如何使用炮车，一直忙到天黑。他赶了两天路，讲了半天课，累得筋疲力尽，回到驿站吃罢晚饭，早早睡去。

第二天早晨龚振麟刚要出门，就被一阵"隆隆"的爆炸声震蒙了，只觉得地动山摇，房梁上的陈年积土"唰唰"飘落，屋子里浮尘飞扬，呛得他直咳嗽。他愣了愣神，猛然憬悟，开仗了！他把大帽子扣在头上，趿上靴子提上短铳，一头冲出门外，两个跟丁来到天井，等候着他的命令。龚振麟一挥手，指着灯光山道："上山！"跟丁们吓了一跳，觉得龚振麟的想法违反常理。一个道："袭大人，那边在打炮，去那边不是找死吗？"另一个道："咱们既不是营兵又不是义勇，不能迎着炮声走。"龚振麟恼了："叫你们去你们就去，别啰唆。把我的大叫驴牵来！"

龚振麟提上百宝箱骑上毛驴出了驿站，两个跟丁老大不情愿地跟在后面。毛驴走得快，跟丁不得不快步疾行。他们越往灯光山走越胆虚，汗毛像铁刺一样竖起来，腿肚子直转筋。

龚振麟把毛驴拴在一棵老树下，提着百宝箱上山。登上山脊后，他被眼前的景象惊呆了：几条英国兵船在海面上一字排开，不停地轰击天妃宫炮台、葫芦城炮台和牛尖角炮台，成群的炮子拖着长烟划过天空，声如迅雷势如骤雨，"砰砰砰"的爆炸声震耳欲聋。那些炮台相隔二里左右，倚山耸立气势雄浑。每座炮台安放了十位火炮，无奈射程有限，打不着英军，为了不浪费炮子，守兵们只能忍受敌人的轰炸。

龚振麟是造枪造炮的好手，却没上过战场，听说过铁甲船，却没见过实物。他一瞥眼前"地狱火河"号，那是一条实实在在的铁船，船身乌黑发亮，两舷的蹼轮不停旋转，卷起的水花在阳光下粼粼闪闪，它顺风逆水进退自如，横冲直撞如入无人之境。龚振麟兴奋得眼珠子发亮，亟须弄明白铁船为什么能浮在水上？船板的接缝处是如何铆接的？为什么不漏水？船上的巨炮为什么能够旋转？什么力量让它迅驰如飞？是人力还是畜力？是水力还是火力？

"皋华丽"号同样令他惊异和兴奋。那条船像一座巨大的海上堡垒，火炮的数量比葫芦城炮台、天妃宫炮台和牛尖角炮台的总和还多！龚振麟趴在山岩后面，取出千里眼仔细观察。"皋华丽"号先用一侧的舰炮轰击，然后旋转船身，换另一侧舰炮轰击。帆兵们拉动帆绳变换风帆夹角，娴熟得如同驾驭水上蛟龙，仅用一分多钟就把庞大的船体旋转半圈。水兵们用绞车抛下四根粗大的铁锚，稳住船身。炮兵借船身旋转之机推动炮身复位，重新填入火药和炮子，

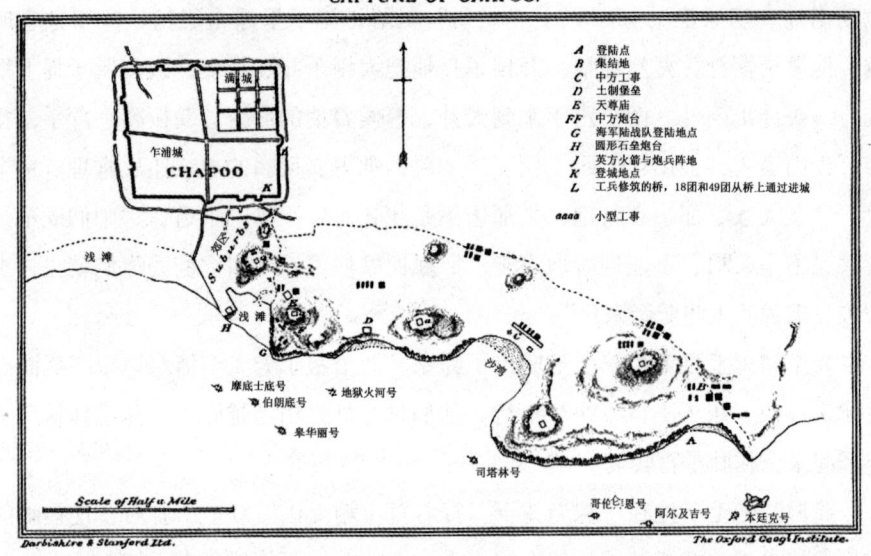

乍浦之战示意图。英国牛津地理研究所绘，作者译，取自Robert S. Rait的《陆军元帅郭富子爵的戎马生涯》（英文版）。根据Robert Rait的《陆军元帅郭富子爵的戎马生涯》（英文版上卷265页），在这场战斗中英军阵亡13人受伤52人。根据《奕经等奏查明乍浦接仗情形折》（《筹办夷务始末》卷五十七），清军阵亡423人以上，伤278人以上，失踪52人。

瞄准，射击。如此周而复始，几百名水兵和炮兵协调得如同一架精巧的机器！此外，甲板上还有火箭发射架，细长的火箭腾空而起，拖着导航杆和火尾巴，发出尖厉的啸音，朝岸上飞去。又一个疑问在他的脑际一闪，敌人的火箭怎么飞得如此远？

一支火箭落在他的身后，点燃了灌木和野草。龚振麟想跑过去仔细观看，但火焰太盛，不能近前，眼睁睁看着火箭的箭杆和箭镞烧得一干二净。又一支火箭拖着火尾巴从头顶上飞过，落在百步以外的山坳里。那儿有一片水洼，五尺长的箭杆一头扎进水中，"咝——"的一声，火尾巴灭了，留下一股黑烟。龚振麟不由得一阵狂喜，跳着脚朝山坳跑去。他一脚踏进水洼，把烧了半截的火箭从泥水里拔出，就像抢救出一件宝贝。

长喜在葫芦城炮台指挥作战，突然看见龚振麟抱着半截火箭从山坳里出来，立即猜出他在寻找实物，研究敌人的武器。他对一个旗兵道："龚振麟是个活宝贝！你赶紧把他送走！他要是死了，我拿你的脑袋顶命！"旗兵"喳"了一声，转身离了炮台。

浙江的满汉官兵都知道龚振麟的鼎鼎大名，他讲起枪炮的原理构造保养维修，条分缕析语言生动，比喻精当清楚明白，但对枪炮之外的俗事俗物经常冒傻气说傻话，闹出的笑话令官兵们捧腹大笑。旗兵朝山坳跑去，劝他离开战场。龚振麟这才意识到危险。他刚走了几步，突然听到"呀——啊——呀——啊"的驴叫，他的大叫驴被炮声吓得六神无主，但被拴在树上，挣不脱，逃不掉，它见主人像见了救星，又踢又踏又摆又咬。龚振麟三步并两步跑过去，解开缰绳，骑到驴背上，喝一声"驾——！"大叫驴撒开蹄子向北奔去，这时他才发现，两个跟丁早就溜得无影无踪。

经过一小时炮战，葫芦城、天妃宫、牛尖角、陈山嘴、唐家湾和檀树泉六座炮台被炸得残缺不全，神庙和兵房东倒西歪。

英军开始抢滩登陆，火轮船拖拽着舢板，舢板上满载着英国兵。长喜发出了命令："左营一队用抬枪封锁海滩，二队从左面，三队从右面抄过去！"

三百多旗兵分成三队冲向海滩，企图阻止英军登陆，敌舰打出一排子母弹，在海滩上空爆炸，满天星似的罩住方圆一里多宽的地面，旗兵们在一瞬间被打得头破血流，惶惶乱乱撤了回去。

登陆的英军迅速击溃了清军。葫芦城炮台的所有大炮都被摧毁，只剩下龚振麟送来的一位千斤铜炮，两个炮兵推动炮车，调整射角，长喜操起火煤子点燃炮捻，"轰"的一声，炮子冲出炮膛飞向海滩，正好击中一条舢板，"乓"的一声炸开，一个英国兵应声栽倒在水中。长喜大叫一声："好！"但话音刚落，一颗敌弹"砰"的一声在他附近爆炸，炮兵们发出一阵惨叫。长喜受了重伤，歪倒在炮架旁，他的肚皮被打穿，半截肠子翻到肚皮外，全身上下血淋淋的。他有强烈的求生欲望，想叫军医，但喊不出声。他捂着创口忍着疼痛，挣扎着朝炮台外面爬，身后拖着一条黏稠猩红的血线！又一颗炮子凌空爆炸，浓烟烈火散去后，人们发现炮台里血肉模糊，地面上有断肢残臂和碎骨，墙面溅满了血汁和脑浆。

龚振麟不熟悉道路和地形，三转两转跑错了方向，越跑枪声越密。他跑到观音山下时瞥见散兵败勇像潮水一样向西逃遁，军旗藤牌长矛短刀丢了一地，身穿红色军装的英国兵在开枪追击，一颗枪子打中了驴腿。毛驴突然跌倒，龚振麟被摔下来。

他突然听见有人喊："龚大炮，朝这边跑！"他抬眼一看，隆福站在天尊庙门口，手卷喇叭声嘶力竭呼唤他。隆福身后有一队荷枪实弹的八旗兵，龚振麟像见到救星一样，抱着半截火箭踉踉跄跄朝他们跑去。

天尊庙位于观音山下，隆福率领一百多旗兵驻扎在这里。寺庙很大，占地十亩，有六七十间殿堂和房屋，寺院里古木参天，寺院外阡陌开阔。天尊庙的石墙又高又厚，隆福命令旗兵们在墙上凿出射击孔，每个射击孔后架了一杆抬枪。他还要旗兵在周边布下鹿角栅、梅花坑和铁蒺藜，从外面看，天尊庙就像警备森严的兵营，想咬碎它非得有铁齿钢牙不可。

隆福的旗兵是乍浦的精华，装备了十几杆抬枪和四十只火绳枪，武器精良训练有素，他们忙而不乱秩序井然。外省客军则像没头苍蝇似的溃逃。隆福铁定心肠倚寺坚守，龚振麟进了寺院立即有了安全感。他见一个旗兵被绳子捆着，跪在石阶下面，一眼认出是伊勒哈根。伊勒哈根像《水浒》里的鼓上蚤时迁，一副鼠头獐脑模样，调皮捣蛋从不安分，隔三岔五就鼓弄出一场恶作剧，但他头脑灵光，学枪学炮一教就会。龚振麟一哂："哟，你不是伊勒哈根吗？你小子又捅马蜂窝了吧？"伊勒哈根被绑了一天，像一捆蔫草，他抬眼望着龚振麟："龚大人，咱给回子营送了一条猪尾巴，惹恼了副都统大人，求求您替咱美言两句，放了咱吧，咱再也不敢了。"龚振麟道："战火纷飞的，你小子披镣戴枷跪在这儿有点儿浪费兵力。"他对隆福道："隆大人，英夷打到眼前了，让他戴罪立功吧！"

英夷打到门口，锁着一个旗兵的确浪费兵力。隆福顺水推舟："伊勒哈根，本来应当捆你三天，看在龚大人的面子上放你一马，你要是再敢招惹是非，非给你戴上大号木枷不可！""小人不敢了。"隆福叫人给他松了绑："你小子得杀两个英国鬼子才能顶罪！还不谢龚大人！"伊勒哈根连声道："是是是。"他活动一下筋骨，给龚振麟磕了一个响头，扮了个鬼脸，顽皮本相毕露，一拍屁股溜了。

半小时后，蒙泰和汤林森中校率领的右纵队推进到了天尊庙。右纵队在唐家湾登陆，没遇到什么抵抗，他们向西挺进，在一座小山包打了一场小规模的遭遇战，一队外省勇营手持长矛大刀发起冲锋，被他们用雷爆枪驱散。现在，右纵队被天尊庙挡住了去路。蒙泰不知道寺庙里有多少清军，也不知道他们会碰到何种抵抗。自从开仗以来，英军所到之处清军望风披靡，蒙泰以为只要冲进寺庙，清军就会像小鸡见了老鹰，不战而降。

汤林森中校命令一个少尉率领二十个士兵打前锋，他们刚一冲进寺庙，就传出爆豆似的枪响，少尉和两名士兵被击毙，三个士兵受伤。受挫的英军迅速退出，连拖带拽把伤兵抢救出来。

英军不得不放慢速度，散开兵力，包围了天尊庙。蒙泰与汤林森站在一棵大树下，仔细观察敌情。大树距离寺庙的大门大约一百米，恰好在清军火枪的射程之外，从外形看，天尊庙高墙深院，墙壁上凿有枪眼，枪眼后面架着抬枪或火绳枪，驻守寺庙的清军与其他清军的军装军旗军械都不一样。

蒙泰道："我们碰上八旗兵了，听说他们是清军的精锐，能征善战视死如归。"汤林森中校听说过旗兵，却没与他们较量过："他们没什么了不起，他们的装备比我国落后二百年。"汤林森是参加过拿破仑战争的老军官，急功好胜，根本没把旗兵放在眼里。蒙泰道："我们最好等炮兵上来再动手。"汤林森不以为然："中国人都是胆小鬼，我们只要冲进去，他们立即就像兔子见了鹰！"汤林森要展示大英国军官身先士卒视死如归的气魄，决定组织一支三十多人的敢死队，亲自带队冲入寺庙。他要蒙泰率领一个步兵连随后跟进。

军鼓响起来，二百多英国士兵分成两队，抖擞精神拉开架势，准备用齐射封锁所有窗口和枪眼，掩护敢死队冲进去。

一百多旗兵占据了寺庙的所有制高点，每个窗口每个拐角都架着抬枪或火绳枪，寺庙的山门不大，对面有一道影壁，正好挡住外人的视线，形成一个促狭的绝杀之地。隆福和三十多名旗兵端着火绳枪分立两侧，随时准备痛击冲进来的英军。龚振麟手持短铳，站在隆福旁边，那把镶银短铳精光闪亮，刻有錾叶花纹，精致得令人艳羡。隆福握着一杆火绳枪："龚大炮，把你的短铳借我用一用，你是文官，用不着它。"龚振麟嘿嘿一笑："这是我的心肝宝贝。"隆福道："你造枪行，打枪不行，等打完仗，我还给你。"龚振麟犹豫一下，把短铳递给他。枪柄温热，沾着龚振麟的手泽。枪里有一颗枪子，龚振麟又递给隆福三颗枪子："我舍不得放，放完就没了，杭州炮局造不出这种枪子。"

院墙外传来军鼓声和铜号声,隆福立即端起枪。汤林森端着一柄上了刺刀的雷爆枪,身先士卒冲入山门。隆福大吼一声:"打!"一扣扳机,二十个火枪兵同时开枪,汤林森连中两弹,一个趔趄扑倒在影壁前,三个英兵也扑倒在地上。火枪兵打完枪后立即后退,更换枪子。十几个旗兵挺着藤牌舞着大刀冲过去,在影壁与山门之间的狭小空地上大砍大杀。短兵相接时,雷爆枪和火绳枪都派不上用场,起作用的是蛮力和大刀,旗兵与英国兵怒目相视大呼小叫刀砍枪刺,杀得血气蒸腾。

蒙泰率领步兵连紧跟在敢死队后面。他冲入山门时,火枪兵恰好换完枪子。隆福大吼一声"放!"蒙泰连中三枪,大叫一声"老天",扑倒在地上。英军拼死搏击,把汤林森、蒙泰和受伤的官兵拖出去。第二次冲锋戛然而止。

英军没想到清军会殊死抵抗,而且抵抗得如此凶猛!

一小时后,郭富与炮队赶到了天尊庙,他没想到清军竟然坚守不退,更没想到二十多个官兵死伤在寺庙的争夺战中,包括蒙泰和一个中校。

蒙泰和汤林森并排躺在草地上。汤林森不省人事奄奄一息,椎骨被打断了,十个手指蜷在一起。蒙泰的军装上沾满了污浊的凝血。大军医加比特为他们处理了伤口。郭富蹲在地上:"伤势如何?"加比特道:"汤林森中校不行了,苟延残喘而已。蒙泰中校中了三枪,一枪打在后背,在脊椎右侧,再偏一点就废了。还有一枪打中右肋,所幸没有伤着肋骨,第三枪打中臀部。"蒙泰神志清醒,忐忑问道:"会致残吗?"加比特安慰道:"不会。清军的枪子是铁砂,杀伤力小,你先服用鸦片酊,止痛。我要尽快把铁砂取出来,不然你会严重感染。"郭富嗔怪道:"蒙泰中校,我很赞赏你和汤林森中校的勇气,但不得不批评你们。你们犯了轻敌的错误。你们应当站在指挥的位置上,身先士卒冲锋陷阵是中尉的工作,你们却自贬身价亲自冲锋。"蒙泰躺在地上,忍着疼痛道:"是的,郭富爵士,我会接受教训。"他庆幸自己从死神的指缝里侥幸逃脱。

快速推进的炮队只携带了一位轻型推轮野战炮和一个小型火箭发射架。野战炮只能发射六磅重的小炮子,炮兵把野战炮对准寺庙,接连打了两炮,天尊庙的石墙又厚又结实,竟然炸不开。他们又发射了两支火箭,但那两支火箭较小,火力有限,清军组织完善,迅速将火焰扑灭,火势没有延烧开。

马德拉斯工程兵赶来了，带队的军官围着寺庙转了一圈，他发现，要想炸开坚厚的石墙，必须使用三十磅炸药。他要工程兵现场制作了两个炸药包，在排枪的掩护下，两个工程兵成功地将炸药包安放到石墙脚下。"轰"的一声巨响，石墙被炸开一个缺口。英军再次发起冲锋，但清军用抬枪和火绳枪轮番射击，再次打死打伤几个英军。

三次冲锋全失败了，此时郭富才发现寺庙的薄弱之处。北殿的歇山顶有两个巨大的斗拱，只要把斗拱引燃，整座寺庙就会燃烧。他命令马德拉斯工程兵把第二个炸药包安放在北墙脚下。"轰"的一声巨响，不仅墙体被炸倒，殿顶也坍塌下来，炮兵向斗拱发射了一支小型康格利夫火箭，斗拱渐渐燃烧起来，旗兵们想扑火，但院墙坍塌后，他们无遮无挡，完全暴露在英军的枪口下。英军不停地射击，打死打伤多名救火的旗兵。

大火蔓延开了，寺庙里的树木和房屋相继着火，越烧越旺，浓烟滚滚，就像一座燃烧的坟墓。清军无处躲藏，热烘烘挤在一起，留在里面只能烧成灰烬，唯一的活路是冒死突围。

战场上容不得犹豫，隆福命令突围，他特别关照要把龚振麟安全送出去，几十个旗兵簇拥着他冲出了缺口。英军像围猎出笼的困兽一样大开杀戒，枪声又密又急，大部分旗兵被射杀，只有龚振麟和六七个旗兵侥幸逃出虎口。

一小时后，火势渐小，英军终于冲进了天尊庙。

寺院里一片焦煳，空气中弥漫着难闻的烤肉味，地面上躺着几十个旗兵，一半是烧焦的尸体，一半是伤兵。

两具英国兵的尸体横陈在坍塌的影壁前，几次争夺，英军没有来得及将他们的尸体拖走。伊勒哈根击毙了其中一个，割下他的耳朵，用铁丝穿了，挂在腰间，准备邀赏，但是，他的脚受了伤，无法行走，裤腿上全是凝血。他悬腿坐在石阶上，手持大刀，像一只断腿的狼，啼血残喘。一个英国兵看见了他腰间的耳朵，气疯了，猎狗似的狂吼："浑蛋！野兽！"他使足力气把刺刀扎向他。伊勒哈根发出惨烈的号叫，双手死死握住插入胸口的刺刀，眼珠子喷射出如火的怒焰，扑腾，扭动，竭尽全力，终于躺在血泊中，一动不动。

隆福的腿断了，昏死过去。他被撕心裂肺的号叫声惊醒，挣扎着坐起身子，瞥见了伊勒哈根，他死了，胸膛被刺刀扎穿，满身血渍，脸色土灰。隆福突然瞥见身旁的短铳，本能地抓起它，瞄向英军，扣动扳机，但没有子弹。一个英国兵立即冲上去，抡起枪托狠狠一砸，短铳被打飞，隆福的手腕像被闪电击中似的，腕骨断了！他疼得钻心，另一条胳膊撑着身子，五个手指像鹰爪，痉挛似的抠进地面。

英国兵正要用刺刀捅死他，背后传来一声断喝："住手！"他回头一看，是郭富！士兵红着眼睛抗议："他是魔鬼，杀死了我们的弟兄！"郭富的脸上线条铁硬，声音严厉得不容置疑："刀下留人！"

几十个英军官兵倒在天尊庙前，非死即伤，英军恨得眼睛发绿，复仇心切，要是不加遏制，他们能把所有清军伤兵斩尽杀绝！郭富注意到隆福的胸前有一个五品补子，相当于英军的少校军衔，他判定这是一个有价值的俘虏，命令道："给他疗伤！"

加比特军医走到隆福跟前，指着他的伤腿和手腕，比手画脚，隆福听不懂，警惕地盯着他，像盯着一只不怀好意的狐狸。一个通事走过来，俯下身子，讲一口澳门话："大人，英军说他们优待俘虏，给你包扎伤口。"隆福血红的眼珠子冷峻而严厉，他从牙缝里挤出一句狠话："滚，汉奸！你不配跟我说话！"他的右手断了，猛然提起鹰爪似的左手，从腰间抽出一把匕首，寒光闪闪。汉奸吓得连退几步。隆福用匕首指着他："你告诉英国鬼子，我生为大清人，死为大清鬼，决不投降！"他把匕首架在脖子上，一使劲，刺进去，一股鲜血"呲"的一声喷出，他的喉头发出"啊——"的绝叫，挺了片刻，直到气绝，歪倒在地上。

郭富的脸色发青，惊愕不已。

在陆军攻打天尊庙时，巴加率领海军陆战队攻进了乍浦城。巴加与郭富的战争观念迥然不同，海军陆战队所到之处枪炮齐鸣，不分军人和平民一通乱射。清军抵抗不住弃城而走，难民们像受到野狼突袭的鸡鸭猪狗，惊叫着四散逃命。

英军攻入满城后，看见的景象触目惊心：来自长城以北的满洲人依旧保留着原始、剽悍、野蛮的风俗，宁自戕，不苟活！他们对敌人残酷无情，对自己的亲人同样残酷无情！他们深信英军是劫掠无度的淫魔，把自己的老婆孩子当作下贱的包衣奴才。旗兵们把自己的女人和孩子活活掐死或溺死，而后自杀。

有人割喉，有人服毒，有人跳水，有人上吊。服毒者死后药性发作，面目呈现出可怕的黑紫色。房梁上大树上到处都是吊死的女鬼，她们吐着长长的舌头。水塘里漂着上百具死尸，整座满城形同鬼蜮！

第九十章

投石问路

　　耆英和伊里布出京后沿着大运河星奔夜驰水路兼程，走了二十四天到达杭州。耆英原本是主战的，但一路上伊里布反复告诉他抚夷胜于剿夷，致使他的想法严重动摇。

　　耆英一到浙江就听说奕经和刘韵珂像强龙和地头蛇似的势不两立，二人无法共事，索性分别驻扎两地，刘韵珂留守杭州，奕经移驻绍兴。耆英先向刘韵珂传达了皇上的旨意，听他讲述了浙江的战局，再去绍兴向奕经传达皇上的旨意，也听他讲述浙江的战况。二人同处一省说法却大相径庭。奕经说攻打宁波和镇海虽未得手，但擒斩溺杀夷兵达数百人之多，舟山之战更是战果辉煌，郑鼎臣率领水勇渡海夜袭舟山，烧毁英国兵船四只烧沉一只击杀夷兵三四百人，致使宁波英军惊慌失措昼夜不安，不得不登船奔窜。奕经不失时机地命令段永福乘胜进军，收复了宁波。但刘韵珂的说法完全相反，他与奕经形同敌手，事事处处唱反调，你说黑他偏说白，你说胜他偏说败，致使奕经的谎言难以自圆破绽百出。刘韵珂根本不信郑鼎臣能打败英军，对收复宁波的说法也不予采信。他说，据可靠谍报，英军撤离宁波时井然有序，"用鼓乐导送出城"，并未遭受任何重创，英军放弃宁波是另有图谋，要集中兵力攻打乍浦和杭州。一场战事两种说法，耆英如坠十里雾中，看不清爽谁对谁错。伊里布曾经坐镇浙江，与英夷打过交道，他心知肚明，把谎言编得八面玲珑是不可或缺的官场功夫，奕经显然是粉饰夸功。但是，伊里布老于世故，绝不肯以七品微末之员的身份介入奕经和刘韵珂的龙虎斗，只是洗耳恭听，不予任何点评。

耆英和伊里布决定去乍浦视察，没想刚走到半道就接到平湖县的禀报：乍浦遭到英军突袭，副都统长喜兵败身亡，各路兵马溃不成军，只有八旗兵及其眷属宁死不屈，自戕者的鲜血染红了街衢，上千百姓死于战乱。耆英和伊里布只好返回杭州，准备与刘韵珂商议对策。

但是，刘韵珂病倒了。一年多来，他呕心沥血操持浙江防务，失败的暗影时时刻刻纠缠着他，像鬼魅一样形影不离，致使他不堪重负，每天在焦虑和烦恼中煎熬，日久天长肝虚肾弱体质大损，终于打熬不住，被一场感冒击倒在床上。但职责所在，他不得不硬挺着批阅各府县送来的禀文。

耆英和伊里布进了卧室，坐在一张圆桌旁。刘韵珂有气无力地斜倚在大迎枕上，一个郎中正在给他号脉。由于长期的忧思和恼怒，刘韵珂的体质很差，苔薄脉浮，偶感风寒就发烧，烧得天昏地暗眼冒白星，头痛骨痛满嘴燎泡，连牙床也跟着疼痛，为了降温，郎中在他的额头上敷了湿巾。

耆英年届五十，皮肤白净，唇上留着一抹八字须，头发梳理得一丝不苟。他体态微胖，举止雍容，说话不紧不慢。他与伊里布一样，是爱新觉罗氏的旁系，故而，腰间系着一条红带子，他不喜欢奕经那种夸夸其谈的纨绔秉性，倾心于刘韵珂的务实作风。

嘘寒问暖之后，耆英进入正题："刘大人，刚才我和伊老中堂一起过来，看见城厢街衢乱哄哄的，大道上车水马龙人流如注，老百姓扶老携幼拖儿带女，诚惶诚恐离城出走。"伊里布当过协办大学士和两江总督，阅历资历能力眼力在耆英和刘韵珂之上，皇上虽然只给他七品衔，但耆英深知这位七品官不能与其他七品官等量其观，故而，他依旧称他"中堂"，还加了一个"老"字。刘韵珂无奈地摇着头："据汛兵禀报，乍浦失守后，平湖、嘉兴和海宁等县挤满了难民，他们衣食无着，啼饥号寒之声不绝于耳，还有无赖兵痞拦阻商船哄抢村舍趁乱打劫。"耆英道："兵荒马乱之际，难免有丘八兵痞乱中取栗祸害百姓，干出伤天害理的事情，要尽快命令平湖、嘉兴和海宁三县挂起王命旗，就地收编散兵溃勇，要他们到杭州集结！"伊里布老声老气道："自古以来,弁兵们上了战场是虎狼,下了战场乱了营伍断了粮,同样是虎狼。"

耆英道:"刘大人,依你看,英军的下一个目标是哪儿?"刘韵珂道:"杭州。"耆英把手指关节捏得咯咯响:"杭州守得住吗?"刘韵珂心冷如冰:"你们别看杭州深沟高垒枪炮林立,那是花架子,防匪防盗有余,防英夷是胡扯。乍浦的八旗兵和陕甘精锐尚且抵挡不住英夷,杭州更不行。耆将军,朝廷既然允准羁縻,我们不妨趁英军在乍浦休整之机,派人与他们接洽,否则,万一杭州城破人亡,后悔就晚了。"

耆英问道:"英军肯议和吗?"刘韵珂点头道:"英军多次用释俘的方式向我方示好,但皇上有旨,不得接受逆夷的只字片言,我一直没敢回话。"他从大迎枕下取出卷宗,抽出三份英夷投递他的汉字文书,递给耆英,耆英读了一遍,递给伊里布,伊里布戴上老花镜慢慢细读。

刘韵珂道:"远的不说,就说最近一个月,三月十七日,英军将十一名被俘兵丁送回我营;二十三日送回七名;二十七日再送回十九名。根据释回的兵丁和壮勇们禀报,英军对他们饥给饭食伤给医疗,释放时每人还发放两个银圆①。刚才,签押房送来嘉兴知府刘荣熙的禀报,乍浦之战中有四十六名旗兵因伤被俘,英夷不仅给他们疗伤,每人还发给三个银圆,送往嘉兴,并叫他们捎来一封信,恳请我军优待并释放英军俘虏。"

耆英道:"依照本朝惯例,杀俘意味着张扬抗敌意志,释俘意味着羁縻,想必英夷也同样如此。他们多次释俘,恐怕也有和谈的意向。"刘韵珂道:"根据俘虏们说,英军最恨裕谦大人,因为他虐杀英俘,最敬重老中堂,因为老中堂宽待英俘。"伊里布摆了摆手,叹了口气:"我历来主张兴仁义之师办仁义之事,不赞同虐杀俘虏。我方若虐杀英俘,英夷势必以牙还牙虐杀我军俘虏,甚至戕杀百姓以图报复,如此冤冤相报,受苦受罪的还是普通兵丁和百姓。"

耆英问道:"我方羁押了多少英俘?"刘韵珂道:"杭州羁押了十三名,绍兴羁押了三名。"耆英道:"既然二位都认为我军战无胜算,只有羁縻一策可用,我们不妨顺势而为,以释俘为契机,投石问路。老中堂,你说呢?"伊里布摘下老花镜,幽幽道:"去年我主持浙江防务,裕谦上折子弹劾我,罪名

---

① 英军释放俘虏并发放银圆一事载于《奕经等又奏英军两次送出失陷兵勇并王国英不屈被害折》(《筹办夷务始末》卷四十七)。

之一就是善待夷俘，回想起来我依然心有余悸。"

耆英道："我在京请训时皇上授意先打一场胜仗再行羁縻，我们不妨以郑鼎臣跨海作战奇袭英夷为契机，行羁縻之策。"刘韵珂撑起身子取下额头上的湿巾："郑鼎臣打败逆夷是不实之词！我敢赌定，奕经奏报乍浦败绩时照样写得虽败犹荣。耆将军，前敌将领若是不说实话夸功邀赏，皇上就会两眼迷蒙，操控全局就会不着边际。"

伊里布点头道："是这么个道理。皇上坚持打，就是因为误听误信某些疆臣的不实之词，这是一场没有胜算的战争，越早结束越好。"耆英站起身来，把布巾在凉水桶里浸过，给刘韵珂重新敷上。刘韵珂谢过，讲了一句意味深长的话："在本朝，讲实话真难！乍浦之败，请耆将军务必如实奏报；杭州危在旦夕，也不要粉饰。"伊里布思索片刻道："英夷浮海而来，劳师糜饷两年有余，人力物力财力消耗也不会小。他们释俘是投石问路，咱们就借势做出回应，看他们有什么反应。"

刘韵珂点头赞成："伊中堂，您老德高望重名震中外，不妨由您出面给夷酋写一封信，试探一下他们的反应。"伊里布道："我是赎罪之人，人微言轻，恐怕难挑重担。"耆英道："老中堂，朝廷不许封疆大吏与夷人互通文书，你当过封疆大吏，却不是封疆大吏，不妨以前协办大学士和两江总督的名义给夷酋写信，这个官衔足够尊贵，又不违反成规。"伊里布抬手搔了搔老头皮，思忖片刻道："这个名分好。我姑且应承下来。派谁送呢？"刘韵珂道："镇海营外委把总陈志刚熟悉白旗规则，叫他去。"

伊里布道："大清的天穹塌陷了一隅，我们干的是补天的活，要是补不了，就天崩地裂了。英夷宽待俘虏，我方也不能小气。"耆英道："老中堂，你不妨在信中写明，我方也宽待俘虏，给他们疗伤治病。至于路费，更要大度。泱泱大清不缺区区几个小钱，释俘时，黑夷每人发放十五元，白夷每人发放三十元，用竹轿把他们抬到乍浦。"

伊里布点头赞同。自从琦善被罢黜后，朝廷与英夷断绝了文书往来，他的信虽是一种试探，每个字都得传达重要意愿，不能有丝毫含混。他坐在桌前，一面蘸笔濡墨一面斟酌字句：

前任协办大学士两江总督部堂伊（里布）致书贵帅：

两国交兵一年之久，杀伤兵民无数，实属上干天和，自以及早息事为贵，免兴天怒，致有天罚。何况贵国所愿者通商，中国所愿者收税。至于劳师靡饷，均所不愿也。此本前任阁督部堂之所深望，亦知为贵帅之所深期。何不按兵不动，徐商通关之事，岂不两国俱安，共免佳（兴）兵之不祥，而同享贩货之收利？上以喜天心，下以保民命。本前任阁督部堂，平生待中外人，无不以直实行之，从无一毫欺心欺言，应为贵帅所素悉，亦为贵帅所素信也。现有耆将军等札饬，亦与本前阁督部堂，同心同志，一并交弁寄阅知之。耑（揣）此书达寸心，唯贵帅早定商局，毋延兵祸，谋定书覆，是所切盼。①

他把底稿交给耆英和刘韵珂传阅，谨慎道："此信虽然是私函，谈的却是国事，务必留底，抄报朝廷。"刘韵珂点头道："所言极是。耆将军，乍浦之败必须尽快奏报朝廷。我病得厉害，只好拜托你写稿。我们宁可受处分，也要说实话。"说到这里，一股泪水涌上他的眼眶。

耆英早就听说过西湖十景的盛名，但英军随时可能兵锋相向，他竟然没有时间游观。最近几天的谍报说，英军仍在乍浦休整，没有攻打杭州的动向。耆英才和伊里布一起到西湖的南面游观，顺便察看那儿的防御情况。

耆英和伊里布并肩而行，伊里布拄着手杖道："耆将军，释俘的事情最好先请旨，否则会招惹是非。""你有什么见教？""皇上事无巨细都要过问，咱们好心办差，万一不合圣意，反而吃瘪。当年我在云南当巡抚，有一年大旱，昆明、昭通和普洱三府二十一县的受灾人口多达七百万，三百五十万人没饭吃，饿急眼的灾民随时都会铤而走险聚众闹事哄抢米店，再不开仓赈济就可能出大事。当时粮台大库里有二十五万石军储粮，不请旨不能动用。我心急如焚，用六百里红旗快递奏请开仓，你猜结果如何？"耆英看着伊里布那张苍老的脸："如何？""皇上恩准开仓，但同时给我一个处分，降三级留用。不是

---

① 取自《中英两国往来照会公文簿》，《中国近代史资料丛刊·鸦片战争》第五册，第445页。

因为旁的，是因为动用驿马。朝廷的章程是，只有打仗、大捷、水灾、溃堤和地震才能动用六百里快递，旱灾不在其列，因为旱灾是逐渐形成的，不是突发的！事后我才知晓，那次驿递，江西跑死一匹马，河南跑废两匹马，但与三府二十一县七百万灾民的生死相比，三匹驿马算什么！大臣办差很难两全其美，皇上却不这样看，他不允许出一点儿纰漏。"伊里布很想说道光皇帝刻薄寡恩变幻无常，但话到舌尖咽了回去。

不一会儿，他们走到雷峰塔下。雷峰塔是西湖十景之一，修建在南屏山夕照峰上，日落之时经常呈现一种"孤峰斜映夕阳红"的秀丽景色，故而当地人称之为"雷峰夕照"。初夏时节，西湖里莲叶田田菡萏妖娆，水面上开着成片的红莲白莲重台莲和洒金莲，这是一个杨柳夹岸柳丝舒卷湖山沐晖万种风情的地方。但是，战争近在咫尺，居民逃亡近半，在湖畔行走的大部分是带刀壮勇，寺塔附近布满了石垒和木栅，呈现出一股临战的煞气。

他们刚要登山，突然听到疾驰的马蹄声，一个人高声呼喊："耆将军伊大人，等一等！"二人扭头一看，是陈志刚。他骑着一匹枣红马，浑身汗淙淙的，显然刚从乍浦回来。他们停下脚步，陈志刚下了马，打千行礼："启禀二位大人，在下陈志刚奉命投书，带回了夷酋郭富致伊大人的照会。"他从靴叶子里取出一只信套，毕恭毕敬递给伊里布。伊里布神色庄重，拆开信套阅读：

大英钦命陆路提督郭（富），为照会事：

　　照得贵大臣前后厚待我被虏辈，是以本国人等，一概敬仰，如肯临乍（浦），与随带各官，无不恭待，安送回去无虞，是本军门果然应承者。所有斟酌各条，非军门之本分妥议，乃将各情节咨会本国钦差大臣查办。且本国大臣璞（鼎查），最愿力除战祸，而合两国彼此享平安之福，倘若贵国按照迭次致之文书内各条款一切允准，则平和即结无难。须致照会者。右照会前阁督部堂大人伊（里布）。[①]

这份照会的文字不够准确，但意思足够清楚：英夷愿意通过和谈了结战

---

① 《英军郭提督致伊里布照会》，《筹办夷务始末》卷四十九。

祸，但郭富不负责谈判，必须由璞鼎查与清方会谈，谈判的条件是清方允准"迭次致之文书内各条款"，即《巴麦尊外相致中国宰相书》提出的条件。伊里布把照会递给耆英，转脸问陈志刚："你没有向夷酋郭富说明，我给他的信是私函？"陈志刚一脸懵懂："标下不明白私函与照会有什么区别。"伊里布有点儿不满意："你没有把我的身份和职权解说清楚，我可以佐画参赞，却不能代表朝廷会商。夷酋郭富却指名道姓要我去乍浦会谈，这是极不妥当的。"

耆英读罢照会既高兴又恼火，高兴的是依稀见到了停战的曙光，恼火的是陈志刚没把伊里布的职权说清楚。他嗔怪道："陈志刚，你到底是武弁，笨嘴拙舌不会办差。所谓'前任协办大学士两江总督部堂伊'是自抬身价的委婉说法，言外之意是伊大人现在的权限不够，仅用私人名义探问夷酋的意向。"陈志刚一脸羞愧："卑职不懂英文，办这么细致的差事就像让赳赳武夫使用绣花针，勉为其难。"

耆英没有再责怪他："还好，没出大纰漏，只是办理得不够细致。陈志刚，你先回去休息，明天还有差事要你办。""喳！"陈志刚行礼告辞。

耆英看见雷峰塔附近有一座百年老寺，寺庙外苍松翠柏储绿泄润，寺庙里钟声盈耳香烟缭绕："老中堂，那是什么庙？"伊里布道："是上元寺。"耆英信佛，碰到难以抉择的事情喜欢求助于佛祖或菩萨："上元寺的符签灵异不灵异？"伊里布道："听说灵异。""咱们不妨到那儿求签问卜，问一问如何了结战事。"伊里布点了点头，两人朝寺庙走去。

上元寺的方丈是一个七十多岁的老翁，披一件半旧的袈裟，准备去佛祖像前念经。他见几个官员进了寺庙，打头的身穿头品武官补服，帽子上有一颗红珠顶戴，赶紧上前奉陪。耆英扫视着寺院，十分礼貌地说明来意，他想卜问如何办理夷务。方丈双手合十道："大人，恰当人才能办恰当事，料理夷务的人必须有管仲和乐毅之城府，苏秦和张仪之口才。"耆英道："请问方丈，何人是恰当人？"方丈道："老衲不知，只能求签问一问观音菩萨。"他引着耆英进了观音殿，伊里布跟在后面。耆英仰视着观音，那观音既不是宝相庄严的千手观音，也不是手托净瓶慈祥妙丽的水月观音，而是大光普照观音，又名十一面观音，正三面是庄严相，左三面是慈悲相，右三面是嗔怒相，背面是大笑相，顶面是佛本相。大光普照观音左手持藻瓶右臂挂念珠，盘腿坐在莲花座上，仿佛能洞察人世间的所有奥秘。耆英打下马蹄袖，跪在蒲团上，毕恭毕敬行了三叩九拜大礼，口中念念有词，请求菩萨指点迷津。方丈端出签筒，请耆英拈签，耆英抽出一签，上有两行小字：

一家和乐喜相逢，三阳开泰续敦元。

从字面上面，这是一个不坏的符签。耆英不知如何解释，问方丈，方丈也解释不清："佛说万事皆缘，办恰当事的高人应当在签语中。"伊里布不愧是进士出身，揣度能力极强。他接过签子看了看，思索片刻道："我明白了。"耆英道："哦，如何解说？"伊里布道："'喜'是本人的幕宾张喜，'敦元'是广州十三行的总商伍秉鉴，他的官名叫伍敦元。"他见耆英将信将疑，接着道："张喜跟我十几年。此人胸中有经纬，办事缜密，进退有据。至于伍敦元，我没见过面，但知道他是本朝唯一有三品顶戴的官商，富可敌国。我离开张家口军台时，琦善说伍家人常年与英夷打交道，精通夷语洞悉夷情，办理夷务必须有伍家人参与。"

耆英半信半疑："您的意思是札调张喜和伍敦元？"伊里布道："与夷人打交道，有些事只可意会不可言传，有些事可以口传不可以书写，毫厘之差效果两样。这就好比说媒，办同样的事，张三出面办不成，李四出面却能办成。至于张三与李四的秉性见识能力口才，外人看不出有多大差异，结果却判若两样。就说陈志刚吧，此人腿脚伶俐，却没有张喜的口才，只会照葫芦画瓢讲印板话，不懂随机应变。张喜有苏秦和张仪的辩才，办理夷务非得他不可。伍家人经理夷务，深得英夷信任，没有他们居间翻译，很可能有重大纰漏。"耆英道："老中堂，我没有办理过夷务，是生手办重事，你是磐磐大才国家栋梁，连夷酋都说他们对您'一概敬仰'，可见你名重四海。既然夷酋指名道姓要与你会谈，我看，就把这份照会抄送北京，我顺水推舟，保举你出山，与我共担重任，你意如何？"伊里布推辞道："我老了，对名望和地位看得淡如轻烟。这场战争败坏了多少英雄豪杰，以至于官场上的人视夷务为畏途。我真想在张家口消磨残年哪。"耆英道："老中堂，国难当头，你就不要推辞了。"

第九十一章

艰难转向

初夏时节天气渐渐热起来,军机处值房的所有窗户都打开了。道光去太医院看牙病,回来时经过军机处,准备进去看一看。张尔汉问道:"皇上,要不要叫几位阁老迎驾?"道光一摆手:"不用。"他径直朝值房走去,刚到窗前就听见王鼎和穆彰阿在争执,不由得停住脚步侧耳聆听,张尔汉后退一步,躬着腰一声不吭。

道光隔着窗缝朝里瞥了一眼,只见穆彰阿和王鼎坐在椅子上,潘世恩盘腿坐在炕上,炕几上放着一摞奏折,是他批阅后发还军机处的,里面有奕经和耆英的奏折,刘韵珂的请假休养片,伊里布致夷酋郭富的私函,郭富回复的照会,以及耆英调用伍秉鉴或其子侄的夹片。道光要军机大臣仔细讨论,拿出意见。

奕经和耆英分别奏报乍浦失守。奕经的奏折说,乍浦清军受到万余英军的猛烈进攻,在敌众我寡的劣势下,人人思奋勇往直前,给敌人以重大杀伤,他正与文蔚在平湖、嘉兴和海盐一线严密防堵。耆英的奏折却说,乍浦驻军不堪一击,除了少数八旗兵外,各省援军和壮勇闻风丧胆一触即溃。他把悲观绝望渲染到了极致:

……今乍浦即为所据,敌势越骄,我兵越馁,万难再与争持。该逆夷之垂涎省垣，较乍浦尤甚……此时战则士气不振，守则兵数不敷，舍羁縻之外别无他策，而羁縻又无从措手。……臣刘韵珂愤恨之余，哭不成声，讫无良策，臣等亦束手无策，唯有相向而泣。事势至此，臣何敢蹈粉饰欺蒙之陋习，致误国家大事。仍一面极力设法讲求羁縻之术，倘竟无济，臣唯有与省城相存亡，仰报鸿慈于万一……①

奕经和耆英一个是宗室一个是觉罗，一个把乍浦之战写得壮烈无比可歌可泣，一个写得惨不忍睹毫无指望。面对纷纭复杂的奏报，皇上和军机大臣们像乱了套路的拳师，拿不出对策。尤其是耆英写的"蹈粉饰欺蒙之陋习，致误国家大事"一句，简直是触目惊心的血色陈述！道光当时读罢像被魔鬼撞了一下魂灵，用朱笔在它的下面重重地画了一条红线。

半个月前，王鼎从黄河大工归来，在剿抚问题上与穆彰阿和潘世恩大相龃龉。道光听见王鼎慷慨陈词："奕经与文蔚，耆英与刘韵珂，同在一省，本应会衔奏报，却各写各的折子各唱各的调。他们显然不能同舟共济！耆英和刘韵珂位高权重身膺重寄，面对丑夷相向而泣，成何体统？本朝需要的是痛击逆夷的领军人物，不需要百无一策的书生！他们平日慨然论道统，临危一死报君王，这样的臣工有什么用！"穆彰阿有点儿激动，针锋相对道："耆英和刘韵珂是千遴万选粗管细管都筛过的臣工，才提拔到钦差大臣和封疆大吏的位子上，只要稍有办法，他们就不会向隅而泣！"

王鼎道："本朝开国以来，平三藩收台湾，征新疆克缅甸，威抚越南和朝鲜，怀柔俄罗斯与日本，何曾有过大挫衄？英国依靠船炮之利，发万余夷兵跨海而来，既逆天时又失地利更缺人和，抵达中国之日即成强弩之末之势。本朝是拥有三亿五千万臣民的中央大国，要是屈服于区区岛夷，岂不为天下人耻笑！本朝官兵连遭败绩不是因为不能战，而是因统帅懦弱军纪松弛。郑鼎臣在舟山重创英夷，段永福收复宁波，足以说明本朝军队既敢战又能战！"

潘世恩口气平和："收复了残破的宁波，失去了完善的乍浦，说来说去，还是失大于得！王阁老，国家经费有常，自从英夷犯顺以来，七省海疆从无宁

---

① 《耆英等又奏战无长策惟有羁縻片》，《筹办夷务始末》卷四十八。

日，银子花得像大江流水。内地各省也不得安宁，除了云南，所有省份都抽调了兵员。屋漏偏逢连天雨，黄河决口一下子用去八百万两银子，要不是银根紧到卖官鬻爵的地步，朝廷怎肯俯顺夷情？王阁老，民谚说：没有米山面山盖不起房，没有金山银山打不起仗，眼下这个局面，退一步海阔天空啊。"

王鼎站起身来："潘阁老，这不是退一步，而是退十步退百步！要是逆夷除了通商别无他求，我们不妨退一步，但是，夷酋郭富的照会写得明白：'倘若贵国按照迭次致之文书内各条款一切允准，则平和即结无难。'这就是说，他们要本朝接受《巴麦尊外相致中国宰相书》的全部条款，让皇上施以全恩。我们岂能答应！要是答应了，谁能躲过天下哓哓之口！"

穆彰阿挑高了声音："王阁老呀王阁老，既然夷酋郭富申明愿意'力除战祸，彼此享平安之福'，我们不妨平心静气地谈一谈。咱们画一条底线，上顾国体下俯夷情，谈得拢就息兵罢战，谈不拢再打嘛。"王鼎恨恨道："要谈，得看谁去谈，让伊里布去谈不会有好结果，只会越谈越退缩！"

潘世恩校正道："不是让他去谈，是让他与耆英一起去谈。英夷指名道姓要与伊里布谈，但皇上授他七品顶戴，这个官衔太低，不足以代表朝廷。我看，不妨暂时授他四品顶戴，署理乍浦副都统，有个名分才能代表朝廷谈嘛。"王鼎愤愤道："耆英心无底气，就是因为有伊里布在他耳边聒噪。浙江战局一败再败，余步云身为浙江提督屡战屡败屡失城寨，皇上念其旧功，慈悲为怀，未加重谴，才使前敌将领各怀侥幸，相率效尤，闻风即溃。朝廷若不杀一儆百，其他官弁必然纷纷效仿，每逢危局相向而泣。"潘世恩的眼皮子一哆嗦："你说杀余步云？"王鼎咬牙道："不杀一儆百，如何约束军队激励将士？"穆彰阿道："浙江败局，余步云的确责有攸归，但他为平息张格尔叛乱立过大功，有绘像紫光阁的优渥。杀，有点儿过分。"

听到这里道光再也按捺不住，一脚踏进门来："朕不想杀功臣，但不杀一两个不足以儆示天下！"三位阁臣见皇上突然进来，赶紧打下马蹄袖，穆彰阿和王鼎俯身在地上行礼，潘世恩在炕上叩头。道光一屁股坐在炕沿上，说了声："平身，坐下说话。"三位阁臣才直起身子正襟危坐。

王鼎问道："皇上，牙病重吗？"道光咳嗽一声："哦，小毛病。朕心急上火，牙床有点儿红肿，涂点儿药，不打紧。"他清了清嗓子转入正题："不杀鸡给猴看，沿海的封疆大吏和营将们就不会有所忌惮。先把余步云锁拿到京，三堂会审！"他显然赞同王鼎的意见，穆彰阿向来顺着皇上的思路办事："那就发一道廷寄，锁拿余步云。"

潘世恩道："耆英奏调十三行总商伍敦元或其子侄参加对英谈判。方才我们议过，靖逆将军奕山和参赞大臣杨芳说伍家人捐资有功，巡疆御史骆秉章却说伍家人里通外国，此事如何办理请皇上示下。"王鼎道："耆英请旨调用伍秉鉴或其子侄参与会谈，我看没这个必要，咱们大清没到屈膝求和的地步！"道光仍然在剿抚之间游移，更没有意识到精通夷文夷务的人在谈判中不可或缺："伍家人三代当行商，两代人任总商，捐资助饷五十年，是本朝第一巨商，历任广东大吏都有表彰，朕不信他们里通外国。十三行总商经理天子南库，不宜调往他省办差①。"潘世恩道："遵旨。"

道光道："你们接着说，朕想听一听，想法不同没关系。"王鼎微弓着身子："老臣有话要说，若有不当之处，请皇上批驳。"道光点头道："说吧。"王鼎枯着寿眉道："乍浦之败不能不了了之，必须有人担责。耆英刚到浙江不熟悉情况，可以免责。奕经、文蔚和刘韵珂不能免责。"

穆彰阿道："王阁老，不要意气用事嘛。两年多来，英夷狼奔豕突无所不至，本朝合十七省兵力，言剿言防总不得手，内地不肖之徒也趁势作乱，要是再出几个钟人杰之类的叛逆，国家如何承受得起？剿与抚，两害相权取其轻，当此安危之机，唯有降气抑心徐图控驭，不可逞匹夫之勇。"

王鼎道："皇上，老臣不能苟同穆大人的提议。依照《巴麦尊致中国宰相书》，英夷既索要巨额赔款，又贪求通商码头占据海岛，还想在沿海口岸设立夷馆，携带女眷，赔款之害如同人受刀割气血大损，通商之害如同鸩酒止渴毒在肺腑，海疆重地不宜轻有所许，本朝若割让一座或若干座海岛，英夷势必派兵驻守，那就等于让外国猛虎驻守中国的大门，此后大局将极难收拾。此口一开，其他国家难免生出觊觎之心，四肢之患终究要变成心腹之疾。"

道光问潘世恩："潘阁老，你意如何？"潘世恩性情平和，即使面临重大危机也像一泓静水："战局至此，本朝唯有暂做退让，像越王勾践那样含恨忍

---

① 《廷寄》，《筹办夷务始末》卷五十三："又另片奏，请饬调伍敦元，或其兄弟子侄前赴江苏。著不准行。"

辱，卧薪尝胆徐图自强。"

　　三位军机大臣中两位主张羁縻，只有王鼎固执己见，他一口咬定："万万不可！海疆开衅以来，琦善首倡抚夷，才有伊里布步其后尘，而后有刘韵珂妄谈十大焦虑，现在又出一个耆英，他不能宣威海疆殄灭丑夷，却主张俯顺夷情，还抬举伊里布，是可忍孰不可忍！这四个人，当诛！"王鼎暴怒之下冷不丁蹦出一句杀气腾腾的话，不仅穆彰阿和潘世恩吃惊，道光也吃了一惊。诛杀大臣向来出自天子之口。王鼎提议诛杀余步云，已属过分之言，皇上没有驳他，还顺势颁下锁拿余步云的谕旨，但没说"诛"，没想到王鼎得寸进尺，言辞更加激烈，涉及琦善、刘韵珂、耆英和伊里布四人的性命，其中耆英和伊里布是红带子觉罗。这种话出自街头小儿之口可以视为信口雌黄，无关宏旨的臭屁，出自王鼎之口却是惊世骇俗！穆彰阿和潘世恩觌面相觑，仿佛在问：王鼎怎么了，莫非他老糊涂了？

　　王鼎突然跪在地上，颔首道："皇上，老臣还有一个建议。当此危难局面，唯有起用林则徐等忠臣。"王鼎以为黄河大工结束后，能免去林则徐遣戍新疆之苦，专门上了一道奏折，但道光没有采纳，依旧让林则徐去新疆赎罪。王鼎再提林则徐，弄得道光很下不了台，他的眸子闪出一丝微焰，王鼎老眼昏花，没有察觉，依旧我行我素："林则徐是忠君爱国正信正念的楷模，是圣贤君子风教的样板，这种风教能使顽者廉懦者立，天地得以正其心，生民得以立其志，世道人心得以维系。要是这样的人得不到宽恕……"道光断然掐住他的话头："你在给朕上课！难道朕是七岁蒙童？"

　　天子近臣本应察情取譬言理设喻，迎头指弊强行劝谏只会适得其反，轻则得罪皇上，重则招来杀身之祸！王鼎恰好触犯了这一规矩。穆彰阿和潘世恩侧目看着道光的脸色，为王鼎担忧。王鼎这才察觉自己讲了忤逆之言，喏嚅了一下："皇上，知我者谓我心忧，不知我者谓我何求。"

　　道光被王鼎戳得心痛，咬牙道："王阁老，朕罢黜了林则徐，你三番五次为他圆场，是何居心？难道朕错了？你岁数越大越啰唆，越言出其位，该回家休息了。"这句话绵里藏针，意味极重。

　　王鼎像被电光石火击中似的一愣神，旋即撩衽跪下，泪水在苍老的眼眶里打转："老臣为皇上的万世英名着想，为大清的万里江山着想，为三亿五千万黎民百姓着想！武死战文死谏，臣老了，命不足惜，唯有冒死恳请皇上，对逆夷，万万不可退让！"他把头深深扎下，在青砖地上磕得"砰砰"作响。

潘世恩坐不住了，下炕趿鞋，苦口劝说："王阁老，千万冷静。"

道光被王鼎激得脸色通红："天子之位乃四海公家之统，非一姓之私，坐在这个位子上，就得思虑国家的稳定。朕一看到大殿里的顶梁柱，就想起大清的万里江山，朕与六代先帝用尽全力支撑着它，撑了二百年，撑得筋疲力尽却不敢稍有松懈，生怕一有闪失就天塌地陷。朕何尝不愿剪除逆夷？但事出万难，朕才出此下策，朕唯有自恨自愧，诚以千百万民命所关，其利害不止江、浙两省。朕无德无能，唯忧民生涂炭，国家板荡，你难道还要戳朕的心吗？"

潘世恩生怕王鼎讲出更加失礼的话，温语劝道："王阁老，千万冷静。"王鼎不知哪儿来的勇气，固执得像块顽石："皇上不杀琦善，无以对天下；老臣知而不言，无以对先皇！"道光突然一抬头，对张尔汉道："王阁老身体有恙。张公公，搀他回家吧！"

"回家"是罢免的委婉语，王鼎这才猛然想起伴君如伴虎的古训，心灵顿时化成一片废墟。张尔汉屈身搀扶王鼎："王阁老，皇上让您回家，您千万冷静，千万千万。"

王鼎声泪俱下："皇上嫌臣老而无用了，有些话平日不敢讲，现在不得不讲。林则徐是大清的脊骨之臣，皇上弃而不用，一人向隅而泣，满座无语，谁还敢实力办差呀！"王鼎的泣血之言像千钧磙石碾过道光的身子，像呼啸的利箭刺中他的心。道光的脸色变得暗如阴霾，"砰"的一声拍响桌子，甩下一句厌恶之言："我看你是老糊涂了！"他站起身来准备拂袖而去，王鼎跪在地上，一口咬住皇袍的下摆，不让走。道光勃然大怒，使劲一拽，只听一声微响，袍服的下摆扯出一个带血的三角口子，挂住了王鼎的一颗门牙！

第二天中午，张尔汉突然慌慌张张地奏报皇上，王鼎在茶水房悬梁自尽了。他的死在紫禁城里，就像炸响了一颗血弹！道光大感悲伤，当年他在南书房读书时，王鼎是授课的师傅，屈指一算，二人的师生关系和君臣关系竟然长达四十余年！王鼎临终前讲了一通忤逆之言，但他毕竟是为国家着想。道光托腮冥想，意识到自己用词不当，"回家"二字意味深长，言者无意听者有心，是罢黜还是闲废？是赐死还是荣养？道光难过了半天才吩咐道："王阁老是朕的师傅，朕本想让他安度晚年颐养高寿，没想到他误解了朕。朕心里难过！颁旨，王鼎入祭贤良祠，赐文恪谥号，严禁枢臣和京官们渲染王阁老之死，谁要是胆敢胡言乱语，离间朕与王阁老的师生关系，朕割了他的舌头！"

  天津锣鼓巷十二号是一座普通小院，黑漆木门青砖灰瓦，大门外有拴马桩，但没有抱鼓石。院子里有八间房子一个马厩，天井里有一棵槐树一架葡萄。小院儿没有达官显贵的气派，却有富足人家的模样，它是张喜的家。
  一个驿卒把马系到拴马桩上，迈上台阶轻叩门环："张喜张老爷在吗？"黑漆木门"呀"的一声开了一道缝，一个中年妇人探出头来问道："哪来的信？"驿卒递上桑皮纸信套："是北京师爷房发来的。"妇人从口袋里摸出十枚大铜子，掂了掂，塞到驿卒手中。驿卒道了声谢，翻身上马，两腿一夹，照马屁股拍了一下："驾——！"马蹄铁掌在石板道上踏出"笃哒笃哒"的脆响，走了。
  大清有两千多驿站、一万四千多马递铺和七万驿卒，依照兵部车驾清吏司的章程，驿站和马递铺只传送官府文书、奏折、函件、邸报，兼理官员的家书私函，不递送民间书信。张喜久任伊里布的幕客，经常代东家处理公函，对这套章程十分熟稔，只要用了车驾清吏司印制的桑皮纸红框大信套，驿站辨识不出哪些是公函哪些是私信。传递公函邸报是公务，驿卒没有油水可赚，投递家书必须送到私家宅院，收信人往往给驿卒一些腿脚钱，驿卒们反而乐意递送私信。
  张喜正在小院里打太极拳，见老婆拿着信套绕过照壁，随口问道："谁来的？""北京李玉青老爷来的。"
  张喜做了一个收势动作，接了信。
  伊里布被罢官后，张喜跟着主子去北京受审，多亏伊里布把交通英夷的责任全都揽下，他才得以解脱。张喜当过小官，做过幕宾，去过云贵，见过夷酋，还经历了刑部、大理寺和都察院的三堂会审，可谓见多识广。但是，三堂会审败坏了他的兴致，他不愿继续当幕宾。伊里布谳定有罪发配军台，张喜无罪开释回到天津，过起波澜不惊宠辱皆忘的平常日子。这种日子虽不显扬，但街角有棋局，茶坊有语潮，夏天听蝉鸣，秋天赏菊花，自有一种闲适与安逸。但是，幕宾生涯毕竟五彩斑斓，给伊里布当西席还有一种虚张声势的荣耀，张喜回家快一年了，对旧人旧事仍然有细若游丝的牵挂和割舍不去的留恋，保持着眼观四路耳听八方的习惯，心中有隐隐的躁动。

伊里布遇赦后曾经给他写过一封信，再次请他当幕宾，月俸照旧。张喜专程去北京拜见过老主子，伊里布把他引见给耆英，张喜见到耆英后，讲述了自己的经历和看法：他曾多次前往舟山与夷酋懿律和义律交涉，在英国兵船上过夜，目睹了铁甲船旋转炮燧发枪开花弹，英军装备之精良军纪之严明给他留下了极深的印象。他确信英军是不可战胜的，但也看到了他们的短处，他们兵力有限，无法征服疆域万里的大清，只能占据几座濒海岛屿和城镇，他预见到战争以金帛议和收场。但耆英没有表态，他似乎并不欣赏张喜的见识，最令张喜失望的是，皇上仅赏伊里布七品顶戴，伊里布去圆明园谢恩请训时，皇帝甚至没有召见他。这意味着伊里布仅仅是"赎罪"，前程朦胧不清。浙江战场打得如火如荼，朝廷却剿抚不定。当局者无法脱身，旁观者去留随意，张喜左思右想，以身体欠佳为由，没有跟随伊里布去浙江。

但十天前，伊里布派专人专程到天津，再次函请他入幕，言辞剀切得叫人难以推托，张喜遂给故友李玉青写了一封信，打听朝廷的动向。

各省督抚衙门在北京设有师爷房。师爷们经常去紫禁城门口看宫门抄，去六部九卿的衙门打听消息，逢年过节代督抚们给京官们送点儿年敬节敬之类的规礼。驻京师爷们的消息十分灵通，官场上一有风吹草动，他们立即禀报给各省封疆。故而，驻京师爷大都是外省督抚的亲信，他们甚至有一项特权，如果他们发现主人的奏折与朝中动向相悖，有权暂时截留。李玉青是云贵总督衙门驻京师爷房的头牌师爷，伊里布改任两江总督后，他又成了两江总督衙门的驻京师爷，张喜与他私交极好。

张喜撕开信套抽出信笺，上面密密麻麻地写满了蝇头小字。李玉青告诉张喜，朝廷接到耆英的折子，夷酋指名道姓要与伊里布会谈，但伊里布只有七品衔，代表不了朝廷。道光决定赏伊里布四品顶戴，升任乍浦副都统，与耆英共同办理夷务。李玉青还说，浙江巡抚刘韵珂身体有恙，请求开缺，如蒙恩准，伊里布可能接任浙江巡抚。

在大清，读书人有三条路：一做官，二入幕，百无出路教私塾。张喜有举人功名，两次春闱落榜后对科举失去了兴趣，思忖着效法诸葛孔明当个"卧龙先生"。两千多年来，受帝王赏识的卧龙先生毕竟了若辰星，受封疆大吏赏识的人也为数不多。张喜当过小官，因为丧父回家守孝，在居丧期间恰好有朋友荐举给伊里布，说他泛读博览涉猎极广，不仅精通历史文学，还晓畅刑名之学和官场之道，于是成为伊里布的门下客。张喜有操守有见识，遇事不惊，办差不浮，闻变不乍，深得伊里布的赏识。老主子再度荣升，张喜终于决定前往浙江投效①。他对老婆道："伊节相复出了，召我入幕，我得出门远行。明天我去天津县衙办理路引，你给我准备一下行李和衣服。"

---

① 张喜的《探夷说帖》和《抚夷日记》（载于《中国近代史资料丛刊·鸦片战争》卷五）记录了他以幕宾身份参与英中谈判的过程。根据他的日记，耆英和伊里布在上元寺抽签问卜时，签语中有"一家和乐喜相逢"，所以请他重新出山，参与谈判。

第九十二章

吴淞口之战

英军在乍浦休整了十天后开赴长江，临行前把炮台战壕兵房仓库全部炸毁，炸得声动十里黑烟蔽日。

长江口距离舟山仅一百多海里，景象却判若两样。舟山群岛是火山熔岩生成的，植被和土壤下面是坚硬的凝灰岩和花岗岩，海岸线是基岩岸线和沙砾岸线。长江入海口却是江水冲击成的三角洲，江水从五千里外的昆仑山蜿蜒盘旋向东流淌，沿途汇聚了上百条支流的水量，裹挟着亿万吨浮泥悬沙。它的岸线是泥质岸线，长江与大海的衔接处散布着连片的滩涂和湿地，有一座积年泥沙形成的崇明岛。每年夏天，上百种小鱼小虾海螺鲜贝和浮游生物聚集在滩涂和湿地繁殖滋生，为海鸟们提供了可口的大餐。尖喙的沙鹬，肥胖的环颈鸻，长腿的大缤鹬，尖尾的小缤鹬，成群结队蜂拥而至，它们在空中盘旋，发出"嘎嘎"的喧嚣，把百里滩涂装点得万花筒一般绚丽多彩。不懂鸟的人叹为观止，以为那是一幅情趣盎然的和谐美景，懂鸟的人知晓，海鸟们是不折不扣的空中强盗，既贪婪又凶残，为了抢食水中鱼虾，它们争强斗狠大打出手，其暴力和野蛮远胜过人类的种族大战！

印度总督派来的大批兵船、火轮船和运输船陆续抵达长江口，与巴加的舰队会师。但是，长江口阴晴不定风向无常，水速流向复杂多变凶险万状，新来

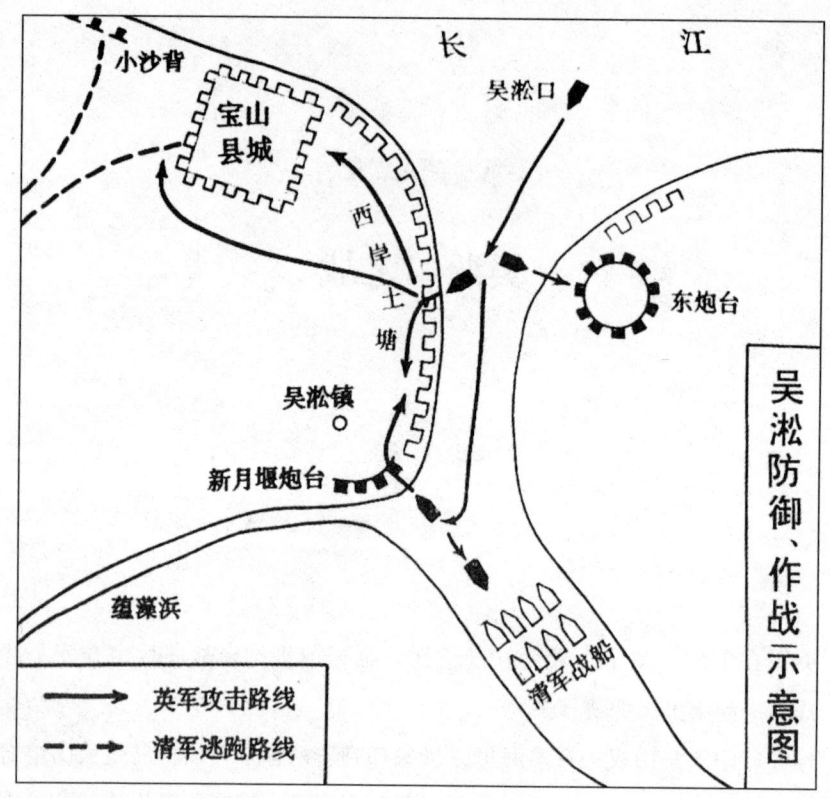

吴淞口防御作战示意图。取自茅海建的《天朝的崩溃》第434页。

的舰船不熟悉水情，接连发生两起重大事故。运输船"阿提特罗曼"号撞上了"伯朗底"号的船艉，火轮船"阿里亚德"号撞上了暗礁，船底撞出一个大洞，巴加不得不派"西索提斯"号将它们拖到舟山去大修。

深入长江作战必须有准确的航道图，否则就像进入迷宫一样，随时可能船毁人亡。郭士立收集了不少资料和地图，但是，中国人绘制的水道图没有沙线和等高线。巴加爵士命令"复仇神"号、"地狱火河"号和"美杜沙"号火轮船和两条武装测量船驶入长江，一面勘测水情一面侦察敌情，主力舰队则散泊在鸡骨礁一带，养精蓄锐枕戈待命。

二十多条中国商船被扣押在鸡骨礁，它们是从山东和天津来的，一不小心成了英军的俘虏。船民们被迫就地抛锚，老老实实听凭摆布。

英军封锁了长江口，长江水师无力与他们在海上争锋，缩头乌龟似的躲进吴淞口，数千条渔船不敢出海，退缩到崇明岛的四周。

两江总督牛鉴和江南提督陈化成正在吴淞口视察。去年黄河决口，防洪大堤险情百出，牛鉴督率开封兵民奋力抢险，连续六十天吃住在抗洪一线，显示出了处变不惊临危耐劳的品质。裕谦自杀后，江苏省军心戚戚民心惶惶，急需一位每遇大事有静气的人物坐纛指挥。道光命令牛鉴坐镇两江，牛鉴一上任就把民政交给江苏巡抚打理，自己一门心思扑在防务上，一天都没消停过。

陈化成瘦骨身，嶙峋貌，沧桑得像一株老榆树，古铜色的额头和嘴角上皱纹密布，八颗门牙只剩两颗，一上一下对接在一起，擎天柱似的撑起口中乾坤，由于牙齿不全，他的两颊凹瘪。他是经验丰富的水师老将，参加过剿灭海盗孙太的战斗，镇压过蔡牵的海商集团，搜捕过福建的鸦片贩子。他虽然年过花甲，依然精神矍铄老而弥坚。两年前朝廷调他出任江南提督，他立即全力以赴，经营起长江防务。他在黄浦江东岸修了一座圆形炮台，安放了二十七位大炮，在西岸修了一道两丈高五里长的土城，布列了一百三十五位火炮。他命令川沙营驻扎在黄浦江东岸，自己率领苏淞镇标驻守西岸。宝山县城西面的小沙背面对长江，漫漫江滩看上去一马平川，实际是一片开阔的烂泥滩涂，他在那里配置了五十门封江大炮，派徐州镇总兵王志元率领七百弁兵驻防。牛鉴则亲自率领一千五百督标驻守宝山县，随时准备增援各营。

牛鉴的脑门上刻着乱云似的抬头纹和鱼尾纹，心像注了铅似的沉重。他从来没有打过仗，到吴淞口之前甚至没见过英国兵船，对他来说，"船坚炮利"只是朦胧的字眼。"复仇神"号、"地狱火河"号和"美杜沙"号铁甲轮船闯入长江后，牛鉴大吃一惊。那三条火轮船就像三条钢铁巨怪，逡巡游弋进退自如，耀武扬威随心所欲，战斗力神秘莫测。相形之下，长江水师的师船像可怜的小鱼小虾，显然不是对手。他同所有清军将弁一样，弄不清为什么铁船能够浮在水上，为什么几千斤重的铁炮能够旋转，是什么力量推动铁甲船逆水而上。

牛鉴和陈化成沿着土城向北巡视。弁兵们全都进入临战状态。所有火炮都已填入火药和炮子，只用木塞封住炮口，以防雨水和异物进去。一俟开仗，炮兵们只要拔出木塞就能开炮。枪兵们把枪架在垛口上，由于抬枪数量不够，陈化成因陋就简制造了几百支竹枪，每支竹枪用竹子做成，两丈多长，为了防止枪管炸裂伤人，竹子外面用铁丝箍紧，里面填满火药和铁砂。这种枪打一次就报废，所以，每个枪兵配备了两支。几十个兵丁正在滩涂安放虎蹲炮，这种炮是明朝名将戚继光发明的，炮管二尺长，炮首由两只铁爪撑起，炮管外有防止炸膛的四道铁箍，可以发射五钱重的铁砂。从外形看，虎蹲炮像趴在地上的铁蛤蟆，故而弁兵们又叫它蛤蟆炮。陈化成下令打造了一百多位，分别安放在滩涂、田畴和道口。兵丁们正在目测射角和距离，用锤子把炮爪砸入地面。天气闷热，兵丁们汗淋淋的，但很少有人说话，大家全都感到战争迫在眉睫，心里悬揣不安。

牛鉴不懂兵法，在作战问题上处处依从陈化成。牛鉴随身携带了一本戚继光的《纪效新书》，可谓临阵磨枪，不快也光。《纪效新书》说：设海防者，出洋会哨，拒敌以港湾之外为上策；循塘固守，毋使海寇登岸为中策；出水列阵，毋使敌人近城为下策；婴城固守，乃是无策。陈化成采用了"循塘固守"的策略，显然不是上策。牛鉴一边走一边问："陈军门，阻止逆夷登岸，你有把握吗？"陈化成道："水师无力与英夷在江河争锋，我才不得不采用循塘固守之策。不过，自古以来，但凡用水师作战，都是高屋建瓴顺流而下，从上游攻击下游，没有逆水上行从下游攻击上游的。三国赤壁之战，秦晋淝水之战，都是如此。我军弁兵贴伏于两岸土城的堞墙后面，接应之兵埋伏在数里之外。英船要是逆水而上闯入吴淞口，我军可以寂然不动以逸待劳。即使敌船开炮，也断然打不到匍匐于堞墙后面的弁兵。待敌人炮火完毕，大船临近之时，我军即可众炮环发，重创逆夷。英夷要是派步兵登陆，守堤之兵与接应之兵可以放胆出击，先用虎蹲炮轰打，破其洋枪火器，再用抬枪竹枪连环夹击。英逆用舢板渡兵登陆，一次只能渡二三百人，我军以数倍之兵力接仗，大小枪炮交错轰击，没有不胜的道理。至于小沙背一带，那儿水浅滩长，看上去一马平川，实际是烂泥滩，一脚踩进去难以前进，有徐州兵在那边驻防，英逆很难得手。我已饬令沿江各营把总以上军官签下生死文书：营盘在人在，营盘亡人亡！只要我军勠力同心有进无退，就能将逆夷挡在水中。"

英军的火轮船在长江与黄浦江交汇处抛下了一些五六尺长的浮木，上面涂有红白两种颜色，十分醒目，浮木下面系有铁锚，固定在水道中。牛鉴问道：

"陈军门，那些浮木是做什么用的？"陈化成像一个老练的猎人："是系船用的浮桩。""为什么不打沉它们？"陈化成胸有成竹："敌人想登陆作战，往我的套子里钻。让它钻，钻进来再打。我已经命令沿江火炮瞄准浮桩，英船系到浮桩上再开炮。"但是，他做了一个严重误判——清军的师船吃水浅，不用浮标也能自由航行，英国兵船吃水深，没有浮标指示航道不敢贸然在陌生的水道里作战。陈化成孤陋寡闻，错把浮标当浮桩。

长江和吴淞口的天气像娃娃脸似的阴晴不定，头天还是碧空万里酷暑骄阳，转天就是乌云蔽日阴风呼号，这给测量工作增加了难度。英军的侦察活动耗时七天，终于把风向、潮汐、水流、航道、等深线、山脚线、明礁、暗礁、干出礁等测量得一清二楚，把清军的炮台、炮位、垛口、木栅、堑壕准确地记录在地图上。他们甚至估算出驻守吴淞口清军总数在四千至五千之间。在七天里，英军与清军相互对峙，却没有互开一炮。

巴加爵士看出清军将领的军事观念十分陈旧，对欧洲的战术和武器的特征一无所知，黄浦江畔的土城和炮台貌似坚固，却只适用于冷兵器时代，虚张声势漏洞百出，不仅禁不起舰炮的轰击，甚至禁不起风蚀雨蛀。巴加确信，只要动用一半兵力，就能在三小时内打败清军。

万事俱备，只待东风与潮汐。

这一天很快来了。西历六月十六日凌晨，东风长潮渐起，巴加发布了进攻令。

八条兵船和六条火轮船升起了战旗。"西索提斯"号火轮船拖拽"皋华丽"号，"谭那萨林"号火轮船拖拽"伯朗底"号，"复仇神"号拖拽"摩底士底"号，"地狱火河"号拖拽"哥仑拜恩"号，"普鲁托"号拖拽"克里欧"号，"美杜沙"号拖拽"阿尔吉林"号，"北极星"号和另一条兵船留守长江口，掩护运输船队接运步兵。十二条兵船和火轮船舳舻相接朝吴淞口驶去。

水中大鳄与岸上狮虎的战斗开始了。英舰刚一驶入吴淞口，清军率先开炮，一颗颗炮子发出怒吼冲出炮膛，重重地打在敌船上，江面上立即浓烟滚滚爆炸连声。

英国兵船冒着枪林弹雨驶向预定战位，用侧舷炮轰击两岸的炮台和土城，黄浦江上巨响连声惊天动地，一束束火光在空中飞舞，江面上浪霾迭起，陆地上黑烟滚滚。英军虽然后发制人，但炮火绵密炸力巨大，大小火箭蹿天猴似的飞向清军阵地，随着"嗖嗖"的啸音和"砰砰"的爆炸声，岸上的兵房、库房、官厅和神庙相继起火，连附近的树林也被打成火海。

刚开仗时，清军井然有序忙而不乱，但很快显出劣势。他们的大炮既无滑膛又无炮架，装填一次火药和炮子耗时良久，连续打几炮后必须冷却，否则有炸膛之险。清军的炮子多数是实心铁球，火药配制粗糙，炸力很小，旗舰"皋华丽"号被连续击中，仅后桅就挨了三炮，"伯朗底"号被击中十四炮，"西索提斯"号挨了十一炮，但没有一炮能给它们以实质性损害，连船板都打不透。在持续的炮战中，英军损伤甚微，只有一人阵亡，十余人受伤。

牛鉴在宝山城头看得真切，他担心英军强行登陆，亲自带兵增援陈化成。六百多督标从宝山县城的南门鱼贯而出，簇拥着牛鉴奔向土城，踏起的浮尘像一条土龙。

牛鉴书生领兵乘轿而行，仪仗旌旗惹人瞩目。巴加发现一队援军向黄浦江畔开来，立即命令"皋华丽"号开炮轰击，炮兵们用施拉普纳子母弹"砰砰砰"连续射击。

牛鉴的队伍刚出校场口，子母弹就在他们的上空爆炸，迸裂出几百颗小炸弹，劈头盖脸砸下来，两个轿夫被同时炸伤，惨叫着扑倒在地上，绿呢大官轿顿时翻倒在路旁。牛鉴连滚带爬钻出来，红缨官帽滚出老远，他惊得魂飞神移，腿一软坐在地上。他想站起来，但辫梢卡在轿门上。一个亲兵跑来替他解开辫梢，他才撑着膝盖，狼狈起身。他环顾四周，校场附近的房屋和树木着火了，火焰熏腾草木披靡，六七个弁兵被炸倒，鲜血淋漓地躺在地上，活尸似的挣扎哀号，其他人受了惊吓，抱着兵拳旗枪雁翎刀瑟瑟发抖，有人像遇上了活鬼，魂飞魄散撒腿逃命。人们惊讶地发现，敌炮居然能在如此遥远的距离隔空杀人，一杀就是一大片！牛鉴初次上阵就见证了战争的无情与可怖，他像死过一回，万丈豪情荡涤一空，在亲兵的簇拥下，似梦似醒地逃回宝山县城。

土城和炮台的弁兵们同样惊愕，敌船居然有金刚不坏之身，不论自己如何奋勇如何卖力，开枪开炮猛轰猛打，却连它们的船壳都打不烂，反之，英军的炮子又凶又狠，落弹之处无不破裂，爆炸之处无不焦煳，清军的斗志逐渐瓦解。

炮台上的八千斤巨炮接连射击，炮管滚烫，本来应当适时冷却，但指挥炮战的军官们心急如火，不断命令兵丁填充火药装入炮子。一个千总用藤牌护住身子，点燃炮捻，炮捻冒着黑烟发出咝咝声音，他转身撤离，刚跑两步，轰的一声巨响，大炮炸膛了！炸膛的破坏力超乎寻常，炮台塌了一角，周匝的官兵血肉狼藉，蹬腿呻吟蠕动哀号，凄凄惨惨龇牙咧嘴。其他弁兵们脸色土灰心惊胆战。迷信的兵丁们视炸膛为不祥之兆！有人开始溜号，从三两人扩大到十余人，从几十人扩大到上百人，清军的防线像蝼蚁溃堤似的瓦解了！

　　陈化成眼见着自己精心设计的土城和炮台被炸得稀烂，布置在滩涂和田野的虎蹲炮派不上用场，他绝望了！一颗炮子在他身旁爆炸，打断了他的左臂，血流不止，虽然经军医全力抢救，终于无济于事。当陈化成战死的消息传开后，清军群龙无首，乱哄哄四散逃命。

　　吴淞口之战持续了两个半小时，比巴加预估的还短。中午时分，海军陆战队兵不血刃，占领了土城和宝山县城。军乐队在城楼上升起了米字旗，奏响了《上帝保佑女王》和《圣帕特里克的祭日》。

　　运输船刚把陆军运到黄浦江口，还没来得及登陆，长江战役的第一仗就结束了，英军旗开得胜[①]。

---

　　① 根据英方记载，吴淞口之战持续了两个多小时，英军阵亡2人受伤25人。根据茅海建先生在《天朝的崩溃》（第433页）汇总，清军阵亡88人，受伤人数不详。

第九十三章

强硬公使

得到增援后，远征军的实力大大增强，陆军新增一个英国步兵团、六个马德拉斯步兵团和一个马拉炮兵团，大小兵船、火轮船和运输船多达九十六条，总兵力达到两万。为了攻打乍浦和吴淞口，郭富和巴加不仅把宁波和镇海的军队全部撤出，还把香港、鼓浪屿和舟山的部队抽去一半，致使那些地方兵力薄弱。为了防止清军突袭，他们把两个马德拉斯步兵团，二十条兵船和运输船派往上述各地，主力部队云集吴淞口，致使参加长江会战的水陆官兵达到一万二千人，风帆战舰十条、火轮船十条、运兵船五条、测量船两条、运输船四十多条。

英军占领宝山县的第六天，璞鼎查乘"皇后"号火轮船来到吴淞口，与他同时到达的还有"贝雷色"号运兵船，船上载着英军第九十八团的全体官兵。来华作战的所有步兵团都是从印度调来的，唯有九十八团是从英国本土来的。郭富和巴加亲自去吴淞码头迎接他们。

几句寒暄后，璞鼎查把九十八团的团长介绍给郭富和巴加："这位是柯林·恳秘利中校，苏格兰人。"恳秘利向郭富和巴加行军礼。他年约五十，中等身材，头发卷曲，厚厚的嘴唇有一抹棕色胡须，脸上带着过度消耗和疲惫的神色。璞鼎查介绍道："恳秘利中校毕业于皇家高斯波特军事学校，参加过英西战争和拿破仑战争，受过三次伤，是经验丰富的老军官。"恳秘利的确是老资历的军官，但官运不佳，两年前才晋升为中校，郭富和巴加在他这个年龄已经是少将了。

"恳秘利中校，第九十八团旅途顺利吗？"恳秘利的表情凝重，一肚皮牢骚："报告二位将军，我团在海上走了五个半月。'贝雷色'号是一条三级战列舰，额定乘员五百八十人，但是，国防部为了省钱，拆去了五十个炮位，把我团的八百名官兵一百二十位眷属，以及一支六十人的皇家炮队统统塞到船上，致使全船乘员超载一倍半还多！这么多人拥挤在狭窄的船舱里，连迈腿的空间都没有。官兵们饮水限量，食物不洁，憋尿憋屎，晕船呕吐，臭气熏天。我们天天闻到的是汗酸味儿，听到的是呻吟声和妇女孩子们的哭泣声。五个半月来，官兵吃不到新鲜蔬菜，营养严重不良，体质下降极快。我团离开英国时正值隆冬，抵达中国却是酷暑，官兵们严重水土不服。截止到昨天，大部分官兵病倒了，对我们来说，这次航行是一次漫长的折磨。"

期盼已久的援军竟然是一船病号！郭富和巴加吃惊地对视一眼。不难想象，"贝雷色"号严重超载，军人及其眷属像咸鱼和黄瓜一样腌在一起，时间将近半年，连骨头都腌酥了，一俟发生传染病，躲都没处躲。巴加问道："有传染病吗？"恳秘利道："报告将军，有痢疾和败血症。船上人满为患，病号无法隔离，痢疾在扩散。"

郭富眉头一蹙，紧追不舍："什么时候发现痢疾的？""'贝雷色'号在加尔各答停留了三天，补充淡水和食物，开船后就发现了痢疾。"巴加闻疫色变："国防部的官员无知无识，拿士兵的生命当儿戏！应当把他们塞到腌菜缸里，让他们尝一尝拥挤的滋味！还有加尔各答军需处的人，都是白痴！他们加工的风干牛肉比石头还硬，送到中国的饼干长满了象甲虫！"

郭富预感到情况不妙："对不起，恳秘利中校，第九十八团要尽快上岸休整，但要画地为牢。请你严格约束士兵，尤其是妇女和儿童，不要让他们随意乱走，以免传染给其他部队！""遵命！"恳秘利行了一个军礼，转身离去。

璞鼎查在两位司令官的陪同下一面走一面巡视，吴淞口满目疮痍，炮台被炸成瓦砾，土城分崩离析，汛地和兵房被打成残壁颓垣。

为了发动长江战役，英军必须在长江口建立一个转运站，一个储存枪炮弹药食物药品营帐辎重的地方。中国船吃水浅，码头较小，栈桥较短，英军需大型栈桥装卸货物。马德拉斯工程兵正在修复码头，赶建栈桥，工役们汗腾腾地忙来忙去，长长短短的影子像幽灵似的不断摇晃，用绞车滑轮卸下成箱的炮子和枪子，各种军用品堆积如山。数千英印步兵在黄浦江畔搭起几百顶帐篷，像一行行排列整齐的大蘑菇，延绵二里，蔚然大观。

郭富道："吴淞口之战由海军单独完成的，我们陆军还没登陆，清军就溃散了，给我们留下二百五十多位大炮，其中有四十七位铜炮。"巴加道："那些铜炮的材质精良，可以制造上等火炮和枪子炮子，我们命令士兵们把它们全都装运到运输船上了。"

璞鼎查问道："伤亡情况如何？"巴加道："我军总共阵亡两人受伤二十五人。至于敌军，我们无法估算，但掩埋了八十多具清军尸体，听说清军的司令官陈化成死在炮战中。"

璞鼎查沿着土城的废墟向南走，垛口后面散布着残破的废炮。土城上原有一百八十多位铁炮，在英军看来，它们质量低劣毫无价值，郭富命令工程兵把炸药填入炮膛，塞钉火门，把它们全部炸成废铁。几十条师船被遗弃在黄浦江上，海军陆战队把它们全都烧掉。两天过去了，江面上依然飘着残烟，空气中依然有淡淡的焦糊味儿。

两军作战时各种小虫藏身在土壤的气孔中，蜷缩在瓦砾的缝隙里，现在，它们劫后余生，全都钻出来，试图重整家园。青色的蚂蚱在草丛里一跳一蹿，像精灵一样让人眼花缭乱。胆小的马连虫像成串的马车，在岩缝里匆匆爬过。黑色的屎壳郎闪着金属的光泽在地面爬行。两队蚂蚁狭路相逢，大撕大咬，打斗到中途，好像突然想明白一个天大的道理，停止了战斗，消失得无影无踪。

一串鲜亮的小花在堞墙的缝隙里冒头滋长，闪闪烁烁垂着花冠，半红半黄，根部有几片死而未僵的落地花瓣，大概有几个爱花的清兵曾经呵护过它们，它们才能在金戈铁马的战壕边上侥幸活下来。璞鼎查不知道它们叫什么花，用脚一踩，踩碎了。他瞳子微微闪烁："我不喜欢中国花！上海怎么样？中国人肯支付赎城费吗？"郭富道："我派了两个步兵团和一支炮队开赴上海，他们在途中没有遇到抵抗。我事先派了一个中国通事照会上海知县，只要交纳一百万赎城费,我们就宽恕上海,但上海官员和驻军潜逃一空,留下一座失控的弃城。不过,当地绅商派人找到我们,说他们愿意集资五十万,换取我们撤军①,我同意了。""五十万就撤军,为什么?"郭富道:"我军驻守宁波期间饱受袭扰、暗杀和绑架,伤亡的人数远胜过一场大战。我不想重蹈宁波的覆辙。就长江战役而言,我们只要牢牢控制住吴淞口即可。"璞鼎查点头道:"也好,既然不准备久居,不妨撤出,我们没有必要替中国人管理城市。"

巴加道:"璞鼎查爵士,听说您对阿伯丁勋爵的训令不满意,是吗?"新任外交大臣阿伯丁勋爵与璞鼎查是同学,两人在爱尔兰皇家学校读书时吵过嘴打过架,隔了几十年后依然旧怨难泯。阿伯丁是世袭伯爵,自视甚高,璞鼎查是平民,凭个人奋斗一级一级地晋升为陆军少将和从男爵。给有从男爵之尊的人写信,应当在姓名前加"爵士"的敬称,阿伯丁勋爵在公函中仍然称他"先生",仿佛璞鼎查还是一介无关轻重的小百姓。这是一次小小的冒犯,惹得璞鼎查大动肝火。一提阿伯丁勋爵,他的嘴角向上一抿,眼神里透着一种刻意的骄矜,那是地位低下者面对地位高贵者的骄矜。他直言不讳地抨击道:"阿伯丁勋爵眼光短浅,没有巴麦尊勋爵那种指点江山挥斥方遒的气度和远见。他当外交大臣不是因为真才实学,而是因为辉格党下野。大英国的外交大臣应当是睥睨世界展望百年的人!我军在中国浴血奋战达两年之久,他竟然熟视无睹,要我们不惜降低对华谈判的条件来结束战争!不错,我们应当尽快结束战争,但决不能以降低谈判条件为代价,我将不折不扣地执行巴麦尊勋爵的第三号训令,而且有过之而无不及!"璞鼎查支持辉格党,对保守党和阿伯丁勋爵毫无敬意。

巴加道:"听说阿伯丁勋爵要我们放弃对中国的领土要求,是吗?"璞鼎查答道:"是的。中国皇帝拒不接受《穿鼻条约》,致使义律与琦善的谈判破裂,阿伯丁勋爵知难而退,在训令中竟然要我们放弃香港!我绝不能苟同这种无知无识的训令。东亚有中国、日本、琉球、朝鲜等多个国家,还有俄罗斯在远东活动,不论从政治、军事还是经济角度看,我国都应当在东亚保有一个基地。"

---

① 根据《伊里布等又奏凑集赔款情形片》(《筹办夷务始末》卷六十一),上海给银三十五万五千两让英军退兵,合五十万元。这笔钱不是官府给的,而是绅民的"捐资"。中英文史料都没记载谁牵头集资,如何支付给英军。

郭富提醒道:"璞鼎查爵士,巴麦尊的训令是:中国人可以在增开码头和割让海岛之间二选一。"璞鼎查意志铁硬:"我两个都要,既要码头也要海岛!""您不准备请示外交大臣吗?""不,驻外公使有机断之权。我将先把面粉做成面包,然后再报告①。"

马恭少校和马儒翰一起来到他们跟前:"公使阁下,清方信使陈志刚来到吴淞口,送来了钦差大臣耆英和伊里布的照会,他们要求我方戢兵休战,择地会谈。"

清方没有精通英语的通事,送来的照会没有译文。璞鼎查见马儒翰拿着带红框的大信套,只说了一个字:"念!"马儒翰从信套里抽出照会,念一句翻译一句。璞鼎查一面踱步一面听,待马儒翰念完译完,他才停下脚步:"耆英和伊里布是全权大臣吗?"马儒翰道:"不,中国只有钦差大臣,没有全权大臣。"

璞鼎查捻了一下棕色的小胡须:"我不想重蹈查理·义律的故辙。我国有句民谚:你骗我一次是你的耻辱,你骗我两次是我的耻辱!中国人狡诈多变,我无法判断耆英和伊里布是实心求和还是花言巧语,玩弄缓兵之计。我只想告诉他们,历史的车轮免不了用鲜血做润滑剂,对华条约免不了用尸骨做铺垫。仗打到这个地步,除非中国皇帝接受《巴麦尊外相致中国宰相书》的全部条款,否则,我不会戢兵罢战。既然大清皇帝并没有授予耆英和伊里布缔结条约的全权,与他们会谈只是浪费时间和徒磨唇舌而已。"

马恭少校问道:"公使阁下,要不要见一见清方信使?"璞鼎查道:"信使陈志刚是什么官衔?""是八品武官,相当于我国的陆军中尉。"璞鼎查不屑道:"当年我国驻华领事律劳卑男爵和查理·义律三番五次求见中国封疆大吏,是何等艰难!今天,我要以其人之道还治其人之身。我乃大英国的全权公使,不能屈尊与一个卑微的小军官对等谈话。"璞鼎查与义律的办事风格迥然不同,义律可以与任何人谈,只要能办成事;璞鼎查则比天朝大臣的架子还

---

① 占领香港是璞鼎查越权办理的事情。1842年8月29日,璞鼎查在致阿伯丁勋爵的公函中说:"虽然训令有所修改,但保有香港是我唯一故意越权办理的事情。我在(南京)郊区度过的每时每刻都使我相信它的必要性,我们期待着拥有一个宁居之地和商贸之地,以便保护和控制留居中国的女王陛下的臣民。"(转引自George Pottinger撰写的《首任香港总督亨利·璞鼎查爵士传》(英文版第106页)。

大。马儒翰小心问道:"公使阁下,请您指示如何回话。"璞鼎查思索片刻道:"我口述一份照会,请你记录,译成汉字,交陈志刚带回。"马儒翰坐在旁边的半截石壁上,掏出纸笔。璞鼎查抑扬顿挫地口述了一份照会:

  大英钦奉全权善定事宜公使大臣世袭男爵璞(鼎查),为照复事:五月十九日,接准贵将军、都统递送本公使大臣及统领水陆军师大宪巴(加)、郭(富)之公文,均已阅悉。所言公同酌商等语,倘蒙大清皇帝特派大臣钦赐全权妥议,以便自行善定诸事,本公使大臣即当会同议论酌商,乃应明白咨之贵将军、都统,以未蒙有钦差大臣奉派前来为面议相和之先,本公使大臣断不能劝令统领军师大宪等戢兵,不与相战,唯贵将军都统谅恕可也。①

  口授完毕,璞鼎查才转身对郭富和巴加道:"二位司令官,中国人屈服了,我们应当趁热打铁切断大运河,卡住他们的咽喉,然后才谈判。你们准备什么时候向大运河进军?"
  巴加道:"我已经派出两条测量船和两条火轮船先行探路,他们绘制出航道图后,我就下令前进。"
  璞鼎查突然瞥见一条挂着三色旗的兵船驶入吴淞口,那是法国的双桅护卫舰"俄利岗"号。它像一只嗅着血迹尾随而来的狐狸。璞鼎查轻蔑地咒骂道:"法国人像食腐动物一样跟在我们的屁股后面,不出汗不流血,却要分一杯羹,可恶!"

---

 ① 《璞鼎查致耆英伊里布照会》,载于《中国近代史丛刊·鸦片战争》第五册,第451页。

第九十四章

蛮横武夫乱杀人

通州（今江苏南通）是长江下游的卡脖子地段，江面狭窄水流湍急地势险峻，北岸有狼山炮台，南岸有福山炮台。清军原本应当在这里拦阻英军，但是，牛鉴认为英军不敢深入长江，把狼山镇和福山营的大部分兵力和火炮调往吴淞口，只给狼山炮台留下六位封江大炮，福山炮台留下四位，戍守兵力不足二百。吴淞口有二百五十多位大炮尚且挡不住英军，只有十位火炮的狼山和福山如何抵挡得住？戍守炮台的兵丁见英国舰队连樯而来，潦潦草草打了几炮就逃得无影无踪。英军只派出两支小部队登岸就把两座炮台炸掉了。

英军沿江西进的消息风一样传开，传到镇江时变成了漫天流言，镇江的气氛顿时紧张起来，人们纷纷到甘露寺求签问卜。甘露寺是镇江名刹，方丈叫秋帆，他对阴阳五行天人感应奇门遁甲占星堪舆等颇有研究，因为算命精准而小有名气。

这一天，一队八旗兵突然围了甘露寺，领头的是佐领祥云和副都统衙门的满文师爷巴楚克。秋帆正在观音殿里念经，听说寺庙被旗兵围了吓了一跳，想出去看一看是怎么回事，刚走出观音殿就见到一群如狼似虎的旗兵。

秋帆身宽体胖，长着一个弥勒佛似的大肚子。祥云一眼认出他："肥驴，你犯事了！"秋帆诧异道："老僧是出家人，不知犯了什么事？"祥云一脸怒气："你胆子太大，居然敢妖言惑众，诅咒八旗兵和海大人。拿下！"几个旗兵不由分说，一拥而上，用绳子把大和尚捆得米粽子似的，唬得周匝的小和尚们一动也不敢动。

这时秋帆才意识到自己多嘴多舌惹了大祸。原来，一连三天镇江城大雾蒙蒙，江面上水气弥漫，气团环绕城头久久不散。有人认为这是不祥之兆，去甘露寺求签问卜，得到的签符是：

犬吠如号忧哭泣，猫呼哀绝有人欺，
贼盗将临满地鼠，猪羊躁动鸡乱啼。

求签人请秋帆方丈破解签语，秋帆说此签是大凶之兆：白气环绕意味着白龙困城，有破军杀将之相，镇江城必有兵血之灾！大和尚的金口玉言立即传得风雨满城，市井小民惊恐万状，一时间柴米油盐价格暴涨人心惶乱。驻守镇江的副都统海龄闻讯后勃然大怒，他认为"破军杀将"是诅咒驻防镇江的八旗兵和他本人，立即派兵封了甘露寺，以"巫言乱法鬼事干政"的罪名逮捕了秋帆。秋帆有口难辩，只好对小和尚们道："你们赶快去知府衙门和丹徒县衙门敲登闻鼓，替我喊冤！"

师爷巴楚克事先拟了一副对联，命令旗兵们贴在甘露寺的大门上：

经忏可超生，难道阎王怕和尚？
银钱能赎命，分明方丈是赃官！

旗兵们吆吆喝喝地走了。小和尚们才去丹徒县衙门禀报。

与此同时，还有几队八旗兵分赴当地保甲，捉了十二个抽签问卜信谣传谣的百姓。

秋帆被捕的事情很快传遍镇江，当地居民立即噤若寒蝉，谁也不敢再说"兵血之灾"。

英军深入境内，牛鉴不得不紧急布置长江防御。镇江和扬州分处长江南北，是京杭大运河的枢纽，英军一旦占领它们，大清的东西航道和南北大动脉就会被掐断。牛鉴一到镇江，立即找常镇通海道①周顼商议对策。周顼年约五旬，但老皮老相，乍一看像六十多岁的人。英军攻占吴淞口，打烂狼山炮台和福山炮台，长江两岸的府县官们全都惊得魂不守舍，周顼更是急得像热锅上的蚂蚁。仗打了两年多，他越发看清任何抵抗都是徒劳无益，只会招来更大的灾殃。朝廷在邸报上透露出"羁縻"的意向后，周顼一心一意期盼着早日金帛议和。他听说英军每攻打一座城市前都先行照会当地官府，索要赎城费，只要肯付钱，他们就不予占领，上海绅商凑了三十五万五千两赎城费，英军果然退了，于是他向牛鉴提议，允许各府县延请富户捐输，用金钱换平安，否则，英军一旦占领城垣，承受兵燹的首先是拥有不动产的绅商，市井小民也会遭殃，失败的军官和逃离的官员全得受处分。缴纳赎城费虽然不能保境，却可以安民。但是，这么做必须得到全体官员的认同。周顼告诉牛鉴，说服别人容易说服海龄难，因为海龄坚决主战，要是他不肯附会，用金钱换平安的策略就无法施行，搞不好还会适得其反。

一提海龄牛鉴就头疼，因为他甫一就任两江总督就与海龄闹得不愉快。

海龄是屡立战功的满洲旗人，吃得苦耐得劳，敢拼命不怕死，经他调教的兵丁站如松坐如钟走如风，打起仗来如鹰如犬如蛇如蝎，杀人如同碾死蚂蚁和臭虫。嘉庆十八年（1813），河南滑县的李文成发动天理教会众竖旗造反，波及直隶的长垣县和东明县，山东的曹县、定陶县、菏泽县和金乡县，十几万会众闹得天昏地暗。那时海龄在张家口当守备，奉命率兵镇压，因为平叛有功迁晋升为正定镇总兵。但是，他有个坏毛病，认为满洲人天生高人一等，极端蔑视汉人，甚至多次辱骂汉官。道光十五年（1835），他因为殴打汉官被琦善弹劾，朝廷给他降两级的处分，派他到新疆担任古城领队大臣。古城是六千里外的荒蛮之地，到那儿当领队大臣与放逐差不多，故而，每当有人提起琦善，他都啐啐连声。琦善交了华盖运，抄家锁拿流放张家口，他高兴得连喝三大碗烧锅酒，把一曲《铡美案》唱得牛吼山响。两年前英夷在海疆开衅，道光想起海龄，此人毛病虽多却能征善战，遂把他从新疆调到镇江当副都统。

牛鉴晋升为两江总督后首先视察扬州和镇江，与海龄初次见面就话不投

---

① 常镇通海道：清代官名，是管辖常州府、镇江府、通州（南通）和海门厅的官员。

机。牛鉴饱读圣贤书，注重仪礼和体面，海龄是久浸兵营的赳赳武夫，直炮筒子臭脾气，说话办事不绕弯子，言谈举止夹杂着粗言戏语，流露出傲视汉人的偏见，弄得牛鉴十分不痛快。

海龄虽是粗人，但有军事眼光。他到镇江时裕谦主持江苏军政，海龄认为南粮北运关系到国家的命脉，英军与大清开仗一定会攻入长江，掐断大运河，因此镇江防务必须加强。裕谦不信，没把他的建议当回事儿。牛鉴接任裕谦后，海龄再次提出英军可能攻入长江卡住大运河，牛鉴也不以为然。副都统是二品武官，有权给朝廷上折子，但必须呈交总督或巡抚转奏。海龄见牛鉴不信，索性绕过他直接给朝廷上折子，强调镇江防御的重要性，请求增募水勇增雇船舶，绑扎木排拦江截堵，尤其要加强鹅鼻嘴和圌山关的防御。

道光把海龄的折子转发给牛鉴，要他重新考虑长江防务，牛鉴这才知道海龄绕过他直接给皇上写奏折。牛鉴不通军务，征求陈化成的意见，陈化成认为江苏境内的六百里长江岸线曲折，沙洲缕结，处处有淤滩，本国沙船尚有搁浅之虞，英国兵船巨舵深舱，进入长江逆水而上，几乎是天方夜谭。他断言英夷不敢深入长江，镇江不可能有战事。牛鉴相信陈化成，奏报朝廷说崇明岛是江口穷壤，逆夷不会垂涎，吴淞口两岸有吴淞营和川沙营守口巡洋，长江上游二百里水道逐渐收窄，北岸有狼山镇，南岸有福山营，京口有长江水师协标，镇江有八旗兵，海防江防十分周密，炮台营寨星罗棋布，声势联络气象壮观，英夷断然不敢冒险进入长江，飞越数百里重兵防守之地，更不可能阻断大运河！

牛鉴与海龄的见识完全相反，海龄极不服气，逢人就骂牛鉴瞎指挥。他自作主张檄调四百名青州八旗兵开赴镇江，等生米煮成熟饭后才禀报牛鉴，惹得牛鉴老大不高兴。

辖区里有这么一个自以为是的家伙，牛鉴大为恼火。他认为不杀一杀海龄的霸气不足以立威，偏巧海龄毛病很多，容易被抓住小辫子。驻防镇江的八旗兵额设兵员一千一百八十五人，经过多年繁衍，旗人的丁口增加了一倍多，饷糈却没增加多少，旗人的日子越过越艰难，他们强烈要求增加饷糈，或者允许他们经商。海龄明知他们的要求不合章程却暗中支持，让他们私下经营豆腐坊和磨坊，结果被人告发。牛鉴借题发挥，给他一个降级处分。海龄是堂堂正正的二品武官，却委委屈屈地戴了三品顶戴，他对牛鉴越发不满。

镇江不仅是副都统衙门的所在地，也是镇江知府衙门和丹徒知县衙门的所在地。海龄是军官，依照朝廷的章程不得干预民政，但他天性霸道，经常对同城文官颐指气使，镇江知府祥麟、丹徒知县钱燕桂多次向牛鉴和周顼告状，说海龄蛮不讲理干预民政。他们把海龄逮捕秋帆等十三人的事件禀报给周顼，抱怨海龄武人干政。

牛鉴和周顼来到副都统衙门，与海龄共议镇江城防事宜。海龄是个大碗吃肉大碗喝酒的赳赳武夫，把山南海北的荤素肥瘦打夯似的夯进躯体里，乍一看像个屠夫。他的脸膛微黑，额头隆起，一寸多长的胡须又浓又密，一对粗眉蹙在一起，像一对翘尾巴的大蝌蚪，让人想起《三国演义》里的猛张飞。

镇江的夏天骄阳似火盛暑如焚，海龄热得浑身冒汗，他一手解扣子一手摇大蒲扇，眈眈的眼神和阔大的嘴巴带着不恭不敬。牛鉴刚一说镇江防御，海龄就直言不讳道："牛督宪，当初我说英军可能深入长江，你不信，还嫌我多事。现在有什么说的？"海龄劈头盖脸讲起㨃风话，讲得牛鉴的脸上火辣辣的。他不想与海龄争执，摇着折扇试探道："仗打到这种田地，是强起抵抗还是金帛议和？"海龄眉毛一挑，铁嘴钢牙铿铿作响："当然要抵抗！我们八旗兵是大清的中流砥柱，大敌当前放下刀枪，还有脸活在世上吗？谁他娘的敢议和，我就上折子参他！"

一句骂娘话堵了牛鉴的嘴，牛鉴的脸色十分难看，"啪"的一声合了折扇，口气庄严："你说抵抗，那我问你，如何抵抗？"在牛鉴看来，与英夷作战非得有大炮不可，但镇江的炮位少得可怜。海龄道："牛督宪，去年你来时我就说过，镇江是大运河与长江的交汇点，兵家必争之地，必须添兵添炮，但你不信，结果怎样？圌山关是镇江的门户，只有二十位炮，北固山炮台有十六位炮，镇江城墙头原先有二十多位炮，只留下四位，全都调往吴淞口。你说英夷不敢深入长江，人家硬邦邦地杀进来了，挡都挡不住。事到如今，只有一个办法，贴身肉搏！"

周顼道："海大人，你的意思是婴城固守打巷战？"海龄的眸子里闪着炯炯微光："对，虎门之战是炮战，厦门之战是炮战，舟山之战是炮战，镇海之战是炮战，吴淞口之战还是炮战，哪一仗胜了？要想遏制逆夷的锋镝，只能依托街垒打巷战。镇江是山城，城内有三山六岭七十二冈，起伏的山势和参差交错的高垣短墙就是天然的街垒，每个犄角旮旯都能埋伏两三个弓兵或枪兵。我军一街一巷一坊一屋地打，英逆的坚船利炮就没有用武之地，我军的长矛大刀鸟铳弓矢才能发挥作用。"海龄独出心裁，说得牛鉴和周顼有点儿发愣。

牛鉴谨慎问道："北固山、金山和焦山乃是镇江形胜，守不守？"镇江旧名京口，北固山、金山和焦山位于镇江城北，合称"京口三山"，它们一俟被英夷占领，镇江城就在英军的鸟瞰之下。海龄摇着蒲扇："守有何益？就算派出几百兵丁，徒然遭受英逆的炮火蹂躏而已。"

这个想法太奇怪了！牛鉴和周顼觌面相觑。过了良久，牛鉴才说："弃形胜于不守，与敌军打巷战，如此用兵闻所未闻。要是镇江丢了，你可难辞其咎呀。"海龄放下蒲扇嘿嘿一笑："要是镇江丢了，我当然难辞其咎。但是，丢了吴淞口，其咎归谁？"这话如同一柄利剑直刺牛鉴，完全超出了下官的本分——不是积怨太深的人不会讲这种话。牛鉴的脸色越发难看。周顼不得不替他辩解："海大人，大敌当前，和衷共济为贵。你既然主张打，咱们就说打。镇江是南京的门户，镇江要是有个闪失，南京就危在旦夕了，你是统兵的二品大员……"

"我是三品。"海龄傲然断然掐住周顼的话头，借机发泄对牛鉴的不满。他预见到牛鉴的总督当不长，英军势如破竹，一举攻克吴淞口、上海、狼山和福山，朝廷肯定要追究他的责任。牛鉴脸色铁青，恨不得立马撤了他的差，但罢黜满洲副都统必须请旨，他没有这种权力。牛鉴再次抖开折扇，"呼嗒呼哒"地扇风。

周顼缓缓劝道："战与和是一张纸的两面，相辅相成。当战不战当和不和都可能误事。海大人，既然你主战，咱们就说战，你守镇江，不要长，只要守半个月……"海龄不等他说完迎头一掐："英逆入寇以来，所有营汛一触即溃，哪一处守了半个月？"周顼被噎得说不出话来。牛鉴咽了一口吐沫："那就守七天，只要守七天，各路援军就会抵达。四川提督齐慎已经率领川军抵达大运河西岸，正在渡河，湖北提督刘允孝平定了钟人杰的叛乱，过几天也将到镇江。镇江防御有赖于满汉通力合作。"海龄道："牛督宪，我十五岁从军，四十八年军旅生涯，既管过绿营兵也带过八旗兵，满汉一体，这个道理我懂。"实际上他的满汉畛域之见极为浓厚，浓厚得化解不开。

牛鉴忍着气摇着折扇："还有一件事，我听周大人说，你抓了一个大和尚和十几个求签问卜的人，要杀他们。""有这回事。""关在什么地方了？""关在满营的监号里。"牛鉴道："十几个人有一百多亲属家眷，他们围着丹徒县衙要求知县钱燕桂大人主持公道。杀人不是小事，要依照《大清律》交地方官审讯，不当杀的人不能杀。"海龄强词夺理："承平时期《大清律》才管用，现在是战时，得依照《军律》办理。"牛鉴见海龄混账得听不进话，"啪"的一声合了扇子："南京防务更重要，我不能在这儿久待，周大人也负有御敌使命，告辞了。"海龄假装要留饭："现在就走，不吃饭了？"牛鉴气哼哼道："不吃了！"海龄也不客气："那就不留二位了。"他不等牛鉴和周项起身，自己率先抬起屁股展手指着门，仿佛催促他们立即滚蛋。

他把牛鉴和周项送到仪门口，皮里阳秋拱手告辞："二位大人走好。"牛鉴抬脚迈过门槛，终于憋不住肚皮里的火气，猛一回头，冷森森掷下一句狠话："海大人，请你切记：镇江是长江要津，菁华之地。要是丢了，你不死于敌必死于法！"海龄傲慢得油盐不浸，脖子一挺："自打我从军起就没想着活着下战场！"牛鉴从牙缝里挤出一句刻毒到极致的话："好，讲得好！你要是马革裹尸，我给你请旨优恤！"

把牛鉴和周项送走后，海龄猛然想起大和尚秋帆和十几个信谣传谣的人。他本想把他们枷号一个月，吓唬吓唬，但牛鉴的劝说不仅不起作用反而激怒了他。他把心中积怨一股脑地发泄出来："祥云！""有！"祥云应声蹿到跟前。海龄吼道："把那个妖言惑众的秃驴和信谣传谣的家伙们拉到校场口，开刀问斩！""喳！"

下午申时，一队八旗兵敲着铜锣押着十三个罪犯插箭游街，为首的正是甘露寺的大和尚秋帆。冤囚们被五花大绑，木箭上写有"汉奸某某"，名字上打着红叉。丰男腴女老叟小童们站在街道两旁，默无声息地注视着冤囚。有人洒下同情的泪水，有人冷漠无情，有人双手合十默念《法华经》，还有人暗暗诅咒八旗兵。

到了校场口，十三个冤囚被勒令跪在地上，数千市井小民在旁边围观，议论纷纷，人人觉得他们罪不当诛。

一乘官轿停在校场口，丹徒知县钱燕桂来了，百姓们自动让出一条人胡同。钱燕桂接到鸣冤叫屈的禀帖后,亲自到法场救人。他个子不高,身子微瘦,猫腰下了轿,正了正衣冠。他深知海龄为人霸道,小心翼翼走到他跟前:"下官有件事和您商议。"海龄一脸不屑,盯着他,就像盯着一只讨厌的苍蝇:"什么事?""下官听说您捕了甘露寺秋帆大和尚,还有十二个信谣传谣的人,甘露寺的和尚和信谣者的眷属们纷纷到县衙门击鼓鸣冤,老老少少跪了满地。下官的意思是,人头一落地,万一被冤杀,就不妥当了。"钱燕桂讲得委婉,海龄却不依不饶:"钱大人,你的意思是我冤枉他们了?""哦,不,我的意思是万一被冤枉。"海龄一口咬定:"我看他们都是汉奸,替英逆说话。"钱燕桂委屈道:"海大人,皇上珍惜民命,《大清律》明文规定,所有死罪由地方县衙写明案由,报按察使衙门谳定,再抄送刑部,由皇上秋后勾决。"海龄环视周匝,数千百姓在围观,要是就此收手,等于抽自己一个嘴巴。他冷冷一笑:"那是承平年岁的办案方法,现在是打仗,打仗期间,天上的事老子管一半,地上的事全管。依照大清军律四十条,打仗期间不仅本官有杀人之权,就是一个佐领,也有权斩杀散播妖言、蛊惑军心的坏蛋!"海龄搬出军律四十条,胡搅蛮缠强词夺理。钱燕桂苦口劝道:"海大人哪,咱们同城为官,大战临头,应当激发民众的天良,共同防御。滥杀无辜只会使民心向背,搞不好会激起民变哪!"海龄勃然大怒,眼睛瞪得像鸡蛋一样大:"什么,滥杀无辜!钱大人,你的屁股不要与汉奸坐在一起!"话讲到这个份儿上,二人已成抵角之势。钱燕桂官阶低,拧不过海龄,只好拱手道:"海大人,下官请您三思,要是言语不当,请多包涵。告辞了。"他脸色羞红,转身朝官轿走去。轿夫们赶紧各就各位,抬起轿子,捯着碎步离开法场。

海龄一手叉腰一手执令旗,走到刑台前,厉声喝道:"大秃驴秋帆以算命为托词,诅咒本官和八旗兵,犯有妖言惑众之罪。依照《大清军律》第十一条:传布流言,蛊惑众心者,斩立决!本官特此宣布,将秋帆等十三人处以极刑,即刻执行!"

法场上响起杀威喝:"噢——!"二十六个旗兵反拧着十三个囚徒们的胳膊,把他们按倒在地上,另有十三个旗兵赤膊上场,手里握着明晃晃的鬼头刀。

秋帆大和尚闭着双眼,准备领受飞来横祸,其他冤囚形态不一,有人在抽泣,有人在叫屈,有人在发抖,有人在求乞,只一个老妇人不甘心,声嘶力竭地叫喊："海龄，满洲旗人，你们不得好死！我的冤魂下地狱也要纠缠你们！"一个旗兵一拳打出，打得她满嘴鲜血，哽咽一下，吐出一粒牙齿。

杀人的螺号响了，寒光闪落，十三颗脑袋滚落在地上，血淋淋的断头尸横陈在法场旁，沥血盈沟，其状之惨触目惊心，空气中弥漫着浓重的血腥气！

海龄站起身来："诸位商民，据本官侦悉，逆夷已经攻入长江，距离镇江府不足百里，他们雇用了大批汉奸，假扮成贩夫走卒或行脚郎中，混进沿江各府县，收集文报刺探军情，还编造流言蜚语，恫吓我军心，摇晃我民意。防敌必先肃奸，本官特此命令，从即时起全城戒严！驻防旗兵挨家挨户仔细盘查，凡是没有路引或形迹可疑的人，凡是带外地口音的人，尤其是讲宁波话、福建话和广东话的，一律拘押，严加究诘！宁可抓错一千，决不放走一个！"

他的话音刚落，围观的民众立即一片喧哗。镇江是长江商埠，每天来往的商贾行人和卖菜售粮的村夫村妇有数千之众，还有不少访亲探友的人。全城突然戒严将给他们带来极大的不便，甚至威胁到他们的生命！

外地过客急急匆匆离开法场，想尽快出城，但为时已晚。四座旱城门关得严严实实，两座水城门拉起栅栏，荷枪实弹的旗兵们如狼似虎地守在那里。

聚集在城门口的民众越来越多，不仅有外地人，还有许多想逃避兵燹的本地居民。他们苦苦哀告抱怨哭泣，但旗兵们恪守命令，丝毫不为民情所动。双方的情绪急遽升温，演变成尖锐的冲突，叫骂声呵斥声混杂在一起，数千民众与八旗兵拉扯冲撞嘶叫怒吼，旗兵终于恃强凌弱，一阵枪响惊天动地，十几个居民被血淋淋地打倒在地上。

大战临头，海龄本应打开城门疏散百姓，他不仅不怜惜民命，还以暴戾武夫的面目苛待民众。民众霍然醒悟，赤手空拳的百姓无论如何抗不住手握利器的旗兵，他们屈服了。

天黑后，上万过客散布在城中，粉墙竹篱街头巷尾全是露宿的人。他们的生命尚未受到敌军的威胁，却首先受到本国军队的镇压！他们咬牙切齿满腔怨毒，异口同声诅咒海龄和八旗兵。冤死者的家人并非都是忍气吞声之辈，其中不乏快意恩仇的人，他们暗下决心痛加报复！

第九十五章

八旗兵浴血镇江

从吴淞口到镇江的六百里水道上苇洲林立沙线曲折，浅滩暗礁处处皆有。一万两千水陆英军逆流而上，一面测量一面行驶，凛凛小心步步为营。六百里水道走了二十一天。但是，风帆战船不易驾驭，即便如此谨慎，每天仍然有一两条船搁浅在沙洲上，不得不耐心地等待江潮上涨，或靠火轮船拖拽，才能摆脱困境。

巴加把舰队分成五队，每队相隔七八里。江面上樯桅耸立，帆篷高张，船旗招展，鼓号互答，呈现出一幅洋洋大观的景象。两岸的百姓们从来没有见过火轮船和铁甲船，更没见过如此庞大的外国舰队。尽管沿江各县的巡检司贴出告示，说有大股寇仇深入内地，随时可能登岸袭扰，依然有胆大的村夫村妇抑制不住好奇心，侧身于山冈树林巨石田畴之间驻足观望。

英军终于逼近了镇江。在敌军舰炮的轰击下，囝山炮台和焦山炮台的绿营兵仅做了微弱抵抗，就像麻雀一样哄然散去。英军占领它们后迅速封锁了北岸的瓜洲渡和南岸的西津渡，掐断了长江和大运河，大清的经济命脉被卡住了，北京很快就会感受到粮食和物资的匮乏！

金山是屹立于长江中流的一座小岛，也是民间故事《白蛇传》的发祥地，有"卒然天立镇中流，雄跨东南二百州"的盛名。在长江上行驶的船舶，十里以远就能看见金山上的慈寿塔，甚至能看见塔旁的楞伽台、妙高台和观音阁。金山地处形胜，清军本应设炮据守，但是海龄决心与英军打巷战，没在金山派驻一兵一卒，英军不费一枪一弹顺利登上了金山岛。

在卫兵的簇拥下，郭富和巴加进了金山寺。金山寺的和尚全逃了，只剩一个老和尚留守。巴加和郭富问了他几个问题，他一问三不知，只管口念佛号。英军分辨不出他是与世隔绝的僧侣还是一无所知的呆子，没在他身上浪费时间，索性把他关进一间小屋，不许他乱走乱动，听任他独自打坐诵经。

郭富和巴加登上了慈寿塔，蒙泰和郭士立跟在他们身后。蒙泰在乍浦与死神擦肩而过，休养了十八天，伤口刚愈合就来参战。郭士立是两位司令官的重要顾问，须臾不可离开。

郭富和巴加拿着地图，手搭凉棚瞭望着南面。镇江的北面有一座山，叫北固山，与金山和焦山互为抵角，是控扼镇江的锁钥，但北固山上好像没有一兵一卒。由于北固山挡住了视线，郭富和巴加只能看见半个镇江。那是一座山城，城墙修葺得坚固完整，但城上没有旌旗，没有大炮，没有哨兵。大运河在镇江城边分成两汊，一汊绕城向西流淌，形成一道天然的护城河，另一汊从水城门流入城中，像一条细细弯弯的水蛇。长江是雨水丰沛的地方，岸上林木翁郁满山苍翠，能把所有工事遮盖得严严实实。郭富和巴加看不见城里，但明显感到镇江是一座弃城，因为城里没有炊烟，没有人迹，只有城西有两座兵营，距离江岸大约五六公里，恰好在英军舰炮的射程之外。这是一种随时准备逃跑的姿态。

郭富和巴加转身瞭望长江北岸。北岸是瓜洲渡，渡口里停着上百条沙船，在英军的监视下，它们不敢随意乱动。显而易见，镇江与瓜洲之间是长江最繁华的地段。如果没有战争，这里一定是万舸争流、商贾云集、物阜民丰的好地方。两位司令很快看出这段长江的特点：浩浩荡荡的江水冲荡奔腾，瓜洲恰好是水浪的冲刷点，由此形成北岸不断坍塌，南岸不断淤涨的地理现象。经过积年不懈的曲水冲击，大半个瓜洲古镇已经浸泡在水里，或许再过几十年，整个瓜洲都将坍入江中[①]。

郭富道:"我军所到之处清军全都严阵以待,我从没有见过一座城市这么宁静,宁静得不可思议。"巴加回身问道:"郭士立牧师,根据你掌握的情报,镇江有没有守军?"郭士立跟随英军两年有余,参加了所有重大军事会议,他虽然是神职人员,对军事不再外行:"没有,间谍们是这么报告的。"但是,他的情报有误。海龄在自己的辖区里坚壁清野,大搜大捕,宁可错杀一千也不放过一个,郭士立手下的汉奸根本混不进去,他们的情报全是主观臆断。

巴加道:"但城西有两座兵营。"那两座兵营是四川提督齐慎率领的川军和湖北提督刘允孝率领的楚军,他们是来协防镇江的,郭士立并不知情:"我军连战连胜势如破竹,清军风声鹤唳斗志瓦解。据我看,中国的城门普遍较窄,不利于车马辎重快速撤离,清军把营寨扎在城外,是想做一番象征性抵抗就滑脚而逃。"蒙泰同意郭士立的判断:"我也这样看,清军没有坚守镇江的信心,他们把兵营扎在城外,是想敷衍一下就溜之大吉。我军打败他们就像吹去一片尘埃。"但是,他们做出了严重误判,谁也没想到海龄移形换影剑走偏锋,准备打一场顽强、可怕的巷战!

经过商议后,郭富和巴加决定不用舰炮轰城,直接派步兵登陆。他们把部队分成三个旅,第一旅由英军第九十八团和马德拉斯第一团组成,配以炮兵,在大运河西岸登陆,攻击城外的清军营盘。第二旅在北固山下登陆,从东面进入镇江城。第三旅在大运河西岸登陆,从西面进入镇江城。

第二天凌晨,火轮船拖拽着十条运输船,分别驶向北固山和大运河西面,把陆军送到岸上。每个士兵携带了一支雷爆枪、六十发枪子和两天口粮,外加水壶睡袋等生活用品,负重二十多公斤。马德拉斯炮团把推轮火炮和火箭发射架卸到岸上,牵下了二百多匹战马,套上挽具和缰绳。江岸上人喊马嘶嘈嘈杂杂,镇江城却静悄悄的,一点声响都没有。

七月的镇江热得像烤锅一样,空气中没有一丝风,草叶和树叶一动不动。这么热的天,不仅人不愿意动,鸟儿也不愿飞,只有蝉儿在鸣叫,为了吸引异

[①] 宋朝的王安石曾有名句:"京口(镇江)瓜洲一水间,钟山只隔数重山。"由于水流的冲刷作用,镇江段的长江河道不断北移,曾经繁盛千年的瓜洲古城于1895年全部被江水淹没。现在的瓜洲古渡是旅游开发的景点。

性，它们没完没了不知疲倦地聒噪，偶尔有几只麻雀倏地飞过，制造出一点儿声响，蝉儿们突然停止鸣叫，麻雀一飞走，又开始聒噪。镇江城垣距离江岸不足三里，中间隔着一道丘陵，负重而行的英军全都挥汗如雨，嗓子眼冒烟。

海龄和二百多旗兵正在大伙房吃饭，在城门楼当值的哨兵手卷喇叭朝下喊："海大人，鬼子来了！"海龄立即放下饭碗，沿着马道三步并两步登上城楼，几个亲兵嚼着米饭跟在后面，躲在堞墙后面窥视敌军。

英国鬼子排成两列纵队，沿着浓绿的丘陵火蚰蜒似的朝镇江推进，速度不快。海龄转回头："传令全体弁兵，有尿撒尿有屎拉屎，准备战斗！"海龄猫腰下了城墙，解开裤裆，哗啦啦撒了一泡尿。旗兵们都知道，"有尿撒尿有屎拉屎"是海龄的预备令，每次操练前他都要大家排尽屎尿，而且都是就地解决。有什么官就有什么兵，旗兵们听到命令就像被人按动机簧，三口两口扒拉完饭菜，跑到城墙根儿底下解开裤裆，就像打开了二百多支喷水枪，哗啦啦撒完尿系上腰带提上刀枪，猫腰登上城墙。

旗兵们透过雉堞的射击孔注视着英军，他们很快发现，一路英军向东拐，一路向西拐，没有从北面攻城的意思。

海龄压低嗓音叫了一声："祥云！""有！"祥云的肩上斜挂一张弓，手里提着一杆火枪，由于天气太热，他的前襟和后背被汗水泅得透湿。海龄道："我去东门看看，北门交给你。只要打退英夷守住城楼，我给你请旨封妻荫子，弄件黄马褂穿穿。要是有个闪失，别怪我方脸变长脸，拿你开刀！""明白！""巴楚克！""有！""备马！""喳！"海龄带着几个亲兵下了城墙。

不一会儿，海龄、巴楚克和亲兵们上了马，风驰电掣一般朝东门奔去，马蹄在街衢上踏起一片浮尘。

镇江的街道两侧摆满了参差错落的水缸。几天前，海龄命令城中居民每户献一口大缸，摆到街上当路障，违者以汉奸罪论处。居民们知道海龄暴戾恣肆，说得出口下得了手，谁也不敢违命。全城居民诚惶诚恐地把家中最大的水缸搬到街面上，但是，镇江民人平时饱受八旗兵们的虎嚼狼啃，大战来临之际谁也不肯援之以手，全都袖手旁观。由于四座城门紧闭，滞留在城里的外地人多达万人，他们更是幸灾乐祸，恨不得旗人早日完蛋！

海龄深知当地民人对旗人怨恨深结，根本不指望民人在危急关头伸出援手。他把全城旗人动员起来，十二至六十岁的男人一律带刀上街巡逻，全体女人生火烧饭送水送粮。旗人的每个毛孔都散发着满洲人的骄傲与自尊，他们在镇江居住了一百五十多年，饮长江水吃江南粮，对他们来说，国就是家，家就是国，水乳交融难解难分，大敌当前，只有他们才能组成顽强的战斗队，视死如归同仇敌忾。

三个灰发苍辫的老人带着十几个大龄孩子，手持藤牌挎着腰刀沿街巡逻。领头的旗人七十多岁，胡须花白满脸褶子，穿着背心和短裤，红缨大帽上插着一支暗绿色的孔雀花翎，脚上蹬一双半旧的抓地虎快靴。他叫德尔金，当过西安将军，六年前休致回家，与他同行的老人也是休致的老军官，他们自告奋勇，带着孙子上街巡逻。那些半大的孩子们扛着红缨扎枪，像花果山上的顽皮猴子，无惊无惧蹦蹦跳跳。海龄一眼瞥见德尔金，收住缰绳勒住战马："哎呀，德大人，你怎么也来了？"德尔金牙齿不全的瘪嘴走气漏风："海大人，保家卫国匹夫有责！我家祖孙六代都生活在镇江，决不能让野狼闯进来！"海龄没工夫寒暄，在马上抱拳行礼："德大人，多保重！"然后双腿一使劲，策马而去。

东城墙是青州旗兵协领果星阿的防区。果星阿像一只敦实的水缸，长得又黑又粗，孔武有力，他见海龄上了城墙，禀报道："海大人，敌人来了！"海龄猫腰走到堞墙后面，隔着枪眼朝城下一望，只见乌乌泱泱的英军像麇集的红蚂蚁，军鼓铿锵铜号响亮，士兵们踏着鼓点列队向前，明晃晃的枪刺在阳光下闪闪发亮，整个队列纹丝不乱井井有条，一看就是训练有素的强师劲旅。几十匹高头大马拉着炮车和火箭发射架，紧紧跟在步兵的后面，炮兵们挥鞭吆喝催马前行。再往远处看，还有一股英军正向西推进，目标直指齐慎的川军和刘允孝的楚军。

京杭大运河流经镇江的西面，是一道天然的护城河，东城墙外的护城河却干涸了，英军越过它就像越过一道干沟，东城门楼上只有两位千斤小炮。海龄用鞭梢捅了捅缨枪大帽的帽檐："狗娘养的牛鉴，我说英夷能打进长江，他不信，把大炮全他娘的调到吴淞口，现在可好，咱们只有抬枪和弓箭。"他一招手："准备打！"果星阿立即挥动令旗，藏兵洞里的旗兵们捯着碎步进入战位，把抬枪和火枪架到垛口上。

英军这时才发现城墙上有清军！他们本来可以用舰炮轰城，现在两军距离过近，用舰炮轰城会误伤自己人，幸亏有马德拉斯炮兵随行，他们带来了五位野战炮和两个火箭发射架。英军停止前进，隔着护城河把野战炮和火箭发射架一字排开，步兵后退一百米，为攻城做准备。

清军与英军几乎同时开火，火炮火箭互相喷薄，黑烟竞射浓烟旋蒸。英军的施拉普纳子母弹在城头上方凌空炸响，迸裂出的铁丸子发出铮铮的哨音，旗兵们原以为躲在堞墙后面，敌人的炮子打不到，没想到开花弹从天而降，落地再响，竟然是防不胜防，几十个旗兵被铁丸子打伤。敌军的火箭一支接一支射到城楼上，城楼的横梁率先着火，火苗迅速蹿起，不一会儿，整座城楼"噼噼啪啪"地燃烧起来。

海龄发现，自己只有两位炮，只能直击不能旋转，敌人有五位野战炮，有铁轮有炮架，可以随意移动俯仰调整，对清军是极大的威胁，不把它们打掉，自己只能被动挨打："果星阿！""有！""你带人冲出城外，把敌人的炮兵干掉！""喳！"这是一个十分鲁莽的命令，海龄不晓得英军的雷爆枪大大优于清军的火枪。

果星阿调来了三百旗兵，打开城门，呐喊着冲出去，疾风一般杀向英军。英军立即迎头而动，双方在干涸的护城河两岸展开了一场对射。"乒乓"的火枪声和"砰砰"的雷爆枪声交织在一起，烈火烹豆似的爆响连天。英军枪械优良，几分钟内射杀了近百旗兵。旗兵被打蒙了，仓皇后撤。英军趁势掩杀，一部分旗兵逃入城中，立即关闭城门，没来得及撤回的旗兵困兽犹斗，全部牺牲在城墙脚下。

镇江的城门又厚又重，推轮野战炮的炮子较小，炸力有限，竟然炸不开。马德拉斯工程兵当场制作了两只炸药包，装入一百六十磅黑火药，在枪炮的掩护下，四个工兵把炸药包送到城门洞下，点燃火捻，迅速闪到护城河的沟沿下。火捻"咝咝"作响，冒着黑烟，"轰"的一声，城门被炸开了，英军呐喊着冲入城中。旗兵们早就做好了打巷战的准备，他们在房顶上石坊边水缸后向英军开枪射击。

一支海军陆战队乘舢板驶入大运河，用炸药包炸开水城门，从西面进入镇江城，但立即遭到旗兵的伏击。最先进城的两个英国兵被弓矢利箭射成了刺狎。其余的英军急忙跳下舢板，向旗兵射击。后续的舢板相继驶入，经过一番激烈的对射后，旗兵抵挡不住，英军攻占了水城门。

战争爆发以来，除了乍浦的天尊庙有过一场激战外，所有清军都不堪一击，败得如同秋风扫落叶，但镇江旗兵不是绿营兵，更不是临时招募的义勇，而是大清的精华，他们豺狼一般骁勇熊罴一般凶悍，英军做梦也没想到要逐屋逐院地打一场硬仗。

旗兵们藏身于楼顶、窗后、烟囱和墙头，不断袭击英军，英军每前进一步都要付出生命的代价。旗人的眷属也一起参战，他们手持刀枪，与蜂拥而入的英军短兵相接，嗷叫声怒吼声恶骂声与刀枪相撞的铿锵响成一片，断墙残垣街衢里巷到处都是战场，马路上墙壁上溅满了又腥又浓的鲜血。

最令英军惊讶的是城中居民没有疏散！每个院落每栋房屋里都有手无寸铁的平民，连寺庙等公共建筑里也挤满了男女老少。他们乱乱哄哄惊恐万状，有人匍匐在地上瑟缩发抖，有人踉踉跄跄奔走哀号，有人躲在墙角里听天由命，有人像没头苍蝇似的乱窜乱跑，人人都在惨烈的战乱中希求一份活命的机会。

有人发现南面没有枪声，上万居民如潮如涌末路狂奔，企图从那里逃走，守卫城门的旗兵良心没有完全泯灭，冒着杀头的危险打开城门，给居民们留下一道逼仄的逃生之路。

第九十六章

死 营

酷暑骄阳和战火把镇江变成了巨大的烤炉熏锅,木门篱笆翳天老树冒着又浓又酽的黑烟,扑面而来的全是滚烫的热浪,所有人与物都在炽热的空气中虚虚幻幻朦胧不清。

士兵们汗如雨下,一些人耐不住暑热,昏倒在战场上。郭富浑身上下汗涔涔的,他本想硬挺着指挥作战,给官兵们树立一个榜样,但他毕竟六十多岁了,终于打熬不住,眼前一黑栽倒在地上。

当他醒来时发现自己躺在一爿高墙下,身子底下有一张竹席,大军医加比特给他脱去军装,露出毛茸茸的胸膛,勤务兵用毛巾蘸了井水,敷在他的脑门上。战斗仍在进行,枪声时疏时密,不时有"轰轰"的炮击声。

郭富昏头昏脑地坐起身来,睁开眼睛:"这是什么地方?"蒙泰长长地出了一口气:"老天,您终于醒了。郭富爵士,这是一座寺庙,背阴的墙根。""哦,糟糕。阳光白亮灼人,我眼前一片模糊,晕倒了。"加比特递上水壶,里面有沁凉的井水:"慢点儿喝。"郭富慢慢喝了几口,问道:"不是疟疾吧?""不,是中暑。疟疾患者口唇发绀,面色苍白,时冷时热,您没有这些症状。"郭富又喝了几口水,从口袋里掏出怀表,是下午三点半。

郭富问道:"仗打得怎么样?"蒙泰满脸油汗,胸襟被汗水浸透,身上的每一寸皮肤每一颗汗珠都在喊热:"很不顺利。城外的清军已被击溃,正向西逃窜,城里的清军不肯投降,我军正在一街一垒地打巷战。我军控制了大部分城区,但清军龟缩在城北,还在顽抗。"巷战是一种可怕的战法,每个犄角旮旯都可能埋伏着敌兵,闪电一般出击,倏忽不见踪影,它能使弱旅变成强敌。郭富忧心忡忡。

蒙泰道:"我们碰上满洲旗兵了。"郭富知道清军分为八旗兵、绿营兵和义勇。义勇是临时招募的,穿蓝军装,号衣上有"勇"字,他们形同乌合之众。绿营兵穿绿军装,号衣上有"兵"字,是以汉人为主的军队,他们武器窳陋,不堪一击。满洲旗兵才是清军的精华,他们装备优良视死如归。在乍浦的天尊庙之战,旗兵们打得十分顽强,给郭富留下了深刻的印象:"我军的伤亡情况如何?""伤亡很大,估计超过百人。最糟糕的是大批官兵中暑,无法战斗。""气温多高?""华氏九十七度。"①郭富有点儿吃惊,他打了一生仗,从来没在如此酷热的天气下作战。蒙泰接着道:"根据恳秘利中校报告,第九十八团非战斗减员十分严重,一百五十多人耐不住酷热昏倒在阵地上,十三人死于中暑。"第九十八团在茫茫大海上航行了五个半月,到达中国时所有官兵形销骨立如同病号,他们的体质还没恢复就负重作战,开仗不久就被酷暑击垮了。

郭富久历戎行见多识广:"军队在酷暑中作战,口渴难忍时很可能饮用沟渠里的水,只要有一两个人得了痢疾,很快就会传染开!蒙泰中校,你立即通知各团,注意饮水卫生!"一听"传染",蒙泰像被人猛击了一下。开仗以来,疫情像断魂刀一样悬在英军的头上,如鬼如魅无影无形,其杀伤力却远远超过战争:"遵命!""要尽快肃清城里的清军,否则,天一黑就麻烦了!还有,要接受舟山的教训,天黑后,所有官兵不得在中国民居里面留居,千万当心!""遵命!"

东西两座城门失守后,旗兵们且战且退。

副都统衙署位于满城中央,海龄的家人住在衙署后院,他的妻子瓜尔佳氏头发灰白,发福的身体像一团肥肉。天气极热,她只穿了一件白纱褂子,但汗水依

---

① 这一温度出自7月21日的《海军军医柯立日记》,华氏97度相当于摄氏36度。

然把胳肢窝和胸部洇透。她是虔诚的佛教徒。海龄下令逮捕大和尚秋帆后，她诚惶诚恐，在她看来，查封寺庙锁拿和尚会得罪佛祖，要遭报应的。她劝海龄放了秋帆，但海龄执拗，她只好在家里念经，祈求平安。她嫁给海龄四十年了，当时她是一个俏丽的姑娘，满洲人兵民合一，她与所有旗人的妻子一样在兵营度过了大半生，深信旗人高人一等，是国家的栋梁。她的两个儿子都是军官，一个在南京效力，一个在新疆戍守，她身边只有一个孙子和一个孙女。英军围城后，孙子被动员到外面修筑街垒，只有三岁的孙女依偎在身旁，还有一个叫黄二的包衣奴才看家护院。黄二是汉人，四十年前他的父母因事获罪，发配给旗人当包衣奴才。黄二在海龄家长大，对主子像家犬一样忠心耿耿。

瓜尔佳氏双手合十盘腿坐在佛龛前，口中呢喃地诵着"唵嘛呢叭咪吽"六字真经。房梁上的积年尘土被震得簌簌坠落，小孙女吓得缩在她的怀中，手指紧抓她的衣襟，瓜尔佳氏的心口怦怦乱跳，却不得不哄她。从早到晚，镇江城里枪声不断，大小火箭狂飞乱舞，锋利的箭头拖着火尾巴扎到房屋上，立马就会引起大火，一烧就是一大片。为了防火，黄二把木桶水缸全都抬到院子里，注满井水。外面爆响连天，黄二像惶恐不安的老狗，不时伸长脖子望着天空，嗅着空气中的硝烟味，张大嘴巴发出"啊——呀"的惊叫。瓜尔佳氏常年生活在满城，能够分辨出旗兵火枪的"乒乓"声和英国步枪的"砰砰"声，"乒乓"声渐弱渐少，"砰砰"声又响又密，她有一种不祥之感。

一支长长的火箭凌空飞来，尖利的箭头"砰"的一声扎在门框上，五尺长的箭杆颤得嗡嗡作响，尾部的管口喷着火焰，引燃了门框。黄二"啊呀"大叫，提起木桶朝门框泼去，瓜尔佳氏窜出屋外，用水瓢舀水泼向门框，小孙女忘了恐惧，用蘸水的扫帚胡乱扑打。幸亏营救及时，火势没有延烧，否则整个宅院都会烧成灰烬。

经过一天激战，英军占领了大部分城区，旗兵们渐渐退守到满城。满城像遭到入侵的蜂巢，兵蜂们本能地组队战斗，不顾性命保卫家园。德尔金老手老脚临危不乱，指挥一大群孩子奋勇抵抗，用砖头石块长矛大刀与英军殊死拼搏。一些女人冒着枪林弹雨出入战场，把受伤的旗兵抬回祠堂，还有一些女人轮番转动辘轳拉升井绳，接龙似的把水桶传递到火场，扑灭每一个燃烧的火头。她们大呼小叫，折腾得浑身上下全是泥水。退入满城的旗兵在街衢巷道与英军对峙，用火枪和弓箭与英军互射，打得围墙屋顶烟尘爆起，砖瓦木梁腾空乱飞。

夕阳西下，火烧云，云烧天，天烧人，滚滚浓烟熏黑了天。战斗仍在持续，八旗兵寸土不让顽强抵抗。

天色越来越暗。镇江城里山丘起伏街道纵横，像迷宫一样深不可测，每个角落都可能暗藏杀机。英军不熟悉地形，不敢贸然硬拼，停止了进攻。旗兵们有了喘息之机。

深夜里，镇江城里火光灼灼，空气中弥漫着难闻的焦煳味儿。英军与旗兵隔空对峙，不时有口令声、杂沓的脚步声和零星的枪声，但是，谁也不敢深入对方的控制区。

副都统衙署是一个四进大院，有一百三十多间房子，七八百旗兵退守到这里，还有一千多眷属逃了进来，大部分是鳏寡孤老女人孩子。旗兵们用鹿角栅和沙袋封堵了大门、二门、仪门、辕门、后门和侧门，每个沙袋后面都有人据守。正堂、二堂、客堂、兵房和两厢的屋顶上也趴着旗兵，他们紧握火枪，目光炯炯。衙署里人满为患，它是旗人的最后堡垒，绝塞孤城。

海龄的右臂裹着白布。一个时辰前，有人在黑暗中打出一支飞镖，扎在他的胳膊上，飞镖上有"报仇"二字。他派兵闯进附近的民居搜查，但没找到刺客。一个亲兵给他涂了云南白药，用白布包扎好。没过多久，他的胳膊就疼得抬不起来，握不住刀。他意识到飞镖蘸有毒药！

他在厢房里转了一圈，厢房是临时病房，一百多伤兵躺在草席上辗转呻吟，两个军医和几十个女人在照料他们，给他们涂抹金枪药和田七膏。有些旗兵伤势过重，他们的家属在旁边哭泣。

海龄来到大堂："巴楚克！""有！""带几个人，把文档卷宗账册邸报全搬来。""喳！"

不一会儿，几个旗兵把一卷卷文档卷宗抱到大堂，堆在地上，像一座小山。海龄垂着胳膊："去库房弄点儿硫黄和桐油""喳！"巴楚克依令照办，提来了一桶硫黄和桐油，撒在纸堆上，准备销毁。大堂外面的天井里聚集着好几百眷属，她们打着火把默不作声，静静地注视海龄，像无路可退的狼群看着狼王。

海龄左手提着印匣子走到台阶上,高声喝道:"父老乡亲们,弟兄们,妯娌们,孩子们!"人群慢慢移过来,大家的脸上挂着油汗,肮脏疲惫,暗怀几分希冀,指望着海龄在关键时刻讲几句令人惊喜的话,指明一条生路。

海龄清了清嗓子:"大家都看见了,英逆侵我海疆,虏我臣民,淫我姐妹,烧杀抢掠无恶不作,本官与驻防镇江的全体旗兵以保家卫国为己任!男子汉大丈夫生当作人杰,死亦为鬼雄!但眼下的情势是,敌众我寡敌强我弱,本官身膺重寄沐浴皇恩,面对强敌,舍此肉身已不足惜!但我海龄指挥无方,没能打败敌人,连累了大家,让这么多人家破人亡,我对不起皇上,对不起父老乡亲,对不起妯娌,对不起孩子,我心中有愧,给大家请罪了!"他双膝一屈就地跪下,重重地叩了一个响头。抬起头时,额角上有斑斑血迹,人群中响起一片抽泣声。

毒药在发作,海龄的脸色苍白心跳加速,声音有点儿憔悴,缺少了平时的力量:"依照本朝军法,守将与营寨共存亡,现在全体旗兵到了为国尽忠杀身成仁的时候!"所谓"杀身成仁"就是要么战死要么自戕——所有人都为之一凛!在闪动的火把下,大家的脸色十分难看,扭曲,痛苦,绝望,恐怖!

"妯娌们姐妹们,英军烧杀抢奸淫无恶不作,你们要是落入他们手中,就会成为贱奴,请你们好自为之,要是逃不出危城,不要玷污自己。"天井里响起女人们的痛哭声,从小声抽泣到破喉号啕!

海龄口干,舌头转不动,他见德尔金站在人群里,咽了口吐沫:"德尔金大人,你和休致的军官不在杀身成仁之列!满城里有六千多眷属,德大人,拜托你把她们带走,趁黑逃生。"他把印匣子捧到德尔金跟前:"这是皇上颁赐的关防,请你代我送到江宁将军衙署!"德尔金没接,他像一头命至衰年的老狼,眼角干涩嗓音沙哑:"我老了,走不动了,我就死在这里!海大人,你找个年轻人领着大伙逃命吧,要快!"

海龄转身叫道:"祥云!""有!"由于胳膊疼得钻心,海龄的声音在颤抖:"你不必杀身成仁,领着大家逃出危城,把我的关防送到南京。接印!"祥云屈身打千,伸出双手准备接印匣子,突然放下手:"不,我是佐领,我也与城池共存亡!"他的声音不大,但周匝的人全听见了。女人们停住哭声,天井里死一般沉静。海龄不得不换人:"巴楚克!""有。""你不是军官,我

814.

命令你把关防送到南京，领着大家逃生！"巴楚克满脸油灰，接了印匣，嘟囔了一句："遵命。海大人，你……"

海龄不再说话，向父老乡亲和女人孩子们深深一揖，转身进了大堂，抓起一罐桐油，泼到卷宗账册上，提着一盏羊角灯坐在纸堆上。有人高呼："海大人，别轻生！"海龄像没听见似的，翻转羊角灯，连油带火向下一扣，卷宗账册"轰"的一声燃烧起来，火苗子腾空而起，海龄立马变成火人。人群中爆出一阵惊呼声，女人们放声大恸！

瓜尔佳氏像被电光石火击中一样，脸色煞白浑身发抖，小孙女"哇"的一声号啕大哭。大家的目光齐刷刷转向她们，瓜尔佳氏抱起孙女，用手背轻轻擦去她的泪水："孙儿，不哭，不哭，爷爷为国尽忠了。"她定了定神，抱着孙女缓缓走出人群，一直走到水井旁。黄二察觉她的神情不对头，跟在后面小声嘟囔："主子，主子，千万别……"

有人嘶声叫喊："老夫人！"瓜尔佳氏没回头，眼一闭，牙一咬，抱着孙女一头扎进水井里，黄二伸手拽，没拽住，只听到水井里"咕咚"一响。黄二跪在水井边上，探头向下望，水井又黑又深，老夫人和孙女消失得无影无踪。黄二涕泗滂沱，身子和双臂像筛糠似的不停抖动。

镇江陷落三天后，璞鼎查才乘"皇后"号火轮船到来，与他同行的还有马儒翰，郭富和巴加在西津渡码头迎候他。

一番寒暄后，璞鼎查问道："郭富爵士，听说镇江之战打得惨烈，是吗？""是的，我军总计阵亡三十六人，受伤一百二十八人，失踪三人，中暑殒命的不在其列，这是开仗以来，我军伤亡最惨重的一次。""中国人的损失如何？""我军掩埋的尸体不下一千六百具，大部是妇女和儿童。""哦？"郭富叹道："满洲人是一个野蛮、强悍、残忍、可怕的民族！旗兵们陷入绝境后，纵火烧了自己的衙门，我军攻入满城时大火正在燃烧，烧得墙倾柱歪，断梁残垣冒着黑烟。心硬如铁的满洲军官们自刎身亡，临死前活活掐死自己的女人和孩子，或用利刃割断了她们的咽喉，死者脖颈上的刀口像张开的嘴，可怖之状令人毛骨悚然！还有一些女人在房梁和树权上悬尸自尽。老天，那是一个至忠至愚至酷至烈的场面：上千具尸体横七竖八偃卧在庭院里和水塘旁，地上墙上台阶上全是凝

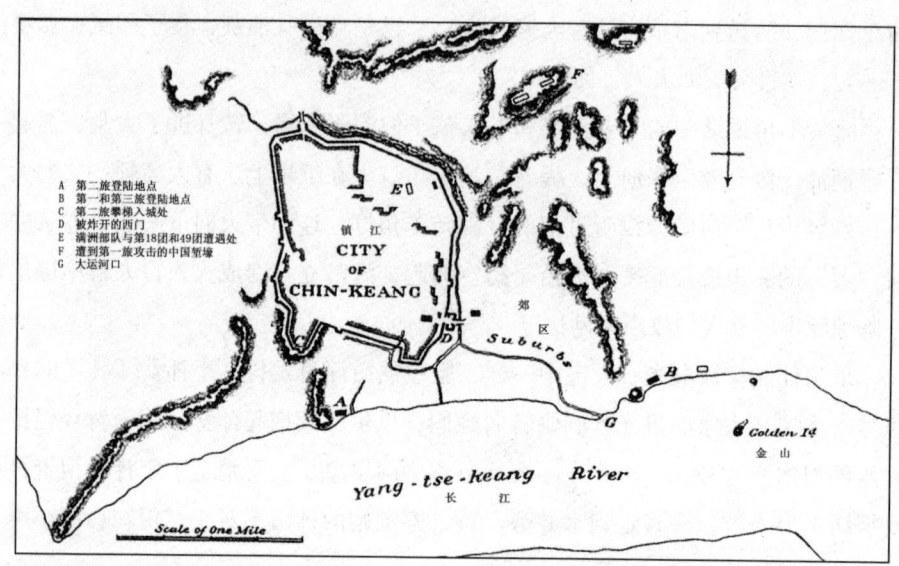

镇江之战地图。英国牛津地理研究所绘制,方向是上南下北,取自Robert S. Rait撰写的《陆军元帅郭富子爵的戎马生涯》。把这张地图与现代地图加以对照,人们会发现经过一百七十年的曲水冲击,长江水道向南迁移了一公里多。据英方统计,在镇江之战中,英国陆军阵亡34人、受伤107人、失踪3人,海军阵亡2人、受伤21人。根据《耆英等奏京口打仗阵亡受伤官兵折》(《筹办夷务始末》卷六十一)统计,清军阵亡246人、受伤263人、失踪68人。另据《海军军医柯立日记》记载,英军掩埋的中国人尸体多达1600具,其中有许多是自杀的旗人眷属。

固的血迹!由于气温过高,仅一夜工夫尸体就开始腐坏,空气中弥漫着难闻的异味,引来了成群的苍蝇。它们呜呜泱泱嗡嗡鸣叫漫天飞舞。我打了一生仗,从来没见到如此惨绝人寰的自戕场面。"

巴加道:"我进了一个富丽堂皇的官宦之家,在一间卧室里看见多具女尸,有老有少,全都穿着崭新的衣服,仰面躺着,脸上盖着白布,只有紫红的嘴唇和发黑的鼻孔露在外面。有些是服毒自杀的,有些是被他们的男人用刀割断喉管死的。"郭富道:"我军从东、西、北三面围攻镇江,敞开南面,本意是让他们逃走,他们却宁死不走!真是难以理解。"

璞鼎查问道:"马儒翰先生,满洲人是一个什么样的民族?"马儒翰太胖,一走路就出汗,他用手帕擦了擦额头上的汗珠:"满洲人是一个尚武的民族,二百年前只有一百多万人口,定居在长城以北,却打败了拥有一亿五千万人口的大明王朝。他们有一种罕见的秉性，能把战场上的暴戾转化成士兵的忠勇，把杀人的斑斑血迹转化成骄傲。"郭富道："他们的武器窳陋，但很勇敢。可惜他们对现代战争一无所知，要是中国人都像他们这样顽强抵抗，我们根本打不到大运河。"

璞鼎查问道："满洲人与汉人分隔而居，他们的驻地叫满城或满营。郭富爵士，你是如何处置满城的？"郭富道："满洲人兵民一体，家家户户藏有刀枪弓矢和牛皮铠甲，还有成捆的箭杆和成匣的箭镞。我不能把他们的住房视为民居，只能视为兵房，我将下令把满城全部烧掉。"

在两司令的陪同下，璞鼎查登上了北固山，他用千里眼扫视着镇江城，城西有一条细长的水道："那就是名声赫赫的大运河吗？"马儒翰道："是的。"璞鼎查道："没想到它像一条婴儿的脐带，又瘦又窄。"他转身眺望长江北岸，一条兵船封堵了瓜洲渡，渡口里有上百条中国沙船。巴加道："扬州在爪洲以北二十公里，据说那里商贾辐辏，是关榷财税的重地。两天前，我派了一支海军陆战队乘舢板沿河北溯，没想到他们的侦察活动吓坏了扬州人。扬州人听说上海绅商缴纳了一笔赎城费，我军就退出去，一个叫颜崇礼的官商与我军联系。颜崇礼跪在岸上向我乞求，准备用三十五万五千两中国银锭——相当于五十万银圆——换取和平。我认为，攻克镇江后大运河已被切断。至于扬州，打它是锦上添花，不打可以节省兵力，有益无害，既然中国人主动向我军纳款求和，我当然笑纳。我告诉颜崇礼，我军需要柴米油盐肉蛋蔬菜，只要扬州商民俯顺大势，供应食品和淡水，我军不仅不打扬州，还会保护他们的身家安全，我军将以公道价格支付货款——用中国人的银子购买中国的商品是非常合算的买卖。"

璞鼎查道："中国人两次主动纳款求和，说明他们彻底丧失了抵抗意志。我们离胜利只有一步之遥。下一步，我们应当占领南京，迫使中国皇帝低下高傲的头。"巴加道："占领南京不难，但不知道中国皇帝会不会屈服。"

璞鼎查道："郭士立牧师提出了一个有价值的建议，如果攻克南京后中国皇帝依然不屈服，我军就越过扬州，炸开高堰水坝！"郭富问道："高堰水坝在什么地方？"马儒翰打开一幅地图，指着上面的一个标记："在这儿，在扬州北面的江都县，离我们这里大约六十公里。"

郭富道:"炸坝将殃及五六个县,上百万中国人将流离失所,这种方法不能轻易采用。"璞鼎查道:"但可以作为一种策略,虚张声势,制造恐慌。我建议现在就派间谍渡江,深入到高堰,侦察地形,散布流言。哦,郭富爵士,依照你看,镇江要不要驻守?"郭富摇了摇头:"镇江不宜驻守,这儿的天气太热,尸体腐败得极快,空气里异味浓重。据军医们报告,镇江出现了疑似霍乱,我已命令军队撤出,只留一个团驻守北固山,卡住大运河,我们不能再犯宁波的错误。"

巴加道:"我赞同郭富爵士的见识,我宁愿让镇江沦为盗贼横行的溃烂之地,也不愿替中国政府担当起管理城市的责任。"

璞鼎查问道:"疫情严重吗?"郭富道:"很严重。第九十八团的官兵半数病倒了,疫情扩散到第四十九团。"巴加道:"海军也有疫病的苗头,旗舰'皋华丽'号上发现一例疑似霍乱,舰上的官兵有点儿慌乱。我已经下令隔离'皋华丽'号。有人说,丘吉尔-奥格兰德诅咒又出现了,它在纠缠着我们!"璞鼎查脸色发黯:"上帝,疠疫猛于虎啊!"

第九十七章

喜 相 逢

在无锡通往镇江的大运河上，一条小船在前面鸣锣开道，几条雕梁画栋的官船跟在后面，打头的官船挂着宝蓝色镶黄边官旗，旗面上有"钦差大臣"和"乍浦副都统"字样。头天上午，耆英和伊里布接到牛鉴的咨文，说英军攻克镇江逼近南京，要他们立即去南京共商抚夷大计，以免兵败城破生灵涂炭。情况急迫，耆英和伊里布立即登船起程。

伊里布老态毕现，脖子上的肌肤松弛，额头上堆满了细密的皱纹，脸上的老人斑星罗棋布，眼睛有点儿混浊不清。他复出后忙得像转磨之驴，原本瘦削的身子又瘦了一圈，脑袋上的散发有一寸多长，显得没精打采憔悴疲倦。他把龟头手杖放在一旁，坐在躺椅上闭目养神。耆英闷得无聊，对伊里布道："从这儿到南京得走两天，我叫人给你剃个头，精神点儿？"伊里布闭着眼睛静静答道："好是好，但水上行船，去哪儿找剃头匠？""塔芬布的手艺好，让他给你剃？"塔芬布是耆英从奉天带来的佐领，恰好坐在一旁，顺着话茬道："老中堂，您要是不嫌弃，卑职给您剃。"塔芬布四十多岁，是个干净利索人，腮上胡须刮得净尽，显得年轻，好像只有三十来岁。

伊里布睁开眼睛，慢悠悠道："你的手是使枪弄棒的手，行吗？"塔芬布笑道："行。我爷爷当过剃头匠，教过我。当年我学剃头时灵机一动，把一只碗罩在爷爷的头上，只剃没罩住的地方，结果剃得又干净又整齐。"他有一把剃刀，走到哪里带到哪里，天天刮胡须，刮得两腮和下巴黢青。伊里布摆了摆手："我要是让堂堂五品佐领给剃头，外人还不说我大材小用？"塔芬布笑道："佐领在您老面前，还不是效力的奴才。"皇上赏给伊里布四品顶戴，挂副都统衔与英夷谈判，但他当过协办大学士和两江总督，余威犹在。

伊里布突然想起一个掌故，坐起身子道："梁章钜大人编过一本《楹联丛话》，里面有个故事，说有个剃头匠在铺子门前挂了一副楹联：'磨砺以须，问天下头颅几许？及锋而试，看老夫手段如何'。有了这副楹联，还不黄了生意？你是想在我的老头皮上试刀锋吧？"塔芬布嘿嘿一笑："卑职没读过梁大人的书，但听我爷爷说，当年八旗兵从龙入关教化民人，打的旗号是'留头不留发，留发不留头'。所以，剃头匠是做人间顶上功夫的人，堪比封疆大吏呢。"耆英呵呵一笑："会吹，会吹，把剃头匠的营生吹得比天高。塔芬布，你就在老中堂的头上显摆一下人间顶上功夫。不过要当心，别割破了他的老头皮。"

伊里布默许了。塔芬布拿了一块白围裙，系在伊里布的脖子上，又调了胰子水，涂在伊里布的脑袋上，再从皮鞘里抽出一把剃刀，磨了磨，有板有眼地剃起来。

耆英在一面看塔芬布剃头一面说话："咱们屡次照会夷酋，要与他们会商。他们打了乍浦打宝山，打了上海打镇江，像关云长过五关斩六将，咱们从嘉兴追到王江泾，从王江泾追到苏州，从苏州追到无锡，递送的照会达五封之多，他们就是不理不睬，非让我们出示有'全权大臣'字样的敕书。夷酋的葫芦里到底装的什么药？"伊里布闭着眼睛享受轻刮头皮的舒坦，轻轻摆手道："耆将军啊，一提和谈我就头疼。咱们不说烦心事，说点儿轻松的，好吗？"

耆英苦笑一声："哪有什么轻松事，满肚皮都是烦心事。"塔芬布道："我给二位大人说一段解心烦的轻松事吧。"伊里布道："那就来一段吧。"塔芬布一边剃一面说："我的老家在辽阳，辽阳城里有个无赖，经常无事生非欺负小商小贩，他到我爷爷的铺子剃过两回头，赖账不给钱。我爷爷决心收拾他。他第三次来，剃到半截，我爷爷问：'要眉毛吗？'那无赖道：'要，哪有不要眉毛的？'爷爷手起刀落，'嚓'地一下把他的左面眉毛刮下：'给你。'无赖蒙了，连声说：'不要不要。'爷爷使劲按住他脑袋，照着右边眉毛'嚓'的一刮：'不要就不要。'爷爷把刮下的眉毛扔到地上，把那家伙刮得像个没把儿的冬瓜。自那以后，他再也不敢来捣乱。"耆英呵呵一笑："有趣有趣。对付无赖就得用这种法子！"

一个旗兵进船舱打千禀报："启禀二位大人，三江营派兵护送驿船过江，捎带了一个叫张喜的，他说要见伊中堂。见不见？"伊里布立即坐起身来："张喜来了？见！"他解下白围布，挂起手杖出了船舱。

一条驿船朝大官船划来，船上挂着"驿"字旗，还有一条师船在后面随行护卫，船艄挂着三江营的龙旗。张喜背着双手站在驿船的船舯，身后有一个驿夫和三个带刀驿卒。依照驿递章程，普通廷寄由一名驿卒护送，重要廷寄和机密邮件才用三个驿卒，以防中途遭到孬徒拦抢贻误大事。耆英立即明白驿船送来了头等机密。他盯着驿夫，驿夫提着一只沉甸甸的竹篓，篓子外面包了一层防雨油布，插着一面小红旗，显然是六百里红旗快递。

张喜看见伊里布，隔着几丈远拱手作揖："在下张喜拜见主子。"伊里布喜形于色，冲他喊道："你总算来了，快过来！"驿船缓缓划到官船旁，伊里布俯下身子，伸手拉了一把，张喜顺势上了官船。耆英与张喜打招呼道："张先生，千呼万唤始出来，好难请啊。"

驿夫跟着上了官船："请问耆将军可在船上？"耆英答道："我就是。"驿夫打千行礼，递上驿票："请耆将军签收画押。"耆英接过驿票一看，是一份密旨两份廷寄，还有最近两期邸报。密旨必须由接旨者亲自签收，不能由别人代接，耆英在驿票上签了字，驿夫才把竹篓恭恭敬敬交到他的手中。

趁伊里布与张喜寒暄，耆英提着竹篓去后舱拆阅。

伊里布见到张喜如遇老友，拉着他的手进了船舱。塔芬布听说过张喜，知道他曾给伊里布当过西席，给他倒了茶。伊里布问道："怎么过来的？"张喜坐在杌子上，拿出帕子擦了擦脸上的油汗："接到您的信后我立即去天津衙门办了勘合，由大运河乘船南下，走到清江浦听说镇江丢了，英夷封锁了长江。我到扬州后过不了江，急得上火，拿着您的信找到三江营守备衙门，请他们送我过江。三江营守备读了信，知道我办的是头等皇差，对我优礼有加。他对我说，有个叫颜崇礼的扬州盐商号召全城商人捐资，筹集了三十五万多两赎城费夷酋才允诺不打扬州，他要我少安毋躁，一有机会就派人送我过江。前天傍晚，守备衙门接到汛兵禀报，说圌山关的英国兵船向西驶去，江面上有空档，他立即派船送我过江，连带着把驿船也送过来。过了江我才听说您和耆将军在无锡，赶了几十里水路，巧遇在这儿遇上您，屈指一算，从天津到这儿，竟然走了一个月！"

"扬州那面的局势如何？""乱，乱得一塌糊涂！扬州民人听说镇江城破人亡血流成河，一时间人心惶惶。扬州城里只有一百多守兵，外加一百五十名漕标，地痞流氓盐枭土匪趁乱打劫，哄抢难民的财物，闹得劫案迭出。官兵们忙于防夷，分不出兵力对付劫匪，要不是三江营派人护送，说不准我这把骨头就被歹徒们撂在对岸了。"

塔芬布插话问："颜崇礼出了多少银子？""听说他一人出了十六万，差不多占了赎金的一半。"伊里布大为感慨："以私人之巨款救全城百姓于水火，真是义士呵！颜崇礼之功可与弦高退秦兵①媲美！"张喜道："好事未必有好评。有人说，颜崇礼向夷人纳款是屈膝媚敌，既损人格又损国格。"伊里布有点儿生气："屁话！不是局中人不知局中滋味儿！要是本朝国富民强兵威盛壮，谁愿意向敌人纳款，做成抚局？大敌当前，打不败敌人救民命于水火也是一种善行。颜崇礼比那些讲风凉话的人强百倍！"

张喜道："主子啊，在下祝贺您再享皇恩，荣登高位。"伊里布摆了摆手，话音凝重："张先生，你是不在其位不知其中之苦。我像风筝一样被皇上放到高高的天上，看上去花里胡哨，却不知道我感受的是刺骨的寒风。"张喜道："主子，不能这么说，您仍然是朝廷倚畀的重臣。"伊里布道："我老了，人生这台戏早该退场了，但皇上不让退，要我出来办差，而且办的是热脸蛋贴敌人冷屁股的难差，既伤国又伤心还伤名节。我本想拒不应差，在塞外做个牧羊人，但人在官场身不由己，我埋葬不了自己，只好由别人埋葬我。"伊里布的主抚之策连遭冷言冷语，冷得他不寒而栗。张喜端起杯子啜了一口茶："国家羸弱，承受不起更大的打击，早一天议和才能早一天结束兵祸啊。"

耆英从后舱返回来："皇上的密旨是给你我二人的。""哦，是吗？"伊

---

① 弦高是春秋时代的郑国商人，常在各国之间做生意。秦军欲偷袭郑国，恰好被弦高途中碰上。他见秦军来者不善，灵机一动，假借郑国国君的名义，用自己的牛犒赏秦军，同时暗自派人回国报告军情。秦军误以为郑国有准备，不战自退。这事载于《左传》。

里布从耆英手中接了密旨，密旨的题签上写着《密谕耆英、伊里布与英军再商戢兵》。他戴上老花镜细细品读：

>……前因该夷恳求三事：一、还烟价战费，二、用平行礼，三、请滨海地做贸易所。已有密旨谕耆英：广东给过银两，烟价碍难再议，战费彼此均有，不能议给；其平行礼可以通融；贸易之所，前已谕知耆英，将香港地方暂行赏借，并许以闽、浙沿海暂准通市。该夷既来诉冤，经此次推诚晓谕，当可就我范围。唯前据该夷照复。似以耆英、伊里布不能做主为疑。恐其心多惶恐，不肯遽敛逆锋，著耆英、伊里布剀切开导，如果真心悔过，共愿戢兵，我等奏恳大皇帝，定邀允准，不必过生疑虑。该大臣等经朕特简，务须慎持国体，俯顺夷情，俾兵萌早戢，沿海解严，方为不负委任，不必虑有掣肘，以至中存畏忌，仍于事无益也。将此密谕知之。①

落款是六月十九日，签发于镇江沦陷之前。伊里布觉得有点儿荒诞不经，清军打一仗败一仗，皇上依旧以天下雄主自居，以为英夷是来"诉冤"的，依旧使用"晓谕"字样，摆出给英军下命令的架势！但伊里布恪守臣子之规，没说半个"不"字。他接着展读第二份廷寄，廷寄的题签写着《答耆英折》：

>计此次谕旨到时，伊里布业已前来，自当会同妥商筹办，一切朕亦不为遥制。至两国大臣会议，原欲速成其事……现经派委耆英、伊里布便宜行事，如该夷所商在情理之中，该大臣等尽可允诺。唯当告以彼此商妥奏明，即可施行，不必再加游移。……已饬令洋（行）商伍崇曜（伍绍荣）……兼程前往。该员等到时，耆英酌量差遣可也。②

第二份廷寄签发于镇江沦陷之后，日期是六月二十五日。伊里布用指甲在"便宜行事"和"尽可允诺"下面划了两道痕，抬头问耆英："耆将军，这话是什么意思，是不是授我们全权？"耆英道："我奏报皇上，英夷只同'全权

---

① 《筹办夷务始末》卷五十五，《廷寄二，密谕耆英、伊里布与英军再商戢兵》。
② 《筹办夷务始末》卷五十七，《廷寄，答耆英折》。

大臣'会商，不同'钦差大臣'会商。不知皇上出于什么想头，既不用'钦差'二字也不用'全权'二字，却用了不尴不尬的'便宜行事'，便宜行事之权与全权差着分寸。你说，这话该怎么理解？"

伊里布搔了搔剃得黢青的脑壳："廷寄如同艰涩的谜语，你不懂我也猜不透。皇上是要我们骑驴看唱本——走着瞧。"耆英道："此事责任重大，如果我们允诺之事符合圣意，一切都好说，要是不符合，恐怕又会遭到京官和御史们的抨击。"伊里布愤愤不平道："不仅会遭到抨击，还可能像琦善那样身败名裂！"

耆英对张喜道："张先生，老中堂说你有苏秦和张仪的口才，我原本是不信的，以为你不过胆大而已，敢于冒枪林弹雨奔走于战阵之间。我和老中堂在嘉兴县上元寺抽签问卜，占得'一家和乐喜相逢'，才晓得这是天意，游说英夷折冲樽俎，非你不可。"张喜颔首道："在下何德何能，敢受将军如此抬举。"耆英信天命，讲得郑重其事："不是我抬举你，是天意抬举你。求办事之人不易，求晓事之人更不易，折冲樽俎，分寸是极难把握的。国家打不起这场仗，得尽早结束。夷酋璞鼎查是个极难对付的角色，与他打交道，过刚会生出枝节，贻误国家大事，过柔则示弱于人，给大清朝丢脸。与夷人交涉，有些事项必须写得一清二楚，容不得丝毫含混，有些事项只宜口头表述不宜写在纸上。最近两个月一直是陈志刚来回传话，他虽然腿勤脚快却没有你的口才，只会讲印板话，不知权变。"

伊里布解释道："耆将军亲自到上元寺抽签，签语说，一家和乐喜相逢，三阳开泰续敦元。那个'喜'字就是你。"张喜这才明白耆英为什么如此看重自己："那么，'三阳开泰续敦元'如何解释？"伊里布道："敦元是广东十三行总商伍秉鉴的官名。""就是那个本朝的头号皇商？""是。与夷人打交道，没有精通夷语的人，难免出差错，甚至出大差错。去年琦善与义律搞了一个《穿鼻草约》，十有七八就是因为鲍鹏不懂装懂，以其昏昏使人昭昭，惹出一场大是非来。"

张喜道："我在浙江与夷酋交涉过多次，那时我方没有精通英语的人，全凭郭士立和马儒翰居间翻译。译文上的毫厘之差，意思可能南辕北辙。他们要是曲心歪译，我方就会蒙在鼓里。"伊里布道："皇上和枢臣们没有办理过夷务，不晓得居间通事的重要性，耆将军调用伍敦元的奏折竟然被朝廷驳了，耆将军急得上火，用六百里红旗快递奏报朝廷，并直接给两广总督祁贡发去咨文，札调伍敦元或其子侄①。"耆英道："这回朝廷才明白事关重大，要伍敦元的儿子伍绍荣立即前来效力。"

伊里布道："张先生，皇上的谕旨到了，授耆将军和我便宜行事之权，皇上推诚让步，允准与英夷行平行礼，赏借香港，在闽、浙二省增开贸易码头，但不同意增添赔款，也不能赔给军费，这事烦劳你去交涉。英夷兵临南京军威炽盛，摆出大动干戈的架势，局面对我方极为不利。南京是八十万民众的栖息之地，要是打破城池，不知有多少人家破人亡。"张喜道："民为国本，救民即是保国，在下虽无奇才，却有忠义肝胆。"

耆英道："以前你在浙江跟随老中堂办事，挂六品虚衔与英夷周旋。这次办差不能让你挂虚衔，我要亲自奏明皇上，实授五品员外郎，代表大清与英夷洽谈。"张喜道："在下不为功名而来，只求为国家尽绵薄之力，救民命于水火之中。"

---

① 祁贡接到耆英的咨文后奏称："据伍敦元禀称，该商深受国恩，值此夷务吃紧之时，自当竭尽血诚，出力报效。只以年逾八旬，行动艰难，恐滋贻误。兹情愿令伊亲子伍崇曜（伍绍荣），迅速代伊前往江苏，听候差遣。……现派委妥员伴送……饬令随同飞速兼程赴苏。"（《祁贡又奏饬令伍崇曜赴苏差遣片》，《筹办夷务始末》卷五十七）

第九十八章

长江大疫与全权饬书

庞大的英国舰队开到了南京城下。

从镇江逃来的难民把战争渲染得恐怖万状，南京市民们风声鹤唳惊魂不定，争先恐后逃离是非之地。南京城头上刀枪林立，但像张牙舞爪的虾兵蟹将，徒有架势没有力气。清军奉牛鉴的命令，在所有城楼上挂起了白旗，全城军民焦切地期盼着和谈。

张喜换了一身崭新的五品官服，在塔芬布和陈志刚的陪同下来到下关码头，他们换乘一条十六桨快船，朝英国舰队驶去，快船上插着一面白旗。

几十条英国兵船、火轮船和运输船泊在长江上，像一群吃饱喝足的扬子鳄，东一群西一簇，船上的所有炮窗洞开，但不是为了开炮，而是为了通风。南京上空阳光炳耀，船舱里热气熏灼，不期而至的疫情让英军惶惶不安，各舰都在清理卫生，水兵们轮番到甲板上洗衣冲澡，兵船的侧舷和索具上挂满了军装，只有值班哨兵站在桅杆的吊篮里监视着清军的动向。这是战争的间歇期，南京城大墙池坚，不是轻易能够攻破的，英军必须做好充分的准备，从侦察到勘测，从运输到登陆，从调配兵力到发起进攻，至少需要十天时间。

陈志刚多次在两军之间传递文书，一眼辨识出"皇后"号火轮船，那是璞鼎查的座舰，他叫快船直接朝它划去。

大军医加比特正向璞鼎查汇报疫情，马儒翰在一旁做记录。加比特道："公使阁下，疫情像脱缰的野马，'厄尔金'号、'伯朗底'号、'贝雷色'号、'普鲁托'号和'响尾蛇'号全都发现了疫情。""查清病因了吗？""查清了，源于'厄尔金'号运输船。船上载着印度运来的腌鱼、食用油和奶油。食品发生了质变和泄漏。船上的人误食了变质食品，上吐下泻。这种病来势汹汹，三四天内病人就会因为严重脱水而死亡。'厄尔金'号上的人几乎死光了，只有三个水手和一个孩子还活着。"璞鼎查悬揣不安道："你确定是霍乱吗？""我没有把握，像是霍乱。""会不会是中国人传染给我们的？"加比特解释道："不，公使阁下，霍乱源于孟加拉。一八一七年医学界首次在那里发现霍乱，它迅速演变成流行大疫，经东南亚传入中国，经波斯传入埃及。第二次爆发始于一八二四年，除了波及第一次流行区域外，还传到了俄罗斯和欧洲，一八三一年传入我国，次年越过大西洋，传入南美洲和北美洲。那次霍乱持续了整整十年，有两千万人染病，五百万人死亡，死亡率百分之二十五。"璞鼎查感到一股敲骨吸髓的寒气："参加长江战役的将士多达一万两千人，你的意思是，疫情一俟扩散，会有三千人死去？""是的。这场霍乱可能是第三次大流行的一部分，据印度来信说，那儿年初就发生了霍乱。""霍乱是什么引起的？""是弧菌。有两种弧菌，一种叫古典型，一种叫埃尔托型，我们称之为副霍乱。""我们这里发现的是哪种？""很抱歉。我们没有检测仪器，无法判断。""有什么特效药？""没有，我们只能使用治疗痢疾的普通药物。弧菌对干燥、日光、高温、酸，以及消毒剂很敏感，阳光可以抑制它的生长。我已经向各团各舰提出建议，在清水中加漂白粉乳剂、来苏水和少量氯胺，全面清扫船舱和炊事用具，勤换衣服和被褥。"为了消毒，各舰不顾军威军仪，允许士兵在船械和索具上晾晒衣服。璞鼎查接着问："陆军的情况怎么样？""在镇江登陆时，一些士兵为了减轻负担，没带蚊帐。长江沿岸蚊子丛聚，毒性很强，士兵们被叮咬后发热发烧。第九十八团弱不禁风，感染热病和疟疾，死了一百六十多人，四百多人病倒，活着的人仅能照顾病号，无法参战，这个团废了。郭富爵士想让他们提前撤离，去香港休整。现在，疫情已经扩散到其他团，陆军的病号超过千人。"

马儒翰插话道："璞鼎查爵士，我们的士兵不怕打仗，怕瘟疫。开仗以来，死于疫病的多于死于海难的，死于海难的多于死于战场的。"加比特道："是的，瘟疫像幽灵一样纠缠着我军，无影无形久久不散！士兵们眼睁睁看着战友一个接一个死去，怨气百出思乡心切，希望早日结束战争。"璞鼎查道："'敏登'号医疗船什么时候到？""快了。如果不出意外，十天之内就会到。"

半年前，海军部函告远征军，他们将派"敏登"号医疗船前往中国。"敏登"号是三级战列舰改装的，撤去炮位，分割出门诊舱、手术舱、配药舱和病房，安装了手术台、盥洗器、通风机和一百五十张床位，配备了五名军医。它是英国最先进的医疗船，携带的药品和纱布足够五千人使用两年。

马儒翰焦虑道："就算它到了，也难以应付如此严重的瘟疫，这是一场出乎预料的医学灾难！"

马恭少校进来了，他奉命去陆军司令部了解情况。他从皮夹子里取出一份地图，摊在桌子上，向璞鼎查报告道："郭富爵士要我转告您，陆军的侦察工作基本完成。南京是三面环水一面环山的金城钜防，易守难攻，它的城墙高达四米，最高处将近六米，周长三十公里左右，有十三座城门。据郭士立说，在承平时期，南京城区和郊区有八十到九十万人口，其中游民乞丐不下十万。他们白天游闲乞讨，夜晚扎棚聚居，致使南京的棚屋依崖傍林满山相望。这里原本驻有二千八百旗兵和两千绿营兵，两江总督牛鉴从江西、湖北、四川、安徽等地调来了五六千援军，总兵力超过一万，还有大批援军正在源源不断开来。下关和草鞋峡驻有千余清军，他们用废弃的民船装载石头沉在河口，已经完工。仪凤门正对长江口，清军在那里安放了几十位大炮，派驻了千余士兵。西南面的水西门至聚宝门也有近千清军驻防。钟埠门、神策门和太平门一带离长江较远，布兵较少，具体数字不祥。另据可靠情报，南京城里的居民乱成一团，清军开了三座门让他们逃离，还有谍报说，两江总督衙署的门口每天都有上万百姓聚在那里，哭请牛鉴保护民生。"

璞鼎查道："南京的城防徒有其名，中看不中用。我军一旦发起攻击，城头立马就会变换旗帜。郭富爵士还有什么意见？"马恭道："郭富爵士说，他将尽快派兵占领钟山，对清军形成巨石压卵之势，但鉴于疫情难以估量，他建议你尽早开始谈判。他认为，清军不会束手就擒，南京之战将是镇江之战的翻版，但规模更大，伤亡更重。"

加比特军医道："我军攻打南京势必短兵相接，疫病将迅速传染给中国人，扩散的速度很可能超出想象。"

璞鼎查捻着小胡子，思索着如何应对疫情。马儒翰朝船舱外面瞥了一眼，看见一条中国快船向"皇后"号驶来，船上挂着白旗："公使阁下，中国信使又来了。"璞鼎查朝舷窗外看了看："又是那个陈志刚。马恭少校，请你和马儒翰先生接待他，明确告诉他，本公使大臣只与持有全权饬书的中国大臣谈判，没有饬书，一律驳回。""遵命。"马恭少校和马儒翰出了船舱，去舷梯迎接中国信使，璞鼎查和加比特继续商讨防疫问题。

张喜百感交集。两年前，他曾多次代表伊里布去舟山与英军交涉，议定了浙江停战协议。那时清军虽然无力收复定海，却没有败到惨不忍睹的田地，而今却是十万大军零落尽，他没有了当年说话时的底气和本钱。

马儒翰没想到张喜来了，他们曾在浙江打过多次交道，算是老相识，互致问候后，马儒翰引他进了客舱，塔芬布和陈志刚分别坐在他的两侧，马儒翰与马恭少校坐在他们对面。张喜郑重其事地出示了伊里布的手札，表明了自己的身份。

马儒翰仔细阅读了伊里布的手札，用英语与马恭交换了意见，然后摆出一副得势不饶人的架势："张老爷，伊中堂讲的全是空话，于事无补。"张喜诧异道："何以是空话？"马儒翰道："我国全权公使大臣璞鼎查阁下屡次声明，他只与贵国负有全权的大臣会商，大皇帝却迟迟不肯授予全权，你方派人交涉，不过是试探虚实而已。"马儒翰拿出一柄中国纸扇，"啪"的一声抖开，上面有"决战万里"四个墨笔字，仿佛在向张喜示威："南京之事与浙江之事不可比。看来，我军只好先打破南京，再攻打安徽、江西、湖北和四川，然后分兵北上，攻占天津，直逼北京，你们才会派出全权大臣。"张喜认为马儒翰在夸大英军的兵力和战斗力，以收恫吓之效，他也"啪"的一下甩开折扇，上面有"和为贵"三个墨笔字，不卑不亢道："马老爷，打仗是劳民伤财的事。你动辄说打安徽，打江西，打湖北，打四川，还要打北京，那得需要多少兵马？打北京谈何容易？北京驻有马步兵二十万，长城以北还有蒙古四十八部，养兵数十万，东北三省还有数十万马队，都是我国劲旅。北京城墙上大小炮位不下万位，即使贵国派十万大军入侵，攻打北京也非易事。我国地大物博，万一不能守御，大皇帝随时可以迁都，我国人民未必肯奉贵国女王为中华之主。贵国虽然善于用兵，却不一定常胜。"张喜以虚夸对虚夸，尽力抵制英军的枭心。

马儒翰道："伊中堂固然一片苦心，无奈他无权，他既非钦差大臣，手札上也没有全权字样，如何能了断如此大事？即使耆英大人亲自来，也未必能了断。"张喜道："贵国到处攻城，残害生灵，岂不上干天怒？"马恭道："不是我们伤害生灵，是你们办事反复，才有今天的灾殃。"张喜道："我今天来，不仅是来投递公文的，还既为贵国贺，也为贵国吊。"马儒翰微微一笑："哦，什么意思？""贺者贺贵国所向无敌，其锋不可挡，致使我们兵民受害，财物被掠。吊者吊贵国不知进退，以害人始以害己终。"马儒翰道："何以如此？"张喜道："贵国长驱直入闯入长江，是我国未加防范，也是大皇帝仁慈之心，不忍荼毒生灵，并非不能保卫疆土。我国定例，民间不得藏有武器，要是大皇帝震怒，遍告沿海居民自制兵器，人人抗战，那么，不但强壮男子能自卫，就是三尺之童也能保家卫国，何况现在长江一带天气亢旱，江水日渐消退，我国军队若在下游塞堵，从上游施放火船，船重水浅天干火烈，恐怕你们插翅也飞不出去。"这是弱者发出的威胁，效力不大。

马恭少校反唇相讥："我方多次申明诉求，贵国官宪却不如实上奏，才使本国不能罢兵，贵国沿海军民也不能安生。"马儒翰一唱一和："张老爷，贵国有能人，林则徐是精彩之人，伊中堂是诚实之人，琦善是明白之人，你是聪明之人。但贵国大皇帝不会用人，他信任的都是欺蒙之辈，阿谀迎奉之徒，他们对皇上报喜不报忧。"张喜有点儿诧异："你如何知道我国官宪不对皇上讲实话？""我军在贵国境内缴获了大量邸报和文牍，截获了驿递的禀帖和饬令，那些文牍足以说明贵国官宪掩饰败绩，欺蒙皇上，大皇帝并不了解战争的实际情况。"

张喜久任幕僚，对此当然清楚，在这个问题上他无法辩污，只能口锋一转："似此沿海扰攘兵戈不息，你们不烦吗？"马儒翰道："我国侨商的生命受到威胁，财产不能保全，反复被贵国欺辱，我们若听之任之，岂不要遭受各国耻笑？""贵国前来报复，伤我军民到此种地步，难道不知餍足吗？""看此局面，似乎不能收手，除非中国派出全权大臣。"张喜道："此言差矣。我国从来没有全权大臣之说，论尊贵，耆将军与伊中堂是爱新觉罗氏的族人，皇室宗亲；论职位，是头品大员；论权柄，有便宜行事之权，难道不足以与贵国的全权公使大臣平起平坐？""请问张老爷，什么叫便宜行事之权？""便宜行事之权就是俯顺大局，相机办理，先处置后奏报之权。"马儒翰思索了片刻："我们得看到饬书才相信你的话。"

马恭道："伊中堂若能俯顺情势，依照我方多次照会所言，或许可以了结战事。"张喜问道："贵方多次照会所言是何事？""一为赔偿烟价，二为给付兵费，三为归还商欠，四为开放沿海通商码头，五为割让一座海岛。此为大项，大项定下，小项可以慢慢细商。"

张喜问道："贵国索要多少赔款？"马恭答道："三千万。含烟价六百万，商欠三百万，如此可以息兵罢战。"

张喜道："三千万巨款如何承受得起？商人做买卖可以讨价还价，贵国若能将索要赔款大加核减，我将禀明耆将军和伊中堂，与你们了断此事。""皇上不授予全权，耆将军和伊中堂如何了断？"张喜再次申明便宜行事之权等同于全权。

马儒翰道："伊中堂如果有权了结此事，应当向我方出示皇帝颁发的带有'全权'或'便宜行事'字样的饬书。至于赔款数额，你想减多少？"张喜顺势压价："七折如何？"马儒翰呵呵一笑："张老爷真豪爽，一刀砍去三成！贵国若在别的事项上给予实惠，折让些银两不是不可商议的。"他所说的"实惠"隐指五大项外的其他小项，但没有明说。马恭道："张老爷，我将把你的意思转告给公使大臣，明天你再过来取回文。"

张喜一行出了客舱，心情灰败地登上快船。他们看见英军在清扫卫生，各船的甲板上挂满了清洗的衣服和被单，但是，英军的保密工作做得极好，张喜一行根本没有发现他们正在遭受疠疫的侵袭。

送走了张喜后，马恭和马儒翰向璞鼎查报告了会见情况。璞鼎查听罢道："张喜有口才，但雄辩必须有国力和武力做后盾，否则仅是夸夸其谈。"加比特道："公使阁下，我建议就此收手，疫情不饶人啊，如果进一步扩散的话，军队将会瘫痪。我担心会出现沃什伦战役的结局。"英—法沃什伦会战是军事史上最著名的医学灾难之战。三十多年前，英军出动了四万大军进攻尼德兰，在沃什伦

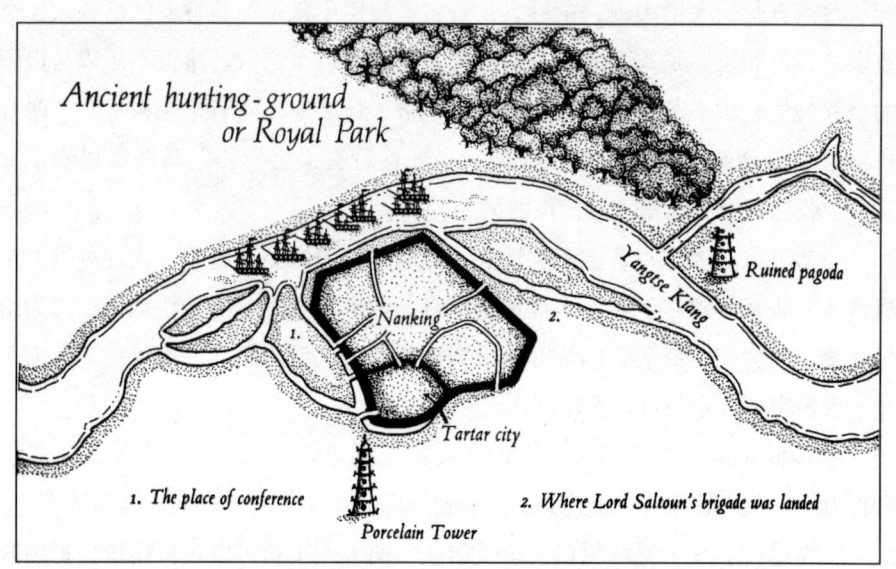

英军兵临南京示意图。取自《海军军医柯立日记》。

登陆，一万五千多官兵感染了斑疹伤寒和疟疾，四千多人病死，英军不得不中途撤军。加比特虽然是上尉，但在疫情暴发之时，他的建议举足轻重。

璞鼎查喟叹一声："我真想打烂南京，把大英国的旗帜插在南京的城头，然后再与中国人谈判！但是，天不助我，疫情来得太突然，太猛烈！上帝迫使我停下战争的机器。马恭少校，马儒翰先生，等陆军在草鞋峡登陆并占领钟山后，你们再告诉中国信使，我军同意会谈，但要申明，他们必须不折不扣地接受《巴麦尊外相致中国宰相书》的全部条件，否则我就炮击南京！"

张喜回来后立即向耆英、伊里布和牛鉴禀报了商办过程。

耆英道："皇上最舍不得钱，廷寄说得明白，烟价和兵费不予赔偿，英夷却狮子大开口，索要三千万巨款！"张喜道："英夷用的是商人手段，他们出价，我们可以还价。"伊里布忧心忡忡："其他事项都好应付，饬书却是一个绕不过去的坎儿。"牛鉴问道："皇上授予耆将军和老中堂便宜行事之权，难道便宜行事之权不是全权吗？"张喜道："我告诉他们便宜行事之权等于全权，但马恭和马儒翰心存疑虑，他们要求我方出示载明权限的饬书原件。"

伊里布为全权饬书一事伤透了脑筋："耆将军曾经两次奏报朝廷，说夷酋只与奉有全权饬书的大臣会谈，恳请皇上尽快寄来饬书，但皇上迟迟不予回复，只授予我们便宜行事之权。"牛鉴焦急道："敌情瞬息万变，不等人哪，得想个变通的法子。"

张喜是个有胆识的人，颔首道："在下斗胆提一建议，请三位大宪定夺。"耆英问道："什么建议？""编造一份假饬书。"张喜的声音很轻，却像一声闷雷。依照《大清律》，编造圣旨和廷寄乃是诈伪制书罪，斩监候！三大宪觋面相觑，仿佛在相互探问是否可行。牛鉴犹犹豫豫："编造一份假饬书，恐怕……"他煞了口，点到为止。伊里布托着下巴，思忖良久才冷静道："张先生，你说如何编造？"张喜道："皇上发来两份廷寄，一份是《密谕耆英、伊里布与英军再商戢兵》，一份是《答耆英折》。从两份廷寄看，皇上明确授予二位大人便宜行事之权，只是不了解英夷的办事章程。再拖下去，英军势必攻城，时间紧迫，我们只能从权办理。"

伊里布把两份廷寄拿过来重读一遍："战局不等人，眼下火烧眉毛，必须从权办理。"耆英道："张先生，就请你依照这两份廷寄，编造一份饬书，蒙一蒙英国鬼子。"牛鉴道："编造饬书有风险，要是我们与英夷议定的结果符合上意，朝廷予以认可，好了结。要是出了岔子，那就等于上欺皇上外骗英夷，犯下弥天大罪！此事要仔细思量呀。"

伊里布思索了许久才道："将在外君命有所不受。眼下军情紧急，不得不从权办理。假饬书不要让张先生写，由我动笔。你们几位都是五十上下的人，还年轻，我阳寿不多了，万一出了岔子，皇上怪罪下来，所有罪责由我来担当。张先生，研墨。"伊里布平静得像一片冰原，做了承担全部责任的准备。耆英和牛鉴嘴上不说内心钦佩，因为皇上一旦追究起来，编造饬书的人要罪加一等。

张喜经常代伊里布草拟文书，每次出现危局，伊里布都主动揽下责任，将他撇清。他了解伊里布的秉性，没多说话，向砚台里倒了水，慢慢研墨。伊里布拿起《密谕耆英、伊里布与英军再商戢兵》的廷寄重新读一遍，扯过一张玉版宣，铺在条案上，用镇尺压住边角，拿起笔，模仿道光皇帝的文风，编拟了一份假饬书：

军机大臣密寄钦差大臣耆英、伊里布，道光二十二年六月十九日奉上谕，**前因该夷恳求三事，已有密谕耆英、伊里布，会同筹商妥办。唯前据该夷照复。似以耆英、伊里布不能做主为疑。恐其心多惶恐，不肯遽敛逆锋，著耆英、伊里布**剀切开导，如果真心戢兵，定邀允准，不必过生疑虑。**该大臣等经朕特简，务须慎持国体**，俯顺夷情，有应行便宜行事之处，即著从权办理，朕亦不为遥制，勉之，钦此。遵旨寄信前来。①

　　伊里布放下笔，重读一遍，长长吐了一口气，仿佛干完一件天大的事情："我们已经犯下诈伪制书之罪，我是首犯，诸位是协从②。这份饬书是应急的，只有天知地知诸位知，不到万不得已不可轻易使用。"

---

　　① 取自佐佐木正哉《鸦片战争の研究》。读者只要把假饬书与第九十七章中的《密谕耆英、伊里布与英军再商戢兵》加以对照，就会看出伊里布做了哪些变动。黑体字是廷寄的原文，其余文字是伊里布添加的。
　　② 清人把皇帝的诏、诰、旨、饬、谕等合称为制书。《大清律·刑律》卷二十四规定："诈伪制书及增减者，已施行，不分首从，皆斩监候，未施行者，首为绞监候，从者减一等。传写失错者，杖一百。"

第九十九章

南京条约

大批英军在燕子矶和草鞋峡分批登陆，耆英，伊里布和牛鉴知道所有抵抗都徒劳无益，只有求和才能拯救南京。他们命令不得抵抗，英军兵不血刃占领了钟山，对南京形成巨石压卵之势，此时，璞鼎查才同意与清方委员谈判。

三大官宪派出了吉林副都统咸龄、江苏按察使黄恩彤、五品员外郎张喜和五品佐领塔芬布，英方派出了马恭少校、马儒翰和郭士立，在南京城外的静海寺举行初级会谈。

初级会谈一波三折。英方委员看重法律与规则，坚持用欧美的自由贸易制度代替广州的垄断贸易制度。皇上看重金钱，不愿赔偿烟价和兵费，清方委员锱铢必较，英方没费多少唇舌就得到了香港，但在赔款数额上"给足面子"，不仅把三千万开口价减为两千一百万，还同意把广州支付的六百万赎城费、上海和扬州缴纳的五十万赎城费计入赔款总额。总之，英方委员挟胜利之威层层递进处处占优，清方委员深知南京如同风中残烛，一吹即灭，不得不委屈退让。

初级会谈持续了整整二十天，两国委员就十三项条款达成了协议：保护英中两国臣民的生命和财产安全，开放广州、厦门、福州、宁波和上海五个口岸，自由贸易，废除行商垄断，明定税则，赔款两千一百万元，先交六百万，余款分三年递交，年息五厘，割让香港，释放俘虏，两国平等，等等。条约用英中两种文字写成，如有歧义以英文为准。英方把舟山和鼓浪屿留作质押物并派兵驻守，待所有条款得到履行后归还中国。

璞鼎查把道光二十二年七月二十四日（1842年8月29日）定为《南京条约》的签字日，要中国官宪带上全权饬书到"皋华丽"号上签字。他明确告诉清方委员，鉴于琦善曾经拒签《穿鼻草约》，拖延时间暗中备战，欺骗了英方，英方对清方的信誉深表怀疑，如果清方再次玩弄把戏，英军随时炮击南京。

预定的日期到了。英方派"美杜沙"号铁甲船去下关码头接中国官员，借机让三大宪近距离目睹英国的先进技术。皇上谕令耆英和伊里布代表朝廷谈判，但是，英方认为两江总督位高权重，指名道姓要牛鉴一起出席签字仪式。牛鉴不得不与耆英和伊里布一起来到下关码头。

下关码头是南京的驿传码头，又叫接官亭码头，恰好面对浩浩长江。耆英站在接官亭旁，掏出怀表看了一眼，对牛鉴道："这回谈判，底稿是英夷草拟的，虽说用英中两种文字写成，具有同等法律效力，但英夷申明一旦产生歧义以英文为准。我两次请旨，要伍秉鉴或其家人前来翻译，他们至今未到。看来，我们是指望不上他们了。"牛鉴的心境灰蒙蒙的，他叹了口气："今天要互验全权饬书，我担心英夷看出破绽来。"饬书用黄绸裹着，放在一只精致的木匣里，由一名随员恭恭敬敬地捧着。

伊里布歪坐在肩舆里，他得了疟疾，身体虚弱脸色蜡黄，眼睑肿胀下巴低垂，声音软软的："英国人没见过本朝的饬书是什么样的，不一定能辨识出。"伊里布本应卧床休息，但是，为了不耽误签字，英方专门派了一名军医为他看病配药。吃了几服药后，他的病情稍有好转。今天，他强打精神来到码头，脸上挂着悲戚与苦涩。他呆呆地望着樯桅林立的英国舰队，眸子里全是忧伤。

耆英似乎想说什么，犹豫再三才俯下身子，轻声耳语："老中堂，今天不要让张喜去了，你看如何？"伊里布抬起僵涩的皱皮老脸："哦，为什么？"他发现耆英的表情有点怪异，三分忌妒三分歉意，还有几分难以揣测。耆英的语速迟缓："我怕外人说闲话，说咱们几个钦差大臣和封疆大吏不如一介家仆。"他把伊里布的西席贬为"家仆"。伊里布没有反驳，淡淡道："陈志刚办不成的事张喜办成了。"耆英压低了声音，把张喜的功绩轻轻勾销："张喜不过是在恰当之时办了一件急差，是天成其功。"

伊里布缓缓扭转头，见张喜在一棵老树下与几个随员说话。伊里布不愿拂逆耆英，点了点头："好吧，我劝他不去。"

耆英转身离开，与牛鉴说话去了。伊里布叫过一个亲兵："你去叫张先生来。"

张喜来了，俯下身子问："主子，有什么吩咐？"伊里布拉住他的手，语重心长道："《南京条约》是城下盟约，是大清的耻辱。你和几位委员把英夷的要价砍去三成，还把广州、上海和扬州的赎城费也计入款额中，有功，但皇上不一定这么看。他虽然授予耆将军和我便宜行事之权，但降旨说，烟价和兵费不予赔偿，我们一下子赔付了两千一百万；皇上要我们把香港'赏借'给英夷，我们却迫于压力，割让了。皇上很可能龙颜大怒，迁恨于人。我是奉命办差身不由己。要是朝廷不允准《南京条约》，麻烦就大了。我是提着脑袋办差，步步悬心，很可能重蹈琦善的故辙，甚至人头落地。我看，你就不要掺和了。这种功，不值得争啊——"伊里布的声音很轻，带着痛心的尾音。

张喜立即猜出这不是他的意思："是耆将军的意思吧？"伊里布没有回答，岔开话头道："我是风烛残年的人，原想以年老体弱为由推掉这桩差事，但烈烈战火把大清烧得不成样子，朝廷打不起这场仗，人民经不起这么酷烈的折腾，我只能忍辱负重，代朝廷签约。自古以来，在城下盟约上签字的臣工都要背负骂名，被后人泼脏水，泼得污迹斑斑。我留不下清白的名声，因为我干的是身败名裂的差事，是国家的替罪羊！林则徐和琦善，关天培和余步云，裕谦和舍命沙场的将领们，哪一个不曾为大清建功立业？哪一个不是本朝的风云人物？但是，他们都被战火烧成沙砾和残灰了。做官与做幕客不一样，幕客去留随意，官员却不是自由身。你见好就收吧。"这番话大大出乎张喜的预料。他应召入幕，没想到临到签约突然被排除在外，他愣住了，像一尊浮雕似的不言不语。

伊里布补充道："你在官场上出入这么多年，应当看透了，官职官威官权官势，每一样都靠不住，官腔官话官派官谱，每一样都是虚华。长江虽阔，无奈鸟很肥，天空很瘦啊！"

"美杜沙"号敲着船钟驶入下关码头，耆英和牛鉴扶着舷梯上了船。伊里布尚未痊愈，只能用肩舆抬。英军不许轿夫登船，派了两个身强力健的水兵抬伊里布，肩舆在舷梯口一歪，荡起的江水打湿了他的袍子和朝靴，如果是轿夫所为，他可能斥责两声，但抬轿的是鬼子兵，伊里布默不作声。他的眼睛布满血丝，饱含着悲伤与无奈。

船钟响了，蒸汽机发出"突突突"的噪响，冒着黑烟朝"皋华丽"号驶去，旋转的蹼轮搅起水花，拖着长长的航迹。

张喜站在岸上，呆呆地注视着江面，一只白色水鸟在空中盘旋，风一样快乐，雨一样自由。他意识到自己的使命到头了，伊里布看重他，抬举他，但是，伊里布是阳寿将尽的垂暮老人，耆英却把他视为一支燃烧殆尽的蜡烛。他深知，官场上无德无行，没完没了的钻营巧取，没完没了的跟风拍马，没完没了的机关暗算，没完没了的钩心斗角，蝇营狗苟的人群尔虞我诈，把大清折腾得云残月破。张喜手搭眼罩望着飞翔的水鸟，喃喃地重复着伊里布的话："长江虽阔，无奈鸟很肥，天空很瘦啊。"这句话近似禅语，他霍然醒悟，与其竞奔于官场，见无聊人，说应景话，吃赶场饭，喝伤身酒，做违心事，办蹩脚差，不如息影林泉，做个屏蔽万事于心外的朝市大隐，当个无名无嗅的教书先生。

"美杜沙"号把三大宪送到"皋华丽"号上。三大官宪近距离观看了蒸汽机、旋转炮、雷爆枪、温度计、气压表、六分仪、轮舵、铆焊接缝，风帆索具等等，每种器物都彰显着英国工业的优越。他们切身感受到两国工艺的巨大差异，但他们缺乏科学知识，知其然不知其所以然，全都默默不语。

这是一个重大的历史时刻，"皋华丽"号战列舰盛陈威仪彩旗招展。当三大宪登上舷梯时，英军鸣放三响礼炮，一队士兵英姿飒飒行持枪礼，军乐队奏响了《圣帕特里克的祭日》。对英国人来说，这是一个史诗般的时刻，礼炮礼服礼兵礼乐全都经过精心安排和预演。人造的场面，人造的欢呼，人造的盛况，宣示着胜利者的喜悦，刺痛着失败者的心。

璞鼎查、郭富和巴加在船舷迎候三大宪，他们身后有三十多名经过挑选的海陆军官，他们将出席签字仪式，见证英军的胜利。三巨头仔细打量着三大宪。他们穿着崭新的丝绸朝服和朝靴，红缨官帽领顶辉煌，相形之下，英军的衣服有点儿勉强，尤其是郭富，他的礼服是从行囊里临时翻出的，来不及浆洗和熨烫，领口有油渍，袖口有汗尘。

当璞鼎查与三大宪握手寒暄时，巴加对郭富笑道："郭富爵士，你穿得有点儿邋遢。"郭富道："实在抱歉。你们海军在船上，与敌人隔水相峙，有空闲清理卫生，我们陆军在山岩草丛和泥淖里摸爬滚打，只能晴天一身土雨天一身泥。"巴加道："你看，战争结束时，胜利者满脸油汗衣冠不整，浑身散发着难闻的臭汗味儿；失败者却衣冠楚楚雍容华贵！郭富爵士，你应当穿上这套沾着油汗的礼服出席女王陛下的庆功典礼，这套礼服才是你的勋章！"

欢迎仪式结束后，两国秉权大臣和军官们鱼贯进了炮舱。炮舱打扫得干干净净，所有炮窗都敞开着，炮位擦拭得一尘不染。一张圆桌摆在舱艉，罩着桌布。《南京条约》平整地摆在上面，一式四份，每份都由中英两种文字手工写成，汉字在右，英字在左，装订成册。

肥胖的马儒翰主持会议，他穿着白衬衫黑礼服，像一只黑白分明的硕身企鹅。他用英中两种语言宣布签约仪式开始："首先，互验全权饬书。"

璞鼎查取出英国女王颁赐的全权公使的饬书，由马儒翰交给三大宪。耆英、伊里布和牛鉴不懂英语，无法验证英国饬书的真伪，象征性地传阅一遍。

三大宪把道光"颁赐"的饬书交给英方，忐忑不安地互视一眼，表情有点儿不自然，他们担心，万一英方不认可，立马就会天翻地覆！

马儒翰满心好奇地接了饬书，那是一个黄绫装裱的折子，折面上有"廷寄"二字，纸很薄，是吸墨性很好的玉板宣。他从头到尾细读一遍，注意到了"便宜行事"和"尽可允诺"等字样，但这不是英方要求的全权饬书。他微蹙眉头，用怀疑的目光扫视着三大宪。当年琦善与义律在莲花岗签署《穿鼻草约》时出现过严重分歧，马儒翰是见证人，他不敢擅自做主，把廷寄拿给郭士立。郭士立同样没见过中国饬书，不敢掉以轻心，一字一句地细读。三巨头和出席签字仪式的水陆军官们都在等待，时间一分一分地流失，炮舱里静极了，静得能听到长江流水的声音。天气很热，耆英和牛鉴的额头在冒汗，伊里布的脊背一阵热一阵冷。一个意念在他心中铿然一闪：要是英方认定饬书是假的，那会引起怎样一场狂风巨澜，狂巨到任何人都承担不起！

签约仪式能否进行下去全都有赖于郭士立和马儒翰的判断。马儒翰轻声道："应当是真的，张喜说过'便宜行事'之权就是'全权'，而且还有'尽可允诺'字样。"郭士立道："我估计清方官宪不敢开国际玩笑。"

马儒翰走到璞鼎查身旁，呈上饬书，逐字逐句地翻译。璞鼎查听罢，说了一句简短的英语。马儒翰走到炮舱中央，用英中两种语言宣布："大英国特命全权公使大臣璞鼎查爵士承认大清国大皇帝的全权饬书有效，承认便宜行事之权等同于全权。"三大宪悬揣的心怦然落地。伊里布掏出手帕，擦了擦额头，他的后襟被汗水浸透了。

璞鼎查站起身来，昂首挺胸神态骄矜，像一只胜利的大公鸡。他讲了几句客气话后转入正题："尊贵的耆英阁下，伊里布阁下和牛鉴阁下，在你们看来，这是一场由鸦片引起的战争。但是，在我们看来，这是一场因为我国臣民的人身权和财产权受到践踏而引起的战争。鉴于贵国法律秉承'普天之下莫非王土，率土之滨莫非王臣'的古训，置皇权于法律之上，《大清律》并无保护臣民财产的条款，《南京条约》第一条特别申明：'嗣后大清大皇帝与英国君主永存平和，所属华英人民彼此和睦，各住它国者必受该国保佑身家全安。'所谓'身'即是'人身'，所谓'家'即是'财产'①。此条款的依据是我国《大宪章》第三十九条：任何自由人未经法庭裁决，不得被逮捕、监禁、没收财产、剥夺法律之保护，流放或以任何形式加以损害，它申明了人身自由和对私有财产的保护。它是我国法律的准绳，也是西方文明的基础，更是普遍遵守的道德规范。"

担任翻译的是郭士立，他的汉语讲得畅如流水，但是，耆英、伊里布和牛鉴对英国的《大宪章》和《人身保护法》一无所知，更不明白英国法律与《大清律》的法理依据有什么差异，却感到璞鼎查在强词夺理。伊里布轻轻咳嗽了一声，对耆英耳语道："这是强盗之论，战争的起因明明是鸦片，他们却说是因为我们关押了他们的人，伤了他们的人身，损了他们的财产。"耆英叹了一口气，

---

① "身家全安"的原文是：shall enjoy full security and protection of their persons（人身）and property（财产），但《南京条约》的中文本合译为"身家"。英国人把人身权和财产权放在条约首位，说明了他们对战争的看法。这与巴麦尊勋爵的第三号训令完全一致，他要求对华草约的第一款写明："自今以往大不列颠·爱尔兰联合王国女王陛下与中国皇帝陛下以及两国臣民之间和平敦睦，两方臣民在各自对方疆土之内得享人身之完全的保障与维护。"（《中国近代史参考资料》第一编第一分册，第135页，中华书局，1960）。《南京条约》和第三号训令的表述只有文字上的差别，意义完全相同。这是西方人身权和财产权的观念首次输入中国。但由于译文不准确，《大清律》没有相应的规定，人们始终不能全面理解该条款的意义。

小声道:"自古以来,缔结条约就是战胜者书写条款,失败者签字画押。伊大人,在这个节骨眼上,有多少委屈咱们都得忍耐。"

璞鼎查接着道:"其次,这是我国争取平等的战争。贵国向来以中央之华自居,认为贵国大皇帝乃万王之王,凌驾于各国君主之上,我国使臣致贵国的公函必须写上屈辱的'禀'字,贵国官宪致我国使臣的公函则写上傲慢的'谕'字。故而《南京条约》第十一条特别申明:两国属员往来,必当平行照会。"

三大宪没有吱声,他们曾经深信不疑的"中央之华万国来朝"的迷梦已被撕得粉碎。

璞鼎查顿了顿:"在两国交战期间,我军缴获了大批文牍和邸报,我们从中看出贵国官员视诚信为无物,巧饰虚夸无中生有恶俗成习,上蒙皇帝下欺人民外骗各国。我国前任公使大臣查理·义律与贵国兵马大元帅奕山等人签署了《广州停战协议》,奕山竟然隐匿不报,甚至编造谎言欺蒙大皇帝,说我军将领向他乞和!此等荒谬绝伦之事经报界转载,成为贻笑世界的丑闻,而奕山之流却浑然不觉!另一位兵马大元帅奕经如出一辙,无中生有谎称舟山大捷,造假的功绩令人瞠目结舌!大英国与其他国家交战并非一定扣押土地或岛屿为质,但本公使大臣对贵国的国家信誉和官员信誉深表怀疑,不得不空劳兵力,采用扣押岛屿为质的下策。故而,本条约第十二款特别规定:定海县之舟山岛,厦门之鼓浪屿,仍由我军暂为驻守,直到所议洋银全数交清,五口通商全部兑现,才归还贵国。此外,本公使大臣要求《南京条约》必须加盖两国御玺。我国地理遥远,明年三月以前才能将加盖女王陛下御玺的文本送交贵国。北京距离较近,十四天红旗快递就能一去一回,本公使大臣将率领全军在此恭候贵国大皇帝加盖御玺,不加盖御玺,我军就不撤离钟山和草鞋峡,不撤出大运河和长江。我还要特别声明,鉴于贵国大臣有粉饰和欺瞒的恶俗,为了防止隐匿真情,将条约的部分条款抽走,不如实呈报给大皇帝,我们不得不在条约的文本上增加一道防伪标记,即在纸面粘贴了绿丝带,加盖了红色火漆。如果有人抽去其中一页,绿丝带和火漆将无法还原。"

璞鼎查直言不讳,把大清的国家信誉和官员信誉一贬到底,三大宪憬然相顾面红耳赤,无以对答。

璞鼎查接着道:"这次战争与鸦片有关,但是,《南京条约》却未谈及鸦片贸易。我想借此机会谈一谈鸦片问题。"伊里布像被针刺中了穴位,眉棱骨"突"地一抖,耆英和牛鉴也不由自主地移动了身子,竖耳聆听。璞鼎查抑扬顿挫地阐述两国法律的差异:"我们注意到鸦片在贵国是非法商品,我们将尊重贵国法律,一如既往严禁我国商人挟带鸦片入境。但是,除非我国议会颁行禁烟条例,我国政府就无权宣布鸦片是违禁品,本公使大臣也无权禁止我国商人在公海上运输和售卖鸦片。"这是一句标准的外交辞令,弦外之音清晰无误:英国政府将依然允许英国商人把鸦片运到中国的大门口外自由售卖,中国官宪无权干涉,更不能驱逐和没收。郭士立知道这是三大宪最关心的问题,一字一句译得十分认真。

翻译完毕后,璞鼎查进一步解释:"鸦片像葡萄酒一样,本身并不是罪恶,但是它却招来了许多罪恶。由于贵国不肯将鸦片贸易合法化,由此派生出无数欺骗、暴力和腐败。在我国,许多品德高尚的英国商人因为经营鸦片而受到玷污,被贵国官宪视为不法之徒。在贵国,附生其上的走私贩私查私纵私屡禁不绝,逃税漏税花样百出。只有贵国政府废除禁烟令,附着在鸦片上的罪恶才能消失。"

伊里布终于忍不住,站起身来,挥了挥无力的手,声音有点儿颤抖:"很抱歉,公使大臣阁下,请允许我讲几句良心话。大清朝的满天风雨就是因为鸦片而猝然飙起的。提起鸦片,我必须申明,它给我国带来了太多的灾难,本朝流失了太多的白银,达到银贵钱贱财政紊乱的地步,大皇帝才不得不立法禁烟。贵国入侵以来,我国死伤了成千上万的臣民,毁弃了成千上万顷良田,几百万人流离失所。我们不愿把鸦片贸易写入条约,不仅因为它违反了本国律例,还因为我们不愿让子孙后代看见它就痛心疾首,看见它就想起我们辜负了朝廷的重托,想起我们的失败和承受的屈辱。"伊里布的眼眶湿润了。他还想说,但说不下去,强忍着愤怒和屈辱,抑制着感情的外渲。他环视着周匝的英国见证人,他们在圆桌两侧围成马蹄形,绷紧脸皮,咄咄逼人地等待着三大宪在条约上画押签字。

当郭士立把伊里布的话译成英语后,璞鼎查哼了一声:"屈辱?贵国地大物博,有三亿五千万臣民,贵国不自辱,谁能辱?"这是锥心刺骨之言,所有见证人齐刷刷盯住伊里布,像几十颗尖锐的铁钉。伊里布像被刺破的皮球,泄了气，沮丧地坐下。

璞鼎查继续阐述："我谨就如何解决鸦片贸易问题谈一谈个人意见，它虽然没有写入条约，但请三位阁下仔细参酌。解决鸦片问题有两个办法，一个是贵国前大臣许乃济提出的弛禁法，即将鸦片贸易合法化，允许鸦片从海关入境，如此一来，下便人民，上裕国税。我国前外交大臣巴麦尊主张采用这种方法。"

耆英表示了不同意见："璞鼎查阁下，本朝大皇帝钦定的《禁烟条例》是不能随意变更的。"璞鼎查淡淡道："那么，贵国也可以考虑第二种方法：管好自己的臣民。大英国政府禁止本国商人把鸦片输入贵国境内，把鸦片运入境内的全是贵国的走私贩，你们的官弁查私纵私积习难改，要是贵国政府不能革除恶习，鸦片贸易将依然存在。我们大英国有过类似的教训，我国政府曾经颁布法律禁止臣民吸食烟草，但久禁不绝，适得其反，致使走私横行。在自由贸易的原则下，有需求就有供给，如果贵国管不好自己的臣民，那么，即使我国政府禁止种植鸦片，别的国家也会乘虚而入，从事鸦片贸易。"

双方各自表述，一方咄咄逼人，一方无能为力。

璞鼎查仿佛想给三大宪以一点儿安抚："贵国妄自尊大，闭关锁国二百年，不知道外部世界已经生机百变。本公使大臣认为，开放的中国比封闭的中国好。保护生命和财产，五口通商，废除行商垄断，明定税则，不仅有益于大英国，也有益于贵国，甚至有益于世界。但是，贵国认清这一点需要几十年，甚至更长的时间。"

三大官宪没有说话，他们不明白五口通商、废除垄断等条款有什么好处，只觉得敌人用武力把一种外来的、陌生的制度强加于人，把大清固有的制度血淋淋地扯去，扯得身心剧痛。

当两国秉权大臣准备在《南京条约》上签字时，一条舢板把蒙泰和加比特送到"皋华丽"号上，他们挟着提包上了甲板。加比特对值守的军官道："我们要见璞鼎查公使。"值守的军官礼貌地答道："对不起，医生，公使大臣正与中国秉权大臣举行签字仪式。"蒙泰道："能不能见一见郭富爵士和巴加爵士？""对不起，两位司令不能分身。公使大臣和两位司令说，除非清军发动突袭，所有事情都得等仪式完结后才能办理。长官，请你们稍等一会儿。"

蒙泰隔着门缝朝炮舱里面窥视，璞鼎查、耆英、伊里布和牛鉴正在签字画押，郭富和巴加等人在一旁见证。

璞鼎查拿起鹅毛笔，在四份《南京条约》的中文和英文本上签了八次名，一笔斜体字写得刚劲潇洒流畅得意。

轮到三大宪了，他们都是擅长书法的行家。耆英第一个拿起笔，那是一支斑竹小狼毫，笔杆上的斑点像泪滴。他深知《南京条约》是一份不平等条约，签字意味把自己名字与千年耻辱联系在一起，永远洗刷不掉。他犹犹豫豫，手指颤抖，一咬牙，写下去，乌涂一团。伊里布的字体舒展飘逸，此时此刻却飘逸不起来。他接了笔，叹了口气，歪歪扭扭签下，勾一个圈，就像把人囚禁在牢笼里。牛鉴的字中规中矩有板有眼，此时他也不愿把自己的名字写清楚。他效仿耆英，写得乌涂难辨。

见证人们鼓起掌来，雷鸣一般持久不息。三大宪没有鼓掌，他们如坐针毡，等待着掌声的终止。军乐队再次奏响《圣帕特里克的祭日》，在英国人听来，它是胜利和喜悦的乐曲，体现了英国宗教的宽厚与慈悲、包容与和平，在三大宪听来，那是痛击之后的甜言蜜语，刺骨锥心，不堪入耳！

在军乐声中，璞鼎查、郭富和巴加把三大宪送到"美杜沙"号上。

"美杜沙"号开行后，牛鉴才压低嗓音对耆英道："他们割了我们的地，开了我们的口岸，改变了我们的贸易章程，索要了巨额赔款，却奢谈平等！"伊里布看了牛鉴一眼："开仗前，我们没给他们平等，他们胜利了，也不给我们平等。"

中国官宪离开后，蒙泰和加比特进了炮舱。蒙泰道："公使阁下，两位司令官，我奉命把陆海两军的伤亡总数统计出来，请过目。"三巨头传阅了英军伤亡表：

地点	阵亡	受伤
广州	15	127
厦门	2	15
舟山	2	27
镇海	8	16
慈溪	2	40
乍浦	9	50

续表

地点	阵亡	受伤
吴淞口	2	25
镇江	36	133
总计	76	433①

与世界第一大国打了一场耗时两年零四个月的战争，伤亡如此之小，三巨头非常满意。

加比特报告道："公使阁下和两位司令官，疫情在扩散，已经无可拾掇了！"他递上了最新的疫情统计表：

"伯朗底"号	乘员280	病号199
"贝雷色"号运兵船	乘员250	病号110
"索菲尔"号运输船	乘员50	病号47
"响尾蛇"号运兵船	乘员41	病号4②

……

璞鼎查皱着眉头："陆军的情况如何？""尚未统计完整。陆军占领钟山和草鞋峡后依山扎营，那里的蚊子很多，毒性很强，疟疾和痢疾像烈火烹油似地蔓延开，我估计海陆两军的病号多达八千五百人③，只有三千人能够值勤和战斗。"

璞鼎查倒吸一口凉气："上帝！幸亏中国人认输了，否则后果难料！"巴加如释重负："要是中国人拒签条约，三千人也能打下南京，但是，我们控制不住局势，这里毕竟是中国的腑脏。"郭富出了一口长气："中国人打不起，我们也打不动了。在这个时候签下《南京条约》恰到好处！这场战争毁人毁物

---

① 数字出自Alexander Marray的英文版《中国行动》第214页，不包括死于海难和被暗杀的人。另据作者的不完全统计，清军在鸦片战争期间受伤和阵亡总计10500人左右。

② Edward Cree在《海军军医柯立日记》（9月3号）写道："舰队疾病盛行。我那条船的病号最少，44人中有4人病倒。'伯朗底'号的280名乘员中有199人病倒。'贝雷'号250名乘员中有110人病倒。'索菲尔'号的50名乘员中病倒了47人。其他船的病号比例差不多，全是间歇性热病和痢疾。"

③ 数字出自David Mclean的《鸦片战争中的医生们》（*Surgeons of the Opium War*），载于English Historical Review，2006 April.

伤筋动骨，我军将士血肉横飞病骨销蚀，中国沿海一派狼藉，像一个臭气熏天的屠宰场。长风吹旷野，短雨洗征尘，我有一种如释重负的感觉，终于可以回家了。"

璞鼎查笑道："郭富爵士，你坚定地主张保护生命和私有财产，不论在战争时期还是在和平时期。我把它写入条约了，你满意吗？""满意。依照我们的法律和宗教信仰，人类应当有一种普世价值，即对生命和私有财产的尊重和保护。中国文明和《大清律》恰好缺少这种信念和法条。"巴加道："璞鼎查爵士，郭富爵士，我们应当喝一杯庆功酒了。我们的女王陛下，政府阁员和全体商人都将为这一历史性的胜利欣喜若狂！"

突然，三巨头看见两条挂着红白蓝三色旗的兵船朝英国舰队驶来，是法国战舰"俄利岗"号和"弗沃里特"号，它们一直以观战的名义尾随英军。璞鼎查以轻蔑和不屑的口吻道："瞧，食腐动物又来了。"

第一百章

尾　声

一　迟到的伍家人

刚下完一场大雨，亢热的天气略带凉意，天空上的云团却没有散开，依然一团团地游动着。空气中水汽滂沛，田野上苍绿淋漓，树枝和草叶呈现出狂吸饱饮的醉态。一辆新颖的英式马车快行疾驶，在又湿又滑的驿路上碾出的两道车辙，像两条鞭子抽出的痕迹。这辆车与中国马车迥然不同，有四个轮子和一个车厢，车夫的座位与车厢是分开的，车厢后面有踏板，仆人可以踩在上面与车同行。马车绕过大校场朝秦淮河驶去，车夫把鞭子甩得脆响，口中发出"驾——驾——"的吆喝声。两匹马一使劲，轮子上了通济桥，桥上行人赶紧闪到两旁，仍然被溅得满身泥水花子。

"娘希匹，抽风吗？""他娘的，逞什么威风！"车过之后，行人骂骂咧咧，但马车依旧风驰疾行。

"五爷，到了！"车夫一拉缰绳，两匹马收住蹄子。伍绍荣从车窗里探出脑袋，他的官帽上缀着一颗水晶顶子，拖着一支翠生生的孔雀花翎。他抬眼望着高大的南京城垣和巍峨的通济门。通济门被雨水洗刷得湿漉漉的，灰色的堞墙上架着铁炮和抬枪，垛口后面旗鼓列张，但城楼上插着白旗。

伍绍荣奉命参加英中两国会谈，但道光在剿抚之间游移不定，直到英军打下镇江才颁旨，要他赶赴江苏听候耆英差遣。伍绍荣猫腰钻出车厢，自言自语道："久违了。"他四年前赴京参加科考，曾经路过南京。钱江跟他下了车，两广总督祁贡派他陪同伍绍荣参加会谈。

南京全城戒严，通济门只开了半扇，但已经没有了战时的惶乱。二三百人排成两列等待进城和出城，像两条七扭八曲的长蛇，十几个兵丁仔细盘查，不时发出难听的斥骂声。伍绍荣饿了，对钱江道："钱知事，咱们先吃饭后进城。"钱江也饿得肚皮咕咕响，吩咐车夫道："赵二，你去谭家老店订饭，就说广州十三行的伍总商来了。李三，你拿两广总督衙门的公函与守门弁兵交涉，就说我们是朝廷派来的。"

伍绍荣本应乘坐清吏司的官车，但伍家是天下第一富豪，刚买了一辆英式马车，车厢底盘安有弹簧，车轮装有锃亮的黄铜挡泥板，挽具车灯行李厢一应俱全，远比带轮钉的枣木官车快捷舒适。这辆车不仅在广州，甚至在整个大清都是蝎子粑粑——毒（独）一份。伍绍荣不在乎区区路费，乘坐自家马车赶往南京。

不一会儿，伍绍荣一行进了裕诚饭庄，上了二楼的雅间，随行的车夫和跟役坐在楼下的方桌旁。

怡和行的生意遍布半个中国，每年都派人到南京办货，吃饭打尖都在裕诚饭庄，按月结算。掌柜听说怡和行的东家来了，亲自上楼侍候，一张生意脸笑得像菊花一样灿烂："五爷有几年没来了。""嗯，四年了。""这年头兵荒马乱的，少出门好。"掌柜一面说话一面用上好的茶具沏了一壶武夷岩茶。

伍绍荣打开扇子，扇面上有"四海商途"四个隶字，是梁廷枏写的，扇骨是檀香木的，有精雕细刻的纹饰。他喝了一口茶："南京戒严多久了？""自打英夷攻占圌山关，就戒严了。我们的老店在城门外，生意萧条得很。三大宪与英夷签了《南京条约》，百姓踏实了，老店才聚了点儿人气。"

伍绍荣不由得一愣："什么，签约了？"掌柜的因为躲过兵燹而庆幸，兴奋之情溢于言表："签了，全城百姓如释重负，秦淮河上放了一夜鞭炮！要不然，南京就和镇江一样，打成废墟瓦砾了。""什么时候签的？""三天前。哦，坊间有人把条约刻成印版，印出来了。""店里有吗？""有，六个铜子一份，我买了二百份，专门留给打尖吃饭的客官。""给我拿两份。"掌柜的嗓音一挑，冲楼下喊道："小二，送两份条约来。"

不一会儿店小二送来两份条约，刚印出的，每份三页，纸面散发着淡淡的油墨味。伍绍荣递给钱江一份，两人各自闷头读起来。伍绍荣参加过广州会谈，知道英国人的要求：保护夷商身家安全，五口通商，割让香港，平等往来，赔偿烟价和兵费，清理商欠，等等。伍绍荣对这些条款不觉意外，但有两款与伍家的利益休戚相关，他用指甲在第二款和第五款下面重重地划了印痕，差一点儿把纸背划穿：

  第二，……大皇帝恩准大英国人民带同所属家眷，寄居大清沿海之广州、福州、厦门、宁波、上海五处港口，贸易通商无碍。
  ……
  第五，凡大英商民在粤贸易，向例全归额设行商，亦称公行（十三行）者承办，今大皇帝准以嗣后不必仍照向例，乃凡有英商等赴该口贸易者，勿（无）论与何商交易，均听其便。

五口通商意味着广州独占外贸的局面不复存在。"与何商交易，均听其便"意味着十三行的垄断权就此终结，伍家人的地位将一落千丈！伍绍荣的脸上阴云密布，咬牙切齿骂了一声："可恶！"他把扇子重重砸在桌沿上，檀香木扇骨"咯嗒"一声折了，扇面像抖开的折叠帘子，"哗"的一声垂下。钱江读到赔款两千一百万和割让香港的条款后，像被刀尖扎了一下胸口，腾地一下站起来："这哪里是抚，分明是降！是丧权辱国！耆英、伊里布和牛鉴该杀！"

一个外省来的鸡毛小官在酒楼里暴怒发飙，指名道姓要杀三大宪！掌柜的吓了一跳，其他食客也惶然惊愕，张大嘴巴侧目旁观。掌柜的收住心神，小心翼翼道："客官，南京是牛督宪的辖区，莫谈国事，好吗？省得招惹是非。咱的店铺吃罪不起。"南京商户性本天然，知道什么事情可以敞开嘴巴瞎议论，什么事情不能品头论足。

伍绍荣不管不顾，用拳头重重地捶着桌面，声泪俱下："大清啊大清！为了你的金瓯无缺，我们伍家人为你舍为你捐，为你受尽苦和累，你却这么不争气！"他把破纸扇捏在手中，一点点地撕，就像撕碎一份作废的合同，碎纸残屑雪花似的散落在地上。

二 钤盖御宝

盛夏过去了，北京起了秋风。

道光坐在养心殿的御座上，以睿亲王为首的御前大臣和以穆彰阿为首的军机大臣分列两旁。御前大臣多数由皇室宗亲和姻娅之戚担任，大清是爱新觉罗氏的天下，国事与家事密不可分，他们理所当然要对国事表述意见。军机大臣是从臣工中选拔出的顶尖人物，是朝廷依畀的股肱，他们奉旨讨论是否批准《南京条约》，以及抚恤副都统海龄等事宜。

抚恤海龄本来是一件比较简单的事。镇江失守海龄自焚，八旗兵浴血奋战死伤惨烈，道光亲笔写下"不愧朕之满洲官兵，深堪悯恻！"的朱批。军机大臣们提议按关天培、陈化成等人的先例晋级优恤，在镇江建立专祠以兹纪念，没想到事情复杂万端。镇常通海道周顼写了一篇禀文，由江宁将军转呈朝廷，例数海龄强霸欺民的恶行。御史黄宗汉也上了一道折子，说大战临头之际，海龄不仅不疏散民众，还以搜捕汉奸的名义滥捕滥杀，致使民怨沸腾，民间传说海龄不是死于战场，而是被愤民所杀。优恤海龄的廷寄已经发下，建祠的银子也已恩准，若是依照周顼和黄宗汉的建议撤销，等于说朝廷偏听偏信，为恶人作伥，但是，海龄的口碑如此恶劣，要是勉强建祠，一旦被怨民捣毁或唾污，朝廷的脸面更不好看。

批准《南京条约》最复杂。耆英、伊里布和牛鉴用红旗快递把条约送到北京，会衔发来《粗定条约并请钤用御宝折》。道光阅罢怒不可遏，在折子上加了两条朱批，一条是"愤恨之至"，一条是"可恶可恨之至"。军机大臣和御前大臣都知道，道光曾有密旨：烟价和兵费不予赔偿，耆英、伊里布和牛鉴却赔了两千一百万！他们猜不透皇上会不会批准条约，哑巴似的不作声。

三大宪仿佛预感到皇上决心难下，在折子内附了一份《请于所议条款内钤盖御宝以免决裂片》，告诫朝廷早一日钤盖御宝早一日了结战事，朝廷如果犹疑不决，"该夷定必决裂！"道光在夹片后面又写一道朱批："何至受此逼迫？愤恨难言！"①依然不肯加盖御玺。两天后，军机处又接到耆英的《和约已定详议善

---

① 《筹办夷务始末》卷五十九。

后事宜折》，再次催促皇上，如果不钤盖御宝，就会前功尽弃战火重燃。

御前大臣和军机大臣们全都看出，《南京条约》动关全局，抚恤海龄仅是善后的小事，两件事的轻重缓急判然有别。但皇上把它们同时交给大家讨论，其中自有奥妙。养心殿里沉寂了半晌没人说话，只有大自鸣钟"唰唰唰"的走字声。

穆彰阿不得不率先打破沉寂："睿王爷，您说说，两件事该怎么办？"睿亲王故作镇静，拈着胡须道："你是领班军机，我不过是沾了皇亲贵胄的光，参赞而已，真正主事的还是你们军机处。"这话貌似谦让实际是推诿。

潘世恩道："海龄究竟是战死、自杀还是被愤民暗杀，这事我们在京师是说不清的，只能派人详加考察。如果海龄确实有虐待民人称霸官场的劣迹，被愤民所杀，那是死有余辜，如果与实情出入较大，即应按小节有损大节无亏之例办理，以便让死去的灵魂安然入土。瓜无滚圆人无十全，对捐躯的将领，不必求全责备。睿王爷，穆大人，你们看可好？"潘世恩讲得滴水不漏，睿王爷和穆彰阿点头称是。穆彰阿道："古人云李广难封，如此看来，海龄也难以优恤呀。"

话题重新回到钤盖御宝事宜上。睿亲王道："本朝御宝只在为朝鲜、琉球、越南、缅甸等域外番王颁赐信印和册封达赖喇嘛时使用，从未在抚夷诏书上用过，抚夷诏书向来钤盖封疆大吏或钦差大臣关防。耆英、伊里布和牛鉴办理不善，有擅专轻许之罪，他们三人会衔所请，有悖本朝的成法和先例。"穆彰阿抬头看了他一眼，不知睿王爷是装糊涂还是真糊涂，竟然偷梁换柱把《南京条约》称为抚夷诏书！他悠着调子道："睿王爷，条约载明中英两国平行照会，共同钤盖御宝后方才生效。耆英、伊里布和牛鉴反复恳请钤用御宝，恐怕是形格势禁万不得已，才一事三催。朝廷既然授予他们便宜行事之权，皇上也申明不予遥制，这事还是从权办理为好。"潘世恩道："英夷兵船阻断长江和大运河，本朝漕运和文报俱被截断，一日不钤盖御宝，英夷就一日不退出长江。抚夷大局既定，不宜再为御宝之事斤斤争执。毕竟两国君主都要钤盖御宝，还算平等，不算屈尊。"

钤不钤用御宝与战争的行止休戚相关，道光顽强抵抗了两年零四个月后终于决定认输。他面色阴郁地站起来："像海龄这样硬打硬拼的将领不多，镇江沦陷后海龄殉难全家尽节，朕深堪悯恻，即使平日稍有过失也应尽赎前愆。耆英和伊里布，朕授权他们专办羁縻，虽然许诺事项过多，但这个仗有不宜再打的理由，为了江南几百万臣民的安生，朕不再游移，用玺！"他示意张尔汉去取御宝。

道光咬紧牙关，亲自在《南京条约》上钤盖了御宝。张尔汉领首窥视着他，只见两团泪水涌上道光的苍老眼眶，悬着，悬着，终于滴落在御案上。

过了许久道光才抬起头，口气突然强硬起来："仗打完了，秋天也到了。朕不得不秋后算账！耆英和伊里布虽然让步过多，总算了结了一场华夷大战，免于治罪。牛鉴身膺重寄，负有守御长江的责任，却一败再败，丢了吴淞口、上海和镇江，听任英夷打到南京，签署城下盟约。他罪无可逭，著押解进京严加追究，与余步云一起交刑部、都察院和大理寺会审！奕山和奕经身为宗室，本应为朝廷分忧解难实情实报，他们却颠顶糊弄粉饰败绩，致使朝廷屡屡做出误判，虚耗了多少国帑！还有文蔚，负有参赞之责却无参赞之实，可谓靖逆将军不靖逆，扬威将军不扬威，参赞大臣胡参赞，朕不得不将他们三人……"他本想说"撤职查办，严加追究"，话到舌尖咽了回去，拍着御案改口道："调京供职。"

睿亲王、穆彰阿和潘世恩毕竟是天子近臣，在道光的表情和口气中嗅到一丝杀机，"粉饰败绩"、"隐瞒实情"、"虚耗国帑"都是重大罪名，所谓"调京供职"仅是委婉说法，他们到京后不会有好下场！

道光的心里百味杂陈。他颓然坐下，撙节本性毕露，补充了一句："现在国库空虚，既然战事完了，沿海各省要尽快裁撤营伍，节省糜费。"

三　悲情琦善

琦善流放到张家口一年了，皇上一直没有起用他。他有点儿心灰意冷，像普通百姓一样过着节俭日子。

天上刮着扬沙风。佟佳氏从集市回来，手里拎着菜篮子，女仆背着一捆劈柴跟在后面。佟佳氏眯着眼睛望着清水河，但看不清楚。秋天刚到，西北风就裹着漫漫黄沙从蒙古高原吹来，吹得天空模模糊糊迷迷漫漫，佟佳氏的鼻孔里眼窝里耳朵眼里全是细密的浮尘。

她刚走到家门口，就听见背后有一阵马蹄声，回头一看，是英隆。英隆在两个戈什哈的护卫下骑马来到琦善家，同样是满脸浮尘。佟佳氏赶紧屈身蹲一个万福："民女给都统大人请安。"

英隆下了马，把缰绳交给戈什哈，笑眯眯道："琦爵阁在家吗？""在。我买菜前他还在家读书呢。"佟佳氏与英隆熟不拘礼，一手提菜篮一手推柴门："英大人请。"英隆道："琦爵阁的前程有眉目了。"佟佳氏七分惊喜三分怀疑："是吗？"

琦善听见英隆的话音，迎出来，拱手行礼道："英大人，这么大的风，你光临寒舍，有什么重要的事情？"英隆笑道："无事不登三宝殿，确实有重要事情，好坏参半。""哦，好坏参半？""对国家是坏事，对你却是好事。"英隆弯腰从靴叶子里抽出一沓纸，是最新一期邸报，递给琦善。

佟佳氏从厨房里端出脸盆，拧了一把手巾，递给英隆擦脸。英隆一面擦脸一面说："金帛议和了。"琦善翻开邸报，上面印着朝廷的通告：

　　耆英、伊里布、牛鉴等连日与英夷会议，商定条约十三条。朕因亿万生灵所系，实关天下大局，故虽愤懑莫释，不得不勉允所请，藉作一劳永逸之计，非仅为保全江、浙两省而然也……

接下来是《南京条约》十三款的全文。

琦善慢慢读细细阅，开始还算镇静，越读越不能自持，《南京条约》从他的记忆深塘里翻搅出沉底的浊泥。他读到一半时手指微微发颤，读到结束处已是全身瑟瑟发抖，眼眶里的泪水收止不住，走珠似的"扑哧扑哧"坠落下来。他痛心疾首道："皇上啊皇上，早知今日何必当初啊！"

英隆有点儿发愣，劝慰道："琦爵阁，何必这么激动？"琦善的脑袋向上仰着，脸面被血色涨得通红，他突然涕泗滂沱号啕大哭，捶胸跺足道："我心里难受！十万大军零落尽，半壁江山遭涂炭！英夷是我朝从未遇到过的强敌，敌强我弱，总要稍做让步才能维持全局的稳定。去年我与夷酋义律议抚，用烂心计费尽口舌，才把赔款压减到六百万！可《南京条约》赔了两千一百万，两千一百万啊！《穿鼻草约》给予英夷香港一处寄居，依照旧例纳税，这份条约却把整个香港割让了！《穿鼻草约》只增加两处通商码头，《南京条约》却开了五个口子！当年我把舟山要回来，这份条约却把舟山和鼓浪屿一起质押给英夷！呜……呜……我肝脑涂地苦心孤诣为朝廷着想，却被皇上误解，被廷臣误解，被天下人误解！……这撞天屈我跟谁诉说！呜……呜……"琦善如怨如诉悲噎不止声荡四壁，旁若无人地发泄郁结在心中的委屈。佟佳氏在一旁听得心悲神伤，激动得浑身打战，夫泣妇吟似的呜咽起来："当年我家侯府是多么气派的深宅大院，现在是柴门土墙干打垒，呜……呜……当年我是满身罗绮珠光宝气，家里是豪奴俊仆前呼后拥，现在却成了布衣荆钗干粗活的老妈子，呜……呜……"

英隆劝了这个劝那个："琦爵阁，皇上和廷臣们终归能理解你的苦心，你复出有望呀！如夫人，这番挫跌也是一种人生体验，对吧？等琦爵阁复出后，皇上赏你一个诰命夫人还不是顺理成章的事儿。"

琦善抬起袖子擦了擦眼泪，摆手道："不说这些了，不说了。做臣子的终归是皇上的奴才，进退荣辱雷霆雨露都是君恩！我运交华盖，义律的下场还不如我呢。"冷不丁提起远在天边的冤家对头，英隆一愣神："哦，你怎么知道？"琦善一屁股坐在炕沿上，用手帕擦了擦眼泪，定了定神："两国交兵各为其主，我是兔死狐悲物伤其类——哎，义律是个好人哪，但好人没得好报，听说他被砍头了[①]。"

四　丘吉尔-奥格兰德诅咒

英国舰队横陈在长江中央，陆军依旧控制着钟山和草鞋峡。璞鼎查等三巨头对大清官员的信誉心存疑虑，生怕重蹈《穿鼻草约》的覆辙，他们明确告诉三大宪，接到加盖御玺的《南京条约》文本后才撤军。

麋集长江的英国舰船多达七十余条，但是，疫情不饶人，三巨头不得不命令"贝雷色"号等舰船提前返航，病号们分批撤离。

道光二十二年八月十号（1842年9月14号）是中国的万寿节，即道光皇帝的六十大寿，江面上只剩下二十多条英国兵船。英军按照西方传统，所有舰炮悬挂中国龙旗，在正午十二点鸣放二十一响礼炮，隆隆的炮声惊天动地。

[①]　琦善对义律的评价见法国传教士E. R. Huc的《鞑靼西藏旅行记》（*Souvenir d'un voyage dans la Tartarie et le Tibet*, 1851）。鸦片战争结束后琦善任驻藏大臣，遇到了法国传教士E. R. Huc和Joseph Gabet。谈到义律时，琦善说："义律是个好人，听说他被砍头了。"查理·义律回国后并没被砍头，1843年调任德克萨斯共和国任全权公使。

炮声一箭双雕,既向中国示好,又在催促清方,提醒三大宪,英军依旧在焦切地等候。

《南京条约》在北京滞压了六天才加盖御玺,在万寿节的第二天送达南京,三大宪立即派人送交璞鼎查,他们全心期盼着英国瘟神早日滚蛋。

"皋华丽"号终于升起了"扬帆返棹"的信旗,陆军开始撤离钟山和草鞋峡,舰队准备返航。

但是,所有舰船都充斥着病号。"索菲尔"号运输船的疫情最严重,船长死了,全体船员被疫病击倒。当该船的代理船长看见"扬帆返棹"的信旗后,竟然找不到健康的水手,他不得不把病号们从船舱里唤出。病骨支离的水兵们像虫子一样爬到甲板上,使足气力才把船帆拉升到桅顶。

丘吉尔-奥格兰德诅咒像厉鬼一样纠缠着英军,不依不饶,在漫漫归程中,官兵们一批接一批死去,陆军死亡百分之五十,海军死亡百分之二十五[①]。

五 怅惘的林则徐

黄河大工结束后,林则徐依旧遣戍新疆,经过八个多月的长途跋涉,他终于抵达伊犁。伊犁是大清最西面的军事重镇,水少树稀,枯黄的地面上碎石累累,土地贫瘠得令人生畏,只有车前子、刺儿菜、反枝苋和沙蒿等耐碱、耐旱的植物才能活下来,它们稀稀落落,东一丛西一簇,隔得老远,偶尔有蜥蜴在草丛中钻进钻出,谁也说不清那些丑陋的家伙是在享受干旱还是在焦渴中苟活。

林则徐在伊犁见到了邓廷桢,两天后从伊犁将军衙署借阅了邸报。邸报上刊载了《南京条约》的全文和逮捕靖逆将军奕山、扬威将军奕经、参赞大臣文蔚、两江总督牛鉴和浙江提督余步云的消息,他们五人全判了斩监候!

林则徐心乱如麻,在寒冷的斗室里写下了当天日记和家信。他在日记里对《南京条约》只字未提,但在家书中写了对获罪人物的深切同情:

> 扬威、靖逆及参赞均拟大辟(死刑),是牛镜堂(牛鉴)、余紫松

---

① 这个数字出自David Mclean的《鸦片战争中的医生们》(*Surgeons of the Opium War*,载于 English Historical Review, 2006 April.P.499)。

（余步云），亦必一律，即使不勾，亦甚危矣。由此观之，雪窖冰天亦不幸之幸耳。近事翻来复（覆）去，真是不可捉摸。①

林则徐怅惘失落。他比任何人都明白，大清卷入一场没有胜算的战争中，不论谁统兵作战都必败无疑，相比之下，他幸运多了。他到了新疆，像一株连根拔起的野草，无着无落悬浮在茫茫戈壁上，但终究有东归之日。他心情悲凉，觉得自己在一个巨大的冰窖里游荡，脚很凉，心很冷。他在官场上城府森严，防线加了一道又一道，三思而行以智避祸，有时不得委屈自己，故意闭目塞聪，压抑自己的灵性，禁锢自己的思想，在皇上划定的圈子里施展忧国忧民忧天下的抱负，但是，他依然不能避祸，成为战争的替罪羊。

一个月后，林则徐收到前粤海关监督豫堃的私信，要他替自己在伊犁租一套房子，因为豫堃也受到朝廷的追究，发配到新疆赎罪，罪名是隐瞒商欠和协助林、邓挑起边衅。林则徐想起了算命瞎子，他与邓廷桢、豫堃合写了一个"裛"字，算命瞎子预言那个字"枭神头，白虎脚，勾陈身，腾蛇尾，四凶齐犯！"人算不如天算，任何挣扎都徒劳无益，瞎子的预言果然应验了。

林则徐深感到人生的无常与无望，只有极少数人在他僵滞的眸子里发现，他依然有老骥伏枥的壮心，但能否实现，有赖于皇上的恩典，否则他的治国之才只会因为没有用武之地而渐渐枯萎。

六 巨商之死

朝廷把两千一百万赔款分派到各省，广东承担了最大份额。广东官宪认为战争与商欠有关，十三行在责难逃。他们再次向伍家劝捐。伍秉鉴心知肚明，广东官宪明里劝捐暗里讹诈，与其硬顶死扛不如知趣认捐，他一咬牙，用伍绍荣的名义一次性捐纳了一百万元②。这是大清开国以来从未有过的巨额捐资。

---

① 林则徐在道光二十二年十二月十四日的家信。"亦必一律"：必然按同一律条判刑。"勾"："勾决"之意。凡是判死刑者，必须等到秋天，由皇上在刑部报送的姓名录上打勾，一年一次，故称"秋后勾决"。

② 该数字出自恒慕义编著的《清代名人传略》（下册），中国人民大学清史研究所翻译组翻译，青海人民出版社，第458页。

为了表彰伍家人的义举，朝廷破例赏伍绍荣二品布政使衔，这是有清以来商人获得的最高荣衔。但是，战争重创了大清，丧失了垄断权的十三行损失尤其惨重，行商们纷纷倒闭，资财雄厚的怡和行历经大难而不死，却失血过多，从峰巅滑向低谷。伍秉鉴年高体弱心憔力悴，走到了生命的尽头。在战争结束的第二年，这位名贯中外的行商死了，他的坟前立起一块巨大的墓碑，碑上刻着：

庭榜玉诏，帝称忠义之家；
臣本布衣，身系兴亡之局。

七　林、伍遗怨

在大清的世道里，人为物役身为形役，人人都是皇上的奴才。要是不想为皇上做事，只能一事无成。

林则徐在新疆遣戍三年后得到赦免，先后出任署理陕甘总督，陕西巡抚和云贵总督。但是，他的身体大不如前，道光二十九年（1849），他不得不奏请开缺回家养病。没想到广西天地会（太平天国的前身）闹得声势浩大沸反盈天，新继位的咸丰皇帝再次想起林则徐，尽管穆彰阿实言相告，林则徐"柔弱病躯，不堪录用"，咸丰帝仍然降旨，要他挂钦差大臣衔威抚广西，"荡平群丑，绥靖严疆……星驰就道，毋违朕命"。林则徐抱病起程强行赴任，走到广东省潮州的普宁行馆时突然吐泻不止，虽经当地医生奋力抢救，还是离世了。数十年后，《东莞县志》印出一则故事：

相传，则徐抵粤，即锁拿洋（行）商伍到粤秀书院……咸丰初，则徐起为广西巡抚，伍（家人）忧其复督粤也，遣亲信携巨资贿其厨人，以夷药鸩之，使泄泻不止，行至潮州，遂委顿而卒。

县志说林则徐是伍家人害死的。是真的吗？从法律角度看，此事既无原告也无被告，既无人证也无物证，更没有庭审记录，它只是一则风影传说。

后 记

　　本书虽然是小说，但引用的文献全都有案可查，使用的数字全有历史记录，配用的插图全有出处，重要人物全都实有其人，主要事件全都实有其事，我只对事件做了文学性的描述，赋予人物以思想、性格、话语和动作。可以说，本书是一部以史料分析为基础撰写的小说，不是天马行空的戏说。

　　鸦片战争留下了丰富的史料，大清的封疆大吏们不断把战况奏报给皇帝，英军将领们不断把战况报告给英属印度总督奥克兰勋爵。为了写这本书，我不仅通读了中文史料，还阅读了1839-1842年的英国政府文件汇编，当时的英文报纸和英方参战人员撰写的大量日记和回忆录——很幸运，英国政府和一些图书馆把它们公布在互联网上，让我足不出户就能读到一百七十多年前的英国文献。

　　当我把清方的奏折和英方的报告对照阅读时，发现他们对同一事件的描述大相径庭，甚至达到不可思议的地步！我渐渐产生一个疑问：谁在说真话，谁在讲假话？

　　中英两国都有抚恤制度。清廷要求封疆大吏严格统计官兵的伤亡，并把伤情分为一等战伤、二等战伤和重残三类，精确到个位。英方也有严格的统计制度，将领们撰写的战报附有伤亡统计表和战利品清单，分析这些数字有助于揭示谁在说真话，谁在讲假话。

　　十九世纪三十年代以后，外国人在澳门创办了多种报纸，其中的《中国丛报》(*Chinese Repository*) 是美国基督教会办的，这份报纸保存完整，它从旁观者的角度，客观地报道了鸦片战争的进程。把报纸与中英两国的奏折、战报加以对照，也有助于揭示谁在说真话，谁在讲假话。

我痛心地发现，我们的祖先讲了假话。

在一个专制、腐败、病入膏肓、言路闭塞的国度里，没有人敢讲真话，报喜不报忧成了官场通病，欺上瞒下的编谎文化像毒素一样渗透到官僚阶层的心脾。在鸦片战争期间，官员们小胜详写大败简述，即使溃不成军，也要编写出似有实无的动听故事。关闸之战清军大败，林则徐和关天培等人隐匿不报；广州内河之战败得更惨，靖逆将军奕山与全体广东大吏被迫签下《广州和约》，但是，他们联手制造了一场骗局，给皇上的奏折里全是腾挪躲闪之词，避重就轻之话；浙江战役期间，扬威将军奕经奏报的舟山大捷更是子虚乌有。战争打得如火如荼，封疆大吏们把编谎艺术发挥得淋漓尽致，致使皇帝和军机大臣们看不清战争的本真面目，他们不断做出严重误判，指挥和调度不着边际，于是，整个帝国朝着没有胜算的方向末路狂奔，直到濒临崩溃才悬崖勒马！

在某种意义上，鸦片战争是一场自欺欺人的战争！

皇帝的身边聚集着一群昧于国际大势的臣子，他们习惯于讲恭维话和顺风话，致使皇帝骄傲自负故步自封，变得闭塞偏执、专断暴戾。

在战争期间，领兵打仗的疆臣们身膺重寄，既要与外敌作战，又要提防皇帝，因为皇帝掌握着生杀予夺的大权，一俟战败，疆臣们会受到严厉的惩罚，连家人都不能幸免。但是，英军是大清从未遇到过的海外强敌，掌握着当时的"高科技"，拥有绝对的军事优势，清军毫无胜算。疆臣们被裹挟在强敌与皇帝之间，前有虎狼，后有熊罴，前进是粉身碎骨，后退是瘐死狱中。皇帝催之越促，疆臣们越不能取胜，皇上逼之越急，疆臣们越感到恐惧。为了自保，他们不得不与皇帝博弈，粉饰、躲闪、编谎，直到整个官僚阶层联合起来欺瞒朝廷。谎言文化像瘟疫一样在官场中播散开，任何灵丹妙药都不可救治。

谁营造了一个环环相欺的国度？是帝心难测，还是官心幽微？是官僚制度，还是民族本色？或者，在危难之际编谎自保是人类共有的本能？我百思不得其解。

我多次扪心自问，假如我们生活在那个时代，能不能比祖先们处理得更好，更明智？能不能不粉饰战绩，不编造谎言？

历史尘封在史料里，不是人人愿意翻阅；历史会说话，不是人人听得懂；历史默默地展示自己，不是人人看得透。

祖先们受制于时代和传统，视野有界，知识有限，国力有限，不可能预见到战争的结局。林则徐等人虽然隐瞒了实情，但并不猥琐，他们在身不由己的逆境中日夜操劳，动员一切可以动员的物力财力和人力，千方百计抵御外来的寇仇。尽管他们有严重的缺点，犯下严重的错误，我依然心怀宽容，同情他们的遭遇，向他们的在天之灵致以由衷的敬意。因为他们在强敌叩关之时，竭尽心智奋力拼搏，给子孙后代留下了宝贵的经验和教训，留下了感天动地的战歌。

鸦片战争并不十分遥远。我在写作期间自费旅游，踏看了全部战争遗址，从东莞的林则徐纪念馆，舟山的鸦片战争纪念馆，英国的国家海事博物馆、陆军博物馆，美国的皮伯第·埃赛克斯博物馆等收集、复印、拍摄了一千八百余幅图片，精选出一百多幅附在书中。这些图片比我的文字更能展示历史的原貌。我为每场战斗配了一幅地图，注明了英中两军的伤亡数字，精确到个位。当读者把这些数字相加后，会看到一个出乎预料的结果，甚至改变对鸦片战争的看法。

最后，我要感谢几位友人的帮助。清史博士范继忠女士为我提供了部分中文资料，法学博士赵春燕先生为我提供了英中法律史方面的资料，我的同学苏日湖在美国影印了一部分国内没有的资料，借回国探亲之机捎给我。没有他们的帮助，本书不可能达到现有的深度。

在踏访舟山期间，《舟山日报》社的刘胜刚先生亲自陪我参观了当地的全部战争遗迹：大英水陆将士墓园遗址、阵亡清军将士的坟茔、定海知县姚怀祥投水自尽的梵宫池等，它们全都隐藏在不起眼的地方，没有他的引导和介绍，我根本找不到这些遗址。刘胜刚先生还送给我十余册有关史料，希望我写一本关于舟山之战的专著，但我辜负了他的期望。

我的书稿辗转多家出版社。朝华出版社的前社长郭林祥先生很欣赏书稿，却因为阴差阳错未能由他出版。他一直关心书稿的命运，并推荐给其他出版社和影视公司。但因缘际会，书稿最后落到了四川文艺出版社。本书责任编辑奉学勤在编辑期间与我联系十多次，反复磋商细节。四川文艺出版社的编校堪称一流，有史海探微的本事，居然发现了两处清史专家都难以发现的错误，令我大感惊异和佩服。谨在此一并致谢。

主要参考文献

中文专著：

《筹办夷务始末》（道光朝）一、二、三、四、五卷（中华书局，1964）

《中国近代史资料丛刊·鸦片战争》一、二、三、四、五、六册，中国史学会主编（上海人民出版社与上海书店出版社联合出版，2000）

《夷氛闻记》梁廷枏撰（中华书局，1997）

《海国四说》梁廷枏撰（中华书局，1997）

《道咸宦海见闻录》张集馨撰（中华书局，1999）

《海国图志》上、中、下卷。魏源撰，陈华等点校（岳麓书社，1998）

《鸦片战争在舟山史料选编》中国第一历史档案馆等单位合编（浙江人民出版社，1992）

《林则徐集：奏稿》（上、中、下全三册），中山大学历史系中国近代现代史教研组、研究室编（中华书局，1965）

《信及录》林则徐著，中国历史研究社编（上海书店印行，上海影印厂印刷，1982）

《林则徐诗文选注》（上海师范大学历史系中国近代史组编，上海古籍出版社，1978）

《清史稿》赵尔巽主编（中华书局，1977）

《天朝的崩溃：鸦片战争再研究》茅海建著（生活·读书·新知三联书店，1995）

《林则徐传》杨国桢著（人民出版社，1995）

《林则徐评传》林庆元著（南京大学出版社，2000）

《清朝通史·道光朝分卷》喻大华主编（紫禁城出版社，2003）

《西风拂夕阳——鸦片战争前中西关系》萧致治、杨卫东编撰（湖北人民出版社，2005）

《晚清财政支出政策研究》申学锋著（中国人民大学出版社，2006）

《鸦片战争前的东南四省海关》黄国盛著（福建人民出版社，2000）

《广州十三行之一：潘同文（孚）行》潘刚儿、黄启臣、陈国栋编著（华南理工大学出版社，2006）

《魏源传》夏剑钦著（岳麓书社，2006）

《汴梁水灾纪略》（清）痛定思痛居士著，李景文、王守忠、李湍波点校（河南大学出版社，2006）

《灾荒与晚清政治》康沛竹著（北京大学出版社，2002）

《清稗类钞》徐珂编撰（中华书局，2003）

《浙江海岛志》周航主编（高等教育出版社，1998）

《澳门同知与近代澳门》黄鸿钊著（广东人民出版社，2006）

《十九世纪中国外销通草水彩画研究》程存洁著（上海古籍出版社，2008）

《清宫广州十三行档案精选》中国第一历史档案馆、广州市荔湾区人民政府合编（广东经济出版社，2002）

《大清律辑注》（上、下册）（清）沈之奇撰（法律出版社，2000）

《死刑制度比较研究》李云龙、沈德咏著（中国人民公安大学出版社，1992）

《国际法输入与晚清中国》（上、下册）田涛著（济南出版社，2006）

《帝国缩影——中国历史上的衙门》郭建（学林出版社，1999）

英文专著（带*的是参加过鸦片战争的英国人的回忆录或日记汇编）：

*Crisis in the Opium Traffic（《鸦片危机》，北京国家图书馆缩微胶片），by Charles Elliot.1839

Charles Elliot R.N., 1801-1875, A Servant of Britain Overseas（《查理·义律——一个派往海外的英国公务员》）by Clagette Blake.（London Cleaver-Hume Press.LTD, 1960.）

The Taking of Hong Kong, Charles and Clara Elliot In China Waters（《占

领香港，义律夫妇在中国海疆》）by Susanna Hoe and Derek Roebuck.（Curzon Press，1999.）

Sir Henry Pottinger，*The First Governor of Hong Kong*（《首任香港总督亨利·璞鼎查爵士传》）by George Pottinger.（Sutton Publishing Limited，1997.）

The Life and Campaigns of Hugh，*First Viscount Gough*，*Field-Marshal*（《陆军元帅郭富子爵的戎马生涯》）Volume 1，by Robert S. Rait（1903）

**Memoirs and Letters of the Late Colonel Armine S.H.Moutain*，*C.B.*（《蒙泰上校回忆录与信函》）by Mrs. Armine Simcoe H. Mountain，C.B.（London，1858. digitized copy.）

**The land of Green Tea*，*Letters and Adventures of Colonel C.L.Baker of the Madras Artillery*，*1843-1850 in India and the First Chinese Opium War*（《绿茶之国，马德拉斯炮兵上校C.L.巴克的家书与冒险经历》）by C.L.Baker.（London，Unicorn Press，1995）

*Cree Journals，*Naval Surgeon*：*The Voyages of Dr. Edward H. Cree*，*Royal Navy*，*As Related in His Private Journals*，*1837-1856*（《海军军医柯立日记》）Edited by Michael Levin.（E.P.Dutton New York，1982）

**Medical Notes On China*（《在华医务笔记》，北京国家图书馆缩微胶片）by John Wilson.（London John Churchill，1846.）

*Chinese War：*An Account Of All the Operations Of the British Forces From the Commencement To the Treaty Of Nanking.*（《对华战争——从战争爆发到〈南京条约〉签订期间英军的全部行动》）By John Ouchterlony.（Praeger Publishers，New York. Washington. London.1970）

**The Nemesis in China*，*Comprising a History of the Late War in that Country*；*with an account of the colony of Hong Kong*（《"复仇神"号在中国》）by W.D.Bernade.（Henry Colburn，Publisher，3rd. ed.，1846）

**Two Years in China*，*Narrative of the Chinese Expedition from Its Formation in April 1840 till April 1842*（《在华二年记》）by D.McPherson，M.D.（London Saunders and Otley，1842.）

Historical Record of the Twenty-Sixth，*or Cameronian Regiment.*（《第二十六

步兵团暨卡梅伦团的历史记录》) by Thomas Carter.（London：W.O. Mitchell. 1867，digitized copy.）

*Narrative of a voyage Round the World Performed in Her Majesty's Ship Sulphur During the Years 1836-1842，(《"硫磺"号环游世界记》) by Sir E. Belcher，1843，Vol.II.

*The Closing Events of the Campaign in China：The Operations in the Yangtzekiang And the Treaty of Nanking（《中国战役的终结，扬子江的军事行动与南京条约》) by Granville G. Loch（London John Murray，digitized copy.）

*Narrative of the Expedition to China from the Commencement of the War to Its Termination in 1842（2nd ed.）(《英军在华作战记》) by John Elliot Bingham，Volume I，II，（Henry Colburn，1843，digitized copy.）

*Doings In China，Being The Personal Narrative Of An Officer Engaged In The Late Chinese Expedition（《中国行动》) by Alexander Murray，1843

*Narrative of the Second Campaign in China（《对华第二战》) by Keith Stewart Mackenzie.（London，Richard Bentley，New Burlington Street，1842，北京国家图书馆缩微胶片）

*Sketches of China：Partly During an Inland Journey of Four Months between Peking，Nanking and Canton（《中国特写》) by John Francis Davis，1841，Vol, II

Chinese Repository（《中国丛报》) Vol.VII—XII，（Maruzen Co., Ltd，Tokyo & Kraus Reprint Ltd.，Vaduz，digitized copy.）

Opium，Soldiers and Evangelicals（《鸦片，军人与福音传教士》，Palgrave Macmillan 2004) by Harry G.Gelber.

China Illustrated（《图说中国》) by Thomas Allom.（1843–1847，digitized copy.）

Bulletins of State Intelligence（《国家情报汇编》)（1840，1841，1842，digitized copy.）

Bremer，Sir James John Gordon（1786-1850），by J.Bach，Australian Dictionary of Biography（《澳大利亚传记大词典》詹姆斯·约翰·戈登·伯麦爵士词条，Volume 1, Melbourne University Press，1966，P.148–149.）

The Gilds Of China With An Account Of the Gild Merchant Or Co-Hong Of Canton（《中国行会考，附广州行商暨公所综述》）by Hosea Ballou Morse.（London, Longman, 1931）

Commissioner Lin And The Opium War（《林钦差与鸦片战争》），by Hsin-pao Chang.（W.W. Norton & Company.Inc.1964）

Opium and People, Opiate Use and Drug Control Policy in Nineteenth Century England（《鸦片与人民，十九世纪英格兰鸦片酊的使用与控制政策》by Virginia Berridge. BMJ Publishing Group, 1999.）

Opening China: Karl F. A. Gutzlaff and Sino-Western Relations 1827-1852（《打开中国的大门——郭士立与中西方的关系》）by Michael Lazich.

British Admirals and Chinese Pirates 1832-1869（《1832–1869年间的英国舰队司令与中国海盗》）by Grace Estelle Fox.（K. Paul, Trench, Trubner & Co., ltd., 1940）

译文专著：

《中华帝国对外关系史》一、二、三卷（美国）马士著（上海世纪出版集团）

《香港史》弗兰克·韦尔什著（中央编译出版社，2007）

《大门口的陌生人》魏斐德著，王小荷译（中国社会科学出版社，2001）

《鸦片战争——一个帝国的沉迷和另一个帝国的堕落》特拉维斯·黑尼斯三世与弗兰克·萨奈罗合著，周辉荣译，杨立新校（生活·读书·新知三联书店，2005）

《马礼逊回忆录》马礼逊夫人编（广西师范大学出版社，2004）

《千禧年的感召——美国第一位来华新教传教士裨治文传》雷孜智（美国）著，尹文涓译（广西师范大学出版社，2008）

《停滞的帝国——两个世界的撞击》阿兰·佩雷菲特（法国）著，王国卿等译（生活·读书·新知三联书店，1995）

《晚清华洋录》多米尼克·士风·李著，李士风译（上海世纪出版集团，2004）

《奥古斯特·博尔热的广州散记》奥古斯特·博尔热（法国）著，钱林森

等译（上海书店出版社，2006）

中文专业论文：

《琦善与鸦片战争》蒋廷黻，《清华学报》1931

《权力与体制：义律与1834-1839年的中英关系》吴义雄《历史研究》2007年第1期

《兴泰行商欠案与鸦片战争前夕的行商体制》吴义雄《近代史研究》2007年第1期

《〈中国丛报〉与中国历史研究》吴义雄《中山大学学报》2008第1期

《基督教道德与商业利益的较量——1830年代来华传教士与英商关于鸦片贸易的辩论》吴义雄《学术研究》2005年第12期

《伍崇曜的经济与文化活动述略》谭赤子，华南师范大学学报，2002年第3期

《从封建官商到买办商人——清代广东行商伍怡和家族剖析》章文钦，《近代史研究》1984年第4期

《审判琦善——一种历史语境和事实的重建及其意义》王瑞成《社会科学战线》2004年第5期

《被忽视的〈南京条约〉第一条》洪振快，《炎黄春秋》2011年第3期

《关于清代嘉庆、道光年间的鸦片问题》（日本）井上裕正，邓汝邦译，《外文资料译编》（内刊）1985年第2期

《巴斯商人与鸦片贸易》郭德焱，《学术研究》，2001年第5期

《嘉道年间广东水师违法违规研究》魏珂，2006年暨南大学硕士学位论文，指导教师：刘正刚

《鸦片战争研究——从英军进攻广州到义律被免职》佐佐木正哉著，李少军译，《国外中国近代史研究》第十辑

《张喜和1842年南京条约》邓嗣禹著，杨卫东译，《国外中国近代史研究》第十辑

《鸦片战争の研究》佐佐木正哉著，李少军译，《国外中国近代史研究》第十二辑

《杨芳的屈服与通商恢复》，佐佐木正哉著，李少军译，《国外中国近代

史研究》第十五辑

《"南京条约"的签订及其以后的一些问题》佐佐木正哉著，李少军译，《国外中国近代史研究》第二十七辑

《广东水师海防驻军图》杨浪　凤凰网，ifeng.com，2007年10月16日

《论清代中叶广东行商经营不善的原因》陈国栋，中国论文下载中心，原载于《新史学》，1卷4期，1990年，台北《新史学》杂志社

《19世纪早期广州版商贸英语读本的编刊及其影响》邹振环，《学校研究》2006年第8期

《帝国商行》央视国际《探索与发现》栏目

英文专业论文：

Surgeons of the Opium War（《鸦片战争中的医生们》）by David Mclean, English Historical Review，2006 April

"That Singular and Hitherto almost Unknown Country": Opinions On China, the Chinese, and the "Opium War" Among British Naval and Military Officers Who Served During Hostilities There（《那个独特、迄今为止知之甚少的国家，在战争期间英国海陆军官对中国、中国人和鸦片战争的看法》）by James Hayes, Journal of Hong Kong Branch of RAS 1999, Vol.39

Monument to the Westmoreland Regiment the 55th Regiment of Foot in Dinghai City On Zhoushan Island《舟山岛定海城的威斯特摩兰团暨第55步兵团墓碑》by Keith Stevens and Jennifer Welch, Journal of Hong Kong Branch of RAS., 1998

Weapons of the China Wars（《对华战争的武器》）by Richard J. Garrett, Journal of Hong Kong Branch of RAS，2002

Hong Kong, 26 January 1941: Hoisting the Flag Revisiting（《1841年1月26日，回顾在香港升起英国国旗的日子》）by K.J.P.Lowe, Journal of Hong Kong Branch of RAS

The Taking Of Chapu（《攻打乍浦》）by Keith Stevens, Journal of Hong Kong Branch of RAS, 1994, Vol.34

Tea and Opium（《茶叶与鸦片》）by Solomon Bard, Journal of Hong Kong

Branch of RAS, 2000.Vol.40

Relics of Hong Kong and China in British Army and Regimental Museums（《英国陆军博物馆和团史博物馆保存的香港和中国遗物》） by P. Bruce. Journal of Hong Kong Branch of RAS, 1983, Vol. 23

The Root of the Opium War: Mismanagement in the Aftermath of the British East India Company's Loss of its Monopoly in 1834（《鸦片战争的根源》）by Jason A. Karsh, University of Pennsylvania, Scholarly Commons, 5-2-2008

Yellow Coast-Actions on the China Seas in the Age of Sail（《黄色海岸——帆船时代在中国海域的军事行动》）By David Manley, 1998 Autumn Edition NWS Journal "Battlefleet"）

Chinese monumental iron castings-Illustrations（《图说中国铸铁术》）by Donald B. Wagner, Journal of East Asian archaeology, vol. 2, 2000, no. 2/3, P.199-224

The Opium War's Secret History（《鸦片战争的秘密》）by Karl.E.Meyer, 1997年6月28日的The New York Times

A French Account of the War in China（《一个法国人对英华战争的看法》）by A. Haussmann, Attache to M. Lagrene's Embassy in China, Colburn's United Service Magazine and Naval and Military Journal, 1853

Wikepedia 中有关William Jardine、Lancelot Dent、Henry John Temple等人的词条

| 人物篇 |

清宫画,道光皇帝爱新觉罗·旻宁。

林则徐油画像

潘世恩(1769—1854)画像,江苏吴县人(今江苏苏州人),乾隆五十八年(1793)中状元,累官至军机大臣。著有《熙朝宰辅录》《恩补斋笔记》等。

| 人物篇 |

威廉·查顿（William Jardine，1784—1843）的画像，旅居澳门的英国画家钱纳利（George Chinnery）绘于1839年。查顿是最大的鸦片贸易商，1841年他当选为英国下院议员，1843年死于肺水肿。

马地臣画像，Henry Cousins绘于1837年。马地臣（James Matheson，1796—1878）是苏格兰人，1818年到广州经商，1842年回国，1851年因捐巨资于慈善事业受封为从男爵，1843—1868年当选为英国下院议员。

义律（Charles Elliot，1801—1875），出身于贵族世家，十五岁毕业于英国皇家海军学校，以少尉资格进入英国海军西印度群岛舰队，二十七岁晋升为上校，而后转入外交部，1834年到中国，1835年任驻华商务监督。

| 人物篇 |

关天培画像，现藏于台湾故宫博物院。关天培（1781-1841），字仲因，号滋圃，江苏山阳县（今江苏淮安）人，1834年任广东水师提督。

邓廷桢画像，取自英军步兵中尉Alexander Murray的回忆录《中国行动》（*Doings In China* 1843）。邓廷桢（1776-1846），字嶰筠，嘉庆六年进士，著有《石砚斋诗抄》。

梁廷枏（1796-1861），广东顺德人，精研史学，著有《南汉书》《南越五主传》《广东海防汇览》《粤海关志》《海国四说》《夷氛闻记》等数十种著作。《海国四说》是最早介绍英、美历史和地理的专著之一。他是鸦片战争的目击者，《夷氛闻记》对鸦片战争记述较详。

| 人物篇 |

美国皮伯迪·埃赛克斯博物馆收藏的三幅清代行商画像。上左图：Howqua（浩官，即伍秉鉴，钱纳利绘于1830）；上右图：Maoqua（茂官，可能是卢文蔚，Lam Qua绘于1840）；左图：Tenqua（达官，可能是容有光，Lam Qua绘于1840）。qua可能是葡萄牙语，外国商人称伍秉鉴家族为浩官，称卢文蔚家族为茂官，称容有光家族为达官。Lam Qua是关乔昌（1801-1860）的葡萄牙文名，他把这个名字签在自己作品的背面，通常译为"林官"。Lam Qua师从旅居澳门的英国画家钱纳利，是第一位掌握油画技巧的中国画家。

| 人物篇 |

郭士立（Karl Friedrich August Gützlaff，1803—1851），又译郭实腊，普鲁士（德国）人，基督教圣公会传教士、汉学家，一生写了八十多部（篇）作品，多数与中国有关。代表作有《中国沿海三次航行记》（1934）、《中国简史》（1834）、《开放的中国》（1838）、《道光皇帝传》（1851）等，他还向西方介绍过《三国志》《红楼梦》《书经》《神仙通鉴》《卫藏图识》《苏东坡全集》等。《南京条约》的中译本即出自他的手笔。左图是他的画像，取自英文版《中国简史》（*A Sketch of Chinese History: Ancient and Modern*）的首页，画像下是他的签名。

威廉·巴加（Sir William Parker，1781—1866）的画像。他十四岁加入英国海军，十八岁成为"窝拉懿"号代理舰长，参加过拿破仑战争，1830年晋升为少将，1841年封为从男爵，同年派往中国接替伯麦，任印度兵站司令兼远征军舰队司令。

| 人物篇 |

郭富（Hugh Gough，1779-1869），爱尔兰人，1794年加入英军步兵，参加过南非的开普顿战役，西印度群岛的波多黎哥战役，苏里南战役和拿破仑战争，1830年晋升为少将，1841年3月2日到中国，任东方远征军陆军司令，同年晋升为中将。鸦片战争结束后，晋升为上将，而后参加了克里米亚战争，第一次和第二次锡克战争，八十三岁晋升为陆军元帅。他一生指挥了十六次战役，包括鸦片战争期间的四次：广州战役，厦门战役，浙江战役和长江战役。

| 人物篇 |

葛云飞（1789-1841）画像，取自舟山市鸦片战争纪念馆。

颜伯焘（1792-1853），字鲁舆，广东连平县人，道光十七年（1837）任云贵总督，道光二十一年（1841）调任闽浙总督。

| 人物篇 |

耆英画像。耆英（1787–1858），爱新觉罗氏，满洲正蓝旗人，字介春，以荫生授宗人府主事，当过藩院、礼部、工部、吏部、户部尚书，护军统领，热河都统，盛京将军、广州将军、杭州将军，两江总督、两广总督等要职，主持签订了中英《南京条约》《五口通商章程》《虎门条约》，中美《望厦条约》，中法《黄埔条约》。在第二次鸦片战争期间，他奉命与英法联军会谈，因交涉失败，被咸丰皇帝赐死。

恳秘利（Colin Campbell，1792–1863），英国著名将领，参加过英西战争、拿破仑战争和鸦片战争。鸦片战争结束后，舟山被质押给英国，他奉命留驻中国，担任舟山的最高军事长官兼民政长官，1845年率兵回国。1854年他参加克里米亚战争，任副司令，而后指挥了平息印度兵变的战争，因功晋升为元帅，封男爵。他的日记和书信是研究鸦片战争和印度近代史的重要资料之一。左图是他的照片，摄于1855年。

| 背景篇 |

清代外销画：黄埔岛上的琶洲塔，1830年，画家不详。

|背景篇|

伶仃洋上的中国走私船（蚀版画），Louis Haghe绘于1840年左右，取自澳大利亚悉尼古画复印室（Antique Print Room）的销品目录。从画面上看，走私船的船艏有一位炮，船上水手众多，足以与广东水师抗衡。

趸船是存储货物的海上仓库，通常存放走私物品。它有装载货物的舷梯，但不能独立行驶，须由其他船拖拽。

| 背景篇 |

广州风光，S.Davenport雕版，取自Kelly在1843年编写的《新编通用英语词典》（*New and Universal English Dictionary*）。上图是该词典为Canton（广州）一词配的插图。图中偏左侧的临江亭子是天字码头接官亭，接官亭右面的城门是靖海门。

清代外销画：虎门，大约绘于鸦片战争爆发前，画家佚名，55×44cm，取自英国Martyn Gregory Gallery 2009年的拍品目录。图中的小岛是上横档岛。岛上建有两座炮台，炮台前有码头。画面右侧是靖远炮台和镇远炮台，两座炮台被碟墙连为一体。

| 背景篇 |

1726年的澳门，取自James Orange 编辑的《查特爵士藏画录：关于中国、香港和澳门的绘画》（*The Chater Collection: Pictures Relating to China, Hong Kong, Macao, 1655-1860*）。鸦片战争前的澳门比现在小，不含望厦、清州和龙田，也不包括潭仔岛和路环岛，面积只有2.78平方公里。根据林则徐于1839年的统计，澳门有中国居民1772户7033人，葡萄牙居民720户5612人，另有寄居的英国人57户。

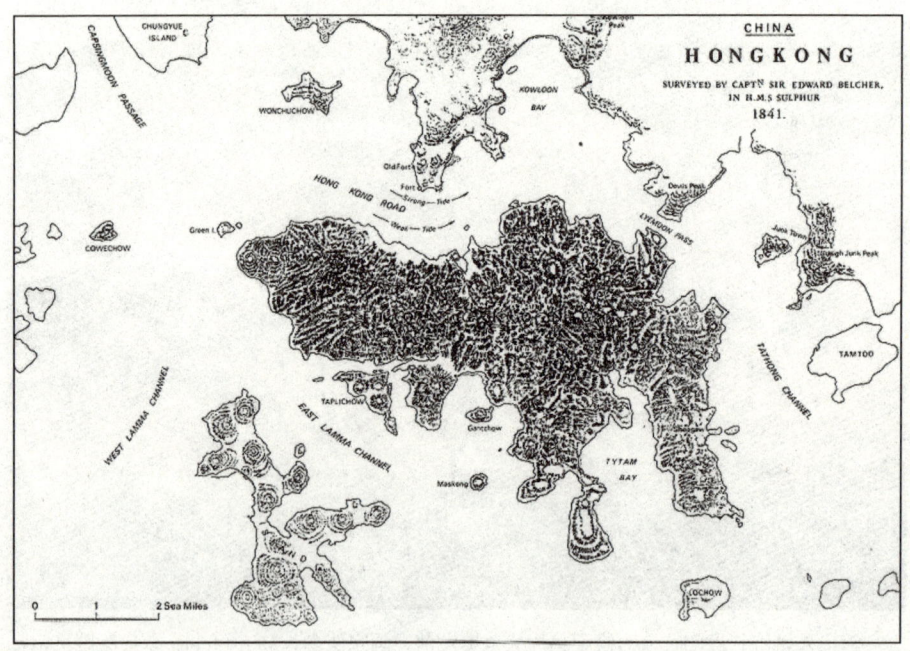

卑路乍在1841年绘制的香港地图，印制于1852年，香港理工大学图书馆藏。这是现存最早的香港地图。

| 事件篇 |

广州商馆,Lam Qua绘于1835左右,美国皮伯迪·埃塞克斯博物馆藏。

| 事件篇 |

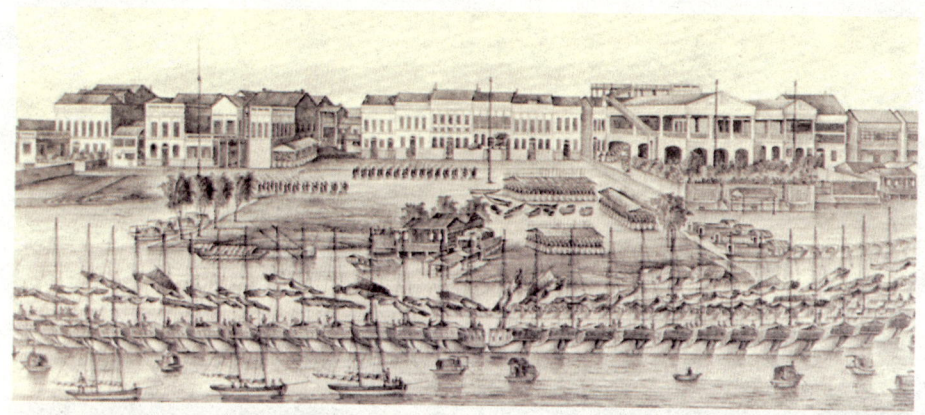

清代外销画：1839年3月24日至5月21日被围困的广州商馆，画家佚名，取自美国皮博迪·埃赛克斯博物馆。从画面上看，清军水师在江面上封锁了商馆，两队清军士兵在商馆前巡逻，商馆前的各国国旗全都降了下来。

英中两国官员在"威里士厘"号上会谈，左侧是英国远征军舰队司令伯麦，陆军司令布耳利和"威里士厘"号舰长梅特兰德，右侧是定海知县姚怀祥等，郭士立居中翻译。左图是根据英军第十八团Harry Darell中尉的画稿制作的蚀版画，取自托马斯·阿罗姆的《图说中国》。

| 事件篇 |

1842年8月29日《南京条约》在"皋华丽"（Cornwallis）号上签署。英属孟加拉志愿团上尉John Platt画，John Burnet制版，英国国家海事博物馆藏。

耆英、牛鉴、伊里布登上"皋华丽"号，画家不详。

| 事件篇 |

停泊在南京城外的"皋华丽"号和英国舰队鸣礼炮庆贺《南京条约》的签署,Rundle Burges Watson(1809–1860)绘。

| 战场篇 |

虎门拦击敌船示意图，取自广东省东莞市林则徐纪念馆。在鸦片战争期间，英军攻占了虎门炮台，在水师提督衙门缴获了几幅图画，左图是其中之一，描绘了虎门的露天炮位。

穿鼻之战，英国海军陆战队的G.N.White中尉绘，取自托马斯·阿罗姆的《图说中国》。从画面上看，英军舰队正在海边袭击沙角山，山上黑烟滚滚，陆军从后路向沙角山推进。

广州内河之战，画家不祥。这幅画描绘了施拉普纳子母弹在空中爆炸的情景。

| 战场篇 |

这幅画的标题是《1841年8月26日第18步兵团攻打厦门要塞》，Michael Angelo Hayes绘于19世纪40年代，James Henry Lynch制版，美国布朗大学图书馆的安·布朗军事题材藏品中心（Anne S. K. Brown Military Collection）收藏。安·布朗夫人（1906-1985）从1930年起开始收藏军事题材的绘画作品，主要是印刷品，总数达15000件。她临终前把所有藏品捐赠给布朗大学，由于藏品数量众多，许多绘画的内容连她本人也说不清楚。她要求图书馆将藏品公开，供各国学者免费查阅和研究。这些藏品中有12幅与中国清代的军事题材有关，上图是其中之一，它描述了英军与清军藤牌兵的战斗。据英国文献记录，当时确实有身穿虎纹军装的藤牌兵参战。

第二次舟山之战（水彩画），Edward Cree绘，英国国家海事博物馆藏。这幅画描绘了英军在衢头湾登陆时的情况。

| 战场篇 |

宁波巷战,取自John Ouchterlony 撰写的《对华战争》(*The Chinese War*)。

天尊庙和阵亡的汤林森中校,取自托马斯·阿罗姆的《图说中国》。

| 战场篇 |

乍浦之战的尾声与城郊大火,取自托马斯·阿罗姆的《图说中国》。

1842年7月21日马德拉斯炮兵轰击镇江城,取自英国国家陆军博物馆。这幅画是陆军博物馆的专职画家David Rowlands根据史料创作的。画面右侧,一个炮兵返身取炮子,画面左侧,一名军官中暑,一个马德拉斯士兵和一个英国士兵把他扶下战场。

| 战场篇 |

英军从西面的水城门进入镇江，取自托马斯·阿罗姆的《图说中国》。这幅画是托马斯·阿罗姆根据陆军上尉Stoddard R.N.的草图加工创作的。

| 文件篇

右上图是林则徐致英国女王的公文底稿，左上图是刊登在《中国丛报》1839年5月号上的英译文，是裨治文与R.托马合译的。两种稿本有不少差异。比如，在中文稿中，邓廷桢的名字列在前面，英文译本林则徐的名字列在前面，等等。此外，致英国王公文有两个底稿，第二稿叫《致英国王照会》，经过道光皇帝审批，措辞更加严厉，更强调大清皇帝的至高无上，刊登在《中国丛报》1840年2月号上。

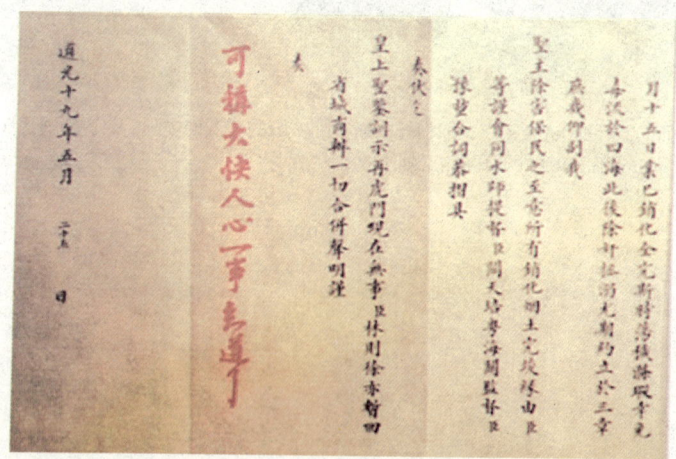

道光皇帝获悉虎门销烟的奏报后，朱批："可称大快人心一事，知道了。"

| 文件篇 |

义律致琦善的照会（中文本），他申明接受香港与交还定海、沙角和大角必须同时办理："贵大臣爵阁部堂来文办理，一面以香港一岛为英国寄居贸易之所，一面以定海及此间沙角、大角等处即行缴还贵国也"，其中的"寄居"一词引起了极大的纠纷。此照会藏于中国第一历史档案馆，右上角第四页上有义律的签字和手印。

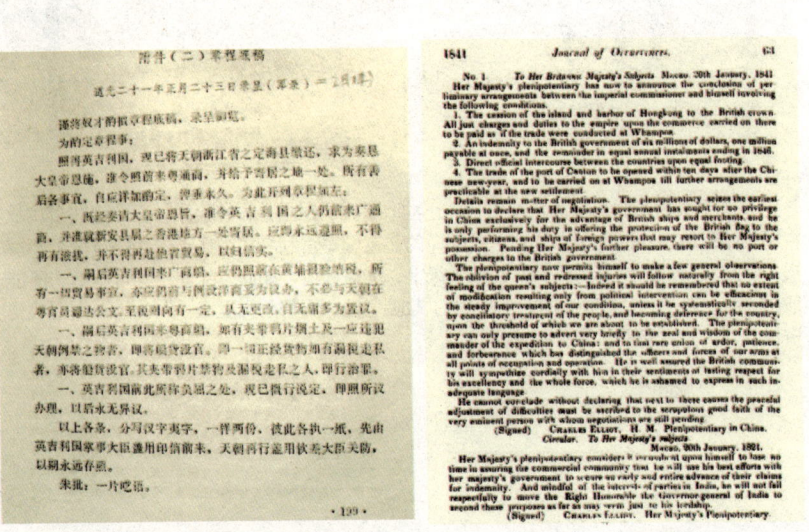

左图：琦善呈报给朝廷的穿鼻条约《章程底稿》，下面有道光皇帝的朱批："一片呓语。"右图：义律在《中国丛报》上发布的《穿鼻条约》全文及声明。两种文稿有不少差异，中文底稿中的"寄居"被译成了英文cession to（割让）。

| 文件篇 |

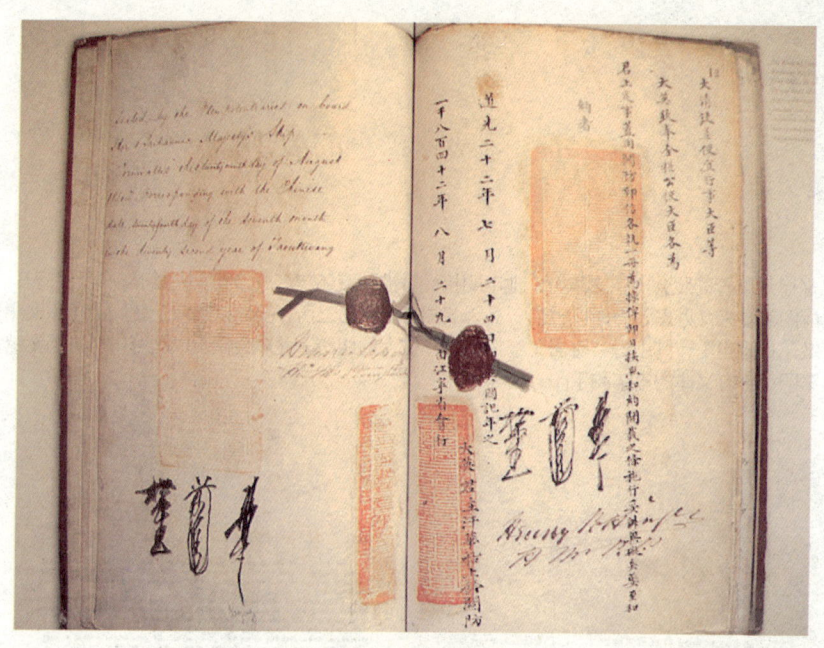

《南京条约》的签字页,上面有防止抽取页码的绿丝带和红火漆,原件藏在台湾故宫博物院。该条约的汉字本是郭士立翻译的。英国军官利洛在回忆录《缔约日记》中写道:"装订条约的丝带的两头,都贴于纸上,加盖火漆,如此,除非将丝带剪断,不能取出一张,以防这些狡猾的先生们,为了欺骗皇帝,不将全文呈上。"(《中国近代史资料丛刊·鸦片战争》第五册516页)

| 武器篇

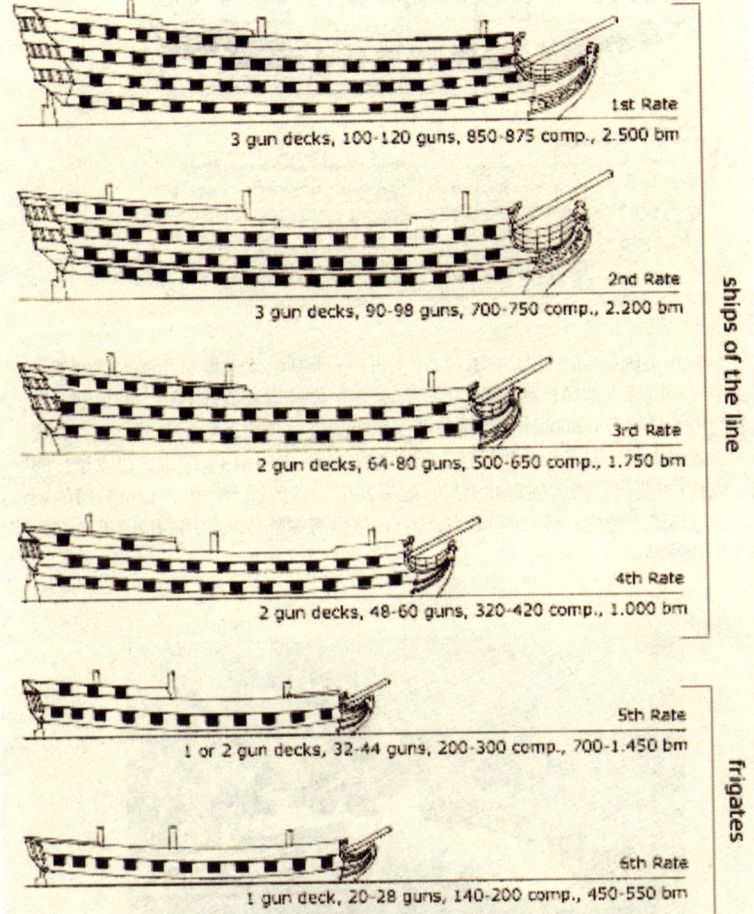

三桅风帆战舰分级示意图。英国海军把三桅风帆战舰分为六级。一、二、三、四级叫战列舰，五、六级叫炮舰。一级战列舰有三层半炮舱，载炮100-120位，乘员850人以上，排水量2500吨；三级战列舰有两层半炮舱，载炮64-80位，乘员500-650人，排水量1750吨；五级炮舰有一层半炮舱，载炮32至44位，乘员200-300人，排水量700吨以上。鸦片战争初期，英国派往中国的远征军共有16条战舰，含3条三级战列舰，2条五级炮舰，8条适合在内河和浅水区作战六级炮舰的双桅轻型护卫舰。

| 武器篇 |

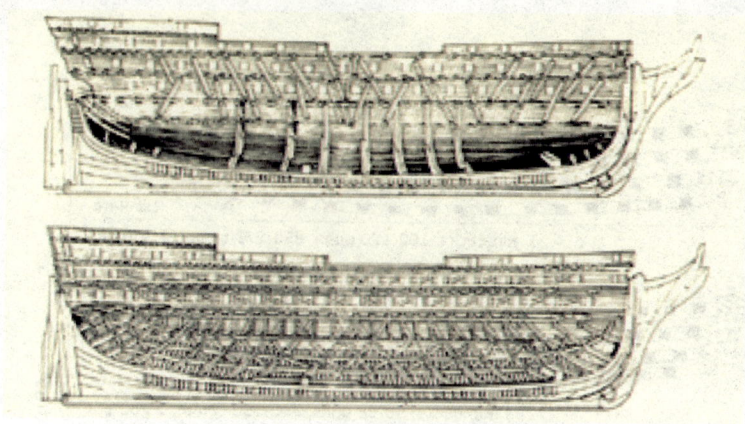

　　1804年英国船舶设计师Sir Robert Seppings研制出改进型对角线支撑框架，解决了长期困扰大型风帆战舰的中拱问题，使军舰能够安放炸力巨大的火炮，把战舰的排水量提升到5000吨。上图是英国风帆战舰对角线龙骨示意图。据有关资料，"威里士厘"号于1810年始建于印度孟买造船厂，1813年下水，排水量1788吨，舰长177英尺，最大舰宽48英尺，配有28位32磅远程卡伦炮，12位32磅的短炮，28位18磅卡伦炮，6位18磅短炮，另有6位供海军陆战队使用的12磅推轮炮，额设兵员590人。

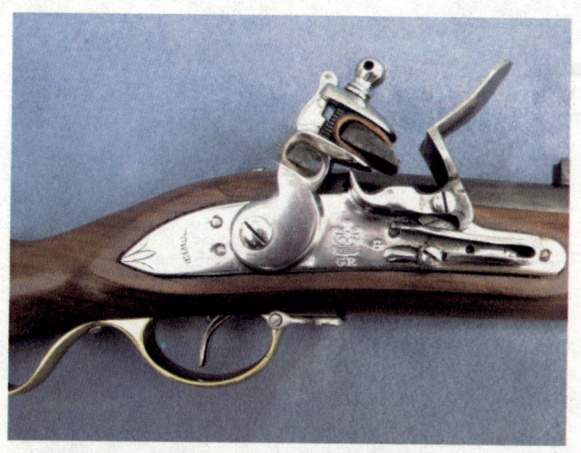

　　燧发枪是一种老式步枪，枪机嵌着一块燧石，靠撞击打火，引爆枪膛内的火药。这种枪在雨天无法使用。上图是布伦威克燧发枪，它是一种前装枪，枪膛内有两条来福线，发射球形子弹，1837年装备英军，1841年淘汰。在世界枪史中，它是一种短命的产品。

| 武器篇 |

19世纪上半叶英军的推轮野战炮，炮身是铜造，炮架和轮子是熟铁造，陈列在英国国家陆军博物馆（National Army Museum）。

这张照片说明，在风帆战舰时代，舰载火炮的炮车是卡在木槽里的，火炮只能前后伸缩不能左右旋转，必须靠旋转舰体调整射角。

  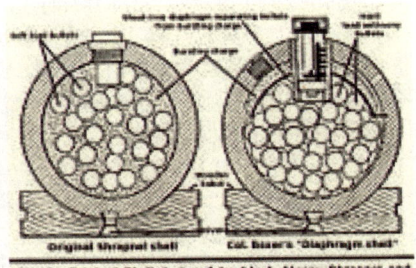

施拉普纳子母弹。亨利·施拉普纳（Henry Shrapnel，1761-1842）是英国陆军少将，毕生从事武器研究，他在拿破仑战争期间发明了一种新型炮弹，他在球型炮弹里放入大量57至142克重的球形炸弹，球型炮弹在300米高空爆炸，坠落的小炸弹二次爆炸，借以杀伤敌兵。此后，他不断改进其性能，使它能在千米以上高空爆炸，杀伤面积更大。英军称之为施拉普纳子母弹。这种炮弹是鸦片战争的主要武器之一。左上图是施拉普纳的画像，中图是子母弹剖视图，右图是分解图。

|武器篇|

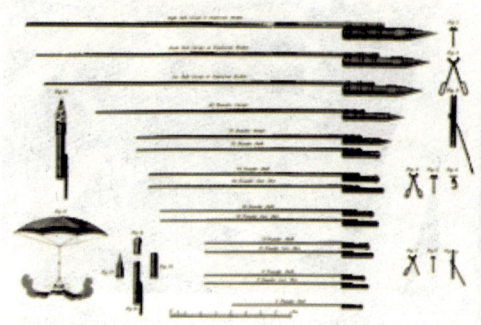 

  康格利夫（Sir William Congreve，1722-1828）是英国兵部上校，发明过十多种武器，其中最著名的是康格利夫火箭和军舰装甲。康格利夫火箭于1802年问世，它有圆锥形燃料仓，木制火箭用32磅黑火药和A型金属发射架。它有多种型号，小型火箭用3磅黑火药，大型火箭用32磅黑火药，最大射程3千米。在风帆战舰和土木建筑时代，康格利夫火箭威力极大，在拿破仑战争中发挥了重要作用。在鸦片战争期间，清军师船全是木船，中国房屋大都是土木建筑，康格利夫火箭再次发挥了重要作用。随着装甲舰逐渐取代木壳军舰，它才渐渐退出武库。左上图是康格利夫火箭的示意图，右上图是康格利夫的画像（James Linsdale绘）。左下图是1807年的舰载康格利夫火箭发射架，右下图是陆军使用的车载火箭发射架。康格利夫火箭的攻击效果，参阅899页下图。

| 武器篇 |

"复仇神"号铁甲舰，Henry Colburn绘于1844年，取自W. D. Bernard撰写的《"复仇神"号在中国》（*Nemesis In China*）。"复仇神"号是莱尔德家族建造的，在鸦片战争中大出风头。查理·义律说它的战斗力相当于两条战列舰。约翰·莱尔德（John Laird，1805-1874）是19世纪最优秀的船舶设计师和企业家。他解决了铁板的弯曲工艺和铆接工艺难题。1829年，莱尔德家族建造了世界上第一条铁甲船，排水量60吨的"Wye"号。由于铁对罗盘的磁场影响较大，"Wye"号无法远航。后来天文学家George Biddell Airy解决了磁场问题，铁船具有了实用性。"复仇神"号是莱尔德家族建造的第一条铁甲军舰，也是第一条远航到东半球的铁甲军舰。

| 武器篇 |

 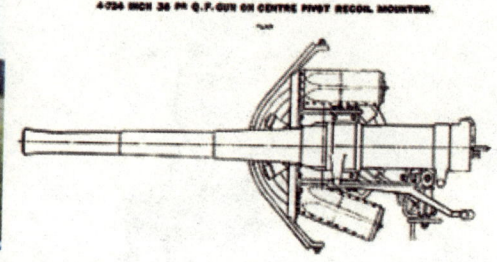

在19世纪，如何使笨重的火炮俯仰旋转是一个世界性难题。左上图是1815年Walkers of Rotherham制造的岸基旋转炮，它借助钢轨使火炮旋转，安装在英国的圣玛威斯城堡。右上图是舰载旋转炮的设计图，左下图是实物，它借助钢轨和机械助力旋转，需要9人操纵。右下图是刊登在1873年《伦敦插图新闻报》（Illustraied London News）上的旋转炮，只要一人就能转动炮身。"复仇神"号是最早安装旋转炮的军舰之一。

| 武器篇 |

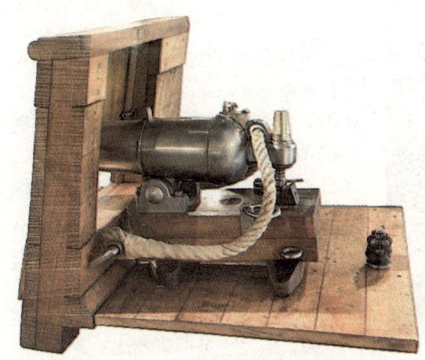 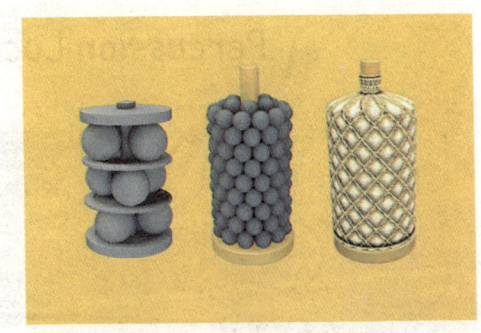

葡萄弹是欧洲人在18世纪初期发明的古老炮子,专门用来驱散密集队形的步兵。左图是一位卡伦炮模型,炮身后有一枚葡萄弹。右图是两种不同型号的葡萄弹:右图左侧是有9颗实心弹丸的葡萄弹,右图中间是有100多颗实心弹丸的葡萄弹,安放在一个有中轴的木托上,右图右侧是用布包裹并捆扎结实的葡萄弹。

火箭船在发射康格利夫火箭。根据英文史料,有四条火箭船参加了虎门之战。

| 武器篇 |

雷爆枪的撞击式锁具，雷爆枪的锁具是Alexander John Forsyth发明的，能在雨天使用。它是枪械工艺的革命性进步。在鸦片战争初期，只有海军陆战队配备了这种枪。根据Thomas Carter撰写的《第二十六步兵团暨卡梅伦团的历史记录》（P.194），1841年12月26日，"朱庇特"号运输船将大批雷爆枪运到宁波，燧发枪被彻底淘汰。

Lionel Wyllie画的水彩画"皋华丽"号战列舰，英国国家海事博物馆藏。